레드 엠마 1

아나키스트 엠마 골드만 자서전

레드 엠마 1 _ 아나키스트 엠마 골드만 자서전

발행일 초판1쇄 2024년 6월 20일
지은이 엠마 골드만(Emma Goldman) | **옮긴이** 임유진
펴낸곳 북튜브 | **펴낸이** 박순기
주소 경기도 고양시 덕양구 소원로 181번길 15, 504-901
전화 070-8691-2392 | **팩스** 031-8026-2584 | **이메일** booktube0901@gmail.com

ISBN 979-11-92628-31-8 04840 979-11-92628-30-1[세트]

책으로 만나는 인문학강의 세상

My Life

Red Emma

레드 엠마 1

아나키스트 엠마 골드만 자서전

Booktube 북튜브

엠마 골드만 지음 / 임유진 옮김

차례

| 일러두기 |

1 이 책은 Emma Goldman, *Living My Life*, Vol. 1(New York : Alfred A Knopf Inc., 1931)을 완역한 것이다.

2 본문 중에 나오는 대괄호([ ])는 독자들의 이해를 돕기 위해 옮긴이가 추가한 부분이다.

3 단행본·정기간행물에는 겹낫표(『 』)를, 기사나 팸플릿의 제목이나 연극·오페라 등의 작품명에는 낫표(「 」)를 사용했다.

4 외국의 인명이나 지명 등은 2002년 국립국어원에서 펴낸 외래어 표기법을 따랐다. 인명은 가급적 해당 인물의 출신 국가를 기준으로 표기했다.

감사의 말

자서전을 써 보면 어떻겠냐는 주변의 제안은 내가 이제 막 나의 삶을 시작했다고 생각했을 때부터 그 후로 오랜 시간 지속되었다. 하지만 그런 말에 귀를 기울이지는 않았다. 나는 그저 나의 삶을 강렬하게 살고 있었을 뿐인데 그것에 대해 글까지 쓸 필요가 무엇이란 말인가? 내가 글쓰기를 주저했던 또 다른 이유는, 자신의 삶에 대해 글을 쓰는 건 인생의 급류에서 멈춰설 때야만 비로소 가능하다고 믿었기 때문이다. "인생의 비극과 희극을 조금은 떨어져서 객관적이고 초연하게 볼 수 있는 철학적인 나이가 되면, 그때는 읽을 만한 가치가 있는 자서전을 쓸 수 있겠지." 나는 친구들에게 이렇게 말하곤 했는데, 나이가 들어 가면서도 언제까지고 계속 젊다는 느낌에, 내 삶에 대해 쓰는 일 같은 것을 하기엔 아직 멀었다고 생각했었다. 물론 가장 큰 이유는 집중해서 글을 쓸 수 있는 여유가 항상 없었다는 점 때문일 테지만 말이다.

예상치 않게 유럽에서 활동에 발이 묶이면서 전기와 자서전을 포함해 많은 책을 읽을 수 있었다. 책들을 읽으며 나이가 들어 가면서 지혜와 온유함은커녕 노쇠와 편협함, 쩨쩨한 원한감정으로 가득 차 있는 경우들이 많다는 것을 발견하고 적잖이 당황했다. 내게도 그런 재앙이 닥칠까 봐 덜컥 겁이 난 나머지, 그렇게 나는 내 인생에 대해 쓰는 것을 진지하게 고민하기 시작했다.

내가 직면한 가장 큰 어려움은 내가 해온 작업에 있어서 역사적 자료가 부족하다는 것이었다. 미국에서 35년간 살면서 모아 놓은 책과 서신, 각종 자료 들을 사법부 급습에 의해 압수당했고 이후에 다시는 돌려받지 못했기 때문이었다. 심지어 12년 동안 발행해 온 『어머니 대지』 소장본조차 잃어버린 상황은 도무지 해결책을 찾을 수 없는 문제로 느껴졌다. 회의주의자인 나는 내 인생에서 산까지 움직여 낸 친구들의 마법 같은 우정의 힘을 간과하고 있었다. 나의 든든한 친구 레너드 애벗, 아그네스 잉글리스, W. S. 반 발켄버그를 비롯한 다른 많은 이들이 나의 우려와 의심을 부끄럽게 만들었다. 미국에서 급진적 운동과 혁명과 관련하여 가장 풍부한 자료를 소장하고 있는 디트로이트의 라바디 도서관 설립자 아그네스는 언제나 그랬듯 준비된 자세로 나를 도와주었다. 레너드도 최선을 다했고, 반은 남는 시간을 모두 나를 위해 썼다.

유럽의 자료에 관해서는 우리 진영에서 최고의 역사 전문가 두 사람의 도움을 받을 수 있다는 것을 알았다. 막스 네틀라우와 루돌프 로커였다. 이런 동료들이 있으니 더 이상 걱정할 필요가 없음에도 불구하고 나는 안심할 수 없었다. 내 개인적 삶을 재현하는 데 도움을 줄 무언가가 필요했다. 나를 감정적으로 뒤흔들었던 크고 작은 사건들과 내 삶의 전반적인 분위기를 되살려 줄 무언가 말이다. 이런 나를 구해 준 것은 나의 오랜 악습이었으니, 바로 산더미같이 쌓인 편지들이었다. '알렉산더 버크만'이라는 이름으로 잘 알려진 나의 친구 사샤를 비롯해 다른 친구들로부터 편지를 통해 나 자신을 드러내려는 내 기질에 대해 핀잔을 듣곤 했었는데, 미덕이 아니라 내가 끊어내지 못한 악습이 내게 필요한 걸 가져다준 셈이었다. 이 편지들을 통해 지난날의 분위기가 진정으로 어떠했었는지 알 수 있을 테니 말이다. 벤 라이트먼, 벤 케이프스, 제이컵 마골리스, 아그네스 잉글리스, 해리 와인버거, 반, 내가 동경하는 리언 배스, 그리고 수많은 친구들이 내게 받은 편지를 보내 달라는 요청에 기꺼이 응해 주었다. 조카인 스텔라 발렌타인은 내가 미주리 교도소에 수감되어 있는 동안 쓴 편지를 모두 보관하고 있었고, 엘리너 피츠제럴드도 내가 러시아에 있을 때 주고받은 서신을 보관하고 있었다. 이렇게 나는 얼마 안 가 천 통이 넘는 편지들을 확보하게 되었다. 친밀한 서신에서만큼 나를 다 드러내는 곳이 없는 까닭에 그 편지들을 읽는 일은 내게 고통스러운 일이었음을 고백해야겠다. 하지만 내가 하고자 하는 일에 있어 그것들은 이루 말할 수 없는 가치를 지닌 것들이었다.

그렇게 나는 내 비서 역할을 맡은 에밀리 홈스 콜먼과 함께 프랑스 남부의 그림 같은 곳 생트로페로 출발했다. 데미(그녀의 가족은 에밀리를 이렇게 불렀다)는 화산의 성질을 가진 숲의 정령 같았다. 그러면서도 간교하거나 원한 같은 것도 전혀 없는, 세상에 더없이 부드러운 존재였다. 본질적으로 그녀는 상상력이 풍부하고 감수성 넘치는 시인이었다. 타고나기를 반항아이자 아나키스트인 나의 생각들은 그녀에게 낯선 게 당연했다. 우리는 격렬히 다투고 부딪혔고 이따금 서로를 생트로페 만에 빠뜨리고 싶어하기까지 했다. 그렇지만 그녀가 가진 매력과 내 작업에 대한 깊은 관심, 내면의 갈등에 대한 그녀의 세심한 이해에 비하면 이것들은 아무것도 아니었다.

글을 쓰는 일은 결코 쉽지 않았다. 내가 당면한 과제는, 있었던 일을 단순히 글자로 써내는 것이 아니었기 때문이다. 그것은 오랫동안 잊고 지냈던 과거를 다시 사는 것이자 의식의 깊은 곳에서 파헤치고 싶지 않았던 기억을 꺼내는 일이었다. 따라서 내 능력에 대한 의심, 우울과 낙담으로 이어졌다. 그러는 동안 데미는 내내 내 곁을 든든히 지키며 고난의 첫해에 큰 위로와 영감이 되어 주었다.

이 자서전이 나올 수 있도록 분투해 준 친구들의 존재와 그들의 헌신에 깊이 감사한다. 나의 금전적 불안을 해소하기 위해 처음으로 기금 모금을 시작해 준 이는 페기 구겐하임이었다. 다른 친구들, 동지들도 뒤를 이어 어려운 경제적 형편 속에서도 아낌없이 기부를 해 주었다. 젊은 미국인 친구 미리엄 러너는 데미가 영국으로 떠나야 할 때 그 자리를 대신해 자원해 주었다. 도로시 마시, 베티 마코, 에미 에크슈타인은 애정으로 내 원고의 타이핑을 도와주었다. 친절하고 아낌없이 주는 아서 레너드 로스는 법률 대리인이자 고문으로서 지치지 않는 노력을 기울여 주었다. 친구들의 이런 우정에 보답할 길이 있기는 할까?

사샤는 또 어떤가. 원고 교정을 하면서 걱정이 앞섰다. 내 눈에 비친 자신의 모습에 사샤가 분노할까 두렵기도 했다. 그는 이 작업에 있어서 충분히 거리를 가지고 객관적으로 임할 수 있을 것인가. 내 이야기의 상당 부분을 차지하고 있는 사람이라는 점을 감안했을 때 그는 놀랍게도 객관적 거리감을 지켰다. 18개월 동안 책 작업을 하면서 사샤는 예전에 우리가 그랬던 것처럼 바로 내 곁에서 함께 일을 했다. 물론 비판적인 입장을 잃는 법이 없었지만, 항상 예리하고 폭넓은 시야와 정신을 가진 그였다. 이 책의 제목 '내 삶을 살기'(Living My Life)를 제안한 사람도 다름 아닌 사샤였다.

내가 살아온 삶은 그 안에 들어와 오래, 혹은 짧게 머물다 떠난 사람들에게 모든 것을 빚지고 있다. 그들의 사랑과 미움 모두 내 삶을 살 만한 것으로 만들었다.

이 책은 그들 모두에게 바치는 나의 헌사이자 감사이다.

1931년 1월, 프랑스 생트로페에서

엠마 골드만

1부

I

내가 뉴욕에 도착한 건 1889년 8월 15일이었다. 그때 나는 스무살이었다. 그 이전에 내 삶에 일어난 일은 낡아 빠진 옷을 벗어던지듯 뒤로하고 나니, 이제 내 앞에 새로운 세계가 있었다. 이상하고 무서웠다. 하지만 내게는 젊음이, 건강이, 열정적인 이상이 있었고, 새로운 세계에서 만나게 될 게 뭐든 간에 두렵지 않았다.

그날이 선명히 기억난다. 일요일이었고, 내가 살 수 있는 가장 푯값이 싼 웨스트쇼어 열차를 탔다. 로체스터에서 출발해 위호켄에 도착했을 땐 아침 8시였다. 그러고선 페리를 타고 뉴욕에 도착했다. 뉴욕에 친구라곤 없었지만 주소 세 개는 가지고 있었는데 하나는 결혼한 이모, 또 하나는 1년 전쯤 뉴헤이븐에서 코르셋 공장을 다니던 시절에 만난 젊은 의대생, 마지막 하나는 요한 모스트가 발행하는 독일 아나키스트 신문사였다.

수중에 가진 건 5달러와 조그만 가방이 전부였다. 내가 독립할 수 있는 기반이 되어 준 재봉틀은 수하물로 부쳤다. 웨스트 41번가와 바워리 스트리트까지가 얼마나 되는 거리인지 알 리 없는 나는, 8월의 뉴욕 더위를 생각도 못한 채 걷기 시작했다. 처음 온 사람에겐 얼마나 혼란스럽고 끝도 없이 크기만 한 도시인지, 그리고 또 얼마나 퉁명스럽고 불친절한 도시인지!

헷갈리는 교차로에서 수시로 멈추고 이쪽으로 맞게 갔다가 저쪽으로 잘못 갔다가 하면서 장장 3시간여 만에 마침내 이모네 집을 찾았다. 당장 너무 지치고 더웠던 나머지, 내 갑작스러운 방문에 당황스러워하는 친척들의 기색을 바로 알아차리지는 못했다. 이모는 내 집이다 생각하고 편하게 있으라고 말하고 아침을 차려 준 후 질문을 쏟아붓기 시작했다. 뉴욕엔 왜 왔는지, 남편이랑은 완전히 갈라선 건지, 돈은 있는지, 여기서 뭘 할 건지? 물론 자기들과 함께 지내도 된다는 말을 하기는 했다. "젊은 여자애가 혼자 뉴욕에서 그럼 어디를 갈 건데?" 맞는 말이다. 당장 일거리를 찾아야 했다. 하지만 경기는 안 좋고, 물가는 비쌌다.

이모와 이모부의 이야기를 듣는 동안 사실 나는 무감각하고 멍한 상태였다. 오는 동안 밤잠을 설쳤고, 오래 걸은 데다 벌써부터 뚫는 듯 내리쬐는 태양 때문에 나는 진이 빠져 있었다. 파리가 윙윙하는 소리처럼 멀게 들려오는 이모와 이모부의 말을 듣고 있자니 어지러웠지만 간신히 정신을 추스렸다. 짐이 되려고 온 건 아니라고 이모와 이모부를 안심시키고, 헨리 스트리트에 사는 친구네에서 지낼 거라고 말해 버렸다. 그 끝도 없이 이어지는 냉랭한 목소리에서 다만 빠져나오고 싶었다. 나는 가방을 두고 집을 나섰다.

친척들의 '환대'로부터 도망치기 위해 만들어 낸 친구는 사실은 정말 살짝 알기만 하는 사람이었다. 솔로타로프라는 이름의 젊은 아나키스트로, 그가 뉴헤이븐에서 하는 강의를 한 번 들은 적 있다. 이제 그 사람을 찾아야 한다. 오랜 수색 끝에 집은 간신히 찾았지만 그는 이사가고 없었다. 첫눈에 무뚝뚝해 보였던 관리인이 나의 실망감을 눈치챘는지, 그 가족이 이사하며 남긴 주소를 찾아 보겠노라 했다. 덕분에 사는 거리는 알게 되었지만 번지수는 없었다. 이제 어떡한담? 이 큰 도시에서 솔로타로프를 어떻게 찾지? 우선 길 한쪽의 모든 집을 다 확인하고, 그다음엔 건너편 집들을 다 확인해야지 생각했다. 건물 6층씩을 오르내리자니 다리엔 쥐가 났고 머리는 쿡쿡 쑤셔왔으며 발바닥도 아파 왔다. 찌는 듯한 날씨로 점점 숨까지 막혔다. 수색을 포기하려던 마지막 순간에 몽고메리 스트리트, 인간미 있어 보이는 건물 5층에서 그를 찾았다.

우리의 첫 만남 이후 1년이란 시간이 흘렀건만 솔로타로프는 나를 잊지 않았다. 그는 진심으로 따뜻하고 기쁜 마음으로 나를 반겨주었다. 꼭 오랜 친구 사이인 것처럼 말이다. 이 작은 아파트에 부모님과 남동생과 함께 살고 있긴 하지만 자기 방에 며칠 묵어도 좋다고 말했다. 자신은 친구네서 며칠 머물면 된다면서, 내가 지낼 곳을 찾는 건 어렵지 않을 거라고 안심시켜 주었다. 방 두 개짜리 집에 아버지와 함께 사는 자매가 있는데, 그들이 마침 하숙생을 찾고 있다는 거였다. 나의 새로운 친구는 내게 그의 어머니가 구운 맛좋은 유대식 케이크와 차를 대접하고는 내가 만나면 좋을 사람들에 대한 이야기를 해주었다. 이디시 아나키스트 활동가들과 다른 흥미로운 일들에 대한 것이었다. 나는 차와 케이크보다도, 그가 보여 준 마음씀씀이와 우정에 감사했다. 덕분에 내 혈육이 보여 준 냉담한 환영인사로 씁쓸했던 기억을 다 잊을 수 있었다. 바워리 스트리트에서 오랜 시간을 고통스럽게 걷는 동안 마치 괴물처럼 보였던 뉴욕이라는 도시가 이제 더 이상은 그렇게 보이지 않았다.

나중에 솔로타로프는 나를 서포크 스트리트의 삭스 카페로 데려갔다. 알려주기를, 그곳이 이스트사이드 급진주의자들, 사회주의자, 아나키스트, 젊은 이디시 작가와 시인들의 본부 역할을 한다는 것이었다. "모두가 그곳에서 모여요. 민킨 자매도 분명 그 카페에 있을 거예요" 하고 그가 말했다.

로체스터 같은 단조로운 시골 동네 출신인 나로서는 이미 답답했던 장시간 열차여행으로 신경이 곤두서 있었기 때문에 삭스 카페의 소음과 소란은 도움이 안 됐다. 두 공간으로 분리된 카페는 양쪽 다 사람들로 꽉 들어차 있었다. 모두가 이야기하고 모두가 손짓 몸짓으로 말하고 있었다. 이디시어, 러시아어가 서로 싸우며 논쟁이 이어졌다. 이 기이한 인간 메들리 속에서 기진맥진해졌을 때 솔로타로프가 저쪽 테이블에 있는 자매를 찾아내어 나를 소개시켜 주었다. 그들 이름은 안나 민킨과 헬렌 민킨이었다.

러시아에서 온 유대인으로, 둘 다 일을 했고, 언니 안나는 내 또래, 동생 헬렌은 열여덟이었다. 얼마 지나지 않아 그들과 함께 사는 것으로 이야기가 되면서 그렇게 나의 불안과 불확실함이 끝이 났다. 이제 나도 머리 위에 지붕이 생겼고, 친구들도 생겼다. 카페의 소란스러움은 더 이상 문제되지 않았고 나는 좀 더 자유롭게 숨쉬기 시작했다. 조금은 덜 이방인이 된 것 같았다.

우리 네 사람이 저녁을 먹고 있을 때 솔로타로프는 카페 다른 쪽에 있는 사람들을 가리켰다. 갑자기 큰 목소리가 들려왔다. "스테이크 제일 큰 걸로! 커피도 제일 큰 컵으로!" 가진 돈이 거의 없는 내가 듣기에 그런 호화스러운 주문은 자못 놀라웠다. 게다가 솔로타로프한테 듣기로는 이 카페의 주 고객은 가난한 학생, 작가, 노동자들이라고 했는데 말이다. 저 무모한 사람은 누구며, 그는 어떻게 저런 음식을 시킬 수 있는지 궁금했다. "저 대식가는 누구죠?" 나의 질문에 솔로타로프가 웃으며 대답했다. "알렉산더 버크만이에요. 혼자서 3인분은 족히 먹죠. 하지만 그렇게 먹을 수 있는 돈이 있는 법이 거의 없어요. 돈이 있을 땐, 카페가 거덜나도록 먹어치우고요. 이따가 소개해 줄게요."

식사를 마치자 몇몇 사람이 솔로타로프와 이야기하기 위해 우리 쪽 테이블로 왔다. 대자 스테이크를 먹던 남자는 몇 주 동안 굶주린 사람처럼 아직도 먹고 있었다. 우리가 카페를 나서려고 할 때에서야 그가 우리 쪽으로 다가왔고 솔로타로프가 소개를 시켜 줬다. 남자는 기껏해야 소년이었고 열여덟 살도 채 안 돼 보였다. 하지만 목과 가슴팍은 어찌나 큰지 마치 거인 같았다. 두툼한 입술 덕에 그의 턱은 더 강해 보였다. 얼굴은 좀 무섭게 생겼지만 높은 이마와 총명한 눈을 가진 그를 보면서 '확고해 보이는 젊은이구나' 하고 생각했다. 그때 버크만이 말했다. "요한 모스트가 오늘 연설한다는데, 들으러 갈래요?"

이상도 하지. 뉴욕에서의 첫날, 그 불같은 남자를 내 눈과 귀로 직접 만나 볼 기회가 생기다니. 로체스터의 신문에서는 요한 모스트를 피에 굶주린 악마처럼 묘사하곤 했었다. 그렇지 않아도 후일에 모스트의 신문사를 찾아가 보려고 계획하고 있었는데 그 기회가 이렇게 뜻하지 않은 방식으로 스스로 펼쳐지다니, 내 인생을 바꿔 놓을 뭔가 굉장한 일이 생길 것만 같은 느낌이 들었다.

강당까지 가는 길에 나는 생각에 너무 잠긴 나머지 버크만과 민킨 자매가 나누는 대화를 거의 듣지 못했다. 갑자기 휘청거리는 나를 버크만이 잡아 주지 않았더라면 나는 아마 넘어졌을 것이다. “내가 당신의 생명의 은인이네요.” 그가 농담조로 말했다. “훗날 저도 당신의 생명을 구해 주는 일이 있다면 좋을 텐데요.” 나도 맞받아쳤다.

만남의 장소는 살롱 뒤에 있는 조그만한 강당으로, 술 마시고 담배 피우며 이야기하는 독일 사람들로 붐볐다. 오래지 않아 모스트가 모습을 비쳤다. 그에 대한 내 첫인상은 좋지만은 않았다. 중간키에, 큰 머리에는 덥수룩한 회색빛 머리칼이 얹혀져 있었고, 얼굴은 잔뜩 찌그러져 있었는데 왼쪽 턱뼈가 탈구된 모양이었다. 그의 외양 중에 오로지 그의 눈만이 보기에 편안했다. 파랗고 동정심 어린 눈동자였다.

그는 연설에서 기득권 세력의 잔인함과 불공정에 대한 통렬한 풍자와 현재 미국의 상황에 대한 거침없이 맹렬한 비판, 헤이마켓 비극과 1887년 11월 시카고에서 있었던 아나키스트 처형 사건에 책임이 있는 이들에 대한 비난을 이어갔다. 마치 마법이라도 부린 것처럼 그의 비뚤어진 얼굴이 사라지고 그의 신체에서 부족한 부분이 다 잊혀졌다. 이내 그는 증오와 사랑, 강함과 영감을 뿜어내며 원초적 힘을 가진 무언가로 변신했다. 그의 빠른 말사위, 목소리의 리듬감, 반짝이는 재치가 모두 어우러져 좌중을 압도하는 효과를 만들어 냈다. 그는 나의 깊은 곳까지 뒤흔들었다.

인파에 휩쓸려 강당 앞쪽까지 밀려가 마침내 나는 모스트 앞에 섰다. 가까이 있던 버크만이 나를 그에게 소개해 주었다. 하지만 나는 그의 연설이 일으킨 감정의 소용돌이로 인해 잔뜩 흥분하고 긴장한 상태였다.

그날 밤, 나는 좀처럼 잠을 잘 수 없었다. 1887년의 일을 다시 살아내고 있었기 때문이다. 시카고에서 아나키스트들이 순교당한 11월의 블랙 프라이데이로부터 21개월이 흘렀지만, 마치 엊그제 일처럼 생생하게 내 눈앞에 살아났다. 나와 헬레나 언니는 재판 기간 동안 그 아나키스트들의 운명을 관심을 가지고 지켜봤었다. 로체스터 신문들의 기사는 너무나 명백한 편견으로 우리를 화나게 하고 혼란스럽게 했다. 언론의 폭력, 고발당한 자들에 대한 씁쓸한 비난, 모든 외국인들에 대한 공격은 우리로 하여금 오히려 헤이마켓 피해자들에 동정심을 갖게 했다.

당시 우리는 로체스터에 독일인 사회주의 그룹이 있고, 일요일에 저마니아 홀에서 세션이 열린다는 것을 알게 되었다. 언니와 나는 그 모임에 참석하기 시작했는데, 그냥 몇 차례만 참석하고 만 언니와 달리 나는 거의 정규 멤버였다. 모임은 대체적으로 이렇다 할 것도 재미도 없었고, 단지 고만고만한 로체스터에서의 회색빛 삶에 작은 탈출구가 되는 정도였다. 적어도 그곳에서는 사람들이 끝도 없이 지껄이는 돈이 어쩌니 사업이 어쩌니 하는 이야기를 듣지 않아도 되었으니 말이다. 거기서 우리는 적어도 생각하고 깨어 있는 사람들을 만날 수 있었다.

어느 일요일, 뉴욕에서 웬 유명한 사회주의자가 온다는 소식을 들었다. 요한나 그레이가 시카고 재판에 대한 강연을 한다는 것이었다. 강연 당일 나는 강당에 첫번째로 도착했다. 그 큰 강당은 곧 열정에 찬 사람들로 가득 들어찼고 벽을 빙 둘러 경찰이 지키고 서 있었다. 그전까지 나는 그렇게 큰 모임에 가본 적이 없었다. 상트페테르부르크에서 열린 학생들의 작은 모임에서 국가 헌병을 본 적은 있지만, 미국은 언론의 자유가 보장된 나라 아닌가. 그런 나라에서 곤봉으로 무장한 경찰이 강당에 질서정연하게 있는 사람들을 공격할 수도 있다고 생각하니 실망감과 함께 저항심으로 내 속이 가득 차는 게 느껴졌다.

머지않아 의장이 발표자를 소개했다. 요한나 그레이는 서른 줄로, 창백하고 금욕적인 외양에, 번쩍이는 큰 눈을 한 여성이었다. 강렬하고 떨리는 목소리로, 그러나 대단한 열정을 가지고 말하는 그녀에게 나는 푹 빠졌다. 순간 경찰도 잊고, 관중도 잊고, 나 자신에 대한 모든 것도 다 잊어버렸다. 내 앞에는 오직 검은 옷을 입은 연약한 여인이 울부짖으며 여덟 명의 목숨을 앗아간 공권력을 고발하는 모습만 있을 뿐이었다.

연설은 시카고에서 있었던 충격적인 사건에 대한 것으로, 그녀는 사건의 역사적 배경을 이야기하며 연설을 시작했다. 1886년 있었던 노동자 파업은 하루 8시간 노동을 요구하며 일어난 것인데 그 중심에 시카고가 있었고 노역을 하는 사람들과 사장들 간의 갈등은 점점 강도가 높아졌다. 맥코믹 하베스터 컴퍼니의 파업노동자들 모임은 경찰에 의해 공격당했고, 여자 남자 할 것 없이 폭행당하고 몇몇은 목숨까지 잃었다. 이 말도 안 되는 사건에 저항하기 위해 5월 4일, 헤이마켓 광장에 대중 시위가 조직되었다. 앨버트 파슨스, 어거스트 스파이스, 애돌프 피셔 외 몇몇에 의해 조직된 이 시위는 조용하고 질서정연하게 이루어졌으며 이는 당시 무슨 일이 벌어지는지 알기 위해 모임에 참석했던 시카고의 시장 카터 해리슨에 의해 증명된 사실이다. 모든 게 괜찮다는 것을 확인하고 만족한 시장은 자리를 떠났고 구청장에게도 이와 같은 취지로 이야기를 전했다. 날은 점점 흐려지고, 가랑비가 내리기 시작했다. 사람들은 하나둘 흩어지고 마지막 강연자 순서까지 남은 관중은 몇 되지 않았다. 그런데 그때 경찰청장이 무장한 경찰들을 대동하고 광장에 나타나서는 즉각해산을 명령했다. “이것은 엄연한 평화집회입니다” 하고 의장이 맞서자 경찰이 사람들을 곤봉으로 무자비하게 내려치기 시작했다. 그때 공중에서 무언가 번쩍하고 폭발하면서 경찰 몇몇이 부상을 입고 사망하기까지 했다. 누가 이 일을 저질렀는지는 알 수 없었지만, 당국은 범인을 찾는 데 최소한의 노력도 기울이지 않았다. 그 대신, 헤이마켓 모임에서 발언한 사람들과 다른 주요 아나키스트들을 체포하라는 명령이 떨어졌다. 시카고를 비롯한 전국 각지의 모든 언론과 부르주아들은 체포된 이들의 피를 보기를 원했다. 아나키스트를 제거하는 것을 향후 계획으로 삼은 ‘시민연합’에게 도덕적·재정적 지원을 받은 경찰은 무장진압을 통해 진정한 공포를 보여 주었다. 아나키스트 지도자들에 대한 극악무도한 소문이 언론에 의해 퍼져 나갔고, 여론은 이로 인해 불같이 들끓었으므로 체포된 이들이 공정한 재판을 받을 가능성은 거의 없었다. 사실상 그 재판은 미국 역사상 최악의 범죄조작 사건이었다.

유죄를 선고하기 위해 배심원들이 세심히 골라졌고, 지방검찰청은 공개재판에서 단순히 체포된 이들뿐 아니라 아나키스트들이 심판을 받아야 함을 선포했다. 판사는 반복적으로 피고들을 비난하면서 배심원들에게 영향을 미쳤다. 목격자들은 공포에 사로잡혔거나 매수를 당했고, 이로 인해 범죄와는 그 어떤 연관성도 없는 여덟 명이 기소되었다. 선동당한 여론, 아나키스트들을 향한 일반적인 편견이 하루 8시간 노동을 요구하는 운동에 반대하는 자본가들과 맞장구를 친 결과 시카고 아나키스트들을 향한 사법적 살인이 이루어졌다. 이 여덟 명 중 다섯(앨버트 파슨스, 어거스트 스파이스, 루이스 린그, 애돌프 피셔, 게오르게 엥겔)은 교수형을 선고받았고, 마이클 슈와브와 새뮤얼 필든은 종신형을 선고받았다. 오스카 니브는 15년형을 선고받았다. 헤이마켓 순교자들의 무고한 피가 복수를 부르고 있었다.

그레이의 연설을 듣고 난 후에야 나는 내가 그간 막연히 추측하던 것의 정체를 알게 되었다. 바로, 시카고 희생자들의 무고함이었다. 그들은 이상을 위해 목숨을 잃었다. 하지만 그 이상이란 게 무엇이던가? 요한나 그레이는 파슨스, 스파이스, 린그, 그리고 다른 사회주의자들에 대해 이야기했지만 나는 사회주의의 진짜 의미를 알지 못했다. 지역 연사가 한 말로 인해 내가 사회주의에 대해 가진 생각은 '회색빛에 기계적인 무언가' 정도였다. 한편, 신문들은 이 사람들을 아나키스트라 부르며 폭탄을 던졌다고 비난하고 있었다. 아나키즘이란 또 무언가? 혼란스러웠다. 하지만 더 깊은 생각에 빠져 있을 시간은 없었다. 사람들은 탄원서에 서명을 하고 있었고, 나는 이제 일어나 떠나야 했다. 의장인 그레이와 다른 무리의 사람들은 아직 강당에 남아 있었다. 내가 그들을 향해 돌아섰을 때 그레이가 나를 향해 손짓했다. 놀란 내 심장은 미친 듯이 뛰고, 갑자기 발은 납이라도 된 듯 바닥에서 떨어지지 않았다. 강단으로 가까이 가자 그녀는 내 손을 잡으며 말했다. "당신처럼 감정의 격동이 얼굴에 고스란히 다 드러나는 사람은 지금껏 본 적이 없어요. 분명 이 비극을 누구보다도 강렬히 느끼고 있는 게 맞죠? 그들을 알고 있었나요?" 나는 떨리는 목소리로 대답했다. "안타깝게도 개인적으로 알지는 못했어요. 하지만 제 온몸의 신경 하나하나가 다 느끼는 것만 같아요. 아까 강단에서 말씀하실 때, 마치 제가 그들을 다 아는 것처럼 느껴졌어요." 그레이는 내 어깨에 손을 얹었다. "그들의 이상을 배우면서 그들을 알아갈 수 있을 거라는 생각이 들어요. 그들의 대의가 바로 당신의 것이 될 거예요."

집으로 돌아오는 길은 꿈을 꾸는 듯했다. 헬레나 언니는 이미 잠이 들어 있었지만 나는 내가 경험한 걸 언니와 나누고 싶었다. 언니를 깨워서는 무슨 일이 있었는지 그대로 읊었다. 연설의 말 한마디 빼놓지 않고 거의 그대로 전달하는 내가 자못 극적으로 보였는지 언니가 외쳤다. "내가 조만간에 내 동생도 위험한 아나키스트라는 이야기를 듣게 생겼구나!"

몇 주 후, 알고 지내던 독일인 가족을 만날 일이 있었다. 나는 그 독일인 가족이 무척 흥미로웠다. 뉴욕의 지인이 그들에게 독일어 신문(『자유』)을 보내주었다는데, 발행인은 요한 모스트로, 그 신문은 시카고에서 있었던 일로 꽉 채워져 있었다. 그 신문의 기사들은 탁월했고, 지금까지 내가 들어 왔던 것과는 사뭇 달랐다. 심지어 그레이의 연설과도 달랐다. 마치 조롱과 비아냥, 저항의 불꽃이 되어 튕겨져 나오는 용암 같았다. 그 말이 내뱉는 숨결에선 시카고 사건 배후에 있는 권력에 대한 짙은 혐오가 배어 났다. 그 후로 나는『자유』를 정기적으로 읽기 시작했다. 신문에 광고되는 책들을 구해 읽었고, 또 아나키즘에 대해 내가 얻을 수 있는 모든 정보를 게걸스럽게 삼켰다. 아나키스트들의 삶과 일에 대해서. 재판이 벌어지는 동안 그들이 취한 영웅적 태도와 놀라운 변호에 대해서도 읽었다. 내 눈앞에 새로운 세상이 열리고 있었다.

모두가 두려워하며 제발 일어나지 않기를 바랐던 일이 마침내 벌어졌다. 시카고의 아나키스트들이 교수형에 처해졌다는 뉴스가 로체스터 신문 호외로 전해진 것이다!

헬레나 언니와 나는 무척이나 상심했다. 언니는 충격으로 웅송그린 채 조용히 눈물만 흘렸고, 나는 인사불성이 되었다. 마비된 듯한 느낌이 몸을 덮쳐 왔고, 너무 끔찍한 나머지 눈물마저 말라 버렸다. 그날 저녁 아버지 집으로 갔다. 모두가 시카고 사건을 이야기하고 있었다. 나는 마치 가족이라도 잃은 듯한 상실감에 빠져 있던 참이었는데 그때 한 여자의 거친 웃음소리가 들려왔다. 새된 목소리는 비아냥대며 말했다. "이런 초상집 분위기가 다 웬말이야? 그 남자들은 다 살인자였는데. 교수형 당해도 싸지." 그 여자에게 참을 수 없이 화가 났는데 뒤에서 누군가 나를 잡는 게 느껴졌다. "저 아이 완전 정신이 나갔어" 하고 말하는 소리가 들렸다. 나는 나를 잡은 손에서 빠져나와 상 위에 있던 물병을 집어들고 그 여자의 얼굴에 뿌렸다. "나가요! 나가!" 나는 울며 외쳤다. "아니면 내가 죽여 버릴 테니까!" 겁에 질린 여자는 간신히 문까지 가 울음을 터뜨렸다. 나는 침실에 들어가서 곧바로 깊은 잠에 빠져들었다. 아침에 일어났을 땐 마치 긴 병에서 회복한 느낌이었다. 하지만 나를 사로잡았던 무감각함과 우울감은 사라진 채였다. 내 영혼에 무언가 새롭고 대단한 것이 탄생했다는 분명한 감각이 있었다. 높은 이상, 불타는 신념, 나의 순교한 동지들을 기억하며 내 한 몸을 바치겠다는 의지…. 그들의 대의를 나의 것으로 만들고 그들의 아름다운 삶과 영웅적 죽음을 세상에 알려야 했다. 요한나 그레이는 예언자였다, 정작 자신은 그 정도인지는 몰랐겠지만.

나는 결심을 굳혔고, 이제 뉴욕에 가 요한 모스트를 만나야 했다. 그라면 나의 이 새로운 미션을 준비해 나가는 것을 도와줄 수 있겠지. 하지만 나의 남편과 부모님은 어쩐담? 그들은 과연 내 결정을 어떻게 받아들일 것인가?

나는 당시 결혼 10개월차였는데, 남편과의 결합은 행복하지 않았다. 결혼 시작부터 그와 나는 정반대이며, 공통점이라곤 하나도 없고, 잠자리에서조차 잘 맞지 않는다는 것을 깨달았다. 미국에 온 이래로 내가 해온 일들과 마찬가지로 이 결혼 역시도 실망스러운 일이었다. "자유의 땅, 용감한 자들의 집, 미국." 이런 코미디가 있나. 그럼에도 불구하고 나는 언니와 함께 미국으로 오기 위해 싸워야 했다. 끝내 나는 승리했고, 1885년 12월 말에 헬레나 언니와 나는 상트페테르부르크를 떠나 약속의 땅으로 향했다.

또 다른 언니가 이미 우리보다 먼저 몇 년 전 결혼해서 로체스터에 살고 있었다. 큰언니는 헬레나 언니와 나에게 계속 편지를 보내서 자기를 보러 오라고, 너무 외롭다고 했다. 헬레나 언니는 큰언니에게 가기로 결심을 굳혔는데, 나는 어머니보다 더 살갑게 지낸 헬레나 언니와 헤어질 생각을 하니 견딜 수 없었다. 언니 역시도 나를 두고 떠나고 싶어 하지 않았다. 나와 아버지 사이에 존재하던 미묘한 균열을 언니도 잘 알고 있던 까닭이다. 언니가 내 뱃삯을 대겠다고 했지만 아버지는 좀처럼 허락을 하지 않았다. 울고불고하며 사정하다가 보내 주지 않으면 네바 강에 콱 떨어져 죽겠다고 하자 그제서야 아버지는 마지못해 허락을 했다. 나는 25루블을 손에 쥔 채, 그 어떤 미련도 후회도 없이 떠났다. 어린 시절을 떠올리면, 집은 늘 숨이 막혔다. 아버지만 보면 무서웠다. 어머니는 우리에게 난폭하게 굴진 않았지만, 그렇다고 딱히 따뜻한 정을 보여 준 적도 없었다. 나에게 사랑을 준 건 언제나 헬레나 언니였고, 내 어린 시절에 기쁨이란 게 있다면 그건 언니가 준 것이었다. 언니는 다른 아이들을 대신해 언제고 잘못을 뒤집어썼고, 남동생과 내가 맞아야 했던 매도 헬레나 언니가 맞기 일쑤였다. 이제 드디어 우리는 완전히 우리끼리가 되었고, 누구도 우리를 갈라놓을 수 없을 것이었다.

우리가 몸을 실은 3등선실로 말하자면, 승객들이 마치 가축처럼 다닥다닥 붙어 있는 곳이었다. 난생처음으로 접한 바다는 두려운 동시에 매혹적이었다. 집으로부터의 자유, 끝도 없이 펼쳐진 광활한 경이의 아름다움, 신세계가 가져다줄 것에 대한 흥분과 기대가 나의 상상을 자극했고, 이어 내 피가 간질거렸다.

여정 마지막 날이 생생히 기억난다. 모두가 갑판에 있었다. 헬레나 언니와 나는 서로에게 딱 붙은 채 서서 멀리 안개 속에서 드러나는 자유의 여신상과 항구의 모습을 황홀경에 빠져 지켜보았다. 아,

저기 있구나. 희망과 자유, 기회의 상징! 여신은 자유의 나라, 억압받는 이들의 망명지를 밝히기 위해 횃불을 높이 쳐들고 있었다. 헬레나 언니와 나는 미국의 너그러운 마음속에 우리의 자리를 찾을 수 있을 것이었다. 한껏 고취된 우리 두 사람의 눈에는 눈물이 가득 맺혔다.

우리의 몽상을 깬 건 걸걸하고 사나운 목소리들이었다. 화난 남자들, 예민해진 여자들, 소리지르는 아이들, 손짓발짓을 하고 있는 사람들에 둘러싸였고, 경비는 우리를 이쪽 저쪽 거침없이 밀어댔다. 내릴 준비를 하라고, 이민자들이 거쳐야 하는 사무소 캐슬 가든으로 이동할 준비를 하라고 소리를 질렀다.

적의와 불쾌로 채워진 분위기 하며, 캐슬 가든은 정말이지 형편없었다. 좋은 표정을 한 공무원은 찾아보려야 찾아볼 수가 없고, 임신한 여성이나 어린 아이들을 위해 마련된 시설도 전혀 없었다. 미국 땅을 밟은 첫째날은 그야말로 충격과 공포였다. 우리는 다만, 이 끔찍한 곳을 빨리 빠져나가고만 싶었다. 로체스터는 뉴욕주의 '꽃의 도시'라고 들었건만 우리는 우울하고 추운 1월의 아침에 그곳에 도착했다. 첫째 아이를 배고 있어 몸이 불은 언니 레나와 레이철 고모를 만났다. 레나 언니네 방은 몹시 작았지만 환하고 먼지 한 점 없이 깨끗했다. 헬레나 언니와 나를 위해 준비된 방은 꽃들로 가득했고, 하루 종일 사람들이 우리 방을 오갔다. 한 번도 만나 본 적 없는 친척들과, 레나 언니와 형부의 친구들, 이웃들…. 다들 우리를 만나 고향 땅 이야기를 듣고 싶어했다. 그들은 모두 러시아에서 고통받은 유대인들이었다. 몇몇은 유대인 대학살이 일어날 때 있었던 사람들이었다. 그들이 말하길, 새로운 땅에서의 삶은 힘들다 했다. 그들은 한 번도 집이었던 적 없는 곳에 대해 아직도 향수를 가지고 있는 듯했다.

우리를 찾아온 사람들 중에 꽤 번성한 사람들도 있었다. 한 남자는 자식 여섯이 아직도 신문을 팔고 구두닦이를 하며 일한다고 으스대기도 했다. 모두가 헬레나 언니와 내가 무엇을 할지에 대해 걱정하는 가운데 거칠게 생긴 청년 하나가 내게 부쩍 관심을 쏟았다. 저녁내내 나를 쳐다보고 위아래로 훑었다. 심지어는 내게 가까이 와서 내 팔을 만져 보려고 하기까지 했다. 마치 시장에 벌거벗은 채로 서 있는 기분이었다. 화가 머리끝까지 났지만 언니의 친구들을 모욕하고 싶지는 않았다. 혼자라는 느낌에 서둘러 방을 빠져나왔다. 문득, 내가 두고 온 것들이 그리워졌다. 상트페테르부르크, 내가 사랑하는 네바 강, 친구들, 나의 책과 음반들. 곧 옆방에서 시끄러운 소리가 들려왔다. 나를 화나게 한 그 남자의 목소리였다. "가슨 앤 메이어에 엠마 일자리 구해 줄 수 있을 것 같은데? 임금이야 적겠지만, 거기서 결혼할 남자도 쉽게 만날 수 있을 거야. 그렇게 소담하고, 볼은 볼그레한데다 파란 눈을 가진 여자라면… 아마 금방일걸? 어떤 남자라도 낚아채서 실크랑 다이아몬드로 몸을 감아 주려고 안달일 테지." 아버지 생각이 났다. 내 나이 15살 때 그렇게도 나를 결혼시키려고 했는데….

나는 저항하고 빌고 또 빌면서 공부를 하게 해달라고 했더랬다. 아버지도 너무 화가 나서는 내 프랑스어 문법책을 불싸지르면서 소리질렀다. "여자는 배울 필요가 없어! 유대집안 딸이라면 어떻게 게필테 생선요리를 하는지만 알면 돼. 요리하고 남편한테 애 낳아 주면 그걸로 충분하다고." 나는 아버지 말을 듣지 않았다. 나는 공부를 하고 싶었고, 삶을 알고 싶었다. 여행을 하고 싶었다. 더욱이, 사랑해서가 아니라면 난 결코 결혼 같은 것은 하지 않을 셈이었다. 나는 미국에 옴으로써 나를 위해 세워 둔 아버지의 계획으로부터 탈출하고 싶었다. 기껏 도망쳐 온 새로운 땅에서도 '결혼'이 나를 따라오다니. 나는 결코 결혼과 삶을 바꾸지 않을 것이다. 나는 일을 할 것이다.

어렸을 때, 레나 언니는 내가 너무 자주 징징거린다고 생각했다. 이따금 잔뜩 화가 나서는 나를 발로 차며 소리치곤 했다. "제 아빠랑 똑같지 아주! 너희 아빠도 우리를 얼마나 속여 먹었는지 알아? 우리 아빠가 남긴 돈을 다 가져갔다고! 난 네가 너무 싫어! 넌 내 진짜 동생도 아니잖아!"

언니가 나한테 한 번씩 퍼부을 때마다 무서웠다. 몇 분간은 바닥에 못박힌 것처럼 가만히 앉아서 잠자코 언니를 바라보곤 했다. 그 후에는 발작적인 울음이 이어졌다. 나는 헬레나 언니에게 달려가 내 어린애 같은 슬픔을 쏟아냈다. 레나 언니가 한 말이 무슨 뜻인지, 우리 아빠가 레나 언니 돈을 가져갔다는 말은 무엇이며 왜 나는 레나 언니의 동생이 아닌지 헬레나 언니에게 물었다.

늘 그랬듯 헬레나 언니는 나를 안고 달래 주며 레나 언니가 한 말을 설명해 주었다. 그리고 나는 어머니를 통해 나의 아빠 말고 헬레나와 레나 언니의 아빠가 더 있었다는 것을 알게 되었다. 헬레나와 레나 언니의 아빠는 젊어서 죽었고, 어머니는 지금의 아빠와 중매로 결혼을 했고, 나와 남동생들을 낳았다고 했다. 어머니는 양아버지일지언정 나의 아빠가 헬레나와 레나 언니의 아빠가 맞다고 말했다. 또한 나의 아빠가 두 언니들 앞으로 준비되었던 돈을 다 쓴 게 맞다고도 알려주었다. 무슨 사업에 투자했다가 실패하긴 했지만 그건 가족을 위해 한 일이었다고 했다. 어머니가 변명한다 한들 이미 크게 다친 내 마음을 낫게 하진 못했다. 나는 울면서 소리쳤다. "아빠한테 그 돈을 쓸 자격은 없어! 언니들은 고아였던 건데, 고아 돈을 훔쳐가는 건 죄야. 내가 어른이면 좋겠어. 그러면 내가 그 돈을 갚아 줄 수 있을 텐데. 아니, 내가 꼭 갚아 줄 거야. 아빠를 대신해 내가 용서를 구할게."

독일인 보모로부터 나는 고아의 돈을 훔친 자는 결코 천국에 들어가지 못한다는 말을 듣고 자랐다. 사실 천국에 대해 나는 어떤 개념도 없었다. 유대인으로서 의식을 꼭 지키고, 토요일과 휴일에 회당에 가지만, 종교에 대해 이야기하는 일은 거의 없었다. 나는 신과 악, 죄와 벌에 대한 생각을 독일인 보모와 러시아 소작농 하인들을 통해 해나갔다. 아빠가 돈을 갚지 않으면 큰 벌을 받을 것이라고 나는 확신했다.

그 사건 이후로 11년이 지났다. 레나 언니의 말로 인한 상처는 잊힌 지 이미 오래였고 레나 언니에 대한 애정은 헬레나 언니에 대한 것만큼이나 컸다. 미국에 오는 내내 나를 향한 레나 언니의 감정이 어떨까 걱정되었다. 하지만 언니를 보자마자, 임신해서 불어난 몸에 작은 얼굴이 창백하고 쪼그라든 모습을 보니, 내 가슴은 언니를 향해 달렸고 우리 사이에 그림자 같은 건 애초에 없었던 것처럼 느껴졌다.

미국에 도착한 다음 날, 드디어 우리 세 자매만이 오롯이 남겨졌다. 레나 언니는 그간 자신이 얼마나 외로웠고, 우리와 고향 사람들이 얼마나 그리웠는지 이야기했다. 또 언니의 고단한 삶에 대해서도 알게 되었는데 처음에는 레이철 고모의 집안일을 하다가 나중에는 스타인 의류 공장에서 단춧구멍을 만드는 일을 했다고 했다. 이제, 언니는 드디어 집도 생겼고 기다리던 아이까지 생기게 되었으니 얼마나 행복한지! 하지만 "살아가는 게 여전히 힘들어"라고 레나 언니는 말했다. "양철세공일 하는 남편 주급이 12달러야. 해가 쨍쨍 비칠 때나 살을 에는 바람이 불 때나 항상 지붕 위에서 일을 하는 것이니 늘상 위험에 노출되어 있는 거지. 그이는 러시아 베르댜치프에서, 여덟 살 때부터 일하기 시작했는데, 그 이후로 줄곧 일을 쉰 적이 없어."

헬레나 언니와 나는 방으로 돌아와 바로 일거리를 찾을 것을 다짐했다. 형부에게 짐이 될 수는 없었다. 주급 12달러와, 이제 곧 생길 아이까지! 며칠 후 헬레나 언니는 네거티브 필름을 리터칭하는 일자리를 구했다. 언니가 러시아에서도 하던 일이었다. 나는 가슨 앤 메이어에서 자리를 구했는데, 하루에 울스터 망토 10벌 정도를 박음질하는 일이었다. 주급은 2달러 50센트였다.

2

나는 상트페테르부르크에 있을 적에 공장에서 일을 했었다. 1882년 겨울, 어머니와 두 남동생과 함께 쾨니히스베르크에서 아버지를 만나기 위해 러시아의 수도로 왔을 때, 아버지가 직장을 잃었다는 사실을 알게 되었다. 사촌이 운영하는 건어물 가게의 매니저로 일했는데, 우리가 도착하기 직전에 가게가 망했다. 아버지의 실직은 가족의 비극이었는데, 그 직장에서 건진 게 하나도 없었기 때문이다. 집안에서 밥벌이를 하는 사람은 이제 헬레나 언니였고, 어머니는 형제들에게 손을 벌려야만 하는 상황이 되었다. 어머니가 빌린 300루블로 식료품점에 투자를 했는데, 가게는 처음엔 조금씩 수익을 내다가, 결국 나도 일자리를 찾지 않으면 안 되는 상황이 되었다.

당시에는 니트로 짠 숄이 유행이었고, 한 이웃이 어머니에게 내가 일을 구해 집에서 돈벌이를 할 수도 있다고 말해 주었다. 나는 하루 종일, 어떨 때는 밤까지 일하며 숄을 만들었고 그 결과 한달에 12루블까지 벌기도 했다.

내가 생계를 위해 짠 숄은 누가 봐도 제대로 된 작품은 아니었지만 그럭저럭 넘어갔다. 나는 일 하는 게 싫었고, 계속 그 일을 하다 보니 시력이 너무 안 좋아졌다. 건어물 장사를 망해 먹은 아버지의 사촌은 이제 장갑 공장을 하고 있었는데, 그가 내게 일을 가르쳐 주는 대가로 공장에서 일할 것을 제안했다.

공장은 집에선 한참 걸리는 거리였다. 아침 7시까지 거기에 도착하려면 못해도 5시에는 일어나야 했다. 작업실은 답답하고 환기도 안 됐으며, 어두웠다. 오일램프가 있긴 했지만 작업실에 햇볕이 들어오는 일은 없었다.

공장에 일하는 사람은 6백 명 정도였고 나이는 제각각이었다. 일꾼들은 비싸고 아름다운 장갑을 아주 적은 임금만을 받고 만들어 냈지만, 넉넉한 점심시간과 하루 두 번의 다과 시간이 주어지긴 했다. 우리는 일하면서 이야기하거나 노래도 할 수 있었고 업무로 닦달을 당하거나 괴롭힘을 당하지 않았다. 1882년 상트페테르부르크에서는 그랬다.

이제 나는 미국, 뉴욕주의 꽃의 도시에 위치한 공장에 있었다. 아주 모범적인 공장이라고 들었다. 분명, 가슨 의류공장은 러시아에서 일하던 장갑 공장에 비하면 대단한 발전이었다. 작업실은 컸고 밝았으며 공기도 잘 통했다. 저마다 팔꿈치만큼의 개인공간도 있었다. 아버지 사촌 공장에서 구역질나게 나던 지독한 냄새도 없었다. 하지만 이곳에서의 일은 더 고됐다. 점심시간은 30분밖에 주어지지 않았고 하루의 일이 도무지 끝나지 않을 것처럼 느껴졌다. 엄격한 규율 때문에 자유로운 이동이 금지되었는데 심지어 화장실을 갈 때조차도 허락을 받아야 했다. 또 십장의 끝도 없는 감시는 내 가슴을 돌처럼 무겁게 짓눌렀다. 하루하루 일이 끝날 때마다 나는 기진맥진했고, 겨우 내 몸을 끌고 언니네 집에 돌아가 침대에 누울 힘만 남은 상태가 되었다. 이런 끔찍하게 단조로운 일상이 한주, 또 한주 계속되었다.

놀라운 점은, 공장의 어느 누구도 나처럼 이런 업무 환경에 신경 쓰는 사람이 없는 듯했다는 거였다. 오로지 내 가까이서 일하던 작고 연약한 타냐만이 괴로워했다. 그녀는 창백하고 섬세한 사람이었다. 자주 두통을 호소했고, 너무 과하게 업무가 주어질 때는 종종 울음을 터뜨리곤 했다. 어느 날 아침, 내 자리에서 일을 하다가 눈을 들어 보니 옷더미에 몸을 웅크리고 있는 타냐가 보였다. 기절을 한 것이었다. 타냐를 탈의실로 옮기게 도와달라고 십장을 향해 소리를 질렀지만, 육중한 기계소리에 내 목소리가 묻혔다. 가까이에서 일하던 여자들이 내 목소리를 듣고 같이 소리쳐 주었다. 모두 하던 일을 멈추고 타냐에게 달려왔다. 작업이 중단되자 그제서야 십장이 우리 쪽으로 왔다. 소동의 이유 같은 건 묻지도 않은 채 그가 소리쳤다. "다들 제자리로 돌아가! 작업 멈추는 게 무슨 뜻인지 알기나 해? 다들 잘리고 싶어? 당장 자리로 돌아가!" 구겨진 채 누워 있는 타냐를 보고선 그가 외쳤다. "이 여자는 또 무슨 문제야?" "기절했어요." 최대한 목소리를 가다듬으려 애쓰며 내가 대답했다. "기절이건 뭐건" 그가 콧방귀를 뀌며 말했다. "가짜로 저러는 거야." "당신 정말 거짓말쟁이에다 짐승 같은 사람이네요!" 나는 끝내 분노를 참지 못하고 소리질렀다.

타냐를 향해 몸을 구부리고 그녀의 허리끈을 좀 푼 후, 내 점심으로 싸간 오렌지를 짜서 그녀의 반쯤 열린 입으로 넣어 주었다. 타냐의 얼굴은 새하얬고, 이마의 땀은 찼다. 정말 아파 보였는지 십장도 그제서야 타냐가 아픈 척을 하는 게 아니라는 것을 깨닫고 타냐에게 하루 쉬어도 좋다고 허락했다. "저도 타냐와 함께 가겠어요. 제 임금은 시간에서 제하셔도 좋아요." 내 말을 들은 십장은 나를 밀치며 말했다. "지옥에나 가, 이 망할 들고양이야!"

우리는 공장을 나와 카페로 갔다. 나 역시 공허하고 기절할 지경이었으나 우리 두 사람 수중에 있는 돈은 75센트가 전부였다. 40센트는 음식에 쓰고, 나머지는 전차삯으로 해서 공원으로 가기로 했다. 신선한 공기 속에서, 꽃과 나무 속에서, 우리는 끔찍한 작업을 잠시나마 잊을 수 있었다. 하루의 시작은 비록 문제와 함께였지만, 끝은 평화와 안정을 향해 가고 있었다.

다음 날 아침, 기운을 쪽 빼는 하루의 일과가 다시 시작되었다. 이 지루한 일과는 매일, 매주, 매달 반복되었고, 집안의 새로운 식구(조카딸)가 태어날 때야 비로소 잠깐 멈췄다. 아기는 나의 지루한 일상에서 유일하게 흥미로운 존재였다. 이따금, 공장에서의 분위기가 나를 위협적으로 엄습해 올 때, 집에 있는 아기를 생각하는 것만으로 내 영혼이 다시 살아났다. 이제 나의 저녁이 더 이상 싫거나 의미없는 시간이기를 멈췄다. 하지만 어린 스텔라가 집안에 가지고 온 기쁨만큼이나 언니와 형부에게 물질적 불안을 가중시킨 것도 사실이었다.

레나 언니는 내가 하숙비용으로 내던 1달러 50센트(교통비가 1주에 60센트, 남은 40센트가 나의 용돈이었다)가 한 사람 추가 생활비로 턱없이 부족했다는 것을 말이나 행동으로 드러낸 적이 단 한 번도 없었지만 형부가 생활비가 점점 많이 드는 것에 대해 불평하는 것을 우연히 듣게 되었다. 형부가 틀린 소리를 하는 건 아니란 생각이 들었다. 언니를 걱정시키고 싶지는 않았다. 게다가 언니는 아이를 기르느라 정신이 없지 않은가. 공장에 임금인상을 요구해야 할 때였다. 십장에게 백날 말해 봐야 씨알도 먹히지 않을 게 분명하니, 가슨 씨를 직접 만나야 했다.

내가 안내받은 곳은 고급스러운 사무실이었다. 테이블 위에는 아메리칸 뷰티 장미가 있었다. 꽃집을 지날 때 아메리칸 뷰티를 보고 반해서 가게로 들어가 가격을 물은 적이 있었는데, 한 송이당 1.5달러였다. 내 주급 절반보다 더 비싼 금액인 거였다. 가슨 씨 사무실의 예쁜 꽃병에는 그 아메리칸 뷰티가 셀 수 없이 많이 담겨 있었다.

앉으라는 소리도 듣지 못한 나는 내가 거기 왜 갔는지 순간적으로 잊어버리고 말았다. 아름다운 방과 장미, 가슨 씨의 시가에서 나오는 연기에 정신을 차릴 수 없었다. "자, 무엇 때문에 오셨나?" 고용주의 질문을 듣고서야 나는 다시 현실로 돌아왔다.

임금인상 때문에 왔노라고 그에게 말했다. 2.5달러 주급으로는 하숙비도 낼 수 없거니와 다른 데 쓸 돈도 없다고 설명했다. 책을 사는 일도 어렵고 심지어 극장 티켓도 25센트나 한다고 말이다. 이 말을 들은 가슨 씨는 공장노동자 치고 취향이 고급이라는 대꾸를 했다. 그의 공장에서 일하는 다른 '일손'들은 모두 만족하고 있으며, 생활도 잘 꾸려가고 있는 것 같아 보인다면서 말이다. 그러니 나도 그에 맞추거나 아니라면 다른 직장을 찾아야 할 거라고 했다. "내가 당신 임금을 올리면 다른 사람들 것도 다 올려줘야 하는데, 그건 내가 감당할 수 있는 게 아니거든." 나는 공장을 떠나기로 했다.

며칠 후, 루빈스타인 공장에서 주급 4달러를 받는 일을 구할 수 있었다. 작은 회사였지만 사는 곳에서 그리 멀지 않았다. 회사는 정원 안에 있었고, 열두 명 남짓 되는 남자와 여자가 일하고 있었다. 가슨 공장에서의 규칙과 닦아세움 같은 건 이곳에 없었다.

내 기계 옆에서 일하는 남자는 제이컵 커쉬너로, 젊고 매력적인 사람이었다. 그는 레나 언니 집 가까이에 살았고, 우리는 퇴근길에 이따금 집으로 같이 걸어갔다. 오래지 않아 그는 아침마다 나를 부르기 시작했다. 그때까진 나의 영어가 자유롭지 않았던지라 우리는 러시아어로 대화하곤 했다. 그가 말하는 러시아어는 내게 음악처럼 들렸다. 헬레나 언니를 제외하고 로체스터에 도착해서 처음으로 듣는 진짜 러시아어였다.

커쉬너가 미국에 넘어온 건 1881년, 그는 오데사 출신이었고 그곳에서 김나지움을 마쳤다. 그는 특별한 기술이 없었기에 관리직 일을 하게 되었다고 했다. 대부분의 시간을 책 읽는 데나 춤추는 데 썼다고 했고, 친구도 없었는데, 그건 로체스터에서 같이 일하는 사람들은 죄다 돈 버는 데만 관심이 있기 때문이라고 했다. 그의 동료들은 언젠가 자신의 가게를 차리는 게 꿈이었다. 커쉬너는 헬레나 언니와 내가 온다는 소식을 들었는데(심지어 길에서 몇 번인가 나를 보기도 했다는데), 어떻게 다가가야 할지 몰랐다 했다. 이제 그는 더 이상 외롭지 않다고 밝은 목소리로 말했다. 이제 우리는 함께 이곳저곳을 갈 수 있고 그에게 책을 빌려 읽을 수도 있었다. 나 혼자만의 고독도 더 이상 슬프지 않았다.

새로 사귀게 된 친구에 대해 언니들에게 말했더니 레나 언니가 다음 일요일에 그를 초대하라고 했고, 커쉬너가 왔을 때 레나 언니는 그에게 좋은 인상을 받았다. 하지만 헬레나 언니는 커쉬너를 처음 본 순간부터 그를 몹시 싫어했다. 언니가 대놓고 말한 건 아니었지만 느낄 수 없는 건 아니었다.

하루는 커쉬너가 춤을 추러 가자고 했다. 미국에 온 후로 처음이었다. 춤을 추러 간다는 기대감만으로 흥분이 되었고 상트페테르부르크에서의 기억이 되살아났다.

그때 나는 열다섯이었다. 헬레나 언니가 일하는 가게 사장님에게 티켓 두 장을 받아서 간 독일 클럽이었다. 클럽에 가기 얼마 전에 언니가 나에게 드레스용 파란색 벨벳을 선물해 줬는데, 옷을 만들던 사람이 천을 가지고 도망을 가 버렸다. 어찌나 속이 상하던지 며칠 동안 끙끙 앓았다. 내게 그 드레스만 있었더라면, 아버지가 나를 무도회장에 보내 줬을 텐데 하고 속상해하자 헬레나 언니가 나를 위로하며 말했다. "내가 드레스 만들 천을 다시 구해 줄게. 그런데 아버지가 분명 허락하지 않을 텐데 걱정이네." 내가 선언하듯 말했다. "그럼 반항하지 뭐!"

언니는 파란색의 다른 천을 사주었다. 전에 사준 벨벳만큼 아름답진 않았지만 나는 개의치 않았다. 처음으로 무도회장에 가 사람들 사이에서 춤을 출 수 있다는 생각에 행복하기만 했다. 헬레나 언니가 어찌어찌 아버지의 허락을 받아냈는데 마지막 순간에 아버지가 말을 바꿨다. 뭔가 규칙을 어긴다는 생각 때문에 하루 종일 찜찜했는데, 집 밖으로 한 발자국도 나갈 수 없다는 아버지의 선언 탓에 헬레나 언니도 덩달아 가지 않겠다고 말했다. 하지만 나는 결과가 어떻든 아버지를 거스를 준비가 되어 있었다.

숨죽인 채 부모님이 잠자리에 들기를 기다렸다. 그러고선 드레스를 입고 헬레나 언니를 깨웠다. 언니도 반드시 나와 함께 가야 하며 그렇지 않으면 가출을 해버리겠다고 으름장을 놓았다. “아버지가 깨시기 전에 돌아오면 되잖아.” 내가 언니를 설득했다. 사랑스러운 헬레나 언니는 항상 겁이 많고 조심스러웠다. 언니는 고통과 인내는 얼마든지 버텨 냈지만 싸우는 법이라곤 모르는 사람이었다. 그렇다 보니 나의 결단에 언니는 생각할 새도 없이 휩쓸려 버렸다. 언니도 옷을 챙겨 입고 우리는 조용히 집을 빠져나왔다.

독일 클럽은 모든 게 환하고 즐거웠다. 언니가 일하는 곳의 젊은 직원들과 사장님도 보았는데 그의 이름은 카디슨이었다. 나는 노래가 나올 때마다 춤을 추었고, 미친 듯이 몸을 흔들어 댔다. 카디슨 씨가 내게 춤을 청한 때는 벌써 늦은 시간으로, 많은 사람들이 클럽을 떠난 때였다. 헬레나 언니는 내가 너무 지쳤으니 이제 그만하라고 했지만 나는 그럴 생각이 없었다. “나는 춤을 출 거야! 죽을 때까지 춤을 출 거라고!” 온몸에 열이 올라 뜨거웠고, 심장이 마구 뛰었다. 죽을 때까지 춤을 춘다니, 이보다 영광스러운 끝이 있을까!

집에 도착했을 때는 새벽 5시가 가까워 오고 있었다. 가족들은 아직 깨지 않았고, 나는 그날 늦게까지 잠을 잤다. 두통이 있다고 아픈 척을 하면서 내심 어른들을 이겨 먹은 나의 승리를 기뻐했다.

커쉬너와 춤추러 갔던 그날의 일은 아직도 내 기억에 생생하다. 기대에 벅차서 파티에 참석한 만큼, 나의 실망도 컸다. 아름다운 무도회장도, 사랑스러운 여자들도, 멋진 남자들도, 유쾌함도 찾아볼 수 없었던 것이다. 음악소리는 날카로웠고 춤추는 사람들 폼도 엉성했다. 제이컵도 나쁘진 않았지만 열정과 영혼이 결여되어 있었다. "기계 앞에서 4년을 보냈더니 내 몸에 힘이 다 빠져나갔나 봐" 하고 그가 말했다. "너무 쉽게 지치거든."

제이컵 커쉬너가 내게 청혼했을 때는 우리가 알고 지낸 지 네 달이 되었을 때였다. 그를 좋아한 것은 사실이지만, 그렇게 어린 나이에 결혼하고 싶진 않았다. 게다가 우린 서로에 대해 아직 너무 몰랐다. 그는 내가 원하는 만큼 기다리겠노라 했지만 우린 이미 함께하는 삶에 대해 수많은 이야기를 한 상태였다. "우리, 약혼이라도 하면 어떨까?" 그가 간청했고, 나도 결국 승낙했다. 제이컵에 대한 헬레나 언니의 적의는 거의 집착에 가까웠고, 그를 정말 싫어했다. 하지만 나는 외로웠고, 동반자가 필요했다. 끝내 언니는 내 말을 들어줄 수밖에 없었는데, 언니는 나를 너무 사랑해서 내가 바라는 것에 반대를 할 수 없는 사람이었기 때문이다.

1886년 늦은 가을, 어머니와 아버지, 남동생 헤르만과 예고르까지 남은 가족이 모두 로체스터로 왔다. 상트페테르부르크의 상황은 그곳에 사는 유대인들에게 견딜 수 없는 지경이 되었고, 집안에서 꾸려 가던 식료품점의 수입은 그만했으나, 아버지가 가게를 위해 헌납하던 뒷돈의 액수가 점점 커지는 것을 감당할 정도는 못되었다. 미국행만이 답이었다.

헬레나 언니와 함께 부모님이 살 집을 준비했다. 가족이 도착하면 다 같이 살 심산이었다. 하지만 우리들의 벌이만로는 생활비를 감당하기에 역부족이라는 것이 곧 명백해졌다. 이에 제이컵이 하숙을 하면 어떻겠는지 제안해 왔다. 그의 하숙비는 얼마간 도움이 될 것이었다. 곧 그가 우리 집으로 이사를 해왔다.

집은 작았다. 거실, 주방, 침실 두 개가 전부였다. 방 하나는 부모님이, 다른 하나는 헬레나 언니와 나, 그리고 막내 동생이 썼고, 커쉬너와 헤르만은 거실에서 잤다. 제이컵과 너무 가까이 지내게 될뿐더러 사생활이 지켜지지 않는다는 사실이 계속해서 신경쓰였다. 밤이면 잠들지 못해 괴롭고, 낮에 일을 가서는 피로감이 엄습했다. 삶은 이제 견딜 수 없는 것이 되어 가고 있었고 제이컵 때문에라도 나는 나만의 집이 필요했다.

그와 함께하면서 알게 된 것은 우리는 너무 다른 사람들이라는 사실이었다. 처음, 제이컵에게 끌렸던 것은 그가 책을 좋아하던 모습 때문이었는데, 이제 그는 더 이상 책에 관심이 없었다. 이제 직장 동료들과 어울려 카드게임을 하고 춤이나 추러 다녔다. 그에 반해 내 안은 분투와 열망으로 가득 차고 있었다. 정신의 세계에서 나는 여전히 러시아에, 내가 사랑해 마지않는 상트페테르부르크에 살았고 그곳에서 내가 읽은 책들, 보았던 오페라들, 내가 알고 지내던 학생모임 속에 머물렀다. 점점 로체스터가 싫어졌다. 하지만 이곳에 도착해서 유일하게 알고 지낸 사람이 커쉬너였다. 그는 내 삶의 공허함을 채워 주었고 그런 그에게 강하게 끌린 것 또한 사실이었다. 1887년 2월 우리는 로체스터에서 유대식 결혼식을 올렸다.

불과도 같았던 그날의 흥분, 긴장과 열렬한 기대는 첫날밤 황망하게 끝나 버렸다. 제이컵은 내 옆에 바들바들 떨며 누웠다. 그는 잠자리를 할 수 없는 몸이었던 것이다.

내 인생 최초의 성애적 감각은 내가 여섯 살 때였다. 당시 우리는 포펠란[지금의 리투아니아 파필레]에 살고 있었는데 어떤 의미에서 자식들에게 집은 없었다. 아버지는 여관을 운영했는데, 삯노동자와 술 취한 사람들, 옥신각신 다투는 소리와 공무원들로 늘 북적였다. 어머니는 여관 직원들을 감독하느라 바빴다. 레나와 헬레나 언니는 14살, 12살이었는데도 하는 일이 많았고 나는 하루 대부분의 시간 동안 혼자 남겨졌다. 우리 집에서 꾸준히 일하는 사람 중에 페트루시카라는 이름의 직원이 있었는데, 그는 양치기로 일하며 소와 양을 보살폈다. 페트루시카는 이따금 나를 초원으로 데리고 갔는데, 거기서 나는 플루트의 달콤한 소리를 들었다. 저녁이 되면 나는 페트루시카의 목마를 타고 돌아왔다. 그는 말을 흉내내며 있는 힘껏 달리곤 했다. 그러다가는 갑자기 나를 허공으로 던지고 팔로 받으면 내 몸이 그에게 눌리듯 안겼다. 이 행위가 내게는 특별한 감각을 불러일으켰다. 긴장이 풀리면서 내 몸을 가득 채우는 짜릿함이었다.

나는 그와 떨어지고 싶지 않았다. 나는 페트루시카를 너무 좋아해서 어머니의 창고에서 그를 위해 케이크와 과일을 훔치기까지 했다. 그와 함께 들판에 있는 일, 그의 음악을 듣는 일, 그의 어깨에 올라타는 일에 점점 집착하게 되었고 앉으나 서나 그 생각만 했다. 하루는 아버지와 페트루시카 사이에 언쟁이 있었는데, 그 후로 두 번 다시 그를 볼 수 없었다. 페트루시카의 상실은 내 유년 시절 크나큰 비극으로 남아 있다. 그 후로도 몇 주간 나는 페트루시카와 초원과, 음악과 놀이의 환희와 기쁨을 소환하는 꿈을 계속해서 꾸었다. 어느 날인가 아침에 나는 잠에서 끌려나오듯 눈을 떴는데 어머니가 내 위로 몸을 숙이고는 내 오른손을 꽉 낚아채고 있었다. 어머니는 화가 잔뜩 나서는 소리쳤다. "너 이 발랑 까진 계집애. 한 번만 더 손을 거기에 넣으면 매 맞을 줄 알아!"

사춘기로 향해 가면서 남자들이 내게 미치는 영향을 처음으로 의식하게 되었다. 나는 열한 살이었다. 초여름의 어느 날, 나는 고통스럽게 잠에서 깼다. 머리며 등뼈며 다리까지 안 아픈 데가 없었고 온몸이 갈갈이 찢기는 것만 같았다. 어머니를 소리쳐 불렀다. 어머니가 침대커버를 벗겼고, 나는 얼굴에 날카로운 통증을 느꼈다. 어머니가 나를 때린 것이다. 어머니의 겁에 질린 눈에 시선을 고정한 채 신음소리를 내었다. "여자에겐 이게[첫 월경을 한 딸의 뺨을 어머니가 때리는 유대인들의 풍습] 꼭 필요해." 어머니는 말했다. "소녀가 여자가 될 때, 수치로부터 보호하기 위해서 말이야." 어머니는 나를 품에 끌어안으려 했지만 나는 어머니를 밀어젖혔다. 나는 고통에 몸부림치고 있었고, 어머니의 손길을 허락하기에 나는 너무 화가 나 있었다. "나는 죽을 거야." 나는 울부짖었다. "의사를 불러줘." 의사는 젊은 남자로, 우리 마을에 새로 온 사람이었다. 나를 진찰한 의사는 내가 잠들 수 있게 약을 처방해 주었다. 그때부터 나의 꿈은 그 의사에 대한 것이었다.

열다섯에는 코르셋 공장에서 일을 했었다. 상트페테르부르크의 헤미티지 아케이드에 있는 공장이었다. 일 끝나고 다른 여자아이들과 집에 가는 길에 젊은 러시아 장교들과 남자들이 우리를 가로막고 말을 걸곤 했다. 대부분의 여자들은 애인이 있었고, 유대인이었던 아이 하나와 나만은 빵집이나 공원에 가자는 제안을 뿌리치곤 했다.

헤미티지 바로 옆에는 우리가 집에 가기 위해 지나야 하는 호텔이 하나 있었다. 스물 남짓 되어 보이는 잘생긴 젊은 남자가 거기서 일하고 있었는데, 유독 나에게 관심을 보였다. 처음엔 코웃음치고 말았지만, 시간이 지남에 따라 그에게 반하게 되었다. 그의 끈기 있는 구애에 나의 자존심이 무너졌고 결국 그의 마음을 받아 주게 되었다. 우리는 조용한 곳이나 빵집과 좀 멀리 떨어진 곳에서 만나곤 했다. 그럴 때마다 왜 공장에서 늦게 돌아오는지 온갖 이야기들을 만들어 아버지에게 핑계를 대야만 했다. 하루는 아버지가 내 뒤를 밟았다. 집에 돌아오니 아버지가 식료품점 선반에 있는 물건들을 내게 집어 던지기 시작했다. 어머니가 만든 맛있는 바레냐 잼 병이 바닥으로 내팽개쳐졌다. 아버지는 되바라진 딸은 참을 수 없다며 나를 주먹으로 때렸다. 이날 이후로 집은 내게 더욱더 견딜 수 없는 곳이 되었고 집을 탈출하고자 하는 욕구는 점점 강해졌다.

몇 달 동안 그 호텔 직원 남자와 나는 비밀리에 만났다. 어느 날 그는 내게 호텔에 들어가서 고급 스위트룸을 보고 싶지 않느냐고 물었다. 그날까지 나는 호텔을 구경해 본 적이 없었다. 그저 퇴근길에 호텔 앞을 지나며 휘황찬란한 유리문 앞에 서 있는 것만으로도 나는 기분이 들뜨곤 했었다. 남자는 옆문으로 나를 불러서 두꺼운 카펫이 깔린 복도를 지나 큰 방으로 안내했다. 환하고 아름답게 장식된 방이었다. 소파 가까이에 있는 테이블에는 꽃과 찻잔 받침이 있었다. 우리는 소파에 앉았고, 남자는 내게 금빛 음료를 따라주며 우리의 우정을 위해 건배하자고 했다. 와인을 입술에 가지고 갔다. 정신을 차려 보니 나는 그의 품에 안겨 있었고 내 허리께는 옷이 풀어헤쳐져 있었다. 그는 내 얼굴과 목과 가슴에 열정적으로 키스를 퍼부었다. 우리

몸이 만들어 낸 격렬함이 있고 얼마 지나지 않아 그가 내게 가한 극심한 통증 때문에 문득 나는 정신을 차리고 소리를 질렀다. 주먹으로 그의 가슴을 마구 때려댔다. 그때, 복도에서 헬레나 언니의 목소리가 들렸다. "분명 여기 있을 거예요. 여기 있다고요!" 나는 말문이 막혔다. 남자 역시 공포에 질려 있었다. 나를 꽉 쥐었던 손은 풀어지고, 우리는 조용히 침묵 속에서 귀를 기울였다. 내게는 너무나 길게 느껴진 얼마간의 시간이 지난 후에 헬레나 언니의 목소리가 멀어졌다. 남자가 일어섰다. 나도 기계적으로 일어나 앞섶의 단추를 잠그곤 머리를 정리해 뒤로 넘겼다.

이상하게도 수치심 같은 건 느껴지지 않았다. 다만 남자와 여자의 신체접촉이 이리도 야수 같고 고통스러울 수 있다는 발견에 큰 충격을 받았을 뿐이었다. 나는 멍한 채로 호텔방을 걸어나왔다. 몸 구석구석은 멍이 든 채였다.

집에 오니 헬레나 언니가 공포에 질린 채 나를 기다리고 있었다. 언니는 내심 내가 그 남자를 만나는 것에 대해 언짢아하고 있었다. 그 남자가 어디에서 일하는지를 기어이 알아내서는 내가 집에 돌아오지 않자 그 호텔로 나를 찾으러 온 것이었다. 남자 품에 안겼을 때는 느끼지 못했던 수치심이 그제야 나를 덮쳐 왔다. 언니에게 내가 겪은 일을 말할 용기는 나지 않았다.

그 일 이후, 나는 언제고 남자들이 있을 때 두 개의 불을 느꼈다. 그들에게 끌리는 감정은 여전히 강하게 남아 있었지만 그것은 언제나 폭력적인 혐오심과 함께 뒤섞인 채 왔다. 남자들이 내게 손 대는 것을 이제 견딜 수 없게 되었다.

결혼 첫날밤 남편 옆에 누워 있자니, 내 인생의 지난 장면들이 스쳐 지나갔다. 제이컵은 금세 잠이 들었다.

몇 주가 지나도 달라지는 것은 없었다. 제이컵에게 의사를 만나보면 어떤지 권했다. 처음엔 뻗대더니 결국 의사를 만났다. 의사 말로는 "남성성을 회복하려면" 적지 않은 시간이 걸릴 거라고 했다. 그 사이 내 열정도 사그라들었다. 물질적 불안감이 무엇보다도 컸다. 여자가 결혼을 하고서도 일을 하는 것은 크나큰 수치로 여겨졌기에 나 역시 일을 관둔 참이었다. 제이컵의 주급은 15달러였는데 카드놀이에 빠져서 수입의 상당수가 그리로 빠져나갔다. 게다가 의심까지 심해져 내 삶은 견딜 수 없는 것이 되어 갔다. 그렇게 고통에 빠진 나를 구원한 것은 오로지 헤이마켓 사건에 대한 나의 관심뿐이었다.

시카고 아나키스트들의 죽음 이후, 나는 커쉬너와 별거를 강력히 주장했다. 그도 오래 반대했지만 끝내 이혼에 동의를 해주었다. 우리의 결혼식을 주관했던 랍비가 우리의 이혼까지 진행시켜 주었다. 그러고서 나는 코르셋 공장이 있는 코네티컷 뉴헤이븐으로 떠났다.

남편으로부터 자유로워지려고 안간힘을 쓰는 동안 내 곁을 지켜준 사람은 헬레나 언니였다. 애초에 내 결혼에 반대했던 언니지만 달라진 상황에 대해 한마디 비난의 말도 하지 않았다. 오히려, 도움과 위안을 줄 따름이었다. 언니는 레나 언니와 함께 나의 이혼에 대해 부모님을 설득시키는 데 힘써 주었다. 항상 그렇듯 언니의 헌신에 경계 같은 건 없었다.

뉴헤이븐에서 나는 젊은 러시아 사람들의 모임을 알게 되었다. 대체로 학생들이었고 저마다 다른 일을 하고 있었다. 대부분 사회주의자이거나 아나키스트였다. 그들은 때때로 모임을 조직하고 뉴욕에서 연사를 불러오곤 했다. 그 연사 중 한 사람이 솔로타로프였다. 그곳에서의 생활은 재미있었지만 점차 과도한 작업량이 내 생기를 앗아갔고 끝내 나는 로체스터로 다시 돌아가야만 했다.

나는 헬레나 언니를 찾았다. 언니는 결혼하여 아이와 함께 작은 인쇄소 위에 살고 있었다. 인쇄소는 증기선 에이전시 사무실로도 쓰였는데, 이 두 일을 합한다 해도 극심한 가난으로부터 벗어나기란 불가능했다. 헬레나 언니는 제이컵 호치스타인이라는 남자와 결혼했다. 언니보다 10살 정도 나이가 많은 그는 유능한 히브리 학자이자 영어와 러시아 고전문학의 권위자였고, 특이한 성정을 지닌 사람이었다. 그의 진실함과 독립적 성격은 그로 하여금 지저분한 사업의 세계에서 가난한 경쟁자로 남게끔 했다. 2달러짜리 인쇄업무가 들어올라치면 그는 그의 모든 시간과 열정을 쏟아 임했다. 마치 그 일이 50달러짜리 일이기라도 한 것처럼 말이다. 고객이 돈을 좀 깎으려고 하면 바로 돌려보냈다. 그는 자기가 바가지를 씌운다는 의심을 받는 것을 견디지 못했던 것이다. 가족을 꾸리기에 인쇄소 수입은 턱없이 부족했다. 그리고 이런 곤경과 걱정으로 고통받는 것은 불쌍한 나의 언니 헬레나였다. 둘째를 임신한 채로 언니는 아침부터 밤 늦게까지 일하면서도 불평 한마디 하는 법이 없었다. 생각해 보면 언니는 평생을 그렇게 살았다. 조용히 고통받으면서 언제나 감수하는 삶.

헬레나 언니의 결혼은 열정적인 사랑에서 비롯된 것은 아니었다. 두 성숙한 인간이 반려자와 조용한 삶을 원한 결과 맺어진 결합이었다. 설령 언니에게 열정 비슷한 게 있었다 하더라도 언니 나이 스물

넷에 다 타버렸을 것이다. 언니가 열여섯일 때 젊은 리투아니아 남자랑 사랑에 빠졌던 적이 있다. 아름다운 영혼의 소유자였다. 하지만 그는 유대인이 아니었기에 둘의 결혼은 불가능하다는 것을 언니는 알았다. 고통스러운 싸움과 눈물로 지새운 나날들 이후 결국 언니는 그 남자와 헤어졌다. 수년이 지나, 미국으로 가는 길에 우리는 고향인 코브노에 잠시 들렀다. 헬레나 언니는 그 남자와 그곳에서 만나기로 약속을 했던 것이다. 그 남자에게 작별인사도 없이 멀리 떠날 수 없었기 때문이다. 두 사람은 다시 만나 좋은 친구로서 이별했다. 젊은 시절 그들이 가졌던 불꽃은 이제 재가 되었다.

뉴헤이븐에서 돌아온 나를 헬레나 언니는 언제나처럼 따뜻하게 받아 주었다. 조카 스텔라와 어린 남동생 예고르, 사랑하는 사람들과 가까이 있는 것은 기쁜 일이었다. 물론 오래지 않아 언니 집의 형편을 알 수 있었고 나는 다시 공장으로 복귀했다.

유대인 동네에 살면서 피하고 싶은 사람을 안 보는 일은 거의 불가능했다. 도착하자마자 나는 즉각적으로 커쉬너를 마주쳤다. 날마다 그는 나를 찾았고 다시 재결합하자고 졸라댔다. 이제는 모든 게 다를 거라면서 말이다. 하루는 그가 확 죽어 버리겠다고 나를 협박하면서 독약이 든 병을 꺼냈다. 최종 답변을 달라고 나를 압박하는 거였다.

그때 나는 커쉬너와의 생활이 달라질 수 있을 거라고, 처음보다는 오래갈 거라고 생각할 정도로 순진했다. 게다가 나는 뉴욕에 가서 목숨을 잃은 시카고 동지들을 위해 내가 할 수 있는 일을 하리라고 마음을 먹었었는데 말이다. 커쉬너의 협박에 덜컥 겁이 났다. 그의 죽음이 나로 인한 것이 되는 상황을 참을 수 없었다. 그래서 나는 그와 다시 결혼을 했다. 부모님은 기뻐했고 레나 언니와 형부도 그랬지만, 오직 헬레나 언니만은 슬퍼했다.

커쉬너 모르게 나는 옷 만드는 법을 배우러 다녔다. 이후 공장을 벗어나 내 일을 구할 수 있도록 말이다. 길고 긴 세 달이라는 시간 동안 남편으로부터 벗어나기 위해 나는 힘겨운 투쟁을 벌였다. 자, 보라고, 얼기설기 기워 낸 우리의 삶이 얼마나 공허한지, 그를 설득했지만 그는 고집불통이었다. 신랄한 말다툼이 있은 날 밤 늦게 나는 집과 남편을 떠났다. 이번엔 진짜였다.

곧 나는 로체스터의 유대인 공동체로부터 추방을 당했고, 거리 어디를 가든 모멸감 어린 시선을 느껴야 했다. 부모님마저 나의 방문을 금지했지만 여전히 헬레나 언니만이 나의 편에 서주었다. 쥐꼬리만 한 수입으로도 언니는 나의 뉴욕행 표를 끊어 주었다.

내게 큰 고통과 고된 일, 고독을 안겨 준 로체스터를 떠나면서 기쁨만큼이나 사랑하는 헬레나 언니, 스텔라, 막내동생과 떨어지는 괴로움이 컸다.

민킨네 집에서 보내는 첫날, 나는 좀처럼 잠이 들지 않았다. 나의 과거로 향한 문은 이제 영원히 닫혔고 새로운 삶이 나를 부르고 있었다. 나는 열정적으로 손을 뻗어 그것을 잡았다. 그러고는 깊고 평화로운 잠으로 빠져들었다.

알렉산더 버크만이 왔음을 알리는 안나 민킨의 목소리에 잠이 깼을 때는 이미 늦은 오후였다.

3

헬렌 민킨은 일하러 나갔고, 당시에 안나는 일을 쉬고 있는 중이었다. 안나가 차를 내온 후, 우리는 자리에 앉아 버크만과 앞으로 나의 활동계획에 대한 이야기를 나누었다. 내게 『자유』 사무실을 방문하고 싶은지 물었는데, 그가 어떤 식으로 도와주겠다는 것이었을까? 그는 일을 관뒀다면서 이제 언제고 나를 사무실로 데려다줄 수 있다고 했다. 버크만은 사람을 "노예"처럼 부리는 십장과 대판 싸우고는 공장을 떠났다. "그 자식이 감히 나를 몰아세울 엄두를 내진 않았지만, 그래도 다른 사람들을 위해 목소리 높이는 게 내 의무니까." 시가 만드는 업계도 이제 점점 부진해지고 있지만, 그래도 아나키스트로서 자신의 일만 생각할 수는 없었다. 그에게 개인적인 것은 전혀 중요하지 않았다. 오로지 대의만이, 사회 부정의, 그리고 착취와 싸우는 것만이 중요했다.

그는 얼마나 강한가, 나는 감탄했다. 이 혁명적 열의! 시카고에서 순교당한 동지들의 모습과 꼭 같았다.

웨스트 42번가에 가서 내가 부친 수하물이었던 재봉틀을 찾아야 했다. 버크만이 함께 가주겠다고 청하면서 오는 길에 브루클린 브리지를 지나 윌리엄 스트리트 쪽으로 걸어가서 『자유』 사무실에 들르면 어떻겠느냐고 했다.

나는 과연 내가 뉴욕에서 양재사로 자리잡을 수 있겠는지 그의 의견을 듣고 싶었다. 사람을 갈아 버리듯 일을 시키는 끔찍한 공장 노예의 삶에서 벗어나고 싶었기 때문이다. 또한 나는 책을 읽는 시간이 있었으면 했고, 장차 조합 소속의 가게를 열 수 있었으면 했다. "『무엇을 할 것인가』 속 베라가 했던 것처럼 말이에요." 내가 부연설명을 하자 그가 놀라며 물었다. "체르니셉스키를 읽었단 말이오? 로체스터에서 읽은 건 분명 아닐 테지." 나도 웃으며 대답했다. "당연히 아니죠. 언니 헬레나를 제외하고 그런 책 읽는 사람은 못 만나 봤어요. 그 답답한 동네에서는 말이죠. 상트페테르부르크에서 읽었어요." 버크만은 나를 의심스럽게 바라보며 말을 이었다. "체르니셉스키는 니힐리스트였는데. 그리고 그의 책은 러시아에서 금지되지 않았소?" 화가 났다. 무슨 자격으로 내 말을 의심한단 말인가? 매섭게 받아치며 나는 금지된 책들뿐만 아니라 그 비슷한 다른 책들도 다 읽었다고 말했다. 투르게네프의 『아버지와 아들』이나 이반 곤차로프의 『절벽』 같은 것들도 읽었다고. 언니가 학생들한테 그런 책들을 받아 온 덕분에 나도 읽을 수 있었다. "기분 나쁘게 했다면 미안합니다." 버크만의 목소리가 좀 부드러워졌다. "당신 말을 의심한 게 아니라 나는 그저, 그런 책을 읽은 젊은 여성이 있다는 사실에 놀랐을 뿐이오."

나의 유년 시절로부터 나는 얼마나 멀리 떨어져 왔는가. 쾨니히스베르크에서의 일이 떠올랐다. 어느 날 아침, 차르[알렉산드르 2세]

의 죽음을 알리는 커다란 포스터에 "살인적인 니힐리스트에 의해 피살"이라고 적힌 것을 보았다. 그 포스터에 대한 생각은 다시 더 어린 시절의 기억을 끄집어냈다. 온 집안이 초상집이 된 시절이었다. 어머니는 삼촌 마르틴으로부터 또 다른 삼촌 예고르가 체포되었다는 소식이 적힌 편지를 받았다. 예고르 삼촌이 니힐리스트들이랑 얽히는 바람에 체포되어 조만간 시베리아로 보내진다는 거였다. 그 소식은 우리 모두를 공포에 떨게 했다. 어머니는 상트페테르부르크에 가기로 결심했고, 우리는 몇 주간 불안과 긴장 속에 남겨져 있었다. 드디어 어머니가 돌아왔고, 얼굴은 행복으로 빛이 나고 있었다. 어머니가 도착했을 때는 이미 예고르 삼촌이 시베리아로 옮겨지는 중이었는데, 엄청난 돈과 노력을 들여 간신히 상트페테르부르크의 트레포프 총독을 만나 볼 수 있었다고 했다. 총독의 아들과 삼촌이 대학 동기였는데, 두 사람이 친구라는 사실이 바로 예고르 삼촌이 무죄라는 증거가 아니겠느냐고 어머니는 탄원했다. 대단하신 총독님의 아들과 그렇게 친한 사람이 어떻게 러시아에 해가 되는 일을 할 수 있겠느냐며, 예고르 삼촌의 창창한 앞날을 봐서라도 부디 선처해 달라고 울며 무릎을 꿇었다. 트레포프 총독은 마지못해 삼촌을 빼내 주겠노라고 약속했지만 그 말은 삼촌이 엄중한 감시하에 놓인다는 말이기도 했다. 삼촌은 다시는 그 살인자 집단 근처에도 가지 않겠다고 각서를 써야 했다.

어머니는 당신이 읽은 책에 관한 이야기를 들려줄 때면 언제나 생생하게 살아났다. 나와 형제들은 어머니 입술 움직이는 것만 바라보곤 했고, 우린 언제나 어머니의 이야기에 빨려들어갔다. 그런 어머니를 보고 있노라면 어머니가 그 무시무시한 총독 앞에서 어떻게 했을지 수월히 상상할 수 있었다. 풍성한 머리에 둘러싸인 어머니의 아름다운 얼굴, 눈물로 뒤범벅된 그 얼굴 말이다. 우리는 또한 니힐리스트들의 모습도 그려 볼 수 있었다. 우리 삼촌을 꾀어서 차르를 죽이는 데 가담시킨 시커멓고 사악한 사람들. 유대인들에게 더 많은 자유를 주고 집단학살을 멈춘 데다가, 소작농들을 자유롭게 해주려 했던 위대하고 선한 우리의 차르를 죽이다니, 어머니가 흥분해서는 외쳤다. "그 냉혈한 살인자들. 싸그리 씨를 말려야 해, 그놈들은!"

어머니의 폭력적 외침은 나를 공포스럽게 했다. 씨를 말린다는 어머니의 그 말은 내 피를 얼어붙게 했다. 니힐리스트라는 사람들은 분명 야수일 거라고 생각했지만, 그렇다 하더라도 그토록 잔인한 어머니의 말은 견디기 어려웠다. 그 이후로 니힐리스트들에 대해 생각할 때, 그들은 도대체 무엇이었기에 사람들로 하여금 이토록 화가 나게 하는가 궁금했다. 니힐리스트들이 차르를 죽였다는 소식이 쾨니히스베르크에 닿았을 때 나는 더 이상 그들이 밉지 않았다. 신비한 무언가가 내 마음속 동정심을 일깨웠고 그들에게 곧 다가올 운명을 생각하며 나는 울었다.

몇 년 후, 『아버지와 아들』을 읽으며 또다시 "니힐리스트"라는 말을 만났다. 『무엇을 할 것인가』를 읽으면서도 거기서 형 집행을 당한 이들에 대해 즉각적인 동정심이 일었다. 그들은 인민의 고통을 지켜보며 항거하지 않을 도리가 없었고, 자신들을 희생할 수밖에 없었던 것이다. 나는 1879년 트레포프 총독을 총으로 쏜 베라 자술리치의 이야기를 알게 되면서 더더욱 이에 공감했다. 나의 젊은 러시아어 선생님은 이것이 바로 나의 일임을 일깨워줬다. 어머니는 트레포프가 인자하고 인간적인 사람이라고 말했지만 선생님은 그간 그가 얼마나 폭군 행세를 했는지 말해 주었다.

"트레포프 같은 나랏일하는 사람들이야말로 짐승이나 다름없단다." 선생님은 열정적으로 이야기했다. "돈 없는 소작농들 등쳐먹고, 이상주의자들은 감옥에 처넣고 고문을 하거든."

나는 선생님 말이 진실임을 알았다. 포펠란에서는 누구나 태형을 받는 소작농들에 대해 이야기했다. 하루는 채찍질 당한 흔적이 가득한 절반쯤 벌거벗은 몸뚱이를 보게 되었는데, 그날 너무나 충격을 받은 나머지 수일간 그 끔찍한 잔상이 나를 괴롭혔다. 선생님의 말을 들으면서 예전에 보았던 그때의 지독한 광경이 눈앞에 되살아났다. 피 흘리는 몸, 귀를 뚫는 듯한 비명소리, 괴로움에 일그러진 얼굴들…. 채찍은 반라의 남자 몸 위로 매서운 소리를 내며 떨어졌다. 어린 시절 내가 니힐리스트에 대해 어떤 의구심이 들었더라도, 이제는 모두 사라졌다. 이제 그들은 내게 영웅이자 순교자, 길잡이 별이 되어 주었다.

왜 갑작스럽게 조용해졌냐며 묻는 버크만의 말에 비로소 몽상에서 깨어났다. 내가 떠올린 기억들에 대해 그에게 말해 주었다. 버크만도 자신에게 영향을 미친 니힐리스트 삼촌 막심을 이야기해 주며, 막역한 사이였던 삼촌이 사형선고를 받은 것에 큰 충격을 받았다 했다. "우리 그러고 보니 공통점이 꽤 많았군요." 그러고선 이어 말했다. "게다가 우린 같은 도시 출신이기도 하고. 코브노가 혁명적 운동을 일으킨 용감한 남성들을 많이 배출한 곳이란 것 알고 있었소? 이제 코브노에서 용감한 여성까지 나왔군요." 이 말을 듣고 나는 얼굴이 빨개졌지만, 내 영혼은 내심 자랑스러웠다. "그때가 왔을 때 내가 실패하지 않기를 바랄 뿐이죠." 내가 대답했다.

전차는 좁은 길을 통과해 지났고, 흉측한 주택들을 너무 가까이 지나쳐 가서 방방이 다 들여다보일 정도였다. 화재용 비상구는 때 묻은 베개와 이불로 꽉 막혀 있었고 빨랫줄에 걸린 빨래에선 땟국물이 흘렀다. 버크만이 나의 팔을 톡 치며 다음이 브루클린 브리지 역이라고 했다. 우리는 거기서 내려 윌리엄 스트리트까지 걸을 것이었다.

낡은 건물, 어둡고 삐걱거리는 2층짜리 계단이 있는 곳이 『자유』 사무실이었다. 몇몇 사람이 첫번째 방에서 활자판을 만들고 있었다. 그다음, 높은 책상 앞에 서서 무언가를 쓰고 있는 요한 모스트를 발견했다. 곁눈질로 우리를 보고는 자리에 앉으라고 손짓했다. "이 악덕 고문업자들이 내 한 방울 남은 피까지도 싹 다 뽑아 간다니까." 그는 불평을 하듯 말했다. "인쇄, 인쇄, 인쇄! 저치들이 아는 거라곤 오로지 그것뿐이지. 단 한 줄이라도 글을 쓸 수 있냐고? 아니올시다야. 너무 멍청한 데다 게으르기까지 하거든." 식자실에서 기분좋은 웃음소리가 왁자지껄하게 터져 나오며 모스트의 불평소리에 화답했다. 처음 만났을 때 끔찍이 싫었던 그의 걸걸한 목소리와 비뚤어진 턱은, 모스트를 캐리커처로 그려 놓은 로체스터 신문을 떠오르게 했다. 내 눈앞의 성질난 남자와, 전날 저녁 내 혼을 쏙 빼놓은 연설을 한 남자가 같은 사람이라는 것이 믿기 어려웠다.

버크만이 나의 당혹스러움을 눈치채고 내게 러시아어로 귓속말을 해주었다. 모스트가 저러는 거 신경쓰지 말라고, 일할 때는 항상 저 불평모드라면서 말이다. 나는 자리에서 일어나 바닥부터 천장까지 책이 꽉 들어찬 책장을 살폈다. 내가 읽은 책이 이렇게나 없다니, 놀라웠다. 학교에서 배우는 것이 너무 적었다. 내가 과연 따라갈 수나 있을까? 책 읽을 시간은 또 어떻게 마련한단 말인가? 책 살 돈은 또 어쩌고? 모스트가 과연 책을 빌려줄는지, 어떤 책부터 읽으면 좋을지 목록을 추천해 줄지 궁금했다. 또다시 커다란 외침이 들려왔다. "샤일록 같은 놈들, 내 살 1파운드 여기 있다." 모스트의 목소리는 천둥과도 같았다. "신문 지면을 채우고도 남을 분량이야. 자, 버크만, 저쪽 방에 있는 악마들에게 이 원고를 좀 전해 주겠어?"

모스트가 내게 성큼 다가왔다. 그의 깊고 푸른 눈으로 나의 눈에서 무언가를 찾는 듯했다. "자, 젊은 여성분. 읽고 싶은 책은 좀 찾으셨나요? 아님, 영어나 독일어는 아직 읽지 못하시나?" 좀전까지만 해도 성말랐던 그의 목소리가 따뜻하고 친절하게 바뀌어 있었다. "영어는 못 읽고 독일어는 읽습니다." 한결 부드러워진 그의 목소리에 나도 조금은 편안해져서 대답했다. 그는 내가 원하는 책 무엇이건 가져가도 좋다고 했다. 그러고선 질문세례를 퍼부었다. 어디서 왔으며 무엇을 할 생각인지 등등. 로체스터에서 왔다는 나의 말에 그가 말했다. "아, 그 도시 압니다. 거기 맥주가 맛있죠. 근데 거기 독일인들은 죄다 멍청이들이라서. 뉴욕엔 왜 왔습니까? 뉴욕은 살기 퍽퍽한 곳이에요. 임금은 짜고, 일 구하기가 쉬운 것도 아니고. 버틸 만큼 돈은 충분히 있나요?" 생판 남인 나에 대해 이렇게까지 관심을 갖고 이것저것 물어봐 주다니, 솔직히 말해서 좀 감격스러웠다. 나는 뉴욕이 아나키스트 운동의 중심이기 때문에 왔노라고 대답했다. 그리고 그것을 이끄는 정신인 모스트 당신에 대해 읽었기 때문이라고도. 나는 정말로 돕고 싶어서 온 것이었고, 따라서 그와 꼭 이야기를 나누고 싶었다. "하지만 지금은 말고요, 좀 나중에. 당신이 저 악마들에게서 떨어지면 그때 이야기하면 좋겠어요."

"당신, 유머감각이 있군요." 그의 얼굴이 빛났다. "우리와 이 일을 함께한다면 그 유머감각이 꼭 필요해질 겁니다." 그러고는 다음 주 수요일에 다시 들를 것을 청했다. 신문을 접고 배송 주소를 쓰는 일 등에 도움이 필요하다면서. "그 일이 끝나고 이야기할 시간이 날 겁니다."

모스트는 진심 어린 악수로 나를 배웅했다. 내 팔에는 책 몇 권이 들려 있었고 버크만도 나와 함께 나섰다.

사무실을 나서서 도착한 곳은 삭스 카페였다. 나는 오후에 안나가 내준 차 외에 하루 종일 아무것도 못 먹었고, 버크만 역시 배가 고픈 상태였다. 하지만 어젯밤만큼 배가 고프진 않은 모양인지, 대자 스테이크나 커피 곱배기 같은 것은 시키지 않았다. 아니면 돈이 다 떨어진 거였을지도? 나는 내게 아직 돈이 넉넉히 있으니 음식을 더 시키라고 권했다. 하지만 그는 이제 막 새로운 도시에 도착해 직장도 아직 없는 사람에게 그런 것을 받을 수 없다며 한사코 거절했다. 나는 화도 났지만 동시에 감명을 받기도 했다. 나는 그에게 동지는 항상 자기 것을 나누는 사이 아니냐고, 나는 그가 배고픔으로 고통받지 않기를 바란다고 설명했다. 이에 자신이 나의 청을 다급히 거절한 것은 미안하지만, 정말로 그리 배고프지 않다고 나를 안심시켰다. 우리는 곧 가게를 나왔다.

8월의 열기로 숨이 막혀 왔다. 버크만은 열을 식히러 자유의 여신상이 있는 배터리 공원에 갈 것을 제안했다. 미국에 도착한 이래로 아직 그 항구에는 가 보지 못했더랬다. 그 아름다움은 내가 미국에 온 날 그랬던 것처럼 다시금 나를 사로잡았다. 하지만 그날 자유의 여신상을 보고 혁명과 기회의 상징이라 생각했던 자신이 부끄러웠다. 나는 얼마나 철이 없었나, 그리고 그날과 오늘의 나는 얼마나 다른 사람인가!

우리는 오후에 하던 이야기로 다시 돌아왔다. 버크만은 도시에 아는 사람 하나 없는 내가 양재 일을 찾는 것에 회의적이었다. 나는 일단 공장들을 알아보겠노라 말했다. 코르셋, 장갑, 신사용 양복 등을 만드는 곳들 말이다. 그가 의류 쪽 일과 관계된 유대인 동지들이 있는지 수소문해 보겠다고 약속했다. 그런 동지들이라면 분명 내게 일을 구해 줄 수 있을 것이었다.

늦은 저녁이 되어서야 우리는 헤어졌다. 버크만은 자기 이야기는 많이 하지 않았다. 김나지움에서 반종교적 작문을 제출해서 퇴학을 당했고, 그 이후로 집을 떠났다는 것 정도 외에는. 그가 미국에 온 이유는 여기는 자유가 있고, 이곳에선 누구나 삶에 있어서 공평한 기회를 누릴 수 있다는 믿음 때문이었다. 하지만 그는 이제 안다. 미국에서 그가 본 건 더 심한 착취였으니까. 시카고 아나키스트 일이 있은 후 미국은 러시아만큼이나 흉포한 전제국가라는 그의 생각은 더 굳어졌다.

진심 어린 목소리로 그가 말했다. "'너희가 우리를 대포로 공격하면 우리는 다이너마이트로 되갚을 거'라던 린그의 말이 맞소. 언젠가 내 기필코 죽은 동지들을 위해 복수할 거요." 나도 울부짖으며 맞장구를 쳤다. "나도요, 나도 그러겠어요! 그들의 죽음은 내게 삶을 주었는걸요. 그러니 제 삶은 그들에게 속한 거나 다름없습니다. 그들의 기억과 일들에." 그가 내 팔을 아프도록 붙잡으며 말했다. "우린 동지요. 친구가 됩시다. 함께 일합시다." 그의 강렬함이 진동하며 민킨네 집 계단을 오르는 내 몸을 뚫고 지나갔다.

다음 금요일, 버크만이 이스트사이드 오처드 스트리트 54번가에서 솔로타로프가 하는 유대 연설회에 나를 초대했다. 뉴헤이븐에서 그를 봤을 때 뛰어난 웅변가라고 생각했었는데 모스트의 것을 듣고 난 후 그의 말은 밋밋하게 느껴졌다. 게다가 목소리를 과장되게 내는 바람에 불쾌하게 들리기까지 했지만 그의 열정은 다른 부족함을 채우고도 남았다. 그의 강연에 대한 나의 그 어떤 비판이라도 반갑게 맞아 주는 그에게 감사했다. 게다가 요한 모스트처럼 이야기하는 것은 워낙에 특별한 재능이었다. 내게 요한 모스트는 인간 이상, 세상에서 가장 대단한 존재였다.

모임 후에 버크만은 여러 사람들에게 나를 소개해 주었다. 그의 말을 빌리자면 "다들 좋은 동지들"이었다. "그리고 이쪽은 내 친구 페드야." 옆에 선 젊은 남자를 가리키며 그가 말했다. "이 친구도 아나키스트는 맞지만, 좀 더 열심히 해야 하고."

그 친구는 아마도 버크만과 동갑이었을 것이다. 체구가 건장하지는 않았고 버크만처럼 공격적인 분위기도 전혀 없었다. 그의 느낌은 오히려 뭐랄까, 섬세했달까. 눈은 좀 튀어나와 있었다고는 해도 부드러운 입꼬리와 눈매가 꿈을 꾸고 있는 듯한 인상이었다. 그는 친구의 이죽거림에도 개의치 않는 듯, 사람좋은 미소를 짓고서는 내게 카페로 갈 것을 청했다. "좋은 아나키스트란 무엇인지 말할 기회를 카페 주인장 삭스에게도 줘야 하지 않겠습니까."

버크만은 우리가 카페에 갈 때까지 기다리지 않았다. "좋은 아나키스트란 말이지" 그는 강한 확신을 담아 말을 이었다. "오로지 대의를 위해 살고 모든 것을 거기에 바치는 사람이오. 여기 이 친구로 말할 것 같으면" 하고 페드야를 가리키며 말했다. "아직 너무나 부르주아라서 그런 건 몰라요. 마마보이거든요. 아직도 집에서 돈을 받아 쓰고 말이죠." 이어 버크만은 어째서 혁명가에게 부르주아 부모와 친척이 있다는 사실이 부적절한지 설명했다. 그리고 그가 친구 페드야의 모순을 참는 단 한 가지 이유는, 그가 집에서 받은 돈을 아나키스트 운동에 전부 기부하기 때문이라고 덧붙였다. "내가 저 자식을 그냥 두면 그 돈을 다 쓸데없는 데다가 써 버릴 게 분명하거든요. 얘는 그런 걸 '아름다운 것들'에 돈을 쓴다고 하겠지만 말입니다. 안 그래, 페드야?" 페드야의 등을 애정 어린 손으로 쓰다듬으며 그가 고개를 돌렸다.

카페는 언제나 그렇듯 이미 사람들로 북적이고 있었다. 이야기하는 사람들과 담배연기로 가득했다. 그 주 새롭게 만난 사람들에게 인사를 하는 사이 두 남자 역시 여기저기로 불려다니고 있었다. 마침내 자리 하나를 잡고 커피와 케이크를 주문했다. 페드야가 나의 얼굴을 자세히 살펴보고 있음을 눈치채고서 나는 부끄러움을 감추기 위해 버크만을 향해 질문을 던졌다. "아름다운 것을 사랑하는 게 잘못일 수 있나요? 꽃 같은 거나 음악, 연극…, 아름다운 건 좋은 것 아닌가요?”

“아름다운 걸 사랑하면 안 된다는 말이 아니고” 버크만이 대답했다. “우리 조직이 활동하는 데 돈이 필요한데 그 돈을 그런 데 쓰는 게 문제라는 말을 하는 거요. 인민이 가난하게 사는데 사치를 즐기는 건 아나키스트들에게 모순이요.”

“그렇지만 아름다운 것들이 꼭 사치스러운 건 아니라고 봐요.” 나는 내 주장을 굽히지 않았다. “외려 그것들은 필수품이죠. 그런 아름다움 없이 삶은 견딜 만한 것이 못 돼요.” 이렇게 말은 했지만 속으로는 버크만 말이 맞다는 것을 알았다. 혁명가들은 자기네 목숨마저 바치는데 아름다움을 포기 못한다는 게 말이 된단 말인가? 젊은 예술가는 내 안의 공감을 불러일으켰다. 나 역시 아름다움을 사랑한다. 쾨니히스베르크에서 가난하게 살 때 그 삶을 견디게 해준 건 이따금 선생님들과 함께한 소풍이었다. 숲, 달빛이 은은히 비추는 들판, 머리에는 풀잎으로 왕관을 만들어 올리고 꽃도 꺾고… 이런 일들이 괴로운 집안 환경을 잠시나마 잊게 해주었더랬다. 어머니에게 혼날 때나 학교에서 어려움이 있을 때, 이웃집 정원에 핀 라일락이나 가게에 진열된 형형색색 실크 천을 보면 모든 게 아름답고 환해지면서 나의 슬픔을 잊을 수 있었다. 정말 가끔이지만 들었던 음악도. 좋은 혁명가가 되기 위해 이 모든 것을 포기해야만 하는 걸까 나는 궁금해졌다. 내게 그럴 힘이 과연 있을까?

그날 저녁 헤어지기 전에 페드야가 버크만으로부터 내가 도시 구경을 하고 싶다는 말을 들었다고 말을 해왔다. 마침 다음 날 시간이 된다며 내게 도시를 좀 보여 주겠다고 했다. “일을 하고 있는 건 아닌가요? 시간 내는 게 가능해요?" 나의 질문에 그가 웃으며 답했다. "친구놈 말마따나 전 예술가 아니겠습니까. 예술가가 일하는 거 보셨습니까?" 그 말에 내 얼굴이 붉어진 건 지금껏 그 어떤 예술가도 만나본 적이 없기 때문이었다. "예술가들은 영감을 받은 사람들이죠. 그런 사람들한테는 모든 게 쉬울 거예요." 나의 말에 버크만이 콧방귀를 뀌며 말했다. "당연한 말씀. 왜냐면 다른 사람들이 그를 위해 일하니까요." 그의 말이 좀 심하게 느껴져서 예술가 친구가 안쓰럽게 여겨졌다. 나는 고개를 돌려 내일 보자고 말했다. 하지만 내 방에 혼자서 있을 때 나의 마음을 열망으로 채운 것은 '건방진 청년'(내가 속으로 버크만을 부르는 이름)의 타협하지 않는 열정이었다.

다음 날 페드야는 나를 센트럴파크로 데려갔다. 5번가에서는 맨션 여러 채를 가리키며 누가 주인인지를 말해 주었다. 넘치는 풍요로움 속에 사는 부자들의 이름을 신문에서 본 적이 있었다. 대부분의 사람들은 가난에 허덕이며 사는데 말이다. 나는 이 눈부신 궁궐과도 같은 집들과 이스트사이드의 허름한 집들의 격차에 화가 났고, 나의 감정을 숨기지 않았다. "이렇게 소수의 사람들이 거의 모든 부를 누리고, 대부분의 사람들은 아무것도 가진 게 없다는 것, 범죄라고 할 수밖에요." 예술가가 말했다. "제가 가장 싫은 건, 부자들이 취향이 너무 나쁘다는 겁니다. 저 건물 보세요. 너무 추해요." 아름다움에 대한 버크만의 태도가 떠올랐다. "삶에 있어서 아름다움의 중요성에 대해 친구분이 한 말에 동의하는 건 아니죠?" 내가 물었다. "당연히 아니죠. 하지만 제 친구는 영락없는 혁명가인걸요. 저도 그랬으면 좋겠지만 어쩌겠습니까, 저는 아닌 것을." 그의 솔직함과 단순함이 마음에 들었다. 버크만이 혁명의 윤리를 이야기할 때 나를 휘저은 것만큼 나를 흔든 것은 아니지만 페드야는 분명 내 안의 신비로운 열망을 깨웠다. 어린 시절 들판에서 지는 해를 보며 느꼈던 감정, 페트루시카의 플루트 소리를 들으며 느꼈던 그 열망을.

그다음 주에 『자유』 사무실을 찾았을 땐 사람들이 이미 많이 들어차 있었다. 신문을 접고 봉투에 주소를 적느라 다들 바빴고, 모두가 이야기를 하고 있었다. 요한 모스트는 그의 책상에 있었다. 나도 할 일을 배당받아 내 자리를 찾았다. 이런 난리통에도 계속해서 글을 쓸 수 있는 모스트의 능력이 대단하게 느껴졌다. 몇 번이고 그가 방해받는 것 같다고 사람들에게 말하고 싶었지만 참았다. 모스트가 사람들의 말소리가 신경쓰이는지 아닌지는 아무래도 그 사람들이 더 잘 알 테니.

저녁이 되자 모스트는 글쓰기를 멈추고 수다 떠는 사람들에게 거칠게 비난의 말을 쏟아냈다. "이 빠진 할망구"라느니, "거위 꽥꽥 소리"를 낸다느니, 다른 말도 많이 했는데 독일어로 그런 험한 말을 들어 본 건 처음이었다. 선반에서 커다란 펠트모자를 꺼내들고는 나를 불러 따라오라고 했다. 그를 따라 밖으로 나갔다. "테라스 가든으로 모시죠. 원한다면 극장도 갈 수 있어요. 오늘 밤 공연은 「집시남작」이라던데. 아니면 그냥 어디 구석에 앉아 먹으면서 이야기해도 좋습니다." 나는 지금 오페라 같은 것은 내 관심사가 아니고 다만 그저 그와 이야기를 하고 싶을 뿐이라고 대답했다. 아니, 그냥 그가 내게 일방적으로 말만 해도 상관없다고 말하며 한마디 덧붙였다. "그렇지만 사무실에서처럼 험한 말은 사양합니다."

음식과 와인은 그가 골랐다. 이름들이 내게는 생소했다. 와인병에는 "리브프라우엔밀히"(Liebfrauenmilch)라고 적힌 라벨이 붙어 있었다. "'여자의 사랑에서 나오는 우유', 굉장한 예쁜 이름이네요!" 나는 감탄했다. "와인 이름치고는 그렇죠." 그는 비죽대며 대꾸했다. "하지만 여자들의 사랑에 있어서는 꼭 그렇지 않죠. 하나는 언제나 시적이고, 다른 하나는 늘 지저분하고 따분해요. 뒷맛이 나쁘다고나 할까요."

나는 어쩐지 죄책감이 들었다. 내가 괜히 그의 아픈 곳을 건드린 건 아닐까 걱정되었다. 나는 지금까지 어머니가 부활절용으로 만든 와인 말고는 먹어 본 적이 없다고 말했다. 모스트는 웃느라 온몸이 흔들렸고, 반면에 나는 울상이 되었다. 내가 난처해 하는 것을 눈치채고 그가 와인잔을 가득 채우며 말했다. "마셔요, 젊고 순진한 아가씨." 그러고선 단숨에 잔을 비웠다. 나는 아직 내 잔에 든 절반도 마시지 않았는데, 그는 벌써 병을 다 비우고 한 병을 더 시킨 참이었다.

그는 점점 재밌고 반짝반짝하게 빛나며 살아났다. 단상에서 연설을 하며 보았던 분노와 반항, 씁쓸함의 흔적 같은 건 찾아보기 어려웠다. 한 사람의 인간으로서 그가 내 옆에 있었다. 그는 더 이상 로체스터 신문에서 흉악하게 그린 캐리커쳐도, 사무실에서의 불만에 가득 찬 남자도 아니었다. 모스트는 너그러운 사람이었고, 내게 집중해주고 공감해 주는 친구였다. 나의 지난 삶과 작별을 결심하게 된 동기를 듣고서 그는 생각에 잠겼다. 나에게 새로운 길을 가기 전에 곰곰이 잘 생각해 볼 것을 권했다. "아나키즘의 길이라는 것은 가파르고 고통스럽습니다. 많은 사람들이 오르려 하지만 다 굴러떨어지곤 하죠. 치러야 할 대가도 만만치 않아요. 소수의 남성들은 치를 준비가 되어 있지만 대부분의 여성들은 아닙니다. 루이즈 미셸, 소피아 페롭스카야는 위대한 예외죠." 내가 파리 코뮨에 대해 읽은 책이 있던가? 내가 그 혁명가 여성들에 대해 아는 게 있던가? 나의 무지를 인정할 수밖에 없었다. 위대한 러시아인들은 꽤 알고 있다고 생각했는데 루이즈 미셸이라는 이름을 들어 본 적은 없었다. "그들 삶에 대해 읽어 보게 될 겁니다. 많은 영감을 줄 거예요." 모스트가 말했다.

미국의 아나키스트 활동가 중에 활약하는 여성은 없는지 묻자 모스트가 대답했다. "전혀요. 생각 없는 여자들이 남자 좀 만나 볼까 하는 마음으로 모임에 와서는 남자와 함께 사라져 버리죠. 로렐라이 언덕의 어리석은 어부들처럼요." 그의 눈이 악동같이 반짝거렸다. 그는 여성들의 혁명의 열망 따위는 믿지 않는 눈치였다. 하지만 러시아에서 온 나는 다른 여성들과 다를지 모르고, 그렇다면 그는 나를 도울 수 있을 것이었다. 솔직히 말하면 지금 나에게 딱히 다른 할 일이 있는 것도 아니었다. "젊고 사기 넘치는 젊은이들이 많이 필요한 건 사실입니다. 열정적인 사람들이요, 지금 당신이 그런 것처럼. 그리고 저 또한 열정적인 우정이 필요합니다."

"당신이요? 뉴욕에만 해도, 아니 전 세계적으로 수천 명의 동지들이 있잖아요. 사람들은 당신을 좋아하고 존경해요." "네, 많은 사람들이 나를 존경은 하지만 좋아하진 않아요. 군중 속에 고독을 느끼는 법이죠." 뭔가 내 가슴을 움켜쥐는 느낌이었다. 그의 손을 잡고 내가 그의 친구가 되어 주겠다고 말하고 싶었다. 하지만 차마 그럴 용기가 나지 않았다. 고작 공장에서 일하다 온 많이 배우지도 못한 내가, 저 유명한 우리의 리더이자 마법의 혀와 펜을 가진 요한 모스트에게 무엇을 줄 수 있단 말인가?

그는 내가 어떤 책을 읽으면 좋을지 리스트를 만들어 주기로 약속했다. 혁명가 시인들(프라일리그라트, 헤르베그, 실러, 하이네, 뵈르네), 그리고 아나키스트 책자도. 테라스 가든을 나설 때는 이미 새벽 동틀 녘이었다. 모스트가 삯마차를 불러 민킨네까지 갔다. 문앞에서 그는 내 손을 가볍게 잡으며 말했다. “이렇게 보드라운 금발은 어디서 난 겁니까? 또 이 파란 눈은? 유대인이라고 하지 않았소?” “돼지 농장이요.” 하고 내가 대답했다. “아버지가 늘 그렇게 이야기하시곤 했어요.” “이 준비된 입담이라니, 나와 같은 종류의 사람이군요.” 모스트는 내가 문을 열 때까지 기다리고는 내 손을 잡고 눈을 바라보며 말했다. “이렇게 즐거운 시간을 보낸 게 얼마 만인지 모르겠습니다.” 그의 말에 내 가슴은 크나큰 기쁨으로 가득 찼고, 삯마차가 떠나가는 걸 보면서 나는 계단을 올랐다.

다음 날 버크만을 만나 모스트와의 놀라웠던 저녁에 대해 이야기하자, 그의 얼굴이 어두워졌다. “비싼 레스토랑에 비싼 와인을 마시면서 그렇게 돈을 쓸 권리가 모스트에게는 없소.” 무거운 목소리로 그가 말했다. “조직의 활동을 위해 모인 돈을 그렇게 개인적으로 유용해서는 안 될 일이오. 내가 직접 그에게 말하겠소.”

“아, 안 돼요! 그러지 마세요. 저로 인해 모스트에게 어떤 해가 되는 일은 견딜 수 없어요. 이미 저에게 많은 걸 준 분인걸요. 그분도 조금은 즐거움을 누릴 권리는 있지 않은가요?” 하고 내가 간청했다.

버크만은 운동가가 되기에 내가 너무 어리다며, 혁명의 윤리나

의미에 대해, 무엇이 옳고 그른지도 분간하지 못한다고 말했다. 나의 무지를 어쩔 수 없이 인정하며, 나는 모스트에게 해를 가하지 않기 위해서라도 기꺼이 배우겠다고, 그러기 위해 무엇이든 하겠다고 했다. 버크만은 내게 잘 있으라는 인사도 없이 자리에서 일어났다.

속이 말도 못하게 시끄러웠다. 모스트가 가진 마법 같은 매력이 나에게 주문을 건 것 같았다. 그의 놀라운 재능, 삶에 대한 열정, 나에 대한 우정 등이 나를 심히 감동케 했다. 버크만도 마찬가지였다. 그의 진지함, 자신감과 젊음 등이 나에게 깊이 호소해 왔다. 그에 대한 모든 것이 나를 저항할 수 없는 힘으로 마구 끌어들였다. 그러나 두 사람 중 모스트가 더 세상과 가깝다는 느낌을 받았다.

페드야가 나를 보러 왔을 때 그는 이미 버크만으로부터 이야기를 들은 상태였는데, 그다지 놀란 눈치는 아니었다. 그러면서 그저 우리의 타협할 줄 모르는 친구가 가끔 이렇게 빡빡하게 군다면서, 그렇게 스스로도 좀 힘들게 닦아세우는 편이라고 말해 주었다. "그게 다 인민에 대한 사랑에서 비롯된 것이죠." 페드야가 덧붙였다. "언젠가 그 사랑이 그가 큰 일을 하도록 만들어 줄 겁니다."

일주일 내내 버크만은 나타나지 않았다. 그가 다시 연락을 해왔을 때는 내게 프로스펙트 파크로의 나들이를 청했다. 그는 사람 손이 덜 타고 좀 더 자연에 가까운 이 공원이 센트럴 파크보다 좋다는 말을 했다. 자연 그대로의 아름다움에 감탄하며 긴 시간 산책을 하다가 내가 싸온 점심을 함께 먹기에 마춤한 좋은 장소를 찾아냈다.

우리는 로체스터와 상트페테르부르크에서 내가 어떻게 지냈는지에 대해 이야기했다. 제이컵 커쉬너와의 결혼과 실패까지도 이야기했다. 그는 결혼 기간 동안 혹시 어떤 책을 읽고 그에 대한 영향으로 내가 남편을 떠날 결심을 한 것인지 알고 싶어했다. 나는 그런 책을 읽은 적은 없지만 내 결혼생활과 가족들 사이에서 충분히 공포스러운 경험을 했다. 어머니를 막 대하는 아버지, 지겹도록 이어지는 언쟁 끝에 졸도해 버리는 어머니를 보며 컸을 뿐만 아니라 이모와 삼촌들, 또 로체스터에 사는 지인들의 지저분한 결혼생활을 충분히 보았으니 말이다. 나의 경험과 더불어 주변의 사례를 보건대, 부부라는 이유로 평생 붙어 사는 것은 잘못된 일이었다. 평생 같은 집, 같은 방, 같은 침대를 써야 한다는 걸 생각만 해도 몸서리가 쳐졌다. "내가 이 다음에 다시 누군가를 사랑하게 된다면, 그때는 랍비나 법에 구속되지 않은 상태로 그에게 나를 던질 생각이에요. 그리고 그 사랑이 끝나면 나는 누구의 허락도 없이 떠날 거고요."

버크만은 내가 그렇게 생각하고 있어 다행이라 했다. 진정한 혁명가들은 모두 결혼을 폐기하고 다들 자유 속에서 살고 있으며 그로 인해 사랑은 더 공고해질 뿐만 아니라 공동의 과제를 수행하는 데에도 도움이 된다고 덧붙였다. 그러곤 소피아 페롭스카야와 젤랴보프 이야기를 해주었다. 그들은 서로 사랑하는 사이였고, 같은 조직에서 활동하고 있었으며 알렉산드르 2세의 처형을 위한 계획을 함께 세운 장본인들이었다. 폭발이 있은 후, 페롭스카야가 사라졌다. 그녀는 숨어 있었던 것이다. 그녀의 동료들은 제발 그녀에게 도망가라고 했고, 실제로 탈출의 기회가 없었던 것도 아니었다. 하지만 그녀는 자신이 한 일의 끝을 보아야 하며, 젤랴보프와 함께 동지로서 죽겠다고 했다. "물론 개인적 감정에 휘둘려 그런 결정을 하는 건 잘한 일이라고 보긴 어렵습니다. 대의를 향한 마음이 있었다면, 더 오래 살아남아 다른 이들을 위한 더 많은 활동을 해야 했으니까요." 버크만이 말했다. 다시 한번, 나는 그의 말에 반대할 수밖에 없었다. 사랑하는 사람과 같은 일을 하다가 죽는 것이 그렇게 나쁘기만 한 일일까? 오히려 그것은 아름답고 숭고한 일이 아닐까? 그는 내가 혁명가가 되기에 너무 낭만적이고 감상적이라고 혀를 찼다. 이미 우리 앞에 놓인 과제들은 힘겹고, 그를 위해서라도 우리는 좀 더 단단해져야 한다고 그는 말했다.

나는 소년처럼도 보이는 내 앞의 이 남자가 과연 그렇게 단단하기만 한 사람일까 궁금했다. 처음 그를 보고 본능적으로 느낀 것은 부드러움이었는데, 그가 자신의 부드러움을 가리려 그런 행세를 하는 것은 아닐까 하는 생각이 들었다. 그에게 강한 끌림을 느꼈고, 당장이라도 팔을 뻗어 그를 안아 주고 싶었지만, 그러기에 나는 부끄러움이 많았다.

헤어질 무렵, 해는 붉게 지고 있었다. 마음속이 기쁨으로 차올랐다. 집으로 돌아오는 길에 독일어와 러시아어로 노래를 흥얼거렸다. "바람이 분다. 바람이 거세게 분다…."(Veeyut, vitri, veeyut booyniy) 내 노래를 듣고 버크만이 내게 말했다. "나의 사랑스러운 엠마, 그건 내가 가장 좋아하는 노래요. 내가 당신을 그리 불러도 되겠소? 당신도 나를 사샤라고 불러 줄 테요?" 우리는 자연스럽게 입술을 맞댔다.

나는 헬렌 민킨이 일하는 코르셋 공장에 일을 나가기 시작했다. 몇 주 지나지 않아 그곳에서의 압박은 견딜 수 없는 지경이 되었다. 하루하루를 간신히 버텼고, 나는 어마어마한 두통에 시달렸다. 실크 치마 공장에 다니는 여자 하나를 만난 적이 있는데, 거기는 집에서 할 수 있는 일을 준다고 했다. 그러곤 나를 위해서도 일감을 받아 주겠노라고 약속했다. 그렇지만 민킨네서 재봉틀을 돌릴 수는 없는 노릇이었다. 그 소리가 너무 커서 모두에게 거슬릴 테니 말이다. 게다가 민킨 자매의 아버지는 정말 짜증나는 사람이었다. 그는 모든 것에다 투덜대면서 일은 결코 하지 않은 채 딸들 수입에만 의존해 살고 있었다. 더 견딜 수 없는 것은 딸 안나를 바라보는 그의 눈빛이었는데, 항상 그 눈으로 딸의 옷을 벗기는 느낌이 들었다. 그 와중에 다른 딸 헬렌에 대한 혐오도 극명했으며, 그래서 둘은 늘상 싸웠다. 그 집을 나와야 했다.

곧 서포크 스트리트에 방을 구했다. 삭스 카페와 그리 멀지 않은 곳이었다. 좁고 어두컴컴했지만 한달 방세가 3달러밖에 하지 않았기 때문에 괜찮았다. 이제 그곳에서 실크 치마 만드는 일을 하기 시작했다. 때때로 알고 지내는 친구들의 부탁으로 드레스 만드는 일도 할 수 있었다. 일 자체는 몹시 고단했지만, 적어도 공장과 공장의 분통 터지는 규칙들에서 벗어날 수 있었다. 한번 일하는 속도가 붙고 나니, 공장에서 일하는 것 이상의 수입을 벌어들일 수 있었다.

모스트는 지역을 돌며 강연을 하는 중이었다. 가끔씩 그는 강연문의 일부를 보내 주었다. 만나는 사람들에 대한 유머러스하고 신랄한 비평들, 인터뷰 이후에 자신을 헐뜯는 비방의 기사를 쓴 기자들에 대한 맹렬한 비난들도 함께였다. 어떤 때 그는 신문에 그려진 자신의 캐리커처를 편지에 동봉하며 그 가장자리에 "아내 죽인 살인범의 얼굴을 보시라" "어린애들을 먹는 남자가 여기 있소"라고 쓰며 기자들을 비웃었다.

그가 보내 온 캐리커처는 내가 지금까지 본 중 가장 잔인하고 끔찍하게 그려져 있었다. 내가 전에 보고 고개를 내저었던 로체스터 신문의 캐리커처가 이제 호감형으로 보일 지경이었다. 나의 심난함을 사샤에게 털어놓았다. “이 썩어 빠진 신문사를 날려 버려야 하지 않나요? 편집자들이나 기자들 전부 다? 그러고 나면 정신 좀 차리겠지요.” 사샤는 고개를 저으며 그건 소용없을 거라 했다. 신문사란 자본주의라는 체제의 말단에 불과하다며, “우리가 쳐내야 하는 건 뿌리”라고 했다.

모스트가 투어에서 돌아왔다는 소식을 듣고 우리는 모두 그의 보고를 들으러 모였다. 그가 체제에 반항하는 방식은 그 어느 때보다도 유머러스하고 대가의 그것 같았고, 그의 말을 듣는 나는 거의 최면에 걸린 것만 같았다. 그에게 다가가 그의 말이 너무 멋졌다고 말해 주자 그가 내 귓가에 속삭였다. “월요일에 메트로폴리탄 오페라 하우스에서 「카르멘」을 공연한다는데, 함께 보러 갈 테요?” 그가 악마들에게 원고를 공급해야 하는 마감날이기 때문에 월요일은 미친 듯이 바쁜 날이지만 내가 허락만 한다면 일은 일요일에 마쳐 놓겠다고 덧붙였다. “지구가 망하더라도 기꺼이!” 나는 충동적으로 대답했다.

티켓은 매진이 된 상태였다. 얼마의 웃돈을 얹어 주더라도 좌석을 구하기란 불가능했다. 어쩔 수 없이 우리는 선 채로 공연을 봐야 했다. 이게 내게 고문이 될 것임은 불보듯 뻔했다. 어릴 때부터 왼쪽 발의 발가락이 작아서 새 신발을 신을 때마다 몇 주간 고생을 하곤 했었는데 다름이 아니고 오늘 새 구두를 신고 온 것이었다. 모스트에게 이 사실을 말할 수는 없었다. 나를 허영심에 찬 여자라고 생각할까 봐 두려웠기 때문이다. 공연장을 꽉 채운 인파에 떠밀려 나는 그에게 밀착할 수밖에 없었다. 발가락에 불이 붙은 듯 화끈거렸지만 아름다운 음악과 노랫소리에 아픔이 절로 잊혔다. 1막이 끝난 후 불이 켜졌을 때 나는 그에게 내 몸을 의지한 채 꼭 붙들고 있었다. 고통으로 일그러진 내 얼굴을 보고 그가 다급히 물었다. “아니 무슨 일입니까?” 나는 숨을 헐떡이며 답했다. “신발을 벗어야 할 것 같아요. 아니면 고통에 소리지를지도 몰라요.” 그의 몸에 기대어 신발을 끌렀다. 벗은 신발을 한쪽 손에 들고, 다른 손으로는 모스트의 팔을 붙잡은 채 남은 공연을 보았다. 내가 느낀 충만감이 「카르멘」의 음악 때문이었는지, 신발에서 해방된 기쁨 때문이었는지는 알 수 없었다.

공연이 끝나고 나는 절뚝거리며 그의 팔을 잡고 오페라 하우스를 나왔다. 카페에 도착해서 모스트는 나의 허영심을 놀려댔다. 그러나 그는 내가 지나치게 꼭 맞는 신발을 신는 바보 같은 일을 하긴 했어도, 그래도 내가 여성스럽다는 것을 알게 되어 기쁘다고 했다. 그는 굉장히 기분이 좋아 보였고 혹시 내가 이전에 오페라를 본 적이 있는지 물었다.

내 나이 10살 때까지 나는 그 어떤 식의 음악도 들어 본 적이 없었다. 우리 집 마구간에서 일하던 페트루시카의 플루트를 제외하면 말이다. 유대식 결혼식에서 연주하는 귀를 긁는 듯한 바이올린 소리와 성악교습에서 들었던 피아노 소리를 결코 좋아한 적이 없었다. 이런 음악에 대한 나의 취향은 어린 시절 선생님의 책임이 크다고 할 수 있다. 선생님은 자신이 사랑해 마지 않는 독일 작가들에 대한 로맨스

이야기를 잔뜩 해주었고, 나는 음유시인과 레오노라의 슬픈 사랑에 대한 나만의 상상을 키웠던 것이다. 제발 선생님과 공연을 보러 갈 수 있게 해달라고 어머니를 조르기를 며칠, 어머니가 허락을 해줄 때까지 고통스럽게 그날을 기다렸었다. 오페라가 시작되기 한 시간 전에 도착하긴 했지만 나는 혹여라도 우리가 늦을까 봐 식은 땀을 잔뜩 흘렸었다. 병약한 편이었던 선생님은 혈기왕성한 나의 걸음속도를 따라오지 못했다. 나는 계단 세 개를 한번에 뛰어오르며 발코니석에 도착했다. 얼마 안 있어 공연장은 마치 마법처럼 전혀 다른 곳으로 변했다. 실크와 벨벳으로 된 아름다운 드레스를 입고 반짝거리는 목걸이와 팔찌를 걸친 여성 관객들, 크리스털 샹들리에에서 반사된 형형색색의 빛들로 그곳이 꽉 들어찼다. 지금까지 많은 책을 읽고 거기에 나온 이야기를 머릿속으로 그리고 상상해 보았지만, 이렇게 대단하고 장엄한 장면은 처음이었다. 선생님과 함께 있는 것도 잊고, 우리 집의 구질구질한 살림살이도 잊고, 난간에 거의 반쯤 매달린 상태로 내 앞에 펼쳐진 세상에 완전히 매혹되었다. 조명이 꺼진 홀을 채우는 오케스트라의 음악소리. 차오르는 그 소리들이 전기처럼 내 몸을 타고 흘렀고, 내 숨이 가빠져 왔다. 레오노라와 음유시인은 내가 사랑에 대해 갖고 있던 낭만적 환상을 진짜로 만들었다. 나는 그들의 열정적인 노래에 전율하며 그들과 함께 숨쉬고 살았다. 그들의 비극은 또한 나의 비극이었다. 그들이 느끼는 슬픔과 기쁨을 나 또한 모두 느꼈다. 음유시인과 그의 어머니가 구슬픈 노래를 부를 때 내 마음도 깊은 슬픔에 빠져들었고, 한숨과 함께 내 심장이 고동을 쳤다. 막이 끝나고 우레와 같은 박수소리와 함께 조명이 다시 환하게 켜졌을 때에야 비로소 나를 사로잡은 주문에서 빠져나왔다. 나 또한 의자에 올라가서 미친 듯이 환호하며 박수갈채를 보냈다. 내 동화 속 세상의 영웅들을 향하여. "이쪽으로 와, 자 가자고." 선생님이 내 치마를 잡아끌었고, 나는 아직 귓가에 남아 있는 음악과 눈물로 떨리는 몸을 부여잡고 멍한 채로 선생님을 따라갔다. 쾨니히스베르크와 상트페테르부르크에서 다른 오페라를 본 적은 있었지만 「일트로바토레」는 단연 독보적으로 내 유년 시절에 남아 있다.

이야기를 마쳤을 때 모스트를 보니 그의 생각은 다른 곳에 가 있는 듯 보였다. 마치 꿈이라도 꾸는 듯이 시선을 허공으로 향하고 있었다. 그는 천천히 입을 열었다. 어린 시절 이야기를 이토록 흥미롭게 이야기하는 걸 들어 본 적이 없다며, 내게 크나큰 재능이 있다는 것이었다. 그러니 내가 대중 앞에 나서서 이야기를 해야 한다고 했다. 자신이 나를 위대한 연설가로 만들어 주겠다며 "내가 없을 때 내 자리를 대신해 주시오"라고 덧붙였다.

당연히 나는 그가 나를 놀리고 있다고 생각했다. 나 같은 사람이 그의 자리를 대신할 수 있을 거라고 믿을 이유가 없었던 까닭이다. 그의 불꽃, 그의 마법 같은 말솜씨를 내가 어떻게 대신하겠는가? 나는 그가 나를 진솔한 동지로 대해 주기를 바랐다. 우스꽝스러운 독일식 칭찬은 불필요했다. 모스트는 씨익하고 웃으며 단숨에 잔을 비웠다. "자 그럼 처음으로 할 대중 연설은…."

그 만남 이후 우리는 함께 자주 외출했고 그는 내게 완전히 새로운 세상을 열어 주었다. 내게 음악과 책, 공연을 소개해 준 것도 좋았지만 무엇보다도 그의 깊은 성품이 갖는 의미가 컸다. 영혼의 깊이,

자본주의 체제에 대한 그의 혐오, 새로운 사회에 대한 그의 꿈 같은 것들 말이다.

모스트는 나의 우상이 되었다. 나는 그를 추앙했다.

4

시카고 순교 기념일인 11월 11일이 다가오고 있었다. 사샤와 나는 우리에게 중대한 의미를 갖는 큰 행사 준비를 하며 바쁘게 지냈다. 행사가 진행될 곳은 쿠퍼 유니언으로, 아나키스트와 사회주의자, 노동조합과의 만남이 진행될 예정이었다.

아침마다 노조를 찾아가 행사에 참여할 것을 촉구하는 일을 몇 주 동안 하면서 이때 사람들에게 짧은 연설을 했다. 조합에 들어갈 때마다 나는 매번 긴장해서 떨곤 했다. 이전에 들었던 강연에서는 강연이 아니라 질문을 하는 데에도 내가 가진 용기를 끌어모아야 했는데 그럴 때마다 나는 바닥 깊은 곳으로 가라앉는 것만 같았다. 강연자들의 이야기를 들을 때는 내 안에서 자연스럽게 이런저런 질문들을 만들다가 자리에 일어서 말을 하려고만 하면 기절할 것 같은 기분을 느꼈다. 내 앞의 의자를 붙잡고 있는데도 무릎이 휘청거리고 심장은 목구멍까지 올라올 것처럼 뛰어댔다. 눈앞이 하얘지고 있는 그때, 차차 내 목소리가 아주 멀리, 저 멀리에서 들려오고 있다는 것을 인식하면 그제서야 내 자리에 깊게 파고들어 앉아 식은땀을 말렸다.

처음 짧은 강연을 하라고 제안받았을 때, 나는 거절했다. 내가 할 수 없을 게 뻔했기 때문이다. 그러나 모스트는 거절을 받아들이는 법을 모르는 사람이었고, 다른 동지들도 그와 같은 입장이었다. 사람들은 내게 대의를 위해서라면 무엇이든 해야 하지 않느냐고 말했고, 나 역시 대의를 위해 복무하고 싶었다.

내가 듣기에 내가 하는 말은 뒤죽박죽에, 중언부언하는 것처럼 들렸고, 설득력도 부족한 것 같았다. 예전에 나를 엄습했던 물에 빠지는 기분이 늘 나를 따라다녔다. 모두가 나의 이런 동요를 볼 수 있을 거라고 생각했지만 그런 사람은 아무도 없었다. 심지어 사샤마저도 나의 차분함과 절제를 칭찬했다. 내가 이런 일이 처음이라 그런 건지, 젊기 때문인지, 아니면 순교한 동지들에 대한 나의 강렬한 연민 때문인지는 모르겠지만 나의 연설을 듣고 행사 초대에 불응하는 노동자는 한 사람도 없었다.

안나와 헬렌, 페드야, 사샤, 그리고 나로 구성된 우리의 작은 모임에서도 행사에 무언가 기부를 하면 좋겠다고 의견을 모았고, 검정과 빨강으로 된 널찍한 새틴 리본이 달린 큼지막한 월계관으로 하기로 했다. 처음엔 [순교자 숫자에 맞춰] 월계관 개수를 여덟 개로 하고 싶었지만 우리 형편은 그럴 만큼 좋지 않았다. 당시 수입이 있었던 건 사샤와 나뿐이었던 까닭이다. 그래서 결국 린그(그 여덟 명 중에 단연 숭고한 영웅처럼 빛났던 사람)를 위한 월계관 하나를 대표로 사는 것으로 정했다. 린그의 굽히지 않는 정신, 고발자와 판사들에 대한 그의 완전한 경멸, 적의 먹이를 빼앗고 자신의 손으로 죽게 만든 의지(그 스물두 살 젊은이의 모든 것)가 그에게 낭만과 아름다움을 선사했다. 그는 우리 삶에 있어서 봉화가 되었다.

순교한 동지들을 기념하는 내 인생 최초의 대중 모임이 있는 기다리고 기다리던 저녁이었다. 순교자들의 죽음 이후, 그들이 묻히게 될 발트하임 공동묘지로의 그 인상적이었던 행진(묘지까지 가는 길을 노동자들이 뒤따랐는데, 행진의 길이가 8킬로미터나 되었다)에 대해서는 로체스터 신문으로만 읽은 터라, 이런 자리에 직접 참석하는 날을 손꼽아 기다려 왔던 나였다. 드디어 기다리던 순간이 왔고, 나는 사샤와 함께 쿠퍼 유니언으로 향했다.

강당에는 이미 사람들이 빽빽하게 들어서 있었고 우리는 마련한 월계관을 머리 위로 높이 들고 사람들을 간신히 뚫고 지났다. 강당 위도 붐비기는 마찬가지였다. 한 쌍의 남녀 옆에 서 있는 모스트를 보기 전까지 나는 좀처럼 정신을 차릴 수가 없었다. 그의 존재만으로도 나는 금세 안정이 되었다. 그가 동반한 사람들의 외모는 단연 눈에 띄었다. 남자는 상냥함을 뿜어내고 있던 반면 몸에 꼭 맞는 검정색 벨벳 드레스를 바닥에 끌리도록 입고선 창백한 얼굴에 구릿빛 머리칼을 한 여자는 어쩐지 차갑고 무심해 보였다. 다른 세계에 속한 게 분명해 보이는 여자였다.

사샤가 말했다. "모스트 옆에 있는 저 남자, 세르게이 셰비치일 거요. 러시아 출신의 유명한 혁명가인데, 지금은 사회주의 신문 『인민일보』 편집장을 맡고 있소. 옆에 있는 여자는 그의 아내요, 헬레네 폰 되기네스라고." "페르디난트 라살레가 목숨을 바치면서까지 사랑한 그 여자는 아니죠, 설마?" "그 여자 맞소. 여전히 귀족으로 남았고 우리와는 다른 사람이지만, 그래도 셰비치는 정말 끝내주는 사람이요."

모스트가 일전에 나에게도 라살레의 저작을 읽으라고 준 적이 있었다. 그 깊은 사유의 힘, 명징함에 강한 인상을 받았었다. 나는 또한 1850년대 독일에서 막 시작된 노동운동을 위해 그가 다방면으로 활동한 것에 대해서도 주의 깊게 공부를 했었는데, 헬레네 폰 되기네스를 위해 결투를 하고 죽음에까지 이른 그의 낭만적인 개인사 역시 내게 깊은 영향을 미쳤다.

그 여자의 오만한 금욕주의가 역겨웠다. 긴 치맛자락 하며, 긴 손잡이가 달린 안경으로 모든 사람들을 뜯어보는 듯한 눈이 나로 하여금 적개심으로 차오르게 했다. 다시 셰비치를 보았다. 나는 그의 솔직함, 상냥한 얼굴, 군더더기 없는 매너가 좋았다. 그에게 린그의 초상화 위에 월계관을 씌우고 싶다고 말한 뒤 살펴보니 그림이 너무 높이 걸려 있어 그 위에 월계관을 놓자면 사다리라도 있어야 할 판이었다. "우리의 작은 동지를 내가 올려드리겠소. 월계관을 올리실 때까지 내가 당신을 잡고 있도록 하지요." 그는 기분 좋게 말하며, 내가 마치 어린아이라도 되는 양 번쩍 들어 올렸다.

밀려오는 부끄러움을 참고 월계관을 걸고 내려왔다. 셰비치는 이 사람들 중 어째서 린그를 골랐는지 질문했고, 나는 그의 주장이 가장 강력하게 내게 다가왔기 때문이라고 대답했다. 그는 강한 손으로 내 턱을 살짝 들어 올리면서 말했다. "맞소. 그는 우리 러시아인들의 영웅과도 같은 사람입니다." 그의 말에는 감정이 한껏 담겨 있었다.

곧이어 발언이 시작되었다. 셰비치, 그리고 그와 같은 신문사에서 공동편집자로 일하는 알렉산더 조나스와 다른 참석자들이 내가 예전에 요한나 그레이에게 들었던 이야기를 여러 언어로 사람들에게 들려주었다. 그레이의 연설을 듣고 난 이후로 나는 그 일에 대해 읽고 또 읽으면서 구석구석 세부적인 사항까지 다 외운 상태였다.

셰비치와 조나스의 강연은 인상적이었으나 나머지 사람들은 그저그랬다. 그 후 모스트가 단상에 올라오자마자 다른 모든 것들은 세상에 존재하지 않는 듯 단숨에 사라져 버렸다. 나는 또다시 그의 폭풍 같은 달변에 사로잡혀 몸 둘 바를 몰랐고, 그의 목소리가 오르내림에 따라 나의 영혼도 덩달아 수축과 확장을 반복했다.

그의 말은 더 이상 단순한 연설이 아니었다. 번쩍이는 번개를 동반한 천둥이었다. 시카고에서 있었던 끔찍한 일에 열정적으로 항거하는 격동에 가득 찬 외침, 적을 향해 매섭게 내지르는 외침이자, 우리에게 행동과 복수를 촉구하는 외침이었다.

행사가 끝이 나고, 사샤와 나는 사람들과 함께 줄지어 강당을 빠져나왔다. 한마디도 할 수 없었던 우리는 조용히 집으로 걸어왔다. 집에 도착하니 내 몸이 열기로 떨려 왔다. 오늘 저녁의 떨림과 긴장으로부터 벗어나 사샤의 품에서 평안을 찾을 수 있다는 생각에 어떤 강력한 갈망이 나를 사로잡았고, 나를 사샤에게 주고 싶다는 형언할 수 없는 욕망이 끓어올랐다.

나의 좁은 침대에 우리 두 사람은 몸을 꼭 붙인 채 누웠다. 이제 내 방은 더 이상 어둡지 않았다. 부드럽고 마음을 위로해 주는 빛이 어딘가에서부터 쏟아지고 있었다. 마치 꿈에서처럼, 달콤한 사랑의 밀어가 내 귓가에 울렸다. 어린 시절 듣던 아름다운 러시아 자장가처럼 말이다. 정신이 혼미해지면서 머릿속이 뒤죽박죽이 되었다.

그래, 그 자리에서 셰비치가 나를 들어올렸지, 헬레네 그 여자의 차가운 얼굴, 요한 모스트의 경이로운 연설, 그리고 씨를 말리자고 했나? 내가 전에 그 말을 어디서 들었지? 아, 어머니가 전에 니힐리스트들에 대해 한 말이었지. 그 당시 느꼈던 끔찍함이 다시 되살아났다. 하지만 어머니는 이상주의자가 아니잖아, 모스트가 그렇지. 그런데 그 사람도 멸절시켜야 한다는 말을 했어. 이상주의자들은 원래 다 그렇게 잔인한 걸까? 우리의 삶과 기쁨, 아름다움의 적은 잔인하다. 적들은 가차없이 우리 위대한 동지들을 죽이고 있다. 하지만 우리도 우리 적들과 똑같아져야 한단 말인가?

그 순간, 전류라도 통한 것처럼 나는 몽상에서 깨어났다. 내 몸을 부드럽게 훑고 지나가는 다정하면서도 수줍어하는 손길에 온몸이 떨렸다. 사랑하는 연인을 향해 나 역시 거침없이 나아갔다. 우리는 야성적으로 서로를 감싸 안았다. 다시 칼로 찌르는 듯한 날카로운 고통이 있었지만 그동안 억눌려져 무의식 속에 겨울잠을 자던 나의 열정이 마침내 깨어나면서 나는 이내 아무것도 느낄 수 없는 상태가 되었다.

아침에도 여전히 나는 연인의 손길을 갈구했다. 내 사랑은 옆에 누운 채 행복한 탈진 상태가 되어 잠들어 있었다. 침대에서 일어나 나는 턱을 괸 채로 대책 없이 끌리는 동시에 싫기도 한 이 남자의 얼굴을 오래도록 바라보았다. 그렇게도 거친 남자의 손길이 그렇게도 부드러울 수 있단 말인가? 내 가슴이 그에 대한 깊은 사랑으로 가득 차올랐다. 그 사랑은 우리의 삶이 언제나 이어져 있었다는 확신이기도 했다. 그의 두꺼운 머리칼에 키스를 하고서 나도 곧 잠에 빠져들었다.

내 집주인은 벽 하나를 사이에 둔 건넌방에 살았는데, 주인과 내가 지나치게 가까이 있다는 사실이 늘 나를 불편하게 했다. 이제 사샤까지 내 방에 있으니, 그들에게 내 일상이 더욱 환하게 드러난 듯해서 더더욱 불편했다. 사샤가 사는 곳도 내 방과 상황이 크게 다르지는 않았던 터라, 우리 둘이 함께 살 작은 집을 구해 보는 건 어떠냐는 나의 제안에 그도 기뻐하며 동의했다. 우리의 계획을 들은 페드야는 자신도 함께 살고 싶다고 했고, 우리 그룹의 네번째 멤버인 헬렌도 내가 민킨네를 나온 후 아버지와의 갈등이 점점 심해지고 있던 차여서 자기도 함께하고 싶다고 했다. 우리 네 사람은 42번가에 방 네 개짜리 집을 구해 함께 살게 되었다.

처음부터 우리는 모든 것을 공유하는 데에 동의했다. 진짜 동지들처럼 말이다. 헬렌은 코르셋 공장에서 계속 일을 했고, 나는 집에서 실크 치마를 만드는 시간과 집안일을 돌보는 시간을 쪼개서 썼다. 페드야는 그림 그리는 일에 전념했는데, 캔버스며 유화, 붓 등에 드는 비용이 우리가 감당할 수 없을 만큼 비쌌음에도 누구 하나 불평하지 않았다. 때때로 페드야는 그림을 팔아서 15달러나 25달러를 벌었고 그런 날이면 그는 한아름 꽃다발을 들고 오거나 내게 선물을 사오곤 했다. 사샤는 이런 걸 견디지 못했다. 우리 조직의 활동에 돈이 필요한 때에 그런 데 돈을 써서야 되겠느냐고 페드야에게 아무리 역정을 내도, 페드야는 그저 웃어넘길 뿐이었다. 오히려 페드야는 그런 사샤를 미적 감각이라곤 전혀 없는 광신도라고 불렀다.

하루는 페드야가 파란색과 흰색 줄무늬로 된 실크 셔츠를 입고 나타났다. 당시 스타일로 생각하면 굉장히 세련된 옷이었다. 사샤가 집에 와 그 옷을 보고는 길길이 날뛰며 페드야에게 도둑놈이라며, 도무지 구제가 안 되는 부르주아 놈이라고 화를 냈다. 너 같은 건 우리 조직에 어떤 도움도 안 된다면서 말이다. 급기야 두 사람은 드잡이까지 하더니, 결국 둘 다 집을 나가 버렸다. 나는 사샤의 엄격함이 고통스러웠고, 그의 사랑에 의심마저 들기 시작했다. 페드야가 내 일상에 가져오는 작은 기쁨을 망치는 사람이라면, 나에 대한 그의 사랑은 깊지 않은 게 분명했다. 물론 2.5달러나 하는 비싼 옷을 산 페드야가 돈을 너무 흥청망청 쓴 것은 사실이다. 그렇지만 아름다움을 사랑하는 그로서는 어쩔 수 없는 선택이었을지 모른다. 예술가의 영혼에 아름다움은 필수항목이 아니던가? 나도 점점 언짢아지고 있었기에 그날 밤 사샤가 집에 돌아오지 않은 것을 내심 다행이라고 여겼다.

사샤가 집에 들어오지 않는 며칠 동안 나는 페드야와 가깝게 지냈다. 그에게는 내가 갈망하는 부분이 있었는데 그런 것은 사샤에게서 찾아볼 수 없는 점들이었다. 페드야의 민감성, 삶과 색깔에 대한 그의 사랑 덕에 그가 좀 더 인간적으로 느껴졌고, 그 점에서 나와 비슷했다. 페드야는 내게 대의를 위해 살아야 한다고 말하지도 않았다. 그와 함께 있을 때는 그래서 해방감을 느꼈다.

어느 날 아침 페드야가 내게 자신의 그림을 위해 모델이 되어 줄 것을 청했다. 그의 앞에 누드로 서 있는 것이 수치스럽거나 이상하게 느껴지지 않았다. 한동안 그는 작업에 몰두했고, 우리는 아무 말도 하지 않았다. 그는 꼼지락거리기 시작하더니 얼마 지나지 않아 이쯤에서 작업을 멈춰야 할 것 같다고 했다. 더 이상 집중을 할 수 없고, 분위기가 깨졌다면서. 나는 선선히 가림막 뒤로 가서 옷을 입었다.

옷을 채 다 입기도 전에 그의 격렬한 울음소리가 들리기에 소파에 누운 페드야에게 다가갔다. 그는 쿠션에 얼굴을 파묻은 채 울고 있었다. 가까이 가자 그는 자리에 앉아서 댐이 터지기라도 한 것처럼 말을 쏟아 냈다. 나를 사랑한다고, 처음부터 사랑했다고, 친구인 사샤 때문에 꾹 참으려고 애썼고 나에 대한 감정과 싸우느라 사투를 벌였다고. 그러나 이제 다 소용없다는 걸 안 이상 이사를 나가겠다고 했다.

그의 옆에 앉아 손을 잡고 그의 부드러운 머리칼을 쓰다듬었다. 페드야의 사려깊은 배려심과 예민한 반응, 미에 대한 사랑은 언제나 매혹적이었다. 내 안에도 뭔가 강한 게 휘몰아쳤다. 이 감정이 사랑일까? 스스로에게 질문했다. 두 사람에게 동시에 사랑을 느끼는 게 가능한 일일까? 내가 사샤를 사랑한 것은 맞지만 그의 지나친 엄밀함이 가혹하게 느껴졌고, 그로 인해 그에 대한 내 강한 열망과 사랑이 어느 정도 사그라든 것 또한 사실이었다. 사샤는 내 안의 어떤 한 부분을 채우지 못했고, 페드야는 그 부분을 깨울 수 있을 것이었다. 동시에 한 사람 이상을 사랑하는 건 분명 가능했다! 비록 지금까지 인식하지는 못했지만 이 예술가 젊은이에 대해 내가 느낀 것은 사랑이었다.

페드야에게 동시에 두 사람을, 아니 그 이상의 사람을 사랑하는 것이 어떤지 물었더니 그는 나를 놀란 눈으로 바라보며 모르겠다고 했다. 지금까지 그는 단 한 명도 사랑해 본 적이 없던 것이다. 나에 대한 사랑으로 인해 그의 마음에는 다른 사람이 들어올 자리가 없었다. 그리고 그는 나를 사랑하는 동안은 다른 여성은 신경조차 쓰이지 않음을 깨달았다 했다. 또한 그는 사샤가 나를 자신과 공유하고 싶어하지 않을 것이라 했다. 사샤의 소유욕은 강렬하기 이를 데 없다면서.

나는 공유라는 말에는 동의할 수 없었다. 한 사람이 부를 때 비로소 다른 사람이 그에 응답할 수 있는 거라고 생각했다. 그리고 사샤가 소유욕이 강하다는 말도 믿지 않았다. 그렇게도 강하게 자유를 원하고 또 그것을 외치고 다니는 사샤가 나를 다른 사람에게 준다는 데에 반대할 리 만무했다. 우리는 그 어떤 일이 있더라도 서로 속이지 않기로 했기에 페드야와 나 사이에 느끼는 감정을 사샤에게 말해야 했다. 그는 우리를 이해해 줄 것이었다.

그날 저녁 사샤가 일을 끝내고 집으로 돌아와 늘 그렇듯 우리 네 사람은 저녁상 앞에 둘러앉았다. 이런저런 이야기를 나누기는 했으나, 사샤의 긴 공백 기간 동안 내 삶으로 들어온 새로운 빛에 대해 사적으로 이야기할 기회는 좀처럼 만들어지지 않았다. 밥을 먹고서 우리는 강연을 듣기 위해 오처드 스트리트에 갔다.

강연과 모임이 끝난 후 사샤와 나는 단둘이 집으로 돌아왔고 페드야와 헬렌은 그곳에 좀 더 머물렀다. 집에 돌아와서 사샤는 내 방에 들어가도 되겠는지 허락을 구했다. 그러더니 영혼을 쏟아내듯 이야기를 하기 시작했다. 그는 나를 너무나도 사랑하고 있다며, 그 역시 내가 아름다운 것을 누릴 수 있길 바란다고 했다. 자신도 아름다움을 사랑하는 사람이라며. 하지만 그는 대의가 세상에서 가장 중요한 사람이었다. 대의를 위해서라면 그는 우리의 사랑은 물론이고 자신의 목숨까지도 기꺼이 내놓을 수 있다고 했다.

이어 유명한 러시아 혁명가들의 교리문답 이야기를 하며 거기서 진정한 혁명가라면 집, 부모, 사랑하는 연인, 아이 등등, 자신에게 소중한 거라면 무엇이든 포기할 것을 요구한다고 했다. 그는 당연히 여기에 전적으로 동의하며, 그 과정에서 방해가 되는 건 그 어떤 것도 허락지 않겠다는 말을 했다. "그렇지만, 나는 진정으로 당신을 사랑하오." 그는 이 말을 반복했다. 그의 강렬함과 타협을 모르는 열정이 나를 불안하게 하는 동시에 자석처럼 나를 끌어들였다. 페드야와 함께 있을 때 느꼈던 감정이 무엇이었건 간에 지금은 사라지고 없었다. 사샤, 나의 엄청나고 헌신적이며, 집착적인 사샤가 나를 부르고 있었다. 나는 온전히 그의 것이었다.

그날 늦게 모스트를 만날 일이 있었다. 그가 나를 위해 기획한 강연 투어가 있었는데, 정작 나는 이를 진지한 말로 받아들이지 않고 있었음에도 그가 나에게 와서 이에 대한 논의를 좀 하자고 했다.

사무실은 사람들로 북적거리니 근처 살롱으로 가서 이야기하자고 했다. 아직 이른 오후니 조용할 거라면서. 살롱에서 그는 나의 투어에 대한 설명을 했다. 로체스터, 버펄로, 클리블랜드를 방문하는 일정이었다. 나는 공황상태가 됐다. "말도 안 돼요!" 나는 반항했다. "나는 강연에 대해 아무것도 모르는걸요." 그는 내 말은 귓등으로 듣고 모두가 처음에는 다 그렇다는 말로 내 입을 막았다.

나를 대중강연자로 만들려는 그의 의지는 확고했다. 나는 그냥 하는 수밖에 없었다. 이미 강연 주제도 다 골라 놓았으며 그가 준비를 돕겠다 했다. 내가 이야기할 주제는 이제 다시 노동계급에서 많이 논의되고 있는 '하루 8시간 노동' 쟁취를 위한 투쟁의 무용함이었다. 그는 84년, 85년, 86년에 있었던 투쟁에서 "저주받은 것"의 가치를 훨씬 뛰어넘는 피해를 입었음을 지적했다. “시카고의 우리 동지들은 그를 위해 목숨을 잃었는데, 아직 많은 노동자들은 긴 시간 노동을 하고 있어요.” 설령 8시간 노동이 지켜진다 하더라도 실제적 이득은 없다고 그는 말했다. 오히려, 진짜 중요한 문제로부터 대중들의 관심을 돌리게 될 것이라 지적하며, 정말 중요한 문제는 자본주의에 맞서 싸우고, 임금 체제에 대항해서 새로운 사회를 만드는 일임을 역설했다. 어떻든 간에 나는 그가 내게 준 글을 다 외워야 했다. 나머지는 나의 극적인 감정 표현과 열정으로 채워질 것이라고 모스트는 믿고 있었다. 언제나처럼 사람을 홀리는 듯한 그의 말솜씨에 넘어간 나는, 저항할 힘이 없었다.

모스트의 존재로부터 멀어져 집으로 돌아와 나는 또다시 사람들 앞에서 이야기하려고 할 때면 내게 찾아오곤 하는 물속에 가라앉는 느낌을 받았다. 아직 3주의 시간이 남아 있지만 도무지 내가 해낼 수 있을 것 같지 않았다.

스스로에 대한 믿음이 없다는 점도 문제였지만 로체스터에 대한 혐오가 내 자신에 대한 불신을 능가한다는 것도 문제였다. 부모님과 레나 언니와는 이미 척을 진 사이가 되었지만, 헬레나 언니와 이제 네 살이 되었을 조카 스텔라, 그리고 막내 동생도 간절히 보고 싶었다. 아, 만약 내가 정말 제대로 된 강연자였다면 당장에라도 로체스터에 달려가 나에게 막 대한 사람들에게 매운맛을 보여 줬을 텐데. 지금 상태라면 그 사람들이 그간 내게 주었던 상처도 모자라서 조롱까지 퍼부을 것이다. 나는 집에서 초조하게 친구들의 귀가를 기다렸다.

모스트의 계획을 들은 사샤와 헬렌이 기뻐하며 열광할 때 나는 얼마나 경악을 했는지! 이건 엄청난 기회라고, 둘이 입을 모아 말했다. 연설을 위해 내가 준비를 열심히 한다면 어떻게 될까? 나는 미국 내 독일계 아나키스트 운동에서 최초의 여성 강연자가 될 수 있을 것이었다. 사샤는 적극적으로 나를 설득했다. 내가 대의를 위해 얼마나 도움이 될지를 생각해야 하며, 그러기 위해 다른 건 일단 제쳐 두어야 한다고 했다. 페드야는 무슨 생각을 하는지 알 수 없었다.

나의 좋은 친구들은 나의 공부를 위해 일을 관둬야 한다고 했다. 그들은 내게 집안일도 하지 말라고 하며 오로지 책만 열심히 읽으라고 했다. 때때로 페드야는 내게 꽃을 가져다줬다. 그는 내가 아직 사샤에게 둘 사이에 대해 이야기하지 않았다는 것을 알고 있었다. 내게 강요하지는 않았지만 백 마디 말보다 그가 가져온 꽃이 더 많은 이야기를 했다. 사샤는 이제 더이상 페드야가 꽃에 돈을 쓰는 것에 대해 핀잔을 주지 않았다. "당신이 꽃을 사랑하는 것을 알고 있소. 어쩌면 꽃들이 당신이 하게 될 새로운 일에 영감을 불어넣어 줄지도 모르지."

8시간 노동에 대한 엄청난 자료를 읽고, 이에 대해 논쟁이 이루어지는 모임이라면 무조건 참석했다. 하지만 이 주제에 대해 공부하면 할수록 나는 점점 더 혼란스러워지기만 했다. "임금 철칙" "수요와 공급" "반란에 불을 붙이는 유일한 조건으로서의 가난" 같은 말을 따라가기 어려웠다. 로체스터 사회주의자들의 지역 모임에서 듣던 기계적이고 차가운 느낌이 들었다. 그러다 모스트가 써 놓은 글을 보면 모든 게 분명해졌다. 그가 쓰는 비유나 현조건에 대한 비판, 새로운 세상에 대한 그의 눈부신 비전이 내 안의 열정을 일깨웠다. 그렇다고 해서 내 자신에 대한 의구심이 사라진 건 아니었지만 모스트가 하는 어떤 말도 반박하기가 어려웠다.

마침내 분명히 든 생각은 내가 모스트의 글을 외우는 건 불가능하다는 것이었다. 그가 잘 쓰는 말들, 수사적인 표현과 그의 험한 말들을 오래 들어 온 나로서는 내가 그의 글을 외워서 말한다면 마치 앵무새처럼 보일 게 분명하다는 생각이 들었다. 그의 아이디어를 가지고 오되, 나만의 방식으로 표현하자. 그런데 가만, 아이디어라는 것 역시 모스트의 것이 아니던가? 아, 어쩔 수 없지. 모스트의 생각은 이제 내 안에 너무 깊이 들어와 더 이상 나의 것과 그의 것을 구분하는 것은 불가능했다.

로체스터 투어일이 다가왔다. 마지막으로 모스트를 만나러 간 나는 기분이 축 가라앉아 있었지만 와인 한 잔과 더불어 모스트의 정신이 곧바로 무거운 분위기를 가볍게 끌어올렸다. 그는 오래, 열정적으로 이야기하며 무수히 많은 제안을 했다. 내게 관중은 크게 신경쓰지 말라고, 어차피 대부분은 잘 이해하지 못하는 사람들이라고 나를 격려했다. "만약 사람들을 웃게 만들 수만 있다면 그다음은 쉬울 겁니다." 그러면서 내가 어떻게 강연하는지는 그다지 상관없다는 말도 했다. 전에 내 어린 시절 오페라 경험을 이야기하던 때처럼만 이야기하면 될 거라며, 그렇게만 하면 관중의 마음을 움직이기에 충분할 거라고 했다. "나머지는 그저 과감하게, 자신감 넘치게만 하면 될 거요. 그 정도 용기는 있는 사람이니까."

우리는 함께 삯마차를 타고 그랜드센트럴 역으로 향했다. 가는 길에 그는 내 곁에 가까이 붙어 앉았다. 그는 나의 어깨에 팔을 두르고 싶은데 괜찮겠는지 물었고 나는 고개를 끄덕였다. 그는 나를 꼭 안았다. 복잡한 생각과 감정에 사로잡혔다. 내가 곧 하게 될 연설, 사샤, 페드야, 그들에 대한 내 사랑과 다른 이를 향해 새롭게 싹트는 사랑. 나는 모스트의 떨리는 포옹에 몸을 내어 주었다. 그의 키스는 내 입술을 집어삼킬 듯했다. 마치 며칠 물을 마시지 못한 사람의 갈증을 해소하려는 듯한 그의 키스에 나는 그가 나라는 물을 마시도록 내버려 두었다. 나를 사랑한다고 그가 말했다. 지금껏 어떤 여자에게서도 이런 감정을 느껴 본 적이 없고 더욱이 최근 몇 년 동안은 그 누구에게도 끌림을 느낀 적이 없다고 했다. 나이가 들어간다는 사실이 그를 덮쳐 오기도 했고, 오랜 기간 지속된 투쟁과 그가 오래 견뎌 온 고통과 박해에 지친 것이었다. 무엇보다 그를 가장 괴롭게 하는 것은 가장 가까운 동지들이 그를 이해하지 못한다는 점이었는데, 나의 젊음이 그를 다시 젊게 만들었고 나의 열정이 그의 정신을 고양시켰던 거다. 나라는 존재가 그의 인생에서 새로운 의미를 일깨웠다. 나는 그의 "파란 눈동자 아가씨"였다. 그는 내가 그의 것이 되길 원했고, 그의 조력자이자 그의 목소리가 되어 주길 원했다.

뒤로 몸을 기댄 채 눈을 감았다. 아무 말도 할 수 없었고 몸을 움직일 기력도 없었다. 무언가 신비스러운 감정이 나를 휘저었는데 사샤를 향한 욕망이나 페드야의 예민한 감각과는 전혀 다른 종류의 것이었다. 내 옆에 앉은 위대한 애어른을 향한 끝도 없는 애정이었다. 그의 구애는 바람과 태풍에 부러져 엉망이 된 나무가 마지막으로 태양을 받기 위해 가지를 뻗는 것과도 같았다. "모두 대의를 위하여"라고 사샤는 종종 말하곤 했다. 내 옆의 이 투사는 대의를 위해 모든 것을 내어 준 사람이다. 그러나 단 한 사람이라도 그에게 모든 것을 내어 준 사람이 있던가? 그는 애정과 이해에 목이 말라 있었다. 내가 그에게 그 두 가지 모두를 줄 것이었다.

역에는 이미 나의 세 친구가 나를 기다리고 있었다. 사샤는 나를 위해 아메리칸 뷰티 장미를 들고 있었다. "내 사랑의 증표요, 그대. 당신이 하게 될 첫번째 대중 강연 임무에 행운의 부적으로 가지고 왔소."

소중한 사샤. 며칠 전 헤스터 스트리트에서 쇼핑을 할 때, 그의 양복으로 6달러는 써야 하고, 모자에는 적어도 25센트는 써야 한다는 나의 주장에 그토록 강경하게 반대하며 "가능한 한 가장 싼 걸 사야 하오"라던 사람이 꽃이라니! 그의 엄중해 보이는 겉모습 아래에 이렇게나 자상한 부드러움이라니! 한스[요한 모스트]와 꼭 같았다. 두 사람이 얼마나 비슷한지에 대해서는 생각해 본 적이 없었다. 소년과 남자. 둘 다 단단한 사람들이었다. 한 명은 삶을 한 번도 즐긴 적이 없어서고, 다른 한 사람은 삶에게 너무 많이 채찍을 맞아서였다. 두 사람 모두 열정을 포기하는 법이 없고, 사랑을 위해 아이 같아지는 점도 비슷했다.

기차가 로체스터를 향해 속도를 올리기 시작했다. 나의 무의미한 과거와 단절한 지 고작 6개월이 지났을 뿐이었다. 반년이라는 시간 동안 나는 그 안에서 수년을 살았다는 느낌이 들었다.

5

로체스터에서 강연을 하게 될 저면 유니언에는 내 도착시간을 알리지 말아 달라고 신신당부했다. 일에 앞서 우선 헬레나 언니를 만나고 싶었기 때문이다. 언니에게 로체스터를 방문할 예정이라고 편지를 쓰긴 했지만 가서 무엇을 하는지는 이야기하지 않았다. 역에서 언니를 만나 우리는 마치 십수 년 떨어져 있다 상봉한 사람들처럼 서로를 부둥켜안았다.

언니를 만나서 로체스터에서 내가 하게 될 일에 대해 설명했더니 언니는 입을 다물지 못한 채로 나를 쳐다보았다. 그 많은 사람 앞에서는 일을 어떻게 할 수 있는 건지, 고작 6개월이 지났을 뿐인데 그 짧은 시간에 무얼 배울 수 있었던 건지, 어디서 그런 용기가 난 건지? 그리고 하고많은 도시 중에 로체스터라니! 부모님이 이 사실을 안다면 충격에서 헤어나오시지 못할 거라고 언니는 말했다.

지금까지 살면서 헬레나 언니에게 화가 난 적은 단 한 번도 없었다. 애초에 화를 낼 일 자체가 없었기 때문이다. 생각해 보면 언니의 참을성을 시험하며 임계점까지 몰아붙이는 사람은 주로 나였다. 하지만 부모님 얘기를 그렇게 꺼내는 바람에 나는 화가 머리끝까지 났다. 포펠란에서의 기억이 되살아났다. 연인 수샤를 향한 헬레나 언니의 이루어지지 못한 사랑과 다른 끔찍한 장면들까지. 나는 가족들, 그중에서도 특히 어린 시절을 악몽으로 만든 폭력적인 아버지를 규탄하며 화를 냈다. 내가 결혼한 이후에도 그에게 시달리며 살아야 했으니까. 나는 부모님이 언니의 삶을, 언니의 젊음을 빼앗아가게 둔 것에 대해 언니를 비난하며 소리질렀다. "어머니 아버지는 언니한테 한 걸 나한테도 똑같이 하려고 했어!" 부모님이 로체스터에서 그 광신자 집단에 합류하고 나를 내쳤을 때 그걸로 그들과의 연을 끊은 나였다. 나의 삶은 오로지 나의 것이며, 내가 선택한 일은 내 목숨보다 더 소중하다. 나는 일을 그만둘 생각이 전혀 없지만, 더군다나 연을 끊은 부모를 위해서라면 더더욱 그랬다.

사랑하는 언니의 얼굴에 서린 고통을 보고서야 정신이 돌아왔다. 언니를 품에 안은 채 가족들이 나의 일에 대해 알게 될 일은 없으니 걱정할 것 없다고 안심시켰다. 우리의 모임은 저먼 유니언에서만 있을 것이고, 대대적인 홍보를 한 것도 아니기 때문이다. 게다가 세인트 요제프 스트리트에 사는 유대인들은 선진적인 독일인들의 활동은 고사하고 다른 것에 대해서도 아는 게 전혀 없었다. 재미도 없고 편협한 자기네 삶 바깥의 일들에 대해서는 관심도 없었다. 그제서야 언니의 얼굴이 밝아지며, 방금 내가 언니에게 한 것처럼 대중 연설에서도 설득력 있게 할 수만 있다면 나는 크게 성공할 수 있을 거라고 말했다.

다음 날 저녁 관중을 마주하고 서서 내 머릿속은 하얗게 지워져 버렸다. 내가 써놓은 글에서 단어 하나 생각나질 않았다. 잠시 눈을 감자 놀라운 일이 벌어졌다. 한순간에 로체스터에서의 3년간 있었던 모든 일이 눈앞에 스쳐 지나가는 것이었다. 가슨 공장에서의 끔찍한 노동과 수모, 실패한 결혼과 시카고 사건 등. 순교한 어거스트 스파이스의 마지막 말은 나에게 큰 울림이 되었다. "우리의 침묵은 오늘 당신네들이 질식시킨 목소리보다 더 크게 이야기할 것입니다."

강연을 시작하자, 나조차 전에는 들어 보지도 못했던 말들이 내 입에서 쏟아져 나왔다. 점점 빠르고 강렬해지는 나의 강연은 영웅적 인물들의 삶에 색을 입히고, 풍요롭고 아름다움으로 가득 찬 그들의 이상(남자와 여자 할 것 없이 모두가 자유롭고, 아이들은 기쁨과 애정으로 크는 세상)의 빛나는 비전을 사람들에게 전했다. 이야기를 하는 도중 관중도 사라지고 강연장도 사라지는 느낌을 받았다. 오로지 나는 내가 하는 말에 집중할 뿐이었다.

강연을 마치자 떠들썩한 박수와 함성, 알아듣기 어려운 사람들의 웅성거리는 소리로 가득 찼다. 한 사람이 내게 가까이 다가와 물었다. "정말 영감을 주는 강연이었어요. 하지만 8시간 노동은 어떻게 되는 거죠? 그거에 대해서는 한마디도 하지 않으셨는데요." 그 이야기를 듣는 순간 나는 붕 떠 있던 높이에서 추락해 부서지는 느낌이 들었다. 의장에게 사람들 질문을 받기에 나는 너무 지쳤다 말하고 언니 집으로 향했다. 심신이 다 지친 상태였다. 최대한 소리 내지 않고 헬레나 언니의 집으로 들어가 옷도 벗지 않은 채로 침대에 쓰러졌다.

나를 이 투어에 오르게 한 모스트에 대한 분노, 그의 영향에 너무나 순순히 굴복한 나 자신에 대한 화, 내가 관중을 모독했다는 기분,

이 모든 감정이 어떤 새로운 깨달음과 함께 내 안에서 소용돌이쳤다. 내가 말로써 사람들을 뒤흔들 수 있구나! 이상하고 마법과도 같은 말들이, 내 안 저 깊은 곳에서부터 차오르는 느낌이었다. 이 깨달음으로 나는 기쁨의 눈물을 흘렸다.

다음 행선지는 버펄로였다. 이번엔 각별히 더 노력을 기울이겠다고 다짐하고 갔건만, 사전 미팅을 한 후 똑같은 긴장감에 사로잡혔다. 관중을 마주하고도 내 안에 불처럼 타오르는 비전이 떠오르지는 않았다. 다만 이 자리를 위해 준비한 매너와 제스처를 반복하면서 나는 8시간 투쟁을 위해 들인 에너지와 시간이 얼마나 낭비였는지 이야기하며, 그런 하찮은 일을 위해 싸운 노동자들의 어리석음을 비웃었다. 체감상 몇 시간으로 느껴졌던 연설이 끝나고 사람들은 나의 명료하고 논리적인 발표를 칭찬했다. 사람들의 질문에 나는 확신을 가지고 대답했다. 하지만 집에 돌아오는 길에 내 마음은 무거웠다. 오늘 나의 연설엔 환희로 날아오르는 말들이 없었다. 내 마음도 이렇게 차갑게 남아 있는데 다른 사람들 마음에 가닿기를 바라는 건 어불성설 아닐까? 다음 날 아침 모스트에게 전보를 쳐 제발 클리블랜드 일정을 취소해 달라고 사정하리라 생각했다. 또다시 의미없는 말만 지껄이고 돌아올 순 없는 일이니 말이다.

하룻밤 푹 자고 나니, 간밤의 내 마음이 어린애 같고 약해 빠졌다는 생각이 들었다. 어떻게 이렇게 금세 포기해 버린단 말인가? 모스트라면 그렇게 쉽게 포기했을까? 사샤였다면? 어쩔 수 없었다. 나도 그냥 앞으로 나아가는 수밖에. 그렇게 나는 클리블랜드행 기차를 탔다.

클리블랜드에서의 모임은 크고 활기가 넘쳤다. 토요일 저녁이었고 노동자들은 아내와 자녀들을 데리고 참석했으며, 모두가 술을 마셨다. 나를 둘러싸고 앉은 그룹은 내게 음료를 권하며 질문을 해왔다. 어째서 이 활동에 몸담게 되었는지, 나는 독일 사람인 건지, 생계를 위해서는 무슨 일을 하는지와 같은 것들이었다. 진보적인 사상에 관심을 가져야 할 사람들이 내게 겨우 이런 사소한 호기심을 부리고 있다니, 로체스터와 미국에 도착한 후 내게 쏟아지던 질문들이 떠오르면서 화가 났다.

내 연설의 요지는 버펄로에서와 동일했다. 다른 점이 있다면 그 구성이었는데, 시스템이나 자본주의자들에 대한 비난이 아니라 노동자들에 대한 비난을 했다. 당장 눈앞의 작은 이익을 위해 위대한 미래를 포기해 버리는 노동자들에 대해서 말이다. 관중은 내가 다소 노골적으로 이야기하는 방식을 즐기는 듯 보였다. 연설 중간중간 함성을 질렀고, 때때로 격렬하게 박수를 치기도 했다. 이건 연설이 아니라 서커스였다. 그리고 나는 그 서커스의 광대였다.

앞줄에 있던 백발에 깡마르고 초췌한 얼굴을 한 남자가 눈에 띄었는데 강연 후 일어나 발언을 했다. 그는 하루에 노동시간을 몇 시간 줄이는 거나, 주급 몇 달러를 올리는 것 같은 사소한 요구를 참지 못하겠다 말하는 나의 입장도 이해는 하며, 젊은이들에게 시간은 그리 중요한 문제가 아니라는 것도 이해한다고 했다. 하지만 자신처럼 나이 든 사람은 어떻게 해야 하는지 그는 물었다. 살아생전 자본주의가 전복되는 걸 볼 가능성도 거의 없는데, 하루에 그 끔찍한 노동에서 두 시간 정도나마 해방되는 것을 포기해야 옳겠느냐고. 어쩌면 8

시간 노동이라는 것이 나이 든 노동자들이 살면서 바랄 수 있는 유일한 것은 아닐까 하고 이야기하며 그런 작은 성취마저 다 거부해야 하느냐고 질문했다. 우리 노동자들에게는 책을 읽거나 야외활동을 할 시간이 좀 더 생기면 안 되는 거냐고, 공장에 발이 묶인 노동자들에게 공정하지 않은 것 같다고.

8시간 노동에 대한 그 남자의 진심 어리고 명료한 분석은 모스트의 현재 입장이 가진 허위를 깨닫게 했다. 나는 지금 모스트의 생각을 앵무새처럼 따라 말하면서 나 자신과 노동자들에게 죄를 저지르고 있다는 자각이 들었다. 어째서 내가 관중에게 가닿는 데 실패했는지 이제야 알 수 있었다. 나 자신조차 믿지 않는 것에 대해 이야기하느라 노동자들에 대한 싸구려 농담과 공격으로 도피를 했던 것이다. 내 첫 대중강연 경험은 모스트가 바란 결과로 이어지진 않았지만 분명 내게 중요한 가르침을 남겼다. 선생님 모스트의 무오류성에 대한 내 어린애와도 같은 믿음을 어느 정도 치료해 준 데다가, 또 독립적 사고의 필요성도 깨닫게 해주었으니 말이다.

뉴욕에 돌아오니 친구들이 환영식을 거하게 준비해 두었다. 집은 먼지 하나 없이 깨끗했고, 꽃으로 가득 차 있었다. 친구들은 내 투어에 대해 듣고 싶어했고, 나의 달라진 태도를 보고 모스트의 영향을 지나치게 받은 건 아닌지 우려하는 눈치였다.

다음 날 저녁 모스트와 함께 테라스 가든을 다시 찾았다. 2주간 떠나 있는 사이에 그는 더 젊어 보였다. 북실북실했던 턱수염이 단정하게 정리되어 있었고 새로 장만한 말쑥한 회색 양복을 입었는데 단춧구멍에는 빨간 카네이션이 꽂혀 있었다. 바이올렛 한 다발을 내게 안기는 그의 기분이 몹시 좋아 보였다. 내가 없는 2주는 참을 수 없이 긴 시간이었노라고 그가 말했다. 그리고 우리가 이제 막 가까워지기 시작할 때 나를 떠나보낸 것을 후회했다고도. 하지만 이제 다시는 나를 보내지 않을 거라고, 적어도 혼자 가게 하지는 않을 거라고 했다.

나는 계속해서 나의 투어에 대해 이야기를 하려고 시도했다. 그가 내 일정에 대해 묻지 않는 것이 상처가 되었다. 내 의사와 상관없이 나를 투어에 보내고, 나를 대중강연자로 만들겠다고 그렇게도 강렬히 원하더니, 내가 그의 적절한 제자가 되었는지 어쨌는지 관심이 없단 말인가?

당연히 내 강연에 대한 보고는 다 들었다고 그는 답했다. 로체스터에서 내가 얼마나 유창했는지, 버펄로에서는 상대방 입을 다 다물게 할 만큼 강력했으며, 또 클리블랜드에서는 나의 신랄함으로 멍청이들을 제압했다는 것에 대해 다 들었다는 것이었다. "내 감정은요?" 하고 내가 물었다. "그에 대해 내 의견이 듣고 싶지 않나요?" "듣고 싶소. 하지만 그건 나중에." 지금 그는 그저 내 옆에 가까이 있고 싶을 뿐이었다. 그의 "푸른 눈의 아가씨", 그의 작은 소녀인 나의 옆에.

나는 불같이 화를 내며 나를 단순히 여자로만 취급하는 건 참을 수 없다고 말했다. 이제 맹목적으로 그를 따르는 일은 없을 것이며 나는 충분히 바보 같았다는 말을 불쑥 내뱉고야 말았다. 나이 든 노동자의 5분간의 발언이 모스트의 모든 설득적인 말보다 내게 더 큰 확신을 주었다고. 나는 계속해서 말했고, 그는 잠자코 듣고만 있었다. 내 말이 끝나자 그는 웨이터를 불러 계산을 하고 자리에서 일어섰다. 나도 그를 따라 나갔다.

길에서 맹렬히 소리지르는 그는 마치 폭풍우와도 같았다. 자기가 독사 같은 무자비한 요녀를 길렀으며, 내가 자신을 고양이가 쥐를 가지고 놀듯 가지고 놀았다고 했다. 자신의 대의를 사람들에게 호소하기 위해 보내 놓았더니 정작 돌아온 건 배신이라며 나를 비난했다. 나도 다른 사람들과 똑같다며, 두고 보지 않겠다고 했다. 그리고 나와 뜨뜻미지근한 친구관계로 남느니 그의 마음에서 아예 잘라내 버리겠다며 "나와 함께하지 않는 사람은 나를 반대하는 사람이야! 다른 관계는 없어!"라고 단언했다. 회복할 수 없는 것을 잃어버린 것처럼, 크나큰 슬픔이 나를 덮쳐 왔다.

나는 집으로 돌아와 기절하듯 쓰러졌고, 놀란 친구들은 나를 진정시키느라 분주했다. 친구들에게 나는 그간 있었던 일을 처음부터 끝까지 이야기했다. 모스트에게 받은 바이올렛을 기계적으로 집으로 들고 왔던 거다. 사샤는 분개했다. "이런 한겨울에 바이올렛이라니, 수천 명이 일자리를 잃고 배고픔에 굶주리고 있는데!" 사샤는 언제나 모스트를 도둑놈이라고 불렀다. 활동을 위해 모금된 돈에 의탁해 살아간다면서. 그런 모스트의 호의를 냉큼 받아든 나라는 사람은 도대체 어떤 혁명가라는 말인가? 그가 관심 있는 건 여성의 육체일 뿐임을 나는 몰랐던가? 독일인들은 대체로 다 그랬다. 여성 동지는 없고 그냥 '여자의 몸'만 있었다. 다시 한번 모스트와 사샤 중 한 사람을 선택해야 할 때였다. 모스트는 더 이상 혁명가가 아니었고, 사샤는 다시 예의 그 대의로 돌아갔다.

사샤는 화가 난 채 집을 나섰고, 나는 혼란스럽고 상처받은 채로 내 발밑에 떨어진 산산조각난 세상을 바라보고 있었다. 부드러운 손이 나의 손을 잡고 조용히 나를 내 방으로 이끌었다. 페드야였다.

오래지 않아 새로운 할 일이 떨어졌다. 노동자들의 파업이었고, 나 역시 열정적으로 임했다. 요제프 바론데스로부터 시작된 파업이었는데, 우리는 전에 만난 적이 있었다. 유대 사회주의자이자 아나키스트 그룹의 일원으로 망토 만드는 노동자들을 조직하고 다른 이디시 노동조합을 만든 젊은이였다. 그룹에는 그보다 더 정보도 많고 말도 더 유창하게 하는 연설자가 있었지만 그 중에서 바론데스의 단순 명료함은 단연코 돋보이는 자질이었다. 이 매력적이고 빼빼 마른 젊은이에게 허튼 구석이라곤 찾아볼 수 없었고, 그는 학자적이지 않고 실용적이었다. 노동자들이 매일 투쟁을 해나가는 데 있어서 그야말로 꼭 필요한 사람이었다. 바론데스는 노동조합의 지도부로, 망토공들의 파업을 조직했다.

이스트사이드에서 할 말 있는 사람이라면 누구나 이 투쟁에 합류했다. 아나키스트 그룹에서뿐만 아니라 노동운동에서도 지칠 줄 모르는 활동으로 그 이름을 알린 애니 네터를 제외하고는 대부분 남자들이었다. 애니는 똑똑하고 끈기 있는 여성 활동가로, 80년대 격렬한 노동운동에서 중심 역할을 해온 조직인 노동기사단과 여러 파업들을 이끌어 온 사람이었다. 그녀의 노동운동은 파슨스와 스파이스, 필든을 비롯하여 시카고에서 사망한 동지들이 이끄는 8시간 노동 투쟁에서 절정에 이르렀다. 그러던 중 노동기사단의 수장격인 테런스 V. 파우더리가 적들과 동맹을 맺으면서 운동은 내리막을 걷기 시작했는데 파우더리가 은화 30개에 시카고 동지들을 넘긴 것은 이미 잘 알려진 사실이었다. 무장한 노동자들이 노동기사단에서 철수했고, 조직은 곧 염치없는 구직자들을 모아놓은 집단이 되었다.

이 배신자 조직에 등을 돌린 애니 네터는 지금은 '자유의 개척자'의 멤버였는데 뉴욕에서 활동하는 대부분의 유대인 아나키스트들은 여기에 속해 있다고 보면 되었다. 열정적인 애니는 자신의 시간을 아까워하지 않고 활동에 바쳤고, 수입은 미미했다. 그녀의 노력 너머에는 무신론과 사회주의로부터 자신의 종교적 정통성을 발전시킨 아버지의 지원이 있었다. 애니의 아버지는 뛰어난 품성을 가진 사람이자 훌륭한 학자, 따뜻한 인간애를 지니고 삶과 젊음을 사랑하는 사람이었다. 작은 식료품 가게 뒤에 있는 네터 가족의 집은 급진적 사상가들과 지식인들의 오아시스가 되었다. 네터 부인은 항상 집을 열어두었고, 식탁에 사모바르[러시아식 찻주전자]와 자쿠스키 케이크가 떨어지는 법이 없었다. 네터 식료품점의 고객으로서(비록 우리가 수익성 있는 고객은 아니었지만) 우리 젊은 활동가들은 감사할 따름이었다.

지금까지 나는 진짜 집이 어떤 느낌인지 알지 못했다. 네터네 집에 와서 따뜻한 분위기, 부모와 자식 간에 존재하는 아름다운 이해를 보며 마치 집이라는 햇볕을 쬐는 것만 같았다. 그곳에서의 모임은 흥미로웠고, 주인장의 재미있는 농담으로 화기애애한 속에서 저녁이면 토론을 하며 시간을 보냈다. 이 그룹에 자주 방문하는 인물 중에는 뉴욕 게토에서 잘 알려진 재능 있는 젊은이들이 몇 있었다. 그중 한 명은 다비드 에델스타트로, 훌륭한 이상주의자이며, 이디시어를 쓰는 급진적 인사라면 누구나 좋아하는 혁명의 시를 노래하는 영적인 바닷새와 같은 사람이었다. 그리고 또 보브쇼버는 '배질 달'이라는 이름으로 시를 썼는데, 강인하고 놀랍도록 뛰어난 시적 재능을 가진 사람이었다. 마이클 콘, M. 카츠, 기르즈단스키, 루이스, 그리고 다른 유망하고 실력 있는 젊은이들이 네터네에서 모이곤 했는데, 이들은 저녁 시간을 진정한 지적 향연으로 만들었다. 요제프 바론데스 또한 이 모임에 종종 참석했는데, 나를 파업 투쟁으로 보낸 것도 바로 바론데스였다.

다른 일은 다 제쳐 두고 나는 오로지 일에만 몰두했고 나의 모든 열정을 다 바쳤다. 내 업무는 직업이 있는 젊은 여성들을 파업에 동참하게 하는 것이었고, 이를 위해 콘서트, 사교모임, 무도회 등이 조직되었다. 이런 조건 속에서 여성들에게 현재 파업 중인 남성 동지들과의 공동의 대의를 설득하는 것은 그다지 어렵지 않았다. 사람들에게 말할 일이 더 많이 생겼는데, 강단 위에서 말하는 것보다 이 편이 훨씬 쉬웠다. 파업의 정당성에 대한 나의 신념은 내가 확신을 가지고 더 극적으로 이야기를 전달하는 데 도움이 되었다. 몇 주 만에 수십 명의 여성 직공들이 파업에 합류했다.

다시 한번 살아나는 것만 같았다. 춤을 출 때면, 나는 그곳에서 가장 지칠 줄 모르고 가장 신이 난 사람이 되었다. 어느 날 저녁 사샤의 어린 사촌이 나를 옆으로 끌고 가더니 마치 동지의 죽음이라도 알리는 듯한 심각한 표정으로 내게 선동자로서 춤을 추는 건 적절하지 않다고 속삭였다. 뭐, 출 수 있다고는 해도 그렇게 정신줄을 놓고 춰서야 되겠냐고 했다. 아나키스트 운동에 힘이 되어야 하는 사람으로서 품위가 없는 일이고, 나의 천박함이 대의를 해치고 있다고도 했다.

어린 소년의 뻔뻔스럽기 이를 데 없는 간섭에 화가 치밀어 올랐다. 그러고선 그에게 너의 일이나 신경 쓰라고 말하며 내 얼굴에 던져 대는 그놈의 대의가 지겨워 죽겠다고 대꾸했다. 나는 아름다운 이상과 아나키즘, 관습과 자유로부터의 해방과 자유를 위한 대의가 삶의 기쁨을 내던져야 하는 일이라고는 믿지 않았다. 나는 우리의 대의가 내가 수녀가 되는 것을 원한다고 생각하지 않으며, 또 우리 운동이 수도원이 되어서도 안 되지 않냐고 주장했다. 만약 대의가 그런 거라면 내게 대의 따위는 필요없었다. "내가 원하는 건 자유와 나를 표현할 권리, 모든 사람이 아름답고 찬란한 것들을 누릴 수 있는 권리야." 아니키즘이란 나에게 그런 의미였고, 비록 거기에 감옥과 박해가 있더라도 나는 그 세상을 살 것이었다. 그렇다. 나의 가장 가까운 동지들이 나를 비난하더라도 나는 나만의 아름다운 이상을 살 것이다.

열정에 차올라 내 목소리가 커졌다. 정신을 차려 보니 나는 사람들에게 둘러싸여 있었다. 나에게 박수를 보내는 사람들도 있었지만, 내 말이 틀렸으니 다시 생각해야 한다는 사람들도 있었다. 후자의 사람들은 무엇보다 대의가 우선이라 말하며 모든 러시아 혁명가들은 다들 그렇게 해왔다고 했다. 운동에서 멀어질 만한 것은, 그게 무엇이든 즐겨서는 안 되고 만약 그렇다면 그건 편협한 이기주의에 불과하다고 외치는 소리가 들렸다. 그 혼란 속에서 가장 크게 들려온 건 다름 아닌 사샤의 목소리였다.

소리가 나는 방향으로 고개를 돌리니 안나 민킨 옆에 서 있는 그가 보였다. 우리의 마지막 다툼이 있기 훨씬 전부터 두 사람의 서로에 대한 관심이 점점 커지고 있음을 눈치챈 지는 이미 오래였다. 사샤는 이사를 나갔고, 안나는 그를 매일 찾아갔다. 그들을 보는 것은 몇 주 만의 일이었는데, 충동적이고 고집 센 연인에 대한 그리움으로 누군가 내 심장을 움켜잡는 느낌이 들었다. 그를 우리만의 애칭으로 부르고 싶고, 또 내 팔을 뻗어 그에게 닿고 싶었지만 굳은 얼굴로 나를 비난하는 그의 눈빛을 보고 이내 현실로 돌아왔다. 그날 저녁 이후로 나는 더 이상 춤을 추지 않았다.

곧 나는 위원회실로 불려갔는데 그곳엔 요제프 바론데스를 비롯한 다른 파업 지도자들이 이미 업무에 착수한 상태였다. 이전에 노동기사단의 강연자였으며 지금은 파업의 선두에 있는 T. H. 가사이드 교수가 바론데스 옆에 있는 게 보였다. 나이는 서른다섯 살쯤으로, 키가 크고 얼굴빛이 창백한 스코틀랜드인이었다. 그의 태도는 자상하고 온화해서 그림에서 본 예수의 모습이랑 닮은 것 같아 보이기까지 했고, 갈등요소를 평화롭게 해결하고 일을 좋게좋게 해결하려는 사람이었다.

가사이드는 우리가 타협하지 않으면 파업에서 패배할 수밖에 없다고 말했다. 나는 여기에 동의하지 않았고 그의 제안에 반대했다. 위원회의 몇몇은 나와 같은 의견이었지만 나보다는 가사이드가 더 영향력 있는 사람이었으므로 파업은 그의 제안에 따라 종결되었다.

힘들었던 몇 주간의 파업이, 이제는 조금은 덜 고생스러운 활동(강연이나 네터네 혹은 우리 집에서의 저녁모임, 재고용을 확보하기 위한 노력)으로 바뀌었다. 페드야는 크레용을 가지고 사진을 확대해 그리는 작업을 시작했다. 더 이상 헬렌과 나의 돈을 물감 사는 데 낭비할 수는 없다면서, 어차피 자신은 결코 위대한 화가가 될 수 없을 거라 했다. 분명 그 이유 외에 다른 게 있었다. 자신도 돈을 벌어서 나를 이 고생스러운 일에서 해방시켜 주고 싶었던 거다.

한동안 몸이 좋지 않았다. 특히 생리 중일 때는 극심한 통증을 느끼며 자리에 누웠는데, 어린 시절 어머니가 내 얼굴을 때렸던 초경 때의 충격 이후로 내내 그날이면 심하게 아팠다. 쾨니히스베르크에서 상트페테르부르크로 오는 길에 감기에 걸렸을 때 상태는 더 심했다. 당시 어머니와 나, 남동생 둘은 국경을 넘어 밀입국해야 했는데, 1881년의 겨울은 유독 혹독했다. 우리를 밀입국시켜 준 업자는 어머니에게 눈 덮인 벌판을 지나고 반쯤 얼어붙은 강물을 건너야 한다고 설명했다. 쾨니히스베르크를 떠난다는 생각에 지나치게 흥분해서인지 나의 생리가 예정일보다 일찍 시작되어 어머니의 걱정이 컸다. 새벽 5시, 추위와 공포에 벌벌 떨며 출발한 우리는 곧 독일과 러시아 국경을 가르는 강가에 도착했다. 얼음물을 건널 생각만으로 몸이 얼어붙는 것 같았지만 다른 방법은 없었다. 뛰어들지 않으면 국경수비대에 잡히거나 총을 맞을 테니 말이다. 경비에게 몇 루블을 쥐어 준 덕분으로 우리를 못본 체해 주긴 했지만 그들은 우리에게 서둘러 가라고 경고를 했다.

어머니는 잔뜩 짐을 짊어진 채, 그리고 나는 막내 동생을 업은 채로 강으로 뛰어들었다. 갑작스러운 한기가 내 피를 얼어붙게 만들었고, 척추며 배며 다리까지 따가운 그 느낌은 마치 뜨거운 쇠꼬챙이로 내 몸을 찌르는 것만 같았다. 당장이라도 소리를 지르고 싶었지만 군인이 우리를 찾을까 봐 두려웠다. 물에서 나와 그 따가운 느낌은 끝났지만 내 이는 딱딱 소리를 내며 떨렸고 나는 식은땀을 흘리고 있었다. 러시아 쪽 여관을 찾아 우리는 최대한 빨리 걸었고, 그곳에 도착해서 나는 뜨거운 산딸기 차를 마시고는 데운 벽돌을 끌어안고 침대 속으로 들어갔다. 상트페테르부르크까지 가는 내내 열이 나고 허리며 다리가 아팠다. 이로 인해 나는 몇 주간 누워 있어야 했고, 몇 년이 지난 지금까지도 허리가 아팠다.

미국에서 내가 처한 문제에 대해 솔로타로프와 상의를 했더니 그는 나를 척추 천문가에게 데리고 갔다. 의사는 수술을 권했다. 의사는 이런 허리 상태로 내가 그렇게 오래 버텼다는 것에, 그리고 심지어 성생활까지 가능했다는 것에 놀란 듯했다. 친구들은 나에게 의사 말로는 내가 수술을 받지 않으면 결코 통증에서 자유로울 수 없을 것이며, 온전한 성적 쾌감도 누릴 수 없을 거라 했다고 전해 왔다.

솔로타로프는 내게 혹시 아이를 원했던 적이 있느냐 물으며 이유를 설명했다. "왜냐하면 이 수술을 받게 되면, 아이를 가질 수 있게 되기 때문이오. 지금까지의 당신 몸으로는 그게 불가능했지만."

아이라니! 나는 아주 어린 시절부터 아이들을 좋아했다. 내가 어렸을 때도 이웃집 여자애가 가지고 놀며 옷도 입히고 잠도 재우는 작은 아기 인형을 미친 듯이 부러워했더랬다. 그 아기들은 진짜가 아니고 인형일 뿐이라고 들었지만, 그렇게나 아름다우니 내게는 살아 있는 거나 매한가지였다. 아기 인형을 간절히 원했지만 한 번도 가져본 적 없었다.

남동생 헤르만이 태어났을 때 나는 겨우 네 살이었다. 이제 아기 인형은 필요없었다. 또 2년 후 태어난 막내 동생 라이발레는 나를 황홀하게 했다. 언제나 동생의 옆에서 살살 달래 주고 노래를 불러 재우곤 했다. 동생이 한 살 정도 되었을 때 어머니가 동생을 내 침대에 재운 적이 있다. 어머니가 방을 나가고 동생이 울기 시작했다. 아, 배가 고픈 모양이구나. 그러곤 어머니가 어떻게 젖을 물렸는지 기억하고 내 젖을 물렸다. 한쪽 팔에 아이를 눕히고 다른 손으로 아기 얼굴을 내 몸에 가까이 대며 어서 젖을 물어 보라고 달랬다. 그런데 젖을 물기는커녕 숨을 못쉬고 켁켁대는 게 아닌가. 얼굴이 파랗게 질리고 숨을 쉬지 못하는 상태가 됐다. 어머니가 놀라 뛰어와 애한테 무슨 짓을 한 거냐고 추궁했다. 내가 무엇을 했는지 설명하자 어머니는 웃음을 터뜨리고 나서는 나를 혼냈다. 그날 나는 울었는데, 어머니한테 맞은 게 아파서 울었던 게 아니라 내게 동생을 위한 젖이 없었기 때문에 운 것이었다.

우리의 하인이었던 아말리아에게 연민이 생겼던 이유도 그녀가 아이를 갖게 되면서부터였다. 나는 정말이지 아이를 사랑했다. 그리고 이제, 이제 내 아이를 가질 수 있고 모성의 신비와 경이로움을 직접 경험할 수도 있었다! 눈을 감고 행복한 꿈에 빠져들었다.

그러다 잔인한 손이 내 심장을 조여 왔다. 내 앞에 놓인 건 어머니가 한 번도 채워 준 적 없었던 애정에 대한 갈망이었다. 자녀들을 향한 아버지의 가혹함과 폭력성, 딸들에 대한 학대. 특히 아직도 생생하게 남아 있는 두 가지 끔찍한 기억이 있다. 한번은 아버지가 가죽끈 같은 걸 휘두르며 나를 때렸다. 남동생 헤르만은 내가 울부짖는 소리에 깨서 달려나와 아버지의 종아리를 물었다. 매질이 멈추고 헬레나 언니가 나를 언니 방으로 데려가 내 멍든 등을 닦아 주고 우유를 가져다 주었다. 그러곤 꼭 안아 주었다. 언니의 눈물과 내 눈물이 마구 섞이는 와중에도 아버지는 밖에서 광광대며 소리지르고 있었다. “내 그년을 죽일 거야! 죽인다고, 이 망할 년. 고분고분 따르는 법을 가르치고 말 테니까 두고 봐!”

또 한번은 쾨니히스베르크에서 있던 일인데 포펠란에서 우리 가족은 모든 걸 잃은 터라 부모님은 나와 동생 헤르만을 학교에 보낼 형편이 못되었다. 그 도시의 랍비가 먼 친척이었는데 우리의 교육문제를 도와주겠노라 했다. 하지만 아버지는 학교에서의 우리의 행동과 학업성취도 등에 대한 월간 보고를 받기를 원했다. 나는 그게 수치스러워서 화가 났지만 따를 수밖에 없었다. 나의 행동으로 인해 낮은 점수를 받은 적이 한번 있었는데, 나는 아버지를 볼 자신이 없어서 집에 오는 길에 벌벌 떨었다. 집에 와 먼저 어머니에게 보여 줬더니 어머니는 울기 시작했다. 아마 은혜도 모르는 제멋대로인 애라며 어른들이 가만두지 않을 게 분명하다며, 절대 아버지가 이 보고서를 보게 해선 안 된다고 했다. 자격도 없는 나를 위해 아버지로부터 보호를 해주다니…. 무거운 마음으로 어머니를 돌아서 나오는 길에 창문 너머로 들판이 보였다. 아이들이 놀고 있었는데, 마치 나와는 다른 세상에 사는 것만 같았다. 내 인생엔 놀이란 게 없었으니 말이다. 문득 이상한 생각이 들었다. 내가 무슨 큰 병에 걸리면 얼마나 좋을까! 그럼 아버지도 좀 누그러지겠지. 초막절[유대교의 가을 명절] 휴일을 제외하고 아버지가 기분이 좋은 적은 거의 못본 것 같다. 아버지는 특히 이날, 유대인 축제에서 마시는 아주 조금을 제외하고는 술을 마시지 않았다. 그런 날은 기분이 좋아서 아이들에게 새로운 옷과 장남감을 사주겠노라고 약속을 하곤 했다. 그날은 우리가 모두 기다리는 단 하루 빛나는 날로, 일 년에 단 한 번뿐이었다. 지금도 생각나는 말은, 그가 나를 원한 적이 없었다는 말이다. 아들을 원했는데 돼지 같은 마누라가 자기를 속였다고 했다. 그러니 만약 내가 만약 아프면, 거의 죽을 지경이 된다면, 그때는 나를 때리거나 방구석에 몇 시간 동안 서 있게 하지도, 꽉 찬 물잔을 들고 앞뒤로 걷게 하면서 "한 방울이라도 흘리면 채찍으로 가만 안 둔다" 하고 협박하지 않을 텐데. 집에 채찍과 작은 의자는 항상 준비되어 있었다. 그것들은 나의 수치스러움과 비극을 상징했다. 수많은 시도와 엄청난 채찍질 끝에 나는 물을 흘리지 않고 걷는 법을 배웠다. 그걸 하고 나면 너무 긴장해서 몇 시간 동안이나 몸이 아팠다.

아버지는 잘생기고, 자신감과 활기가 넘치는 사람이었다. 나는 아버지를 두려워하면서도 사랑했다. 아버지가 나를 사랑해 주길 원했지만 어떻게 해야 아버지의 마음에 닿을 수 있는지 몰랐다. 아버지의 완고함 때문에 나는 늘 거기에 반발했다. 왜 아버지는 늘 그렇게 심하게 구는 걸까 궁금해하며 창밖을 내려다보는데 갑자기 누가 쇠막대기로 치기라도 하는 것처럼 머리에 엄청난 통증을 느꼈다. 머리에 꽂고 있던 둥근 빗을 박살낸 건 아버지의 주먹이었다. 나에게 주먹질을 해대고 멱살을 잡으며 소리질렀다. "넌 나의 수치야! 늘 이 모양이지! 너 같은 애가 내 자식일 리 없어! 어머니도 나도 하나도 안 닮고, 도무지 우리 같은 구석이 하나도 없어!"

헬레나 언니는 혹시 내가 죽기라도 할까 봐 아버지에게 달려들어 말렸다. 아버지의 손아귀에서 나를 떼어 놓으려 하는 언니에게 나를 때리려던 아버지의 주먹이 날아갔다. 그러다 지친 아버지는 현기증이 났는지 바닥에 쓰러졌다. 언니는 어머니를 불러 아버지가 기절했다고 알렸고, 서둘러 나를 자기 방으로 데려가 문을 잠갔다.

아버지에 대한 사랑과 그리움은 증오로 바뀌었다. 그 후로 나는 아버지를 피했고 대답을 해야 하는 게 아니라면 말도 섞지 않았다. 하라는 대로 하면서 기계적으로 따르는 사이 우리 사이의 간극은 해가 갈수록 넓어졌다. 이제 집은 감옥이었다. 탈출하려고 할 때마다 아버지가 만든 사슬에 묶여 들어앉았다. 상트페테르부르크에서 미국으로, 로체스터에서 결혼으로, 집을 탈출하려고 나는 계속해서 시도했다. 그리고 마지막이자 최종의 것이 될 탈출은 내가 뉴욕으로 떠나기 전이었다.

몸이 안 좋은 어머니를 대신해 집을 정리하려고 갔다. 커쉬너와의 결혼과 이혼, 재혼에 대해 아버지의 잔소리를 들으며 나는 바닥을 문질러 닦고 있었다. “넌 정말 문란한 년이야.” 아버지는 계속해서 그 말을 했다. “가족 얼굴에 늘 먹칠을 하고 다니지.”

바닥을 닦으면서 아버지의 말을 듣다가 내 안에서 갑자기 꼭지가 홱 하고 돌았다. 나의 외롭고 비참했던 어린 시절, 고통스러웠던 사춘기, 회색빛 유년 시절에 대해 아버지에게 쏟아 냈다. 자신을 비난하자 아버지는 깜짝 놀라 서 있었고, 나는 바닥을 수세미로 두드리며 그에 대한 비난을 강조했다. 그에 대한 고발 속에 내 인생의 모든 잔인한 사건들이 다 들어가 있었다. 이제 와 씁쓸하게 떠올리는 그 기억. 헛간에 울려퍼지는 아버지의 화난 목소리, 하인들을 학대하고 어머니를 붙잡는 그 억센 손아귀, 그 모든 게 밤이고 낮이고 나를 찾아와 괴롭혔다. 아버지는 나를 창녀라고 불렀다. 나는 그에게 당신이 나를 그렇게도 창녀라고 불러댔지만 그렇게 되지 않은 것이 그의 탓이 아니라고 했다. 적어도 한 번 이상 거리에 나갈 뻔한 게 사실이지만, 그럴 때마다 나를 구한 건 헬레나 언니의 사랑과 헌신이었다.

나의 말은 급류처럼 쏟아져 나왔고, 아버지에 대한 증오와 경멸을 담아 수세미를 바닥에 내동댕이쳤다. 그 끔찍한 상황은 내 히스테리컬한 비명으로 끝이 났고, 남동생들이 나를 데리고 올라가 침대에 눕혔다. 다음 날 나는 집을 떠났다. 그 이후로 뉴욕에 가기 전까지 아버지를 만나지 않았다.

그 이후로, 나의 비극적인 어린 시절은 예외적인 일도 아니고, 매해 수천 명의 원치 않는 아이가 태어나 가난으로 인해 상처받고 심지어 불구가 되기도 하는데, 아직도 이들에 대한 무지와 오해는 넘쳐난다는 것을 알게 되었다. 내 아이가 그런 불행한 희생자가 되어선 안 될 일이었다.

또 다른 이유도 있었다. 새롭게 발견한 이상에 점점 몰두하게 된 것이다. 여기에 나는 완전히 집중하기로 했다. 그 사명을 다하기 위해 나는 속박되지 않은 상태로 남아 있어야 했다. 수년 동안의 고통과 아이를 향한 억눌린 갈망, 과연 이것이 많은 순교자들이 치른 대가와 비교할 수 있는 것일까? 나 역시 그들처럼 대가를 치를 것이다. 내게 주어진 고통을 견디며, 세상의 모든 아이들을 향한 나의 모성적 사랑을 표출할 수 있는 방법을 찾을 것이다. 나는 수술을 받지 않았다.

몇 주간의 휴식과 친구들(다시 집으로 이사를 들어온 사샤, 민킨 자매, 종종 연락하고 꽃을 보내온 모스트, 그리고 예술가 청년)의 애정 넘치는 보살핌으로 건강을 회복할 수 있었다. 나는 다시 힘을 되찾을 수 있을 거라는 믿음으로 병상에서 일어났다. 사샤가 그랬듯 나도 이제 모든 어려움을 극복하고 내 이상을 실현하기 위한 모든 시험을 마주할 수 있을 것만 같았다. 나는 이미 여자로서 가장 강하고 원초적인 갈망인 아이에 대한 욕망을 극복하지 않았던가?

그 몇 주 사이 페드야와 나는 연인이 되었다. 페드야에 대한 내 감정이 사샤에 대한 사랑과는 관계가 없는 것임이 분명해졌다. 각각의 감정은 내 존재의 다른 부분을 일깨웠고, 다른 세계로 데려갔다. 이 감정들은 상충되는 바 없이 오로지 충만함만 있을 뿐이었다.

페드야에 대한 나의 사랑을 사샤에게 이야기했을 때 그의 반응은 내가 기대했던 것보다 훨씬 크고 아름다웠다. "당신에게 사랑할 자유가 있음을 믿소." 그는 자신의 소유욕을 인지하고 있었고, 그의 부르주아 배경에서 얻은 다른 모든 것들과 마찬가지로 소유욕을 혐오했다. 만약 페드야가 친구가 아니었다면 그는 질투를 했을 것이다. 하지만 페드야는 그의 친구일 뿐만 아니라 투쟁의 동지였다. 나에 대한 그의 사랑이 강렬하긴 했지만 그에게는 혁명과 투쟁이 더 중요했다.

그날, 예술가 친구가 집에 오자 두 사람은 서로를 껴안았다. 밤늦게까지 우리는 앞으로 우리의 활동 계획에 대해 이야기했다. 헤어지면서 우리는, 앞으로 어떤 숭고한 대의를 위해 함께 목숨을 바치거나 아니면 계속 살아서, 우리 중 한 사람이 목숨을 바쳐서까지 이루고자 하는 그 이상을 위해 일할 것을 맹세했다.

며칠, 몇 주가 지나도록 우리 안에 새롭게 밝혀진 빛은 계속해서 빛났다. 우리는 서로에 대해 더 많이 인내하고 더 많이 이해하게 되었다.

6

일전에 모스트가 뉴잉글랜드 지역을 순회하는 강연 투어를 계획하고 있다는 말을 했는데, 이제 곧 투어 일정이 시작되니 자신과 함께 강연길에 오르지 않겠냐고 물어 왔다. 내가 야위고 지쳐 보인다며 기분전환 겸 다녀오면 내게도 도움이 되지 않겠느냐 했고, 나는 생각해보겠다고 대답했다.

친구들은 나에게 투어에 함께 가라고 성화였다. 페드야는 집안일에서 벗어나는 게 내게 필요해 보인다 했고 사샤는 이후 더 많은 활동을 위해 여러 동지들과 사귈 수 있는 기회가 될 거라 말했다.

2주 후, 나는 모스트와 함께 폴 리버 라인 여객선을 타고 보스턴으로 향했다. 그토록 넓고 호화스러운 배는 처음 타보는 데다가, 그렇지 않아도 객실이 아늑하고 좋았는데 내 방은 모스트가 보낸 라일락 꽃다발 덕분에 더 환해 보였다. 우리는 갑판에 서서 배가 증기를 내뿜는 것을 바라보았다. 얼마 지나지 않아 회색 석조 건물을 덮고 있는 커다란 나무와 더불어 아름다운 녹색 섬이 보였다. 연립주택만 내내 봐온 터라 그런 풍경을 마주하고 시야가 탁 트이는 기분이었다.

고개를 돌려 모스트를 보니 그는 잿빛 얼굴을 하고는 주먹을 꽉 쥐고 있었다. “무슨 일이죠?” 나는 놀라 물었다. “저기 보이는 게 블랙웰 섬 교도소요. 스페인 종교재판이 미국으로 왔지. 머잖아 나도 저기에 갇히게 될 거요.”

그를 진정시키려 떨리는 그의 손 위에 내 손을 얹었다. 그도 손을 뻗어 내 손을 잡았다. 그렇게 오랜 시간 선 채로 우리는 각자의 생각에 빠져들었다. 밤은 따뜻했으나 5월의 공기는 아직 찼다. 모스트는 내 어깨에 팔을 두르고 블랙웰 섬에서 겪은 일들과 그의 어린 시절에 대해 이야기해 주었다.

그는 비밀스러운 사랑의 결과로 태어난 아이였다. 아버지는 모험적인 사람으로 훗날 변호사 사무실에서 필경사로 일했고, 어머니는 부유한 집안의 가정교사였다. 모스트는 법과 도덕, 종교의 테두리 바깥에서 태어난 아이였고, 부모님의 결혼은 차후에야 법적으로 인정되었다.

어린 시절 그에게 가장 강력한 영향을 미친 존재는 어머니였다. 그의 어머니가 아들에게 준 첫번째이자 가장 중요한 가르침은 지배적 종교 교리로부터 자유로운 정신을 지키라는 것이었다. 일곱 살까지 그는 걱정 근심 없이 행복한 유년 시절을 보냈다. 그러다 찾아온 엄청난 비극은 수술이 잘못되어 얼굴에 변형이 온 것이었다. 만약 그의 사랑하는 어머니가 살아 있었다면, 망가진 외모로 삶이 괴로워진 그가 일어서고 극복할 수 있도록 도와주었겠지만, 어머니는 모스트의 나이 아홉 살 때 이미 돌아가셨다. 얼마 후 아버지는 재혼을 했고, 새어머니는 즐거웠던 가정을 연옥으로 만들었다. 삶은 이제 견딜 수 없는 것이 되었다. 열다섯에 그는 학교를 관두고 제본소에서 견습생 일을 시작했다. 물론 그것은 한 지옥을 또 다른 지옥으로 만들었을 뿐이지만. 그의 얼굴 기형은 마치 저주처럼 그를 따라다니며 차마 말로 다 못할 절망과 고통을 안겨 주었다.

그가 애정을 쏟아부은 것은 극장이었다. 동전 한 푼까지 모아서 공연 티켓을 샀다. 점점 무대에 오르고 싶다는 열망에 사로잡히게 되었는데, 실러의 연극, 특히 「윌리엄 텔」, 「군도」, 「피에스코」는 그에게 영감 그 자체였으며 모스트는 그 연극무대에 서고 싶었다. 한 번은 극장 매니저로 지원을 했는데, 배우가 아니라 광대나 하면 딱 좋을 얼굴이라는 말을 들었다. 그 실망감은 그를 짓누르고 자신의 고통에 더 민감한 상태가 되게끔 했다. 그의 얼굴은 곧 존재의 공포였고, 이는 특히 여성들 앞에서 병적으로 자의식을 갖게 만들었다. 여성들을 만나고 싶어도 자신의 얼굴을 스스로 의식해서 자기가 먼저 멀어지곤 했다. 그 후로 수년 동안, 그가 마침내 수염을 기를 수 있을 때까지 그는 극심한 수줍음을 극복할 수 없었다. 만약 그가 영적인 어떤 각성에 의해 구원받지 않았더라면 스스로 목숨을 끊었을지도 모른다. 그가 알게 된 새로운 사회에 대한 사상은 그에게 목적을 부여해 줌과 동시에 그의 목숨을 놓지 않을 수 있게 해주었다. 블랙웰 섬은 외모에 대한 그의 오래된 공포를 되살렸다. 간수들은 그의 수염을 다 깎았는데, 그가 감방에 몰래 들여온 거울 조각으로 자신의 얼굴을 들여다보았을 때 거울에 있던 흉측한 얼굴이 감옥보다 끔찍했다. 그가 이 사회의 기존 시스템을 그토록 증오하는 이유, 그리고 삶의 부당함과 잔인함을 견디지 못하는 이유는 바로 자신의 불구 상태와 그로 인해 가해진 모욕과 학대 때문이라고 확신을 담아 말했다.

감정이 점점 고조되어 가면서도 그는 이야기를 계속했다. 그는 두 번 결혼을 했는데, 두 결혼 모두 실패로 끝났다. 그 이후로 위대한 사랑에 대한 희망을 버렸다. 나를 만나기 전까지 말이다. 나를 만나고 예전의 그 열망이 다시 그를 찾아왔다고 했다. 하지만 그 열망과 함께 고통스러울 정도의 수줍음도 찾아왔다. 그는 몇 달간이나 무시무시한 내적 갈등과 싸워야 했다. 내게 혐오감을 줄지 모른다는 공포가 그를 괴롭혔다. 그리고 한 가지 생각에 사로잡혔는데, 그것은 바로 나를 얻는 것, 나를 자신에게 묶어 그가 내게 없어서는 안 될 존재가 되도록 만드는 것이었다. 내가 대중강연자로서 재능이 있고 강력한 연설자가 될 수도 있을 것임을 깨닫고서 그는 바로 그 사실을 발판 삼아 내게 접근했다. 42번가로 가던 삯마차 안에서 그의 사랑은 공포를 압도했고, 자신의 고통에도 불구하고 내가 그를 사랑해 주기를 바랐다. 그런데 여행에서 돌아온 나는 전과 달라져 있었다. 독립적인 생각에 대한 자각이 생기고, 그만큼 그의 영향권에서 벗어나게 된 것이었다. 이 변화에 그는 정신나간 사람이 되었다. 그토록 사랑하고 원했던 사람을 공격할 정도로 제정신이 아니었다. 하지만 이제, 그가 바라는 것은 우정 외에 다른 건 아무것도 없다고 결론을 지었다.

이 고통받는 존재의 솔직하고 단순한 고백에 마음 깊은 곳이 요동쳤다. 말로는 다 할 수가 없어 다만 조용히 그의 손을 잡았다. 수년간 억눌려 온 강렬함이 내 몸을 부수고 황홀하게 소리치고 나와 내 안에서 마침내 용해되는 느낌이었다. 나의 눈물과 그의 입맞춤이 뒤섞여 가여운 그의 얼굴을 가렸다. 이제 그의 얼굴은 아름다웠다.

2주간의 투어 중에 모스트가 혼자 있는 것을 보는 일은 아주 드물었다. 한 도시에서 다음으로 넘어가는 한두 시간 정도였을까. 나머지 시간에 그는 늘 동지들과 바빴다. 강연을 하기 직전까지 떠들고 마시다가, 연단에 딱 오르는 순간 불과 같은 연설을 하는 그가 매번 놀라웠다. 청중을 의식하지 않는 듯 행동했지만 그는 분명 강연 중에 어디서 무슨 일이 벌어지고 있는지 다 주시하고 있었을 것이다. 모스트는 강연 중에도 태연히 시계를 꺼내 자신이 너무 오래 이야기하고 있지는 않은지 시간을 확인했다. 저런 행동은 과연 의도된 것일까 자기도 모르게 순간적으로 한 것일까? 이런 생각을 하는 것 자체가 내게는 큰 괴로움이었다. 그의 논리정연하고 설득력 있는 발언과 표현적 몸짓이 영감에 의한 것이라기보다 의식적으로 꾸며 낸 것일 수 있다는 가능성을 생각하는 것은 심히 괴로웠다. 이런 생각들로 참기 어려워졌지만 모스트에게 이야기할 수는 없는 노릇이었다. 더욱이, 우리가 함께 보낼 수 있는 짧은 시간이 너무 소중했다. 나는 그가 중요한 역할을 수행한 다른 여러 나라들에서의 사회 투쟁에 대해 듣고 싶었기 때문이다. 독일, 오스트리아, 스위스, 그리고 나중엔 영국까지 모스트는 활동 반경을 넓혔다. 그의 적들도 이 젊고 불같은 반역자의 위험에 천천히 반응하진 않았다. 다들 모스트를 제거하려고 노력했고, 그 결과 모스트는 수도 없이 체포되고, 수년간 투옥되고, 또 망명까지 해야 했다. 그는 독일 의회의 의원들에게 주어지던 면책특권조차 받지 못했다.

모스트는 사회당원들의 엄청난 지지로 독일 의회의 의원으로 당선됐지만 실제로 돌아가는 일을 보니, 의회가 결국 "꼭두각시 놀음터"라는 것을 알게 되는 데는 그리 오랜 시간이 걸리지 않았다. 이로부터 일반 대중이 얻을 수 있는 것은 없다는 것을 깨닫고 정치기구에 대한 믿음을 잃어 버렸다. 훗날 황제를 암살하려 했다는 음모로 처형이 된, 무척이나 뛰어난 젊은 독일 청년 아우구스트 라인스도르프로부터 처음 아나키즘이라는 것을 알게 된 모스트는 이에 따라, 영국에서의 사회민주주의와의 고리를 끊고 아나키즘의 대변인이 되었다.

모스트와 함께한 2주 동안 나는 유럽의 국가들에서 있었던 그의 정치적·경제적 투쟁에 대해 많이 알게 되었는데, 그것들은 내가 설령 몇 년 동안 책을 읽는다고 한들 알기 어려울 것들이었다. 혁명의 역사가 모스트의 손끝에 있었다. 라살레, 마르크스, 엥겔스 등을 위시한 사회주의의 부흥, 처음엔 혁명적 열기로 넘쳤으나 점차로 정치적 야망에 사로잡힌 사회민주당, 다른 여러 학파들의 차이, 마르크스, 엥겔스 대 바쿠닌 및 라틴 지역 대결로 대표된 사회민주주의와 아나키즘의 대결(결국 제1인터내셔널을 해체하게 한 그 반목)까지.

모스트는 그의 과거 이야기를 흥미롭게 이야기해 주면서 또한 나의 유년 시절에 대해 알고 싶어했다. 뉴욕에 오기 전의 내 삶은 그다지 중요하게 느껴지지 않았지만 모스트는 여기에 동의하지 않았다. 한 사람의 인생을 만들어 가는 데 있어 초기 영향과 조건은 굉장히 강력한 요소라며, 내가 사회 문제에 눈을 뜨게 된 것이 온전히 시카고 사건의 충격 때문이었는지, 아니라면 내 과거 어린 시절에 그럴 만한 뿌리가 자리잡고 있었던 것인지 궁금해했다.

내가 기억하고 있는 사건 중 학창 시절에 있었던 일 몇 개를 이야기했더니 모스트가 큰 관심을 보였다.

여덟 살 때 아버지는 나를 쾨니히스베르크로 보내어 그곳에서 할머니와 살면서 학교를 다니게 했다. 딸 셋과 함께 미용실을 운영하고 있던 할머니는 동시에 밀수 일을 하고 있었다. 아버지는 나를 코브노에서 최대한 멀리 데리고 갔다. 가는 길에 아버지는 내 학비와 숙식으로 한달에 40루블을 지불하는 게 아버지로서 얼마나 큰 희생인지 계속해서 강조했다. 자식을 폴크슐레[독일 공립학교]에 다니게 할 수 없었던 아버지는 나를 사립학교에 입학시켰다. 아버지는 내가 어른들 말만 잘 듣고, 공부 열심히 하고, 선생님께 복종한다면 뭐든 해주겠지만, 나에 대해 그 어떤 문제제기라도 듣는 날에는 당장 달려와 나를 가만두지 않겠다고 했다. 아버지에 대한 공포로 가슴이 무거워진 나는 할머니의 따뜻한 환영 같은 건 이미 신경쓰지도 못할 정도로 비참한 상태였다. 내가 원하는 단 한 가지는 아버지에게서 멀리 도망가는 것이었다.

쾨니히스베르크의 할머니 집은 비좁았다. 방 세 개에 주방이 있는 그 집에서 가장 좋은 방은 고모와 고모부가 썼고, 나는 막내고모와 같은 방을 썼다. 나는 다른 사람이랑 침대를 같이 쓰는 것을 언제고 싫어했는데, 헬레나 언니와의 시빗거리도 항상 그 문제였다. 누가 벽쪽에 붙어 자고, 누가 침대 바깥쪽에서 잘 것이냐 하는. 나는 자유가 더 많이 느껴지는 바깥쪽을 늘 선호했다. 이제 고모와 함께 잠을 자야 한다는 생각을 하니 너무 답답하게 느껴졌지만, 달리 갈 곳이 없었다.

아주 처음부터 고모부가 너무 싫었다. 고향에 있는 넓은 마당과 들판, 언덕배기 등이 다 그리웠다. 이곳에서는 마치 세상에 혼자 있는 느낌이었다. 얼마 후 학교를 다니기 시작하면서야 비로소 친구 몇몇을 사귀게 되고, 조금은 덜 외로운 느낌이 들었다. 한 한 달 정도는 괜찮게 흘러갔다. 그러다 할머니가 집을 완전히 떠나게 되었는데 그때부터 나의 지옥이 시작되었다. 고모부는 내가 학교 다니는 게 순 돈 낭비라며, 아버지가 보내 주는 40루블은 내 생활비만으로도 간당간당하다고 했다. 고모들은 이에 저항했지만 소용없었다. 자신들을 해꼬지할 수 있는 그 남자를 두려워한 까닭이었다. 나는 학교를 그만둬야 했다.

아침 일찍부터 아침거리로 빵과 우유, 초콜릿 등을 사오고 밤늦게까지 침구정리, 바닥청소, 빨래 등으로 바빴다. 곧이어 고모부는 내게 요리까지 시켰는데, 내가 아무리 많은 일을 해도 결코 만족하는 법이 없었다. 하루종일 이거 해라 저거 해라 시켜대는 그 거친 목소리는 내 등골을 서늘하게 했다. 꾸역꾸역 하루를 버티고 밤이 되면 울며 잠이 들었다.

나는 점점 마르고 창백해져 갔다. 신발 뒤축은 닳고, 옷도 낡을 대로 낡았지만 누구 하나 하소연할 사람이 없었다. 내 친구라고는 아랫집에 사는 나이 든 아주머니 둘과 이모 한 명뿐이었다. 이모는 몸이 아팠는데, 이모를 보러 갈 시간을 내는 건 거의 불가능했다. 하지만 아랫집에 사는 두 자매는 나를 자기들 집으로 데려가 내가 제일 좋아하는 커피와 구운 아몬드를 대접해 주곤 했다. 다과점을 지날 때마다 먹고 싶어서 바라보기만 했지, 살 엄두를 내지는 못했던 것들이었다. 나의 이 두 친구는 내게 필요한 모든 것을 주었다. 물론 그들 정원의 꽃도 큰 도움이 되었다.

고모부가 있는 동안은 아랫집으로 살짝 빠져나갈 엄두를 내지 못했지만, 늘 상냥히 반겨 주는 그들의 인사가 내 아픈 가슴에 연고가 되어 주었다. 나를 보고 하는 말은 똑같았다. "아이고 엠마야, 아직도 고무를 신고 있어?" 내 신발이 신을 수 없을 정도로 닳아서 커다란 고무를 신고 있었기 때문에 하는 말이었다.

아주 드물게, 예타 이모를 보러 갈 수 있었다. 그럴 때마다 이모는 고향의 가족들이 내가 어떻게 지내는지 알아야 하고, 나를 당장 데리고 가야 한다고 했지만 나는 그 말을 듣지 않았다. 아버지가 한 말을 기억하고 있었을 뿐만 아니라 나를 그 끔찍한 고모부로부터 구해 줄 할머니를 매일매일 기다리고 있었기 때문이다.

유독 일이 고되고 끝도 없이 잡일이 계속되던 어느 날 오후, 고모부는 내게 배달 하나를 더 하라고 했다. 주소를 보니 상당히 먼 거리였다. 너무 피로해서였는지, 그 남자가 너무너무 싫어서였는지 그날 배달은 못 갈 것 같다는 말을 할 용기가 났다. 게다가 발이 너무 아팠다. 그는 내 얼굴을 후려치며 소리질렀다. "네 밥벌이 정도는 해야 할 거 아냐! 이 게으른 것아!" 복도로 나가 계단참에 앉아서 울고 있는데 갑자기 나타난 고모부가 내 등을 발로 찼다. 나는 계단에서 굴러떨어지면서 난간을 잡으려고 애썼고 다행히 짐이 쌓인 곳으로 떨어졌다. 내가 굴러떨어지는 소리에 아랫집 아주머니들이 달려왔고 "애 죽네!" 하고 소리를 질렀다. "저 불한당 같은 놈이 엠마를 죽이네!" 아주머니들은 나를 자기들 집으로 데려가 고모부로부터 떨어뜨려 주었다. 집으로 문진 온 의사는 골절된 곳은 없으나 발목을 삐었다고 했고 나는 침대에 뉘어져 극진한 간호와 보살핌을 받았다. 헬레나 언니 말고 누구도 나에게 이렇게 해준 사람이 없었는데 말이다.

이 자매 중 언니 윌레미나가 위층으로 올라갔다. 윌레미나 아주머니가 고모부한테 무슨 말을 했는지는 모르겠지만 그 이후로 고모부가 나에게 오는 일은 없었다. 나는 아주머니들과 함께 지내며 그들의 정원에서 사랑이라는 햇볕을 쬐고 구운 아몬드를 먹었다.

얼마 지나지 않아 아버지와 할머니가 도착했다. 예타 이모가 그들에게 전보를 친 것이었다. 아버지는 달라진 내 모습에 충격을 받았다. 놀랍게도 나를 안아주며 키스까지 해줬는데, 네 살 이후로 처음 있는 일이었다. 할머니와 사위 간에 굉장히 보기 안 좋은 다툼이 이어졌고, 그 후에 고모와 고모부는 이사를 나갔다. 곧 아버지는 나를 다시 포펠란으로 데리고 갔는데 거기서 알게 된 것은 아버지는 계속해서 고모부에게 40루블을 꼬박꼬박 보내 왔고, 고모부는 내가 학교생활을 아주 잘 하고 있다고 아버지에게 회신했다는 사실이었다.

내 이야기를 들은 모스트는 나의 머리를 쓰다듬으며 내 손에 키스를 했다. "불쌍한 신데렐라. 당신의 어린 시절은 우리 집에 새어머니가 온 후의 내 삶이랑 비슷하구려." 그는 이제 그 어느 때보다도 나의 유년 시절이 나에게 끼친 영향을 확신하게 되었다.

뉴욕에 돌아온 나의 신념은 전보다 훨씬 강해졌다. 높아진 자신감과 더불어 요한 모스트에 대한 사랑으로 내 자신이 자랑스러웠다. 내가 모스트에게서 발견한 것을 나의 친구들 역시 볼 수 있었으면 했다. 친구들에게 2주간의 투어에서 있었던 모든 것을 낱낱이 이야기했다. 단, 배 위에서 있었던 일은 빼고. 그 얘기를 한다는 것은 곧 모스트의 마음을 찢어 놓는 것을 의미하기 때문이었다. 그가 한 말이나 한 일을 떠올리는 것조차 견딜 수 없었다.

우리는 13번가로 이사를 했었다. 헬렌은 아버지가 집을 나감에 따라 다시 동생과 함께 살기 시작했고, 사샤와 페드야, 나는 셋이 살 곳을 다시 구했다. 이 집은 모스트에게 늘 시장통 같은 『자유』 사무실로부터 숨돌릴 곳이 되어 주었다. 또한 우리 집은 사샤와 모스트의 토론의 격전지가 되곤 했는데 개인적인 감정이 실린 싸움이라기보다는 주로 혁명의 지속성에 대한 입장이랄지, 프로파간다의 방법론 차이, 독일과 러시아 동지들의 열정의 차이 같은 것들에 대한 논쟁이었다. 둘 간의 언쟁을 지켜보면서 나는 혹시 나와 관계된 감정이 저 싸움을 가중시키는 것은 아닌가 하는 걱정에서 자유로울 수 없었다. 따라서 둘 사이의 논쟁이 있을 때마다 나는 여간 불편한 게 아니었지만 이야기의 주제를 일반적인 관심사로 돌리는 데 늘 성공함으로써 평화롭게 토론을 끝마치곤 했다.

그해(1890년) 겨울, 미국의 언론인 조지 케넌이 시베리아에서 가져온 보고서에 대한 급진적인 반발이 일어났다. 그의 기사는 러시아 감옥에 투옥된 정치범들과 망명자들의 참혹한 상황에 대한 것이었는데, 이에 대해 급기야 미국의 언론들에서까지 장문의 논평을 냈다. 이스트사이드에 있던 우리도 물론 이 끔찍함에 대해 알고 있던 차였다. 1년 전쯤 야쿠츠크에서 공포스러운 일이 벌어졌었다. 자신의 동지들이 감옥에서 당하는 학대와 부당함에 항의하던 정치범들을 간수들이 교도소 마당에 모아 총살한 것이다. 적지 않은 수의 수감자들이 죽었는데, 그중에는 여성들도 있었다. 이후 다른 몇몇은 '반동을 선동한 죄'로 교수형에 처해졌다. 이것과 비슷한 다른 끔찍한 일들에 대해서도 우리는 알고 있었지만 미국의 언론은 차르의 비인간적 행위에 대해 침묵을 지키고 있었다.

하지만 이제 미국은 더 이상 무시할 수 없는 사진자료와 데이터들을 확보하게 된 것이다. 조지 케넌의 이야기는 많은 이들을 공분하게 했다. 그중에는 줄리아 워드 하우, 윌리엄 로이드 개리슨, 에드먼드 노블, 루시 스톤 블랙웰, 제임스 러셀 로웰, 라이먼 애벗을 비롯해 최초로 '러시아 자유 친구들'을 조직한 다른 많은 이들이 있었다. 이들이 출간하는 『자유 러시아』라고 하는 월간 잡지는 러시아와의 범죄자인도조약 반대운동을 촉발했고, 이들의 활동과 선동은 놀라운 성과를 가져왔다. 무엇보다, 유명한 혁명가였던 하르트만이 차르의 수하들에게 넘어가는 것을 막는 데 일조했다.

야쿠츠크의 반란에 대해 처음 들었을 때 사샤와 나는 우리가 러시아로 돌아가는 것이 어떨지 많은 논의를 했다. 이 척박한 땅 미국에서 우리가 무엇을 이룰 수 있을지 알 수 없었다. 이곳에서 온전히 언어를 익히려면 수년이 걸릴 터였고 사샤는 대중연설가가 될 생각도 없었다. 러시아에서라면 많은 일을 할 수 있을 터였다. 그렇게 우리는 수개월 동안 고민을 했지만, 결국 자금 충당이 어려워서 포기하고 말았다. 그러나 이제 조지 케넌의 대서특필 이후 우리의 계획을 되살릴 가능성이 생겼다. 모스트에게 우리의 계획을 이야기해 보기로 했다. 모스트는 열광적으로 지지를 해주었다. "엠마는 아주 빠르게 연설가로 성장하고 있소. 언어를 완전히 마스터한다면 이곳 미국에서 우리 운동에 아주 큰 힘이 되겠지. 하지만 러시아에서라면 미국에서보다 더 많은 일을 할 수 있을 거요." 모스트는 사샤의 의견에 동의하면서 사샤가 러시아에 가고 거기서 활동을 할 수 있도록 자금을 비밀리에 신청해 보겠노라고 했다. 사실 서류 준비는 사샤가 직접 준비해 도움이 될 수도 있었다. 모스트는 사샤에게 인쇄업을 좀 배워 둘 것을 권했는데, 그러면 러시아에서 아나키즘 책자를 비밀리에 출판하는 것이 가능할 것이었다.

우리의 계획에 대해 열정을 불태우며 다시 활기를 되찾는 모스트를 보니 기분이 좋았다. 그의 그 당당한 자신감이 좋은 동시에 나를 러시아로 보내고 싶어하지 않는다는 것을 알았기에 가슴이 조여 왔다. 러시아에 사샤를 혼자 보낸다는 것이 내게 무얼 의미하는지, 모스트는 이해하지 못하고 있는 게 분명했다. 알 리가 없지, 나는 속으로 생각했다.

사샤가 인쇄업을 배우고 제반 업무에 친숙해질 수 있도록 뉴헤이븐에 있는 동지에게 가기로 이야기가 되었다. 나 역시 사샤와 함께 갈 것이었고, 헬렌과 안나, 페드야도 함께하자고 청했다. 그곳에서 집을 빌려서 우리가 전부터 하려고 했던 우리의 최초의 계획, 조합 의류상사를 설립해 볼 수 있을 것이었다. 대의를 위해 일하며 강연을 조직하고, 콘서트와 연극도 제공하고, 프로파간다를 위한 모금도 하면서 말이다. 친구들은 이 계획을 반겼다. 모스트 역시 동지들이 가서 진짜로 쉴 수 있는 집이 있는 건 좋은 일이라고 했다. 사샤는 지체없이 뉴헤이븐으로 향했다. 페드야와 나는 가지고 갈 수 없는 물품을 처리한 후에 다른 사람들과 함께 뉴헤이븐으로 출발했다. 나의 소중한 재봉틀과 함께였다. 도착해서 바로 '골드만과 민킨 의상실'이라는 간판을 내걸었지만 우리는 곧 손님이 우리에게 옷을 만들기 위해 줄 서 있는 건 아니라는 사실을 깨달았다. 다른 방법으로 우선 돈을 벌어야 했다. 나는 커쉬너와 헤어지고 일했던 코르셋 공장으로 돌아갔다. 불과 3년이 지났을 뿐인데, 내 세상도, 그리고 나도 그때로부터 완전히 달라져 있었다.

안나는 집에 남아 있었고 헬렌은 나와 같은 공장에 다니기 시작했다. 안나는 재봉 솜씨는 뛰어났지만 옷감을 자르거나 옷을 만드는 일은 못했다. 그래서 저녁이면 내가 옷감을 준비해 두고 안나는 낮에 집에서 재봉으로 옷을 완성했다.

낮에는 하루종일 공장에서 재봉일을 하고, 집에 돌아와 저녁을 준비하고(우리 코뮨 내에 요리를 할 줄 아는 사람은 아무도 없었다), 또 그 이후에 다음 날을 위해 옷감 재단을 하고 있자니 육체적으로 몹시 고됐다. 그러나 그때 내 건강은 꽤 괜찮았고, 우리에게는 위대한 목적이 있었기에 견딜 수 있었다. 또한 우리는 모임을 조직하는 일에도 관심이 많았다. 교육 모임을 조직하고, 강의를 기획하고, 모임과 무도회 등을 열었다. 우리 자신에 대해 생각할 시간은 없었다. 우리 삶은 너무 바빴고, 일들로 꽉 차 있었던 까닭이다.

강연을 위해 모스트가 방문했다. 솔로타로프 역시 강연을 위해 우리가 있는 곳을 찾았는데 우리는 뉴헤이븐에서 열리는 솔로타로프의 첫 강연을 기념했다. 우리 그룹은 곧 그 지역의 진보적인 러시아인, 유대인, 독일인 들의 중심이 되었다. 우리의 활동은 여러 외국어로 이루어졌기 때문에 언론이나 경찰의 눈에 띄지는 않았다.

점차 우리에게 고정 고객층이 만들어졌고, 이로 인해 우리가 공장일을 관둘 수 있는 가능성이 생겼다. 사샤는 인쇄소에서 빠르게 업무를 익히고 있었지만 페드야는 뉴헤이븐에서는 구할 수 있는 일이 없어서 다시 뉴욕으로 돌아가야 했다. 우리의 선전선동 활동이 점차 결과를 내고 있었다. 강연에는 많은 사람들이 모였고, 책자도 점점 많이 팔렸으며 『자유』 구독자도 많아졌다. 활동적이고 재미있던 우리 삶에 일이 생긴 건 안나가 아프면서다. 뉴욕에서부터 몸이 좋지 않던 안나의 몸 상태가 악화되면서 결핵 증상까지 보였다. 모스트의 강연을 앞둔 어느 일요일 오후, 헬렌이 극도의 심한 흥분상태가 되었는데, 여기에는 특별한 원인이 없어 보였다. 다음 날 아침 헬렌이 고백하건대 모스트를 사모하는 마음을 더 이상 어쩔 수 없다며, 모스트를 보지 않도록 뉴욕으로 떠나겠다는 말을 했다.

나 역시 모스트와 단둘이 보내는 시간은 최근에 많이 없었다. 연설이 끝나고 우리를 찾아오긴 했지만 항상 다른 사람들과 함께 있었고, 저녁이면 그는 다시 기차를 타고 뉴욕으로 떠났다. 이따금 모스트의 요청으로 내가 뉴욕에 가기도 했는데, 그때마다 우리의 모임은 요란스럽게 끝이 났다. 그는 나와 더 밀접한 접촉을 원했고, 나는 이를 허락하지 않았다. 한번은 그가 잔뜩 화가 나서는 자신이 나한테 사정사정할 필요 없다고, 정말 원하면 "헬렌을 언제든지 부를 수" 있다는 말을 했다. 헬렌의 고백을 듣기 전까지는 그의 말이 농담이려니 했다. 그런데 이제 모스트가 정말 그 아이를 사랑한 거였을까 하는 생각이 들었다.

그다음 일요일, 모스트와 우리 집에서 함께 점심을 먹고 우리는 산책을 나갔다. 그에게 헬렌에 대한 감정에 대해 물었더니 그는 "말도 안 되는 소리"라며 일축했다. "그 아이는 그냥 남자가 필요한 거요. 나를 사랑한다고 생각하지. 하지만 다른 남자가 와도 똑같을 거라고 확신하오." 내가 아는 헬렌은 그런 여자가 아니었기에 모스트의 그런 발언에 화가 났다. "헬렌은 사랑을 갈구하는 거예요." 나의 말에 모스트는 시니컬하게 웃으며 대꾸했다. "사랑, 사랑이라니! 그건 다 감상적인 허튼소리지. 오로지 섹스만 있을 뿐인데." 결국 사샤 말이 맞았구나, 하고 생각했다. 모스트가 여자에게 바라는 건 몸뿐이었던 거다. 아마 나에게 원한 것도 그것뿐이었을 거다.

내가 모스트에게 끌렸던 것은 그의 육체적인 매력이 아님을 나는 이미 진즉에 깨달았었다. 내가 그에게 반한 점은 그의 지성과 뛰어난 능력, 독특하면서도 모순적인 성격이었다. 그에게는 내가 견딜 수 없는 구석도 많았지만, 그가 견뎌 낸 고통과 박해를 생각하면 어쩐지 마음이 누그러들었던 것이다. 그는 나를 차갑다고 비난했다, 자신을 사랑하지 않는다면서. 한번은 뉴헤이븐에서 유독 나에게 졸라 댄 적이 있는데, 나의 거절에 그는 화를 내더니 사샤에 대한 설교를 늘어놓기 시작했다. 그는 내가 "그 오만하기 짝이 없는 러시아 유대인 놈"을 더 좋아한다는 것을 이미 오래전부터 알고 있었다며, 사샤는 모스트에게 혁명의 윤리에 부합하는 것에 대해 이야기하며 감히 대들기까지 했다는 말을 했다. 모스트는 "아직 인생에 대해 아는 거라곤 없는 어리석은 젊은이"의 비판을 무시했었다. 그러나 이제 그는 이 모든 일에 좀 지쳤고, 그래서 사샤가 러시아로 가는 일을 도와주고 나선 것이었다. 그가 내게서 멀어지도록. 나는 모스트와 사샤 사이에서 선택을 해야 했다.

이 둘 간의 암묵적인 대립은 이미 알고 있었지만, 내 앞에서 모스트가 사샤에 대해 그렇게 말한 건 처음이었고 그 말은 내 뼛속까지 파고들어 아프게 했다. 순간 나는 모스트의 위대함 같은 건 잊고 나에게 가장 소중한 존재, 내게 영감을 주는 날것의 소년인 사샤를 공격했다는 것만이 중요했다. 나는 모스트가 "오만하기 짝이 없는 러시아 유대인"에 대한 나의 사랑을 알기 원했다. 충동적이고 열정적으로 나는 소리질렀다. 나도, 러시아 유대인이라고. 모스트는 아나키스트이면서 반유대주의자였던 건가? 그러면서 그는 어떻게 감히 나를 원한다는 말을 하는가? 나는 고작 그가 취하고 소유해야 하는 대상이었나? 도대체 그건 어떻게 생겨먹은 아나키즘이란 말인가? 모스트가 더 이상 아나키스트가 아니라던 그간의 사샤의 주장이 옳았다.

모스트는 침묵했다. 다친 동물의 신음소리만이 조용히 들려올 뿐이었다. 폭발과도 같던 나의 말은 갑자기 멈췄고, 그는 얼굴을 아래로 향한 채 바닥에 엎드려 있었다. 두 손은 주먹을 꽉 쥐고 있었다. 내 앞에 누워 아이처럼 울고 있는 모스트를 보고 있자니 사샤에 대한 사랑과 내가 가한 가혹한 비난에 대한 굴욕감, 그에 대한 분노와 강한 연민 등 복잡 다양한 감정들이 내 안에서 싸움을 벌였다. 나는 그의 머리를 부드럽게 들어올렸다. 미안하다고 말하고 싶었지만 그 말은 너무 진부하게 느껴졌다. 그는 내 얼굴을 올려다보며 속삭였다. "사샤는 당신의 사랑을 얻다니 억세게 운좋은 놈이오. 과연 그 사랑에 감사나 할 줄 아는 치인지." 그는 내 무릎에 얼굴을 묻었고, 우리는 조용히 앉아 있었다.

갑자기 커다란 목소리가 조용함을 깨뜨렸다. "거기 둘, 일어나! 공공장소에서 애정행각이라니, 풍기문란으로 잡혀가고 싶어?" 모스트가 몸을 일으키려고 할 때 서늘한 공포가 나를 잡아챘다. 무서워서가 아니라 모스트에 대한 걱정 때문이었다. 만약 그들이 모스트를 알아보기라도 한다면 당장 파출소로 연행해 가려 할 텐데, 그럼 다음 날 신문은 그에 대한 졸렬한 이야기들이 잔뜩 실릴 것이었다. 순간적으로 번개 같은 아이디어가 퍼뜩 떠올랐다. "아! 여러분이 나타나 너무 다행이에요. 저희 아버지가 갑자기 현기증이 나셨는지 쓰러지셨거든요. 병원에 모시고 갈 수 있게 누군가 나타나길 바라고 있었답니다. 신사분들이 저희를 좀 도와주시겠어요?" 두 사람은 크게 웃으며 말했다. "아버지? 허, 이 맹랑한 여자 보소. 글쎄올시다. 당신 아버지가 5달러를 준다면 이번엔 그냥 눈감아 주지." 나는 초조하게 지갑을 뒤져 내게 있던 유일한 5달러 지폐를 찾았다. 남자들은 떠났지만 뭔가 다 안다는 듯 낄낄대던 그들의 웃음이 내 귀에 불편하게 남았다.

모스트가 고쳐 앉고는 웃음을 참으려고 애쓰며 말했다. "당신, 정말 영리한 사람이오. 하지만 나는 이제 당신에게 아버지 말고 다른 존재가 될 수 없다는 걸 알았소." 그날 저녁 강연이 끝나고 나는 모스트를 배웅하러 역에 나가지 않았다.

다음 날 일찍 사샤가 나를 깨웠다. 안나가 폐에 출혈이 있었는데 급하게 달려온 의사 말이 상황이 심각하니 요양원으로 가야 한다고 했다. 며칠 후 사샤는 안나를 뉴욕으로 데리고 갔고 나는 남은 일을 정리하기 위해 뉴헤이븐에 남았다. 협동조합 사업에 대한 나의 장대한 꿈은 그렇게 끝이 났다.

뉴욕에서 우리는 포사이스 스트리트에 아파트를 구했다. 페드야는 운 좋게 작업 주문이 들어올 때마다 여전히 크레용으로 작업을 했다. 나 역시 양재일을 다시 시작했다. 사샤는 『자유』 사무실에서 조판하는 일을 했고, 아직도 모스트가 자신을 러시아에 가게 해줄 것이라는 희망을 갖고 있었다. 모스트와 사샤가 한 자금 요청이 받아들여지길 초조히 기다리면서 말이다.

나는 『자유』 사무실에서 시간을 많이 보냈다. 그곳 탁자는 유럽에서 날아온 자료와 서신들이 수북이 쌓여 있었다. 그 중에 내가 가장 관심이 있었던 것은 런던에서 매주 발행되는 독일 아나키스트 주간지 『아우토노미』였다. 물론 그 힘과 언어에 있어서 『자유』와 비교할 수준이 못되었지만 그럼에도 불구하고 아나키즘을 좀 더 명확하고 설득력 있게 표현한 것 같다는 생각이 들었다. 한번은 모스트에게 그 신문에 대해 말을 하자 그가 벼락같이 화를 냈다. 그 배후에 있는 사람들은 영 수상쩍은 이들이며, "최고의 독일 동지였던 욘 네베를 경찰에 넘긴 스파이 포이케르트"와 엮여 있다고 퉁명스럽게 말했다. 그때까지만 해도 모스트를 의심하는 법이 없던 나는 『아우토노미』 읽는 일을 중단했다.

그러나 운동에 많이 가까워질수록, 그리고 다른 여러 경험을 하면 할수록 점점 모스트의 편파성을 알게 되었다. 나는 『아우토노미』를 다시 읽기 시작했고, 이 신문을 발행하는 사람들이 어떤 이들인지에 대해서는 모스트가 한 말이 옳다 하더라도 거기서 말하는 신조는 『자유』보다 내가 생각하는 아나키즘에 오히려 더 가깝다는 결론에 이르렀다. 『아우토노미』는 개인의 자유와 그룹의 독립성을 강조했다. 그 전반적인 기조가 내게 호소하는 바가 더 컸다. 나의 친구들도 내게 동의하며 런던의 동지들과 연락을 취해 보면 어떠냐고 제안했다.

얼마 안 가 우리는 뉴욕에 『아우토노미』의 모임이 있다는 사실을 알게 되었다. 매주 토요일, 5번가에서 열리는 모임이었고, 우리도 거기에 참석해 보기로 했다. 그 모임이 열리는 곳은 '거친 미첼'이라는 독특한 이름을 가진 식당으로, 그 주인이 가진 거친 외양과 태도와 썩 잘 들어맞았다. 그룹을 이끌고 있던 인물은 요제프 포이케르트였다.

포이케르트에 대해서는 워낙 모스트의 영향을 크게 받은 터라, 우리는 그가 네베의 체포와 투옥에 책임이 있다는 버전의 이야기에서 벗어나기가 어려웠다. 하지만 몇 달 동안 그와 교제해 본 결과 그가 어떤 식으로든 고의적으로 그룹을 배반하는 일은 불가능하다는 확신이 생겼다.

포이케르트는 한때 오스트리아의 사회주의 운동에서 매우 중요한 역할을 했다. 물론 요한 모스트의 그것과는 비교할 만한 것이 못 되었지만 말이다. 그에게는 모스트가 가진 생생함과 번뜩이는 즉흥성과 천재성이 부족했다. 포이케르트는 지나치게 진지하고 현학적이며 유머라고는 전혀 없는 사람이었다. 처음엔 그가 가진 우울함이 그가 반역자로 몰리면서 겪은 고통과 박해 때문인가 보다 했다. 그러나 곧 그를 그렇게 만든 것은 자신 안에 있는 열등감이라는 것을 알게 되었고, 그가 모스트를 증오하는 것도 그 때문이었다. 여전히 우리는 포이케르트에게 마음이 갔다. 그리고 두 아나키스트 진영의 불화(모스트의 추종자와 포이케르트 추종자)는 우리가 느끼기에 대체로 개인적 허영심에서 나온 것 같았다. 우리는 포이케르트가 동지들 앞에서 청문회를 갖는 것이 정당한 일이라고 생각했고 페드야와 사샤가 모두 속해 있는 그룹인 '자유의 개척자'에서도 이 관점에 동의해 주었다.

1890년 12월, 이디시 아나키즘 조직 전국 회의에서 사샤는 모스트와 포이케르트 문제는 철저한 조사가 필요하며 양측 모두 자신의 의견을 뒷받침하기 위한 증거를 제시해야 할 것이라고 발의했다. 이 사실을 알게 된 모스트는 사샤에 대해 갖고 있던 개인적인 적대감과 괴로움을 통제가 불가능할 정도의 분노로 표출했다. "저 오만한 어린 놈의 유대인 자식이! 그룬슈나벨[풋내기] 주제에 감히 나 모스트와 그 동지들이 이미 오래전 스파이라고 증명한 걸 의심해?!" 또다시, 모스트에 대한 사샤의 평가가 맞다는 것이 밝혀지는 순간이었다. 그는 모스트가 아나키즘을 가장해 철권통치를 하고자 하는 폭군이라고 오랫동안 말해 오지 않았던가? 또한 그는 모스트가 더 이상 혁명가가 아니라고 반복해 말하지 않았던가? "당신은 당신이 원하는 대로 해도 좋소." 사샤는 내게 말했다. "하지만 나는 이제 모스트와도, 『자유』와도 끝이오." 사샤는 그가 하던 조판 일도 단번에 관둘 것이었다.

그간 나는 모스트와 너무 가까웠고, 그를 영혼까지 가까이 들여다보았다. 또 그의 매력과 열정, 그의 높이와 깊이에 심히 매료되어 있었기 때문에 그를 쉽게 포기할 수는 없었다. 나는 내가 종종 그랬던 것처럼 그에게 가서 그의 다친 영혼을 달래 주고자 했다. 나는 모스트가 우리의 아름다운 이상을 사랑한다고 확신했다. 그 이상을 위해 그는 모든 것을 포기하지 않았던가? 그리고 그는 그 이상을 위해 고통과 모욕을 감내하지 않았던가? 그는 포이케르트와의 불화가 운동에 초래한 피해 이상으로 더 큰 화를 가져올 수 있음을 볼 수 있을 것이다. 나는 그에게 갈 것이다.

사샤는 나를 맹목적인 숭배자라 불렀다. 혁명가 모스트보다 남자로서의 모스트가 내게 더 의미가 있다는 걸 줄곧 알고 있었다고도 했다. 나는 사샤의 엄격한 구분에 동의하기 어려웠다. 처음 그가 삶과 아름다움보다 대의가 더 중요하다는 말을 했을 때, 내 안의 무언가가 거기에 반항했다. 하지만 그때 나는 그가 틀렸음을 확신하지는 못했다. 그처럼 하나의 목적만을 가진 채 자신을 내던지며 헌신하는 사람이 틀릴 리 없다고 생각했기 때문이다. 나는 내 인생에 들어온 사람들의 인간적인 측면과 나를 이 세상에 묶어 주는 무언가가 내 안에 있음을 확신했다. 나는 때때로 내가 너무 약하고, 따라서 사샤의 혁명적이고 이상적인 정점에는 이르지 못할 거라고 생각했다. 그럴지언정 나는 그런 그를 사랑했다. 그의 열정 때문이었다. 언젠가 그에게 나의 헌신이 얼마나 위대할 수 있는지 보여 줄 것이다.

모스트를 보기 위해『자유』사무실에 갔다. 나를 대하는 그의 태도는 우리의 첫만남에 비해 얼마나 달라졌는지! 그가 아무 말을 하지 않아도 느낄 수 있었다. "내게 원하는 게 뭐요, 당신은 이제 그 무시무시한 무리와 함께이지 않소?" 그가 말했다. "당신은 적을 친구로 택했어." 나는 그에게 다가가며 사무실에서 논쟁을 하고 싶지 않다고 했다. 대신, 저녁에 오랜만에 함께 외출하지 않겠느냐고 물었다. 오랜 우정을 생각해서라도. "오랜 우정?" 그가 비웃듯 외쳤다. "지속되는 동안은 아름다웠겠지. 하지만 그게 지금은 어디 있단 말이오? 당신은 내 원수들이 당신과 더 잘 맞는다고 생각했고, 또 나 말고 그 풋내기 같은 놈을 선택했소. 나와 함께하지 않는 이는 나를 반대하는 이요." 그는 계속 화를 내며 말했지만 그의 어조는 이미 누그러져 있었다. 내 존재에 깊이 파고들어와 있던 바로 그 목소리였다. 나는 그 목소리를 사랑했고, 강철 같은 단단함에서 말랑거리는 부드러움으로 변하는 그의 목소리를 이해했다. 나는 그의 목소리의 높낮이와 음색으로 언제고 그의 감정을 알아챌 수 있었다. 그는 나에게 더 이상 화를 내고 있지 않았다.

그의 손을 잡고 말했다. "제발요 한스. 나와 함께 가요." 그는 나의 손을 가슴에 가져다 대며 말했다. "당신은 마녀요. 끔찍한 여자야, 아주. 남자들을 다 망쳐 버리는 여자지. 하지만 당신을 사랑하오. 자, 같이 가십시다."

우리는 42번가에 있는 카페에 갔다. 연극하는 사람들, 도박하는 사람들, 매춘부들까지 모이는 유명한 곳이었다. 그가 그곳을 고른 이유는 우리의 동지들이 잘 오지 않는 곳이기 때문이었다.

와인 몇 잔이 들어가면 완전 달라지곤 했던 모스트의 변화를 지켜본 이래로, 참으로 오랜만에 둘이 함께 하는 외출이었다. 그의 달라진 기분은 나를 다른 세계로 데려갈 것이었다. 불화도 없고 다툼도 없고, 따라야 할 대의나 동지들의 의견 같은 것도 없는 세계로 말이다. 우리 사이에 있던 다른 점들은 다 잊혔다. 헤어지면서 나는 그에게 포이케르트 건에 대해 아무 말도 하지 않았다.

다음 날 모스트로부터 포이케르트 건에 대한 자료가 담긴 편지를 받았다. 편지를 먼저 읽었다. 그는 보스턴 여행 때처럼 그의 마음을 편지에 쏟아냈다. 어째서 사랑이 끝나야만 했는지, 우리 사랑에 대한 탄원이었다. 그는 나를 다른 사람과 공유할 수 없었을 뿐만 아니라 둘 사이에 커져 가는 차이점들을 견딜 수가 없었다. 그는 내가 성장하여 운동에 큰 힘이 될 것임은 확신했다. 하지만 바로 이 확신이 우리 관계가 지속될 수 없음의 증거이기도 했다. 가정, 아이들, 평범한 여성들이 줄 수 있는 보살핌과 관심, 자신이 사랑하는 남자와 자식들 외에 다른 것엔 관심이 없는 아내야말로 모스트가 필요한 것이었고, 모스트는 그것을 헬렌에게서 찾았다. 모스트가 헬렌에게 느낀 건 물론 내가 그에게 일깨운 것과 같은 강렬한 감정은 아니었다. 우리가 마지막으로 나눈 포옹은 내가 그를 붙잡고 있다는 증거였는데, 물론 황홀했지만 그를 혼란과 동요에 빠뜨리며 불행하게 했다. 계급 간의 투쟁, 『자유』의 위태로운 현 조건, 블랙웰 섬으로의 귀환이 임박한 상황…. 이 모든 것이 그에게서 자유를 앗아갔고 그가 인생에서 가장 위대한 임무로 수행하던 일마저 할 수 없게 했다. 그는 나의 이해를 구하고자 했고, 그가 찾는 평화를 찾도록 도와달라고까지 했다.

방문을 잠그고서 그 편지를 읽고 또 읽었다. 나는 모스트가 내게 의미했던 것, 그가 내게 준 모든 것들과 더불어 홀로 있고 싶었다. 나는 그에게 무엇을 주었던가? 평범한 여자가 사랑하는 남자에게 주는 만큼도 아니었다. 나는 그가 그토록 원했던 것이 내게 없다는 사실을 인정하기 싫었다. 수술을 받았더라면 그에게 아이를 낳아 줄 수 있었다는 것을 알고 있었던 나 아니던가. 그의 독특한 성격을 물려받은 아이가 태어난다면 얼마나 좋을까! 생각에 빠진 채 앉아 있다가 내 머릿속에 집요한 무언가가 떠올랐다. 사샤였다. 우리가 함께한 일과 삶. 그걸 다 포기해야 하는 건가? 아니야, 안 돼. 그건 불가능해. 하지만 어째서 모스트가 아니라 사샤인 걸까? 그래, 사샤에게는 젊음이 있고 불굴의 열정이 있다. 아 맞아, 그의 열정. 그것이 그와 나를 시멘트처럼 단단하게 붙게 한 것이 아니던가? 그러나 사샤도 모스트와 마찬가지로 아내와 가정, 자녀를 원한다면? 그럼 어쩌지? 내가 그에게 그것들을 줘야만 하나? 하지만 사샤는 그런 걸 기대하지는 않을 테지. 그는 오로지 대의만을 위해 사는 사람이고, 나 역시 그렇게 살기를 원하는 사람이니까.

괴로운 밤이 이어졌다. 나는 답도, 평화도 찾을 수 없었다.

7

1889년에 열린 만국 사회당 대회에서 결정된 사항은 5월 1일을 전 세계 노동자의 날로 기념하는 것이었다. 이 생각은 각 나라의 진보적인 노동자들의 상상력을 자극했다. 봄의 시작과 더불어 노동해방을 위해 깨어나는 대중들에게 중요한 지표가 되어 줄 것이었다. 그리고 1891년, 사회당 대회에서의 결정이 많은 곳에서 받아들여지고 있었다. 5월의 첫번째 날이면 손에 잡은 도구를 내려놓고, 기계를 멈추고, 공장과 광산을 떠나는 것이었다. 축제 같은 분위기 속에서 노동자들은 현수막을 걸고 시위를 하고, 혁명의 노래를 부르며 거리 행진을 했다. 이러한 노동자의 열기를 언어화하기 위한 모임들도 각지에서 조직되기 시작했다.

라틴 국가들은 이미 준비가 되어 있었다. 사회주의자들과 아나키스트들이 펴내는 출판물에서는 세부적인 보고와 함께 노동자의 위대한 날에 계획된 강도 높은 활동들을 소개했다. 미국에서도 역시 이 날 노동자들이 가진 힘을 인상적으로 보여 주어야 한다는 필요성이 퍼져 나갔다. 행사를 기획하기 위해 밤까지도 사람들이 모여서 논의를 했다. 나는 또 한번, 조합원들의 의사를 알아보기 위한 임무를 맡게 되었다. 국내 언론들은 혁명을 모의하는 급진적 요소들을 지적하면서 비난 여론을 만들기 시작했고, 노조를 향해 "민주주의를 파괴하려고 우리나라에 온 외국인 범죄자들"을 숙청할 것을 촉구했다. 언론의 캠페인은 효과가 있었다. 보수 노동단체는 5월 1일 시위에 참여할 것을 거부했다. 남은 노조 숫자는 너무 적었고, 시카고 헤이마켓 사건 당시 독일 노조에 가해진 공격을 아직도 공포스럽게 기억하고 있는 사람들이 많았다. 독일, 유대인, 러시아 노조 중 가장 급진적인 조합원들만 원래의 결정을 고수해 시위를 하기로 했다.

뉴욕에서의 행사는 사회주의자들의 주도로 기획되었다. 유니언 스퀘어를 확보한 사회주의자들은 아나키스트들에게도 발언 기회를 허용하겠다고 약속했건만 마지막 순간에 아나키스트들이 연단을 만드는 것을 막았다. 모스트는 제시간에 도착하지 않았지만 나와 사샤, 페드야, 그리고 이탈리아 동지 몇몇 등 젊은이 한 무리는 일찍 도착해 있었고, 이 기념비적인 날에 우리도 반드시 발언을 하리라고 마음을 단단히 먹고 있었다. 우리가 광장에 연단을 세울 수 없다는 것이 분명해지자, 청년들은 나를 사회주의자들의 마차 하나에 태웠다. 나는 말하기 시작했다. 의장이 떠났다가 몇 분 후 마차의 주인과 함께 돌아왔다. 나는 계속 말했다. 남자가 마차에 말을 매자 말이 걸어나가기 시작했다. 나는 여전히 말을 하고 있었다. 군중은 뭐가 어떻게 된 상황인지 파악하지 못한 채로 내가 말하는 동안 몇 블록을 계속해서 우리를 따라왔다.

그러자 경찰들이 나타나 사람들에게 몽둥이를 휘두르기 시작했다. 마차 주인이 말을 멈췄고, 남자들이 서둘러 나를 마차에서 내렸다. 아침 신문은 마차에 올라 빨간 깃발을 흔들며 혁명을 울부짖던 젊은 여인의 정체에 대해 앞다투어 다뤘다. "그녀의 하이톤 목소리에 말마저 멈춰섰다"면서.

몇 주 후 대법원이 요한 모스트의 항소를 기각한다는 소식이 전해졌다. 그 말은 그가 블랙웰 섬으로 돌아가야 한다는 뜻이었다. 사샤는 모스트와 자신의 차이점에 대해 잊었고, 나는 그가 나를 그의 마음과 삶에서 없애 버렸다는 것에 대해 더 이상 신경쓸 겨를이 없었다. 이제 모스트가 감옥으로 돌아가야 한다는 사실, 그리고 거기서 삭발을 당하고, 그에게 그토록 고통을 준 얼굴 기형이 또다시 그에게 조롱과 굴욕을 줄 거라는 사실만이 중요했기 때문이다.

법원에서 우리의 재판이 첫번째로 열렸다. 모스트는 변호인이자 보석보증인인 우리의 옛 동지 줄리어스 호프먼을 대동했다. 많은 사람들이 몰려들었고, 그중에는 헬렌 민킨도 있었다. 모스트는 자신의 운명에 무관심한 듯, 꼿꼿하게 서서 당당한 태도를 유지했다. 그는 다시 예전의 전사의 모습, 굽히지 않는 혁명가의 모습으로 돌아갔다.

재판은 불과 몇 분 만에 끝났다. 법원 복도에서 나는 모스트에게 달려가 그의 손을 잡고 속삭였다. "한스, 내 사랑 한스, 내가 당신을 대신해 그 자리에 있을 수 있다면 뭐든 할 거예요!" "잘 알고 있소. 당신은 그럴 사람이라는 걸. 내게 편지를 써주오, 내 사랑." 그 말을 남기고 그는 끌려갔다.

모스트와 함께 블랙웰 섬까지 간 사샤는 모스트의 멋진 모습에 열광에 차서 돌아왔다. 이보다 더 반항적이고 위엄 있고 명철한 모스트의 모습을 본 적이 없다면서 흥분했다. 심지어 신문기사들에서도 그런 모스트를 인상적으로 소개했고, 사샤 또한 선언하듯 말했다.
"우리는 차이점 같은 건 잊어버리고 모스트와 함께해야 하오."

대법원의 결정에 항의하면서 모스트를 위한 투쟁이 계속되었고, 더불어 모스트가 수감 생활을 그나마 좀 견딜 수 있도록 돕기 위한 모금이 이루어지는 과정에서 대중집회가 열렸다. 급진적 활동가들 사이에서 감옥에 간 동지에 대한 동정 여론이 널리 퍼졌던 만큼 우리는 48시간 만에 큰 강당을 사람들로 가득 채울 수 있었다. 나도 연사 중 한 명이었다. 내 연설은 단순히 반란의 상징이자 아나키즘의 대변자로서의 요한 모스트에 대한 것일 뿐만 아니라, 나에게 큰 영감을 준 사람이자 나의 스승, 나의 동지인 모스트에 대한 것이었다.

겨울 동안 페드야는 사진작가와의 작업을 위해 매사추세츠 스프링필드로 떠났다. 얼마 후 그는 나도 그곳에서 일을 할 수 있을 것 같다고 연락을 해왔다. 들어온 주문을 처리하는 업무를 하라는 것이었다. 이런 기회가 생기다니 기뻤다. 뉴욕에서, 좀처럼 끝나지 않는 재봉일에서 좀 멀어질 수 있는 기회였다. 사샤와 나는 그간 남학생들 점퍼를 주문받아 만드는 일을 해오고 있었다. 우리는 종종 같은 방에서 장장 18시간 동안 일했고, 나는 이외에도 요리와 집안일을 해야 했다. 스프링필드는 내게 숨을 좀 돌릴 수 있는 좋은 변화가 되어 줄 것이었다.

스프링필드에서의 일은 힘들지 않았다. 모스트나 사샤와는 너무나도 다른 페드야와 일을 하니, 마음이 안정되었다. 아름다움과 꽃, 연극을 사랑하는 우리의 공통된 취향도 도움이 되었다. 하지만 스프링필드에는 공연이 거의 없었다. 사실, 미국 연극이 싫어지고 있는 참이었는데, 쾨니히스베르크와 상트페테르부르크, 저먼 어빙 플레이스 극장 이후 평범한 미국의 연극은 도무지 밋밋하고 겉만 번지르르해 보였던 것이다.

페드야의 작업은 몹시 성공적이었다. 그런 까닭에, 계속 페드야가 고용되어 일하는 것은 고용주 배만 불리는 일로 느껴졌다. 우리가 직접 일을 시작해서 사샤까지 함께할 수 있겠다는 생각이 떠올랐다. 비록 사샤가 불만을 표출한 적은 없지만 그가 지금 뉴욕에서 행복하지 않다는 것은 편지에서 충분히 느낄 수 있었다. 페드야는 우리가 직접 스튜디오를 열 것을 제안했고, 매사추세츠 우스터로 가기로 했다. 그곳에서 사샤도 우리와 함께할 수 있을 것이었다.

사무실을 마련하고 간판을 내걸고 손님이 오기를 기다렸지만 아무도 오지 않았다. 조금이나마 모아 둔 저축도 점점 줄어들고 있었다. 우리는 말과 마차를 대여해 주변 지역을 돌며 농부들로부터 가족사진을 크레용으로 크게 확대해 그리는 일을 주문받기 시작했다. 사샤가 운전을 했는데, 시골길에서 나무나 보도에 부딪힐 때마다 거나한 욕설을 했다. 그렇게 우리는 주문을 받기 전까지 몇 시간이고 마차를 끌고 다니곤 했다.

우리는 뉴잉글랜드의 농민과 러시아의 농민들 사이의 큰 차이에 적잖이 놀랐다. 러시아 농민들은 자기들이 먹을 것이 없더라도 손님에게 빵과 음료를 권하지 않는 경우가 거의 없었다. 내 학창 시절을 떠올려 보건대 독일의 농민들도 마찬가지로 손님이 오면 “가장 좋은 방”을 내어놓았고, 버터와 우유를 대접했다. 그런데 이곳, 자유의 나라 미국에서는 훨씬 넓은 땅과 많은 수의 가축을 소유하고 있는 농민들로부터 물 한 잔 얻어먹기가 쉽지 않았다. 사샤는 미국의 농민들은 동정심과 친절이 부족하다고 종종 말하곤 했는데, 그 이유는 자신들이 그걸 원한 적 자체가 없기 때문이었다. 사샤는 그들을 두고 "작은 자본가"라고까지 하면서 러시아, 심지어 독일 농민들과도 다르다고 했다. "러시아나 독일 농민들은 프롤레타리아고, 그래서 그들은 마음이 따뜻하고 넉넉하다"면서 말이다. 나는 동의하기 어려웠다. 내가 공장에서 함께 일했던 프롤레타리아가 다들 항상 도움을 주고 관대한 사람들이었다는 생각이 들지는 않았기 때문이다. 그러나 인민에 대한 사샤의 믿음은 전염성이 있는 것이어서 내게 있는 의심들을 없애 버렸다.

포기하고 싶은 날이 많았다. 우리와 함께 살았던 가족은 우리에게 식당이나 아이스크림 가게를 여는 건 어떠냐고 제안했다. 처음 그 말을 들었을 때는 터무니없다고 생각했다. 그런 장사를 하기에는 돈도 돈이지만 의지나 열정도 없었기 때문이었다. 게다가, 사업을 하는 건 우리의 원칙에 어긋나는 일이었다.

바로 그즈음, 급진적 언론들은 러시아의 새로운 잔학행위에 자극을 받기 시작했다. 고국으로 돌아가고 싶다는 오래된 열망이 다시 우리를 사로잡았다. 그러나 이를 위한 돈을 어디서 구할 것인가? 모스트가 비공개로 보낸 요청은 응답받지 못한 채로 남았다. 그러다가 어쩌면 아이스크림 가게가 우리의 목적을 위한 수단이 되어 줄 수도 있겠다는 생각에 이르렀다. 생각하면 생각할수록 장사만이 우리의 유일한 해결책이라는 확신이 생겼다.

우리가 저축해 둔 돈은 50달러였다. 처음 이 아이디어를 제안한 집주인은 우리에게 150달러를 빌려주겠다 했고, 우리는 가게 하나를 구할 수 있었다. 사샤의 숙련된 망치질과 톱질, 페드야의 붓질, 그리고 내가 받은 독일식 가사 훈련 덕분에 우리는 몇 주 만에 버려져 있던 허름한 공간을 매력적인 식당으로 바꾸는 데 성공했다. 날은 봄이었지만 아직 아이스크림을 먹을 만큼 덥지는 않았다. 하지만 내가 내린 커피와 샌드위치, 요리 등이 사람들에게 인정받기 시작했고 곧 우리는 아침 일찍부터 바빠졌다. 짧은 기간 안에 집주인에게 빌린 돈을 갚고, 그에 더해 음료기계와 좀 더 예쁜 접시들까지 살 수 있었다. 우리는 그토록 오래 간직해 온 꿈을 마침내 실현해 내는 과정에 있다는 느낌을 받았다.

8

1892년 5월, 카네기 철강과 철강노동자연합 조직원 사이에 마찰이 생겼다는 피츠버그발 뉴스가 들려왔다. 철강노동자연합은 미국에서 가장 크고 또 가장 효율적인 노동기구로, 구성원들은 대부분 미국인이었고, 그들은 자신들의 권리를 주장할 결단력과 강단이 있는 사람들이었다. 반면 카네기 철강도 직원들에게 까다롭고 난폭하기로 소문난 회사였다. 특히 회장인 앤드루 카네기가 노조에 적대적인 헨리 클레이 프릭에게 임시로 전체 경영권을 넘긴 것은 의미가 있었다. 프릭은 또한 코크스[석탄이나 석유를 가공한 연료의 일종] 공장을 소유하고 있었는데, 그 공장은 노조가 금지되고 철권으로 엄격하게 운영되는 것으로 유명했다.

수입 철강에 대한 높은 관세는 미국 철강 산업을 호황으로 이끈 기제였다. 카네기 철강은 실질적으로 철강을 독점하고는 전례 없는 번영을 누렸다. 가장 큰 제철공장은 피츠버그 근처 홈스테드에 있었는데, 그곳에는 수천 명의 노동자가 고용되어 있었고, 이 제철공장에서의 작업은 오랜 훈련과 고도의 기술을 필요로 했다. 임금은 회사와 노조의 조정을 거쳐 결정되었는데 철강 제품의 시가에 따라 금액이 차등적으로 달라졌다. 계약 만료를 앞두고 있는 현 시점에 노동자들은 철강의 높은 시장 가격과 공장의 생산량 증가를 근거로 들어 임금 인상을 요구하며 새로운 임금 조정 일정을 제시했다.

박애주의자라는 앤드루 카네기는 참으로 편리하게도 스코틀랜드에 있는 자신의 성으로 들어앉았고 후임이 된 프릭이 이 상황을 온전히 책임지게 되었다. 그는 앞으로 임금차등제가 폐지될 것임을 공표하고 앞으로 회사는 연합노조와의 논의 없이 회사 차원에서 임금을 결정할 것임을 발표했다. 사실 그는 노조 자체를 전혀 인정하지 않았으므로 이전처럼 직원들과 단체교섭하는 일도 없을 것이었다. 제철공장 문을 닫고 거기서 일하던 직원들은 일단 해고가 될 텐데, 이후에 다시 일하고자 하는 사람들은 개별적으로 일자리를 신청해야 했다. 이때 급여는 개별적으로 책정되었다. 프릭은 “중재할 것이 없다”고 선언하며 노동자 조직의 평화적 접근을 일언지하에 거절했다. 현재 공장은 문을 닫았다. 프릭은 “이것은 파업이 아니라 공장폐쇄”라고 발표했다. 공개적인 선전포고였다.

홈스테드와 그 주변 지역의 감정이 고조되었다. 전 국민이 쫓겨난 노동자들을 안쓰러워했다. 가장 보수적인 언론조차도 프릭의 자의적이고 극단적인 대처방식을 비판하며 공장폐쇄로 인해 쫓겨난 수많은 노동자들과 가맹 노조 및 관련 산업에 미칠 영향을 고려할 때 이는 국가적 규모의 위기를 유발할 수 있다며 프릭을 비난했다.

전국의 노동자들이 들고 일어났다. 철강노동자들은 프릭의 도발을 받아들일 준비가 되었다고 선언했다. 노동자들은 노조를 조직할 권리를 주장하고, 단체교섭권을 획득할 것이었다. 그들의 남자다운 목소리는 혁명적인 전쟁을 수행했던 선조들의 정신으로 울려퍼졌다.

투쟁을 코앞에 둔 현장에서 멀리 떨어진 우스터에서 가게를 하고 있던 우리 그룹 역시 사태가 흘러가는 것을 유심히 지켜보았다. 우리에게 그것은 오랫동안 기다려 온 부활의 날, 미국 노동자들의 각성의 소리였다. 노동자들은 마침내 자신의 막강한 힘을 느끼기 시작했고, 그간 자신들을 속박해 온 사슬을 끊기로 결심한 것으로 보였다. 우리의 마음은 홈스테드의 노동자들에 대한 존경으로 불타올랐다.

우리는 손님을 기다리고, 팬케이크를 굽고, 차와 아이스크림을 파는 매일매일의 일을 해나가면서도 머릿속에는 용감한 철강 노동자들과 홈스테드 생각뿐이었다. 이 뉴스에 너무 몰두한 나머지 자는 시간까지 줄였다. 동이 트자마자 남자들 중 한 명이 조간신문을 사러 나갔다. 우리는 다른 모든 일은 다 제쳐 두고 홈스테드의 사건에만 빠져 지냈다. 거대한 투쟁의 가능성에 휩싸인 채 현 상황의 다양한 단계에 대해 논의하느라 밤을 새우곤 했다.

어느 날 오후 나 혼자 가게를 보고 있을 때 손님 하나가 아이스크림을 먹으러 왔다. 그의 테이블에 접시를 내려놓으면서 슬쩍 본 신문 헤드라인에는 이렇게 쓰여 있었다. "홈스테드 가장 최근 현황. 파업 노동자들 가족 거리로 나앉다. 사택에 살던 여성들 경찰에 의해 퇴거." 나는 손님의 어깨 너머로 프릭이 노동자들한테 했다는 말을 읽을 수 있었다. 요구에 응하느니 차라리 노동자들이 죽는 것을 볼 것이며, 사설 용역을 쓸 의향도 있다고 위협했다는 것이다. 강제퇴거 당한 여성을 향한 프릭의 무자비하고 잔인한 말이 내 마음을 뜨겁게 달궜다. 온몸이 분노에 휩싸이는 것만 같았다. 손님이 내게 물었다. "괜찮으신가요? 제가 뭐 도와드릴 일이 있나요?" "네, 보고 계신 신문을 제게 주세요" 하고 나는 불쑥 대답했다. "아이스크림 값은 안 내셔도 됩니다. 하지만 지금 당장 나가 주셔야겠어요. 가게 문을 닫아야 할 것 같거든요." 남자는 정신 나간 사람을 보듯 나를 봤다.

나는 가게 문을 잠그고 정신없이 세 블록을 달려서 아파트에 도착했다. 러시아가 아니라 홈스테드였다. 우리가 가야 할 곳은 홈스테드라는 걸 그제야 깨달았다. 저녁 교대 근무를 위해 쉬고 있던 두 사람은 신문을 팔에 끼운 채 서둘러 문에 들어서는 나를 보고선 일어나 앉았다. "엠마, 무슨 일이오? 당신 얼굴이 말이 아닌걸." 말이 나오지 않아 그들에게 그저 신문을 건넸다.

자리에서 벌떡 일어선 것은 사샤였다. "홈스테드!" 그는 목청높여 외쳤다. "나는 홈스테드에 가야겠소!" 나는 그의 이름을 부르며 그에게 안겼다. 나 역시 그곳에 가야겠다고. "오늘밤 같이 출발합시다. 위대한 순간이 드디어 왔구려!" 국제주의자로서 우리는 노동자들이 탄압받는 곳이라면 거기가 어디라도 상관없었다. 우리는 그들과 함께 있어야 했다. 그들에게 우리의 위대한 메시지를 전함과 동시에 그들이 파업하는 것은 지금 이 순간만을 위해서가 아니라 항상 자유로운 삶과 아나키즘을 위한 것임을 알 수 있게 도와야 했다. 러시아에는 남녀 막론하고 영웅적 인물이 많았지만 미국에는 과연 누가 있는가? 그렇다. 우리는 오늘밤 홈스테드로 떠날 것이다.

지금껏 사샤가 그토록 말을 잘하는 모습을 본 적이 없었다. 심지어 키도 더 커 보였다. 그는 강하고 도전적으로 보였고, 전에는 본 적 없는 내면의 빛이 그의 얼굴마저 아름답게 만들었다.

우리는 즉시 집주인에게 우리의 이사를 알렸다. 이렇게나 장사도 잘 되고 있는 데다가 승승장구하고 있는 와중에 떠나다니, 집주인은 우리에게 미쳤다고 했다. 여름이 끝날 때까지만 더 있었더라면 우리는 1000달러는 족히 벌어들였을 것이다. 지금 떠나선 안 된다고 하는 집주인의 만류는 공허하게 끝났다. 우리는 가까운 친척이 죽어 가고 있어서 가보지 않을 수 없다는 이야기를 꾸며냈다. 가게를 집주인에게 넘기기로 했는데, 그 전에 우리는 저녁 장사까지는 할 작정이었다. 가게 문을 닫고 나면 모든 걸 정리하고 그에게 가게 열쇠를 넘기는 일만 남을 것이었다.

그날 저녁은 특히나 바빴다. 그렇게나 많은 손님이 온 적은 처음이었다. 1시가 되자 모든 재료가 소진되었고, 총 75달러를 벌었다. 우리는 다음 날 새벽 기차를 타고 그곳을 떠났다.

가는 길에 우리는 단기 계획에 대해 논의했다. 우선 철강노동자들의 선언문을 인쇄하는 일이 필요했다. 아직 영어로 생각을 정밀하게 표현하는 게 쉽지 않았기에 우리의 선언문을 다시 영어로 번역해줄 사람을 찾아야 했다. 뉴욕에서 독일어와 영어 텍스트를 인쇄하여 피츠버그로 가져갈 계획을 세웠다. 나는 그곳에 있는 독일인 동지들의 도움으로 연설 일정을 잡을 수 있었지만, 페드야는 피츠버그에서의 일이 더 진전될 때까지 뉴욕에 남기로 했다.

역에 내리자마자 우리는 곧장 아우토노미 모임에서 만났던 오스트리아인 동지인 몰록의 아파트로 향했다. 그는 제빵사였는데 밤근무를 했다. 그의 아내와 두 자녀가 집에 있었는데, 안주인 페피가 우리를 받아들여 줄 것이라고 우리는 확신하고 있었다.

물론 페피는 세 사람이 짐가방을 이고 지고 집으로 들어오는 모습을 보고 기함하기는 했지만, 우리를 환영하며 음식을 내주었다. 어서 잠자리에 들라고 침구를 준비해 주기까지 했지만, 우리에겐 아직 할 일이 남아 있었다.

사샤와 나는 우리가 아는 아나키스트 중 가장 열렬한 독일 동지인 클라우스 팀메르만을 찾아갔다. 상당한 시적 재능으로 강력한 프로파간다를 썼던 사람이었다. 사실 그는 뉴욕에 오기 전에 세인트루이스에서 아나키스트 신문 편집장으로 일하기도 했다. 클라우스는 주당이기는 했지만 호감가는 인물에 전적으로 믿을 만한 사람이었다. 클라우스는 우리를 즉각적으로 사로잡았고 오로지 그만이 우리의 계획을 함께할 수 있는 유일한 사람이라는 생각이 들었다. 선언문은 그날 오후에 쓰였다. 자본주의의 멍에를 벗어 던지고 현재의 투쟁을 임금체제를 파괴하는 디딤돌로 삼자는, 그리고 사회개혁과 아나키즘을 향해 갈 것을 강력하게 제안하는, 홈스테드 사람들에게 보내는 호소였다.

뉴욕으로 돌아오고 며칠 후, 용역업체에 의해 철강노동자들이 폭력적으로 진압되고 있다는 소식이 전국적 뉴스가 되었다. 프릭은 공장을 요새화하면서 주변에 높은 벽을 세웠다. 그런 다음 파업을 멈추기 위해 동원된 무장 인력을 가득 채운 배를 용역들의 비호 아래 머논가힐라 강을 통해 슬쩍 들여왔다. 프릭의 움직임을 알고 있던 노동자들은 용역들을 몰아내기로 마음먹고 해안을 따라 주둔하고 있었는데, 무장 용역을 채운 바지선이 아무런 경고 없이 발포하여 수많은 사상자가 발생했다. 죽은 사람 중에는 어린 소년도 있었으며 수십 명이 부상을 당했다.

이 무자비한 살상으로 인해 여러 일간지들이 들고 일어났다. 프릭을 강력하게 비난하는 사설에는 프릭이 너무 멀리 나갔으며, 이번 사건은 노동계급이 갖고 있는 불에 기름을 붓는 꼴이고, 이로 인한 결과에 대해 그가 반드시 책임져야 할 것이라는 내용이 실렸다.

우리는 놀랐고, 선언의 시간이 이미 지났음을 알았다. 머논가힐라 강에 뿌려진 무고한 피 앞에 모두가 할 말을 잃었다. 사람들이 저마다 가슴속에서 뭔가가 솟아오르는 것을 느끼고 있을 때 사샤가 침묵을 깼다. "이 범죄적 행동에 책임을 져야 할 사람은 프릭이오. 그는 이 결과에 반드시 책임져야 할 거요." 가해행위는 심리적으로 큰 충격을 주었고, 온 나라가 흥분해 프릭을 냉혹한 살인자라 비난했다. 프릭을 향한 저항과 홈스테드의 투쟁은 가장 가난한 집에서부터 전 세계로 퍼져 나가 모두의 관심을 끌 것이었다. 이는 미국의 프롤레타리아 계급이 복수를 시작한다는 말이고, 적들은 공포에 떨게 될 것이다.

사샤는 폭탄을 만들어 본 적은 없지만 모스트의 『혁명적 전투의 과학』은 좋은 교과서가 되어 주었고, 스태튼 아일랜드에 있는 동지에게서 다이너마이트를 공수했다. 그는 대의를 위해 한목숨 바칠 숭고한 순간을 기다렸다. 그는 피츠버그에 갈 것이다.

"우리도 함께 가겠어요!" 페드야와 나는 울며 소리쳤다. 하지만 사샤는 그 말을 들을 리 없었다. 한 사람 때문에 세 사람의 목숨을 거는 건 불필요한 낭비일 뿐 아니라 범죄이기까지 하다고 했다.

우리는 사샤의 손을 잡고 앉았고, 사샤는 조용히 자신의 계획을 설명하기 시작했다. 그는 폭탄 시간을 완벽히 조정해서 프릭은 죽이고 자신은 빠져나오겠다고 했다. 살고 싶어서가 아니라, 법정에서 자신의 행동의 정당성을 설명할 수 있을 만큼만은 오래 살고 싶었기 때문이었다. 그래야 미국인들이 그가 단순히 범죄자가 아니라 이상주의자였음을 알 수 있을 것이었다.

"나는 프릭을 죽일 거요." 사샤가 말했다. "물론 사형선고를 받겠지. 나는 인민을 위해 목숨을 바쳤다는 믿음으로 자랑스럽게 죽을 수 있을 거요. 하지만 린그처럼 내 손으로 죽을 생각이요. 적들이 나를 죽이게 내버려 둘 순 없지."

그가 하는 말에 나는 점점 빠져들었다. 그의 명료함, 차분하면서 강한 그의 어조, 이상에 대한 성스러운 불길이 나를 매혹시켰다. 그는 깊은 목소리로 말을 이어 나가며 내게 말했다. 내가 타고난 연설가요, 선전가라고. 나는 노동자들에게 연설을 할 때 그 뜻을 분명히 하는 능력이 있었다. 나는 프릭에게는 개인적 원한 같은 것은 없으며 한 사람의 인간으로서 프릭 역시 다른 누구와 마찬가지의 존재라고 사람들에게 설명할 수 있었다. 프릭은 부와 권력, 자본가계급의 부당함과 부정의 상징이자 노동자들이 흘린 피에 책임이 있는 인물이었다. 사샤의 행위는 인간으로서가 아닌 노동의 적으로서의 프릭을 향한 것이었다. 사샤의 행동의 의미와 그 메시지를 알리기 위해서라도 나는 그의 뒤에 남아 있어야 했다.

그가 말하는 모든 말들이 거대한 망치처럼 내 머리를 두드렸다. 그와 이야기할수록 그가 보낼 위대한 마지막 시간에 나의 존재가 불필요함을 깨달을 수 있었다. 이 깨달음은 모든 것(대의, 의무, 메시지, 프로파간다)을 휩쓸어 버렸다. 처음 만나 그의 목소리를 듣고, 그의 손길을 처음 느낀 순간부터 사샤를 곧 내 살과 피로 느꼈는데, 그때의 그 힘에 비하면 이런 일들은 과연 무슨 의미가 있는 걸까? 자기 몸이 산산이 부서지거나 목이 매달려 죽더라도 내 삶을 살아가라고 이리도 침착하게 이야기할 수 있는 건 우리가 함께한 3년 동안 그에게 나의 영혼을 너무 보여 주지 않았기 때문일까? 평범한 사랑이 아니고 진정한 사랑이란 건 사랑하는 이와 궁극의 것을 모두 다 나누고자 하는 것 아닌가? 그리고 그런 사랑은 그 무엇보다 강렬한 것이 아니던가? 헤샤 헬프만과 소피아 페롭스카야는 삶과 죽음을 다 그들의 연인과 함께했다. 나도 그 정도는 해야 했다.

"나도 함께 가겠어요, 사샤." 나는 울며 애원했다. "꼭 그래야만 해요. 내가 여자라서 도움이 될 수 있다는 걸 알아요. 프릭한테 접근하는 건 당신보다 내가 쉬울 거예요. 내가 당신을 위해 미리 준비를 해둘 수 있다는 말이에요. 다른 건 차치하고, 그냥 내가 당신과 가야겠어요. 내 말 알아들어요?"

우리는 열정적인 한 주를 보냈다. 사샤의 실험은 모두가 잠든 밤에만 이루어졌다. 나는 사샤가 일하는 것을 지켜보았다. 함께 사는 친구들, 아이들, 건물에 사는 세입자들이 혹시 위험해지면 어쩌나 하는 두려움으로 괴로운 날들을 보냈다. 만약 뭔가 잘못되기라도 하면 어쩌지? 그러나, 목적이 수단을 정당화하는 것 아니던가? 우리의 목적은 억압받고 착취당하는 사람들을 위한 신성한 대의였다. 우리는 바로 그 사람들을 위해 우리의 목숨까지 바치려는 것이었다. 소수의 사람이 반드시 죽어야 한다면? 그 대가로 다수가 자유롭고 아름답게, 편안하게 살 수 있다면, 그렇다. 목적이 수단을 정당화할 수 있다.

우스터에서 뉴욕까지 요금을 지불하고 났더니 수중에 60달러 정도가 남았다. 도착하고서 20달러는 벌써 쓴 상태였다. 사샤가 폭탄 제조용으로 재료를 구입하는 데 비용이 적지 않게 들었던 데다가 뉴욕에서 일주일을 더 보냈으니 말이다. 게다가 나는 옷과 신발이 필요했는데, 피츠버그에 가는 요금까지 합하고 나면 근 50달러에 달했다. 처음부터 돈이 많이 필요하다는 건 알고 있었지만 우리에게 자금을 충당해 줄 수 있는 사람은 알지 못했다. 게다가 우리의 계획을 다 말하고 다닐 수도 없는 노릇 아닌가. 7월의 무더위 속에서 25달러 정도를 모으는 사이 사샤도 그의 준비작업을 마치고 폭탄을 테스트하기 위해 스태튼 아일랜드로 갔다. 그가 돌아왔을 때, 그의 표정에서 뭔가 안 좋은 일이 일어났음을 바로 알아챌 수 있었다. 폭탄이 터지지 않은 것이다.

사샤는 화학식이 잘못됐거나 아니면 다이너마이트 내의 수분 때문일 거라고 말했다. 만약 똑같은 재료로 만든다고 한다면, 두번째 폭탄도 실패할 가능성이 컸다. 일주일 동안 불안에 시달린 거나, 귀중한 40달러를 날려 먹은 것을 생각하면 한탄스러웠지만 후회하고 앉아 있을 시간은 없었다. 빨리 움직여야 했다.

아, 역시나 요한 모스트. 그는 우리가 따라야 할 논리적인 사람이었다. 그는 개인의 행동에 있어서의 교리를 지속적으로 선전하고 전파했다. 그가 쓰는 글과 그가 하는 연설은 모두 실천에 대한 직접적인 반응이었다. 그는 미국에서 드디어 누군가 영웅적 행동을 위해 나섰다는 사실을 알게 된다면 기뻐할 것이다. 모스트가 프릭의 극악무도한 짓을 알고 있다는 것은 확실했고, 『자유』에서 프릭을 책임자로 지목하기까지 했으니 말이다. 모스트는 우리에게 도움이 될 수 있는 사람이었다.

사샤는 이 제안에 분개했다. 블랙웰 섬 교도소 출소 후 모스트의 행동을 보면 우리와 더 이상 관계를 맺고 싶어하지 않는다는 것이 분명하다고 했다. 모스트는 우리가 아우토노미 그룹과 관계 맺는 것을 싫어했다. 나도 사샤 말이 옳다는 것을 알았다. 모스트가 교도소에 있는 동안 그에게 계속 편지를 썼지만 답장을 받지 못했던 데다가 출소 후 그는 한번도 나에게 만남을 청하지 않았던 것이다. 모스트는 현재 헬렌과 함께 살고 있고 헬렌은 아이를 임신 중이라는 것을 알았다. 나는 그들 삶에 끼어들 권리가 없었고, 사샤 말마따나 우리 사이 간극은 이미 넓어진 지 오래였다.

나는 포이케르트와 그의 친구 한 명이 최근 다른 동지가 남긴 유산을 맡게 되었다는 데 생각이 미쳤다. 이 물품에서 포이케르트가 선전 목적으로 돈과 총을 사용하는 것을 승인하는 문서가 발견되었다. 내가 알고 있는 그라면 분명 우리 계획을 승인했을 거라는 확신이 들었다. 그리고 포이케르트? 그는 모스트처럼 개인의 혁명적 행동을 노골적으로 옹호하는 사람은 아니었지만, 프릭에 반대하는 행위의 중요성을 보지 못할 리 없었다. 그는 분명 돕고 싶어할 것이고, 이것은 그를 향한 의심과 의구심을 영원히 침묵시킬 수 있는 절호의 기회가 될 수 있을 것이었다.

다음 날 저녁 그를 찾았지만 그는 우리를 돕기를 단박에 거절했다. 무엇을 위한 일인지 알지 못한 채로는 총은 물론이고 돈도 줄 수 없다고 했다. 계획을 누설해야 하나 말아야 하나 고민을 했지만 경제적 원조 없이는 우리의 계획도 물거품이 될 것이라는 생각에 프릭을 해하고자 하는 우리의 계획을 말했다. 그리고 그는 그런 행위가 우리의 선전적 가치를 증명해 낼 수 있을 거라는 데에는 동의하지만 다른 동지들과 이 원조계획을 상의해야 할 거라고 했다. 나는 우리의 계획을 너무 많은 사람들이 알게 되는 것에 동의하기 어려웠다. 이야기는 분명 퍼져 나갈 것이고, 그럼 신문사에도 들어갈 테니 말이다. 허나 이런 사항들보다 더 신경쓰이는 점은 포이케르트가 이 건과 연루되고 싶어하지 않는다는 느낌이 분명했다는 것이다. 그 남자에 대한 내 첫인상이 바로 그랬다. 그는 순교자나 영웅을 할 만한 재목이 아니었던 것이다.

계획이 수포로 돌아갔음이 말로 하지 않아도 내 얼굴에 이미 쓰여 있었는지, 사샤는 우리가 자금원조를 받든 안 받든 간에 계획은 실행되어야 한다는 말을 했다. 이제 우리 둘이 함께 가는 일은 불가능하다는 것이 분명해졌다. 나는 그를 혼자 보내야 하는 것이다. 그는 나와 내가 가진 능력에 대한 자신의 믿음을 반복해 말했고, 내가 그와 함께 피츠버그에 가겠다고 했을 때 그것만으로 그에게 크나큰 기쁨이었음을 상기시켜 주었다. "하지만, 우리는 지금 가진 게 없소. 빈곤은 우리 행동에 있어서 결정적인 요소요. 우리는 노동분업을 통해 서로에게 가장 적합한 일을 하고 있는 것 아니겠소." 선동은 내가 할 수 있는 일이었고, 그의 행동을 사람들에게 잘 해석해 전달하는 것이 나의 임무가 될 것이다. 그의 말에 저항을 해보았지만, 그의 말에는 힘이 있었다. 우리는 돈이 없었다. 그리고 그는 어떤 상황 속에서라도 피츠버그에 갈 것이며 그 무엇도 그를 막을 수 없음을 나는 확신했다.

우리가 가진 전재산은 15달러였다. 그돈으로 사샤는 피츠버그에 가서 당장 필요한 물건을 사고 나면 첫날 숙박과 식사로 1달러만 남게 된다. 내가 돈을 좀 더 모을 때까지 시간을 벌 수 있도록 사샤는 엘리게니의 동지인 놀드와 바우어와 함께 지내기로 했는데 그들은 사샤를 환대하며 맞아 주었다. 사샤는 자신의 임무를 그들에게 털어놓지 않았는데, 그들이 알 필요도 없을뿐더러 너무 많은 사람들이 이런 음모에 가담하는 것이 결코 바람직하지 않다고 생각한 까닭이다. 그에게 필요한 총과 옷 한 벌을 구하려면 최소 20달러가 필요했다. 물론 전당포에서 더 싸게 총을 구할 수도 있었다. 나는 어떻게 돈을 마련해야 할지 아무 생각이 없었지만, 어떻게든 그 돈을 구할 수 있을 것임을 알았다.

우리에게 집을 내어 준 동지들은 사샤가 그날 밤 떠날 것이라고 듣기는 했어도 왜 떠나는지는 알지 못한 채였다. 간단하게 송별회 겸 식사가 있었고, 모두가 즐겁게 웃고 떠들었다. 나도 사샤를 응원하기 위해 애써 유쾌한 척하려 했지만 눈물이 나오지 않게 가리기 위한 웃음이었다. 나중에 우리는 사샤가 역으로 가는 길을 함께했다. 친구들은 거리를 두고 서 있었고 사샤와 나는 플랫폼 주변을 서성거렸다. 우리는 아무 말도 못하고 목이 메어 왔다.

탑승을 알리는 차장의 소리가 들려왔다. 나는 사샤에게 매달렸다. 그는 이미 기차에 올라타 있었고 나는 밖에 서 있었다. 그는 나를 향해 고개를 숙이고 내 손을 잡은 채 조용히 속삭였다. "나의 선원 아가씨(그가 나를 부르는 애칭이었다), 동지여, 당신은 나와 끝까지 함께할 거요. 내가 이상을 위하여, 고통받는 이들을 위해 나의 가장 소중한 것을 내놓았음을 사람들에게 알려 주시오."

기차가 움직였다. 사샤는 잡았던 손을 놓고 내가 플랫폼으로 뛰어내릴 수 있게 도와주었다. 나는 저만치 사라져 가는 기차를 따라 달리며 손을 흔들고 외쳤다. "사샤! 사샤!" 기차는 김을 뿜어내며 모퉁이 돌아 사라졌고, 나는 나에게서 앗아갈 소중한 사람을 향해 팔을 힘껏 뻗으면서 힘겹게 그 뒤를 쫓았다.

다음 날 일어나니 사샤를 위한 모금을 어떻게 할 수 있을지 아이디어가 떠올랐다. 나는 거리에 나갈 것이었다. 어떻게 그런 생각이 떠올랐는지 스스로도 놀라웠다. 도스토옙스키의 『죄와 벌』을 떠올렸는데 그중에서도 특히 마르멜라도프의 딸인 소냐에게서 깊은 인상을 받았던 것을 생각해 냈다. 소냐는 어린 동생들과 폐병에 걸린 새어머니 때문에 매춘을 하게 된다. 나는 소냐가 자기 침대에 누워 벽을 마주하고 어깨를 떨고 있는 모습을 상상했다. 그게 어떤 느낌인지 알 것 같았다. 민감한 소냐도 몸을 팔 수 있었는데 나라고 못하겠는가? 게다가 나의 대의는 소냐의 것보다 더 크기까지 하다. 사샤와 그의 위대한 행위, 그리고 사람들을 위해. 내가 못할 게 무어란 말인가? 그런데 낯선 남자들과 어울리는 생각만으로도 역겨웠다. 나는 빛을 가리고 베개에 얼굴을 묻었다. "나약한 겁쟁이 같으니" 내면의 목소리가 내게 말했다. "사샤는 목숨을 내놓는 마당에, 너는 고작 네 몸뚱이 하나 내어 주기를 겁내다니. 비참한 겁쟁이!" 스스로를 다잡기까지 몇 시간이 걸렸지만, 침대에서 일어나니 마음이 정리가 되었다.

이제 내게 중요한 건 거리에서 여자를 찾는 남자들에게 내가 충분히 매력적으로 보일 수 있는가 하는 것이었다. 몸을 살펴보기 위해 거울 앞에 섰다. 피곤해 보이긴 해도 피부는 좋았다. 화장을 하지 않아도 될 것 같았다. 곱슬거리는 금발머리가 파란 눈과 잘 어울렸다. 나이에 비해 엉덩이가 너무 크다는 생각이 들었다. 나는 겨우 스물세 살이었고, 유대인 혈통이었다. 코르셋을 입고 하이힐을 신으면 키가 더 커 보이겠지(둘 다 입어 본 적도, 신어 본 적도 없지만).

코르셋, 하이힐, 요염한 속옷 같은 것을 사려면 돈이 필요한데 그 돈은 또 어디서 구한담? 내게는 코카시안 자수가 장식된 하얀색 리넨 드레스가 있었다. 부드러운 살색 천을 구해 속옷을 직접 만들 수 있을 것이었다. 또, 저렴한 물건을 취급하는 상점들이 그랜드 스트리트에 있다는 것도 알고 있었다.

급히 옷을 챙겨 입고, 나에게 호감을 보였던 아파트 직원을 찾았다. 그녀는 아무 말 없이 내게 5달러를 빌려주었고 그 돈으로 나는 필요한 것들을 샀다. 집에 돌아와서 방에 들어와 문을 잠갔다. 아무도 보지 않을 생각이었다. 나는 의상을 준비하면서 사샤를 생각하느라 분주했다. 그는 과연 뭐라 말할까? 내게 괜찮다 말해 줄까? 그라면 분명 그럴 것이다. 그는 항상 목적이 수단을 정당화하며, 진정한 혁명가는 대의에 복무하기 위해서라면 그 어떤 일도 주저하지 않는다고 말해 온 사람이니까.

1892년 7월 16일 토요일 저녁, 14번가를 이리저리 오갔다. 직업여성들이 있는 모습을 오랫동안 보아 왔던 곳이기 때문이다. 처음엔 전혀 긴장되지 않았지만 지나가는 남자들과, 그들이 여자들에게 추파를 던지며 다가오는 모습에 마음이 툭 하고 내려앉았다. 도망치고 싶었다. 당장이라도 내 방으로 달려가 이 싸구려 옷과 화장을 벗겨 내고 싶었다. 하지만 "반드시 해내야 해! 사샤를 위해서! 내가 실패하면 모든 게 수포로 돌아간다는 것을 기억해!"라는 목소리 하나가 내 귓가를 떠나지 않고 울렸다.

내 이성보다 나를 더 강하게 이끄는 무언가가 내 발걸음 속도를 높이고 있는 그때, 한 남자가 다가왔다. 내게 지나치게 추근덕대는 바람에 도망쳐 버리고 말았다. 11시쯤이 되자 말 그대로 뻗어 버릴 지경이 되었다. 하이힐을 신은 발은 아파 오고 머리가 욱신거렸다. 아무것도 하지 못하는 나의 무능력에 대한 혐오와 온몸을 덮쳐 오는 피로함에 눈물이 쏟아지기 직전이었다.

다시 한번 힘을 내야 했다. 14번가 코너 은행 근처에 서 있는데 남자 하나가 나를 불렀다. 저 남자와 가야겠지, 마음을 먹을 때였다. 키카 크고 눈에 띄는 외모를 하고 좋은 옷을 차려입은 남자는 내게 가까이 다가와 "아가씨, 같이 한잔 할래요?" 하고 물었다. 그의 머리는 하얬고 얼핏 보아도 60은 되어 보였지만 혈색은 좋았다. "좋아요" 하고 대답하자, 그는 내 팔을 잡아 끌며 유니언 스퀘어에 있는 와인바로 향했다. 그곳은 모스트가 나를 종종 데려가던 곳이었다. "여기 말고요." 나는 거의 소리를 지르다시피 했다. "제발, 이곳은 말고 다른 데로." 나는 앞장서서 13번가에 있는 살롱으로 향했다. 오후에 맥주 한잔을 한 적이 있는 곳이었는데 기억하기로 깨끗하고 조용했다.

그날따라 가게에 손님이 많아서 어렵사리 겨우 자리를 잡았다. 남자가 술을 주문했다. 나는 목이 타들어갈 것 같아서 맥주를 큰 잔으로 시켰다. 둘 다 아무 말 없이 앉아 있었고, 나는 남자가 내 얼굴과 몸을 훑어보고 있다는 걸 느낄 수 있었다. 화가 치밀어 오르고 있을 때 남자가 물었다. “이 일이 처음인가 보군요?” “네, 이번이 처음입니다. 어떻게 아시죠?” “지나치면서 봤습니다.” 남자는 나의 홀린 듯한 얼굴과 남자가 다가가자 빠르게 도망가는 것을 보고 내가 경험이 없다는 것을 알았다 했다. 나를 거리로 나오게 한 이유가 무엇이든 간에 나태함에서 비롯되었다거나 흥분을 좇는 건 아닌 것을 알아봤다고. “그렇지만 수천 명의 여성들이 경제적 필요에 의해 거리로 내몰리죠.” 나는 불쑥 대꾸했다. 그는 놀라 나를 바라보았다. “그런 말은 어디서 들었소?” 나는 사회적 문제들과 나의 생각들, 내가 뭐하는 사람인지 말하고 싶었지만 참았다. 내 정체가 드러나서는 안 된다. 아나키스트 엠마 골드만이 14번가에서 남자를 찾고 있었다는 것이 알려지는 건 끔찍한 일이 될 것이다. 신문사들에게 얼마나 반가운 먹잇감이 될까!

그는 경제적 문제에는 관심이 없으며, 내가 어떤 이유에서 이런 일을 하기로 했는지에 대해서도 상관하지 않는다고 했다. 그가 말하고자 한 것은 소질 같은 게 없다면 매춘을 할 수 없다는 것이었다. “당신에겐 그게 없어요. 그게 전부요.” 그는 10달러 지폐를 꺼내 내 앞에 두고는 “이걸 받고 집으로 돌아가라”고 말했다. “당신과 함께 가지도 않는데 돈은 왜 주는 거죠?”라는 나의 질문에 그가 대답했다. “음. 이렇게 꾸미고 나오는 비용이 들었을 거 아뇨. 참 좋은 드레스를 입으셨소. 비록 신발과 스타킹이 싸구려이긴 해도.” 나는 말문이 막혔다.

지금껏 두 가지 부류의 남자를 만났다. 저속한 부류와 이상주의자 부류. 전자는 여자를 가질 수 있는 기회를 절대 놓치는 법이 없고, 욕정을 채우고자 하는 생각뿐이다. 이상주의자들은 적어도 이론상으로는 남녀평등을 주장했지만 실제로 이를 실천하는 이들은 급진주의자 러시아인과 유대인뿐이었다. 거리에서 나를 찾고 살롱까지 함께 온 이 남자는 완전히 다른 유형의 사람이었다. 흥미로웠다. 분명 돈이 많겠지. 하지만 부자가 아무런 대가 없이 하는 일이 과연 있을까? 전에 일하던 가슨 공장이 떠올랐다. 아주 조금의 임금인상도 해주지 않았던….

아마도 이 남자는 영혼을 구원하러 다니는 사람인 듯했다. 뉴욕의 악을 정화하기 위해 돌아다니는 사람들에 대해 읽은 적이 있어서 혹시 그런 건지 물었다. 그는 웃으며 자신은 전문적으로 그런 일을 하는 사람은 아니라고 대답했다. 그는 만일 내가 정말 원해서 이 일을 하는 거였다면 자신도 별 다른 신경을 쓰지 않았을 거라 했다. "물론 제가 완전히 착각한 것일 수도 있지만 상관없습니다. 다만 지금 당신은 당신이 하려는 일을 하고자 하지 않고, 설령 어쩌다 성공하더라도 훗날 크게 후회할 거라는 건 알죠." 그가 이를 확신하지 않았다면 나를 정부로 삼았을 거라고 했다. "계속 말인가요?" 내가 울먹이며 물었다. "이거 보시오. 당신은 단순한 제안에도 이렇게 겁을 먹으면서 길거리에서 성공하기를 바라는 거요? 당신은 몹시 좋은 사람일지 모르지만 어리석고 미숙한 애일 뿐이오." 나는 반항하듯 말했다. "전 지난 달에 스물 셋이 되었어요." "아가씨군요, 그럼." 그는 미소를 지으며 말했다. "하지만 나이 든 사람들도 애가 될 수 있소. 나만 봐도 그렇잖나요? 나는 예순하나인데도 이따금 어리석은 짓을 하니 말이오.” “이를테면 저의 순수함을 믿어 주는 것 같은 것 말이겠죠.” 내가 대꾸했다. 그의 단순함이 편안했다. 언젠가 10달러를 갚을 수 있도록 그의 이름과 사는 곳을 물었다. 그러나 그는 거절하며 자신은 미스터리를 사랑하는 사람이라고 했다. 길에 서서 그는 잠시 나의 손을 잡았고, 우리는 각자 반대 방향으로 돌아섰다.

그날 밤 침대에 누운 채로 몇 시간을 뒤척였다. 선잠에 들었다가도 사샤와 프릭, 홈스테드, 14번가, 상냥한 남자에 대한 꿈을 꾸었다. 다음 날 아침 잠에서 깨어나서도 한참 동안 그 꿈을 생각했다. 테이블에 있는 지갑에 눈이 갔다. 얼른 일어나 떨리는 손으로 지갑을 열었더니 정말로 10달러가 있었다. 꿈이 아니었던 것이구나, 그 일이!

월요일에 사샤로부터 짧은 편지가 도착했다. 그는 칼 놀드와 헨리 바우어를 만났다며, 오는 토요일에 계획을 실행할 수 있지만 내가 돈을 보낸다는 가정하에 가능하다고 했다. 내가 그를 실망시키지 않을 거라고 그는 확신하고 있었다. 솔직히 말해 편지를 받고서 좀 실망을 했다. 그의 편지는 너무 냉담하고 형식적이었기 때문이다. 길에서 만난 그 남자는 자신이 사랑하는 여인에게 어떻게 편지를 쓸지 궁금했다. 이런 생각을 하다가 정신이 번뜩 들었다. 사샤가 자신의 목숨을 바치려고 하는 이 와중에 그런 생각이나 하고 앉아 있다니, 내가 미친 게로구나. 어떻게 한번 본 그 남자와 사샤를 비교할 생각을 했을까. 사샤를 위해 돈이 더 필요했다.

헬레나 언니에게 전보를 쳐 15달러만 보내 달라고 하는 방법밖에 없었다. 사랑해 마지않는 언니에게 연락을 안 한 지 몇 주나 되었는데, 이렇게 돈을 부탁하는 내 자신이 너무나도 싫었다. 게다가 언니

살림이 얼마나 쪼들리는지 아는 마당에. 거의 범죄가 아닌가 싶었다. 결국 언니에게 전보를 쳐 내가 몸이 안 좋아져 15달러가 필요하다고 했다. 내가 아프다고 하면 언니는 무슨 수를 써서라도 그 돈을 구할 것임을 나는 알고 있었다. 상트페테르부르크에서 그랬던 것처럼, 다시 한번 수치스러움이 나를 짓눌렀다.

언니로부터 돈을 받았다. 사샤에게 20달러를 보내고 옷을 위해 빌린 5달러를 갚았다.

9

뉴욕에 돌아온 후로 쭉 일자리 알아볼 여유가 없었다. 사샤가 떠난 후 몇 주간 지속된 긴장, 그를 홀로 보내야 했던 나의 절망감, 길거리 모험 등이 주는 괴로움과 더불어 헬레나 언니를 속였다는 죄책감이 나를 힘들게 했다. 사샤가 큰일을 하기로 한 그날이 가까워질수록 나는 더 고통스러워졌다. 7월의 열기 속에서도 정처없이 거리를 걸으며 돌아다녔고, 오후에는 '거친 미첼' 식당에서, 밤에는 삭스 카페에서 시간을 보냈다.

드디어 7월 23일 토요일이 되었고, 이른 오후였다. 페드야가 신문을 들고 내 방에 뛰어들어왔다. 신문에 크게 인쇄된 글자들을 읽었다. "알렉산더 버크만, 프릭을 쏘다. 몸싸움 끝에 프릭의 노동자들에게 저지당해."

노동자들, 노동자들에게 저지를 당했다고? 사샤가? 신문이 거짓말을 하고 있어! 사샤는 노동자들을 위해서 그 일을 한 건데, 그들이 사샤를 공격했을 리 없다.

급하게 석간신문들을 모조리 입수했다. 신문들마다 하는 말은 다

달랐지만 한 가지 공통된 사항은 우리의 용감한 사샤가 계획을 행동에 옮겼다는 사실이었다. 프릭은 아직 살아 있긴 하지만 치명상을 입어 오늘밤을 넘기기 어려울 것이라 했다. 그리고 사샤는 사형을 당할 것이었다. 분명 그렇겠지, 나는 확신했다. 그를 혼자 죽게 내버려 둬야 했었나? 죽는 순간에 내가 가서 그와 이야기해야 할까? 그가 치른 대가와 똑같은 것을 나 역시 치러야 한다. 결과를 받아들여야 한다. 책임을 나누어 져야 한다!

나는 『자유』를 통해 모스트가 그날 저녁 독일인 아나키스트 그룹에게 강연을 할 것임을 알았다. "분명 사샤가 한 일에 대해 말할 거예요." 나는 페드야에게 말했다. "우리도 그 자리에 꼭 가야 해요."

모스트를 못 보고 지낸 지 1년, 이제 그도 나이가 꽤 들어 보였다. 블랙웰 섬이 그에게 분명 흔적을 남긴 것이다. 그의 연설은 평소와 다를 것 없었으나 사샤의 행동에 대해서는 마지막에 오직 스치듯 간단히 언급하고 말 뿐이었다. "신문에서 프릭을 공격한 젊은이의 이름은 버크만이라고 하더군요. 분명 가짜 기사일 겁니다. 웬 정신나간 놈이거나 프릭 쪽 사람의 짓일 가능성이 높죠. 프릭에 대한 동정 여론을 형성하려고 말입니다. 자신에 대한 여론이 좋지 않다는 걸 아니까, 자기한테 유리하게 판을 바꿀 필요가 있었을 겁니다."

내 귀를 믿을 수 없었다. 멍하니 앉은 채 모스트를 바라보고 있었다. 술에 취한 거겠지, 하고 생각했다. 주변의 사람들을 둘러보니 모스트의 강연에 깊은 인상을 받은 듯한 얼굴을 하고 있어 놀랍기 그지없었다. 출구에는 수상해 보이는 남자들이 서 있었는데 경찰들인 게 틀림없었다.

모스트의 강연이 끝난 후 나 또한 대중 앞에 설 수 있게 해줄 것을 요구했다. 나는 술 취한 상태로 대중 앞에 선 강연자를 신랄하게 비난했다. 아니면, 맨정신인데 그저 경찰이 두려울 뿐인 것이냐고 따져 물었다. 프릭이 자기 사람을 시켰다는 말도 안 되는 이야기는 어째서 만들어 냈는지, 정말 버크만이 어떤 사람인지 모르는 거냐고.

사람들의 저항과 반대하는 소리가 들려오기 시작했고, 객석의 소란이 점점 커져서 곧 발언을 멈춰야 했다. 모스트는 강단에서 내려왔다. 그는 내 질문에 대답할 생각이 없었다. 심장에 통증을 느끼며 페드야와 그곳을 빠져나왔다. 두 남자가 우리를 따라오는 것을 눈치챘다. 몇 시간 동안 거리를 이리저리 돌아다니면서 마침내 그들을 따돌리는 데 성공하고, 일요일 조간 신문을 기다리며 우리는 파크 로우로 향했다.

우리는 잔뜩 흥분한 채로 "암살자 알렉산더 버크만"이라고 실린 신문 기사를 읽었다. 그는 출입증을 가지고 프릭의 개인 사무실로 향하는 흑인 직원의 뒤를 밟아서 프릭의 사무실까지 들어갔으며, 들어가자마자 무기를 꺼내들었다 했다. 프릭은 총 세 발을 맞고 바닥에 쓰러졌으며, 마침 사무실에 있던 그의 조수 리시먼이 곧장 달려왔다고 신문에는 적혀 있었다. 건물에서 목수일을 하던 일꾼들이 급히 달려와 버크만을 넘어뜨려 망치로 제압했다. 사람들은 처음에 프릭이 죽은 줄 알았으나 그가 곧 비명을 질렀다. 버크만은 이에 프릭 쪽으로 기어가 단검으로 그의 허벅지를 깊이 찔렀고 후에 그는 의식을 잃었다. 경찰서에 도착한 후 그는 그 어떤 말도 하지 않았다. 경찰 중 하나는 버크만의 얼굴을 수상하게 여기고는 이 젊은이의 턱을 거의 부수다시피 해서 입을 열었다. 그 안에는 특이하게 생긴 캡슐이 있었다. 그게 무엇이냐는 질문에 버크만은 반항과 경멸을 담아 대답했다. “캔디.” 조사를 통해 그것이 다이너마이트 카트리지였음이 밝혀졌다. 경찰당국은 음모가 진행되고 있음을 확신하고 공모자들을 찾고 있었다. 특히나 “피츠버그 호텔에 ‘바크메토프’라는 이름으로 체크인을 한” 사람을 말이다.

나는 전반적으로 신문이 사건을 맞게 전달해 주고 있다는 느낌을 받았다. 사샤는 실제로 독이 묻은 단검을 가지고 갔다. “폭탄 같은 게 제대로 안 될 경우를 대비해서”라고 그는 말했다. 그렇다. 단검은 독이 묻어 있는 게 맞고, 어떻게 해도 프릭을 살릴 수 없을 것이다. 리시먼을 향해 사샤가 총을 쐈다는 것은 신문사가 만들어 낸 거짓일 것이다. 사샤는 프릭 외에 다른 사람은 결코 고통을 받아서는 안 된다는 입장이 강력했다는 것을 나는 기억하고 있었다. 또한 공장 노동자들이 자신들의 적인 프릭을 돕기 위해 달려왔다는 사실 또한 믿기 어려운 부분이었다.

아우토노미 그룹의 사람들은 사샤의 행동으로 인해 한껏 고무되어 있었다. 포이케르트는 내가 돈과 무기를 요구할 때 그게 누구를 위한 것이었는지 자신에게 말하지 않은 것에 대해 나를 비난했지만 나는 그의 말을 귓등으로 들어 넘기며 당신은 그저 나약한 혁명가일 뿐이라고 그에게 말했다. 그는 나의 요청에 대해 전전긍긍했음이 틀림없었다. 그룹은 주간지 『아나키스트』의 이슈에 대해 결정을 내렸다. 지면은 우리의 용감한 동지, 알렉산더 버크만과 그의 영웅적 행동에 대해 할애될 것이었다. 나 역시 사샤에 대해 글 한 편을 쓸 것을 제안받았다. 이따금 『자유』에 짧은 글을 실은 것 외에 글이라곤 써본 적 없는 나였는데 말이다. 몹시 걱정이 되고, 내가 과연 사샤에 대해 제대로 전할 수 있을지 두려웠다. 하지만 밤새워 공책을 수십 장 버린 끝에 그에 대한 열정적인 글을 쓸 수 있었다. 제목은 "알렉산더 버크만, 살해당한 홈스테드 동지들을 위해 복수하다"였다.

『아나키스트』에서 내놓은 사샤에 대한 찬사의 어조는 황소가 붉은 천에 달려들듯 모스트를 달려들게 했다. 그는 사샤에 대해 너무나 큰 적의를 품고 있을 뿐만 아니라 그가 증오해 마지 않는 포이케르트의 그룹과 우리가 함께하는 것에 대한 반감 역시 상당했다. 물론 그는 공개적으로 우리를 공격하진 않았지만 『자유』를 통해 간접적이고 교활한 방식으로 비난을 쏟아내기 시작했다. 『자유』는 프릭에 대해 날카로운 공격을 했지만, 그에 대한 암살 시도를 하찮게 만들면서 사샤를 우스꽝스러워 보이도록 만들었다. 모스트는 그의 글에서 사샤가 "장난감 권총을 쏘았다"고 암시하며 피츠버그에서 놀드와 바우어가 체포된 일에 대해서는 그들은 "처음부터 버크만을 불신했기 때문에" 프릭의 암살 시도와 아무런 상관도 없을 수도 있음을 지적하면서 검증되지도 않은 말들로 사샤를 비난했다.

물론 놀드와 바우어, 두 동지가 사샤의 계획에 대해 아무것도 몰랐던 것은 사실이다. 사샤는 이미 그곳으로 떠나기 전부터 동지들에게는 말하지 않기로 결심했지만 동지들이 그를 불신한다고 말했을 때 모스트가 거짓말을 하고 있다는 것은 분명했다. 사샤는 놀드가 자신에게 얼마나 친절했는지 나에게 적어 보낸 바 있는 만큼 놀드가 사샤를 믿지 않았다는 것은 확실히 거짓이었다. 모스트가 그렇게 글을 쓴 것은 오직 그의 복수심과 사샤에 대한 신뢰를 떨어뜨리려는 욕망에서 비롯된 것이었을 테다.

한때 내가 숭배하고 사랑하고 믿었던 사람이 이제 말도 못하게 작아졌다는 것을 확인하면서 잔인한 환멸을 느꼈다. 항상 자신의 라이벌로 생각하던 사샤에 대한 개인적인 감정이야 어찌되었든, 내가 상상할 수 있는 가장 뛰어난 선동가인 요한 모스트라는 사람이 어떻게 사샤를 공격할 수 있을까? 그에 대한 반감이 크게 솟구쳤다. 나는 그의 추진력에 반하여, 사샤의 순수함과 이상주의를 큰 소리로 선포하고, 온 세상이 듣고 또 알 수 있도록 열정적으로 외치고 싶다는 욕망에 사로잡혔다. 모스트는 전쟁을 선포했다. 그러라지! 나는 『아나키스트』를 통해 그의 공격에 맞대응할 생각이었다.

한편, 일간지들에서는 아나키스트들에 대한 맹렬한 공격을 자행했다. 그들은 "선동자 요한 모스트, 엠마 골드만, 그리고 그 부류"를 검거하기 위해 경찰에 행동을 촉구했다. 이전까지는 내 이름이 신문에 등장하는 일은 거의 없었건만, 이제는 매일같이 가장 선정적인 기사 속에 내 이름이 등장하곤 했다. 경찰은 분주해졌다. 이제, 엠마 골드만에 대한 사냥이 시작되었다.

나와 함께 살고 있던 내 친구 페피는 경찰서 모퉁이를 돌면 나오는 5번가와 1번가의 교차로 근처에 아파트가 있었다. 나는 경찰서 앞을 자주 지나치며, 대놓고 '아우토노미' 본부에서 오랜 시간을 보냈다. 그런데도 경찰은 나를 찾지 못하는 것 같았다. 어느 날 저녁, 우리가 회의를 위해 사무실을 떠나 있을 때 마침내 내 행방을 알아낸 경찰이 비상구를 통해 아파트에 침입해 손에 잡히는 모든 것을 가지고 갔다. 내가 모아 둔 혁명 팸플릿과 사진들, 나의 모든 서신이 사라졌다. 하지만 그들은 정작 찾으려 했던 것은 찾지 못했다. 신문에서 내 이름이 처음 언급되었을 때 나는 사샤의 실험 후에 남은 자료를 모두 폐기했더랬다. 범죄와 관련된 정황을 아무것도 발견하지 못한 경찰은 하릴없이 페피의 집에서 일하는 가정부를 좇았지만, 그녀는 경찰을 보고 너무 겁에 질린 나머지 아무런 말도 하지 못했다. 형사들이 사샤의 사진을 보여 줬지만, 그녀는 사진과 닮은 남자를 아파트에서 본 적이 단 한 번도 없다고 단호히 부인했다.

경찰이 들이닥치고 이틀 후 집주인은 우리에게 아파트에서 나갈 것을 종용했다. 이런 급작스러운 퇴거에 이어 이후 더 심각한 타격이 이어졌는데, 다름이 아니라 롱아일랜드에서 일하고 있던 페피의 남편이 납치되어 피츠버그로 이송된 것으로, 죄목은 사샤의 음모에 공모한 혐의였다.

암살 시도가 있고 며칠이 지나, 민병대가 홈스테드로 들어왔다. 의식이 있는 철강 노동자들은 이런 움직임에 반대했지만, 어리석게도 핑커톤의 새로운 공격으로부터 군인들이 자신을 보호해 줄 것이라고 판단한 보수적인 노동자 집단에 의해 의견이 묵살되었다. 군대가 누구를 보호하러 왔는지는 곧 증명되었다. 홈스테드 노동자가 아니라 바로, 카네기 공장이었다.

그러나 민병대 중에는 노동자를 위해 보복을 한 사샤의 행위를 알아볼 수 있는 깨어 있는 사람이 하나 있었다. 이 용감한 소년은 "프릭을 쏜 이를 위해 세 번의 건배를" 외치며 자신의 감정을 표출했다. 그는 군법회의에 회부되었지만 사샤에 대한 건배를 멈추지 않았다.

이 사건은 사샤가 떠난 후 내내 계속되던 암울하고 괴롭던 나날 중 유일하게 밝은 순간으로 기억되었다.

길고 초조한 기다림 끝에 마침내 사샤로부터의 편지가 도착했다. 그는 민병대원 W. L. 이암스에게 큰 격려를 받았다고 했다. 그건 미국 군인들 중에서도 이제 각성을 하는 이들이 생겨나고 있다는 증거였다. 그 소년에게 연락해 아나키스트 관련 자료를 보낼 수는 없을까? 그는 우리 운동에 귀중한 자산이 될 터였다. 사샤에 대해서는 정작 걱정할 게 별로 없었다. 그는 맑은 정신상태를 유지했고, 법정에서 할 말도 다 준비가 되어 있었다. 법정에서 그는 자신을 변호하는 것이 아니라 자신의 행동을 설명하고야 말 것이라고 힘주어 강조했다. 물론 그에게 변호사는 없을 것이다. 그는 진정한 러시아인과 다른 유럽 혁명가들이 그러했듯이 스스로 자신의 입장을 대변할 것이었다. 피츠버그에 기반을 둔 유수한 변호사들이 그에게 무료변론을 제안했지만 사샤는 거절했다. 아나키스트가 변호사를 고용한다는 것은 이치에 맞지 않는 일이었던 까닭이다. 나는 이러한 사샤의 입장을 다른 동지들에게 분명히 알려야 했다. '한스 워스트'(우리가 모스트를 보호하기 위해 만들어 낸 가명)는 그 사안에 대해 어떠했던가? 누군가 사샤에게 모스트는 그의 행동을 승인하지 않는다고 편지를 써서 알렸다. 아니 도대체 가당키나 한 일인가? 당국은 얼마나 어리석기에 놀드와 바우어를 체포할 수 있단 말인가! 그들은 사샤가 한 일에 대해 아무것도 아는 바가 없었다. 실제로, 사샤는 그들에게 이제 세인트루이스를 떠난다고 인사를 전하며 호텔방을 얻어 바흐메토프라는 가명으로 투숙을 했는데 말이다.

나는 사샤의 편지를 가슴에 꼭 끌어안고 입을 맞췄다. 편지에 나에 대한 감정이나 사랑을 적지는 않았지만 나는 사샤가 지금 얼마나 강렬한 감정에 사로잡혀 있을지 느낄 수 있었다.

솔직히 말해 나는 사샤가 스스로 자신의 변호인이 되겠다고 했을 때 적잖이 놀랐다. 그의 일관성은 감탄할 만했지만, 그의 영어는 나의 영어만큼이나 부족해서 법정에서 효과적으로 설명을 하기에는 턱없이 모자랐기 때문이다. 나는 그가 자신의 입장을 표명할 기회를 얻지 못할까 봐 겁이 났다. 하지만 지금은 그 어느 때보다도 사샤의 뜻대로 하는 게 중요했다. 그가 사람들 앞에서 재판을 받고, 내가 그의 연설을 번역해서 대중에 알린다면 이 사건이 전국적으로 공론화되지 않을까 하는 기대감으로 나 자신을 위로했다. 사샤에게 그가 원하는 대로 진행할 것이며, 그러기 위해 그의 입장이 온전히 설명되고 제대로 표명될 수 있는 자리를 마련하기 위해 대규모 집회를 준비중이라고 답장을 써 보냈다. 나는 그에게 아우토노미 그룹과 유대인 동지들이 이 건에 대해 얼마나 열정적인지, 사회주의자들이 발행하는 『인민일보』가 취한 훌륭한 태도와 이탈리아 혁명가들의 고무적인 태도에 대해 전했다. 또한 사샤가 격려를 받았다는 민병대원의 용기는 우리 모두 기뻐할 일이지만, 사샤를 존경하고 그의 행위를 우러러본 이는 그 민병대원 한 사람뿐이 아님을 덧붙였다. 『자유』에 대해서는 최대한 온화하게 언급하려고 노력했는데, 그로 인해 그가 심난해지길 원치 않았기 때문이다. 그럼에도, 모스트가 그에 대한 사샤의 의견을 증명해 보였다는 사실을 인정하는 일은 몹시 어려운 일이었다.

사샤를 위한 대규모 집회를 준비하기 시작했다. 가장 먼저 도움의 손길을 내민 이는 요제프 바론데스였다. 그를 마지막으로 본 건 1년 전쯤이었는데, 외투공장 파업에 가담한 죄로 투옥되었으나 노조의 요청에 의해 뉴욕 주지사가 사면을 해주었다고 한다. 앨버트 파슨스의 가까운 친구였던 다이어 D. 럼이 연설을 자원했고, 당시 뉴욕에 있던 명민한 이탈리아 아나키스트 사베리오 메를리노도 연설을 하기로 했다. 사샤에게 여전히 진실하고 헌신적인 동지들이 있다는 사실에 기운이 났다.

대중집회를 알리는 커다랗고 붉은 포스터는 언론의 노여움을 샀다. 당국은 이를 가만둘 것인가? 경찰은 우리를 찾아와서 집회는 중단될 것이라고 위협했지만 집회에 나온 청중이 너무 많았던 데다가 다들 굳은 결심을 한 표정이었던지라 이를 본 경찰은 아무것도 하지 못했다.

의장을 구하지 못해 내가 의장직을 맡았는데, 이는 내게 새로운 경험이었다. 집회는 몹시 고무적이었고, 연사들은 하나같이 사샤와 그의 행동에 대해 경의를 표했다. 다만 이런 상황, 즉 이상주의자들에게 폭력을 강요한 이 상황이 너무 혐오스러워 나는 사샤의 고귀함과 이타심, 그의 헌신을 생각하며 격렬하게 울부짖었다.

다음 날 아침, 내 연설에 대해 신문들은 "분노에 사로잡혀 있었다"라고 썼다. "언제까지 이 위험한 여자를 그대로 놔둬야 하는가?" 아, 내가 얼마나 내 자유를 내놓고 싶은지, 사샤가 한 일에 대해 내 몫을 크게 이야기하고 싶은지, 저들이 알 수 있다면!

새 집주인은 페피에게 양단의 결정을 내릴 것을 통보했다. 나를 이사 내보내거나 아니면 페피까지 퇴거당하거나. 안쓰러운 페피, 나를 위해 얼마나 고통을 받았는지. 늦게까지 이어진 회의 후 집에 돌아온 날, 가방에서 현관 열쇠를 찾을 수가 없었다. 분명 아침에 넣었다고 생각했는데. 수위를 깨우고 싶지는 않아서 문앞에 쪼그려 앉아 다른 세입자가 건물에 들어오길 기다렸다. 마침내 누군가가 왔고, 나는 건물 안으로 들어갈 수 있었다. 그런데 페피의 집에 이르러 문을 열려고 하자 문이 도무지 열리질 않았다. 몇 번이고 문을 두드려 보았지만 아무런 대답이 없었다. 무슨 일이 생긴 건 아닐지 너무 걱정이 되어 문을 더 격렬하게 두드렸다. 이윽고 집안일을 하는 사람이 나와서 이 집을 찾아오지 말 것을 알렸다. 페피는 나 때문에 집주인과 경찰들에게 시달리는 일을 더 이상 견딜 수 없었던 것이다. 말을 전한 여인을 밀치고 주방으로 가서 나는 페피를 붙잡고 흔들며 겁쟁이라고 말했다. 내 침실에서 짐을 싸는 동안 페피는 눈물을 터뜨렸다. 이게 다 아이들 때문이라고, 형사들 때문에 겁먹은 아이들 때문에 어쩔 수 없었노라고 그녀는 말했고, 나는 조용히 집을 나섰다.

나는 할머니 집으로 향했다. 오랜 기간 나를 보지 못했던 할머니는 내 모습을 보고 깜짝 놀랐다. 내가 아픈 게 분명하다며 당신과 함께 있어야 한다고 단호하게 말했다. 할머니는 B애비뉴 10번가에 식료품점을 운영하고 있었고, 방 두 개인 집은 결혼한 딸의 가족과 함께 쓰고 있었다. 다른 사람을 방해하지 않고 내가 드나들 수 있는 곳은 주방뿐이었다. 할머니는 내게 간이침대를 사주셨고, 할머니와 고모는 내 아침을 차려 주느라, 내가 집에 있다는 느낌을 받게 해주느라 분주했다.

신문에서는 프릭이 부상에서 회복중이라고 보도하기 시작했다.

몇몇 동지들은 나를 찾아와 사샤가 "실패했다"고 말했다. 어떤 이들은 심지어 모스트가 "장난감 총이었다"고 말한 게 옳았다고 말할 정도로 뻔뻔했다. 나는 가슴이 푹 하고 찔리는 느낌을 받았다. 나는 사샤가 사격을 연습할 시간 같은 건 없었음을 알고 있었다. 이따금 소풍에서 사격을 하긴 했지만 정말 그걸로 충분했을까? 나는 사샤가 프릭을 죽이는 데 실패한 건 총이 싸구려였기 때문이라고 확신했다. 그는 멀쩡한 총을 살 돈이 없었던 것이다.

프릭은 자신이 받고 있는 온갖 관심 덕에 회복할 수 있었던 것일까? 미국에서 내로라하는 외과의들이 출동해 그의 침상을 지켰다. 그렇다. 분명 그것 때문일 테지. 아무려나, 사샤의 총에서 나간 총알 세 발은 그의 몸에 분명 박히지 않았던가. 프릭의 회복을 가능케 한 건 단연코 그의 재산이었다. 이것을 동지들에게 아무리 설명하려고 해봐도 그들은 내 말을 듣지 않았다. 어떤 이들은 사샤가 제멋대로 행동한 것 아니냐는 암시를 하며 나를 미치게 만들었다. 어떻게 감히 사샤를 의심할 수 있단 말인가? 사샤에게 편지를 써서, 그에 대한 이 끔찍한 소문들을 멈출 설명을 해달라고 부탁해야 했다.

사샤의 편지는 곧 도착했지만, 짧고 다소 무뚝뚝했다. 내가 그에게 설명을 요구했단 사실에 그는 분개했다. 중요한 것은 그가 한 일의 의도이지, 그 일의 물리적 성공이나 실패가 아니라는 사실을 나는 아직 모르고 있었던가? 아, 불쌍한 사샤! 프릭이 살아 있다는 사실에 얼마나 망연자실했는지를 행간에서 읽을 수 있었다. 물론 그의 말이 맞다. 중요한 것은 그의 동기이고, 이것만큼은 그 누구도 의심할 수 없는 것이었다.

사샤의 재판일이 언제가 될지에 대해 아무런 고지가 없이 몇 주가 지났다. 그는 여전히 피츠버그 감옥 살인자 구역에 수감되어 있었지만, 프릭이 회복되고 있다는 사실은 분명 그의 현재 상황을 크게 바꾸어 놓을 수 있을 것이었다. 이제 사형을 면할 수 있는 것이었다. 펜실베이니아에 있는 동지를 통해 7년의 징역형이 선고됐다는 사실을 알게 되었다. 한 줄기 희망이 내 마음속에 들어왔다. 7년은 긴 시간이지만, 사샤는 강한 사람이었다. 강철과도 같은 인내로 그는 버텨낼 수 있을 것이다. 나는 이 새로운 가능성에 온 힘을 다해 매달렸다.

내 삶은 비참함 그 자체였다. 할머니 집은 사람들이 너무 많았고, 나는 더 이상 그곳에 머무를 수 없었다. 방을 구하러 다녔지만 집주인들은 내 이름을 들으면 기겁을 했다. 친구들은 내게 가명을 쓰는 건 어떠냐고 제안했지만, 나는 내가 누구인지를 부인하고 싶지 않았다.

종종 나는 새벽 3시까지 2번가 카페에 앉아 있거나 철도마차를 타고 브롱크스까지 오가곤 했다. 가여운 늙은 말들도 나만큼이나 피곤해 보였고, 그래서인지 걷는 속도가 느렸다. 나는 파란색과 흰색 줄무늬 드레스에 밑단이 긴 회색 코트를 입었는데 마치 간호사 유니폼 같아 보였다. 나는 곧 그 복장이 나를 보호해 준다는 것을 깨달았다. 철도마차의 차장과 경찰관들은 내게 병원근무 중에 잠깐 쉬는 중이냐고 묻고는 했다. 톰킨스 스퀘어의 한 젊은 경찰관은 특히 나를 걱정해 주었는데, 내게 종종 아일랜드 사투리로 이야기를 해주어서 나를 웃게 만들어 주었다. 또 어떤 때는 자신이 보호해 줄 수 있는 거리만큼 가까이 있을 터이니 내게 눈 좀 붙이라고 말해 주기도 했다.

"완전히 지쳐 보인다, 너." 경찰관은 또 내게 "너무 일을 열심히 하는 거 아니야?" 하고 말하기도 했다. 이전에 그에게 아주 짧은 쉬는 시간밖에 없고 낮과 밤 근무를 반복하고 있다고 말한 적이 있기 때문이다. 내가 경찰의 보호를 받고 있다니! 나는 속으로 웃음을 터뜨리지 않을 수 없었다. 이 경찰관이 훗날 참해 보이던 간호사의 정체를 알게 되면 어떻게 반응할까.

4번가 근처를 지나면서 종종 '임대. 가구 완비'라고 적힌 표지판을 보았던 기억이 있었다. 그곳에서는 내가 어떤 사람인지에 대한 질문 같은 건 없었다. 방은 작고 임대료는 주당 4달러로 비쌌다. 공간이 좀 특이해 보이긴 했지만 어쩔 수 없이 그 방으로 들어가게 되었다.

저녁이 되어 나는 건물의 세입자들은 모두 소녀들이라는 것을 알게 되었다. 처음에는 내 짐을 정리하느라 정신이 없어 여기에 그다지 신경쓰지는 않았다. 옷가지와 책을 풀고 몇 주가 지났다. 목욕을 하고 깨끗한 침대에 누울 수 있다는 이 편안한 감각이 좋았다. 일찍 잘 준비를 마치고 침대에 누운 어느 날 밤, 누군가 내 방문을 계속해서 두드리는 소리에 잠이 깼다. "누구세요?" 잠에서 덜 깬 채로 나는 물었다. "비올라, 날 들여보내 주지 않을 셈이야? 20분 동안이나 문을 두드렸다구. 도대체 무슨 일이야? 오늘밤에 오라고 했잖아." "번지수를 잘못 찾으신 것 같네요. 전 비올라가 아니에요."

한동안 이와 비슷한 일이 계속해서 일어났다. 어떨 때는 아넷을 찾았고, 또 어떤 날은 밀드레드, 혹은 클로다일을 찾았다. 내가 매음굴에 살고 있다는 자각이 그제야 찾아왔다.

내 옆방에는 동정심을 불러일으키는 외모를 가진 소녀가 살았는데 어느 날 나는 그녀를 초대해 커피를 함께 마셨다. 그녀로부터 이 건물은 "마담이 있는 업소"가 아닌 일종의 예비업장으로, 소녀들은 남자들을 불러들이는 게 허락되었다는 것을 알게 되었다. 그녀는 내가 어려 보인다며, 어떻게, 하는 일은 잘 되어 가고 있냐고 물었다. 나는 이 '업계' 사람이 아니며 그냥 양장일을 한다고 하자 그녀는 조소했다. 내가 남성 고객을 상대하는 일을 하지 않는다는 것을 이해시키는 데 적지 않은 시간이 필요했다. 옷이 반드시 필요한 여성들을 만나는 데 이 집만큼 적소인 곳이 또 있을까? 나는 과연 이 집에 계속 머물러야 하는지 당장 이사를 나가야 하는지 고민했다. 지금 이 모든 것들에 둘러싸인 채로 사는 삶을 생각하면 괴로웠다. 전에 만났던 은혜로운 낯선 신사의 말이 맞았다. 나는 이런 일에는 영 소질이 없다는 말 말이다. 여기에 더해 혹시라도 언론이 내가 사는 곳이 어떤 곳인지 알게 될지 모른다는 두려움이 있었다. 아나키스트들의 모습은 그렇지 않아도 분통터질 정도로 왜곡되어 있는데, 엠마 골드만이 매춘굴에서 발견되었다는 것을 기사라도 낸다면 자본주의 공장에 연료를 대주는 꼴이 될 것이다. 이사를 반드시 나가야 했지만 일단은 머물렀다. 사샤가 떠난 후 겪어야 했던 몇 주간의 고통, 다시금 갈 곳 없는 사람이 된다는 막막함이 다른 고려사항들을 압도했기 때문이다.

그 주가 채 지나기도 전에 나는 그곳 여성들 대부분과 가까운 사이가 되었다. 그들은 서로가 나에게 더 친절하게 대하려고 거의 경쟁을 하는 지경에 이르렀다. 바느질 거리를 주고 소소한 도움들을 주면서 말이다. 우스터에서 돌아온 후 처음으로 나는 혼자서 생계를 꾸려

나갈 수 있게 되었다. 이제 나만의 삶의 영역이 생겼고, 새로운 친구들도 사귀었다. 그러나 내 인생이 어디 오랫동안 순조롭게 흘러간 적이 있었던가.

모스트와 우리 그룹 사이의 불화는 계속되었다. 『자유』에서는 일주일이 멀다 하고 사샤와 나에 대해 비방을 늘어놓았다. 한때 나를 사랑했던 남자에게 비난을 당하는 것도 물론 괴로웠지만 사샤에 대한 중상모략을 참는 것은 내 인내심으로 할 수 있는 일이 아니었다. 그후 8월 27일자 『자유』에 실린 글은 사실과 완전 정반대의 것으로 그간 모스트가 꾸준히도 주장해 오던 것이었다. 폭군을 살해한 것을 미화했다는 이유로 영국의 감옥에 갇혔던 그가, 수도 없이 폭력행위를 주창하던 그가, 저항과 반란의 화신이, 고의로 '실천'을 거부하다니. 모스트는 그 자신이 쓴 글을 진심으로 믿고 있는지 궁금했다. 사샤에 대한 증오로 그 글을 쓴 것일까? 아니면 공모자로 몰아가는 언론으로부터 자신을 보호하기 위한 것이었을까? 그는 심지어 사샤의 동기를 모함하는 암시까지 서슴지 않았다. 모스트로 인하여 가능했던 나의 세상, 색과 아름다움으로 가득한 그 삶은 내 발밑에 산산이 조각나 흩어졌다. 이제 남은 건 그가 자신의 이상을 배반하고 또 우리를 배반했다는 헐벗은 사실뿐이었다.

위험이 코앞에 닥쳐오자 행동을 180도 바꾸고 우리를 모함하는 모스트에게 공개적으로 설명을 요구했다. 나는 『아나키스트』에 그의 글에 대한 응답으로서 그에게 설명을 요구하고 그를 배신자이자 겁쟁이로 몰아가는 글을 썼다. 『자유』에 또 다른 응답이 실리기를 2주나 기다렸지만 묵묵부답이었다. 우리에 대한 비난을 정당화할 만한 그 어떤 근거도 찾을 수 없었던 게 분명했다. 나는 말채찍을 샀다.

모스트의 다음 강연에서 나는 단상 가까이 맨 첫줄에 앉았다. 회색의 긴 겉옷 아래 나는 채찍을 쥐고 있었다. 모스트가 청중을 향해 일어섰을 때 나도 따라 일어나 쩌렁쩌렁한 목소리로 외쳤다. "알렉산더 버크만을 모함한 당신에게 증거를 요구하는 바요!"

강당은 일순 조용해졌다. 모스트는 뭐라뭐라 중얼거리더니 "제정신 아닌 여자"라는 말을 했다. 하지만 그게 다였다. 나는 채찍을 꺼내 들고 한달음에 그에게 다가갔다. 그의 얼굴과 목을 향해 몇 번이고 채찍질을 한 후, 채찍을 부러뜨리고 그 조각을 그에게 던졌다. 이 모든 일이 너무나 순식간에 벌어진 탓에 아무도 끼어들 틈이 없었다.

그러고 나자 사람들이 나를 잡아끌기 시작했다. "끌어내! 잡아다 족쳐!" 사람들이 소리를 질렀다. 나는 분노한 사람들에 둘러싸였는데 만약 페드야를 비롯한 다른 동료들이 나를 구하러 오지 않았다면 크게 다쳤을 것이다. 그들은 나를 들쳐업고 강당을 나갔다.

프로파간다에 대한 입장 변화를 그 자신의 행동으로써 보여 준데다가 샤샤에 대한 적대적인 태도와 나를 공격한 것에 대해 아나키스트 진영에서는 모스트에 대해 광범위한 불만이 일어나고 있었다. 이제 더 이상 모스트와 포이케르트 둘 사이의 불화가 아닌 게 되었고, 아나키스트 운동 전체에 폭풍을 일으켜 내부를 둘로 갈라놓았다. 일부는 모스트 곁에 남았고, 다른 이들은 사샤의 행동을 옹호하며 그를 지지했다. 모스트의 가장 큰 지지 기반은 이스트사이드 유대인 그룹이었는데, 갈등이 심해짐에 따라 나는 이곳 집회에 참석조차 할 수 없었다. 그들에게 영웅과도 같은 인물을 내가 공격하는 것을 참지 못하고 나를 파문시킨 것이다.

한편, 우리는 사샤의 재판 날짜가 정해지기만을 애타게 기다리고 있었다. 한동안 아무 소식이 없다가 볼티모어에서 연설을 하도록 초대받은 9월 19일, 강당에 올라서려고 하는 순간 전보가 도착했다. 사샤가 22년형을 선고받았다는 소식이었다. 산 죽음으로 향하는 기차에 올랐구나. 강당과 청중이 내 눈앞에서 파도를 치듯 움직였다. 누군가 내 손에서 전보를 뺏어들고는 나를 의자에 앉혔다. 물을 한 모금 마셨다. 아무래도 이번 연설은 취소하는 게 좋겠다며 동지들이 말렸다.

정신 나간 사람처럼 주변을 둘러보다가 물을 한껏 들이켠 후 전보를 낚아채고서 나는 단상으로 올랐다. 내 손에 들린 노란색 종이쪽지는 불타는 석탄이요, 내 심장을 태운 그 불길은 내 열정의 표현이었다. 이 불길은 곧 관중 또한 사로잡았다. 남자고 여자고 할 것 없이 모두 자리를 박차고 일어나 이 무자비한 형 선고에 대한 복수를 외쳤다. 샤샤의 행동과 대의에 대한 관중의 불타는 열정은 마치 천둥처럼 강당을 울렸다.

그때 경찰들이 곤봉을 든 채로 강당으로 쳐들어와 사람들은 급하게 건물을 빠져나가야 했다. 나는 단상에 남았다. 아직 전보를 손에 쥔 채였다. 의장과 나는 체포되어 경찰서로 향하는 순찰마차에 욱여넣어졌고, 격분한 관중이 그 뒤를 따랐다.

충격적인 소식이 들려온 순간부터 나는 사람들에게 둘러싸여 있었기 때문에 나는 내 영혼의 동요와 목구멍에 차오르는 눈물을 억누르지 않을 수 없었다. 이제, 사람들로부터 자유로워진 내 앞에 무시무시한 선고가 공포스럽게 떠올랐다. 22년이라니! 사샤는 고작 스물 한 살이었다. 가장 예민하고 가장 생기 넘치는 나이였다. 그의 강렬한 본성으로 살아 낼 수 있는 매력과 아름다움을 머금은 채, 아직 살아지지 못한 삶이 그의 앞에 있었었다. 그는 태양과 햇볕을 잃어버리고 잘려 나간 튼튼하고 젊은 한 그루의 나무였다. 프릭은 살아 있었고 이제 거의 회복을 한 상태로 대궐 같은 여름 별장에서 요양 중이었다. 그는 노동자들의 피를 계속 흘리게 할 것이었다. 프릭은 살고, 사샤는 반송장 상태로 무덤에서 22년을 보내야 하다니. 씁쓸한 아이러니가 나의 따귀를 때리는 것 같았다.

끔찍한 상상을 그만두고 눈물로 이 슬픔을 풀어 낼 수 있다면, 그리고 영원히 깨지 않을 잠 속에서 이 사실을 잊을 수만 있다면! 그러나 눈물도 잠도 허락되지 않았다. 오로지 죄수복을 입고 돌벽 뒤에 수감되어 있는 사샤만이 있을 뿐이었다. 쇠창살에 창백한 얼굴을 밀착한 채 나를 뚫어져라 바라보는 사샤의 시선이 내게 멈추지 말라고 종용했다.

아니, 아니다. 절망은 없다. 나는 살 것이고, 살아서 사샤를 위해 싸울 것이다. 그에게 다가오는 먹구름을 찢고, 내 남자를 구할 것이다. 그리하여 그를 다시 살려 낼 것이다.

10

다시는 볼티모어에 오지 말라는 경고와 함께 석방된 후 이틀 만에 뉴욕으로 돌아오니 사샤가 보낸 편지가 도착해 있었다. 작지만 또렷한 글씨로 월요일에 있었던 법정에서의 일을 세세하게 적은 편지였다. 편지에 따르면 그는 자신의 재판 날짜에 대해 계속해서 알아내려 했으나 그 어떤 정보도 구할 수 없었다. 그리고 19일 아침 갑작스럽게 준비하라는 명령이 떨어졌다. 연설문을 써둔 종이를 정리할 시간조차 주어지지 않았고 법정엔 온통 적대적인 얼굴들뿐이었다. 혹여 친구들이 와 있을까 둘러보았지만 헛된 일이었다. 자신의 재판일에 대해 친구들도 모르는 것이 분명함을 깨달았다. 기적이 일어날 거란 희망은 물론 없었지만 그에게 친절한 얼굴을 한 사람은 법정에 단 한 명도 없었다. 그는 총 여섯 개의 혐의로 기소되었는데, 모두가 다 조작된 것이었다. 그 중 하나는 프릭의 조수 리시먼의 살인미수 혐의였다. 사샤는 리시먼이라는 자에 대해 아는 바가 없음을 주장했다. 그가 죽이려 한 것은 프릭이었으므로 오직 그 혐의에 대해서만 재판을 받을 것을 요구했다. 이 혐의에 추가로 기소된 다른 건들 역시 중대한 혐의들이었기에 무효화하기를 요구했으나 기각되었다.

배심원은 단 몇 분 만에 선정되었으며, 사샤는 이에 반대조차 하지 않았다. 무슨 차이가 있겠나 하는 생각에서였다. 그들은 다 엇비슷했고, 사샤는 유죄 판결을 받았다. 그는 법원에서 스스로를 변호할 생각은 없고 다만 자신의 행동을 설명하고 싶다고 말했다. 그의 담당 통역사는 이를 서툴게 잘못 번역했고 통역사의 말을 몇 차례 정정한 끝에 사샤는 몸서리치며 깨달았다. 이 통역사 역시 미국 법정의 정의와 마찬가지로 눈이 멀어 있다는 것을. 그러고선 자신이 배심원에게 영어로 설명하는 것을 시도했지만 맥크룽 판사에 의해 "피고는 이미 충분히 말했다"며 부당하게 제지당했다. 사샤는 항변했지만 소용없었다. 지방검사는 배심원 석에 들어가 조용히 이런저런 이야기를 나누더니 사람들은 자리를 떠나지도 않은 채 사샤에게 유죄평결을 내렸다. 판사는 퉁명스럽고 위협적이었다. 그는 "흉악한 의도를 가지고 건물에 침입한" 세 건의 기소사항을 포함하여 각 혐의에 대해 최대 형량을 선고했다. 총 선고기간 중 21년은 펜실베이니아 서부 교도소에서 복역하고 만기시점에 "무기소지죄"로 앨러게니 카운티 노동교화소에서 1년 더 복역해야 했다.

22년간 천천히 자행되는 고문과 죽음! 자신은 의무를 다했다는 말로 사샤는 편지를 끝맺었다. 이제 끝이 왔다. 그는 자신이 결정한 대로 스스로 자신의 끝을 볼 것이었다. 샤사는 자신을 위해서는 그 어떤 노력도 하지 말 것을 당부했다. 아무 소용이 없기도 할 테지만 무엇보다 그는 우리가 적에게 호소하는 것에 동의할 수가 없었던 것이다. 그는 더 이상의 도움을 필요로 하지 않았다. 어떤 활동을 벌인다면 그가 아니라 그의 행동을 위한 것이어야 했고, 나는 반드시 그렇게 되도록 지켜봐야 했다. 그는 자신의 동기를 이해하는 사람이 없음을 확신했고, 같은 이유로, 그의 행위의 의미를 명확히 할 수 있는 사람은 아무도 없었다. 그에게 남은 한 가지 소망은 나를 향한 것이었다. 내 눈을 들여다보고 가슴 깊이 껴안을 수 있다면! 그러나 그럴 수 없기에 그는 계속해서 친구이자 동지인 나를 떠올릴 것이었다. 이 세상의 어떤 권력도 이것을 빼앗을 순 없었다.

나는 사샤의 영혼이 속세를 초월해 고양되고 있음을 느꼈다. 그는 빛나는 별처럼 나의 어두운 생각에 빛을 비추어 주었고, 연인 간의 사랑이나 개인적 유대보다 더 위대한 것이 있음을 깨닫게 해주었다. 바로, 모든 것을 이해하고 마지막 숨결에 모든 것을 바치는 헌신이었다.

사샤에게 선고된 끔찍한 형량은 모스트로 하여금 펜실베이니아 법원에 대한 맹렬한 공격을 하게 했는데, 그는 7년에 불과한 범죄에 대해 22년형을 선고한 법원의 판결을 비난했다. 『자유』에 실린 글은 그러나 그에 대한 나의 반발심을 더 키울 뿐이었다. 그의 글로 인해 사샤의 행위가 만들어 낸 영향이 약화되지 않는가? 사샤를 위한 급진적 시위 세력이 있다는 것을 적들이 알았더라면 그들은 감히 부당하게 사샤에게 유죄 판결을 내리지도 않았을 것임을 나는 확신했다. 사샤의 비인도적인 형량에 대한 책임은 펜실베이니아 주 법원보다 모스트에게 더 있었다.

사샤는 친구 없이 남겨진 게 결코 아니었다. 친구들은 처음부터 충성을 증명했다. 사샤의 감형 캠페인을 조직하기 위해 두 그룹이 만들어졌는데 하나는 이스트사이드 그룹으로 노동자, 사회주의자 유대인 등 다양한 사회계급의 인물들로 구성되어 있었고, 그 중에는 러시아 혁명가 M. 자메트킨과 빈민가에서 열정적이고 영향력 있는 인물인 루이스 밀러, 그리고 시베리아에서 최근에 미국으로 망명한 아이작 호르비치 등이 포함되어 있었다. 호르비치는 특히 사샤의 대변인으로 열렬한 활동을 펼쳤다. 독일어 일간지 『인민일보』에서 처음부터 사샤를 옹호했던 편집장 셰비치도 있었다. 우리 친구 솔로타로프, 애니 네터, 마이클 콘 등은 이스트사이드 그룹에서 가장 활동적인 멤버였다.

미국 그룹에서는 시인이자 작가인 다이어 D. 럼이 있었다. 그는 뛰어난 능력을 가진 인물로, 경제 및 철학적 주제에 대해 글을 썼다. 그와 더불어 천부적 재능을 가진 건축가이자 홍보담당자 존 애덜먼이 있었고, 문학적 재능을 지닌 영국인 윌리엄 C. 오언, 유명한 독일의 아나키스트 유스투스 슈바프도 이 그룹에 포함되어 있었다.

사샤의 행위에 대해 그 대의 속에서 이루어지는 멋진 연대를 바라보는 것은 그 무엇보다 고무적인 일이었다. 나는 이 노력들에 대해 사샤에게 계속해서 알려주었고, 그에게 힘이 될까 싶어 조금은 과장을 하기도 했다. 하지만 그의 22년형 판결에는 아무 변화가 없는 듯했다. "나를 위해 하는 그 어떤 일도 소용없는 일이요"라고 그는 썼다. "감형이 이루어지는 데는 못해도 몇 년이 걸릴 것이며, 프릭과 카네기가 여기에 절대 동의할 리 없음을 알고 있소. 그들의 동의 없이 펜실베이니아 사면위원회에서 결코 어떤 일도 하지 않을 거요. 게다가, 나는 이 살아 있는 무덤에서 오래 머물 수 없소." 그의 편지를 받고 다소 기가 꺾였지만 나는 의연하게 버텼다. 그의 불굴의 의지와 강인함은 이미 알고 있는 바였다. 나는 다만 그가 자포자기하지 않기를 바라는 마음에 끈질기게 매달렸다. 그 희망만이 내가 앞으로 나아갈 수 있는 용기를 주었다. 나는 그를 위해 조직된 새로운 활동에 합류했고, 밤마다 그의 행위의 의미와 메시지를 알리는 회의에 참석했다.

11월 초가 되어 사샤가 삶을 내려놓지 않았다는 징후가 나타났다. 그가 방문자를 받을 수 있다는 소식을 알리는 편지를 보낸 것이었다. 수감자들은 한 달에 한 번 방문자를 만날 수 있었는데 이는 오로지 가까운 친척에게만 허용된 것이었다. 러시아에서 온 동생을 만날 수 있겠느냐고 그는 편지에 썼다. 곧바로 그가 의도하는 바를 이해하고 출입증을 얻기 위해 답장을 썼다.

시카고와 세인트루이스의 아나키스트 그룹으로부터 11월 11일 기념일에 연설자로 초대를 받은 참이었는데, 이 여행과 사샤의 방문 일정을 결합할 계획을 세웠다. 나는 사샤의 결혼한 여동생으로 위장해 니데르만이라는 이름으로 그를 만날 생각이었다. 교도소 당국이 러시아에 있는 사샤의 여동생에 대해 알고 있는 게 없을 것임이 분명했고, 내가 그녀를 가장하고 들어간다면 아무도 내 신분을 의심하지 않을 거라고 확신했다. 나는 거의 알려진 인물이 아니었고 사샤와 관련해 신문에 실린 내 사진은 실제와 너무 달라서 나를 알아보지 못할 것이었다. 나의 사샤를 보기 위해, 내 가슴에 꼭 안기 위해, 그에게 희망과 용기를 주기 위해, 나는 몇 주 동안 단지 이 방문만을 위해 하루하루를 버텼다.

열정적으로 모든 준비를 해나갔다. 처음으로 방문할 곳은 세인트 루이스였고, 그 다음은 시카고, 마지막으로 피츠버그로 향할 예정이었다. 출발하기 며칠 전 사샤의 편지가 도착했다. 수감자 A-7의 여동생 니데르만 부인 앞으로 발행된 11월 26일자 서부교도소 방문용 출입증이었다. 사샤는 여동생에게 이틀 동안 피츠버그에 머물러 달라고 알려 왔다. 그 먼 러시아에서 온다는 사실을 고려하여 교도소에서 두 번의 방문을 허락한 것이다. 나는 기쁨에 정신을 차릴 수가 없었고, 당장이라도 그를 만나고 싶은 마음을 가눌 수가 없었다. 출입증은 나의 부적이 되었고, 이 부적과 한시도 떨어지지 않을 생각이었다.

추수감사절 아침 일찍, 피츠버그에 도착했다. 칼 놀드와 막스 메츠코브를 만났는데, 메츠코브는 사샤를 충실히 지지했던 독일 동지였다. 놀드와 바우어는 프릭에 대한 살인미수에 대한 공모죄로 재판을 기다리던 중 보석으로 풀려났다. 나는 얼마간 칼과 편지를 주고받았고, 사샤에게 친절했던 젊은 동지들을 만날 기회가 있어서 얼마나 기뻤는지 모른다. 그는 작은 체구에 연약했고, 지적인 눈매와 새까만 머리색을 한 남자였다. 우리는 마치 오랜 친구처럼 인사를 나누었다.

오후에 메츠코브와 함께 앨러게니로 나갔다. 형사들에게 종종 미행을 당하는 놀드는 혹여 그로 인해 내가 교도소에 가기도 전에 정체가 발각될 것을 우려하여 우리와 함께하지 않기로 했다. 메츠코브는 교도소에서 그리 멀지 않은 곳에서 나를 기다렸다.

회색 석조 건물, 높은 벽, 무장한 교도관들, 대기실의 압박적인 침묵, 끝없는 시간 속으로 기어들어오는 악몽의 무게가 내 마음에 자리를 잡았다. 이 압박에서 빠져나오기 위해 몸을 좀 흔들어 보았지만 소용없는 일이었다. "니데르만 부인, 이쪽입니다." 거친 목소리가 나를 불렀다. 구불구불 복도를 따라 철제문 몇 개를 지나 작은 방으로 들어가니 키 큰 경비원 옆에 사샤가 있었다.

당장 달려가서 그에게 키스하고 싶었지만 교도관의 존재로 인해 그럴 수 없었다. 사샤가 내게 다가와 팔로 감쌌고 그가 내게 키스하며 허리를 숙일 때 작은 물건이 내 입안으로 전달되는 것을 느꼈다.

몇 주 동안이나 이 방문을 얼마나 고대했던가. 내 머릿속에서는 나의 사랑과 헌신은 사라지지 않을 것이며, 그의 석방을 위해 투쟁을 하고 있다고 그에게 수천 번 말했지만, 실제로 내가 할 수 있는 일은 그저 그의 손을 잡고 그의 눈을 들여다보는 것뿐이었다.

우리는 우리가 사랑하는 모국어인 러시아어로 말하기 시작했지만 교도관의 냉담한 명령으로 인해 곧 멈춰야 했다. "영어로 말하십시오. 교도소 내 외국어는 금지합니다." 교도관의 살쾡이 같은 눈이 우리의 일거수일투족을 주시하며 우리의 마음속까지 들어왔다. 나는 말문이 막히고 신경이 마비되는 것만 같았다. 사샤 역시 침묵한 채 손가락으로 내 시곗줄만 건드렸다. 마치 물에 빠진 사람에게 던져진 밧줄을 잡듯이 시곗줄을 붙잡고 있는 것 같아 보였다. 우리 중 누구도 어떤 말도 입밖에 낼 수 없었음에도 우리는 서로에게 눈으로 말했다. 우리의 두려움과 희망, 그리고 갈망에 대하여.

20분간의 방문이 끝이 나고 또 한 번의 포옹과 키스가 이어졌다. "시간 다 됐습니다"라는 말과 함께 나는 그에게 속삭였다. 버티라고, 반드시 버텨 내라고. 내 뒤에서 철문이 철컹 소리와 함께 닫혔다.

나는 소리를 지르고 싶었다. 온몸을 던져 문을 두드리고 싶었다. 하지만 문은 비웃으며 나를 바라볼 뿐이었다. 교도소 앞에 난 길을 따라 도로를 향해 걸었다. 조용히 소리없이 울면서 메츠코브와 만나기로 한 곳을 향해 걷다가 그가 나타나자 나는 현실로 돌아왔다. 사샤가 키스로 전해 준 물건을 입에서 꺼내니 단단히 말린 조그마한 종이쪽지였다. 술집의 뒤쪽 방으로 가서 여러 겹으로 싸인 종이를 풀자 사샤의 필체가 적힌 메모가 나타났다. 글자 하나하나가 보석처럼 보였다. "리드 경감에게 가시오. 그가 내게 두번째 출입증을 약속했소. 내일 그가 운영하는 보석가게에 가시오. 믿고 있겠소. 같은 방식으로 또 다른 중요한 말을 전하도록 하겠소."

다음 날 리드의 가게에 갔다. 반짝거리는 보석들 사이에 후줄근한 코트를 입고 있는 내 자신이 더욱 초라해 보였다. 리드 씨를 만날 것을 청하자 키가 크고 쇠약한, 얇은 입술의 남자가 날카로운 눈매를 하고 나타났다. 내 소개를 하자마자 "어허, 당신이 버크만의 동생이란 말이지!" 하고 그가 외쳤다. 그렇다. 그가 사샤에게 두번째 방문을 하게 해주마고 약속을 한 것이다. 버크만은 훌륭한 기독교인을 죽이려 한 살인자로, 그 어떤 배려도 받을 자격은 없다고 하면서도 말이다. 나는 이 상황을 참아야 했다. 사샤를 만날 수 있는 기회가 여기에 달려 있었다. 리드 경감은 교도소에 전화를 해서 내가 몇 시에 방문이 가능할지 알아보겠다며 1시간 후에 다시 오라고 했다.

심장이 무너져내리는 것만 같았다. 더 이상 사샤를 만나지 못할 거라는 분명한 예감이 들었다. 그럼에도 나는 그의 말대로 1시간 후에 다시 가게로 돌아왔다. 경감은 나를 보자마자 얼굴이 파랗게 질려서는 내게 달려들었다. "이 사기꾼 같으니!" 그가 소리쳤다. "이미 교도소 방문을 한 거지! 버크만의 여동생으로 가장해서 말이야. 그런 거짓말이 여기서 통할 줄 알고? 거기 교도관 중 하나가 당신 얼굴을 알아봤어. 엠마 골드만, 범죄자의 정부! 앞으로 더 이상의 방문은 없을 거고, 버크만이 살아서 교도소를 나오는 일은 없을 테니 마음의 준비를 하는 게 좋을 거야!"

그는 은제품이 가득 올려진 유리 카운터 뒤로 갔고, 나는 분노에 사로잡힌 나머지 접시며 주전자, 보석, 시계 같은 것들을 죄다 바닥으로 쓸어내 버렸다. 무거운 쟁반을 집어 그에게 던지려 할 때 점원 중 한 사람이 나를 잡으며 다른 이에게 경찰을 부르라고 소리쳤다. 두려움에 새하얗게 질려서는 입에 거품을 문 채로 리드가 점원에게 신호를 보냈다. "경찰 부르면 안 돼. 더 이상의 사건사고는 안 된다고. 그냥 저 여자를 쫓아내." 점원이 내 쪽으로 다가왔다. "살인자, 겁쟁이!" 나는 리드를 향해 목청높여 소리질렀다. "버크만 손끝만 건드려 봐, 너는 내 손으로 죽일 테니까!"

움직이는 사람은 아무도 없었다. 나는 밖으로 나가 전차에 몸을 실었다. 메츠코브의 집으로 돌아가기 전 미행을 당하지 않았는지 확인했고, 저녁에 그가 놀드와 함께 귀가했을 때 낮에 일어난 일을 말했다. 그들은 무척이나 놀랐고 내가 통제력을 잃은 것으로 인해 사샤에게 해가 가지 않을까 걱정했다. 그리고 내가 즉시 피츠버그를 떠나는 게 좋겠다고 했다. 리드 경감이 형사들을 통해 내 뒤를 밟고 체포까지 할 수 있는데, 그렇지 않아도 펜실베이니아 경찰 당국은 사샤의 사건 이후로 나를 잡기 위해 혈안이 된 상태였으니 말이다.

내가 참지 못하고 분통을 터뜨린 탓에 사샤가 화를 겪을지도 모른다는 생각에 고통스러웠지만 사샤가 살아서 감옥을 나오지 못할 거라는 경감의 위협을 참을 수 없었다. 분명 사샤도 이해해 줄 것이었다.

뉴욕행 기차를 타기 위해 놀드와 함께 역으로 가는 동안 날은 깜깜해졌다. 강철 주물 공장은 앨러게니 언덕을 핏빛으로 붉게 물들이며 그을음과 연기로 가득 찬 화염을 내뿜었다. 우리는 사람들이 오래전 갤리선 노예처럼 인간 이하로 일하고 있는 창고를 지나쳐 갔다. 속옷 한 장만을 걸친 채 일하는 그들의 작은 몸뚱이는 불타는 괴물의 입으로부터 낚아채어지는 시뻘겋게 달궈진 철 덩어리 속에서, 구리처럼 번쩍거리며 빛났다. 때때로 뜨거운 철에 부어진 물에서 나오는 수증기가 사람들 몸을 완전히 감쌌다. 증기가 사라지면 사람들은 다시 그림자처럼 나타났다. "지옥의 자식들. 끝도 없는 저 열과 소음으로 영원히 고통받는구나" 하고 내가 말했다. 사샤가 바로 이 노예들에게 기쁨을 주기 위해 자기 목숨을 내놓았건만 아직도 눈이 먼 채로 자신들의 지옥에서 또 지옥을 만들고 있었다. "저이들의 영혼은 죽었어. 자기네 삶의 공포와 타락으로 인해서 죽은 거야."

칼은 그가 피츠버그 시절 사샤에 대해 알고 있던 것을 내게 말해주었다. 헨리 바우어가 사샤를 의심한 것은 맞았다. 헨리는 모스트를 광적으로 추종하는 자였고, 우리가 "그 스파이 포이케르트"와 동맹을 맺은 변절자라고 모스트에게 경고한 사람이기도 했다. 홈스테드 문제가 고조되어 가던 시점에 사샤가 피츠버그에 도착했고, 바우어는 이미 사샤에 대해 편견을 갖고 있었다. 헨리는 놀드에게 밤사이 사샤의 가방을 뒤져 만약 뭔가 범죄에 연루된 것을 발견하면 사샤를 죽이겠노라고 말했다. 바우어는 총을 장전한 채로 사샤와 같은 방에서 잤고, 어떤 수상한 움직임이 있으면 즉시 총을 쏠 준비를 하고 있었다. 놀드는 사샤의 솔직함과 직설적인 성격에 이미 깊은 인상을 받아 사샤를 의심할 필요가 없다고 생각하고 있었지만 바우어에게 동의하면서도 모스트가 자신에게 반대하는 사람들에게 다 편견을 갖고 불공평하게 대한다는 점을 설득시키려 노력했다. 칼은 더 이상 한스를 절대적으로 믿지 않았다.

칼의 이야기는 나를 공포에 사로잡히게 했다. 그때 만약 사샤의 가방에 무언가 있었더라면 바우어가 자신의 의심을 정당화하는 데 쓰였을 텐데, 그랬다면 무슨 일이 일어났을까! 모스트 추종자라면 사샤를 쏘고도 남았을 것이다. 그리고 모스트, 도대체 사샤에 대한 증오가 얼마나 깊기에 그렇게 저열한 짓까지 하는지! 그렇게 오래도록 물고 놓지 않는 그의 열정은 도대체 어디서 비롯된 것인지? 모스트를 채찍질하고, 그가 늘상 사샤를 싫어했던 것처럼 지금 그를 미워하는 나 자신, 내가 한때 사랑했던 남자, 나의 이상이었던 남자를 미워하게 만든 나 자신. 이 모든 게 고통스러울 정도로 괴롭고, 견디기 어려웠다. 도무지 이해할 수 없었다.

자신의 재판에 대해서 칼은 무심한 듯 말했다. 사샤의 가까이에서 사샤가 크나큰 시련을 견디는 데 도움을 줄 수 있다면 감옥에서 몇 년 보내는 것도 나쁘지 않다고 말했다. 충실한 사람! 사샤에 대한 그의 신뢰와 믿음 덕에 칼은 내게도 몹시 소중하고 가까운 존재가 되었다.

기차가 속력을 내자 저 멀리 검은 하늘을 향해 뿜어져 나오는 불꽃이 앨러게니 언덕을 환히 밝히는 것이 보였다. 나에게 소중한 것을 영원히 간직한 앨러게니여! 함께 반란을 계획하고서는 그 혼자 가게 내버려 두었다. 변호사를 선임하지 않기로 한 그의 결정도 받아들였다. 죄의식을 떨쳐 버리려 아무리 노력을 해도 깜빡 선잠에 들 때까지 죄책감은 날 내버려 두지 않았다.

II

사샤의 감형을 위한 우리의 노력은 계속되었다. 12월 후반의 어느 날, 정기주간회의에서 한 남자의 꾸준한 시선을 의식하게 되었다. 키가 크고 체격이 좋은, 금발에 푸른 눈의 남자였다. 특히 그의 오른쪽 다리가 앞뒤로 흔들리는 게 눈에 띄었는데 계속 움직이는 다리에 비해 성냥을 가지고 꼼지락대는 그의 손은 차분했다. 그의 단조로운 동작을 보고 있자니 졸음이 밀려와, 잠들지 않으려면 무언가 해야 했다. 나는 마침내 자리에서 일어나 그에게 다가가 성냥을 빼앗으며 말했다. "아이들은 불 가지고 놀면 안 돼요." 그도 내게 똑같이 받아쳤다. "알겠어요, 할머니. 그런데 할머니, 저는 혁명가예요. 불을 좋아하죠. 당신은 안 그런가요?" 그가 하얗고 가지런한 치아를 드러내며 웃었다. "네, 불이 필요한 장소에서는요. 이렇게 사람 많은 곳에서는 아니죠. 그리고 그 다리 움직이는 것 좀 그만해 줄래요? 저까지 불안하게 만드니까요." 남자는 감옥에 있을 때 몸에 밴 나쁜 습관이라며 사과했다. 그 말을 듣고 괜히 미안하고 부끄러워졌다. 감옥에 있을 사샤가 떠올라 내 말은 신경쓰지 말고 편한 대로 하라고 했다. 언젠가 사샤도 자신의 수감생활에 대해 내게 말해 줄 날이 오려나? "저의 소중한 친구도 지금 감옥에 있어요." 내가 누구를 말하는지 알고 있는 눈치였다. "버크만은 용감한 사람입니다. 오스트리아에서도 그에 대해 잘 알고 있고, 그가 한 일을 대단히 훌륭하다고 생각합니다."

그의 이름은 에드워드 브래디로, 아나키스트 관련 출판물을 불법으로 출판한 죄목으로 감옥에서 10년형을 마치고 이제 막 오스트리아에서 도착했다는 것을 알게 되었다. 그는 내가 만나 본 사람 중 가장 학자다운 사람이었다. 모스트가 그랬던 것처럼 그의 분야 역시 비단 사회, 정치에 대한 주제에 국한되지 않았다. 아니 오히려, 사회나 정치 이야기는 거의 하는 법이 없었다. 그가 소개해 준 것은 영국과 프랑스의 고전문학으로, 그는 괴테나 셰익스피어의 문장을 읽어 주거나 자신이 가장 좋아하는 장 자크 루소와 볼테르의 불어 원문을 번역해 들려주는 것을 좋아했다. 독일 억양이 조금 있긴 했어도 그의 영어는 완벽했다. 한번은 그에게 어디서 공부를 했느냐 물어본 일이 있었는데 그는 "감옥에서"라고 주저없이 답했다. 그리고 김나지움에서 공부하기도 했음을 덧붙였다. 하지만 그가 진짜 공부를 한 곳은 학교가 아니라 감옥이었다. 여동생이 그에게 영어와 불어 사전을 보내 주었고, 매일매일 엄청난 양의 단어를 외웠다. 독방에 갇혀서는 소리내어 책을 읽었다. 독방에 수감된 다른 많은 사람들이 할 일이 아무것도 없어서 미쳐 가는 가운데, 책을 읽는 것만이 그가 살아남을 수 있는 유일한 방법이었다. 하지만 이상이 있는 사람들에게 감옥은 최고의 학교라고 그는 말했다. "그렇다면 저는 당장에라도 감옥에 가야겠네요. 전 말도 못하게 무지한 상태거든요." 나의 말에 그는 대답했다. "서두를 필요는 없습니다. 우리는 이제 막 만난 데다가, 당신은 감옥에 가기엔 너무 어립니다." "버크만은 겨우 스물한 살인걸요." 나의 말에 그가 떨리는 목소리로 대답했다. "압니다. 참으로 유감인 점이죠. 내가 수감된 건 내 나이 서른이었을 때입니다. 그전까지 이미 치열한 삶을 살았고요."

그는 나의 유년 시절과 학창 시절에 대해 물었는데, 대화의 주제를 바꾸려는 게 분명했다. 내 학업은 쾨니히스베르크에 있는 레알슐레에서 3년 반 공부한 게 다라고 나는 말했다. 정권은 가혹했고 선생님들 역시 그러했으며, 나는 학교에서 거의 배운 것이 없었다. 독일어 선생님만이 친절했는데, 그 선생님은 폐렴으로 서서히 죽어 가는 중이었음에도 참을성 있고 상냥했다. 이따금 나를 집으로 초대해 가외로 수업을 해주곤 했다. 특히 말리트, 아우어바흐, 하이제, 린덴, 슈필하겐 등 자신이 좋아하는 작가들에 대해 나누고 싶어 했다. 그중에서도 가장 좋아하는 작가는 말리트였는데, 그래서 나 역시 말리트를 제일 좋아했다. 우리는 함께 책을 읽으며 같이 울기도 하고 여주인공의 불행한 운명에 함께 슬퍼하기도 했다. 선생님은 왕실을 숭배했는데 프리드리히 2세와 루이즈 왕비는 그녀에게 우상과도 같았다. 감정이 고양되어 "도살자 나폴레옹에게 잔인하게 당한 불쌍한 왕비, 고귀하고 아름다운 왕비"와 같은 시를 자주 읽어 주었으며 선한 여왕에 대한 기도도 낭독을 해주곤 했다.

눈물을 흘리며 빵을 먹지 않은 사람
슬픈 밤들에 결코 침대에 앉아 울지 않은 사람

그는 당신을 알지 못하죠, 천상의 힘인 당신을.

감동적인 시구들에 사로잡힌 나는 선생님을 따라 여왕을 신봉하게 되었다.

다른 선생님 두 명은 지독하게 나쁜 사람들이었다. 한 명은 독일계 유대인으로 종교를 가르쳤고, 다른 사람은 지리를 가르쳤는데 나는 두 사람 다 끔찍이도 싫었다. 종교 선생님한테는 가끔 체벌에 대해 불만을 제기한 적도 있지만 지리 선생님은 너무 무서운 나머지 집에서조차 선생님에 대해 불평 한 마디 한 적이 없을 정도였다.

종교 선생의 큰 기쁨 중 하나는 학생들 손바닥을 자로 때리는 것이었다. 이런 체벌에 대항하여 선생님을 괴롭힐 만한 복수를 생각해내곤 했는데, 선생님 의자에 핀을 꽂거나 긴 코트자락을 몰래 책상다리에 묶어 두거나, 옷 주머니에 달팽이를 넣어 두거나 하는 것이었다. 선생님이 가하는 고통을 조금이라도 되갚아 줄 수 있다면 무엇이라도 괜찮았다. 선생님은 내가 주동자라는 것을 알고 이런 일이 있을 때마다 나를 더욱 심하게 때렸다. 이런 식의 갈등은 그래도 공개적으로 이루어질 수 있는 종류의 것이었다는 점에서 지리 선생님의 것과는 달랐다.

지리 선생의 방식은 신체적 고통은 덜할지 몰라도 더 끔찍했다. 매일 방과 후에 그는 한두 명의 여학생을 남게 했다. 모두가 집으로 돌아가면 그는 여학생 한 명은 옆 강의실로 보낸 후 남아 있는 한 명을 자기 무릎에 앉히고는 가슴을 주무르고 치마 속에 손을 넣고는 했다. 둘 사이에 있었던 일에 대해 함구하면 점수를 잘 받겠지만 그렇지 않으면 당장 퇴학당할 거라고 협박했고, 여학생들은 두려움에 침묵했다. 내가 이런 일들에 대해 알게 된 건 한참이 지난 후, 그가 나를 그의 무릎에 앉히면서였다. 나는 소리를 질렀고 그의 수염을 잡아당기면서 그의 품에서 벗어나려 애썼다. 그가 자리에서 일어나면서 내가 바닥으로 떨어지자 그는 바로 문가로 가서 내 비명소리를 듣고 오는 사람이 없는지를 확인했다. 그러곤 내 귓가에 속삭였다. “한마디만 더 하면 너 학교 쫓겨날 줄 알아.”

며칠 동안이나 학교에 갈 수 없었다. 두려움에 몸서리가 쳐졌기 때문이다. 하지만 아무 말도 할 수 없었다. 성적이 조금만 떨어져도 대노하시던 아버지의 모습을 생각하면, 퇴학을 당한다는 건 상상도 할 수 없었다. 학교에 돌아가서 며칠간은 지리 시간이 별다른 문제 없이 지나갔다. 하지만 시력이 나빠서 지도를 보려면 일어서서 앞으로 나가야 했는데 어느 날 지리 선생님이 내 귀에 대고 끝나고 남으라고 속삭였다. “싫은데요”라고 대꾸하자마자 팔에 엄청난 통증이 느껴졌다. 내 팔에 그의 손톱을 박아넣은 것이었다. 나의 비명소리는 수업을 중단시켰을 뿐만 아니라 다른 선생님들까지도 우리 교실로 오게 만들었다. 다른 선생님들에게 그는 내가 배운 것도 못 알아듣는 머저리라서 혼을 좀 냈다고 말하며 나를 집으로 보냈다.

밤에 팔이 많이 아팠다. 내 팔이 퉁퉁 부어오른 것을 보고 어머니가 의사를 불렀는데, 그 의사가 너무 친절하게 대해 주어서 어떻게 된 일인지 그에게 모든 것을 다 이야기하게 되었다. 이야기를 들은 의사는 큰소리를 내었다. “끔찍한 일이군! 그 작자가 있을 곳은 학교가 아니라 정신병원이야.” 일주일 후 학교에 돌아갔을 때 지리 선생은 사라지고 없었다. 학생들에게는 그가 여행을 떠났다고 둘러댄 모양이었다.

아버지와 함께 상트페테르부르크에 가게 되었을 때는 정말이지 가기 싫었다. 몸이 아픈 독일어 선생님과 헤어지고 싶지 않았다. 선생님은 내가 김나지움에 합격할 수 있게 프랑스어와 음악 수업을 듣도록 친구들에게 부탁을 해두었고, 독일에 가서도 내가 계속 공부를 할 수 있기를 바랐다. 나는 의학 공부를 해서 세상에 도움이 되는 일을 하고 싶었다. 어머니한테 울고불고 사정한 끝에 만약 김나지움에 합격한다면 쾨니히스베르크에 있는 할머니와 함께 지내도 좋다는 허락을 받았고 밤낮으로 열심히 공부한 끝에 나는 김나지움에 합격했다. 그러나 등록을 위해서는 종교 교사로부터의 추천서가 필요했다. 그 인간에게 무언가를 부탁해야 한다는 생각을 참을 수 없었지만, 내 미래가 거기 달려 있었기에 그를 만나러 갔다. 학급 학생들이 다 있는 앞에서 그는 "좋은 성품을 지닌 사람"이라는 추천서를 결코 써주지 않겠다고 말했다. 나는 성품이랄 것도 아예 없을뿐더러 나쁜 아이가 품행이 방정한 여성으로 자랄 리 없지 않느냐고 덧붙였다. 어른이나 권위에 대한 존경이라고는 눈꼽만큼도 없으니 아마 공공의 적으로 교수대에서 죽는 삶으로 끝날 거라면서 말이다. 상심하여 집으로 돌아간 내게 어머니는 내가 상트페테르부르크에서 계속 공부를 할 수 있게 해주겠다고 했다. 안타깝게도 어머니의 계획은 실현되지 않았고, 러시아에서는 6개월밖에 머무르지 못했다. 그럼에도 그곳에서 러시아 학생들과 교제하며 받은 영향은 값을 매길 수 없을 정도로 가치 있는 것이었다.

"그 선생들은 금수 같은 놈들이 틀림없군요." 브래디는 단언했다. "하지만 그 종교 교산가 하는 놈은 예언자의 눈을 가졌단 걸 인정할 수밖에요. 당신은 이미 공공의 위협으로 간주되고 있을 뿐만 아니라 계속 이대로 나간다면 명예로운 죽음을 맞이할 수도 있으니 말입니다. 위로가 될진 모르겠지만 궁전에서 죽는 것보다 교수대에서 죽는 게 더 낫습니다."

브래디와 나 사이에는 점차 아름다운 동지애가 무르익어갔다. 나는 이제 그를 에드라고 불렀다. 그는 '에드워드'라는 이름이 너무 구식으로 들린다고 말했다. 그의 제안으로 우리는 프랑스어로 된 책을 함께 읽기 시작했는데 그 시작은 『캉디드』였다. 이걸 읽고 나면 "다른 말은 관습적으로 들릴 것"이라고 그는 확신했다. 나는 천천히 읽었고, 자주 멈췄고, 발음은 형편없었다. 그러나 에드는 타고난 선생이었고, 그는 한없이 나를 참아 주었다. 일요일이면 에드는 내가 이사한 방 두 개짜리 아파트에서 모임을 주관하곤 했다. 페드야와 나는 고기요리가 다 준비될 때까지 집으로 들어가지도 못했다. 그의 요리 실력은 대단했다. 드물게 그가 요리하는 것을 지켜보는 특권이 허락된 날이면, 그는 엄청난 열정으로 모든 요리에 대해 자세하게 설명해 주었다. 나는 곧 프랑스어에서보다 요리에서 더 나은 제자임을 입증해 내었고 『캉디드』를 다 읽기 전에 요리하는 법을 더 많이 배웠다.

나의 강연 일정이 없는 토요일이면 우리는 뉴욕에서 좌파들에게 가장 유명한 아지트인 유스투스 슈바프의 살롱을 찾았다. 슈바프는, 키가 180센티가 넘고 넓은 가슴에 나무같이 곧은 체형으로, 전통적 튜턴족, 독일 사람의 외양을 하고 있었다. 하지만 그를 특징적으로 만드는 것은 넓은 어깨와 굵은 목, 붉은 곱슬머리와 수염, 그리고 강렬한 눈빛이 아니라 그의 깊고 부드러운 목소리였다.

오페라 가수가 되었다면 아마 크게 성공했을 텐데, 그런 일을 하기에 유스투스는 지나치게 반항적이고 이상적이었다. 1번가에 있는 그의 작은 집 뒷방은 프랑스 코뮌, 스페인과 이탈리아 난민, 러시아 정치범, 비스마르크로부터 도망친 독일의 사회주의자, 아나키스트들이 한데 모이는 곳이었다. 모두가 유스투스의 집에 있었다. 유스투스는 우리의 동지이자 조언가이고, 모두의 친구였다. 서클에 속해 있는 미국인 중에는 작가와 예술가들이 많이 포함되어 있었다. 존 스윈턴, 앰브로즈 비어스, 제임스 허네커, 사다키치 하르트만을 비롯한 다른 많은 문인들이 유스투스의 꿀과 같은 목소리를 들으며 맥주와 와인을 마시고, 밤 늦게까지 세계 여러 문제에 대해 논쟁하는 것을 즐겼다. 나는 에드와 함께 이곳의 단골이 되었다. 에드는 언어학자 그룹에서 영어와 불어, 독일어 단어들의 미묘한 뉘앙스를 확장하곤 했다. 나는 허네커와 그의 친구들과 아나키즘에 대해 열띤 토론을 하곤 했다. 유스투스는 이런 논쟁을 좋아해서 나도 그런 논쟁에 참여하기를 독려했다. 그러곤 내 뒤에서 등을 토닥거리며 말하는 것이었다. "엠마, 당신 머리는 모자를 쓰라고 있는 게 아니에요. 밧줄을 감기 위해 있는 거죠. 저 부드러운 곡선을 한번 봐요. 밧줄이 쉽게 말릴 거예요." 이런 말에 에드는 움찔했다.

에드와의 교제가 아무리 달콤하다 한들, 내 마음속에서 사샤를 없애진 못했다. 에드 역시 사샤에게 깊은 관심이 있었기 때문에 그는 사샤를 위해 벌이는 체계적인 캠페인에 합류했다. 한편, 사샤는 지하우편망을 조직하는 데 성공했다. 그가 보내는 공적 메모에 자기 자신에 대한 이야기는 거의 없었지만, 그래도 자신에게 책을 주고 인간적으로 대해 주는 교도소 담당 목사에 대해서는 친절하게 이야기했다. 그의 편지에서 그가 바우어와 놀드의 형량에 대해 얼마나 분노했는지 알 수 있는 동시에 한 줄기 희망을 품고 있다는 것 역시도 알 수 있었다. 여하튼 그는 다른 동지들과 같은 지붕 아래 있는 셈이었고, 더 이상 혼자가 아니기 때문이었다. 그는 현재 교도소 다른 건물에 수감되어 있는 친구들과의 연락을 시도하고 있었다. 현재로서 그에게 외부로부터 받아보는 편지가 삶과 연결된 유일한 고리라는 것을 생각하면, 친구들에게 더 자주 편지 쓸 것을 권해야 했다.

편지를 쓰면 교도소에서 분명 검열될 것이라는 생각이 나를 따라다니고, 그렇게 글로만 보면 차갑고 사실만 적힌 것 같다는 느낌이 들지언정 나는 사샤가 내게 무슨 일이 생기더라도 내 삶에는 항상 그가 있다는 걸 알아주기 원했다. 내 편지들은 나를 불만족스럽고 불행하게 만들었지만, 삶은 계속되어야 했다. 생활을 꾸려 가기 위해 나는 하루에 10시간에서 12시간까지 재봉틀 앞에서 일을 했다. 밤에 하는 회의들과 그동안 등한시해 온 나의 배움을 채우고 싶다는 욕구로 인해 나는 항상 몰두해 있었는데, 나로 하여금 다른 누구보다 그런 필요를 느끼게 한 사람은 다름 아닌 에드였다.

에드와의 우정은 점차 사랑으로 발전되었다. 에드는 이제 내게 없어선 안 될 존재가 되었다. 그가 나를 소중하게 여겨 왔다는 건 나도 이미 알고 있었다. 워낙 내성적인 성격 덕에 그는 소리내어 사랑을 말한 적은 없지만 그의 눈빛과 손길은 사랑을 외치고 있었다. 그의 삶에 물론 여자들은 있었다. 그중 한 명과의 사이에는 딸이 있었고, 그 딸은 현재 외조부모와 함께 살고 있다. 이전의 연인들에게 감사한다고 그는 여러 차례 말한 바 있다. 그 여성들은 그에게 섹스의 신비로움과 미묘함을 가르쳐 주었다. 그가 그런 주제에 대해 이야기할 때면 나는 따라갈 수가 없었는데, 설명을 해달라고 하기에는 너무 부끄러웠다. 하지만 그가 무슨 말을 하는 건지 궁금했다. 내게 섹스는 꽤 단순한 과정이었기 때문이다. 나의 성생활은 불만족스러운 것으로 남아 있었고, 항상 내가 알지 못하는 것을 갈망하게 했다. 내게 가장 중요한 것은 사랑이었다. 사심없이 베푸는 것에서 지고의 기쁨을 누리는 사랑 말이다.

에드의 품에서 나는 비로소 생명을 만드는 위대한 힘의 의미를 처음으로 배울 수 있었다. 나는 그 온전한 아름다움을 이해했고, 그 황홀한 기쁨과 축복을 가득 들이켰다. 그것은 정말이지 음악과 향기로 나를 깊이 위로하는 황홀한 노래와도 같았다. 내 아파트는 보헤미안 리퍼블릭이라는 이름을 가진 건물에 자리하고 있었는데, 이곳은 우리의 사랑의 성전이 되었다. 평화와 아름다움이라는 건 지속될 수 없다는 생각을 자주 하게 된 건, 우리 관계가 너무 훌륭하고 완벽했기 때문이다. 그럴 때면 떨리는 마음으로 에드에게 매달리곤 했고, 그러면 에드는 나를 꼭 안아주었다. 그의 변함없는 에너지와 유머로 인해 나는 어두운 생각들을 물리칠 수 있었다. "일을 너무 많이 하는 거 아니요?" 그가 말했다. "저 재봉틀과 사샤에 대한 끊임없는 걱정이 당신을 좀먹고 있는 것 같아."

봄이 되자 나는 병약해지면서 점점 살이 빠지기 시작했다. 몸이 너무 약해진 나머지 방 이쪽에서 저쪽을 가로지르는 것조차 할 수 없을 지경이었다. 의사들은 즉각 휴식과 요양할 것을 처방했고, 나의 친구들은 내게 뉴욕을 떠날 것을 설득했다. 나는 간병인으로 자원한 여성과 함께 로체스터로 향했다.

헬레나 언니는 환자가 지내기에 언니의 집이 너무 좁다고 생각해, 정원이 딸린 집의 방 하나를 구해 주고는 시간이 날 때마다 한결같은 사랑과 보살핌으로 내 곁을 지켰다. 언니는 나를 폐 전문의에게 데려갔는데, 그로 인해 내가 결핵 초기 단계에 있음을 발견할 수 있었다. 의사는 내게 특별식을 처방했고, 그 이후로 몸이 많이 좋아지면서 두 달 만에 산책이 가능할 정도로 회복되었다. 의사는 겨울 동안 나를 요양소로 보내려는 계획을 세우고 있었지만, 당시 뉴욕의 상황이 많이 달라져 있었다.

나라의 경제 위기로 수천 명의 사람들이 일자리를 잃었고, 많은 이들이 끔찍한 상태에 처하게 되었다. 그 와중에도 뉴욕이 최악이었다. 직장을 잃은 노동자들은 집을 잃었고, 고통이 커짐에 따라 자살하는 사람들이 늘어났다. 노동자들의 불행을 완화하기 위한 조치는 그 무엇도 취해지지 않았다.

더 이상 로체스터에 머물고 있을 수 없었다. 물론 치료를 하는 중간에 돌아가는 것은 무모한 일이라는 걸 머리로는 알고 있었다. 더 강해지고 몸무게도 좀 는 데다가, 기침도 덜했고, 각혈도 많이 멈췄지만 온전히 다 나은 상태가 아니란 것쯤은 알고 있었다. 그럼에도, 이성보다 더 강력한 무언가가 나를 뉴욕에서 부르고 있었다. 에드가 그리웠다. 무엇보다도, 나에게 노동자로서 세례를 해준 이스트사이드 노동자들의 실직은 강력한 부름이었다. 이전의 그 많은 투쟁을 함께한 동지들과 이제와 떨어질 수는 없는 노릇이었다. 나는 담당의와 헬레나 언니에게 쪽지를 남기고 로체스터를 떠났다. 얼굴을 보고 말할 용기가 없었던 탓이다.

에드에게 전보를 쳤고, 그는 나를 반갑게 맞아 주었다. 하지만 실직 노동자들을 위해 한 몸 바치기 위해 돌아왔다는 내 말을 듣고 그는 즉각 태도를 바꾸었다. 그 말은 휴식을 통해 간신히 회복한 건강을 다시 잃게 된다는 말이었고, 죽음에 이를 수도 있기 때문이었다. 에드가 나를 내버려 둘 리 없었다. 나는 그의 현재요, 보호하고 보살필 사랑이었던 까닭이다.

물론 누군가 나를 그렇게 아껴 준다는 사실은 행복했지만 동시에 부담으로 느껴지기도 했다. "보호하고 보살핀다"니? 내가 그의 재산이라도 된단 말인가? 남자에 의해 부축받고 보호받아야 할 절름발이라도 된단 말인가? 나는 그가 자유를 믿는다고 생각했는데, 내가 원하는 대로 할 권리가 있다는 것을 믿는다 생각했는데 말이다. 내 건강을 잃을까 두렵고 걱정되는 마음에 그런 말을 한 것뿐이라고 그는 말했다. 내가 정말 하고자 한다면 자신은 기꺼이 돕겠다고도. 달변가는 아니지만 그의 쓸모는 다른 곳에 있었다.

위원회 모임과 회의들, 식량을 모으고, 노숙자들과 아이들에게 음식을 제공하는 일을 감독하는 일, 그리고 유니언 스퀘어에서의 대규모 집회를 조직하는 일들로 나의 시간이 빼곡히 채워졌다.

유니언 스퀘어에서 열린 집회에 앞서 수천 명의 시위대가 행진했다. 어린 소녀들과 여자들이 앞장섰고, 나 역시 시위에서 붉은색 배너를 들었다. 그 붉은빛은 공중에 자랑스럽게 흔들리며 몇 블록 너머에서도 볼 수 있었다. 내 영혼도 그 순간의 강렬함으로 떨려 왔다.

시위를 위해 준비한 연설을 글로 쓸 당시에는, 사람들에게 영감을 주기에 충분하다고 생각했건만 막상 유니언 스퀘어에서 엄청난 인파를 직접 보고 나니, 종이에 적은 내 글은 차갑고 무의미해 보였다.

그 주의 사건들로 인해 사람들 사이에는 긴장이 감돌고 있었다. 노동당 의원들은 뉴욕 의회에 사람들의 고통을 덜어 줄 수 있는 방법에 대해 진정을 냈지만 받아들여지지 않았다. 한편에서 실직한 사람들은 굶주리고 있었다. 어른은 물론이고 아이들까지 고통받고 있는 상황임에도 냉담하고 무관심한 정부에 사람들은 격분했고, 그 결과 유니언 스퀘어는 비통함과 분개로 가득 채워졌다. 그리고 그 분위기와 정신은 내게 바로 와닿았다. 나는 마지막 연사로 예정되어 있었는데, 빨리 발언을 하고 싶어서 참기가 어려웠다. 드디어 내 차례가 왔고, 수천 명의 사람들이 내 이름을 외치는 소리가 들렸다. 내 앞에 빼곡하게 들어찬 사람들이 보였고, 그들의 창백하고 고통받는 얼굴이 일제히 나를 향했다. 심장이 뛰고 관자놀이가 욱신욱신대면서 무릎이 떨려왔다.

침묵을 깨며 나는 발언을 시작했다. "여러분, 우리의 가장 큰 적은 국가라는 사실을 알고 계십니까? 국가는 그저 지배계급을 유지하기 위해 우리를 짓밟는 기계입니다. 여러분은 순진한 아이들처럼 정치 지도자를 믿고 따르죠. 여러분으로 인해 그 정치인들은 슬금슬금 자신감을 얻게 되는 겁니다. 하지만 그들은 기회가 생기자마자 우리를 배신합니다. 설령 그들이 여러분을 직접적으로 배신하는 일이 없다 하더라도 노동당 위원들은 우리의 적과 공동의 명분을 만들어 여러분에게 목줄을 맬 것이고, 우리의 직접행동을 막을 겁니다. 국가는 자본주의의 기둥이며, 국가로부터 어떤 보상을 기대하는 건 우스운 일이 될 뿐입니다. 여기서 지척에 있는 올버니에, 막대한 부를 가진 그곳에 구제를 요청하고 있는 이 어리석음이 보이지 않습니까? 5번가는 온통 금으로 덮여 있고, 그곳의 모든 대궐 같은 집들은 돈과 권력의 성채입니다. 하지만 여러분은 굶주리고 족쇄에 묶인 채 서 있죠. 매닝 추기경은 아주 오래전에 '필수품에는 법이 없다'고 선언했습니다. '굶주린 사람은 이웃과 빵을 나누어 먹을 권리가 있다'고 말이죠. 그는 항상 가난한 자를 반대쪽에 놓고 부자들의 편에 섰던 교회의 오랜 전통 속에 있던 추기경이었습니다. 그런 사람이었지만 인간성이 조금은 남아 있었나 봅니다. 그는 배고픔이란 것에 강력한 힘이 있다는 걸 알고 있었죠. 여러분 역시 이웃과 빵을 나눌 권리가 있다는 것을 배워야 할 겁니다. 여러분의 이웃이란 사람들은 당신의 빵을 훔쳤을 뿐 아니라 당신의 피까지 빨아먹고 있어요. 깨어나지 않는다면 그 이웃은 단지 여러분을 강탈하는 것에서 그치지 않고 여러분의 자녀, 자녀의 자녀의 것까지 다 빼앗을 거예요. 여러분이 일어나 자신의 권리를 요구하지 하지 않는다면요. 자 그럼 이제 저 부자들의 궁궐 앞에서 시위를 합시다. 일을 달라고 요구합시다. 일을 주지 않는다면 빵을 요구합시다. 둘 다 거부한다면, 빵을 가져오세요. 그건 여러분의 신성한 권리입니다!"

귀를 멀게 하는 우레와 같은 박수소리가 갑작스러운 폭풍처럼 고요를 깨뜨렸다. 나를 향해 뻗어오는 손뼉의 바다가 마치 하얀 새의 펄럭이는 날갯짓처럼 보였다.

다음 날 아침, 구제와 원조를 확보하고 실직자들을 조직하기 위해 필라델피아로 갔다. 오후 신문들은 나의 연설에 대해 왜곡된 기사들을 실었다. 내가 혁명을 부추겼다고 주장하면서 "빨갱이 엠마는 사람들을 흔드는 힘이 강력하다. 무지한 폭도들이 뉴욕을 무너뜨리는데 필요한 것은 그녀의 신랄한 혀였다"고 썼다. 신문은 또한 내가 건장한 덩치들에 의해 쫓겨났고, 경찰들이 나를 추적하고 있다고 썼다.

저녁에는 단체 회의에 참석해서 전에는 알지 못했던 다른 많은 아나키스트들을 만났다. 그중에서도 나타샤 노트킨은 활동적인 인물이었다. 그녀는 운동 외에 다른 것에는 관심이 일절 없는 진정한 혁명가 유형의 러시아 여성이었다. 8월 21일 월요일 대중 집회를 열기로 결정되었는데 그날 아침 신문에서는 나의 행방이 발각이 되었고 경찰들이 체포영장을 가지고 필라델피아로 오는 길이라고 기사가 났다. 체포되기 전에 반드시 대중에게 연설을 하는 것이야말로 내게 가장 중요한 일이라는 생각이 들었다. 이번이 나의 필라델피아 첫 방문이기도 하고 뉴욕 형사들은 그동안 신문에 실린 내 사진만으로 나를 찾아내기 어려울 거라는 판단에 강당에서 사람들 사이에 섞여들 계획을 세웠다.

인근 거리는 사람들로 가득찼다. 집회장소로 향하는 계단을 오르는데 다행히 아무도 나를 알아보지 못했다. 그런데 한 아나키스트가 나를 알아보고는 인사를 하는 게 아닌가. "여기, 엠마가 있군요." 그에게 손짓을 보냈지만 이미 내 어깨에는 무거운 손이 얹힌 이후였다. “골드만 양, 당신은 체포되었습니다.” 사람들이 내 쪽으로 밀려오며 한바탕 소란이 일었지만 경찰이 총을 뽑아 군중을 제지했다. 형사 하나는 내 팔을 잡고 바깥 거리로 향하는 계단 아래로 나를 잡아끌었다. 경찰서까지 순찰마차를 탈지, 걸어서 갈지 선택권이 주어졌다. 나는 걷기를 선택했다. 경찰은 수갑을 채우려 했지만 나는 도망갈 생각이 전혀 없었기 때문에 그럴 필요가 없다고 했다. 경찰서로 향하는 길에 군중에서 한 남자가 내게 달려와 혹시 내가 돈이 필요할 상황을 대비해 자신의 지갑을 내밀었다. 남자는 즉시 경찰에게 체포되었다. 나는 시청에 있는 경찰본부로 연행되었고, 밤새 갇혀 있었다.

아침, 형사들과 함께 뉴욕에 돌아갈 의향이 있는지 질문을 받고 “자유의지로 갈 생각이 없다”고 답했다. “좋소. 인도가 준비될 때까지 여기 있도록 하시오.” 그 후에 나는 어떤 방으로 옮겨졌고 거기서 사람들은 내 무게를 재고 사진을 찍었다. 사진을 찍을 때 필사적으로 얼굴을 피했지만 움직이지 못하도록 머리가 꽉 잡히고야 말았다. 나는 눈을 감았고, 그 사진은 아마도 탈출한 흉악범처럼 보이는 잠자는 숲속의 공주처럼 나오지 않았을까 싶다.

나의 뉴욕 친구들은 내 체포 소식에 모두 놀라 내게 편지와 전보를 보내 왔다. 에드는 최대한 조심스럽게 쓰긴 했으나 행간에서 그의 사랑을 느낄 수 있었다. 그는 필라델피아에 와서 변호사를 구하고 싶다고 했지만 나는 상황이 어떻게 진전되는지 좀 기다려 보라며 말렸다. 많은 동지들이 감옥에 갇힌 나를 찾아왔고, 그들을 통해 나의 체포 이후에 집회가 허용되었음 알게 되었다. 볼테린 드 클레어가 나를 대신해 탄압에 강렬히 항의했다.

이 총명한 미국 소녀에 대해서는 일전에 들은 바가 있었는데 나와 마찬가지로 시카고에서 발생한 사법 살인에 강한 영향을 받고 그 이후로 아나키스트가 된 활동가였다. 오랫동안 만나보고 싶었기에 필라델피아에 도착하자마자 그녀를 찾았지만 그녀는 병상에 누워 있었다. 집회가 끝나면 항상 아팠는데 내가 찾은 날도, 그 전날 저녁 강연을 하고서 앓아 누운 참이었다. 몸이 아픈 채로도 집회에 참석해 나를 대신해 발언을 한 것이 얼마나 멋지고 훌륭한지. 그런 사람이 나의 동지라는 것이 자랑스러웠다.

체포되고 이튿날 아침, 나는 모야멘싱 교도소로 이감되어 인도를 기다려야 했다. 내가 수감된 감방은 꽤 컸고, 문은 철판으로 되어 있고 창문은 높이 위치해 있었는데 그나마도 철창이 두껍게 쳐져 있었다. 감방 안에는 변기와 세면대, 양철 컵, 나무로 된 식탁과 의자, 철제 간이 침대가 있었고, 천장에는 조그만 전등이 달려 있었다. 이따금 철판에 달린 조그만 문이 열리면 나를 쳐다보는 눈이 나타나거나 컵을 내밀라는 목소리가 들렸다. 그러고 나면 미지근한 물이나 수프와 빵 한 조각이 담긴 컵이 다시 돌아왔다. 그런 간헐적 중단을 제외하고 교도소는 내내 조용했다.

이감된 둘째날, 정적은 견딜 수 없는 압박으로 느껴졌고 시간은 영원하게만 느껴졌다. 나는 창문과 문 사이를 계속 오가며 점점 지쳐 갔다. 인간의 소리를 듣고자 내 모든 신경은 집중되었다. 교도관을 불러도 아무도 대답하지 않았다. 내 양철 컵을 문에 탕탕 하고 두드리고서야 반응이 돌아왔다. 내 감방 문 자물쇠가 열리고 덩치 큰 여자가 굳은 얼굴을 하고 들어와 너무 많은 소음은 규칙에 위반된다고 경고를 했다. 만약 내가 또 그런다면 처벌을 받아야 한다고 하며 원하는 게 뭐냐고 물었다. 나는 내 우편물을 받기를 원한다고 말했다. 분명 친구들이 보낸 것들이 있을 터였다. 또한 나는 읽을 책도 원했다. 책은 가져다주겠지만 내 앞으로 온 우편물은 없다고 그녀는 말했다. 다른 사람은 아니더라도 에드는 분명 내게 편지를 썼을 것임을 알기에 나는 그녀가 거짓을 말하고 있다는 것을 확신했다. 교도관이 나가고 문은 잠겼다. 곧바로 책 한 권을 가지고 돌아왔는데, 손에 든 것은 성경이었다. 학교에서 나를 괴롭히던 종교 선생의 잔인한 얼굴이 떠올랐다. 화가 나서 나는 그 책을 교도관 발치에 던져 버렸다. 내게 필요한 건 거짓말로 채워진 종교가 아니라고, 나는 인간의 책이 필요하다고 그녀에게 말했다. 잠시 겁에 질린 채 서 있던 여자는 내게 분노를 쏟아 내었다. 내가 하나님의 말씀을 더럽혔으며 지옥에 갈 거라고, 거기서 불에 탈 거라고 말했다. 나 역시 분에 차서 대답했다. 나는 엄연히 뉴욕 주의 수감자이므로 이 교도소에는 나를 처벌할 수 없다고, 또한 나는 아직 재판을 받지 않았으며 따라서 아직 시민으로서의 권리를 가졌다고 말이다. 교도관은 문을 쾅 닫고 나가 버렸다.

전등의 불빛에 눈이 타들어가는 것 같아 저녁이면 머리가 몹시 아파 왔다. 나는 다시 문을 두드리고 의사를 요구했다. 이번엔 전과 다른 여자가 왔다. 교도소 소속의 의사였다. 내게 약을 건네주는 의사에게 읽을거리나 아니면 최소한 바느질거리라도 줄 수 있는지 물었다. 다음 날 단을 꼬맬 게 있는 수건을 좀 받았다. 시시때때로 사샤와 에드에 대한 생각을 하며 바느질을 했다. 교도소에서의 사샤의 삶이 어떤 것일지, 이제 분명하게 보이는 것 같았다. 22년! 나라면 분명

1년 안에 정신을 놓아 버릴 것이었다.

며칠이 지나고 교도관이 와서 범죄인 인도가 승인되었고 이제 나는 곧 뉴욕으로 이송될 것임을 알려왔다. 그녀를 따라 들어간 사무실에서 나는 편지와 전보, 신문들이 든 큰 꾸러미를 전달받았다. 과일과 꽃이 내 앞으로 왔다는 말은 들었지만, 수감자가 그런 것들을 받아보는 것은 규정에 어긋난다고 했다. 그 후에 나는 몸집이 큰 남자의 손에 넘겨졌고, 우리는 교도소 밖에서 기다리고 있던 삯마차를 타고 역으로 향했다.

우리는 풀먼 침대차를 타고 이동했고, 남자는 자신을 경사라고 소개했다. 그는 자신이 그저 주어진 일을 하고 있을 뿐이라는 말을 했다. 부양해야 할 자녀가 여섯이나 있다고 하면서 말이다. 나는 그에게 어째서 더 명예로운 직업을 선택하지 않았는지 물었다. 내가 하지 않았다면 다른 사람이 했을 텐데요, 하고 그가 응수했다. 경찰은 필요한 겁니다, 사회를 보호하잖습니까. 나는 저녁을 먹을 수 있을까 궁금했다. 그는 내가 식당칸으로 가지 않게 하려고 우리가 있는 칸으로 식사를 가져오겠다 했고 나는 동의했다. 나는 일주일 동안 음식다운 음식을 먹지 못했던 데다가 내가 청한 바 없는 여행의 사치에 대한 비용을 뉴욕 시가 지불하고 있었으니 말이다.

저녁을 먹으며 형사는 나의 젊음과 삶을 두고 "정말 많은 것을 할 수 있는 명민한 소녀"의 선택에 대한 이야기를 했다. 내가 지금 하고 있는 것으로는 돈 한 푼 벌지 못할 것이며 아무것도 얻을 게 없다는 이야기를 계속해서 했다. 어째서 정신을 차리지 않는 거냐고 말이다. 그는 자신도 나와 같은 유대인이므로 내게 마음이 쓰인다 했고, 내가 감옥에 가는 게 마음이 안 좋다 했다. 그러면서 내가 분별력 있게만 군다면 내가 자유의 몸이 될 뿐 아니라 심지어 거액의 돈을 받을 수 있는 방법까지 말해 주겠다 했다.

"무슨 생각을 하는 거죠? 어서 말해요"라고 다그치자, 내가 정보를 좀 털어놓는다면 내 사건을 파기할 뿐 아니라 거기에 얹어 보상금까지 지급될 수 있으니 잘 생각해 보라는 그의 상사의 지시가 있었다고 했다. 대단한 걸 원하는 게 아니라고, 그저 급진 좌파 그룹과 이스트사이드 노동자들 사이에 있는 일들을 주기적으로 짧게 보고해 주기만 하면 된다고 말이다.

몸서리가 쳐지면서 방금 먹은 음식들을 토할 것 같았다. 마시고 남은 얼음물을 경사의 얼굴에 끼얹으며 나는 외쳤다. "이 한심한 권력의 개 같으니. 배신자 유다처럼 구는 것으로도 모자라, 나까지 유다로 만들려 들다니. 당신이나, 당신 상사나 다 나가 죽어 버려. 내가 평생 감옥에서 썩는 한이 있더라도 아무도 나를 돈으로 살 순 없어!"

"알겠어요, 알겠다고요. 맘대로 하세요." 그가 나를 달래듯 말했다.

펜실베이니아 역에서 멀버리 스트리트 경찰서로 이동했고, 거기서 나는 하룻밤 구금되었다. 감방은 작고 악취가 났으며, 앉거나 누울 수 있는 나무 판자만 덜렁 있을 뿐이었다. 감방 문이 열리고 잠길 때마다 히스테리 가득한 울음소리가 들려왔지만 그래도 빵빵한 얼굴을 한 그 혐오스러운 형사와 같은 공간에서 같은 공기를 마시지 않아도 된다는 점은 위안이 되었다.

다음 날 아침 나는 서장에게 끌려갔고 형사로부터 나와의 일을 모두 보고받고는 대노했다. 나에게 뭐가 좋고 나쁜지 분간도 못하는 바보천치라며, 내가 아무 짓도 저지르지 못하게 몇 년 동안 감옥에 갇힐 거라고 말했다. 그가 광광거리는 것을 보고만 있다가 사무실을 떠나기 전 뉴욕 경찰 서장이 얼마나 부패했는지 온 나라 사람들이 알아야 한다는 말을 했다. 의자를 들어올려 나를 내리치려다 말고 그는 형사를 불러 경찰서로 데려가라고 지시했다.

경찰서에 갔을 때 그곳에서 나를 기다리고 있는 에드와 유스투스, 줄리어스 호프먼 박사를 보고 나는 뛸 듯이 기뻤다. 나는 폭동을 선동한 혐의로 기소되어 오후에 판사 앞에 섰다. 재판일은 9월 28일로 정해졌고 보석금은 5,000달러였는데, 줄리어스 호프먼 박사가 대신 내주었다. 친구들은 나를 유스투스의 아지트로 데리고 갔다.

도착한 그곳엔 내 앞으로 온 우편물이 쌓여 있었는데, 사샤로부터 온 편지도 있었다. 내 체포에 대해 읽은 모양이었다. "이제 당신은 진짜로 선원이 되었네요" 하고 그는 썼다. 놀드와 바우어와 연락을 주고받으며 감옥 내 간행물을 준비하고 있다고도 했다. 이름도 이미 "감옥의 꽃"이라고 정했다 했다. 마침내 마음에 놓인 돌덩이가 들리는 느낌이었다. 사샤가 돌아온 거다. 이제 그도 삶에 관심을 돌리기 시작했고, 그렇다면 그도 버틸 수 있을 것이었다! 그의 첫번째 혐의로 그는 길어야 7년을 복역할 텐데, 그의 감형을 위해 우리는 할 수 있는 모든 일을 해야 했다. 사샤를 무덤에서 구출할 수 있다는 생각만으로도 마음이 가볍고 행복해졌다.

유스투스의 집은 사람들로 북적였다. 한번도 본 적 없는 사람들이 마음을 써주었다. 내가 갑자기 주요인사가 된 상황을 이해하기 어려웠는데, 왜냐하면 딱히 그럴 만한 말이나 행동을 한 게 없기 때문이었다. 그렇지만 내 생각과 의견에 많은 사람들이 관심을 가져 주는 것은 기뻤다. 나는 사람들의 관심이 내가 대표하는 사회의 메시지에 대한 것이지 결코 나 개인에 대한 것이 아님을 잊은 적이 없었다. 나의 재판은 선전을 위한 좋은 기회가 될 것이므로 나는 재판을 잘 준비해야 했다. 공개 법정에서 나의 변호를 통해 전국에 아나키즘의 메시지를 전할 수 있을 것이었다.

클라우스 팀메르만이 통 보이지 않아, 무슨 일로 모임에 나타나지 않는 건가 궁금했다. 클라우스가 이런 공짜 술 마실 기회를 놓칠 리 없는데 무슨 일이냐 에드에게 묻자 어물쩡 넘어가려다 나의 끈질긴 취조에 결국 대답을 해주었다. 경찰이 나를 찾기 위해 우리 할머니 잡화점을 급습했는데, 나는 못찾고 클라우스를 체포했다. 그가 술에 취해 있는 일이 많다는 것을 알고 있던 경찰은 그가 술김에 내가 어디에 있는지 말할 거라고 생각한 거였다. 클라우스는 입을 열지 않았고, 경찰은 그가 의식을 잃을 정도로 구타를 한 후 블랙웰 섬으로 6개월 동안 보내 버렸다.

내 재판일이 다가옴에 따라 친구들은 나에게 상담을 좀 받을 것을 제안했다. 그들 말이 맞다는 건 알고 있었다. 사샤의 재판이나 클라우스의 운명이 이미 증명했듯이, 법정 대리인 없이 법원에 출두한다면 내게는 어떤 기회도 주어지지 않을 게 분명했다. 하지만 변호사를 선임하는 것은 사샤에 대한 배신으로 느껴졌다. 그는 자신이 긴 형량을 받을 것을 알면서도 그 어떤 타협도 거부하지 않았던가? 나는 어떻게 할 것인가? 나는 스스로를 변호할 것이다.

재판이 열리기 1주일 전, 사샤로부터 비밀 편지가 도착했다. 그는 혁명가로서 우리가 미국 법정에서 아주 조그마한 기회를 갖게 되기는 하나, 법정 대리인 없이 우리 모두 패배할 수밖에 없음을 깨달았다고 했다. 변호사를 선임하지 않은 자신의 선택을 후회하지도 않거니와 아나키스트로서 법정 대리인을 두거나 노동자의 돈을 변호사에 쓰는 것이 모순적이라는 생각은 변함없지만 내 상황은 자신의 것과 다르다고 느끼는 듯했다. 나는 타고난 선전가인 만큼 법정에서 우리의 뜻을 잘 펼칠 수 있을 텐데, 변호사와 동석한다면 내 발언권이 보장될 수 있을 거라고 생각한 것이다. 그러면서 휴 O. 펜트코스트 같이 자유주의적 견해를 가진 변호사가 무료로 변호를 해줄지도 모른다고 제안했다. 자신은 그토록 거부했던 것을 나로 하여금 받아들이게 하는 것은, 그가 나의 안위를 걱정하기 때문임을 나는 알고 있었다. 아니면 자신의 경험을 통해 배운 것일까? 사샤의 편지와 함께 무료로 법적 자문을 제공하겠다는 제안에 나의 심경에 변화가 왔다. 제안을 해온 건 오케이 홀이었다.

친구들은 기뻐했다. 오케이 홀은 자유주의 사상을 가졌을 뿐 아니라 훌륭한 법학자이기도 했기 때문이다. 뉴욕 시장을 지내기도 한 그는 정치인치고는 지나치게 인간적이고 민주적이었고, 젊은 여배우와의 스캔들로 인해 더 이상의 정치활동이 불가능하게 되기도 했다. 큰 키에 눈에 띄고 생기 있는 외모의 홀은, 그의 흰머리로 가늠하건대 나이가 꽤 들었음에도 젊어 보였다. 왜 나의 사건을 무료로 변론해 주려는 걸까, 나는 궁금했다. 부분적으로는 내가 안타깝기 때문이고 또 부분적으로는 경찰에 대한 반감 때문이라고 그는 설명했다. 홀은 경찰의 부패에 대해 알고 있었고 그들이 얼마나 쉽게 인간의 자유를 침해하는지 알고 있었기에 그들의 방식을 폭로할 수 있기를 바라고 있었다. 그리고 내 사건은 그에게 폭로의 기회가 될 것이었다. 언론의 자유라는 문제는 국가적으로 중요한 사안이므로 나의 변호인은 다시 대중 앞에 설 수 있을 거였다. 나는 가식없는 그의 솔직함이 마음에 들어, 그에게 내 변론을 맡겼다.

내 재판은 9월 28일, 마틴 판사 앞에서 시작되었으며 열흘간 지속되었다. 그 기간 동안 법정은 친구들과 기자들로 가득 찼다. 검사가 나에 대해 세 가지 혐의로 기소장을 제출했지만 홀이 이를 무효화했다. 한 사람이 별도의 세 가지 혐의에 대해 한 재판에서 공정하게 재판받는 일이 불가능함을 지적했고, 판사에 의해 받아들여진 것이다. 이에 따라 3개의 혐의 중 2개는 무혐의 처리되고 폭동 선동에 대한 혐의로만 재판을 받게 되었다.

재판 첫날 정오에 나는 에드와 유스투스, 그리고 아나키스트 시인인 존 헨리 매카이와 함께 점심을 먹으러 나갔다. 하지만 법정이 휴정하고 내 변호사가 나를 집으로 데려가려 할 때 우리는 제지를 당했는데, 이유인즉 내가 재판 기간 동안 구금되어야 한다는 것이었다. 나는 '무덤'[맨해튼 유치장] 으로 보내질 것이었다. 내 변호인은 내가 이미 보석으로 나와 있는 상태이며 그런 식의 결정은 오로지 살인 사건의 경우에만 해당되는 거라고 항의했다. 항의는 소득 없이 끝났고 나는 '무덤'에 구금되었다. 친구들은 박수치고 환호하며 혁명가를 불렀다. 그중에서도 유스투스의 목소리는 천둥처럼 울려퍼졌다. 나는 그들에게 법정과 간수들이 없어지는 날까지 깃발을 휘두르고 내 몫까지 마실 것을 부탁했다.

원고 측 주요 증인은 제이컵스 형사로, 그는 자신이 유니언 스퀘어에서의 메모가 내 연설을 글자 그대로 받아적은 것이라고 주장했다. 그는 내가 직접적으로 "혁명, 폭력, 유혈"과 같은 단어들을 언급했다고 말했다. 피고 측 증인으로 나선 열두 명은 모두 집회에 참석하여 내 연설을 들었던 사람들로, 군중들로 너무나 붐볐기 때문에 그런 상황에서 메모를 받아적는 행위는 물리적으로 불가능했을 것이라고 증언했다. 필적 전문가는 제이컵스 형사의 메모를 보고서 글자가 너무 규칙적이고 균형이 잡혀 있어서, 사람 많은 곳에 서서 받아적었다고 하기에는 무리가 있다는 의견을 내놓았다. 물론 모든 증인들의 진술이 원고 측에 반하는 것은 아니었다. 내가 증인석에 올랐을 때 매킨타이어 검사는 유니언 스퀘어와 관련이 없는 질문들을 했다. 종교와 사랑과 도덕 등에 있어 나의 의견이 어떤지를 물었다. 도덕의 위선과 인간을 노예화하는 도구로 사용되는 교회, 강제되는 사랑의 불가능성에 대해 나는 내 의견을 가감없이 표하고자 했으나 검사가 계속 발언을 방해한 데다가 판사 역시 예, 아니오로만 대답하라고 종용한 탓에 발언을 이어 나갈 수 없었다.

원고 측 최후변론에서 매킨타이어는 "이 위험한 여성"이 거리로 나간다면 무슨 일이 일어날지 생각해 보라며 설득했다. 재산이 파괴되고 돈 있는 이들의 자녀들은 몰살될 것이고, 뉴욕의 거리는 피바다가 될 거라고 말했다. 어찌나 열정적으로 말을 했던지, 풀을 먹여 빳빳하던 그의 옷깃과 소매가 땀에 젖어 다 풀어질 정도였다. 그리고 그 모습은 그의 웅변을 보는 것보다 나를 더 불편하게 만들었다.

홀은 제이컵스의 증언을 우습게 만들고 경찰의 공권력과 법원의 입장을 비난하는 아주 훌륭한 최후변론을 했다. "피고는 이상주의자입니다. 이 세상의 모든 훌륭한 것들은 이상주의자들에 의해 존재하게 되었음을 기억해야 할 겁니다. 엠마 골드만이 한 연설보다 훨씬 더 폭력적인 연설들도 기소를 당한 적은 한 번도 없습니다. 알트겔드 주지사가 1887년 시카고에서 교수형을 당한 아나키스트 그룹 중 살아남은 세 명을 사면한 이후 미국에서는 유산계급이 수세에 몰렸습니다. 뉴욕 경찰은 아나키스트를 잡을 표적이 필요했고, 엠마 골드만을 그 기회로 삼은 겁니다. 피고는 경찰의 박해를 받은 피해자라는 것이 분명합니다." 그는 표현의 자유와 피고의 무죄를 호소하는 설득력 있는 탄원으로 변론을 마쳤다.

판사는 법과 질서, 사유재산의 신성함, 자유 미국의 기관 수호의 필요성에 대해 강조해 지적했다. 배심원은 오랫동안 숙고의 시간을 가졌다. 유죄선고를 하기 싫은 게 분명해 보였다. 감독관이 돌아왔을 때, 배심원단은 피고 측 증인 중 한 명이었던 『뉴욕 월드』의 젊은 기자에게 깊은 인상을 받은 것 같았다. 그 기자는 시위에 참석했고 그 때의 일에 대해 상세히 적은 바 있었다. 하지만 다음 날 신문을 보니 기사는 완전히 달라져 있었고, 그는 사실과 다르다며 당장 증언대에 오르겠다고 한 것이었다. 그가 증언대에 서 있을 때 제이컵스 형사는 매킨타이어 검사에게 몸을 숙여 뭔가를 속삭였고, 수행원이 가서 무언가를 가지고 왔다. 수행원은 시위 다음 날 조간으로 발행된 『뉴욕 월드』 신문을 가지고 돌아왔고, 기자는 자신의 글에 손을 댄 편집장을 공개적으로 비난할 수 없었다. 그 기자는 당황하고 혼란스러워했다. 그의 증언이 아니라 신문에 인쇄된 그의 기사가 나의 운명을 결정하게 되었고 나는 유죄 판결을 받았다.

나의 변호사는 항소할 것을 주장했지만 나는 거절했다. 한 편의 소극 같았던 내 재판은 국가에 대한 내 반대 입장을 공고화했고, 나는 더 이상 국가에 어떤 것도 요구할 생각이 없었다. 나는 이제 선고 예정일인 10월 18일까지 유치장으로 돌아가 다시 구금되어야 했다.

유치장으로 가기 전에 친구들과의 면회가 잠시 허락되었는데, 그들에게 나는 홀에게 이미 한 말을 반복해 말했다. 나는 어떤 항소도 하지 않을 것이라는 말 말이다. 친구들 역시 약간의 유예 외에는 얻을 게 없다는 데 동의했다. 에드와 그와의 사랑을 생각하면 그 젊고 행복으로 가득한 가능성들을 생각하면, 몸과 마음이 무너져 내리는 것만 같았다. 나가고 싶다는 유혹이 큰 게 사실이었다. 그러나 나는 내 이전에 사람들이 간 길을 가야 할 것이다. 내가 선고받게 될 1년이나 2년이 사샤의 운명에 비할 바가 된단 말인가? 나는 내 갈 길을 갈 것이다.

형 선고를 기다리는 동안 신문에는 "법원을 습격하려 계획하는 아나키스트들" "엠마 골드만 강제구출을 위한 준비" 운운하며 선정적인 기사들이 실렸다. 경찰은 "상황에 대처하기 위한" 준비를 하고 있었고, 요주의 구역은 이미 감시되고 있었으며 법원 경비는 더 강화되었다. 선고 당일에는 피고와 변호인, 언론사 기자들 외에는 아무도 법원 건물에 출입할 수 없었다.

나의 변호인은 항소를 거부하는 나의 고집 때문에 법정 출두를 하지 않기로 했다고 나의 친구들을 통해 알려 왔다. 펜테코스트는 변호인이 아니라 나의 친구로 참석하여 나의 법적 권리를 보호하고 나의 발언권을 확보해 줄 것이었다. 에드는 『뉴욕 월드』에서 내가 법정을 위해 준비한 성명서를 출판하고자 한다는 소식을 알려왔다. 그 방식이라면 내가 말로 하는 것보다 훨씬 많은 사람들에게 메시지가 닿을 수 있을 것이었다. 유니언 스퀘어 집회에서의 나의 연설에 대해 거짓 기사를 실은 『뉴욕 월드』가 어째서 내 성명서를 출판하고자 하는지는 의아한 일이었다. 에드는 자본가 언론의 모순과 불일치는 놀라울 것도 없다고 설명했다. 어찌됐건 『뉴욕 월드』는 에드가 교정쇄를 반드시 볼 수 있게 하겠다고 약속했고, 그렇게 한다면 또 다시 거짓이 출판되는 일은 없을 것이었다. 나의 최후진술은 선고 이후 즉시 호외로 출판될 예정이었는데 이에 친구들은 내 진술의 원고를 『뉴욕 월드』에 꼭 보내야 한다고 나를 설득했다.

'무덤'으로부터 법정으로 가는 길, 뉴욕 시내는 마치 계엄령이라도 떨어진 것 같았다. 거리에는 경찰들이 줄지어 서 있었고 건물은 무장한 경비원들로 둘러싸여 있었으며 법원 복도 역시 경찰들로 꽉 차 있었다. 형 선고 전에 "혹시 형이 선고되지 않아야 할 이유가 있는지" 질문을 받았다. 할 말이 몹시 많았다. 그 많은 말들을 할 기회가 있을까? 아니, 불가능할 것이다. 내겐 아주 짧은 시간밖에 주어지지 않을 것이다. 그렇다면 나는 자본주의 법정에서 그 어떤 정의도 기대하지 않았다 말하리라. 법원은 최선을 다해 나를 망치려 하지만, 나의 견해를 바꿀 힘은 없다는 말도.

마틴 판사는 내게 블랙웰 섬 교도소에서 1년형을 선고했다. '무덤'으로 가는 길에 신문을 파는 소년들의 소리가 들렸다. "호외요, 호외!

엠마 골드만의 최후진술이요!" 나는 『뉴욕 월드』가 약속을 지켰다는 사실이 기뻤다. 곧바로 나는 죄수들을 싣는 블랙 마리아 호를 타고 블랙웰 섬으로 향했다.

10월의 청명한 날이었고, 태양이 물 위에 장난치는 듯 떠 있을 때 바지선은 속력을 내어 앞으로 나아갔다. 나를 따라온 몇몇 신문기자들은 모두 나와 인터뷰를 하고 싶어 안달이었다. "여왕처럼 여행하네요. 이 많은 시종들 좀 보세요." 나는 가벼운 기분으로 말했다. 그러자 옆에서 "아무도 저 젊은이를 꺾을 수 없다니까" 하고 한 젊은 기자가 감탄스럽게 말했다. 섬에 도착했을 때 나는 기자들에게 인사를 하며 부디 더 많은 거짓을 쓰지 말아 달라고 부탁했다. 그러면서 다소 유쾌하게 1년 후에 보자고 외치며 보안관 대리를 따라 교도소 입구까지 늘어선 자갈 길을 걸었다. 새 집의 문턱을 넘기 전에 나는 강을 향해 뒤돌아서서 자유의 공기를 깊이 들이마셨다.

12

입소 후 다소 뚱한 얼굴을 한 키가 큰 간수 앞에 섰다. 족보를 파기라도 하듯 질문을 하기 시작했는데, 그 중 첫번째는 "종교가 뭐냐"는 것이었다. 무신론자라고 답하자 "여기서 무신론은 허용이 안 돼. 그러니까 교회에 가야 할 거야." 내가 교회에 갈 일은 결코 없으며, 나는 교회가 대표하는 그 어떤 것도 믿지 않는다고 대답했다. 위선자가 되어 예배에 참석할 수는 없다고 말이다. 게다가 나는 유대인인데, 그렇다면 회당은 있는가?

간수는 토요일 오후에 유대인 수감자들을 위한 예배가 있노라고 퉁명스럽게 말하면서, 하지만 유대인 수감자 중 내가 유일한 여성이므로 남자만 가득한 예배당에 나를 보낼 순 없다고 했다.

목욕을 하고 죄수복으로 환복을 한 후, 나는 내 감방으로 보내졌다.

블랙웰 섬에 대해서는 모스트로부터 들은 바가 있어, 이 교도소가 낡고 축축하며 감방은 조그맣고 빛 하나 없고 물도 주지 않는다는 것을 알고 있었으므로 마음의 준비는 이미 되어 있었다. 하지만 내 감방 문이 잠기는 순간부터 숨이 막히는 것만 같았다. 어둠 속에서 손을 더듬어 좁은 간이 철제 침대를 찾았고, 갑작스럽게 피로가 몰려와 그 침대 위에서 잠이 들었다.

눈이 타들어 가는 듯 날카로운 감각 때문에 눈을 떠보니 철창 가까이에 들이댄 전등이 나를 비추고 있었다. 순간 내가 어디 있는지 잊고서 나는 거기 무슨 일이냐고 외쳤다. 전등이 내려가면서 마르고 금욕적인 얼굴이 나타났다. 부드러운 목소리로 나의 숙면을 축하해주었다. 오후 교대조 간수였다. 그녀는 내게 옷을 벗고 자라는 말을 남기고 떠났다.

그날 밤 더 이상 잠이 오지 않았다. 까슬까슬한 이불이 거슬리고, 계속 철창 너머에서 기웃대는 그림자 때문에 도무지 잠을 잘 수 없어 그대로 아침 징소리가 울릴 때까지 깨어 있었다. 감방 문이 무겁게 열리자 파란색과 흰색 줄무늬 죄수복을 입은 수감자들이 나란히 줄지어 서서 줄을 만들었다. "앞으로!" 간수의 소리치는 목소리와 함께 줄이 움직이기 시작해 세면대로 향했다. "씻는다 실시!" 또 다른 명령과 함께 죄수들은 깨끗한 수건을 요구했다. 세면대에 있던 수건들은 더럽고 젖은 상태였기 때문이다. 손과 얼굴에 물을 끼얹고 제대로 닦기도 전에 동작그만 명령이 떨어졌다.

아침 식사는 빵 한 조각과 미적지근한 갈색물이 전부였다. 다시 줄을 선 우리 줄무늬 인간들은 구획으로 나뉘어져 일하는 곳으로 보내졌다. 내가 간 곳은 재봉실이었다.

줄을 서고 줄 맞춰 걷는 식의 과정은 하루 3번, 일주일 내내 반복되었다. 매 식사 후에는 10분간 이야기하는 시간이 주어졌는데 그때마다 억눌린 말들이 폭포처럼 흘러내렸다. 소중한 1초 1초가 모여 포효를 이루다가는 다시 급격한 침묵이 찾아왔다.

재봉실은 널찍하니 밝았고, 이따금 높은 창문을 통해 햇볕이 쏟아져 내리듯 들어왔다. 그 빛 속에서 흰 벽과 단조로운 죄수복이 더 강조되어 눈에 들어왔다. 눈부신 빛 속에서 축 늘어지고 흉측한 옷차림을 한 사람들의 모습은 더욱 흉측하게 보일 수밖에 없었다. 그래도 내 감방으로부터 탈출할 수 있는 재봉실은 내게 안도감을 주었다. 1층에 있는 내 감방은 낮에도 잿빛에 축축했기 때문이다. 위층에 자리한 감방들은 그나마 좀 빛이 들어왔다. 문쪽 창살에 가까이 다가가면 복도 창문을 통해 들어오는 빛으로 얼마간 글자를 읽는 것이 가능할 정도였다.

점호와 함께 밤에 감방 문이 잠길 때가 최악이었다. 죄수들은 줄을 따라 걸었고, 줄 맞춰 서 있다가 각자 방 앞에서 철문에 손을 대고 명령이 들려올 때까지 대기했다. "문 닫힘" 소리와 함께 70개의 철문이 일제히 철컹철컹 소리를 내며 닫혔다. 이보다 더 참을 수 없이 수치스러운 일은 하루 24시간 동안 쌓인 각자의 배설물 양동이를 들고 사람들과 발을 맞추어 걸어야 하는 것이었다.

나는 재봉실의 책임자가 되었다. 내가 맡은 임무는 24명의 여성이 작업을 할 수 있도록 천을 자르고 준비하는 것이었다. 뿐만 아니라, 들고 나는 재료들을 기록해야 했는데, 이렇게 일을 할 수 있어서 그나마 다행이었다. 감옥에서의 이 끔찍한 상황을 조금이라도 잊을 수 있도록 도와주기 때문이었다. 그러나 저녁은 고문과도 같았다. 처음 몇 주 동안은 베개에 머리를 대자마자 잠이 들었지만, 얼마 지나지 않아 잠을 못 자고 뒤척이며 밤을 새우는 날이 많아졌다. 끔찍한 밤들과 사샤. 의례적으로 두 달을 감형해 주는 것을 감안하더라도 나는 아직 200일 하고도 90일을 더 이곳에 있어야 했다. 나는 잠들지 못하고 누워서 내 앞에 놓인 날들과 사샤의 날들을 헤아리곤 했다. 사샤가 설령 7년형만 받고 나온다 하더라도 그는 거기서 2500일이 넘는 밤을 보내야 한다. 이 밤들을 사샤가 견뎌 내지 못하면 어쩌지 하는 불안감이 엄습해 왔다. 감옥에서 잠 못 드는 밤만큼 사람을 미치게 만드는 건 없다는 것을 온몸으로 느낄 수 있었다. 차라리 죽는 게 낫지. 죽는다고? 프릭은 죽지도 않았지. 그리고 사샤의 그 빛나는 젊음과 그의 삶, 그가 해낼 수 있었을 그 많은 일들이 희생당했다. 공연히. 사샤가 한 일은 헛수고였나? 내가 말하는 혁명이란 다른 사람들이 말하는 것을 따라하는 것에 불과했던가? “아니, 헛된 게 아니야!” 내 안의 무언가가 외쳤다. “위대한 이상을 위한 희생은 결코 헛되지 않았어!”

어느 날 간수로부터 재봉실의 죄수들에게서 좀 더 많은 결과물을 뽑아 내야 할 거라는 말을 들었다. 이전 담당자가 할 때만큼 죄수들이 일을 많이 하고 있지 않다고 했다. 노예를 부리는 십장이 되라는 제안에 나는 치를 떨었다. 나는 간수에게 그렇게 노예를 부리는 사람들에 대한 증오로 이곳 감옥에 와 있으며, 나 역시 다른 이들과 똑같은 죄수일 뿐 그들 위에 있는 게 아니라고 말했다. 내 이상에 위배되는 일은 그 어떤 것도 하지 않으리라 나는 굳게 다짐한 터였다. 차라리 체벌을 받는 편이 나았다. 명령과 규칙을 위반하는 이들은 교도관 감시하에 구석에서 같은 자세로 몇 시간이고 서 있어야 했는데, 내가 보기에 이것은 치사하고 모욕적인 방법이었다. 내가 만약 그런 처벌을 받아야 한다면 더 대들고 지옥에라도 떨어지리라 마음 먹었는데 며칠이 지나도 나는 처벌받지 않았다.

감옥에서는 뉴스가 빛의 속도로 퍼진다. 24시간이 채 지나지 않아 온 죄수들이 내가 노예 운전수 역할을 거부했다는 사실을 알게 되었다. 그간 다른 죄수들이 내게 딱히 불친절하게 대한 것은 아니었지만 나와 멀찍이 거리를 유지했었다. 내가 무시무시한 "아나키스트"이며 신도 믿지 않는 사람이라는 이야기를 들었던 거다. 그들은 나를 교회에서 본 적도 없었으며, 내가 죄수들에게 주어지는 10분간의 이야기 시간에 참여하는 일도 없었다. 그들 눈에 나는 별종이었다. 하지만 내가 자신들의 상사가 되는 것을 거부했다는 이야기가 퍼지자, 나와 유지하던 거리가 무너졌다. 예배가 끝난 일요일이면 서로가 서로의 감방을 방문할 수 있는 자유시간이 1시간씩 주어졌는데, 다음날 일요일 나는 나와 같은 층을 쓰는 거의 모든 죄수들의 방문을 받았다. 그들은 이제 나를 그들의 친구라고 느꼈고 나를 위해서라면 무엇이든 하겠다고 내게 말했다. 세탁부서에서 일하는 여성들은 내 옷을 빨아 주겠다고 자청했고, 다른 사람들은 내 스타킹을 수선해 주겠다고 했다. 모두가 나를 어떤 식으로든 돕고 싶어했다. 감격스러웠다. 한 줌의 친절에 너무나 굶주려 있던 나머지 이렇게 작은 친절을 만나자 그들의 제한된 시야가 가득 차 버린 것이었다. 이후로 사람들은 종종 나를 찾아와 자신들의 문제를 나누곤 했다. 교도관에 대한 분노, 남성 죄수에게 유혹되는 마음 등을 이야기했는데, 특히 간수들이 떡하니 있는데도 남성 죄수들에게 추파를 던지는 그들만의 방식을 만들어 내는 점이 놀라웠다.

무덤에서 보낸 3주간 나는 범죄가 빈곤으로 인해 일어나는 결과라는 혁명가들의 주장이 사실에 근거하고 있다는 충분한 증거를 발견할 수 있었다. 재판을 기다리는 피고인들은 대부분 하층계급 출신으로 남자고 여자고 할 것 없이 다들 인간관계도, 집도 없는 사람들이었다. 불행하고 무지한 사람들이지만 아직 유죄 판결을 받기 전까지 그들에게 희망이 아주 없는 건 아니었다. 교도소에 있는 죄수들은 거의 모든 사람들이 절망에 빠졌다. 감옥은 그들로 하여금 마음속에 자리한 정신적 어두움과 공포, 미신 같은 것들을 드러내도록 했다. 70명의 수감자 중 일말의 지적 능력이 있는 사람은 예닐곱에 지나지 않았다. 다른 사람들은 최소한의 사회적 의식도 갖지 못한 채 버려진 이들이었다. 그들은 개인의 불행에 사로잡힌 나머지, 그들이 기실 불의와 불평등이라는 끝없이 연결된 고리의 피해자라는 사실을 알지 못했다. 어린 시절부터 아는 거라곤 가난과 더러움, 배고픔이 다이고, 감옥을 나가도 똑같은 상황이 기다리고 있었다. 그럼에도 그들에게는 동정심과 헌신, 관대함이 있었다. 내가 병을 앓게 되면서 이 점을 더욱 확신할 수 있었다.

감방의 습기와 12월 말의 한기로 인해 내 오랜 지병인 류머티즘이 재발했다. 얼마간은 교도관이 내가 병원에 가는 것을 제지했으나 곧 교도소 담당의의 말을 따를 수밖에 없었다.

블랙웰 섬 교도소에 상주 전문의가 없다는 것은 어떻게 보면 행운이었다. 덕분에 재소자들은 근처 자선병원에서 치료를 받을 수 있기 때문이었다. 그 병원은 6주간의 대학원 이후 과정이 있어 담당자들이 자주 바뀌었다. 직원들은 뉴욕 시 방문의사인 화이트 박사의 감독 아래 있었고, 따라서 재소자들이 받는 치료도 뉴욕의 여느 병원에서 받는 수준과 동일했다.

병동은 건물에서 가장 크고 볕이 잘 들어오는 방이었다. 넓은 창문은 교도소 앞 잔디밭과 저 멀리 이스트 강을 내려다보고 있었다. 날씨가 좋은 날이면 햇볕이 아주 넉넉히 들어왔다. 의사의 친절한 보살핌과 동료 재소자들의 사려깊은 관심 속에서 한달을 쉬고 나니 고통은 사라지고, 나는 다시 살아갈 힘을 얻을 수 있었다.

회진을 하던 화이트 박사는 내 침대 발치에 걸려 있는 카드를 집어들었다. 내 죄목이 적혀 있는 종이였다. "폭동 선동"이라고 적힌 것을 보더니 그는 말했다. "어허, 이런 헛소리가 다 있나. 당신은 파리 한 마리도 다치게 못할 사람인 걸 내가 아는데. 퍽이나 좋은 선동자가 되겠군요" 하고는 껄껄 웃었다. 그러고는 내게 혹시 병원에 남아 환자들을 돌보는 일에 관심이 있는지 물었다. "그렇기야 하지요. 하지만 나는 간호에 대해서는 하나도 아는 게 없는걸요." 그는 감옥에서 그걸 아는 사람은 아무도 없으니 걱정할 거 없다고 했다. 그는 감옥병동에 계속해서 숙련된 간호사를 배치하도록 요구했지만 소용이 없었고, 수술이나 심각한 상황의 환자가 생길 경우 그가 직접 간호사를 데려와야 했다. 환자를 돌보는 일에 관한 기본적인 사항은 쉽게 익힐 수 있을 것이며 체온과 맥박을 재는 것과 같은 업무를 알려주겠다고 화이트 박사는 말했다. 만약 내가 원하기만 한다면 교도소장에게 자기가 직접 이야기하겠다 했다.

나의 새로운 업무는 즉시 시작되었다. 병동에는 16개의 침대가 있었고 대부분 꽉 차 있었다. 결핵이나 폐렴 같이 중병에 대한 치료와 아이를 출산하는 일이 같은 병실에서 이루어졌다. 업무시간은 길고 힘들었고, 환자들의 신음소리를 견디기 힘들었지만 내 일이 좋았다. 아픈 여성들에게 가까이 가 그들을 삶으로 다시 끌어올 수 있도록 격려하는 일을 하게 되는 기회였기 때문이다. 나는 그들에 비하면 가진 게 많았다. 내게는 사랑이 있고, 친구들이 있었다. 에드로부터 매일매일 편지와 연락을 받기도 했다. 식당을 운영하는 오스트리아 아나키스트 동지들이 매일 나에게 저녁 식사를 보내 왔고, 에드가 직접 배를 타고 전달을 해주었다. 페드야는 과일과 간식을 매주 가져다주었다. 나는 동료 재소자들에게 줄 수 있는 게 너무나도 많았고, 내가 가진 것을 갖지 못한 자매들과 나누는 것은 큰 기쁨이었다. 물론 모두가 다 똑같은 상황은 아니었지만 대부분이 가진 게 없는 사람들이었고, 감옥을 나가더라도 마찬가지인 사람들이었다. 그들은 사회의 쓰레기더미에 버려진 것이었다.

점차적으로 나의 책임이 커지면서 병동 전체를 맡게 되었다. 내 업무 중 하나는 아픈 수감자들에게 허용된 특별 배급을 나누는 일이었다. 특별식은 우유 한 잔, 소고기 스튜, 달걀 두 개, 크래커 두 조각, 설탕 두 덩어리로 구성되었으나 몇 번이나 우유와 달걀이 포함되지 않는 일들이 있었고 이를 주간 담당 교도관에게 보고하자 돌아온 것은 그거 안 먹어도 환자들은 버틸 수 있으니 별 문제 아니라는 주임 간수의 대답이었다. 앵글로색슨족이 아닌 이들에게 극도의 혐오를 드러내는 그 주임 간수에 대해 살펴볼 기회는 충분했다. 주임 간수의 주요 타깃이었던 아일랜드인과 유대인이 상습적으로 차별당하는 것을 지켜봐 왔던 터라 그녀의 그런 대답은 놀랍지도 않았다.

며칠 후, 환자용 특별식 배급을 가져오는 담당으로부터 사라진 음식의 행방을 듣게 되었다. 다름이 아니고 주임 간수가 그 특별식을 흑인 재소자 두 명한테 주었다는 거다. 이 말에도 나는 놀라지 않았다. 그녀가 흑인을 특별대우한다는 것 또한 알고 있었기 때문이다. 흑인 재소자들이 무슨 잘못을 하더라도 처벌받는 일은 거의 없었다. 오히려 그들에게는 특권이 주어졌다. 그 대가로 다른 죄수들을 염탐해 주임 간수에게 일러 바쳤다. 같은 흑인들이어도 예외는 없었다. 나는 유색 인종에 대해 편견은 없었다. 편견은커녕 오히려 미국의 노예제 역사를 알기에 그들에게 깊은 감정을 느끼고 있었다. 하지만 차별만큼은 내가 견딜 수 없는 것이었다. 인종을 떠나 병든 사람에게 돌아가야 할 특별식이 건강한 사람들에게 간다는 사실에 나는 분노했지만 내가 할 수 있는 일은 아무것도 없었다.

주임 간수과의 충돌 후 나는 철저하게 고립되었다. 그녀가 한번 몹시 크게 화를 낸 적이 있는데, 그때는 내가 재소자 앞으로 도착한 러시아어 편지를 번역하기를 거부했기 때문이었다. 자신의 사무실로 불러서 편지가 무슨 내용인지 말하라는 것이었는데, 편지가 내 앞으로 온 게 아니라는 것을 확인하고서 나는 그녀에게 나는 감옥에 통역사로 있는 게 아니라고 말했다. 간수들이 재소자들의 편지를 검열하고 확인하는 것은 이미 충분히 나쁜 짓이었고, 나는 거기에 힘을 보탤 생각이 없었다. 주임 간수는 내게 자신의 선의를 활용하지 못하다니, 멍청하기 짝이 없다고 말했다. 그녀는 나를 감방에 집어넣고 모범수로서 얻은 감형기간을 없애 버리고 이곳에서의 남은 시간을 지옥으로 만들 수 있는 사람이었다. 나는 그녀에게 뜻대로 해보라고 하면서 그녀가 내게 무슨 짓을 하더라도 나는 불행한 나의 자매들의 개인적인 편지를 번역해 주지는 않을 것이라고 말했다.

후에 누락된 특별식 배급에 대한 문제가 제기되었다. 환자들은 자신들이 충분히 음식을 받고 있지 않다는 것을 의사에게 알렸고, 의사의 직접적인 질문에 어쩔 수 없이 진실을 말해야 했다. 그가 과연 주임 간수에게 무슨 말을 했는지는 모르지만, 다시 배급이 제대로 이루어지기 시작했다. 이틀 후 나는 지하감옥에 갇혔다.

나는 이미 지하감옥이 여성 수감자들에게 미치는 영향을 충분히 지켜봐 왔다. 교도소 규정상 지하감옥에는 48시간 이상 가둘 수 없음에도 불구하고, 재소자 한 명은 오로지 빵과 물만으로 연명하며 28일을 갇혀 있었다. 손과 다리는 잔뜩 붓고 온몸은 잔뜩 발진이 일어난 채로 그녀는 들것에 실려 나와야 했다. 이 여성이 얼마나 안쓰러운 모습이었는지에 대한 설명을 듣고 내 몸이 아파오는 것을 느꼈다. 실제로 지하감옥에 갇혀 보니 들은 것과는 비교조차 되지 않았다. 감방 내부엔 아무것도 없었고, 나는 차가운 돌바닥에 앉거나 누워야 했다. 습기로 축축한 벽은 끔찍했고, 빛과 공기를 완전히 차단한 방은 바로 눈앞에서 내 손조차 볼 수 없을 정도로 깜깜했다. 마치 구덩이가 나를 삼키고 있는 것만 같았다. "미국에서 부활한 종교재판"이라고 설명했던 모스트의 말이 떠올랐다. 그의 말은 과장이 아니었다.

내 등 뒤로 문이 닫히고 나는 앉는 것도, 벽에 기대는 것도 두려워 그냥 가만히 서 있었다. 그런 다음엔 더듬거리며 문에 손을 갖다대었다. 점차 어둠이 옅어졌다. 천천히 다가오는 소리가 희미하게 들려왔다. 자물쇠를 여는 소리였다. 교도관이 나타났다. 존슨 양이었다. 교도소에서의 첫날밤 나를 깜짝 놀라게 했던. 시간이 지남에 따라 그녀의 아름다운 성격에 감사하게 되었다. 재소자들에게 그녀의 친절함은 암울한 감옥생활에 한 줄기 빛이 되어 주었다. 그녀는 처음부터 나를 품에 안아 주었고 직간접적인 방법으로 내게 애정을 표현해 주었다. 모두가 잠든 밤이면 존슨 양은 병동으로 와서는 내게 무릎베개를 해주며 내 머리를 부드럽게 쓸어내리곤 했다. 잔뜩 처진 내 기분을 달래 주려 신문에 난 기사들을 말해 주기도 했다. 이성과의 사랑이나 아이에게 느끼는 사랑을 알지 못하는 이 외로운 영혼에게서 나는 친구를 찾았다.

존슨은 지하감옥에 간이의자와 담요를 가지고 들어왔다. "그 위에 앉으면 좀 나을 거예요. 이불로 몸을 좀 덮으세요. 공기가 좀 들어오도록 문은 살짝 열어 둘게요. 나중에 따뜻한 커피도 가져다 드릴게요. 밤을 보내는 데 도움이 되겠죠." 그녀는 이 끔찍한 구멍에 갇힌 죄수들을 보는 게 너무나 괴롭다는 말을 했다. 그럼에도 대부분의 죄수들은 믿을 수가 없기 때문에 그녀가 해줄 수 있는 일이 없지만, 나는 그들과 다르다고 그녀는 확신했다.

새벽 5시가 되어, 나의 친구는 다시 의자와 담요를 가져가고 문을 잠가야 했다. 나는 이제 더 이상 지하감옥을 억압으로 느끼지 않았다. 존슨의 인간성이 나의 어둠을 녹였다.

지하감옥에서 나와 다시 감옥으로 배치되었을 때 시간은 거의 정오였다. 나는 내 임무로 돌아갔다. 후에 알게 된 바로는 화이트 박사가 내가 지하감옥에 갇혔다는 사실을 알고는 나의 석방을 요구했다고 한다.

복역 후 한달이 될 때까지는 누구에게도 면회가 허용되지 않았다. 수감이 되면서부터 나는 내내 에드를 그리워했지만 동시에 그가 오는 게 두려웠다. 내가 사샤의 면회를 갔을 때 얼마나 괴로웠는지를 기억했기 때문이다. 하지만 블랙웰 섬은 그렇게까지 나쁘진 않았다. 면회실에서 나는 에드를 만났고, 교도관이 우리를 감시하지도 않았다. 면회실의 다른 재소자들도 다들 자신을 찾아온 친구와 친척들과의 시간에 열중하여 우리에게 관심을 기울일 여력이 없었다. 그럼에도 우리는 계속 제약을 느꼈고 고작해야 일반적인 이야기밖에는 나누지 못했다.

두번째 면회는 병원에서 이루어졌고, 마침 존슨 양이 근무하는 날이었다. 그녀는 사려깊게 우리와 다른 환자들 사이에 차단막을 설치해 주었고, 멀찍이 서서 우리를 지켜 주었다. 에드가 나를 안아 주었다. 그의 몸의 온기를 다시 느끼고, 그의 고동치는 심장소리를 듣고, 그의 입술에 매달릴 수 있어서 행복했다. 그가 떠난 후 나는 더 큰 감정적 동요가 일었고, 연인에 대한 욕구로 몸이 달아올랐다. 낮 동안은 내 혈관을 타고 흐르는 뜨거운 욕망을 억누르려 애썼지만 밤에는 그 욕망에게 주도권을 넘겼다. 잠이 들었다가도 에드와 함께하는 뜨거운 밤의 이미지와 꿈들로 인해 잠에서 깨어나곤 했다. 이 고통은 고문과도 같았고, 나는 지칠 대로 지쳐 있었다. 그래서 그가 페드야와 다른 친구들을 함께 데려왔을 때 기쁘게 맞을 수 있었다.

한번은 에드가 볼테린 드 클레어와 함께 나를 찾아왔다. 그녀는 나를 위해 마련된 모임에서 연설을 하도록 뉴욕 친구들에게 초대를 받은 참이었다. 내가 필라델피아에서 그녀를 봤을 때, 그녀는 너무 몸이 안 좋아서 말조차 할 수 없는 상태였는데 지금은 이렇게 그녀와 가까이할 수 있는 기회가 생겨서 기뻤다. 우리는 우리 마음을 사로잡고 있는 것들에 대한 이야기를 나눴다. 사샤와 운동에 대한 것들이었다. 볼테린은 내가 석방되는 즉시 사샤를 위한 노력에 힘을 쏟겠노라 약속했다. 그사이 물론 사샤에게 편지를 쓸 것이라 말했고, 에드 역시 그러고 있다고 했다.

나를 면회 온 방문자들은 항상 병원으로 보내졌던 터라 어느 날 면회를 위해 교도소장 사무실로 호출을 받았을 때 나는 적잖이 놀랐다. 나를 찾은 사람들은 존 스윈턴과 그의 아내였다. 스윈턴은 전국적으로 알려진 인물로, 노예제 폐지론자들과 함께 일하며 남북전쟁에 참전하기까지 한 사람이었다. 『뉴욕 선』 편집장인 그는 미국으로 망명하는 유럽 난민들을 위해 탄원하기도 했다. 젊은 문학가 지망생들의 조언자였으며, 월트 휘트먼의 변호를 맡은 적도 있었다. 키카 크고 곧은 자세에 아름다운 용모를 지닌 존 스윈턴은 꽤나 인상적인 사람이었다.

그는 나를 따뜻하게 맞이하면서 자기가 방금 교도소장에게 자신이 노예제 폐지를 주장하며 했던 연설이 내가 유니언 스퀘어에서 했던 연설보다 훨씬 더 폭력적이었다는 말을 하고 있었다 했다. 그런 연설을 했음에도 그는 체포되지 않았다. "이렇게 어린 소녀"를 잡아두는 걸 부끄러워해야 한다고 소장에게 말하자 소장이 뭐라고 대답했을 것 같냐고 내게 물었다. "자신은 선택지가 없다고 그러더군요. 자기는 그냥 맡은 바 할 일을 할 뿐이라고요. 약해 빠진 놈들은 다 그렇게 말하죠. 비겁한 사람들은 늘 남 탓을 하니까." 바로 그때 소장이 우리 쪽으로 왔다. 소장은 스윈턴에게 내가 모범수이며, 단기간에 아주 유용한 간호인력이 되었노라 말했다. 사실, 나의 업무 능력이 마음에 들어서 내가 1년형이 아니라 5년형을 받았더라면 좋았을 거라고 바랄 때가 있다고도 했다. "칭찬인지 저주인지 모르겠네요." 스윈턴은 웃으며 말했다. "형기가 다 끝나면 엠마를 돈 주고 고용해서 쓰면 되잖습니까?" "그래야겠어요." "그렇다면 당신은 머저리가 될 겁니다. 그녀가 감옥 같은 걸 믿지 않는다는 걸 아직도 모른단 말입니까? 아마 수감자들을 다 탈옥시킬걸요. 그러고 나면 소장인 당신은 뭐가 될까요?" 이 불쌍한 인간은 당황하긴 했지만 스윈턴의 놀림에 동참했다. 나의 방문자는 떠나기 전에 다시 한번 소장에게 돌아서 경고를 했다. "이 작은 친구를 모쪼록 잘 부탁합니다. 무슨 일이라도 생기면 내가 당신 가죽을 벗길지도 몰라요."

스윈턴의 면회 이후 나를 대하는 주임 간수의 태도가 180도로 달라졌다. 소장은 언제나 나를 예의바르게 대했고, 이제 특권들이 내게 쏟아지기 시작했다. 과일과 커피 등이 제공되었고, 산책도 허용되었다. 나는 소장의 호의를 다 거절했지만 산책만큼은 받아들였다. 6개월 만에 처음으로 나를 가로막는 쇠창살 없이 바깥 공기를 쐴 수 있는 기회였기 때문이다.

1894년 3월, 여성 수감자들이 대거 유입되었다. 대부분 매춘부들이었는데, 최근 매매춘 단속에서 검거된 여성들이었다. 도시에서는 범죄와의 전쟁이 시작되었다. 찰스 파크허스트 목사를 수장으로 하는 '렉스 위원회'가 뉴욕 청소를 위해 빗자루를 휘두르고 있었다. 여성을 산 남성들은 풀려났지만, 여자들은 체포되어 블랙웰 섬에 수감되었다.

이 운 나쁜 여성들은 곧 비참한 지경에 이르렀는데, 이들은 대부분 마약을 하고 있었던 탓이다. 갑작스럽게 마약이 중단됨에 따라 금단증상으로 고통을 겪는 이들의 모습은 몹시 처참했다. 그 조그마한 몸에서 어쩜 그리도 엄청난 힘이 나오는지, 그들은 마치 거구의 사람들처럼 철창을 흔들고 욕을 하면서 마약과 담배를 요구했다. 그러다가는 지쳐 쓰러져 밤새 신음했다.

이 불쌍한 사람들의 비참함은 담배 없이 살아야 하는 데서 오는 나 자신의 고통스러운 투쟁을 떠올리게 했다. 로체스터에서 요양을 하던 10주 동안의 기간을 제외하고 나는 계속해서 담배를 피웠다. 때때로 하루에 40개비를 피울 정도였고, 그렇게 수년 동안 나는 담배를 피웠다. 돈이 너무 궁해서 빵과 담배 중 무엇을 사야 할지 고민할 때도 나와 친구들은 대체로 후자를 택했다. 담배 없이 버티는 게 힘들었던 탓이다. 수감 후 담배를 피울 수 없는 상황은 정말 내 인내심을 뛰어넘는 고문과도 같았다. 감방에서 보내는 밤은 두 배로 끔찍해졌다. 감옥 내에서 담배를 구할 수 있는 방법은 오로지 뇌물을 통해서였다. 수감자 중 누구라도 나에게 담배를 가져오다 걸릴 경우 그들이 처벌을 받을 것을 알았기에 나는 위험을 감수할 수 없었다. 코담배는 허용되었지만, 아무리 담배를 피우고 싶어도 코담배는 도저히 할 수 없었다. 이 박탈에 익숙해지는 것 외에는 달리 방법이 없었고, 책을 읽으면서 이 갈망을 좀 잠재울 수 있었다.

새로 들어온 재소자들은 그렇지 못했다. 내가 약통을 책임지고 있다는 사실을 알게 되자 그들은 돈을 주며 나를 매수하려 했다. 이보다 더 나쁜 건 인정에 호소하는 일이었는데 "그리스도의 사랑을 봐서라도 딱 한 모금만"이라며 나를 회유했다. 똑같은 행위에 대해 남자들은 자유롭게 풀려나고 가난하고 불쌍한 여성들만 감옥으로 오게 한 기독교적 위선을 나는 참을 수 없었다. 게다가 수년간 해오던 약을 갑자기 끊는 것은 무자비하다는 생각도 들었다. 할 수만 있다면 그들에게 약을 주었을 테지만 그러지 않은 것은 내가 받을 처벌이 두려워서가 아니었다. 나에 대한 화이트 박사의 신뢰 때문이었다. 그는 나를 믿고 약을 맡긴 데다가 나에게 늘 친절하고 관대했다. 그런 그를 실망시킬 수는 없는 노릇이었다. 금단증상으로 괴로워하는 여성들의 비명소리가 며칠 동안 내 신경을 건드렸지만, 나는 내 책임을 다하는 길을 택했다.

하루는 아일랜드 소녀 하나가 수술을 위해 병원으로 이송되었다. 상황이 심각한 만큼 화이트 의사는 숙련된 간호사 두 명을 데리고 왔다. 저녁 늦게야 수술이 끝나고 환자는 이제 내 책임하에 남았다. 그녀는 에테르(마취제) 부작용으로 아파하며 심하게 토하기까지 했는데, 하도 격렬하게 토하는 바람에 상처 봉합 부위가 터져 버렸고 이 때문에 심한 출혈이 생겼다. 나는 서둘러 병원에 전화를 걸었지만, 의사와 간호사가 도착하려면 몇 시간이 걸리는 것 같았다. 이 시간에는 간호사도 없었고, 환자에게는 오로지 나밖에 없었다.

좀 심하게 힘든 날이었고, 나는 거의 잠을 자지 못했다. 기구와 스펀지를 가지고 지날 때는 너무 지친 나머지 한손으로 수술대를 붙잡아야 했는데 그때 갑자기 수술대가 무너져 내리면서 그 사이로 내 팔이 끼었다. 나는 고통에 비명을 질렀다. 화이트 박사는 작업에 워낙 몰두해 있던 탓에 무슨 일이 벌어졌는지 순간적으로 파악을 하지 못했다. 수술대를 들어올리고 내 팔을 들었을 때 마치 팔의 모든 뼈가 부러진 것만 같았다. 고통은 극심했고, 화이트 박사는 모르핀을 가져오라고 지시했다. "팔 맞추는 것은 나중에 하고, 일단 모르핀부터 맞읍시다." "모르핀만은 안 돼요." 하고 내가 간청했다. 줄리어스 박사가 불면증을 치료하기 위해 모르핀을 사용했을 때 그 효과가 어땠는지 나는 아직도 기억하고 있었다. 덕분에 잠에 들 수는 있었지만 밤에 창문으로 뛰어내리려 했던 것이다. 사샤가 온힘을 다 써서 겨우 나를 끌어당길 수 있었다. 모르핀은 내 정신을 놓게 만든다는 것을 알았으므로 내 몸에 모르핀을 쓰는 일은 결코 없을 것이다.

의사 중 한 명이 내게 진정 효과가 있는 약물을 주었다. 환자가 수술대에서 병실로 돌아간 후 화이트 박사는 내 팔을 검사하고는 이렇게 말했다. "통통한 살집 덕에 뼈가 무사하네요. 뼈가 부러진 데는 없습니다. 그냥 조금 눌린 것뿐이에요." 팔에는 부목을 댔다. 의사는 내가 돌아가 쉬기를 원했지만 환자 옆을 지킬 사람이 아무도 없었다. 환자의 마지막 날일지도 모르는 일이었기 때문이다. 지난번 출혈 이후로 조직이 심하게 감염되어 더 이상 봉합을 할 수 없었고, 혹여 또 출혈이 있기라도 하면 그땐 정말 치명적일 것이었다. 나는 그녀의 곁을 지키기로 결정했다. 이렇게 심각한 상황을 두고 어차피 잠을 잘 수 없으리라는 것을 이미 알고 있었기 때문이다.

밤새도록 그녀가 살기 위해 싸우는 모습을 지켜보다가 아침에 신부님을 불렀다. 모두가 내 행동에 놀랐다. 어떻게 무신론자인 내가 신부를 부를 생각을 했느냐면서 말이다. 나는 이미 기독교회의 전도사와 랍비를 거절한 바 있기 때문에 더 놀란 모양이었다. 일요일마다 만나는 두 명의 여성이 가톨릭 신자였다는 것을 눈치채지 못한 게 분명했다. 나는 그들과 커피를 마시기도 하며 가까워졌다. 가톨릭 교회는 항상 진보의 적이고, 유대인을 박해한 존재들이 아닌가? 어떻게 그렇게 일관되지 않은 행동을 할 수 있는지 교도관은 물었다. 물론 나 역시 그렇게 생각한다고 답했다. 내게 가톨릭 교회는 다른 종교와 마찬가지로, 인민의 적이라는 생각에는 변함없었다. 그들은 복종을 전파했고, 그들의 하느님은 돈과 권세가 있는 사람들의 하느님이었다. 나는 신을 증오할뿐더러 그와 결코 화해할 생각이 없다. 하지만 내가 정말 딱 하나 종교를 골라야 한다면 가톨릭 교회를 고를 것이었다. "가톨릭은 그나마 덜 위선적이잖아요. 인간의 나약함을 인정하고 또 미에 대한 감각이 있는 것 같아요." 가톨릭 자매들과 신부님은 다른 전도사나 목사, 랍비처럼 나에게 설교를 하려 들지 않았다. 그들은 내 영혼을 내 고유한 운명에 맡겼다. 우리는 인간사에 대한 얘기를 했는데 그들은 특히 교양과 학식이 있는 한 명의 신부에 대한 이야기를 한 적이 있었다. 나의 불쌍한 환자는 이제 삶의 끝에 도달했다. 그 신부라면 그녀의 마지막 순간에 평화와 친절을 줄 수 있을 것이었다. 그를 부르지 않을 이유가 있을까? 하지만 교도관은 내가 하는 말이나 이유에 대해서 이해를 하기엔 너무 둔했다. 그녀에게 나는 그저 "이상한 사람"일 뿐이었다.

환자는 마지막 순간에 내게 눕혀 달라고 말했다. 내가 그녀의 어머니보다 자신에게 친절히 대해 줬다고 하며 마지막 가는 길을 내 손으로 준비해 주기를 원했다. 그녀가 성모 마리아와 주 예수를 만날 때 아름다워 보이도록, 내가 그녀를 예쁘게 만들어 줄 것이었다. 죽은 후에도 살아 있을 때만큼 아름답게 만드는 일은 아무 노력도 필요하지 않을 정도로 쉬운 일이었다. 그녀의 구불거리는 검은 머리칼은 그녀가 화장하면서 외모를 가꿀 때 쓰던 방법보다 석고 같은 얼굴을 더 섬세하게 보이게 했다. 빛나던 그녀의 눈은 이제 감긴 채였다 — 내 손으로 직접 감겨 주었다. 그럼에도 그녀의 각진 눈썹과 길고 검은 속눈썹은 그녀가 내던 빛을 떠올리게 했다. 얼마나 많은 남성들이 그녀에게 빠져들었을지! 이제 그녀는 우리의 손이 닿지 않는 곳에 있다. 죽음은 그녀의 고통을 덜어 주었고, 대리석 같은 흰 수의 속에서 그녀는 평온해 보였다.

유대교 부활절 주간에 나는 다시 교도소장의 부름을 받았다. 소장의 사무실엔 할머니가 계셨다. 할머니는 에드에게 몇 번이고 나를 만나러 가게 해달라고 사정하셨지만 나를 보면 너무 걱정하실까 봐 계속 거절을 해왔더랬다. 하지만 할머니를 막을 순 없었다. 서투른 영어로 할머니는 교정국에 연락해 방문증을 얻어서 교도소로 온 것이었다. 할머니는 커다란 흰색 보자기에 무교병과 생선요리, 직접 구운 부활절 케이크를 싸왔다. 할머니는 교도소장에게 당신의 손녀가 얼마나 훌륭한 유대인인지 설명하려고 애썼다. 아니, 어지간한 랍비의 아내보다도 대단하다고. 왜냐하면 가진 것 전부를 가난한 이들에게 주었으니 말이다. 헤어져야 하는 순간이 오자 할머니는 마음이 무너지는 것 같았으나 나는 할머니를 달래려 애썼다. 제발 소장 앞에서 무너지지 말라고 말이다. 할머니는 씩씩하게 눈물을 닦고는, 허리를 꼿꼿하게 편 채로 당당하게 걸어 나갔지만 내 시야에서 사라지자마자 울음을 터뜨릴 것임을 알고 있었다. 말할 것도 없이 신에게 나를 위해 기도했을 것이다.

6월이 되자 많은 수감자들이 퇴원을 하고, 침대를 차지하고 누운 환자는 몇 명 안 되는 상황이었다. 병동에서 일을 하게 된 후로 처음으로 여유가 좀 생겨서 체계적 독서가 가능해졌다. 그간 나는 책을 상당히 모아뒀다. 존 스윈턴은 다른 친구들과 마찬가지로 내게 책을 많이 보내 왔다. 책을 보내는 사람은 거의 유스투스였다. 그는 한번도 나를 보러 온 적이 없었는데 에드에게 자신은 감옥에 면회오는 게 불가능한 사람이라고 꼭 말해 달라고 부탁했다고 한다. 그는 감옥을 끔찍이 싫어하는 사람이라 나를 감옥에 남겨 두고 떠나는 일을 할 수 없을 것이고, 그렇다면 그는 나를 빼내려 문제를 일으킬 게 분명했다. 하여, 면회를 오는 대신 그는 책을 잔뜩 보냈다. 월트 휘트먼, 에머슨, 소로, 호손, 스펜서, 존 스튜어트 밀을 비롯한 영국과 미국 작가들의 책이었다. 나는 유스투스와의 우정을 통해 이 작가들을 알게 되었고, 사랑하게 되었다. 나는 구원의 다른 형태(영적이고 형이상학적인 구원)에도 관심을 기울이게 되었고, 그 의미를 이해하려고 정직하게 노력했다. 그렇지만 구름 속 그림자를 따라가기에 나는 너무 땅에 붙어 있었다.

내가 받은 책 중에 『앨버트 브리즈번의 생애』가 있었는데, 홀로 남겨진 그의 아내가 쓴 책이었다. 면지에는 나에 대한 헌사가 적혀 있었다. 책을 보낸 이는 브리즈번 부인의 아들 아서 브리즈번으로, 따뜻한 편지를 동봉했다. 내가 석방된 후에 나와 함께 꼭 저녁 식사를 하고 싶다는 마음을 담고 있었다. 브리즈번의 전기는 나로 하여금 푸리에와 다른 선구적 사회주의자들의 사상을 만나게 해주었다.

교도소 도서관에도 조르주 상드, 조지 엘리엇, 위다의 작품을 포함해 좋은 책들이 꽤 있었다. 담당 사서는 위조죄로 5년형을 선고받은 교양 있는 영국인이었는데 그가 내게 건네주는 책들에는 열정으로 불타오르는 사랑의 말이 담긴 러브레터가 끼워져 있었다. 감옥에서 지낸 지 벌써 4년째였던 터라, 그는 여성과의 교제에 굶주려 있었던 거였다. 그는 적어도 자신과 친구라도 되어 달라고 간청했다. 내가 읽는 책에 이따금 편지를 써달라며 말이다. 나는 감옥 안에서의 이 말도 안 되는 희롱에 가담하고 싶지 않았지만, 검열 없이 자유롭게 표현하는 것에 대한 열망이 강해져 그와 몇 차례 메모를 교환했다.

나의 숭배자는 탁월한 음악가여서 교회에서 오르간을 연주했다. 가까이서 그 음악을 듣고 느낄 수 있었다면 좋았으련만, 줄무늬 죄수복을 입은 남성 죄수들, 몇몇은 수갑이 채워져 있을 텐데, 그들이 귀에만 듣기 좋은 말을 늘어놓는 목사의 말을 들으며 모욕당하는 모습을 볼 수가 없어서 도저히 교회에 갈 수 없었다. 건국기념일인 7월 4일에 한 정치인이 감옥을 찾아와 수감자들 앞에서 미국의 자유와 영광에 대해 연설을 했던 적이 있다. 나는 교도소장의 심부름 때문에 남성 재소자들이 있는 건물을 지나야 했는데, 정신적·육체적으로 엉망인 사람들 앞에서 자유와 독립을 내뱉는 애국자의 꼴사나운 외침을 들어야 했다. 그 자리를 빠져나오려 시도한 재소자에게는 족쇄가 채워졌고 그가 조금만 움직여도 짤랑짤랑 쇠고랑 소리가 들렸다. 나는 결코 교회에 갈 수 없었다.

교회는 병원 병동 아래에 자리하고 있었다. 일요일에 두 번, 계단에서 오르간 연주를 들을 수 있었다. 일요일은 꽤 괜찮은 휴일이었다. 주임 간수가 비번이어서 그 거슬리는 거친 목소리를 듣지 않아도 되었다. 때때로 가톨릭 자매들이 나를 찾아왔다. 그중 아직 10대인 동생의 사랑스러움과 생명력 때문에 그녀에게 깊이 매료되었다. 한번은 왜 베일을 쓰고 있는 거냐고 물었더니 큰 눈을 위로 향하며 말했다. "신부님이 너무 젊고 아름다워서요!" 내가 "아기 수녀"라고 부르는 동생은 젊고 낭랑한 목소리로 몇 시간이고 뉴스와 가십을 떠들었고, 그건 잿빛 감옥에서 내가 만날 수 있는 한 줄기 위안이었다.

블랙웰 섬에서 사귄 친구들 중 가장 흥미로운 인물은 단연코 신부였다. 처음엔 물론 그를 적대했다. 참견하기 좋아하는 다른 종교인들과 다를 게 없다고 생각했지만, 얼마 안 가 그는 나와 오로지 책 이야기만 하고 싶어 한다는 것을 알게 되었다. 그는 쾰른에서 공부를 했고 책을 많이 읽었다. 그는 내게 책이 많은 것을 알고 있던 터라 자신과 책을 몇 권씩 교환할 것을 청했다. 성경이나 교리문답집을 가지고 오지 않을까 하는 예상과 달리 그는 시와 음악 작품을 가지고 왔다. 감옥에 자유롭게 드나들 수 있었던 그는 밤 9시에 내 감방에 왔다가 자정까지 머물다 가곤 했다. 우리는 그가 가장 좋아하는 작곡가인 바흐, 베토벤, 브람스에 대해 이야기하고 시와 사회사상에 대한 서로의 의견을 비교하고 나눴다. 그는 내게 영어-라틴어 사전을 선물로 주었는데 그 안엔 "엠마 골드만에게. 존경을 담아"라고 쓰여 있었다.

한번은 그에게 어째서 내게 한 번도 성경을 주지 않은 거냐고 물었다. “강제로 읽게 되면 그것을 이해하거나 사랑할 수 없기 때문”이라고 그는 대답했다. 그 말에 마음이 움직이는 바가 있어 성경을 한 번 가져다주겠느냐고 요청했다. 언어의 단순함과 전설에 나는 매료되었다. 나의 젊은 친구에게는 그 어떤 가식도 없었다. 그는 신실했고, 자신을 온전히 바쳤다. 금식을 다 지켰고 긴 시간 동안 기도를 올렸다. 그가 한번은 내게 예배당 꾸미는 것을 좀 도와 달라고 부탁한 적이 있었는데, 내려가 보니 주변을 하나도 의식하지 않은 채 조용히 기도하고 있는 쇠약한 그를 발견했다. 우리의 이상과 믿음은 서로 극과 극이었지만 간절한 신실함만큼은 똑같았다. 우리의 열정이 우리를 묶어 주는 공통분모였다.

워든 필스버리 교도소장은 병원에 자주 들렀다. 그의 환경으로 보자면 그는 꽤 특이한 사람이었다. 그의 할아버지 역시 교도소장이었고 그의 아버지와 그 자신 모두 다 감옥에서 태어났다. 그는 감옥과 그것을 만든 사회적 힘을 이해하고 있었다. 한번은 그가 내게 자신은 밀고자를 참을 수 없다고 했다. 특권을 얻기 위해 동료 재소자들에게 반하는 행동을 하지 않는, 자존심이 있는 죄수가 훨씬 낫다고 했다. 수감자가 갱생의 의지를 보이며 다시는 범죄를 저지르지 않겠다고 할 때, 교도소장은 그것이 거짓임을 확신했다. 감옥에서 몇 년을 보내고 난 후, 온 세상이 그의 반대편에 있는데 혹 그를 도와줄 외부의 친구들이 있다면 모를까 홀로 새로운 삶을 시작한다는 것은 불가능에 가까움을 그는 알았다. 그는 국가가 출소한 사람들에게 최소한 석방 후 첫 주의 끼니를 사먹을 돈조차 주지 않는다는 말을 하곤 했다. 그런 상태에서 사람들이 어떻게 “좋은 일”을 할 수 있겠냐고 불만스럽게 말하며 죄수 한 명의 이야기를 해주었다. 출소되는 날 아침에 그가 교도소장에게 이렇게 말하더란다. "소장님, 내가 나가서 처음으로 훔칠 시계와 체인을 당신한테 선물로 보내 드릴게요." "그래, 너답다." 소장은 웃었을 것이다.

소장은 불행한 이들을 위해 좋은 일을 할 수 있는 위치에 있었음에도 계속 방해를 받았다. 그는 수감자들로 하여금 그들 자신이 아닌 다른 사람들을 위해 요리와 세탁, 청소를 하도록 해야만 했다. 다림질을 하기 전 다림질 판이 제대로 펴지지 않으면, 세탁 담당은 지하 감옥에 갇힐 위험에 처했다. 감옥 전체는 편파적인 기준 때문에 사기가 많이 떨어졌다. 죄수들은 사소한 규칙을 어기더라도 음식 배급이 중단되었지만, 나이가 많은 필스버리 소장은 그런 상황에 개입할 힘이 없었다. 게다가, 사건사고를 만들고 싶지 않은 그였다.

나의 해방의 날이 가까워질수록 감옥 생활은 더 견디기 힘들어졌다. 날들이 너무 천천히 지나가는 것만 같고 나는 안절부절 못하면서 참을성을 잃어 갔다. 책을 읽는 것조차 불가능했다. 자리에 몇 시간이고 앉은 채로 지난 일을 생각하곤 했다. 나는 알트겔드 주지사의 사면으로 살아난 일리노이 교도소의 동지들을 떠올렸다. 감옥에 와서 나는 니브, 필든, 슈와브 이 세 사람의 석방이 시카고에서 사형당한 동지들의 대의에 얼마나 많은 일을 했는지를 깨달았다.

정의에 대한 알트겔드의 몸짓에 대해 언론이 퍼부은 독은 그가 기득권에 얼마나 치명적인 공격을 가했는지를 증명해 주었다. 재판에 대한 주지사의 분석과 처형된 아나키스트들은 기소된 범죄에 대해 무죄가 입증되었음에도 사법적으로 살해당한 것이라는 그의 주장을 통해서 말이다. 1887년, 중대한 날들의 세세한 장면들이 내 앞에 떠올랐다. 그 후에 사샤와 우리가 함께한 날들, 그의 행동, 그의 수난…. 그를 만난 이후로 5년간의 모든 순간들이 내 앞에 가슴 아픈 현실로 되살아났다. 내 존재 깊은 곳에 사샤가 그토록 강하게 뿌리내리고 있는 이유는 무엇일까? 에드에 대한 사랑이 더 황홀하고 나를 더 풍요롭게 하지 않았던가? 나를 사샤에게 강하게 묶는 힘은 아마도 그의 행동이었을 것이다. 그가 앨러게니 연옥에서 겪을 고통에 비하면 나의 수감생활은 얼마나 하찮은 것인지! 잠시나마 감옥에서의 생활이 힘들다고 느낀 것이 부끄러웠다. 사샤가 법원에서 재판을 받을 때 곁에서 그를 위로해 줄 친구는 단 한 명도 없었다. 독방에 감금되어 완벽하게 고립된 채로 사샤에게는 그 어떤 면회도 허락되지 않았다. 그 경사는 자기가 한 말을 지킨 것이다. 1892년 11월, 나의 방문 이후로 사샤는 그 누구도 만날 수 없었다. 친구와 동지들을 얼마나 보고 싶을까, 얼마나 그리울까!

생각이 멈추지 않았다. 아름다움을 사랑하는 페드야, 너무 섬세하고 예민한 사람! 에드, 그가 삶에 키스하고 불가사의한 갈망들을 일깨워 준 덕에 영적 풍요로움의 원천이 내게 열렸다! 나의 발전은 에드에게 빚지고 있다. 그리고 내 삶에 연결된 다른 많은 사람들에게도. 그러나 무엇보다도 감옥이 최고의 학교라는 것이 증명되었다. 더 괴롭긴 하지만 더 생생하고 중요한 학교. 이곳에서 나는 인간 영혼의 깊이와 복잡성에 더 가까이 다가갔다. 이곳에서 나는 추함과 아름다움, 비열함과 관대함을 보았고, 또한 이곳에서 나는 사샤, 모스트, 에드의 눈을 통해서가 아니라 나의 눈으로 인생을 보는 법을 배웠다.

감옥은 나의 믿음을 시험하는 도가니였다. 감옥은 내가 내 존재의 힘과 홀로 설 수 있는 힘, 내 삶을 살고 내 이상을 위해 싸울 수 있는 힘, 필요하다면 온 세상에 맞설 수 있는 힘을 찾을 수 있게 해주었다. 나를 블랙웰 섬 교도소에 보냄으로써 뉴욕 주는 나에게 크나큰 봉사를 한 셈이다.

13

출소 후의 날들은 악몽과도 같았다. 감옥에서 다른 재소자들과 짜여진 대로 생활을 했었던 만큼 조용하고 평화롭게 보낼 수 있는 혼자만의 시간이 필요했건만 나는 계속해서 사람들에 둘러싸여 있었고, 매일같이 회의가 있었다. 모든 것이 부조리하고 비현실적으로 보였고, 나는 하루하루를 그저 멍하니 보냈다. 내 생각은 계속 감옥에 갇힌 것 같았다. 동료 재소자들에 대한 생각으로 밤낮 시달렸고 마치 감옥의 소리가 들리는 것만 같았다. "문닫습니다!" 하는 소리와 함께 철문이 닫히는 소리, 쇠사슬이 철컹철컹하는 소리가 계속 나를 따라다녔다.

가장 이상한 경험은 나의 출소를 축하하는 자리에서였다. 축하자리는 탈리아 극장에서 이루어졌고, 사람들로 몹시 붐볐다. 뉴욕의 여러 계층의 유명 인사들이 나의 해방을 축하하기 위해 한자리에 모였다. 나는 무감한 상태로 다만 무기력하게 앉아 있었다. 계속해서 현실을 만나고 무슨 일이 일어나고 있는지 귀 기울이고 내가 말하려고 하는 것들에 집중하려고 애썼지만 잘 되지 않았다. 나는 계속 블랙웰 섬으로 표류해 갔다. 청중들의 얼굴은 어느새 창백하고 겁에 질린 수감자들의 얼굴로 변했고, 누군가의 목소리는 교도소장의 거친 목소리로 바뀌어 들렸다. 그리고 현재, 나는 내 어깨에 얹힌 손을 느꼈다. 행사를 주재한 마리아 루이즈였는데, 그녀는 다음 발표자로 내 이름을 몇 차례 불렀던 것이다. "잠든 것처럼 보였어요" 하고 그녀는 말했다.

나는 자리에서 일어나 연단으로 나갔다. 관중은 일어나 나를 환영했다. 뭔가 말하려고 했지만 입술은 움직여도 아무 소리가 나지 않았다. 통로에서 줄무늬를 입은 무시무시한 형체가 나를 향해 다가오는 것 같았다. 나는 기절할 것 같아서 어쩔 수 없이 마리아를 향해 걸어갔다. 누가 들을까 무서워서 나는 그녀에게 귓속말로 내가 지금 많이 어지러우니 다음에 기회가 되면 이야기를 하겠노라 사람들에게 말해 달라고 부탁했다. 가까이에 에드가 있었고 그는 나를 무대 뒤 탈의실로 데리고 갔다. 나는 나 자신이나 내 목소리에 대한 통제력을 잃은 적이 없었건만 이런 일이 생기자 덜컥 두려워졌다. 에드는 나를 안심시키며 예민한 사람일수록 감옥의 경험을 떨쳐내기가 어려운 법이라고 말해 주었다. 그는 자신과 함께 도시를 떠나 조용한 곳에서 좀 평화롭게 지내 보자고 했다. 나의 에드, 그의 부드러운 목소리와 상냥함은 언제고 나를 위로했다. 바로 이 순간에도 그랬다.

웬 아름다운 목소리가 탈의실까지 들려왔다. 낯선 목소리였다. 에드에게 누구 목소리냐고 물었다. "마리아 로다일 거요. 이탈리아에서 온 아나키스트지. 아직 열여섯 살밖에 안 되었고, 이제 막 미국으로 온 참이라 들었소." 그 목소리는 나를 전율시켰고 나는 그 목소리의 주인을 만나고 싶었다. 나는 문가로 가 마리아 로다를 보았다. 그녀는 내가 본 사람 중 가장 절묘하고 아름다운 사람이었다. 중간 키에 검은색 곱슬머리, 가느다란 목을 가진 마리아는 얼굴은 창백했고 입술은 산호빛이었다. 특히 눈에 띄는 건 그녀의 커다랗고 검은 석탄 같은 눈이었다. 그 눈은 마치 내면의 빛에 타오르는 숯 같았다. 나와 마찬가지로 이탈리아어를 알아듣는 사람은 거의 없었지만, 마리아의 독특한 아름다움과 음악과도 같은 연설은 사람들로 하여금 열광하게 만들었다. 마리아는 내게 한 줄기 빛과 같았다. 나를 괴롭히던 유령이 사라지고, 나를 따라오던 감옥의 무게가 걷혔다. 이제 다시 나는 친구들 속에서 자유롭고 행복했다.

마리아 차례가 끝나고 나는 발언을 했다. 청중이 박수를 보내 오긴 했지만 나는 사람들이 그저 내 감옥 이야기에 자동적으로 반응하는 것임을 느낄 수 있었다. 나는 여기에 속지 않았고, 그들을 진정으로 매료시킨 것은 나의 연설이 아니고 마리아 로다의 젊음과 매력이라는 것을 직감적으로 깨달았다. 내 나이 스물다섯, 아직 젊고 매력이 있었지만 꽃처럼 피어난 마리아의 젊음에 비하면 나는 팍삭 늙은 것만 같았다. 세상의 슬픔이 나를 내 나이보다 더 성숙하게 만들었다. 나이가 들었다는 느낌에 문득 슬퍼졌다. 불로 단련된 고귀한 이상이 과연 젊음과 눈부신 아름다움에 대적할 수 있을지 나는 궁금해졌다.

모임 후 가까운 동지들끼리 유스투스의 집에 모였다. 마리아 로다도 우리와 함께였는데, 나는 그녀에 대해 모든 걸 알고만 싶었다. 스페인 출신 아나키스트인 페드로 에스테베가 통역을 맡았다. 마리

아는 산테 카세리오와 같은 학교를 다녔고 그녀의 선생은 열정적인 혁명의 시인 아다 네그리였다는 것을 알게 되었다. 그녀의 나이 겨우 열네 살에 마리아는 카세리오를 통해 아나키스트 그룹에 가입했다. 카세리오가 프랑스 대통령 카르노를 암살했을 때 그룹이 급습당했고, 다른 동지들과 함께 마리아 역시 감옥에 보내졌다. 출소와 함께 그녀는 여동생과 함께 미국으로 건너온 것이었다. 나와 사샤를 통해 그들이 알게 된 것은 이탈리아와 마찬가지로 이상주의자들이 박해를 당하고 있는 미국의 현실이었다. 마리아는 미국의 동지들 사이에서 자신이 할 일이 있음을 느꼈다. 내가 자신의 선생님이 되어 달라고 그녀는 간청했다. 나는 그녀를 내 품에 꼭 안았다. 그렇게 하면 삶이 그녀에게 휘두를 잔인한 주먹질을 피할 수 있기라도 한 것처럼 말이다. 한 시간 전 그녀를 향했던 시기심이 마침내 잠잠해졌다.

방으로 돌아가는 길에 에드와 마리아에 대해 이야기했다. 놀랍게도 그는 내가 마리아에게 느낀 것에 동의하지 않았다. 에드 역시도 마리아가 매혹적이라고는 생각하지만, 그녀의 아름다움이나 이상에 대한 그녀의 열정도 그리 오래가지 못할 것이라 했다. “라틴 여성들은 웃자라는 경향이 있죠. 그녀들은 첫번째 아이와 함께 늙어 가고, 몸과 정신이 함께 늙어요.” 나는 대꾸했다. “흠. 마리아가 우리와 운동을 함께하고자 한다면 아이를 갖지 않게 잘 지키면 되겠네요.” “어떤 여성에 대해서도 그리해선 안 됩니다.” 에드가 힘주어 반박했다. “모성이야말로 여성에게 가장 자연스러운 거니까요. 그 외의 것들은 다 말도 안 되고 인위적인 것들일 뿐입니다.”

나는 에드가 이렇게 감정표현을 하는 것을 일찍이 들어 본 적이 없었다. 그의 보수적인 생각에 화가 났다. 내가 아이를 낳는 대신 이상을 위해 복무하는 것을 택했기 때문에 나 역시 말도 안 된다고 생각하는지 물었다. 나는 이런 문제에 있어 반동적 입장을 취하는 독일 동지들에게 경멸을 표해 왔다. 에드는 그런 사람들과 다르다고 생각했었는데, 그도 결국 똑같은 종류의 사람이었다. 어쩌면 그도 내 안의 여성만을 사랑하고, 나를 자신의 아이를 낳고 길러 줄 아내로만 원했는지 모른다. 내게 그런 역할을 바란 남자가 그가 처음인 것은 아니었지만, 에드는 분명 내가 결코 그런 여자가 아니라는 걸 알고 있었을 것이다. 나는 나의 길을 선택했고, 그 어떤 남자도 나의 선택을 빼앗을 수 없다.

걸음을 멈추자 에드도 같이 멈춰 섰다. 그의 얼굴에 고통이 서려 있었다. 하지만 그가 한 말이라고는 "내 사랑. 서둘러 갑시다. 곧 사람들이 많이 모일 테니까." 나의 팔을 부드럽게 잡고 끌었지만 나는 그의 손을 뿌리치고 혼자 서둘러 가던 길을 갔다.

에드와의 생활은 균열 없이 아름답고 완벽했었다. 그러나 이제 사랑과 진정한 동지애에 대한 나의 꿈은 몽상에서 거칠게 깨어나고 있었다. 에드는 내가 실직자들의 운동에 참여할 때를 빼고는 그 어떤 반대의 뜻도 내비친 적이 없었다. 그때는 그의 반대가 나의 건강에 대한 염려에서 비롯된 것이라고 믿었다. 내가 어찌, 그것이 완전히 다른 종류의, 그러니까 남자의 관심사였다는 것을 알 수 있었을까? 그렇다. 그건 수컷의 소유욕이었다. 글쎄, 내가 그를 포기하는 일이 있더라도 그에게 동의하기 어려웠다. 온몸의 감각이 그를 향해 울부짖었다. 그가 내게 준 기쁨 없이, 나는 살아갈 수 있는 것일까?

지치고 비참해진 나는 에드와 마리아 로다, 산테 카세리오에 대해 생각했다. 카세리오를 생각하자니 최근 프랑스에서 있었던 혁명적 사건이 떠올랐다. 많은 일들이 벌어지고 있었다. 정치적 부패, 파나마 운하의 기금에 대한 광적인 투기로 은행들이 파산하고 그로 인해 저축을 다 잃은 사람들의 궁핍에 대해 항거한 에밀 앙리와 오귀스트 바일랑은 결국 처형당했다. 바일랑의 행위[프랑스 하원에 대한 폭탄 공격]로 인해 사상자나 부상자가 나오지 않았음에도 그는 사형선고를 받았다. 프랑수아 코페, 에밀 졸라 및 많은 사상가들이 카르노 대통령에게 감형을 요청했다. 카르노는 아버지의 목숨을 살려달라는 바일랑의 아홉살 짜리 딸의 절절한 편지도 무시했고 그는 결국 단두대에서 처형되었다. 얼마 후 카르노 대통령은 마차를 타고 가던 중에 젊은 이탈리아인의 칼에 찔려 죽게 되었는데, 그가 찔린 검에는 "바일랑에 대한 복수"라는 글이 새겨져 있었다. 이 이탈리아인이 바로 산테 카세리오였다. 자신의 동지 바일랑의 복수를 위해 이탈리아에서 프랑스까지 걸어온 것이었다.

감옥에 있을 때 에드가 감옥에 몰래 넣어 준 아나키스트 신문에서 그와 비슷한 일들에 대해 읽은 적이 있다. 그런 관점에서 본다면 에드와의 첫번째 다툼으로 인한 나의 개인적 감정과 슬픔은 피와 고통의 사회적 지평에서 보자면 그저 작은 얼룩에 불과했다. 이상을 위해 목숨을 바치거나 혹은 아직도 감옥에 있는 영웅적 순교자들의 이름이 내 앞에 하나씩 떠올랐다. 나의 사샤를 비롯해 다른 사람들까지. 이 영웅들은 세상의 불의와 그들이 혐오해 마지않는 인간생명을 파괴하는 사회적 힘에 대해 민감하게 반응했다. 내 의식 깊은 곳의 무엇인가가 이러한 비극적인 낭비에 반대를 하고 일어났지만, 탈출구가 없다는 것을 나는 이미 알고 있었다. 나는 조직적 폭력의 무서움, 즉 폭력은 더 많은 폭력을 낳을 뿐임을 알게 되었다.

다행인 점은, 사샤의 영혼이 내 주변을 맴돌며 속 시끄러운 개인사를 잊게 해준다는 것이었다. 내가 출소하면서 그에게 받은 편지는 그가 내게 보낸 편지 중 가장 아름다웠다. 그 편지는 나에 대한 그의 사랑과 믿음뿐만 아니라 그 자신의 용기와 강함에 대한 증거이기도 했다. 에드는 사샤와 놀드, 바우어가 감옥에서 편집하던 잡지 한 권을 보관하고 있었는데, 적에게 짓밟히지 않고 계속해서 싸우겠다는 사샤의 생에의 의지가 행간에 그대로 드러났다. 이 스물셋 청년의 영혼은 정말이지 남달랐다. 그 영혼은 나의 이 어쭙잖은 마음을 부끄럽게 했다. 그렇지만 내 개인사는 내 삶에서 언제나 몹시 큰 부분을 차지한다는 것을 나는 알고 있었다. 나는 사샤나 다른 혁명가들처럼 찍어 낸 듯한 열정을 갖지 못했다. 나는 내가 여러 뭉텅이 실타래로 짜여 있고, 그 무늬와 질감이 서로 상충된다는 것을 깨달은 지 이미 오래다. 내 목숨이 다하는 날까지 나는 아마도 내 개인적 삶의 열망과 이상 사이에서 갈등할 것이다.

이튿날 일찍 에드가 찾아왔다. 평소의 침착하고 차분한 모습을 되찾은 채였다. 그러나 신중함이나 내성적인 성격으로 오인하기에는 이미 너무 자주 그의 영혼의 회오리를 들여다보았다. 그는 함께 여행을 가자고 제안했다. 감옥을 나온 후 2주 정도의 시간 동안 우리는 온전히 우리끼리 남겨진 적이 없었다. 우리는 맨해튼 비치로 향했다. 11월의 공기는 매섭고 바다는 거칠었지만 햇볕은 쨍하게 비치고 있었다. 에드는 원래 그렇게 말을 많이 하는 사람이 아니었지만, 이날만큼은 제법 수다스러웠다. 자신이 생각하는 운동에 대해서 나에 대한 사랑에 대해서 말을 많이 했다. 10년이라는 수감기간 동안 그는 스스로 성찰할 시간이 충분했다. 그는 감옥에 들어갈 때와 마찬가지로 아나키즘의 아름다움과 진실에 대한 깊은 믿음을 가지고 감옥을 나왔다. 그는 우리가 가진 이상의 궁극적 승리를 믿었지만 승리의 날은 멀리 있다고 생각했다. 살아생전에 대단한 변화가 있을 거라고 그는 더 이상 믿지 않았다. 그런 상황에서 자신이 할 수 있는 것이라고는 자신이 바라는 비전에 맞추어 삶을 배열하는 것이었다. 그리고 그 삶에 내가 있었다. 그는 나와 함께하는 삶을 간절히 원했고, 만약 내가 연설을 그만두고 공부나 글 쓰는 데 시간을 할애한다면 혹은 직업을 찾는다면 더 행복할 거라고 말했다. 그렇게 한다면 내 삶이나 자유에 대해 그가 그리도 불안해하지 않아도 될 테니 말이다. "당신은 너무 강렬하고 또 너무 충동적이오" 하고 그가 말했다. "나는 당신의 안위가 몹시 걱정되오." 그는 여성의 가장 중요한 일이 어머니가 되는 것이라는 자신의 생각에 대해 너무 화내지 말아 달라 간청했다. 그가 보기에 내가 운동에 헌신하는 가장 큰 이유는 좌절된 모성을 표출할 출구가 필요하기 때문이었다. "나의 사랑하는 엠마, 당신은 전형적인 어머니로 태어났소. 당신의 상냥함과 부드러움이 바로 그 증거요."

나는 심한 동요를 느꼈다. 나의 감정을 전할 말을 찾으려 애썼지만 내가 할 수 있는 말은 부적절하고 부족하기만 했다. 나는 그저 그에 대한 나의 사랑과, 내가 에드를 얼마나 필요로 하는지를 말할 수 있을 뿐이었다. 그가 그토록 갈망하는 것을 그에게 주고 싶었다. 나의 굶주린 모성, 그것이 정말 내 이상의 주요한 이유였을까? 오래도록 아이를 바라던 나의 갈망이 그로 인해 깨어났다. 나는 내 삶을 기투한 이상, 더 큰 열정을 위해 아이를 갈구하는 내면의 목소리를 침묵시켜 왔었다. 남자들은 이상을 위해 자신들을 다 바칠지라도 여전히 자녀들의 아비다. 아이들에 대한 아버지의 몫은 잠시일 뿐이지만 어머니의 몫은 지속된다. 한 인간에 스며들어 그 인간성을 만들 때까지 수년간 말이다. 나는 하나를 위해 다른 하나를 포기하진 않을 것이다. 나는 그에게 내 사랑과 헌신 모두를 줄 수 있다. 분명, 남녀가 사랑하면서 이와 동시에 대의를 위해 사는 것은 가능한 일이다. 그럴 수 있게 반드시 노력해야만 한다. 나는 에드에게 우리가 함께 살 수 있는 곳을 찾자고 제안했다. 어리석은 관습에 의해 떨어져 있을 필요가 무엇이던가? 그것이 비록 누추하더라도 우리만의 집이라면, 우리의 사랑으로 집은 아름다워질 것이고 우리가 거기에 의미를 부여할 수 있을 것이다. 에드는 내 제안에 열광했고 나를 품에 안았다. 강하고 덩치가 큰 에드는 공공장소에서 애정 표현하는 것을 싫어했지만, 우리가 식당에 있다는 것도 잊은 모양이었다. 매너를 어디에 두고 온 거냐며 그를 놀렸지만, 그는 마치 어린아이 같았다. 한 번도 본 적 없는 즐겁고 장난스러운 남자가 내 앞에 있었다.

계획을 실행하는 데에는 4주에 가까운 시간이 걸렸다. 신문은 나를 유명인으로 만들었고 "무죄인 채로 야자나무 아래를 걷는 사람은 없다"[새로운 세계를 만나기 위해서는 대가를 치러야 한다는 뜻]는 독일 격언을 배웠다. 유명인이라면 운동선수, 배우, 아내 살해범, 몰락한 유럽 귀족 등 가리지 않고 열광하는 미국 여성들의 관심은 이미 알고 있었는데, 감옥에 갇히고 내 이름이 신문을 장식하면서 나 역시 유명인이 되었다. 매일같이 오찬과 만찬 초대장이 쌓였고, 모두가 나를 데려가지 못해 안달인 것만 같았다.

내게 쏟아진 초대장 중 가장 반가운 것은 스윈턴이 보낸 것이었다. 그는 에드와 유스투스와 함께 오라며 우리를 저녁만찬에 초대했다. 스윈턴의 집은 단순하고 아름답게 가구가 배치되어 있었고, 골동품과 선물로 가득했다. 러시아 망명자들이 스윈턴의 지칠 줄 모르는 노고에 감사하며 보낸 사모바르, 단명한 1871 파리 코뮌 이후 티에르와 갈리페를 피해 도망 온 프랑스 코뮌이 그에게 보낸 고급 도자기 세트, 헝가리에서 보내 온 아름다운 자수, 그리고 위대한 미국의 자유주의자의 빛나는 정신을 기리는 다른 많은 선물들이 보였다.

우리가 도착하자, 백발에 실크햇을 쓴 키가 크고 꼿꼿한 존 스윈턴이 내게 다가와 감옥에서 내가 흑인에 대해 한 발언을 꾸짖었다. 나의 교도소 생활에 대해 『뉴욕 월드』에서 읽었던 것이었다. 그 기사는 좋았지만 엠마 골드만이 "유색인종에 대한 백인의 편견"을 가지고 있다는 사실이 슬펐다고 했다. 나는 놀라서 그를 바라봤다. 아니 다른 사람도 아니고 어떻게 존 스윈턴 같은 사람이 나의 이야기를 인종적 편견으로 이해할 수 있는지 도무지 이해할 수 없었다. 나는 아프고 굶주린 백인 여성 환자와 교도소장의 편애를 받는 흑인 재소자들 사이의 차별을 언급했을 뿐인데 말이다. 만약 흑인 재소자들이 자기들 앞으로 할당된 특별식을 빼앗겼다면, 나는 그에 대해서도 똑같이 저항했을 것이다. 존 스윈턴은 대답했다. "물론 그랬겠지요. 하지만 인종적 차이와 편파성을 그렇게 강조해서는 안 되었어요. 우리 백인들은 흑인을 상대로 이미 너무 많은 죄를 저질렀기 때문에 우리가 그 아무리 친절을 베풀더라도 속죄할 수가 없거든요. 물론 그 교도소장은 짐승 같은 사람이 맞아요. 그렇지만 불쌍한 흑인 재소자들에 대한 그 마음만큼은 용서할 수 있을 것 같군요." 나는 항의하며 말했다. "그렇지만 그 교도소장의 편애의 이유는 흑인에 대한 동정심이 아니었어요. 자기가 그들을 비열한 방식으로 이용할 수 있었기 때문이죠." 스윈턴은 설득되지 않았다. 그는 가장 활동적이었던 노예제 폐지론자들과 가까이 일했고, 또 남북전쟁에서 그를 위해 싸우다 부상까지 당했던 탓이다. 유색인종에 대한 감정이 그를 편파적으로 만든다는 것은 분명했다. 이 문제에 대해 더 따져 봤자 소용이 없었다. 게다가 스윈턴 부인이 어서 식탁으로 오라고 우리를 부르고 있었다.

스윈턴 부부는 매력적인 호스트였다. 특히나 존은 너그럽고 정이 넘치는 사람이었다. 인간관계와 일에 있어서 다양하고 폭넓은 경험을 가진 사람인 만큼 내게 중요한 이야기를 많이 해주었다. 교수대로부터 시카고 아나키스트 동지들의 목숨을 구하기 위해 벌인 캠페인에 그가 얼마나 혁혁한 공을 세웠는지 나는 그날 처음으로 알게 되었다. 러시아-미국 간 범죄인 인도 조약에 반대하는 스윈턴의 활동과 더불어 그와 그의 친구들이 노동운동에서 한 역할에 대해서 또한 알게 되었음은 물론이다. 스윈턴과 함께한 저녁, 그들은 내가 이민 온 새로운 나라의 다른 모습을 보여 주었다. 투옥되기 전까지 나는 앨버트 파슨스, 다이어 D. 럼, 볼테린 드 클레어 및 몇몇 다른 사람들을 빼고는 미국에 이상주의자가 없다고 생각했었다. 남자고 여자고 모두 물질적 부를 획득하는 데만 관심이 있다고 말이다. 억압에 맞서는 모든 투쟁을 해온 데다가 여전히 계속 투쟁하고 있는 자유를 사랑하는 사람들에 대한 스윈턴의 설명 덕분에 미국에 대한 나의 피상적 판단을 바꿀 수 있었다. 존 스윈턴은 미국인들도 기회가 주어지기만 한다면 러시아의 혁명가들처럼 자신의 이상을 위해 희생할 수 있는 사람들임을 내게 보여 주었다. 나는 미국의 가능성에 대한 새로운 믿음을 가지고 스윈턴의 집을 떠났다. 돌아오는 길에 에드와 유스투스와 이야기를 나누며 앞으로 미국 인민들 사이에서 영어로 선전하는 일에 몰두하겠다는 나의 계획을 밝혔다. 해외에서의 선전 작업도 물론 필요한 일이지만 실제적인 사회적 변화는 이곳에 사는 사람들을 통해 이루어질 수 있을 거라고 생각했기 때문이다. 따라서 미국인들이 깨닫게 하는 것이 더 중요한 일이라는 데 우리는 모두 뜻을 같이했다.

드디어 에드와 나는 우리 둘의 보금자리를 마련했다. 『뉴욕 월드』에 감옥에 대한 기사를 써서 받은 돈 150달러로 우리는 11번가에 방 4개짜리 아파트를 구할 수 있었다. 대부분의 가구는 중고였지만 침대와 소파만은 새것으로 샀다. 소파와 더불어 책상과 의자 몇 개로 나는 나만의 서재를 꾸렸다. 내가 나만의 방이 필요하다고 강조하자 에드는 적잖이 놀랐는데 그는 일을 하면서 나와 떨어져 있는 것만으로도 이미 힘들었기 때문이다. 에드는 여가시간 동안만이라도 가까이 있고 싶다고 했지만 나는 나만의 공간을 지켰다. 나의 어린 시절과 젊은 시절 동안 나는 다른 사람과 방을 공유하지 않으면 안 되었다. 자유로운 존재가 된 이후로 나는 적어도 밤과 낮의 단 얼마간이라도 사생활을 갖기를 고집했다.

우리만의 집에서의 새로운 삶은 썩 멋지게 시작되었다. 에드는 보험중개사로 주급 7달러를 받았지만 퇴근길에 꽃이나 꽃병, 혹은 다른 선물 없이 집에 오는 법이 없었다. 그는 내가 아름다움을 사랑하는 사람이라는 걸 알았고, 우리의 공간을 밝히는 데 필요한 것을 늘 잊지 않았다. 당시 우리 집을 찾아오는 손님이 많았는데, 에드의 평화를 지키기에는 지나치게 많은 숫자였다. 그는 그저 나와 단둘이서 조용히 있고 싶었던 것이다. 그렇지만 페드야와 클라우스와는 내 지난 날의 삶을 나눈 사이였고, 그들은 또한 내 투쟁의 일부였다. 내겐 그들과의 교류가 필요했다.

클라우스는 블랙웰 섬에서 꽤 괜찮게 지냈다. 그가 사랑해 마지않는 맥주가 그립긴 했지만, 그 외 나머지 것들은 잘 해냈다. 출소 후 클라우스는 아나키스트 신문인 『바다제비』를 창간하고 기획과 인쇄, 배달 외에도 주요 기고자로 일했다. 바쁜 와중에도 이따금 그는 사고를 치곤 했는데 에드는 이런 내 친구를 못견뎌 했다.

페드야는 내가 수감되고서 얼마 지나지 않아 뉴욕 출판계에 자리를 잡을 수 있었다. 그가 펜과 잉크로 하는 스케치는 업계에서 최고로 인정받았고, 일주일에 15달러를 벌어들였다. 그는 이 돈으로 내가 수감되어 있는 10개월 동안 정기적으로 원조를 해주었다. 이제 그의 수입은 25달러로 뛰었는데, 내게 여기서 적어도 10달러를 가져갈 것을 권했다. 그는 예나 지금이나 충성스러운 영혼이었다. 달라진 게 있다면 전보다 성숙하고, 자신의 예술에 자신감이 커져 있다는 점이랄까.

그는 다만 이제 자신의 자리를 유지하기 위해 공개적으로 우리와 함께할 수 없음을 느꼈다. 운동에 대한 관심이나 사샤에 대한 걱정은 물론 줄어들지 않은 채였다. 내가 수감되어 있는 동안 그는 사샤를 위해 물건 사는 일을 도왔다. 서부 교도소에서 개인당 제공되는 우유, 비누, 속옷, 양말 등은 늘 충분치 않았기 때문이다. 에드는 이런 일들을 잘 처리했다. 이제 내 손으로 직접 이런 일들을 하고 싶었고, 사샤의 감형을 위한 새로운 캠페인을 시작하기로 결정했다.

출소한 지 2달이 지났음에도 나는 감옥에 있는 불운한 사람들을 잊지 않았고, 그들을 위해 뭔가 하고 싶다는 마음이 컸다. 이를 위해서는 돈이 필요했는데, 내 생계를 위해서도 역시 돈은 필요했다.

에드는 반대했지만 나는 간호조무사로 일하기 시작했다. 줄리어스 호프먼 박사는 세인트마크 병원에서 치료한 개인 환자들을 내게 보냈다. 화이트 박사는 내 출소 전, 자신의 사무실에서 일하게 해주겠노라고 말한 적 있었다. 하지만 그 환자들을 내게 보낼 수는 없다고 했다. "내 환자들은 대체로 다 어리석어요. 당신이 자기들을 독살할까 봐 벌벌 떨 겁니다." 화이트 박사는 약속을 지켰고 하루에 몇 시간씩 일할 수 있게 해주었다. 나는 또한 이스트 브로드웨이에 새로 생긴 베스 이스라엘 병원에 일자리를 얻었다. 나는 이 일이 좋았고, 전에 했던 그 어떤 일보다 수입이 좋았다. 이제 더 이상 재봉틀을 돌리지 않아도 된다는 기쁨이 컸다. 물론 이보다 더 큰 기쁨은 이제 독서와 공적 활동을 위해 더 많은 시간을 쓸 수 있다는 데에 있었다.

아나키스트 운동을 시작한 후, 나는 나와 같은 마음을 가진 동성 친구를 갖기를 열망했다. 이성 동지에게는 표현할 수 없는, 심지어 에드에게조차 말할 수 없는 나의 생각과 감정을 터놓을 수 있는 친구 말이다. 여성들과의 관계에서는 우정이 불가능했었는데, 남자들이 나를 좋아하는 데서 오는 질투와 시기, 적대감 때문이었다. 항상 크고 관대한 우정을 보여 준 애니 네터, 그리고 나타샤 노트킨, 마리아 루이즈 외 한두 명 정도의 예외도 물론 있었다. 그러나 이 경우에 우리를 묶어 준 것은 운동이었지, 내밀하고 친밀한 개인적인 유대가 있었던 것은 아니었다. 그러던 내 삶에 볼테린 드 클레어가 들어오면서 여성과의 우정이 가능할지 모른다는 희망이 생기기 시작했다.

감옥에 있는 나를 면회 온 이후로 그녀는 동지애와 애정이 담긴 훌륭한 편지를 보내 왔다. 편지에 쓰기를 감옥에서 나오는 대로 즉시 자신을 찾아와 달라고 했다. 벽난로 앞에서 나를 쉬게 하면서 자신이 시중을 들고, 책을 읽어 주고, 고통스러웠던 경험을 잊을 수 있게 돕겠다고 했다. 그다음 편지에서 그녀는 자신의 친구 A. 고든이 뉴욕에 올 예정이며, 나를 만나고자 한다고 썼다. 이미 그녀는 내게 큰 의미가 있는 사람이었기 때문에 그녀에게 거절의 말을 하고 싶지 않았지만 고든을 볼 생각을 하면 끔찍했다. 필라델피아에 갔을 때 만난 적 있는 그 남자를 나는 잊을 수 없었다. 그는 모스트의 추종자였으므로 나를 싫어할 게 뻔했다. 동지들과 모인 자리에서 그는 나를 운동을 방해하는 사람이라고 비난했고, 선정적인 목적을 위해서만 나선다고 몰아붙였다. 내가 발언하는 모임이라면 그 어떤 곳도 참석하지 않겠다고도 했다. 고작 나의 수감으로 인해 나에 대한 그의 생각이 달라졌다고 믿을 만큼 나는 순진하지 않았으므로, 그의 입장 변화의 이유가 다만 궁금할 따름이었다. 나는 볼테린에게 솔직하게 이에 대해 쓰고 고든을 만나지 않는 편이 좋겠다고 했다. 나는 한 달에 두 번의 면회가 허용되었는데, 한 번은 에드와의 만남에, 다른 한 번은 가까운 친구들을 만나는 데 써야 했다. 그 이후로 볼테린에게 더 이상 소식이 없었지만, 그녀의 침묵은 지병 때문일 것이라 추측했다.

출소 당시 나는 나의 생각에 동의하는 친구들뿐 아니라 내가 알지 못하는 사람들에게도 많은 축하 편지를 받았다. 하지만 볼테린에게서는 아무런 연락이 없었다. 에드에게 이 이야기를 하자 에드는 내가 고든의 면회를 거절한 것에 대해 볼테린이 깊이 상처를 받았다고 말해 주었다. 그토록 훌륭한 혁명가가 내가 자신의 친구를 보고 싶어 하지 않았다는 이유로 나에게서 그리 쉽게 돌아설 수 있다는 사실이 참으로 유감이었다. 나의 실망을 알아챈 에드가 "고든은 그녀에게 단순한 친구 이상의 존재"라고 설명해 주었지만, 그렇다고 달라지는 건 없었다. 나는 자유로운 여성들이 왜 친구들 또한 자기의 연인을 받아들여야만 한다고 생각하는지 이해하기 어려웠다. 앞으로 그녀와의 관계가 회복되기에는 너무 협소한 자아를 보여 준 탓에, 또 다시 동성 친구와의 우정에 대한 희망이 무너지고야 말았다.

그러다 내 인생에 들어온 또 한 명의 젊고 아름다운 여성 덕분에 나는 위로를 받을 수 있었다. 그녀의 이름은 에마 리였다. 내가 감옥에 있는 동안 그녀는 에드에게 편지를 써 나의 상황에 대한 관심을 전했다. 그녀가 보낸 편지는 이니셜로만 서명되어 있었던 데다가 필체 또한 굉장히 남성적이어서 에드는 에마를 남자라고 생각했다고 한다. "그러니 웬 젊고 매력적인 여성이 내 숙소로 들어오는 걸 보고 내가 얼마나 놀랐겠소." 그러나 에마는 단순히 매력적인 외모뿐 아니라 머리가 좋고 유머감각까지 출중했다. 에드가 처음으로 그녀를 면회에 데려왔을 때부터 그녀에게 끌렸고, 나의 출소 후 우리는 많은 시간을 함께 보냈다. 에마는 처음에는 자신에 대해 많은 이야기를 하지는 않았지만 시간이 지나면서 차차 자신의 이야기를 들려주었다. 그녀는 자신 역시 감옥에 있어 보았기 때문에 나의 고통과 공포를 이해한다고 말했다. 그녀는 자유 사상가가 되었고, 법으로 승인되는 사랑이라는 개념에서 자유로워졌다. 이런 생각을 공유하는 남성을 만났지만 그는 유부남으로, 몹시 불행한 결혼생활을 하고 있는 중이었다. 그는 그녀와의 관계에서 동지 이상의 것을 발견했고, 그녀와 사랑에 빠졌다. 에마 역시 그를 사랑했지만, 작은 마을 안에서 그 둘의 관계를 이어 가는 것은 불가능했다. 둘은 워싱턴으로 갔지만, 그곳에서도 쉽지 않았다. 뉴욕으로 다시 이사하기로 하고 재산을 처분하기 위해 고향에 들렀을 때, 에마는 그녀가 집을 떠나 있던 일주일 사이 집이 불에 탔다는 것을 알게 되었다. 집이 보험에 들어 있었으므로 에마는 방화혐의로 체포되었다. 유죄 판결을 받고 5년형을 선고받았는데, 감옥에 있는 그 시간 동안 남자는 코빼기도 비추지 않았다. 그는 그녀를 홀로 남겨 두고 동부의 한 도시에 숨어 있었던 것이다.

감옥에서의 시간보다 더 견디기 힘들었던 것은 바로 이 환멸이었다. 에마가 남부 교도소에서 어떻게 생활했는지를 듣고 나니 블랙웰섬은 낙원처럼 생각될 정도였다. 남부 교도소의 흑인 죄수들은 지옥 같은 구덩이에 갇혀, 남자고 여자고 규칙을 조금이라도 어기면 채찍질을 당했다. 백인 여성들은 간수에게 절대복종을 하거나 아니면 굶어야 했다. 간수와 수감자 모두 똑같이 비열하기 이를 데 없었고, 그로 인해 감옥의 분위기는 끔찍했다. 에마는 교도소장과 교도소 의사의 요구에 대항해 끊임없이 신경을 곤두세워야만 했고, 한번은 자신을 지키려다 살인을 저지를 뻔하기도 했다. 만약 마을에 있던 친구에게 쪽지를 전하지 못했더라면 감옥에서 살아서 나오지 못했을 것이다. 이 친구의 노력으로 몇 사람이 주지사에게 조용히 청원하기 시작하여 마침내 에마는 2년 복역 후 사면을 받을 수 있었다.

그 이후로 그녀는 교도소 환경에 근본적 변화를 꾀하는 데 전적으로 헌신하고 있었다. 이미 그녀는 자신을 고문했던 사람들을 해임하는 데 성공했고 지금은 교도소 개혁 협회와 함께 협력하여 일하고 있었다.

에마가 자유주의 사상가들의 저작을 많이 읽지는 않았지만, 그녀는 교육을 받고 세련되며 자유로운 생각을 가진 보기 드문 사람이었다. 자신의 경험을 통해 그녀는 남부에 지배적인 흑인에 대한 편견으로부터 스스로를 해방시켰다. 그녀의 가장 존경스러운 점 중 하나는 남자에 대해 괴롭게 생각하지 않는다는 것이었다. 자신이 겪은 사랑의 비극은 그녀의 인생관을 좁히지 못했다. 남자들은 이기적이고, 여성이 원하는 것에 대해 아무런 생각이 없다고 그녀는 말했다. 가장 자유롭다 하는 남자일지라도 결국 여성을 소유하고자 한다면서 말이다. 그러나 남성들은 재미있고 함께 있으면 즐겁다. 그녀가 남자들이 다 이기적이라고 하면 나는 반대하면서 에드를 예외로 들었는데 그럴 때 그녀는 이렇게 말했다. "에드가 당신을 사랑하는 것은 의심의 여지가 없어요. 그래도! 그렇지만!" 그럼에도 불구하고 에드와 에마는 잘 어울렸다. 모든 것에 대해 싸웠지만 서로에 대한 우정에 기반한 다툼이었다. 내가 그들을 묶어 주는 발판이었다. 나를 이렇게 사랑해 주는 여성은 내 인생에 헬레나 언니 외에는 에마가 처음이었다. 에드는 어떻게 해도 의심의 여지가 없을 정도로 모든 면에서 나에게 애정을 드러냈다. 그렇지만 나의 영혼을 더 깊이 들여다본 사람은 에마였다는 것을 나는 알고 있었다.

에마는 헨리 스트리트에 위치한 간호 정착촌에서 일하고 있었는데 나는 그곳에 그녀를 보러 들르기도 하고, 기관의 소장을 만나기 위해 가기도 했다. 릴리언 D. 왈드, 라비나 덕, 그리고 맥도웰 양은 대중들의 경제 상황에 큰 관심을 보였는데, 이런 데 관심이 있는 미국 여성들은 처음 만나보는 것이었다. 그들은 진심으로 이스트사이드의 사람들을 염려했다. 존 스윈턴을 만났을 때와 마찬가지로 그들을 통해 이상을 가지고 관대하고 훌륭한 일을 해낼 수 있는 새로운 미국인의 유형을 확인할 수 있었다. 일부 러시아 혁명가들이 그러했던 것처럼 그들 역시 부유한 가정 출신이었으며, 자신들이 생각하기에 대의라고 생각하는 것에 헌신했다. 그렇지만 그들이 하는 일은 내게 임시방편으로 보이는 것도 사실이었다. 나는 에마에게 이런 말을 한 적이 있다. "가난한 사람들에게 포크로 먹는 법을 가르치는 일은 물론 의미있는 일이지만, 먹을 음식이 없다면 그게 다 무슨 소용이란 말이죠? 그들이 먼저 자기 삶의 주인이 되게 한다면, 어떻게 먹고, 어떻게 살지는 자연히 알게 될 거예요." 정착촌 사람들이 물론 진실성이 있기는 하지만 그들이 하는 일은 가난한 대중들에게 오히려 해악이 된다는 나의 의견에 그녀도 동의했다. 그들이 돕는 사람들 사이에서 속물근성을 만들어 내고 있었기 때문이다. 한 예로, 셔츠웨이스트 공장의 파업에서 열심히 활동했던 한 젊은 여성은 그들에 의해 거의 정착촌의 애완동물이 되다시피 했다. 그 여성은 교양 없고 소양이 부족한 사람들에 대해 "무지하고 가난한 사람들"이라 말하며 끊임없이 비난조로 이야기했다. "가난한 사람들은 거칠고 저속하다"는 말을 에마에게 하기까지 했다. 그녀는 결혼을 앞두고 있었는데 식은 협회에서 열릴 예정이었고 식에 참석할 에마가 나까지 초대를 해주었다.

결혼식은 화려한 가운데 저속했다. 싸구려 옷을 입은 신부는 그 배경과 너무도 어울리지 않았다. 정착촌의 여성들이 호화롭게 산다는 말은 물론 아니었다. 오히려 그 반대로, 모든 것이 단순하지만 최고 품질의 제품들이었다. 이 환경의 단순함은 부부의 수치스러운 가난과 그들의 부모의 당혹감을 더 두드러져 보이게 했는데, 무엇보다도 고통스러운 건 젠체하는 신부의 모습을 지켜보는 일이었다. 내가 이렇게 잘생긴 남자와 결혼하다니, 축하한다고 말해 주자 그녀의 대답은 이러했다. "네 뭐 이만하면 괜찮은 편이죠. 하지만 물론 제 급은 아니에요. 보시다시피 저보다 한참 급이 아래인 사람이랑 결혼하는 거예요."

겨우내 에드는 평발 때문에 고통을 받았다. 많이 걷고, 계속해서 계단을 오르내리다가 통증이 유발된 것이다. 이른 봄이 되어 몸의 상태가 너무 안 좋아져 그는 일을 그만두어야 했다. 내가 버는 돈으로도 충분했지만 에드는 "여자 돈으로 먹고살 순 없다"며 나의 돈을 받지 않았다. 고집스러운 에드는 일자리를 찾는 실직자 대열에 합류하게 되었다. 대도시 뉴욕에서 그가 가진 언어에 대한 지식과 교양으로 할 수 있는 일은 없었다. "내가 배달이나 재단을 하는 사람이었다면 직장 구하긴 어렵지 않았을 거요. 하지만 이곳에서 나는 아무짝에도 쓸모없는 지식인이군요." 그는 걱정에 잠도 못 자고 야위어 갔다. 그러다가 우울증까지 왔다. 최악의 불행은 내가 일을 하러 나가는 동안 그가 집에 남아 있어야 한다는 것이었는데, 이런 상황은 남자로서의 자존심이 허락하지 않는 것이었다.

우리가 우스터에서 했던 것 같은 아이스크림 가게를 열어 보면 어떨까 하는 생각이 들었다. 거기서는 굉장히 성공적이었는데, 뉴욕에서라고 성공하지 못하리라는 법이 있겠는가? 에드는 나의 계획에 찬성했고, 당장 추진할 것을 제안했다.

내가 모아 둔 약간의 돈이 있었는데, 페드야가 우리에게 더 많은 돈을 주겠다 했다. 친구들은 브라운스빌을 추천했는데, 중심지로 발전해 나가고 있는 곳인 데다가, 매일 수천 명이 지나가는 경마장과 그리 멀지 않은 곳에 가게를 구할 수 있지 않겠느냐는 거였다. 우리는 브라운스빌에 가서 가게를 하나 구했고, 예쁘장하게 꾸며 두었다. 가게를 지나가는 수많은 사람들은 다들 자기들 가는 길만 갔다. 그들은 경마장에 가느라 바빴고, 집에 돌아가는 길에는 이미 경마장과 더 가까운 아이스크림 가게에 들르는 경우가 대부분이었다. 우리 수입은 지출을 충당하기에 많이 부족했다. 브라운스빌에 임대한 장소와 가구에 대한 임대료를 내는 것도 버거워졌다. 어느 날 오후 마차가 와서 우리의 침대며 테이블, 의자, 다른 모든 걸 다 압류해 갔다. 에드는 우리의 곤경을 웃어넘기려 했으나 그는 분명 불행했다. 우리는 사업을 접고 다시 뉴욕으로 돌아왔다. 3개월 동안 우리는 500달러를 잃었을 뿐만 아니라 에드와 나, 클라우스의 노력과 모험이 수포로 돌아갔다.

간호사 업무를 시작하면서 알게 된 것은 직업학교에서 정규 과정을 반드시 수강해야 한다는 것이었다. 그렇게 해서 자격증을 따지 않은 간호조무사는 마치 하인과도 같은 대우와 봉급을 받았다. 졸업장도 없이 숙련된 간호사로 취업하는 것은 불가능한 일이었다. 호프먼 박사는 내 경력으로 1년의 학점을 대체해 주는 세인트 마크 병원에 들어가길 권했다. 엄청난 기회였지만 그보다 더 빛나고 매력적인 기회가 기다리고 있었다. 유럽이었다.

에드는 빈의 아름다움과 매력, 그 가능성에 대해 언제고 흥분하며 말하곤 했다. 그는 내가 오스트리아에 가서 빈 종합 병원에서 공부하기를 원했었다. 거기서 나는 조산과 일을 맡을 수 있을 거라고 했고, 그것을 시작으로 다른 분야도 할 수 있을 거라 조언했다. 만약 그럴 수 있다면 내게 더 큰 물질적 독립의 기회가 될 것이고, 또 우리는 더 오래 함께할 수 있을 것이었다. 이제야 겨우 둘이 있게 되었는데 그와 다시 떨어져야 한다는 게 견디기 힘들었지만, 그는 기꺼이 나를 보내 주었다. 그게 나에게 유익한 일이었기 때문이다. 우리처럼 돈이 없는 이들에게 이건 환상적인 생각 같았는데 나는 점차 에드의 열정에 물들어 빈에 가면서도 영국과 스코틀랜드에서 있을 나의 강연 일정을 결합하기로 했다. 영국 동지들이 전부터 내게 종종 영국에 와줄 것을 부탁했었기 때문이다.

에드는 헝가리인 지인이 하는 목공소에 일자리를 구했다. 남자는 에드에게 돈을 좀 빌려 주겠다고 했지만 페드야가 자기가 나의 더 오랜 친구이니 우선순위로 치면 자기가 먼저라며, 내 뱃삯을 대신 내주고 빈에 머무는 동안 매달 25달러를 보내 주었다.

그러나 거기에도 어두운 그림자는 있었다. 바로 감옥에 있는 사샤에 대한 생각이었다. 유럽에 가면 그와 너무 멀어지는 것이었다! 에드와 에마 리가 사샤와 계속 연락하고 혹시 필요한 게 없는지 살뜰히 챙기겠다 약속했고, 사샤도 나에게 유럽에 가라고 했다. 지금 자신을 위해 할 수 있는 일은 아무것도 없으며 표트르 크로포트킨, 에리코 말라테스타, 루이즈 미셸 같은 위대한 사람들을 만나기에 유럽은 좋은 기회라고 하면서. 그들에게 많은 것을 배울 수 있을 것이며 그것을 미국에서의 운동에 잘 사용할 수 있을 것이었다. 항상 대의의 관점에서 생각하다니, 역시 나의 사샤다웠다.

1895년 8월 15일, 뉴욕에서의 새로운 삶이 시작된 지 정확히 6년 만에 나는 배를 타고 영국으로 향했다. 1889년 뉴욕에 도착했을 때와는 사뭇 다른 출발이었다. 나는 그때 가난했고, 단순히 물질적으로만 아니라 그 이상의 빈곤함이 있었다. 또한 나는 미국 대도시의 소용돌이 속에 홀로 남겨진 미숙하고 외로운 어린애였다. 이제 나는 경험이 있고, 이름이 있다. 혹독한 시련을 겪었고, 친구들도 있다. 무엇보다 아름다운 성품을 사랑하게 되었다. 돈은 있었지만 슬펐다. 서부 교도소에 남겨진 사샤에 대한 생각이 내 마음을 무겁게 짓눌렀다.

이번에도 나는 3등선실을 타고 여행했는데, 말인즉슨 비용으로 16달러를 넘지 않는다는 말이다. 승객은 소수에 불과했는데, 그들 중 일부는 내가 미국을 떠난 것만큼이나 멀리 미국을 떠나 있었다. 하지만 그들은 자신들을 미국인으로 여겼고 미국인으로 대우를 받았다. 1886년에 약속의 땅에 온 나와 같은 가난한 이민자들이 받았던 것보다 더 나은 대우였다.

14

미국에서 야외 집회는 잘 없었는데, 있더라도 항상 자리에 모인 사람들과 경찰 사이의 대치 속에 당장이라도 충돌할 것 같은 팽팽한 긴장감이 감돌았다. 영국에서는 그렇지 않았다. 이곳에서는 공공장소에서의 집회의 권리가 하나의 제도로 자리잡았고, 아침에 먹는 베이컨처럼 영국식 관습이 되어 있었다. 가장 반체제적인 생각들이 영국의 공원이나 광장에서 표현되었고, 이럴 때 지나치게 과열되는 일도 없고 따라서 무력이 행사되는 일도 없었다. 영국 경찰들은 군중의 끄트머리에서 홀로 그저 형식상 서 있을 뿐이었다. 집회를 해산하거나 사람들에게 곤봉을 내리치는 것은 그들의 임무가 아니었다.

군중들의 사회적 중심이 되는 것은 공원 등에서 이루어지는 야외 집회였다. 평일에 콘서트를 보러 가듯 사람들은 일요일이면 공원으로 모여들었다. 야외 집회는 돈도 들지 않을뿐더러 재미있기까지 했다. 종종 수천 명에 이르는 사람들이 마치 박람회장을 돌아다니듯 이 연단에서 저 연단으로 옮겨다니며 연설을 듣고 배우며 즐겼다. 이런 집회에는 꼭 질문세례를 퍼붓는 사람들이 있었는데, 이들은 연사들이 쩔쩔매는 것을 보는 것을 즐겼다. 이 고문자들에게 빠르게 대답을 하지 못하거나 대답을 제대로 하지 못하는 사람들에겐 동정심이 일 정도였다. 쉬지 않는 조롱에 무력해지고 혼란스러워지기 때문이다. 나 역시 하이드 파크에서의 첫 집회 이후, 어렵게 이것을 배웠다.

경찰 한 명이 차분히 지켜보는 가운데 집회가 열리는 경험은 참으로 새로웠다. 차분하기로는 관중도 마찬가지였는데, 이렇게 관성적으로 참여한 사람들 앞에서 발언을 하는 일은 가파른 산을 오르는 것처럼 힘들었다. 급격히 피로해지고 목이 아파 왔지만 나는 멈추지 않았다. 서서히 관중들 속에서 눈빛이 살아나는 게 느껴졌다. 사방에서 총알이 날아오듯 질문이 날아왔고, 예상치 못한 공격을 준비하지 못한 나는 당혹을 넘어 짜증까지 났다. 생각의 흐름이 끊기고, 내 안에서는 분노가 치솟았다. 앞에서 한 남자의 목소리가 들려왔다. "신경쓰지 말고 계속하세요. 야유는 그저 영국의 오랜 관습이에요." "맙소사, 그걸 관습이라고 하나요?" 하고 내가 받아쳤다. "연사를 그렇게 방해하는 것은 되먹지 않은 행동이에요. 하지만 좋아요. 자, 우리 한번 해보죠. 나한테서 받아가는 게 없더라도 날 원망하지는 않는 겁니다." 저 멀리 외치는 소리가 들려왔다. "좋았어, 아가씨! 얼마나 할 수 있는지 한번 보자고."

첫번째 질문이 날아들었을 때 나는 정치의 무익함과 그 타락한 영향력에 대해 이야기하고 있었다. "정직한 정치인들은요? 그런 사람이 없다고 생각하나요?" "있을 수도 있겠죠. 하지만 전 들어 본 적 없습니다. 정치인들은 당선 전에는 천국을 약속하지만 당선되고 나면 우리에게 지옥을 주는 사람들입니다." "옳소!" 동의하는 소리가 들려왔다. 두번째 질문이 날아왔을 때 나는 내 연설을 다시 시작도 못하고 있었다. "아가씨, 천국에 대해 말하는 거 같은데 그런 곳이 있다고 믿는 겁니까?" "물론 믿지 않습니다. 여러분이 어리석게 믿고 있는 천국을 말한 것뿐이에요." "만약 천국이 없다면 가난한 자들은 어디서 보상받죠?" 또 다른 훼방꾼이 끼어 들었다. "아무 데서도 보상받을 수 없죠. 바로 여기서 자신들의 권리를 주장하지 않는다면요. 이 대지에 소유권을 주장함으로써 보상을 받아야 해요." 만약 천국이 있다 하더라도 대부분의 사람은 그곳 생활을 견디지 못할 거라 말하며 나는 대답을 이어갔다. "여러분도 알다시피, 일반 대중은 너무나 오랫동안 지옥에 살았기 때문에 천국에서는 도대체 어떻게 살아야 하는 건지 알지 못하죠. 그러면 문지기 천사가 행동을 똑바로 안 한다고 쫓아낼 거예요." 이런 문답은 30분 동안 이어졌고, 관중은 치를 떨었다. 마침내 관중 속에서 훼방꾼들에게 야유를 멈추고 패배를 인정하라고, 그리고 연설을 계속하게 하라는 소리가 들려왔다.

나의 유명세는 꽤 빠르게 퍼져 나갔고, 집회에 나갈 때마다 군중의 수가 늘어나 있었다. 아나키스트 책자들이 많이 팔려 나감에 따라 나의 동지들은 몹시 기뻐했다. 그들은 내가 영국에 남아 주길 바랐다. 하지만 야외 연설이 내게 적합하지 않다는 걸 나는 알고 있었다. 내 목에 부담이 너무 컸고, 거리에서 너무 가깝게 들려오는 소음을 견디는 것도 힘들었다. 게다가 사람들이 몇 시간씩 서 있다 보니 지쳐서 연설에 집중할 수 없게 된다는 것도 깨달았다. 나의 연설을 단순히 영국의 관중들을 위한 즐길거리로 만들기에 내 일은 내게 너무 큰 의미가 있었다.

나는 공원에서 연설을 하는 것보다 아나키즘 운동 내 강인한 생명력을 목격하고 또 사람들을 직접 만나는 일이 더 즐거웠다. 미국에서의 활동은 거의 해외의 세력에 의존하고 있었는데 우선 미국인 아나키스트가 극소수였던 까닭이다. 그에 반해 영국에서의 활동은 주간지, 월간지 등의 출판의 지원을 받았다. 그중 하나가 『자유』였는데, 표트르 크로포트킨, 존 터너, 알프레드 마시, 윌리엄 웨스 등을 포함하여 출중하고 재능 있는 사람들이 이끌어 가고 있었다. 『자유』 역시 런던에서 발행되는 아나키스트 출판물로, 시인 윌리엄 모리스의 추종자인 제임스 토차티가 내고 있었다. 『횃불』은 올리비아와 헬렌 로세티라는 자매가 발행하는 조그만 신문이었는데 올리비아와 헬렌은 이제 겨우 열넷, 열일곱이었으나, 신체와 정신은 연령을 훌쩍 뛰어넘어 성장해 있었다. 이 자매는 신문을 위한 모든 글과 조판, 인쇄까지 모두 자기들이 직접 했다. 『횃불』 사무실은 이전에 자매들의 놀이방이었는데 이제는 외국 아나키스트, 특히 심한 박해로부터 망명 온 이탈리아 아나키스트들의 모임장소가 되었다. 망명자들은 자연스럽게 로세티 가족에게 몰려들었다. 그들의 할아버지는 이탈리아의 시인이자 애국자였던 가브리엘레 로세티였고 1824년 당시에 지배를 받던 오스트리아 정부에 의해 사형선고를 받았다. 가브리엘레 로세티는 영국으로 망명와 런던에 자리를 잡았고 이곳 킹스 칼리지에서 이탈리아어 교수가 되었다. 올리비아와 헬렌은 평론가로도 유명한, 가브리엘레의 둘째 아들 윌리엄 마이클 로세티의 딸이었다. 이들은 문학적 재능뿐 아니라 혁명적 성향까지 유전으로 물려받은 것이었다. 런던에 있는 동안 나는 그들과 많은 시간을 보냈고 그 엄청난 환대와 그룹의 고무적인 분위기 속에서 즐거운 시간을 보냈다.

『횃불』 그룹의 멤버로 '아나키스트 소년'으로 잘 알려진 윌리엄 베넘이 있었는데, 그는 나를 잘 챙겨 주며 집회나 도시를 여행할 때 나와 함께해 주었다.

런던의 아나키스트 활동가들은 꼭 그 나라 사람들만을 대상으로 하지 않았다. 영국은 각지에서 활동을 해온 활동가들의 안식처였다. 미국과 비교하자니 영국의 정치적 자유는 마치 새로운 천년이 도래한 것처럼 느껴졌다. 물론 경제적으로는 미국보다 뒤처졌지만 말이다.

나 역시 궁핍을 경험한 바 있고, 미국 내 대규모 산업 중심에서의 빈곤에 대해 알고 있었지만 런던과 리즈, 글래스고에서와 같이 비참하고 처참한 모습은 일찍이 본 적이 없었다. 이는 단순히 어제오늘 이루어진 일이 아니고 또 수년간 이루어진 일도 아니라는 느낌을 받았다. 이 빈곤은 100년이 넘은, 세대에서 세대로 전해 내려온, 분명 영국의 골수에 깊이 뿌리내린 문제였다. 가장 소름끼쳤던 광경 중 하나는 '신사'에게 삯마차의 문을 열어 주려고 저마다 달려나가는 신체 건장한 남자들의 모습이었다. 문을 열어 준 대가로 기껏해야 1페니를 받을까 말까 할 텐데 말이다. 영국에서 한 달 동안 머물면서 이곳에 정치적 자유가 허락된 이유를 비로소 이해하게 되었다. 그것은 무시무시한 빈곤에 대한 안전 밸브였던 것이다. 영국 정부는 국민들이 방해받지 않고 화를 내는 것이 허용되는 한에서 반란을 일으킬 위험은 없다고 판단했을 것이다. 노예상태에 있는 자신들의 삶에 대한 무관심과 관성에 대해 다른 설명을 찾는 것은 불가능했다.

내가 영국을 방문한 목적 중 하나는 아나키스트 운동에서 뛰어난 인물들을 만나는 것이었다. 아쉽게도 당시 크로포트킨은 영국에 없었고 내가 떠난 후에야 돌아올 예정에 있었다. 에리코 말라테스타는 런던에 있었지만, 나는 이탈리아어를 할 줄 몰랐고 통역자를 구할 수도 없었다. 그럼에도 그의 다정한 미소만으로 그의 성격을 알 수 있었고, 마치 평생 그를 알아 왔다는 느낌을 받았다. 루이즈 미셸은 거의 도착하자마자 만난 인물인데, 나와 함께 지낸 프랑스 활동가들은 내가 도착한 첫번째 일요일에 환영식을 열었다. 내가 파리 코뮌의 그 영광스러운 시작과 끔찍한 끝에 대해 읽은 이후 루이즈 미셸은 그녀의 인류애와 열정, 용기로 단연 숭고하게 빛났다. 그녀는 앙상하게 말랐고, 실제보다 나이가 들어 보이는 모습이었다(그녀는 고작 62세였다). 그러나 그녀의 눈엔 젊음과 생기가 있었고 미소는 어찌나 부드러운지, 단번에 내 마음을 사로잡아 버렸다. 이 여성은 파리 폭도들의 만행에서 살아남은 사람이었다. 군중의 분노는 파리 코뮌을 노동자의 피로 물들였고 수천에 달하는 부상자와 사상자가 파리의 거리에 널부러졌다. 회유되지 않았던 루이즈도 공격을 당했다. 계속해서 그녀는 죽음에 가까이 갔고, 페르 라셰즈의 바리케이드에서 루이즈는 가장 위험한 자리를 지키고 섰다. 법정에서 그녀는 동지들에게 내려진 것과 같은 형벌을 요구했고, 여성이라는 이유로 관대한 법의 처벌을 받게 되는 것을 경멸했다. 그녀는 대의를 위해 죽고자 했다. 이 영웅적인 인물에 대한 경외심인지 두려움인지, 파리의 부르주아들은 감히 그녀를 죽이지 못했다. 차라리 그녀가 뉴칼레도니아에서 천천히 죽으며 파멸하는 모습을 보는 편을 선호했다. 그들은 고통받는 동지들에 대한 그녀의 헌신과 능력, 그녀의 강인함을 빼놓고 생각한 것이었다. 뉴칼레도니아에서 루이즈는 망명자들의 희망이자 영감이 되었다. 그녀는 사람들이 아플 때 간호했고, 우울의 나락에 빠진 이들의 영혼을 위로했다. 파리 코뮌에 대한 사면으로 다시 프랑스로 돌아온 루이즈는 자신이 대중의 환호를 받는 영웅이 되어 있다는 것을 알았다. 사람들은 그녀를 "사랑하는 어머니, 루이즈"라고 불렀다.

프랑스로 복귀한 루이즈는 실직자들의 시위를 이끌었다. 수천 명의 사람들이 오랜 기간 직장을 잃고 배고픔에 시달렸다. 루이즈는 빵집으로 시위 행렬을 이끌었고, 이로 인해 그녀는 5년형을 선고받았다. 법정에서 그녀는 빵에 앞서는 배고픈 이들의 권리를 옹호했다. 설령 빵을 훔치게 될지라도 말이다. 이 재판에서의 판결보다 그녀를 더 황망하게 한 것은 어머니의 죽음이었다. 어머니를 끔찍이 아끼고 사랑하던 루이즈는 이제 자신에게 혁명 외에는 살 이유가 없음을 선언했다. 루이즈는 1886년에 사면되었음에도 국가로부터 그 어떤 호의도 받지 않겠다 거부하는 바람에 감옥에서부터 강제로 끌려나와야 했다.

르아브르에서 열린 대규모 집회에서 루이즈가 단상에 올라 발언을 하고 있을 때 두 발의 총성이 울렸다. 한발은 그녀의 모자를 통과했고 다른 한발은 귀 뒤를 뚫고 갔다. 수술은 매우 고통스러웠지만 루이즈는 아프다는 말 한마디 하지 않았다. 그녀는 다만 집에 자기 없이 남겨진 동물들과, 다음 일정에서 자신을 기다리고 있는 친구들에게 끼친 불편이 애통할 뿐이었다. 그녀를 거의 죽일 뻔한 남자는 목사의 영향을 받아 그 짓을 저질렀는데, 루이즈는 그런 그의 석방을 위해서도 힘썼다. 가해자를 변호하기 위해 유명 변호사를 설득했고,

그를 변호하기 위해 자신이 직접 법정에 서기까지 했다. 그녀는 남자의 어린 딸 때문에 특히 동정심을 느꼈는데, 아빠를 잃을 그 어린 아이의 상황을 생각하면 견딜 수 없었던 것이다. 루이즈의 영향력은 심지어 그녀를 공격한 광신도에게까지 미쳤다.

훗날 루이즈는 비엔에서 열릴 총파업에 참석하기 위해 길에 올랐는데, 기차를 타려고 할 때 리옹 역에서 체포되었다. 포르미에스 노동자 학살[1891년 5월 1일 노동자들의 시위에 군대가 발포한 사건]에 책임이 있는 각료가 루이즈의 강력한 힘을 보고, 그 이후로 계속해서 그녀를 제거하려고 호시탐탐 노리고 있었던 것이었다. 그는 루이즈가 정신이상일 뿐 아니라 위험하기까지 하다는 이유로 그녀를 감옥에서 정신병원으로 이송할 것을 요구했는데, 그녀의 동지들이 그녀를 영국으로 오도록 설득한 이유가 바로 이 정치인들의 사악한 계획 때문이었다.

저급한 프랑스 신문들은 그녀를 여성적 자질이나 매력이라곤 전혀 없는 "빨갱이 처녀"라고 부르며 야수로 묘사했다. 좀 더 괜찮은 신문들은 숨을 죽인 채 그녀에 대해 썼다. 언론들은 그녀를 두려워하는 동시에 자신들의 공허한 영혼과 심장보다 훨씬 높은 곳에 있는 그녀를 우러러봤다. 처음 그녀를 만난 자리에서, 어떻게 하면 그녀의 매력을 찾지 못할 수 있는지 의아했다. 사실, 나는 자신과 관련된 모든 것에 대해 그렇게 철저하게 신경을 쓰지 않는 여자를 본 적이 없었다. 그녀의 옷은 낡고 초라했고, 모자는 고릿적 물건이었다. 옷은 몸에 맞지 않았지만 그녀의 존재 자체가 내면의 빛으로 환하게 밝혀졌다. 누구라도 그녀의 빛나는 성격, 그 아이 같은 단순함에 금세 빠져

들었다. 루이즈와 함께 보낸 오후의 경험은 내 삶에 일어났던 그 어떤 일과도 달랐다. 내 머리를 살짝 누르는 그녀 손의 무게, 애정이 담긴 친밀한 동지애의 말들이 내 영혼을 확장시키고 그녀가 거주하는 아름다움의 영역을 향해 손을 뻗게 했다.

대규모 집회에서 발언이 있었던 리즈와 글래스고에서 돌아온 후 나는 크로포트킨에게서 자신을 방문해 달라는 편지를 확인했다. 드디어, 나의 위대한 스승을 만나고 싶다는 오래 간직해 온 꿈이 실현될 것이었다.

크로포트킨은 류리크 왕조와 이어진 러시아 왕가의 직계 후손이다. 그러나 그는 인류의 대의를 위해 자신의 지위와 부를 포기했다. 이뿐만이 아니다. 아나키스트가 된 후로 그는 아나키스트 철학의 발전과 해석에 몸 바치기 위해 자신이 두각을 나타내던 과학자로서의 길을 포기했다. 그는 아나키스트 공산주의의 가장 뛰어난 대변인이자 사상가요, 이론가가 되었다. 아군이나 적군 모두에게 그는 19세기 가장 위대한 지성이자 독특한 인물로 인정받았다. 크로포트킨이 있는 브롬리에 가는 길에 나는 무척 긴장이 되었다. 접근하기 어려운 사람이면 어쩌지, 일상적 사교를 하기에는 너무 자신의 일에 빠져들어 있는 사람이면 어쩌지 하고 걱정도 되었다.

우려와는 달리 그와 있을 때 나는 몹시 편안함을 느꼈다. 가족을 떠나 온 나를 그리도 친절하고 따뜻하게 맞아 주는 표트르 덕분에, 나는 마치 집에라도 온 느낌이었다. 자신이 손수 차를 준비할 테니, 그동안 그의 공방과 그가 직접 만든 물건들을 좀 구경하겠느냐 물었다. 그는 나를 서재로 데리고 가서는 사뭇 뿌듯해하는 표정으로 책상과 벤치, 선반들을 가리켰다. 물건들은 단순하고 소박했지만 그는 그것들을 꽤 자랑스러워했다. 그것들은 노동을 상징하는바, 자신이 그간 강조해 온 정신활동과 육체노동의 결합을 나타내는 것이었기 때문이다. 이제 그는 그 둘이 얼마나 잘 어우러질 수 있는 것인지 사람들에게 보여 줄 수 있었다. 자신이 만든 물건을 이보다 더 경건하게, 애정을 담아 바라보는 장인은 없을 것이다. 과학자이자 철학자 표트르 크로포트킨이 자신의 노동의 결과물에 느끼는 온전한 기쁨은, 일반 대중이 삶을 창조하고 또 만들어 나갈 수 있다는 그의 믿음에 대한 상징이었다.

차를 마시면서 그는 내게 미국의 상황과 운동, 그리고 사샤에 대해 물었다. 그는 사샤의 사건에 대해 매 국면을 따라가며 파악하고 있었고, 그런 만큼 사샤에 대해 큰 존경과 우려를 표했다. 나는 영국에서 내가 받은 인상, 정치적 자유와 대조되는 영국의 극심한 빈부 격차에 대해 말하며, 대중들에 대한 입막음용으로 그냥 뼈를 던져 준 것 아니냐고 물었다. 표트르는 내 관점에 동의하며, 영국은 장사꾼들의 나라라고 말했다. 사람들을 기아로부터 구제하는 데 필요한 필수품들을 생산하기보다 물건을 사고파는 일을 하는 장사꾼들이 판을 친다면서 말이다. "영국의 부르주아들이 사람들 사이에 불만이 퍼지는 걸 두려워하는 건 당연한 일이죠. 정치적 자유는 이를 막기 위한 최선의 안전장치인 셈입니다. 영국 정치인들은 아주 약삭빠르답니다." 그는 계속해서 자신의 의견을 이야기했다. "정치인들은 정치적 고삐를 너무 세게 당기지 않도록 항상 주의를 기울이지요. 보통의 영국인이라면, 자신들이 자유롭다고 생각하기를 좋아하겠죠. 불행을 잊는 데 도움이 될 테니까요. 바로 이것이 영국 노동계급의 아이러니이고 또한 비애입니다. 오래되고 썩어 빠진 영국 귀족들이 독점하고 있는 저 넓은 땅을 개방하기만 한다면, 지금 굶주리는 국민들이 다 먹고살 수 있을 겁니다." 크로포트킨과의 만남에서 나는 위대함이란 건 항상 단순함과 함께 간다는 것을 다시 한번 깨달았다. 그는 위대함과 단순함 그 둘 다의 현현이었다. 명료함과 명석함은 그의 따뜻한 마음과 조화를 이루어 매혹적이고 자애로운 그의 성격을 만들어냈다.

영국을 떠나기 아쉬웠다. 짧은 체류였지만 정말 많은 사람들을 만나고, 친구를 사귀었으며 나의 위대한 스승들과 개인적으로 교류할 수 있어서 풍요로운 시간이었다. 심히 영광이었다. 내 인생에서 정원과 공원, 꽃이 어우러진 이렇게 무성하고 아름다운 녹색을 본 적이 없었다. 한편으로, 이토록 암울한 빈곤의 상황을 본 적도 없었다. 가난한 자와 부자들에게는 심지어 자연마저 다르게 나타나는 것 같았다. 햄스테드에서는 청명하던 하늘이 이스트엔드에 가니 더러운 잿빛으로 바뀌고, 태양마저 칙칙하고 누런 얼룩으로 보였다. 영국의 사회적 계급의 차이를 가르는 거친 구분은 혐오스러울 지경이었다. 이를 통해 사회정의와 나의 이상을 위해 일하겠다는 결심은 더 굳건해졌다. 내가 간호사로 보내면서 잃어버리게 될 시간이 안타까웠지만 미국에 갈 때 나는 좀 더 준비가 되어 있을 거라는 희망으로 나 자신을 위로했다. 내가 참여하는 과정이 10월 1일에 시작하는 탓에 더 이상 런던에 머무를 수가 없었다. 나는 빈으로 향했다.

빈은 에드에게 들었던 것보다 훨씬 매력적이었다. 오래된 저택과 근사한 카페들이 줄지어 있는 거리인 링슈트라세, 장중한 나무들이 늘어선 널찍한 산책로, 특히 공원보다는 숲이 더 많은 프라터는 빈을 내가 본 도시 중 가장 아름다운 도시로 만들었다. 도시 전체가 빈 사람들의 유쾌함과 명랑함으로 가득 차 있었다. 이에 비하면 런던은 무덤 같았다. 이곳에는 삶과 기쁨이 있었다. 나는 도시의 일부가 되고 싶었고, 도시에 내 몸을 던지고 카페에 앉아서 군중을 하염없이 바라보고 싶었다. 그러나 내가 빈에 온 목적은 그게 아니었으므로 딴짓을 할 여유 같은 건 없었다.

산파학을 배우는 주요 과정 이외도 유아 질병을 다루는 과정이 있었다. 짧다면 짧았던 간호사 경험에서 내가 본 것은 학교를 수료한 간호사들이 얼마나 아이들을 잘 못 다루는지였다. 젊은 간호사들은 아이들을 거칠게 다뤘고, 또 아이들을 이해하지 못했다. 나의 어린 시절도 바로 이런 어른들 때문에 얼마나 괴로웠던가. 그 생각을 하면 아이들에 대한 연민이 들었다. 사실 나의 참을성은 어른을 대할 때보다 아이들을 대할 때 더 잘 발휘되었다. 병으로 인해 의존적이 된 그들을 볼 때마다 내 마음은 심히 아팠다. 나는 어린 환자들에게 애정을 주는 것 이상의 도움이 되기를 바랐고, 그들을 잘 보살필 수 있는 준비가 되었으면 했다.

우리 몸을 고치는 데 있어서 거의 모든 과정을 다루고 있는 빈 종합병원은 배우고자 하는 의지와 열정이 있는 학생들에게 좋은 기회를 제공해 주었다. 나는 이 병원이, 수천 명의 환자와 간호사, 의사와 간병인이 있는 놀라운 기관이면서 또한 그 자체로 하나의 도시와도 같다는 것을 알게 되었다. 각 부서 담당자들은 그 분야에서 세계적인 권위를 가진 인물들이었다. 산부인과 과정은 유명한 산부인과 의사인 브라운 교수가 학과장이었다는 점에서 참으로 운이 좋았다. 브라운 교수는 아주 훌륭한 스승일 뿐 아니라 인간적으로도 사랑스러운 사람이었다. 그의 강의는 건조하거나 지루한 적이 없었으며, 심지어 수술에 대한 설명 중, 혹은 수술을 하고 있는 중에도 유머러스한 발언이나 재미있는 일화, 아니면 여학생들을 당황하게 하는 말들을 하면서 분위기를 띄웠다. 이를테면 11월과 12월의 출산율이 상대적으로 높은 이유에 대해 설명하면서 이렇게 말하는 것이었다. “가장 즐거운 빈의 축제기간 동안에는 가장 고결한 소녀들도 휘말리는 법이지요. 이 여성들이 자연스러운 본능에 너무 쉽게 자기를 내어준다는 말을 하는 게 아닙니다. 다만, 자연이 여성들을 비옥하게 만든다는 거지요. 이럴 때 남자들이 그저 바라보기만 해도 여자들은 임신을 하게 됩니다. 그러니 젊은 여성들 잘못이 아니라 다 자연이 잘못한 거라는 말이에요.” 다시 한번 브라운 교수는 특정 여성 환자의 사례를 언급하면서 더욱 도덕적인 학생들을 화나게 했다. 교수가 남학생들에게 여성 환자를 살펴보고 진단하게끔 했는데, 진찰을 끝낸 학생들 중 누구도 소리내어 결과를 말하지 않더란다. 학생들은 그저 교수가 말하기를 기다리고 있었다. 진찰이 끝나고 그는 말했다. “신사분들. 이번 케이스는 여러분 대부분이 한번은 걸렸거나, 지금 걸려 있거나 아니면 미래에 걸릴 예정에 있는 것이로군요. 이 병의 기원에 대한 매력, 병이 발전함에 따른 통증, 그리고 치료에 대한 대가에 저항할 수 있는 사람은 아주 드물 겁니다. 진단명은 매독이네요.”

산부인과 과정을 수강중인 학생들 중에는 키예프와 오데사 출신의 유대인들이 몇 있었고, 팔레스타인에서 온 학생도 한 명 있었다. 그들은 강의 내용을 이해할 만큼 독일어를 하지 못했다. 러시아인들은 매우 가난했고, 한달에 고작 10루블로 살아야 했음에도 직업을 얻기 위해 용기를 내고 어려움을 참아 낸다는 것이 내게는 큰 영감이 되었다. 나의 감탄에 소녀들은 그저 누구나 하는 일이라고 대꾸했다. 수천 명의 러시아 사람들, 유대인과 비유대인들이 다 하고 있는 일이라고 말이다. 외국에서 온 학생들은 모두 수중에 아주 적은 돈만 가지고 생활하는데 그들이라고 못할 게 무어란 말인가? "그렇지만 독일어가 좀 부족한 것 같은데, 수업을 따라가거나 교과서 읽는 건 어떻게 할 건가요? 시험에 합격도 해야 하잖아요?" 하고 내가 물었다. 그들은 잘 모르겠지만, 어찌어찌 해나갈 거라고 대답했다. 어쨌거나 유대인인 이상 독일어를 조금씩은 다 이해하는 법이라면서 말이다. 나는 이 소녀들이 어쩐지 안쓰러웠다. 그들이 살고 있는 곳은 흡사 동굴과도 같은 형편없는 곳이었고, 나는 크고 아름다운 방에서 살고 있었다. 나는 그들에게 내 방에서 함께 지내는 게 어떤지 물었다. 병원에서 야간근무가 있지만, 아마 우리가 동시에 야간근무가 걸리진 않을 거라고 생각했다. 또 우리가 함께 산다면 그들 입장에선 생활비를 줄일 수 있고, 내가 그들의 독일어를 좀 도와줄 수도 있을 터였다. 머지않아 우리 집은 여자 남자 가릴 것 없이 러시아 학생들의 집합소가 되었다.

빈의 사람들은 나를 브래디 여사로 알고 있었다. 본명으로는 해외 입국이 불가능했기 때문에 가명을 사용해야 했다. 나는 반드시 내 이름으로 살겠다는 고집스러운 생각에서 벗어났다. 물론 전 남편인 커쉬너의 이름을 사용하는 방법도 있었지만 그를 떠난 이후로 나는 그의 이름을 사용하지 않았다. 사실, 1893년에 딱 한 번 그를 본 적이 있다. 로체스터에서 요양중일 때였다. 남편에 대해서는 고통스러운 기억밖에는 없다. 브래디는 아일랜드 출신이었고, 따라서 내 신분에 대해 의심하는 사람이 없을 거라 생각했다. 나는 문제없이 여권을 받았다.

빈에서 나는 극도의 주의를 기울여야 했다. 합스부르크 왕가의 전제정치 때문이었는데, 이 때문에 사회주의자와 아나키스트들에 대한 박해가 가혹했던 것이다. 나는 추방당하고 싶지 않아서 동지들과 공개적으로 교제할 수가 없었다. 그럼에도 여전히 다양한 사회 분야에서 활동하는 흥미로운 사람들을 만날 수는 있었다.

공부와 병원 근무를 병행하는 가운데 야간근무가 자주 있다 하더라도 빈의 문화생활, 음악과 공연에 대한 나의 관심은 줄어들지 않았다. 그곳에서 만난 젊은 아나키스트 슈테판 그로스만은 도시의 삶에 대해 놀라울 정도로 잘 알고 있는 사람이었다. 그는 내가 싫어하는 점을 많이 갖고 있었다. 그 중 하나가 비유대인들의 어리석은 습관은 카멜레온처럼 잘도 받아들이면서 자신의 출신은 숨기려고 노력한다는 점이었다. 맨 처음 그로스만을 만났을 때 그는 펜싱 선생님이 자신의 "독일인의 다리"를 칭찬했다는 말을 했다. "그건 그다지 칭찬이 아닌 거 같은데요. 만약 그 사람이 당신의 이디시 코를 칭찬했다면 그건 자랑거리가 될지도 모르지만요" 하고 내가 받아쳤다. 하지만 우린 자주 만났고 나도 점점 그 사람이 괜찮게 느껴졌다. 그는 이것저것 안 가리고 엄청나게 읽어대는 독자이자, 니체, 입센, 하우프트만,

폰 호프만스탈 등 이전의 가치에 강하게 반대하며 새로운 문학을 만들어 내는 작가들의 열정적 지지자였다. 나는 일전에 훌륭한 작가 로버트 라이첼이 디트로이트에서 발행하는 주간지 『불쌍한 악마』에서 그 작품들 일부를 읽은 적이 있었다. 이 주간지는 독자들로 하여금 유럽의 새로운 문학의 정신들을 접할 수 있게 해주는 미국 내 유일한 독일계 신문이었다. 유럽을 뒤흔들고 있는 위대한 지성들의 작품에 대해 칼럼에서 읽게 된 것은 내 식욕을 자극하기만 할 뿐이었다.

빈에서는 현대 독일 산문과 시에 대한 흥미로운 강의를 들을 수 있었다. 예술과 문학에 있어 인습을 타파하는 젊은 작가들의 작품 가운데 가장 대담한 것은 니체였다. 그의 언어의 마법, 비전의 아름다움은 내가 전에는 꿈도 꾸지 못했던 곳으로 나를 데려갔다. 그의 글을 집어삼키듯 읽고 싶었지만 그의 책들을 사기에 나는 너무 가난했다. 다행히도 그로스만에게 니체와 다른 작가들의 책이 있었다.

수면이 절실한 나였지만, 잠을 줄여 가며 책을 읽었다. 니체를 읽으면서 느끼는 내 몸의 긴장은 무엇이던가? 그의 영혼의 불길, 그가 만들어 내는 운율은 삶을 더 풍요롭고 충만하게, 아름답게 만들어 주었다. 이 귀중한 보물을 사랑하는 사람과 나누고 싶었기에 나는 에드에게 긴 편지를 써 내가 발견한 세계에 대해 설명했다. 그는 대답을 회피하는 듯한 답장을 보냈다. 새로운 예술에 대한 내 열정에 동의하지 않는 게 분명했다. 그가 관심이 있는 쪽은 내 공부와 건강이었고, 엉뚱한 것들을 읽느라 내 에너지를 낭비하지 말라고 타일렀다. 나는 실망했지만, 만약 그가 이 새로운 문학을 직접 읽을 기회가 있다면 이 혁명적 정신의 탁월함을 알아볼 것이라고 스스로를 위로했다. 아,

돈을 벌어야지. 그래서 에드에게 직접 책을 안겨 주리라, 나는 다짐했다.

함께 수업을 듣는 학생을 통해 저명한 젊은 교수 지그문트 프로이트의 강의에 대해 알게 되었다. 하지만 이 강의에는 의사와 특별히 발급된 카드를 소지한 자만이 참석할 수 있었기에 나는 친구의 권유로 성에 대한 논의를 하는 브륄 교수의 수업에 등록하게 되었다. 브룰 교수의 수강생이 된다면 프로이트 교수의 수업에 들어갈 수 있는 기회가 생길지도 모를 일이었다.

브룰 교수는 나이가 들어 들릴 듯 말 듯한 목소리로 말을 했다. 그의 강의 주제는 내게 신비로운 것이었다. 그는 남자 동성애자와 여자 동성애자들, 그리고 다른 이상한 주제에 대해 이야기했다. 그의 수업에 있는 사람들도 이상하긴 마찬가지였다. 요염하게 행동하는 여성스러워 보이는 남자들, 굵은 목소리에 누가 봐도 남성스러워 보이는 여자들이 있었다. 그들은 분명 특이한 집단이었다. 이런 문제에 있어 좀 더 명료하게 알게 된 것은 후에 프로이트 교수의 수업을 듣고 나서다. 그의 단순함과 진지함, 그리고 명석함이 어우러져 어두운 지하실에서 환한 대낮으로 인도받는 느낌을 받았다. 나는 처음으로 성적 억압의 의미와 그것이 인간의 생각과 행동에 미치는 영향에 대해 이해하게 되었다. 그는 나로 하여금 나 자신과 나의 욕구를 더 잘 이해할 수 있게 해주었으며 프로이트와 같이 위대하고 훌륭한 정신을 불순하다고 생각하는 사람들은 그 자신들이야말로 타락한 이들이라는 것을 깨달았다.

빈에 대한 다양한 관심으로 인해 나는 하루종일 바빴다. 연극을 보고 음악회를 찾아다녔다. 「니벨룽겐의 반지」 작품 전체와 바그너의 다른 작품들을 들은 것은 처음이었다. 바그너의 음악은 항상 나를 뒤흔들어 놓았다. 장엄한 목소리, 멋진 오케스트라, 거장다운 지휘가 있는 빈의 공연은 전율 그 자체였다. 그런 경험 후에 바그너의 아들이 지휘하는 콘서트를 관람하는 것은 자못 고통스러운 일이었다. 지크프리트 바그너가 자신이 작곡한 「곰가죽」을 직접 지휘했는데 맹탕도 이런 맹탕이 없었다. 그런데 자신의 아버지의 작품에 대한 것이라면 그는 더더욱 능력미달이었다. 나는 콘서트장을 박차고 나왔다.

빈에서 나는 여러 새로운 경험을 할 수 있었다. 가장 놀라운 경험은 헤르만 주더만의 작품 「고향」에서 마그다 역을 맡은 엘레오노라 두세였다. 연극 자체도 새로운 사건이었지만, 두세가 창조해 낸 것은 주더만의 재능을 훨씬 뛰어넘는 것이었으며 그를 통해 두세는 극에 진정한 깊이를 부여했다. 몇 해 전 뉴헤이븐에서 공연된 「페도라」에서 사라 베르나르를 보았을 때도 그녀의 목소리와 몸짓, 그 강렬함은 그야말로 계시와도 같았다. 그 이후로 이것을 뛰어넘을 자는 없다고 생각했지만 엘레오노라 두세는 그보다 더 높은 정점에 도달해 있었다. 그녀는 작품에 비해 너무나 풍부하고 완벽한 천재였고, 그녀의 해석은 무대장치에 비해 너무 현실적이었다. 과장된 몸짓이나 불필요한 움직임, 소리를 조절할 필요도 없었다. 그녀의 풍성하고 생동감 넘치는 목소리는 일정하게 리듬을 유지했고 표현력 또한 감정을 드러내기에 충분했다. 엘레오노라 두세는 자기 자신의 영혼과 하나가 된 마그다라는 인물의 격동적인 성격의 세세한 뉘앙스를 거뜬히 해석해 냈다. 그녀야말로 하늘에 닿는 예술, 삶이라는 창공에 떠 있는 하나의 별이었다.

시험이 가까워오면서 더 이상 도나우 강변의 매력적인 도시의 유혹에 빠져 있을 수만은 없었다. 얼마 안 있어 나는 조산사 학위와 간호학 학위를 취득하게 되었다. 두 개의 학위와 함께 나는 드디어 집에 돌아갈 수 있게 되었지만, 빈을 떠나기는 싫었다. 빈은 나에게 너무 많은 것을 준 도시였다. 2주 정도를 더 머물며 동지들과 오래 시간을 보내면서 그를 통해 오스트리아의 아나키스트 운동에 대해 많은 것을 배웠다. 몇몇 소규모 모임에서 미국과 미국에서의 투쟁에 대해 강연을 하기도 했다.

페드야가 돌아가는 뱃삯을 보내왔다. 2등석 비용과 함께 옷가지를 좀 사라며 100달러를 부쳤다. 나는 그 돈으로 책을 사는 것이 더 좋았다. 문학의 역사를 써 나가는 작가들의 작품, 특히 극작가들의 작품을 구입했다. 아무리 옷장이 가득 차더라도 내 작고 소중한 서재만큼의 기쁨을 줄 수는 없을 것이었다. 나는 구입한 책들을 짐가방에 넣는 위험을 감수하고 싶지 않아서 내가 직접 드는 손가방에 넣었다.

프랑스 여객선이 뉴욕 선착장을 향해 증기를 뿜으며 들어설 때 나는 갑판에 선 채로 에드를 몰래 지켜봤다. 그는 아직 나를 보지 못하고 있었다. 건널판자 근처에서 장미꽃 한 다발을 들고 서 있던 그는 내가 내려왔을 때도 나를 알아보지 못했다. 비오는 늦은 오후 해질녘이어서였는지, 나의 커다란 모자 때문이었는지, 아니면 내가 말랐기 때문이었는지? 한동안 승객을 지켜보다 내가 안 보이자 초조해하는 그에게 살짝 다가가 눈을 가렸다. 그는 재빨리 몸을 돌려서는 나를 품에 꽉 안았다. 그러곤 떨리는 목소리로 말했다. "나의 보물, 무슨 일이오 이게? 어디 아픈 거요?" "말도 안 되는 소리!" 나는 대답했다. "나는 영적으로 성숙해졌을 뿐이에요. 어서 집으로 가요. 이야기해 줄 게 너무 많아요."

에드는 편지로 우리 숙소를 더 편안한 곳으로 바꿨노라고 알려온 바 있었다. 집을 꾸미는 데에는 페드야가 도움을 주었다고. 집은 내 기대를 훨씬 뛰어넘는 것이었다. 새로 이사한 집은 11번가 독일인 거주 지역 내의 구식 아파트였다. 커다란 주방 창문으로는 아름다운 정원이 내려다보였고, 널찍하고 천장이 높은 앞방은 오래된 마호가니 가구로 소박하고 아늑하게 꾸며져 있었다. 벽에는 희귀한 그림들이 걸려 있었고, 내 책들은 선반에 정리되어 있었다. 분위기와 취향이 두루 갖춰진 장소였다.

에드는 유스투스가 보낸 와인과 함께 그가 준비한 저녁 식사에서 호스트 역할을 했다. 이제 자신이 부자라며, 일주일에 15달러를 번다는 말과 함께 다른 친구들 소식을 전해 주었다. 페드야, 유스투스, 클라우스, 그리고 무엇보다도 궁금한 사샤의. 해외에 있는 동안 사샤와의 직접적인 소통은 불가능했다. 에드가 우리 연락을 중간에서 중개해 주었으므로 즉각적 연결이 안 되고 늘 지연되기 일쑤였다. 사샤가 보낸 편지가 있다는 사실을 알게 되었을 때 나는 뛸 듯이 기뻤다. 내가 도착한 당일에 맞춰 받을 수 있게 편지를 보내다니, 놀랍다고 생각했다. 사샤의 편지는 늘 그렇듯 그의 빼어난 정신이 스며들어 있었다. 자신의 처지에 대해 불만이라곤 한 마디도 없고, 다만 바깥의 활동과 내 활동, 빈에서 받은 인상들에 대해 궁금해했다. 유럽은 너무 멀다고, 그는 썼다. 내가 미국으로 돌아옴에 따라 나를 더 가까이 느끼게 되긴 했지만 우리가 다시 만날 수 없음을 그는 알고 있었다. 강연을 하러 피츠버그로 가는 건 어떨까? 사샤와 내가 같은 도시에 있다는 것만으로 충분히 의미가 있을지도 모르는 일이었다.

내가 유럽으로 떠나기 전 우리의 친구 아이작 호르비치는 내게 사샤의 재판이 불법적인 절차로 이루어졌음을 근거로 대법원에 항소를 해보면 어떻겠는지 제안했다. 상당한 노력과 비용을 들여 재판 기록을 확보하는 데 성공했지만 개정의 근거가 되는 법적 이유를 찾을 수가 없었다. 사샤는 자신을 스스로 변호하면서 판사의 판결에 이의를 제기하지 않았기 때문에 항소하는 것이 불가능했다.

빈에 있는 동안 몇몇 미국인 친구들이 사면위원회에 신청을 해보는 건 어떤지 제안했다. 아나키스트로서 그런 선택을 한다는 것에 반감이 들었다. 또한 사샤가 이를 거부할 거라는 확신이 있었기에 그에게 아예 언급조차 하지 않았다. 내가 해외에 나가고 없는 동안 사샤는 독방에 갇혀서 건강이 나빠질 대로 나빠졌다. 일관성을 갖는다는 건 훌륭하지만, 그로 인해 다른 길을 막게 된다면 그것은 범죄가 아닌가 하는 생각을 하게 되었다. 다른 건 다 제쳐 두고 사면위원회에 항소할 수 있도록 사샤에게 간청하게 된 이유다. 자신이 그런 것을 하기를 원하는 나에게 화가 나고 상처를 받았음을 그는 편지를 통해 전했다. 자신의 행위는 그 자체로 정당성을 지니고 있으며, 이는 자본주의 시스템의 불의에 항거하는 몸짓이라고 그는 썼다. 법원과 사면위원회는 이 시스템의 성벽과도 같았다. 나는 나의 혁명성을 점점 잃어 간 게 틀림없었다. 아니면, 애초에 그런 조치에 마음이 흔들린 것은 그에 대한 걱정 때문이거나. 어찌되었든 그는 내가 그를 대신해 원칙에 반하는 행동을 하기를 원치 않았다.

에드는 빈으로 사샤의 편지를 보내 왔고, 그것을 읽은 후 나는 몹시 슬퍼졌다. 실망스럽긴 했지만, 그렇다고 내 노력을 막을 순 없었다. 펜실베이니아에 있는 친구들이 그 주에서는 사면 신청자의 개인 서명이 필요하지 않음을 알려주었다. 나는 다시 사샤에게 편지를 써서 사면 신청을 거부하기에는 그의 생명과 자유가 우리의 운동에 너무나 중요하다고 강조했다. 위대한 혁명가 중에서도, 그들이 장기간 복역 중에 자유를 얻기 위해 호소한 사람들이 있었다. 그런데도 그가 자신을 위해 내딛는 발걸음이 여전히 일관성이 없다고 생각한다면, 그저 우리 친구들이 그렇게 할 수 있게 허락해 주면 안 되겠는지 물었다. 나와 연루된 행동의 결과로 그가 감옥에 갇혀 있는 것을 더 이상 참을 수 없다고 나는 설명했다. 나의 간청이 어느 정도 먹혀 들어간 것 같았다. 그는 답장에서 자신은 사면위원회에 그 어떤 믿음도 없다고 반복해 말했다. 그러나 더 나은 판단을 할 수 있는 상황에 있는 바깥의 친구들이 어떤 조치를 취하고자 한다면, 더 이상 반대하지는 않겠다고 했다. 그는 덧붙여 논의하고 싶은 다른 문제가 있는데 혹시 에마 리가 통행증을 발급받을 방법이 없겠는지를 물었다.

에마 리는 피츠버그로 이사하여 호텔에서 리넨 관리 책임자 역할을 맡았다. 그녀는 교도소 담당 목사와 서신을 주고받기 시작했는데 그 목사는 사샤의 면회권을 회복시키는 데 동의하는 사람이었다. 수개월간의 기다림 끝에 목사는 에마에게 허가증을 내주었는데 에마가 교도소에 연락을 했을 때 교도소장은 이를 허락하지 않았다. "여기서는 목사가 아니라 내가 유일한 권위자"라며 자신이 소장으로 있는 한 아무도 죄수 A-7을 못 만날 거라고 으름장을 놓았다.

에마는 자신이 격렬하게 항의를 하면 오히려 사샤의 사면 기회에 해가 될지 모른다고 생각했다. 그녀는 내가 리드 경감의 가게에서 한 행동에 비하면 놀라운 자제력을 보여 준 것이다. 우리는 우리의 노력으로 사샤를 적의 손아귀에서 빼낼 수 있다는 희망을 놓지 않았다.

볼테린 드 클레어와 연락을 하면서 나는 그녀에게 사샤를 돕겠다 했던 그녀의 약속을 상기시켰다. 그녀는 사샤를 대신해 공개 서한을 작성했는데, 나에게 보내는 대신 에드에게 보내왔다. 사소한 것일지언정 잠시나마 화가 났지만, 그녀가 쓴 문건을 보고 분노가 녹아 내렸다. 사람의 마음을 움직이는 아름다움으로 가득한 산문시였던 거다. 우리 사이의 오해를 다시 언급하는 일 없이 나는 그녀에게 감사 인사를 전했다. 그녀는 대답하지 않았다.

사면 신청을 위한 캠페인이 시작되었다. 피츠버그의 저명한 변호사가 우리 건에 관심을 갖고 케이스를 펜실베이니아 사면위원회로 가져가는 데 동의를 했다.

큰 기대에 부흥하기 위해 우리는 열심히 일했다. 이와 더불어 사샤의 희망도 다시 살아나는 것 같았다. 삶, 펄떡거리는 삶이 이제 그의 앞에 다시 펼쳐지는 것 같았다. 그러나 우리의 기쁨은 그리 오래 가지 못했다. 위원회는 우리의 항소를 거부했다. 버크만의 다른 혐의에 대한 선고가 고려되기 전에 그는 우선 온전히 그의 첫번째 혐의에 대한 형기인 7년을 다 끝마쳐야 한다면서 말이다. 위원회가 카네기와 프릭의 심기를 거슬리는 일을 할 리는 만무했다.

충격으로 나는 정신을 차릴 수 없었고, 사샤에게 미칠 영향이 크게 걱정되었다. 내가 어떻게 그에게 알릴 수 있을까? 이 잔인한 일격에서 그를 돕기 위해 무슨 말을 할 수 있을까? 사샤는 1897년까지 버틸 만큼 용감한 사람이라는 에드의 말은 전혀 위로가 되지 않았다. 감형에 대한 희망을 잃은 채, 살아서 감옥을 나오지 못할 거라는 리드 경감의 협박이 내 귓가에 맴돌았다. 내가 사샤에게 편지를 쓰기도 전에 먼저 그의 편지가 도착했다. 그는 애초에 낙관적인 결과를 기대하지 않았으니 실망할 것도 없다고 썼다. 사면위원회의 결정은 미국 정부와 금권정치의 긴밀한 관계를 다시금 증명했을 뿐이다. 그리고 이는 우리 아나키스트들이 늘상 주장해 오던 것이었다. 1897년에 항소를 재고하겠다는 위원회의 말은 여론과 사샤의 친구들을 떼어 내기 위한 눈가림에 불과했다. 그는 철강회사의 아첨꾼들이 결코 자신을 위한 결정을 내릴 리가 없다고 확신했는데, 사실 그런 건 아무래도 상관없었다. 그는 이미 4년을 견뎌 냈고, 계속 싸울 생각이었다. "우리의 적들은 나를 무너뜨렸다고 말할 기회조차 갖지 못할 것"이라고 그는 썼다. 그는 언제라도 나의 지원과 그가 얻은 새로운 친구들의 지지에 기댈 수 있음을 알고 있었다. 우리의 대의를 위한 열정에 절망하거나 쉬는 일은 없어야 할 것이다. 나의 사샤, 너무나 멋진 사샤. 그는 에드의 말마따나 용감할 뿐만 아니라 힘과 용기로 지어진 탑과도 같았다. 볼티모어와 오하이오의 증기괴물이 그를 나에게서 앗아간 그날 이후로, 그는 시시껄렁한 관심과 개인적인 사소한 걱정, 무기력한 일상들로 어두워진 지평선 위에서 유성처럼 빛났다. 그는 영혼을 정화하는 새하얀 빛과도 같았고, 그렇게 인간의 나약함에서 떨어져 나온 그의 모습은 경이로웠다.

15

아나키스트 그룹에서 르네상스가 일어나고 있었다. 1887년 이래로 가장 거대한 활동이 이루어졌고, 특히나 미국 그룹에서 더 그러했다. 1892년 사베리오 메를리노에 의해 출간되었다가 이후 중단된 영어 간행물 『연대』는 94년에 다시 복간되어 유능한 미국인 활동가들이 이를 중심으로 많이 모여들었다. 그 중에는 존 에덜먼, 윌리엄 C. 오언, 찰스 B. 쿠퍼, 그리고 정력적인 노동조합원 반 에튼 양이 있었다. 매주 사회과학 클럽이 조직되고 강의가 열렸다. 이 활동은 지식인들의 상당한 관심은 물론이거니와 언론의 맹렬한 공격을 이끌어 냈다. 아나키즘에 대한 상세한 설명이 이루어지는 곳은 뉴욕뿐만이 아니었다. 오레곤 주 포틀랜드에서는 영어로 발행되는 또 다른 주간지 『선동가』가 헨리 애디스와 아이작 가(家)를 포함한 재능 있는 남녀들에 의해 출판되고 있었다. 보스턴에서는 젊고 열정적인 동지인 해리 M. 켈리가 『반대자』를 출판하는 협동 인쇄소를 조직했다. 필라델피아에서는 볼테린 드 클레어, H. 브라운, 펄 매클라우드를 비롯해 다른 용감한 활동가들이 우리의 사상을 전파해 나갔다. 바야흐로 미국 전역에서 시카고 순교자들의 정신이 부활하고 있었다. 스파이스와 그 동지들의 목소리는 미국 시민들의 모국어와 또 모든 외국어로 나타나고 있었다.

우리의 활동에 있어 영국의 아나키스트 찰스 모브레이와 존 터너의 도착은 상당한 동력이 되었다. 모브레이는 1984년, 내가 출소하고 얼마 지나지 않아 미국에 왔고 그 이후로 보스턴에서 활발히 활동하고 있었다. 교양이 풍부하고 식견이 넓은 편인 존 터너는 해리 켈리의 초대로 미국에 왔는데, 그의 강연은 어째서인지 사람들이 많이 들어차지 않았다. 그러다 보니 강연 홍보 등을 조직하는 일은 뉴욕에 있는 우리의 일이 되었다. 나는 런던에 있는 동안 존과 그의 여동생 리지를 만났고, 따뜻하고 상냥하고 친절한 그들에게 강한 끌림을 받았더랬다. 특히 존과 이야기하는 일은 즐거웠는데 그는 영국의 사회운동에 대해 잘 알고 있었을 뿐만 아니라 그 자신이 노조와 윌리엄 모리스가 창간한 신문인 『커먼윌』과 긴밀하게 연결되어 있었던 까닭이다. 물론 그는 아나키즘을 선전하는 데 힘을 가장 많이 썼다. 존 터너가 미국에 오면서 그가 하는 회의를 주재해야 했기 때문에 나의 영어 말하기 실력을 검증할 기회가 되기도 했다.

은화자유주조 운동이 절정에 달하고 있었다. 금과 16대 1의 비율로 은화를 발행하자는 운동은 하룻밤 사이에 전국적인 화제가 되었다. 일목요연한 연설과 “너는 노동의 이마에 가시 면류관을 누르지 말 것이며, 인류를 금 십자가에 못 박지 말 것이니라”라고 하는 캐치프레이즈로 민주당 전당대회에서 단번에 사람들에게 강한 인상을 남긴 윌리엄 제닝스 브라이언이 급부상함에 따라 은화자유주조 운동은 힘을 얻었다. 대통령 선거에 출마한 브라이언은 "은의 혀"를 가진 연설가가 되어 거리의 사람들을 사로잡았다. 새로운 정치적 수에 늘 쉽게 넘어가 버리곤 하는 미국의 자유주의자들은 하나같이 브라이언의 은화자유주조 운동에 넘어갔다. 심지어 일부 아나키스트 중에서도 그의 슬로건에 매료되는 사람들이 있었다. 어느 날 시카고의 유명한 동지인 조지 실링이 동부 급진주의자들의 협력을 요청하기 위해 뉴욕에 도착했다. 조지는 개인주의 아나키즘 학파의 리더인 벤저민 터커의 열렬한 추종자였고, 터커가 발행하는 신문인 『자유』의 기고자이기도 했다. 그러나 자신의 스승인 터커와는 달리 조지는 노동운동과 좀 더 가까웠고 또한 터커보다 더 급진적이었다. 미국에서 대중들이 깨어나길 바라는 소망은 은화자유주조 문제가 독점과 미국 모두를 약화시키는 힘이 될 것이라는 조지의 믿음의 기반이었다. 브라이언에 대한 언론의 매서운 공격은 오히려 조지를 비롯한 다른 이들이 그를 순교자로 바라보게 한다는 면에서 브라이언의 정치적 선전을 돕는 일이 될 뿐이었다. 신문은 브라이언을 일컬어 "아나키스트 알트겔드와 혁명가 유진 데브스의 피 묻은 손에 쥐어진 도구"라고 불렀다.

브라이언의 열정을 공유할 수 없었던 이유 중 하나는 내가 근본적 변화를 가져오는 수단으로서 정치적 기구를 믿지 않는다는 데 있었고, 또한 브라이언에게는 뭔가 유약하고 피상적인 구석이 있다는 점 때문이었다. 나는 그의 일차적인 목표가 사람들의 "사슬을 끊는 것"이 아니라 백악관에 들어가는 것이라고 느꼈기에 그와 거리를 두기로 했다. 그에게는 진실성이 결여되어 있었고 따라서 나는 그를 믿지 않았는데 이런 입장으로 인해 양측 모두에서 공격을 받았다. 나에게 은화자유주조 운동에 가담하라고 촉구한 이는 조지 실링이었다. 우리가 만났을 때 그는 내게 말했다. "서쪽에서 혁명적 대열이 동쪽으로 몰려오면 동부 사람들은 뭘 할 건가요? 계속 그렇게 말만 하고 있을 건가요, 아니면 우리와 힘을 합칠 건가요?" 그는 나의 이름이 이미 서쪽까지 퍼졌고, 대중들을 약탈자로부터 해방시키는 운동에서 매우 핵심적인 요소가 될 수 있음을 확신했다. 조지는 자신의 열의에 대해 꽤 낙관적이었지만, 나를 설득할 수는 없었다. 우리는 친구로서 헤어졌고, 조지는 임박한 혁명에 대한 나의 판단력 부족에 고개를 가로저었다.

저녁에는 존 맥루키가 우리를 방문했다. 이전에 홈스테드에서 하원의원을 하던 사람이었다. 철강 노동자들의 파업 동안 용역에 강하게 반대하던 그의 연대를 나는 아직 기억하고 있었다. 덩치 좋고 유쾌한, 전형적인 제퍼슨파 민주당원을 만나게 되어 기뻤다. 그는 사샤의 일을 논의하기 위해 볼테린을 만났었으며, 그녀에게 버크만이 더 이상 서부 교도소에 있지 않다는 이야기를 했다. 맥루키를 비롯해 홈스테드의 다른 많은 사람들은 버크만이 애초에 프릭을 죽일 의도는 없었다고 믿었다. 그저 프릭에 대한 동정여론을 만들기 위한 행동이었다고 생각한다는 것이다. 그에게 내려진 과도한 형량은 펜실베이니아 법원이 대중을 기만하기 위한 책략에 불과했고, 홈스테드 노동자들은 알렉산더 버크만이 이미 오래전에 석방되었다고 확신하고 있었다. 볼테린은 그 이야기가 얼마나 말도 안 되는지를 증명하기 위한 자료를 맥루키에게 주었고, 나를 통해 더 많은 증거를 확인하라며 내게 보낸 것이었다.

사샤에 대한 그런 말도 안 되는 이야기를 믿는 이 남자를 어안이 벙벙해진 채로 바라보며 그의 이야기를 가만히 듣고 있었다. 사샤는 자신의 젊음을 희생했고, 이미 교도소에서 5년의 시간을 보내면서 지하감옥과 독방, 잔인한 고문을 견디고 있었는데 말이다. 교도소 당국의 지속적 괴롭힘으로 심지어 자살시도를 하기까지 한 사람이건만, 자신이 기꺼이 목숨을 바친 바로 그 사람들에게 의심을 받고 있었다. 터무니없을 뿐만 아니라 잔인하기까지 했다. 나는 방에서 사샤의 편지를 가지고 와 맥루키에게 건넸다. “일단 읽어 보시죠. 그러고 나서 방금 내게 말한 그 이야기를 아직 믿는지 말씀하시죠.”

그는 편지 더미에서 하나를 집어들고 주의깊게 읽은 다음 다른 편지 몇 개를 더 읽더니 내 손을 잡았다. “용감한 엠마 씨, 미안합니다. 당신의 친구를 의심해서 정말 미안하게 생각합니다.” 이제 자신과 홈스테드 사람들이 얼마나 잘못 생각했는지 깨달았다고 그는 말했다. “버크만을 감옥에서 꺼내기 위해 그 어떤 일이라도 돕겠습니다. 믿어도 좋아요.” 그런 다음 그는 브라이언을 언급하며 내가 만약 은화자유주조 운동에 참여하면 사샤를 도울 기회가 만들어지지 않겠느냐 했다. 민주당의 저명한 정치인들과 긴밀한 접촉을 할 수 있다면 그들이 나중에 사샤의 사면을 가능하게 할 수 있을지도 몰랐다. 그는 자신이 직접 지도자들을 만나기로 했는데, 활동 참여를 약속해 주기만 한다면 만남은 성공적일 거라 확신했다. 또한 내가 운동의 목적에 대해서는 책임지지 않아도 되며, 모든 준비는 그가 맡아서 할 것이라고 했다. 내가 참여한다면, 적지 않게 사례를 받을 것이었다.

맥루키는 솔직하고 좋은 사람이었지만 내가 무슨 생각을 하는지에 대해서는 어리숙하고 무지했다. 그가 내게 공감을 하게 된 것 역시 사샤를 돕자는 그의 제안에 내가 도움이 되기 때문이었을 것이었다. 설령 그렇다 한들 노동자들을 권력에 다가가는 디딤돌로만 생각하는 게 분명한 브라이언은 나와 전혀 관계 없는 사람이었다. 맥루키는 내 반응을 불쾌하게 받아들이지 않았다. 다만 나의 부족한 현실감각을 안타까워할 뿐이었다. 그는 떠나면서 버크만과 관련하여 홈스테드 사람들에게 제대로 사정을 알리겠다 내게 약속했다.

에드와 다른 동지들 몇몇과 함께 사샤를 둘러싼 이 끔찍한 소문이 도대체 어디서부터 시작된 것인지에 대해 논의했다. 분명 모스트가 만들어 낸 어떤 태도에서 비롯된 것일 게다. 언론이 모스트가 한 "프릭을 장난감총으로 살짝 쏘았다"는 말을 자주 인용했던 것을 떠올려 보면 말이다. 요한 모스트, 내 인생이 이미 차고 넘쳐서 그에 대해서는 거의 잊고 살았다. 사샤에 대한 그의 배신이 불러일으킨 괴로움은, 한때 내게 그토록 의미 있고 소중한 사람에 대해 실망만 남길 뿐이었다. 그가 남긴 상처 중 일부는 나았지만, 지워지지 않는 흉터를 남겼다. 맥루키의 방문으로 인해 아문 줄 알았던 상처가 다시 벌어졌다.

실링과 맥루키와의 만남을 통해 나는 새로운 활동 분야를 인식하게 되었다. 지금까지 내가 해온 일은 우리의 운동에 있어서 유용한 첫 단계에 불과했다. 이제 다음은 전국을 돌며 미국이라는 나라와 사람들을 관찰하면서 미국인의 삶의 맥박에 가까이 다가갈 차례였다. 나는 새로운 사회의 이상에 대한 메시지를 사람들에게 전할 것이다.

당장이라도 시작하고 싶었지만, 그러려면 내 영어가 좀 더 유창해져야 했으며 돈도 좀 더 벌어두어야 했다. 동지들에게 의존하고 싶지도 않았고 내 강연을 들으러 온 사람들에게 돈을 받고 싶지도 않았지만 다행히 뉴욕에서 하던 일을 계속할 수 있었다.

나는 미래에 대한 열정으로 가득 찼다. 그러나 나의 뜻이 높아갈수록 내 목표에 대한 에드의 관심은 줄어들었다. 자신에게서 멀어지는 나의 모든 활동을 다 못마땅해 한다는 것을 나는 이미 잘 알고 있었다. 또한 여성 문제에 있어서 우리의 결정적 입장 차이 역시 알고 있었다. 그런 차이에도, 에드는 나와 함께 움직였고 늘 도움이 되었으며 항시 나를 도울 준비가 되어 있었는데 그랬던 그가 이제는 내가 하는 모든 일에 비판적이 되었다. 날이 갈수록 그는 시무룩해졌고, 종종 내가 회의에서 늦게 돌아오는 날이면 굳은 표정으로 아무 말도 하지 않은 채 다리를 떨고 있었다. 나는 그에게 다가가 내 생각과 계획을 이야기하고 싶었지만 나를 보는 비난 섞인 그의 표정에 내 몸은 그대로 굳어 버리곤 했다. 내 방에서 상황이 달라지길 기다렸지만 들려오는 것은 그가 지친 몸을 침대에 누이는 소리뿐이었다. 그를 깊이 사랑한 만큼 뼛속까지 아팠다. 나에게는 오로지 운동과 사샤에 대한 관심, 그리고 에드에 대한 열정이 전부였는데 말이다.

나는 아직도 나의 예술가 연인 페드야에 대해 아주 사랑스러운 감정을 가지고 있었다. 그가 나를 필요로 한다는 생각이 있었기에 더욱 그러했다. 유럽에서 돌아왔을 때 그가 꽤 달라져 있었다는 걸 알 수 있었는데, 물론 그는 이제 직업적으로 성공했고 돈도 잘 벌고 있기도 했다. 우리가 가난했던 시절처럼 그는 여전히 내게 관대했고,

내가 빈에 있는 동안과 돌아와서 새로운 아파트를 꾸릴 때 재정적으로 많은 도움을 주기도 했다. 나를 향한 그의 태도에는 정녕 변화가 없었다. 그러나 페드야에게 더 이상 운동이 그렇게 중요한 의미를 지니지 않는다는 것을 깨닫는 데는 그리 오랜 시간이 걸리지 않았다. 그는 이제 다른 세상에 살았고, 그의 관심사도 달라진 지 오래였다. 예술 경매에 특히 빠져 있었는데, 그는 여가 시간을 온통 작품 경매에 썼다. 그토록 오랫동안 아름다움을 갈망해 온 그이기에 이제 자신에게 수단이 생긴 만큼 그것을 마음껏 취하는 게 당연했다. 스튜디오는 그의 가장 큰 열정이 되었다. 몇 달에 한 번씩 그는 자신의 스튜디오를 가장 고급스러운 물건들로 단장했고, 곧바로 다른 걸로 바꾸면서 그것들은 다른 사람에게 줘 버리곤 했다. 그러고는 그의 스튜디오는 다시 새로운 장식품, 꽃병, 그림, 카펫 등등으로 꾸며졌다. 우리 아파트에 있는 아름다운 물건들은 전부 다 그의 아틀리에에서 온 것이었다. 나는 페드야가 우리가 과거에 나누었던 관심사에서 너무 멀리 떨어져 나왔기 때문에 우리의 운동에 그가 더 이상 재정적 원조를 원치 않을까봐 걱정이 되었다. 그가 물질적 가치에 대한 감각이 워낙 없다는 걸 이미 잘 알고 있던 터라 그의 사치에 대해 놀라지는 않았다. 오히려 더 걱정되는 것은 그가 새로 사귀는 친구들이었다. 친구들 대부분은 신문사에서 일하는 사람들, 방탕하고 냉소적이며, 삶에 유일한 목적이라곤 술에 취하는 것과 여자를 취하는 것밖에는 없는 남자들이었다. 불행하게도 그들은 페드야에게도 자기네와 똑같은 생각을 불어넣는 데 성공했다. 나의 이상주의자 친구가 머리와 마음이 빈 사람들과 같은 길을 가는 것을 보는 것이 고통스러웠다. 사샤는 페드야에게 있어 사회 투쟁이 스쳐 지나가는 하나의 국면일 뿐이라고 늘 말해 왔다. 그렇지만 나는 페드야가 다른 길을 통해 운동에 끌려들어올 거라 생각했고, 예술을 통해 그 길을 찾을 수 있을 거라 믿었다. 기껏해야 사소하고 무의미할 뿐인 단순한 쾌락을 향해 표류하는 그를 보는 일은 괴로웠다. 다행스럽게도 그는 아직 우리와 가까이 있다고 느끼고 있었고, 에드에 대해서도 크게 존경하는 마음을 가지고 있었다. 나를 향한 애정은 전과는 같지 않았지만 그래도 그의 삶을 덮쳐 오는 파괴적인 영향력에 어느 정도 대응할 수 있을 정도는 남아 있었다.

그는 우리 집에 자주 들렀다. 한번은 에드에게 약속한 스케치를 위하여 내게 포즈를 취해 달라고 부탁을 했다. 앉아 있는 동안 우리가 함께한 지난 날들, 소중했던 우리의 애정을 떠올렸다. 그때의 부드러운 감정은 아마도 에드가 내게 미친 영향력 속에서 살아남기에는 너무나 연약했을 것이었다. 또한 페드야의 사랑은 충돌과 저항, 장애를 극복하는 가운데에서만 격정적으로 표현되는 나의 천성에 지나치게 밀려났다. 나는 여전히 페드야에게 끌림을 느꼈지만, 나를 더한 강렬함으로 끌어들이는 것은 에드였다. 에드는 내 피를 끓게 하고, 그의 손이 나를 취하길 욕망하게 했다. 그래서 에드의 갑작스러운 변화와 그의 비판적인 태도를 견디기 힘들었다. 하지만 내 자존심은 내가 먼저 둘 사이의 침묵을 깨는 걸 허락지 않았다. 페드야는 나를 그린 스케치를 에드가 아주 마음에 들어했으며, 내 존재의 작은 부분까지도 한껏 표현해 낸 그림을 크게 칭찬했다고 말해 주었다. 내가 있는 앞에서 에드는 한 마디도 하지 않았지만.

그러던 어느 날 에드의 참을성이 무너져 버렸다. “당신은 내게서 멀어져 가고 있어!” 그는 흥분해서 소리쳤다. “당신과의 아름다운 삶에 대한 희망을 버려야 한다는 걸 내 이제 알겠소. 당신은 빈에서 1년을 허비하고도, 고작 그 멍청한 회의들을 하느라 힘들게 얻은 직업을 내팽개치고 있지 않소? 당신은 나와의 사랑이나 내가 바라는 것 따위는 안중에도 없지. 우리의 삶 같은 건 기꺼이 부수겠다는 당신의 운동에 대한 열정은 허영인 동시에 관중들에게 받는 환호와 박수에 대한 갈망에 지나지 않소. 당신이란 사람은 그저, 깊은 감정을 느낄 줄 모르는 사람이야. 내가 당신에게 준 사랑을 이해한 적도, 감사한 적도 없어. 난 당신이 달라지기를 기다리고 또 기다렸소. 하지만 소용없는 짓이었지. 나는 당신을 다른 사람이나 운동과 공유할 생각이 전혀 없으니 당신은 양단간에 선택을 해야 할 거요.” 그는 우리에 갇힌 사자처럼 방안을 서성거렸고, 이따금 나를 돌아보았다. 몇 주 동안 그 안에 쌓였던 비난과 질책이 터진 둑에서 나오는 강물처럼 흘러나왔다.

놀란 채로 앉아서, 나는 “선택”하라는 그 오래되고 익숙한 말에 대해 생각했다. 나의 이상이었던 에드 역시 남들과 다를 바가 없었다. 그는 나로 하여금 나의 관심과 운동을 다 포기하고 그와의 사랑에 내 한 몸 희생하기를 원했다. 모스트 역시 이와 똑같은 최후통첩을 내게 몇 번이고 이야기하지 않았던가. 에드가 제어불가능한 분노로 방안을 서성이는 동안 나는 꼼짝 않고 침묵으로 그를 바라보았다. 마침내 그는 모자와 겉옷을 가지고 집을 떠났다.

마비된 것 같은 느낌에 몇 시간이고 그 자리에 앉아 있는데 조인종 소리에 정신을 차렸다. 아이가 태어날 것 같다고 나를 찾아온 것이었다. 나는 몇 주 전부터 준비해 놓은 가방을 들고 나를 데리러 온 사람과 함께 집을 나섰다.

휴스턴가에 있는 방 두 개짜리 공동주택 6층에 도착하니 세 명의 아이들은 자고 있고, 여자가 진통에 몸부림치고 있었다. 물을 데워야 했는데 가스 버너는 없고 등유 램프만 있었다. 내가 시트를 달라고 할 때까지 남자는 멍한 채로 서 있었다. 그날은 금요일이었는데, 아내가 빨래를 한 게 지난 월요일이어서 깨끗한 침대 시트가 남아 있지 않다고 했다. 식탁보를 사용해도 괜찮을 것 같았다. “기저귀나 아이를 위한 다른 것들은 다 준비가 된 건가요?” 나의 질문에 남자는 모른다고만 했다. 여자가 가리킨 꾸러미에는 찢어진 셔츠 몇 벌과 붕대, 헝겊 조각이 있었다. 도무지 믿기 힘든 가난이 사방에서 흘러나오고 있었다.

내가 여분으로 가지고 온 앞치마와 식탁보로 아이 받을 준비를 했다. 조산사로서 받는 첫 아이라는 사실과 좀 전 에드의 폭발에 대한 충격은 내 신경을 더 예민하게 했음에도 마음을 다잡고 분만에 집중하려고 필사적으로 애썼다. 아이는 아침 늦게서야 세상에 나왔고, 내 삶의 일부는 전날 저녁에 죽었다.

일주일 가량 일이 바쁜 나머지 에드의 부재로 인한 슬픔을 제대로 느낄 새도 없었다. 환자들을 여럿 돌보고 화이트 박사의 수술을 보조하느라 불평할 시간이 없었다. 뉴어크, 패터슨을 비롯한 기타 인근 지역에서 열리는 모임들로 저녁마다 바빴지만 밤이 되면 아파트에 홀로 남아 에드와의 일로 괴로워했다. 에드가 나를 사랑했음에도 나를 그렇게 떠나고 또 이렇게 오랜 시간 떨어져 있을 수 있다는 사실에, 또 자신이 어디에 있는지도 알려오지 않는다는 사실에 나는 분노했다. 나 자신의 권리를 부인하는 사랑, 오직 사랑하는 사람을 희생시켜 풍요로워질 수 있는 사랑을 받아들이는 것은 내게 불가능한 일이었다. 나는 그런 약해 빠진 감정에 굴복할 수 없다고 생각하면서도 정신을 차리면 에드의 방에 가 있곤 했다. 그의 베개에 얼굴을 묻으면 타는 듯한 그리움으로 심장이 쪼그라드는 것만 같았다. 그의 직장에 편지를 써 돌아오라고 간청했다.

편지를 받은 즉시 그는 돌아왔다. 눈물과 웃음 사이에서 나를 가슴에 안고 그는 외쳤다. "당신은 나보다 강해요. 문을 닫고 나가는 순간부터 나는 매 순간 당신을 얼마나 원했는지 모르오. 매일 밤 돌아오고 싶었지만 비겁한 마음에 그러지 못했소. 그림자처럼 방안을 그저 돌아다니며 보내는 밤이면 나는 집에 돌아와 나를 용서하고 부디 모든 걸 잊어 달라고 말하고 싶었지. 당신이 뉴어크와 패터슨에 가는 날 심지어 역에 가기까지 했소. 당신이 밤 늦게 혼자 집에 돌아가는 걸 견딜 수 없었거든. 그렇지만 당신이 나를 비웃을까 봐, 날 돌려보낼까 봐 두려웠소. 맞아요, 당신은 나보다 용감하고 나보다 훨씬 강한 사람이오. 당신은 늘 자연스러워요. 여자들은 늘 그렇지. 남자들은 어리석게 진화했지만 여자들은 원초적인 충동을 아직도 가지고 있고 더 현실적이기까지 해요."

우리는 다시 함께하는 생활로 돌아갔고, 나는 사회활동에 쓰는 시간을 좀 줄였다. 부분적으로는 조산사로서의 업무 때문이기도 했지만 사실 에드에게 헌신하고 싶다는 마음이 컸다. 그러나 몇 주가 지나면서 우리의 최종 균열은 그저 잠시 미뤄진 것뿐이라는 조용한 목소리가 들려왔다. 임박한 우리의 끝을 피하고 싶었던 나는 에드와 그의 사랑에 필사적으로 매달렸다.

조산사는 직업적으로 그다지 수익이 좋지는 않았다. 조산사를 찾는 사람들은 대체로 가난한 이민자들이었고, 미국에 와서 어느 정도 물질적 성취를 누리게 된 이민자들은 자신들의 고유의 특질과 더불어 자연과의 교감도 잃어버린 채 더 이상 조산사를 찾지 않았다. 그들도 미국 여성들과 마찬가지로 의사의 말에 좌지우지 될 것이었다. 조산사가 할 수 있는 역할은 다소 제한적이었고, 응급상황이 생기면 의사를 불러야 했다. 최고비용은 10달러에 그쳤음에도 그나마도 낼 수 없는 여성들이 많았다. 이 일은 세속의 부와 성공과는 거리가 멀었지만 내게는 귀중한 경험이 되었다. 내가 해방시키고자 하는 바로 그 주체들과 친밀한 접촉이 가능했던 것이다. 그 전까지 나는 주로 내가 배운 이론에 맞춰 말하고 글을 썼었는데 이제는 노동자들의 삶의 조건을 직접 마주하게 되었다. 그들의 처참한 환경과 상황에 대한 무기력한 복종을 겪으면서 우리 운동이 달성하기 위해 애쓰고 있는 변화를 위해 아직도 수행되지 않은 작업이 엄청나게 많다는 것을 깨달았다.

내게 가장 인상적으로 다가온 것은 잦은 임신에 맞서는 가난한 여성들의 맹목적이고 강렬한 투쟁이었다. 이 여성들은 대부분 임신에 대한 공포 속에서 살아갔다. 대다수 기혼 여성들은 어쩔 수 없이 상황에 종속되어 살아갔는데, 자신들의 임신 사실을 알게 되면 그 불안과 걱정으로 인해 아이를 떼려고 온갖 시도를 했다. 테이블에서 떨어지고, 바닥을 구르고, 배를 꾹꾹 누르고, 메스꺼운 음료를 마시고, 둔기를 사용해 배를 치는 등, 이들이 발명한 방법들은 정말이지 놀라웠다. 이러한 방법들 혹은 유사한 다른 방법들을 사용하는 여성들이 많았는데 대체로 큰 부상을 유발했다. 끔찍한 일이었지만, 충분히 이해할 수 있었다. 남편이 벌어 오는 주급으로 감당할 수 있는 것보다 더 많은 자녀를 낳게 되면, 정통 유대파와 아일랜드 가톨릭 신자들의 말을 따르면 추가되는 아이마다 '신의 저주'가 되는 까닭이었다. 남자들은 신의 저주에 체념하는 경향이 강했지만 여자들은 그렇지 않아도 안 좋은 상황에 더해진 저주를 원망하며 신을 향해 울부짖었다. 진통 중에 여자들은 대체로 신과 남자, 특히 남편에 대해 저주를 퍼부었다. "내 눈앞에서 저 작자를 좀 치워요." 한 산모는 내게 이렇게 소리지르기도 했다. "저 망할 인간이 내 옆에 가까이 못 오게 해주세요. 안 그러면 내가 저 인간을 죽일지도 모르니까!" 고통받는 산모는 이미 8명의 자녀를 낳았으나 그 중 4명은 아주 어릴 때 사망했다. 내가 이 불쌍한 아이가 세상에 나오는 일을 도울 때 내 곁을 졸졸 따라다니는 다른 자녀들은 난산으로 태어난, 원치 않은 아이들이 응당 그러하듯 다들 병약하고 영양부족 상태였다.

출산 후 나는 힘들고 괴로운 상태로 집에 돌아오곤 했다. 참담한 상태의 아내와 자녀들을 그런 지경에 이르게 한 남편들이 미웠는데 사실 그런 이들을 위해 내가 무얼 어떻게 도울 수 있을지 알 수 없다는 사실에 내 자신이 더 미웠다. 물론 낙태 유도를 할 수도 있었다. 나를 부르는 많은 여성들이 사실 그런 이유로 나를 원했다. 어떤 이들은 무릎을 꿇고 "여기 이 불쌍한 애들을 위해서라도" 제발 도와달라고 간청했다. 조산사와 의사들 중에 그런 일을 하는 사람들이 있다는 걸 알고 있었지만 낙태비용은 그들이 감히 감당할 수 없는 수준이었다. 마음이 너무 아팠다. 내가 그들을 위해 뭔가 해야 하지 않을까? 그들은 할부로 비용을 지급할 수 있다고 말했고, 나는 내가 돈 때문에 그러는 게 아니라고 설명해야 했다. 나의 관심사는 그들의 생명과 건강이었다. 낙태 수술 중 목숨을 잃는 여성들이 있었고 그러면 남은 아이들은 어머니 없이 살아가야 하지 않겠는가. 자신이 죽는 편이 더 낫지 않겠느냐고 말하는 여자들도 있었는데, 아이들이 고아로 남겨지면 적어도 시에서 고아들을 돌볼 테고 그들은 적어도 지금보다는 더 나은 상황에서 살 수 있을 거라는 게 여성들의 생각이었다.

많은 이들이 원했음에도 나는 감히 그 시술을 할 수 없었다. 우선 내 기술에 대한 믿음이 부족했고, 빈에서 낙태의 무시무시한 결과를 보여 주던 교수의 수업이 떠올랐다. 교수는 설령 낙태가 성공적으로 끝나더라도 환자의 건강을 크게 해친다고 주장했다. 나는 낙태 시술을 하지 않을 것이다. 생명은 신성하니 도덕적으로 할 수 없다는 차원의 고려가 아니었다. 원치 않은 채 빈곤에 던져지는 생명이 내게는 신성하게 느껴지지 않았기 때문이다. 내게 중요한 건 다만 이 하나의 문제가 아니라 사회 전체의 문제였다. 인간 투쟁의 단지 한 부분만을 위해 내 자유를 위태롭게 해서는 안 됐다. 나는 낙태 시술을 거부했고, 또 어떻게 임신을 막을 수 있을지도 알지 못했다.

이 문제에 대해 의사들과 이야기를 나누어 보았다. 보수적인 편에 속하는 화이트 박사는 말했다. "가난한 이들을 비참한 상태에 이르게 하는 건 바로 그 자신들입니다. 욕망을 자제할 줄을 모르거든요.” 줄리어스 호프먼 박사는 가난한 이들에게 아이들이 유일한 기쁨이라고 생각했고, 솔로타로프 박사는 장차 여성들이 더 현명해지고 독립적이 되면 변화가 생기지 않겠냐는 희망을 내비쳤다. “여성들이 뇌를 좀 더 사용하면 생식기관 기능은 자연히 저하될 겁니다.” 실질적인 도움은커녕 그다지 위로가 되는 말도 아니었지만 의사들이 한 말 중에는 개중 설득력 있는 언급이었다. 여성과 아이들이 무자비한 경제 체제에서 가장 무거운 짐을 지고 있다는 것을 알게 된 이상, 그들에게 혁명이 도래하고 사회정의가 실현될 때까지 좀 기다려 보라 하는 것은 여성과 아이들에 대한 조롱과도 같다는 것을 깨달았다. 연옥에 살고 있는 그들의 문제에 있어 즉각적인 해결이 될 수 있는 방법을 찾아보았으나, 쓸 만한 것은 아무것도 없었다.

나의 생활은 겉으로는 평탄하고 순조로워 보였지만 뭔가 어긋남이 있었다. 에드는 분명 차분해 보였고, 나와의 생활에 만족한 듯 보였지만 나는 답답하고 긴장이 되었다. 회의에 참석했다가 예상보다 늦게 끝나기라도 하면 나는 초조해지고 불안한 마음으로 집으로 오는 발걸음을 서둘러야 했다. 에드가 원치 않는 듯해서 강연 요청을 몇 차례 거절하기도 했다. 거절할 수 없는 강연이 있을 때, 그 강연을 준비하는 몇 주 동안 해당 주제에 대해 고민하기보다는 에드에 대해 고민했다. 내가 견지하는 관점이나 주장이 에드가 받아들일 만한 것일지, 그리고 그가 괜찮다 할 수 있을 것일지 걱정하면서. 그러면서도 나는 그에게 내 준비 노트를 읽어 줄 수 없었고, 그가 모임에 참석하면 그를 의식해서 몹시 불편해졌다. 그가 내 일에 대한 믿음이 없다는 것을 알고 있었기 때문이다. 점점 나는 스스로에 대한 믿음을 잃어 갔다. 이는 기이한 신경 발작으로 이어졌는데, 나는 둔기에라도 맞은 것처럼 바닥에 쾅 하고 쓰러지곤 했다. 쓰러져서도 의식을 잃지는 않았는데, 내 주변에서 일어나는 일이나 사람들이 하는 말소리를 다 들을 수 있었지만 나는 한 마디도 할 수 없었다. 가슴에는 경련이 일어났고, 목이 막혀 왔다. 다리에는 근육이 끊어지는 듯한 심한 통증이 있었다. 이런 상태는 짧게는 10분에서 길게는 1시간까지 지속되면서 내 진을 빼놓았다. 원인을 알 수 없었던 솔로타로프 박사는 나를 전문가에게 데려갔는데 그가 더 나은 점이라곤 하나도 없었다. 화이트 박사의 검사에서도 이렇다 할 결론은 나오지 않았다. 어떤 의사들은 히스테리 증상이라고 했고 또 다른 몇몇은 자궁이 뒤집혀서 그렇다고 했다. 내 자궁 문제에 대해서는 알고 있었지만 수술을 하고 싶지 않았다. 시간이 갈수록 나는 내 인생이 사랑의 조화 같은 것을 알지 못한 채 흘러갈 것이며, 평화가 아닌 투쟁으로 가득 찰 것임을 확신하게 되었다. 그런 삶에 아이들을 위한 자리는 없었다.

전국 각지에서 강의 요청이 들어왔다. 무척 가고 싶었지만, 에드에게 말을 할 용기가 좀처럼 나지 않았다. 그가 동의하지 않을 것임을, 그리고 그가 거절을 하는 순간 우리에게 남게 되는 것은 끔찍한 이별임을 알고 있었기 때문이다. 의사들은 내게 휴식을 권고하면서 기분전환이 필요하다고 말했고 에드 역시 이에 동의하며 나에게 다른 곳에 좀 다녀오라는 말로 나를 놀라게 했다. "그 어떤 것보다 중요한 건 당신 건강이요. 생계를 꾸려야 한다는 바보 같은 생각은 그만둬요." 그는 우리 둘이 생활하기에 충분한 돈을 벌고 있었고, 내가 간호 일을 관두고, 불운한 아가들을 세상에 나오게 하는 일을 하면서 병에 시달리는 것을 중단한다면 몹시 기쁠 것이라 했다. 나를 돌볼 수 있는 기회, 또 내게 요양과 회복의 시간이 주어지는 것을 그는 환영했다. 잘 쉬어야 나중에 강연 투어를 갈 수 있는 몸 상태가 되지 않겠느냐고 그는 말했다. 그는 내가 강연을 얼마나 가고 싶어하는지 알았고, 헌신적인 아내 역할을 하는 것이 내게 얼마나 힘든 일인지 또한 알고 있었다. 그는 내가 그를 위하여 만든 아름다운 가정이 좋았지만 동시에 내가 얼마나 불행한지를 볼 수 있었다. 내게 필요한 건 변화였고 그를 통해 내 예전 기운이 회복될 거라고, 또 그로 인해 자신에게 다시 돌아올 수 있을 거라고 에드는 확신했다.

그 후 몇 주간은 참으로 행복하고 평화로웠다. 우리는 자주 여행하고 콘서트와 오페라를 관람했다. 같이 책 읽는 일을 다시 시작했고, 에드는 내가 라신과 코르네유, 몰리에르를 이해할 수 있게 도와주었다. 그의 관심은 오로지 고전에만 국한되었고 졸라와 같은 동시대 작가들을 혐오했다. 하지만 에드가 일을 가고 나 혼자 있을 때면 나는 강연 준비를 계획하면서 현대 작가들의 책을 열심히 읽었다. 그 와중에 스페인 몬주익 감옥에서 고문이 자행된다는 소식이 들려왔다. 1896년 바르셀로나의 종교 행사 중 폭탄이 터졌는데 이로 인해 300여 명의 남녀가 체포되었다. 그 중 대부분은 노동조합원이었고 아나키스트도 몇 명 포함되어 있었다. 수감자들이 며칠 동안 음식과 마실 물 없이 갇힌 채 매질을 당하고 쇠로 지짐을 당하는 등 종교재판이 부활한 듯한 모습에 전 세계가 경악했다. 혀를 잘린 사람도 있었는데, 이 불행한 이들에게 억지로 자백을 받아내기 위해 악랄한 방법들이 사용되었다. 몇몇은 미쳤고, 아무 죄도 없는 동지들의 이름을 대는 바람에 즉시 사형을 당하는 사람들도 있었다. 이 끔찍한 일들의 배후에는 총리 카노바스 델 카스티요가 있었고, 유럽의 자유주의 성향 신문들에서는 19세기 종교재판에 반대하는 여론을 만들면서 사람들에게 호소했다. 독일의 의원들은 카노바스를 멈추기 위한 조치들을 촉구했지만 오로지 미국만이 멍청하게 침묵했다. 진보적 출판물 몇몇을 제외하고 언론은 모두 공모한 채 입을 다물고 있었다. 동지들과 함께 나는 이 벽을 돌파해야 할 필요를 느꼈다. 에드, 유스투스, 존 애덜먼, 해리 켈리, 그리고 이탈리아와 스페인의 아나키스트들이 힘을 합쳐 대규모 대중집회를 조직했다. 뉴욕 스페인 영사관 앞에서 시위가 이어졌다. 우리의 활동이 대중적이 되자 반동적 신문들은 당국에게 "빨갱이 엠마"를 당장 중단시킬 것을 촉구하는 기사를 내기 시작했다. 우리가 집결한 날 밤 경찰이 대거 출동했고, 연단마저 사람들로 빼곡하게 들어차 발언을 하는 중에도 어쩔 수 없이 경찰에게 몸이 닿을 정도였다. 내 차례가 되자 나는 스페인 감옥에서의 고문 방법에 대해 자세히 설명하면서 스페인의 공포에 저항하고 항의할 것을 촉구했다.

고조된 청중의 감정은 우레와 같은 박수소리와 함께 터져 나왔다. 소리가 완전히 잦아들기 전에 뒤편에서 목소리 하나가 들려왔다. "골드만 씨, 방금 설명한 상황에 대해 워싱턴 주재 스페인 대사관이나 뉴욕 공사관의 누군가가 보복 살해를 당해야 한다는 생각은 안 하십니까?" 직감적으로 나를 함정에 빠뜨리기 위한 형사의 목소리라는 것을 알 수 있었다. 나를 당장이라도 체포하려고 준비하는 형사들이 몸짓이 느껴졌다. 관중은 팽팽한 긴장과 기대 속에 숨을 죽였다. 잠시 침묵을 지키고서 나는 그 질문에 답했다. "아니요. 미국에 있는 스페인 대표자들 중 누구도 살해당할 만큼 중요하다고는 생각하지 않습니다. 하지만 제가 만약 스페인에 있었다면 카노바스 델 카스티요를 죽였겠죠."

몇 주 후, 카노바스 델 카스티요가 안지오릴로라는 이탈리아 아나키스트의 총에 맞아 사망했다는 소식이 들려왔다. 뉴욕 신문들은 안지오릴로와 그의 행동에 대한 의견을 확보하기 위해 주요 아나키스트 인사들을 찾기 시작했다. 기자들은 밤낮으로 나를 괴롭히며 인터뷰를 요청했다. 내가 그 남자를 알고 있었는지, 그와 연락을 주고받았는지, 내가 그에게 카노바스 암살을 이야기했는지 등등. 기자들은 나의 실망스러운 대답만을 들을 뿐이었다. 나는 안지오릴로를 알지도 못했고 서신을 주고받은 적도 없었다. 내가 아는 것이라곤, 우리 모두가 앉아서 끔찍한 분노를 이야기하는 동안 그는 실제로 행동을 한 사람이라는 것뿐이었다.

우리는 안지오릴로가 런던에 살고 있었고, 친구들 사이에서 그는 예민하고 열심인 학생이었으며 책과 음악을 사랑하고, 열정적으로 시를 쓰는 청년이었다는 사실을 알게 되었다. 몬주익의 고문에 대해 알게 된 후 너무 괴로운 나머지 그는 카노바스 암살을 결심했다. 스페인에 찾아간 그는 의회에서 총리를 만날 수 있기를 기대했지만 카노바스가 여름 휴양지 산타 아규에다에서 휴가중이라는 것을 알게 되었다. 안지오릴로는 즉시 산타 아규에다에 갔고, 그곳에서 카노바스를 찾았지만 그는 아내와 두 자녀와 함께였다. 훗날 법정에서 안지오릴로는 이렇게 진술했다. "그때 바로 그를 죽일 수도 있었지만, 무고한 여성과 아이들의 목숨을 위험에 빠뜨리고 싶지는 않았습니다. 내가 원한 건 오로지 카노바스였고, 몬주익의 범죄에 책임이 있는 건 다른 누가 아니라 그 사람이었기 때문입니다." 나중에 카스티요가 묵고 있던 빌라에 방문해 자신을 이탈리아의 보수 신문사 대표라고 소개한 안지오릴로는 총리가 나타나자마자 그를 총으로 쏘았다. 그 순간 카노바스 부인이 달려와 안지오릴로의 얼굴을 때리자 그는 사과하며 말했다. "나는 당신 남편을 죽이려고 한 게 아닙니다. 몬주익 범죄에 책임이 있는 공직자를 노렸을 뿐입니다."

안지오릴로의 행동과 그의 죽음은 1892년의 여름을 생생하게 떠오르게 했다. 사샤의 시련은 이제 5년을 넘기고 있었다. 그와 비슷한 운명을 공유하는 것이 얼마나 아찔하게 가까웠던가. 고작 50달러가 없어서 나는 사샤와 함께 피츠버그로 갈 수 없지 않았던가. 우리는 과연 타인의 영적 고난과 진통을 감히 헤아릴 수 있는 걸까. 나는 사샤의 행위로부터 배운 것이 있었다. 그 이후로 나는 일부 혁명가들처럼 정치적 행동을 단순히 공리주의적 관점이나 선전선동의 관점에서 보기보다는 설령 자신의 삶을 파괴할지언정 이상주의자로 하여금 폭력 행위를 하도록 밀어붙이는 내면의 힘이 더 의미 있다고 생각하게 되었다. 모든 정치적 행위 뒤에는 쉽게 감화되고 예민하며, 온화한 정신이 있음을 이제는 확신한다. 그런 존재들은 인류의 큰 불행과 잘못을 목도한 채 안일하게 살아갈 수 없는 것이다. 세상의 잔인함과 부정의에 그들은 어떤 식으로든 반응해야 하며 그것은 불가피하게 폭력적인 방식으로 나타나기도 한다.

프로비던스에서 몇 차례 발언을 하면서 문제가 있었던 적은 없었다. 로드아일랜드는 언론의 자유라는 오랜 전통을 유지하는 몇 안 되는 주 중 하나였다. 수천 명이 참석한 야외 집회가 두 번 열렸고 모두 잘 마무리 되었음에도 경찰은 우리의 마지막 집회를 진압하려 했다. 동료들과 광장에 도착했을 때 사민당원이 발언을 하고 있었고, 우리는 그를 방해하고 싶지 않아서 우리의 단상을 그로부터 좀 떨어진 곳에 세웠다. 활동적인 일꾼이자 나의 좋은 동지인 존 쿡이 우리 집회를 시작했고 나의 발언이 시작되었는데, 그와 동시에 경찰 하나가 뛰어와서는 소리를 질렀다. "멈춰요. 당장 중지하지 않으면 단상에서 끌어내리겠습니다!" 나는 멈추지 않았다. 누군가 외치는 소리가 들렸다. "경찰 괴롭힘은 신경쓰지 말아요! 할 말 계속합시다!" 경찰이 숨을 가쁘게 쉬면서 다가와서는 성질을 냈다. "귀 먹었어? 멈추라고 하지 않았소? 지금 법을 지키지 않겠다는 겁니까?" 내가 대꾸했다. "당신이 법입니까? 나는 경찰이 하는 일이 법을 지키는 것이지 어기는 게 아닌 걸로 아는데요. 나의 표현의 자유는 로드아일랜드 주의 법으로 보호됩니다." 그는 대답했다. "그럼 맞고 말고. 내가 바로 법이요." 관중은 야유를 시작했다. 경관은 나를 단상에서 끌어내리려 들었다. 군중이 위협적으로 우리 쪽으로 다가오자 경관은 휘파람을 불었다. 순찰 마차가 광장으로 돌진했고, 경찰관 여러 명이 곤봉을 휘두르며 다가왔다. 나를 붙잡고 있던 경관은 동료들에게 소리를 질렀다. "저 망할 놈의 아나키스트들 좀 치워 봐. 여자 좀 잡아 가게. 이 사람은 체포야." 나는 순찰 마차로 끌려가 문자 그대로 그 안에 내동댕이쳐졌다.

경찰서에서 나는 내가 어떤 근거로 체포되었는지 알 권리를 요구했다. “그건 당신이 엠마 골드만이기 때문이요.” 책상에 앉아 있던 경사가 대답했다. “이 동네에서 아나키스트에게는 권리가 없습니다. 알겠습니까?” 그러고는 나를 가두라고 명령했다.

1893년 이후 처음 체포된 것이긴 하지만, 계속해서 법의 손아귀에 잡힐 것을 예상하면서 집회에 갈 때마다 책을 한 권씩 가지고 다녔다. 나는 치마를 몸에 두르고 감방 침대용 판자에 올라가 빛이 조금이라도 들어오는 철창문 가까이 다가가 책을 읽기 시작했다. 문에 가까이 갔을 때 누군가 신음하는 소리가 들렸다. “무슨 일이죠?” 나는 조용히 속삭였다. “몸이 아픈 건가요?” 흐느낌 속에 한 여자의 목소리가 대답해 왔다. “내 자식들, 어미 없이 이제 누가 내 아이들을 돌봐주겠어요? 아픈 남편은 또 어떻게 되고요?” 그녀의 울음소리는 점점 커졌다. 그러자 교도관의 외침이 들려왔다. “이 주정뱅이야, 그만 좀 꽥꽥대!” 울음이 좀 가라앉고 우리에 갇힌 동물처럼 감방 안을 왔다 갔다 하는 여자의 걸음 소리가 들려왔다. 그녀가 진정이 되고 난 후 나는 그녀에게 사정을 물었다. 내가 도움이 될 게 있을지 듣고 싶었다. 그녀는 아이가 여섯 있었는데 첫째는 열넷, 막내는 겨우 한 살이었다. 남편은 병으로 열 달 동안 일을 할 수 없었고 어쩔 수 없이 여자는 한때 일하던 식료품 가게에서 빵 한 덩이와 우유 한 병을 훔쳤다. 현장에서 바로 잡혀서 경찰에 넘겨진 여자는 남은 가족들이 너무 놀랄 테니 말이라도 전할 수 있게 해달라고 사정했지만 경찰은 집에 연락할 기회조차 주지 않았다. 여자는 경찰서로 연행되었고, 간수는 돈이 있으면 식사를 시켜도 된다고 했지만 여자는 돈이 없었다. 여자는 하루종일 먹은 게 아무것도 없었고 배고픔과 불안으로 기절할 지경이었다.

나는 간수를 불러 저녁을 보내달라 했고 15분도 안 되어 햄과 달걀, 뜨거운 감자와 빵, 버터, 커피가 담긴 쟁반이 도착했다. 2달러를 내자 15센트를 돌려줬다. "여기는 물가가 장난 아니군요." "당연하지. 우리가 무슨 자선단체인 줄 알아?" 나는 간수의 기분이 꽤 괜찮아 보이는 것을 보고 내 식사를 옆 감방의 여자와 나누게 해줄 것을 부탁했다. 내 부탁을 들어주긴 했지만 그녀는 한마디 말을 보탰다. "저런 도둑한테 먹을 걸 나눠주다니, 당신도 어쩔 수 없이 그냥 호구로구만."

다음 날 아침 감방 동료들과 함께 나는 치안판사 앞으로 끌려갔다. 석방을 위해서는 보석금이 필요했는데, 바로 마련하는 게 어려워서 다시 경찰서로 가야 했다. 오후 한 시쯤 다시 호출을 받았는데 이번엔 시장을 만나라는 것이었다. 경찰관처럼 덩치가 크고 우락부락하게 생긴 시장이라는 사람은 내게 다시는 프로비던스로 오지 않겠다고 서약하면 나를 보내 주겠노라 했다. "그런 제안을 해주다니, 친절하시군요. 하지만 나에 대한 협의가 없는 상황에서 시장님의 제안은 그렇게 관대한 것 같지 않은데요." 나는 그 어떤 약속도 하지 않겠지만 이제 곧 캘리포니아로 강연 투어를 갈 예정이었다는 말을 하면 마음이 편해지겠느냐 물었다. "석 달이 걸릴지, 그 이상이 걸릴지 잘 모릅니다만 프로비던스가 나 없이 그 이상의 시간 동안 뭘 할 수 없을 것 같아서 아마 다시 돌아올 겁니다." 시장과 부하직원들은 소리를 질렀지만, 나는 풀려났다.

보스턴에 도착하자마자 펜실베이니아 헤이즐턴에서 스물한 명의 파업노동자들이 총을 맞았다는 충격적인 뉴스를 접했다. 같은 주에 있는 다른 노동자들의 파업 참여를 유도하러 라티머로 가고 있던 광부들이었는데, 보안관이 이 광부들이 공공도로에 있는 것을 보고 그들을 멈춰 세웠다. 헤이즐턴으로 다시 돌아가라는 보안관의 명령을 거부하자, 보안관과 부대원들이 광부들을 향해 발포했다.

신문에서는 폭도의 위협에 대한 정당방위였으므로 보안관의 행위가 정당하다고 했다. 그러나 스물한 명의 노동자들이 쓰러지고 부상을 입는 동안 부대원들은 털끝 하나 다친 곳이 없었다. 노동자들은 저항할 생각도 없었고, 손에는 무기 같은 건 가지고 있지 않았다는 게 분명했다. 몬주익, 시카고, 피츠버그, 헤이즐턴, 각지에서 노동자들이 살해당하고 도륙되고 있었다! 분노하는 이들은 한 줌이고 수많은 이들이 짓밟히고 있었다. 대중은 수백만이지만, 힘이 없다. 그들을 혼수상태에서 깨우고 자신들의 힘을 깨닫게 하는 것, 지금 필요한 일은 바로 그것이다. 곧 나는 미국 전역의 노동자들에게 다가갈 수 있을 것이다. 불의 혀로써 그들의 의존성과 수치심을 깨닫도록 불을 지필 것이다. 우리의 대의를 호소할 수 있는 기회, 나의 첫번째 강연투어를 상상하다가도 에드에 대한 생각으로 나의 몽상이 끝이 났다. 우리가 함께하는 삶은 어떻게 될까? 어째서 나의 일과 에드와의 삶은 함께 갈 수 없는 걸까? 인류에 대한 나의 헌신은 나로 하여금 에드를 더 간절히 원하고 사랑하게 할 텐데. 그는 이해할 수 있어야, 아니 반드시 이해해야만 한다. 내게 한동안 이곳을 떠나 있으면 어떨지 제안한 것은 그였다. 에드의 따뜻한 모습이 나를 가득 채워 왔지만 내 마음은 불안으로 떨렸다.

에드와 떨어져 지낸 지 겨우 2주가 지났을 뿐이건만 유럽에서 돌아왔을 때보다 그에 대한 그리움이 더 강렬했다. 열차가 그랜드센트럴 역에 설 때까지 스스로를 제어하는 게 힘들었고, 역에서 에드와 재회했다. 집에서는 모든 게 새롭고 아름답게 보였고, 또 더 매혹적이었다. 에드의 목소리는 내 귀에 음악이 되어 들렸고, 바깥 세상의 다툼과 갈등으로부터 보호받으며 그에게 매달린 채 집이라는 햇볕을 쪼였다. 내 연인에 대한 사랑으로 투어에 대한 내 열망이 사그라들었다. 기쁨과 포기의 한 달이 지나면서 나는 고통스럽게 꿈에서 깨어났다.

내가 꿈에서 깨는 계기가 된 것은 다름 아닌 니체였다. 빈에서 돌아온 이후로 내내 나는 에드가 그 책들을 읽기를 바라고 있었다. 그에게 읽어 보길 부탁했었고, 그는 시간이 있을 때 읽겠노라 약속했다. 에드가 세상의 새로운 문학적 힘에 무심한 것에 나는 슬픔을 느꼈다. 어느 날 저녁 유스투스의 집에 모여 송별회를 할 때였다. 제임스 허네커와 재능 있는 화가 P. 옐리네크가 참석했다. 그들은 니체에 대한 토론을 시작했고, 나 역시 위대한 시인이자 철학자에 대한 열정을 표하면서 그의 작품이 내게 끼친 영향을 생각하며 토론에 참여했다. “선전 활동 외에 다른 것에도 관심을 갖는지 몰랐습니다.” 허네커는 놀라 말했다. “그건 당신이 아나키즘에 대해 아무것도 모르기 때문이지요” 하고 내가 대답했다. “아나키즘이란 삶의 모든 국면과 노력을 끌어안는 것이고, 또 오래되고 낡은 가치를 약화시키는 것이니까요.” 옐리네크는 자신이 예술가이기 때문에 필연적으로 아나키스트라고 주장했다. 창조적인 일을 하는 사람들은 표현의 범위와 자유가 필요하기 때문에 예술가라면 응당 아나키스트가 되어야 한다는 것이 그의 주장이었다. 허네커는 예술은 그 어떤 이즘과도 상관없는 것이라 말했다. "니체가 바로 그 증거죠. 그는 귀족이고, 그의 이상은 초인입니다. 왜냐하면 그는 일반적인 무리에 대한 동정이나 믿음이 없거든요." 나는 니체가 사회 이론가가 아니라 시인이자 반역자, 혁신가였음을 지적했다. 그는 출생에서나 부에서의 귀족이 아니라 정신적 귀족이었다. 그런 점에서 니체는 아나키스트이고, 모든 진정한 아나키스트는 귀족인 것이라고 나는 말했다. 이에 에드가 말했다. 차갑고 경직된 그의 목소리 너머에선 폭풍이 감지되었다. "니체는 바보천치에, 정신병자요. 태어날 때부터 따라다닌 어리석음에 결국 따라잡혔소. 10년도 안 되어 사람들한테 잊힐 테지. 그 사람 말고도 모던한 척하는 다른 사람들도 다 마찬가지요. 과거의 진정한 위대함에 비하면 그들은 광대요, 광대."

"하지만 당신은 니체를 읽지도 않았잖아요! 어떻게 그렇게 말할 수가 있죠?" 내가 격렬히 반발했다. 그가 대답했다. "아니, 읽었소. 읽었고 말고. 당신이 무려 해외에서 소중히도 가지고 온 그 책들, 아주 오래전에 읽었다고." 나는 어안이 벙벙했다. 허네커와 옐리네크가 에드에 반하는 말들을 했지만 나는 상처가 너무 커서 더 이상 아무 말도 할 수가 없었다.

내가 니체의 책을 얼마나 함께 읽고 나누기 원했는지, 그 책의 가치를 알아봐 주길 얼마나 원했는지, 그는 알고 있었다. 그런데 책을 읽은 후에도 어째서 나를 그 오랜 시간 긴장하며 기다리게 하면서 침묵할 수 있었는지? 물론 그에게도 자신의 의견을 가질 권리가 있다.

그러나 나를 아프게 찌른 것은 나와의 의견 차이가 아니라 그의 경멸과 조롱이었다. 아직 낯선 이들이라고 할 수 있는 허네커와 엘리네크조차 새로운 정신을 알아보는 나의 감식안을 반겼건만 정작 나의 연인은 나를 어리석고 유치하고 판단력이 없는 사람 취급했다. 유스투스의 집에서 빠져나와 혼자 있고 싶었지만 참고 마음을 추스렸다. 에드와의 공개적인 갈등을 견딜 수 없었기 때문이다.

집에 돌아왔을 때는 이미 밤이 늦은 시각이었다. 에드가 먼저 말했다. "우리의 아름다운 3개월을 망치지 맙시다. 니체는 그만 한 가치가 없지 않소." 나는 깊이 상처를 받았다. "니체가 아니라 당신이에요, 바로 당신." 나는 울며 소리쳤다. "당신은 커다란 사랑을 핑계로 나를 당신에게 속박시키고 내게는 목숨보다 소중한 것들을 빼앗기 위해 최선을 다했어. 그런데 당신은 내 몸만 묶는 것에 만족하지 않고 내 정신까지 묶어 두고 싶어 하지. 처음엔 운동과 내 친구들이더니, 이제는 책까지! 당신은 내가 사랑하는 것들에서 내가 떨어져 나오길 바라는 거죠? 당신은 과거에 뿌리박힌 사람이야. 좋아요, 좋아. 당신은 그냥 과거에 그대로 있으세요. 나를 잡을 수 있을 거라고는 생각하지 말아요. 당신은 내 날개 끝을 자를 수도 없을 거고 내가 날아가는 것을 막을 수도 없을 거야. 설령 당신을 내 심장에서 도려내야 할지라도, 나는 스스로를 자유롭게 하겠어요."

그는 자기 방문에 기대어 눈을 감은 채 서 있었다. 내 말을 들은 건지 안 들은 건지 알 수도 없었지만 이제 더 이상 상관없었다. 나는 내 방으로 들어갔다. 내 마음은 차갑고 텅 비어 있었다.

며칠 동안 에드는 적어도 겉으로는 차분하고 친절하기까지 했다.

나의 투어 준비를 도왔고, 역에서 나를 안아 주기까지 했다. 무슨 말을 하고 싶어 했지만, 하지 않았다. 나 역시 아무 말도 하지 않았다.

기차가 출발하면서 에드의 모습이 멀어지는 걸 보면서 이제 우리의 삶이 더 이상 전과 같을 수 없음을 직감했다. 내 사랑은 너무 큰 충격을 받았다. 그건 마치 금이 간 종과도 같아서, 앞으로 다시는 전과 같이 청량하고 즐거운 소리가 울리지 않을 것이다.

16

투어의 첫번째 목적지는 필라델피아였는데, 이곳은 내가 1893년 체포된 이후로도 여러 차례 방문한 곳이었고, 올 때마다 유대인 청중들을 대상으로 강연을 했었다. 이번 투어에서는 미국의 여러 기관들을 대상으로 영어 강연을 해줄 것을 요청받았다. 우애의 도시인 필라델피아에 있는 동안 나는 여성자유연맹 회장인 펄 매클라우드 양의 집에 머물렀는데, 마음 같아서는 러시아 동지들의 화기애애한 분위기 속에서 오랜 친구 나타샤 노트킨과 함께 지내고 싶었지만, 나를 만나고 싶어하는 미국인들을 편히 만나기에 맥러드 양의 집이 더 나을 거라는 제안이 있었다.

내가 참석한 회의와 집회들은 다 나쁘지 않았지만 나는 여전히 에드와의 일로 괴로웠고, 우리가 상황적으로 평등하지 않다고 느끼면서 강의를 위한 영감을 통 끌어내지 못하고 있었다. 그러나 나의 여행이 다 무용했던 것만은 아니었는데, 이를 통해 운동의 발판을 마련할 수 있었을 뿐만 아니라 대단한 여성들 또한 많이 알게 되었기 때문이다. 특히 흥미로운 여성은 수전 패튼이었다. 사샤를 통해 그녀가 꾸준히 사샤의 미국인 소식통 역할을 해주고 있다는 걸 알고 있었는데, 그런 일뿐만 아니라 그녀의 훌륭한 성정 때문에도 그녀를 좋아하게 되었다.

워싱턴에서는 독일자유사상학회를 대상으로 강연을 했다. 연설 후 '라이첼의 친구들'을 만났는데, 라이첼이 발간하던 잡지 『불쌍한 악마』의 독자들이 스스로를 일컬어 부르는 이름이었다. 그들은 이상주의자라기보다는 도살업자처럼 보였다. 미국 정부 산하에서 일한다는 한 남자는 예술과 문학의 아름다움에 대해 이야기했는데 물론 무지한 다중을 위한 예술이 아니라 선택받은 소수를 위한 예술을 말한 것이었다. 그는 "모두를 다 똑같이 만들려고 하는" 아나키즘을 견딜 수 없다고 했다. "솔직히 말해서, 지게짐이나 지는 사람들이랑 교육받은 나 같은 사람이 어떻게 똑같은 권리를 가졌다고 할 수 있는 겁니까?" 같은 말을 했다. 그는 나를 비롯해 다른 아나키스트 역시 그런 식의 평등을 믿는다고 생각하지 않았다. 그는 우리가 단지 사람들을 끌어들일 용도로 그런 말을 사용하고 있는 거라고 확신했다. 따라서 우리를 비난하거나 하지 않았다. 다만 그는 이렇게 말할 뿐이었다. "뭐 어쨌거나 무지한 일반대중들은 대가를 치르기 위해 존재하는 사람들이니까요."

"『불쌍한 악마』를 읽은 지는 얼마나 되었죠?" 하고 내가 물었다. 그는 자랑스럽게 대답했다. "첫 호부터 다 읽었죠." "거기서 당신이 얻은 건 그게 전붑니까? 글쎄요. 제 친구 로버트가 그동안 돼지들에게 진주를 던지고 있었네요." 다른 사람들이 떠들썩하게 웃음을 터뜨리자 남자는 성을 내며 일어서더니 방을 나갔다.

또 한 명의 '라이첼의 친구'는 신시내티 출신의 양조업자였다. 그는 내 쪽으로 가까이 다가오더니 섹스에 대해 이야기하기 시작했다. 내가 "자유연애의 위대한 옹호자"라는 말을 들었다면서 말이다. 그는 내가 자신이 상상한 것처럼 고지식한 사람이 아니라 (방금 증명했듯) 영리하고, 젊고 매력적인 사람이라는 사실에 기뻐했다. 그 역시 자유연애를 믿는 사람이었지만 많은 이들이 준비가 되지 않았다고 생각했다. 특히나 남자들에게 매달리는 여자들은 더 그랬다. "그런데 엠마 골드만 씨, 그건 또 다른 문제죠." 그의 음란하고 능글맞은 태도가 역겨웠다. 나는 그를 뒤로하고 내 방으로 들어갔고 피곤한 나머지 곧바로 잠이 들었다. 그러다 계속 문을 두드리는 소리에 잠이 깼다. "밖에 누구죠?" "친구요"라는 대답이 들려왔다. "문 좀 열지 않겠소?" 양조업자의 목소리였다. 나는 침대에서 벌떡 일어나 크게 소리쳤다. "당장 가요! 그렇지 않으면 집안에 있는 모든 사람을 다 깨울 테니까!" 그는 문 밖에서 사정했다. "아 알았어요. 제발 조용히 해줘요. 나는 애까지 딸린 유부남이란 말입니다. 자유연애주의자인 줄 알았더니…" 그러곤 그가 서둘러 물러나는 소리가 들렸다.

'고귀한 이상이란 게 다 무슨 소용일까'라고 나는 생각했다. 자신을 날일꾼들보다 우월하다고 생각하는 국가공무원, 불륜을 하기 위한 수단으로 자유로운 사랑을 참칭하는 이 사회의 존경받는 기둥, 이 둘 모두 명석한 반대자이자 이상주의자인 로버트 라이첼의 글을 읽는 독자였다. 그런데도 그들의 심장과 머리는 사하라처럼 바싹 말라 있었다. 내가 깨워야 하는 세상은 분명 그런 사람들로 가득할 텐데, 문득 허무함과 쓸쓸함이 나를 덮쳐 왔다.

워싱턴에서 피츠버그로 가는 동안 내내 비가 내렸다. 나는 홈스테드와 사샤에 대한 생각으로 뼛속까지 시려 왔다. '강철 도시'를 방문할 때마다 언제고 내 마음이 무거웠다. 거대한 용광로에서 뿜어나오는 불은 내 영혼을 태웠다.

역에서 기다리고 있는 칼 놀드와 헨리 바우어를 보자 우울했던 마음이 조금은 나아졌다. 나의 두 동지는 그해(1987년) 5월에 서부 교도소에서 출소했다. 바우어를 만난 적은 없었지만 칼은 우리가 처음 만난 1892년 11월을 이야기하면서 기억을 소환시켰다. 칼과의 우정은 그가 감옥에 있는 동안 서신을 나누면서 깊어졌다. 우리의 만남은 그 유대를 더 단단히 하기 위한 기회였다. 그 사랑스럽고 명랑한 얼굴을 다시 볼 수 있어서 얼마나 기뻤는지. 감옥은 그를 더욱더 사려 깊은 사람으로 만들었고, 그의 생의 기쁨을 꺾지 못했다. 몸집이 크고 아주 쾌활한 바우어는 우리 사이에서 마치 거인 같았다. 칼과 나 사이에 서더니 그는 "코끼리와 가족들 같네요"라고 말했다. 그의 발걸음에 보조를 맞춰 보려 했지만 우리로서는 무리였다.

이전에 피츠버그에 들를 때면 항상 나의 좋은 친구 해리 고든과 그의 가족을 방문했다. 해리는 열정적이고 믿음직한 친구였다. 소박하고 여린 고든 부인은 내게 몹시 살뜰히 대해 줬고, 남편의 적은 임금으로 최대한 내가 편하게 머물다 갈 수 있도록 애썼다. 고든 가족과 보내는 시간을 좋아했기에 친구들에게 그들에게 데려가 달라고 부탁했지만 그들은 나의 도착을 축하하느라 정신이 없었다.

피츠버그에서는 강의가 예정되어 있지 않았다. 칼과 헨리는 사샤의 석방을 위한 새로운 활동을 시작했고, 사면위원회에 노동계 인사들을 전적으로 지원해 달라는 진정을 제출했다. 그런 일들에 믿음을 잃은 지 오래였지만 나의 친구들에게 나의 비관을 전하고 싶진 않았다. 두 사람은 기분이 좋은 상태였고, 가까운 식당에서 저녁 식사를 준비했다. 우리는 말없이 선 채로 첫 잔을 비웠다. 사샤를 위한 것이었다. 그의 정신은 우리 주변을 맴돌며 공동의 목표와 일에 있어서 우리들을 더 가깝게 만들어 주었다. 그런 다음 칼과 헨리는 감옥에서 어떻게 지냈는지, 사샤와 같은 건물 안에서 생활한 시간에 대해 이야기했다. 그들은 감히 우편으로는 하지 못하는 메시지를 내게 전했다. 사샤가 탈옥을 할 것이라는.

그의 계획은 정교하고 훌륭해서 들으면서 숨이 멎는 것만 같았다. 하지만 탈옥에 성공한다 하더라도 과연 그는 어디로 갈 수 있을까? 미국에서는 평생 동안 숨어 지내야 할 거고, 다시 붙잡힐 걱정에 사로잡혀 살게 될 것이다. 러시아에 가면 상황이 다를 테지만 말이다. 러시아에서는 사샤가 감행할 것 같은 탈옥이 이미 수차례 이루어진 바 있다. 러시아에는 혁명정신이 있었고 노동자와 농민의 눈에 박해받는 활동가들이 불행해 보였기 때문에 이들의 동정심에 기댈 수 있을 것이었다. 이에 반해 미국에서라면 노동자 중 9할은 즉시 사샤를 찾는 사냥에 나설 것이다. 놀드와 바우어도 나의 생각에 동의했지만, 내 염려를 사샤에게 알리지 말아 줄 것을 부탁했다. 사샤의 인내는 한계에 이르렀고, 그의 건강이 무너지고 있었다. 눈도 잘 보이지 않고, 자살을 다시 생각하게 될 정도였으니 말이다. 탈옥에 대한 희망과 계획을 전개시켜 나감으로써 그는 다시 활력이 생겼다. 그를 낙담시켜서는 안 될 노릇이지만, 그가 석방될 수 있도록 최대한 모든 법적 수단을 강구하면서 조금 기다려 보자고 그를 설득해야 했다.

대화에 몰두한 나머지 시간에 대한 감각을 완전히 잃어버리고 있었다. 놀랍게도 시간은 자정을 훌쩍 넘기고 있었다. 이 늦은 시간에 고든네에 갈 수는 없어서 친구들이 『불쌍한 악마』의 독자 중 하나가 운영하는 근처 작은 호텔에 데려다 주겠다고 제안했다. 가는 길에 워싱턴에서 만났던 '라이첼의 친구들'에 대해 말했더니 피츠버그에서 호텔을 운영하는 이 남자는 분명 다른 유형의 사람이라고 나를 안심시켰다. 만나 보니 그는 몹시 친절한 사람이었다. "그럼요. 엠마 골드만이 묵을 방이라면 당연히 있죠" 하고 그는 상냥하게 말했다. 계단을 오르는데 한 여성의 신경질적인 목소리가 들려왔다. "엠마 골드만을 위한 방이라고? 여긴 점잖은 사람들이 오는 가족 호텔이야. 그 후안무치한 사람에게 내어 줄 방은 없어. 뻔뻔하게 죄수나 만나는 자유연애자!" 나는 동료들을 재촉하며 어서 이곳을 나가자고 했다. 아내에게 꼼짝 못하는 듯 보였던 남자는 주먹으로 카운터를 쾅 하고 내리치더니 아내에게 누가 여기 사장이냐며 소리쳤다. "말해 봐, 크산티페! 내가 여기 사장이야 아니야?" 나를 죽일 듯한 눈으로 쏘아보던 여자는 슬쩍 방을 나갔고, 주인은 다시 친절해졌다. 그는 이 험한 날씨에 나를 밖에 나가게 둘 수 없다며 하룻밤만이라도 묵고 가라고 말렸지만 나는 그걸로 충분했고, 우리는 그 호텔을 떠났다.

"우리 집에 오는 건 어때?" 칼이 제안했다. 그는 아내와 어린 아들과 함께 방 하나에 주방이 딸린 집에서 살고 있었지만, 기꺼이 나를 맞아 줄 것이었다. 상냥하고 너그러운 칼은 내가 초대받지 않은 집에 가는 걸 얼마나 두려워하는지 알지 못했지만 나는 너무 피곤하고 지쳐 있었다. 칼의 마음을 상하게 하고 싶지도 않았다. "칼, 당신이 데려가는 데라면 어디든 갈게요. 지옥이라도요. 다만 우리 좀 서두르죠."

바우어가 자기 집으로 돌아가고, 우리는 마침내 앨러게니에 있는 놀드의 집에 도착했다. 문을 열자 어둑하게 불이 켜진 방에서 부스스 잠에서 깬 젊은 여성이 일어났고 칼은 나를 소개했다. 그녀가 나의 침입에 분개했음이 느껴졌다. 그들이 사는 곳은 비좁았고, 하나밖에 없는 침대에서는 아이가 잠든 채 누워 있었다. 내가 칼을 바라보자 칼은 나를 안심시켰다. "괜찮소, 엠마. 넬리와 나는 바닥에서 자고, 당신이 침대에서 우리 애와 자면 되니까." 나는 망설이며 떠나려 했지만 밖에는 비가 억수같이 내리고 있었다. 불편을 끼쳐서 정말 미안하다고 놀드의 아내에게 사과하려 했지만 여자는 들으려고도 하지 않고 부엌으로 조용히 가 문을 닫았다. 나는 옷을 절반 정도 겨우 벗은 채로 아이 옆에 누웠고, 곧바로 잠이 들었다. 그러다 누군가 소리치는 소리에 잠이 깼다. "아이고 사람 죽네! 이 남자가 나 죽여요! 살려줘요!" 방은 칠흑같이 깜깜했다. 무슨 일이 일어나는 건지 알지 못한 채 공포에 떨며 침대에서 일어났다. 테이블에서 더듬거리며 성냥을 찾았다. 불을 켰을 때 바닥에서 드잡이를 하며 싸움을 벌이는 두 사람이 보였다. 여자는 칼 위에 올라타서 무릎으로 그를 누르고는 목을 조르면서 계속 경찰을 부르라며 소리를 질렀다. 칼은 그녀의 손등을 치면서 빠져나오기 위해 안간힘을 쓰고 있었다. 나는 이보다 더 끔찍한 광경은 본 적이 없었다. 나는 칼에게서 여자를 떼어 내고 내 물건을 챙겨서는 서둘러 밖으로 나왔다. 두 사람 다 아직 정신을 차리지 못한 상태였다. 혼란스러운 마음에 빗속을 뚫고 헨리의 집으로 가 그에게 무슨 일이 있었는지를 말했다. 그는 즉시 숙소를 알아보기 시작했고 나를 따라나온 칼과 함께 우리 셋은 비 오는 피츠버그 거리를 걸었다. 시간이 시간인지라 앨러게니에 문을 연 호텔은 없었다. 민박을 알아보기도 했지만 어디를 가든 거절당했다. 말할 것도 없이 내가 비에 쫄딱 젖어 있고 뭔가 위험해 보였기 때문이었을 거다. 나를 받아주는 조그만 호텔을 찾았을 때는 이미 날이 밝아오고 있었다.

무릎과 이를 덜덜 떨면서 침대로 기어들어가 이불로 얼굴을 덮었다. 그렇게 하면 삶의 추악함을 가릴 수 있기라도 할 것처럼. 물론 소용이 없었고, 이 고통을 잊기 위해 잠을 청했다. 사방에서 어두운 그림자가 나를 덮쳐오는 것 같았다. 사샤를 가두고 있는 교도소의 벽, 수년간 그를 따라다닌 고통, 내가 보낸 수감시절, 방금 겪은 지독한 시련, 이 모든 것이 어둠과 절망 속에 조롱으로 한데 뒤섞였다. 그러나 저 멀리 희미한 빛 한 줄기가 보였고, 나는 그게 무엇인지 알아차릴 수 있었다. 바로 에드였다. 우리의 사랑, 우리의 집에 대한 생각이 어둠을 뚫고 빛이 되어 나왔다. 나는 떨리는 손을 내밀어 그 빛을 잡아 보려 했지만 내 마음처럼 차가운 허공이 있을 뿐이었다.

사흘 후 나는 디트로이트에 도착했다. 내게 늘 디트로이트가 매력적이었던 이유는 로버트 라이첼이 있기 때문이었다. 그가 내는 잡지를 읽기 시작하면서부터 그의 재치와 비할 데 없는 글에 매료되었다. 시카고 순교자들을 변호하는 용기와 그들의 생명을 어떻게든 구해 보려는 대담한 노력이 감동적이었고, 그는 나에게 있어 눈 하나 깜짝 않는 반역자이자 투사가 되었다. 그에 대한 나의 비전은 그가 보여 주는 혁명적 열의에 의해 단단해졌고, 사샤의 행동을 자랑스럽게 치하하는 라이첼의 글 「총은 높은 곳에서 발사된다」는 숭고하고 감동적인 찬사였다. 이를 통해 나는 라이첼과 가깝다고 느끼게 되었고, 개인적으로 그를 알아가고 싶다는 생각을 갖게 되었다.

『불쌍한 악마』의 편집자를 뉴욕에서 만난 지 벌써 5년이 흘렀다. 그때의 기억이 생생히 떠올랐다. 어느 늦은 저녁, 내가 아직 재봉틀 앞에 앉아 있을 때 창의 덧문을 쿵쿵 두드리는 소리가 들렸다. “방랑하는 기사들을 들여보내 주시오!” 유스투스의 낮은 목소리였다. 그 옆에 유스투스만큼이나 키가 크고 어깨가 넓은 남자가 서 있었는데, 나는 단번에 로버트 라이첼임을 알아보았다. 내가 인사말을 하기도 전에 그는 장난스럽게 나를 나무랐다. “아니 이런 아나키스트가 다 있나. 여가의 필요성을 설파하고 다니면서 본인은 정작 갤리선 노예보다 더 오래 일하다니? 자 우리가 당신의 사슬을 끊기 위해 왔습니다. 필요하다면 무력을 사용해서라도 당신을 데려가야겠소. 자 어서 나오시지요, 젊은이여, 준비하시오! 당신의 방으로 우리를 불러들일 생각이 없어 보이니 당신이 어서 밖으로 나와요.” 갑작스럽게 나를 찾아온 방문객들은 가로등 바로 아래 서 있었다. 라이첼은 모자를 쓰고 있지 않았고, 이미 좀 희어진 금발이 그의 높은 이마 위로 정신없이 쏟아져 있었다. 그는 유스투스보다 크고 강해 보였고, 더 젊고 정력적으로 보였다. 내 방 창문틀을 두 손으로 잡고 서서 그는 외쳤다. “자, 어찌하겠소? 내 말을 받아들이겠소?” 나는 질문으로 답했다. “제가요?” “오, 당신은 아주 한참 전에 시험에 통과했지. 그래서 당신에게 상을 주러 온 거요. 내가 당신의 기사가 되려는 겁니다.”

얼마 안 있어 나는 두 사람과 함께 유스투스의 집으로 향했다. 그곳에서 우리는 낄낄대며 만세를 외쳤고, 더 많은 와인을 요구했다. 유스투스는 여느 때와 다름없이 소매를 걷어붙이고는 카운터 뒤에서 친절하게 호스트 역할을 맡았다. 로버트는 팔을 과감히 뻗어서는 나를 상석으로 인도했다. 자리를 향하며 통로를 걷는 동안 유스투스는 결혼행진곡을 흥얼거렸고, 이어 멋진 목소리를 가진 몇몇 남자들이 노래를 따라 불렀다.

로버트는 우리 모임에서 정신적 지주와도 같았다. 그의 유머는 사람들이 마시는 와인보다도 더 반짝거렸다. 그는 모스트보다도 훨씬 술을 많이 마셨고, 더 많이 마실수록 그는 말을 더 잘하게 되었다. 그가 들려주는 다채롭고 재미있는 이야기가 강물처럼 쏟아져 나왔다. 그는 무궁무진했으며, 사람들이 돌아간 후에도 나의 기사는 멈추지 않고 삶과 사랑을 노래하고 또 이야기했다.

동이 터올 무렵, 나는 로버트의 팔을 붙잡고 거리로 나왔다. 몸과 마음 모두 훌륭하고 아름다운 이 매력적인 남자를 안고 싶다는 마음이 컸다. 그 역시 내게 강하게 끌리고 있다고 나는 확신했다. 저녁 내내 그는 시선과 손길에서 그 끌림을 보여 주지 않았던가. 함께 걸으면서 나는 그의 열정과 욕망이 출렁이는 것을 느낄 수 있었다. 어디로 가야 하지? 나는 점점 흥분하면서 그의 곁에 가까이 섰고, 그가 어떤 제안을 해오기를 기다리면서 나는 초조해졌다.

“사샤는?” 그가 갑자기 물었다. “우리의 대단한 사샤에게서 소식은 종종 듣나요?” 마법이 깨졌다. 불행과 번민이 가득한 세계로 나는 다시 돌아왔다. 그 이후의 산책 시간 동안 우리는 사샤의 행동과 모스트가 한 짓의 결과에 대해 이야기했다. 어느새 그는 다른 로버트,

불의에 저항하는 반역자이자 투사가 되어 있었다.

내 방문 앞에서 그는 나를 품에 안고 뜨거운 숨을 내쉬며 속삭였다. "당신을 원해요. 우리, 삶의 추함 같은 건 다 잊어버립시다." 나는 그의 품에서 조심스럽게 빠져나와 말했다. "너무 늦었어요. 밤의 신비로운 목소리가 잠잠해지고, 이제 낮의 불협화음이 시작되었거든요." 그는 내 말을 이해했다. 나를 다정하게 바라보며 그는 말했다. "용감한 엠마, 이건 단지 우리 우정의 시작일 뿐이에요. 우리 곧 디트로이트에서 다시 만납시다." 나는 창문을 열어젖히고 그가 모퉁이를 돌아 사라질 때까지 그의 뒷모습을 지켜보았다. 그러고서 나는 다시 재봉틀 앞의 삶으로 돌아갔다.

1년쯤 지나 라이첼이 병에 걸렸다는 소식이 들려왔다. 척추결핵으로 하반신이 마비되었다 했다. 그는 자신이 존경하고 또한 어떤 면에서 정신과 감정이 닮아 있던 시인 하이네처럼 침대에 누워 있었다. 그러나 침대에 누워서도 그는 위축되지 않았다. 그가 쓰는 모든 글은 자유와 전투를 부르는 나팔소리였다. 병상에 누운 채로도 그는 그해 11월 11일에 열릴 중앙 노동조합 기념식에 나를 연사로 초대했다. 그는 내게 편지를 써서 "우리의 우정을 다시 시작할 수 있도록 기념식 며칠 전에 와달라" 했다.

디트로이트에서 예정되어 있던 집회 당일 오후 늦게 도착해서 나는 『불쌍한 악마』에 감동적인 시를 싣곤 하던 마르틴 드레셔를 만났는데, 이 사람이 역에서 꽤 재미있는 일을 벌였다. 키는 훌쩍 커서는 어색하고 서투르기 짝이 없는 드레셔가 빨간 장미 한 다발을 들고서는 내 앞에 무릎을 꿇고 메시지를 전하는 거였다. "여왕이시여, 당신의 기사가 영원한 사랑을 보냅니다." "내 기사가 누구지요?" 내가 묻자 그가 대답했다. "당연히 로버트죠. 그 사람 외에 그 누가 감히 아나키스트들의 여왕님께 자기의 사랑을 보내겠습니까?" 군중은 웃었지만 내 앞에 무릎을 꿇은 남자는 멈추지 않았다. 바닥에는 눈이 쌓여 있었기에 그가 혹시 감기라도 걸릴까 걱정되어 나는 손을 내밀어 그를 일으켜 세웠다. "그럼 어서 나를 성으로 안내하시죠." 드레셔는 일어나 허리를 숙이고는 나에게 팔을 내밀고 엄숙하게 나를 삯마차로 안내했다. "랜돌프 호텔로 가주시오" 하고 그가 목적지를 말했다. 호텔에 도착하자 로버트의 친구들이 우리를 기다리고 있었다. 호텔 주인이 『불쌍한 악마』의 팬이었다. "가장 좋은 방과 더불어 와인을 원하시는 만큼 제공해 드리지요." 이 환대 너머에는 로버트의 배려와 우정이 있다는 것을 알 수 있었다.

터너 홀을 꽉 채운 청중은 그날 저녁의 정신과 조화롭게 살짝 들떠 있었다. 행사는 어린이 합창단의 노래와 마르틴 드레셔의 혁명시 낭독으로 인해 축제 분위기가 더해졌다. 나의 강연은 독일어로 진행할 것이었다. 시카고 비극에 대한 감정은 몇 년의 세월이 흘러도 사라지지 않았다. 그날 밤은 아무래도 시카고 순교자들을 사랑하고 그들을 위해 싸웠던, 그리고 이제 그 자신이 죽어 가고 있는 로버트 라이첼이 가까이 있었기 때문에 더 가슴 아프게 다가왔다. 1887년의 기억은 살아나서 내 앞에 그들의 고난이 펼쳐졌고 영웅적인 죽음에서 솟아나는 희망과 삶의 절정에 가닿도록 나를 고무시켰다.

행사가 끝날 무렵 커다란 붉은 카네이션 꽃다발을 받기 위해 나는 다시 연단에 올라가야 했는데, 꽃다발을 들고 있는 금발 소녀의 작은 몸에 비해 다발이 지나치게 컸다. 나는 그 소녀와 꽃다발을 함께 내 가슴에 꼭 안았다.

저녁 늦게 마치 그림에서 튀어나온 듯한 모습을 한 개인주의 아나키스트 조 라바디를 만났고, 그는 내게 H. S. 맥코완 목사를 소개해 주었다. 두 사람 모두 내가 영어로 발언하지 않은 것을 유감스럽게 생각했다. “저는 특히 이곳에 당신의 연설을 들으러 왔거든요.” 맥코완 목사의 말에 조는(모두가 그를 다정하게 ‘라바디’라고 불렀다) “그러지 말고 목사님이 골드만 양을 교회로 초대하면 어때요? 그럼 우리의 ‘빨갱이 엠마’가 하는 말을 영어로 들을 수 있지 않겠어요?” 하고 제안했다. “거참 괜찮은 생각이군!” 목사가 말했다. “하지만 골드만 양은 교회를 반대하지 않나요? 그런데도 교회에서 발언을 할 수 있겠습니까?” 나는 대답했다. “내가 필요한 곳이라면 지옥이라도 갑니다. 악마가 내 치맛자락을 당기지만 않는다면요.” 그가 기분좋게 말했다. “좋아요. 그럼 우리 교회에서 연설하십시다. 당신 옷자락을 당기는 사람도, 할 말을 못하게 하는 사람도 없을 겁니다.” 이렇게 우리는 아마도 그 누구도 제대로 알지 못할 주제인 아나키즘에 대해 강연하는 것에 동의했다.

연설이 끝나고 보니 나의 ‘기사’가 보낸 꽃과 함께 메모가 도착해 있었다. 자고 있지 않을 테니 집회가 끝나면 아무 때고 자신을 방문해 달라는 쪽지였다. 몸도 성치 않은 사람이 이 늦은 시간까지 깨어 있다는 게 좀 이상했지만 드레셔는 로버트가 해가 진 후에야 기분이 좋아진다고 말했다. 그의 집은 거리의 마지막 집으로, 넓은 공터가 한눈에 내려다보였다. 이 집에 로버트는 ‘루긴슬란트’라고 이름을 지어 주었다. 그 공터가 지난 3년 반 동안 그가 볼 수 있는 전부였다. 물론 그의 예리한 내면의 눈은 멀리 떨어진 지역까지 향해 그곳의 모든 걸 가져올 수 있었지만 말이다. 내닫이창을 통해 저 멀리 밝은 빛의 줄기를 볼 수 있었는데, 그것은 마치 등대와도 같았다. 그리고 로버트 라이첼이 바로 그 등대지기였다. 집에서 노래와 웃음소리가 들려왔다. 라이첼의 방은 이미 사람들로 가득했다. 방 안은 연기가 어찌나 자욱하던지, 로버트의 얼굴이 제대로 보이지도 않았고 그곳에 있는 사람들의 얼굴이 뿌옇게 보일 지경이었다. 로버트의 목소리가 유쾌하게 들려왔다. "우리 성소에 오신 걸 환영합니다. 흠모하는 기사들의 소굴에!" 목까지 젖혀진 하얀색 셔츠를 입고 산더미같이 쌓아올린 베개에 기대 있는 로버트가 보였다. 낯빛이 흐려지고, 머리가 좀 세었다는 것, 손가락이 가늘어졌다는 것 외에는 병의 징후가 없었다. 오로지 그의 눈만이 그가 겪고 있는 고난에 대해 말해 주고 있었다. 근심 없던 빛이 사라져 있었던 거다. 아픈 마음으로 그를 품에 안았다. "이렇게 어머니처럼 안아 주기만 하는 겁니까?" 그가 대꾸했다. "당신의 기사에게 키스해 주지 않을 거예요?" 나는 말을 더듬었다. "물론이죠."

방 안에 있는 다른 사람들을 깜빡 잊고 있던 사이 로버트가 사람들에게 나를 "사회 혁명의 신녀"라고 소개하기 시작했다. "그녀를 한번 보세요. 언론이 그리는 괴물과 닮았습니까? 창녀의 분노를 닮았습니까? 저 단정한 검은색 드레스와 흰색 옷깃을 보시죠. 얌전하고 철저한 모습이네요. 거의 수녀 같아 보이지 않습니까?" 나는 부끄러워졌고, 내 모습을 너무 의식하게 되었다. 참지 못하고 나는 끼어들었다. "당신은 나를 마치 당신이 팔아치워야 하는 말이라도 되는 것처럼 칭찬하고 있어요." 그는 나의 반대에도 아랑곳하지 않고 말했다. "내가 당신에게 얌전하고 철저하다고 하지 않았습니까? 당신은 평판에 부응하지 않고 있군요. 와인을 가져오시오!" 그가 소리쳤다. "우리의 신녀님을 위하여, 건배!" 로버트의 침대를 에워싸고 있던 남자들은 다 손에 잔을 들고 있었다. 로버트는 자신의 잔을 비우고는 벽을 향해 던졌다. "자, 엠마는 이제 우리 사람이오. 이로써 계약이 봉인되었고, 우리는 마지막 숨을 다하는 날까지 엠마에게 진실로 충실할 겁니다."

모임과 내 연설에 대한 글을 작성한 잡지 편집자는 나보다 먼저 라이첼에게 초고를 가지고 갔다. 내가 맥코완 목사의 초대를 언급하자 그는 몹시 기뻐했다. 그는 목사를 알고 있었고, "영혼의 노예" 옷을 입은 사람 중에 드문 예외라고 생각하고 있었다. 나는 로버트에게 블랙웰 섬에 있던 젊은 신부에 대해 그가 얼마나 훌륭하고 이해심이 많았는지 이야기했다. 그러자 로버트는 나를 놀리며 말했다. "그런 사람을 감옥에서 만나다니, 유감이네요. 그렇지 않았다면 두 사람은 열렬히 사랑하는 사이가 되었을 텐데." 사제를 사랑하는 건 말도 안 된다고 하자 그는 대답했다. "가당치 않아요. 사랑은 우리의 관념과는 상관이 없는 거요. 지금껏 나는 가는 곳마다 여자들을 만나고 사랑해왔지만, 당신이 신부 이야기를 하면서 보인 흥미와 열의만큼 그들을 생각한 적이 없소. 사랑은 그 어떤 이념과도 무관하다는 걸, 아마 당신이 나이가 좀 더 들면 알게 될 거요." 나도 다 안다고 말해 보았지만 소용없었다. 내 나이 스물아홉, 더 이상 어린애가 아니었다. 나와 다른 이념을 가진 이는 결코 사랑할 수 없다는 것을 나는 확신했다.

다음 날 아침, 열두 명의 기자들이 나를 인터뷰하기 위해 기다리고 있다는 말에 잠에서 깼다. 내가 맥코완 목사의 교회에서 하기로 한 연설에 대해 알기를 원하는 거였다. 그러면서 그들이 내게 보여 준 건 신문 1면을 장식한 헤드라인이었다. "엠마, 모성본능을 보여 주다. 디트로이트 교회 강당에 선 자유연애주의자. 빨갱이 엠마, 맥코완의 마음을 사로잡아. 아나키즘과 자유연애의 온상이 될 교회."

이후 며칠 동안 계속해서 디트로이트의 모든 신문은 "빨갱이 엠마"가 교회를 모독했으며, 회중의 파멸 또한 임박했다는 기사들로 1면을 채웠다. 교인들이 교회를 떠나겠다고 으름장 놓으며 맥코완 목사를 둘러쌌다는 보도가 잇따랐다. "이러다 직위를 잃게 될 거예요." 모임 전날 라이첼을 만나 맥코완 목사에 대한 우려를 전했다. "그리고 내가 그 원인이 되고 싶진 않아요." 하지만 로버트는 목사는 자신이 하는 일이 뭘 의미하는지 아는 사람이며, 그가 교회에서의 자신의 독립성을 시험키 위해서라도 자신의 뜻을 고수해야 할 거라고 말했다. "어쨌거나, 나는 연설을 취소하겠어요. 목사가 정말로 원한다면 다시 나를 초청하겠죠." 목사에게 사람을 보내어 취소 의사를 전했지만 돌아온 대답은 무슨 일이 일어나든 계획대로 연설을 하자는 것이었다. "자신들이 관심 없는 사람의 것일지라도 표현의 자유를 거부하는 곳이라면, 그런 교회는 내가 있을 곳이 아닙니다. 제게 일어날 일들에 대해서는 괘념치 마십시오."

맥코완 목사의 주재로 진행된 예배당에서의 모임에서, 그는 준비한 짧은 연설로 자신의 입장을 밝혔다. 자신은 아나키스트가 아니라고 선언하며, 자신은 그에 대해 생각을 많이 해본 적도 없거니와 잘 알지도 못한다고 했다. 11월 11일 터너 홀을 방문한 것은 바로 그런 이유에서였다고 했다. 안타깝게도 그곳에서 엠마 골드만이 독일어로 말하는 바람에 알아듣지 못했고, 그래서 자신의 교회에서 그녀가 영어로 연설을 할 수 있다는 제안을 기꺼이 받아들였다 했다. 그는 자신의 교인들이 수년 동안 '공공의 적'으로 박해를 받아 온 여성의 이야기를 들을 수 있는 기회를 반갑게 맞아들일 거라 생각했으며, 선한 기독교인이라면 응당 자비를 베풀 것이라는 말과 함께 내게 청중을 넘겼다.

나는 아나키즘과 관련해 경제적 측면에 대해 이야기하고, 가능한 한 종교와 성에 관한 논의는 피하리라 마음먹었다. 나를 위해 그토록 용기를 내어 준 사람을 위해 이 정도는 지켜야 하는 선이라고 생각한 까닭이다. 교인들이 혹여 내가 신을 공격하거나 신성한 제도로서의 결혼을 훼손하기 위해 이 자리에 섰다고 느끼지 않도록 조심해야 했다. 결과는 예상보다 좋았고, 한 시간 동안의 강연 끝에 큰 박수를 받았다. "우리가 해냈군요!" 내가 자리로 돌아오는데 맥코완 목사가 속삭였다.

그러나 성공을 축하하기에는 좀 일렀다. 나이 든 여성 한 명이 다소 호전적으로 자리에서 일어났을 때는 박수소리가 거의 그쳐 가고 있었다. "목사님, 여기 골드만 양은 신을 믿나요, 믿지 않나요?" 또 다른 사람도 따라서 질문했다. "저 연사는 통치자들은 다 죽어야 한다고 생각하나요?" 체구가 작고 쇠약한 남자도 일어나더니 조그만 목소리로 물었다. "골드만 양, 당신은 자유연애자이죠. 당신 말대로라면, 한 집 건너 한 집이 다 매춘굴이 되지 않나요?"

나는 목사에게 이 질문들에 대해 똑바로 대답을 해줘야 하겠다고 말했고, 목사는 그러라고 대답했다. "신사숙녀 여러분" 나는 대답을 시작했다. "저는 이곳에서 최대한 여러분에게 민감할 주제들에 대해 피하려고 노력했습니다. 우리의 종교나 도덕적 신념을 떠나, 요람에서 무덤까지 우리의 삶을 지배하는 경제의 기본적인 문제에 대해 이야기하려고 했죠. 이제 보니 그게 제 실수였다는 걸 알겠습니다. 전쟁에 나가서 칼을 휘두르지 않을 수는 없으니까요. 이제 여러분의 질문에 답을 해볼까 합니다. 저는 신을 믿지 않습니다. 왜냐하면 인간을 믿기 때문이죠. 우리 인간은 여러분의 신이 해온 잘못들을 되돌리기 위해 지난 수천 년 동안 노력해 왔습니다." 교회 안은 난리가 났고 여자들은 신성모독이라며 소리를 질렀다. "저 이교도! 죄인!" "당장 저 여자를 내쫓아요!"

약간의 질서가 회복되었을 때 나는 하던 말을 마저 했다. "통치자를 다 죽이겠냐는 질문에 대답을 하자면, 그건 전적으로 그가 어떤 지도자냐에 달려 있습니다. 러시아의 차르라면, 그가 보내져야 할 곳으로 보내야 한다고 생각합니다. 미국의 대통령은 사실 우리가 노력할 필요조차 없을 정도로 무능한 게 사실이고요. 하지만 분명 제가 끌어모을 수 있는 모든 수단과 방법을 동원해 죽이고 싶은 사람들도 있습니다. 무지하기 짝이 없고, 미신적이며 편협한 데다가 지구상에서 가장 사악한 폭군들 말입니다. 마지막으로 자유연애에 대해 질문하신 남성분, 집집마다 매춘굴이 되지 않겠냐 하셨지요. 걱정 마세요. 미래의 남자들이 다 당신같이 생겼다면 그 집들은 분명 다 텅텅

빌 테니까요.”

한바탕 큰 소동이 일었다. 목사는 청중을 가라앉히려 해봤지만 헛수고였다. 사람들은 의자에 올라가 모자를 흔들며 소리질렀고, 교회의 불이 다 꺼질 때까지 떠나지 않았다.

다음 날 아침 신문들은 예배당에서의 집회를 망신살 뻗치는 구경거리로 보도하기 바빴다. 나의 연설을 허락한 목사에 대한 비난이 일반적인 여론이었고, 유명한 불가지론자인 로버트 잉거솔도 이 합창에 합류했다. “나는 모든 아나키스트들이 미쳤다고 생각합니다. 그중 엠마 골드만이 제일이지요. 또한, 맥코완 목사는 참으로 관대한 사람이라고 생각해요. 두려움이 없는 사람이고요. 그러나 대중연설에 미친 사람을 부른 건 분명 비난받아야 할 일이라고 생각합니다.” 맥코완 목사는 교회에서 물러났다. “나는 광산 마을에 갈 생각이요. 광부들이 내 말과 생각을 더 잘 알아 줄 거라고 확신합니다.” 나 역시 그럴 거라고 생각했다.

뉴욕을 떠난 후 에드와의 연락은 그리 쉽지는 않았지만 그래도 우리는 애틋한 편지를 주고받았다. 내가 디트로이트에 도착했을 때 그에게서 예의 그 애정이 담긴 긴 편지가 와 있었다. 그는 우리의 마지막 장면에 대해서는 언급하지 않은 채 내가 돌아오길 기다리고 있다고 썼다. 휴일에 나를 볼 수 있기를 소망하면서 말이다. “사랑하는 사람이 일과 결혼하면, 다른 사람은 작은 것에 만족하는 법을 배우는 게 맞소”라고 썼는데, 나는 그가 사소한 것에 만족하는 모습을 상상하기는 힘들었지만 분명 그가 나의 욕구를 충족시켜 주기 위해 부단히 애쓰고 있다는 것은 알 수 있었다. 나는 에드를 사랑했고, 나 역시 그를 간절히 원했지만, 내 일을 계속해야 했다. 나를 끊임없이 매료시키는 그가 몹시도 보고 싶었다. 나는 지금 헬레나 언니를 만나러 가는 중이며 일주일이면 집에 도착할 수 있을 거라고 전보를 쳤다.

출소 후 잠시 방문한 것 외에 1894년 이후로 로체스터에 간 일이 없었다. 참으로 오랜 시간이 흘렀고, 내 인생에도 많은 일이 일어났다. 사랑하는 나의 언니 헬레나에게도 변화가 있었는데 언니의 가족은 이제 전보다 나은 집에서 살게 된 것이다. 뒷마당에 작지만 정원도 갖춘 집이었다. 언니네가 운영하고 있던 증기선 대행사는 그다지 큰 수익은 내지 못했지만 그렇다 하더라도 전에 비하면 집안 살림이 훨씬 나아졌다. 가정에서 가장 큰 짐을 지고 있는 것은 단연 언니였다. 아이들은 언니를 그 어느 때보다도 필요로 했고, 대행사 운영에도 언니가 꼭 필요했다. 고객 중 대부분은 미국에서 가장 힘든 일을 하는 리투아니아와 라트비아 이민자들이었는데, 임금이 아무리 적어도 고국에 있는 가족들에게 돈을 보내 그들을 미국으로 데리고 왔다. 가난과 고된 일은 그들을 냉담하고 의심 많은 사람들로 만들었는데, 그렇다 보니 그런 고객을 상대하는 데 인내와 기술이 필요했다. 극도로 내성적이고 조용한 형부 제이컵은 사람들의 어리석음을 참지 못하고 자주 화를 냈다. 반면 헬레나 언니는 요동치는 파도를 어떻게 잠잠하게 하는지 알고 있었다. 언니는 노동자들의 사정에 공감하고 그들의 마음을 이해했다. 그들에게 단순히 표를 판매하고 돈을 받는 이상의 일을 했다, 바로 노동자들의 황무지 같은 삶에 들어간 것이다. 언니는 그들을 위해 집에 편지를 써주었고, 여러 난관을 극복할 수 있도록 도움을 주었다. 그런 고객들만이 언니에게 위로와 도움을 받으러 오는 건 아니었다. 거의 모든 동네 사람들이 다 언니를 찾았다. 나의 소중한 자매가 다른 사람들의 안타까운 이야기에 귀 기울이는 동안 정작 언니는 자신의 못다 이룬 꿈과 잃어버린 젊은 시절의 바람에 대해 한마디 불평하거나 한탄하는 법이 없었다. 이토록 드물고 귀한 사람이 잃어버린 힘이 무엇일까 생각하다가, 언니의 크나큰 본성이 너무나 제한된 공간에 갇혀 버린 것임을 아프게 깨달았다.

도착한 날에는 언니와 많은 이야기를 할 기회가 없었다. 저녁이 되어 아이들이 잠들고, 사무실 문을 닫고 나서야 우리에게 시간이 허락되었다. 언니는 내가 살아온 것에 대해 시시콜콜 묻지 않고 그저 내가 하는 말을 이해와 애정으로 받아들여 주었다. 언니는 주로 언니의 아이들과 레나 언니 아이들, 부모님이 어떻게 힘들게 사시는지에 대해 이야기했다. 물론 언니가 아버지의 어려움에 대해 계속해서 마음 쓰는 이유는 나도 알고 있는 바였다. 언니는 아버지와 내 사이가 다시 가까워질 수 있기를 바라는 마음이었던 거다. 언니는 증오로까지 발전한 아버지에 대한 나의 적대감 때문에 많이 고통스러워했다. 3년 전쯤 아버지가 위독하다는 걸 내게 알려왔을 때 내가 보인 반응에 언니는 몹시 충격받았던 것 같다. 당시 목에 위험한 수술을 받고 누워 있는 아버지에 대해 나는 "그 사람은 오래전에 죽었어야 해, 언니"라고 말했다. 그날 이후로 언니는 우리 모두의 어린 시절을 망쳐버린 남자에 대한 나의 마음이 바뀔 수 있도록 노력을 멈추지 않았다.

우리가 함께 겪은 슬픈 과거에 대한 기억은 헬레나 언니를 더 친절하고 관대한 사람이 되게 했다. 언니의 그런 아름다운 마음씨와 나

스스로의 발전으로 인해 내가 그간 아버지에 대해 느끼던 괴로움은 점차 치유되었다. 부모가 자녀에게 무참한 짓을 저지를 때, 나는 이제 그것이 그냥 잔인함에서 나온 것이 아니라 무지에서 비롯된 것임을 알게 되었기 때문이다. 1894년 로체스터에 잠시 머무는 동안 나는 5년 만에 처음으로 아버지를 만났다. 여전히 거리감이 느껴지긴 했지만 전처럼 적대적이진 않았다. 그 방문에서 나는 이제 몸이 망가질 대로 망가진 아버지를 보고, 이전의 그 활기차고 강했던 모습은 단지 그림자로만 남아 있음을 실감했다. 아버지는 계속 몸이 나빠지기만 했다. 가게에서 하루 10시간씩 물건을 파는 일을 하는 것은 그렇지 않아도 이미 쇠약해진 몸을 파괴했고, 장사를 하면서 사람들의 멸시와 모욕을 견디는 일 또한 건강을 크게 해쳤다. 아버지는 어쨌거나 나이 50에 가까운 그 지역의 유일한 유대인이었고 그 나라 언어에 익숙하지 않은 외국인이었던 거다. 그와 함께 일했던 대부분의 젊은이들은 이민자 자녀였지만, 그들은 좋을 거 하나 없는 미국인들의 특성을 빠르게 습득했다. 거칠고 무자비하고 매정했던 것이다. 그들은 유대인에게 하는 장난과 속임수를 멈추지 않았고, 어찌나 괴롭힘이 심했던지 아버지는 기절을 하기도 했다. 집으로 실려가도 아버지는 다음 날이면 어김없이 출근을 해야 했다. 주급 10달러짜리 직장을 잃을 여유가 없었던 거다.

그렇게 병들고 지친 모습을 보고 있자니, 아버지에 대한 적개심이 사그라들었고, 이제 나는 그를 나의 활동의 이유이기도 한 노예처럼 착취당하는 민중의 한 사람으로 보기 시작했다.

헬레나 언니는 어린 시절 항상 우리에게 폭력을 휘둘렀던 아버지의 이야기를 할 때마다, 그건 포펠란처럼 작은 곳에서 아버지 같은 사람이 에너지를 배출할 적절한 창구가 없었기 때문이라고 편을 들었다. 아버지는 자신과 가족에 대한 꿈과 야망이 있었고, 대도시의 삶과 그곳에서 일할 수 있는 기회를 원했다. 농민들은 자신들이 가진 땅에서 겨우 입에 풀칠을 하며 살아갈 뿐이었는데, 유대인은 그나마도 직업을 가질 수 없어서 소작농으로 살았다. 아버지는 소작농으로 살기에는 너무 정직한 사람이었고, 그가 상대하는 지주들에게 매일같이 모욕을 당하면서 날 선 성격의 사람으로 변해 갔다. 삶에서의 실패, 자신의 능력을 도무지 써먹을 데가 없다는 박탈감으로 인해 그는 스스로에게 가혹해졌다.

수년 동안 감옥 안과 밖에서 고통받는 사회적 희생자들을 만나 오면서, 그리고 폭넓게 책을 읽어 오면서, 잘못 놓인 에너지가 갖는 비인간적 효과를 이미 실감한 나였다. 야심과 희망을 가지고 인생을 시작한 후에 금세 적대적 환경으로 인해 좌절하는 사람들을 많이 보아 왔다. 그럴 때면 사람들은 앙심을 품고 적대적으로 변했다. 나는 투쟁을 통해 힘들게 얻은 이해를 나의 언니 헬레나는 직관과 예민한 성정을 통해 자연스럽게 갖고 있었다. 언니는 삶을 그리 많이 경험하지도 않은 채 이미 현명한 사람이었다.

이번 방문에서 레나 언니와 그 가족도 볼 수 있었다. 레나 언니는 이미 아이가 넷이었는데, 다섯째를 임신 중이었다. 언니는 잦은 출산과 생계를 유지하기 위한 노력으로 많이 지쳐 있었다. 언니가 가진 기쁨이라곤 아이들이 전부였다. 네 아이 중 가장 빛나는 건 스텔라였는데, 잿빛의 로체스터에서 내게 햇살이 되어 준 것도 다름 아닌 스텔라였다. 이제 막 10살이 된 스텔라는 매우 영리하고 강인했으며, 엠마 이모에 대한 조금은 과장된 환상을 가지고 있었다. 전에 방문한 이후로 스텔라와 나는 편지를 주고받기 시작했고, 그를 통해 스텔라는 영혼의 열망을 가감없이 분출했다. 안 그래도 엄한 아버지가 여동생만을 워낙 예뻐하는 탓에 한참 예민한 나이의 스텔라에게는 큰 상처가 되었다. 게다가 그 여동생과 침대를 같이 써야 하는 것도 불행이었다. 언니네 가족은 딸의 그런 '성질머리'에 대한 인내심이 없었다. 게다가, 여분의 공간을 마련할 형편도 못 되었다. 나는 스텔라의 심정을 누구보다도 더 잘 이해할 수 있었다. 그녀가 겪은 비극은 나 자신이 이미 그 나이에 겪은 일이었다. 나는 스텔라 곁에 그나마 헬레나 언니가 가까이 있어서 다행이라 생각했고, 또한 그녀가 내게 자신의 문제를 이야기해 주어 기뻤다. 스텔라는 7살도 채 안 되었을 때 이렇게 썼었다. "나는 나의 엠마 이모한테 나쁘게 대하는 사람들 다 싫어. 내가 크면 이모를 위해 싸워 줄 거야."

그곳엔 또한 나의 동생 예고르도 있었다. 14살 무렵까지는 여느 미국 남자애들이 다 그렇듯 거칠고 상스러웠다. 그가 헬레나 언니를 사랑한 건 언니가 워낙에 헌신적이었기 때문이었다. 나는 예고르에게 별 감흥 없는 사람이었다. 나도 그저 레나 언니처럼, 그에게는 누나 중 한 명일 뿐이었다. 그런데 1894년의 그 방문은 뭔가 달랐다. 그 안에 뭔가 깊은 감정이 깨어나기라도 한 듯, 스텔라처럼 내게 꼭 붙어 떨어지지 않으려 했다. 짐작하건대 예고르에게 학교다니는 걸 강요하지 말라고 내가 아버지를 설득했던 것 때문이지 싶었다. 예고르는 공부를 잘했고, 이를 본 아버지는 자신의 좌절된 꿈을 아들을 통해 실현할 수 있으리라 생각하고 아들이 계속 공부를 하길 원했다. 맏아들인 헤르만은 공부엔 소질이 없어서 아버지를 실망시켰다. 손으로 하는 일이라면 뭐든 잘했지만 공부는 젬병이였다. 아들이 '사' 자 들어가는 직업을 가졌으면 하던 아버지의 꿈은 그렇게 깨졌다. 아버지는 헤르만을 공장으로 보냈고, 헤르만은 거기서 단순한 책으로 수업을 받는 것보다 복잡하기 이를 데 없는 기계를 다루는 것이 훨씬 편안하다는 걸 알았다. 완전히 다른 사람이 된 헤르만은 제법 진지해지고 일에 집중하게 되었다. 실망감을 좀처럼 극복하고 있지 못하던 아버지는 예고르의 학업성취도를 보고 다시금 대학 졸업장을 꿈꾸게 되었다. 그러나 그것도 잠시였다. 나의 방문으로 인해 상황은 또 달라진 것이었다. 예고르를 위해 아버지를 설득하는 말은 한때 나 자신을 위한 변호보다 더 효과적이었다. 결국 예고르는 헤르만과 같은 공장에서 일을 하게 되었는데, 이곳에서 예고르는 급격한 변화를 겪게 되었다. 바로, 공부에 사로잡힌 것이다. 그가 그토록 꿈꾸던 노동자의 삶과 도시락 가방은 이미 매력을 잃은 지 오래였다. 공장의 시끌벅적함과 조악함이 그를 메스껍게 했다. 이제 읽고 공부하는 것이 그의 야망이 되었다. 노동자들의 비참한 처지를 알게 된 후 예고르는 나와 한층 가까워졌는데 그는 내게 편지를 써 "누나가 나의 우상"이라며 나를 추켜세웠다. "감옥에도 들어가고, 사람들과 함께하면서 젊은이들이 이루고자 하는 일들을 누나는 직접 하고 있잖아." 자신의 각성을 나는 이해해 주리라 믿는다고 그는 덧붙이면서 자신이 뉴욕에 가는 것을 아버지가 허락하게 설득할 사람은 나밖에 없다고 했다. 공부를 하고 싶다는 예고르의 말에 아버지는 기뻐하기는커녕 오히려 반대를 하고 나섰다. 이 변덕스러운 애를 신뢰할 수 없다면서 말이다. 게다가 아버지의 건강악화로 일을 못하게 되었기 때문에 예고르의 봉급이 집안 살림에 꼭 필요했다. 뉴욕에 있는 나의 집으로 예고르를 데려가겠다고 하면서 아버지의 허락을 받는 데 며칠이나 걸렸다. 내 덕에 뉴욕에 가고 싶은 꿈을 마침내 이룬 예고르에게 여전히 나는 우상이었다.

이번 로체스터 방문에서는 처음으로 가족과 다툼 없이 보냈다. 늘 소원하던 사람들에게 사랑으로 따뜻하게 받아들여진다는 것이 낯설고 새로웠다. 사랑하는 언니 헬레나와 나를 필요로 하는 어린 영혼 둘, 예고르와 스텔라가 부모님과 좀 더 가까워지는 데 도움을 주었다.

뉴욕으로 가는 길에 에드와 함께 종종 이야기하던 나의 의학수련 과정에 대해 생각했다. 내가 쾨니히스베르크에 있을 때부터 갖고 있던 꿈이었는데 빈에서 공부를 하면서 그 열망이 다시 깨어남을 느꼈다. 에드는 그 열망을 반갑게 받아들였고, 곧 내 대학등록금을 마련할 수 있을 거라고 말해 주었다. 그러나 예고르와 뉴욕에서 함께 지내게 된다면 의사가 되려는 나의 희망이 지연될 수밖에 없다는 자각이 있었다. 또한 나는 에드가 내 동생을 집에 들이는 것에 대해 분노하고 싫어할까 봐 두려웠다. 그에게 강요할 생각은 없었다.

에드를 만났을 때 그는 기분좋은 상태였다. 나의 귀가를 축하하며 그는 우리의 아파트를 축제처럼 꾸며 놓았다. 예고르에 대해 그는 반대하기는커녕 바로 부르라고 재촉했다. 내 동생이 집에 있다면 내가 없는 동안에도 외롭지 않을 거라며 말이다. 예고르가 수다스러운

지 걱정스럽게 묻는 에드에게 몇 시간이고 한 마디도 않은 채 앉아 있을 수 있는 아이이며, 학구적이고 과묵한 편이라고 하자 크게 안도했다. 내가 의학공부를 하는 것에 대해 그는 지금 "부자가 되는 중"이며 머지않아 가능해질 거 같다 말하며 진지한 얼굴로 나를 안심시켰다. 파트너가 현재 새로운 형태의 사진첩을 발명하는 일을 최종적으로 마무리하는 중에 있으며, 분명 크게 성공할 수 있을 거라 했다. "당신이 우리의 세번째 파트너가 되면 어떻소?" 에드가 유쾌하게 제안했다. "어쩌면 다음 번 투어에 발명품을 가져갈 수도 있을 것 같은데." 우리가 함께한 날들의 초반에 그러했듯 그는 또다시 우리가 부자가 되면 내게 무엇을 해줄지에 대한 공상에 빠져들었다.

예고르는 새해가 지나 도착했다. 에드는 처음부터 예고르를 좋아했고, 얼마 안 가 나의 동생 역시 내 연인에게 푹 빠지게 되었다. 나는 곧 새로운 투어가 예정되어 있었지만 내가 없는 동안에도 나의 사랑하는 이들이 서로에게 좋은 친구가 되어 줄 거라는 사실에 안심이 되었다.

17

총 열두 번의 강의가 예정되어 있었고, 매 강의마다 [에드의 파트너가 고안한] 발명품 샘플을 가져갈 계획을 세웠다. 우리의 대의에 동의할 사람들을 만나게 될 거라는 희망과 더불어 사진첩 주문도 함께 이루어질 거라는 기대감에 부풀었다. 판매분에 대한 일정 비율이 내게 할당될 것이었기에 여행경비를 마련하는 데 한숨을 돌릴 수 있었다. 내 경비를 충당하기 위해 동지들이 애쓰지 않아도 된다는 생각에 마음이 좀 놓였다.

이전에 필라델피아를 방문했을 때 만났던 아나키스트 동지 찰스 실링이 내 강연 계획을 도맡아 했고, 또 자신의 가족과 함께 지낼 수 있게 숙소도 마련해 주었다. 실링 부부는 매력적인 호스트였고, 또한 찰스 본인은 프로그램을 굉장히 효율적으로 조직할 줄 아는 사람이었다. 여섯 번 정도의 대규모 집회가 열리는 동안 나는 신여성, 악에 저항하지 않는 것의 부조리, 도덕의 기초, 자유, 자선, 애국심에 대한 주제로 연설을 했다. 영어로 연설하는 것은 내게 아직 어려운 일이었지만, 사람들의 질문이 시작되자 이내 마음이 편안해졌다. 반대의견을 많이 맞닥뜨릴수록 내 주장은 강해졌고 내 반대자들에게 더욱 신랄해졌다. 실링 부부와 다른 새로운 동지들의 따뜻한 격려 속에서 열흘간의 강도 높은 일정을 마무리한 후 피츠버그로 향했다.

칼, 헨리, 해리 고든, 에마 리가 강철 도시와 인접 지역에서의 강연을 조직했다. 열네 번의 강연 동안 내가 가장 가고 싶던 홈스테드는 포함되어 있지 않았다. 나의 첫번째 순례는 서부 교도소였고 에마 리와 동석했다. 우리는 교도소 벽에 가까이 붙은 채로 걸었는데 그녀는 이따금 내가 거친 벽면을 손으로 쓸어내리는 것을 알아차렸다. 내 생각과 감정이 사샤에게 전달될 수 있다면, 나의 이 강렬한 간절함이 이 회색 벽을 뚫고 사샤에게 닿을 것이다. 투옥 후 5년 동안 교도소장과 교도관들은 사샤의 정신을 무너뜨리기 위해 최선을 다했다. 그러나 사샤는 다시 자신의 삶과 자유로 돌아가겠다는 생각에 온힘을 다해 매달렸다. 그런 그의 곁에는 해리 켈리, 고든, 놀드, 바우어와 같이 헌신적인 친구들이 있었고, 이들은 사면을 위한 항소 건으로 백방으로 뛰고 있었다. 1897년 11월에 시작된 이들의 노력은 다양한 계층의 사람들에게서 점점 지지를 얻어가고 있었다. 사샤를 위하여 노동자 조직에서 여론을 살피며 활동하던 해리 켈리의 도움으로 사샤의 사면을 지지하는 결의안이 서부 펜실베이니아 노동연맹에서 통과되었다. 신시내티에서 미국 노동연맹, 국제 제빵사 조합, 보스턴 중앙 조합 및 다른 노동 단체들 또한 우호적인 입장을 취했다. 피츠버그에서 최고로 손꼽히는 변호사 두 명이 합류하면서 자금 모금도 순조롭게 진행되었다. 사샤의 사건에 대한 관심은 엄청났고, 따라서 우리 친구들은 좋은 결과가 나올 거라고 확신했다. 나는 결과를 낙관적으로 보지만은 않았지만, 나와 사샤를 가로막고 있는 벽을 따라 걸으면서 내가 틀렸길 간절히 바랐다.

연속되는 강의와 사람들을 계속해서 만나는 일은 고된 일이었다. 나는 신경발작까지 일으켜 쇠약해졌음에도 쉴 수 없었다. 우리의 사상에 대한 사람들의 관심이 너무 컸으므로, 일에서 떨어져 나오기가 좀처럼 쉽지 않았다. 일부 신문들은 평소와는 달리 집회에 대해 객관적인 보도를 했다. 피츠버그 신문 『리더』는 웬일로 나에 대해 우호적인 이야기를 전면에 걸쳐 실었다. "미스 골드만은 그간 묘사되어 온 온갖 악랄한 것들처럼 생기지 않았다"랄지, "외모만 봐서는 그녀가 폭탄을 숨겨 다닌다거나 강단에서 그토록 선동적인 발언을 할 수 있는 사람이라고 생각하기 어렵다. 오히려 반대로 호감이 가는 인물이다. 대화를 나누면 그녀의 얼굴은 지적인 열정으로 빛이 난다. 그녀를 모르는 사람에게 얼굴만 보고 무슨 일을 하는지 맞춰 보라고 한다면 열에 아홉은 교사나 진보적 사상을 가진 여성이라고 말할 것이다" 같은 내용을 실었다.

글을 쓴 사람은 분명 내가 학교 교사 같이 생겼다고 말하는 게 칭찬이라고 생각했을 것이다. 그는 좋은 뜻에서 쓴 말이었겠지만 내 허영심은 상처를 받았다. 내가 정말 그렇게 어리숙해 보인단 말인가?

클리블랜드에서는 세 번의 연설이 있었다. 신문의 기사들이 참으로 재미있었다. 신문 하나에서는 "엠마 골드만은 미친 여자"라면서 "그녀가 하는 말은 악마가 하는 헛소리"라고 썼다. 또 다른 신문에서는 "폭탄을 던지는 사람이라기보다는 숙녀에 가까운 점잖은 매너"를 확대해서 기사로 실었다.

마치 오래된 좋은 친구를 만나듯 디트로이트로 돌아와 기차에서 내리자마자 곧바로 로버트 라이첼을 만나러 갔다. 그의 상태는 계속해서 악화되고 있었지만 그의 생의 의지는 꺼지지 않았다. 나의 기사는 전보다 많이 창백하고 수척했다. 이전 방문 이후로 그가 어떤 고통을 겪었는지가 얼굴에 고스란히 드러났건만 그는 특유의 재치와 유머를 잃지 않았다. 그를 보는 일은 기쁨인 동시에 괴로움이었다. 그러나 그는 나를 슬프게 내버려 두질 않았다. 그의 타고난 재능인 입담으로 배가 아플 정도로 웃긴 이야기들을 해줬다. 특히 재미있었던 이야기는 그가 처음으로 미국에 와 독일 개혁교회 목사 일을 맡았던 일이었다. 한번은 볼티모어에서 설교를 해달라는 요청을 받았는데, 그는 전날 새벽 늦게까지 유쾌한 친구들과 술판을 벌였다. 봄이 오고 있었고, 나무는 새들이 가지에 앉아 짝을 찾는 소리에 살아나고 있었다. 자연은 벌거벗은 풍요로움으로 활력을 되찾는 중이었다. 로버트의 모험정신은 그가 씩씩하게 하루를 시작하면서 발휘되었는데, 몇 시간 후 그는 맥주통에 걸터앉아 웃통을 벗은 채로 한 여인에게 구애하며 세레나데를 부르고 있었다. 하필이면 그녀는 저명한 교인 중 한 명의 딸이었고, 그날 볼티모어에 독일어 설교는 없었다.

나는 나의 기사와 잊을 수 없는 시간을 함께 보냈다. 그의 영혼이 자아내는 빛은 나를 그 궤도로 끌어들였고, 나 자신을 포기하지 않게 해주었다. 나는 나의 젊음과 생명력을 그의 병든 몸에 부어 도움을 줄 수 있었으면 했다.

디트로이트 이후에 방문한 신시내티는 지루하고 실망스럽기까지 했다. 내가 없는 상황에 대한 불만을 토로한 에드의 편지로 인해 더욱 그랬다. 그는 나의 부재를 더 이상 견딜 수 없다고 썼다. 이렇게 뜨문뜨문 볼 거라면 차라리 나 없이 사는 편이 낫겠다며, 괴롭더라도 아예 안 보는 게 천 배는 낫겠다고 썼다. 나는 나의 사랑과, 그와 함께 가정을 꾸리고 싶은 소망을 확인시켜 주며 그를 달랬다. 물론 나는 새장에 갇히지 않을 것이라는 말도 잊지 않았다. 그렇다면 나는 우리가 함께하는 삶을 포기해야 할지도 몰랐다. 내게 가장 중요한 것은 자유, 일할 수 있는 자유, 의무나 누구의 명령에 의해서가 아니라 온전히 나의 뜻으로 나를 바칠 수 있는 자유였다. 나를 가두려는 요구에는 굴복할 수 없으므로, 차라리 집 없는 방랑자가 되기를 선택할 것이었다. 그렇다, 사랑이 없더라도 나는 그 길을 가겠다.

세인트루이스는 상대적으로 덜 우울했지만 마지막 날 경찰이 개입했다. 경찰은 연설 도중 인파를 해산시켰다. 위안이 있다면, 신문에 실린 내 강연 내용이 실제로 홀에 모인 사람들보다 훨씬 더 많은 청중에게 전달될 수 있을 거라는 사실이었다. 더욱이, 당국의 조치로 인해 표현의 자유를 믿는 많은 미국인들을 동지로 얻을 수 있었다.

검은 금요일의 도시, 내가 다시 태어나게 해준 이유가 되어 준 시카고! 이곳은 피츠버그 다음으로 불길하고 우울했다. 1887년의 분노가 여전히 생생하던 그때, 모스트의 맹목적인 추종자들이 무턱대고 나에게 반대하던 그때처럼 혼자라는 느낌은 이제 없었지만 말이다. 나의 투옥과 그에 이어진 여러 활동들을 통해 친구들이 많이 생겼고, 흐름은 내게 호의적인 방향으로 바뀌었다. 포이케르트가 힘써 준 덕분에 다양한 노동조합의 지원을 받을 수 있음은 물론이었다. 1893년부터 그는 시카고에 머물며 선전활동을 해왔다. 나는 지역의 저명한 아나키스트인 아펠 동지로부터 아주 과분한 환대를 받았는데, 그의 명랑한 아내와 아이들이 있는 집을 방문하는 것은 기분 좋은 경험이었다. '자유사회'라는 단체는 시카고에서 아주 훌륭한 일들을 해내고 있었고 나를 위해 열다섯 개의 강연 시리즈를 준비해 주었다.

집회 자체는 특별할 것 없이 평소와 비슷했지만 그 도시에 머무는 동안 몇 가지 의미 있는 일들이 있었고, 역시나 내 인생에 가장 중요한 요소들은 변치 않는 걸 다시 한번 느꼈다. 그 의미있는 일들 중 모시스 하먼, 유진 데브스와의 만남, 독일에서 온 젊은 동지 막스 바긴스키의 재발견 등이 특히 중요했다.

1893년 8월, 필라델피아에서의 일이다. 경찰이 나를 잡기 위해 혈안이 되어 있을 때, 두 명의 젊은이가 나를 찾았다. 한 명은 나의 오랜 동료 존 카셀이었고 다른 한 명이 막스 바긴스키였다. 나는 특히 독일 혁명 운동에 있어서 중요한 역할을 한 젊은 반군인 막스를 만날 수 있어서 기뻤다. 그는 중간 키에 영적인 느낌이 있었고, 마치 오랜 병을 앓고 난 사람처럼 허약했다. 아무리 머리를 빗어도 그의 금발머리는 좀처럼 고개를 숙이지 않고 뻣뻣하게 서 있있으며, 두꺼운 안경 너머로 지적인 눈이 작게 보였다. 외모에서 특징적이었던 점은 유독 높은 이마와 그의 이름에서 알 수 있듯이 슬라브인의 것처럼 보이는 얼굴 윤곽이었다. 그와 대화를 해보고 싶었지만 그는 우울해 보였고 말을 하고 싶어하지 않는 것처럼 보였다. 목에 난 큰 상처를 의식해서 그러는 건 아닐지 나는 생각했다. 그후 몇 년 동안, 스치듯 만난 일이 있긴 했으나 내가 감옥에 가고 출소할 때까지도 제대로 만난 적은 없었다. 이후 그가 어거스트 스파이스가 편집하던 신문인 『노동

신문』의 책임자로 있다는 소식을 들었다.

이전에 시카고를 방문했을 때는 굳이 바긴스키를 보려고 신문사를 찾아가지는 않았다. 그가 모스트의 지지자라는 말을 들었고, 당시 나는 모스트의 추종자로부터 이미 충분히 핍박을 받고 있었던 터라 또 다른 모스트의 추종자를 만나고 싶지 않았기 때문이다. 『노동신문』에 내 연설에 대한 우호적인 기사를 읽고서는 막스를 다시 만나고 싶다는 설명하기 힘든 충동이 생겼고, 시카고에 도착하자마자 나는 그를 만나러 갔다.

시카고 사건들로 인해 유명세를 떨친 『노동신문』 사무실은 클락 스트리트에 위치해 있었다. 중간 크기 정도 되는 방은 쇠창살 같은 격자로 나뉘어 있었고, 그 뒤에서 한 남자가 글을 쓰고 있는 것을 보았다. 목에 있는 상처로 보아 막스 바긴스키임이 분명했다. 내 목소리를 듣고 그는 재빨리 일어나 문을 열고는 들뜬 목소리로 나를 반겼다. “존경하는 엠마 양, 드디어 와주셨군요” 하면서 나를 안았다. 예상과 달리 너무 따뜻한 인사에 그가 모스트의 맹목적인 지지자라는 내 걱정이 좀 수그러들었다. 그는 쓰고 있던 기사의 마지막 문단만 끝내고 돌아오겠다며 잠시만 기다려 달라고 하더니 잠시 후에 “끝!” 하는 명랑한 소리와 함께 일어났다. “우리 이제 이 감옥에서 나가죠. 블루리본 레스토랑에서 점심을 함께 해요.”

식당에 도착했을 때는 정오가 약간 지나 있었는데, 오후 5시가 되도록 우리는 자리를 떠나지 않았다. 필라델피아에서 스쳐 지났던 조용하고 우울했던 청년은 이제 활기차고 흥미로운 대화상대로 변해 있었다. 이따금 진지했다가 다시 소년처럼 쾌활해지곤 했다. 우리는 운동과 모스트, 사샤에 대해 이야기했다. 광적이고 편협할 거라는 우려와 달리 그는 내가 독일 아나키스트들에게서 한 번도 본 적 없는 가장 큰 공감과 이해를 보여 주었다. 그는 모스트의 영웅적 투쟁과 그가 견뎌 온 박해들로 인해 모스트를 몹시 존경하지만, 사샤에 대한 모스트의 입장은 막스를 비롯한 독일인 그룹 동료들에게도 괴로운 것이었노라 말했다. 동료들은 모두 사샤를 지지하고 있으며, 그 마음은 지금도 변함없다며 나를 안심시켰지만 그럼에도 자신이 미국에 온 후, 이 이국 땅에서 뿌리내리지 못하고 지내다 보니 모스트의 비극을 더 잘 이해할 수 있게 된 것 역시 사실이라고 했다. 이를테면 모스트는 미국에서 대중의 삶과 투쟁에서 받아들이는 영감과 활동의 추진력 없이, 자신의 영역 밖에 있었던 것이다. 미국에서도 독일인 그룹의 지지 기반이 있기는 했으나 근본적인 변화는 이 나라 사람들로부터 나오기 때문에 모스트에게는 어려움이 많았다. 모스트가 사샤에 반하는 행동과 선전을 한 것은 아마도 미국에서 자신이 느끼는 무력함과 토착 아나키즘의 부재에서 나온 것이 아닐까 막스는 추측했다. 모스트가 지난 수년간 자신이 믿고 주장해 온 말에 반하는 일을 한 마당에 그런 막스의 설명을 받아들이기는 쉽지 않았다. 하지만 모스트가 변화한 이유에 대해 객관적인 분석을 해보려고 시도하는 막스의 너그러움에서 그가 어떤 사람인지 짐작할 수 있었다. 막스는 쪼잔한 구석이라곤 없었고, 적개심이나 검열에 대한 욕망도, 당파 싸움을 할 생각도 전혀 없었다. 그는 참으로 큰 사람이었다. 그런 그와 함께 있는 것만으로 푸른 들판의 맑은 공기를 들이마시는 느낌이었다.

막스를 만나면서 내 기쁨이 더 고조된 까닭은 그와 니체, 입센, 게하르트 하우프트만에 대한 감정을 공유할 수 있었기 때문인데, 그는 심지어 내가 들어 본 적 없는 작가들 이름을 더 많이 알고 있었다. 그는 하우프트만과 개인적으로 알고 지내는 사이였으며 실레시아 내의 직조공들이 거주하는 지역을 함께 돌아보기도 했다고 했다. 당시 막스는 노동신문 『부엉이산의 프롤레타리아』 편집자였는데, 이 신문은 극작가에게 「직조공들」과 「한넬레의 승천」의 극의 재료를 제공해 준 곳에서 발행되고 있었다. 끔찍한 가난과 비참한 삶의 조건들은 직조공들을 견딜 수 없게 했고, 자신들의 현실에 의문을 던지게 했다. 직조공들은 금욕적 얼굴을 한 극작가에게는 말을 아꼈지만, 막스는 잘 알고 있었다. 막스도 자신들과 같은 민중의 한 사람이라고 생각했고, 그래서 그를 신뢰했다.

막스는 하우프트만과 함께 오래 도시를 걸었던 경험을 이야기해 주었다. 그들이 가는 곳마다 불행이 있었다. 한번은 황량한 오두막에서 늙은 직공을 만난 일이 있었다. 벤치에는 여자가 누더기를 덮고 누워 있었는데, 아이와 함께였다. 쇠약해질 대로 쇠약해진 아이의 몸은 종기로 뒤덮여 있었다. 오두막에는 먹을 것도, 땔감도 전혀 없었다. 절대적 궁핍이 집안 구석에서 기분 나쁜 미소를 보내고 있었다. 또 다른 곳에서는 눈에 띄는 미모를 가진 열세 살짜리 손녀와 함께 살고 있는 과부를 만났다. 두 사람은 방직공과 그의 아내와 방을 함께 나눠 쓰고 있었는데 그들과 이야기를 나누는 내내 하우프트만은 소녀의 머리를 쓰다듬었다. “한넬레에 대한 영감을 준 건 그 소녀가 틀림없을 거예요” 하고 막스가 말했다. “그 지독한 데서 그토록 아름다운 꽃이 피어났다는 사실에 그가 얼마나 감명을 받았는지 모릅니다." 그후 한참 동안 하우프트만은 그 소녀에게 선물을 보냈다. 그 자신이 가난을 직접 겪었던 사람이기에 가진 것 없는 자들의 심정을 이해할 수 있었던 것이다. 취리히에서 학생으로 있던 시절 그는 얼마나 배를 곯았던가.

이해와 포용에서 나오는 막스의 심성에서 나와 비슷한 부분을 발견할 수 있었다는 점은 내게 큰 의미로 다가왔다. 그의 정신의 풍부함과 성격의 민감함은 거부할 수 없는 매력이었고, 우리의 지적인 우정의 특별함은 자연스럽고 온전했다. 우리는 떼려야 뗄 수 없는 사이가 되었고, 매일같이 그는 자신의 존재의 깊이와 더불어 새로운 아름다움을 내게 드러내 보였다. 정신적으로 보자면 그는 나이보다 훨씬 성숙한 사람이었고, 심리적인 측면에서 그는 이 세상에 드물게 온화하고 단정한 낭만적 세계에 속한 사람이었다.

시카고에 머무는 동안 있었던 또 하나의 큰 사건은 자유로운 모성과 여성의 경제적·성적 해방을 외치는 투사인 모시스 하먼과의 만남이었다. 그의 이름은 그가 발행하던 주간지 『루시퍼』를 통해 처음 알게 되었다. 그간 그가 견뎌 온 박해나 앤서니 콤스톡을 수장으로 하는 미국의 가식적인 도덕주의자들에 의해 투옥되었던 것에 대해서는 익히 알고 있었다. 막스를 대동하고 하먼의 『루시퍼』 사무실을 방문했는데, 그곳은 하먼이 딸 릴리언과 함께 살고 있는 집이기도 했다.

보통 위대한 사람은 마음속으로 존경하다가 실제로 가까이 접하게 되면 실망하게 마련인데, 하먼의 경우에는 정반대였다. 나는 그 남자가 가진 매력을 상상조차 하지 못한 채였다. 곧게 세운 몸(남북 전쟁에서 맞은 총탄으로 다리를 절었음에도 불구하고), 휘날리는 하얀 머리와 턱수염으로 멋지게 보이는 머리, 젊음으로 빛나는 눈으로 말미암아 그는 더 인상적으로 보였다. 그는 지나치게 엄격하지도 않았고 금지하는 것도 없었다. 오로지 친절하기만 했다. 그를 아프게만 한 나라에 대해 그가 갖는 여전한 믿음의 이유가 그로써 설명되었다. 나에 대해서라면 이미 잘 알고 있다고 말하며 나를 안심시켰다. 그는 내가 경찰에게 당한 취급에 대해 분노했으며 그에 항의하기까지 했다. "여러 면에서 우리는 동지입니다." 그는 기분좋은 미소를 지으며 말했다. 저녁 내내 우리는 여성 문제와 여성의 해방에 대해 토론을 했다. 토론을 하는 중에 성에 대해 저속하고 상스럽게 바라보는 미국의 인식이 바뀌어 이 땅에서 청교도주의가 추방될 가능성이 과연 있을까 의구심을 표하자 그는 분명 그리 될 거라 확신을 담아 대답했다. "제가 활동을 시작한 이래 계속해서 많은 변화들을 보아 왔습니다. 미국에서 여성의 경제적·성적 지위에 있어 진정한 혁명이 멀지 않은 미래에 있을 거라고 확신해요. 인간 삶과 거기서의 성의 중요한 역할에 대한 생각은 발전되기 마련입니다." 나는 콤스톡의 영향력이 점점 강해지는 것에 대해 그의 의견을 물었다. "숨통을 조여 오는 그 인간의 영향력에서 자유로울 수 있는 사람이 과연 있을까요? 당신을 비롯한 몇몇 사람을 제외하고 미국인들은 세상에서 가장 청교도적인 집단이에요." 그가 대답했다. "꼭 그렇다고만 볼 순 없죠. 영국을 빼놓으면 섭섭하죠. 최근까지도 해브록 앨리스의 성에 대한 위대한 연구작업을 억압한 나라잖습니까." 그는 미국에, 그리고 자유로운 모성이라는 사상 때문에 투옥을 감수하면서까지도 수년간 투쟁해 온 사람들에게 믿음을 가지고 있었다.

시카고에 있는 동안에는 노동자 대회에 참석했다. 그곳에서 만난 노동조합과 혁명적 그룹에 속한 여러 사람 중에 순교한 앨버트 파슨스의 아내 루시 파슨스도 있었는데, 그녀는 이제 활동에 적극적으로 참여하고 있었다. 대회에서 가장 눈에 띄는 인물은 유진 데브스로, 매우 키가 크고 늘씬했으며 단순히 신체적인 조건 때문이 아니더라도 동료들 사이에서 단연 두드러졌다. 이 사람에 대해 가장 놀라웠던 점은 자기 주변에서 벌어지는 권모술수에 대해 너무나 무지하다는 점이었다. 비정치적 노선을 취한 사회주의자들과 대리인들이 내게 발언을 권했고 이에 의장이 발언자 명단에 나를 올렸음에도 사민당 의원들의 명백한 술수로 나는 발언권을 박탈당했다. 대회가 끝날 무렵 데브스는 내게 오더니 안타깝게도 진행하는 데 오류가 있었다며, 오늘 저녁에는 내가 연설할 수 있을 거라 했다.

저녁 회의에는 데브스도, 위원회도 참석하지 않았다. 청중은 나와 우리 동지들을 초대한 대리인들이 전부였다. 연설이 끝날 무렵에야 숨을 헐떡거리며 도착한 데브스는 나의 연설을 듣기 위해 다른 세션에서 빠져나오기 위해 애썼지만 사람들에게 붙잡혀 있었다고 설명했다. 용서와 함께 다음 날 점심을 함께 먹을 수 있겠는지 권하는 그를 보면서 어쩌면 그가 나를 훼방하려는 음모의 주동자는 아닐지 의심했다. 그렇지만 그의 솔직함과 열린 태도로 보건대 그런 악의적인 행동을 할 사람 같지는 않다고 판단하여 그의 점심 초대에 응했다. 그와 얼마간의 시간을 보낸 후, 나는 나를 둘러싼 음모에 데브스는 책임이 없다는 것을 확실히 알 수 있었다. 정당 관계자들이 어떤 짓을 하든지 그는 품위 있고 고상한 사람이었다. 대중에게 갖는 그의 믿음은 자못 순수했고, 사회주의에 대한 그의 비전은 마르크스의 『공산주의 선언』에 묘사된 국가 기구와는 사뭇 달랐다. 그의 견해를 듣고서 나는 "아니 이런 데브스 씨, 당신은 아나키스트로군요!"라고 외치지 않을 수 없었다. "'씨'라니요, 동지라고 불러 주세요. 그렇게 불러 주실 수 있지요?" 내 손을 따뜻하게 잡으며 그는 자신이 아나키스트들과 아주 가깝게 느끼고 있으며, 모든 사회주의자들이 다 아나키스트가 되어야 한다는 자신의 생각을 말해 주었다. 그에게 사회주의는 아나키즘이라는 궁극의 이상으로 가는 디딤돌에 불과했다. 그는 말했다. "저는 크로포트킨과 그의 글을 알고 있을 뿐만 아니라 매우 사랑합니다. 그를 존경하고, 지금은 묘지에 누워 있는 살해당한 동지들을 또한 존경합니다. 당신을 비롯한 다른 동지들도 마찬가지고요. 보다시피 저는 당신의 동지입니다. 당신의 투쟁에 늘 함께하겠어요." 이에 나는 사회주의자들이 목표로 하는 국가 권력의 증대를 통해서는 우리는 결코 자유를 얻을 수 없음을 지적했다. 정치적 행동이야말로 경제 투쟁의 종말을 알리는 전조임을 강조했다. 데브스는 어떤 정치적 목표에도 불구하고 혁명 정신은 살아있어야 한다는 나의 말에 동의를 했지만 정치행위가 대중에게 다가가는 데 실용적인 수단이라고 생각한다는 점을 밝혔다. 우리는 좋은 친구로 헤어졌다. 데브스는 인간적으로 몹시도 상냥하고 매력적인 사람이어서, 동시에 반대편을 향해 손을 뻗는 정치적 명료성의 결여도 개의치 않았다.

다음 날 알트겔드 주지사가 사면한 시카고의 순교자 중 한 사람인 마이클 슈와브를 방문했다. 졸리엣 교도소에서 보내는 6년 동안 그는 건강이 심히 악화되고 심지어 결핵까지 걸려 병원에 입원해야 했다. 이상이라는 게 무엇이기에 사람에게 이토록 대단한 인내와 강인함을 불어넣을 수 있는 건지, 그 장면을 목격하는 것은 놀라운 경험이었다. 슈와브의 망가진 몸, 뺨을 붉게 물들게 한 흥분, 피를 타고 흐르는 열정으로 빛나는 눈이 동료의 처형 뒤 몇 달 동안 이어진 유예기간과 재판, 그리고 감옥에서 수년간 그가 겪은 고초를 설득력 있게 말해 주고 있었다. 그럼에도 마이클은 자신에 대해서는 단 한 마디도 하지 않았으며 행여 불평이 새어 나갈까 조심했다. 그에게 가장 중요한 것은 이상이었고, 그에 관련된 것들만이 그의 유일한 관심사였다. 무참하게 그를 부수려는 압력에도 불구하고 꺾이지 않은 당당하고 확고한 그의 정신력에 다만 경외감이 느껴졌다.

시카고에서 발트하임 공동묘지에 있는 순교자들의 무덤에 화환을 가져다 놓을 기회가 있었는데, 이는 내가 오랫동안 바라던 일이었다. 동지들을 기리기 위해 세워진 기념비 앞에 말없이 서서 나는 막스와 손을 맞잡았다. 예술가의 영감을 받아 조각된 돌은 마치 살아 있는 존재처럼 보였다. 높은 제단 위에 올라간 여인의 모습과 그 발아래 기대어 쓰러진 영웅의 모습은 연민과 사랑이 뒤섞여 저항과 혁명을 표현하고 있었다. 위대한 인류애가 새겨진 여인의 아름다운 얼굴은 고통과 비애로 가득 차 한 손으로는 죽어 가는 혁명가를 가리키고, 다른 한 손으로는 그의 이마를 보호하듯 쓰다듬고 있었다. 그녀의 몸짓에는 강렬한 감정과 끝이 없는 부드러움이 자리하고 있었다. 석판 뒤에는 세 명의 동지를 사면한 알트겔드 주지사가 그리 결정한 이유가 새겨져 있었다.

묘지를 빠져나왔을 때는 이미 날이 저물어 있었다. 이 기념비를 세우는 일에 반대하던 기억이 떠올랐다. 나는 죽은 동지들을 불멸로 만드는 데 돌 같은 건 필요하지 않다고 주장했었다. 그러나 이제야 그때의 내가 얼마나 편협했는지, 예술의 힘을 얼마나 이해하지 못했었는지를 깨달았다. 기념비는 죽은 동지들이 목숨을 바친 그 이상을 구체화하고 그들의 말과 행동을 보여 주는 상징이 되었으니 말이다.

시카고를 떠나기 전에 로버트 라이첼의 부고를 들었다. 그의 친구들은 그에게 오직 몇 주의 시간밖에 남지 않았다는 사실을 알고 있었음에도 그의 죽음에 여전히 충격을 받았다. 나의 기사와의 친밀함 때문에 내게는 그의 상실이 더 애잔하게 다가왔다. 그의 반항적인 열정, 예술가의 영혼은 아직도 내 눈앞에 생생해서 그가 죽었다는 것을 도무지 믿을 수가 없었다. 그의 진정한 위대함을 깨달았던 건 그를 마지막으로 방문했을 때였는데, 나는 그때 그가 얼마나 높이 오를 수 있는 사람인지를 실감하게 되었다. 사상가이자 시인이었던 그는 단지 아름다운 말을 만들어 내기만 하는 것에서 그치는 게 아니라, 그 말이 현실이 되기를 소망했다. 한줌의 특권층이 채워 놓은 족쇄에서 해방된 새로운 세상에 대한 인민대중의 각성을 꿈꿨다. 그의 꿈은 사랑과 자유, 삶과 기쁨과 같이 빛나는 것들이었다. 그는 온 영혼을 다 바쳐 그 꿈을 위해 살고 싸웠다.

이제 로버트는 세상에 없다. 그의 재는 호수에 뿌려졌다. 그의 위대한 심장은 뛰기를 멈췄고 그의 격동하는 정신은 쉬고 있었다. 나의 기사 없이 더 황량해지기만 하는 삶은 그의 펜의 힘과 아름다움을 빼앗은 채 무심하게 흘러갔다. 삶이 계속되는 한 더 큰 노력을 해야겠다는 마음이 더 굳건해졌다.

덴버는 우리 작업의 중심지였던 만큼 그곳에서 활동하는 아나키즘 공산주의 학파뿐 아니라 개인주의자로 활동하는 사람들이 남녀할 것 없이 많았다. 그들은 대체로 미국에서 나고 자란 사람들이었으며, 일부는 식민지 시절 개척자들을 조상으로 가지고 있었다. 앨버트 파슨스의 동료인 리지와 윌리엄 홈스, 그리고 그 가까운 친구들은 명석하고 예리한 정신을 가진 사람들이었다. 그들은 사회적 투쟁에 있어서 경제적 측면에 기초를 두고 있었는데, 그 반대의 경우에 대해서도 잘 인지하고 있었다. 리지와 윌리엄은 시카고에서 있었던 8시간 노동 투쟁의 중심에 있었고 『경고』를 비롯한 다른 급진적인 출판물에 기고자로 활동했다. 파슨스와 오랜 우정을 지켜 온 사이였던 만큼 그의 죽음은 다른 동지들보다 특히 리지와 윌리엄에게 충격이 컸다. 덴버의 가난한 동네에 살면서 생계를 간신히 꾸려갈 만큼의 돈을 벌 뿐이었지만 그들은 신념과 희망이 생생할 때만큼이나 헌신적으로 대의를 위해 일했다. 우리는 운동, 특히 1887년의 운동에 대해 많은 이야기를 했다. 반대자이면서 한 인간으로서의 앨버트 파슨스의 모습이 선명했다. 파슨스에게 있어 아나키즘은 단순히 미래에 대한 이론이 아니었다. 그는 가정과 친구와 보내는 일상에서 그것을 살아 있는 힘으로 삼았다. 계급에 대한 자랑스러움을 가진 구남부 가문의 후손으로서 파슨스는 가장 타락한 인류와 동질감을 느꼈다. 그는 노예제도란 신이 내려 준 권리이며 국가가 이 세상에서 유일하게 가치 있는 존재라는 생각에 집착하는 집안 분위기에서 자랐다. 그는 이 둘 다를 부인하며 젊은 혼혈 여성과 결혼했다. 앨버트가 생각하는 인류에 대한 이상에는 피부색은 상관이 없었고 사랑은 인간이 만든 그 어떤 장벽보다 더 강했다. 그런 너그러운 성정으로 인해 그는 일리노이 당국의 손아귀로 스스로 걸어들어간 셈이었다. 동지들과 운명을 같이해야 한다는 생각이 무엇보다 강했다. 앨버트는 삶을 열정적으로 사랑한 사람이었는데, 그런 훌륭한 정신은 그의 마지막 순간에도 드러났다. 그는 원망도 한탄도 하지 않은 채 사형이 집행되는 바로 그날 감방에서 자신이 가장 좋아하는 노래인 「애니 로리」를 불렀다.

덴버에서 로키 산맥을 거쳐 샌프란시스코까지 가는 여정은 새로운 경험과 감각으로 가득했다. 빈에서 돌아오는 길에 며칠 스위스에 들러서 산을 본 적이 있었는데, 로키 산맥의 광경은 그야말로 압도적이었다. 이 앞에서 인간은 얼마나 미약한 존재일 뿐인가 하는 생각에서 벗어나기가 어려웠다. 나를 포함한 인간이란 존재는 그 광대한 자연 앞에서 한낱 풀잎처럼 작고 무력해 보였다. 거대한 산맥은 두렵기도 했지만 그 아름다움과 웅장함에 매료된 것도 사실이다. 로열 협곡에 이르러 인간이 손으로 직접 만든 길을 따라 걷게 되자 다시 안도감이 찾아왔고, 내 안의 힘이 되살아났다. 저 큰 돌을 뚫고 깎아 낸 힘은, 인간의 창조적 천재성과 지치지 않는 능력을 증거하고 있었다.

24시간 동안 암울한 네바다를 지나고 캘리포니아를 보자니, 마치 악몽 후에 동화의 나라를 보는 기분이 들었다. 그토록 눈부시게 찬란한 자연을 나는 본 적이 없었다. 풍경이 바뀌면서 기차가 오클랜드로 들어설 때조차도 나는 여전히 캘리포니아의 마법에서 빠져나오지 못했다.

샌프란시스코는 가장 즐겁고 기분 좋은 방문지였다. 이제까지 해온 중에 가장 결과가 좋았고, 덕분에 자유롭고 독특한 정신을 가진 사람들을 많이 만날 수 있었다. 서부 해안지역에서의 아나키스트 활동의 중심은 『자유사회』로, 아이작 가족이 출판하고 있었다. 이들은 참으로 특이한 사람들이었는데 에이브 아이작과 그의 아내 메리, 세 명의 자녀가 있었다. 그들은 독일계 러시아 자유주의 종파인 메노파였다. 아이작은 처음 미국에 와 오레곤 주 포틀랜드에 자리를 잡았고, 그곳에서 아나키즘의 영향을 받았다. 헨리 애디스와 H. J. 포프를 비롯한 다른 미국인 동지들과 함께 그는 『선동가』라는 아나키스트 주간지를 창간했다. 여기에 월트 휘트먼의 시 「여자가 나를 기다리네」가 실리는 바람에 검열당하고 발행인은 체포되었으며 포프는 외설죄로 투옥되기까지 했다. 아이작 가족은 『자유사회』를 시작했고 이후 샌프란시스코로 거점을 옮겼다. 심지어 아이들도 작업에 합류해 하루에 18시간씩 일하는 때도 있었는데, 이들은 글을 쓰고 활자를 맞추고, 발송을 위한 포장 작업을 했다. 이와 더불어 다른 선전활동 역시 게을리 하지 않았다.

내게 아이작 가족이 특별하게 다가온 점은 그들이 보여 준 삶의 일관성, 그들이 말하는 생각과 그렇게 사는 삶의 조화로움이었다. 부모 자식 간의 동지애와 가족 구성원이 개인으로 누리는 자유는 내게 새로운 개념이었다. 다른 많은 아나키스트 가정을 보아 왔지만 이토록 자녀들이 어른들로부터 일말의 방해도 받지 않고 자신들만의 자유를 누리면서 독립적으로 자신을 표현하는 것을 본 적이 없었다. 각각 열여섯, 열여덟 소년인 에이브와 피트가 자신들의 아버지에게 원칙을 지키지 않은 데 대한 책임을 묻거나 그가 쓴 기사의 선전을 비판하는 것은 놀라웠다. 아이들이 하는 말이 사춘기 청소년들이 그렇듯 가혹하고 다소 거만했음에도 아이작은 자녀들의 비판에 참을성 있게 귀를 기울였다. 이 집에서 부모가 나이가 많다거나 아는 게 더 많다는 이유로 권위를 내세우는 일을 본 적이 없었다. 이곳에서 자녀와 부모는 동등했으며, 자녀에게 동의하지 않을 권리, 자신의 삶을 살고 배울 권리가 있음은 당연한 일이었다.

아이작은 "집안에서 자유를 확립할 수 없다면 어떻게 세상이 자유를 얻도록 할 수 있겠습니까?"라는 말을 했다. 신체적·지적·정서적인 모든 필요에 있어서 남녀의 평등, 그와 메리에게 자유가 의미하는 바는 바로 그것이었다.

아이작은 『선동가』에서도 『자유사회』에서도 그런 태도를 유지했다. 양성평등을 주장한 그들은 국내외 많은 아나키스트들로부터 가혹한 비판을 받았다. 나는 그들이 제기하는 이런 문제를 환영했는데, 내 경험상 성적 표현이란 것이 인간 삶에 음식과 공기만큼이나 중요한 요소임을 알고 있었기 때문이다. 따라서 다른 주제를 다룰 때와 마찬가지로 성에 대해서도 솔직하게 논의하고 다른 이들의 의견을 두려워하는 법 없이 나의 삶을 살도록 나를 이끈 것은 단순히 어떤 이론에 의한 것이 아니었다. 동부의 급진주의자들 사이에서는 이 주제에 대한 내 견해를 공유하고 자신들의 성 생활에서 실천할 용기가 있는 많은 남녀를 만날 수 있었지만 아나키스트 그룹 내에서는 만나지 못했다. 그런 와중에 나와 비슷하게 느끼고 살아온 아이작을 만난 것은 마치 계시와도 같았다. 이로 인해 우리 사이에는 아나키즘을 넘어 더 강한 유대가 형성될 수 있었다.

샌프란시스코와 인근 지역에서의 저녁 강의, 메이데이를 기념하기 위한 대규모 집회와 사회주의자들과의 토론을 하는 와중에도 우리는 여전히 사교를 위한 시간을 내어 자주 모였다. '순수주의자'들은 이를 못마땅해하긴 했지만 우리는 별로 신경쓰지 않았다. 젊음과 자유는 규칙과 제재를 비웃었고, 우리 서클은 나이뿐 아니라 정신이 젊은 사람들로 구성되었다. 아이작의 아들들과 그 친구들과 함께 있으니 내가 마치 할머니가 된 기분이었지만(그때 나는 스물아홉이었다) 마음만큼은 내가 가장 젊다고 생각했는데, 나의 동지들 또한 그렇게 말하며 나를 안심시켜 주곤 했다. 우리에겐 삶의 기쁨이 있었고, 캘리포니아의 와인은 저렴하고 자극적이었다. 사람들이 알아주지 않는 대의를 선전하는 사람이라 할지라도 이따금 마음 편히 좀 쉬어도 되지 않을까? 그렇지 않다면 우리 존재의 고난과 역경을 어떻게 헤쳐나갈 수 있단 말인가? 샌프란시스코의 나의 동지들은 지치지 않고 일하는 사람들이었다. 그들은 일을 진지하게 대하는 만큼이나 사랑하고 마시고 즐길 줄 아는 사람들이었기 때문이다.

18

미국이 스페인과 전쟁을 선포했다. 그간 쿠바에서 발생한 스페인의 잔학행위의 희생자들에 대한 소식으로 언론과 집회의 현장이 시끄러웠으므로 전혀 예상치 못한 바는 아니었다. 나는 스페인의 멍에를 벗어던지기 위해 투쟁하는 쿠바와 필리핀 반군들에게 깊이 공감했다. 사실 전에 필리핀 군도의 자유를 확보하기 위한 지하활동을 했던 위원회 사람들 몇몇과 일을 했던 적이 있다. 그렇지만 나는 미국이 쿠바인들을 돕기 위해 사심 없이 고귀한 대리자로서 애국행위를 하고 있다고 자임하는 것에 대해서는 전혀 신뢰하지 않았다. 미국이 관심 있는 것은 쿠바의 설탕 산업이지, 인도주의적 감정과는 전혀 상관이 없다는 것을 알아차리는 데 그다지 대단한 정치적 지혜가 필요하지도 않기 때문이다. 자유주의자들을 포함해 미국의 주장을 믿는 어리숙한 사람들은 물론 많았고, 나는 그런 사람들과 뜻을 함께할 수는 없었다. 개인이든 정부든 자국의 노예화와 착취와 관여하는 사람이라면 다른 나라의 민중을 해방시키겠다는 의지나 열망이 있을 수 없다는 것이 나의 믿음이었다. 그때부터 내가 하는 강의에서 가장 많은 사람들이 참여하게 된 주제는 애국과 전쟁에 대한 것이었다.

샌프란시스코에서의 강연은 외부의 개입 없이 진행되었지만 캘리포니아의 작은 마을들에서는 조금씩 투쟁이 필요했다. 경찰은 아나키스트 집회를 해산하는 것을 마다하는 법이 없었고 발언을 방해하는 소위 애국자들을 안일하게 방관하며 때로는 부추기기도 했다. 샌프란시스코 그룹의 결단력과 나의 마음가짐으로 인해 우리는 결정적인 상황들을 잘 피해 왔지만 산 호세의 청중은 너무나 위협적으로 보였으므로 의장 없이 내가 직접 집회를 진행하는 것이 낫겠다고 판단했다. 내가 말을 시작하자마자 소란이 시작되었다. 난리를 피우는 사람들을 향해 그러지 말고 당신들 무리에서 집회를 진행할 사람을 골라 보면 어떠냐고 제안했다. 그들은 "계속해 봐!" 하며 소리쳤다. "허풍떨지 마. 우리가 너희들이 하는 집회를 끌고가게 내버려 두지 않을 거란 거 다 알아." 나는 대답했다. "왜 안 된다고 생각하죠? 우리가 원하는 건 양측의 이야기를 모두 듣는 거 아닌가요? 안 그래요?" 누군가 소리를 크게 냈다. "약속을 꼭 지킬거요?" 나는 계속해서 말을 했다. "자, 그러기 위해서는 질서를 지켜야 할 것 같은데요. 지금으로서는 그럴 수 없을 것 같군요. 당신들 중 한 명이 강단으로 올라와 제 발언을 끝낼 때까지 좌중을 조용히 시켜 준다면, 제 순서 다음에 여러분 입장을 말할 수 있을 겁니다. 자, 어때요. 선량한 미국 시민이 되어 보시죠."

"옳소!" 하는 떠들썩한 외침이 들려왔다. "여간 영리한 게 아니군. 저 여자에게 말할 기회를 줘 보자구!" 여기저기서 웅성거리는 소리에 몇 분 동안 홀이 혼란스러웠다. 마침내 한 노인이 연단으로 올라와 지팡이로 단상을 쾅 하고 내리쳤다. "다들 조용! 이 여성분 말을 들어봅시다!" 이후 한 시간여의 발언을 하는 동안 나를 방해하는 사람은 아무도 없었고, 내 발언이 끝나자 갈채가 이어졌다.

샌프란시스코에서 만났던 사람들 중 가장 흥미로운 인물은 단연 스트런스키 자매다. 언니인 안나가 정치 행동에 대한 내 강연에 참석한 적이 있다. 후에 듣기로 내가 "사회주의자들을 부당하게 대한다"는 이유로 내 강연 후 꽤 분개했다고 했다. 다음 날 나를 찾아와 "잠시만 시간을 내달라"더니 오후 내내 머물다 떠나곤 자신의 집으로 나를 초대하기까지 했다. 거기서 여러 학생들을 만났고, 그중에는 잭 런던도 포함되어 있었다. 안나의 동생 로즈는 병에 걸려 있었다. 안나와 나는 점차 좋은 친구가 되었다. 그녀는 다니고 있던 릴런드 스탠퍼드 대학에서 응접실이 아닌 자신의 방에 남자 손님을 맞이했다는 이유로 정학 처분을 받았다. 나는 안나에게 빈에서의 나의 삶과 그곳에서 남자 학생들과 차를 마시고 담배를 피우며 밤새 토론하던 시절에 대한 이야기를 해주었다. 안나는 미국 여성들에게 참정권이 생긴다면 자유와 사생활에 대해서도 권리가 생길 거라 생각했지만 나는 이에 동의하지 않았다. 러시아 여성들은 투표권이 주어지기 훨씬 이전부터 이미 사회적·도덕적 독립을 확보했고, 여기에서 아름다운 동지애가 발전한 바 있다. 그리고 이를 바탕으로 선진적인 러시아인들 사이에서는 남녀관계가 건전하고 온전하게 이루어질 수 있었다.

로스앤젤레스도 방문하고 싶었지만 그곳에서는 내 강연을 조직할 수 있는 사람이 아무도 없었다. 나와 서신을 주고받은 로스앤젤레스의 독일 동지들은 나에게 오지 않는 편이 나을 거라고 충고를 하기까지 했다. 일부 아나키스트들이 내 주장의 일부, 특히 성 문제에 대해 많이 반대한다고 설명했다. 로스앤젤레스 방문에 대한 마음을 거의 포기하고 있을 때 예상치도 못한 제안을 받았다. 알고 지내던 뉴멕시코 출신 청년 V가 매니저 역할을 자처하고 나선 것이다. 그는 업무차 로스앤젤레스에 있을 예정이니 자신이 모임과 집회를 조정하고 주선하겠다고 했다. 이상적인 유대인의 전형이었던 V는 내 강의에서 나의 관심을 끌었다. 그는 저녁마다 강의에 참석해 지적인 질문을 해왔고, 또한 아이작의 집도 자주 방문했는데, 우리의 사상에 관심이 있다는 것이 분명해 보였다. 확실히 그는 호감가는 인물이었기에 나는 그에게 강의 하나를 계획해 볼 것을 허락했다.

준비가 되면 나에게 전보를 쳐서 알려주기로 했는데, 내가 로스앤젤레스에 도착하자 그는 커다란 장미꽃다발을 내게 안기며 나를 호텔로 데려갔다. 로스앤젤레스에서 손에 꼽는 좋은 호텔 중 하나였는데, 나를 그렇게 세련되고 화려한 곳에서 묵게 하는 것을 이해할 수 없었다. 나의 의문에 V는 그것도 다 편견이라며, 천하의 엠마 골드만에게 그런 편견이 있을 줄 몰랐다고 반응했다. "강연이 성공적으로 치러지길 원하지 않는 건가요?" 그는 물었다. "당연히 잘 되길 바라죠. 그런데 강연의 성공과 내가 비싼 호텔에 묵는 게 무슨 상관이죠?" 나의 질문에 그가 대답했다. "상관이 있고 말고요. 강의 홍보에 도움이 될 거예요." 나는 반대하며 말했다. "그런 식의 관점은 아나키스트 대열에서 고려할 수 없는 부분이에요." 그러자 그는 "아나키스트들은 그게 문제"라며 응수했다. "그러니까 아주 소수의 사람들에게밖에 가닿지 못하는 겁니다. 강연 날짜까지 한번 기다려 보세요. 그후에 얘기해도 늦지 않을 겁니다." 나는 그러자고 했다.

내 앞으로 마련된 객실은 그렇지 않아도 이미 호화로운 방이 꽃으로 가득 차 있어 나를 또 한번 놀라게 했다. 그리고 방에서 나를 위해 준비된 검정색 벨벳 드레스를 발견했다. "제가 강연을 하러 온 건지 결혼식을 하러 온 건지 모르겠네요." V는 재빠르게 대답했다. "둘 다요. 하지만 강연 먼저 하시죠."

그가 빌린 공간은 마을에서 가장 좋은 극장이었다. 나의 매니저는 내가 샌프란시스코에서 입었던 것처럼 초라한 드레스를 입고 강연을 할 수는 없다는 것을 내게 이해시키려 노력했다. 게다가 자신이 고른 옷이 마음에 들지 않는다면 얼마든 바꿔도 좋다고 했다. 로스앤젤레스에서 나의 첫 강연에서 가능한 최상의 모습을 보여야 한다는 것이 그의 주장이었다. "그런데 이런 일들을 왜 하는 거죠? 본인은 아나키스트도 아니라고 했던 것 같은데요." 나의 질문에 그는 대답했다. "하나가 되어 가는 길 중간에 있다고 해두죠. 자 이제 이성적으로 생각을 할 차례입니다. 저를 매니저로 쓰기로 동의하셨으니 제 방식대로 일을 처리하게 해주세요." 나는 의아함에 묻지 않을 수 없었다. "매니저란 사람들은 다 이렇게 섬세하고 까다로운가요?" 그러자 그가 답했다. "네, 자기가 뭘 하는지 아는 사람이라면, 그리고 자기가 매니징하는 아티스트를 좋아한다면요."

이후 신문들에서는 "뉴멕시코 출신 거부의 관리 아래에 있는 엠마 골드만" 운운하는 기사가 났다. 신문 기자들을 피하기 위해 V는 나를 데리고 멕시코 지구 쪽으로 가 긴 산책을 하고 그곳에서 마차를 타고 식당과 카페를 돌았다. 하루는 그가 자신의 러시아인 친구 하나를 소개했는데, 알고 보니 그 지역에서 가장 솜씨좋은 재단사였고 내 치수를 재기 위해 온 것이었다. 강의가 있는 날 오후 내 방에는 단순하지만 아름다운 검은색 시폰 드레스가 배달되었다. 나의 독일인 보모가 내게 들려주곤 하던 동화에서나 있을 법한 신기한 일들이 계속해서 생겼다. 거의 매일매일이 새로운 놀라움의 연속이었고, 일들이 일어나는 방식은 꽤 이상하기는 해도 허세로 느껴지지는 않았다.

강연 규모는 크기도 크고 소란스럽기도 했으며, 적지 않은 '애국자'들이 참석해 계속해서 혼란을 야기하려고 시도했으나 "멕시코 출신의 부자" 의장이 평화롭게 마무리되도록 행사를 잘 이끌었다. 강연이 끝난 후 많은 사람들이 다가와 자신을 급진주의자라 소개하며 로스앤젤레스에 좀 더 머물러 달라고, 자신들이 강연을 좀 더 조직해 보겠노라고 했다. 나의 매니저 덕분에 나는 무명씨에서 하루아침에 유명인사가 되었다.

행사가 끝난 저녁 인파에서 좀 떨어진 곳에 자리한 조그마한 스페인 식당에서 V는 내게 청혼을 했다. 평소 같았으면 그런 제안을 모욕이라 여겼겠지만, 나를 위해 모든 일을 너무 매끄럽고 능숙하게 해준 이 남자에게 화를 낼 수는 없었다. "나와 결혼을 하자고요?" 다만 나는 놀라 소리쳤다. "당신을 사랑하느냐고 묻지도 않았잖아요. 게다가 사랑에 대한 믿음이 얼마나 없으면 그것을 자물쇠로 꽁꽁 잠궈 놓아야 하는 거죠?" 그는 대답했다. "글쎄요. 나는 당신의 자유연애인가 뭔가는 믿지 않아요. 하지만 강연을 계속하는 건 돕고 싶습니다. 계속해서 당신 일을 더 많이, 더 잘할 수 있게 도울 수 있다면 저 또한 기쁠 것 같아요. 그렇지만 당신을 다른 사람과 공유하는 건 할 수 없습니다."

지긋지긋한 말이었다. 자유로운 인간이 된 후 나는 얼마나 많이 저 말을 들어 왔던가? 급진적이든 보수적이든 남자들은 죄다 여자들을 자기에게 묶어 두려고만 한다. 나는 그에게 단호하게 대답했다.

"싫습니다."

내 마음이 바뀔 수도 있다면서 나의 거절을 최종적인 대답으로 받아들이기를 거부하는 그에게 나는 내가 그와 결혼할 일은 결코 없을 것임을 확실히했다. 스스로 내 발목에 사슬을 채우는 일은 없을 것이다. 이전에 한번 그렇게 했었고, 다시는 반복하지 않을 것이다. 그가 말하는 "자유연애인가 뭔가"에서 내가 원하는 건 "자유연애"였지 다른 "뭔가"는 내 관심사가 아니었다. 그럼에도 V는 전혀 동요하지 않았다. 그의 사랑은 순간적인 것이 아니며, 언제까지고 나를 기다리겠다 말하는 그는 자신감이 넘쳤다.

그에게 작별을 고하고 그 화려한 호텔을 나와 전에 만난 적 있는 유대인 동지들이 있는 곳으로 갔다. 다음 일주일 동안 강연이 이어졌고, 많은 이들이 참석했다. 이후에는 동조자들이 나의 작업을 이어갈 수 있을 것이었다. 강연 일정이 끝나고 나는 다시 샌프란시스코로 돌아왔다.

『자유』에는 로스앤젤레스에서의 내 활동에 대해 비난하는 글이 실렸다. 비싼 호텔에 묵은 것이나 부자 남자가 나의 강연을 기획하게 둔 것에 대한 비난이었다. 내 행동이 "아나키즘을 요상하게 만들었다"라고 글쓴이는 주장했다. 나의 강연 이전까지 로스앤젤레스에서는 영어로 아나키즘에 대한 논의가 진행된 적이 없었고, 나의 방문으로 인해 이제 미국인들 사이에서 아나키즘에 대한 선전이 이루어지기 시작했다는 걸 알고 있는 나로서는 『자유』의 비난이 우스꽝스럽게 느껴졌다. 그것은 모스트가 발행하는 주간지에서 나에 대해 해온 어리석은 여러 비방 중 하나였고, 나는 털끝만큼도 신경쓰지 않았다. 이어 『자유사회』는 로스앤젤레스에서 내가 성취한 긍정적 결과에 대한 독일인 동지의 글을 발표했다.

뉴욕에 돌아왔을 때 에드와 나의 동생 예고르가 기차역에 마중나와 있었다. 예고르는 나를 다시 봐서 뛸 듯이 기뻐했다. 언제고 지나치게 내성적이었던 에드는 그 낯가림이 더 심해진 모양이었다. 동생이 있어서 그런가 했는데, 동생이 없을 때에도 그의 행동이 별반 다를 바 없이 냉담한 것으로 보아 그에게 뭔가 변화가 생겼다는 걸 알 수 있었다. 그는 물론 전과 다름없이 배려심 넘치고 세심했고, 우리가 있는 집은 다정했다. 그러나 그는 전과 같지 않았다.

돌아오기 전부터 나는 그에 대한 감정이 전혀 달라지지 않았다는 것을 알고 있었다. 이제 그와 함께 있으니 우리의 지적 차이가 어떻든 간에 나는 여전히 그를 사랑하고 원한다는 게 확실하다고 느꼈다. 하지만 그의 냉랭한 태도에 나는 어찌할 바를 몰랐다.

강연 일정으로 바쁜 와중에도 투어를 돌면서 나는 에드가 자신의 회사를 위해 내게 부탁한 일도 소홀히 하지 않았다. 그 '발명품'에 대한 주문을 받는 데 성공했고, 서부 도시들의 대형 문구점들과 상당량의 계약을 성사시켰다. 에드는 이에 대해 기뻐하며 나의 노력을 칭찬해 주었으나 나의 일과 관련한 부분이나 투어에 대해서는 아무런 관심을 두지 않았고 일절 질문하는 법도 없었다. 이런 무관심은 집에서 느끼는 불만에 기름을 끼얹는 역할을 했다. 나에게 그토록 넘치는 기쁨과 평화를 주던 안식처가 이제는 내 숨통을 조여 오고 있었다.

다행스럽게도 이에 대해 곱씹고 있을 시간은 없었다. 뉴저지 주 서밋에서 열린 직물 파업에서 내게 와달라는 요청을 해왔다. 상황은 다를 게 없었다. 집회는 금지되거나 경찰의 물리력으로 강제해산되곤 했던 것이다. 서밋 외곽에서 만나려면 숙련된 조직능력이 필요했다. 나는 에드를 볼 시간 없이 부지런히 일했다. 이따금 우리가 함께 있을 때면 그는 침묵으로 일관했다. 다만 나를 보는 그의 눈은 책망으로 가득했다.

파업이 끝남과 함께 나 또한 에드와 담판을 짓기로 했다. 이대로는 도무지 견딜 수 없었다. 하지만 그나마도 몇 주가 걸렸는데, 오스트리아 황후를 총살한 루케니 때문에 국제적으로 아나키스트 사냥이 시작된 탓이었다. 루케니라는 이름을 한 번도 들어 본 적도 없음에도 나는 경찰에게 미행을 당했고, 언론은 마치 내가 그 불운한 여인을 죽이기라도 한 것처럼 떠들어댔다. 루케니를 십자가에 못박으려는 여론을 나는 거부했는데, 그가 길에서 자란 데다가 젊어서는 강제로 군복무를 해야 했다는 것을 이탈리아 아나키스트 신문을 통해 알게 되었기 때문이다. 그는 아프리카 최전방에서 전쟁의 참상을 목격했을 뿐 아니라 군에서 야만스러운 대우를 받았다. 그 이후로 그의 삶은 그저 비참함의 연속이었다. 그를 엇나간 행동으로 몰고 간 것은 순전히 절망 그 자체였다. 우리 사회 제도 곳곳에서 삶은 싸구려 취급당하면서 낭비되고 존엄성을 상실하고 있었다. 그렇다면 이 소년이 사회를 존중할 필요는 과연 어디에 있단 말인가? 오스트리아 왕가에서 오랫동안 환영받지 못한 황후, 그렇기 때문에 국왕의 범죄에 대해서도 책임이 없는 이 여인에게 동정심이 일었다. 물론 루케니가 한 행동에 선전적 가치는 전혀 없었다. 황후가 희생자였던 만큼이나 그 역시 희생자였다. 나는 루케니에 대한 가차없는 비난에 동조할 생각도 없었거니와 황후에 대한 신물나는 감상팔이에 가담할 생각도 없었다.

나의 이런 태도로 인해 언론과 경찰로부터 대대적인 공격을 받았다. 당연하게도 나 혼자 이런 공격을 받는 건 아니었다. 전 세계 거의 모든 주요 아나키스트 인사들이 나와 유사한 상황에 놓였다. 그러나 미국에서, 특히 뉴욕에서는 내가 비난의 대상이었다.

루케니의 행동은 왕족은 물론 선거로 선출된 지도자들까지 공포에 떨게 만들었고 이런 두려움으로 이들 간의 유대는 공고해졌다. 세계 열강 회의체는 로마에서 반-아나키즘 국제회의를 개최할 것을 결정했다. 미국과 유럽의 혁명적이고 자유를 사랑하는 사람들은 사상과 표현의 자유의 위기가 임박했음을 깨닫고 즉각 행동에 나섰다. 이 비밀 회의와 국제적 음모에 항의하기 위한 집회가 곳곳에서 열리고 있는 가운데 뉴욕에서는 내가 나설 장소를 찾을 수 없었다.

이런 와중에 피츠버그에서 긴급요청이 왔다. 사샤의 사면을 위해 엄청난 일을 해주고 있는 알렉산더 버크만 변호협회로부터였다. 9월로 예정되어 있던 심리가 12월 21일로 미뤄졌다. 변호인단은 사면위원회의 결정은 분명 앤드루 카네기의 입장에 따라 크게 좌우될 것이라고 설명하며, 그런 이유로 이 철강왕 카네기를 직접 만날 필요가 있다고 말했다. 사샤가 허락할 리 없는 어리석은 제안이었다. 만약 그렇게 한다면 우리 모두가 우스워질 것임은 분명했다. 카네기에게 접근하는 일에 동의할 사람은 아무도 없을 거라는 걸 나는 알았고, 카네기가 우리의 요청을 듣지도 않을 것임은 확실했다. 그럼에도 불구하고 우리 중 낙관주의자들은 그래도 그가 인도적이고 진보적인 사상에 관심이 있다는 이야기를 했다. 그 증거로 그가 얼마전에 크로포트킨을 초대하기도 했다는 걸 제시했다. 나는 표트르가 이런 미심쩍은 영광을 거부했다는 것을 이미 알고 있었다. 그는 자신의 이익을 위해 그의 동지 알렉산더 버크만에게 비인간적이고 과도한 형을 선고하고 교도소에서 썩어 가게 한 남자의 환대는 받아들일 수 없다고 대답했다는 것도 말이다. 그러나 크로포트킨을 초대하고자 했다는 것이 이미 사샤의 사면에 대한 탄원을 호의적으로 듣겠다는 증표가 아니겠냐고 그들은 주장했다. 물론 동의할 수 없는 의견이었지만 행여나 우리의 감정으로 인해 사샤의 자유를 가로막는 일이 생겨선 안 된다고 지적한 유스투스와 에드의 말은 일리가 있었다. 유스투스는 벤저민 터커에게 편지를 보내 카네기와의 면담을 요청해 줄 것을 부탁했다.

터커는 개인주의-아나키즘 간행물인 『자유』을 통해 알고 있었는데 그는 그 잡지의 창립자이자 편집자이기도 했다. 그가 휘두르는 펜은 강력했고, 독자들에게 독일과 프랑스의 훌륭한 작품들을 알리기 위해 분투했다. 그러나 공산주의 아나키스트에 대한 그의 태도는 편협하기 이루 말할 수 없고 모욕과 앙심에 가득 차 있었다. "터커는 그렇게 큰 사람 같아 보이진 않던데요." 나의 우려에 유스투스는 내가 잘못 본 거라고 주장하며 적어도 터커에게 기회를 줘 보아야 하지 않겠느냐고 했다. 혹시 카네기를 만나 볼 수 있겠는지에 대한 용건을 담아 유스투스, 에드와 나 이 세 사람의 서명이 담긴 짧은 편지가 벤저민 터커에게 발송되었다.

터커로부터 자신이 카네기에게 접근하기 위한 조건을 설명하는 긴 편지가 도착했다. 그는 카네기에게 이렇게 설명하겠노라고 했다. "이들을 볼 적에 아마도 용서를 구하는 회개한 죄인처럼 보인다고 생각하는 것은 당연해 보입니다. 저라도 그럴 테니까요. 그들이 직접 혹은 대리인을 통해 당신과의 만남을 요청하는 것은 그들이 한때 영웅적 행동으로 간주했던 것을 이제는 어리석은 야만적 행동으로 생각하고 있다는 방증입니다 … 버크만의 6년간의 투옥을 통해 그들은 자신들의 과오를 확인하게 되었으며 … 그들의 오만한 성격으로 미루어 보건대 이 청원자들의 바람에 대한 다른 설명은 가능하지 않다고 봅니다. 분명, 한 남자를 쏠 정도의 용기를 지닌 사람들이 희생자들에게 다시 공격할 자유를 허락해 달라고 간청할 정도로 바닥까지 내려가서는 안 되는 게 맞습니다. 저는 이 자리에 회개한 죄인으로서 나선 것이 아닙니다. 제가 사죄를 할 까닭은 전혀 없고, 저에게는 다만 권리가 있습니다. … 저는 폭력을 저지르고, 공모하고, 제재를 가하는 것은 거부하지만 폭력이 필요한 상황이 발생할 수 있는 관계로 선택의 자유를 포기하는 것을 거부하지 않겠습니다."

편지에는 사샤의 선고에 대한 내용이 일언반구도 없었다. 사법적 관점에서 보더라도 야만적이었던 구형과 그가 견뎌 온 고문에 대해서도 한마디 말이 없었다. 그렇다고 고매한 사회적 이상의 주창자인 터커의 일반적인 수준의 인간애가 표현된 것도 아니었다. 그저 사샤와 동지들을 비하하는 동시에 자신의 위상을 높일 방법을 냉정하게 계산한 결과가 놓여 있을 뿐이었다. 그는 자신이 당하는 것보다 다른 사람이 당하는 것을 더 고통스럽게 느끼는 사람들이 있다는 것을 전혀 알지 못했고, 따라서 홈스테드 폐쇄 기간 동안 프릭의 잔인함에 폭력적으로 항의한 남자를 이해할 수 없었다. 또한 그는 사샤의 친구들의 행동이 "과오"였다고 말하지 않고도 그의 해방을 위해 여전히 노력할 수 있다는 사실을 알려고도 하지 않았다.

이제 우리가 기댈 곳은 단일세 주창자이면서 톨스토이주의자인, 타고난 시인이자 작가 어니스트 크로스비뿐이었다. 그는 아주 특별한 자질을 가진 사람으로, 자신이 전적으로 동의하지 않는 사람의 일이라도 이해하고 공감할 줄 알았다. 그는 나와 알고 지내던 레너드 애벗이라는 젊은 청년과 함께 우리를 찾았다. 우리 사건에 대해 크로스비 씨에게 상의를 하자마자 그는 즉시 자신이 카네기를 만나보겠다 했다. 한 가지 마음에 걸리는 점은 만약 카네기가 자신에게 알렉산더 버크만이 출소한 뒤 다시는 폭력행위를 저지르지 않을 거냐고 물어온다면 자신이 뭐라 대답해야 할지 모르겠다는 거였다. 사람이 어떤 압박감하에 있을 때 제대로 된 대답을 할 수 없다는 것을 알고 있는 그로서는 물론 그런 질문 같은 건 하지 않을 테지만, 일을 중개하는 자로서 그는 이에 대한 답을 들었으면 했다. 당연한 말이지만 우리는 그에 대해 아무런 보장도 할 수 없었고, 사샤가 자신의 사면을 위해 '개종'에 대한 서약을 하지 않을 사람이라는 것은 우리 모두 잘 알고 있었다.

결국 우리는 카네기에게 연락하지 않는 것으로 결정하면서 일은 일단락되었다. 사샤의 케이스는 사면위원회에 회부되지 않았는데 위원회 사람들은 사샤에 대해 이미 크나큰 편견을 갖고 있다는 것을 알게 되었다. 부디 다음 해의 새 이사회가 이보다는 공정하기를 바랄 수밖에 없었다.

반-아나키즘 의회에 반대하는 항의 집회 장소를 섭외하기 위해 오랜 시간 애쓴 결과 쿠퍼 유니언 홀을 구할 수 있었다. 쿠퍼 유니언은 모든 정치적 의견을 경청하기 위해 만들어진 공간이었고, 아직도 창립자의 그러한 원칙을 고수하고 있었다. 동지들은 내가 또 체포될까 봐 두려워했지만 나는 끝까지 해야만 했다. 내가 가진 표현의 자유를 속박하려는 시도에 나는 더 절박해졌고, 또한 집에서의 개인사가 내 마음을 아프게 짓눌렀다. 솔직히 말해 모든 사람들, 모든 일들로부터 도망가고 싶어서 차라리 체포를 당하는 게 낫겠다고 생각하기까지 했다.

집회 전날 에드가 갑작스럽게 침묵을 깼다. "당신이 위험에 처하게 둘 수 없소. 당신이 투어에 가 있는 동안 나는 분명 내 사랑을 억누르고 대신 동지애로서만 당신을 만나겠다고 다짐했던 게 사실이오. 하지만 역에서 당신을 보자마자 나의 그런 다짐이 말도 안 된다는 걸 알았지. 그후로 나는 당신을 아예 떠나야겠다고 결심했는데, 그러면서 나는 숱한 내적 갈등을 겪었소. 도무지 이길 수 없는 싸움이었지. 당신이 투어를 또 떠난다면, 우리 사이가 또 그냥 흘러가 버리게 둘 수도 있겠지만, 당신이 체포될지도 모르는 마당이라면, 우리 사이에 벌어진 이 간극을 줄이기 위해 나는 뭐라도 해야겠소."

나는 흥분해 소리를 높였다. "우리 사이에 간극 같은 건 없어요.

당신이 계속 만들려고만 안 한다면 말이죠. 물론 내가 그간 당신이 소중히 여겨 온 가치들과 다른 생각을 하게 된 건 사실이에요. 그건 내가 어쩔 수 없는 부분이에요. 하지만 난 당신을 사랑해요. 그걸 알지 못하는 거예요? 내 삶에 무엇이 끼어들든지, 누가 들어오든지 전 당신을 사랑해요. 나는 당신이 필요하고, 당신이 지켜 주는 가정이 필요해요. 내가 당신에게 줄 수 있는 것을 그냥 받으면서 자유롭고 큰 사람이 될 수는 없는 건가요?"

에드는 나를 잃지 않기 위해 그 무엇이든 하겠다고 약속했다. 에드와의 관계가 회복되면서 예전 '보헤미안 공화국' 내 작은 아파트에서 우리가 풋풋하게 사랑하던 시절의 기억이 떠올랐다.

쿠퍼 유니언에서의 집회는 아무런 문제 없이 지나갔다. 청중에게 연설하기로 한 요한 모스트는 나타나지 않았는데 아마도 나와 같은 강단에서 발언하고 싶지 않았기 때문일 것이다. 그는 아직도 마음에 응어리를 품고 있는 모양이었다.

3주 후, 에드는 폐렴으로 병색이 짙어졌다. 소중한 그의 생명을 잃을지도 모른다는 두려움에 맞서 내 모든 노력과 사랑을 기울였다. 병 같은 건 대수롭지 않게 여기고 "그런 건 오직 여자들에게나 있는 것"이라는 말을 자주 하던 덩치 큰 이 남자가 이제는 어린애처럼 나에게 달라붙은 채로 한시도 내 곁을 떠나지 않았다. 그의 조바심과 히스테리는 병든 여인 열을 합한 것보다 심했다. 하지만 그의 상태가 너무 안 좋았기 때문에 그가 쉬지 않고 나의 관심과 애정을 요구해와도 나는 개의치 않았다.

페드야와 클라우스는 에드에 대한 소식을 듣자마자 도움을 주러 왔다. 둘이 번갈아 가며 밤에 간호를 맡아 준 덕분에 나는 하루에 다만 몇 시간만이라도 쉴 수가 있었다. 사실 이 위기의 시간을 보내면서 나는 너무 불안해서 잠을 잘 수가 없었다. 에드는 고열에 시달리며 심지어 침대에서 뛰어내리려 하기도 했다. 그의 멍한 눈으로 보건대 아직 정신이 돌아올 기미가 없었고, 남자들이 손만 댈라치면 더 난리를 쳤다. 페드야와 클라우스가 그의 몸을 잡고 제지했을 때 에드는 마치 정신나간 사람처럼 날뛰었다. 결국 내가 나서야 했다. "내가 가라앉혀 볼게요." 그의 거칠어진 눈에 내 영혼을 쏟아부으며 그를 내 품에 가득 안았다. 에드는 잠시 몸부림을 치다가 다시 몸을 풀고는 자리에 다시 쓰러졌다. 온몸은 땀으로 흠뻑 젖은 채였다.

위험한 시기가 끝나고 아침이 찾아왔고, 에드는 눈을 떴다. 그는 손을 뻗어 나를 잡고는 다 죽어 가는 목소리로 말했다. "간호사 양, 전 이제 죽는 건가요?" 나는 부드럽게 대답했다. "이번엔 아니에요. 하지만 조용히 쉬어야 해요." 그의 얼굴은 예의 그 아름다운 미소로 빛났고, 그는 다시 꾸벅꾸벅 졸기 시작했다.

병상에서 일어나긴 했지만 아직은 몸이 쇠약한 에드를 두고 나는 예정된 연설을 위해 나설 수밖에 없었다. 에드의 병이 있기 훨씬 전에 해둔 약속이었기 때문이다. 페드야가 에드의 곁을 지키기로 했는데 집에 돌아왔을 때 페드야는 없었고, 에드는 쌕쌕 잠이 들어 있었다. 에드가 멀쩡해서 자신더러 집에 가라고 떠밀었다는 페드야의 메모가 남아 있었다.

아침이 되어도 에드가 일어나지 않았다. 맥박을 확인했을 때 그는 숨을 몹시 가쁘게 쉬고 있었다. 깜짝 놀라서 호프먼 박사를 호출했고, 호프먼 박사는 에드가 비정상적으로 잠을 오래 자는 것에 대해 우려를 나타냈다. 그는 자신이 에드 앞으로 남겨 둔 모르핀 상자를 보여 달라 했고, 그중 4개가 사라졌음을 알게 되었다. 내가 연설하러 가기 전에 에드에게 하나를 줬고, 페드야에게는 에드에게 더 이상의 모르핀이 필요하지 않다고 언질을 해두었는데, 에드는 정해진 양보다 4배 이상을 복용한 것이었다. 두말할 것도 없이 목숨을 끊으려 했던 거다. 죽기를 원했다고? 내가 그토록 힘겹게 무덤에서 겨우 끌고 나왔더니 어째서? 왜 지금?

“당장 일으켜 세우고 걷게 해야 합니다.” 호프먼 박사가 말했다. “아직 살아 있고, 숨을 쉬고 있으니 이 사람을 살려 냅시다.” 축 늘어진 그의 몸을 붙들고서 때때로 그의 손과 얼굴에 얼음을 대고 우리는 방을 걸었다. 새하얗게 질렸던 그의 얼굴에 점차 색이 돌아왔고 눈꺼풀도 반응하기 시작했다. “에드같이 조용하고 내성적인 사람이 그런 일을 벌이다니, 그 누가 생각이나 했겠소?” 호프먼 박사가 숨을 돌리며 말했다. “아마 잠을 더 자겠지만 이제 걱정할 단계는 지났군요. 그는 살 겁니다.”

나는 에드의 자살 시도에 적잖이 충격을 받았고, 도대체 무엇이 그로 하여금 자살을 시도하게 했는지 가늠하기 위해 노력했다. 몇 번이고 그에게 이유를 묻고 싶었지만 그가 너무나 잘 회복하고 있어서 진실을 파헤치는 것이 두려웠다. 그 자신도 그 사건에 대해 아무런 말도 하지 않았다.

그러던 어느 날 그는 자신이 목숨을 끊을 생각 같은 건 전혀 없었다고 말해 나를 놀라게 했다. 자신이 아직 아픈데도 내가 연설을 하러 나갔다는 사실에 화가 좀 났는데, 그는 과거의 경험을 통해 자신의 몸이 꽤 많은 양의 모르핀을 견딜 수 있다는 것을 알았고 "당신을 조금 놀라게 하고 싶기도 했고 또 그 무엇도 막지 못하는, 심지어 당신이 사랑하는 척하는 남자의 병조차 막을 수 없는 집회에 대한 광신도적 열정을 치료할 수 있을까 싶어서" 모르핀을 더 많이 복용했다는 거였다.

그의 말은 나를 아프게 찔렀다. 우리가 함께한 7년 동안 에드는 나의 내면의 성장에 있어서의 고통과 진통을 전혀 보지 못했다는 것을 알았다. 그가 본 것은 고작 "집회에 대한 광신도적 열정"이었던 것이다.

에드에 대한 나의 사랑과 삶이 내용과 의미 모두를 잃어버렸다는 깨달음에 나는 며칠이고 머리를 싸맸다. 오랜 고민 끝에 그를 떠나야 한다는 것을 알았다. 나는 에드에게 그를 영원히 떠나겠다고 말했다.

"나를 일에서 떼어 놓고자 하는 당신의 필사적인 행동은 당신이 나나 내가 추구하는 목표에 대한 믿음이 전혀 없다는 것을 증명한 셈이에요. 그나마 조금이라도 전에 당신에게 있던 것들이 이제는 하나도 남지 않았어요. 당신의 믿음과 협력 없는 관계는 내게 아무런 가치가 없어요." 에드가 흥분하여 끼어들었다. "나는 처음보다 지금 더 당신을 사랑하오!" 나는 하던 말을 계속했다. "오, 에드, 서로를 속이지 말자고요. 이제 와 그게 다 무슨 소용이에요. 당신은 나를 아내로서만 원하죠. 글쎄, 나에겐 그게 충분치 않아요. 나는 이해가 필요하고, 생각과 목적이 일치하는 데서 오는 기쁨과 조화가 필요한 사람이에요. 우리 사랑이 더럽혀지고 서로에 대한 비난으로 추해질 때까지 계속할 필요가 있을까요? 이제 우리 친구로서 헤어지죠. 전 이제 곧 투어가 시작될 거예요. 그편이 서로에게 덜 괴로울 테죠."

한동안 미친 듯 방안을 빙빙 돌다가 멈추고서 그는 나를 조용히 바라보았다. 나의 가장 깊은 곳까지 뚫어보기라도 하려는 듯한 눈빛이었다. "틀렸어. 당신은 완전히 틀렸어." 그는 절망적으로 나를 향해 외치고는 돌아서서 방을 나갔다.

나는 투어 준비를 시작했다. 출발일이 다가오는 가운데 에드는 나를 배웅하게 해달라고 간청했지만 거절했다. 혹시 마지막 순간에 내 마음이 약해질까 두려웠기 때문이다. 출발 당일 정오, 에드가 나와 함께 점심을 먹으려고 집에 왔다. 우리는 겉으로 명랑한 척 행동했지만 헤어질 때 그의 얼굴이 어두워졌다. 떠나기 전 나를 껴안으며 그는 말했다. "내 사랑, 이건 끝이 아니오. 절대 그럴 수 없어요! 이곳은 지금도, 앞으로도 영원히 당신의 집이에요." 마음이 슬픔으로 가득 차 아무 말도 할 수가 없었고, 에드가 문을 닫고 나간 후 나는 울음을 터뜨렸다. 나를 둘러싼 모든 사물이 나에게 말을 거는 것만 같았다. 내가 여기에 오래 있을수록 에드를 떠나겠다는 나의 결심이 약해진다는 것을 깨달았다. 나는 내 집처럼 사랑하고 소중히 여기던 그 집을 나왔다. 마음이 울렁거렸다.

19

투어의 첫 목적지는 버몬트 주 바레였다. 그곳에서 활동하는 그룹은 주로 채석장에서 일하는 이탈리아인들로 구성되어 있었다. 집회, 토론, 작은 모임들이 워낙 많아 내 개인적 삶에 대해 생각하고 앉아 있을 시간은 거의 없었다. 서밋에서 있었던 직물 파업을 함께했던 동지 팔라비치니가 나의 호스트가 되어 지극한 환대를 해주었다. 그는 교양 있는 사람으로 국제노동운동뿐 아니라 이탈리아 예술과 문학의 경향에 대해서도 잘 알고 있었다. 더불어 나는 뉴잉글랜드 주 이탈리아 활동가들의 지적 지도자인 루이지 갈레아니도 만날 수 있었다.

버몬트는 금주법이 적용되는 곳이었고, 나는 그 영향에 대해 알고 싶었다. 호스트와 함께 몇몇 집들을 방문했는데 놀랍게도 거의 모든 집들이 살롱으로 바뀌어 있었고 가는 곳마다 여남은 사람들이 눈에 띄게 술에 취해 있었다. 술에 취한 사람들은 대체로 시 공무원이었고, 답답한 부엌에서 위스키를 마시고 담배를 피워대는 바람에 아이들과 다른 가족들이 그 역한 냄새를 다 맡고 있어야 했다. 그런 살롱들은 경찰의 보호 아래 번성했고, 경찰들은 수입의 일부를 뇌물로 받았다. "금주법에서 최악은 저게 아닙니다." 나의 동료가 말했다. "금주법에서 가장 나쁜 측면은 환대와 좋은 교제를 파괴한다는 거죠. 이전에는 술을 권하고 베풀 수 있었는데 지금은 사람들이 다 살롱 주인이 되어 버린 탓에 베풂은 사라지고 서로가 서로에게서 술을 사는 일만 남았어요."

금주법의 또 다른 결과는 매춘의 증가였다. 마을 외곽의 여러 집들은 모두 번창하고 있었다. 손님 대부분은 방방곡곡 돌면서 영업을 하는 세일즈맨이었고 간간이 농부들도 있었다. 술집이 문을 닫자 오로지 매음굴만이 남자들이 소위 재미를 볼 수 있는 장소가 된 것이다.

바레에서의 2주간의 활동 후, 경찰은 갑자기 나의 마지막 집회를 금지했다. 당국이 내건 공식적인 이유는 전쟁에 대해 내가 한 강연이었다. 내가 "메인 호[1898년 아바나항에서 침몰한 미군 함정]를 폭파한 사람에게 신의 축복이 있기를"이라고 말했다는 거다. 물론 내가 그런 말을 했다고 하는 것은 말도 안 되는 추궁이었다. 비공식적 이유가 차라리 더 나았다. "당신이 콜레티 부인의 부엌에서 술이 떡이 된 시장과 경찰서장을 봤기 때문일 거예요." 나의 이탈리아 동지가 설명했다. "게다가 매춘업소에서 경찰이 지분을 받아간다는 것도 알아냈잖아요. 당신이 위험분자라고 생각하는 게 당연하고, 그들 입장에선 하루라도 빨리 내쫓고 싶겠죠."

시카고에 도착해서야 내 노력이 빛을 발하기 시작했다. 이전 투어에서와 마찬가지로 여러 노동단체들에서 강연 초대를 받았는데, 지금껏 단 한 번도 아나키스트를 부른 적 없는 보수 성향의 목공노동자 조합이 포함되어 있었다. 미국인 아나키스트 동지들이 내 강연을 조직해 주었는데, 강연이 많아서 육체적으로 몹시 힘에 부쳤다. 옆에서 힘을 북돋워 주는 막스 바긴스키의 동료애가 없었다면 해낼 수 없었을 것이다.

이전 투어와 마찬가지로 나의 거점은 아펠의 집이었다. 그 집을 본부로 두고서 막스와 나는 링컨 파크 근처에 조그만 공간을 하나 빌렸는데, 그가 '요정의 성'이라 이름 붙인 그곳은 우리가 여가 시간을 즐길 수 있는 장소였다. 요정의 성에서 우리는 막스가 통 크게 가져오는 바구니 가득한 간식들, 과일과 와인을 먹곤 했다. 그러곤 고트프리트 켈러의 아름다운 이야기 『시골마을의 로미오와 줄리엣』, 우리가 가장 좋아하는 스트린드베리, 베데킨트, 가브리엘레 로이터, 크누트 함순, 그리고 무엇보다도 니체를 함께 읽었다. 막스는 니체를 잘 알았고 이해했으며, 깊이 사랑했다. 그의 도움으로 나는 위대한 시인이자 철학자인 니체의 온전한 의미를 깨달을 수 있었다. 책을 읽은 후에는 공원을 오래 산책했고, 독일에서의 운동과 예술, 문학에 대해 이야기를 나눴다. 시카고에서 보내는 한 달은 흥미로운 일과 새로운 친구들의 멋진 동료애, 그리고 막스와 보내는 기쁘고 조화로운 시간들로 가득찼다.

파리 박람회가 1900년으로 예정됨에 따라 유럽의 아나키스트들은 이와 같은 시기에 아나키스트 대회를 개최하기로 했다. 비용도 줄일 수 있고 또 세계 각국에서 다양한 동지들이 찾을 수 있을 거라는 생각에서였다. 나 또한 초대를 받았고, 막스에게 나와 함께 갈 것을 청했다. 막스와 함께하는 유럽 여행이라니, 그 생각만으로 흥분감에 휩싸였다. 나의 투어는 8월까지 예정되어 있었는데, 그 후에 새로운 계획을 실행할 수 있을 것이었다. 먼저 영국으로 가야 했다. 그곳의 동지들이 분명 나를 원할 거라고 생각했기 때문이다. 그리고 파리행. "생각해 봐요, 파리라고요, 파리!" 그도 화답했다. "멋져요, 너무나 영광이에요. 하지만 비용은 어쩌죠. 그 부분도 생각해 봤나요, 엠마?" "그건 아무것도 아니에요. 까짓것 교회나 회당을 털면 되겠죠. 어떻게든 돈은 마련할 거니까 우린 꼭 가야만 해요. 달을 향한 탐사를 멈춰선 안 돼요!" "이 정신 나간 세상에, 정신이 멀쩡한 두 명의 로맨티스트라…."

덴버로 가는 길에 미주리 주 남서부의 농업지역에 자리한 캐플링거 밀스에 들렀다. 농부들과 만난 경험이라고 하면 몇 해 전 매사추세츠 농부들을 대상으로 조상들의 사진을 확대해 그리는 일을 했던 게 전부였다. 당시는 농장 사람들이 너무 고루하고 오래된 사회적 전통에 붙박혀 있다는 느낌을 받았어서 그들에게 내가 생각하는 바가 어떤 것인지에 대해 이야기할 시도조차 하지 않았더랬다. 나를 두고 분명 사탄에 사로잡혔다고 생각할 게 분명했기 때문이다. 그런지라 캐플링거 밀스에서 연설 초대가 왔을 때 놀라지 않을 수 없었다. 집회를 주선하고 나에게 연락을 해온 사람은 케이트 오스틴으로, 이전에 『자유사회』를 비롯한 다른 급진적 출판물에서 그녀의 글을 읽은 적이 있었다. 그녀의 글로 보건대 그녀는 박식하고 논리적인 사상가이며, 혁명가의 피가 흐르는 사람이었지만, 내게 쓴 편지에서 느껴지는 건 다정하고 민감한 여인의 존재였다.

역에는 케이트의 남편인 샘 오스틴이 나를 데리러 왔다. 그는 캐플링거 밀스는 기차역에서 35킬로미터 떨어져 있다고 일러 주며 말했다. "가는 길이 험합니다. 괜찮으시면 마차 좌석에 줄로 묶어야 할 것 같아요. 안 그러면 흔들려서 떨어질지도 모르거든요." 가는 길에 그의 말이 과장이 아니었음을 알았다. 절반도 가지 않아 엄청난 충격과 함께 바퀴 갈라지는 소리가 들렸다. 도랑에 빠진 것이었는데, 자리에서 일어나려고 하자 온몸이 아파 왔다. 샘이 나를 마차에서 들어올려 길가에 내려주었다. 나는 쑤시는 관절을 문지르면서 샘을 격려하기 위해 억지 미소를 지었다.

그가 부서진 바퀴를 수리하는 동안 나의 생각은 포펠란에서 세 마리 말이 끄는 커다란 썰매를 타던 때로 향했다. 밤의 신비, 별이 가득 빛나는 하늘, 새하얗게 눈의 옷을 입은 풍경, 즐거운 종소리, 페트루시카가 곁에서 불러 주는 농민들의 노래로 내 피가 간질거렸다. 멀리서 들려오는 늑대들의 울음소리로 나들이는 더욱 모험적이고 낭만적인 것으로 변했다. 집으로 돌아오면 맛좋은 거위 기름으로 구운 뜨거운 감자 팬케이크, 어머니가 만든 잼을 넣은 뜨거운 차, 일꾼들을 위한 보드카의 향연이 기다리고 있었다. 페트루시카는 항상 자기 잔에 든 보드카를 한입 맛보게 해주었다. "여전히 술고래구나." 그렇게 말하며 그는 나를 놀리곤 했다. 사람들이 지하실 맥주통 아래에서 정신을 잃은 나를 발견한 이후로 그것은 쭉 나를 따라다니는 평판이었다. 아버지는 우리가 술을 입에도 못 대게 했지만, 내가 세 살 정도 되었을 때인가 지하실에 내려가서 술통 꼭지에 입을 대고 이상한 맛이 나는 액체를 마신 적이 있다. 정신을 차렸을 때 나는 침대에 있었고 죽을 만큼 아팠다. 간호사가 나를 아버지로부터 숨겨두지 않았다면 틀림없이 아버지에게 호되게 맞았을 것이다.

마침내 오스틴 농장의 캐플링거 밀스에 도착했다. "엠마 씨를 당장 침대로 데려가고 뜨거운 마실 것을 주세요. 안 그러면 우리는 평생 동안 그 길로 온 것에 대해 원망을 듣게 될 거예요." 뜨거운 목욕과 충분한 마사지를 받은 후에도 관절은 여전히 아팠지만 전보다 훨씬 개운해졌다.

오스틴 부부와 함께한 일주일 동안 나는 미국 소작농의 삶에 대해 새로운 시각을 얻게 되었다. 미국의 농부들이 부르주아에 속한다고 간주했던 것이 얼마나 잘못된 것인지를 깨달았고, 케이트는 뭐든지 대규모로 경작하는 부유한 지주들이나 부르주아에 속할 거라고 말해 주었다. 미국 대부분의 농부들은 도시 노동자들보다 훨씬 힘든 조건에 있었다. 태풍이나 가뭄 같은 자연재해는 말할 것도 없고 은행이나 철도에 그들의 운명이 좌지우지되었다. 자연재해에 대처하기 위해서 농부들은 날씨가 어떻든 간에 끝도 없는 노동에 시달리며 그야말로 노예가 되었고, 그러면서도 살림살이는 궁핍하기 짝이 없었다. 농부들을 고집불통으로 만드는 것은 아마도 이 고된 노동일 거라고 케이트는 말했다. 특히 그녀는 농부 아내들의 생기 없는 삶을 한탄했다. "이곳 여자들이 하는 거라곤 걱정하고, 일하고, 너무 자주 애를 낳는 일밖에 없어요."

결혼 후에야 캐플링거에 온 케이트는, 그 전에는 작은 마을에 살았었다. 열한 살밖에 안 되었을 때 어머니가 돌아가셨고, 손아래 형제자매 여덟 명을 맡게 되면서 공부할 시간이 거의 주어지지 않았다. 지역 학교에 2년 다닌 것이 그녀의 아버지가 감당할 수 있는 최선이었다. 그녀의 기사에 드러나는 그많은 지식은 그럼 어떻게 얻게 된 건지 궁금했다. "독서를 통해서죠." 그녀가 말했다. 그녀의 아버지는 열성 독자로, 처음엔 로버트 잉거솔의 책을, 후에는 『루시퍼』를 비롯한 다른 급진적 출판물을 꾸준히 읽었다. 1887년에 시카고에서 일어난 그 사건은 나에게 그러했던 것처럼 케이트에게도 큰 영향을 미쳤다. 그때 이후로 그녀는 꾸준히 사회 투쟁들을 살폈고, 얻을 수 있는 것들을 모조리 면밀히 연구했다. 오스틴 부부의 집에서 발견한 책들로 판단하건대 케이트의 독서 범위는 상당히 넓었다. 철학, 사회, 경제 문제에 대한 책 옆에 섹스에 관한 책과 시, 소설이 나란히 놓였다. 이것들이 곧 그녀의 학교였다. 그녀에게는 남다른 열정과 더불어 철두철미한 정보력도 있었다.

"당신 같은 두뇌와 능력을 가진 여성이 어떻게 이런 따분하고 제한적인 곳에서 살아갈 수 있는 거죠?" 나는 물었다. "저와 모든 것을 공유할 뿐만 아니라 제가 사랑하는 샘이 있잖아요. 그리고 아이들도요. 저를 필요로 하는 이웃들이 여기 있고, 저는 여기서도 많은 일을 할 수 있어요."

세 번의 모임에 참석한 청중의 수가 케이트의 영향력을 입증해 주었다. 수마일 떨어진 곳에 농부들은 걸어서, 마차를 타고, 말을 타고 강연장을 찾았다. 두 번의 강의는 조그마한 시골 학교에서 이루어졌고, 세번째 강의는 널찍한 들판에서 진행되었다. 저마다 가져온 랜턴을 밝히자 그들의 얼굴이 밝게 빛났는데, 정말이지 그림 같은 광경이었다. 아나키즘하에서 토지에 대한 권리는 어떻게 되는지를 묻는 남성들의 질문을 받으면서 이들이 단순히 호기심에 묻고 있는 게 아님을 알 수 있었다. 케이트가 그들로 하여금 자신들의 문제는 사회의 더 큰 문제의 일부일 뿐임을 자각하게 했던 거다.

내가 머무는 동안 오스틴 가족은 나를 극진히 대해 주었다. 샘은 말을 태워 들판을 가로지를 수 있게 해주었고, 아이들은 내가 말하기도 전에 내가 원하는 것을 척척 알아내어 해결해 주었으며, 케이트는 다정한 헌신 그 자체였다. 함께 있는 시간이 많았기 때문에 케이트는 자신과 자신의 주변환경에 대해 많은 이야기를 해주었다. 그녀가 마주한 이웃 사람들의 가장 큰 반대는 섹스에 관한 것이었다. "남편이 다른 여자랑 사랑에 빠진다면 어떻게 할 건가요?" 한번은 한 농부의 아내가 케이트에게 이렇게 물었다. "남편을 떠나지 않을 거예요?" 케이트는 지체 없이 대답했다. "남편이 아직 저를 사랑하기만 한다면 곁에 남을 겁니다." "그 여자가 밉지 않겠어요?" "그 여자가 꽤 괜찮은 사람이고, 샘을 진심으로 사랑한다면 미워할 이유는 없을 것 같아요." 이웃들이 자신을 잘 알지 못했다면 아마 그녀가 부도덕하거나 미친 사람이라고 생각했을 거라고 케이트는 말했다. 그렇다 하더라도 사람들은 그런 일이 있다면 케이트가 남편을 사랑할 수 없을 것이며 다른 사람과 남편을 공유하는 일에 동의할 수 있을 리 없다고 생각했다. 케이트는 덧붙여 말했다. "여기서 웃긴 점은, 나한테 그 질문을 한 부인의 남편이 치마 두른 사람이면 무조건 따라다니는 난봉꾼이었다는 거예요. 물론 아내는 그걸 모르고 있었죠." 농장 사람들의 성생활에 대해서 나는 아마 짐작조차 하지 못할 텐데, 아마 그들 삶이 워낙 따분하고 지루해서 그럴 거라고 했다. "시골에서는 분출할 곳도 없고, 재미있는 일도 없고, 삶에 다채로운 일들이 워낙 없으니까요. 도시랑은 다르죠. 아무리 가난한 하급 노동자라 하더라도 가끔 공연을 보거나 강연에 참석할 수는 있잖아요. 조합에서 자기 흥미에 맞는 일을 찾을 수도 있고요. 농부들은 여름 내내 길고 고단한 일을 하고, 겨울에는 할 일이 없어요. 섹스는 그들이 할 수 있는 유일한 오락거리죠. 그러니 섬세한 사랑의 표현으로서의 섹스에 대해 이해할 수 있을 리가요. 또한 돈으로 살 수 없는, 혹은 강제로 속박할 수 없는 사랑에 대해서도 알 수 없을 거예요. 굉장히 힘든 싸움이지만, 계속해 나가야겠죠." 나의 소중한 동지가 말했다.

시간이 너무 빨리 지나 버렸다. 서부지역에서 약속한 강연 약속을 지키기 위해 떠날 시간이었다. 샘은 "겨우 22킬로미터"라는 좀 더 짧은 길로 역에 데려다주겠다고 했고 케이트와 식구들 모두가 나를 배웅하러 나왔다.

20

캘리포니아에서의 활동이 정점을 찍고 있을 때 날아온 한 통의 편지는 조화로운 사랑에 대한 나의 꿈을 산산조각냈다. 막스였다. 그는 자신의 동지인 퍽과 함께 친구의 재정적 원조를 받아 해외로 나가기로 했다는 소식을 전했다. 내가 품었던 희망이 어찌나 어리석었는지, 웃음이 터져 나오고야 말았다. 에드와 그렇게 실패한 후에 어떻게 다른 사람의 이해와 사랑을 기대할 수 있었을까? 사랑이나 행복 같은 말들은 다 공허하고 무의미한 말들이었다. 닿을 수 없는 것에 공연히 손을 뻗는 헛된 시도에 다름아니었다. 나는 아름다운 관계에 대한 열망에 패배하고, 삶에 강탈당하는 느낌이 들었다. 내게는 여전히 내가 살아가는 이유가 되어 주는 이상이 있고, 내가 해야 할 일들이 있건만 어째서 삶으로부터 그 이상의 것을 기대했을까? 그러나 투쟁을 계속할 수 있는 힘과 영감은 도대체 어디서 얻어야 할까? 사랑의 힘 없이도 남자들은 많은 일들을 해왔다. 여자라고 못하라는 법은 없다. 아니면 여자가 남자보다 사랑을 더 많이 필요로 하는 걸까? 여성을 남성에게 의존하게 만들려는 어리석고 낭만적인 생각을 나는 거부할 것이다. 나는 사랑 없이 살고 또 일할 것이다. 자연이나 생명 그 어디를 보아도 영원한 것은 없다. 나는 순간을 비우고 손에 든 잔을 땅에 떨어뜨려야 한다. 그것만이 뿌리를 내리는 것으로부터 나를 보호해 줄 유일한 방법이다. 뿌리를 내린다 한들 후에 남는 것은 고통스럽게 뽑혀 나가는 것뿐이니. 샌프란시스코에 있는 젊은 친구들로부터 계속 연락이 왔었건만 그동안은 막스와 꿈꿨던 삶의 비전이 그것을 가로막고 있었다. 이제 나는 부름에 응할 수 있다. 그를 잊기 위해 답할 수밖에 없으리.

포틀랜드와 시애틀을 거쳐 워싱턴 주 타코마로 갔다. 집회를 위한 준비가 다 되어 있었지만, 그곳에 도착해서야 강당의 주인이 겁을 먹고 행사를 취소했고, 다른 장소는 구하기가 어려운 상황이라는 것을 알게 되었다. 모든 희망이 사라진 마지막 순간, 심령주의자들이 나타나 우리를 구원해 주었다. 그들을 대상으로 몇 차례 강연을 한 적은 있지만 '자유연애'라는 주제에서는 주저하게 되었다. 영혼들이 육화했을 때 가졌던 도덕의 기준을 하늘에서도 계속 유지하고 있는 것 같았기 때문이다.

일리노이의 스프링 밸리의 대규모 광산 지구에는 대체로 벨기에인과 이탈리아인으로 구성된 강력한 아나키스트 그룹이 있었다. 그들은 일련의 강의에 나를 초대한 바 있고, 메이데이 시위에서는 그야말로 절정에 달했다. 그들의 노력은 큰 성공을 거뒀다. 찌는 듯한 무더운 날씨에도 광부들은 아내와 자녀들과 함께 가장 좋은 옷을 입고 시위에 나왔고 나는 큼지막한 붉은 깃발을 들고 행렬을 이끌었다. 연설을 위해 빌린 정원에는 태양을 가릴 차양이 없었다. 긴 시위행렬로 이미 타들어가는 듯한 머리는 또다시 강렬한 햇볕의 공격을 받았다. 오후의 나들이에서 동지들은 19명의 아기들을 데려와 나에게 "진정한 아나키스트의 방식으로" 세례를 받기 원한다고 했다. 나는 별다른 연단이 없었으므로 빈 맥주통에 올라가 연설을 했다. 나는 세례가 필요한 사람은 부모들이며, 아이들의 권리에 대한 새로운 개념의 세례를 받아야 한다고 느꼈다.

다음 날 지역 신문에 실린 주요 기사는 두 가지였다. 하나는 엠마 골드만이 "술을 짝으로 마셨다"라는 것이었고 다른 하나는 "맥주통에서 아이들에게 세례를 했다"는 것이었다.

이전에 막스와 함께 디트로이트를 방문했을 때 로버트 라이첼의 든든한 친구인 헤르만 밀러와 『불쌍한 악마』의 응원군인 칼 스톤을 만난 적이 있다. 밀러는 클리블랜드 양조회사의 사장으로, 상당한 재산가였다. 그가 어떻게 그 자리에 오르게 되었는가는 모두에게 수수께끼였다. 그는 몽상가이자 선구자였고, 자유와 미를 사랑하는 사람으로, 무척 관대한 정신의 소유자였다. 수년간 그는 『불쌍한 악마』의 주 후원자였다. 그의 가장 훌륭한 특징은 베푸는 기술로, 심지어 웨이터에게 팁을 줄 때도 섬세한 방식으로 거의 사과를 하는 것처럼 줬다. 헤르만은 마치 자기 자신에게 호의를 베푸는 것처럼 친구들에게 선물을 뿌려대기도 했다. 이런 순간조차도 나의 호스트는 사려 깊음과 관대함으로 스스로의 한계를 넘어서곤 했다. 헤르만과 스톤, 뤼데부쉬, 엠마 클라우젠을 비롯해 다른 여러 친구들과 함께 즐거운 친교의 시간을 보냈다.

밀러와 스톤은 나의 투쟁과 미래에 대한 계획에 큰 관심을 보였다. 향후의 계획에 대한 질문에 나는 이상을 위해 일하는 것 외에는 아무런 계획이 없다고 대답했다. 헤르만은 내게 직업을 가짐으로써 어느 정도 물질적인 안정을 구하고 싶지는 않은지 물었다. 나는 항상 의학 공부를 하기 원했지만 그럴 여력이 없었노라 답했다. 헤르만이 예기치 않게 학자금을 지원해 주겠다는 제안을 해와서 나는 까무러칠 뻔했다. 스톤도 역시 학업에 필요한 비용을 돕고 싶었지만 한번에 그 많은 금액을 나에게 넘겨 주는 게 좋은 일이 아니라고 생각했다. "주변에 늘 도움을 필요로 하는 사람이 많다는 걸 알고 있습니다. 우리가 당신에게 돈을 한꺼번에 준다면 당신은 아마 그 돈을 사람들에게 줘 버리겠죠." 하고 헤르만이 말했다. 그러고선 매달 40달러씩 5년간 내게 지급하기로 두 사람은 합의를 했다. 같은 날 헤르만은 율리아 뤼데부쉬와 함께 나를 디트로이트에 있는 가장 좋은 매장으로 데려가 "여행준비를 도왔다". 아름다운 파란색 스카치 천으로 된 망토는 내가 전에 눈여겨보았던 물건 중 하나였다. 칼 스톤은 내게 금시계를 선물했다. 조개 모양이었는데, 어째서 그런 특이한 모양을 골랐는지 묻자 그는 답했다. "당신이 가진 재능에 대한 증표라고 할 수 있죠. 여성 중에 이 능력을 가진 이는 드문데, 바로 침묵하는 법을 아는 것이랄까요?" 나는 반쯤은 농담으로 쏘아붙이며 대꾸했다. "정말 '남자다운' 칭찬이네요."

디트로이트에서 사랑하는 친구들과 이별하기 전에 헤르만은 수줍어하면서 봉투를 내 손에 쥐어 주었다. "러브레터예요. 기차 안에서 읽으세요." 그 '러브레터'에는 현금 500달러와 함께 "소중한 엠마. 노잣돈으로 쓰세요. 나중에 파리에서 만날 때까지 모쪼록 도움이 되면 좋겠네요"라고 쓰인 메모가 들어 있었다.

새로운 사면위원회마저 우리의 항소를 거부했고, 사샤를 위해 우리가 할 수 있는 법적 행동에 있어서 모든 희망이 사라져 버렸다. 사샤가 오랜 시간 계획한 절박한 모험, 즉 탈출밖에는 남은 것이 없었다. 그의 사면을 위해 칼, 헨리, 고든, 해리 켈리가 캠페인을 벌이는 동안 그의 친구들은 사샤를 설득하기 위해 온갖 방법을 다 동원했다. 그러나 사면이 가능성이 없어진 지금, 나는 불안한 마음으로 사샤의 바람을 들어줄 수밖에 없었다.

그의 계획을 추진하겠노라고 알리는 편지를 보낸 후 사샤에게 도착한 답장에서 그는 전혀 다른 사람이 되어 있었다. 희망과 생기로 가득 차 다시 활기를 띠었다. 그는 가장 믿을 만한 친구인 감방동기 '토니'를 우리에게 보내겠다고 했다. 그는 몇 주 안에 출소할 예정이고, 계획에 따른 세부사항은 그가 알려줄 것이었다. "내 계획이 충실히 실행되기만 한다면 실패는 없을 거요." 그러면서 그는 필요한 두 가지(투지와 인내를 가진 믿고 기댈 수 있는 동지와 약간의 돈)를 설명하면서 내가 이 둘 모두를 찾을 수 있을 것임을 확신하고 있었다.

머지않아 '토니'는 출소했지만, 사샤가 부탁해 놓은 준비를 하느라 피츠버그에 머무는 바람에 그를 개인적으로 만나는 게 불가능했다. 곧 사샤의 계획이란 것이 바깥에서 감옥으로 향하는 터널을 뚫는 일이며, 우리가 작업하는 데 있어 필요한 측정과 도면 등을 다 '토니'에게 일임했음을 알게 되었다. 이 한 번에 모든 걸, 심지어 자신의 목숨까지 건 이 필사의 계획은 정말 환상적이었다. 우리는 그 프로젝트에 매료되었고 기울일 수 있는 모든 주의를 기울여 일을 추진했다.

이 일과 관련해 누구에게 접근해야 하는지 오랫동안 고민을 했다. 자기 목숨을 바쳐 사샤를 구해 낼 동지들이야 얼마든 있었지만 이처럼 어렵고 위험한 임무에 필요한 조건을 갖춘 사람을 찾기는 어려웠다. 마침내 '입센'이라는 별명을 가진 노르웨이의 동료 에릭 모턴을 적임자로 결정하게 되었는데 그는 바이킹의 피를 물려받은 사람답게 육체적으로나 정신적으로나 지적이고 대담한 의지의 사나이였다.

우리의 계획을 들은 그는 즉시 마음에 들어했다. 주저하지 않고 필요한 건 무엇이든 하겠노라고 약속했으며, 아무때고 시작할 준비가 되어 있었다. 나는 불가피한 지연에 대해 설명하며 '토니'를 기다려야 한다고 했다. 무엇 때문인지는 몰라도 예상보다 시간이 많이 걸리고 있었다. 사샤의 계획이 어떻게 실행되는지 확실히 알지 못한 채 유럽으로 떠나야 하는 상황이 싫었고, 에릭에게 이에 대해 이야기했다. "사샤의 운명이 백척간두에 있는 마당에 4,800킬로미터나 떨어진 곳으로 가는 것은 미친 짓 같아요." 에릭은 내 심정을 이해하기는 하지만 터널을 파는 것과 관련해서 내가 할 수 있는 일은 없다고 말했다. "사실, 당신이 미국에 없는 게 차라리 더 나을지도 모르겠습니다. 아무래도 사샤와 관련해 무언가 일이 벌어지고 있다는 의심을 피하는 데 도움이 될 테니까요." 우리는 탈출 후 사샤의 안전을 확보하는 문제가 무엇보다도 중요하다는 것에 동의했다. 나처럼 그 또한 사샤가 체포되지 않은 채로 이 나라에서 얼마나 버틸 수 있을지 걱정하고 있었다.

"가능한 한 빨리 캐나다나 멕시코, 아니라면 유럽으로 그를 데려가야겠죠." 그가 말했다. "터널을 뚫는 작업은 못해도 몇 달이 걸릴 텐데, 그 사이 해외에서 그가 지낼 만한 곳을 준비할 여유가 생길 겁니다. 외국에서라면 정치적 난민으로 인정받을 수 있을 거고, 그럼 미국으로 인도되지 않을 겁니다.”

나는 에릭이 매우 이성적인 사람이고, 내가 온전히 신뢰할 수 있는 사람이란 걸 알았다. 그럼에도 ‘토니’를 보지 않은 채 떠나야 한다는 사실이, 사샤의 구체적 계획에 대해 듣지 못한 채로 떠나야 한다는 사실이 괴로웠다. 에릭은 ‘토니’가 도착하는 즉시 작업에 착수할 것이며, 자신이 다 책임지고 진행할 것이니 염려 말라며 나를 안심시켰다. 에릭만큼 설득력 있고, 강한 성품을 지닌 사람을 본 적이 없었으므로 사샤의 지시사항을 성공적으로 수행할 능력과 자신감이 있는 이 남자를 전적으로 믿을 수밖에 없었다. 더욱이 그는 유쾌하고 유머감각까지 갖춘 훌륭한 동료였다. 헤어지면서 그는 다음에는 파리에서 사샤와 함께 다같이 만나 축하를 하자고 쾌활하게 말했다.

그렇다고는 하나 ‘토니’가 아직 나타나지 않았다는 사실로 인해 나는 불안에 사로잡혔다. 수감자들의 약속이란 것은 믿을 게 못 된다는 생각이 나도 모르게 들었다. 블랙웰 교도소에서도 몇몇 여성들이 출소와 함께 바깥에서 나를 위해 해주겠다고 한 일들이 다 그들의 일상과 개인적 사정의 소용돌이에 빨려들어간 나머지 감옥에서 보여준 그들의 선한 의도가 시나브로 다 사라졌음은 나 역시 경험한 바였다. 감옥을 나간 사람이 감옥에 남아 있는 수감자와의 약속을 이행할 의지와 능력이 있다는 건 참으로 드문 일이었다. ‘토니’ 역시 대부분의 출소자들과 마찬가지일 거라고 생각했다. 그래도, 유럽으로 향하기 전 아직 몇 주의 시간이 남아 있었다. 그 사이에 ‘토니’가 나타날지도 모를 일이었다.

마지막 투어를 위해 뉴욕을 떠나온 이래로 에드와 한 번도 편지를 주고받지 않았지만 돌아오는 길에 에드로부터 편지를 받았다. 제발 유럽으로 떠날 때까지 자신의 아파트에 와서 지내라고 간청하는 내용이었다. 내게 집이 있는데도 다른 사람들 집에 머무른다는 걸 상상만 해도 싫다고 했다. "당신이 이 집에 머무르지 않을 이유는 없어요. 우리는 아직 친구인 데다가, 이 집에 있는 모든 게 당신 것인 걸요." 우리의 이전 관계, 또 그 지긋지긋한 다툼이 반복될까 봐 두려웠기에 그의 요청을 처음엔 거절하려고 했다. 그런데 에드가 너무나 집요하게 나를 설득했고, 나는 끝내 오랫동안 나의 집이었던 곳으로 돌아오고야 말았다. 에드는 매력적이었고, 재치가 넘쳤고, 선을 넘지 않으려 무던히도 애쓰고 있었다. 아파트에는 출입문이 별도로 있었는데 우리는 각각 다른 문을 사용했다. 에드의 회사가 바쁜 시기였고, 나 역시 사샤의 계획을 위한 자금 모금과 여행을 준비하느라 몹시 바빴다. 이따금 한가한 저녁 시간이나 토요일 오후에 에드는 나를 저녁 식사에 초대하거나 극장에 데려갔는데 그 후에 우리는 유스투스의 집으로 향했다. 그는 단 한 번도 우리의 이전의 삶에 대한 언급을 하지 않았다. 대신 유럽에서의 나의 계획에 대한 이야기를 나누었고, 그는 나의 계획에 적잖이 관심을 보이는 듯했다. 또한 헤르만 밀러와 칼 스톤이 내 학자금을 대준다는 소식에 몹시 기뻐했으며, 이듬해에 해외에 갈 계획이 있으니 그때 유럽에 있는 나를 방문하겠노라 약속했다. 그의 어머니는 최근 들어 몸이 좋지 않았고, 그래서 에드는 가능한 한 빨리 어머니를 만나고 싶었던 것이다.

유스투스의 집은 여전히 뉴욕에서 가장 흥미로운 곳이었지만, 주인장의 몸 상태 때문에 이전의 유쾌함은 사라진 상태였다. 나는 전국을 돌고 있었기 때문에 그의 병에 대한 소식을 듣지 못했다. 돌아와서야 그의 쇠약하고 망가진 몰골을 보고 얼마나 놀랐는지 모른다. 그에게 필요한 건 휴식이었다. 그가 자리를 지키고 있지 않아도 그의 아내와 아들이 그곳을 잘 관리해 나갈 터였다. 유스투스는 언제나처럼 농담을 하고 웃어넘겼지만 그의 영광스러운 목소리는 이전의 울림을 잃어버린 후였다. 우리의 '아름드리 나무'가 갈라지기 시작하는 것을 보고 있노라니 가슴이 찢어지는 것 같았다.

사샤의 작업을 수행하기 위한 자금 모금은 우리가 또 다른 법적 행동을 하기 위한 목적으로 위장해야 했고, 오로지 극소수의 동지들만이 이 자금의 용처를 알고 있었다. 우리에게 가장 도움이 될 만한 사람은 S. 야노프스키로, 『자유로운 노동자의 목소리』라는 이디시 아나키스트 주간지 편집자였다. 그는 영국에서 『노동자의 친구』를 편집하다가 최근에 미국으로 건너왔는데, 매우 총명하고 날카로운 펜을 휘두르는 사람이었다. 그가 모스트의 동조자임을 알고 있던 터라, 우리의 첫 만남에 나를 대하는 그 냉소적인 태도를 견디기 힘들었지만, 그럼에도 불구하고 그에게 접근해야 한다는 사실이 괴로웠다. 하지만 이는 모두 사샤를 위한 일이었으므로 나는 그를 만나러 갔다.

놀랍게도 야노프스키는 우리의 일에 관심이 많았으며, 기꺼이 도울 의사가 있다는 것을 알게 되었다. 그는 계획의 성공에 대해 확신하지 못했지만, 이게 아니라면 사샤는 그 무덤 같은 감옥에서 11년을 더 있어야 한다고 말하자 야노프스키는 필요한 자금 모금을 위해 최선을 다하겠다고 약속했다. '입센'과 함께 피츠버그에 있는 믿을 만한 몇몇이 이 계획을 맡아 진행하고 있는 가운데 야노프스키의 재정적 지원이 더해지자 나는 불안을 상당히 걷어 낼 수 있었다.

영국에 있던 해리 켈리에게 나의 유럽행을 알리자 그는 즉시 아내와 아이가 함께 살고 있는 자신의 집에 머물라며 답장을 보내왔다. 해리가 편지에 쓰기를 런던의 동지들은 11월 11일에 대규모 집회를 계획 중인데 연사 중 한 명으로 내가 올 수 있다면 동지들이 무척 기뻐할 것이라고 했다. 이와 동시에 글래스고에서 강연 초대 편지가 도착했으며 이밖에도 우리 조직을 위해 할 일이 많았다. 나는 여러 그룹에서 자격을 위임받았고, 리지와 윌리엄 홈스, 에이브 아이작, 수전 패튼 같은 미국인 동지들은 나에게 다양한 주제들에 대해 글을 써서 발표할 것을 청했다. 할 일은 많았고, 여행을 시작할 시간도 다가오고 있었다. 하지만 여전히 아무 소식도 없는 '토니' 때문에 신경이 쓰였다.

어느 날 저녁 에드를 만나기로 한 유스투스의 집으로 갔다. 에드는 평소처럼 친구들 사이에서 단어의 어원에 대해 논하고 있는 중이었다. 나 역시 오래 보지 못했던 문인 친구를 거기서 보고 반가운 마음에, 에드를 기다리면서 그와 이야기를 나누다 보니 어느덧 시간이 늦어 버렸다. 하지만 에드는 여전히 떠날 생각이 없어 보이기에 나는 먼저 집에 가겠다 하고 같은 동네에 사는 작가 친구와 함께 유스투스의 집을 나섰다. 문앞에서 그에게 작별인사를 하고 바로 잠자리에 들었다.

번개와 우르릉쾅쾅하는 소리에 겁에 질린 채 무서운 꿈에서 깨어났다. 잠에서 깨어서도 꿈인 줄 알았던 그 소리가 계속되었는데 곧 나는 그것이 옆방 에드가 내는 소리임을 알게 되었다. 술 취해서 정신이 나간 게 틀림없다고 나는 생각했다. 나는 에드가 자제력을 잃을 정도로 술에 취한 것을 본 적이 없는데, 집에 와서 이 한밤중에 물건을 때려 부술 만큼 그를 난폭하게 몰아간 것은 무엇일까 생각했다. 에드를 부르고 싶었지만 계속해서 쨍그랑 하며 떨어지고 부서지는 소리에 멈칫하고 말았다. 소음은 얼마간 지속된 후 잦아들었고, 에드가 소파에 몸을 던지는 소리가 들렸다. 다시 조용해졌다.

나는 뜬눈으로 밤을 새웠다. 내 눈은 뜨거워졌고 심장이 격렬하게 뛰었다. 동이 트자마자 내 방과 에드의 방을 나누는 문을 급히 열었을 때는 끔찍한 광경이 눈앞에 펼쳐져 있었다. 바닥에는 부서진 가구와 그릇 조각이 널브러져 있었고, 에드가 그동안 소중히 여겨 온 페드야가 나를 그린 그림은 찢기고 짓밟혀져 있었다. 테이블과 의자는 망가진 채 뒤집혀 있었고, 이 혼란의 한가운데에서 에드는 옷을 반쯤만 걸치고 잠들어 있었다. 분노와 혐오감에 나는 내 방으로 돌아와 쾅 하고 문을 닫아 버렸다.

다음 날 유럽행 선박에 오르기 전 에드를 다시 한번 만났다. 그의 비참하고 추레한 모습을 보고 나는 입을 다물었다. 더 설명할 것이 무엇이 남았던가? 그가 부순 물건의 잔해는 우리의 깨진 사랑, 그토록 여러 색깔과 약속으로 가득했던 삶을 상징하던 것들이었다.

나와 메리 아이작에게 작별인사를 하기 위해 많은 친구들이 증기선을 찾았다. 우리를 찾은 친구들 중에 에드는 없었는데, 나는 그것을 다행으로 여겼다. 그가 있었다면 눈물을 참는 게 더 어려웠을 것이다. 결핵으로 생사의 기로에 놓인 유스투스에게 이별을 고하는 게 가장 힘든 일이었다. 그는 몹시 아파 보였고, 살아서 다시는 보지 못할 수도 있다는 생각에 너무 슬퍼졌다. 남동생과의 이별도 힘들었다. 동생에게 얼마간의 돈을 남길 수 있어서 다행이었는데 앞으로도 디트로이트의 친구들이 매달 보내오는 용돈으로 동생을 도울 수 있을 것이었다. 나는 아주 적은 돈으로도 살 수 있었다. 빈에서도 그 일을 해낸 나 아니던가. 동생은 나를 꼭 끌어안았는데, 부드럽고 사려깊은 그의 애정은 내 인생에서 매우 소중한 것이 되었다. 대형 여객선이 증기를 뿜으며 나아갈 때 나는 갑판에 서서 뉴욕이 서서히 멀어지는 것을 바라보았다.

격렬한 폭풍 한 번을 제외하고 항해에 별다른 큰 사건은 없었다. 우리는 집회가 있었던 11월 11일보다 이틀 늦게 런던에 닿았는데 그때는 보어전쟁이 한창이었다. 해리 켈리와 그의 가족이 사는 집에는 빈 방이 하나 있었는데 그 방은 지하에 있었다. 날씨가 맑을 때도 방에 빛이 들어오는 법이 없었고 안개가 끼기라도 하면 전등을 계속 켜 놓아야 했다. 난로는 방 전체를 데우지 못하고 옆구리나 등만을 간신히 데울 뿐이어서 나는 온기의 균형을 맞추기 위해 끊임없이 자세를 바꿔야 했다.

내가 전에 런던에 머물렀을 때는 8월 말에서 9월로, 가장 좋은 계절이었던 탓에 사람들이 런던의 안개가 끔찍하고 겨울이 축축하고 우울하다고 말할 때 그들이 지나치게 과장하고 있다고만 생각했었다. 이제 그 현실을 몸소 깨닫고, 사람들이 말한 것은 현실을 제대로 표현하지 못한다고 생각할 지경이 되었다. 안개는 슬금슬금 기어 올라와 싸늘한 품으로 희생자를 감싸는 괴물과도 같았다. 아침이면 나는 납덩이 같은 느낌으로 깨어났고, 입이 바싹 말랐다. 블라인드를 열어 빛이 한 줌이라도 들어오길 기대하는 것은 헛된 일이었다. 바깥의 어둠이 곧 방으로 스며들 것이기 때문이다. 메리는 더군다나 화창한 날씨로 유명한 캘리포니아에서 온 까닭에 런던 날씨에 나보다 훨씬 더 우울해했다. 한달 동안 머물 예정이었던 런던을 일주일 만에 떠나고 싶어한 건 그 때문이었다.

21

영국은 지금 전쟁에 대한 광기로 사로잡혀 있어 계획된 강의를 해나가는 게 거의 불가능할 거라는 동료들의 언질이 있었다. 해리 켈리도 같은 의견이었다. "반전 집회를 열면 어떨까요?" 나는 스페인 전쟁 중에 미국에서 진행했던 집회를 언급하며 이같이 제안했다. 미국에서의 집회는 때때로 공권력 개입의 시도가 있었고, 강의를 중단한 적도 있지만 대체로 우리의 캠페인을 진행할 수 있었다. 하지만 해리가 생각하기에 영국에선 여전히 불가능한 일이었다. 주전론이 절정에 달해 있는 가운데, 연사들에 대한 공격이 폭력적으로 이루어지고 있고, 애국적 폭도들에 의해 집회가 해산되고 있다는 해리의 설명은 적이 실망스러웠다. 더군다나 외국인인 내가 전쟁에 대해 말하는 건 더더욱 위험한 일일 거라고 그는 확신을 담아 말했지만 나는 어쨌거나 시도라도 해보고 싶었다. 그저 잠자코 영국에 있는 일은 내 선택지에 없는 사항이었다. 영국은 표현의 자유가 보장되는 나라가 아니냐는 나의 질문에 해리는 내게 경고하듯 대답했다. "명심할 점은, 이곳에서 집회를 훼방놓는 건 미국에서처럼 경찰이 아니라는 거예요. 여기

선 가난한 사람이든 돈이 있는 사람이든 다 폭도가 되었거든요." 그럼에도 불구하고 집회를 열 것을 고집하는 내게 해리는 동지들과 함께 상의를 해보겠다고 약속했다.

크로포트킨의 초청으로 나는 메리 아이작과 함께 브롬리에 갔다. 이번에는 크로포트킨 부인과 딸 사샤도 집에 있었다. 표트르와 소피아는 우리를 다정하게 환대해 주었다. 우리는 미국과 그곳에서의 우리의 운동, 그리고 영국의 상황에 대해 이야기를 나누었다. 표트르는 1898년에 미국을 방문했었는데, 나는 그때 서부 해안지역에 있었던 지라 그의 강연에 참석할 수 없었다. 그렇지만 나는 그의 투어가 꽤 성공적이었고 미국인들에게 엄청난 인상을 남겼다는 것을 알고 있었다. 그의 강연으로 인한 수익금으로 『연대』를 재간할 수 있었고, 우리 운동에 새로운 활력이 불어넣어졌다. 표트르는 미국 중서부와 캘리포니아에서의 나의 투어에 특히 큰 관심을 보였는데 "같은 곳을 세 번 연속해서 돌 수 있다면 굉장한 활동지역이 될 게 분명해요." 분명 그렇다고 대답하며 나는 캘리포니아에서의 성공을 『자유사회』의 공으로 돌렸다. "그들이 내는 신문이 엄청난 역할을 해주고 있는 게 사실이죠." 그가 동의하며 말했다. "성에 대한 논의로 그 많은 지면을 낭비하지만 않으면 좋을 텐데 말이에요." 나는 그의 말에 동의하지 않았고, 곧 우리의 대화는 아나키즘 운동 내에서 성 문제가 어디에 자리할 수 있는지에 대한 열띤 논쟁으로 바뀌었다. 여성과 남성이 동등하다고 주장하는 문제는 성별과는 상관없고, 그보다는 두뇌의 문제라는 것이 표트르의 입장이었다. "여성이 지적으로 남성과 동등하고, 사회적 이상을 공유할 수만 있다면, 그러면 여성도 남성 못지않게 자유로운 존재죠." 흥분상태로 대화를 나눈 탓에 아마 다른 사람이 듣기에 우리가 다투는 것처럼 들렸을 것이다. 조용히 딸을 위해 옷을 바느질하던 소피아는 소극적으로 우리의 대화의 방향을 바꾸려 시도했지만 허사였다. 표트르와 나는 표트르가 제시하는 질문을 가지고 방을 서성거렸고 우리의 흥분은 도통 사그라들지 않았다. 나는 논쟁을 멈추었다. "좋아요. 친애하는 동지. 내가 만약 당신의 나이가 된다면 아마도 성에 관한 문제는 그다지 중요하게 느껴지지 않을지도 모르겠어요. 하지만 지금 수천만, 아니 수백만의 젊은이들에게 성은 너무나 중요한 문제예요." 표트르가 다정한 표정으로 나에게 말했다. "좋은 관점이에요. 그렇게는 생각 못 해봤어요. 어쩌면 당신 말이 맞을지도 모르겠군요." 애정이 넘치는 미소를 보이는 그의 눈이 장난기로 빛났다.

저녁 식사를 하면서 나의 반전집회에 대한 계획을 꺼냈더니 표트르는 해리가 그랬던 것보다 훨씬 단호하게 나를 말렸다. 말할 것도 없이 내 생명을 위협할 것이며, 내가 러시아인이라는 사실 때문에 러시아 난민들에게 불리한 일들이 생길 수도 있다는 것이었다. "하지만 저는 여기에 러시아인이 아니라 미국인으로 와 있는걸요." 나는 항의했다. "더욱이, 전쟁과 같은 중요한 문제가 있는데, 그런 고려사항이 뭐가 중요한가요?" 표트르는 사형을 선고받거나 시베리아로 유형을 갈 처지에 있는 사람들에게 무척 중요한 문제라고 했다. 정치적 난민에게는 영국이 아직까지 유일한 망명지이며, 집회로 인해 난민들이 영국의 환대를 박탈당하는 건 옳지 않다는 것이다.

내가 런던 공식 석상에 처음 모습을 나타낸 것은 아테네움 홀에서였는데, 결과적으로 참담한 실패였다. 감기에 심하게 걸려 목소리가 안 나왔고, 내 목소리는 청중에게는커녕 나에게조차 잘 들리지 않았다. 저명한 러시아 난민들과 영국인들이 내 강연을 들으러 왔다는 사실을 알았을 때 나는 너무 괴로웠다. 그 러시아 난민들의 이름은 차르에 대항하는 투쟁에서 영웅으로 기억되고 있는 까닭이었다. 그들을 생각하는 것만으로 나는 경외심으로 가득찼다. 그런 대단한 사람들 앞에서 내가 감히 무슨 말을 할 수 있으며, 어떻게 말을 해야 할까?

해리 켈리가 의장을 맡았고, 그는 미국에서는 경찰 대대와도 맞짱을 떴던 엠마 골드만이 지금 청중 앞에서 긴장해 있다고 숨기지 않고 말했는데, 사람들은 그게 농담이라고 생각하고 기분좋은 웃음을 터뜨렸다. 나는 속으로는 저런 말을 한 해리에게 화가 났지만 관중의 평화로운 분위기와 나의 긴장을 풀어 주려는 그의 의도를 알아채고 다시 마음이 좀 풀렸다. 내가 지금 되지도 않는 말을 하고 있다는 걸 의식하면서 강의를 어찌어찌 마쳤다. 이어지는 질문들은 나로 하여금 냉정함을 되찾게 해주었고, 이제 더 이상 어떤 사람들이 참석해 있는지 신경쓰지 않을 수 있었다. 곧 평소의 단호하고 공격적인 엠마로 돌아왔다.

이스트엔드에서의 집회는 아무런 어려움이 없었다. 나는 나와 같은 사람들 사이에 있었고, 나는 그들의 삶을 이해했다. 어디를 가도 척박하고 어렵지만 특히 런던에서는 더 심했다. 나는 그들에게 닿을 수 있는 말을 찾았는데, 나 역시 그들 중 한 사람이라는 것이었다. 나의 가까운 동지들은 따뜻하고 상냥했다. 이스트엔드에서의 감동적인 열정을 보여 준 이는 루돌프 로커라는 젊은 독일인으로, 이디시 신문에서 일하는 비유대인 편집자였다. 그는 영국에 오기 전까지 딱히 유대인과의 교류가 있었던 것은 아니지만 게토에서의 활동에 적응하기 위해 유대인들의 언어를 배웠다고 했다. 『노동자의 친구』의 편집자로서, 또 그의 훌륭한 강의로써 루돌프 로커는 영국에서 유대인의 교육과 혁명을 위하여 유대 구성원보다 더 많은 일을 하고 있었다.

유대인 동지들이 나누는 좋은 동료애는 영국의 아나키스트 집단, 특히 『자유』를 출판하는 그룹 내에서 분명히 드러났다. 그 월간지에는 유능한 기고자들과 일꾼들이 조화롭게 일하면서 모여 있었다. 이처럼 순조롭게 흘러가는 일들을 목격하는 일은 큰 기쁨이었다. 소중한 옛 친구들을 만나고 또 새로운 친구들을 많이 사귀는 것도.

크로포트킨 사저에서 열린 친목 자리에서 나는 저명한 사람들을 여럿 만났다. 그중 니콜라이 차이콥스키가 있었는데 그는 70년대 러시아 청년 혁명운동에서 전설 같은 인물로, 그의 이름을 딴 유명한 서클이 있을 정도였다. 러시아 해방운동에 있어서 그 영감의 현현과도 같은 인물을 만난 것은 내게 대단한 사건이었다. 그는 건장한 체격과 이상주의자의 외모를 지녔고, 열망에 가득찬 젊은이들에게 호소력 있는 성정을 가진 인물이었다. 차이콥스키는 친구들에게 둘러싸여 있었지만 조만간 내가 있는 구석으로 와서 나와 대화를 나누기 시작했다. 표트르로부터 내가 의학 공부를 할 계획이라는 걸 들었다고 했다. 어떻게 공부와 운동을 병행할 수 있는지 그는 궁금해했다. 나는 여름 동안은 강연을 위해 영국에 올 예정이라고, 어쩌면 미국을 다녀올지도 모르겠다고 말했다. 어쨌거나 나는 운동을 포기할 생각은 전혀 없었다. "그러나 운동을 포기하지 않고서 좋은 의사가 될 수 없지 않나요?" 그가 말했다. "그리고 직업에 진지하다면, 선전활동가로는 성공할 수 없겠죠. 둘 다를 잘할 순 없어요." 운동에 있어서의 나의 유용성을 파괴할지도 모를 일을 시작하기 전에 깊이 생각할 필요가 있다고 그는 조언했다. 그의 말에 나는 심란해졌다. 나는 내가 계속해서 사회에 관심을 두고 마음만 단단히 먹는다면, 둘 다 잘 해낼 수 있을 거라고 확신하고 있었지만 그는 어째서인지 내 마음속에 의심을 심는 데 성공했다. 나는 스스로에게 질문하기 시작했다. 의사 자격증 취득을 위해 내 인생에서 5년을 쓰는 것이, 내가 정말 바라는 일이 맞는 걸까?

오래지 않아 해리 켈리가 동지들 일부가 반전회의를 조직하기로 했으며 보안을 위한 특별조치가 취해질 예정임을 알렸다. 투지와 힘으로 유명한 캐닝 타운에서 남자들을 데리고 오는 것이 그들이 생각한 계획이었다. 캐닝 타운의 남자들은 연단을 보호하고 군중이 몰려올 가능성을 미연에 차단하는 역할을 맡기로 했고 최근 항만 노동자들의 파업에서 주도적 역할을 한 바 있는 톰 만이 주재하는 가운데 집회가 진행될 예정이었다. 폭도들이 뭔가를 할 기회를 주지 않고 내가 강당에 들어가야 한다고 해리가 설명했다. 이 부분은 차이콥스키가 살펴 줄 예정이었다.

예정된 집회 당일, 나를 보호해 주는 사람들과 함께 사우스플레이스 인스티튜트에 도착했다. 군중이 모이기 몇 시간 전이었다. 머지않아 강당은 사람들로 가득찼다. 톰 만이 연단에 올라서자 야유소리가 크게 들려왔고, 이로 인해 우리 동료들의 박수소리가 묻히고야 말았다. 한동안 상황은 좋아질 기미를 보이지 않았지만 톰은 숙련된 연사였고, 이런 군중을 다루는 데 능숙했다. 청중은 곧 조용해졌다. 하지만 나의 등장과 함께 다시 폭도들의 움직임이 시작되었다. 연단으로 올라오려는 사람들이 있었지만 캐닝 타운의 남자들이 저지했다. 나는 격분한 영국인들에게 도무지 어떻게 접근해야 할지 몰라 잠시 침묵을 지켰다. 미국의 군중에게는 열이면 열 통했던 방법인 직접적이고 노골적인 언사는 여기서는 통하지 않을 거라는 게 확실했다. 뭔가 다른 게 필요했다. 뭔가 그들의 자존심을 건드릴 수 있는 것이. 1895년 방문했을 때와 이번의 경험을 통해 나는 전통에 대해 갖는 영국인의 자부심이 대단하다는 것을 배웠는데, 이를 활용하기로 했다. "영국의 남성분들, 그리고 여성분들!" 나는 아수라장 속에서 소리쳤다. "역사에는 반역의 정신이 가득하고, 모든 분야의 천재들이 창공의 별처럼 빛나는 이곳 영국의 사람들이 자유와 정의를 사랑하지 않을 수 없다는 확고한 믿음으로 여기에 왔습니다. 게다가 영국에는 셰익스피어, 밀턴, 바이런, 셸리, 키츠와 같이 불멸의 작품을 쓴 시인과 이상가들이 있는데, 이들의 작품으로 여러분은 참으로 교양 있는 사람들의 소중한 유산에 대한 인식과 시야를 넓혔을 게 틀림없을 거라 생각합니다. 환대의 민족이니만큼, 이방인에 대한 너그러운 태도가 그걸 말해 주겠죠."

강당에 침묵이 흘렀다.

"오늘밤 여러분의 행동은 여러분 나라의 월등한 문화에 대한 제 믿음을 흔들고 있네요." 나는 말을 이어 나갔다. "아니면 전쟁의 열기가 수세기에 걸쳐 만들어 온 문화를 그렇게도 쉽게 부숴 버릴 수 있는 것일까요? 만약 그렇다고 한다면, 전쟁을 거부하기에 충분한 이유가 될 겁니다. 한 민족에게서 가장 우수하다고 할 수 있는 것이 짓눌리고 있는데, 그것을 눈앞에서 보고만 있을 사람이 어디 있겠습니까? 자유와 반란을 노래한 시인 셸리라면 당연히 가만있지 않았을 겁니다. 그리스의 위대함이 위험에 처했을 때 마음 둘 곳을 찾지 못했던 바이런도 마찬가지겠죠. 그들은 안 그랬을 겁니다. 적어도 그들은요! 그리고 여러분은 이제 여러분의 과거를 잊어버린 건가요? 당신 나라의 시인의 노래, 이상가의 꿈, 혁명가의 부름이 더 이상 영혼에 메아리치지 않는 건가요?"

침묵이 이어졌고, 청중들은 예상치 못한 나의 발언 내용에 당황한 듯 보였다. 설득력 있는 몸짓과 거창한 말들로 인해 그들은 어안이 벙벙해졌다. 내 연설에 빠져든 청중은 내게 큰 박수갈채를 보냈고 열광적인 환호가 이어졌다. 그다음은 땅 짚고 헤엄치기였다. 미국에서 내내 진행했던 전쟁과 애국심에 대한 강연 내용에서 스페인-미국 전쟁의 원인을 앵글로-보어 전쟁의 원인으로 바꾸기만 하면 되었다. 나는 전쟁에 대한 칼라일의 생각에서 고갱이를 인용하며 연설을 끝맺었다. 칼라일이 보기에 전쟁은 두 도둑 간의 싸움이었다. 이 도둑들은 직접 싸우기에는 너무 비겁해서 이 마을, 저 마을 소년들을 부추겨 제복을 입히고 손에 총을 들린 다음 사나운 짐승처럼 서로 싸우게 했다.

강당을 채운 사람들이 열광했다. 남자건 여자건 모두 모자를 흔들며 내 의견에 동의를 보냈다. 전쟁에 대한 강력한 반대를 표명하는 우리의 결의안이 의장에 의해 낭독되었고, 이에 반대하는 사람은 단한 명뿐이었다. 나는 그 반대자를 향해 고개를 숙였다. "우리의 존중을 받아 마땅한 용감한 사람이 여기 있습니다. 혼자 반대하기 위해서는 대단한 용기가 필요합니다. 설령 그것이 잘못된 선택일지라도요. 우리의 대담한 상대에게 우리 모두 뜨거운 박수를 보냅시다."

이제 우리가 데려온 캐닝 타운 경비원들도 더 이상 군중을 막을 수 없는 지경이 되었다. 그러나 여기에 위험은 없었고 엄청난 적대감을 보이던 사람들은 이제 타오르는 헌신으로 돌아서서 나를 어떻게든 보호하겠다는 태세를 갖추고 있었다. 위원회실에 있다가 시위에 합류한 차이콥스키는 흥분한 젊은이처럼 모자를 마구 흔들며 내게 다가와 나를 끌어안더니 내 상황파악 능력을 칭찬했다. "제가 좀 위선자처럼 굴었던 것 같아요" 하고 내가 말하자 그가 대답했다. "외교관들은 다 그렇죠. 하지만 그런 식의 외교는 때때로 필요한 일 아니겠어요?"

미국으로부터 도착한 첫번째 편지 꾸러미에는 예고르, 에드, 에릭 모턴의 편지가 들어 있었다. 예고르는 내가 떠난 다음 날부터 에드가 자신을 찾아왔고, 도무지 외로움을 견딜 수 없으니 집으로 돌아와 달라고 간청했다고 썼다. "내가 항상 에드를 좋아했던 거 알죠, 누나. 형님의 청을 거절할 수 없어서 결국 집으로 들어갔어요. 2주 정도 후에 에드가 어떤 여자를 집에 데려왔는데, 그 여자는 그 후로 쭉 여기서 살고 있어요. 누나의 물건들, 누나가 만들어 놓은 모든 것 사이에 있는 그 여자를 보는 것이 견딜 수 없어서 다시 집을 나왔지만요." 에드는 예고르에게 나의 가구와 책, 다른 소지품들을 가져가라고 했지만 동생은 그럴 수 없었다. 예고르는 이 모든 일이 다만 너무 괴로웠던 것이다. 에드는 꽤 빨리 회복했구나, 나는 생각했다. 아니, 안 될 건 또 뭐람? 그 여자는 누굴까 궁금했다.

에드의 편지에 새로운 관계에 대한 언급은 없었다. 그는 단지 내 물건들을 어떻게 해야 할지 물어 왔다. 다른 동네로 이사할 생각을 하는 참인데 항상 내 것이라고 여겼던 물건을 가져가고 싶지는 않다고 썼다. 나는 그에게 내가 원하는 건 책밖에 없으니 상자에 넣어서 유스투스네에 보관해 놓으라고 회신했다.

에릭의 편지에서는 예의 그 유쾌한 기운이 느껴졌다. 우리의 계획은 잘 진행되고 있으며, 친구 K와 함께 집을 하나 세 얻어 함께 들어가 살게 되었다고 알려왔다. K는 곧 다가올 콘서트를 준비중이었기 때문에 앞으로 적잖은 시련이 예상된다고 했다. 두 사람은 K가 연습을 할 수 있도록 피아노를 빌렸고, 그는 그가 고안해야 할 일들로 바빴다. 내가 그에게 남긴 돈은 그와 K가 피츠버그에 지속적으로 방문하는 여행비용을 충당하기에 충분할 것이었다. "우리의 엔지니어 T는 제 잘난 맛에 사는 사람이긴 하지만, 반드시 해낼 겁니다. 나중에 파리에서 만나 나의 업무를 축하할 일만 남은 것 같네요."

에릭이 보안을 염려하여 편지를 쓴 방식이 재미있었다. 내용 파악이 어려운 부분이 있어 당황스럽기도 했다. K라고 하면 분명 킨셀라일 텐데, 우리는 시카고에서 만난 적이 있다. 그런데 콘서트와 피아노는 다 뭐란 말인가? 킨셀라가 좋은 목소리와 숙련된 피아니스트라는 점은 알고 있었지만, 이 재능과 터널을 파는 것이 대체 무슨 상관인지? 엔지니어는 분명 '토니'를 말하는 것일 테다. 마침내 모습을 드러낸 모양이었다. 그런데 에릭은 그를 마음에 들어하지 않는 게 분명했다. 부디 이 프로젝트가 끝날 때까지 서로 척지는 일이 없기를 바랄 뿐이었다. 꾹 참고 인내해 달라고, 친애하는 에릭에게 편지를 써야 할 때였다.

런던에 머무는 동안 아우토노미 클럽의 동지들이 마련한 독일 집회에서도 연설할 기회가 있었다. 토론 중에 젊은 독일인이 매섭게 질문을 던져 왔다. “엠마 골드만이 노동자의 삶에 대해 대체 아는 게 있기는 있습니까? 공장에서 일한 적도 없고, 그냥 다른 선동가들처럼 여기저기 돌아다니면서 즐기고 있을 뿐이잖습니까? 우리 같은 프롤레타리아, 블루셔츠 노동자들만이 대중의 고통에 대해 말할 권리가 있는 유일한 존재라고 보는데요.” 그 젊은이는 나에 대해 아는 게 하나도 없다는 게 분명했지만 구태여 내가 공장에서 했던 일과 사람들의 삶에 대해 속속들이 이해하는 점들을 그에게 설명할 필요는 없다고 생각했다. 다만, 그가 말한 “블루셔츠”는 무엇을 의미하는 걸까 궁금했다. 그것이 강조하는 바가 있는 것인지에 대해.

모임이 끝나고 동년배의 두 남자가 나를 만나러 왔다. 그들은 머리에 피도 안 마른 어린애의 공격에 대해 다른 동지들의 책임이 없음을 말하고자 했다. 그 청년에 대해서는 자신들도 잘 알고 있는데, 그가 운동 내에서 하는 일이라곤 프롤레타리아의 상징인 블루셔츠를 자랑하는 것밖에 없다고 했다. 그들이 설명하기를 운동 초반에 독일 지식인들이 노동자들의 [상징인] 파란색 셔츠를 입기 시작했다고 했다. 부분적으로는, 관습적이고 형식적인 복장에 대한 항의를 하기 위해서였지만 사실 더 큰 이유는 대중들에게 더 친근하고 쉽게 다가가기 위해서였다. 그 이후로 돌팔이 같은 사람들이 엄격한 혁명의 원칙을 고수한답시고 그 옷차림을 고수하기 시작했다. "무엇보다 흰 셔츠가 없기도 했고, 파란색을 입으면 목을 그렇게 자주 씻을 필요가 없어서이기도 해서죠." 그들의 설명에 나는 웃으며 그걸 그리 못마땅해할 건 또 무어냐고 물었다. "진짜 행세를 하는 가짜를 참을 수 없으니까요!" 남자는 거칠게 대답했다. 두 사람은 자신을 히폴리테 하벨과 X라고 소개하며 각각 체코와 독일 출신이라고 했다. X는 곧 자리를 떠났고 하벨은 내게 저녁 식사를 청했다.

나와 동석한 이는 몸집이 작고, 창백한 얼굴에 까맣고 커다란 눈이 빛나는 사람이었다. 그는 꽤 멋스럽게 옷을 입었는데 심지어 장갑까지 끼면서 우리 조직의 그 어떤 남자에게서도 보지 못한 옷차림을 하고 있었다. 그는 혁명가라고 하기엔 굉장히 댄디해 보였다. 식당에서도 그는 오로지 장갑을 한쪽만 벗었는데 다른 한쪽은 벗지 않는 것을 보고 이유를 묻고 싶었지만 뭔가 신경쓰이는 게 있지 싶어 묻지 않았다. 와인 몇 잔이 들어가자 그는 문장을 '스타카토'로 말하면서 활력을 되찾았다. 그는 취리히에서 런던으로 온 지 얼마 되지 않았지만 그래도 도시를 충분히 잘 알고 있으니 나에게 시내 구경을 시켜주겠다고 했다. 가능한 시간은 일요일 오후나 늦은 저녁이었다.

하벨은 걸어다니는 백과사전이었다. 유럽 국가들의 운동과 그에 관련된 모든 사람, 모든 사항들을 꿰고 있었다. 아우토노미 클럽의 동지들에 대해 말할 때 무언가 씁쓸해하는 뉘앙스가 느껴졌는데, 그게 마뜩잖긴 했지만 전반적으로 그와의 시간은 매우 즐거웠다. 버스를 타기에는 너무 늦은 시간이 되어 하벨은 나를 데려다줄 삯마차를 불러세웠다. 내가 기사에게 돈을 내려고 하자 그가 발끈했다. "미국인들, 이놈의 돈 자랑! 나도 일해요. 이 정도는 낼 수 있단 말입니다." 아나키스트 치고 여성이 돈을 낼 권리에 반대하다니, 지나치게 관습적이라고 나는 지적했다. 하벨은 그날 처음으로 미소를 지었고 그가 아름답고 하얀 치아를 가졌다는 것을 알아차렸다. 그와 악수를 할 때 그는 여전히 장갑을 끼고 있었는데 손이 좀 눌리자 그가 낮은 신음소리를 냈다. "왜 그러시죠?" 나의 물음에 그는 아무것도 아니라고 대답했다. "다만, 숙녀분 치고 악력이 좀 세군요."

그에게는 뭔가 좀 이상하고 이국적인 점이 있었다. 긴장도가 몹시 높으며 사람들을 평가하는 데 있어 결코 관대하지 않았다. 그래도 그는 매혹적이었고 혼란스러운 사람이었다.

나의 체코 친구는 때로는 친구를 동반하고 나를 찾아왔는데 대체로는 혼자 올 때가 많았다. 사실 그는 즐거운 친구는 아니었다. 오히려 좀 우울한 편이었다. 술이 조금 들어가지 않은 채로 그와 대화를 나누는 일은 쉽지 않았다. 멀쩡한 정신으로는 꿀먹은 벙어리처럼 아무 말도 못했다. 그와 이야기를 나누면서 점차로 나는 그가 18세에 운동에 뛰어들었으며 감옥에 몇 차례 투옥되었고 그중 한번은 18개월 동안 갇혀 있었다는 것을 알게 되었다. 마지막으로 투옥되었을 때는 정신병동으로 보내졌는데, 크라프트 에빙 교수가 아니었더라면 계속 정신병동에 남아 있었을 것이었다. 그는 빈에서 활동하던 중 추방당하고 독일을 돌며 아나키스트 출판물에 글을 쓰고 강의를 했다. 파리에도 갔으나 오래지 않아 추방당했다. 마지막으로 취리히에 갔는데, 다시 런던으로 와야만 했다. 딱히 이렇다 할 기술이 없었던 관계로 그는 무슨 일이든 해야만 했고, 당시 영국의 한 하숙집에서 소사로 일했다. 그가 맡은 일은 새벽 5시부터 불을 때고 하숙생 장화를 닦고 설거지를 하면서 시작되었다. 그 외에도 "온갖 끔찍하고 굴욕적인 일"들을 해야 했다는 말에 내가 일에는 귀천이 없는 거라고 반박했다. "노동은 결코 모멸적이지 않은 거예요." "노동은 말이죠, 항상 타락하고 항상 수치스러운 겁니다." 그가 격렬하게 말했다. "영국 하숙집에서라면 상황은 더 나쁘죠. 일 자체도 고되지만 인간의 모든 감각에 분노를 일으키거든요. 제 손을 한번 보시라고요!" 경련과 함께 장갑을 거칠게 벗으니 반창고가 나타났다. 빨갛게 부어오른 그의 손은 온통 물집 덩어리였다. "아니 어떻게 이 지경까지 됐죠? 왜 이렇게 되도록 일을 한 거예요?" "아직 쌀쌀한 아침 일찍부터 더러운 장화를 닦고 불을 때기 위해 석탄과 장작을 쉴 새 없이 나르다가 생긴 물집입니다. 타지에 와서 변변한 기술도 없는 제가 무슨 일을 할 수 있겠습니까? 이거라도 안 하면 시궁창에 처박혀 굶어 죽겠죠. 템스 강에 빠져 죽거나요. 하지만 아직 준비가 안 된 것뿐이에요. 나 말고도 수천 명의 사람들이 다 이러고 사는데 유난 떨 거 없습니다. 그러지 말고 우리 좀 더 즐거운 것에 대해 이야기하죠." 그는 계속해서 이야기했지만 그가 하는 말을 제대로 들을 수 없었다. 나는 무한한 연민과 아린 마음으로 그의 가여운 손을 내 입술에 대고 싶다는 억누를 수 없는 욕망을 느끼며 그의 손을 잡았다.

우리는 빈민가, 화이트채플이나 그 주변 지역들을 방문하면서 많은 시간을 함께했다. 평일이면 거리는 온갖 쓰레기로 가득했고 생선 기름 냄새로 구역질이 날 지경이었다. 토요일밤은 이보다 더 끔찍했다. 싸구려 술집이 많은 곳에서는 술에 취한 여자들과 부랑자들이 많았는데 그들은 풀어헤쳐 헝클어진 머리에 맞지도 않는 모자를 삐뚜름하게 쓴 채 치마로 길바닥을 쓸고 다니곤 했다.

유대인 아이들은 그런 여자들을 상스럽게 놀려댔고, 나는 철딱서니 없는 애들이 불쌍한 이들을 조롱하고 쫓아내는 것을 볼 때마다 화가 났다. 그러나 런던 이스트엔드에서 내가 목격한 처참한 상황과 잔인함은 그에 비할 수 없을 정도였다. 술에 취해 비틀거리는 몸으로 술집을 나오는 여자들은 듣기에 끔찍한 욕과 함께 말 그대로 상대방의 옷을 찢어발길 때까지 싸워댔고, 눈발이 날리는 겨울 추위에도 거리에 나와 어슬렁거리며 술집을 떠도는 어린 아이들은 위스키를 적신 공갈 젖꼭지를 입에 문 탓에 정신이 혼미해진 신생아 동생을 돌보며 이따금 술집에서 부모가 건네주는 에일을 허겁지겁 마셨다. 단테가 생각해 낸 지옥보다 더 끔찍한 모습을 나는 보았다. 그때마다 나는 분노와 역겨움, 그리고 수치심으로 차올라 내 다시는 이스트엔드에 돌아오지 않겠다 다짐했지만 변함없이 이곳에 돌아오곤 했다. 이스트엔드에서 본 것에 대해 동료들에게 이야기했을 때 그들은 내가 지나치게 신경을 쓰는 거라고 했다. 그런 건 대도시마다 존재하는 삶의 조건이며, 다만 자본주의의 추악함을 보여 줄 뿐이라고 말이다. 하지만 런던이 다른 어떤 곳보다 더 끔찍해야 하는 이유가 있는가?

점차적으로 나는 하벨과 보내는 시간 속에서 발견하는 기쁨이 단순한 동지애 이상임을 깨닫기 시작했다. 매일매일 사랑이라는 감정이 끈질기게 자신의 존재를 주장하고 있었다. 나는 새로운 고통과 새로운 실망을 품고 있을 사랑이 두려웠다. 그럼에도 이 암울한 환경 속에서 사랑의 필요성은 내가 생각하는 것보다 훨씬 더 강했다. 하벨 역시 나를 아꼈지만 그는 점점 소심해지고, 더 안절부절 못하게 되었다. 주로 혼자서 나를 만나러 오던 그가 어느 날엔가 친구를 데리고 왔는데 그 친구는 몇 시간이나 떠날 생각을 하지 않았다. 하벨은 나와 단둘이 있으면 자신이 어떻게 할지 몰라서 친구를 데려온 게 분명했고, 이는 나의 갈증만을 더 키울 뿐이었다. 마침내 자정이 훨씬 지나서야 친구가 떠났고, 얼마지 않아 정신을 차려 보니 우리는 서로를 품에 안고 있었다. 런던이 점점 물러났고, 이스트엔드의 외침이 멀어져 갔다. 오직 사랑의 부름만이 우리 마음에 울렸고, 우리는 귀를 기울여 그 소리를 들었다.

삶의 새로운 기쁨으로 인해 마치 다시 태어난 기분이었다. 우리는 함께 파리에 갔다가 그 후에 스위스에 가기로 했다. 히폴리테 역시 공부를 계속하기를 원했고, 우리는 한 달에 30달러라는 돈으로 아주 검소하게 생활할 계획을 세웠다. 히폴리테는 기사를 써서 얼마간의 수입을 마련할 수 있을 거라고 하긴 했지만 설령 생활의 안락함을 포기해야 한다 해도 전혀 아무렇지 않았다. 우리에겐 서로가 있었고, 우리의 사랑이 있으니 말이다. 하지만 먼저 내 연인이 그 끔찍한 일을 그만두도록 하는 게 먼저였다. 몸이 갈려 나가듯 일해야 하는 하숙집을 관두고 한 달이나마 좀 쉴 것을 권했다. 그를 설득하기까지 엄청난 논쟁을 해야 했지만, 더러운 장화를 닦는 일을 그만두고 2주가량이 지났을 때 그는 완전히 다른 사람처럼 보일 정도로 기운을 차렸다.

그날 오후 우리는 크로포트킨의 집을 방문했다. 히폴리테는 영국보다 더 진보된 독일 협동조합운동의 열렬한 지지자였다. 크로포트킨은 이런 독일의 실험에서 이렇다 할 장점을 보지 못했기 때문에 이에 대해 두 사람은 열띤 토론을 벌였다. 이전에 몇 번 히폴리테가 논쟁이 과해질 때면 종종 자제력을 잃곤 하던 것을 본 적이 있다. 그는 참을성을 잃고 상대방의 말을 개인적 공격으로 받아들이곤 했던 것이다. 이런 까닭에 그 자신도 표트르와의 논쟁을 피하려 했지만 두 사람의 대화가 통제 밖으로 넘어가자 그는 갑자기 말을 멈추고 숨이 막힐 듯한 침묵을 유지했다. 크로포트킨이 불쾌해했다는 것은 분명했고, 나는 할 일이 있다는 핑계로 서둘러 자리를 떠났다. 거리에서 히폴리테는 크로포트킨을 "아나키스트 운동의 교황님"이라고 과격하게 비난하기 시작했다. 나는 분노했고, 우리는 격한 언사를 주고받았다. 집에 도착해서야 이 성질머리가 이제 막 시작되는 우리의 사랑에 그림자를 드리우는 것이 얼마나 유치한 짓인지를 깨달았다.

히폴리테와 함께 내게 아주 의미 있는 행사인 러시아식 새해기념 파티에 참석했다. 행사에서 나는 러시아 이민자 그룹의 뛰어난 인물들을 만났는데, 그중에는 러시아-미국 범죄인 인도조약 반대 캠페인 때 뉴욕에서 함께 활동하던 골덴베르그와 혁명적 활약상으로 잘 알려진 바 있는 세레브리아코프, 차이콥스키와 크로포트킨만큼이나 저명한 이론가인 체르체소프 등이 포함되어 있었다. 참석한 거의 모든 사람들이 수년간 투옥되고 망명생활을 해야 했던 영웅적 인물들이었다. 미하엘 함부르크와 그의 아들들도 자리했는데, 그의 아들 마크와 보리스, 얀은 이미 촉망받는 음악가가 되어 있었다.

이 행사는 뉴욕에서 열리던 비슷한 모임들에 비하면 훨씬 차분했다. 다소 심각한 논의가 오갔고 춤을 추는 것은 오로지 젊은이들뿐이었다. 저녁 늦게 표트르가 피아노로 사람들을 즐겁게 해주었고, 체르체소프는 열두 살짜리 사샤 크로포트킨을 잡고 휙 돌리며 춤을 추었는데, 이를 본 다른 사람들도 따라서 춤을 추기 시작했다. 내 머리 위로 우뚝 솟을 만큼 키가 큰 차이콥스키는 내게 춤을 청하며 우스꽝스럽게 몸을 숙였다. 기억에 남는 저녁시간이었다.

스코틀랜드 여행의 첫번째 목적지인 글래스고에서의 모임은 나의 호스트이기도 한 우리의 좋은 동지, 블레어 스미스가 주선한 것이었다. 사람들은 모두 친절하고 상냥했지만 도시 자체는 악몽 같았다. 어떤 면에서 런던보다 더 심했다. 어느 토요일 밤, 전차를 타고 집으로 돌아가는 길에 피죽도 못 먹은 듯 보이는 꾀죄죄한 어린 아이 일곱 명이 엄마와 함께 비틀거리며 걸어가는 것을 보았는데, 다들 술에 취해 있는 상태였다.

에딘버러는 글래스고 다음으로 넓고 깨끗하고 매력적인 곳이었는데 빈곤이 눈에 띄게 드러나지는 않았다. 그곳에서 톰 벨을 처음 만났는데, 그의 열광적인 선전 능력과 대담함에 대해서는 미국에서부터 익히 들은 바였다. 그가 세운 공적 중에는 파리에서 했던 자유연설 실험이라는 게 있었는데, 그는 프랑스 아나키스트들에게 영국에서처럼 야외집회 개최를 촉구했지만 파리의 동지들은 불가능한 시도라고만 생각했다. 이에 톰은 경찰이 뭐라든 공개적으로 연설하는 것이 가능하다는 것을 보여 주기로 결심했다. 돌아오는 일요일 오후에 오로지 자신의 책임하에 파리의 번화가 중 한 곳인 레퓌블리크 광장에서 야외집회를 열 것을 알리는 광고지를 배포한 것이다. 예정된 시간 광장에 도착했을 때 이미 많은 군중이 기다리고 있었다. 그가 광장 한가운데로 걸어가는 중 경찰 몇몇이 그에게 접근했지만 그들은 톰이 연설을 할 사람인지 어떤 건지 확신할 수 없어 머뭇거렸다. 톰은 가로등 기둥 하나를 골랐다. 커다란 장식용 받침대가 중간까지 올라와 있고 위에는 가로로 된 장식이 붙어 있는 기둥이었다. 경찰이 그에게 한 걸음 더 다가서자마자 그는 그 기둥으로 올라섰다. 받침에 발을 단단히 고정하고 위쪽 가로대에 자신의 손목을 사슬로 고정했다. 순식간에 벌어진 일이었다. 그는 자신의 손목을 묶은 사슬에 자물쇠를 채웠고, 재빨리 사슬의 양쪽 끝을 또 다른 자물쇠로 고정시켰다. 톰은 안전하게 사슬에 묶인 채였고, 경찰이 할 수 있는 일은 없었다. 사슬을 끊기 위해 줄을 가져오라는 명령이 떨어졌지만, 그 사이에 관중은 계속해서 늘어났고 그 와중에 톰은 사람들에게 이야기를 했다. 경찰관들은 분노했지만 그는 목이 쉬어 더 이상 말을 할 수 없을 때까지 연설을 계속했다. 그러고 나서야 그는 열쇠로 자물쇠를 따고 침착하게 기둥을 내려왔다. 경찰은 "군대와 법을 모욕"했다며 그를 위협했지만 파리의 모든 사람들은 공권력을 비웃고 조롱했다. 이 문제를 숨기는 것이 최선이라고 생각한 당국은 톰을 기소하지 않았고, 감옥에서 2주를 보낸 후 그는 "프랑스에 풀어놓기에는 지나치게 위험한 사람"이라는 이유로 추방되었다.

톰 벨의 또 다른 공적은 차르 니콜라이 2세가 영국을 방문했을 때였다. 당시 여왕은 발모랄에 가 있었고, 왕실은 리스에서 웨일스 왕자가 차르를 만나는 것으로 일정을 잡은 상태였다. 그후에 차르는 윈저와 런던으로 올 예정이었다.

톰 벨은 차르의 환영식에서 일하게 된 친구의 도움을 받기로 했다. 친구 맥케이브의 손과 팔은 버석하게 말라 있었지만 투지로 치면 톰 못지않았다. 두 사람은 함께 계획을 세우기 시작했다. 당시 에딘버러에 있던 그들이 리스에 도착했을 때는 영국, 러시아, 프랑스 비밀경찰들을 포함해 엄청난 수의 경찰들이 포진되어 있었다. 거리에는 바리케이드가 있었고 군인들과 순경, 경찰들이 곳곳에 득실댔다. 바리케이드 뒤에는 하이랜더들이 서 있었고, 또 그들 뒤에는 보병이 있었다. 상황이 좋지 않았다. 어떤 행동도 할 수 있을 것 같아 보이지 않았다. 톰 벨과 맥케이브는 떨어져 행동하기로 결정하면서 "서로서로 상대가 더 끔찍한 짓을 할 수 있을 거라" 생각했다고 톰은 훗날 내게 말해 주었다. 예쁘장한 교복을 입은 학생들이 지나가면서 외치는 희미한 환호성이 들렸고, 곧 차르를 태운 마차가 다가왔다. 차르는 쉽게 눈에 띄었다. 톰은 웨일스 왕자와 마주보고 뒷자리에 앉아 있는 러시아 독재자를 알아보았다. 마지막 순간이 될 때까지 도통 아무것도 할 수 없을 것처럼 보였다. 그 순간은 아주 짧을 것이었고 그때가 아니면 할 수 없을 것이었다. 경호원들은 경계를 늦추는 법이 없었는데 차르를 태운 마차가 사람들에게 가까이 오는 순간 톰은 바로 파고들어 바리케이드 밑을 통과해 마차 옆으로 다가갔고, 차르의 면전에 대고 외쳤다. "러시아 폭군을 타도하라! 모든 제국과 함께 지옥으로 가 버려라!" 바로 그 순간 그는 맥케이브 역시 그와 멀지 않은 곳에서 함께 소리를 지르고 있음을 알아차렸다.

영국 당국은 벨과 맥케이브를 감히 스코틀랜드 법정으로 데려오지 못했는데, 이들을 기소함으로써 오히려 이 사건이 세간에 더 많이 알려질 것을 두려워한 까닭이다. 신문에는 당연히 이 사건에 대해 기사 한 줄 나오지 않았다. 다만 “차르는 창백한 모습으로 나타났다”고 썼다. 차르는 방문일정을 중단하고 러시아로 돌아갔고, 리스나 다른 스코틀랜드의 항구를 통하지 않고 멀찍이 떨어진 어촌 마을에서 배를 타고 자신의 요트로 갔다.

당연한 말이지만 나는 이 모험심 넘치는 동지를 만나길 소망했다. 나는 그가 존 터너의 여동생 리지와 함께 살고 있다는 것을 알게 되었는데 리지와는 지난 1895년 런던에 왔을 때 만난 적이 있었다. 톰은 몸이 많이 아팠고 천식을 앓고 있었지만 큰 키에 붉은 머리와 수염 덕분에 마치 그림 같은 모습을 하고 있었다.

파리로 향하기 위해 히폴리테와 함께 영국을 떠났다. 부슬부슬 비가 내리는 1월 아침, 우리는 파리에 도착하여 생미셸 대로의 호텔에 갔다. 4년 전인 1896년, 빈으로 가는 길에 들렀던 파리는 큰 실망으로 남아 있었다. 내가 만난 독일인 아나키스트들은 주로 교외에 살았는데, 낮에는 하도 열심히 일만 해서 저녁이 되면 너무 피곤해 집 밖으로 통 나오지를 못했다. 그리고 내 프랑스어는 혼자 밖을 돌아다닐 만큼 유창하지 못했다. 일을 쉬는 일요일에야 친구들은 나를 불로뉴 공원으로 데려가 주었지만, 그밖에는 파리에서 본 게 실질적으로 아무것도 없었다. 그토록 파리를 알고 싶어했건만…. 언젠가 다시 돌아와 멋진 도시를 제대로 즐겨 보리라 다짐했었다.

이제 마침내 그 기회가 다가왔다. 내 삶에서 사랑이 되살아남에 따라 도시는 더 환상적으로 보였다. 히폴리테는 파리에 온 적이 있던지라 이 도시의 매력을 이미 잘 알고 있었다. 그는 파리에서 함께하기에 완벽한 동반자였다. 한 달 동안 우리는 이 도시의 경이로움과 서로에게 완전히 몰두했다. 도시는 거리마다, 심지어 돌덩이 하나에도 혁명적인 이야기가 있었고 지역마다 다 영웅적인 전설이 있었다. 파리의 아름다움, 그 무모한 젊음, 기쁨에 대한 갈증, 끊임없이 변화하는 기분이 우리를 지배했다. 페르 라셰즈 묘지의 파리 기념비는 코뮌의 마지막 날들의 어두운 절망과 드높은 희망의 기억을 되살렸다. 반란군이 마지막으로 서서 버틴 곳이 바로 이곳이었고, 이들은 티에르 대통령과 갈리페 장군의 명령으로 사살되었다. 한때 파리 시민들의 분노로 무너져 내린 공포의 무덤이었던 바스티유 광장은 위대한 혁명의 날들을 희망으로 빛나게 했던, 말로 다 표현할 수 없는 아픔과 고통을 우리에게 상기시켜 주었다. 그 역사는 지금 우리의 삶에 얼마나 큰 영향을 미쳤던가.

천재들이 창조한 건축과 예술의 세계에서 우리는 모든 걱정과 염려를 다 잊어버렸다. 깨어나기 두려운 꿈처럼, 하루하루가 지나고 있었다. 하지만 내게는 파리를 찾은 다른 목적이 있지 않던가. 이제 대회를 위한 작업을 시작할 때였다.

프랑스는 아나키즘의 요람이었으며, 가장 뛰어난 아나키스트들을 그 아들로 두었는데 그중 제일은 프루동이었다. 이들이 이상을 위해 벌이는 투쟁은 박해와 투옥, 때로는 목숨을 바칠 정도로 격렬했지만 결코 헛되지 않았다. 이 덕분에 아나키스트와 그 주창자들은 프랑스에서 무시할 수 없는 사회적 존재로 자리잡을 수 있었다. 프랑스 부르주아들은 아나키스트들을 두려워했고, 따라서 계속해서 국가기구를 통해 압박해 왔다. 프랑스 경찰이 군중을 폭압적으로 다루는 방식은 마치 법원에서 범죄자를 다루는 것만 같았다. 그럼에도 불구하고 아나키스트를 다루는 데 있어 프랑스의 방식은 미국의 것과 큰 차이가 있었다. 바로, 혁명의 전통이 몸에 익은 대중과 독립전쟁의 표면만 대충 본 대중에서 나오는 차이였다. 이 차이는 어디를 가나 명백하게 드러났고, 놀랍게도 아나키즘 운동 내에서도 마찬가지였다. 다양한 그룹의 사람들을 만났지만, 자신의 아나키즘을 가리기 위해 '철학적'이라는 거창한 말을 사용하는 동지는 단 한 사람도 없었다. 미국에서와는 상반되는 모습이었다. 그 이유는 이곳의 동지들은 아나키즘이 더 존경받을 만한 무언가라고 생각했기 때문이었다.

우리는 곧 아나키스트 그룹에서 진행되는 다양한 활동에 투입되었다. 페르낭 펠루티에의 비옥한 정신으로 새로운 자극을 받은 혁명적 생디칼리스트 운동이 아나키스트 운동으로 스며들었다. 조합의 거의 모든 지도자들은 대놓고 아나키스트였고, '민중 고등학교'로 알려진 교육에 있어서의 새로운 시도는 전적으로 아나키스트들의 지원으로 이루어졌다. 그들은 모든 학문 분야에서 대학생들의 지원과 협력을 얻는 데 성공했고 노동자들은 과학의 다양한 분야에 대한 대중강연을 들을 수 있었다. 물론 예술강연도 이루어졌는데, 졸라와 장 리셰팽, 옥타브 미르보, 외젠 브리외의 저작들, 앙토냉 극단에서 제작되는 희곡은 크로포트킨의 것과 유사한 아나키스트 문학이었다. 콩스탕탱 뫼니에, 오귀스트 로댕, 슈타인렌, 쥘 그랑주앙의 작품은 자칭 예술의 후원자라고 하는 부르주아 계급에서보다 혁명가 그룹에서 훨씬 더 많이 논의되었다. 아나키스트 그룹을 만나고 그들의 노력을 지켜보면서 프랑스 땅에서 우리의 사상이 성장하는 것을 보는 일은 몹시 고무적인 경험이었다.

운동에 대한 연구를 열심히 하는 중에도 항상 이론보다는 사람 자체에 관심이 더 많았던 나의 성향은 달라지지 않았다. 히폴리테는 나와 정반대였지만 말이다. 그는 사람 만나는 것을 극도로 싫어했고 사람들 앞에만 서면 위축되었다. 얼마 지나지 않아 나는 파리의 사회 복지와 관련된 사람들뿐 아니라 프랑스 내 아나키스트 운동의 주요 인물들을 모두 알게 되었다. 그 인물들 중 『새로운 인류』라는 잡지를 발간하는 동일 이름의 서클에서 일하는 유능한 편집자 오귀스트 아몽이 있었는데 그는 『군(軍) 심리학』의 저자이면서 젊은 예술가, 작가 그룹에 속해 있었다.

내게 가장 깊은 인상을 남긴 건 빅터 데이브로, 그는 40년 동안 유럽의 여러 나라에서 아나키스트 활동을 해온 사람이었다. 그는 제1 인터내셔널의 멤버이자, 바쿠닌의 동료였으며, 요한 모스트의 스승이기도 했다. 그는 역사와 철학을 공부하는 학생으로 시작해 나중에는 자신의 사회적 이상에 헌신하는 길을 택했다. 데이브에 대한 이야기라면 그를 존경해마지 않는 요한 모스트로부터 수도 없이 들어왔기에 잘 알고 있었다. 욘 네베의 체포 및 유죄 판결이 포이케르트의 고발 때문이었다는 루머와 스캔들에서 데이브가 수행한 역할에 대해서도 나는 알고 있었는데, 그는 여전히 그 사건에서 포이케르트에게 책임이 있다고 확신하고 있었다. 하지만 그에게서 포이케르트를 향한 개인적 적대감 같은 건 찾아보기 어려웠다. 그는 친절하고 유쾌한 사람이었다. 60의 나이에도 그는 학생처럼 마음과 정신이 깨어 있었다. 아나키스트 출판물에 기고하면서 근근이 살아가고 있는 듯했지만 그에게는 여전히 젊음의 명랑함이 있었다. 나는 그와 더불어 그의 동반자인 마리와 함께 많은 시간을 보냈다. 빅터는 훌륭한 언어학자였고, 내가 대회를 위해 가져온 자료를 준비하고 다른 언어로 번역하는 데 큰 도움을 주었다.

빅터 데이브의 가장 놀라운 점은 타고나기를 명랑하고 유쾌한 삶에 대한 그의 태도였다. 그는 내가 파리에서 만난 동지 중 가장 자유롭고 즐거운 영혼이었고, 나는 우리가 정말 잘 통하는 친구라고 느꼈다. 그러나 우리의 좋은 기분은 이따금 히폴리테의 극심한 우울증이 발작하면서 망가지곤 했다. 히폴리테는 사실 처음부터 빅터를 못마땅해했다. 우리의 바깥 나들이에 함께하자는 제안은 거부하면서도 혼자 남겨지는 것에 대해서는 짜증을 감추지 못했다. 평소라면 무언의 비난을 하고 말겠지만 술이 조금이라도 들어가면 그는 바로 빅터를 공격할 것이었다. 이런 히폴리테의 폭발을 처음에는 대수롭지 않게 여겼는데 점차 내게도 영향을 미치기 시작했고, 그와 떨어져 있을 때면 나를 불안하게 만들었다. 어쨌거나 나는 히폴리테를 사랑했고, 그의 불행한 과거가 그의 영혼에 병적인 자의식과 의심을 상처처럼 남겼다는 것을 알고 있었기 때문이다. 나는 그가 자신을 더 잘 이해할 수 있길 원했고 다른 이들에게 좀 더 잘 다가갈 수 있게 돕고 싶었다. 그에 대한 나의 애정으로 그의 독기가 누그러질 수 있기를 바랄 뿐이었다. 멀쩡한 정신일 때 그는 빅터에 대한 공격을 후회했고 그럴 때면 그는 우리의 사랑에 매달리는 부드러운 소년이 되곤 했다. 그런 순간들은 어쩌면 그가 자신의 침울한 기분에서 빠져나올 수 있을지도 모른다는 희망을 갖게 했지만, 같은 일이 반복되고 반복되면서 나의 불안은 점점 커져만 갔다.

시간이 좀 흐른 후에야 나는 빅터에 대한 히폴리테의 분노가 다만 빅터에 대한 것만이 아니라 내 지인 모두를 향한 것이었음을 알게 되었다. 쿠바의 자유를 위해 함께 일했던 적이 있는 이탈리아 동지 두 명이 박람회 참석을 위해 파리에 도착해 나를 저녁 식사에 초대했는데, 돌아오는 길에 히폴리테는 분노에 휩싸여 있었다. 얼마 후 나의 좋은 친구인 팔라비치니가 아내와 아이를 데리고 나를 찾았을 때도 히폴리테는 즉시 그에 대한 말도 안 되는 이야기를 만들어 내기 시작했다. 히폴리테와 함께하는 삶은 점점 괴로움으로 가득 찼지만, 그럼에도 그와 헤어질 엄두는 나지 않았다.

22

칼 스톤의 편지는 의학을 공부하려던 나의 계획을 갑작스럽게 바꾸어 놓았다. “당신이 유럽으로 떠났을 때 나는 의학 공부를 위해 스위스에 가는 거라고 생각했습니다. 헤르만과 내가 당신에게 원조를 제안한 것은 오로지 그 목적을 위한 것이었고요. 이제 당신이 새로운 연인과 함께 또 선전일을 하고 있다는 걸 알게 된 이상 당신에게 자금 지원을 계속할 순 없습니다. 내가 신경쓰는 건 오로지 여성으로서의 엠마 골드만입니다. 당신의 사상 같은 건 내게 아무런 의미가 없다 이 말입니다. 모쪼록 이 둘 중에 선택을 바랍니다.” 나는 즉시 답장을 썼다. “여성으로서의 엠마 골드만과 그녀의 사상은 분리할 수 없는 겁니다. 그리고 그 여성은 건방진 놈팡이들의 즐거움을 위해 존재하지 않으며, 누구도 그녀에게 이래라 저래라 명령할 수 없습니다. 돈은 넣어두시죠.”

나는 그 치졸한 편지에 헤르만 밀러가 관여되어 있다는 사실을 믿을 수 없었다. 조만간 그에게서도 연락이 들려올 거라 확신했다. 에릭에게 터널을 뚫는 데 사용하라고 200달러를 줬음에도 그가 내게 준 돈으로 나는 아직 몇 달은 충분히 버틸 수 있었다. 헤르만에게 가타부타 언질 없이 송금이 중단되었을 때 그도 마음을 바꾼 것이 틀림없다고 결론짓고 차라리 안도감을 느꼈다. 실망스러움도 물론 있었지만 돈 있는 사람들에게 의존하지 않아도 되는 상황도 나쁘지 않았다. 결국 차이콥스키의 말이 옳았다. 이상과 직업을 위해 동시에 헌신할 수는 없는 노릇이었다. 나는 내 일을 다시 하기 위해 미국으로 돌아갈 것이다.

어느 날 저녁 히폴리테와 함께 중요한 위원회 회의의 참석을 위해 호텔 방을 나가려는 찰나, 메이드가 방문자가 있음을 알리는 카드를 내게 건넸다. 『불쌍한 악마』에 수년 동안 나를 즐겁게 해주는 글을 실었던 오스카 파니차의 이름을 방문자 카드에서 보고 나는 까무러칠 듯 기뻤다. 키가 크고 피부가 까무잡잡한 남자가 자신을 파니차라며 소개했다. 슈미트 박사를 통해 내가 현재 파리에 머무르고 있다는 것을 알게 되었고 “소중한 친구 로버트의 카산드라”를 만나고 싶었다 말했다. 슈미트 박사와 저녁을 함께하지 않겠냐 청하면서 그는 말했다. “먼저 오스카 와일드를 보러 가려 하는데, 우리와 함께 해주면 좋겠어요. 그 후에 함께 저녁을 먹죠.”

파니차와 와일드를 하루에 다 만날 수 있다니, 이 얼마나 경이로운 일인지! 나는 기대에 부풀어 이 소식을 히폴리테와 나누기 위해 그의 방문을 두드렸다. 초조해하며 방안을 서성이고 있던 그는 내 말을 듣고는 “그럼 당신은 회의에 가지 않겠다는 말인가요!” 하고 소리를 질렀다. “당신은 회의에 참석하기로 되어 있고, 사람들은 당신을 기다리고 있지 않습니까. 할 일이 있다고요. 파니차니 오스카 와일드니 하는 사람들은 다른 때 보면 되지 않나요? 왜 꼭 오늘 밤이어야 하죠?" 흥분과 기대에 휩싸인 나머지 나는 오늘 밤 회의에 대해 까맣게 잊고 있었다. 나는 무거운 마음으로 아래서 기다리고 있던 파니차에게 오늘 밤 함께할 수 없음을 알렸다. 내일이나 모레는 어떤지 물었고, 우리는 돌아오는 토요일 오찬을 함께하기로 했다. 오찬에도 슈미트 박사를 초대하겠지만, 오스카 와일드를 다시 만날 수 있을지는 확신할 수 없었다. 와일드의 건강이 좋지 않아서 항상 만날 수 있는 건 아니기 때문이었다.

금요일 슈미트 박사로부터 파니차가 예기치 않게 파리를 떠났다는 소식을 들었다. 그러나 곧 파리로 돌아올 예정이니, 그때 다시 만나자고 했다. 슈미트 박사는 내 얼굴에서 분명 실망한 기색을 보았을 것이다. "바깥 날씨가 참 좋아요. 산책을 좀 할까요?" 오스카 와일드를 만나고 또 파니차와 함께 저녁을 보낼 수 있는 드문 기회를 포기한 것에 대한 후회로 괴로운 가운데 슈미트 박사의 제안이 고마웠다.

산책을 하는 동안 박사에게 오스카 와일드의 판결을 둘러싸고 내가 얼마나 크나큰 분노를 느꼈는지에 대해 이야기했다. 그를 파멸로 몰아간 위선자들에 대항해 오스카 와일드를 변호했다. "당신!" 박사는 놀라서 소리쳤다. "참으로 드문 젊은이군요. 아니 청교도의 나라 미국인이 공개적으로 오스카 와일드를 변호하다니 대범하네요." 나는 대답했다. "그런 말 마세요. 불의에 저항하는 데는 용기나 담대함 같은 게 필요한 게 아니잖아요." 박사는 의뭉스럽게 미소지으며 말했다. "불의라고요? 심리학적 관점에서는 어떨지 모르지만 법의 시선에서는 전혀 그렇지 않습니다." 그날 오후 내내 우리는 성도착증을 비롯한 온갖 성적 형태의 변이에 대해 논쟁했다. 그는 이에 대해 많은 고민을 해온 사람이기는 하나 접근에 있어서 마음이 열려 있지는 않았다. 그리고 내가 생각하건대 젊은 여성인 내가 그런 금기시된 주제에 대해 거리낌없이 말하는 것이 남부끄러운 일이라 느끼는 건 아닌가 싶었다.

호텔로 돌아와 부루퉁하게 우울해져 있는 히폴리테를 보고서 나는 짜증이 확 밀려왔다. 이전의 그 어떤 때보다도 말이다. 아무 말도 하지 않은 채 나는 내 방으로 갔다. 테이블에는 편지가 잔뜩 쌓여 있었는데 그 중에 내 가슴을 뛰게 한 편지가 있었다. 바로 막스에게 온 것이었다. 그와 펙은 지금 파리에 있다고 했다. 전날 밤 도착했으며 나를 하루빨리 만나고 싶다고 했다. 나는 히폴리테에게 달려가 편지를 흔들며 외쳤다. “막스가 파리에 있대요. 생각해 봐요, 다른 누구도 아니고 바로 막스라고요!” 그는 정신나간 사람을 보는 듯한 눈으로 나를 봤다. “막스라고요? 무슨 막스를 말하는 거죠?” 그가 어둡게 물었다. “막스 바긴스키요! 막스라는 이름을 가진 다름 이름 중에 내게 의미있는 사람이 또 있겠어요?” 이 말을 꺼내자마자 나는 아차 싶었다. 그러나 놀랍게도 히폴리테는 차분하게 응답했다. “막스 바긴스키! 나도 그 사람에 대해서라면 좀 알죠. 오랫동안 만나고 싶었던 사람입니다. 파리에 와 있다니, 정말 잘됐네요.” 못마땅해하는 게 더 많은 히폴리테가 동성에게 그런 식의 관심을 표현하는 것은 처음 있는 일이었다. 그의 목에 팔을 두르고 나는 졸랐다. “당장 막스에게 가요!” 그는 나를 세게 안고는 내 눈을 빤히 바라보았다. “왜 그래요?” 내가 물었다. “그저 당신의 사랑을 스스로에게 확신시키려고요.” 그가 대답했다. "그 사랑을 확신할 수만 있다면 더 바랄 게 없겠어요." 나는 그를 안심시키며 말했다. "바보 같기는. 당연히 확신해도 되는 걸 모른단 말예요?" 그는 나와 함께 막스와 퍽을 만나지 않겠다고 했다. 내가 먼저 그들과 재회하고, 그후에 다같이 만날 것을 제안했다.

막스를 만나러 가는 길에 그와 함께한 소중한 시간들이 생생하게 눈앞에 떠올랐다. 그로부터 벌써 1년이라는 시간이 지났다니, 믿기 어려웠다. 나 없이 유럽행을 택한 충격도 다 옛날 이야기가 되었다. 한 해 동안 많은 일이 있었고, 궁극적으로 충격을 극복하는 데 도움이 되었다. 막스를 지금 왜 만나려는 걸까, 그와 다시 시작해야 하는 걸까, 나는 스스로에게 씁쓸하게 물었다. 나를 그렇게 포기한 사람이니 그는 별 신경도 쓰지 않을 텐데 말이다. 나는 다시금 내가 지나온 고통의 길을 다시 걷지 않을 테다. 그냥 그에게 메모를 보내어 다시 만나지 않는 편이 좋겠다고 전하는 게 좋을 것이다. 카페에 들어서서는 종이와 펜을 들고 편지를 쓰기 시작했다. 몇 번의 시도를 해보았지만 내 생각을 온전히 글로 적는 게 힘들었다. 점점 동요에 휩싸여 갈 뿐이었다. 결국 나는 계산을 하고 카페를 나와 막스가 있다는 호텔 방향으로 내달리기 시작했다.

사랑스러운 그 얼굴을 하고 "오 내 사랑, 우리가 정말로 이렇게 파리에서 만나다니!" 하고 명랑하게 나를 반기는 그 목소리는 즉각적으로 내 속에서 변화를 만들어 냈다. 감미롭고 다정한 그의 목소리는 내 안의 원한을 녹이고 폭풍 같은 내 마음속을 고요하게 만들었다. 퍽도 나를 따뜻하게 맞아 주었다. 시카고에서 봤을 때보다 훨씬 활기 차 보였다. 곧 우리 세 사람은 히폴리테가 있는 호텔로 향했다. 새벽 3시까지 이어진 우리의 저녁은 파리의 정신에 딱 맞는 즐거운 축제였다. 특히 막스가 히폴리테에게 미치는 영향이 참 반가웠다. 히폴리테는 변덕이 줄고, 좀 더 사교적이 되었으며 남자들에게 화를 내는 게 훨씬 줄어들었다.

회의에서 받은 문서 중 일부는 아나키스트 언론과 강연 등에서 성 문제를 다루는 논의의 중요성을 언급하고 있었다. 특히 케이트 오스틴의 글은 미국 내에서 사랑의 자유를 위한 운동의 역사를 언급하면서 이를 강하게 주장했다. 케이트는 말을 빙빙 둘러 하는 사람이 아니었다. 성이 삶에 있어 중요한 요소라는 점을 그녀는 솔직하고 직설적으로 주장했다. 빅터는 동지들이 분명 대회에서 케이트의 글을 읽으려 하지 않을 거라고 말했었다. 참으로 믿기가 어려웠다. 다른 곳도 아니고, 이곳 프랑스에서! 빅터는 청교도가 아니라고 해서 모두가 다 자유롭다는 걸 의미하지 않는다고 말했다. "프랑스인들은 미국의 이상주의자들이 성에 대해 갖는 진지한 태도를 공유하지 않습니다. 프랑스인들은 오히려 성에 있어서 냉소적인 면이 있고, 오로지 육체적으로 접근하는 게 다죠. 나이 든 프랑스인 동지들은 항상 그런 식의 태도를 혐오했고 이에 반대했는데, 그게 얼마나 심했었냐면, 청교도들보다 더 했달까요. 그들은 이제 성에 대한 논의는 아나키즘에 대한 오해를 키운다며 이를 말하기 두려워합니다." 빅터의 말을 듣고서도 아직 믿지 않고 있던 나는 일주일 후 한 그룹이 성 문제를 다룬 미국 보고서를 회의에서 읽지 않기로 공식화했다는 사실을 듣고 실망할 수밖에 없었다. 사적인 모임에서 다룰 수야 있겠지만 언론 대표들이 참석한 공식 모임에서는 다루지 않을 거라는 것이었다.

이에 항의하며 나는 즉시 미국 동지들에게 연락해 그들이 내게 준 자격과 지시를 취소할 것을 요청했다. 지금 문제시되는 것은 사실 아나키즘 내 수많은 문제들 중 하나이기는 하나, 특정 멤버의 승인을 얻지 못한 의견이 억압되는 회의에 협력할 수는 없는 노릇이었다.

어느 날 오후 막스, 빅터와 함께 카페에서 아나키스트에 의해 움베르토 국왕이 살해되었다는 기사를 읽었다. 아나키스트의 이름은 가에타노 브레시였다.

기억하기로 그는 뉴저지 주 패터슨에서 활동하던 활동가였는데, 그가 그런 행동을 했다는 것이 아무리 생각해도 좀 이상했다. 그는 내가 알던 다른 이탈리아인들과는 달랐고, 흥분하는 기질이나 쉽게 욱하는 경우도 없었다. 그가 이탈리아 국왕을 살해하게 된 이유가 무엇이었을지 궁금했다. 빅터는 1898년 밀라노에서 오랫동안 지속된 단식 폭동을 원인으로 짐작했다. 당시 굶주린 비무장 일반인을 군인이 공격하는 바람에 많은 노동자들이 목숨을 잃었다. 사람들은 자신들의 비참함을 보여 주기 위해 궁을 향해 행진했고, 여자들은 자녀를 품에 안고 걸었다. 궁은 바바 베카리스 장군의 강력한 군에 둘러싸여 있었고, 해산명령에도 꼼짝 않는 사람들을 보고는 장군은 학살 신호를 보냈다. 움베르토 국왕은 베카리스의 업적을 "왕가를 용감하게 수호했다"며 칭찬하고, 그 살인은 장군의 훈장이 되었다.

막스와 빅터는 브레시가 자신의 행동을 위해 그 먼 미국 땅에서부터 오게 한 건 바로 그 비극적인 사건 때문이 틀림없다는 데 동의했다. 막스는 내가 미국에 있지 않은 게 다행이라며, 그렇지 않았다면 움베르토 국왕의 죽음에 어떤 식으로든 연관되어 책임을 져야 했을 거라고 했다. 나의 상황에 대한 걱정보다 브레시 앞에 놓인 운명에 대한 걱정이 앞섰다. 사회 투쟁의 희생자 루케니가 당한 끔찍한 일들을 떠올려 보건대 그가 감옥에서 어떤 고문을 당할지를 생각하면 정말이지 처참했다.

우리는 한동안 카페에 머물며 각 나라에서 벌어지는 끔찍한 계급 투쟁과 관련해 얼마나 소중한 목숨이 낭비되고 있는지에 대해 논했다. 나는 사샤의 행동 이후 나를 괴롭혔던 의심을 친구들에게 털어놓았지만, 그런 행동은 불가피한 것이었음을 다시 한번 확인할 뿐이었다.

얼마 지나지 않아 빅터를 통해 신맬서스 학파 회의가 곧 파리에서 열릴 것이라는 사실을 알게 되었다. 프랑스 정부가 자녀 제한에 대한 그 어떤 조직적 시도도 다 금지했기 때문에 회의는 비밀리에 진행되었다. 산아 제한에 있어서 선구자격인 찰스 V. 드라이즈데일 박사와 그의 여동생은 이미 파리에 와 있었고, 다른 대표자들도 속속 여러 나라에서 도착하고 있었다. 프랑스에서 신맬서스 운동을 지지한 사람은 폴 로뱅과 마들렌 베르네라고 빅터가 설명해 주었다.

마들렌 베르네는 이미 알고 있었는데, 폴 로뱅은 처음 듣는 이름이었다. 친구로부터 교육 분야의 위대한 자유주의자 중 한 명이라는 사실을 배웠다. 그는 자신의 재산을 가지고 가난한 아이들을 위한 학교를 세울 땅을 샀다고 했다. 선택된 곳은 상퓌였고, 로뱅은 가난하고 소위 질이 나쁘다고 여겨지는 거리의 아이들, 고아수용소 아이들, 노숙 아동들을 데리고 왔다. “이제 그들이 어떻게 바뀌었는지 봐야 해요!” 빅터가 외쳤다. “로뱅의 학교는 이해와 사랑으로 아이들을 가르치면 무엇을 할 수 있는지를 보여 주는 생생한 예시입니다." 그러고는 내게 신맬서스주의 회의에 참석하고 상퓌를 방문할 기회를 마련해 보겠노라 약속했다.

매 회기마다 비밀리에 다른 장소에서 만나야 했던 신맬서스주의 회의에 참석한 사람은 열두 명도 채 되지 않았다. 숫자는 적지만 열정은 넘쳤다. 산아 제한의 오랜 옹호자인 드라이즈데일 박사는 열정적이었다. 그의 여동생 미스 드라이즈데일 양과 폴 로뱅, 그리고 그 동료들은 제시된 주제의 단순함과 진지함에 감탄하며 그 예방법을 시연하는 데 있어서 거리낌이 없었다. 나는 그런 섬세한 문제를 그토록 솔직한 방식으로, 그러나 전혀 공격적이지 않은 방식으로 논의하는 그들의 능력에 놀라지 않을 수 없었다. 이스트사이드에 있던 나의 이전 환자들을 떠올리며 그들에게 이 피임약이 있었다면 축복이었겠지, 하는 생각을 했다. 조산사로서 미국의 가난한 여성들을 도울 수 있는 방법을 고민했으나 소용이 없었다는 나의 이야기를 대표자들은 흥미롭게 들었다. 그들은 미국의 도덕이 앤서니 콤스톡의 관리감독하에 있는 이상 그 나라에서 피임 방법이 공개적으로 논의되기까지는 수년이 걸릴 거라고 했다. 나는 회의의 사람들이 프랑스에서도 다른 사람들을 비밀리에 만나야 한다고 하면서, 비록 금지되었을지언정 비밀리에 선을 행할 용감한 미국인들을 알고 있다고 말했다. 어쨌든 뉴욕에 돌아가면 이 문제를 반드시 논의해야 할 것이었다. 대표자들은 나의 태도를 칭찬했고, 앞으로의 일을 위해 출판물과 더불어 피임약을 공급해 줄 것을 약속받았다.

비록 수중에 돈은 빠르게 줄어들고 있었지만 우리는 여전히 극장과 박물관을 방문하고 음악을 듣는 즐거움을 포기할 수 없었다. 트로카데로에서의 콘서트는 특히 흥미로웠는데 그중에서도 파리 오페라의 프리마돈나 아이노 악테가 솔로로 참여한 가운데 여러 대단한 예술가들이 부르는 민요, 그리고 핀란드 오케스트라의 콘서트가 인상적이었다. 러시아 발랄라이카 오케스트라, 바그너 공연, 바이올린의 마술사 외젠 이자이의 리사이틀은 보기 드문 공연이었다. 우리가 가장 좋아한 곳은 앙토냉이 관리하는 '극장 자유'로, 파리에서 유일하게 볼 만한 가치가 있는 실험적 극단이었다. 사라 베르나르와 코클랭, 레자느를 예외로 하고, 파리의 무대들은 내게 그저 웅변이나 연설 같이 느껴졌다. 엘레오노라 두세와 비교하자면 '여신 사라'조차도 연극적으로 보였다. 그녀가 록산느 역으로 대단한 연기를 펼친 「시라노 드 베르주라크」에서 코클랭이 시라노를 연기했다. 앙토냉 극단은 스타 시스템으로 돌아가지 않았고, 배우들의 연기의 조화는 그야말로 최고 수준이었다.

유럽에 머무는 동안 사샤와 직접 연락을 주고받을 수 없었고, 친구를 통해 편지가 전달되었기 때문에 우리의 연락은 오래도록 지연될 수밖에 없었다. 사샤는 한 달에 한 번만 편지 쓰는 게 허락되었지만 교도소 담당 목사의 배려로 드물게 추가로 편지를 쓰기도 했다. 가능한 많은 소식통들과의 연락을 유지키 위해 사샤는 편지지를 4개, 5개, 많으면 6개 부분으로 나누어 썼다. 바깥에서 그의 편지를 받은 사람은 표시된 구획을 따라 종이를 자른 후 다른 사람에게 우편으로 보내는 식이었다. 사샤로부터 마지막으로 온 편지는 심지어 명랑하고 익살스럽기까지 했으며 박람회의 기념품과 파리에서 일어난 일을 자세히 이야기해 줄 것을 요청하기까지 했다. 그러나 그 편지는 두 달도 더 전의 것이었고, 그 이후로 도착한 편지는 아무것도 없었다. 에릭 역시 '작업'에 대해 거의 한두 줄만을 쓸 뿐이었는데, 진행속도가 더딘 모양이었다. 나는 불안해지기 시작했다. 막스와 히폴리테는 내 두려움과 불길한 예감을 풀어 주려 많은 이야기를 했지만 그들 역시 초조해하고 있었다.

어느 날, 아주 이른 시간에 내 방문을 두드리는 히폴리테 때문에 잠이 깼다. 프랑스 신문을 손에 든 채로 무슨 말을 하려고 했지만, 그의 입에서는 아무 소리도 나오지 않았다. "도대체 뭐예요?" 나는 본능적인 두려움에 소리쳤다. "왜 아무 말 없어요. 말해 봐요." "터널, 터널이!" 그는 새된 목소리로 외쳤다. "터널이 발견되었다네요. 신문에 났어요."

사샤 생각에 까무러칠 것만 같았다. 이 실패로 인해 그가 겪을 실망은 얼마나 클 것인가. 다시 그 절망적인 자리로 돌아갈 사샤를 생각하니 끔찍했다. 사샤는 다시 지옥 같은 감옥에서 11년 동안 더 처박혀야 했다. 이제 어쩐담? 뭘 어쩌지? 지금 당장 미국으로 가야겠어. 애초에 미국을 떠나는 게 아니었는데. 내가 사샤를 실망시킨 것만 같았다. 그에게 내가 가장 필요한 때 그를 떠나다니, 어서 미국으로 최대한 빨리 돌아가야 했다.

그러나 그날 오후 에릭 모턴으로부터 온 전보로 나의 계획을 즉각 실행할 수는 없었다. "급작스런 병환. 작업 중지. 프랑스행"이 그의 메시지였다. 에릭이 도착하길 기다리는 수밖에 없었다.

하고 있던 준비작업에 몰두함으로써 견딜 수 없는 긴장의 날들을 버틸 수 있었다. 2주 만에 에릭이 나타났을 때 그는 거의 알아보지 못할 지경이었다. 피츠버그에서 그를 본 이후로 그는 완전 딴 사람이 되어 있었다. 덩치 크고 강한 바이킹은 이제 몹시 야위었고, 잿빛이 된 얼굴은 고름과 물집으로 가득했다.

토니와 드디어 연락이 닿았을 때, 에릭은 사전준비를 위해 피츠버그로 갔다 했다. 토니에 대한 첫인상은 별로 좋지 않았는데, 토니는 사샤의 계획에서 자신의 역할과 그 중요성에 집착하는 것으로 보였다. 사샤는 지하통신을 위한 특수암호를 고안했고, 그것을 읽을 수 있는 유일한 사람인 토니는 행동과 지시를 임의로 바꾸며 상황을 멋대로 끌고갔다. 기계공도 아닌 까닭에 토니는 터널을 뚫는 것과 관련된 어려움과 굴착에 수반되는 위험성에 대해서는 아는 게 없었다.

그들이 스털링 스트리트에 빌린 집은 교도소 정문 바로 맞은 편에 자리하고 있었고, 60미터 가량 떨어져 있었다. 집 지하실 남쪽 문 방향으로 원형 굴을 파고 거기서부터 사샤가 표시한 별채를 향해 터널을 파는 것이 계획이었다. 사샤는 어떻게든 감방을 벗어나 눈에 안 띄는 옥외변소에 가서 나무로 된 바닥을 뚫고 터널로 이어진 집 지하실로 갈 예정이었다. 그곳에서 그는 갈아입을 옷과 돈, 친구들을 만날 수 있는 암호화된 지시사항 등을 발견할 수 있을 터였다. 그러나 터널을 뚫는 것은 예상보다 더 오래 걸렸고, 더 많은 돈이 들었다. 터널에서 일하던 에릭과 동료들은 감옥 벽 근처 지반 지형에서 예상치 못한 어려움을 만났다. 건물 주춧돌 바로 아래를 파야 했는데, 그곳에서 에릭과 동료들은 터널로 유출된 유독가스에 질식해 거의 죽을 뻔하기도 했다. 이렇게 예기치 않은 일들이 생기다 보니 일은 꽤 오래 지연되었다. 땅속 깊은 곳 좁은 통로에서 일하는 이들에게 공기를 공급하기 위한 기계설비가 필요함은 물론이었다. 땅을 파는 소리가 감옥 경비대의 주의를 끌 수도 있으니 에릭은 피아노를 빌려 킨셀라의 도움을 받기로 했다. 그녀의 노래와 연주는 지하로부터 오는 소음을 가려 주었고, 감옥 경비대는 킨셀라의 훌륭한 공연을 기쁘게 즐겼다.

그 '작업'은 기발한 동시에 매우 위험해서 교도관은 물론이고 거리를 지나는 행인들에게도 의심을 사지 않으려면 극도의 주의와 뛰어난 기술력이 필요했다. 조금이라도 위험의 징후가 보일라치면 피아니스트가 버튼을 눌러 경고했고 지하의 작업은 중단되었다. 그러면 위에서 다시 그녀가 노래를 부를 때까지는 조용해지는 것이다. 스타카토 피아노 코드는 이제 괜찮다는 신호였다. "그런 조건 속에서 땅을 판다는 것은 결코 쉬운 일이 아니에요." 에릭이 말했다. "시간과 비용을 절약하기 위해 우리는 터널을 한 사람 정도가 간신히 기어 지날 수 있을 정도로 좁게 만들기로 했어요. 말인즉슨 무릎을 꿇은 채 작업을 해야만 한다는 겁니다. 우리는 엎드린 채로 한 손으로 구멍을 팠습니다. 극도로 힘든 일이어서 한번에 30분 이상 지속하는 게 불가능했죠. 진행이 느릴 수밖에요. 하지만 나를 견딜 수 없게 한 것은 토니가 계속해서 말을 바꿨다는 겁니다. 우리는 사샤의 계획을 따르고 싶었고, 또 그것이 최선이라는 것을 믿고 있었습니다. 그런데 토니란 작자는 자기 생각을 수행하는 데 여념이 없었어요. 사샤는 지하편지를 통해서 우리에게 지시를 내리는 것도 위험하다고 생각했나 보더라고요. 그래서 토니 외에는 읽을 수 없는 암호를 보냈습니다. 그러니 토니의 지시를 받아들일 수밖에요. 어쨌거나 그렇게 터널이 완성되었어요."

"그후에는요? 그러고는요?" 나는 더 이상 참지 못하고 눈물을 터뜨렸다.

"아니 이런, 아무도 편지로 알려주지 않은 거예요?" 에릭이 놀라 물었다. "사샤가 토니의 지시에 따라 터널이 끝나는 감옥의 마당에 있는 구멍을 찾았을 때 구멍은 벽돌과 돌더미로 덮여 있었어요. 교도소에 새 건물을 짓고 있었던 거죠. 하필 토니가 터널의 끝으로 선택한 그 지점이 돌을 모아놓는 곳이었고요. 이를 알게 된 사샤가 어떤 기분이었을지 상상하기도 어려워요. 마당에서 감방으로 돌아가기 위해 사샤가 감수한 위험은 또 어떻고요! 더 끔찍한 점은, 우리가 나중에 알게 된 바와 같이, 사샤가 토니에게 터널을 감옥 마당 중간에서 끝내지 말 것을 수차례 경고했다는 겁니다. 토니는 계속 그렇게 하자고 했지만 말이죠. 사샤는 그것은 실패할 게 뻔하다고 생각했기 때문에 당연히 이에 반대했어요. 사샤의 원래 계획은 터널의 끝이 옥외변소 근처에서 끝나는 거였죠. 터널을 다 판 우리는 그것이 사샤가 원하는 지점이라고 알고 있었기 때문에 이제 우리의 작업은 끝났다고 생각하고는 뉴욕으로 떠났고 피츠버그에는 토니만 남아 있는 상황이었습니다. 사샤는 토니가 임의로 자신의 지시를 변경한 것에 굉장히 절망적이었어요. 사샤의 설계도에 따르면 옥외변소 더 멀리까지 굴착작업이 이어져야 했죠. 토니는 그제서야 자신의 고집이 어떤 결과를 초래했는지를 보게 되었습니다. 그는 사샤에게 자신이 사샤의 뜻을 계속해서 이루겠다고 연락을 하고는 터널 완성에 필요한 돈을 더 모으기 위해 뉴욕에 있는 우리를 찾아왔죠. 감옥 맞은 편에 우리가 빌렸던 집은 빈 채로 남아 있었습니다. 토니가 집을 비운 사이 거리에서 놀던 아이들이 지하실에 들어가 비밀통로를 발견하고는 집 관리인에게 알렸는데, 하필 아이 중 한 명의 부모가 바로 그 집의 관리인이었던 데다가 또한 서부 교도소의 간부였습니다."

나는 사샤가 터널이 끝나기만을 기다리며 초조하게 몇 주고 몇 달이고 기다리고 있었을 것을 생각하면 마음이 무너져 내리는 것만 같아 말없이 앉아 잠자코 에릭의 말을 듣고만 있었다.

"더 놀라운 점은 말이죠." 에릭이 말을 이었다. "감옥 관계자들은 지금까지도 그 터널이 누구를 탈옥시키기 위한 것이었는지 모른다는 겁니다. 피츠버그와 앨러게니 경찰서와 주 당국은 지금까지 자신들이 본 중에 가장 정교한 공학기술 중 하나라는 점에 동의했습니다. 교도소장과 수사관들은 사샤를 의심하긴 했지만 혐의를 뒷받침할 증거는 하나도 발견되지 않았으며 경찰은 그 터널이 장기복역 중인 유명한 위조범 보이드를 위한 것이라고 잠정 결론을 내렸죠. 어느 쪽이든 증거는 없습니다만 어쨌거나 감옥에서는 사샤를 독방에 가뒀다고 해요."

"독방이라고요!" 나는 비명을 질렀다. "그래서 사샤에게 그토록 오래 아무 소식이 없었던 거군요!" "네, 지금 사샤는 아주 가혹한 처벌을 받고 있어요." 에릭이 인정하며 말했다. 사샤가 이미 견딘 연옥도 모자라 그의 앞에 이제 더 끔찍하고 무시무시한 시간이 놓여 있었다. 그 생각만으로 가슴이 아파 왔다. "그들은 분명 사샤를 죽이고 말 거예요!" 나는 신음했다. 그들이 사샤를 조금씩 파먹어 가며 죽이고 있다는 것을 알면서도 나는 이곳 파리에서 그를 위해 할 수 있는 일이 하나도 없었다. "그들이 사샤를 죽이는 모습을 잠자코 지켜보고 있느니 나도 감옥에 함께 들어가는 편이 천 배는 낫겠어요." 내가 울음을 터뜨리며 말하자 에릭이 대답했다. "그건 사샤에게 아무런 도움도 안 되잖습니까. 오히려 사샤를 더 힘들게 할 뿐이고 그러면 그렇지 않아도 힘든 사샤는 더 괴로워져요. 그걸 알 때도 되지 않았습니까? 왜 이렇게 비탄에 잠겨만 있는 거예요?"

왜냐고? 왜냐고? 1892년 7월, 그 암흑의 날 이후로 내가 어떤 나날을 보내 왔는지 설명할 수 있을까? 삶은 가혹하다. 중간에 멈추는 법이 없다. 내 인생은 사건들로 가득했고, 각각의 일들은 앞서거니 뒤서거니 하며 이어졌다. 과거를 뒤돌아볼 시간이 없었는데, 그게 내 의식을 갉아먹었고, 아직도 잠식하고 있었으며 이 잠식은 멈추지 않았다.

에릭은 어찌저찌 겨우 몸을 가누고 서 있을 수 있을 정도의 상태였다. 터널을 파면서 견뎌 온 시간 속에 그는 완전히 지쳐 버렸다. 유독한 연기가 혈관에 염증을 일으켰고 심각한 피부병이 생겼다. 그의 상태는 너무나 안 좋아서 그의 옆에 붙어 몇 주 동안 그를 간호해야 했다. 그러나 우리의 진정한 바이킹은 사샤의 탈출을 도우려는 운 없는 모험을 견뎌 낸 고난의 시간에 대해 불평 한마디 없이 계속해서 웃고 농담을 던졌다.

예정되어 있던 아나키스트 대회는 열리지 않았다. 마지막 순간에 당국이 아나키스트들의 공개집회를 금지한 것이었다. 물론 그럼에도 불구하고 우리는 개별적으로 파리 근교에서 몇 차례 회의를 가졌다.

상황이 상황인지라 우리는 철저히 비밀을 유지하며 가장 시급한 문제에 대해서만 논의를 했다.

에릭의 존재가 의미하는 것은 추가 지출이었다. 단 얼마라도 돈을 벌어야 했다. 에릭은 자신을 갈아넣으며 일하느라 수중에 돈이 한 푼도 남아 있지 않은 상태였다. 친구들 여럿이 같은 호텔에 머무르고 있었는데 나는 그들을 위해 아침과 점심을 준비해 판매하면 어떨지 구상을 했다. 열두 명 이상분의 요리를 한 개의 버너로 요리하는 건 쉽지 않은 일이었지만 히폴리테가 큰 도움을 주었다. 알고보니 그는 마케팅에도 뛰어날 뿐 아니라 수준급 요리사였던 것이다. 우리 '하숙인'들은 거의 외국 동지들이었고, 우리가 제공하는 식사에 쉽게 만족했다. 충분친 않더라도 우리는 얼마간의 돈을 벌어들였다. 히폴리테와 나는 박람회장에서 가이드 일을 하기도 했다. 지루한 미국인들을 안내하는 게 반갑진 않았지만 우리는 꽤 잘해 냈다. 볼테르의 조각상을 본 남자 한 명은 "저 사내"가 누구이며 뭐하는 사람인지 알고자 했으며, 몇몇 학교 선생들은 룩셈부르크의 나체 조각상을 보고서 거의 기절할 뻔하기도 했다. 그렇게 나는 하루 종일 가이드 역할에 기가 질린 채로 집에 돌아가곤 했다.

어느 날 오후 호텔에 돌아와서 나는 정말 매력적인 곳이 아니고서야 관광안내인 역을 맡지 않으리라고 다짐했다. 방에 들어왔을 땐 커다란 꽃다발과 함께 쪽지가 남겨져 있었는데 필체가 익숙지 않았으며 그 내용도 당혹스럽기 이를 데 없었다. "오랫동안 지켜봐 온 팬이 당신과 함께 즐거운 저녁시간을 보내길 원합니다. 오늘밤 샤틀레 카페에서 그를 만나 주시겠습니까? 친구분을 동반하셔도 괜찮습니다.” 도대체 그 남자가 누구일지 궁금했다.

알고 보니 그 “오랫동안 지켜봐 온 팬”은 에릭이었다. 미국에서 온 다른 동지 세 명이 에릭과 자리를 함께하고 있었다. “아니 이게 다 무슨 일이에요?” 히폴리테와 내가 동시에 물었다. “금광이라도 발견한 거예요?” 에릭은 대답했다. “꼭 그런 건 아니고요. 몇 달 전 돌아가신 할머니가 내게 유산으로 남기신 700프랑을 오늘 받았습니다. 오늘 밤 다 써 버리려고요.” 그 말을 듣고 내가 물었다. “미국으로 돌아갈 생각은 없는 건가요?” “당연히 가야죠.” “그럼 유산으로 받은 돈 절반을 일단 제게 맡기세요. 돌아가는 뱃삯으로 써야죠. 그리고 나머지는 당신이 날려 버려도 좋아요. 저도 기꺼이 돕죠.” 그는 웃으며 ‘엠마 금고’에 350프랑을 맡겼다.

우리는 식사를 하고 와인을 마시며 즐거운 시간을 보냈다. 새벽 2시에 몽마르트의 유명한 카바레인 라모르에 도착해 에릭이 샴페인을 주문할 때까지도 모두가 여전히 멀쩡했고 왁자지껄했다. 맞은편에 매우 매력적인 프랑스인 여성이 앉아 있었는데 에릭은 그녀를 우리 테이블로 초대해도 되겠는지 물었다. “당연히 좋죠. 다섯 남자 사이에 낀 유일한 여성으로서 그 정돈 양보할게요.” 그 여성은 일행과 춤을 추기 시작했다. 우리의 바이킹은 200파운드가 넘는 거구임에도 놀라우리만치 유연했고 그가 춤을 추는 모습은 마치 요정처럼 보였다. 흥분에 휩싸인 채 하루를 보내고 사람들은 잔을 들어 E. G.[엠마 골드만]를 위해 건배했다. 나는 쉴 새 없이 술을 들이켰고 어느 순간 눈앞이 온통 까맣게 변했다.

극심한 두통과 함께 잠에서 깨어나니 내 방이었고, 침대 근처에는 간밤의 그 프랑스 여인이 앉아 있었다. "무슨 일이 있었던 거죠? "오 별거 아니에요(프랑스어). 당신 어젯밤에 좀 속이 안 좋았어요." 여자가 대답했다. 나는 친구들을 불러 줄 것을 요청했고 곧 에릭과 히폴리테가 들어왔다. "독이라도 마신 것 같은 느낌인데요." 내 말에 에릭이 반발했다. "그럴 리가요. 하지만 일행 중 하나가 당신 샴페인에 코냑을 따랐어요." "그러고 나서는요?" "그후엔 우리가 당신을 업고 내려와야 했죠. 삯마차를 불렀지만 당신이 버티는 통에 태울 수 없었어요. 길거리에 앉은 채로 '나는 아나키스트 엠마 골드만이야, 아무도 나에게 강요할 수 없어'라며 외치고 있었고요. 결국 다섯 명이 동원된 후에야 당신을 겨우 마차에 태웠어요." 아무것도 기억나는 게 없어서 나는 그저 어안이 벙벙한 채로 듣고만 있었다.

"우리 중 누구도 멀쩡히 서 있을 수 있는 사람은 물론 없었어요. 하지만 당신 상태를 보고서 사람들은 즉각 잠이 확 깼죠." 에릭이 말했다. "그리고 저 여자는 어떻게 여기 있게 된 거죠?" 나의 질문에 그가 대답했다. "우리가 당신을 강탈하려는 놈들이라고 생각했는지, 자기가 동반하지 않고는 결코 당신을 데려갈 수 없다 그러더라고요. 그래서 우리와 함께 올 수밖에 없었죠." 나는 안타까움에 말했다. "안쓰러운 여인, 그날 밤 수입을 포기해야 했겠군요."

히폴리테는 봉투에 20프랑을 넣어 여자에게 건네고 삯마차에 태워 보냈다. 늦은 오후 그녀가 다시 돌아와 내게 따졌다. "어떻게 이렇게 나를 모욕할 수 있죠?" 여자는 거의 울고 있었다. "거리에서 돈을 버는 여자는 감정도 없다고 생각해요? 곤경에 처한 친구를 도운 게 돈을 바라고 한 일 같아요? 아니요. 누굴 보살피는 게 제 직업도 아니니 더더욱 돈을 받을 이유는 없어요." 나는 그녀에게 손을 내밀어 그녀를 내쪽으로 끌어당겼다. 그 여인의 아름다움과 상냥한 마음에 눈물이 날 만큼 감동을 받았다.

파리 내 우리 아나키스트 운동의 고무적인 분위기도 그렇고, 도시에서 겪은 여러 유쾌한 경험들을 생각하면 파리에 더 오래 머물고 싶은 마음이 굴뚝같았지만 우리 돈은 바닥을 보이고 있었다. 게다가 형사들은 브래디 부인에 대한 정보를 얻어 내기 위해 호텔에 진을 치고 있었다. 경찰이 내게 출국 명령을 내리지 않은 게 오히려 이상하다는 생각이 들었다. 빅터 데이브는 아마도 박람회 때문일 거라고 했다. 당국은 외국인에게 가해지는 불쾌한 뉴스를 굳이 만들고 싶지 않았던 거다. 아직 날이 밝지 않아 어스름하고 이슬비가 내리던 이른 아침, 에릭과 히폴리테와 나는 기차역으로 향했다. 삯마차를 탄 비밀요원과 자전거 한 대가 우리를 쫓아왔다. 기차가 역을 빠져나가자 그들은 우리에게 손을 흔들어 보였지만 우리는 나중에 우리 기차칸 옆에 요원 한 명이 함께 탔다는 것을 알게 되었다. 요원은 불로뉴까지 우리를 따라왔고, 우리가 배를 타는 것을 보고서야 비로소 우리를 떠났다.

친애하는 나의 친구 애나 스털링이 보낸 선물 덕분에 호텔 요금과 교통비를 낼 수 있었고, 그러고도 아직 15달러가 남았다. 여행에 필요한 기타 비용과 팁으로 쓰기에 충분할 것이었다. 나는 뉴욕에서 돈을 빌릴 데가 있다는 것을 알았고 에릭은 필요하다면 시카고로 자금을 요청하는 전보를 치겠노라 말했다.

증기선이 출발하고 겨우 몇 시간밖에 지나지 않았는데 히폴리테가 뱃멀미를 시작했고 배가 움직일 때마다 멀미는 점점 더 심해졌다. 셋째날이 되었을 때 그의 상태는 더 안 좋아졌고 의사는 아이스 샴페인을 처방했다. 히폴리테의 얼굴은 샛노랗게 되고 또한 너무 야위어서 과연 그가 이 여행을 견뎌 낼 수 있을지 몹시 걱정이 되었다. 반면 에릭은 식욕이 왕성해졌다. 하루 세 번 그는 메뉴판에 있는 모든 것을 다 시켜먹었다. 웨이터를 너무 힘들게 하지 말라며 그를 말려야 할 지경이었다. "웨이터에게 줄 팁이 충분하지 않아요." 내가 말려도 그는 듣지 않고 계속 먹어댔다. 그는 타고난 선원이었고, 바다를 사랑했으며, 날이 갈수록 유쾌해지는 동시에 배도 더 고파졌다. 항해가 끝나갈 무렵 내게 남은 돈은 단돈 2달러 15센트였고 히폴리테와 나의 시중을 들던 승무원들에게 팁으로 주었다. 몇 달 동안 터널 함몰의 위험 속에서 살았던 우리의 용감한 바이킹은 이제 선박의 직원들 앞에서 떨고 있었고, 실제로 그는 몸을 숨기고 있었다. 식당 관리인은 가혹했고, 에릭을 쫓아다녔다. 그러다 마치 학생처럼 부끄러운 얼굴을 하고 바지 주머니를 다 뒤집어 보이며 나타난 에릭을 보고서는 그가 안되었던지 그냥 보내 주었다.

키가 크고 잘생긴 나의 동생이 나를 맞이하며 선착장에 서 있었다. 그는 내가 남정네 둘과 함께 오는 것을 보고는 크게 놀랐다. 우리는 다같이 전당포로 가서 칼 스톤에게 받은 조개 모양 금시계를 맡기고 10달러를 받았고, 이것으로 클린턴 스트리트의 방에 일주일치 집세를 내고 저녁 식사를 했다.

23

새로 구한 방에 짐을 풀자마자 유스투스를 보러 갔다. 침대에 누운 그의 모습은 건강하던 시절의 그림자를 보는 것만 같았다. 우리의 거인이었던 유스투스가 그런 모습으로 있는 것을 보니 목구멍이 막히는 느낌이 들었다. 슈와브 부인이 유스투스가 없는 살롱을 살피느라 열심히 일한다는 것을 알고 있었던지라 나는 그녀에게 제발 내가 유스투스를 간호할 수 있게 해달라고 간청했다. 유스투스가 과연 아내 아닌 다른 사람에게 간호를 맡길지 모르겠지만, 그가 허락한다면 간호를 해도 좋다는 약속을 받아냈다. 우리는 유스투스 가족 간의 부드럽고 상냥한 관계에 대해서는 이미 잘 알고 있었다. 그의 아내는 오랜 시간 동안 유스투스의 동반자였다. 그녀는 항상 건강한 편이었지만 유스투스의 병과 걱정, 과로로 인해 눈에 띄게 몸이 상해 있었다. 그녀는 빛을 잃고 시들어 가는 듯 보였다.

슈와브 부인과 이야기를 나누는 중에 에드가 들어왔다. 나를 보고 당황해하는 눈치였다. 나 역시 혼란스러웠다. 그는 서둘러 자신을 가다듬고 우리 쪽으로 다가왔다. 슈와브 부인은 환자를 돌보기 위해 이만 일어나야 할 것 같다면서 우리만을 남겨 두었다. 한동안 어떻게 서로에게 다가가야 할지 몰라 우리 두 사람은 괴롭게 그 자리를 지키고 있었다.

해외에 있는 동안 에드와 연락을 주고받지는 않았지만 그의 아이가 태어났다는 것은 다른 친구들을 통해 알고 있었다. 아버지가 된 기분이 어떠냐고 묻자 그는 즉시 생기를 되찾으면서 자신의 어린 딸에 대한 시부터 시작해서 아이가 너무 예쁘고 똑똑하다는 칭찬을 늘어놓기 시작했다. 아이를 싫어하던 사람이 그렇게 열정적으로 변한 모습을 보는 게 좋았다. 우리가 이사할 집을 찾을 때마다 에드는 늘 애들이 있는 집을 싫어했던 걸 기억했다. "내 말을 믿지 못하는 거로군요." 그는 말했다. "내가 아이에 대해서 너무 흥분해서 당신이 놀란 것 같소. 내가 단순히 아빠가 되었기 때문이 아니라, 우리 애가 어쩌다 보니 너무나 특별한 아이여서 그런 것뿐인데 말이오." 재밌었다. 그는 한때 "대부분의 인간은 어찌나 어리석은지. 특히 부모들이란 멍청하고 눈까지 먼 존재들이죠. 자기들 자식이 신동이라고 생각하고 온 세상이 다 그렇게 생각하길 원하니까요"라고 말하던 사람이니 말이다.

나는 그에게 의심하지 않는다고 몇 번을 말했지만 그를 더 안심시키기 위해 아이를 한번 보여 주면 좋겠다고 했다. "정말 아이를 보고 싶은 거요? 정말로 여기로 아이를 데려오란 말이오?" 그가 흥분해 물었다. "안 될 거 있나요. 물론이죠. 나는 항상 아이들을 좋아했다는 거 당신도 알지 않나요? 당신 아이라고 해서 예외가 되진 않아요." 그는 잠시 침묵을 지키곤 말을 이었다. "우리의 사랑이 그다지 성공적이지 않았던 것 같소. 그렇지 않나요?" "사랑에 성공이란 게 있긴 하나요?" 하고 내가 물었다. "우리 사랑은 7년 동안 이어졌죠. 많은 사람들이 보기에 그건 굉장히 긴 시간이에요." "당신, 그동안 많이 현명해졌구려." "아니요. 그저 나이가 들었을 뿐이에요. 에드." 우리는 다시 만날 것을 약속하고 헤어졌다.

러시아식 설 명절에 에드는 한 여성과 함께였다. 짐작하건대 그의 아내일 것이다. 그녀는 키가 크고 목소리도 컸다. 에드는 이런 특성을 가진 여성들을 싫어했었는데, 지금은 어찌 참고 있는 것일까? 친구들이 곧 나를 에워쌌고 이스트사이드의 동지들은 영국과 프랑스의 운동에 대해 질문을 퍼부었다. 그날 저녁 에드를 다시 보지 못했다.

미국에 도착한 후 내게 가장 시급했던 일은 일자리를 찾는 것이었다. 의료기관에 있는 친구들을 찾아 내 방문카드를 남겨 놓았건만 몇 주가 지나도록 아무에게도 연락을 받지 못했다. 히폴리테는 체코 아나키즘 주간지에서 일을 구하려고 하고 있었다. 일은 많지만 급료는 없는 곳이었다. 아나키스트 신문에 글을 쓰면서 돈을 받는 것은 비윤리적으로 간주되기도 했다. 『자유』와 『자유로운 노동자의 목소리』를 제외한 모든 외국어 간행물은 대체로 봉사자들에 의해 꾸려졌다. 사람들은 자신의 직업에서 돈을 벌고 필요에 따라 저녁이나 주말에 무상으로 신문사에서 일하는 식이었다. 직업이 없는 히폴리테는 런던에 있을 때보다 뉴욕에서 훨씬 더 무기력했다. 미국 하숙집에서 남성을 고용하는 일은 거의 없었기 때문이었다.

호프먼 박사가 드디어 내게 환자를 보내왔다. 크리스마스 이브였다. “모르핀 중독자이고, 아주 어려운 케이스입니다. 야간 교대 간호사가 너무 힘들어서 일주일 쉬어야 해서요. 임시로 일주일만 환자를 맡아 주었으면 합니다.” 기대했던 일은 아니었지만, 일단은 돈을 벌어야 했다.

박사와 함께 환자의 집에 도착했을 때는 자정에 가까운 시간이었다. 2층 넓은 방에서 한 여자가 옷을 반쯤만 걸친 채로 약에 취해 멍하니 누워 있었다. 헝클어진 검은 머리에 가려진 그녀의 얼굴은 하얬고, 거친 숨을 무겁게 내쉬고 있었다. 주변을 둘러보다 작고 단단한 눈으로 나를 쏘아보는 듯한 웬 덩치 큰 남자의 초상화가 벽에 걸려 있는 것을 보았다. 분명 어디서 본 사람이었는데 언제 어디서였는지 기억해 내기가 어려웠다. 호프먼 박사는 나에게 지시를 내리기 시작했다. 환자의 이름은 스펜서 부인이라 했다. 박사는 한동안 그녀의 약물 문제를 치료하기 위해 그녀를 보아 왔고, 그간 좋은 진전을 보여 왔었다. 그러다 최근 들어 재발하여 다시 모르핀 복용이 시작된 것이었다. 그녀가 정신을 차릴 때까지 내가 할 수 있는 일은 다만 몸을 따뜻하게 해주고 맥박을 계속 체크하는 일뿐, 별다른 것은 없었다. 밤사이 스펜서 부인은 몸을 거의 뒤척이지조차 않았다. 책을 읽으며 밤을 보내려 했지만 도무지 집중할 수 없었다. 벽에 걸린 남자의 초상이 나를 괴롭혔다. 주간 교대 간호사가 도착했을 때 환자는 여전히 잠들어 있었고 전보다 더 정상적으로 호흡하고 있었다.

일주일의 일이 거의 끝나가고 있었다. 그동안 스펜서 부인은 주변환경에 아무런 관심을 보이지 않았다. 그저 멍하니 바라보다 다시 까무룩 잠이 들곤 했다. 6일째 출근하던 날, 그녀는 완전히 의식을 되찾았다. 머리가 오래 방치된 듯 보였기 때문에 그녀에게 빗질을 원하는지를 물었더니 기뻐하며 그래 달라고 했다. 내가 머리를 빗기는 동안 그녀는 내 이름을 물었다. "골드만이에요." "혹시 아나키스트 엠마 골드만과 연관이 있나요?" "몹시 그렇죠. 제가 바로 엠마 골드만입니다" 하고 내가 대답했다. 놀랍게도 그녀는 "그토록 유명한 사람"을 자신의 간호사로 들여 기분이 좋은 모양이었다. 그녀는 내가 다른 간호사보다 더 마음에 든다며 자신의 간호를 전적으로 맡아 줄 것을 부탁했다. 내심 기분이 좋았지만 다른 간호사가 나 때문에 일을 잃는 것은 옳지 않다고 느꼈다. 게다가 24시간 연속근무는 내게도 과중한 부담이기도 했다. 그녀는 내게 매일 오후는 쉬어도 좋고, 밤 동안에도 집에서 휴식을 취해도 좋으니 제발 자신의 간병을 맡아 달라 간청했다.

얼마 후 스펜서 부인은 내게 초상화에 대해 아느냐고 물어왔다. 분명 본 기억이 있는데 도무지 어디였었는지 생각해 내기 어렵다고 답하자 그녀는 더 이상 그 문제에 대해 이야기를 꺼내지 않았다.

집과 가구, 좋은 책들로 가득한 큼지막한 서재가 이 집주인의 지성과 좋은 취향을 말해 주고 있었다. 집 주변에는 무언가 기이하고 신비로운 분위기가 감돌았고, 매일 다소 거칠어 보이는 외모에 저속한 옷차림을 한 여성의 방문으로 그 분위기는 더 팽팽해졌다. 그 여성이 집에 도착하면 스펜서 부인은 나에게 심부름을 시켜 내보내곤 했다. 바람도 쐴 겸 산책할 수 있는 기회가 반갑기도 했지만 동시에 부인과 함께 있는 여자의 정체가 궁금했다. 처음에는 그녀가 모르핀 공급책이 아닐까 의심했지만 환자에게 나타나는 증상이 전혀 없었으므로 내가 신경 쓸 부분이 아니라고 생각하고 넘겼다.

3주가 지나갈 즈음 스펜서 부인은 이제 스스로 계단을 내려와 응접실까지 갈 수 있을 정도로 회복이 되었다. 부인이 머무르는 병실을 정리하는 과정에서 나는 독특한 종이쪽지를 발견했는데 거기에는 다음과 같이 쓰여 있었다. "지넷 20, 메리언 16, 헨리엇 12" 종이들에는 40명이 훌쩍 넘는 여성들의 이름이 쓰여 있었고 그 옆에는 숫자가 쓰여 있었다. 이 얼마나 수상한 기록인가 하고 나는 생각했다. 부인이 있는 거실로 들어가려고 할 때 귀에 익은 목소리가 들려왔다. 스펜서 부인의 방문자였다. "매킨타이어가 어젯밤에 또 집에 왔었어요." 그녀가 말하는 소리가 들렸다. "하지만 아무도 그 사람을 원하지 않았죠. 지넷은 그 끔찍한 인간이랑 하느니 스무 명이랑 더 하겠다고 할 정도였어요." 스펜서 부인은 내 발소리를 들었는지 갑작스럽게 대화를 끊고 나를 불렀다. "골드만 양인가요? 들어오셔도 됩니다." 응접실로 차를 내가던 중에 나는 내 환자 옆 소파 위에서 나를 바라보고 있는 남자의 얼굴을 보고는 쟁반을 바닥에 떨어뜨리고 말았다. 그 초상화를 그제야 알아보았다. 1893년, 나를 감옥에 보내는 데 혁혁한 공을 세운 형사였다.

종이쪽지, 내가 우연히 들은 말들을 통해 순식간에 모든 것을 이해할 수 있었다. 스펜서 부인은 포주였던 것이고, 또한 그 형사의 정부였던 것이다. 나는 당장 이 집을 나가고 싶다는 생각에 2층으로 올라갔다. 짐가방을 싸서 황급히 아래층으로 내려가자 스펜서 부인이 계단 끝에서 나를 기다리고 있었다. 몸을 가누기도 어려운 상태인 그녀를 그대로 내버려둘 수는 없었다. 나는 최소한 호프먼 박사가 올 때까지 기다려야 할 책임이 있다고 생각해 스펜서 부인을 방으로 데리고 들어와 침대에 눕혔다.

그녀는 흐느끼며 나에게 가지 말라고 애원했으며 다시는 그 남자를 볼 필요가 없을 거라고 맹세했다. 초상화도 없애겠다고 했다. 그러면서 자신이 포주라는 사실을 인정하며 말했다. "당신이 알게 될까 봐 두려웠어요. 아나키스트 '엠마 골드만'이 내가 만들지도 않은 커다란 기계의 고작 톱니바퀴인 것에 대해 비난할 거라고 생각하지는 않았지만요." 매춘을 자신이 발명한 것은 아니지 않나며 그녀는 항변했다. 이미 존재하는 일이기에 누가 그것을 맡아서 하는지는 중요한 일이 아니라고, 자신이 아니라 다른 누구라도 그 일을 할 것이었고, 자신이 여자들을 데리고 있는 것이 공장에서 쥐꼬리만 한 월급을 받고 일하는 것보다 더 나쁘다고 생각하지 않는다고도 했다. 적어도 자신은 항상 여자들에게 친절했다면서, 원한다면 그들에게 직접 물어보라 했다. 그녀가 울면서 통사정을 하는 바람에 나는 남을 수밖에 없었다.

스펜서 부인이 댄 "이유들"로 인해 내 생각이 바뀐 것은 아니었다. 나쁜 짓을 한 사람들이 그에 대해 저마다 다 똑같은 변명을 한다는 것을 알고 있었다. 다른 이들의 노동과 타락으로 살아가는 사람들(판사나 경찰, 군인)은 그런 점에서 다 마찬가지였다. 그렇지만 나는 간호사로서 내 환자의 직업이나 상황이 내가 신경 쓸 부분은 아니라고 느꼈다. 나는 다만 그들의 신체적 필요에 응답할 뿐이었다. 게다가 나는 간호사이기만 한 것이 아니라 또한 인간의 행동 너머에는 사회적 요인들이 있다는 것을 아는 아나키스트이기도 했다. 그런 이유로 나는 그녀의 요청을 거절할 수 없었다.

스펜서 부인과 4개월 가량을 보내면서 나는 심리학과 관련해 상당한 경험을 할 수 있었다. 그녀는 비범한 사람이었고, 지적이며 관찰력이 뛰어나고 이해심이 넘치는 사람이었다. 또한 모든 계층의 삶과 온갖 부류의 남자들을 다 알고 있었다. 그녀의 주고객층은 '고급'으로, 주로 의사, 변호사, 판사, 목사 등 사회의 가장 강력한 기둥을 이루는 인물들이었다. 여자들이 해충 보듯 싫어한다는 남자는 1890년대에 유명세를 떨쳤던 뉴욕의 한 변호사였는데, 배심원들에게 엠마 골드만이 풀려난다면 부자들 자녀의 목숨이 위태로워질 뿐 아니라 뉴욕 거리가 피바다가 될 거라 외쳤던 바로 그 사람이었다.

실제로 스펜서 부인은 많은 남자들을 알았고, 그래서 그녀에게 남은 것은 경멸과 증오뿐이었다. 자신을 위해 일하는 여성들 중 여자를 사러 오는 남자들만큼 실제로 타락했거나 인간성이라고는 조금도 남아 있지 않은 사람은 없다고 말했다. '고객'들이 불평할 때 그녀는 항상 여성들 편을 들었다. 또한 부인은 타인의 고통에 심하게 이입하는 편이었는데, 자신이 만나는 여자들을 볼 때나 아니면 내가 만나고 이야기한 여자들의 이야기를 들을 때도 크게 감정이입을 하곤 했다. 그녀는 거리의 부랑자들에게도 항상 친절했다. 거리를 떠도는 아이들을 만나기라도 하면 그 아이가 아무리 더럽더라도 항상 머리를 쓰다듬으며 돈을 건넸다. "내게도 아이가 있었더라면! 나의 아이가!" 그녀는 곧잘 탄식했다.

그녀의 삶의 이야기는 그야말로 소설과도 같았다. 아리따운 열여섯 소녀였던 그녀가 루테니아에서 육군 장교와 사랑에 빠졌는데 그는 결혼을 약속하고는 그녀를 정부로 삼았다. 그녀가 임신을 하자 빈으로 데려가 아이를 지우는 시술을 했는데 그 때문에 여자는 거의 목숨을 잃을 뻔했다. 몸이 좀 회복된 후 남자는 그녀를 크라쿠프(폴란드)로 데려가서는 업소에 남겨 놓았다. 무일푼인 데다가 아는 사람 하나 없는 곳에서 그녀는 포주의 노예가 되었다. 나중에 그녀의 고객 중 하나가 그녀를 포주로부터 사주어서 자유의 몸이 되었고 둘은 긴 여행을 떠났다. 이 후원자와 함께 5년간 유럽을 여행한 후에 여자는 결국 아는 사람 하나 없는 곳에서 좌초되었다. 길거리만이 그녀가 아는 유일한 피난처였다. 몇 해가 지나고 그녀는 조금 더 현명해졌다. 돈을 좀 모아서 미국에 가기로 결정하고 그곳에서 부유한 정치인 한 명을 알게 되었다. 그가 그녀를 떠났을 때 자신의 장사를 시작하기 충분한 돈이 모인 상태였다.

스펜서 부인의 놀라운 점은 그녀가 지난 삶에 영향을 받지 않았다는 거였다. 그녀는 천박함이 없고 결함도 없었다. 기본적으로 예민하고 음악과 문학에 조예가 깊었다.

호프먼 박사의 치료로 점차적으로 약물 사용을 중단하기는 했지만 그녀의 육체는 많이 쇠약해졌고 현기증과 발작에 시달렸다. 혼자 외출할 수 없게 되자 나는 그녀의 동반자이자 전용 간호사가 되었다. 그녀에게 책을 읽어 주고, 함께 콘서트와 오페라, 극장에 다녔고 때로는 그녀가 관심을 보이는 강연도 들으러 갔다.

스펜서 부인을 간호하는 동안 표트르 크로포트킨의 방문을 준비하는 일을 맡아서 하게 되었다. 크로포트킨은 러시아 문학의 이상에 대하여 강연을 하기 위해 미국에 올 예정이라고 알려 왔고, 우리가 원한다면 아나키즘에 대한 강연도 할 수 있을 거라 했다. 우리는 이 계획에 열광했다. 나의 친애하는 동지가 전에 미국에 왔을 때 나는 그 강연에 참석하지 못했고, 영국에서도 역시 강연을 들을 기회가 없었다. 우리는 모두 그의 강의와 품위가 미국에서의 우리 운동에 더할 나위 없이 큰 도움이 될 거라고 생각했다. 스펜서 부인은 내 일에 대해 듣고는 내가 작업에 시간을 더 쓸 수 있도록 저녁 근무시간을 줄여 주겠다고 즉시 제안했다.

5월의 첫번째 일요일 오후, 크로포트킨의 말을 듣기 위해 도시 전역에서 사람들이 그랜드센트럴 팰리스로 몰려왔다. 이번만큼은 신문기사도 멀쩡하게 났다. 그의 매력, 지성의 힘, 그의 논리와 단순명료함을 깎아내리기는 불가능했다. 청중 중에는 연사에게 완전히 빠져든 스펜서 부인도 있었다.

크로포트킨과 동지들, 그리고 생각이 비슷한 사람들이 서로 만날 수 있는 자리가 마련될 예정이었는데 스펜서 부인은 여기에 자신이 참석해도 되겠는지를 물었다. “당신의 친구들이 내가 어떤 사람인지 알게 되면 어쩌죠?” 나는 그녀에게 내 친구들은 앤서니 콤스톡 같은 사람들이 아니니 염려 말라고 안심시켰고, 그 누구도 그녀를 당황시키지 않을 거라고 확신했다. 그녀는 빛나는 눈으로 나를 바라보았다.

모임 전날 저녁, 가까운 동지들과 크로포트킨과의 식사 자리가 있었다. 스펜서 부인의 이야기를 들려주자 표트르가 큰 관심을 보였다. 그는 그녀가 그야말로 살아 있는 인간의 기록지라고 생각했다. 실제로 그는 나의 환자가 그토록 바란 것처럼 직접 만나 자신의 회고록에 사인을 해서 주겠다고 했다. 그리고 내가 떠나기 전 그는 나를 안으며 말했다. “당신은 우리 이상이 갖는 아름다움과 인간성에 대한 설득력 있는 예시 그 자체예요.” 연민이 많은 그였기에 그는 내가 어째서 사회적 천민을 돌보기 위해 남기로 택했는지를 이해했다.

드디어 나의 환자는 이제 나 없이도 치료를 받을 수 있을 만큼 상태가 호전되었고, 나는 투어를 떠나고 싶은 마음이 컸다. 다른 여러 도시에 있는 동지들이 나에게 와서 강의를 하라고 성화였다. 물론 다른 이유도 있었다. 나를 부른 도시들 중에는 피츠버그도 있었다. 물론 피츠버그에 간다 한들 사샤를 볼 수 있을 거라는 희망은 없었다. 리드 경감과의 끔찍한 만남 이후 사샤는 모든 면회권을 박탈당했기 때문이다. 게다가 터널을 통한 탈출이 실패로 돌아간 후 사샤는 온갖 고문을 당하고 독방에 갇혀 지내고 있었다. 그가 보내는 비밀편지에서 자신이 무슨 일을 견디고 있는지 전혀 알리지 않았지만 그럴수록 그의 상황이 얼마나 절망적인지 짐작하고도 남았다. 나는 계속해서 그에게 편지를 썼지만 마치 허공에 편지를 날리는 것만 같은 느낌이 들었다. 내 편지를 사샤가 받아 보는 건지 어떤지 알 방법은 없었다. 교도소 당국은 내가 사샤를 만나는 것을 막을 수 있을지언정 내가 사샤와 좀 더 가까워질 수 있는 피츠버그로 가는 것을 막을 수는 없을 것이다.

히폴리테는 『노동신문』에서 일하기 위해 시카고로 떠났다. 더 이상 삶을 지탱하기 어려울 시점에 신문사로부터 제안이 왔고 나는 이로 인해 불행했다. 하지만 그가 이제 막스와 편안한 동지애 속에서 일을 할 수 있을 거라 생각하니 큰 위안이 되었다. 시카고에 가서 그를 만날 계획을 세웠다.

에드는 자주 나를 보러 오고 또 나를 식사에 초대하기도 했다. 그는 여전히 매력적이었고 7년 동안 우리를 뒤흔든 폭풍의 흔적 같은 건 전혀 보이지 않았다. 우리의 관계는 차분한 우정으로 이어졌다. 어린 딸을 데려오지는 않았는데, 짐작하건대 아이의 엄마가 내가 아이를 보는 것을 반대했을 것이다. 에드가 아내 이야기를 통 하지 않아 우리가 이따금 만나는 것에 대해 그녀가 분통을 터뜨렸는지 어떤지는 알 수 없었다. 내가 순회강연을 시작한다는 이야기를 듣고 에드는 다시 회사를 위해 일해 줄 것을 부탁했다.

서부로 떠나기 전, 이전에 인연이 있던 뉴저지 주 패터슨에서 이탈리아인 그룹이 모임을 주선했다. 우리의 이탈리아 동지들은 늘 너그럽게 베풀어 주는 사람들이었고, 이번에 내 강의를 따라잡기 위해 비공식 모임을 조직하기도 했다. 나는 가에타노 브레시와 그의 삶에 대해 알 수 있는 기회가 반가웠다. 그의 가장 가까운 동지들로부터 내가 배운 것은, 인간의 마음에 대해 진정한 통찰을 얻는다는 것이 얼마나 어려운 일인지, 우리는 얼마나 사람을 피상적으로만 판단하곤 하는지에 대한 것이었다.

가에타노 브레시는 패터슨에서 발간되는 아나키스트 신문 『사회문제』의 창립멤버 중 한 명이었다. 그는 숙련된 직공이었고 고용주 또한 그를 침착하고 근면한 사람이라고 생각했음에도 그는 주급으로 겨우 15달러를 벌었다. 그에게는 부양할 아내와 아이가 있었음에도 그는 매주 신문에 기금을 보냈다. 심지어 그는 저축한 150달러를 『사회문제』가 어려운 시기에 선뜻 빌려주기까지 했다. 저녁시간과 일요일이면 그는 사무와 선전 업무를 하며 보냈고 신문과 운동에 대한 헌신으로 인해 그는 그룹의 모든 사람들로부터 사랑과 존경을 받았다.

그러던 어느 날 브레시는 신문사에 빌려 준 돈을 되돌려달라고 했다. 꽤 급작스러운 요청이었다. 신문사는 실제로 적자였던 관계로 당장은 불가능하다는 통보를 받았다. 브레시는 자신의 급작스러운 요청이 무엇 때문인지 제대로 설명도 하지 않은 채로 버텼고, 그룹은 드디어 그에게 갚을 돈을 확보할 수 있었다. 이탈리아 동지들은 브레시의 행동에 몹시 분개했고, 그를 이상보다 돈을 더 사랑하는 수전노라고 낙인찍기까지 했다. 그는 그룹에서 배척당했다.

몇 주 후 브레시가 움베르토 국왕을 암살했다는 소식이 전해졌다. 그제야 패터슨의 사람들은 자신들이 얼마나 그에게 잔인하게 대했는지를 깨달았다. 그가 돈을 갚을 것을 요청했던 것은 이탈리아에 가는 삯을 마련하기 위함이었던 것이다! 의심할 여지 없이, 브레시에게 있어 불의에 대한 의식은 다른 이탈리아 동지들이 그를 원망한 데에 따른 분노보다 더 컸다. 어떤 식으로든 보상을 하고 싶었던 패터슨의 동지들은 순교자 동지의 아이를 지원하는 방식으로 책임을 지고자 했다. 혼자 남은 아내는 남편의 정신을 이해한다거나, 그의 위대한 희생에 공감한다거나 하는 내색을 비치지 않았다.

그해 5월 초 클리블랜드에서 있었던 내 강연 주제는 아나키즘으로, 급진파 '프랭클린 리버럴 클럽'보다 먼저 이루어졌다. 토론 전 쉬는 시간에 나는 연단 근처에서 팸플릿과 책들의 제목을 살펴보는 한 남자를 발견했고, 그는 곧 내게 다가와 질문을 했다. "무엇을 읽으면 좋을지 추천해 주시겠어요?" 애크런에서 일하고 있다고 소개한 남자는 강연순서가 다 끝나기 전에 떠나야 한다고 했다. 아주 젊고 중간 정도 키에 체격이 좋은 그 남자는 꼿꼿이 몸을 세우고 있었다. 그의 얼굴은 내가 본 중 가장 섬세했고, 여리여리한 분홍빛 얼굴색을 한 미남이었다. 게다가 곱슬거리는 금발머리로 인해 그의 얼굴이 두 배로 아름다워 보였고, 그의 파란 눈은 힘이 있어 보였다. 그가 찾는 것을 책에서 발견하길 바란다 말하며 나는 그를 위해 책 몇 권을 골라 주었다. 토론이 재개됨에 따라 나는 다시 연단으로 돌아가야 했고, 그날 저녁 그 남자를 다시 보지 못했지만 그의 인상적인 얼굴만큼은 내 기억 속에 남아 있었다.

아이작 가족은 『자유사회』를 시카고로 옮겨와, 후에 아나키스트 활동의 중심지가 된 큰 집으로 들어갔다. 그곳에 도착하자마자 즉시 아이작네로 간 나는 즉시 11주간의 강도높은 작업에 뛰어들었다. 여름 더위가 너무 견디기 힘든 나머지 투어는 9월로 연기해야 했다. 완전히 지쳐 휴식이 간절히 필요했다. 그간 헬레나 언니는 한 달 동안 자기 집에 와 있으라고 여러 차례 나를 초대했지만 그동안은 도무지 시간이 나지 않았다. 지금이 바로 그 기회였다. 나는 헬레나 언니와 조카들, 예고르와 함께 몇 주의 시간을 함께할 수 있을 것이었다. 지금 로체스터에서 휴가를 보내고 있는 예고르는 대학 친구들과 함께 있다고 편지로 알려왔는데, 나는 그 젊은이들의 서클을 완성하기 위해 아이작의 열네 살짜리 딸 메리를 나의 휴가에 초대했다. 에드의 회사 일을 통해 돈을 약간 벌었기 때문에 젊은이들을 위해 기꺼이 자선가 역할을 맡을 수 있을 것이었다.

우리가 떠나는 날 아이작네에서 고별 오찬을 마련해 주었다. 그

후 정신없이 짐을 싸고 있을 때 벨이 울려 나가보니 메리가 있었다. 니먼이라는 남자가 나를 급히 만나기 원한다는 말을 했는데, 내가 들어 본 적 없는 이름이어서 무시하고 그냥 서둘러 역에 갈 생각만 하고 있었다. 마음이 급한 나머지 지금은 만날 시간이 없고, 역에 가는 길에 잠시 이야기를 나눌 수는 있을 것 같다고 말을 전했다. 집을 나서며 나를 찾아온 남자의 얼굴을 보니, 전에 클리블랜드 강연에서 보았던 잘생긴 남자였다.

전차에 매달린 채 니먼은 자신이 속해 있는 클리블랜드 사회주의 그룹의 사람들은 둔감하고 열정이 부족하다고 말했다. 더 이상 그들과 함께 있는 것을 참을 수 없어 클리블랜드를 떠나 시카고에서 일하고 있으며 이곳의 아나키스트들을 만날 수 있기를 간절히 바란다고 했다.

역에 가 보니 친구들이 나를 기다리고 있었다. 그중에 막스도 있었다. 막스와 단 몇 분이라도 이야기를 나누기 위해 히폴리테에게 니먼을 좀 보살피면서 동지들에게 소개를 해달라고 부탁했다.

로체스터의 젊은이들은 온 마음을 다해 나를 반겨 주었다. 내 조카들, 동생 예고르와 친구들, 그리고 메리까지. 어리고 열정적인 영혼만이 가능한 사랑스러움으로 나의 휴가가 채워지고 있었다. 나 자신을 완전히 포기하는 경험은 새롭고 짜릿했다. 헬레나의 집은 우리의 모임장소가 되었고 이곳에서 젊은이들은 저마다의 꿈과 포부를 나누었다.

이들과의 피크닉은 특히나 즐거웠다. 레나 언니의 장남인 해리는 10살의 나이에 이미 공화당원이었다. 자신의 영웅인 매킨리를 옹호하고 엠마 이모와 논쟁하는 것은 무척 즐거운 일이었다. 그는 내가 자신과 같은 당원이 아닌 것은 심히 유감스러우나 가족들이 얼마나 나를 대단하게 생각하는지에 대해 이야기해 주었다. 해리의 동생 색스는 해리와는 딴판이었다. 성격 면으로 보면 레나 언니보다는 헬레나 언니를 훨씬 더 닮았고, 수줍음이 많고 소심한 성격이어서 얼핏 슬퍼 보이기까지 했다. 그는 또한 헬레나와 같이 애정에 있어서 끝도 없이 퍼주는 사람이었다. 색스는 헬레나 언니의 막내아들 데이비드라면 껌뻑 죽었고, 그의 말이라면 무엇이든 들어주었다. 물론 데이비드는 훌륭한 소년의 표본이었으므로 놀라운 일은 아니었다. 훌륭한 체격에 호감형 외모, 남다른 음악적 재능과 유머는 사람들의 마음을 쉽게 사로잡았다. 나는 모든 아이들을 사랑했지만 스텔라 다음으로 내 마음에 가까이 들어온 건 색스였다. 아마도 그에게 삶이라는 전쟁터를 살아가는 데 있어 이런저런 장비가 부족하다는 것을 알고 있었기 때문이었을 것이다.

로체스터에서의 나의 휴가는 『자유사회』에 실린 니먼에 대한 경고로 인해 혼란을 맞이했다. 신문의 편집자 아이작 에이브가 쓴 글에서 클리블랜드에서 니먼이 수상쩍은 질문을 하고 다니며 아나키스트 집단에 들어가려 애쓰고 있다는 소식을 전했다. 클리블랜드의 동지들은 그가 틀림없이 스파이일 거라고 결론을 내렸다.

나는 몹시 화가 났다. 겨우 이런 근거를 내세워 비난을 하다니. 나는 아이작에게 더 확실한 증거를 요구하는 편지를 썼다. 그가 답장하기를, 다른 증거는 없지만 니먼이 계속해서 폭력행위에 대해 이야기하고 있는 까닭에 그를 신뢰하기 어렵다고 했다. 나는 또 다른 항의 편지를 썼다. 『자유사회』 다음 호에는 니먼에 대한 입장 철회가 게재되었다.

버펄로에서 '범아메리카 박람회'가 개최되었다. 나는 박람회가 궁금하기도 하고 또 오랫동안 나이아가라 폭포가 보고 싶었지만 아이들을 두고 혼자만 갈 수는 없었다. 그렇다고 또 모두를 다 데려갈 만큼 돈이 충분하지도 않았다. 내가 가족과 함께 휴가를 보내고 있다는 것을 알고 있던 버펄로에 있는 나의 친구 카플란 박사가 어려움을 해소해 주었는데, 나의 친구들을 다 데려오라고 초대한 것이었다. 내게 있는 돈으로는 그런 사치가 불가능하다고 답하자 그는 장거리 전화를 걸어 내게 비용 40달러를 내주고 또 일주일 동안 호스트가 되어 주겠다고 청했다. 모험에 대한 떨리는 기대를 안고 아이들을 버펄로로 데리고 갔다. 우리는 한바탕 축제를 즐겼고, 폭포도 보았으며 박람회도 보고 음악과 파티를 즐겼다. 동지들과 함께 모여 나이가 적든 많든 모두 평등하게 토론을 나누기도 했다.

로체스터로 돌아와 보니 사샤가 보낸 편지 두 통이 도착해 있었다. 7월 10일자 소인이 찍힌 지하비밀 편지는 전송에 지연이 있었던 게 분명했다. 그리고 그 내용은 나로 하여금 심히 절망케 했다. 내용은 이러했다.

> 병원에서 씁니다. 8일 동안 입고 있던 구속복을 이제야 벗었소. 1년 넘게 가장 엄격한 독방에 갇혀 있었고, 아주 오랫동안 편지는 물론 읽는 것도 금지됨에 따라 내게 큰 위기가 찾아왔던 게 사실이오. 재소자 중 친한 친구 두 명이 끔찍한 방식으로 죽었는데 특히 러셀의

죽음은 내게 적잖이 영향을 미쳤지. 내게 너무나 소중하고 가장 헌신적인 친구였는데 그렇게 죽다니. 의사는 처음에는 가짜로 아픈 척하는 거라 하더니 결국 나중엔 척추 수막염인 것으로 밝혀졌소. 그 끔찍한 진실을 내가 말할 수 있을지 모르겠소. 그건 살인이나 다름없는 거였고 나의 불쌍한 친구는 그렇게 살이 썩어 갔소. 죽은 후 그의 몸에서 욕창 한 덩이를 발견했는데, 나를 제발 만나게 해달라고, 내가 자신을 간병하게 해달라고 쓴 안쓰러운 편지를 당신이 읽을 수 있다면…. 당연히 교도소장은 이를 허락하지 않았고, 그의 고통은 내게 다 전달되는 것만 같았지. 그렇게 러셀이 편지에 쓴 고통과 같은 증상을 나도 곧 경험하기 시작했소. 물론 그것이 내 공상이라는 것을 알았기에 이에 저항해 보려 했지만 곧 내 다리가 마비되기 시작했고 러셀이 그랬던 것처럼 척추에 극심한 고통이 시작되었다오. 불쌍한 나의 친구처럼 나도 그렇게 죽으면 어쩌지 하는 두려움이 밀려왔소. 스스로 목숨을 끊기 바로 직전이었지. 감방에서 내보내 달라고 요구하자 소장은 내게 구속복을 입혔소. 사람들은 내 몸을 묶고 팔은 침대에, 발은 기둥에 묶어 꼼짝 못하게 했고, 그렇게 나는 8일 동안 움직이지 못한 채로 내 배설물 속에서 썩어 갔소. 석방된 수감자들이 새로 온 경감에게 내 사건에 대해 이야기했을 때 그는 교도소에서 그런 일이 벌어지고 있다는 것을 믿지 않으려 했다 들었소. 하지만 내가 눈이 멀고 정신을 잃어가고 있다는 보고가 올라갔지. 경감은 병원에 방문하여 내 구속복을 풀어 주었소. 몸 상태가 상당히 좋지 않지만 나를 적어도 일반병동에 입원시켰고, 이렇게 편지도 쓸 수 있으니 나로서는 기쁠 수밖에요.

이 악마같은 놈들! 사샤를 정신병동에 보내거나 스스로 목숨을 끊게 하는 것은 교도소 사람들에게 가장 간편한 일이었을 게다. 사샤가 지옥을 경험하고 있는 동안 나는 꿈과 젊음의 환상과 유쾌함의 세계에서 즐거워하고 있었다는 생각에 마음이 심히 괴로웠다. 내 마음이 울부짖고 있었다. "사샤 혼자서 이 모든 것을 짊어지는 것은 불공평해! 참으로 공정하지 않은 처사야!" 무슨 일인지 놀라 아이들이 내 주변으로 몰려들었다. 스텔라의 커다란 눈에 눈물이 가득 고였다. 예고르는 편지를 하나 더 건네며 말했다. "이건 소인이 좀 더 최근이에요. 아마 더 좋은 소식이 담겨 있을지도 몰라요." 나는 그 편지를 읽기가 두려웠다. 하지만 첫번째 문단을 채 읽기도 전에 나는 기쁨에 소리를 질렀다. "애들아! 스텔라! 예고르! 사샤 형량이 조정되었대! 5년만 더 있으면 그는 자유야! 생각해 봐, 5년이라고!" 흥분에 가쁜 숨을 내쉬며 나머지 편지를 읽어 나갔다. "면회도 가능해!" 나는 소리를 질렀다. "새로 온 소장이 다시 면회를 가능하게 해줬어. 이제 사샤도 드디어 친구들을 볼 수 있어!" 나는 웃었다가 울었다가 하며 방 안을 뛰어다녔다.

헬레나 언니와 제이컵이 급히 계단을 올라와 물었다. "무슨 일이야? 왜 그래?" 나는 눈물만 흘리고 있을 뿐이었다. "사샤가, 나의 사샤가…!" 언니는 나를 부드럽게 소파에 앉히고는 내 손에서 편지를 받아 떨리는 목소리로 편지를 읽어 주었다.

수신함 A7, 펜실베이니아 주 앨러게니 시

1901년 7월 25일

사랑하는 친구여,

당신에게 다시 편지를 쓸 수 있게 되어 얼마나 기쁜지 모릅니다. 새로 부임한 경감 덕분에 나의 특권이 회복되었소. 아주 친절한 사람이오. 그는 나를 감방에서 나갈 수 있게 해주고 이제 마당을 걸을 수도 있게 해주었소. 내 상태에 대해 신문에 실린 것에 대해 친구들에게는 부인할 것을 요청하기는 했지만 말이오. 그간 몸이 많이 안 좋았지만 이제는 개선될 수 있기를 기대하고 있소. 눈이 몹시 안 좋아졌소. 경감은 검안사에게 검사를 받아도 좋다고 허락을 한 참이오. 모쪼록 지역 동지들을 통해 이를 주선해 주길 바라오.

좋은 소식이 하나 더 있는데, 내 남은 형량을 2년 반으로 줄이는 새로운 감형법이 통과되었다는 거요. 물론 여전히 시간이 많이 걸리겠지. 여기선 4년 가까이 남았고, 또 노동교화소에서 1년을 보내야 하니. 그러나 그것만으로 이미 상당한 성과 아니오? 내가 다시 독방에 들어가지만 않는다면 살아서 이 감옥을 나갈 수도 있을 것 같소. 마치 다시 살아나는 듯한 느낌이오.

새로운 법은 더 긴 형기를 선고받은 수감자들에게 상대적으로 더 많은 혜택을 주게 될 거요. 다만 종신형을 선고받은 이들은 예외겠지. 그 법이 위헌이 될 거라는 말이 많아서 한동안 불안했던 게 사실인데, 다행스럽게도 이를 무효화하려는 시도는 허사로 돌아갔다 하오. 수감자들에게 40년 전에 만들어진 감형법보다 조금 더 좋은 시간을 허용하는 게 위헌이라고 생각하는 치들이 있다니, 끔찍한 노릇이오. 마치 불행한 사람들에 대한 약간의 친절(이라고 쓰고 정의라고 읽어야겠지)은 제퍼슨의 정신과 양립할 수 없는 것처럼! 이 법령의 운명에 대해 크게 걱정했지만, 최근 한 무리의 수감자가 석방되었고, 이는 우리에게 아주 큰 기쁨이 되었소.
이 새로운 법에 대해서 아주 특이한 역사가 있는데 당신이 관심이 있을 것 같아요. 살펴볼 다른 부분이 있거든. 이 법으로 말하자면 최근에 유죄 판결을 받은 고위 연방 공무원을 위해 고안되었다 들었소. 이 사람은 부유한 필라델피아 담배 제조업자를 도와 정부를 속여 세금을 떼먹을 수 있게 한 사람인데, 이들의 영향력이 강력해서 감형법안이 도입되고 아주 급히 통과되기까지 했지. 새로운 법으로 인해 형량을 거의 절반으로 줄일 수 있었지만 몇몇 신문들은 '거래'에 대해 밝히지 않는 것에 화가 났던 것 같소. 이 문제는 마침내 미국 법무부 장관에게까지 올라갔고, 법무장관은 법의 조작으로 인한 이익을 기대했던 재소자는 그로 인한 영향을 받지 않을 것이라 결정했지. 설명인즉슨, 주 법은 국가 수감자에게 적용되지 않고 연방 감형법의 적용을 받는다는 거였소. 정치인들이 이 결정을 얼마나 마음에 들어하지 않을지 상상해 보시오! 법령을 정지시키려는 움직임도 물론 있었지만 실패로 돌아갔고, 이제 이 법으로 인해 생각지도 않던 주의 일반 재소자들이 석방되고 있소. 입법부는 의도치 않게 불행한 사람들에게 행복을 가져다준 셈이지.
편지를 쓰는 중에 면회자가 있어 잠시 멈춰야 했소. 9년 만에 처음 만난 동지, 해리 고든이었소. 그의 모습을 보는 것만으로 나는 감정이 북받쳐올라 아무 말도 할 수 없었지. 그가 면회증 발급을 위해 새 경감을 설득해 낸 거요. 현재 라이트 대위의 중병으로 인해 경감이 교도소장 대리를 맡고 있는데 그라면 내가 여동생을 만날 수 있게 허락해 주지 않겠소? 내 동생과 이야기를 나누어 봐주겠소? 그동안 나는 면회증 확보에 만전을 기하고 있겠소.

새로운 희망으로, 그리고 늘 당신에 대한 푸르른 기억을 담아, 알렉스.

"드디어! 드디어 기적이 일어났구나!" 헬레나 언니는 눈물을 흘리며 외쳤다. 언니는 항상 사샤를 우러러봤다. 더욱이 그의 투옥 이후로 언니는 사샤의 상태나 그 소식에 깊은 관심을 가져왔다. 슬픔을 나와 함께 나누던 언니가 이제 이 좋은 소식에 기쁨을 함께 나누고 있었다.

나는 다시 한번 서부 교도소의 벽 안쪽에 서 있었고, 사샤의 발걸음 소리를 조금이라도 더 듣기 위해 움직이느라 심장이 빠르게 뛰었다. 1892년 11월 그날, 내가 그와 잠시 얼굴을 맞대고 다시 비틀거리며 헤어진 이후로 9년이라는 시간이 흘렀다. 도무지 끝날 것 같지 않던 고통으로 보낸 9년이었다.

"사샤!" 나는 팔을 뻗은 채 그에게 달려갔다. 나는 간수 옆에서 회색 옷을 입은 사람을 보았다. 그의 얼굴도 옷과 똑같은 회색이었다. 저 사람이 정말 사샤가 맞나? 저렇게 마르고 야윈 사람이? 그는 내 옆에 말없이 앉아 내 시계줄 고리를 만지작거렸다. 나는 그가 무슨 말이라도 꺼내길 긴장하며 기다렸다. 그는 아무 소리도 내지 않고 다만 나를 바라보며 내 영혼까지 들여다보았다. 사샤의 깜짝 놀란 눈, 고통받은 눈을 보니 울고만 싶어졌다. 나도 그처럼 아무 말도 못한 채 그저 앉아만 있었다.

"면회 종료!" 그 소리에 내 피가 얼어붙는 것만 같았다. 무거운 발을 끌고 철문을 나섰다. 같은 날 나는 앨러게니를 떠나 세인트루이스로 향했다. 그곳에서 3년 동안이나 보지 못한 칼 놀드를 만났다. 그는 사샤의 소식을 간절히 바라던 예전의 그의 모습과 똑같았다. 그는 이 예상치 못했던 변화에 대해 이미 알고 있었고 그 역시 매우 기뻐했다. "그래서 사샤를 만났단 말이로군요!" 그가 흥분해 말했다. "사샤가 어땠는지 어서 말해 주세요."

내 면회에 대해 해줄 수 있는 말은 다 해줬다. 내 말을 들은 그가 말했다. "독방에서 나온 지 얼마 안 된 상황에서 면회를 너무 섣부르게 한 게 아닌가 걱정이 되네요. 다른 사람이랑 말 한 마디 섞지 못하는 강제격리 상황을 겪은 후에는 감각이 무뎌지고 타인에 대한 접촉이 얼마나 그리운지 그걸 표현조차 할 수 없게 되거든요." 그제야 사샤의 두려운 침묵을 이해할 수 있었다.

다음 날인 9월 6일, 나는 에드의 회사 주문을 위해 세인트루이스에 있는 주요 문구점과 잡화점을 방문했지만 한 건의 주문도 받지 못했다. 오직 매장 한 곳에서만 사장님을 보려면 다음 날 전화하라는 말을 들었을 뿐이었다. 지친 나머지 차를 기다리며 길모퉁이에 서 있는데 신문배달원의 외침이 들렸다. "호외요, 호외요! 매킨리 대통령이 총에 맞았어요!" 나는 신문을 샀지만 전차는 사람으로 가득 차서 신문을 읽는 게 불가능했다. 주변에서 사람들은 죄다 대통령 암살에 대한 이야기를 하고 있었다.

칼은 나보다 먼저 집에 도착해 사건에 대해 읽은 참이었다. 대통령은 버펄로의 박람회장에서 리언 촐고츠라는 젊은이가 쏜 총에 맞았다. "촐고츠라는 이름은 들어 본 적도 없어요. 당신은요?" 칼이 물었다. "저도요." 내가 대답했다. "당신이 버펄로가 아니라 여기 있어서 얼마나 다행인지 몰라요. 신문들은 또 당신과 이 암살의 연결점을 찾으려 혈안이 되었을 테니 말이죠." 이에 나는 말했다. "말도 안 돼요. 미국 언론은 물론 말 꾸며 내는 데는 최고지만, 그런 정신 나간 이야기를 꾸며 낼 정도는 아닐 거예요."

다음 날 문구점 주인을 만나러 갔다. 오랜 설득 끝에 지금까지의 주문 중 가장 큰 거래실적인 천 달러 주문을 받는 데 성공했다. 남자가 주문서를 작성하는 동안 나는 책상에 놓인 신문의 헤드라인을 읽고 기함했다. "매킨리 대통령 암살자는 아나키스트로, 엠마 골드만의 사주를 받았다 고백. 여성 아나키스트 엠마 골드만 수배."

나는 애써 평정을 유지하려 애썼고, 거래를 마치고 문구점을 나와서는 신문 몇 부를 사서 식당에 앉아 읽었다. 신문은 이 비극적 사건의 이모저모에 대해 기사를 쓰고 있었고, 경찰이 시카고에 있는 아이작의 집을 급습한 후 그곳에서 발견된 모든 사람을 체포했다고 했다. 당국은 엠마 골드만이 체포될 때까지 이 사람들을 모두 구금할 거라고 밝혔다. 엠마 골드만을 추적하기 위해 전국적으로 200명의 형사가 파견되었다.

신문 하나에 매킨리 암살자의 사진이 있었는데 그것을 보고 나는 숨을 쉴 수가 없었다. "아니, 이건 니먼이잖아!"

계약서류 작성이 끝난 후 즉시 시카고로 가야 한다는 것이 분명해졌다. 아이작의 가족과 히폴리테, 노동운동에서 가장 활동적인 우리의 오랜 동지인 제이 폭스, 그리고 다른 많은 사람들이 보석 없이 구금되어 있었다. 내가 출두하는 것만이 나의 의무였다. 나를 총격사건과 연결시킬 이유도, 최소한의 증거도 없다는 것을 나는 알고 있었다. 나는 시카고로 갈 것이다.

거리로 나서서 우연히 'V'를 마주쳤다. 몇 해 전 로스앤젤레스에서 나의 강연을 맡아 주었던 '뉴멕시코 부자' 매니저 말이다. 나를 본 그는 순간 공포로 얼굴이 하얗게 질렸다. "아니, 엠마! 도대체 여기서 뭐하는 겁니까?" 그는 떨리는 목소리로 물었다. "전국의 경찰들이 당신을 찾고 있는 걸 몰라요?" 말을 하면서도 눈은 계속 거리를 불안하게 둘러보는 그의 모습을 보건대 적잖이 당황한 듯했다. 나는 그로 인해 내 존재가 드러나지 않도록 해야 했다. 익숙한 듯 나는 그의 팔을 붙잡고 속삭였다. "조용한 곳으로 가서 이야기해요."

다른 손님들과 좀 떨어진 구석에 앉아 그에게 말했다. "한때 당신은 내게 당신의 영원한 사랑을 맹세했었죠. 내게 청혼까지 했었잖아요. 그게 불과 4년 전 일입니다. 그 애정은 아직 남아 있나요? 만약 그렇다면 여기에서 나를 보았다는 말을 그 누구에게도 하지 않겠다고 맹세할 수 있나요? 나는 세인트루이스에서 체포되고 싶진 않아요. 적어도 시카고에 그 영광을 줘야지요. 내가 당신을 믿을 수 있을지 말해 주세요." 그는 엄숙히 약속했다.

거리로 나왔을 때 그는 가던 길을 서둘러 갔다. 나는 그가 약속을 지킬 것임은 확신했지만, 이전처럼 나를 떠받들던 그 사람은 아니라는 것을 알 수 있었다.

칼에게 내가 시카고로 갈 생각이라고 하자 그는 내가 정신이 나갔다고 했다. 제발 그 생각을 포기하라면서 애원했지만 나는 이미 마음을 굳힌 뒤였다. 그는 믿을 만한 친구들을 모으기 위해 떠났고, 그들이 나를 설득해 주길 바라는 희망을 가진 채였다. 친구들과 나는 몇 시간 동안 실랑이를 벌였지만 나의 결정은 달라지지 않았다. 우리가 다시는 유쾌한 저녁을 함께할 기회가 없을 것이기에 나를 기쁘게 배웅해 달라고 농담을 섞어 말했다. 친구들은 호화로운 식사가 나오는 개인식당을 예약해 식사 대접을 해주었고, 칼은 나를 위해 침대칸을 구해 주고는 나와 함께 워배시 역에 함께 가주었다.

아침에 기차 안은 버펄로에서의 비극과 촐고츠, 엠마 골드만에 대한 이야기로 가득했다. "짐승 같으니, 피에 굶주린 괴물이지 뭐야!" 누군가 말하는 소리가 들렸다. "그 여자는 아주 오래전에 감옥에 갇혔어야 했다니까요." 누군가 반박하며 말했다. "감옥 가지고 될 일이 아니에요. 가로등 기둥에 매달아 놔야 해요."

나는 침대칸에서 쉬면서 이 선한 그리스도인의 말을 잠자코 듣고 있었다. 내가 밖으로 나가 "자, 신사숙녀 여러분, 온유하신 예수님의 진정한 추종자, 엠마 골드만 자매가 여기 있습니다" 하며 외치면 사람들이 어떻게 나올까 상상하며 혼잣말을 했다. 그러나 다른 사람들에게 충격을 줄 생각이 없었기에 그냥 커튼을 치고 조용히 자리를 지키고 있었다.

기차가 역에 도착하기 30분 전에 옷을 갈아입었다. 하늘색 베일이 달린 작은 세일러 모자였는데 당시 유행하던 스타일이었다. 나는 안경을 벗고 베일로 얼굴을 가렸다. 승강장은 사람들로 붐볐는데 몇몇은 형사처럼 보였다. 나는 같은 칸에 타고 있던 승객에게 짐꾼을 찾으러 가는 동안 내 여행 가방을 좀 봐 줄 것을 부탁했다. 짐꾼을 찾아서 내 가방이 있는 승강장 끝까지 걸어갔다가 다시 돌아와 역을 나왔다.

내가 온다는 사실을 아는 사람은 내가 비밀리에 전보를 보낸 막스뿐이었다. 그가 나를 알아보기 전 내가 먼저 그를 찾았는데 그를 천천히 지나치며 나는 속삭였다. "다음 골목까지 쭉 걸어가요. 나도 따라갈게요." 우리 뒤를 밟는 사람은 아무도 없는 것 같았다. 막스와 이리저리 길을 바꾸고, 전차로 갈아탔다가를 반복한 후 우리는 그가 퍽(밀리)과 함께 살고 있는 아파트에 도착했다. 둘 다 내 안전을 크게 걱정했고, 막스는 내가 시카고에 온 것은 미친 짓이라고 했다. 상황은 1887년의 반복일 거라면서 말이다. 언론과 경찰은 피에 굶주려 있었다. "그들이 원하는 건 바로 당신의 피라고요." 막스와 밀리는 내게 당장 미국을 떠날 것을 종용했다.

나는 시카고에 남기로 결심했다. 나는 동료들의 집이나 외국 동지들과 함께 있을 수 없다는 것을 깨달았다. 그러나 내게는 아나키스트가 아닌 친구들이 있었다. 막스는 나를 아끼던 N부부에게 내가 왔다는 것을 알렸고 그들은 즉시 나를 보러왔다. 그들도 나의 안위를 걱정했지만 자신들과 함께라면 안전할 거라 생각했다. 나는 최대한 빨리 경찰에 출두를 할 생각이었기에 이틀 정도만 잘 숨어 있으면 되었다.

부유한 설교자의 아들인 N씨는 고급동네에 살았다. "엠마 골드만이 우리 집에 있다고 믿을 사람이 있을까요?" 집에 도착하면서 그가 말했다. 월요일 오후 늦게 사무실에서 돌아온 N씨는 『시카고 트리뷴』에서 독점 인터뷰에 대한 대가로 5,000달러를 제시했다는 사실을 알려주었다. “좋은데요!” 나는 대답했다. “법원에서 싸우려면 돈이 필요하니까요.” 우리는 N 씨가 신문사 사람을 자신의 아파트로 데리고 와 셋이 함께 경찰서에 가는 것에 합의했다. 저녁에 막스와 밀리가 도착했다. 이토록 긴장하고 흥분해 있는 모습을 일찍이 본 적이 없었다. 막스는 계속해서 내가 도망쳐야 한다는 말만 반복했다. 그렇지 않으면 경찰 올가미에 스스로 기어들어가는 셈이라면서 말이다. “경찰에 가면 절대로 살아서 나오지 못할 거예요.” 그는 내게 경고했다. “앨버트 파슨스와 똑같은 일이 벌어질 거라고요. 캐나다로 넘어가세요. 제발.”

밀리가 옆으로 와서 내게 살짝 말했다. “막스는 금요일부터 잠도 한숨 안 자고 음식도 먹지 않고 있어요. 밤새도록 방 안을 돌아다니고 혼자 중얼중얼거려요. ‘엠마가 제정신이 아닌 거야. 그들은 엠마를 분명 죽일 거라고’ 하면서요.” 밀리는 내게 캐나다로 넘어갈 생각이 없더라도 제발 막스에게 그러겠다고 약속을 해달라고 했다. 이에 나는 동의하고 막스에게 캐나다에 갈 준비를 좀 해달라고 부탁했다. 그는 기쁨에 겨워 나를 꼭 안았다. 막스와 밀리는 내가 변장할 옷을 가지고 다음 날 아침에 찾아오기로 했다.

나는 밤의 대부분의 시간을 편지와 노트들을 찢는 데 썼다. 혹시라도 내 친구들과 연루될 가능성이 있는 증거물들을 모두 파기했다. 모든 준비를 마치고 잠자리에 들었다. 아침에 N 부인은 사무실로 떠났고 N 씨는 『시카고 트리뷴』을 찾아갔다. 누군가 전화를 하면 나는 가정부 행세를 하기로 말을 맞춰 둔 참이었다.

9시쯤 되었을까. 목욕을 하고 있는데 누군가 창틀을 긁는 것 같은 소리가 들렸다. 처음에는 신경을 쓰지 않고 여유롭게 목욕을 마치고 옷을 입고 있었다. 그런데 유리가 깨지는 소리가 들렸다. 나는 가운을 걸치고 무슨 일인지 알아보기 위해 거실로 갔다. 한 남자가 한 손으로 창틀을 움켜쥐고 다른 손에는 총을 들고 있었다. 그곳은 3층이었고, 다른 비상구는 없었다. "조심하는 게 좋을 텐데요. 목이 부러지고 말 거예요!" 나는 외쳤다. "왜 문을 안 여는 거야? 귀가 먹었어?" 그는 창문을 통해 내가 있는 방으로 미끄러지듯 들어왔다. 나는 문으로 가서 자물쇠를 열었다. 거구의 남자가 이끄는 열두 명의 남자들로 아파트가 붐볐다. 남자는 내 팔을 잡고 소리를 높였다. "당신은 누구야?" "영어 못해요. 스웨덴 가정부예요." 그는 나를 잡은 팔을 놓고 가택 수색을 명령했다. 그는 내게 소리질렀다. "물러서. 우리는 엠마 골드만을 찾고 있다." 그러고는 내게 사진 한 장을 내밀었다. "보여? 이 여자 어딨어?" 나는 사진을 가리키며 말했다. "이 여자. 여기 없어요. 이 여자는 덩치 엄청 커. 저 상자들 너무 작아서 저기 숨지 못해. 그 여자는 엄청 커." "알았어. 닥쳐!" 그가 소리쳤다. "망할 놈의 아나키스트들이 무슨 짓을 할지 알 수가 있어야지."

집 수색을 하며 모든 걸 다 뒤엎고 난 뒤 그 덩치 큰 남자는 책장 쪽으로 다가가더니 이렇게 말했다. "젠장할, 여긴 목사 집이잖아. 이 책들 좀 봐. 여기에 엠마 골드만이 있을 리가 없어." 그들이 떠나려는 찰나 형사 중 한 명이 갑작스럽게 외쳤다. "쉬틀러 반장님, 이거 어떻습니까?" 친구에게 선물받은 만년필로, 내 이름이 적혀 있었다. "이거 이거, 잘 찾아냈구만!" 반장이 소리질렀다. "분명 여기 있었던 거야. 다시 돌아올지도 몰라." 그는 부하 두 명에게 남아서 지키라고 명령했다.

이제 게임이 다 끝났다. N 씨나 『시카고 트리뷴』이 올 기미는 보이지 않았다. 이 소극을 더 끌고 가는 것이 아무 소용없다 판단해 사람들 앞에 나섰다. "내가 엠마 골드만이오."

잠시 동안 반장과 그 부하들은 어안이 벙벙해져 가만히 서 있기만 했다. 그러다 반장이 소리를 질렀다. "젠장할! 이 요망한 여자 같으니. 내가 만난 사기꾼 중에 제일 영악하구만. 어서 이 여자를 체포해!"

차에 올라타면서 N 씨와 트리뷴 기자가 함께 오고 있는 것을 보았지만 특종기사를 싣기에는 너무 늦었고 N 씨를 알아봐 그를 곤경에 처하게 하고 싶지 않았기에 나는 그들을 못 본 척했다.

전에 다른 미국 도시들에서 자백을 강요하기 위해 경찰이 혹독한 고문을 한다는 이야기를 들어 본 적은 있지만 내가 직접 겪지는 않았다. 1893년 이후로 수차례 체포되었지만 내게 단 한 번도 폭력이 가해진 적은 없었다. 체포 당일인 9월 10일, 나는 경찰서의 숨 막히는 방에 갇혀 10시 반부터 오후 7시까지 지치도록 들볶였다. 못해도 50명 정도 되는 형사들이 나를 지나가며 내 눈앞에 주먹을 휘둘렀고 나를 직접적으로 위협했다. 한 형사가 외쳤다. "버펄로에서 당신, 촐고츠랑 같이 있었잖아. 내가 직접 봤어. 컨벤션 홀 바로 앞에서 둘이 있는 걸 내가 봤으니 당장 사실대로 부는 게 좋을 거야. 내 말 알아들어?" 또 다른 사람은 이렇게 소리질렀다. "골드만 씨, 박람회장에서 그놈과 있는 걸 내가 봤대두. 거짓말할 생각 마시라고. 내가 봤다니까?" 혹은, "이 정도면 거짓말은 충분한 것 같습니다. 계속 이렇게 나오면 전기의자에 앉힐 수밖에 없어요. 자자, 당신 애인이 이미 자백했단 말입니다. 대통령을 쏜 건 당신 연설 때문이었다고." 나는 그들이 거짓말을 하고 있다는 걸 알았다. 5월 5일 클리블랜드에서의 단 몇 분, 7월 12일 시카고에서의 30분을 제외하고 그와 함께 있었던 적은 없었다. 형사 중 가장 난폭한 이는 쉬틀러였다. 그 육중한 몸뚱이가 내 위로 우뚝 솟은 채로 소리를 질렀다. "자백하지 않으면 그 헤이마켓 놈들이랑 똑같이 될 줄 알아."

처음 경찰서로 끌려갔을 때 했던 이야기를 되풀이하면서 내가 언제 어디에서 누구와 있었는지를 계속 설명했지만 그들은 내 말을 믿지 않았고 계속 나를 괴롭혔다. 머리가 깨질듯 아파오고 목과 입술이 바싹 말랐다. 탁자 위에 있는 물병을 향해 손을 뻗을 때마다 형사는 나를 제지하며 말했다. "마시기 전에 대답부터 하셔야지. 말만 하면 물은 얼마든지 마셔도 되는데. 촐고츠가 대통령 암살한 날 어디에 있었지?" 고문은 몇 시간 동안 이어졌고, 마침내 나는 해리슨 스트리트의 경찰서로 연행되어 유치장에 갇혔다.

혹시 저녁이 필요한지 묻기 위해 교도관이 왔다. "아니요, 물만 주세요. 그리고 머리가 너무 아픈데요." 교도관은 미지근한 물이 담긴 양철 주전자를 가져왔고 나는 단번에 다 마셨다. 내 머리를 위해서는 냉찜질할 것밖에 줄 수 없다 했고 그것만으로도 도움이 되어 나는 곧 잠이 들었다.

몸이 타들어가는 것 같은 느낌에 잠에서 깼다. 사복을 입은 남자가 반사경을 내 눈에 가까이 들어대고 있었다. 나는 벌떡 일어나 온 힘을 다해 그를 밀어내며 외쳤다. "내 눈을 다 태워 버릴 셈인가요!" 그가 대꾸했다. "아직 안 끝났어. 더 태울 거야." 잠깐의 휴식을 제외하고 3일 밤 동안 내내 이 짓이 반복되었다. 세번째 날에는 다른 형사들도 같이 내 감방에 들어왔다. “우리가 당신한테 먹일 딱 맞는 약을 가지고 왔지. 촐고츠를 금전적으로 지원한 게 당신이었지? 버펄로의 카플란 박사한테 돈 받았잖아? 우리가 그 사람한테도 다 자백 받았다 이 말이야. 자, 여기에 대해 뭐 할 말 있나?” 나는 대답했다. “이미 한 말 외에 더 할 말은 없어요. 나는 그 일에 대해 아는 바가 하나도 없어!”

체포 이후로 친구들에게서 아무런 연락도 받지 못했으며, 나를 보러 오는 사람도 없었다. 내가 외부와 완전히 차단된 채로 감금되어 있다는 사실을 깨달았다. 편지를 이따금 받기는 했다. 서명도 안 된 채로 “이 망할 아나키스트 년”, “내 손에 잡히기만 하면 너의 심장을 떼어내 내 개한테 먹일 텐데”, “살인자 엠마 골드만” 같은 말이 써 있었다. 또 다른 편지에는 “조국을 배반한 죄로 너는 지옥불에 타게 될 것”이라고 쓰여 있었고, “우리가 네년의 혀를 자르고 기름에 적신 다음 산 채로 태워 버릴 것을 맹세한다”라고 유쾌하게 다짐하는 편지도 있었다. 익명으로 보내 온 편지 중 내게 어떻게 변태적 성행위를 하겠다고 쓴 내용은 이 분야 권위자들도 놀랄 만한 것들이었다. 그럼에도 불구하고 편지를 보낸 이들보다 더 경멸스러운 것은 형사들이었다. 매일같이 미국의 품위와 도덕을 유지하는 수호자들이 읽은 후 통과한 편지들이 한 아름 내게 전달되었지만 내 친구들이 보낸 메시지는 내게 오지 않았다. 이렇게 내 영혼이 무너질 것은 분명했다. 멈춰야 했다. 다음 번에 또 내게 개봉된 편지봉투가 도착했을 때 나는 그것을 보지도 않은 채 찢어 형사의 얼굴에 던졌다.

체포된 지 5일째 도착한 전보는 에드가 보낸 것이었다. 회사의 지원을 약속하는 내용으로 전보에는 "우리 이름을 사용하는 것을 주저치 마세요. 끝까지 함께하겠습니다"라고 쓰여 있었다. 에드의 회사를 위해 침묵을 지켜야 할 부담감에서 벗어났다는 사실은 일단 안심이었다.

같은 날 저녁 시카고 경찰서의 오닐 서장이 나를 보러 왔다. 나와 조용히 대화를 나누고 싶다면서 "당신을 괴롭히거나 강제할 생각은 없다" 했다. "어쩌면 내가 당신을 도울 수 있을 것 같습니다." 나는 대답했다. "경찰서장한테 도움을 받는 것만큼 이상한 일이 있을까요? 하지만 일단 서장님이 알고자 하는 것에는 대답할 용의가 있습니다." 그는 내가 촐고츠를 처음 만난 5월 5일부터 시카고에서 내가 체포된 날까지의 자세한 행적을 설명할 것을 요청했다. 자세한 정보를 제공하되 사샤를 만나러 간 일이나 나를 맞이해 준 동료들의 이름은 밝히지 않았다. 카플란 박사나 아이작, 히폴리테 등은 이미 경찰이 다 알고 있었다. 나는 실질적으로 온전한 설명을 해줄 수 있는 위치였다. 나의 결론에 이르러(내가 말한 것은 다 속기로 기록되었다) 오닐 서장은 말했다. "당신이 아주 영리한 배우가 아닌 다음에야, 나는 당신이 무고하다고 생각합니다. 당신이 여기서 나올 수 있도록 내가 할 수 있는 일을 해보도록 하지요." 나는 고맙다는 말도 안 나올 만큼 놀랐다. 이런 식으로 말하는 경찰을 처음 본 데다가, 그가 아무리 노력한다 하더라도 그게 성공할지에 대해서는 회의적이었다.

서장과의 면담 후 즉각적으로 나의 처우에 변화가 찾아왔다. 내 감방 문은 밤낮으로 잠겨 있지 않았고, 교도관으로부터 큰 방에 머물며 흔들의자와 테이블을 사용해도 좋다는 말을 들었다. 심지어 음식을 주문할 수도 있으며 신문을 보고 우편물을 주고받는 것도 가능했다. 갑자기 하루 종일 방문자를 상대하는 사교계 여성의 삶을 누리게 되었다. 나를 찾아온 신문기자들은 인터뷰를 하기보다는 와서 수다 떨고 담배 피우고 재미있는 이야기를 들려주곤 했다. 또 다른 부류의 사람들은 호기심에 나를 보러 왔는데, 일부 여성 기자들은 책과 화장품을 선물로 가지고 왔다. 가장 열정적이었던 사람은 『허스트』의 캐서린 레키로, 1893년 '무덤'에 있던 나를 방문했던 넬리 블라이보다 더 뛰어난 지성을 가졌고 또 더 예민한 사회적 감수성을 지닌 사람이었다. 열렬한 페미니스트인 동시에 노동의 대의에 헌신하고 있던 그녀는 내가 받은 심각한 수준의 고문에 대해 처음으로 제대로 이야기를 들어 준 사람이었다. 그녀는 그 고문에 대해 분개했으며, 다른 여성 단체들이 이 문제에 대해 입장을 낼 수 있도록 연락을 하기 시작했다.

하루는 『노동신문』 대표라는 사람이 찾아왔다. 막스였다. 기쁜 마음으로 그를 보았는데, 그는 조용하게 속삭이며 이렇게밖에 들어올 수 없었노라 했다. 그러면서 에드로부터 받은 편지 이야기를 해주었다. 『허스트』가 유스투스 슈바프에게 연락을 취해 내가 뉴욕으로 건너와 독점 인터뷰를 할 수 있다면 2만 달러를 주겠다 했다는 것이었다. 그 돈을 유스투스와 에드가 유용하게 쓸 수 있을 거라 생각했는데, 막스가 말하길 그들은 『허스트』가 나를 보기 위해서는 그 돈이 얼마나 크더라도 지출을 감당할 거라고 확신하고 있다는 것이었다. "『허스트』는 자신이 촐고츠를 사주해서 매킨리를 쏘게 했다는 혐의로부터 빠져나오기 위해 그 인터뷰가 필요한 거예요" 하고 그는 설명했다. 매킨리 행정부 내내 허스트 신문사에서 대통령을 맹렬히 공격했기 때문에 공화당 신문들은 허스트와 촐고츠가 서로 연관되어 있다는 식의 기사를 1면에 싣고 있었다. 신문 중 하나에서는 허스트 발행인이 촐고츠 뒤에 서서 폭탄에 불을 붙일 성냥을 건네는 만평을 실었다. 이제 『허스트』는 아나키스트들을 없앨 것을 요구하는 목소리 중 가장 큰 소리를 내고 있었다.

유스투스와 에드, 막스는 내가 뉴욕으로 돌아가는 것에 결사반대했지만 여하튼 『허스트』의 제안을 알리는 것이 그들의 의무라고 생각했다. "2만 달러라고요! 에드의 편지가 늦게 도착해서 아쉽네요. 난 분명 그 제안을 받아들였을 텐데. 그 돈이 우리 운동과 선전에 얼마나 큰 도움이 될지 생각해 봐요." "아직도 유머감각을 잃지 않았다는 것은 반가운 일이에요." 막스가 말했다. "하지만 그 편지가 늦게 와서 다행이라고 생각합니다. 허스트 씨 없이도 당신 상황은 이미 충분히 심각해요."

또 다른 방문자는 클레런스 대로 사무실에서 온 변호사였다. 그는 내가 촐고츠를 계속해서 변호함으로써 내 사건을 스스로 망치고 있음을 경고하기 위해 나를 찾은 것이었다. "당신이 대통령 살해범과의 관계를 계속해서 변호한다면 그 어떤 변호사도 당신 케이스를 맡으려고 하지 않을 거예요. 지금 당신은 공범으로 몰리고 있는 아주 절박한 상황이라구요." 클래런스 대로 씨가 그렇게 걱정이 되면 본인이 직접 오시지 어째서 대리인을 보낸 거냐고 나는 물었다. 그는 대답하지 않았다. 변호 대리인은 계속 내 사건에 대한 불길한 말만 늘어놓았다. 분명 이 사건에서 내가 빠져나갈 수 있는 방법은 없어 보였다. 촐고츠는 미친 사람이라고 그는 주장했다. 그 누구라도 그가 미친 사람인 걸 알 수 있을 거라 했다. 게다가 나를 그 일에 연관시키고 여자 치마폭 뒤에 숨어 있는 겁쟁이이며, 아주 질이 나쁜 사람이라고 했다.

그의 말은 나를 불쾌하게 만들었다. 나는 무방비 상태에 놓인 한 인간을 욕할 생각이 없으며 그 상사라는 사람의 도움도 원하지 않는다고 했다. 대로 씨를 만난 적은 없지만 뛰어난 변호사이자 사회에 대한 폭넓은 식견을 가진 사람, 유능한 작가이자 강연자라는 것은 익히 들어 알고 있었다. 신문기사에 따르면 그는 급습되어 체포된 아나키스트들, 특히 아이작 가족에 관심을 갖고 있었다. 촐고츠의 목숨을 노리며 울부짖는 광란의 합창단에 내가 합류하기를 기대하며 그러한 충고를 내게 굳이 보내 온다는 것이 참으로 이상했다.

온 나라는 패닉상태에 빠졌다. 신문기사들로 보건대, 정신이 나간 건 촐고츠가 아니라 미국 국민들이었다. 1887년 이후로 피에 대한 갈증, 그처럼 야만적인 복수가 노골적으로 드러난 적은 없었다. "아나키스트는 씨를 말려야 한다"고 신문들은 열광적으로 기사를 써댔다. "바다에 처박아야 한다. 우리 깃발 아래 그런 인간들이 설 자리는 없다. 살인을 꾸밀 수 있게 엠마 골드만을 너무 오래 내버려뒀다. 그 여자는 사기꾼답게 자기 운명을 받아들여야 한다."

시카고에서 있었던 그 어두운 시절이 반복되고 있었다. 14년, 고통스럽고도 유익했던 시간이 이렇게 끝나는 것인가? 나는 아직 서른두 살이었고 아직 하지 못한 일이 더 많다. 그리고 버펄로의 그 청년은 또 어떤가. 그의 삶은 시작조차 되지 않았는데. 그의 삶은 도대체 뭐였을까, 나는 궁금했다. 무엇이 그를 이 파멸로 몰아가게 한 것일까. "노동자들을 위해" 그 일을 했노라 그는 말했다고 했다. 노동자들을 위해서라고? 사샤 또한 민중을 위한 일을 했다. 용감한 시카고 순교자들과 외국의 다른 순교자들 역시 마찬가지였다. 그렇지만 정작 민중들은 잠들어 있고 심지어 관심조차 없다. 그들은 스스로를 옭아매는 사슬을 제 손으로 만들고 그리스도를 십자가에 못 박으라는 주인의 명령을 따른다.

24

버펄로에서 나에 대한 용의자 인도를 요청했지만 시카고는 사건에 대한 자료를 요청했다. 나에 대해서 이미 법정에서 여러 차례 심리가 있었고 매번 버펄로의 지방검사는 일리노이 주가 나의 사건을 종료하고 자신들에게 인도할 수 있도록 유도하는 정황증거를 적지 않게 제시했다. 하지만 일리노이는 직접적인 증거를 요구했고, 심리가 지연되는 일들이 더 자주 생겨났다. 배후에 오닐 서장이 있는 것이 분명했다.

나에 대한 서장의 태도로 인해 해리슨 스트리트 경찰서의 모든 경찰관들의 행동이 달라졌다. 나를 감시하도록 배정된 교도관과 두 명의 경찰관이 내게 아낌없는 관심을 보이기 시작했고, 야간 당직 교도관은 과일과 사탕, 와인 등이 든 짐꾸러미를 한가득 안고 나타났다. "길 건너 술집을 운영하는 친구가 보냈네요" 아니면 "당신의 추종자가 보내 왔습니다" 하고 말을 전했고 교도관은 누구로부터 온 것인지 알 수 없는 꽃다발을 건네 주곤 했다. 어느 날 교도관이 오는 일요일에 나의 팬 한 명이 성대한 만찬을 보낼 예정이라는 메시지를 전해

주었다. "그 남자는 누구고, 왜 나를 추앙하는 거죠?" 나의 질문에 그녀가 답했다. "우리는 다 민주당원이고 매킨리는 공화당이었으니까요." 나는 놀라 물었다. "그렇다고 해서 매킨리가 총에 맞아 잘됐다는 말은 아니죠?" 그녀는 대답했다. "기쁠 것도 없지만 안타깝지도 않아요. 물론 그런 '척'을 해야 하긴 하죠. 하지만 누가 그러고 싶겠어요." 나는 말했다. "나는 매킨리가 죽길 바라지 않았어요." 그녀가 웃으며 답했다. "우리도 알아요. 하지만 당신은 지금 그 젊은이를 옹호하고 있잖아요." 나는 미국의 얼마나 더 많은 사람들이 이 경찰서의 사람들처럼 대통령에게 보내는 동정을 꾸며 내고 있는지 궁금했다.

이 사건을 진심으로 걱정하는 기자들조차 몇 없어 보였다. 기자들 중 한 명은 내가 촐고츠에 대한 연민이 있음에도 직업적 이유에 의해 매킨리의 병간호를 해야 하는 상황이 된다면 기꺼이 그 일을 하리라는 말에 적잖이 놀랐다. "당신은 퍼즐 같아요. 정말 이해하기 어려워요. 촐고츠를 동정하면서도 그가 죽이려 한 사람을 기꺼이 간호하겠다니 말예요." 나는 기자에게 말했다. "기자로서 당신이 인간의 복잡성을 이해할 거라고 기대하지는 않아요. 그럼 잘 듣고 이해할 수 있겠는지 한번 생각해 보시죠. 버펄로의 청년은 지금 궁지에 몰려 있어요. 수백만의 사람들이 그의 사지를 찢어발길 준비가 되어 있죠. 그는 개인적 이득이나 이해관계 때문에 그 일을 한 게 아니에요. 민중을 위해, 그의 이상을 위해 한 거죠. 내가 그에게 공감하고 연민을 느낀다면 바로 이 이유 때문입니다. 반면에, 아마도 지금 죽음을 목전에 두고 있을 윌리엄 매킨리는 내게 거의 존재하지 않는 인간이나 마찬가지예요. 내가 그를 간호할 수 있겠다고 말하는 건 바로 이 이

유고요.”

기자는 계속해서 말했다. “나는 절대 이해 못해요. 내 이해범주 밖의 일이에요.” 다음 날 신문에 실린 헤드라인은 이러했다. “대통령 간호를 원하는 엠마 골드만. 그러나 시해자를 동정해….” 버펄로는 나의 인도를 정당화할 증거 제시에 실패했고 시카고는 숨바꼭질 게임에 지쳐 가고 있었다. 당국은 나를 버펄로에 넘기고 싶어하지 않았지만 그렇다고 나를 풀어 줄 마음도 없었다. 타협책으로 2만 달러의 보석금이 제시되었다. 아이작 가족은 1만 오천 달러였다. 우리 동지들이 단 며칠 안에 3만 5천 달러의 돈을 모금하는 것이 불가능하다는 것을 나는 알고 있었다. 보석으로 나가더라도 내가 아닌 다른 사람들이 먼저여야 한다고 생각했고, 이후 나는 쿡 카운티 교도소로 이송되었다.

이감 전날 밤은 일요일이었고, 술집 주인이라던 나의 숭배자는 자신이 했던 말을 지켰다. 와인과 꽃, 칠면조가 올려진 커다란 쟁반을 보내 온 것이었다. 그와 함께 내 보석금에 5,000달러를 기꺼이 지불하겠다는 메모가 있었다. “이상한 술집 주인이군요!” 놀라워하며 말하는 내게 교도관이 대답했다. “전혀 그렇지 않아요. 그 사람은 말단 당원인데, 공화당을 악마보다 더 싫어하거든요.” 나는 교도관과 다른 경찰관 두 명을 초대해 만찬을 즐겼다. 죄수가 간수를 초대해 음식을 대접하다니, 이런 일은 난생 처음이라고 그들은 말했다. “위험한 아나키스트가 법과 질서의 수호자를 손님으로 맞이하는 걸 말씀하시는 거겠죠?” 하고 나는 그들의 말을 고쳐 주었다. 모두가 떠나고 난 뒤 주간 경비원이 아직 남아 있기에 혹시 교대가 밤으로 바뀐 것인지 물었다. “아니요. 그저 당신이 내가 감시하는 첫번째 아나키스트가 아니라는 말을 하고 싶었습니다. 파슨스와 그의 동지들이 여기 갇혔을 때도 나는 교대를 서고 있었거든요."

삶이란 참으로 기이하고 설명할 수 없는 방식으로 흘러가고, 일들은 복잡하게 엮인다. 나는 여기에 먼저 간 이들의 영적 자녀로서 그들의 목숨을 앗아간 바로 그 도시, 바로 그 감옥에 갇혀 있고, 심지어 그들을 지켰던 같은 간수의 감시 아래에 있다. 내일 나는 파슨스와 스파이스, 엥겔, 피셔가 교수형을 당했던 쿡 카운티 교도소로 이감될 예정이었다. 참으로 이상도 하지. 나를 그 순교자들과 묶어 주는 복합적인 힘이 내가 사회적 의식을 하고 있던 시절 내내 나에게 작용하고 있었던 것만 같다. 그리고 이제 사건들은 나를 그들과 더 가깝게 만들고 있다. 나의 결말까지도 그들과 비슷하려나?

신문에서는 폭도들이 해리슨 스트리트 역을 공격하려 하고 있고, 엠마 골드만이 쿡 카운티로 이송되기 전 폭력행위를 계획하고 있다는 기사를 실었다. 월요일 아침, 중무장한 간수에 의해 나는 경찰서 밖으로 끌려나왔다. 눈앞의 사람들은 고작 열 명 남짓으로, 대부분 궁금해서 온 사람들이었다. 늘 그래 왔듯이 언론은 폭동 선동에 대한 의도적인 기사를 냈던 거다.

내 앞에는 수갑을 찬 죄수 둘이 거칠게 끌려다니고 있었다. 내가 순찰차에 가까이 가자 그곳엔 당장이라도 발포를 준비하는 듯한 자세로 총을 들고 있는 경찰들이 둘러싸고 있는 바람에 그 죄수들 가까이 가게 되었다. 그들은 눈만 빼고 나머지 머리 부분은 붕대로 둘둘 감겨 있었기 때문에 통 알아볼 수 없는 모습이었다. 그들이 순찰차에 오르는 순간 경찰관 중 하나가 남자의 머리를 곤봉으로 내리치면서 동시에 다른 죄수는 차 안으로 세게 밀어 넣었다. 그들은 서로의 몸 위로 넘어졌고 고통에 소리를 질렀다. 다음으로 차에 탄 나는 경찰관을 향해 외쳤다. “이 짐승 같은 놈! 저렇게 무방비한 상태의 사람을 그렇게 때리다니!” 그다음에 기억나는 건 내가 바닥을 구르고 있었다는 거다. 경찰관은 내 턱을 주먹으로 쳐서 이를 부러뜨렸고 내 얼굴은 피투성이가 되었다. 그러고는 나를 일으켜세우더니 이렇게 소리 질렀다. “한마디만 더 해봐, 이 망할 아나키스트 년. 네 몸속 뼈란 뼈는 다 부러뜨려 줄 테니까.”

쿡 카운티 교도소 사무실에 도착했을 때 내 옷과 치마는 온통 피로 범벅이 되어 있었고, 얼굴은 욱신욱신 아려왔다. 내가 어쩌다 그런 지경이 되었는지 일말의 관심을 보이는 사람은 단 한 명도 없었다. 피를 씻어 낼 물조차 주지 않았다. 나는 방 가운데 긴 탁자가 놓인 방에 두 시간 동안 갇혀 있었고 마침내 여성 한 명이 들어와 몸 수색을 하겠다고 했다. “그렇게 하시죠.” 그러자 여자는 명령했다. “옷을 다 벗고 테이블 위로 올라가세요.” 나는 여러 차례 몸 수색을 당한 바 있지만 지금껏 이런 모욕적인 일을 겪은 적은 없었다. “차라리 나를 죽이시죠. 아니면 나를 탁자에 강제로 올려야 할 거예요.” “제가 강제로 하지는 않겠습니다.” 그녀는 서둘러 방을 나갔고, 나는 혼자 남았다. 한참을 기다린 후에 다른 여성 교도관이 들어왔고 나를 끌고 위층으로 데려갔다. 그러곤 내게 무슨 일이 있었던 거냐고 물었다. 내 상태에 대해 처음으로 질문한 사람이었다. 나를 감방에 배정한 후 그녀는 뜨거운 물병을 가져와 내게 누워서 좀 쉬라고 말해 주었다.

다음 날 캐서린 레키가 나를 찾아왔다. 이중으로 된 철망이 있는 방으로 옮겨져 면회가 이루어졌다. 조명이 꽤 어두웠지만 캐서린은 내 얼굴을 보자마자 소리쳤다. “아니 도대체 얼굴이 그게 뭐예요? 무슨 일이 있었던 거예요? 얼굴이 다 망가졌어요!” 감옥에는 아무리 작은 거울이라도 허용되지 않았기에 내 얼굴이 어떻게 되었는지 나는 알 도리가 없었다. 다만 눈과 입술을 손으로 만졌을 때 꽤 이상하게 느껴지긴 했다. 나는 경찰관이 내 얼굴에 주먹을 날렸노라고 말했다. 캐서린은 화가 머리 끝까지 나서는 오닐 서장을 만나고 오겠다고 약속을 했다. 저녁 무렵 다시 돌아온 그녀는 서장이 내가 나를 폭행한 경찰관을 지목할 수 있다면 그를 반드시 처벌하겠다 했다는 말을 전했다. 나는 거절했다. 그 사람의 얼굴은 거의 보이지도 않았고, 그를 알아볼 수 있을 거라는 확신도 없었다. 더욱이 나는 그 경찰관을 해고한다 해도 내 빠진 이가 돌아오지도 않을 뿐만 아니라 경찰의 폭력이 사라지는 것도 아니라고 말했다. “캐서린 기자님. 내가 싸우는 건 가해자 한 명이 아니라 체제 전체예요.” 그러나 그녀는 경찰의 야만적 행동에 대해 대중의 분노를 일으키기 위한 조치가 취해져야 한다고 확신했다. “해고만으로는 충분치도 않아요. 폭행죄로 재판에 넘겨져야 할 거예요.”

딱한 캐서린. 그녀는 자신이 할 수 있는 게 아무것도 없다는 걸 아직 몰랐다. 그녀는 아직 기사를 통해 자기 주장을 할 수 있는 위치도 아니었다. 나의 고문에 대해 그녀가 쓴 글이 윗선에서 배제되자 그녀는 즉시 신문사를 그만두었다. 그런 비겁한 신문사를 위해 일하고 싶지 않다는 것이 그녀가 편집장에게 한 말이었다. 그럼에도 그녀는 자신이 겪고 있는 어려움에 대해 불평 한마디 하지 않았다. 캐서린의 이야기를 알게 된 것도 어느 시카고 일간지 기자를 통해서였으니 말이다.

어느 날 저녁, 책을 읽느라 정신이 팔려 있는데 형사 몇 명과 기자들이 찾아온 것을 보고 깜짝 놀랐다. "방금 대통령이 사망하셨습니다." 그리고 기자들이 묻기 시작했다. "지금 심정이 어떠신가요? 미안하지 않으신가요?" 나는 질문에 질문으로 대답했다. "미국 전체를 통틀어 오늘 죽은 사람이 대통령 한 사람뿐은 아니죠? 그건 불가능하죠? 오늘 같은 시간에 분명 다른 많은 사람들이 죽어 갔을 겁니다. 궁핍과 빈곤 속에서 어쩔 도리 없이 가족만 남겨 두고 떠났겠죠. 그런데 내가 어째서 그런 이들보다 매킨리의 죽음에 대해 더 슬퍼하고 후회해야 한다고 생각하는 거죠?"

기자들은 열정적으로 받아적었다. "나의 연민은 언제나 산 자들과 함께 있습니다. 죽은 이들에겐 더 이상 필요하지 않죠. 다들 죽은 사람들에 대해 동정심을 느끼는 건 바로 그래서예요. 당신들 주장에 대해 정정 요청을 받지 않아도 되니까요." 젊은 기자 하나가 말했다. "끝내주는 카피네요. 그렇지만 정말이지 당신은 제정신이 아닌 것 같아요."

그들이 떠나고서야 마음이 편해졌다. 나는 이제 버펄로의 청년에 대한 생각으로 가득찼다. 그는 마지막 숨을 쉴 때까지 얼마나 큰 고통을 겪게 될까. 그는 최후의 순간을 어떻게 맞이할 것인가. 섬세한 얼굴 덕에 더욱 강조되어 보였던 그의 눈에는 강렬하고 결단력 있는 무언가가 분명 있었다. 클리블랜드 강연장에서 그를 처음 보았을 때 그의 눈빛에 놀랐던 기억이 선명하다. 그 당시 이미 그는 이런 행동에 대해 생각하고 있었을까? 아니면 이후에 무슨 특별한 일이 있었던 걸까? 그는 “나는 민중을 위해 이 일을 했다”고 말한 바 있다. 나는 그 젊은이의 동기를 분석하고자 감방을 서성였다.

문득 머리를 스쳐가는 생각이 하나 있었다. 바로 『자유사회』였다. 니먼이 “수상한 질문을 하고 아나키스트 그룹에 들어가려고 하여 스파이로 의심된다”는 식의 경고가 실렸던 적이 있었는데 나는 당시 터무니없는 비난에 대해 증거를 요구하며 아이작에게 편지를 보냈고, 이 항의 끝에 『자유사회』는 이전의 주장을 철회하는 기사를 게재한 바 있다. 다 끝난 일이라 생각하고 그 문제에 대해서는 더 이상 생각하지 않고 있었는데 이제 상황이 달라진 마당에 그때의 일이 분명하고 끔찍하게 재조명되었다. 촐고츠는 자신에게 가해진 혐의를 읽었던 게 틀림없고, 자신이 영감을 위해 찾아간 사람들에게 배척을 당해 상처를 받았던 게 분명했다. 나는 제대로 된 책을 읽으려던 그의 열망을 기억했다. 그가 주위에서 일어나고 있는 잘못들에 대한 해결책을 아나키즘에서 찾고자 했다는 것은 명백해 보였다. 그가 나를 찾아오고 나중에는 아이작까지도 찾아갔던 건 아마 그 이유였을 것이다. 그 불쌍한 청년은 도움을 얻기는커녕 공격을 당했다. 그의 영혼에 큰 상처를 남긴 그 일로 인해 폭력행위를 하기에 이른 것인가? 다른 이유들도 물론 있었겠지만 아마도 그의 행동을 추동한 가장 큰 힘은 자신은 스파이가 아니며, 자신의 의도는 진실하므로 억압받는 사람들에게 공감하는 자신의 존재를 증명하고자 하는 마음이었을 것이다.

그러나 그는 어째서 경제적 억압과 비참을 만들어 내는 체제의 좀 더 직접적인 대표자가 아닌 대통령을 선택했는가? 매킨리 행정부하에서 월스트리트와 미 제국주의의 새로운 도구들이 꽃필 수 있었기 때문인가? 제국주의로 향하는 첫번째 스텝은 필리핀 합병이었는데 이는 스페인전쟁 중 반드시 해방시키겠다 약속한 사람들에 대한 명백한 배반행위였다. 매킨리는 또한 노동자에게 적대적이고 반동적이기까지 했다. 그는 파업장에 군대를 파견하면서 늘 자본가의 편에 섰다. 나는 이 모든 상황들이 섬세한 감성을 지닌 리언에게 결정적 영향을 미쳤으리라 결론내렸다. 그런 이유들로 그는 마침내 자신의 행위를 구체화하게 된 것이다.

밤새도록 내 마음속에는 불행한 청년에 대한 생각이 떠나지 않았다. 책을 읽으면서 이 생각에서 좀 달아나 보려 했지만 헛수고였다. 새벽까지도 나는 여전히 내 감방 안을 서성거리고 있었다. 리언의 아름답고 창백한 얼굴이 유령처럼 내 앞에 떠올랐다.

나는 다시 한번 심리를 위해 법정으로 끌려갔고, 버펄로 당국은 여전히 촐고츠의 행위와 나를 연관시킬 증거를 제시하지 못하고 있었다. 사건을 맡은 버펄로 측 검사와 시카고의 판사는 2시간여 동안 옥신각신했고, 결국 버펄로는 먹잇감을 빼앗기고 말았다. 나는 무죄로 풀려났다.

나의 체포 이후 온 나라의 언론은 계속해서 나를 촐고츠를 선동한 사람으로 비난해 왔건만, 정작 내가 석방되자 신문은 구석에 눈에 띄지도 않게 단 몇 줄의 기사만을 실었다. “한달 동안 구금되었던 엠마 골드만, 매킨리 대통령 암살의 공모에 대한 증거는 입증되지 않았다.”

석방되자마자 나는 막스와 히폴리테를 비롯한 다른 친구들을 만나 그들과 함께 아이작의 집으로 향했다. 시카고 급습에서 체포된 동지들에 대한 혐의도 모두 기각되었다. 다들 치명적이라고 생각한 상황에서 내가 빠져나오자 모두가 한껏 들떴다. 아이작이 말했다. “당신을 지켜 주는 신이 어떤 신인지는 모르겠지만, 뭐가 됐든 정말 감사할 노릇이네요. 당신이 뉴욕이 아닌 여기서 체포되었다는 것이요.” “이번 사건에서 신은 오닐 경찰서장이었을 거 같은데요?” 내가 웃으며 말하자 친구들은 놀라 소리쳤다. “오닐이라고! 그 사람이랑 무슨 상관이 있는 거죠?” 서장과의 만남과 그가 도와주겠다고 했던 약속에 대해 이야기하자 자리에 동석한 저널리스트 친구 조너선 크레인은 크게 웃으며 말했다. “엠마 골드만, 당신은 생각보다 훨씬 더 순진하네요. 오닐이 신경 쓴 건 당신이 아니었어요. 자기가 세운 계획이 중요했죠. 『트리뷴』에 있으면서 경찰서 내부의 불화에 대해 알고 있었거든요.” 크레인은 위증과 뇌물수수 혐의로 여러 명의 반장들을 잡아넣고자 한 오닐 서장의 노력에 대해 설명했다. “그 불한당들에게 아나키스트들의 외침보다 더 맞춤한 것은 없었던 거예요. 1887년 경찰들이 그랬던 것처럼 비리경찰들은 그곳을 장악하고 있었는데 나라의 구원자 행세를 하고 자기들이 한 짓을 눈가림할 수 있는 절호의 기회였던 거죠. 그렇지만 그들이 영웅행세를 하고 자신의 자리로 돌아가는 건 오닐 서장이 바란 일이 아니었습니다. 오닐이 당신을 빼내기 위해 노력한 게 바로 그 이유죠. 그는 영리한 사람이에요. 물론 경찰 내부의 다툼으로 우리가 엠마를 되찾게 된 건 기뻐할 일이지만요.”

나와 촐고츠의 행위를 연결시킨 건 어디서 나온 아이디어 같은지 친구들의 의견을 물었다. “나는 그가 어떤 식으로든 자백을 했다거나 나를 연루시켰다는 걸 믿지 않아요. 내가 죽게 될지도 모르는데, 그가 그런 걸 의도할 사람은 아니에요. 그렇게 솔직한 얼굴을 가진 사람이 그런 짓을 할 순 없다고 나는 확신해요. 분명 다른 데서 나온 이야기일 거예요.”

“맞아요.” 히폴리테가 단호하게 말했다. “이 모든 끔찍한 이야기는 우리 생각에 동조하는 척하면서 여기서 어울리곤 하던 『데일리 뉴스』 기자한테서 나온 거예요. 9월 6일 늦은 오후, 그가 찾아왔죠. 그는 촐고츠나 니먼에 대해 알고자 했어요. 우리가 그와 어떤 관계가 있는지, 그가 아나키스트인지 등등을 물었죠. 내가 기자들에 대해 어떻게 생각하는지 다들 아시죠. 나는 아무런 정보도 제공하지 않았습니다. 그런데 안타깝게도 아이작은 그러지 않았어요.”

“숨길 게 뭐 있었나요?” 아이작이 끼어들었다. “이곳에 있는 우리 모두, 우리가 엠마를 통해 그 남자를 만났고 그가 우리를 이따금 방문했다는 것을 알고 있었는데요. 게다가, 그 기자가 그런 허무맹랑한 거짓말을 만들어 낼 줄 누가 알았겠어요?”

나는 시카고 동지들에게 버펄로 감옥에 갇힌 청년을 위해 우리가 할 수 있는 일이 있을지 생각해 볼 것을 촉구했다. 우리가 그의 생명을 구할 수는 없을지언정 적어도 그의 의도를 세상에 알리고, 그와의 교류를 통해 그가 우리에게 버림받지 않았다는 걸 알릴 수 있을 것이었다. 막스는 과연 우리가 촐고츠를 만날 수 있을지 회의적이었다. 버펄로에 있는 동지들로부터 리언을 만나는 게 금지되었다는 소식을 들었기 때문이었다. 나는 변호사를 선임할 것을 제안했다. 변호인단과 법적 원조 없이 촐고츠는 사샤가 그랬던 것처럼 재갈을 물리고 탄압을 받을 게 불보듯 뻔했다. 아이작은 뉴욕에 있는 변호사를 고용하는 게 좋겠다고 제안했고 나는 즉시 동부로 떠나기로 했다. 친구들은 내가 도시에 도착하는 순간 버펄로로 넘겨질 거라고 하면서 어리석은 일을 하지 말라고 했다. 하지만 촐고츠를 위해 아무런 노력도 하지 않고 그를 파멸하게 내버려두는 건 참을 수 없었다. 나는 내 개인의 안전에 대한 걱정 때문에 이 문제에 영향을 줄 수는 없노라고 친구들에게 말했고, 촐고츠와 그의 행위에 대해 공개적으로 설명할 수 있는 자리를 조직하기 위해 시카고에 머물겠다고 덧붙였다.

모임이 있던 날 저녁, 강연이 이루어질 브랜드 홀을 둘러싸고 한 블록 전체가 경찰로 막혔다. 강력한 경찰 부대가 무력으로 사람들을 해산시키고 있었는데, 다른 장소를 섭외하려 했으나 주인들은 경찰에게 협박을 당했다. 모임을 개최하려는 노력이 수포로 돌아가자 나는 『자유사회』에서 내 입장을 밝히기로 결심했다. 제목은 「버펄로의 비극」이었다. "리언 촐고츠와 그와 같은 유형의 사람들은 저열한 본능을 지닌 타락한 존재들이 아니라 오히려 실제로는 너무나 큰 사회적 스트레스를 견딜 수 없어하는 굉장히 민감한 사람들이다. 그들은 주변인들의 비참함과 고통을 가만히 두고볼 수 없기 때문에 자신의 목숨을 바쳐 가면서까지 폭력적 표현을 하게 된다. 그런 행위에 대한 책임은 세상을 지배하는 불의와 비인간성에 책임 있는 사람들에게 돌아가야 할 것이다." 나는 촐고츠가 한 행위의 사회적 원인들을 지적한 후 다음과 같이 결론 내렸다. "글을 쓰면서 나는 곧 사형을 앞둔 소녀 같은 얼굴을 한 청년이 감방을 서성거리는 모습과 그를 지켜보는 잔인한 눈들이 떠오른다. '그가 울 때는 누가 그를 지켜보나? 그리고 그가 기도하려 할 때는? 그가 희생자의 감옥에서 도망치지 못하도록 감시하는 자는 누구인가?' 마음은 억압과 비참함의 모든 희생자들, 세상을 떠난 순교자들의 과거와 미래, 더 나은 더 고귀한 삶을 산 선구자들을 향해 있다." 나는 내 글을 즉각 발행해 주기로 약속한 아이작에게 원고를 넘겼다.

경찰과 언론은 전국 곳곳에서 아나키스트 사냥을 계속하고 있었다. 집회는 중단되었고 무고한 사람들이 체포되고 있었다. 아나키스트로 의심되는 사람들은 폭행을 당했는데, 피츠버그에서 해리 고든은 거리로 끌려나와 거의 린치를 당하다시피 했다. 그의 목에는 밧줄이 감겨 있었는데, 고든 부인과 그의 두 자녀의 절실한 간청을 듣고 지나가던 사람들이 그를 구조해 주었다. 뉴욕의 『자유로운 노동자의 목소리』 사무실은 폭도들의 공격을 받아 가구가 다 부서지고 활자도 다 파괴되었다. 어떠한 경우에도 경찰은 이러한 애국적 파괴행위에 간섭하지 않았다. 요한 모스트는 그 유명한 48년도 혁명가 그룹의 일원이자 지금은 죽은 지 오래인 카를 하인첸이 쓴 정치적 폭력에 대한 에세이를 『자유』에 다시 실었다는 이유로 체포되었다. 모스트는 보석으로 나와 재판을 기다리고 있었다. 시카고에 있는 독일 동지들은 변호인을 선임할 돈을 마련키 위해 나에게 와서 연설할 것을 부탁했다. 1892년에 있었던 모스트와의 불화는 내게 과거의 일이었다. 모스트는 다시 경찰의 손아귀로 들어가 블랙웰 섬으로 보내질 위기에 처해 있었고, 나는 그를 위해 기꺼이 내가 할 수 있는 일을 하는 데 동의했다.

모임을 마치고 아이작의 집으로 돌아와 내가 쓴 글의 교정쇄를 보았다. 살펴보는 과정에서 내 의도를 완전히 바꿔 버린 단락에 놀라지 않을 수 없었다. 수정을 한 사람은 편집자 아이작이 분명했다. 그에게 설명을 요구하자 그는 "글의 톤을 좀 낮추기 위해" 임의로 짧은 문단을 추가했노라 말했다. "『자유사회』를 구하기 위해서" 그리고 "나를 구하기 위해서"였다는 말과 함께 말이다. 나는 맹렬히 반박했다. "당신은 지난 몇 년 동안 위험한 상황에 대처하지 못하는 사람들을 겁쟁이라고 비난해 오지 않았던가요? 이제 당신에게 그런 상황이 닥치니 당신의 뿔을 거두어 들이고 마는군요. 그렇게 수정을 하려면 적어도 내게 허락을 구했어야 해요, 당신은."

아이작의 마음을 바꾸는 데 오랜 토론이 필요했다. 그는 나머지 구성원들(그의 아들 에이브, 히폴리테를 비롯한 다른 사람들)이 나를 지지하는 것을 보고 해당 사안에 대한 자신의 책임을 내려놓겠노라 선언했다. 내 글은 수정 이전의 형태로 발행되었고, 『자유사회』에는 아무 일도 일어나지 않았다. 하지만 아이작에 대한 내 믿음은 크게 흔들렸다.

뉴욕으로 돌아가는 길에 로체스터에 들렀다. 저녁에 도착하여, 사람들 눈을 피하기 위해 도보로 헬레나 언니네 집으로 갔다. 집 앞에는 경찰이 지키고 서 있었지만 그는 나를 알아보지 못했다. 나의 등장에 가족 모두가 놀라 입을 벌렸다. 언니가 울먹거리며 물었다. "어떻게 온 거야? 문 앞에 경찰 있는 거 못 봤어?" "봤지. 그런데 그 사람이 나를 못 본 거 같더라고." 대답하며 나는 웃었다. "다들 경찰에 대해서는 걱정하지 마. 나는 목욕이나 좀 해야겠어." 대수롭지 않아 하는 나의 태도로 인해 가족들은 긴장이 좀 풀어졌다. 모두가 웃었고 헬레나 언니는 여전한 사랑으로 나를 안아 주었다.

내가 수감되어 있는 동안 가족은 내게 무척 헌신적이었다. 내게 전보와 편지를 보냈고, 변호를 위한 돈과 내게 필요할지도 모르는 다른 도움을 주는 것을 멈추지 않았다. 그들이 나로 인해 어떤 고통을 겪었는지에 대해서는 한 마디도 하지 않았다. 그들은 기자들에게 끝도 없이 시달렸고 당국의 감시를 받았다. 아버지는 이웃들에게 배척당했고, 운영하고 있던 작은 가구점에도 손님이 뚝 끊긴 데다가 동시에 회당에서도 파문을 당했다. 레나 언니는 이미 안 좋은 건강이 더 위협을 받았다. 스텔라에게 떨어진 경찰 출두 명령에 언니는 기겁을 했던 것이다. 경찰은 스텔라에게 이모인 엠마 골드만에 대한 질문을 하며 아이를 하루 종일 서에 가둬 놓았다. 스텔라는 대답을 거부했고 이모에 대한 자신의 자부심과 믿음을 용맹하게 선언했다. 젊음과 아름다움이 뒤섞인 그녀의 용기는 사람들에게 찬사를 불러일으켰노라 헬레나 언니가 후에 말해 주었다.

공립학교의 교사와 학생들은 더 잔인했다. “너의 이모 엠마 골드만은 살인자야!” 아이들은 내 조카들을 조롱했다. 학교는 이제 끔찍한 악몽으로 변했다. 조카 색스와 해리에게 특히 더 그랬는데, 자신의 영웅인 대통령의 폭력적 죽음에 따른 해리의 슬픔은 성인들이 겪는 그것보다 훨씬 더 현실적이었다. 그는 자신의 혈육인 이모가 이에 대한 책임이 있다는 것에 깊은 치욕을 느꼈다. 더 최악이었던 것은 학교 친구들이 그를 아나키스트이자 범죄자라고 비난했다는 것이다. 이런 박해로 그의 불행은 더 심화되었고 그 때문에 그는 나에게서 완전히 멀어져 버렸다. 반면 색스의 불행은 나에 대한 강한 충성에서 비롯되었다. 그의 엄마와 헬레나 이모는 나를 사랑했고, 이모와 엄마는 그에게 나의 결백을 이야기했다. 가족이 학교 친구들보다야 훨씬 더 잘 알고 있을 것이었다. 학교 친구들의 난폭함과 공격성을 늘 못마땅해했던 그는 이제 그 어느 때보다도 그들을 더 피하게 되었다. 생각지도 않았던 나의 갑작스러운 등장과 문 앞 경찰을 속이는 모습은 색스의 상상력을 자극하고 나에 대한 존경을 더 드높이는 결과를 가져왔다. 벌게진 얼굴에 반짝이는 눈빛으로 그의 감정이 고스란히 전해졌다. 저녁 내내 내 주변을 떠나지 않고 어슬렁거리던 모습은 그의 떨리는 입술이 할 수 있는 말보다 더 많은 이야기를 해주었다.

사랑과 평화의 안식처인 가족이라는 울타리를 찾아오니 내 상처받은 영혼이 치유되는 것만 같았다. 과거 내 삶을 못마땅하게 여겼던 레나 언니도 이제 내게 따뜻한 애정을 보여 주었다. 동생 헤르만과 그의 인자한 아내 역시 내게 아낌없는 관심을 보였다. 내 앞에 닥쳐 온 임박한 위험, 그것은 아직도 나를 위협하고 있지만, 이로 인해 나와 내 가족 사이는 전에 없이 단단하고 강해졌다. 나는 시카고에서 겪은 시련을 잊기 위해서 로체스터에서의 이 행복한 시간을 하루라도 더 늘리고 싶었지만 촐고츠 생각만 하면 괴로웠다. 뉴욕에서라면 그를 위한 노력을 어느 정도라도 더 할 수 있다는 것을 알고 있었기 때문이다.

그랜드센트럴 역에서 나는 예고르, 그리고 로체스터에서 멋진 한 달을 함께 보낸 그의 친구 둘을 만났다. 예고르는 괴로워 보였다. 그는 내가 묵을 만한 방을 백방으로 알아봤지만 실패했던 것이다. 엠마 골드만에게 가구 딸린 방을 빌려 줄 사람은 아무도 없었다. 방을 어렵게 구한 동지들은 행여나 자신들이 쫓겨나게 될까 봐 나와 함께 지낼 위험을 감수하고 싶어하지 않았다. 예고르의 친구 중 하나가 내게 자신의 방을 빌려주겠다며, 며칠간은 거기서 지내라고 했다. 나는 예고르를 위로하며 말했다. "걱정할 것 없어. 나는 이 상황을 잘 알고 있고, 곧 아파트를 찾을 수 있을 거야."

아주 오랜 시간 아파트를 찾아 헤맨 뒤에야 동생의 말이 과장이 아니었음을 깨달았다. 나에게 방을 빌려 줄 사람은 없었다. 나는 한때 내가 간호를 해주었던 젊은 매춘부를 만나러 갔다. "당연히 괜찮지. 여기 묵어요." 여자는 나를 환영해 주었다. "당신을 맞게 되어 온몸이 간질간질할 정도로 기뻐요. 나는 당분간은 다른 친구랑 잘게요."

시카고에 있을 때부터 에드에게 힘이 되는 전보와 편지를 몇 통 받았다. 그게 무엇이든, 돈이나 실제적 도움이나 조언, 그리고 무엇보다도 자신의 우정까지 다 줄 수 있으니 걱정 말고 요청하라는 것이었다. 에드의 마음이 아직 확고하다는 것을 알게 되어 안심이었다. 뉴욕으로 돌아와 그를 만났을 때 에드는 자신은 가족과 함께 다른 친구네 머물 테니 자신의 아파트를 사용할 것을 제안했다. "당신이 보기에 집이 크게 달라진 게 없을 거요. 내가 이따금 우리의 삶에 대해 생각할 때 사용하는 방이 있는데, 그 안에 당신 물건이 고스란히 남아 있거든." 그에게 고마움을 전하면서도 그의 관대한 제안을 거절할 수밖에 없었다. 그 문제에 있어서 그는 참으로 요령 있게 접근했고,

자신의 회사가 내게 몇백 달러를 줄 게 남아 있다고 했다.

“나는 그 돈이 필요해요. 촐고츠를 보러 버펄로에 사람을 보내려면요.” 에드에게 사실대로 털어놓았다. “분명 그를 위해 할 수 있는 일이 있을 거예요. 대중집회도 당장 조직해야 할 거고요.” 그는 당황한 표정으로 나를 바라보았다. “오, 엠마.” 고개를 가로저으며 그가 말했다. “당신은 이 도시가 공황상태에 빠졌다는 걸 인식하지 못한 게로군요. 뉴욕에서는 당신을 제외하고 어느 누구도 촐고츠를 대변할 사람이 없고, 어떤 강당도 장소를 내주려 하지 않을 거요.” 나는 대꾸했다. “그의 행동을 칭송할 사람이야 없겠지만 그래도 급진적 무리에서는 그래도 이렇게 죽을 운명에 처한 인간에게 동정심을 가질 사람이 몇은 있겠죠.” 그는 확신없이 말했다. “그럴 가능성이 없지는 않겠죠. 하지만 이런 시기에 그렇다고 용기 내 이야기할 수 있는 사람은 없을 겁니다.” 그에게 동의하며 말했다. “당신 말이 맞을지도 모르죠. 하지만 그래도 확실히 하는 게 좋지 않겠어요?”

신뢰할 만한 사람 하나를 버펄로로 보냈으나 촐고츠를 보지 못한 채 돌아왔다. 그 누구도 그를 면회하는 건 불가능하다고 했다. 마음 약한 간수 하나가 그에게 리언이 계속 구타를 당하는 바람에 의식을 잃었다고 알려줬다. 그는 외부 사람을 만날 수 있는 상태가 아니었고, 같은 이유로 법정에 설 수도 없었다. 나의 친구가 알려 주기를 촐고츠는 그 온갖 고문에도 불구하고 어떤 자백도 하지 않았으며 자신의 행위와 관계된 사람은 아무도 없다는 입장을 고수하고 있다 했다. 친절한 간수 하나를 통해 리언이 감옥에서 보낸 쪽지가 도착했다.

나는 버펄로에서 촐고츠의 변호사를 구하기 위해 애썼지만 그의 변호를 맡겠다는 사람은 아무도 없었다. 모두에게 버림받은 이 불쌍한 사람을 위해 내 목소리를 더 높이리라는 결심은 더 굳건해졌다. 하지만 얼마 지나지 않아 에드의 말이 옳았음을 실감하게 되었다. 영어를 사용하는 급진적 그룹 내 그 누구도 리언 촐고츠의 행위에 대한 모임에 참여하려 하지 않았다. 많은 이들이 나의 체포와 내가 받은 고문에는 반대하고 항의했지만, 촐고츠의 일과는 선을 그었다. 촐고츠는 아나키스트가 아니었고, 그의 행위는 우리의 운동에 회복 불가능한 상처를 입혔다고 미국의 동지들은 주장했다. 심지어 유대인 동지들도 이와 비슷한 입장이었다. 『자유로운 노동자의 목소리』의 편집자 야노프스키는 한 발 더 나아가 촐고츠에 대항하는 캠페인을 계속 열면서 나를 무책임한 사람이라고 비난했고, 심지어 나와 같은 연단에 서기를 거부하기까지 했다. 이에 휩쓸리지 않은 사람들은 라틴 그룹, 이탈리아, 스페인, 프랑스의 아나키스트들뿐이었다. 그들은 내가 『자유사회』에 실은 촐고츠에 대한 글을 재인쇄해 자신들의 출판물에 실었다. 그들은 리언에 대해 동정적인 글을 썼고, 그의 행동을 미국 내 증가하는 제국주의와 반동의 직접적 결과로 해석하려 했다. 라틴 동지들은 내가 하는 일은 무엇이든 돕고자 했는데, 분노와 비겁함으로 정신병동이 된 그룹 내에 적어도 일부 아나키스트들은 아직 용기와 판단력을 지키고 있다는 사실이 큰 위안이 되었다. 불행하게도 외국 그룹은 미국의 대중들과 소통할 수 없었지만 말이다.

나는 필사적으로 공익정신이라는 걸 가진 미국인들에게 평범한 인간적 연민을 호소할 수 있을 거라는 희망에 매달렸다. 사람들이 비록 리언 촐고츠의 행위를 거부해야 한다 느끼더라도 말이다. 매일매일 더 큰 실패와 고통이 찾아왔다. 나는 극복할 수 없는 공포의 전염병과 싸우고 있다는 사실을 직시해야 했다.

버펄로의 비극은 끝을 향해 가고 있었다. 촐고츠는 그가 견뎌 온 고문과 폭력으로 인해 병중이었고, 얼굴이 심히 훼손된 데다가 머리에는 붕대를 감고 있었다. 법원에서 두 명의 경관에게 부축을 받아야 할 지경이었다. 버펄로 법원은 법과 정의를 존중한답시고 그에게 변호인 두 명을 배정해 주었다. 만약 그들이 "우리가 사랑한" 대통령을 암살한 이 몹쓸 범죄자 사건을 맡게 되어 유감이라고 공개적으로 말하기라도 하면 어떻게 될까. 그들은 자신의 의무를 다해야 할 것이다. 법정에서 피고인의 권리를 보호하도록 최선을 다해야 할 것이다.

그의 사형은 오번 감옥에서 이루어졌다. 때는 1901년 10월 29일, 이른 새벽이었다. 사형수는 손과 발이 묶인 채 전기의자에 앉아 있었고 사형집행인은 스위치에 손을 얹고서 신호를 기다리고 있었다. 그리스도인의 자비로움을 베풀겠다며 교도소장은 죄인의 영혼을 구원하기 위해 사형수의 자백을 이끌어 내려 마지막까지 노력했다. 그는 부드러운 말투로 말했다. "리언, 이 사람아. 자네는 왜 그 나쁜 여자 엠마 골드만을 보호하려는 게야? 그 여자는 너의 친구가 아니라고. 널 게으르고 나태한 사람이라고 비난했단 말이야. 자기한테 항상 돈을 구걸했다고 하던데? 널 배신한 그 여자를 너는 왜 보호하려는 거야, 리언?"

숨소리 하나 들리지 않는 침묵 속에 일분일초가 흘렀다. 침묵은 죽음의 방을 채우고 관중들의 마음속으로 스며들었다. 마침내 검은 복면 아래 거의 다 죽어 가는 웅웅거리는 말소리가 들려왔다.

"엠마 골드만이 나에 대해 뭐라 했는지는 중요하지 않소. 내가 한 행위와 그녀는 아무런 상관이 없습니다. 혼자 한 일이오. 미국의 민중을 위해서."

앞선 침묵보다 더 끔찍한 침묵. 지글거리는 소리, 살이 타는 냄새, 고통에 찬 생명의 마지막 경련.

25

새롭게 삶을 마주하는 것은 씁쓸하고도 힘든 일이었다. 지난 몇 주간의 스트레스 속에서 나는 다시 실존을 위한 투쟁을 시작해야 한다는 사실을 잊고 있었다. 이는 이중의 명령과도 같았다. 사실 내게는 망각이 필요했기 때문이다. 나는 우리의 운동에 있어서 동력을 많이 잃어버렸다. 운동과 관련된 많은 것들이 혐오스러웠다. 사람들은 황소 앞에 놓인 붉은 천처럼 아나키즘이라는 깃발을 과시적으로 흔들고 있었지만, 황소가 돌격하자마자 그 천을 거두어들였다. 그런 사람들과 함께 운동을 하는 것은 더 이상 불가능했다. 나를 더 괴롭게 한 건 무엇보다도 내가 그토록 열렬히 믿었던 가치에 대한 의심과 의문이었다. 나는 운동을 계속할 수가 없었다. 먼저 나를 돌아보아야 했다. 나의 일에 열중하는 것만이 유일한 피난처라는 생각이 들었다. 공허함을 채우고 나로 하여금 괴로움을 잊게 만들어 줄 테니 말이다.

나는 정체를 숨기고 가명을 써야만 했다. 그러지 않고서는 나에게 방을 빌려 줄 집주인은 없었고 이전의 동지와 친구들도 사정은 비슷했다. 상황이 이렇게 되고 보니 1892년의 기억이 되살아났다. 톰킨스 스퀘어에서 지새웠던 밤들, 마차를 타고 할렘에 갔다가 다시 배터리로 돌아오곤 했던 날들, 그리고 4번가 매춘부들이 있는 곳에서 살게 되었던 일. 그때 나는 이름을 바꾸지 않고 차라리 그런 일을 겪는 일을 택했고 또 견뎌 냈다. 사람들의 편견에 굴복하는 것이 약해 빠진 일이라고 또 줏대 없는 일이라고 생각했기 때문이다. 이제 촐고츠를 비난하는 사람들은 내가 타협하기보다는 노숙자 대열에 합류한 것에 대해 칭찬의 말을 했지만 이 모든 것들은 아무래도 상관없었다. 지난 12년 동안의 투쟁과 실망을 통해 내가 배운 것이 있다면 그것은 대부분의 사람들에게 일관성이란 건 오로지 피부만큼 얇다는 사실이었다. 진실함을 유지하는 한 이름은 무엇이 되든 괜찮을 것이었으므로, 나는 다른 이름을 선택했다. 가장 평범하고 공격적이지 않아 보이는 이름을 떠올렸고, 그렇게 나는 E. G. 스미스 양이 되었다.

집을 빌리는 건 더 이상 어렵지 않았다. 1번가에 집을 구하고, 예고르와 그의 친구 댄이 할부로 가구를 구입해 내가 구한 집으로 이사를 들어왔다. 의사 지인들을 만나 앞으로 E. G. 스미스 앞으로 일을 달라는 말을 하기 위해 집을 나섰다.

긴 하루가 끝날 무렵, 나는 내가 바야흐로 천민이 되었다는 또 하나의 증거를 얻게 되었다. 내가 방문한 의사들은 나와 수년간 알고 지내면서 간호사로서의 나의 능력에 전적으로 만족을 해 왔던 이들이었음에도 내가 감히 자신들을 방문했다는 사실에 화를 냈다. 자신의 이름이 신문에 나는 꼴을 보고 싶은 거냐고, 자기들이 경찰에게 시달리는 꼴을 보고 싶은 거냐면서 말이다. 당국의 감시를 받고 있는 나를 추천할 수 있을 거라고 생각한 게 놀랍다고 했다. 다른 의사들에 비해 화이트 박사는 그래도 좀 더 인간적이었다. 그는 나와 촐고츠와의 관련성에 대해 한 번도 의심한 적은 없다면서 내가 살인을 할 수 있는 사람이 아닌 걸 알고 있다고 말해 주었다. 그렇다 하더라도 그가 나를 고용하는 것은 불가능했다. "물론 스미스는 충분히 평범한 이름이지만 당국이 그걸 알아내는 데 얼마나 걸릴 거라고 생각하나요? 제 목이 걸려 있는 마당에 위험을 감수할 순 없어요." 화이트 박사는 내게 일을 줄 순 없어도 어떤 방식으로든 나를 돕고 싶어했다. 필요하다면 금전적으로라도 말이다. 나는 그에게 감사를 표하며 사무실을 나왔다.

다음은 줄리어스 호프먼 박사와 솔로타로프 박사였다. 그들은 나에 대한 태도에 있어서 변함이 없었고, 내게 환자를 보내 주겠다고도 했다. 불행하게도 나의 좋은 친구 솔로타로프는 심장 이상으로 몸이 좋지 않았고 더 이상 외래 진료를 할 수 없는 상황이었다. 그의 진료실에서 사실상 간호사가 필요한 일은 없었으므로 다른 이스트사이드의 의사들에게 이야기를 해놓겠다고 약속했다. 충실하고 신실한 나의 동지. 내가 12년 전 뉴욕에 처음 도착해 아파트 6층 계단을 올라가 그를 만난 이후로 그는 단 한 번도 나를 실망시킨 적이 없었다.

앞으로의 전망이 그리 밝지 않다는 것은 분명했다. 새로운 영역으로 향하는 필사적 투쟁이 필요하다는 것을 알았고, 나는 이제 모든 것을 다시 시작하리라 결심했다. 나를 깔아뭉개려는 세력에 잠자코 복종하지는 않을 것이다. "나는 반드시 계속 해나가야 해. 사샤를 위해서, 내 동생을 위해서. 그들에겐 내게 필요해." 나는 스스로에게 말하며 다짐했다.

사샤! 근 두 달 동안 그에게 아무런 소식을 듣지 못하고, 또 그에게 편지를 쓸 수도 없었다. 구속되어 있는 동안 자유롭게 편지를 쓸 수도 없었고 그래서 지난 한 달은 너무나 암울하고 울적했다. 나는 사샤만큼은 버펄로 사건의 사회적 의미를 이해하고, 그 청년의 진실성을 제대로 보아 줄 수 있을 거라고 확신했다. 친애하는 사샤, 생각지도 못한 감형으로 인해 그는 활기를 되찾았다. 그가 보낸 마지막 편지에는 "앞으로 5년만 더 있으면"이라고 쓰여 있었다. "생각해 보세요, 동지여. 앞으로 5년이라고요!" 그가 마침내 자유로워질 수 있다면! 그 순간에 비하면 내 어려움은 비할 바가 아니었다. 그런 희망을 품고 나는 묵묵히 한발 한발 앞으로 나아갔다. 때때로 간호사 일이 들어왔고 또 어떤 때는 드레스 주문이 들어오기도 했다.

나는 집 밖을 나가는 일이 거의 없었다. 음악이나 공연을 즐길 여유가 없었고, 대중집회에 나가는 것이 두려웠다. 시카고에서 돌아와 참석한 마지막 집회는 거의 폭동으로 마무리되다시피 했다. 하루는 나의 오랜 친구 어니스트 크로스비가 맨해튼 자유클럽에서 연설하는 것을 들으러 갔다. 나는 1894년부터 매주 그 모임에 참석해 왔었고 종종 토론자가 되었으며 클럽의 거의 모든 사람들을 알고 있었다. 이번에는 내가 강당에 들어서자마자 곧바로 나를 향한 적대적 분위기가 느껴졌다. 크로스비와 소수의 몇몇을 제외한 다른 많은 청중들은 나의 존재에 분개하는 듯했다. 연설이 끝나고 사람들이 하나둘 강당을 빠져나갈 때 한 남자가 큰소리로 외쳤다. "엠마 골드만, 당신은 살인자야! 5천만 사람들이 다 알고 있는 사실이지!" 잠시 후 나는 흥분한 사람들에 둘러싸였고 그들은 모두 "이 살인자!"라며 내게 소리를 질렀다. 나를 변호하는 목소리가 나오기도 했지만 더 큰 아우성 속에 묻혀 버렸다. 충돌이 임박했다는 것을 느끼고 나는 의자 위에 올라가 소리쳤다. "5천만 사람들이 엠마 골드만이 살인자임을 알고 있다셨죠. 미국 인구는 말씀하신 그 숫자보다 훨씬 많아요. 무책임한 비난을 하기 전에 스스로 진상을 알고자 하는 사람들도 많다는 말이겠죠. 집안에 바보 하나가 있는 것도 비극이지만 나라에 미치광이 5천만 명이 있는 것도 참으로 재앙이에요. 자고로 훌륭한 미국인이라면 여러분은 그 미치광이 숫자가 늘어나는 것에 반대해야 하지 않을까요?"

누군가 웃자 다른 이들도 따라 웃었고 청중의 흥분이 가라앉았다. 하지만 나는 혐오로 가득 차오른 상태였고 이내 강당을 떠났다. 모임은 물론이고 사람들도 멀리해야 할 때였다. 우리 집을 찾는 사람들은 오로지 한줌에 불과했고, 이따금 내가 찾아가는 사람은 유스투스뿐이었다.

유스투스는 애초에 내가 뉴욕에 오는 것을 반대한 사람이었다. 지금까지도 그는 나의 안전을 걱정하고 있었다. 내가 납치되어 버펄로로 끌려갈 위험이 있다고 생각했고, 그를 위해 경호원이 필요하다고 강조했다. 그렇게 내 걱정을 해주는 그의 모습이 보기 좋아 그의 기분에 맞춰 주려고 애썼다. 에드나 클라우스를 비롯한 그의 오랜 친구들은 종종 격려차 그를 찾아왔다. 우리는 모두 죽음이 점점 다가오고 있으며 그에게 시간이 얼마 남지 않았음을 직감하고 있었다.

어느 이른 아침, 에드가 유스투스의 부고를 알려왔다. 유스투스의 장례식에서 추도사를 해달라는 부탁을 받았는데 내 깜냥을 벗어

나는 일이라는 느낌이 들었다. 나는 그가 내 인생에서 어떤 의미인지를 말로 표현할 수 없다는 것을 알았다. 자유의 투사이자, 노동운동의 후원자이며 삶의 기쁨을 주창한 유스투스는 우정에 있어서 탁월한 능력을 가진 사람이었고, 관대하고 아름다운 천재였다. 항상 자신의 위대한 삶과 일에 대해서는 침묵한 그임을 알기에 내가 사람들에게 그를 칭송하는 말을 한다는 것은 그의 신념에 위배되는 일이라는 생각이 들었다. 각계각층에서 모인 수많은 사람들이 그의 유골을 따라 화장터로 향했다. 그 길에 사람들은 유스투스에 대한 깊은 애정과 존경심을 증언했다.

유스투스의 상실로 인해 내 삶은 더욱더 둔감해졌다. 그의 집에서 만나곤 하던 한 무리의 친구들은 이제 흩어졌고, 나는 점점 더 내 방 네 개의 벽 속으로 물러나게 되었다. 최소한의 생존을 위한 투쟁은 점점 고단해져 갔다. 병이 재발한 솔로타로프는 내 일거리를 더 이상 도와줄 수 없었고 호프먼 박사도 도시를 떠나 있었다. 나는 다시 공장에서 일을 받아올 수밖에 없었다. 양재일이 손에 익어 이제는 화려한 실크로 된 모닝가운까지 재봉할 수 있었다. 주름장식과 리본, 끈이 많아서 고통스러울 정도의 노력이 필요했고 신경이 끊어지는 느낌에 거의 비명을 지르고 싶은 지경이었지만 말이다. 이토록 단조로운 내 삶에서 가장 밝은 빛은 오직 나의 사랑하는 동생과 그의 친구 댄뿐이었다.

내가 아직 클린턴 스트리트의 작은 방에 살고 있을 때 예고르가 댄을 데리고 왔었다. 그는 처음부터 몹시 매력적이었고 그 역시 내게 강하게 끌린다는 걸 알 수 있었다. 그때 나는 서른두 살이었고 그는 겨우 열아홉 살이었다. 아직 순진하고 때묻지 않은 청년이었다. 우리의 나이 차이에 대한 나의 걱정과 불안을 그는 웃어넘겼다. 자신은 어린 여자들에게는 관심이 없다고 말했다. 그런 여자들은 멍청할 뿐만 아니라 자신에게 줄 수 있는 것이 아무것도 없다며. 그는 내가 그런 여자들보다 더 젊고 현명하다는 느낌을 받았다고 했다. 그는 그 누구보다도 나를 원했다.

내게 사랑을 애원하는 그의 목소리는 마치 음악 같았다. 하지만 나는 그에 맞서 싸워야만 했다. 내가 5월에 투어를 떠난 것도 점점 커지는 댄에 대한 마음에서 벗어나기 위함이었다. 그리고 7월에 우리가 다시 로체스터에서 재회했을 때 그토록 오랫동안 억눌러 왔던 감정의 폭풍이 나를 휩쓸었고 우리 두 사람을 집어삼켰다. 그후에 버펄로의 비극과 그 여파 속에서 공포가 생겨났다. 이는 나를 존재하게 하는 삶의 원천을 다 망가뜨렸고, 증오로 가득한 세상에서 사랑이란 건 차라리 소극처럼 보였다. 조그마한 아파트로 이사한 후 우리는 많은 일을 함께하게 되었고 사랑은 또 한번 끈질지게 내게 말을 걸어 왔다. 나는 이에 응답했다. 나의 이상, 신념, 내 일 같은 것은 잊어버렸다. 강연이나 집회 같은 건 생각만 해도 진저리가 났다. 콘서트장이나 극장도 가기 싫어졌는데 사람들을 만나거나 누군가 나를 알아보는 것에 대한 공포가 극심해 졌기 때문이었다. 내 존재의 의미와 그 알맹이를 잃어버렸다는 느낌에 나는 큰 실의에 빠졌다.

매일매일의 걱정과 신경 쓸 일들로 삶은 꾸역꾸역 흘러갔다. 가장 큰 걱정은 사샤의 건강상태였다. 피츠버그에 있는 친구들이 알려온 바로, 그가 다시 교도소 당국에 의해 고통을 받고 있으며 이에 따라 건강이 악화되고 있다고 했다. 드디어 12월 31일에 사샤로부터 편지가 도착했다. 이보다 더 좋은 새해 선물은 없었을 것이다. 예고르는 내가 혼자 편지를 읽을 수 있도록 조심스럽게 방을 나갔다.

소중한 편지에 먼저 입맞춤을 하고 떨리는 손으로 봉투를 열었다. 12월 20일 소인이 찍힌 지하통로 편지로 종이 여러 장에 아주 작은 글씨가 적혀 있었다. 글자 하나하나가 뚜렷하고 선명하게 보였다.

"면회에서 내가 한 이상한 행동이 당신에게 어떻게 받아들여졌을지 알고 있소." 그는 썼다. "오랜 세월이 흐른 후 당신의 얼굴을 보자 정신을 가다듬을 수가 없었다오. 아무 생각도 안 나고 아무런 말도 할 수 없었지. 내가 그동안 꿈꾼 자유, 살아 있는 세상 전체가 당신 시곗줄에 달린 반짝이는 작은 장신구에 매달려 있는 것만 같아 나는 그것에서 눈을 뗄 수가 없었다오. 그것을 만지다가 내 손에서 내려놓을 수가 없었지. 그 장신구가 내 존재를 빨아들인 느낌이었소. 그리고 그러는 사이 나의 침묵에 당신이 얼마나 긴장하고 있는지가 느껴지자 나는 한 마디도 내뱉을 수가 없었다오."

사샤를 방문한 이후 몇 달 동안 내게 일어난 끔찍한 일들 때문에 면회 당시 내가 느꼈던 실망감이 조금 흐려져 있던 차에 그의 편지로 인해 그때의 일이 되살아났다. 그의 편지를 읽고 있으니 그가 그때의 일을 얼마나 면밀하게 생각하고 또 생각했는지 알 수 있었다. "만약 언론이 국민 정서를 그대로 반영했다면 아마 온 나라에서 식인풍습이 시작되었을 거요. 당신의 목숨과 다른 동지들의 안전에 대해 극심한 두려움에 빠진 순간들이 있었소. … 당신의 자존심과 칭송해 마땅한 자제력으로 인해 좋은 결과가 나왔던 것 같소. 나는 특히, 부상당한 사람이 당신의 간호를 필요로 한다면 간호사로서 그를 돌보겠지만 모두에게 비난받고 버림받은 청년이 대통령보다 더 당신을 필요로 한다는 당신의 말에 감동을 받았소. 당신에게 받아 본 편지보다도 그 말 한마디가 지난 시간 속에서 성숙한 당신의 큰 변화를 알 수 있는 좋은 증거였던 것 같아. 그렇소. 당신의 아름다운 마음에 내 심장이 울렸다오. 10년 전의 우리라면 그런 생각을 할 수 없었을 텐데! 그때의 우린 아마 혁명 정신에 대한 반역이라고 간주했겠지. 자타공인 자본주의의 대표자인 대통령의 인간성을 인정했다는 것 자체만으로 우리는 분노했을 거요. 아나키즘의 사상과 활동의 중심에 있는 당신과, 절대적으로 억압되고 고립된 채 살고 있는 내가 10년이 지난 지금 서로 걸어온 다른 길의 끝에서 동일한 지점에 도달했다는 것이 참으로 중요하게 느껴지지 않소?"

나의 충실한 친구, 변화를 솔직하게 받아들이는 마음이 얼마나 용감한지! 그의 편지를 읽어 내려가면서 감옥에 갇혀 있으면서도 그가 그 안에서 얻은 지식에 놀라지 않을 수 없었다. 과학, 철학, 경제, 심지어 형이상학까지! 그는 많은 책을 읽었고 비평적으로 연구하며 자신의 방식으로 소화해 냈다. 그의 편지는 과거 우리가 함께하던 생활과 사랑, 일에 대한 추억을 불러일으켰다. 추억에 잠기자 시공간이 사라지는 것만 같았다. 지나온 세월이 지워지고 나는 과거를 살고 있었다. 내 손은 편지를 쓰다듬었고, 내 눈은 꿈결처럼 글자들 위를 헤맸다. 그러다 "리언"이라는 이름이 내 시선을 사로잡았다.

"그 젊은이의 아름다운 성정과 잔인한 환경에 적응하지 못하는 예민함, 그리고 그의 반항적 영혼에 대한 글을 읽었습니다. 이는 그

행위의 원인에 있어서 아주 중요한 점을 시사한다 하겠소. 가장 고귀한 사람들이 자신의 영혼이 쪼그라드는 것을 감수하면서도 타인의 피를 흘리고야 마는 것은 순교에 있어서 가장 큰 비극인 동시에 사회의 가장 끔찍한 기소일 거요. 사실상 이런 방법은 최후의 수단으로만 사용하는 게 맞을 거요. 그 가치를 입증하기 위해서는 개인의 필요에 의해서라기보다는 사회적 동기가 부여되어야 하며, 대중의 가장 직접적이고 즉각적인 적을 겨냥해야 하겠지. 그러한 행위의 중요성은 그렇다면 대중들에 의해 이해될 것이며, 그것이 전적으로 테러행위가 아니라면 어느 정도 선전의 효과와 교육적 효과가 발생하기도 할 거요."

나는 읽던 편지를 바닥에 떨어뜨렸다. 사샤는 무슨 말을 하는 거자? 매킨리는 "대중의 직접적인 적"이 아니라는 말을 하려는 것인지? "선전과 교육" 효과에 대해서 논의할 게 없는 행위였다는 건지? 나는 당황했다. 내가 제대로 읽은 게 맞나? 아직 한 문단이 남아 있었다. "나는 리언의 행위가 테러행위였다고는 믿지 않지만, 그 행위의 사회적 필요성이 명백하지 않으므로 그것이 교육적이었는지에 대한 여부는 의문이 남는 게 사실이오. 오해가 없도록 다시 한번 말하자면, 그것은 개인적 반항의 표현으로서 불가피한 행위였고, 그 자체로 기존 상황에 대한 고발이었던 것으로 보이오. 그러나 사회적 필요성에 있어서는 그 근거가 부족하기 때문에 행위의 가치가 상당부분 무효화된 것 같소."

나는 다시 편지를 떨어뜨렸고, 멍하니 서서 내 목소리가 아닌 것 같은 건조한 목소리로 동생의 이름을 외쳤다. "예고르! 예고르!" 동생이 뛰어들어왔다. “누나 무슨 일이에요? 지금 떨고 있어요. 왜 그래요?” 놀라서 물었다. “편지….” 나는 쉰 목소리로 말했다. “읽어 봐. 그리고 내가 미친 건지 말해 줄래?” “아름다운 편지네요.” 동생이 말하는 걸 들었다. “인간적이에요. 하지만 사샤는 촐고츠의 행위에서 사회적 필요성을 보지는 못하네요.”

“세상 모두가 그러더라도 어찌 사샤가, 사샤가 그렇게 생각을 할 수 있는 거지?” 나는 절망하며 외쳤다. “자신이 돕고자 했던 바로 그 노동자들에게 오해받고 거부당한 사람이 어떻게 자신도 이렇게까지 오해를 할 수가 있는 거야?”

예고르는 나를 달래며 사샤가 말한 “사회적 필요성의 근거”가 무엇을 의미하는지 설명하려고 했다. 그는 편지의 다른 장을 읽기 시작했다.

“정치적 종속화 계획은 미국에서 아주 교묘하게 작동하고 있소. 매킨리는 현대판 노예제도의 대표자였기는 하나, 국민에게 직접적이고 즉각적인 적으로 간주하긴 어렵다고 보는 바요. 절대주의하에서 독재자는 가시적이고 더 실체적이지만 공화주의하 전제주의란 건 더 교활하고 깊은 곳에서 작동한다 할 수 있소. 왜냐, 자치와 독립에 대한 대중의 망상을 근거로 하기 때문이지. 민주적 폭정의 근원은 바로 이것이므로 총을 쏜다 한들 없앨 수 없는 것이고, 현대 자본주의에서는 정치적 억압보다는 경제적 착취야말로 민중의 진정한 적이라 할 수 있소. 정치는 그 시녀에 불과하지. 따라서 전쟁을 한다면 정치가 아닌 경제 분야에서 이루어져야 한다는 게 내 생각이오. 그러니 사람들이 보고 느낄 수 있었던 실제적 억압자를 겨냥했던 나의 행위는 리언의 것보다 훨씬 중요하고 또 교육적이었다고 할 수 있을 거요."

어째서 사샤는 요한 모스트가 사샤에 대해 썼던 비난의 논리를 리언에게도 그대로 사용하고 있는 것이지? 모스트는 프롤레타리아 의식이 없는 나라에서 개인의 폭력행사는 무의미하다고 주장했고, 미국 노동자들은 사샤가 한 행위의 동기를 이해하지 못함을 지적했었다. 당시 사샤는 나 못지않게 모스트를 자기 자신뿐 아니라 우리 운동의 대의에 반대하는 자라고 여겼고, 나는 나의 스승이자 위대한 영감의 원천이었던 모스트와 격렬히 싸웠다. 그랬던 사샤가 이제 여전히 폭력 행위는 필요하다고 믿지만 리언의 행동에 있어서 "사회적 필요성"은 부정하고 있었다.

이 잔인하고 무의미한 소극이 다 뭐람! 나는 사샤를 잃었다는 느낌에 주체할 수 없을 정도로 눈물이 흘렀다.

저녁에 에드가 나를 찾아왔다. 새해맞이를 함께 하자고 며칠 전부터 이야기해 두었지만 마음이 무너져 내려서 차마 갈 수가 없었다. 예고르는 기분 전환에 도움이 될 거라며 에드와 함께 가라고 했지만 나는 이미 뿌리까지 흔들린 채였다. 나는 그저 가만히 침대에 누운 채로 새해를 맞았다.

호프먼 박사는 다시 스펜서 부인을 치료하고 있었고, 와서 그녀를 맡아 간호해 달라는 연락을 받았다. 나는 다시 삶으로 돌아가야 했다. 무의식적으로, 습관적으로 반복되는 하루의 일들을 하면서도 마음속엔 사샤에 대한 생각뿐이었다. 나는 리언의 행위보다 자신의 것이 더 가치 있다고 믿는 것은 그의 입장에서 아주 독특한 방식의 자기기만이라고 생각했다. 수년간의 독방 생활과 고문으로 인한 고통 때문에 그는 촐고츠보다 자신이 사람들에게 더 잘 이해되었다고 생각하게 된 것일까? 아마도 그런 생각은 길고 끔찍한 감옥생활을 버티게 해준 힘이 되었을지도 모른다. 의심할 여지 없이 바로 그 때문에 그는 살아 있을 수 있었을 게다. 그러나 사샤처럼 명석함과 판단능력을 갖춘 사람이 리언의 정치적 행위에는 그렇게도 눈이 멀어 있다는 사실이 믿기지 않았다.

사샤에게 아나키즘은 경제적 불의에만 힘을 쏟고 있는 것이 아니고, 정치적 불의를 위해서도 역시 힘쓰고 있다는 내용의 편지를 여러 차례 보냈다. 돌아온 그의 답장에서 우리는 서로간의 관점이 크게 다르다는 것을 확인할 뿐이었다. 이로 인해 나의 비참함이 가중되었고 그와의 토론을 계속하는 것은 무익하다는 것을 깨달았다. 절망에 빠진 나는 그에게 편지 쓰는 것을 중단했다.

매킨리의 죽음 이후 아나키즘과 그 지지자를 향한 반대 움직임이 커졌다. 언론과 교회, 다른 대중의 대변자들은 공동의 적을 향한 분노로 서로 미친 듯 경쟁하고 있었다. 그중 가장 무서운 상대는 시어도어 루스벨트였다. 부통령이었던 그가 매킨리의 뒤를 이어 대통령이 되었다. 촐고츠의 손으로 만들어진 이 운명의 아이러니는, 산후안 고지 전투의 영웅이 권력을 잡을 수 있는 길을 만들어 주었다. 그 비자발적 봉사에 대한 감사로 루스벨트는 흉포하게 돌아섰다. 아나키즘을 공격할 요량으로 의회에 보낸 메시지는 실제로 미국의 사회적·정치적 자유에 치명타를 날렸다.

아나키스트 반대 법안이 속도감 있게 연속적으로 발표되었고 그

법안을 발의하고 지지한 의원들은 아나키스트들을 근절하기 위한 새로운 방법을 고안하느라 바빴다. 상원의원이던 조지프 홀리는 자신의 전문적 지식으로는 아나키스트라는 용을 죽이기 충분치 않다고 생각했던지, 아나키스트를 처단하는 비용으로 1,000달러를 주겠다고 공개적으로 선언하기도 했다. 촐고츠가 그의 총알 한 방으로 지불한 대가에 비하면 꽤 저렴한 제안이었다.

용기와 대범함이 절실히 필요한 이때, 꽁지를 내려 버린 미국의 급진주의자들에게 이 사태의 책임이 있다고 뼈저리게 느꼈다. 반동적인 인사들이 이토록 뻔뻔하게 독재행위를 하고 있는 것이 어쩌면 당연했다. 자신들에게 크게 반대하는 세력도 없는 상황에서 이들은 자신들이 나라의 온전한 주인이라고 생각하는 듯했다. 뉴욕 주의회에서 황급히 통과시켜 버린 아나키즘 범죄 법과 뉴저지에서 발의된 그와 유사한 법령은 미국 내 우리의 운동이 가진 모순에 대해 막대한 대가를 치르고 있다는 나의 확신을 강화시켰다.

우리 그룹에서 점차적으로 각성의 조짐이 나타나기 시작했다. 미국의 자유를 위협하는 이 임박한 위험에 반대하는 목소리가 높아지고 있었던 것이다. 하지만 이미 때를 놓쳤고, 무엇으로도 이 반동의 흐름을 막을 수 없을 것 같았다. 동시에 이 두려운 상황을 받아들이기 어려웠는데, 우리의 목숨을 노리는 미친 무리의 사람들 때문에 분노가 일었다. 그럼에도 나는 여전히 무감하고 무기력한 상태였고, 내가 이 짓을 왜 하나, 어디로 가야 하는 건가에 대해 끝도 없이 고민하면서 스스로를 고문하는 것 외에는 아무것도 할 수 없었다.

괴로운 상황 속에서 엎친 데 덮친 격으로 우리는 퇴거명령을 받았다. 집주인이 내 신원을 알게 된 것이었다. 하여 우리는 어쩔 수 없이 게토의 중심부인 마켓 스트리트 지구의 몹시 혼잡한 빌딩 5층에 어렵게 숙소를 구하게 되었다. 이스트사이드의 집주인들은 급진적 부류의 사람들을 세입자로 두는 데 익숙했다. 새로 구한 집은 싸고 사람이 적다는 장점이 있었다. 하루에도 몇 번씩 높은 계단을 오르내리는 것은 피곤한 일이긴 했지만, 우리 위로 쿵쿵대는 이웃을 두는 것보다는 훨씬 나았다. 정통파 유대인들은 여호와를 문자 그대로 받아들이는데, 특히 "번성하라"는 명을 그대로 받아들인 까닭에 식구가 다섯 명 미만인 집이 없었다. 어떤 집은 자녀만 열댓 명 되기도 했다. 내가 아무리 아이들을 사랑한다 하더라도 위층에서 아이들이 쿵쾅거리는 소리가 계속해서 들렸다면 나는 그 집에 머물 수 없었을 것이다.

나의 좋은 친구 솔로타로프는 이스트사이드의 의사 몇몇을 설득하여 내 일거리를 구해 주었다. 이들의 환자는 주로 유대인과 이탈리아인으로, 대부분 가난한 집들이 많았고, 여섯 명 이상의 가족들이 두세 개의 방이 딸린 집에서 살았다. 이 사람들이 주급으로 받는 돈은 평균 15달러였는데 훈련받은 간호사의 급여는 하루에 4달러였으니 아플 때 간호사를 찾는 것은 일종의 사치였다. 그런 상황에서 환자들을 돌보는 일은 몹시 어려울 뿐 아니라 고통스럽기까지 했다. 내 직업에서의 급여 수준을 유지하겠다 다짐을 한 터라 더 낮은 금액으로 서비스를 제공하는 것은 불가능했지만, 그렇기 때문에 사람들을 도울 다른 방법을 찾아야 했다.

나는 주로 야간 근무를 했다. 야간 교대를 내켜 하는 간호사가 거의 없었던 반면, 나는 야간을 선호했기 때문이었다. 환자들의 가족이 와서 끊임없이 간섭하고 옆에서 계속 울고 이야기하는 통에 주간 근무는 나에게 너무 고통스러웠다. 무엇보다도 창문을 여는 것에 경기를 하는 가족들이 많았다. 한번은 한 노부인이 내가 창문을 열고 환기를 시켰다는 이유로 "이 사악한 것! 내 새끼를 죽일 셈이야?" 하면서 소리를 지른 적이 있었다. 이에 반해 밤에는 환자들에게 필요한 관심과 주의를 기울일 수 있는 자유가 있었다. 책 한 권과 직접 끓인 커피 한 포트면 밤의 시간은 빠르게 지나갔다.

나는 그게 무슨 병이든 환자를 거부하는 일은 없었지만, 아이들을 간병하는 일을 선호하긴 했다. 아이들은 아플 때면 보기 괴로울 정도로 무력했고, 인내와 친절에 감사할 줄 알았다.

가명으로 일하면서 재미있는 일을 많이 겪었다. 한번은 내가 알고 지내던 한 젊은 사회주의자가 폐렴을 앓고 있는 자기 어머니를 간호해 달라며 연락을 해왔다. 어머니는 체구가 크고 다루기 몹시 까다로운 여자였다. 남자를 만났을 때 그가 분명 내게 무언가 할 말이 있는데 하지 못하고 안절부절하고 있다는 것을 알아챘다. "대체 뭐죠?" 하고 내가 물었다. 그가 대답하길 매킨리 사건으로 나라에 난리가 났을 때 그의 어머니는 내게 완전히 적대적이었다 했다. "내 앞에 데리고만 와봐. 등유에 담가서 산 채로 불태워 버릴 테니까"라고 반복해 말했다고 털어놓았다. 그는 내가 환자를 맡기 전에 그 사실을 아는 게 좋을 것 같다고 했다. "그렇게 말씀하시다니, 어머니가 관대한 분이신가 봐요. 하지만 지금 몸 상태로 그 위협을 실천에 옮기는 건 불가능할 거예요." 나의 대답에 젊은 사회주의자는 깊은 인상을 받은 듯했다.

3주간의 힘든 간호 끝에 환자는 죽음의 문턱을 벗어났다. 이제는 야간 간호사 없이도 지낼 만큼 충분히 회복되었기 때문에 나는 떠날 준비를 하고 있었다. 놀랍게도 사회주의자 청년은 주간 간호사 자리를 대신해 내가 낮에 일해 주기를 어머니가 원하고 있다는 말을 했다. "스미스 양은 아주 훌륭한 간호사라고 어머니가 그러시더라고요." 그는 어머니에게 내가 진짜 누군지 아느냐고 물으며 "그 악명 높은 엠마 골드만"이라고 알려주었는데 그 어머니는 깜짝 놀라 이렇게 말했다고 한다. "맙소사. 내가 그 여자에 대해 한 말을 혹시 전한 건 아니겠지?" 이미 다 전했다고 하자 어머니는 말했다. "아니 그 소릴 듣고서도 나를 그렇게 끔찍이 간호해 줬단 말이야? 아이구야, 그 여자 참말로 대단한 간호사구나."

날씨가 풀리면서 환자 수가 좀 줄었지만 아쉽지는 않았다. 나는 지쳤고, 휴식이 필요했다. 댄, 예고르, 에드와 함께 독서와 여가를 보낼 수 있는 시간이 좀 더 있었으면 했다. 에드와의 부드럽고 조화로운 동지애는 과거 우리 사이의 격동적인 감정을 대체했다. 우리의 이별 이후 에드는 꽤 큰 변화를 겪었는데, 그는 이제 더욱 관대하고 온화하며 사려깊은 사람이 되었다. 그는 오로지 어린 딸과 책 속에서 위안을 찾았다. 우리의 지적인 교류가 지금보다 자극적이고 즐거웠던 적이 없는 것 같다는 생각이 들었다.

나는 더 바랄 게 없는 상태였음에도 내 마음속은 진흙탕이었다. 내 속에서 갈망이 점점 커져 가고 있었다. 내 삶을 단순히 개인적인 이해관계 이상의 것으로 만들기 위한 오랜 투쟁을 다시 시작하고 싶었다. 하지만 어떻게 다시 돌아갈 수 있을 것이며, 어디에서 다시 시작할 것인가? 건너갈 다리를 다 불태워 버렸다고 느꼈고, 그 끔찍했던 버펄로 시절 이후로 커질 대로 커진 간극을 다시 메울 수 없을 것만 같다는 느낌이 들었다.

하루는 영국의 아나키스트 윌리엄 매퀸이 나를 찾아왔다. 1895년 영국에 처음 갔을 때 만난 사람이었다. 그는 리즈에서의 모임을 주선한 호스트였고, 그가 미국에 와서도 우리는 여러 차례 만난 적이 있었다. 그가 나를 찾은 이유는 패터슨 직공들의 파업을 위한 연설을 부탁하기 위함이었다. 매퀸과 오스트리아 아나키스트 루돌프 그로스만이 대중집회에서 연설할 예정이고, 파업참가자들이 나의 연설을 요청했다고 했다.

노동자들 혹은 동지들에게 연락을 받은 것은 촐고츠 사건 이후 처음 있는 일이었다. 사막의 방랑자가 샘물 앞에 무릎을 꿇듯이 나는 그 기회를 잡았다.

집회 전날 악몽을 꾸는 바람에 예고르는 비명을 지르며 잠에서 깨어난 내 곁으로 왔다. 땀에 흠뻑 젖은 채로 일어나서는 내 동생에게 악몽에 대한 이야기를 모두 들려주었다.

꿈에서 나는 패터슨에 있었다. 큰 강당은 사람들로 붐비고 있었고 나는 이제 막 연단에 올라선 참이었다. 나는 연단 가장자리로 가서 말하기 시작했는데 문득 내 발밑에 인간의 바다가 펼쳐졌다. 파도는 내 목소리에 맞춰 오르락내리락했다. 그런 다음 파도는 사람들을 태우고는 점점 빠르게 내게서 멀어졌다. 나는 연단에 홀로 남았고, 내 목소리는 주위의 고요함에 묻혔다. 혼자였지만, 아직 완전히 혼자는 아니었다. 내 눈앞에서 흔들리는 무언가가 점점 형태를 갖추며 구체화되고 있었다. 긴장한 나머지 숨도 제대로 못 쉰 채로 기다리고 있는데 그 형상이 내 쪽으로 다가오기 시작했다. 머리를 뒤로 젖히고 몸을 꼿꼿이 세우고는 큰 눈은 나를 보며 빛나고 있었다. 내 목구멍에서 간신히 소리가 빠져나왔다. "촐고츠! 리언 촐고츠!"

패터슨 집회에서 연설을 할 수 없을 것 같다는 두려움에 사로잡혔다. 단상에 올라가면 군중 속에서 촐고츠의 얼굴이 나타날 것만 같은 느낌을 떨쳐 버리려 했지만 소용없었다. 나는 매퀸에게 연락해 연설을 못할 것 같다고 말했다.

다음 날 신문에 매퀸과 그로스만의 체포소식이 실렸다. 고작 꿈 때문에 파업 노동자들의 부름에 응답하지 못했다는 생각에 내 자신이 끔찍하게 느껴졌다. 내가 유령에 사로잡힌 채 두려움으로 인해 집안에 머무는 동안 어린 동료들은 위험에 처하고 있었으니 말이다. "언제까지 촐고츠의 비극이 내 인생을 괴롭히게 둘 거야?" 나는 스스로에게 질문했다. 그리고 나의 대답은 생각보다 빨리 나왔다.

"피의 폭동. 노동자와 농민 살해당하다. 코사크 기병에 공격당한 학생들." 신문은 러시아에서 일어나는 사건들로 채워지고 있었다. 다시 한번 차르 독재에 맞서는 투쟁이 전 세계 사람들의 주목을 받게 되었다. 한편으로는 소름끼치는 잔인함, 다른 한편으로는 영광스러운 용기와 영웅주의가 버펄로 시절 이후 나의 의지를 마비시켜 온 무기력함을 떨쳐 내게 했다. 나는 가장 결정적인 순간에 운동을 떠났고, 나를 가장 필요로 할 때 우리 운동에 등을 돌렸으며, 심지어 내 인생의 신념과 이상을 의심하기 시작했음을 분명 깨달았다. 그리고 이 모든 건 한줌의 야비하고 비겁한 사람들 때문이었다.

나는 버림받은 그 청년에 대한 걱정을 핑계로 내 약해진 마음을 숨기려 했다. 약자들에 대한 분노는 촐고츠를 향한 내 동정심으로부터 비롯되었다고 스스로를 설득시켰다. 물론 그것이 내 입장의 동기가 된 것은 맞다. 실제로 꽤 설득력 있는 주장이었고, 내겐 그리도 분명해 보였던 촐고츠의 행위에서 사샤가 나와 같은 것을 보지 못했다는 이유로 나는 사샤에게 등을 돌렸다. 이로써 감옥에 있는 나의 소중한 친구에게까지 나의 고통이 닿았고, 나는 그가 아직 감옥에 있고 그에겐 여전히 내가 필요하다는 사실을 잊고야 말았다.

이제, 또 다른 생각이 내 뒤통수를 때렸다. 어쩌면 다른 동기가 있었을 수도 있다는 생각, 내가 믿는 것만큼 이타적이지만은 않은 다른 동기가 있을 수 있다는 생각이 말이다. 내 인생에서 처음으로 만난 큰 문제 앞에서, 이를 직면할 수 없는 나의 무능력으로 인해 나는 늘 혼자 설 수 있다고 믿어 왔던 자신감이 이제는 내게 없다는 걸 깨닫게 되었다. 하필이면 내가 제대로 된 일을 하도록 부름받은 그때에.

나는 외면당하고 내쳐지는 것을 감당할 수가 없었다. 용감하게 질 줄 몰랐다. 그러나 그것을 인정하기는커녕 맹목적인 분노로 내 날개를 찧고 있었다. 나는 비통해져 내 안으로 물러났다.

촐고츠를 포함해 과거의 영웅들에게서 내가 가장 존경했던 특징, 즉 홀로 죽음을 마주할 수 있는 힘이 내게는 부족했다. 사람에게는 어쩌면 죽는 데보다 사는 데 더 많은 용기가 필요할지 모른다. 죽는 건 한순간이지만 삶을 산다는 건 작고 사소한 일들을 끝도 없이 하면서 힘과 시간을 보내야 하는 일인 까닭이다.

비록 이전의 활력을 되찾지는 못했지만, 그게 뭐가 되었든 삶의 급박한 사태에 대처하기 위해 다시 한번 내 의지를 굳히리라는 마음으로 오랜 병을 앓은 것처럼 지난하고 괴로운 생각의 통로에서 빠져나왔다.

내 영혼이 죽어 있던 몇 달 만에 처음으로 내가 비틀거리며 내딛은 첫걸음은 사샤에게 편지를 보내는 일이었다.

러시아에서 온 소식은 이스트사이드의 급진주의자들의 활동을 격하게 만들었다. 조합원, 사회주의자, 아나키스트들은 정치적 입장 차이는 제쳐 두고 러시아 정권의 희생자들을 도왔다. 구속된 사람들과 유배된 사람들을 위한 대규모 집회가 조직되고 기금이 조성되었다. 나는 새로 태어난 듯한 힘으로 그 일을 맡아서 했다. 러시아의 요구에 전적으로 헌신하기 위해 간호 일은 그만두어야 했다. 그와 동시에 미국에서도 우리의 진을 빼놓을 만한 일들이 일어나고 있었다.

광부들의 파업이 시작되었다. 석탄 광부들의 상황은 끔찍했고, 지원이 시급해 보였다. 노동운동을 하는 정치인들은 언론을 위한 연설을 하느라 실제로 파업노동자들을 위해 하는 일이 아무것도 없었다. 그들이 초반에 보여 줬던 뻐대는 곤봉정책이 등장하자마자 바로 무너져 내렸다. 루스벨트 대통령은 갑작스레 광부들에 대한 관심을 나타냈다. 만약 노조 대표가 충분히 합리적이고 광산 소유주들의 의견을 들을 생각이 있다면, 대통령이 노동자들을 돕겠다고 발표한 것이다. 그것은 조합 내 정치인들에게는 만나와도 같았다. 이 정치인들은 즉각 모든 책임을 루스벨트에게 떠넘겼다. 이제 자기들이 걱정할 필요는 없었고 대통령이 이 성가신 문제에 대해 공식적으로 해결책을 찾을 것이었다. 허나, 그사이 광부들과 그 가족들은 굶주리고 있었고 경찰은 파업을 지지하기 위해 그 지역을 찾아온 사람들을 위협적으로 진압했다.

급진주의자들은 대통령의 속셈에 넘어갈 생각이 없었고, 고용주들이 갑자기 마음을 바꿔먹을 거라고 기대하지도 않았으므로 꾸준히 기금을 모으고 노동자들의 마음을 다잡기 위해 노력했다. 공개집회를 열기에 날이 너무 뜨거워짐에 따라 우리의 활동도 조금 누그러졌지만 그래도 우리는 계속해서 조합원을 모집하고 야유회를 열고 기금 조성을 위한 다양한 일들을 했다. 공적 활동을 다시 시작하면서 나는 활력이 되살아났고, 삶에 있어 새로운 관심사들이 생겨나게 되었다.

광산 노동자들과 러시아의 희생자들을 위한 기금 마련을 위한 순회강연 요청이 들어왔다. 파업 지역에는 경찰이 없을 거라 생각했던 것과 달리 그곳에서 강당을 섭외하는 일은 불가능했다. 아주 드물게 용감한 건물주들이 우리에게 장소를 빌려줬지만 그때마다 경찰이 나타나 우리의 모임을 저지했다. 윌크스배리와 맥키스포트를 포함한 여러 도시를 돌았는데, 가는 역마다 경찰이 지키고 서 있었다. 그 결과 나는 파업이 일어나고 있는 대도시에 집중해야겠다는 결론에 이르렀고, 시카고에 도착할 때까지 특별한 어려움은 없었다.

시카고 웨스트사이드 홀에서 열린 나의 첫번째 강연은 러시아 문제를 다루는 것이었고, 사람들이 꽉 들어찼다. 평소처럼 현장에 경찰이 있었지만 강연을 방해하지는 않았다. "우리는 표현의 자유를 믿습니다. 엠마 골드만이 러시아에 대해서만 이야기한다면요" 하고 한 경찰 간부가 말했다. 다행스럽게도 내가 광부들을 위해 하는 일들은 조합 내에서만 이루어졌고, 그곳에는 경찰의 손이 미칠 수 없었다.

마지막 강연은 홀을 무료로 빌릴 수 있는 시카고 철학학회에서 열릴 예정이었다. 학회의 주간 모임은 항상 한델 홀에서 열렸는데 이곳을 장기임대해 두었기 때문에 가능한 일이었다. 그 건물주는 모임이나 회의에 대해 누가 오든 어떤 주제를 다루든 반대한 적이 없었지만, 나의 강연이 예정된 일요일만큼은 반대를 하고 나섰다. 사람들은 홀에 들어갈 수 없었다. 그곳의 관리인은 창백한 얼굴로 떨면서 경찰이 자기를 "보러" 왔었노라 말했다. 만약 엠마 골드만의 발언이 허용될 경우 아니키스트를 다루는 법률에 의거해 그를 체포해 투옥하고 벌금형에 처할 거라고 했다. 일리노이에서는 그 법이 통과되지 않은 상태였지만, 그런 건 아무래도 상관없었다. 그럼에도 불구하고 나는 금지된 강연을 했다. 자신의 법적 권리에 대해 잘 알고 있으며 대범함을 갖춘 또 다른 관리인은 내가 아나키즘의 철학적 측면이라고 하는 다소 위험한 주제에 대해 연설하도록 해주었다.

투어는 고되고 지난했다. 언제라도 내게 달려들 준비가 된 감시견들에 둘러싸여 있는 까닭에 마지막 순간에 강연 장소를 바꾸는 일이 허다했다는 사실 때문에 더욱 그러했다. 하지만 나는 이런 어려움에 개의치 않았다. 고난은 나의 투지를 다시 불붙게 했고, 권력자들은 그들의 박해가 내게 오로지 혁명의 열정을 더 부풀릴 뿐이라는 사실을 모르고 있었다.

순회가 끝나고 집으로 돌아오자마자 케이트 오스틴의 사망소식을 들었다. 미국 여성들 중에서 가장 대담하고 용감한 목소리였던 케이트! 깊은 곳에서 솟아난 그녀의 지적인 수준은 교육받은 많은 사람들이 감히 닿을 수 없는 높이까지 올라갔다. 그녀는 삶을 사랑했고, 그녀의 영혼은 억압받는 사람들, 고통받는 사람들, 가난한 사람들을 위해 불타올랐다. 버펄로의 비극을 겪으면서 그녀는 얼마나 훌륭한 태도를 보여 주었던가! 불과 한 달 전 그녀는 자신의 죽음이 임박한 가운데 촐고츠에 대한 빛나는 찬사를 썼다. 비록 그녀는 사라졌지만 그녀는 우리 그룹에서 진정으로 위대한 인물 중 한 사람으로 남았다. 그녀의 죽음으로 나는 동료를 잃었을 뿐 아니라 소중한 친구를 잃었다. 에마 리를 제외하면 그녀는 내게 가장 가까이 다가온 사람이었고, 나보다 내 존재의 복잡성을 더 잘 이해해 준 유일한 여성이었다. 그녀의 민감함은 내가 힘든 순간을 헤쳐 나가는 데 큰 도움이 되었다. 이제 그녀는 죽었고 내 마음은 몹시 무거웠다.

이렇게 바쁜 삶에서는 슬픔과 기쁨이 너무 빨리 뒤따라서 어느 쪽에도 오래 머물 시간이 없었음에도 케이트의 상실에 대한 나의 슬픔은 또다른 충격이 닥쳤을 때도 여전히 아팠다. 볼테린 드 클레어는 그녀의 전 제자에게 총을 맞아 중상을 입었다. 필라델피아에서 온 전보에서 그녀가 위독한 상태로 병원에 입원해 있다는 소식과 함께 그녀를 치료하기 위한 기금을 마련하자는 제안이 왔다.

1894년, 우리 사이의 불행한 오해 이후 볼테린을 거의 본 적이 없었다. 그녀가 건강이 좋지 않아 요양을 위해 유럽으로 갔다는 소식은 들었다. 필라델피아를 마지막으로 방문했을 때 그녀가 유대인 이민자들에게 영어를 가르치고 음악수업을 하면서 생계를 유지하고 동시에 운동을 계속하기 위한 투쟁을 벌이고 있다는 말을 들었다. 그녀의 에너지와 근면함을 존경하면서도 나는 나에 대한 그녀의 불합리하고 쩨쩨한 태도에 상처를 받았기 때문에 그녀를 만나러 가지 않았고, 하여 지난 몇 년간 우리는 서로 아무런 연락 없이 지냈다. 매킨리 사건에 대해 그녀가 가진 입장으로 인해 나는 그녀가 더 존경스러웠다. 아나키스트를 처치하는 사람에게 1000달러를 주겠다고 한 홀리 상원의원에게 보내는 편지가 『자유사회』에 게재되었는데, 내게 몹시 큰 인상을 남겼다. 그녀는 그 애국자 상원의원에게 자신의 주소를 알리면서 그가 총을 쏘기 전에 자신이 아나키즘의 원리를 설명하게만 해준다면 아나키스트를 공짜로 쏘는 기쁨을 주겠다고 썼다.

"즉시 볼테린을 위한 기금 마련을 시작해야 해요." 나는 에드에게 말했다. 내가 자신을 대신해 대중에게 말하고자 한다면 아마도 볼테린은 분개할 것임을 알고 있었기에 에드와 나는 이 문제에 대해 우리 친구들에게 조용히 접근하기로 했다. 우리가 처음으로 찾아간 사람은 솔로타로프로, 그는 아직 건강이 좋지 않았고 환자를 거의 받지 않고 있었음에도 우리의 제안에 아름답게 응해 주었다. 그는 볼테린의 전 애인인 고든을 만나 볼 것을 제안했다. 그는 이제 성공한 의사가 되었고, 자신을 위해 희생한 볼테린을 재정적으로 도와줄 수 있을 거라면서 말이다. 솔로타로프는 자신이 직접 고든과 이야기해 보겠다고 나섰다.

결과는 매우 고무적이었지만 불쾌한 일도 물론 있었다. 이스트사이드에 있는 볼테린의 친구는 "개인적 자선"은 믿지 않는다고 선언했고, 물질적 성공으로 인해 연민을 잃어버린 사람들도 있었지만 관대한 영혼들이 나머지를 채워 주어 500달러를 모을 수 있었다. 에드는 돈을 가지고 필라델피아로 갔다. 그는 돌아와 상황이 어떤지를 말해 주었다. 총알 중 두 발은 회수했지만 세번째는 심장에 너무 가까이 박혀 손댈 수 없었다 했다. 에드에 따르면 볼테린은 자신의 목숨을 노린 청년에 마음을 쓰고 있고, 그를 기소하지 않겠다고 했다.

막스와 밀리는 크리스마스를 맞아 뉴욕을 방문하고 있었는데, 그들과의 만남은 예상치 못한 즐거움을 가져다주었다. 에드는 늘 나에게 좋은 옷을 입게 해주고 싶어했는데, 자신의 오랜 꿈을 실현할 수 있게 허락해 달라면서 이제야 자신이 했던 약속을 이행할 때가 되었다 했다. 내가 그와 함께 최고급 가게에 가서 맘껏 옷을 골라봐야 한다는 것이었다.

옷가게에 들어가자마자 그 꿈이 얼마나 비싼 것이었는지를 깨달았고, 나는 에드를 파산시키고 싶지 않았다. "어서 이곳을 빠져나가요." 나는 그에게 속삭였다. "빠져나가자고? 천하의 엠마 골드만이 빠져나가잔 말을 한단 말이오?" 에드는 나를 놀려댔다. "치수를 재는 데 필요한 만큼 머물도록 해요. 나머진 내게 맡겨도 좋아요."

크리스마스 이브가 되자 내 아파트로 상자들이 배달되기 시작했다. 아스트라한 모피 코트, 방한용 토시, 그리고 그에 어울리는 모자까지. 드레스와 실크 속옷, 스타킹, 장갑도 있었다. 마치 신데렐라가 된 기분이었다. 내가 모든 옷 상자를 받았다는 것을 어떻게 알았는지 에드가 전화를 해왔는데, 그때 그는 환하게 웃고 있었다. "언제고 당신이 그런 모습으로 보이길 바랐습니다. 아주 오래전부터 말이죠." 그는 말했다. "언젠가 모든 사람이 이런 아름다운 것들을 누릴 날이 오기를 바랄 뿐이에요."

호프브로이 하우스에서 막스와 밀리가 우리를 기다리고 있었다. 밀리도 파티복장을 하고 있었고, 막스는 기분이 아주 좋아 보였다. 그는 내게 록펠러와 결혼을 한 건지, 아니면 금광을 찾기라고 한 건지 물었다. 자신 같은 프롤레타리아에게 내 모습이 너무 대단해 보인다 말하며 웃었다. "저런 옷을 입은 사람은 최소 트라바커 와인 세 병은 마셔도 될 것"이라며 그는 큰 소리로 주문했다. 우리는 그곳에서 가장 즐거운 무리였다.

밀리는 막스보다 먼저 시카고로 향했다. 그는 며칠 더 머물렀고, 우리는 긴 산책을 하고 또 화랑과 콘서트를 다니며 시간을 보냈다. 막스가 떠나는 날 저녁 나는 그를 역까지 바래다 주었다. 승강장 가까이에서 그와 이야기를 나누고 있는데 두 남자가 우리 쪽으로 다가왔다. 형사였다. 그들은 우리를 체포한 뒤 경찰서로 연행했고, 우리는 한참 동안 심문을 받은 후 풀려났다. "무슨 근거로 우리를 체포했나요?" 나는 대답을 요구했다. "그냥 일반적인 원칙에 따른 체포입니다." 경사가 무심하게 대답했다. "당신네 원칙은 썩어 문드러졌네요." 분통이 터져서 내가 반박하자 그는 화를 냈다. "당신은 빨갱이 엠마 잖습니까. 아닌가요? 그것만으로 체포할 이유는 충분하죠."

솔로타로프가 고든이 볼테린의 지원을 거부했다는 내용의 편지를 보내 왔다. 볼테린은 고든이 대학공부를 마칠 수 있게 수년간 내조를 했건만, 이제 그녀가 아픈 마당에 그는 볼테린에게 그 어떤 상냥한 말 한마디 건네지 않았다. 그에 대한 내 직감은 틀리지 않았다. 볼테린에게 소중한 연인이었던 그 남자의 이 잔인한 무관심에 대해서는 그녀에게 말하지 않기로 우리는 동의했다.

볼테린은 자신에게 총을 쏜 청년을 기소하는 걸 거부했을 뿐 아니라 우리 언론에 그의 변호를 도와달라고 호소하기까지 했다. "그는 가난하고 아픈 데다가 친구도 없어요" 하고 그녀는 썼다. "그에게 필요한 건 감옥이 아니라 친절이에요." 당국에 보낸 편지에서 그녀는 그 청년이 직업을 잃은 지 오래고, 먹고살 걱정으로 망상에 시달렸음을 지적했다. 그러나 법에는 심판이 필요했기에 그는 유죄 판결을 받아 6년 9개월 형을 선고받았다.

그 판결은 볼테린의 상태에 영향을 미쳤고, 그로 말미암아 심각한 재발이 일어나 우리는 몇 주간이나 불안에 시달려야 했다. 마침내 위독한 상태에서 벗어난 그녀는 퇴원이 가능해졌다.

필라델피아 언론은 이 비극적 사건을 재미있는 이야기로 꾸며 댔다. 미국의 다른 언론과 마찬가지로 그들은 수년 동안 아나키즘과 아나키스트에 대한 독설로 가득 차 있었었다. "악마의 화신. 살인과 파괴의 투사. 겁쟁이" 이것들이 우리를 부르는 별명이었다. 그러나 볼테린이 가해자 기소를 거부하고 그를 변호하기까지 하자 욕설이 난무하는 기사를 쓰던 사람들은 이제 "아나키즘은 나사렛의 교리이며 용서의 복음"이라는 기사를 냈다.

26

반-아나키즘 이민법은 마침내 의회에서 날치기로 통과되었고, 그 이후로 정부조직을 믿지 않는 사람은 그 누구라도 미국 입국이 허용되지 않았다. 이 조항에 따르면 톨스토이, 크로포트킨, 스펜서, 에드워드 카펜터 같은 사람들도 미국의 환대에서 제외될 수 있었다. 미적지근한 자유주의자들은 이 법안의 위험성을 너무 늦게 깨달았다. 만일 그들이 힘을 모아 이 반동적 사건에 반대했다면 애초에 법안이 통과되는 일은 없었을 것이다. 미국의 자유에 대한 이 새로운 공격의 즉각적인 결과는 아나키스트들에 대한 태도 변화였는데 이제 나는 더 이상 최악의 적이 아니게 되었다. 오히려 내게 적대적이던 바로 그 사람들이 나를 찾기 시작했다. 맨해튼 자유주의 클럽, 브루클린 철학 사회 및 기타 다른 미국의 활동가 그룹들에서 나를 연사로 초대했다. 미국의 지식인들에게 아나키즘의 진정한 의미를 전할 수 있는 기회를 몇 해 동안 기다려 왔던 나이기에, 반갑게 이 초대에 응했다. 이 모임들에서 새로운 친구들을 사귈 수 있기도 했고 또한 어니스트 크로스비, 레너드 D. 애벗, 시어도어 슈뢰더 등 오래된 친구들을 다시 만나기도 했다.

선라이즈 클럽에서 나는 진보적인 생각을 가진 사람들을 많이 알게 되었는데, 그중에서도 가장 흥미로운 인물은 엘리자베스 펌, 알렉시스 펌, 존 코옐과 애비 코옐이었다. 교육에 대해 나와 비슷한 생각을 갖고 있는 미국인을 만난 건 펌 부부가 처음이었다. 다른 점이 있다면 나는 그저 아이들에게 새로운 방식이 필요하다고 말로만 외쳤다면 펌 부부는 자신들의 생각을 실천으로 옮겼다는 것이었다. '놀이학교'라고 부르는 그들의 학교에서 동네 아이들은 그 어떤 규칙이나 교과서에도 얽매이지 않았다. 아이들은 학교를 자유롭게 드나들었고 관찰과 경험을 통해 학습했다. 나는 엘리자베스만큼 아동 심리를 잘 이해하고 아이들에게서 최고의 능력을 이끌어 내는 사람을 일찍이 본 적이 없었다. 엘리자베스와 알렉시스는 스스로를 [임금이 아닌 토지에 세금을 매기는 조세제도를 지지하는] 단일세론자라고 생각했지만 실상 그들의 견해와 삶의 모습은 아나키스트의 것이었다. 학교이면서 집이기도 한 그들의 거처를 방문하고 아이들과 부부 사이에 존재하는 아름다운 관계를 목격하는 것은 내게 주는 선물과도 같았다.

코옐 부부도 펌 부부와 거의 비슷한 자질을 지니고 있었는데 존은 특히 놀라우리만치 심도 있는 정신의 소유자였다. 그에게서는 미국인이라기보다 유럽인 같다는 인상을 받았고 실제로 그는 세상의 많은 것을 본 사람이었다. 젊은 시절 그는 중국 광둥 주재 미국 영사로 일했고 그 후에는 일본에 살았으며 또 여러 곳을 여행하면서 다양한 나라의 여러 인종과 교류했다. 이를 통해 그는 삶에 대한 넓은 시야와 인간에 대한 깊은 이해에 다가갈 수 있었다. 존은 작가로서도 상당한 재능을 보였는데, 그는 다름 아닌 '닉 카터 오리지널 탐정 시리즈'의 저자였으며 버사 클레이라는 가명으로 작가적 명성을 쌓고 돈도 꽤 벌었다. 또한 그는 자신이 진심으로 관심이 있는 주제에 대해 자유롭게 의견 표명을 할 수 있는 최초의 기회를 제공한『신체 문화』라는 잡지에 종종 글을 기고하기도 했다. 그는 내가 만나 본 사람 중 가장 관대한 인물 중 한 사람이었는데, 글을 통해 큰돈을 벌어들였음에도 자신의 수중에 남아 있는 것이 거의 없었던 것도 바로 그래서였다. 그는 도움이 필요한 궁핍한 사람들에게 아낌없이 기부했다. 무엇보다도 그의 가장 큰 매력은 넘치는 유머감각이었는데, 세련된 태도에서 오는 예리함까지 갖추고 있었다. 코엘과 펌은 내게 가장 소중한 미국인 친구가 되었다.

또한 나는 휴 O. 펜테코스트를 자주 만났다. 1893년 열린 나의 재판에서 처음 만난 이래로 그는 많은 변화를 겪었다. 그다지 강한 인물이라는 인상은 받지 못했지만 그는 명실상부 뉴욕에서 가장 뛰어난 연설가 중 한 명이었다. 그는 일요일 아침마다 사회적 이슈에 대해 강연을 했는데, 그의 언변은 대규모 청중을 끌어들이곤 했다. 펜테코스트는 우리 집을 자주 찾았는데, 그 방문은 그의 말마따나 "자연스러운 느낌"이었다. 중산층 출신의 멋지게 생긴 그의 아내는 남편의 가난한 친구들을 극도로 혐오했고, 그녀의 눈은 온통 강연을 들으러 오는 영향력 있는 사람들에게만 쏠렸다.

한번은 우리 집에서 자그마하게 파티를 연 적이 있었는데, 펜테코스트도 초대된 손님 중 한 명이었다. 파티 전에 펜테코스트 부인을 만나 그녀도 파티에 오고 싶은지를 묻자 그녀는 대답했다. "고마워요. 갈 수 있다면 좋겠죠. 전 슬럼가 탐방을 정말 좋아하거든요." 이 말을 들은 나는 대꾸했다. "아, 그것 참 행운 아닌가요? 그런 방법이 아니고서야 당신이 흥미로운 사람들을 만날 수 있는 일은 결코 없을 테니 말이죠." 펜테코스트 부인은 파티에 오지 않았다.

내 공적 활동은 점점 색채를 더해 갔다. 내 책임하에 돌보던 동생들이 이사를 나감에 따라 생활비 규모가 줄어들자 점점 간호 업무에 대한 부담도 줄어들었다. 이제 한 환자를 끝내고 다음 환자를 맡을 때까지 전보다 더 긴 휴식을 취할 여유가 있었고 덕분에 한동안 기회가 없었던 독서도 할 수 있었다. 나는 혼자 사는 이 새로운 경험을 즐겼다. 다른 사람 신경 쓸 것 없이 언제든 외출할 수 있었고 강의를 마치고 집에 돌아왔을 때 집에 사람들이 바글대지도 않았다. 나는 함께 살기 편한 룸메이트가 아니라는 것 정도는 깨달을 만큼 나 자신에 대해서 알고 있었다. 버펄로 비극 이후 끔찍했던 몇 달간의 경험은 내가 다시 삶과 일로 돌아가기 위해 필사적으로 애쓰는 동력이 되어 주었다. 이스트사이드의 소심하기 짝이 없는 급진주의는 나로 하여금 미래에 대해 말하기만 좋아할 뿐 현재는 아무것도 하지 않는 젊은이들을 견딜 수 없게 만들었다. 나는 이제 소수의 친구들과 나누는 동료애를 즐겼다. 특히 에드와의 관계가 좋았다. 더 이상 질투심으로 서로를 바라보고 모든 생각과 호흡마저 소유하고자 하는 욕구가 없는 데서 나오는, 자유롭게 주고받는 기쁨이 있었다.

종종 그는 지치고 우울한 모습이었는데, 나는 그것이 집에서 점점 커지는 마찰에서 비롯되는 것임을 알았다. 입밖에 낸 적은 없지만 때때로 우연히 나오는 말들에서 그가 행복하지 않음이 드러났다. 한

번은 대화중에 그는 이런 말을 했다. "감옥에 있을 때 나는 다른 수감자와 공간을 나눠 쓰기보다는 차라리 독방에 갇히는 편을 선호했지. 옆에서 끝도 없이 재잘거리는 감방동료라도 만날라치면 나는 정말 미쳐 버리는 줄 알았거든. 지금 나는 옆에서 끝도 없이 이어지는 이야기를 들어야 하는데, 이제는 도망칠 독방이 있지도 않다오." 또 어떨 때 그는 진보적인 사상을 가진 여성들이 막상 남편을 찾고 생활이 안정되었다 싶으면, 행여 이 공급자를 잃을까 봐 자신들이 가졌던 생각은 쉽사리 폐기해 버리는 아이러니에 대해서도 불만을 터뜨렸다. 그의 기분을 좀 풀어 주기 위해 내가 할 수 있는 건 대화의 주제를 바꾸거나 딸에 대해 물어보는 것이었다. 그러면 그의 얼굴은 즉각 밝아지고 우울함이 사라지곤 했다. 어느 날 그는 조그마한 아이의 사진을 가져와 내게 보여 주었다. 그렇게 아빠를 빼다박다니, 나는 아이의 아름다운 얼굴에 감동한 나머지 무심결에 외치고 말았다. "왜 통 아이를 데리고 오지 않는 거죠?" "왜냐니?" 그는 격정적으로 대답했다. "애 엄마 때문이지요. 아이 엄마 때문에! 당신이 그 엄마를 안다면…" 나 역시 바로 저항하며 말했다. "아, 그러지 마요. 더 이상 아무 말 안 해도 돼요. 그 여자에 대해 알고 싶지 않아요." 그러더니 그는 흥분해 주변을 걷기 시작했고, 폭풍처럼 말을 쏟아냈다. "아니요! 해야 합니다. 부디 이야기하게 해줘요." 그는 간청했다. "그동안 내가 억눌러 왔던 모든 것을 이야기할 수 있게 해주시오." 그를 말리려는 노력은 허사였다. "당신에게 느낀 분노와 비통함이 나를 그 여자에게 몰아갔소." 그는 경멸조로 말을 이었다. "맞아요. 술독에도 빠졌지. 우리의 이별 후 몇 주 동안이고 나는 계속해서 술만 마셨다오. 그러다 그 여자를 만난 거야. 전에도 몇몇 급진주의 행사에서 본 적은 있었지만 그때야 아무 의미도 없는 사람일 뿐이었지. 그런데 그때는 나를 흥분시키는 게 아니겠소? 나는 당신을 잃은 상실감에 더해 술기운 때문에 광기에 사로잡혔던 것 같소. 그래서 그녀를 집으로 데려갔지. 일도 그만두고 방탕함에 이 한 몸을 던져 버렸소. 떠나 버린 당신에 대한 원한감정을 씻어 낼 수 있기를 바라면서." 나는 가슴을 찌르는 듯한 날카로운 통증을 느끼며 그의 손을 잡았다. "오, 에드. 원한이라니요?" "맞아요, 원한!" 그는 반복해 말했다. "심지어 증오하기까지 했지. 그때는 그렇게 느꼈어. 당신이 우리의 사랑과 우리가 함께한 삶을 너무나 쉽게 포기했으니까 말이오. 계속해서 말을 하게 해주겠소? 이 말을 하지 않고는 못 견디겠소."

우리는 자리에 앉았고 그는 내 손 위에 자신의 손을 포개어 얹고서 좀 더 침착하게 말을 계속했다. "술에 취한 나의 방탕은 몇 주간 더 계속되었소. 시간이 가는 줄도 몰랐지. 아무 데도 안 가고 아무도 안 만난 채로 술과 섹스에 빠져 집에만 틀어박혀 있었다오. 그러던 어느 날 잠에서 깨어났는데 그날따라 신기하게 머리가 맑지 않았겠소? 나 자신과 그 여자에게도 진절머리가 났지. 그녀에게 집을 나가라고 난폭하게 말했소. 우리의 관계 같은 거 지속할 생각은 애초에 없었다면서. 여자는 통상의 여자들이 하는 일을 했지, 내가 잔인하고 파렴치한 사람이라며 자신을 먼저 유혹했다 하더군. 자신의 말이 씨알도 먹히지 않는다는 것을 확인하자 그때부터는 울면서 애원하기 시작했소, 애를 가졌다면서. 난 까무러칠 듯이 놀랐고 또 그것이 가능할 리 없다 생각하면서도 설마 그런 걸 꾸며 낼 수 있을 거라고는 믿지 않았소. 나는 돈도 없었고, 그녀를 나가게 할 수도 없었지. 나는 발목을 잡혔지만 어찌저찌 버텨야만 했소. 그렇게 몇 달간 한 지붕 아래 지내면서 깨달은 것은 우리가 단 하나의 공통점도 없다는 사실이었소. 그녀에 대한 모든 것이 혐오스러웠지. 그녀의 새된 목소리가 집안에 울려퍼지고, 수다와 가십이 도무지 끝도 없었소. 그것들이 내 신경을 얼마나 긁어대던지 몇 번이고 집을 뛰쳐나왔지만, 내 아이를 가졌다는 생각을 하면 어쩔 수 없이 집으로 돌아갈 수밖에 없었다오. 아이가 태어나기 두 달 전 쯤 말다툼을 하는 와중에 자신이 나를 속였다면서 조롱하더군. 처음 내게 아이를 가졌다는 말을 했던 그때, 그녀는 사실 임신하지 않은 채였던 거였지. 그때 나는 아이가 태어나면 그녀를 떠나리라 결심했소. 당신은 분명 비웃겠지만, 아이의 탄생은 내 영혼에 이상한 울림을 주었소. 내 인생에서 부족한 모든 것을 잊게 만들어 줄 정도로 말이지. 그래서 나는 떠나지 않은 거요."

"왜 스스로를 고문하는 건가요, 에드?" 나는 그를 달래려 노력했다. "왜 지나간 과거 이야기를 끌어와 자신을 괴롭히죠?" 그는 나를 부드럽게 옆으로 밀어내며 말했다. "당신은 꼭 들어야 해요." 그가 고집을 부렸다. "이 모든 시작이 다 당신 때문이니, 당신이 끝까지 들어야 공평하지 않겠소."

"당신이 유럽에서 돌아왔을 때, 우리 과거의 삶과, 내 현재의 삶이 얼마나 다른지 그 차이가 극명히 드러났지. 나는 내 아이를 데리고 다시 한번 당신에게 가 우리의 사랑을 간청하고 싶었다오. 그렇지만 당신은 다른 사람들과 당신의 공적 활동에 온통 둘러싸인 채였고, 한때 나에 대해 느꼈던 감정을 모두 털어 버린 느낌이었소."

"틀렸어요!" 나는 울며 소리쳤다. "우리가 헤어져 있을 때도 나는 여전히 당신을 사랑했어요." "이제는 그것을 알고 있소. 하지만 그때 당신은 정말 무관심하고 냉담해 보였다오" 하고 그가 대꾸했다. "나는 당신에게 돌아갈 수 없었소. 아이를 통해 일말의 구원을 찾았고 또 책을 읽으면서…, 거 있잖소, 우리가 종종 논쟁하곤 하던 책들을 읽으면서 거기에 푹 빠질 때면 모든 걸 잊을 수 있겠더군. 그리고 그제야 그 책들을 더 잘 이해할 수 있었소. 물론 시간 속에서 내 신경은 무뎌졌소. 더 이상 날카로운 목소리를 들어도 움츠러들지 않게 되었거든. 아내의 잔소리는 나를 완고하고 냉소적인 사람이 되게 했소. 게다가, 흐름을 멈추는 방법도 발견했지 뭐요." 그가 웃으며 말했다. "그게 뭐죠?" 조금은 밝아진 그의 목소리에 나는 기분 좋게 질문했다. "아마 같은 방법을 사용할 수 있는 다른 사람들이 또 있을 거요. 어떻게 하는 거냐 하면 말이지. 손목시계를 꺼내서 아내의 얼굴에 들이밀면서 딱 5분 줄 테니 해보라고 하는 거요. 그리고 5분이 넘어서까지 그녀의 잔소리가 계속되면 집을 나가는 거지." "그 방법이 먹힌다는 거예요?" 내가 물었다. "마법처럼. 아내는 주방으로 쿵쿵대며 돌진하고 나는 내 방으로 들어가 문을 걸어잠근다오." 늘상 고상함과 평화를 사랑하던 에드가 굴욕적이고 저속한 삶의 장면 속에 강제적으로 들어가게 되는 상황이 가슴아프면서도 한편으로 나는 웃음을 지었다.

"하지만 마침내 이 관계를 끝내게 되었소." 그가 계속해 말했다. "당신과 내가 다시 좋은 친구가 될 수 없다 하더라도 그래야만 했소. 아이에게 그 모든 다툼들이 미치는 영향이 얼마나 큰지를 깨닫기 시작하면서 끝은 피할 수 없는 일임을 알았소.” 그러고서 그는 덧붙여 말하길 그동안은 수단이 없었다 했다. 하지만 이제는 관계를 끝낼 수 있는 형편이 되었고, 그는 아이를 데리고 빈으로 갈 것이었다. 그는 내게 함께 가자고 청했다.

“아이를 데리고 간다는 게 무슨 말인가요?” 내가 울먹이며 물었다. “아이 엄마, 그 사람은요? 애는 엄마의 자식이기도 하잖아요. 그렇지 않나요? 아이가 삶의 전부일 텐데 그런 아이를 엄마에게서 떼어 놓는다고요?” 에드는 자리에서 일어나 나를 일으켜 세웠다. 그러고는 내게 얼굴을 가까이 대며 말했다. “사랑! 사랑! 평범한 어머니의 사랑은 아이들을 입맞춤으로 질식시키거나 회초리로 죽일 뿐이라는 게 당신이 늘 말해 오던 거 아니요? 어째서 갑자기 안쓰러운 어머니에 대한 동정심이 일기 시작한 거지?” “알아요, 알아. 나도 안다고요.” 나는 대답했다. “딱히 생각을 바꾼 건 아니에요. 단지, 그 모든 고통을 감내하며 아이를 낳고, 신생아에게 젖을 먹여 키워 낸 건 여자인데, 아무 일도 하지 않은 남자가 자신의 아이를 데리고 간다는 것이 얼마나 부당한지 모르겠어요? 당신과 유럽에 함께 가자고요? 물론 당장이라도 그럴 수 있어요. 하지만 한 어미에게서 아이를 빼앗는 일은 결코 할 수 없어요.” 그는 내가 자유롭지 못하다며 비난했다. 남자들과 아이들이 겪는 부당함은 보려 하지 않은 채 남자들이 여자들에게 하는 잘못된 일들에 대해서만 목청 높여 반대하는 여느 페미니스트들과 같다고 했다. 어찌되었건 그는 딸을 데리고 떠날 것이었다. 그는 결코 자신의 자녀가 불화 속에서 자라나는 것을 두고 볼 사람이 아니었기 때문이다.

에드로 인해 내 안에서 감정들이 서로 부딪히고 갈등했다. 나는 그를 그 여자에게 몰아 간 것이 바로 나였음을 인정해야 했다. 그에게서 떨어져 있으면서 깨달은 바처럼, 그때의 나는 달리 행동할 수 없었다. 내가 이 모든 일의 원인이라는 건 어쨌거나 사실이었다. 그 끔찍했던 밤, 에드가 흉포하게 쏟아 내던 그 날을 생생히 기억한다. 그의 영혼의 고뇌를 보여 주는 증거였으니 말이다. 그의 비참함 속에서도 나는 눈 하나 깜짝하지 않았다. 그렇다면 그 어느 때보다도 나를 더 필요로 하는 지금, 나는 왜 그를 거절한 것인가? 그가 아이를 위해 요청한 도움을 나는 왜 거부한 걸까. 그 여자는 분명 내게 아무런 의미도 없었다. 그녀의 상실에 대해 내가 주저할 이유가 있기나 하던가? 어머니가 되는 단순한 육체적 과정만 가지고 여성이 진정한 모성을 갖게 되는 건 아니라는 것이 내가 항상 주장해 온 바였건만 그럼에도 나는 에드에게 그녀에게서 아이를 빼앗지 말라고 말했다.

많은 생각 끝에 내린 결론은 에드 아이의 엄마에 대한 내 감정이 일반적인 모성에 대한 내 생각, 즉 진통 속에서 생명을 잉태하고 여자의 젊음과 힘을 낭비하고 끝내 늙어 버리게 만드는 그 맹목적이고 어리석은 힘에 기반하고 있다는 것이었다. 어머니로서의 고통을 배가시키는 것을 주저하게 만든 것은 바로 이러한 모성의 무력함이었다.

다음 번 에드가 찾아왔을 때 나는 이것을 설명하고자 했으나 그는 내 말을 이해하지 못했다. 그는 내가 항상 남자들처럼 객관적이고 이성적으로 이야기할 수 있는 점만큼은 믿어 왔노라고 말했다. 이제 그는 내가 다른 모든 여자들처럼 주관적으로 논쟁하고 있다고 생각했다. 나는 대부분의 남자들이 가진 이성능력이란 것은 내가 따라 하고 싶을 정도로 강한 인상을 주지도 않았으며 여자로서의 나의 생각을 개진하는 것을 선호한다고 답했다. 나는 그에게 했던 말을 반복해 말했다. 만약 그가 혼자 떠난다면 그와 기꺼이 함께 갈 수도 있고 혹은 나중에 유럽에 갈 일이 있다면 그를 찾아갈 수도 있겠지만 다른 여성의 아이들 데리고 도망갈 수는 없다고 말이다.

나는 내 입장으로 말미암아 에드와의 새로운 우정에 그림자가 드리워지지는 않을까 걱정되었지만, 그는 나의 입장을 대범하고 멋지게 받아들임으로써 자신을 증명해 보였다. 나를 찾아오는 그의 방문은 아름다운 행사가 되었고, 그는 이제 6월이면 아이와 함께 유럽으로 떠날 것이었다.

4월 초에 그는 일주일 가량은 몹시 바쁠 것이라는 말을 했다. 그의 회사는 대량의 목재를 구입해야 했는데 그 거래 건으로 인해 며칠 동안 도시에는 발도 들이지 못하는 상황이 된 것이다. 그럼에도 그는 전보를 통해 연락을 계속하고 언제 돌아오는지에 대해 알려 왔다. 그가 없는 동안 나는 브루클린에서 야간 업무를 맡아 폐렴에 걸린 소년을 돌보는 일을 했다. 그곳까지 왔다갔다 하는 일은 길고 지루했다. 집으로 돌아오면 피곤한 나머지 목욕도 간신히 할 지경이었고, 머리를 베개에 대자마자 잠이 들곤 했다. 어느 날 아침 아주 이른 시간이었는데 멈추지 않는 거친 벨소리에 잠이 깼다. 1년 넘게 만나지 못했던 팀메르만이 서 있었다. “클라우스!” 나는 외쳤다. “이 시간에 여긴 어쩐 일로 오셨어요?”

그는 그답지 않게 조용히 서서 나를 이상하게 바라보았다. “일단 좀 앉아요." 그가 엄숙한 목소리로 말했다. "말해 줄 게 있소. 에드에 관한 일이에요." "에드라고요!" 문득 겁이 나 소리쳤다. "그 사람에게 무슨 일이 생긴 건가요? 나에게 전해 줄 메시지가 있는 거예요?"

"에… 에드…" 그가 말을 더듬었다. "그러니까 에드는 이제 더 이상 전할 메시지가 없소." 나는 그렇게 하면 충격을 피할 수 있기라도 한 듯 손을 내밀었다. "어젯밤에 에드가 죽었다오." 비보를 전하는 클라우스의 목소리가 크게 흔들렸다. 나는 다만 그를 바라보며 서 있을 뿐이었다. "지금 취해서 그러는 거죠?" 나는 되물었다. "그럴 리가 없잖아요!" 클라우스는 내 손을 부드럽게 잡아 자신의 옆으로 끌어당겼다. "내가 악의 전령이 되었구려. 당신의 친구들 중에서 내가 이 뉴스를 전해야만 했어. 안된 사람, 안쓰러운 엠마!" 그는 내 머리를 쓰다듬으며 말했고 우리는 침묵 속에 한참을 앉아 있었다.

이윽고 클라우스가 입을 열었다. 함께 저녁을 먹기 위해 에드의 집으로 가서 그를 기다리는데 그가 9시가 되도록 오지 않더란다. 그래서 그냥 나서려는 찰나, 삯마차 한 대가 집 앞에 섰다. 기사는 브래디의 집을 물으며 브래디 씨가 많이 아프며 지금 삯마차에 있다고, 그를 집으로 옮기는 데 도움을 줄 수 있겠는지를 물었다. 이웃들이 나와 삯마차를 에워쌌을 때 에드는 마차 안에 있었다. 의식을 잃은 채 뒷좌석에서 숨을 거칠게 몰아쉬고 있었다. 사람들은 그를 부축해 위층으로 데려갔고 클라우스는 의사를 부르러 달려갔다. 돌아왔을 때 삯마차 기사는 사라지고 없었는데 그 기사가 한 말이라고는 롱아일랜드 역 근처 한 술집으로 호출을 받아 갔더니 그 신사가 얼굴에 난 상처에서 피를 철철 흘리며 의자에 몸을 구부리고 있었다는 것뿐이었다. 의식이 있긴 했지만 간신히 주소만 말해 줄 수 있을 정도였다. 술집 주인은 그가 술을 달라면서 받자마자 선 채로 술을 들이켰으며 돈을 지불하고 화장실로 갔다고 설명했다. 가는 중에 그는 갑자기 쓰러져 바에 이마를 찧었고, 그게 자신들이 아는 전부라고 했다.

의사는 에드를 살리기 위해 필사적인 노력을 기울였지만 헛수고였다. 에드는 결국 의식을 회복하지 못한 채 사망했다.

클라우스의 목소리가 내 귀에 웅웅거리긴 했지만 나는 그가 말하는 것을 거의 듣지 못하고 있었다. 중요한 것은, 에드가 가장 도움이 필요했던 순간에 낯선 이들 사이에 있었으며, 삯마차에 홀로 있었다는 사실뿐이었다. 아, 에드. 나의 멋지기 이를 데 없는 친구가 삶의 충만함에 다다랐을 때 그것을 빼앗기고야 말았구나! 이 잔인함이여, 이 무심한 잔인함이여! 내 심장은 이 사실을 받아들이지 못하고 울부짖었고, 슬픔을 달래느라 눈에까지 차오르지 않고 버티는 눈물 때문에 목이 메어왔다.

클라우스는 자리에서 일어나며 다른 친구들에게 부고를 전하고 장례식을 준비해야 할 것 같다고 말했다. "나도 함께 갈래요." 내가 선언하듯 말했다. "에드를 다시 봐야겠어요." "불가능해요!" 클라우스가 반대했다. "브래디 부인이 당신을 집안에 들이지 않겠다고 이미 말했는걸요. 에드가 살아 있을 때 그를 자신에게서 앗아갔으니, 죽은 후에까지 당신을 곁에 두지 않겠다고요. 가봤자 안 좋은 꼴만 당할 거예요."

에드와 함께한 삶의 추억과 함께 나는 홀로 남았다. 늦은 오후, 소식을 듣고 충격을 받은 예고르가 나를 찾아왔다. 예고르 역시 에드를 사랑했기에 큰 충격을 받았을 그의 상냥한 배려가 내 얼어붙은 마음을 녹였다. 예고르의 팔이 나를 감싸자, 전에는 나오지 않던 눈물이 쏟아져 내렸다. 우리는 서로 가까이 붙어 앉아서 에드와 그의 삶, 그의 꿈, 그리고 때이른 죽음에 대해 이야기를 나누었다. 날이 점점 저물어 갔고 나는 브루클린에서 나를 기다리고 있는 아픈 소년을 떠올렸다. 에드의 죽음에 가까이 갈 순 없더라도 적어도 살기 위해 애쓰는 어린 환자를 도울 수는 있을 것이었다.

내게 장례식은 언제나 끔찍한 일이었다. 장례식에서는 언제나 안에 있는 슬픔이 밖으로 끄집어 내어지기 때문이었는데, 내 상실감은 그것을 견디기에 너무 깊었다. 화장터에 갔을 때는 이미 식은 다 끝나 있었고 관은 닫힌 채였다. 나와 에드와의 관계를 알고 있던 친구들은 나를 위해 다시 한번 관을 열어 보여 주었다. 나는 에드의 사랑스러운 얼굴을 보기 위해 가까이 다가갔다. 그의 잠든 모습은 아름답고 고요해 보였다. 나에 대해 가타부타 들려오는 말이 없게 된다는 사실은 죽음을 조금은 덜 끔찍한 것으로 만드는 것 같았다.

갑자기 꽥 하는 소리가 울려퍼졌고 비명소리는 계속해서 이어졌다. 히스테리를 부리는 여자의 목소리였다. "내 남편이야, 내 남편! 그 사람은 내 거라고!" 까마귀의 날개를 닮은 검은 과부의 베일을 쓴 여자가 나와 관 사이에 몸을 던져 나를 밀어내고 관 위로 엎드렸고, 그 옆에서 겁에 질린 눈을 한 조그만 금발 소녀가 숨이 막힐 정도로 흐느끼며 여자의 드레스를 손으로 꽉 붙잡고 있었다.

잠시 동안 나는 공포에 질린 채 서 있었다. 그런 다음 나는 이 끔찍한 장면에서 빠져나와 천천히 출구를 향해 열린 공간으로 걸어나왔다. 내 마음은 아비를 꼭 닮은 아이에 대한 것으로 가득찼다. 이제 그 아이의 삶은 아버지가 의도했던 것과 완전히 다른 방향으로 흘러갈 것이었다.

27

에드와 함께했던 삶에 대한 추억은 내가 손을 뻗으면 닿을 수 있었던 것들에 대한 그리움으로 나를 채웠다. 과거를 돌이켜 보는 일은 내 존재의 가장 숨겨진 틈새까지 들여다보게 했는데, 이 이상한 모순은 사랑에 대한 갈망과 그럼에도 오랜 시간 동안 사랑을 가질 수 없었던 나의 무능력 사이에서 나를 갈기갈기 찢어놓았다. 그 사이에 끼어드는 건 꼭 에드의 경우처럼 반드시 죽음이라는 최후도, 봄날 같았던 우리 삶에서 사샤를 빼앗아 간 상황 같은 것만도 아니었다. 나로 하여금 사랑의 영속성을 부정케 하는 무언가 다른 힘이 있었다. 그것은 그 어떤 남자도 온전히 채울 수 없었던 내 안의 열정적 갈망의 일부였을까? 아니면 이상적이고 숭고한 목표를 향해 항상 위를 올려다보고 손을 뻗으며 다른 건 다 배제해 버리는 사람들에게 내재되어 있을 법한 무언가였을까? 그건 내가 얻고자 한 일들의 본질에 따라 치러야 하는 대가는 아니었을까? 땅에 뿌리를 내린 사람은 별을 향해 오를 수 없는 법. 높이 오르고자 한다면 열정과 사랑의 깊은 우물에서 과연 오래 머물 수 있을까? 자신의 믿음에 대한 비싼 값을 치른 사람이라면, 내가 그러했던 것처럼 피할 수 없는 일들이 있는 법이다. 이따금 사랑에 마음을 빼앗기겠지만 내 인생에서 이상 외에 영원한 것은 없을 것이다.

내가 환자를 보러 뉴욕 리버티로 간 동안 예고르는 집에 남아 있었다. 폐결핵 환자를 돌본 것은 이번이 처음이었는데, 이토록 꺾이지 않는 삶의 의지와 시들어 가는 육체의 불길을 목격한 적은 일찍이 없었다. 모든 게 다 끝났다 싶은 순간, 나의 어린 환자는 다시 새롭게 도약을 했고, 그러고 나면 이제 건강한 모습으로 삶의 활력을 과시하게 될지도 모르는 미래에 대한 희망이 불타오르는 날들이 이어졌다. 여기, 열여덟 살 소년은 뼈에 거죽만 겨우 남은 채로 누워서 이글거리는 눈과 열이 오른 뺨으로 자신이 결코 갖지 못할지도 모를 삶에 대해 이야기했다.

다시 깨어난 생에의 의지와 함께 육체의 충동, 섹스에 대한 갈망이 따라왔다. 소년과 함께 넉 달의 시간을 보내면서 그제야 그가 필사적으로 억눌러 온 게 무엇인지를 알게 된 것이다. 그의 속에서 타오르는 불길에 기름을 끼얹는 존재가 바로 나일 것이라는 생각은 전혀 하지 못하고 있었다. 정황상 의심가는 일들이 몇 있었던 건 사실이지만, 환자의 상태에 따른 증상으로만 치부하고 넘겼던 터였다. 한번은 내가 맥박을 재고 있는데 그가 갑자기 자신의 손으로 내 손을 꽉 움켜잡았고, 또 한번은 침대의 이불을 펴주기 위해 몸을 구부렸을 때 내 목덜미로 그의 뜨거운 숨결이 아주 가까이 느껴졌었다. 이따금 불타는 커다란 눈동자가 나를 따라다니는 것을 눈치채기도 했다.

소년은 가림막이 쳐진 베란다에서 잠을 잤고, 나는 응급상황에 대처하기 위해 밤에는 바로 옆으로 연결되어 있는 방에 머물렀다. 아이의 엄마가 항상 그와 함께 있었기 때문에 나로서는 쉴 시간이 허락되었다. 아이 엄마의 침실은 주방 뒤쪽에 자리해 있어 베란다에서는 가장 멀리 떨어진 곳이었다. 결핵 환자를 돌보는 일은 다른 어떤 환자를 돌보는 일보다 까다로웠지만 수년간의 경험 덕분에 환자의 작은 움직임에도 주의를 기울이고 반응할 수 있었다. 소년이 호출용 종을 쓸 일이 거의 없었던 것도 내가 환자가 몸을 움직이기 시작하자마자 바로 알아챘기 때문이었다.

아무 일 없이 잘 자고 있는지 확인하기 위해 몇 번이고 환자를 찾았던 어느 날 밤, 나는 몹시 피곤한 나머지 방에서 잠이 들고 말았다. 그러다 눈을 떴을 때 내 몸을 누르는 무게를 느꼈다. 환자가 내 침대에 앉아 그의 뜨거운 입술을 내 가슴에 대고 또 그의 뜨거운 손으로 내 몸을 애무하고 있었던 것이다. 화가 머리끝까지 나서 나는 그의 몸 상태에 대해서도 잠시 잊은 채 그를 밀쳐내고 바닥으로 뛰어내렸다. “이 미친놈아!” 하고 내가 소리쳤다. “당장 침대로 가지 않으면 어머니를 부를 줄 알아!” 그는 아무 소리도 내지 않고 손을 내밀어 간청하다가 베란다 쪽으로 걸어갔다. 중간도 못 가서 그는 쓰러졌고 발작적인 기침이 시작되었다. 내가 화를 낸 것에 대해 나도 걱정이 되어 순간 어떻게 해야 할지 혼란스러웠다. 그의 엄마를 부를 수도 없었다. 자신의 아들이 내 방에 있는 것을 본다면 위급한 순간에 내가 응답하지 않아 그가 나를 찾아온 것이라고 생각할 테니 말이었다. 그렇다고 그를 바닥에 내버려 둘 수도 없는 노릇이었다. 소년이 워낙 가볍기도 했지만, 위급한 상황에 사람은 놀라운 힘을 발휘하는 모양이었다. 나는 그를 일으켜 세워 침대까지 끌고 갔다. 지나치게 흥분한 나머지 환자에게는 새로운 출혈이 생겼고 그에 따라 내 분노는 연민으로 바뀌었다. 이 불쌍한 소년은 죽음을 목전에 두고도 삶을 위해 끈질기게 손을 뻗고 있었으니 말이다.

그는 기침을 멈추지 못하면서도 내 손을 꼭 붙잡고 자신이 한 일을 용서해 달라고, 어머니에게는 말하지 말아 달라고 간청했다. 나는 이 일을 어떻게 그만둘 수 있을지 고민하기 시작했다. 내가 떠나야 한다는 건 분명했기 때문이었다. 내가 과연 무슨 변명거리를 둘러댈 수 있을까? 그의 어머니에게 사실대로 말할 수도 없을 것이었다. 아들에 대한 내 말을 믿을 리도 없고 설령 믿는다 하더라도 너무 충격을 받을 것이 분명하며 또한 소년의 충동에 대해 이해를 할 수 있을 리 만무했다. 나는 오랜 간호업무로 지쳤고 휴식이 필요하다고 말해야 했다. 물론 다른 간호사를 찾을 시간은 주겠다고 할 참이었다. 그렇게 결심을 하기까지 또 몇 주의 시간이 걸렸다. 그 사이 내 환자의 상태는 몹시 안 좋아졌고 그의 어머니 역시 불안과 걱정으로 인해 몸이 다 망가진 상태였다. 다시 한번 소년의 상태가 좀 괜찮아졌을 때 나는 간호를 그만두겠다고 사정했다.

뉴욕에 다시 돌아왔을 때 나는 또다시 집을 구해야 하는 처지에 놓였다. 같은 건물에 사는 이웃들이 엠마 골드만과 같은 집에 살 수 없다고 다시 한번 반대하고 나선 것이었다. 나는 더 큰 집으로 이사하면서 동생 예고르와 다른 젊은 동지 알베르 지벨린과 집을 함께 쓰기로 했다. 알베르는 다양한 배경을 가진 사람이었다. 우선 열렬한 아나키스트인 아버지는 프랑스 사람이었고, 다정하고 온화한 성정의 어머니는 미국 퀘이커 교도였다. 멕시코에서 태어난 그는 어린 시절 자유롭게 언덕을 뛰어다니며 지냈고, 후에는 프랑스의 유명한 과학자이자 아나키즘 옹호자인 엘리제 르클뤼와 함께 살기도 했다. 훌륭한 유산과 어린 시절의 유익한 영향은 알베르를 통해 멋진 결과로 나타났다. 그는 신체와 정신 모두가 아름다운 사람이었다. 또 자유를 열렬히 사랑하는 사람으로, 다정하고 사려깊은 친구로 성장했으며 이는 내가 아는 미국 젊은이들 사이에서는 좀처럼 보기 드문 성질이었다.

이번에 시작한 공동생활은 시작부터 느낌이 좋았다. 각 구성원은 책임을 똑같이 나눠 갖는 것에 대해 이야기하기보다는 서로가 서로의 부담을 덜어 주기 위해 나서서 더 많은 일을 했다. 아나키즘 운동에 있어서 할 일이 많았던 나로서는 참으로 다행이었다. 알베르가 요리를 하고, 예고르와 댄이 큰 도움이 되었다. 덕분에 나는 운동에 더 헌신적으로 내 시간을 쓸 수 있었고 나의 동거인들도 이에 기꺼이 동의해 주었다.

사샤에게 다시 편지를 쓰기 시작한 후 우리는 점점 가까워졌다. 이제 출소까지 3년도 채 남지 않은 그는 출소 후 무엇을 할지 계획을 세우며 새로운 희망에 가득찼다. 지난 몇 년간 그는 감방 동료 중 한 명인 해리라는 소년에게 큰 관심을 나타내 왔는데 그는 폐결핵에 걸려 있었다. 그가 쓰는 모든 편지에서 해리의 이름이 빠지는 법이 없었는데 특히 내가 결핵 환자를 간호하고 있는 동안에는 더욱 그랬다. 나는 내가 환자에게 적용한 방법과 치료법을 사샤와 계속해서 공유했다. 해리에 대한 관심은 그가 감옥을 나와 의학 공부를 할지도 모른다는 암시를 남기기까지 했다. 그사이 그는 내가 그에게 보낼 수 있는 의학 관련 서적과 잡지 등 폐결핵 관련된 것이라면 무엇이든 다 보내 주기를 요청했다.

사샤의 편지는 삶의 활력을 불어넣었고 그로 인해 나는 그를 더욱더 존경하게 되었다. 나 역시 나의 영웅과도 같은 사샤가 다시 자유로워지고 삶과 일에서 나와 함께할 순간을 꿈꾸고 계획하기 시작했다. 이제 33개월만 더 지나면, 그의 고난이 마침내 종지부를 찍을 것이다.

그러던 중 존 터너가 미국에 온다는 소식이 들렸다. 그가 미국에 왔던 1896년, 그는 7개월 동안 집중적으로 강연을 열었다. 그는 이번에 새로운 투어를 계획하면서 미국의 사무직과 판매직종의 남성과 여성의 근로조건을 연구하고 싶어했다. 그는 영국에서 '점원조합'을 강력한 조직으로 발전시키는 데 성공했고, 그의 지도하에 점원들의 지위가 놀랍게 향상되었다. 미국 노동자 계급의 상황은 터너가 개입하기 전 영국의 상황만큼 열악한 것은 아니었지만 우리는 미국 노동자들에게도 각성이 필요하다고 믿었고 그 일을 해내는 데 터너 이상의 적임자는 없었다.

터너가 우리의 사상을 널리 퍼뜨리기도 했거니와 앞서 언급한 이유들 때문에 우리는 그의 방문을 환영하고 즉시 이 뛰어난 영국의 동지를 위한 일련의 강의를 조직하기 시작했다. 첫번째 집회는 10월 22일 머레이 힐 강당에서 열릴 것이었다.

다른 많은 사람들처럼 터너 역시 1887년 헤이마켓의 비극을 통해 아나키스트가 되었다. 국가와 정치행동에 대한 그의 입장으로 인해 그는 조합이 적극 제안한 국회의원 출마도 거절했다. 당시 거절의 변은 이러했다. “내가 있을 곳은 일반 조합원들 사이입니다. 내가 하는 일은 소위 말하는 ‘공공의 업무’가 아닙니다. 그것들은 결국 조직적으로 노동을 착취하는 일이 되고야 마니까요. 의회에서 어떤 완화책을 이끌어 낸다고 해보죠. 하원의 대표자들을 통하기보다는 외부 압력을 통하는 게 더 빠를 겁니다.” 그의 입장은 사회에 대한 이해와 이상에 대한 헌신을 그대로 보여 주었다. 그는 아나키즘을 위해 일하는 것을 멈춘 적이 없었지만, 그의 일에서 가장 중요한 것은 노조 활동이었다. 그는 대중 없는 아나키즘은 생명력을 잃은 단순한 꿈에 불과하다는 입장을 견지했고, 노동자들에게 다가가기 위해서는 그들의 일상적 경제 투쟁에 참여해야 한다고 생각했다.

그는 “노동조합주의와 총파업”에 대한 언급으로 강연을 시작했다. 머레이 힐 강당은 각계각층의 사람들로 문앞까지 꽉 들어찼으며 경찰도 상당한 숫자가 배치되었다. 나는 영국인 동지를 청중에게 소개한 후 우리의 출판물을 살피기 위해 강당 뒤쪽으로 자리를 옮겼다. 존 터너가 말을 마쳤을 때 사복을 입은 남자 몇 명이 단상 쪽으로 움직이는 것을 보고 나는 서둘러 존에게 다가갔다. 그 남자들은 자신들을 이민국 직원이라고 하면서 터너를 체포했다. 무슨 일이 벌어지고 있는 건지 사람들이 알아채기도 전에 그는 강당 밖으로 쫓겨났다.

터너는 1903년 3월 3일 의회에서 통과된 연방 반-아나키스트 법안으로 인해 최초로 입국금지 대상이 되는 영예를 얻었다. 그 법안의 조항은 다음과 같다. “정부 조직에 반대하거나 불신하는 사람이거나 그러한 사상을 가르치고 또 그런 조직에 속해 있는 이는 미국 입국이 허용되지 않는다." 고국에서도 잘 알려져 있는 데다가 지식인들에게 널리 존경을 받고 있는 터라 유럽 내 어디라도 쉽게 드나들 수 있는 존 터너는 이제 미국의 가장 의뭉스러운 세력에 의해 후원되고 고안된 법령의 희생양이 되었다. 내가 청중들에게 존 터너가 체포되어 추방될 것임을 알렸을 때 사람들은 우리의 친구가 떠날 때 떠나더라도 우리가 그를 위해 싸우지 않고 보낼 수는 없다고 만장일치로 결정했다.

입국심사를 관리하던 엘리스 섬의 관계자들은 자기들 방식대로 일처리를 할 수 있을 거라 생각했다. 며칠 동안이나 터너의 변호사조차도 그를 만나는 것이 허용되지 않았다. 우리가 터너를 변호하기 위해 고용한 휴 O. 펜테코스트는 즉시 구속적부심청구를 신청했다. 그를 통해 확인한 것이라고는 터너의 추방이 변함없다는 것과 엘리스 섬 위원들의 일처리 방식이 자의적이기 짝이 없다는 사실이었다. 물론 첫번째 심리에서 판사는 이민 당국의 추방명령을 지지했음에도 우리는 여전히 연방 대법원에 항소할 준비가 되어 있었다. 많은 동지들은 사실상 우리 아나키즘의 사상과 맞지도 않는 데다가 더욱이 아무런 결과도 얻지 못할 게 뻔할 일에 돈을 쓰는 것이 낭비라는 입장이었지만 말이다. 나는 대법원이 어떤 일을 해줄 거라는 환상 같은 것은 없었지만 우리가 터너를 위해 진행하는 투쟁이 이 터무니없는 법안에 대해 일반 대중의 관심을 끌어들일 훌륭한 선전의 기회가 될 것이라고 생각했다. 무엇보다도 미국에서 보장된 자유, 그 중에서도 가장 중요한 '망명권'이 미국 독립을 기념하는 공허한 문구에 불과했다는 사실을 많은 미국인들에게 일깨워 줄 수 있을 것이었다.

여기에서 가장 중요한 점은 대법원의 판결이 있을 때까지 아마도 수개월 동안 터너가 엘리스 섬에서 수감생활을 할 의향이 있는지의 여부였다. 나는 이에 대한 그의 의견을 묻고자 편지를 썼고 그는 즉각 "엘리스 섬의 환대를 즐기고 있노라" 답장했다. 전적으로 우리의 싸움을 도울 의사가 있다는 말이었다.

1901년 이후 나에 대한 여론이 크게 바뀌었음에도 나는 여전히 대다수의 사람들에게 금기시되는 인물이었으므로 터너를 돕고 싶다면 추방법 반대 활동을 드러내서 하기보다는 보이지 않는 곳에 남아 있는 편이 좋다는 것을 깨달았다. 스미스라는 가명 아래에서, '엠마 골드만'이라는 이름을 들었다면 울그락불그락해졌을 사람들에게 비교적 안전하게 내 이야기를 하는 게 가능했다. 상당수의 미국 급진주의자들은 나의 존재를 알고 있었지만, 내가 가진 생각을 두려워하지 않을 만큼 그들은 진보적이었고 그들의 도움으로 나는 다양한 자유주의 그룹 출신으로 이루어진 '언론자유연맹'을 조직할 수 있었다. 멤버로는 피터 E. 버로우스, 벤저민 R. 터커, 게이로드 윌셔, E. B. 푸트, 시어도어 슈뢰더, 찰스 B. 스파 등 진보 집단에서 잘 알려진 많은 사람들이 포함되어 있었다. 첫번째 회의에서 연맹은 대법원에서 터너의 대리인으로 클레런스 대로를 선정했다.

그다음 단계는 쿠퍼 유니언에서 집회를 조직하는 것이었다. 언론자유연맹은 대부분 전문직 남성으로 구성되어 있었고 그들은 매우 바빴던 관계로, 사람들의 지지를 구하고 일들을 지시하고 제안하면서 사람들을 못살게 구는 모든 일들은 다 내게 맡겨졌다. 나는 수많은 노동조합을 방문했고 그 결과 1,600달러의 모금을 했다. 가장 어려웠던 일은 처음에 항소에 반대했던 『자유로운 노동자의 목소리』의 편집자 야노프스키를 설득해 우리의 입장을 담은 칼럼을 싣게 하는 일이었다. 점차적으로 많은 사람들이 우리 일에 관심을 기울이게 되었는데 그중 가장 열정적으로 활동한 사람은 볼튼 홀과 그의 비서 A. C. 플레이델로, 두 사람 다 지치지 않는 기세로 터너의 공판을 도왔다.

볼튼 홀을 처음 본 건 몇 년 전인데, 그는 내가 만나 본 사람 중 가장 매력적이고 품위 있는 인물 중 하나였고, 그런 사람을 알게 된 것 자체가 내게는 행운으로 느껴질 정도였다. 전적으로 자유주의자인 그는 단일세론자였고, 사회적 지위와 존경에서 스스로를 해방시킨 사람으로 단 한 가지 그가 고수하는 게 있다면 바로 그의 클래식한 복장이었다. 프록코트, 높은 실크해트, 장갑, 지팡이를 들고 있는 그의 모습은 무리에서 단연 눈에 띄었는데 특히 그가 터너를 대신해 노동조합을 방문하거나 미국 항만 노조를 만날 때 더욱 그랬다. 그러나 볼튼은 자신이 무엇을 하고 있는지 아는 사람이었고, 세련된 복장만큼 노동자들에게 깊은 인상을 줄 수 있는 건 없다고 믿었다. 내가 거기에 반대라도 할 때면 그는 이렇게 말하곤 했다. “내가 하는 말을 중요한 것으로 느껴지게 만드는 것이 바로 내 실크해트라는 걸 정녕 모른단 말이오?”

쿠퍼 유니언의 집회는 대단한 성공을 거두었고 연사들은 다양한 정치적 견해를 대표했다. 몇몇은 아나키스트의 입장을 대신해 온 것에 대해 짐짓 사죄의 제스처를 취했는데, 국회의원이나 대학교수인 만큼 자신들의 생각을 솔직히 드러내지 못하는 게 당연했을 것이다.

좀 더 대범한 사람들 이를테면 볼튼 홀, 어니스트 크로스비, 알렉산더 조나스 등은 집회의 실제 분위기를 만들어 나갔다. 윌리엄 로이드 개리슨, 에드워드 셰퍼드, 호레이스 화이트, 칼 슈어츠 및 토머스 홀 목사의 편지와 전보가 낭독되었는데 그들은 터무니없는 법안과 미국독립선언문과 헌법이 보장하는 기본원칙을 무효화하는 워싱턴의 시도를 무조건적으로 비난했다.

우리 노력의 결과에 대단히 만족하며 나는 청중석에 앉아 있었는데, 연단에 오른 이 선량한 사람들이 이 집회를 주선하고 관장한 사람이 다름 아닌 엠마 골드만과 그녀의 아나키스트 동지들이었다는 사실을 까마득히 모르고 있다는 사실을 남몰래 즐기고 있었다. 대담한 조치를 할 때마다 아낌없이 사과를 하곤 하던 존경받는 자유주의자들 중 일부는 틀림없이 "들개 같은 아나키스트"가 이 일과 관련되어 있다는 걸 알면 까무러쳤을 것이다. 그러나 나는 완악한 죄인 아니던가. 소심한 신사들이 이토록 중요한 문제에 자신의 의견을 표명하도록 유도하는 음모에 개입한 것에 대해 일말의 양심의 가책도 느끼지 않았다.

캠페인의 흥분 속에서 푸트 박사에게 사건과 관련해 호출을 받았다. 저명한 자유사상가인 그와 함께 일하고자 이전부터 수차례 시도했었지만 그는 악명 높은 엠마 골드만을 간호사로 고용하는 것을 꺼려했었다. 터너의 항소 이후 우리는 자주 연락을 주고받게 되었는데 아마도 이를 통해 그의 마음이 좀 돌아서게 되었을 것이다. 그는 자신의 환자 중 한 명을 내게 맡겼고, 1904년 새해 전야에 나는 푸트 박사가 맡긴 환자의 곁을 지키고 있었다. 자정 넘어까지 이어진 길거리의 새해파티는 1년 전 막스와 밀리, 에드와 함께 보냈던 멋진 날을 떠오르게 했다.

이따금 집을 옮겨 다니는 일은 이제 거의 습관이 되다시피 했고 이제 더 이상 개의치 않게 되었다. 13번가 210번지에 있는 아파트를 임대해 일부는 친구인 알렉산더 호르 부부가 사용했다. 나는 투어 준비를 하고 있었다. 예고르는 도시 밖에서 일을 하고 있었고 알베르는 프랑스로 떠났기 때문에 호르 부부가 아파트를 함께 쓰고 싶다고 했을 때 몹시 기뻤다. 또한 바로 그 자리에서 10년이나 머물게 될 것이라는 것도 당시에는 꿈에도 생각지 못했다.

언론자유연맹은 내게 존 터너 투쟁을 위해 몇몇 도시를 방문할 것을 요청했고 이와 더불어 로체스터 의류 노동자들과 펜실베이니아 광산 노동자들로부터 강연 요청을 받았다. 로체스터 재단사들은 일부 의류회사들과 분쟁을 벌이고 있었는데 그 회사 중 하나가 바로 가슨 앤드 메이어였다. 한때 고작 주급 2달러 50센트를 주면서 나의 노동력을 착취했던 인간의 임금 노예들과 이야기하게 되었다는 것이 이상하게 의미 있게 느껴졌다. 이참에 가족들도 만날 수 있을 테니 나에겐 반가운 기회였다.

지난 몇 년간 내 사람이라 할 수 있는 이들과 더 가까워졌다. 특히 헬레나 언니는 늘 나와 가장 가까운 사람이었다. 로체스터를 방문할 때면 으레 언니와 함께 있었고 우리 가족은 이제 그것을 당연한 것으로 받아들였다. 이번의 방문을 통해 가족들이 오랜만에 모이게 되었는데, 이 기회로 나는 동생 헤르만과 그의 매력적인 아내 레이첼과 가까워질 수 있었다. 학교에서 배운 것을 암기조차 못하던 소년이 이제는 훌륭한 기계 전문가가 되었다는 사실이 놀라웠고 그는 이제 복잡한 기계를 만드는 일을 전문으로 하고 있었다. 날이 저물고 다른 가족들이 다 물러간 후에도 나는 사랑하는 언니 헬레나와 계속 함께 있었다. 우리는 늘 서로 할 말이 많았고 아침이 되어서야 우리 둘은 각자의 방으로 갔다. 언니는 늦잠을 자라는 말로 나를 편하게 해주었다.

까무룩 잠이 들었을 때 편지가 왔다는 소리가 들렸다. 잠이 덜 깬 채로 발신인 이름을 확인하니 "가슨"이라 적혀 있어 깜짝 놀랐다. 내가 꿈을 꾸고 있는 건가 몇 번이고 이름을 확인해야 했다. 그는 자기와 같은 도시 출신의 딸이 전국에 명성을 떨치고 다닌다는 사실이 내심 자랑스러웠다고 썼다. 내가 로체스터에 있다는 사실이 매우 기쁘며 조만간 사무실에서 반갑게 만나자고 했다.

나는 헬레나 언니에게 편지를 보여 주며 말했다. "언니 한번 읽어 봐. 언니의 동생이 얼마나 중요한 인물이 되었는지." 언니는 편지를 다 읽고선 물었다. "그래서, 너는 앞으로 어떻게 할 생각이야?" 나는 받은 편지 뒷면에 바로 답장을 썼다. "가슨 씨. 내가 당신을 필요로 할 때 나는 당신 사무실을 찾아갔지요. 이제 당신에게 제가 필요한 상황 같군요. 그렇다면 당신이 제가 있는 쪽으로 오셔야겠습니다." 그는 과연 무엇을 원하는지, 나는 또 어떻게 나올 것인지 언니는 불안해했다. 가슨 씨가 원하는 걸 추측하는 건 전혀 어려운 일이 아니지만, 언니가 있는 앞에서 자기 입으로 직접 말하게 하려는 거라 설명하며 언니를 안심시켰다. 나는 언니 가게로 그를 불러 '응당 숙녀답게' 대접할 요량이었다.

오후에 가슨 씨는 마차를 타고 도착했다. 나의 이전 고용주를 마지막으로 본 것은 18년 전이었고, 그 이후로 그 사람에 대해 단 한 번도 생각해 본 적 없었다. 그러나 그가 모습을 드러내는 순간 그의 공장에서 있었던 끔찍한 몇 달간의 모든 일들이 바로 어제 일처럼 선명하게 떠올랐다. 공장과 그의 호화로운 사무실, 탁자 위에 있던 아메리칸 뷰티 장미꽃들, 그가 피우던 시가에서 나오던 푸르른 연기, 그리고 그의 앞에서 떨며 그가 나를 알아차릴 때까지 기다리던 장면들 전부 말이다. 머릿속에서 그때의 일이 재상연되었고 그는 거칠게 "원하는 게 뭐죠?"라고 물었었다. 실크해트를 손에 들고 서 있는 나이 든 남자를 바라보며 아주 세세한 모든 사항들이 다 떠올랐다. 그의 직원들이 겪고 있는 불의와 수치심, 지친 삶에 내몰린 그들의 고통을 생각하면 화가 났다. 그를 문앞에서 내쫓고 싶은 충동을 간신히 억눌렀다. 나는 죽어도 그에게 자리에 앉으라는 말을 할 수 없었다. 그에게 의자를 내밀며 앉을 것을 청한 사람은 다름 아닌 헬레나 언니였다. 18년 전 그가 내게 보인 것에 비해 넘치는 호의였다.

그는 자리에 앉아 나를 바라보며 내가 무슨 말을 하기를 기다리는 듯했다. "자, 가슨 씨. 그래, 원하는 게 뭐죠?" 마침내 내가 먼저 물었다. 나의 이 말로 인해 떠오르는 무언가가 있었음이 틀림없었다. 그로 인해 당혹스러운 듯했다. "아, 아무것도 아닙니다. 골드만 양." 그는 바로 대답했다. "나는 그저 당신과 즐거운 대화를 나누고 싶었을 뿐입니다." "아주 좋아요." 나는 바로 대답하고 기다렸다. 그가 말하길 자신은 평생 동안 열심히 일했다고 했다. "당신의 아버지처럼 말입니다. 골드만 양." 그는 한 푼 두 푼 모아서 약간의 돈을 마련할 수 있었다 했다. “돈을 모으는 일이 얼마나 어려운지 모를 수도 있지만, 당신의 아버지만 보더라도 알 수 있죠. 골드만 씨는 열심히 정직하게 일하는 사람이어서 도시 사람 중에 그걸 모르는 사람이 없잖습니까. 로체스터에서 당신 아버지만큼 존경받고 신뢰받는 사람은 없어요.”

“잠시만요, 가슨 씨.” 내가 끼어들었다. “빠뜨리고 이야기하지 않은 게 있군요. 당신이 한 푼 두 푼 돈을 모을 수 있었던 건 다른 사람들 덕분이지 않나요? 당신이 그 돈을 모았던 건 다른 남자와 여자들이 당신을 위해 일하고 있었기 때문이잖습니까.”

“아, 그렇죠, 물론.” 그는 사과하는 투로 말을 이었다. “공장에 일손들이 있었죠. 그 사람들 생활이 다 퍽 좋았어요.” 그럼 그들 또한 한 푼 두 푼 모아 자신들의 공장을 열 수 있었을까?

그는 그렇지는 않았다고 대답하면서, 그건 그 사람들이 무지하고 또 돈을 낭비했기 때문이라고 했다. “지금 가슨 씨 말은 그러니까, 그들도 우리 아버지처럼 정직한 노동자였다는 말이죠?” 나는 계속했다. “우리 아버지에 대해 그토록 좋은 말들을 늘어놓았으니, 우리 아버지에게 돈을 낭비하는 사람이라고 하진 않을 테죠. 아버지는 노예선의 노예처럼 평생토록 일만 했지만 아무것도 모은 게 없고, 공장도 차리지 못했어요. 당신은 성공했는데 어째서 우리 아버지나 다른 노동자들은 계속 가난한 거라고 생각하나요? 그들은 당신처럼 열 명, 수백 명의 사람에게 일을 시킬 생각을 안 했기 때문이죠. 사람들을 부자로 만드는 건 그들이 모으는 동전들이 아니에요. 자기가 부리는 일손을 무자비하게 착취하는 데서 부가 창출되는 거죠. 18년 전 당신

앞에 거지처럼 서서 1달러 50센트 급여 인상을 요구했던 저는 그걸 몰랐어요. 하지만 가슨 씨, 노동과 자본의 관계에 대한 진실이 온 천하에 드러난 마당에 당신에겐 변명의 여지가 없습니다."

앉은 채로 나를 바라보며 그는 말했다. "내 사무실에 있던 그 작은 소녀가 이렇게 훌륭한 연설가가 될 거라고 그 누가 상상이나 했을까요?" "확실한 건 당신은 아니라는 거네요." 내가 대답했다. "당신 뜻대로 했더라면 그 소녀 역시 상상하지 못했을 겁니다. 자, 이제 당신 이야기로 돌아가죠. 사무실에 와달라고 한 건 무엇 때문이죠? 원하는 게 뭡니까?"

그는 노동의 권리에 대해 이야기하기 시작했다. 그는 노동조합과 그들의 요구를 (그게 합리적일 때만) 받아들였고, 노동자들의 이익을 위해 작업장에 많은 개선사항을 도입했다. 그러나 워낙에 경제적으로 어려운 시기를 겪었고 사업장에도 큰 타격이 있었다. 불평불만 많은 직원들이 이성을 좀 찾고 인내심을 갖고 합의점을 찾는다면, 모든 게 원만히 조정 가능할 것이라 했다. "조합원들에게 연설할 때 이와 같은 사실과 제 입장을 좀 반영해 줄 수는 없을까요? 당신 아버지와 나는 좋은 친구입니다. 그가 곤경에 처한다면 돈을 빌려줄 수도 있고 어떤 식으로든 도울 겁니다. 그리고 또 그의 뛰어난 딸에 대해서는 제가 편지에도 썼다시피 우리 같은 부류에서 이렇게 훌륭한 인물이 나왔다는 게 참 자랑스럽습니다. 작은 선물로 제 마음을 증명했으면 하는데 어떤가요. 골드만 양도 여자이니 분명 아름다운 걸 좋아하실 테죠. 무엇을 가장 좋아하는지 말해 주시겠소?"

그의 말을 듣고 화조차 나지 않았다. 아마도 그가 보낸 편지를 통해 이러한 제안을 해올 거라 예상했기 때문일 테다. 헬레나 언니는 불안하고 걱정되는 눈으로 나를 바라만 볼 뿐이었다. 나는 조용히 의자에서 일어났고 가슨 씨도 따라 일어섰다. 우리는 서로 얼굴을 마주했고, 그의 시든 얼굴엔 망령든 것 같은 미소가 떠올랐다.

"가슨 씨, 아무래도 사람을 잘못 찾아오신 것 같군요." 내가 말했다. "엠마 골드만을 살 수는 없습니다."

그는 항변했다. "누가 매수한다고 하던가요? 착오가 있었나 본데, 내 다시 설명하게 해주시오."

"그럴 필요없습니다." 나는 그의 말을 딱 잘랐다. "무슨 설명이 되었든 오늘밤 당신 직원들 앞에서 할 생각입니다. 나는 당신에게 할 말이 더 이상 없습니다. 나가 주시죠."

그는 실크해트를 손에 든 채로 가게를 나갔고, 헬레나 언니가 따라나섰다.

오랜 고민 끝에 그가 한 제안에 대해서는 오늘 회의에서 언급하지 않기로 했다. 그로 인해 주요 쟁점인 임금 분쟁을 오히려 모호하게 만들고 직원들이 유리한 합의를 이끌어 낼 가능성에 영향을 미칠지도 모른다고 판단했기 때문이다. 더욱이 나는 로체스터 신문이 그 이야기를 싣는 것을 원치 않았다. 추문을 연료로 삼는 그들에게 얼마나 반가운 땔감일지를 생각하면 말이다. 그러나 그날 저녁 가슨 씨와 나눈 정치경제학적 논쟁, 그러니까 그가 어떻게 부를 일구었는지에 대한 설명은 조합원들 앞에서도 반복했다. 청중은 강연을 크게 즐겼고, 이것이 가슨 씨를 만난 유일한 성과였다.

로체스터에 잠시 머무는 동안 흥미로운 사람이 또 한 명 나를 찾았다. 가슨 씨에 비할 게 아니었다. 자신을 T 양이라고 소개한 사람은 신문사에서 나왔다 했다. 나와 인터뷰를 하러 왔지만 실상 그녀는 내게 더 놀라운 이야기를 들려주었다. 리언 촐고츠에 관한 것이었다.

그녀는 1901년 버펄로 일간신문 중 하나에서 일하고 있었고 대통령 방문 기간 동안은 박람회장에 배정되어 있었노라고 말했다. 그녀는 매킨리 가까이에 서서 그와 악수를 하려고 줄지어 지나가는 사람들을 지켜보았다. 그 인파 속에서 다른 사람들과 함께 지나가는 한 젊은 남자가 눈에 띄었는데, 그의 손에는 하얀 손수건이 감겨 있었다 했다. 대통령에게 접근한 남자는 권총을 들고 발사했다. 순간 군중은 사방으로 흩어지고 옆에 있던 사람들은 부상당한 매킨리를 부축해 컨벤션 홀로 데리고 들어왔다. 다른 사람들은 엎드려 있는 청년에게 달려들어 그를 무자비하게 구타하기 시작했다. 그러다 갑자기 공포에 질린 비명이 들려왔는데, 그것은 바닥에 누운 사람에게서 나온 것이었다. 건장한 흑인 한 명이 그의 몸 위에 올라서 젊은이의 눈을 손톱으로 찍어누르고 있었던 거였다. 그 끔찍한 모습을 본 여자는 욕지기가 올라올 정도였고, 자신이 본 광경을 기사화하기 위해 서둘러 신문사 사무실로 향했다.

편집자는 그녀의 기사를 읽고서 흑인이 촐고츠 눈을 찌른 내용은 들어내야 한다고 했다. "그 아나키즘의 개가 그런 취급을 받아선 안 되었다는 뜻이 아니야. 나라도 그랬을 거야. 하지만 우리 독자들에게 필요한 건 살인자가 아니라 대통령에 대한 연민이라고."

T 양은 아나키스트가 아니었다. 아니, 그녀는 사실 아나키즘에 대해 아는 게 거의 없는 채로 매킨리를 공격한 남자에 반감만이 가득했

었다. 그러나 그녀가 목격한 장면과 편집자의 잔인함은 오히려 촐고츠에 대한 악감정을 누그러뜨리는 역할을 했다. 수감된 촐고츠를 인터뷰하기 위해 계속해서 노력했지만 성공하지 못했고, 다른 기자들로부터 그가 너무 심하게 고문과 구타를 당해 다른 사람들 눈에 띄면 안 되는 상황이라는 것을 알게 되었다. 그는 법정에 설 때까지 살아 있지도 못할 만큼 몸이 망가졌다. 얼마 후 그녀에게 재판을 취재하라는 임무가 떨어졌다.

법원은 무장한 군대에 둘러싸여 있었고 호기심에 구경하러 몰려든 사람들, 대체로 잘 차려입은 여자들로 꽉 들어차 있었다. 흥분으로 긴장된 분위기 속에서 사람들의 시선은 모두 죄수가 곧 입장할 문 쪽으로 쏠려 있었다. 갑자기 웅성거리리는 소리와 함께 군중 속에서 동요가 일어났다. 문이 열리면서 젊은 청년이 경찰의 부축을 받으며 법원으로 들어왔는데 그는 창백하고 수척해 보였다. 머리에는 붕대가 칭칭 감겨 있었고 얼굴은 부어오른 채였다. 차마 보기 힘든 광경이었다, 그의 눈을 보기 전까지는. 그의 눈은 크고 희망에 차서는 법정을 이리저리 살피며 누군가를 찾는 듯했는데, 아마도 아는 얼굴을 찾아보려는 듯했다. 그러다 그의 눈은 하던 일을 멈추고 내면의 비전을 비추기라도 하듯 반짝거리며 빛났다. "그 눈은 몽상가나 예언자의 것이었어요." T양이 계속해서 말했다. "그에게 당신은 혼자가 아니라고 외쳐 줄 용기가 없었던 제가 너무나 수치스럽습니다. 그 후로 며칠 동안 그 눈을 생각하면 미칠 것 같았어요. 2년 동안이나 신문사 근처에는 갈 수도 없었죠. 지금도 이따금 프리랜서로만 일할 뿐이고요. 신문사에서 계속 일하면서 또 그런 일을 겪을 수도 있다고 생각할 때마다 저는 그 눈을 떠올려요. 당신을 꼭 만나고 싶었던 건 이 이야기를 하고 싶어서였습니다."

너무 벅차올라 아무 말도 할 수가 없었기에 조용히 그녀의 손을 잡고 있었다. 마음을 좀 추스르고 난 후 나는 그녀에게 말했다. 리언 촐고츠가 배고픈 늑대들로 가득 찬 법정에서 적어도 단 한 명의 친절한 영혼이 곁에 있었음을 알고 있었다고 믿고 싶다고 말이다. T 양이 해준 말은 내가 추측한 사항들과 1902년 클리블랜드를 방문했을 때 리언에 대해 알게 된 모든 것을 담고 있었다. 나는 촐고츠의 부모를 수소문해 찾았는데, 그들은 참 어두운 사람들이었다. 고된 노동으로 경직된 아버지와 공허한 표정의 새어머니였다. 친어머니는 그가 아직 아기였을 때 죽었다고 했다. 그의 나이 여섯 살 때부터 이미 그는 구두를 닦고 신문을 팔러 거리로 나가야 했다. 충분한 돈을 벌어오지 않으면 집에 와 벌을 받고 밥조차 먹을 수 없었다. 그런 비참한 어린 시절은 그로 하여금 소심하고 수줍은 사람이 되게 했다. 그의 나이 열두 살, 공장에서 일을 시작한 이후 그는 책만 보는 조용한 청년으로 성장했다. 집에서 가족은 그를 '얼뜨기'라고 불렀고, 공장에서는 그를 괴짜로 취급하거나 '건방진 놈'으로 인식했다. 그에게 친절했던 유일한 사람은 조용히 일만 열심히 했던 여동생이었다. 동생은 나도 한 번 만난 적이 있다. 그녀는 오빠가 감옥에 갇혀 있을 때 버펄로에 찾아간 적이 있는데 그가 다시는 찾아오지 말라고 했다고 했다. "제가 형편이 어렵다는 걸 알았거든요." 그녀는 말했다. "가족 전체가 이웃들에게 내쳐졌고, 아버지는 직장을 잃으셨어요. 그래서 그 이후에는 버펄로에 가지 않았어요." 이 말을 하며 그녀는 눈물을 흘렸다.

이상한 책을 읽고, 이상한 꿈을 꾸고, 이상한 행동을 하고, 심지어 죽음 앞에서도 범상치 않았던 그 청년에게 이 불쌍한 생명체가 줄 수 있는 건 눈물뿐인 것은 아닐지. 평범하지 않은 사람들, 비전을 가진 사람들은 늘 괴짜로 불려왔다. 하지만 그들이야말로 이 정신나간 세상에서 온전한 정신을 가진 사람들이다.

펜실베이니아에서 파업 '합의' 이후 광산 노동자들의 상태가 1897년에 내가 그 지역을 둘러봤을 때보다 훨씬 열악하다는 것은 분명해 보였다. 수동적이 된 남성들은 무력해졌고, 오로지 우리 동지들만이 의식적으로 경계를 늦추지 않고 있었다. 노조 지도자들의 배신으로 인한 파업의 수치스러운 패배 이후 동지들은 더욱 단호해졌다. 그들은 아르바이트를 하며 간신히 입에 풀칠할 정도의 돈을 벌면서도 어떻게든 선전활동을 멈추지 않았다. 대의를 위해 헌신하는 동지들의 모습은 적이 감동적이었다.

투어에서 인상적인 두 경험 중 하나는 광산에서, 다른 하나는 한 노동자의 집에서 이루어졌다. 이전 방문과 마찬가지로 나는 점심시간에 수갱에서 일하는 광부들과 이야기를 하기 위해 갱으로 갔다. 십장은 자리를 비웠고, 광부들은 내 이야기를 듣고 싶어했다. 얼굴에 검댕이 묻은 남자들에 둘러싸여 나는 자리에 앉았다. 이야기를 하는 중에 두 사람이 서로 엉켜 있는 모습을 보았는데, 한 명은 나이가 꽤 들어 쇠약해 보이는 남자고, 또 다른 사람은 꼬마였다. 그 사람들에 대해 묻자 "존스 할아버지에요"라는 대답을 들었다. "나이가 90인데 광산에서 70년이나 일했대요. 그 옆에 꼬마는 증손자인데, 제 말로는 열네 살이라지만 사실 여덟 살밖에 안 됐다는 걸 아는 사람은 다 알죠.” 나의 동지는 있는 그대로의 이야기를 해주었다. 90세의 노인과 8세의 아이가 이 구덩이에서 하루 열 시간씩 노동을 하고 있다고 말이다.

첫번째 모임이 끝나고 나는 한 광부의 초대를 받고 그의 집으로 갔다. 내가 묵게 될 작은 방에는 이미 세 명이 있었다. 두 아이는 좁은 간이침대를, 어린 소녀는 접이식 침대를 썼기에 나는 소녀와 한 침대를 쓰기로 했다. 부부와 신생아 막내는 옆 방에서 잤다. 목이 바싹바싹 마르는 느낌이 들었고, 그 숨 막히는 공기 때문인지 자꾸만 기침을 하는 내게 아내가 따뜻한 우유 한 잔을 권했다. 피곤하고 졸렸다. 남편의 숨소리, 아기의 애처로운 울음소리, 아기를 재우려는 아내의 단조로운 발걸음 소리로 그날 밤이 몹시 무겁게 지나갔다.

아침에 일어나 아이가 괜찮은지를 물었다. 혹시 아프거나 배가 고파서 그렇게 운 것인지 말이다. 아이 엄마는 젖이 너무 안 좋고, 충분히 나오지도 않아 젖병을 물려야 한다고 대답했다. 순간 불안한 느낌이 엄습했다. “당신, 간밤에 아이가 먹을 우유를 나한테 준 거군요!” 나는 울음을 터뜨렸다. 아이 엄마는 부정하려고 했지만, 그녀의 눈을 보아하니 내 말이 맞다는 것을 알 수 있었다. “아니, 어떻게 그래요.” 나는 여자를 닦아세웠다. “아기가 저녁에 한 병을 먹었는데, 당신은 엄청 피곤해 보인 데다가 기침까지 했어요. 그럼 제가 어떻게 했어야 하죠?” 그녀가 답했다. 가난과 누더기 아래에서도 그 위대한 마음에 나는 수치심으로 얼굴이 붉어졌고 또 그 경이로움에 압도당했다.

짧은 투어를 마치고 뉴욕으로 돌아와 호프먼 박사가 스펜서 부인을 간호하기 위해 나를 찾는 메시지를 발견했다. 나는 낮 근무만이 가능했고 저녁 시간은 터너 캠페인을 위해 써야 했다. 스펜서 부인은 처음엔 이 스케줄에 동의했지만 몇 주가 지나자 밤에도 자신을 돌봐 줄 것을 요청했다. 그녀와는 이제 단순히 업무로 만나는 그 이상의 관계가 되었음에도 그녀의 환경은 솔직히 말해 불쾌한 게 사실이었다. 매춘의 수익금으로 산다는 것과, 매춘굴에서 사는 것에는 큰 차이가 있었으니 말이다. 물론 나의 환자가 하는 사업은 '레인스 호텔'이라는 멀끔한 이름으로 운영되고 있었다. 악덕을 없애겠다고 하는 법안들이 늘상 그렇듯 레인스 법안 역시 근절해야 하는 그 악덕을 오히려 증가시켰을 뿐이다. 이는 일하는 여성들에 대한 포주들의 책임을 덜어 주고 매춘으로 인한 수입을 높여 준 것이다. 고객은 이제 더 이상 스펜서 부인에게 올 필요가 없었다. 소녀들은 길거리에서 고객 유치를 해야 했다. 비가 오나 눈이 오나, 아플 때나 건강할 때나, 불행한 사람들은 일을 멈추는 법이 없었다. 아무리 나이가 많고 흉측한 사람이라 하더라도 모두 손님으로 받아야 했다. 뿐만 아니라 경찰의 단속을 피하고 견뎌야 했고, 특정 지역에서 '일할 권리'를 얻기 위해 경찰에게 뇌물을 주는 것은 기본이었다. 각 지역마다 소녀들이 남자들에게 받을 수 있는 금액이 다르게 책정되었는데, 이를테면 브로드웨이는 바워리보다 더 높은 가격이 매겨지는 식으로 말이다. 현장의 경찰관은 무분별한 경쟁이 없도록 이를 단속해야 했고, 다른 사람의 영역에 침입하는 경우 체포되어 노동교화소로 보내졌다. 자연스럽게 소녀들은 자신의 영역에 집착하면서 그곳에 속하지 않는 여자들의 침입에 맞서 싸움을 벌였다.

이 새로운 법은 '레인스 호텔' 주인과 일하는 여성들 사이의 또 다른 합의를 가져왔다. 여자들은 손님이 마실 일정 비율의 술을 할당받게 된 것이다. 매춘업소가 폐지되고 거리로 쫓겨난 여자들에게 이제는 손님들에게 파는 술이 주요 수입원이 되었다. 남자 손님이 이제 호텔방 비용도 지불하게 되면서 여자들은 남자들을 다 받아들일 수밖에 없게 되었다. 고객이 더 많이 마시게끔 하려면 자신들도 같이 마셔야 하기 때문에 여자들은 술을 점점 더 많이 마시게 되었다. 불쌍한 노예들이 밤새 술에 취해 남자들에게 괴롭힘당하고, 또 그 피곤한 몸으로 스펜서 부인의 호텔을 드나드는 것을 보고 듣는 일은 내가 감당할 수 있는 수준을 넘어서는 것이었다. 더욱이 호프먼 박사는 우리의 환자가 영영 완치의 가능성이 없다고 말하지 않았던가. 지속적인 약물 사용은 그녀의 의지를 무너뜨리고 저항하는 힘조차 약화시켰다. 애써 약물을 끊은 후에도 그녀는 늘 다시 약물로 돌아가곤 했다. 환자에게 나의 사임을 알리자 그녀는 화를 내고 나를 원망했다. 자신이 원할 때 나를 갖지 못한다면 차라리 없는 편이 낫다고 했다.

이제 공적 업무에 전력을 기울여야 했는데 그중 가장 중요한 것은 무엇보다도 터너 캠페인이었다. 그의 항소가 계류 중인 동안 변호사들은 5천 달러의 보석금으로 우리 동지를 구출하는 데 성공했다. 그는 즉시 투어를 시작해 여러 도시를 방문하고 군중이 들어찬 곳에서 강연을 했다. 만일 그가 체포되어 추방될 위험에 처하지 않았더라면 오히려 제한된 청중을 대상으로 강연을 했을 터인데, 이제 언론까지 나서서 반-아나키즘 법안과 존 터너에 대해 다루었고, 일반 대중이 아나키즘에 대한 설득력 있고 논리적인 설명을 듣는 자리가 마련되었다.

존 터너는 그가 일하던 노조에서 휴직을 하고 미국에 온 것이었는데, 휴직 기간이 끝나가자 그는 미국 대법원의 판결을 기다리지 않고 바로 영국으로 돌아가기로 했다. 판결은 그가 예상했던 대로였다. 반-아나키즘 법안의 합헌성을 옹호하고 터너의 추방 명령의 유효성을 재확인한 것이었다. 그러나 이 말도 안 되는 법안은 장차 아마 제 무덤을 파는 꼴이 될 것이다. 미국을 찾는 유럽 동지들은 이민국 관리들에게 이제 자신의 생각을 말하지 않으면 그만이었다.

이후 나는 미국 대중에게 아나키즘 사상을 전하고 싶었을 뿐 아니라, 유럽의 중차대한 문제에 대한 관심을 환기시키고자 영국의 선전에 더 많은 시간을 할애하기 시작했다. 그중에서도 러시아 내 자유를 위한 투쟁은 사람들에게 가장 덜 알려진 이슈였다.

28

'러시아 자유의 친구들'이라고 하는 미국 단체는 수년간 러시아의 절대주의가 어떤 것인지에 대해 국내에 알리는 일을 해왔으나 이제 그 세력은 침체되어 있었고, 급진적 이디시 신문의 활동 범위도 전적으로 이스트사이드에 국한되어 있었다. 제임스 고든 베넷이 소유한 『뉴욕 헤럴드』와 러시아 교회, 영사관 등을 통해 차르의 프로파간다가 널리 퍼지는 가운데 이러한 세력과 결합하여 러시아의 독재자는 자신의 조국의 악에 책임이라곤 털끝만큼도 없는 선량한 몽상가로 그려지고 있었다. 반면 러시아 혁명가들은 최악의 범죄자로 비난을 받았다. 이제 비로소 미국인들의 마음에 전보다 더 가까이 다가갈 수 있게 된 만큼, 내가 가진 모든 능력을 사용하여 러시아 혁명의 영웅적 대의를 퍼뜨리겠다고 다짐했다.

러시아를 위한 다른 활동과 더불어 나의 일련의 노력은 뉴욕에 사회주의 혁명당 당원인 로젠바움과 니콜라예프가 도착함에 따라 더 큰 지지를 받게 되었다. 아무런 예고 없이 오기는 했지만 그들의 성취는 광범위한 결과를 이끌어내며 러시아 자유주의 투쟁의 저명한 지도자들의 방문을 위한 초석을 다지는 역할을 했다. 도착한 지 몇 주 지나지 않아 로젠바움은 이스트사이드의 투쟁 세력을 사회주의 혁명당으로 통합하는 데 성공했다. 물론 사회주의 혁명당이 비정부사회에 대한 우리의 생각에 동의하지 않는다는 것을 알면서도 나는 그룹의 일원이 되었다. 새롭게 형성된 그룹의 노동자들을 돕고자 하는 마음이 든 것은 그들이 러시아에서 해온 활동 덕분이었다. 일명 '혁명 러시아의 바부슈카[할머니]'라고 불리는 카테리네 브레시콥스키가 방문할 예정이라는 소식 또한 우리의 영혼을 고양시키는 큰 요소가 되었다.

러시아 사정을 조금이라도 아는 사람이라면 누구라도 브레시콥스키가 러시아 내에서 얼마나 영웅적인 인물인지를 잘 알고 있었으므로 그녀의 방문은 대단한 사건이 될 것이었다. 이디시 그룹 내에서 그녀의 방문이 성공할지에 대해서는 걱정할 필요도 없었다. 이미 그녀의 명성만으로 충분했으니 말이다. 하지만 미국인들이라면 사정이 달랐다. 브레시콥스키는 미국에서 알려진 바가 전혀 없었고 따라서 사람들의 관심을 이끌어내기도 어려웠다. 바부슈카와 매우 가까운 사이인 니콜라예프가 말하길 그녀가 미국에 방문하는 것은 자금 조달을 위해서이기도 하지만 대중의 인식을 이끌어 내기 위함이기도 했다. 하여 그는 '러시아 자유의 친구들' 그룹과의 협력 방법을 논의하기 위해 나를 자주 찾아왔다. 조지 케넌은 브레시콥스키에 대해 알고 또 그녀에 대해 글을 쓰기도 한 유일한 미국인이었고, 『전망』의 라이먼 애벗도 이 사안에 관심을 보였는데, 니콜라예프는 내게 그 두 사람을 만나 볼 것을 청했다. 다른 사람도 아닌 나, 엠마 골드만이 그토록 존경받는 인물들에게 감히 접근이나 할 수 있을 거라고 생각하는 그의 순진함이 우스웠다. "내가 엠마 골드만 이름을 쓴다면 브레시콥스키에 대한 모든 기회를 망쳐 버릴 것이고, 그렇다고 해서 스미스라고 하는 가명을 쓴다면 사람들이 나를 만나 줄 이유조차 찾지 못하겠죠." 그때 앨리스 스톤 블랙웰이 머릿속에 떠올랐다.

1902년경 블랙웰이 번역한 러시아 시를 우연히 접한 이후 그녀가 러시아 투쟁에 대해 호의적으로 쓴 글을 읽은 적이 있다. 이에 그녀에게 감사를 전하는 편지를 썼고, 답장에서 그녀는 유대시를 영어로 번역할 수 있는 사람을 추천해 줄 수 있는지를 물어왔다. 내가 아는 인물들을 추천해 준 후로 우리는 지속적으로 서신을 주고받으며 지냈다. 나는 그녀에게 편지를 쓰면서 러시아의 상황과 관련한 우리의 노력에 대한 설명과 더불어 니콜라예프를 언급하며 현 러시아 상황에 대해 구체적인 정보를 제공할 수 있는 사람도 있음을 이야기했다. 블랙웰은 즉각 답장을 보내며 곧 뉴욕을 방문할 예정이라고 했다. 나를 보러오면서 최근 조직 개편이 된 '러시아 자유의 친구들' 협회 회장인 윌리엄 더들리 폴크와 함께 오겠다고 했다.

폴크로 말할 것 같으면 루스벨트의 열렬한 신봉자였다. "스미스 양이 누군지 알게 되면 그 불쌍한 남자는 분명 졸도를 할 게 분명해요." 내가 니콜라예프에게 말했다. 블랙웰 양은 걱정할 게 없었다. 뉴잉글랜드 출신인 데다가 열정적인 자유의 옹호자로, 내가 누구인지도 이미 알고 있었다. 하지만 루스벨트의 사람인 그 남자가 오면 과연 무슨 일이 일어날 것인가? 니콜라예프는 러시아의 위대한 혁명가들도 가명으로 많이들 활동했다는 말을 하며 내 우려를 가볍게 일축

했다.

얼마 지나지 않아 앨리스 스톤 블랙웰이 도착했고 우리가 차를 마시고 있는데 문 두드리는 소리가 들렸다. 문을 열자 겨우 5층을 올라오고서는 숨이 가빠 헥헥거리는 키 작은 남자가 서 있었다. "스미스 선생님이신가요?" 그가 가쁜 숨을 내쉬며 물었다. "그런데요." 나는 뻔뻔하게 대답했다. "폴크 씨이시죠? 들어오시지요." 루스벨트 파 공화당원이 엠마 골드만의 아파트에서 차를 마시고 앉아서 러시아 독재 정권을 무너뜨릴 수 있는 방법과 수단에 대해 논의를 하고 있다니, 언론이 알았다면 분명 물어뜯기 좋을 먹잇감이었을 것이다. 하지만 나는 언론사로 새어나가지 않도록 극도로 세심한 주의를 기울였고 다행히 우리의 비밀회의는 무사히 진행되었다. 블랙웰과 폴크 모두 니콜라예프가 설명하는 러시아의 공포상황에 대해 큰 충격을 받았다.

몇 주 후 블랙웰은 마이넛 새비지 목사를 의장으로, 로버트 어스킨 일리 교수를 비서장으로 한 '러시아 자유의 친구들' 뉴욕 지부가 조직되었으며, 이 지부에서 브레시콥스키 여사를 미국 대중에게 알릴 계획을 세우고 있음을 알려왔다. 우리의 만남이 소략했던 것을 생각하면 이 얼마나 빠르고 만족스러운 결과인지! 그나저나 일리라니. 사실 1901년 크로포트킨이 방문했을 때 그를 만난 적이 있었는데 그때 그는 아나키스트들과 관계를 맺었다가 자신이 대표로 있던 정치경제연맹 내의 입지가 흔들릴까 봐 두려워하는 극도로 소심한 사람으로 보였다. 크로포트킨은 아나키스트였지만 그럼에도 그는 왕자이면서 과학자였고 로웰에서 강의도 한 사람이었다. 일리가 크로포트킨을 볼 때 그의 가장 큰 특징은 아마도 왕자라는 점이었을 것이다. 영국은 왕족이 있고 또 사람들은 그것을 좋아하기까지 한다. 몇몇 미국인이 왕족을 좋아하는 이유는 그것을 갖고 싶기 때문일 것이다. 크로포트킨이 혁명의 대열에 합류하기 위해 자신의 신분을 포기했다는 사실은 그에게 크게 중요한 사항이 아니었다. 크로포트킨은 이 사실을 알고 적잖이 충격을 받았더랬다. 그가 시카고에 머물렀을 때의 일화를 들려 준 적이 있는데, 그때 동지들은 파슨스, 스파이스, 그리고 헤이마켓의 또 다른 순교자들의 무덤 방문일정을 조율했다. 같은 날 아침 포터 팔머 부인이 이끄는 사회 여성 그룹이 그를 오찬에 초대하며 "오찬에 와주시지 않겠습니까 왕자님?" 하고 간청했다. "죄송합니다. 하지만 동지들과 선약이 있어서요." 그의 거절을 받아들이지 않고 팔머 부인이 계속 조르듯 말했다. "아, 안 돼요. 왕자님. 왕자님은 저희와 함께해 주셔야 해요!" 크로포트킨은 말했다. "그러면 거기서는 왕자님을 초대하시면 되겠네요. 저는 제 동지들과 가고 말이죠."

일리 교수가 E. G. 스미스의 정체를 알지 못하는 편이 바부슈카의 일을 위해서나 자신의 정신건강을 위해서나 더 나을 것이라 생각한 것은 이 때문이었다. 터너의 재판에서 했던 것처럼 이번에도 나는 배후에서 활동을 했는데, 소심한 사람들이 이에 속는다면 그것은 내 선택이라기보다는 스스로 그런 기만이 필요한 사람들의 편협함 때문이었을 것이다.

카테리네 브레시콥스키는 도착과 함께 수많은 사람들에게 둘러싸였는데, 이중 대부분은 러시아 상황에 진정으로 관심이 있다기보다는 호기심 때문에 몰려든 것이었다. 호기심에 달려든 무리의 숫자를 늘리고 싶지 않아 나는 니콜라예프가 브레시콥스키에게 내 이야기를 해 그녀가 먼저 나를 보자고 할 때까지 기다렸다.

브레시콥스키를 비롯해 러시아 혁명 투쟁에 참여한 여성들인 베라 자술리치, 소피아 페롭스카야, 헤샤 헬프만, 베라 피그네르 등에 대해 읽은 후 깊은 감명을 받았지만 실제로 그들을 만난 적은 없었기에 처음 브레시콥스키가 머무는 숙소에 도착했을 때 나는 흥분과 동시에 경외감을 느꼈다. 그녀가 묵고 있는 곳은 썰렁하고 조명이나 난방도 제대로 갖춰지지 않은 방이었다. 검은 옷을 입은 브레시콥스키는 어깨에 숄을 둘렀는데 검은 스카프로 싸맨 머리 끝에서 하얗게 샌 머리칼이 보였다. 지혜와 이해심을 드러내는 커다란 회색 눈동자, 예순두 살 치고 놀랍게 젊어 보인다는 점을 빼면 여느 러시아 시골 여인의 모습과 같았다. 함께한 10여 분 동안 나는 그녀를 평생 알고 지낸 것 같은 느낌을 받았는데, 그녀의 단순함과 부드러운 목소리, 몸짓, 이 모든 것이 봄날의 향유처럼 나를 감싸 주었다.

브레시콥스키가 뉴욕에 와 처음으로 모습을 드러낸 것은 쿠퍼 유니언에서였는데, 내가 지난 몇 년간 보아 온 연설 중 단연코 가장 감동적이었다. 처음엔 이렇게 많은 청중 앞에 서는 것이 처음이라 긴장한 기색이 역력했지만 브레시콥스키의 연설은 이내 사람들 마음을 사로잡았다. 다음 날 신문은 거의 만장일치로 브레시콥스키에 대한 찬사를 보냈다. 자국이 아닌 저 멀리 있는 러시아를 공격하는 사람에게 관대하기란 어렵지 않은 일이었던 것이다. 우리로서도 이런 언론의 태도가 환영할 만한 일이었다. 일단 신문에 실리고 나면 바부슈카가 주장하는 대의명분에 대한 관심이 촉발될 것임을 인지하고 있었기 때문이었다. 이어 그녀는 선라이즈 클럽에서 프랑스어로 연설을 했는데 이때 모인 청중은 그 조직 역사상 가장 많은 인원이었다. 나는 바부슈카가 참석하는 사적인 모임들에서 통역을 맡아 했는데, 내 아파트에서 이루어지는 한 모임에서는 집 크기에 비해 너무 많은 사람들이 모이고야 말았다. 어니스트 크로스비, 볼튼 홀, 코옐 부부, 길버트 로를 비롯하여 '유니버시티 정착촌'의 구성원들이 상당수 참석했으며, 그중에는 펠프스 스톡스, 켈로그 듀랜드, 아서 발라드, 윌리엄 윌링과 급진적 여성주의 멤버들도 있었다. 릴리언 왈드는 특히나 바부슈카를 따뜻하게 반겨 주었는데 그녀를 위한 연회를 주선하면서 많은 사람들이 러시아 문제에 관심을 갖게 하는 데 성공했다.

모임이 끝나고 바부슈카는 종종 나와 함께 우리 집에서 밤을 지새우곤 했다. 단번에 5층 계단을 올라가는 그녀의 에너지와 활력은 나를 부끄럽게 만들었다. 한번은 그녀에게 이렇게 물어 본 적이 있다. "친애하는 바부슈카, 그렇게 오랜 세월 감옥에 갇히고 또 유배를 당했으면서 어쩜 그렇게 젊음을 유지할 수 있는 거죠?" 그녀는 질문으로 대답했다. "그러는 당신은요? 영혼을 파괴하는 이 물질주의가 팽배한 미국에 살면서 어떻게 당신의 영혼과 젊음을 잃지 않고 사는 거죠?" 그녀는 긴 유배 생활 동안 결코 정체되는 법 없이 계속되는 정치의 흐름 속에서 활기를 찾았다. "나에게는 영감을 주고 또 나를 유지하게 해주는 것들이 적지 않아요." 그녀가 말했다. "하지만 이상주의가 곧 범죄가 되고, 혁명가가 내쳐지며, 돈만이 유일한 신이 되는 이곳 미국에서 당신을 지켜 주는 건 뭐죠?" 나는 대답할 말이 없었다.

바부슈카를 비롯해 나보다 앞서 활동한 혁명가들의 삶의 궤적과 우리가 스스로 선택한 이상이 우리로 하여금 인내할 수 있는 용기를 주었다는 것 말고는 말이다. 바부슈카와 함께한 시간들은 활동가로서의 내 삶에서 가장 풍부하고 귀중한 경험으로 남았다.

현재 러시아를 위한 우리의 투쟁은 1월 22일 상트페테르부르크에서 발생한 끔찍한 비극으로 인해 의미가 한 겹 추가되었다. 가퐁 신부가 이끄는 수천 명의 사람들이 겨울 궁전 앞에 모여 차르에게 구제를 호소하였는데, 이 많은 사람들이 잔인하게 진압된 사건이었다. 피도 눈물도 없는 독재자의 심복들에 의한 대량학살이 일어난 것이다. 그간 선진적이라는 많은 미국인들은 실상 바부슈카가 하는 말에는 큰 관심을 보이지 않아 왔다. 바부슈카가 가진 인격과 용기, 불굴의 의지에는 경의를 표했지만 러시아의 상황에 대해서는 회의적이었던 것이다. 어떤 이는 바부슈카의 설명만큼 러시아 상황이 끔찍할 리는 없다고 주장하기도 했다. 그러나 '피의 일요일' 학살은 바부슈카가 묘사한 러시아의 모습에 비극적 의미와 더불어 더 이상 논란의 여지가 없는 증거가 되어 주었다. 이제 뜨뜻미지근한 입장으로 버티던 자유주의자들조차 더 이상 러시아의 상황을 모르쇠로 일관할 수 없게 된 것이다.

러시아 신년 무도회에서 우리는 빙 둘러선 채 1905년 새해를 맞이했고, 바부슈카는 젊은이들 중 한 명과 함께 카자초크를 추었다. 62세를 맞은 여인이 영혼만큼은 젊어서 붉게 물든 뺨과 반짝거리는 눈으로 러시아의 춤을 추는 모습은, 그저 바라보는 것만으로 우리를 기분 좋게 했다.

1월이 되어 바부슈카가 투어를 떠남에 따라 나도 드디어 다른 활동으로 옮겨갈 수 있었다. 사랑하는 조카 스텔라는 지난 가을부터 로체스터를 떠나 나와 함께 살게 되었는데 그건 어린 시절부터 스텔라가 갖고 있던 큰 꿈이기도 했다.

매킨리 사건을 겪으면서 스텔라의 엄마인 레나 언니가 나를 대하는 게 조금 더 친절하고 다정해진 게 사실인데, 내가 언니의 딸에 대해 갖는 감정이 얼마나 깊은지 이해하게 되자 스텔라가 나에 대해 갖는 애틋함에 대해 더 이상 날 원망하지 않게 된 것이다. 언니와 형부도 자신들의 딸이 뉴욕에 있으면서 더 나은 기회를 갖게 될 뿐만 아니라 이모와 함께 안전도 보장될 거라 생각하게 되었다. 내 어두웠던 젊은 시절에 유일한 빛이 되어 주었던 나의 조카와 함께할 생각으로 나는 얼마나 행복했던가. 하지만 정작 내가 그토록 오래 기다려 온 순간이 왔을 때 나는 바부슈카 일로 너무 바쁜 나머지 스텔라와 함께할 시간을 낼 수 없었다. 나이든 혁명가 바부슈카는 나의 조카에게 매혹당했고, 스텔라 역시 바부슈카에게 완전히 반하기는 했지만, 여전히 우리 두 사람은 서로 더 많은 것을 나눌 수 있길 바랐다. 그러던 차에 이제 '할머니' 혁명가가 떠나면서 마침내 우리는 더 가까워질 수 있었다.

머지 않아 스텔라는 판사의 비서 자리를 구했는데, 스텔라가 엠마 골드만의 조카라는 사실을 알았다면 그 판사는 아마 기절초풍했을 것이다. 나는 다시 간호 일을 맡았는데 일을 시작하고 얼마 안 되어 바부슈카가 서부 투어에서 돌아오는 바람에 다시 그녀의 활동에 내 모든 시간을 할애해야 했다. 투어에서 돌아온 그녀는 내게 비밀스럽게 러시아로 탄약을 밀수하는 임무에 대해 도움을 청했는데, 나는 즉시 믿고 맡길 사람으로 에릭을 떠올렸다. 사샤를 위해 터널을 파는 동안 그가 보여 준 용기와 인내에 대해 바부슈카에게 말했더니 그녀는 특히 에릭이 훌륭한 선원이었다는 점과 또한 그가 모터보트를 몰 수 있다는 사실이 마음에 든 듯했다. "선박을 이용하면 핀란드를 통과해 지날 수 있고 육로를 통하는 것보다 의심 살 일도 줄어들 거예요" 하고 그녀는 말했다. 나는 곧 바부슈카와 에릭을 연결해 주었고 에릭은 바부슈카에게 최고의 인상을 남긴 모양이었다. 그녀는 에릭을 두고 "이 일에 적임자"이며 "냉철하고 용감하며, 행동으로 말하는 사람"이라고 말했다. 그녀가 뉴욕으로 돌아왔을 때 에릭이 동행했고, 이와 동시에 그의 항해 준비가 이루어졌다. 위험천만한 여행을 떠나기 전, 다시 한번 우리의 유쾌한 바이킹 친구를 볼 수 있어서 다행이었다.

'할머니'가 떠나기 전 우리 집에서 그녀의 오랜 친구들과 새로 사귄 친구들을 불러 송별회를 열었다. 송별회에 참석한 모든 사람들은 그녀의 커다랗고 자유로운 정신에 감화되었고, 바부슈카의 눈썹에는 구름 한 점 드리워지지 않았다. 러시아 독재자가 있는 고국으로 돌아가면 자신이 어떤 위험에 처하게 될지, 우리만큼이나 그녀 역시 잘 알고 있었음에도 말이다.

바부슈카가 미국을 떠날 때까지 나는 그 달이 얼마나 괴로운 달이었는지 미처 깨닫지 못하고 있었다. 너무 지친 나머지 간호를 하면서 겪는 괴로움을 감당할 수 없었다. 나는 선전 활동을 하면서 그와 동시에 직업적 노동과 책임감, 불안을 더 이상 감당할 수 없다는 것을 얼마 지나지 않아 깨달았다. 마사지만 하면 되는 환자를 받아보기도 했지만 오히려 간호보다 더 긴장도가 높게 느껴졌다. 하루에 5시간만 일하는데도 꽤 여유있는 생활을 해나가는 매니큐어 전문가 미국인 친구에게 내 상황에 대해 이야기하자 그녀는 손톱뿐 아니라 얼굴과 두피 마시지를 하는 것도 가능하다는 제안을 해주었다. 전문직 여성들 중 상당수가 안정과 편안함을 위해 이러한 마사지를 필요로 하니, 자신이 내게 고객을 추천해 주겠다는 것이었다. 처음엔 내가 그런 일을 하는 게 말도 안 된다고 생각했지만, 솔로타로프와 상의를 하니 그는 내가 생계를 유지하면서 운동할 시간을 확보할 수 있는 최선의 방법 같다고 말해 주었다. 또 다른 좋은 친구 볼튼 홀도 같은 의견으로, 그는 심지어 내가 점포를 낼 수 있는 돈을 빌려 줄 수도 있다고 말하며 자신이 내 첫번째 고객이 되어 주겠다고 약속했다. "설령 당신이 마사지를 하면서 내 머리를 다 뽑는다 해도, 적어도 한 시간 동안 당신을 붙잡아두고 단일세에 대한 내 의견을 듣게 할 수 있잖소" 하고 볼튼 홀은 말했다. 러시아 친구 몇몇은 이 사업을 전혀 다른 시각으로 바라보았다. 이 마사지 가게가 러시아 투쟁의 훌륭한 가림막 역할을 해줄 거라고 본 것이다. 스텔라는 특히 이 사업 아이디어를 지지했는데, 그 이유는 길고 힘든 간호 일에서 나를 벗어나게 해줄 수 있을 거라고 생각했기 때문이다. 오랜 고민 끝에 점포를 찾아나섰고, 별다른 어려움 없이 브로드웨이 17번가에 있는 건물 꼭대기층에 자리를 잡게 되었다. 공간은 작았지만 멀리 이스트강이 보이고, 해가 잘 드는 데다가 통풍도 잘 되었다. 300달러의 자본금과 다른 여성 친구들이 빌려 준 아름다운 커튼 몇 개로 꽤 근사하게 응접실을 꾸밀 수 있었다.

얼마 지나지 않아 고객들이 찾아오기 시작했다. 6월 말까지 나는 비용을 충당하고 빚도 일부 갚을 만큼 충분한 돈을 벌었다. 힘들긴 해도 마사지를 받으러 오는 사람들은 대체로 흥미로운 사람들이었다. 그들은 이미 나를 알고 있었던 터라 내 정체를 숨길 필요가 없었다. 무엇보다도 이제 더 이상 시끄럽고 복잡스러운 숙소에서 일할 필요가 없다는 것과 환자를 돌보며 결과에 대해 느끼던 불안감이 사라졌다는 점이 중요했다. 간호 일을 하면서는 환자들의 체온이 조금 올라가기라도 하면 나는 까무러치다시피 했고, 환자의 죽음을 맞이할 때면 몇 주씩 괴로워해야 했다. 수년 동안 간호를 하면서도 나는 고통에 둔감해지거나 초연해지는 법을 배우지 못했던 것이다.

더운 여름 동안 고객 중 상당수가 시골로 휴가를 떠났다. 나는 스텔라와 나에게도 역시 휴가가 필요하다고 생각했고, 어디가 좋을지 고민한 끝에 우리가 원하던 이상적인 장소를 찾아냈다. 바로 뉴욕 근교 펠험베이의 헌터 아일랜드였다. 하지만 그곳은 도시 소유였고 우리는 텐트를 치는 데 필요한 허가는 어디서 어떻게 받는지도 알지 못한 채였다. 스텔라가 좋은 생각을 떠올렸는데, 바로 판사에게 물어보는 것이었다. 며칠 후 스텔라는 의기양양하게 종이 한 장을 내게 흔들어 보였다. "이모, 이래도 판사가 쓸모없다고 말할 건가요? 보세요, 헌터 아일랜드 텐트 허가증이 여기 있네요!"

친구 클라라 펠버그가 자신의 동생들과 함께 우리와 합류하기로 했고, 그녀가 뉴욕에서 파벨 오를레네프 극단이 도시에 발이 묶였다는 소식을 가지고 도착했을 때 우리는 이미 헌터 아일랜드에 자리를 잡고 섬의 평화와 아름다움을 막 즐기기 시작한 참이었다. 극단은 월세를 내지 못해 아파트에서 쫓겨났고 생계수단도 없는 상황이라고 했다.

파벨 니콜라예비치 오를레네프와 나지모바 부인은 1905년 초 미국으로 건너와 예브게니 치리코프의 「선택받은 사람들」이라는 작품을 성공적으로 무대에 올려 동부를 휩쓴 바 있었다. 오를레네프는 당시 러시아를 휩쓸고 있던 대학살에 대한 항의의 일환으로 해외에서 공연을 올려달라는 일군의 러시아 작가들의 요청에 힘입어 미국으로 온 것이었다. 이들이 미국으로 온 때는 공교롭게도 바부슈카의 활동이 한창일 때로, 이로 인해 나는 이들과 연락을 주고받을 틈은 없었다. 그럼에도 나는 그들이 올리는 모든 공연을 보러 갔었다. 내가 아는 한, 요제프 카인츠를 제외하고 오를레네프와 비교할 만한 인물은 아무도 없었으며 심지어 카인츠조차도 오를레네프가 연기한 「죄와 벌」의 압도적인 라스콜리니코프나 카라마조프를 뛰어넘지는 못할 것이었다. 엘레오노라 두세가 그랬던 것처럼 오를레네프도 인간 감정의 미묘함을 생생하게 표현했다. 「선택받은 사람들」의 리아 역을 맡은 나지모바도 훌륭했다. 나머지 출연진 역시 그간 미국 무대에서에서는 볼 수 없었던 앙상블 연기를 선보였다. 그런 까닭에 우리에게 그토록 많은 것을 준 오를레네프 극단이 친구도 없이, 돈도 없이 이렇게 좌초되었다는 사실이 충격일 수밖에 없었다. 어쩌면 이 섬에 오를레네프 극단을 위해 텐트를 치는 것도 한 방법일 것이었다. 하지만 10명이나 되는 사람을 어떻게 도울 것인가? 클라라는 자신이 돈을 좀 빌려 보겠노라 했고, 일주일도 채 지나지 않아 극단 전체가 우리가 있는 섬에 도착했다. 북적거리는 사람들과의 생활에, 평화로운 여름휴가에 대한 우리의 꿈은 이내 사라졌다. 낮이면 헌터 아일랜드는 도시와 다름없는 열기로 가득찼고 그럴 때면 나와 스텔라는 헌터 아일랜드가 더 이상 우리의 피난처가 되지 않는다는 사실을 슬퍼했다. 그러나 밤이 되면 큼지막한 모닥불 앞에 둘러앉아 오를레네프가 기타를 쳤고 극단 전체가 합창을 했다. 그렇게 선율이 만 너머로 울려퍼지면 낮 동안의 후회는 사라지곤 했다. 러시아는 자신의 비애에 대한 탄원으로 우리의 영혼을 채웠다.

러시아인의 영혼을 더 아련하게 울리는 노래를 듣고 있자니 사샤가 가슴 아프도록 더 가깝게 느껴졌다. 우리가 이곳에 함께 있었다면 그가 이 감동적인 밤을 얼마나 깊이 즐길 수 있었을지를 알고 있었기 때문이었다. 그가 늘 열렬히 사랑했던 조국의 노래를 듣는 것이 얼마나 감동적이고 위안이 되는지 말이다. 1905년 7월, 불과 13년 전 그는 우리의 대의를 위해 목숨을 걸고 내 곁을 떠났다. 그의 수난은 곧 끝나겠지만 결국 다른 곳에서 계속될 것이었다. 아직 노동교화소에서의 1년이 남아 있었다. 21년이라는 비인간적인 형량에 1년을 더한 판사가 1892년 재판 때보다 더 괴물처럼 느껴졌다. 하지만 바로 그 덕분에 사샤는 이제 곧 자유의 몸이 될 수 있었다.

노동교화소에서의 복역기간은 7개월로 줄었는데, 펜실베이니아의 법에 따라 마지막 해 다섯 달은 통근이 가능하다는 소식에 비참함이 조금은 덜어지는 느낌이었다. 그러나 사샤로부터 온 편지로 또 다시 내 마음은 무너지고 말았는데, 그가 법적으로 5개월 감형대상임에도, 노동교화소 당국은 이감해 온 그를 신규 수감자로 간주하여 단

2개월의 감형만을 허가하겠다는 것이었다. 그나마도 그가 "행실을 똑바로 할 경우에만"이라는 조건이 붙었다. 사샤는 쓰디쓴 잔의 마지막 한 방울까지 들이켜야 했다.

몇 달 전 사샤를 통해 '첨'이라는 친구를 만났다. 그의 이름은 존 마틴으로, 사회주의 성향을 가진 사람이었고, 감옥 내 직조공장의 민간인 강사였다. 그가 강사일을 맡게 된 것은 꼭 일이 필요해서라기보다는 수감자들을 돕고 싶어서였다. 서부 교도소에서 일을 하게 되고 머지 않아 그는 사샤에 대해 알게 되었고, 그 이후로 사샤와 긴밀한 연락을 주고받으며 얼마간의 도움을 줄 수 있었다. 사샤가 보낸 편지를 통해 그가 사샤와 다른 수감자들을 위해 아주 큰 위험을 무릅쓰곤 했다는 것을 알게 되었다.

존 마틴은 노동교화소에서의 1년 복역기간을 무효화해 달라는 요청을 사면위원회에 제기했는데, 알렉스(그는 사샤를 이렇게 불렀다)가 한 지옥에서 그렇게 오랜 세월을 보낸 후에 또 다른 지옥으로 가야 한다는 사실을 견딜 수가 없었기 때문이었다. 마틴의 그 아름다운 마음씨는 감동적이었지만 이전부터 사샤를 구출하려는 우리의 시도는 무수히 좌절되었으므로 이번 역시 성공을 기대하기 어려울 거라고 생각했다. 더욱이, 사샤 자신도 그런 시도를 원치 않을 것임을 확신했다. 13년을 참아 낸 사람이었다. 그런 그가 구걸하듯 형량을 줄이는 것보다 차라리 10개월을 더 견디는 편을 택할 것은 분명했다. 사샤의 편지에는 적에게 아무것도 바라지 않는다고 썼고, 나는 내 생각이 옳았음을 확인했다.

이감 전 며칠 동안 나를 따라다니던 지독한 불안이 드디어 끝이 났다. 아직 교도소에 있을 때 그가 쓴 편지가 이틀 후 도착했다. 내용은 이러했다.

사랑하는 소녀여,
드디어 19일 아침이 밝았구려.
"천천히 뛰어라, 내 심장이여
그리고 피흘리는 상처를 닫아라
오늘은 나의 최후의 날이고
이제 시간은 사그러지니"
이 벽 안에 갇혀서 내가 마지막으로 하는 생각은 변치 않는 친구, 바로 당신에 대한 것이라오.
— 사샤

앞으로 열 달, 사샤와 나의 승리의 날이자 영광스러운 해방의 날인 5월 18일까지 10개월이 남았다.

그날 오후 캠프로 돌아왔을 때 나의 열광적인 흥분을 가장 먼저 알아차린 사람은 오를레네프였다. "들떠 보이네요. 엠마 양. 무슨 놀라운 일이 생긴 거죠?" 나는 그에게 사샤에 대하여, 그가 러시아에서 보낸 젊음과 미국에서의 생활, 그리고 그의 활동과 오랜 감옥생활에 대해 이야기했다. "크나큰 비극을 위한 캐릭터로군요!" 오를레네프는 열정적으로 외쳤다. "그를 해석하고 또 사람들에게 보여 주는 일, 저는 그 일을 하고 싶습니다!" 위대한 예술가가 사샤의 정신과 아름다움에 매료되어 휩쓸리는 모습을 보는 일은 내게 큰 위안이 되었다.

오를레네프는 미국 친구들과 연락이 용이하도록 조율을 요청하는 한편, 내가 자신의 통역사이자 매니저가 되어 줄 것을 부탁했다. 천재답게 그는 자신의 예술 속에서만 살았고 다른 어떤 것에도 관심이 없었다. 오를레네프가 자신의 역할에 완전히 몰입하는 것을 지켜보는 것만으로, 또한 그가 얼마나 위대한 예술가인지를 깨닫는 것만으로 내게는 충분했다. 자신이 해석해야 하는 캐릭터의 모든 부분이 세밀하게 만들어졌고, 그 캐릭터가 완전히 살아 움직이는 형태가 될 때까지 그는 머리를 쥐어짜고 고민했다. 완벽을 추구하는 만큼 그는 자신에 대해 가차 없었고, 그것은 극단에게도 마찬가지였다. 한밤중에 내 텐트로 와 소리지르며 나를 깨운 일은 적어도 한두 번 이상은 있었다. "알았어, 이제 알았다고요!" 아직 잠에서 깨지 못한 내가 그 위대한 발견이 무엇인지를 물으면 그것은 라스콜리니코프의 독백에 변화를 주는 일이라거나 만취한 미챠 카라마조프의 행동을 달리하는 일이거나 했다. 오를레네프는 말 그대로 영감에 불타오르는 사람이었다. 그 불길은 점차 내게도 전달되었고 몇 주간 헌터 아일랜드에서 보낸 잊지 못할 시간 동안 어떻게 세상이 그의 예술을 보게 할 것인지에 대한 고민으로 가득찼다.

한동안 나는 오를레네프와 그의 셀 수 없이 많은 손님들을 살피는 일 외에 다른 일은 전혀 할 수 없었다. 내가 잘 아는 신문기자 몇몇이 오를레네프의 계획에 대해 인터뷰를 했고 그 사이 3번가에서는 강당을 극장으로 리모델링하는 작업이 시작되고 있었다. 오를레네프는 이 리모델링 감독을 위해 매일같이 시내에 나갔는데, 건물주와 온갖 사소한 것들에 대해 입씨름을 벌였다. 파벨은 러시아어밖에는 못했고 통역을 해줄 수 있는 사람은 나뿐이었으므로 나는 사무실에서 있는 시간과 극장이 되어 가고 있는 강당에서 보내는 시간을 쪼개어 쓰는 수밖에 없었다. 헌터 아일랜드로 돌아오는 시간은 늦은 오후로, 우리는 더위와 피로로 반쯤은 죽은 채로 귀가했다. 오를레네프는 도무지 감당 불가능한 수천 가지 짜증들로 점점 신경이 쇠약해져만 가고 있었다.

그러던 중 헌터 아일랜드의 덩굴옻나무와 모기떼를 못 견디고 우리는 결국 도시로 돌아왔다. 극단에서도 건장한 편인 농민 출신 배우들은 섬에 남았는데 무엇보다도 갈 곳이 없었기 때문에 해충과 옻을 무시하거나 이겨 내지 않으면 안 되었던 거다. 메이데이 이후 나를 찾는 고객은 크게 증가했고 러시아 극단의 공연을 위한 예비작업이 진행되고 있었다. 여기에는 내 미국 친구들이 많이 동원되었는데, 몇 해 동안 만나지 못한 제임스 허네커는 오를레네프에 대해 글을 써주마고 약속했고 다른 비평가들 역시 기꺼이 도움을 주겠다고 했다. 극단의 활동이 부유한 유대인들의 지지와 원조를 받는 가운데 그 중에는 은행가 셀리그만도 있었다.

이스트사이드의 위원회 멤버들은 오를레네프와의 약속을 지키기 위해 본격적으로 작업에 착수했다. 멤버들 집에서 희곡낭독회가 열렸는데, 특히 솔로타로프의 집과 현재 오를레네프가 손님으로 묵고 있는 브라슬라우 박사의 집에서도 낭독이 있었다. 이미 오페라 배우가 되기 위한 훈련을 시작한 예술가 소피를 딸로 둔 브라슬라우 박사 부부는 그런 만큼 손님들의 심리와 기분을 더 잘 헤아릴 수 있었다. 브라슬라우 부부는 매력적이었다. 진실되고 친절한 이 러시아 사람들과 함께하는 저녁시간은 언제나 나에게 자유와 해방을 선사했다.

급진적 유대 언론사들은 적극적으로 극단의 홍보를 도왔다. 특히 사회주의 일간지 『진보』의 에이브 카한은 낭독회에 자주 참석해 오를레네프 예술의 중요성을 알리는 글을 많이 써주었다. 『자유로운 노동자의 목소리』나 『이스트사이드 이디시』 등의 신문에서도 오를레네프에 대한 상당한 홍보가 이루어졌다.

내 사무실의 일과 강의들이 이제 내 하루를 꽉 채웠다. 그렇다 해도 내 아파트에 잘 모이곤 하던 친구들을 소홀히 하지도 않았다. 나를 찾는 사람들 중에는 M. 카츠와 카임 지틀로프스키가 있었는데, 카츠는 특별히 더 마음이 가는 사람이었다. 카츠와 솔로타로프로 말하자면 이전에 모스트와의 불화로 인해 내가 무리에서 배척당할 때, 그리고 이후에는 매킨리 사건 이후에 또 한 번 배척당할 때 내 곁에서 가장 진실된 친구들로 남아 준 이들이다. 사실 외부 행사나 모임 등에서 솔로타로프보다는 카츠와 함께할 때가 더 많았다.

지틀로프스키는 바부슈카와 함께 미국에 들어왔다. 사회주의 혁명가이기도 한 그는 또한 열렬한 유대교인이었다. 그가 내게 유대의 자녀로서 유대인의 대의를 위해 헌신할 것을 계속해서 말하면 나는 이전에도 그와 똑같은 말을 들었다고 대답하곤 했다. 막스 바긴스키의 친구였던 한 젊은 과학자를 시카고에서 만난 적이 있는데 그 역시 내게 유대인을 위한 대의를 지지해 줄 것을 간청했던 거다. 나는 지틀로프스키에게도 내가 다른 사람에게 했던 같은 말을 반복할 수밖에 없었다. 내 나이 여덟에 나는 유디트가 되기를 꿈꾸었고 내 민족의 복수를 위해 홀로페르네스의 머리를 자르는 내 자신의 모습을 상상하곤 했다. 그러나 나는 사회적 불의가 비단 내 민족에만 국한되지 않는다는 것을 알게 되었고, 그렇다면 유디트 한 사람이 하기엔 자를 머리가 너무 많다는 결론을 내린 것이다.

내 아파트에서 뭉치는 무리는 시카고에서 막스, 밀리와 그들의 6개월 된 딸이 도착하면서 더 많아졌다. 모성의 신성함을 옹호하는 국가와 교회의 옹호자들은 밀리가 당국의 허가도 없이 감히 어머니가 되려고 했다는 사실을 알게 됨에 따라 본색을 드러냈다. 밀리는 시카고 학교에서 수년 동안 맡아 온 교사직을 그만둬야 했는데 안타깝게도 막스가 『노동신문』을 떠나게 되는 시기와 겹쳤다. 어거스트 스파이스가 창설한 이 신문은 그 원칙으로 가지고 있던 비정치적 입장을 점차적으로 포기했는데 막스는 수년 동안 이 신문을 자신들의 표몰이 기구로 만들려 해온 사회주의 정당 사람들에 대항해 싸워 왔지만 더 이상의 분쟁과 음모를 견디지 못하고 결국 사임하기에 이른 것이다.

막스는 인간성을 없애고 영혼을 갈아 버리는 도시를 싫어했다. 그는 자연과 대지를 그리워했다. 나의 너그러운 친구 볼튼 홀 덕분에 막스 가족은 오시닝에서 5킬로미터 정도 떨어진 시골 마을의 작은 집에 자리를 잡을 수 있었는데 내가 집주인들한테 쫓겨날 때 볼튼이 내가 머물 수 있도록 마련해 준 곳이었다. "여기서는 아무도 당신을 쫓아내지 못할 거예요." 그는 말했었다. "여기 그냥 평생 살아도 되고, 나중에 혹시 금광이라도 발견하면 그때는 집세를 내도 좋고요." 집은 낡았고 수도나 제반시설이 갖춰져 있지 않았지만 그래도 도시와 떨어졌다는 데서 오는 고즈넉함과 아름다움이 있었다. 또 언덕에서 보이는 멋진 풍경은 생활에서 오는 약간의 불편함을 감수하기에 충분했다. 홀이 기꺼이 허락해 준 덕분에 막스와 밀리, 그리고 그들의 아기가 이 농장에 자리를 잡게 된 것이다.

나의 고객 수도 지속적으로 증가하고 있었는데, 그중에는 각계각층의 남자들 외에도 직업이 다른 여성들도 열네 명이나 있었다. 여성들 대부분은 자신들이 해방되었고 또 독립적이라고 주장했는데 자신들 스스로 생계를 꾸리고 있다는 점에서 그랬다. 하지만 이 모든 건 여성 본성의 주요 원천을 억제함으로써 가능한 일이었다. 사람들의 시선이 두려워 이들은 사랑과 친밀한 동지애를 포기하고 살았다. 이 여성들이 얼마나 외로운지, 이성의 사랑을 갈구하는지, 또 얼마나 아이를 원하는지를 보고 있자면 참 딱했다. 세상 사람들한테 당신들 일이나 신경쓰라고 말할 용기가 부족했기에 이런 식의 여성 해방은 전통적 결혼보다 오히려 더 비극적으로 끝나는 경우가 많았다. 여성들은 생계 유지를 위한 어느 정도의 독립은 이루었지만 정신적으로는 독립하지 못했을뿐더러 사생활에 있어서도 결코 자유롭지 못했던 것이다.

29

1905년 10월, 러시아의 혁명 소식은 우리를 전율시키며 심히 감동케 했다. 겨울 궁전의 대학살 이후 있었던 수많은 끔찍한 사건들은 머나먼 미국에 있는 우리까지도 계속 주의를 기울이게 했던 까닭이다. 사회혁명당 투쟁본부 일원이던 칼라예프와 발마쇼프는 1월 22일의 학살에 대한 보복으로 세르기우스 대공과 시피아긴의 목숨을 빼앗았다. 그리고 이에 이어 러시아 전역에서 총파업이 일어났고, 사회 전반에 걸친 대규모 인원이 이에 참여했다. 거의 인간 이하의 취급을 받는 매춘부들마저도 대중의 의의에 공명하며 총파업에 동참할 정도였다. 차르가 지배하는 곳의 동요는 곪을 대로 곪아 당장 터지더라도 이상하지 않을 지경이었고, 억압된 사회세력과 인민의 고통이 터져 나와 우리의 사랑하는 '어머니 러시아'를 휩쓰는 혁명의 물결이 되었다. 진보세력은 자신들의 거점지역인 이스트사이드에서 쉬지 않고 이 문제에 대해 논하며 정신없이 지냈고, 정치적 차이 같은 것은 다 잊어버린 채로 조국에서 일어나는 영광스러운 사건을 통한 긴밀한 동지애를 꾸려 나갔다.

오를레네프와 극단이 3번가 작은 극장에 처음 모습을 드러낸 건 그런 사건이 한창일 때였다. 극장 외양이 흉측하고 무대음향 또한 형편없는 데다가 무대가 너무 작아서 동선 확보도 되지 않고, 배경이 엉망진창 그려져 있는 곳이었다. 이런 공간이나마 구하기 위해 지인 열두 명에게 돈을 빌렸다고 한들, 누가 신경이나 썼겠는가? 우리는 새로 태어날 러시아에 대한 생각으로 부풀어 있었고, 우리에게 인생의 꿈을 제시해 줄 위대한 예술가들에게 영감을 받고 있었다. 처음 막이 올랐을 때 승리의 기쁨이 관객으로부터 무대 위의 배우들에게까지 고스란히 전달되었다. 이로 하여금 배우들은 지금껏 해오던 모든 것을 능가하는 새로운 예술적 표현의 경지까지 도달할 수 있었다.

머잖아 소극장은 뉴욕 연극계의 오아시스가 되었다. 수백 명의 미국 관객이 공연을 보러 왔고, 비록 언어를 이해하지 못한다 해도 사람들은 오를레네프 극단의 마법에 매료되었다. 일요일 저녁은 업계 사람들을 만나는 날이었기에 극장은 극장 매니저들과 극단 사람들로 가득찼다. 뉴욕의 비평가와 작가들 외에도 에설 베리모어와 그녀의 형제인 존, 그리고 그레이스 조지, 미니 매던 피스크와 남편 해리슨 그레이 피스크, 벤 그리트, 마거릿 앵글린, 헨리 밀러 및 다른 작가들은 우리의 단골 손님이었다. 오를레네프의 매니저인 '스미스 양'은 VIP 손님들을 무대 뒤로 데려가 우상을 보게 해주면서 그들이 보내는 찬사를 통역해 전달했지만, 이 상찬에 오를레네프가 매번 대꾸를 하지는 않았다.

한번은 아주 저명한 극장 매니저가 오를레네프와 나지모바 부인을 위해 마련한 환영식에서 호스트가 오를레네프에게 다소 이상한 질문을 하기 시작했다. “오스왈드 역할을 할 때 왜 고개를 그렇게 요상하게 돌리고 있는 거죠? 거 있잖아요, 무대에 처음 등장할 때요. … 그리고 또 그 「죄와 벌」의 그 사람이 하는 말을 좀 잘라내면 뭐랄까, 더 효과적이지 않을까요? … 해피엔딩으로 끝나는 작품을 좀 더 하면 어때요? 돈을 더 많이 벌 텐데.” 이 질문들을 한번에 전달하자 오를레네프는 화가 잔뜩 나서는 눈썹을 치켜뜨고 소리를 질렀다. “이 사람한테 바보천치라고 전달해 주쇼! 극장 매니저 일을 할 게 아니라 굴뚝 청소부나 하라고도 말해요. 지옥에나 떨어지라고도 잊지 말고 꼭 전해요.” 명망 있는 앵글로색슨의 귀에는 너무나 자극적으로 들리는 러시아의 거친 말들이 쏟아져 나왔다. 나지모바는 긴장한 채 앉아서 아무것도 못 들은 척하면서 프랑스어로 이야기하면서도 한편으로는 커다랗고 불안한 눈으로 나를 슬쩍 바라보고 있었다. 오를레네프의 폭발을 통역할 때에도 나는 다분히 외교적이어야 했다.

러시아 혁명은 꽃을 채 피우지도 못한 채 다시 깊은 구덩이로 내쳐졌고, 영웅적 인민의 피에 질식하고야 말았다. [차르의 호위병 노릇을 하던] 코사크의 테러가 대지를 뒤덮고, 고문, 감옥, 교수대를 통해 치명적인 방식으로 이루어지면서 우리의 밝았던 희망은 암울한 절망으로 바뀌었다. 이스트사이드는 짓밟힌 대중들의 비극을 마음 깊이 느꼈다.

러시아에서 또다시 발생한 유대인 학살은 미국에 거주하는 유대인들에게 눈물과 슬픔을 안겨 주었다. 실망과 씁쓸함 속에서 선진적인 러시아인들과 유대인들마저 러시아에 대한 거라면 그 무엇이든 일단 등을 돌리고 보았고, 그 결과 소극장을 찾는 관객마저 줄어들기 시작했다. 그리고 오를레네프 극단에 러시아 유대인 미끼 조직인 블랙 헌드레드의 일원이 있다는 소름끼치는 소문이 어둠의 경로를 통해 퍼져 나가면서 그야말로 진정한 보이콧으로 이어졌다. 그 어떤 유대인 상점, 식당, 카페에서도 러시아 연극의 포스터나 광고를 받아주지 않았다. 급진적 언론에서 이 터무니없는 소문에 격렬히 항의를 해보았지만 별 효과는 없었다. 오를레네프는 이 악의적인 비난에 가슴이 무너져 내렸다. 「선택받은 사람들」의 영웅인 나크만에게 자신의 영혼을 바치고 러시아의 대의를 위해 간청한 그 아니던가. 채권자들이 사방에서 압력을 가하고 공연비로는 임대료를 충당할 수 없게 되면서 그는 이제 파멸을 목전에 두게 되었다.

전에 언젠가 런던에서 비어봄 트리의 주관으로 자신과 나지모바를 위해 마련된 기념 공연에 대해 오를레네프로부터 이야기를 들은 적이 있었다. 영국 공연계에서 가장 저명한 남녀가 참석하는 아주 멋진 행사였다. 어쩌면 뉴욕에서도 이와 비슷한 걸 시도해 볼 수 있지 않을까 하는 생각이 뇌리를 스쳤다. 우리에게 필요한 자금을 마련하는 데 도움이 되어 줄 수도 있을 거고 또 이스트사이드의 혼란스러운 분위기를 진정시키는 데도 도움이 될 것이었다. 수년간의 미국 생활에서 내가 배운 게 있다면 그건 미국인들의 의견이 우리 같은 이민자들에게 미치는 영향이 크다는 것이었다. 나는 오를레네프와 함께 『시어터 매거진』의 편집자 아서 혼블로를 찾아갔다. 그는 러시아 극단에 대한 존경심을 수차례 표현해 왔던 데다가 '스미스 양'의 실체를 알고 있었고 또 그 위험한 인물에게 항상 상냥하고 친절하게 대해 준 사람이었다.

혼블로 씨는 마치 우리가 왕족이라도 되는 양 열띠게 환영해 주었을 뿐만 아니라 우리가 제시한 기념공연 아이디어를 무척 마음에 들어했다. 그러곤 내친 김에 맨해튼 극장의 임차인이자 피스크 여사의 매니저인 해리슨 그레이 피스크 씨를 방문할 것을 제안했다. 피스크 씨는 우리의 제안에 즉시 관심을 보이며 우리에게 필요한 모든 도움을 주겠다면서, 더불어 자신의 아내도 행사에 참여하도록 독려하겠다고 했다. 그렇지만 극장을 빌려 줄 수는 없었는데, 건축부서에 의해 압수되어서 곧 철거될 예정이었기 때문이다. 피스크 씨와의 만남이 끝난 후 혼블로는 피스크 씨와 단둘이 긴히 나눌 이야기가 있으니 우리에게 밖에서 기다려 줄 것을 부탁했다. 잠시 후 피스크 씨가 사무실에서 나오더니 내 어깨에 손을 얹고 외쳤다. "엠마 골드만, 가명을 쓰면서 나를 찾아오는 게 정녕 부끄럽지도 않단 말이오? 내 아내와 내가 극장 조합에 반항하고 현대 연극을 소개한다는 이유로 늘상 말썽꾼이자 반역자로 취급되어 비난을 받아 왔다는 걸 모르는 거예요? 스미스 양이라고요! 하! 도대체 스미스가 누굽니까? 엠마 골드만이라고 해야죠. 자, 이제 악수합시다. 그리고 앞으로 절대 나를 의심하면 안 됩니다."

다른 곳에서도 도움과 격려의 손길이 이어졌다. 크리테리온 극장에서 네 번의 낮 공연이, 그리고 시외 지역에의 두 차례의 공연이 예정되었는데(보스턴에서는 일주일 동안, 시카고에서는 2주 동안 열릴 것이었다) 이로 인해 극단에는 새로운 생명이 불어넣어졌다. 낮 공연이 가능했던 건 오를레네프를 숭배하는 한 무리의 미국 여성들 덕분이었는데, 그중에서도 가장 활동적인 인물은 에설 베리모어와 루스벨트 대통령의 사촌이기도 한 두 명의 여성들이었다.

보스턴과 시카고에서의 공연이 현실화되기 위해서 우리는 상당히 많은 연락을 주고받아야 했다. 모든 것이 준비된 후 오를레네프는 내게도 극단과 함께 갈 것을 청했다. 보스턴에서 오를레네프와 나지모바를 돕기 위해 가장 많은 일을 해준 건 '20세기 클럽'이었는데, 이 클럽에서 주최한 다양한 환영식에서 나는 레오 위너 교수를 비롯한 다른 하버드 교수들, 극단의 성공을 위해 애써준 올레 불 여사, 러시아 문학 번역가인 네이선 하스켈 돌 씨 외에도 코니코브 박사와 다른 많은 보스턴의 저명인사들을 만날 수 있었다.

시카고는 훨씬 더 만족스러웠다. 유대인과 러시아 급진주의자들을 포함해 이 기념공연을 지지하는 도시의 사회단체들이 연합해 밤마다 스투드베이커 극장을 가득 채웠던 것이다. 참여해야 할 행사들이 많았음에도 불구하고 나는 동지들이 주선한 강의를 하기 위해 몰래 빠져나가곤 했다. 이러한 나의 '이중' 생활은 분명 많은 청교도인들에게 충격이었을 테지만 나는 그 생활을 꽤 대범하게 해나갔다. 이제 스미스 양의 가면을 벗고 나 자신으로 서는 것이 익숙해지긴 했지만 나 자신으로 나설 수 없었던 적도 여러 번 있었다.

첫번째는 오를레네프와 함께 러시아 영사 폰 슐리펜바흐 남작의 집에 초대되었을 때였다. 오를레네프에게 나, 엠마 골드만은 어떤 가명을 쓰더라도 러시아 황제의 살육을 대표하는 사람과 같은 지붕 아래에서 편안히 있을 수는 없다는 말을 했다. 헐 하우스 정착촌과 관련된 일도 있었다. [헐 하우스를 설립한] 제인 애덤스가 스투드베이커 극장에 표를 사러 왔을 때 E. G. 스미스 신분으로 극장 사무실에서 그녀를 처음 만났는데, 사실 사업차 만난 것이기 때문에 내 신원을 밝힐 필요가 없다고 판단했다. 그러나 진보적 사상을 대표하는 그녀의 성소에 가면서 내 자신을 드러내지 않는 것은 어쩐지 부당하다는 생각이 들었고, 또 찝찝하기도 했기에 애덤스 양에게 전화를 걸어 스미스 양은 오를레네프를 위한 파티에 참석할 수 없지만 주최 측만 괜찮다 한다면 엠마 골드만은 참석하겠다고 전했다. 나의 폭탄발언이 너무 갑작스러웠는지 그녀가 숨이 넘어갈 정도로 깜짝 놀랐다는 것이 수화기를 통해서도 다 느껴질 정도였다.

이에 대해 오를레네프에게 말하자 그는 불같이 화를 냈다. 그는 제인 애덤스가 크로포트킨이 시카고를 방문한 동안 엄청나게 수선을 떨었던 것과 또 그녀가 헐 하우스를 러시아 농민들의 작품으로 장식했으며 또 그녀의 조력자들이 러시아 농민 의상을 입고 있다는 것을 알고 있었다. 그런데 그녀가 어떻게 나를 거부할 수 있냐고 그는 말했다. 나는 어떤 장식도 싫어하는 크로포트킨이 헐 하우스가 러시아풍으로 꾸며진 것과는 분명 아무 관련이 없을 것이며, 게다가 나는 애덤스에게 [크로포트킨이 '왕자'였던 것과는 다르게] 공주도 아니기 때문이라고 설명했다.

러시아인들을 위한 또 다른 환영식이 있었는데 하나는 대학에서 다른 하나는 L. C. 카운리 워드 부인의 집에서였다. 나는 다른 이름으로 두 환영식에 모두 참석했다. 워드 부인의 집은 호숫가 근처의 궁전 같은 곳이었다. 파티에 모인 이들은 호기심 때문에 온 사람들이 대부분이었는데 정작 여주인 자신은 소박한 가운데 가장 매력적인 사람이었다. 그렇지만 내 마음을 빼앗은 사람은 워드 부인의 어머니로, 여든이 넘었음에도 몹시 멋지고 품위를 갖춘 여성이었다. 노예제 폐지 운동과 여성해방운동에 있어서 선구적인 역할을 했음에도 자신에 대해 담백하게 말하는 그녀의 모습은 참 매력적이었고, 그녀의 붉어진 얼굴과 반짝거리는 눈을 보건대 여전히 젊은 시절의 반항적인 정신을 지니고 있는 게 분명했다. 나는 그토록 은혜로운 존재에 거짓 이름으로 다가가는 것에 불편함을 느꼈다. 다음 날 워드 부인과 어머니에게 편지를 써서 정체를 속인 것에 대해 용서를 구하고, 내가 다른 이름으로 살면서 일할 수밖에 없는 이유를 설명했다. 이후 두 사람이 보내 온 아름다운 편지에는 자신의 집에 엠마 골드만을 모실 수 있어서 영광이었다고 쓰여 있었다. 그후로 몇 년 동안 우리는 계속해서 서로 연락을 주고받았다.

뉴욕으로 돌아오자마자 오를레네프는 기금이 모금되기만 한다면 몇 시즌 동안 미국에 머물고 싶다는 뜻을 밝혀 왔다. 러시아 극단에 관심이 있는 몇몇 사람에게 이 이야기를 전했고, 수차례 회의 끝에 16,000달러의 금액이 모금되었다. 뿐만 아니라 이후까지도 얼마간의 금액을 주겠다는 약속도 받아 둔 상태였다. 누군가 오를레네프가 찰스 프로만의 매니지먼트를 받으면 어떻겠냐고 제안했는데, 이에 오를레네프는 얼굴이 울그락불그락해지며 펄쩍 뛰었고 자신은 러시아에서도 그런 구속을 받은 적은 없었노라 말했다. 그런 그가 미국에서 누군가의 밑에서 일할 리 만무했다. 오를레네프가 인정하는 단 한 명의 매니저는 바로 '엠마 양'이었고, 그는 내가 다른 매니저들과는 달리 자신의 공연 내용이나 방법에 대해 간섭하는 일이 일절 없을 것임을 알고 있었다.

그의 매니지먼트를 바꾸겠다는 위원회의 결정과, 미국에 남아 영국 무대를 준비하기로 한 나지모바 부인의 결정에 대한 실망감으로 오를레네프는 몹시 우울해졌다. 그는 이제 이 나라를 떠나기로 마음을 먹었기에, 우리가 계획한 기념공연을 더 이상 하지 않을 것이었다.

오를레네프를 위해 일하는 동안 그는 내게 월급을 받으라고 자주 말하곤 했다. 하지만 그는 충분한 돈이 있었던 적이 없고, 자신과 나지모바가 돈이 떨어졌을 때도 항상 극단이 먼저 돈을 받아야 한다고 주장했다. 적게나마 그들이 얻은 것은 전적으로 나지모바의 수완 덕분이었다. 나지모바는 가진 것이 아무것도 없는 상태에서 러시아인 조력자 한 사람과 극단 전체를 위한 의상을 다 만들어 내는 사람이었던 것이다. 그녀가 차르 표트르를 위해 만든 궁중 드레스 또한 모두 색감이 화려하고 아름답기 그지없었다. 비록 수익이 적긴 했으나, 오를레네프는 그래도 내가 그 수익을 받아가길 원했다. 나는 이미 나대로 생계를 꾸려 가고 있었기에 이를 거절했는데, 그들에게 추가적인 부담이 되는 상황은 상상만으로 충분히 괴로웠다. 한번은 오를레네프가 내게 돈이 있다면 무엇을 가장 하고 싶은지를 물어와 나는 잡지를 출판하고 싶다고 대답했다. 내가 가진 사회적 아이디어들과 미국 내 다양한 예술의 형식에 대한 노력을 결합시킬 수 있는 잡지라면 좋을 것 같았다. 막스와 나는 이런 작업에 대해 종종 이야기를 나누곤 했다. 우리가 오랫동안 소중히 가져 온 꿈이지만 사실 이루어지기에는 요원했다. 그러던 차에 오를레네프의 질문에 나의 계획을 다시금 이야기하게 된 것이었다. 그는 그 꿈을 이루기 위해 특별 공연을 하는 게 어떨지 제안했고, 스트린드베리의 작품인 「율리아 아씨」 공연을 올리기 위해 나지모바를 만날 것을 약속했다. 그는 정작 율리아의 상대역인 얀의 역할에 대해서는 큰 관심이 없었지만, "당신이 나를 위해 그토록 많은 일을 해주었는데, 이 작품만큼은 꼭 무대에 올리고 싶습니다"라고 말했다.

오래지 않아 오를레네프는 공연 날짜를 확정했다. 우리는 버클리 극장을 빌리고 안내와 티켓 인쇄를 끝냈으며, 몇몇 젊은 동지들과 함께 극장을 채우기 위한 작업에 착수했다. 동시에 우리는 이스트 13번가에서 모임을 조직해서는 우리가 염두에 두고 있는 잡지 사업에 관심이 있을 사람들을 초대했다. 에드윈 비요크만, 스트린드베리의 번역가인 아미 말리 힉스, 사다키치 하르트만, 존 코옐 및 다른 여러 동지들이었다. 그날 밤 동지들과 생각한 우리 '아이'의 이름은 '열린 길'(The Open Road)이었고, 사람들은 이 '아이'를 보살피는 데 도움의 손길을 더하고자 했다.

하늘을 나는 기분이었다. 내가 수년 동안 생각해 온 일이 드디어 결실을 맺게 된 것이다! 이제 더 이상 기껏해야 공중에 사라지고 말 뿐이었던 강연이 나의 유일한 표현 매체가 아니게 되었고, 연단만이 내가 편안함을 느낄 수 있는 곳도 아니었다. 인쇄매체를 통해 그 효과가 지속되면서 사상이 전달될 수 있을 것이고, 예술과 문학에 있어서 이상주의자들을 위한 표현의 공간이 생기는 것이었다. 『열린 길』에서는 누구도 검열을 두려워하지 않고 말할 수 있을 것이다. 엄격한 틀과 정치적·사회적 편견, 쩨쩨한 도덕적 요구에서 벗어나기를 갈망하는 모든 사람들은 우리와 함께 『열린 길』을 함께 걸어 나갈 기회를 갖게 될 것이다.

「율리아 아씨」 리허설을 하는 도중 한 무리의 채권자들이 오를레네프에게 달려들었다. 그들은 오를레네프를 체포해 갔고 곧 극장 문이 닫혔다. 나는 만사 제쳐 두고 채무보증인과 더불어 그의 밀린 월세를 갚아 줄 사람을 찾아다녔다. 모든 것이 마련되고 오를레네프가 석방되었을 때 그는 체포와 수감 등으로 인해 너무 피폐해진 나머지 더 이상 리허설을 계속할 수 없었다. 오프닝까지 2주밖에 남지 않은 시점에, 오를레네프는 자신의 배역에 대한 확신이 없는 이상 무대에 오르지 않을 것임을 나는 알고 있었다. 그의 불행을 조금이나마 덜고자 그가 전에 공연했던 적이 있는 작품을 무대에 올리면 어떨지 제안했다. 「유령」을 하는 것으로 모두 동의를 했고, 이 작품에서 우리는 오를레네프의 가장 위대한 창조 중 하나인 오스왈드를 볼 수 있을 것이었다. 하지만 불행하게도 관객들은 똑같은 연극을 여러 번 보는 것을 그다지 좋아하지 않았다. 프로그램이 변경되었음을 알리자마자 관객들은 환불을 요구했다. 그들이 보고 싶었던 것은 「율리아 아씨」였지, 다른 것이 아니었던 것이다. 그럼에도 불구하고 만약 공연 당일에 폭우가 오지 않았다면 그런대로 성황리에 공연을 끝낼 수 있었을 것이었다. 우리가 기대한 금액은 천 달러 이상이었지만 수금액은 250달러로 확 줄었다. 잡지를 발행하기에는 부족해도 한참 부족한 액수였다. 실망이 크기는 했어도 그로 인해 우리의 열정이 사그라들지는 않았다.

창간호를 발행할 만큼 충분한 금액이 모인 후, 우리는 역사적인 혁명의 달인 3월에 초판 발행을 하기로 정했다. 독립출판물을 낼 때

이보다 더 많은 것을 가지고 시작한 곳이 있었던가? 그사이 우리는 동지 일반을 대상으로 호소문을 보냈다. 우리에게 도착한 여러 회신 중 콜로라도에서 온 것은 '열린 길'이라는 제목이 저작권을 침해하고 있다는 협박이었다. 월트 휘트먼이 자신의 위대한 시의 제목을 저작권이라는 이름으로 가두려 하는 작자들이 있다는 것을 알았다면, 제발로 걸어서 무덤에 들어갔을 것이다. 그러나 우리가 할 수 있는 일은 우리의 아이에게 다른 이름을 주는 것밖에는 없었다. 친구들이 여러 후보들을 보내 왔지만, 우리가 뜻하고자 하는 바를 표현하는 맞춤한 이름은 찾을 수 없었다.

어느 일요일, 막스와 나는 마차를 타고 작은 농장을 방문했다. 아직 2월 초였음에도 공기 중엔 봄의 기운이 가득했다. 토양은 겨울의 손아귀에서 풀려나기 시작했고, 마치 점처럼 보이는 푸른 잎들이 드문드문 모습을 드러내며 어머니 대지의 자궁에서 생명이 싹트고 있음을 증거했다. "어머니 대지"(Mother Earth)라는 말을 다시 생각했다. "아니, 이게 바로 우리 아이의 이름이잖아! 인간을 양육하는 존재이며, 인간은 자유롭게 그 자유로운 대지에 가닿을 수 있으니까!" 이 제목은 마치 오랜 시간 잊고 있던 선율처럼 내 귀에 울렸다. 다음 날 뉴욕에 돌아온 우리는 창간호를 준비했다. 발행일은 1906년 3월 1일, 64페이지였고, 이름은 『어머니 대지』였다.

오를레네프는 머지않아 러시아로 돌아갔고, 그의 천재성에 환호했던 우리 모두에게 그는 커다란 흔적을 남겼다. 이후 미국 연극과 소위 드라마로 통용되는 것들은 내게 평범하고 저속하게 느껴지기만 했다. 하지만 이제 내게는 너무나 재미있고 흥미진진한, 새로운 일이 있었다.

『어머니 대지』는 아무런 언론홍보 없이 구독자에게 우편으로만 발송되었고, 나는 사무실에 대리인을 둔 채 막스와 함께 투어를 시작했다. 우리는 토론토, 클리블랜드, 버펄로에서 대규모 청중을 만났는데, 버펄로 방문은 1901년 이후 처음이었다. 경찰은 여전히 촐고츠의 망령에 사로잡혀 있었고, 우리에게 영어 외에 다른 언어는 절대로 사용하지 말 것을 명했다. 이런 제한으로 인해 막스는 연설을 할 수 없었지만 나는 경찰에게 경의를 표하지 않을 기회를 그냥 넘기지지 않았다. 다음 날 저녁에 열린 우리의 두번째 모임은 우리가 강당에 들어서기도 전에 중단되었다.

버펄로에 있는 동안 우리는 요한 모스트의 사망 소식을 접했다. 강연 투어를 하고 있던 그는 마지막 순간까지 자신의 이상을 위해 싸우다가 신시내티에서 죽음을 맞이했다. 모스트를 헌신적으로 사랑했던 막스는 타격이 상당이 컸다. 그리고 나로 말하자면, 마치 그와 나 사이를 갈라놓은 충돌 같은 건 아예 없었던 것처럼 모스트에 대해 내가 처음에 느꼈던 감정이 나를 괴롭고 슬프게 했다. 그가 나에게 영감을 주고 나를 가르쳤던 몇 년 동안, 그가 나에게 주었던 그 모든 것들이 내 앞에 선 채로 그와의 불화가 얼마나 무의미했었는지를 깨닫게 해주었다. 나만의 방향을 찾아 나가기 위한 나의 오랜 투쟁, 내가 경험한 환멸과 실망으로 인해 이제 나는 덜 독단적인 사람이 되었다. 그로 인해 사람들이 알아주지도 않는 대의를 위해 싸우는 반군의 외롭고 힘든 삶을 이해할 수 있게 된 것도 같다. 나의 옛 스승에 대해 내가 전에 느꼈던 모든 씁쓸함은 그의 죽음 훨씬 이전에 이미 깊은 동정심으로 바뀌어 있었다.

나의 이 변화를 그에게 알리고자 수차례 시도했지만 그의 완강함으로 보건대 그는 변하지 않은 게 분명했다. 수년 만에 처음으로 그에게 다가간 것은 1903년, 그가 블랙웰 섬에서 세번째 형기를 마치고 참석한 환영식에서였다. 이제 그의 머리는 백발이 되어 있었지만, 얼굴은 여전히 붉었고 그의 파란 눈도 오랜 불길로 빛나고 있었다. 우리가 부딪힌 건 연단을 오르는 계단에서였는데, 그는 연설이 끝나고 내려오는 참이었고 나는 발언을 위해 계단을 올라가고 있었다. 그는 나를 알아보는 최소한의 기색도 내비치지 않은 채 냉랭하게 그냥 옆으로 비켜서서는 내가 지나갈 수 있게 길을 내주었다. 그날 늦게, 그가 수많은 사람들에게 둘러싸여 있는 것을 보았다. 그에게 다가가 예전에 그랬던 것처럼 그의 손을 잡고 싶었지만 그의 얼어붙을 듯한 차가운 눈빛에 나는 그만 돌아서고 말았다.

1904년 모스트는 탈리아 극장에서 하우프트만의 「직조공들」 공연을 올렸다. [극중 비참한 직조공인] 바우메르트에 대한 그의 해석은, 연극에 대해 그가 말했던 열정과 열망을 다시 생각나게 하는 빼어난 연기였다. 만일 그가 연극에 대한 자신의 갈망을 만족시킬 수 있었다면 그의 삶은 지금 얼마나 달라져 있을까! 증오와 박해, 감옥 대신 인정과 영광을 누리고 있었을 텐데.

모스트에 대한 옛 감정이 다시 솟아오른 나는 무대 뒤로 가서 그의 연기가 얼마나 훌륭했는지를 이야기해 주었다. 그는 주변에 몰려든 다른 사람들이 해주는 칭찬을 받아들이는 것과 다를 바 없이 내 칭찬을 받아들였다. 이제 그에게는 내 의견이 별다른 의미가 없다는 것이 분명했다.

내가 모스트를 마지막으로 본 것은 루이즈 미셸의 대규모 추도식에서였다. 루이즈 미셸은 1905년 2월, 마르세유에서 강연 투어 도중 사망했는데, 그녀의 죽음은 뉴욕의 모든 혁명세력을 하나로 모았고, 사람들은 이 훌륭한 여성을 기리는 시위를 벌였다. 카테리네 브레시콥스키, 알렉산더 조나스와 함께 모스트는 고인이 된 반군과 전사에게 경의를 표하러 온 나이 든 전사 대표 자격으로 참석했다. 나의 연설은 모스트 다음으로 예정되어 있었기에 우리는 연단에 나란히 서 있었다. 우리가 공식 석상에 함께 모습을 드러낸 것은 정말 몇 년 만에 있는 일이었고, 이에 청중은 열광했다. 그러나 모스트는 내게 인사 한마디도 없이 돌아서더니 내 쪽을 다시 쳐다보지도 않은 채로 자리를 떠났다.

그리고 이제 그 늙은 전사가 죽었다. 그를 그토록 냉혹하고 가혹하게 만든 고통을 생각하면 슬픔이 밀려왔다.

뉴욕으로 돌아온 후 막스와 나는 모스트를 위한 추모 모임이 그랜드센트럴 팰리스에서 열린다는 것을 알게 되었고, 두 사람 다 이 추도식에서 연설을 요청받았다. 나를 연설에 초청한 것을 두고 일부 모스트의 지지자들 사이에서 저항이 있었다는 소식을 들었는데, 그 중에서도 특히 엠마 골드만이 요한 모스트에게 경의를 표하는 것이 '신성모독'이라고까지 생각하는 모스트 아내의 반대가 컸다. 나는 여기에 끼어들고자 하는 마음이 추호도 없었지만, 독일의 젊은 동지들과 유대 아나키스트 그룹이 내가 꼭 연설을 해야 한다는 강한 입장을 취했다.

추도식 당일 오후, 식장은 사람들로 붐볐고, 독일 및 유대 노동조직원들은 빠짐없이 참석했다. 우리 동지들과 이민자 아나키 그룹에서도 상당수 참석을 했는데, 요한 모스트의 정신에 대한 감사를 표하는 사람들이 이렇게나 많다는 것이 몹시 인상적이었다. 나의 발언은 아주 짧게 끝나긴 했지만 후에 들은 바로는 옛 스승에 대한 나의 찬사에 『자유』 조직 내에서 나를 끔찍이 싫어하는 사람들조차 감명을 받았던 것 같다.

30

나의 사무실 임대기간 만료를 앞두고 있는 와중에 건물관리인이 스치듯 한 말을 통해 건물주가 임대계약을 갱신해 주지 않을 것임을 알게 되었다. 이미 마사지 일은 중단하기로 마음먹은 터라 이 때문에 심난해지지는 않았다. 혼자서 일을 다 감당하는 것이 벅찼지만, 그렇다고 주변의 도움을 받고 싶지도 않았다. 무엇보다도 『어머니 대지』 일로 내 시간을 온전히 쓰기에도 모자랐다. 내가 가게를 차릴 수 있도록 도움을 준 친구들은 이제야 좀 꽃을 피우기 시작하는 사업을 그만둔다는 사실에 적잖이 화를 냈다. 나는 빌린 돈을 다 갚고도 약간의 금전적 여유가 생겼는데, 사실 물질적 보상보다 더 가치 있는 건 이 일로 얻은 경험과 사람들이었다. 이제 나는 가명과 거짓으로부터 나를 해방시킬 것이다. 이와 더불어 나 자신을 해방시켜야 하는 또 하나의 굴레는 바로 댄과 함께한 삶이었다.

나이와 생각, 태도에 있어서 차이가 워낙에 컸던 우리는 서서히 멀어졌다. 사실 댄은 평균적 미국 대학생 정도였고, 우리의 사상이나 가치관에 있어서 공통점을 찾기는 어려웠다. 우리 삶은 목표나 목적에 있어서 상호간에 영감을 줄 수 있는 관계가 아니었다. 시간이 지날수록 점점 우리 관계가 지속될 수 없다는 확신이 커지는 가운데 계속되는 오해로 만신창이가 되어 가던 어느 날 밤, 우리의 끝은 갑작스럽게 찾아왔다. 다음 날 오후 집에 돌아왔을 때 댄은 이미 떠난 후였고, 그렇게 또 하나의 소중했던 희망이 과거와 함께 묻혔다.

나는 비로소 자유롭게 『어머니 대지』에 전적으로 헌신할 수 있었다. 하지만 그보다 더 중요한 건 14년 동안 바라고 꿈꿔 왔던 사샤의 출소가 다가오고 있다는 사실이었다.

마침내 1906년 5월이 되었다. 사샤가 되살아나기까지 2주의 시간밖에 남지 않은 가운데 나는 불안감에 사로잡혀 마음을 추스르기 어려웠다. 우리 사이에 교도관이나 경찰 없이 서서 얼굴을 마주한다는 것은 어떤 느낌일까? 14년은 긴 시간이고, 우리 각자의 삶은 서로 다르게 흘렀다. 그 다르게 흘러 버린 흐름이 너무 멀리 떨어져 우리의 삶과 동지애를 다시 만나게 하지 못하면 어떡하지? 이런저런 가능성을 생각하고 있자니 두려움에 몸서리가 쳐졌다. 나는 떨리는 마음을 진정시키기 위해 바쁘게 움직였고, 『어머니 대지』와 미리 예정되어 있던 짧은 투어 일정, 강연 준비로 나의 날들을 채웠다. 나는 사샤가 자유의 몸이 되었을 때 교도소 문 앞에서 가장 먼저 그를 기다릴 생각이었지만, 그는 편지를 보내 우리가 디트로이트에서 만나는 게 좋겠다는 뜻을 전했다. 형사나 기자, 호기심 많은 군중들에 나를 노출시키는 것이 내키지 않는다면서 말이다. 기다림이 길어지는 것은 실망스러웠지만, 그의 반대는 정당해 보였다.

칼 놀드는 여자친구와 함께 현재 디트로이트에 살고 있었다. 도시의 소음과 혼란에서 벗어나 정원으로 둘러싸인 조그마한 집을 구한 것이었다. 사샤도 그곳에서라면 조용히 쉴 수 있을 것이었다. 칼은 같은 감옥에서 사샤와 운명을 공유하면서 그의 가장 든든한 친구 중 한 명이 되었다. 그런 그가 사샤와의 위대한 순간을 나와 함께하는 것은 당연지사였다.

버펄로, 토론토, 몬트리올을 돌면서 집회와 군중들을 만나면서도 나는 오로지 한 가지 생각, 5월 18일에 있을 사샤의 출소만을 붙잡고서 일정을 소화해 나갔다. 그날 내가 디트로이트에 도착한 것은 이른 아침이었고, 마침내 다가온 해방을 앞두고 감방을 서성거리고 있을 사샤의 모습이 눈에 훤히 그려졌다. 칼은 나를 만나러 역으로 나와서는 사샤를 위한 공개 환영식과 집회 등을 준비해 두었노라고 알렸다. 나는 그의 말을 들으면서도 사샤가 감옥에서 보낼 마지막 시간을 생각하며 시계만을 바라보고 있었다. 정오가 되자 피츠버그에 있는 친구들로부터 전보가 도착했다. "풀려났고, 디트로이트로 가는 중." 전보를 낚아챈 칼은 미친 듯이 흔들며 외쳤다. "자유다! 자유라고!" 나는 쉽사리 칼의 기쁨에 동참할 수 없었다. 나는 내 걱정과 의심에 짓눌리고 있었기 때문이다. 어서 저녁이 되어 사샤를 내 두 눈으로 직접 볼 수 있다면!

나는 잔뜩 긴장한 채, 기차역 기둥에서 사샤의 도착을 기다리고 있었고, 칼과 친구들은 근처에서 이야기를 나누고 있었다. 그 소리는 멀리 희미하게 들렸고, 무리의 모습 또한 희미하게 뭉뚱그려져 보였다. 내 깊은 곳에서 갑자기 지난날의 기억이 솟아올랐다. 1892년 7월 10일, 볼티모어와 오하이오 역에서 막 움직이기 시작한 기차 계단에 선 채로 사샤에게 매달린 내 모습이 보였다. 기차가 점점 속력을 내자 나는 어쩔 수 없이 기차 계단에서 뛰어내렸고 다만 팔을 뻗으며 그 뒤를 따라 뛰었더랬다. 이때 나는 미친 듯이 소리를 지르고 있었다. "사샤! 사샤!"

상념에 잠긴 나의 소매를 누군가 잡아당기며 말했다. "엠마! 엠마! 지금 기차가 들어오고 있어요. 어서 입구 쪽으로 갑시다!" 칼과 그의 여자친구가 먼저 달려나갔고, 나도 그 뒤를 따라 뛰고 싶었지만 다리가 마비된 것처럼 말을 듣지 않았다. 나는 바닥에 붙박인 채, 기둥을 잡고서는 격렬하게 뛰는 심장만을 부여잡고 있을 뿐이었다.

이내 친구들이 돌아왔고, 그 사이에 낯선 남자가 흔들리는 걸음으로 친구들 사이를 걷고 있었다. "여기, 사샤가 왔어요!" 칼이 소리쳤다. 그 낯선 남자가 사샤가 맞나 싶었다. 그의 얼굴은 새하얗고, 눈은 커다랗고 흉측한 안경으로 가려져 있었다. 그의 머리에 비해 지나치게 큰 모자는 얼굴을 다 가리고 있는데 그런 그의 모습은 쓸쓸하고 딱해 보였다. 나를 바라보는 그의 눈빛을 느끼며 나를 향해 뻗은 그의 손을 보았다. 공포와 연민에 사로잡힌 나는 그를 내 마음에 꼭꼭 붙들어놓고 싶다는 욕망에 사로잡혔다. 나는 내가 가져온 장미를 그의 손에 쥐여 주고는 내 팔을 뻗어 그를 감싸안고 입을 맞췄다. 사랑과 그리움의 말들이 머릿속에서 불타올랐고, 그것들은 발화되지 않은 채로 남았다. 나는 그의 팔에 거의 매달리다시피 한 채로 조용히 걸었다.

레스토랑에 도착하자마자 칼은 음식과 와인을 주문했고, 우리는 모두 사샤를 위해 잔을 들었다. 사샤는 모자를 벗지 않은 채로 조용히 유령 같은 표정으로 앉아 한 번이나 두 번쯤 다만 고통스럽고 무감한 미소를 지어 보일 뿐이었다. 내가 그의 모자를 벗기자 그는 부끄러워하며 뒤로 물러났다. 주변을 둘러본 그는 말없이 다시 모자를 썼다. 그의 머리가 밀려 있었던 거다. 내 눈에는 눈물이 흘렀다. 그들은 사샤의 모질고 긴 세월에 더해 마지막 모욕을 더했다. 사샤의 머리를 삭발하고 끔찍한 옷을 입혀 그가 세상에 나갔을 때 더 쓰라리도록 만든 것이다. 나는 눈물이 차올라 목이 막혔지만 꾹 참고 부러 명랑한 목소리를 내며 그의 투명할 정도로 창백해진 손을 꽉 잡았다.

사샤와 나는 칼의 집 한쪽 구석 남은 방에 드디어 단둘이 남게 되었다. 우리는 마치 어둠 속에 남겨진 아이들처럼 서로를 바라보았다. 꼭 붙어 앉아 손을 맞잡고, 하나 마나 한 이야기만 하면서 마음에 든 것을 좀처럼 쏟아 내지 못했다. 나는 완전히 지쳐 침대에 누웠고, 사샤는 몸을 잔뜩 웅크린 채 소파에 누웠다. 방은 어두웠고 오로지 사샤의 담배에서 나오는 불빛만이 이따금 어둠을 뚫어 내고 있었다. 나는 답답함과 서늘함을 동시에 느꼈다. 그러다 사샤가 주변을 더듬거리는 소리가 들렸고, 그는 점점 내게 가까이 다가와 떨리는 손으로 나를 만졌다.

우리는 몸을 밀착한 채 꼭 붙어 있었음에도 각자의 생각들로 멀리 떨어져 있었고, 밤의 고요함 속에서 우리의 심장은 뛰었다. 그는 무언가 말을 하려고 하다가 멈추고는 그저 숨만 거칠게 내쉬었다. 그러곤 마침내 격렬하게 흐느끼기 시작했는데, 애써 억누르려 했지만 소용없었다. 그를 뿌리까지 뒤흔드는 폭풍 속에서 그의 고통받는 영혼이 안식을 찾을 수 있기를 바라며 그가 울게 내버려 두었다. 서서히 감정을 추스르고 차분해진 그는 이제 밖에 나가 좀 걷고 싶다고 했다. 그동안 사방의 벽에 짓눌려 살았던 그 아니던가. 나는 그가 문을 닫고 나가는 소리를 들었고, 혼자 남은 나는 깊은 슬픔에 잠겼다. 나는 사샤의 해방을 위한 투쟁이 이제 겨우 시작되었을 뿐임을 확신했다.

잠에서 깨면서 한 생각은 사샤가 혼자 조용한 곳으로 가 있을 필요가 있겠다는 것이었다. 하지만 디트로이트, 시카고, 밀워키, 뉴욕 등에서 집회며 환영식이 마련되어 있었다. 동지들은 그를 하루 빨리 만나고 싶었던 게다. 특히나 젊은 동지들은 자신의 대의를 위해 14년씩이나 무덤에 묻혀 있던 그를 보고 싶어 난리였다. 나는 그를 내버려 두기에는 너무 불안했지만, 한편으로는 그 일들이 다 끝날 때까지 사샤에게 탈출구는 없을 거라는 생각도 들었다. 예정된 일들이 다 끝나고 나면 다시 작은 농장으로 가서 천천히 삶으로 돌아오는 길을 찾을 수 있을 것이었다.

디트로이트 신문은 칼과 우리의 방문에 대한 기사로 도배를 했고, 우리가 도시를 떠나기 전에 내가 버크만과 결혼을 하고 신혼여행을 떠났다는 내용까지 있었다. 시카고에서 기자들은 삼엄한 경찰의 경비 속에서 진행되는 집회와 우리의 활동을 계속해서 추적하고 있었다. 뉴욕 그랜드센트럴 팰리스에서의 환영식에서 사샤는 그 규모와 청중의 열의로 인해 우울감에 빠졌다. 그러나 이제 그 비참한 일정이 다 끝났고 우리는 오시닝의 작은 농장으로 향했다. 사샤는 이에 만족하는 듯했고, 그 자연과 한적함, 조용함을 적이 마음에 들어했다. 이에 나는 그가 드디어 감옥의 그림자로부터 풀려날 수 있을 것이라는 새로운 희망을 품었다.

여러 해 동안 굶주렸던 만큼 그는 게걸스럽게 음식을 먹어치웠다. 그가 먹을 수 있는 음식의 양이 얼마나 많은지, 특히나 그가 제일 좋아하지만 아주 오랫동안 먹지 못했던 유대식 요리를 얼마나 많이 먹을 수 있는지를 보는 것은 놀라운 일이었다. 푸짐한 식사를 끝내고도 이어 블린츠(치즈나 고기가 들어간 유대식 팬케이크)나 큼지막한 애플파이 열댓 개를 곁들이는 것은 그에겐 아무것도 아니었다. 나는 그가 음식을 잘 먹는 것을 보는 것만으로 즐거워하며 요리를 하고 디저트를 구웠다. 내 친구들은 대부분 내 요리에 대해 무조건적으로 칭찬을 하는 습관이 있었지만, 누구도 나의 굶주린 사샤만큼은 아니었다.

우리의 평화로운 전원생활은 수명이 짧았다. 과거의 검은 망령들이 다시 제물을 쫓아와 집 밖으로 내몰고 평화를 빼앗았다. 사샤는 하릴없이 숲속을 돌아다니거나 몇 시간이고 잠자코 땅바닥에 누워 있곤 했다.

시골의 고요가 오히려 내면의 혼란을 가중시켰노라고 그는 말했다. 그는 그걸 견딜 수 없었고, 다시 도시로 돌아가야 했다. 그리고 뭐라도 일거리를 찾아 바쁘게 움직여야 할 텐데, 만약 그러지 않는다면 미쳐 버릴지도 몰랐다. 무엇보다 스스로 생계를 꾸려야 할 것이었다. 그는 단연코 사람들의 지원금을 받지 않을 사람이었다. 이미 동지들이 그를 위해 모금한 500달러를 거부하고 그 돈을 전부 아나키스트 출판물에 기부한 그가 아니던가. 그를 괴롭히는 일은 또 있었는데, 바로 오랜 시간을 함께한 불행한 감옥 동지들에 대한 생각이었다. 평화와 위로 그 어떤 것도 받을 수 없다는 것을 아는데, 어떻게 그 혼자

이 삶을 누릴 수 있겠는가? 그는 재소자들을 대변하고 감옥 안의 공포에 맞서 목소리를 높이겠다고 다짐했다. 그런데도 그는 먹고 자고 떠도는 것 외에는 아무것도 하지 않았다. 더 이상 이러고 있어서는 안 되겠다고 그는 말했다.

나는 그의 고통을 이해했고, 과거에 속박되어 있는 사랑하는 이를 보면서 가슴이 아려왔다. 이스트 13번가 210번지로 돌아온 후, 이곳에서 새로운 생활에 적응하기 위한 투쟁이 더욱 격렬해졌다. 몸이 많이 쇠약해진 사샤가 할 일을 찾는 것은 불가능했고, 새로워진 내 주변환경은 그에게 낯설고 불편하게 느껴졌다. 몇 주, 몇 달이 지나면서 그의 비참함은 더욱 커졌는데 그나마 아파트에 우리끼리만 있거나 막스와 함께 있을 때 그는 좀 더 자유로워 보였다. 하지만 우리를 이따금 찾아오는 젊은 동지 베키 에델슨의 방문은 그다지 반기지 않았다. 내 다른 친구들은 모두 그를 짜증나게 하고 훼방을 놓는 존재였다. 그들의 존재를 견딜 수 없었던 사샤는 언제고 자리를 뜰 구실을 찾아내곤 했다. 집을 나선 후 그는 대체로 새벽쯤 집에 돌아왔다. 그가 방으로 돌아가는 지친 발걸음 소리, 옷도 벗지 않은 채 침대 위로 몸을 뉘이는 소리, 좀처럼 잠들지 못하는 소리를 들었다. 매번 감옥에 대한 끔찍한 악몽으로 잠에서 깰 때면 그는 공포스러운 비명을 질렀다. 그 소리를 들을 때면 나는 피까지 얼어붙는 듯 소름이 끼쳤다. 밤새 무거운 마음을 안고 방을 서성이면서 어떻게든 그가 다시 삶으로 돌아갈 수 있는 길을 찾기 위해 나는 머리를 쥐어뜯었다.

고민 끝에 강의 투어가 그에게 도움이 되지 않을까 하는 생각이 들었다. 어쩌면 그의 마음을 그토록 무겁게 짓누르고 있는 감옥과 그 무참함에 대한 생각에서 조금은 빠져나올 수 있게 도울 수 있지 않을까? 이를 통해 자신의 오래된 믿음을 되찾을 수 있을지도 모르는 일이었다. 다른 도시의 동지들에게 연락하기 전 사샤를 설득하는 일이 먼저였다. 신청을 받자마자 여러 곳에서 요청이 왔고, 그와 거의 동시에 변화가 일어났다. 사샤가 전보다 훨씬 덜 우울해하고 덜 불안해진 것이다. 이제는 나를 만나러 온 친구들과도 더 편안히 이야기 나누는 게 가능해졌다. 뿐만 아니라 『어머니 대지』 10월호 준비에도 관심을 보이기 시작했다.

다음 호에는 촐고츠 사망 5주기를 기념하는 기사가 포함될 예정이었다. 사샤와 막스는 추모기념 아이디어를 지지했지만, 다른 동지들은 촐고츠에 관한 것이라면 그 무엇이든 잡지뿐 아니라 우리 운동의 대의명분에도 해가 될 것이라며 이를 반대했다. 심지어 촐고츠에 대한 기사를 싣는다면 경제적 지원을 철회하겠다는 위협을 하기까지 했다. 『어머니 대지』를 시작하면서 조직이 되었든 개인이 되었든 누구든 정책에 대해 개입하게 두지 않겠다고 스스로 약속한 나였다. 이제 이 반대로 인해 10월호를 촐고츠 헌정호로 하려던 나의 결심을 더더욱 굳히게 되었다.

잡지가 출판되자마자 사샤는 바로 투어를 시작했다. 첫 목적지는 알바니, 시러큐스, 피츠버그였다. 그가 너무 빨리 그 무시무시한 도시로 돌아간다는 건 생각만으로도 끔찍했다. 더군다나 그가 펜실베이니아 감형법 조항에 따라 8년간 당국의 감시를 받는다는 걸 알고 있었던 터라 더욱 그랬다. 그 어떤 경미한 죄목으로도 당국은 언제든 그를 체포하고 22년 형기를 다 채울 때까지 교도소로 돌려보낼 수 있었다. 그럼에도 사샤는 피츠버그에서 강연을 할 예정이었고 나의 바람으로는 그가 그 도시에서 성공적 강연을 마치고 감옥의 악몽으로부터 헤어나올 수 있었으면 했다. 마침내 사샤로부터 피츠버그에서의 강연이 성공적으로 끝났고 아무 일도 없다는 전보를 받았을 때 나는 깊은 안도감을 느꼈다.

사샤의 다음 목적지는 클리블랜드였다. 그 도시에서 첫 집회가 있던 다음 날, 사샤가 간밤에 묵었던 집을 떠나서는 아직 돌아오지 않았다는 연락을 받았음에도 나는 크게 걱정을 하지는 않았다. 그 불쌍한 이가 사람들과의 접촉을 얼마나 두려워하는지 알고 있었기 때문이다. 아마도 혼자 있을 수 있도록 호텔에 갔을 것이고, 저녁 강연에는 틀림없이 모습을 드러낼 것이라고 나는 생각했다. 하나, 자정이 되도록 그는 집회에 나타나지 않았고, 이에 많은 동지들이 걱정을 하고 있다는 소식을 알리는 전보가 왔다. 나 역시 놀라 사샤의 다음 목적지로 예정되어 있던 디트로이트에 있는 칼에게 전보를 보냈다. 그 날의 낮과 불길한 예감으로 가득했던 밤이 가만히 서서 우리를 지켜보는 것만 같았다. 다음 날 조간신문에는 "최근 석방된 아나키스트 알렉산더 버크만 실종되다"라는 커다란 헤드라인이 실렸다.

이 충격으로 인해 나는 극도로 초조하고 불안해졌다. 처음에는 사고가 마비되어 그에게 도대체 무슨 일이 일어났을지 짐작조차 할 수 없었다. 그러다 마침내 두 가지 가능성으로 생각이 좁혀졌다. 하나는 피츠버그 당국에 의해 납치되었거나, 다른 하나는 그가 스스로 목숨을 끊었을 가능성이었다. 애초에 그에게 피츠버그에 가지 말라고 매달리지 못했단 사실이 몹시 화가 났다. 그러나 그가 처했을지도 모르는 위험보다 그가 스스로 목숨을 끊을지도 모른다는 공포가 내게는 더 크게 다가왔다. 우울증에 시달렸던 사샤는 계속해서 살고 싶지 않다고, 감옥이 그를 삶에 부적합한 사람으로 만들었다고 말하곤 했다. 그가 돌아오자마자 나를 떠나가게 만든 이 잔인함에 내 마음은 온힘을 다해 반항하고 있었다. 그의 투어를 제안한 것이 나였다는 사실은 더욱더 뼈아프게 다가오는 부분이었다.

삼일 밤낮 동안, 뉴욕은 물론이고 각 도시에 있는 사람들은 사샤를 찾기 위해 경찰서, 병원, 시체 안치소 등을 수색했지만 성과는 없었다. 크로포트킨과 유럽의 다른 아나키스트들로부터 그에 대한 소식을 묻는 연락이 왔고 삽시간에 수많은 사람들이 내 아파트에 몰려들었다. 이 불확실성으로 인해 견딜 수 없는 지경이 된 가운데, 사샤가 극단적인 조치를 취할지도 모른단 사실이 두려웠다.

나는 연설을 위해 뉴저지 주 엘리자베스에 가야 했다. 공인으로서의 오랜 생활에서 배운 것은 대중에게 사적인 기쁨이나 슬픔을 드러내지 말라는 것이었다. 하지만 지금 나를 온통 사로잡고 있는 이 생각들을 어떻게 숨길 수 있단 말인가? 연설은 몇 주 전부터 이미 약속되었던 것이라 어쩔 수 없이 참석해야 했고, 막스가 나와 동행해 주었다. 그가 기차표를 사두었고 우리는 기차역에 거의 다다른 참이었다. 그때 갑자기 불길한 재앙의 예감이 엄습해 왔다. 나는 멈춰서서 외쳤다. "막스! 막스! 나 못 가겠어. 지금 당장 아파트로 돌아가야 할 것 같아요. 뭔가가 나를 부르고 있어요." 그는 내 말을 이해하고는 다시 돌아가라고 했다. 내 불참의 이유에 대해서는 자신이 잘 설명할 터이니 개의치 말고 가라고 했다. 연설은 자신이 하면 된다면서. 나는 서둘러 뉴욕행 첫번째 페리를 타기 위해 걸음을 옮겼다.

집에 거의 도착했을 때 아파트 근처에 있던 베키가 나를 향해 뛰어오며 노란색 종이를 열성적으로 흔드는 게 보였다. “당신을 얼마나 찾아다녔는지 몰라요!” 베키가 소리쳤다. “사샤가 살아 있대요. 지금 14번가 전신국에서 당신을 기다리고 있어요!” 심장이 목구멍까지 뛰어오르는 것만 같았다. 베키가 들고 있던 종이에는 “어서 와주오. 여기서 당신을 기다리고 있소”라고 쓰여 있었다. 나는 14번가를 향해 전속력으로 달렸고 사무실에 도착해서 사샤를 드디어 마주했다. 그는 작은 가방을 옆구리에 끼고는 벽에 기대어 있었다.

나는 울음을 터뜨렸다. “사샤! 내 사랑… 드디어!” 내 목소리에 그는 마치 끔찍한 꿈에서 깨어난 듯 정신을 차렸다. 그의 입술은 움직였지만 아무 소리도 나오지 않았다. 오직 그의 눈만이 그의 고통과 절망을 말해 주고 있었다. 나는 그의 팔을 잡고 그를 진정시켰고 그의 몸은 사시나무 떨듯 떨리고 있었다. 우리 집에 거의 도착할 무렵 그가 소리쳤다. “여기는 안 돼, 여기는 안 돼! 당신 아파트에선 아무것도 보이지 않아!” 잠시 동안 나는 무엇을 해야 할지 몰라 머뭇거리다가 곧 삯마차를 불러 파크 애비뉴 호텔로 가달라고 했다.

저녁 시간이 가까워진 호텔 로비는 손님들로 가득 차 있었다. 이브닝드레스를 입은 사람들의 대화와 웃음이 다이닝홀에서 흘러나오는 음악소리와 어우러져 들려왔다. 우리가 방에 있을 때 사샤가 어지러워지는 바람에 내 부축을 받아 소파 쪽으로 이동하다가 그 위에 푹 쓰러지고 말았다. 데스크에 전화를 걸어 위스키와 따뜻한 스프를 주문했다. 사샤는 허겁지겁 마셨는데, 아마도 덕분에 조금 기운을 차린 것 같았다. 사흘 동안 그는 아무것도 먹지도 않고 옷을 벗지도 않았다. 목욕물을 받고서 그가 옷 벗는 것을 도와주려고 하던 중 내 손에 강철 같은 물체가 닿았다. 그가 바지 뒷주머니에 숨기고 있던 것은 리볼버 권총이었다.

목욕을 마치고 뜨끈한 음료를 마신 후 사샤가 드디어 입을 열었다. 뉴욕을 떠나는 순간부터 투어를 한다는 생각을 견딜 수 없었노라 말했다. 매 강연이 다가올 때마다 공포에 사로잡히고 그곳을 도망치고 싶다는 생각만 간절했다고 말이다. 집회의 참석률은 낮았을뿐더러 정신 역시 결여되어 있었다. 그가 묵게 된 동지들의 집은 그를 위한 별도의 공간이 마련되어 있지도 않았고 어수선하고 정신이 사나웠다. 이보다 더 끔찍한 것은 사람들이 끝도 없이 해대는 질문이었다. 이 모든 것들에도 불구하고 그는 강연 투어를 이어 나갔다. 피츠버그에서 경찰과 형사, 교도관들의 존재가 그의 투지를 불러일으킴에 따라 그의 우울증도 어느 정도 완화되는 듯했으나 클리블랜드에 도착한 순간부터 끔찍함의 연속이었다. 우선 역으로 마중 온 사람이 없었기 때문에 동지들이 있는 곳을 찾는 것부터가 크나큰 난관이었다. 저녁 시간 청중들은 규모도 작고 열의도 없었다. 그럭저럭 강의가 끝나고 그가 묵을 동지의 집으로 향하는데, 그곳은 너무나도 멀었다. 장시간의 이동 끝에 지치고 거의 죽을 만큼 힘에 부친 그는 깊은 잠에 빠졌다. 그러다 한밤중에 깨어났을 때 웬 낯선 남자가 자기 옆에서 코를 골며 자고 있는 것을 발견하고는 식겁했다. 수감 기간 동안 거의 독방생활을 했던 그로서는 타인과 가까이 있는 것만으로 이미 고문이었다. 그는 혼자 있을 수 있는 장소를 찾기 위해 서둘러 집 밖으로 나와 시골길을 걸었다. 그러나 평화는 찾을 수 없었고, 자신이 삶에 부적합하다는 느낌을 떨쳐 낼 수도 없었다. 하여, 그것을 끝내야겠다고 결심하게 된 것이다.

그날 아침 도시까지 걸어간 사샤는 권총 하나를 샀고, 버펄로에 가기로 결정했다. 그곳이라면 아무도 자신을 모르고, 살았든 죽었든 자신을 찾는 이가 없을 거라 생각했기 때문이다. 밤낮으로 도시를 배회했지만 어째서인지 뉴욕은 그를 끌어당기고 있었고, 그는 이를 거부할 수 없었다. 마침내 뉴욕으로 와서 31번가 210번지 주변을 어슬렁거리며 이틀 밤낮을 보냈다. 자신을 알아보는 사람을 만날까 봐 두려워하면서도 계속 그 주변에 있었다. 바워리에 구한 너저분하고 조그만 방으로 돌아올 때마다 그는 삶을 끝내기 위해 권총을 집어들곤 했다. 실행을 결심한 그날, 근처 공원으로 갔다가 그곳에서 노는 어린 아이들의 모습을 보고서 그의 마음은 자신의 과거와 '선원 아가씨'에게로 향했다. "죽기 전에 당신을 한 번 더 보지 않으면 안 된다는 걸 알았지." 그의 이야기는 그렇게 끝났다.

이야기를 듣고 난 후 숨이 막혀 왔다. 그 흐름을 끊을 수도 없었거니와 끊는 게 두렵기도 했다. 사샤가 내면에서 겪는 갈등이란 건 너무나 압도적이어서 내가 지난 삼일간 겪은 불확실함에 대한 괴로움은 그에 비하면 아무것도 아니었다. 이미 수천 번도 더 죽음을 겪고, 또다시 삶에서 도망치려 애쓰는 이 남자를 보면서 끝도 없는 애정이 솟아나 나를 가득 채웠고, 불행한 친구를 쫓는 이 불길한 기운을 물리치고 싶다는 타는 듯한 갈망에 사로잡혔다.

나는 손을 뻗어 그의 손을 잡고서 함께 집으로 돌아가자고 간청했다. “집에는 스텔라밖에 없어요. 제발.” 나는 사정을 했다. “아무도 당신을 방해하지 않도록 내가 단속할게요.” 집에 돌아왔을 때, 스텔라와 막스, 베키가 우리를 초조하게 기다리고 있었다. 사샤를 내 방으로 데려가 침대에 눕히자 그는 마치 지친 아이처럼 곤히 잠이 들었다.

사샤는 며칠 동안 거의 침대에만 누워 있었다. 대부분의 시간은 잠을 잤고, 깨어 있는 동안에도 주변 환경을 겨우 절반 정도만 인식하는 듯했다. 막스와 스텔라, 베키가 그를 돌아가며 보살피면서 나를 안심시켰다. 나는 그 누구도 내 아파트의 조용함을 방해하도록 내버려 두지 않았다.

젊은 아나키스트 한 무리가 촐고츠와 그의 행위에 대한 논의를 하기 위한 모임을 조직했는데 그 모임에서 세 명의 젊은이들이 체포되었다. 어느 날 아침 시끄럽게 울리는 벨소리에 일어나 그 체포 소식을 들을 때까지, 나는 이에 대해 아는 바가 전혀 없었다. 우리는 즉시 언론의 자유를 억압하는 당국에 항의하기 위한 집회를 소집했고, 이 집회에서는 볼튼 홀, 해리 켈리, 존 코옐, 막스 바긴스키, 그리고 내가 연사로 예정되어 있었다. 집회 당일, 상태가 조금씩 나아지기 시작한 사샤가 집회에 참석하기를 원했다. 하지만 집회에 참석했다가 괜히 그의 상태가 안 좋아질까 봐 걱정이 된 나는 대신 스텔라와 함께 극장에 가는 것은 어떠냐고 제안했다.

내가 막스와 코옐 부부와 함께 강당에 도착했을 때 소수의 청중이 있긴 했으나 벽은 경찰로 빼곡히 차 있었다. 이전 집회에서 체포된 베키의 남동생 줄리어스 에델슨은 볼튼 홀이 보석으로 빼내 주었는데, 그가 이제 막 연단에 오른 참이었다. 한 10분 정도 연설이 진행되었을 무렵 한바탕 소란이 시작되었다. 경찰관 몇몇이 연단으로 올라와 줄리어스를 끌어내렸고, 또 다른 경찰 무리는 청중들 쪽으로 진입해 사람들을 의자에서 끌어내고 여자들의 머리채를 잡고 휘둘렀다. 남자들은 경찰들에게 곤봉으로 매질을 당하고 있었다. 울고불고 욕을 내뱉는 소리와 함께 청중들은 출입구 쪽을 향해 달렸다. 내가 막스와 함께 연단 계단에 이르렀을 때 한 경찰이 막스를 바닥으로 거의 내동댕이치다시피 하며 세게 발길질을 했다. 또 다른 경찰관 한 명은 내 등을 때리며 내가 체포되었음을 알렸다. "우리가 찾던 게 바로 당신이지!" 그는 거칠게 소리를 내질렀다. "제대로 항의하는 법을 알려줘야겠구만!" 순찰차에 탄 나는 '위험한 범죄자들' 11명을 발견했다. 그들은 모두 소위 범죄집단으로 분류된 조직의 젊은 남녀였다. 볼튼 홀과 해리 켈리, 코엘 부부는 경찰의 손아귀에서 간신히 탈출했고, 우리는 기소 시까지 보석으로 나올 수가 있었다.

우리의 체포로 인한 긍정적 결과가 하나 있었는데, 그것은 바로 사샤의 투지를 불러일으켰다는 사실이었다. "내가 부활할 때가 온 것 같소!" 그는 집회에서의 일을 듣고 눈물을 흘렸다. "이제 내게도 할 일이 있소!" 사샤가 되살아난 것에 대한 기쁨과 체포된 젊은이들이 직면한 위험에 대한 깨달음으로 나는 힘과 활력을 얻었다. 우리는 곧 휴 펜테코스트와 메이어 런던을 법률 고문으로 두고, 미국과 외국의 동지들로부터 물질적 지원을 받아 투쟁을 준비했다. 경찰 심문에서 이미 우리에 대한 혐의점이 없다는 것이 증명되었음에도, 주목을 받고 싶었던 지방검사는 재판에 나섰다. 아나키스트들로부터 도시를 구하는 것만큼 사람들의 찬사를 받기 쉬운 방법이 또 있을까? 아나키스트 범죄화 법안으로 인해 이제 우리를 공격하는 것은 식은 죽 먹기였다. 판사는 당장이라도 지방검사의 요구를 들을 준비가 되어 있는 사람처럼 보이긴 했지만, 그 앞에 있는 아나키스트 범죄자들이 너무나 어리고 무해해 보였으므로 이들이 배심원들로부터 유죄 판결을 받기 쉽지 않을 거라 생각했는지 자신의 체면을 위해 추가조사 명목으로 우리를 붙잡아 두고 있었다.

이러한 경우 확실히 짚고 넘어가는 편을 선호했지만, 내가 강연을 계속할 수 있다는 면에서 이런 지연은 마땅히 환영할 만한 일이었다. 그러나 경찰은 영어로 이루어지는 모든 아나키즘 활동을 체계적으로 급습했고, 집회를 탄압할 적에도 공개적인 방식이 아닌 좀 더 교묘한 방식을 사용했다. 강당을 관리하는 이들을 겁박하여 사실상 뉴욕의 어떤 공적 장소에서도 나의 연설이 이루어질 수 없게 한 것이다. 『어머니 대지』 출간 기금 마련을 위한 가면무도회처럼 하등 해로울 것 없는 일조차 강제해산을 당했다. 오십여 명의 경찰관들이 강당으로 들어와 사람들의 가면을 찢으며 내쫓았다. 자신들이 원하는 종류의 문제가 일어나지 않자 경찰은 건물주로 하여금 강제로 강당을 폐쇄시켰다. 참으로 크나큰 금전적 손실이었다.

우리는 '어머니 대지 클럽'을 조직해 매주 다양한 주제로 강의를 하고 뮤지컬 공연을 올리기도 했다. 경찰들은 분노했다. 우리를 해산시키려 9주 동안 우리를 집요하게 괴롭혔지만 우리가 여전히 무너지지 않았기 때문이다. 저들의 신성한 제도인 법과 질서를 구하기 위해 더 극적이고 위협적인 조치를 생각하지 않으면 안 되었던지, 당국은 집회에서 연설자로 예정된 알렉산더 버크만, 존 코옐, 엠마 골드만을 모두 체포했다. 마침 강당 문 앞에 있던 열다섯 살짜리 소년도 반-아나키스트 법률에 의거해 함께 체포되었다. 나는 2주 전 브루클린 철학 학회에서 강연했던 내용인 '아나키즘에 대한 오해'에 대한 연설을 하려고 마음먹고 있었다. 강의를 했던 그날도 새롭게 꾸려진 '아나키스트 분대' 소속 형사들이 참석했지만 공권력 개입은 없었다. 아무리 연설자가 엠마 골드만이라 하더라도 아나키스트 조직이 아닌 곳에서 체포를 감행할 수는 없었기 때문이었으리라. 이를 통해 어쩌면 브루클린 철학자들은 미국에서 자유를 파괴하는 것은 아나키즘이 아니라 경찰 권력이라는 것을 배웠을지도 모를 일이다. 경찰서로 가는 길에 아나키스트 분대 소속 경사 한 명이 나에게 대중 선동을 그만둘 생각이 없는지를 물었다. 내가 그 어느 때보다 더 결심이 굳어졌다고 대답하자 그는 앞으로도 내가 대중 앞에서 연설을 할 때마다 체포될 것임을 통보했다.

한동안 사샤는 정말로 자신을 되찾은 것처럼 보였고, 우리가 함께하는 삶과 일을 계속 같이 해나갈 수 있을 것처럼 보였다. 우리가 체포된 날을 기점으로 활동에 열의를 보이긴 했지만 두 달여가 지나고 감옥에서부터 죽 그를 따라다녔던 우울감이 다시 그를 덮쳐와 운동에 대한 열의는 다시 사라지고야 말았다. 그가 생각하기에 자신의 우울감 중 큰 요인은 내게 물질적으로 의존하고 있다는 사실이었고, 이는 사샤를 몹시 갉아먹고 있었다. 그를 이 생각으로부터 벗어나도록 돕기 위해 사샤가 작은 인쇄소를 차릴 수 있을 만큼의 돈을 빌려줄 친구를 찾아냈다. 실제로 이를 계기로 사샤의 영혼이 되살아나는 듯했고, 그 또한 이 사업을 발전시키기 위해 부지런히 일하기 시작했다. 이제는 작은 일감도 받아서 할 수 있을 정도로 온전한 인쇄소의 꼴을 갖추게 되었다. 하지만 행복은 그리 오래 지속되지 않았고 또 다른 어려움이 닥쳐 왔다. 식자공으로서 사샤가 인쇄공의 일을 하는 것이 허용되지 않았기 때문에 그는 조합 소속이 될 수 없었는데, 그렇다고 해서 또 인쇄공을 고용하게 된다면 어쩔 수 없이 착취구조가 발생하기 때문이었다. 그는 내가 마사지 샵을 차릴 때 겪었던 것과 같은 처지에 놓였고, 다른 사람의 노동으로 살아가거나 비노조 일을 하는 바에야 인쇄소를 포기하는 게 낫다고 판단했다. 그의 오랜 비참함이 다시금 밀려왔다.

내가 시간 속에서 깨달은 한 가지는 사샤를 괴롭히고 있는 것은 단순히 생계문제가 아니라 그가 직면해야 할 더 깊고 쓰라린 문제, 즉 1892년 속 그의 이상과 1906년의 현실 사이의 간극이었다. 고작 스물한 살에 감옥에 갇힌 그가 가졌던 이상의 세계는 시간의 흐름을 거슬렀다. 그럴 수 있었다는 것이 아마도 그에게는 다행이었을 것이다. 14년이라는 끔찍한 시간 동안 그의 정신적 지주가 되어 주고 또 암울한 수감생활에 한 줄기 빛을 비추는 별이기도 했기 때문이다. 그건 심지어 운동과 그의 동료들, 특히 나에 대한 그의 마음의 눈을 채색하기도 했을 것이다. 그 시간 동안 삶은 나를 쫓아내고 사건들의 격동 속으로 나를 몰아넣고, 가라앉거나 헤엄치게 했다. 나는 이제 더 이상 사샤가 마지막으로 기억하는 '선원 아가씨'가 아니었다. 나는 엄청난 변화를 겪어 낸 서른일곱 살의 여자였다. 그가 기대하고 바랐던 오랜 틀에 나는 더 이상 맞지 않았고, 석방된 사샤는 거의 즉각적으로 그것을 느낄 수 있었다. 물론 그는 미숙한 소녀의 껍질에서 솟아오른 성숙함을 이해하려고 부단히 노력하긴 했지만, 자주 실패했고, 분개한 나머지 비판적이 되었으며 종종 내 삶과 나의 의견들, 나의 친구들을 비난하곤 했다. 그는 내가 지적으로 냉담하고 혁명에 있어 모순적이라고 비난했다. 그가 내게 던지는 모든 공격은 나를 깊은 곳까지 찔러 슬픔에 잠기게 했다. 이따금 그를 다시는 만나지 않게 먼 곳으로 확 떠나 버리면 어떨까 하는 생각도 했지만 나의 고통보다 더 큰 무언가가 기어이 나를 끌어다 앉혔다. 바로, 그가 한 일과 그 때문에 그가 치른 대가에 대한 기억이었다. 내가 마지막 숨을 내쉴 때까지 그와 나를 묶어 주는 가장 강한 연결고리는 바로 이 기억일 것임은 자명했다. 우리의 젊음과 사랑에 대한 기억은 희미해질지라도, 그가 겪은 14년간의 시련과 고난은 내 마음에서 결코 지워지지 않을 것이다.

이 괴로운 상황을 해소할 수 있는 방법이 내가 『어머니 대지』 투어를 떠나야 하는 긴급한 필요성 속에서 제시되었다. 바로, 사샤가 잡지의 편집장을 맡는 것이었다. 이 일은 그를 조금이나마 답답한 감정에서 해방시키고, 그가 좀 더 자유로운 표현수단을 찾는 데 도움이 될 것이었다. 그는 막스를 좋아했고, 볼테린 드 클레어, 시어도어 슈뢰더, 볼튼 홀, 히폴리테 하벨 등, 잡지를 도울 수 있는 사람들 또한 있었다. 사샤는 나의 계획을 기다렸다는 듯이 수용했는데, 우리가 만나자마자 이렇게 곧바로 떨어져 있어야 한다는 사실에 내 마음이 얼마나 힘든지를 그가 눈치채지 못한 것에 나는 안도했다. 얼마나 열렬히 기다리던 그의 출소이던가. 하지만 이제, 애타게 기다려 온 그 첫번째 기념일마저도 그와 함께 있을 수 없었다.

휴 O. 펜테코스트의 죽음은 그를 잘 알고 또 그의 업적을 높이 평가해 온 우리 모두에게 큰 충격으로 다가왔다. 그의 아내가 우리에게 소식을 전하지 않은 까닭에 우리는 언론을 통해 그의 부고를 접했다. 펜테코스트에게는 화장이 인간 유해를 더 아름답게 처리하는 방식이라는 믿음이 있었다. 사람들은 당연히 그가 화장될 것이라 생각하고 그에 맞추어 근조화를 보낼 계획을 세우고 있었는데 그의 유해가 화장되지 않고 매장되었으며 종교의식에 따라 장례를 치렀다는 이야기를 듣고서 우리는 크게 놀라지 않을 수 없었다. 펜테코스트가 평생 깊이 간직한 것 중 하나가 자유사상이었다는 점을 생각하면, 이는 그야말로 아이러니한 일이었다. 그의 정치적 입장이 많은 변화를 겪어 온 것은 사실이다. 단일세론자에서 사회주의자, 그리고 아나키스트까지. 그는 동시에 그 모든 것이기도 했고 아니기도 했다. 종교와 교회에 대한 태도는 이와는 달랐는데, 그는 번복 없이 절대적 무신론자였던 것이다. 그런 까닭에 그의 무덤 앞에 선 목사의 존재는, 그의 기억에 대한 최악의 무례인 동시에 자유사상가 친구들에 대한 모욕이었다. "괜찮게 사는 것은 정말 어려운 일이지만, 품위 있게 죽는 게 더 어려운 일이야"라고 펜테코스트가 내게 자주 들려주었던 그의 무의식적인 두려움이 현실로 나타나는 것만 같았다. 또 하나 그가 자주 했던 말 중 하나는 사랑이 증오보다 탈출하기 더 어렵다는 것이었다. 부드러운 팔과 상냥한 말들이 사슬보다 우리를 더 강하게 옭아맨다는 뜻이었다. 그가 그토록 자주 번복했던 사회적 아이디어들의 이면에는 그 '부드러운 팔'로부터 떨어져 나오지 못하는 그 자신의 무능력함이 있었던 것이다. 그로 인해 그는 뉴욕 지방검사보 자리를 차지하려는 야망을 이룰 때까지, 사실 시카고 아나키스트의 가장 든든한 옹호자였음에도 그들에 대한 기억을 기만하는 행동을 하기까지 했다. "헤이마켓 재판에서 정의가 실현되지 않았다라고 말했던 것은 나의 실수일 수도 있다"라고 선언했던 것이다. 살아서나 죽어서나 휴 O. 펜테코스트는 자기 자신에게 충실할 수 없는 사람이었다.

러시아를 위한 우리의 활동은 그리고리 게르슈니의 도착으로 활기를 찾았다. 그는 드럼통 속에 숨어 시베리아를 탈출하여 캘리포니아를 통해 미국으로 들어왔다. 게르슈니는 학교 교사로, 대중의 교육을 통해서만 러시아가 로마노프 가문의 멍에에서 벗어날 수 있다고 믿는 사람이었다. 수년 동안 그는 열성적인 톨스토이주의자였고, 모든 형태의 적극적인 저항에 반대입장을 취해 왔었다. 그러나 도무지 끝날 줄 모르는 폭압과 전제주의의 폭력은 게르슈니로 하여금 조국의 전투적 혁명가들이 취하는 방법이 사실상 불가피하다는 것을 점차적으로 깨닫게 했다. 그는 사회주의 혁명당 투쟁조직에 가입해 곧 조직의 리더그룹이 되었다. 사형선고를 받았지만, 종신형으로 감형되면서 최종형이 확정되고 시베리아에서 수감생활을 하게 되었다.

그간 내가 만나 온 모든 위대한 러시아인들이 그렇듯, 그리고리 게르슈니 역시 놀라울 정도의 단순함을 유지하는 사람이었는데, 자신의 영웅적인 삶에 대해서는 극도로 말을 아끼고, 러시아 대중의 해방에 대한 비전에 있어서 개인적인 이익은 전혀 생각지 않는 사람이었다. 무엇보다도 그에게는 많은 러시아 반군들에게 결여된 예리함과 실용성, 정확성, 책임감이 있었다.

뉴욕에 머무는 동안 이 특별한 남자를 볼 기회가 많이 있었다. 그가 탈출을 하는 데 있어서 젊은 아나키스트 두 명의 도움이 컸다는 것을 알게 되었는데, 그들은 감옥의 목공 작업장에서 일하면서 게르슈니가 들어갈 드럼통에 육안으로는 볼 수 없는 공기구멍을 능숙하게 뚫고 후에 그를 거기에 넣어 탈출시킨 것이다. 게르슈니는 비록 나이는 어리지만 혁명적 열정에 있어서는 너무나 용감하고 믿음직한 두 소년의 헌신과 대담함을 칭찬하는 일을 멈추는 법이 없었다.

이 무렵 우리는 『어머니 대지』의 첫번째 생일을 준비하기 시작했다. 이 잡지가 지난 열두 달 동안의 고난과 어려움을 이겨 냈다는 것이 도무지 믿기 어려웠다. 뉴욕의 일부 문인들이 잡지에 글을 기고하겠다는 약속을 철회했던 것은 내 '아이'에게 불어닥친 많은 역경 중 하나일 뿐이었다. 이들은 처음에는 잡지 일에 꽤 열정적이었다. 『어머니 대지』가 예술의 기반으로서 자유와 삶의 풍요를 요청하는 기조하에 운영된다는 것을 알기 전까지는. 대부분의 사람들에게 예술은 현실로부터의 도피를 의미했다. 그렇다면 그들에게 삶의 구애를 청하는 것들을 지원하는 일이 과연 가능이나 할까? 그들은 갓 태어난 아이가 스스로 움직이게 방치했다. 하지만 그들의 빈자리는 곧 더 용감하고 자유로운 정신들로 채워졌다. 레너드 애벗, 사다키치 하르트만, 앨빈 샌본과 같은 사람들은 모두 삶과 예술을 반란의 두 불꽃으로 여겼으니 말이다.

이 어려움을 극복하자, 동료들의 비난이라는 또 다른 어려움이 찾아왔다. 『어머니 대지』가 충분히 혁명적이지 않다는 것이 그들의 주장이었으며 그 이유는 말할 것도 없이 아나키즘을 교리로 다루기보다는 해방의 이상으로 다루고 있기 때문이라는 것이었다. 다행히 많은 동지들이 내 편에 서서 잡지에 아낌없는 지원을 보내 주었다. 그리고 나의 가까운 친구들, 심지어 아나키스트가 아닌 이들까지도 잡지 출판과 계속되는 경찰의 박해에 맞서 내가 벌이는 투쟁들에 충실히 함께해 주었다. 전반적으로 보자면 이 해는 『어머니 대지』의 미래에 대한 약속으로 가득 찬 풍요롭고 유익한 한해였다.

31

아나키스트 범죄혐의에 대한 심리는 반복적으로 연기되다가 마침내 완전히 중단되었다. 덕분에 나는 1897년 이후 처음으로 서부 해안지역까지의 투어를 마음 편히 떠날 수 있었다. 그간은 콜럼버스, 털리도, 디트로이트 등 그리 멀지 않은 지역일지라도 이미 내가 떠나기도 전에 경찰에 의해 집회가 중단되었던 탓이다.

털리도 당국이 특별히 더 비난받아 마땅한 이유는 털리도의 시장이 톨스토이주의자이면서 철학적 아나키스트로 알려진 진보적 사상가 브랜드 위틀록이었기 때문이다. 나는 스스로를 '철학적 아나키스트'라고 부르는 미국의 개인주의자들을 적지 않게 만났다. 좀 더 알게 되면 그들은 실상 철학자도, 아나키스트도 아니라는 사실이 분명해졌으며, 언론의 자유에 대한 그들의 믿음에는 항상 '그러나'가 따라다녔다.

위틀록 시장은 표현의 자유와 언론의 용감한 옹호자 그룹이었고 본인이 단일세론자이기도 했다. 사실, 단일세론자들은 경찰의 간섭에 맞서 싸우는 나의 투쟁을 항상 가장 먼저 지지해 준 그룹이었다.

그런 까닭에 자신이 단일세론자이면서도 다른 여느 공무원들과 똑같이 자의적 태도를 취하는 위틀록 시장에게 놀라지 않을 수 없었던 것이다. 나는 그의 추종자들에게 위틀록 시장의 행동이 과연 설명 가능한 일인지를 물었다. 놀랍게도 그들은 위틀록 시장이 내가 당시 파업중이던 자동차 노조에 문제를 일으킬 목적을 가지고 털리도에 왔다고 믿고 있음을 알려주었다. 노사간의 원만한 합의를 추진하던 그로서는 내가 그곳에서 발언하지 않는 것이 최선이라고 판단했던 것이다.

나는 그들에게 말했다. "당신네 시장이 생각하는 그 합의라는 것이 파업에 참가한 노조가 아닌 사용자에게 이익이 될 거라는 걸 알고 있었다는 건 분명해졌네요. 그렇지 않다면 나의 발언을 두려워할 이유가 없죠."

나는 털리도에 도착하기 전까지 파업에 대해서는 알지도 못했고, '아나키즘에 대한 오해'에 대한 강연을 하러 왔을 뿐임을 알렸다. 그러나 파업노동자들이 내게 강연을 요청한다면 가장 나쁜 중재자이자 경제 투쟁의 중추를 무너뜨리는 조력자인 정치인들을 피해야 한다고 조언할 것이라며 짐짓 명랑한 투로 말했다. 이 말은 즉각적으로 미국의 자유주의자 그룹의 귀에 들어갔고 그들은 서둘러 나를 위한 특별 집회를 마련하기 시작했다.

자유주의자 그룹에서도 가장 활기 넘치는 사람은 케이트 B. 셔우드 부인이었다. 나이가 지긋한 셔우드 부인은 노예제가 있던 시절 도망노예들을 안전한 곳으로 대피시키는 일을 도왔는데 세월이 흘러도 변함없는 사람이었다. 열정적인 페미니스트이자 경제와 교육 분야에 있어서 대단한 자유주의자인 그녀는 몹시 사랑스럽기까지 했다. 추측건대 셔우드 부인이 시장에게 강하게 항의를 한 것 같았다. 왜냐하면 털리도 시 당국이 더 이상 내 강의에 간섭하지 않게 되었기 때문이다.

미니애폴리스에서도 재미있는 일이 있었다. 나는 '스푹[유령] 클럽'으로 알려진 전문직종 남성들의 그룹에 연사로 초대되며 "지금까지 거룩한 스푸커들의 신성한 자리에 들어간 여자는 없었는데 내가 특별히 예외가 되었다"는 말을 들었다. 하지만 나는 그런 특별한 자격 같은 걸 믿는 사람이 아니었기에 클럽에 편지를 써 나는 간호사로 일하며 죽은 사람을 안치할 때조차 긴장한 적이 없었지만 살아 있는 시체들을 혼자서 마주하는 것은 당황스러운 일이라고 했다. 그러면서 씩씩한 여성 동지들이 몇 명 있다면 스푸커들을 묻어 버릴 수 있을 거라는 내용의 요청을 했다. 불쌍한 스푸커들은 아연실색했다. 내 요청에 동의하는 것은 조직 내에 여성이 침입하는 위험을 수반하는 일이기 때문이었다. 하지만 이를 거절한다면 자기네들을 대중의 조롱에 노출시키는 셈이었다. 그 백합처럼 순결하던 남성적 자만심이 끝내 고개를 떨구고, 그들로부터 "엠마 골드만, 당신의 부대를 데려와도 좋습니다. 하지만 결과에 대한 책임은 져야 할 겁니다"라는 말을 들었다. 여성 동지들과 나는 클럽에 가히 혁명이라 할 정도의 것을 불러일으켰다. 머릿속에서가 아니라 스푸커들의 마음속에 말이다. 우리는 그들로 하여금 아직도 만연한 남성이나 여성들만의 배타적인 모임만큼이나 지루한 것은 없음을 여실히 느끼게 했다. 이번 일을 계기로 사람들은 자연스럽고 편안한 방식으로 성에 대한 집착에서 자유로워지는 것을 느끼게 되었고 우리는 몹시 흥미로운 저녁을 보낼 수 있었다. 정말이지 나는 그것이 스푹 클럽 역사상 가장 자극적인 지적 훈련이자, 또한 포복절도할 만한 사건이었다고 확신할 수 있었다.

나를 대하는 스푸커들의 자유로운 태도는 지난 6년간 아나키즘에 있어서 일어난 전반적 변화의 일부일 뿐이었다. 이제 기사를 내는 언론의 어조도 그다지 보복적이지만은 않았고, 털리도, 신시내티, 토론토, 미니애폴리스, 위니펙의 신문사들은 내 집회에 대한 기사를 꽤 근사하게 실어 주기까지 했다. 위니펙의 신문에 실린 긴 사설에는 이런 내용이 실려 있었다.

> 엠마 골드만은 그간 위니펙에서 언론의 자유를 남용했다는 비난을 받아 온 바 있고, 이와 더불어 아나키즘은 살인을 옹호하는 체제라는 비난을 받아 왔다. 사실을 말하자면 엠마 골드만은 위니펙에 머무는 동안 위험한 선동을 하는 일이 없었고, 지혜나 논리에 대한 온건한 비판 이상의 발언을 하는 법이 없었다. 또한, 아나키즘이 폭탄을 던지는 일이나 폭력을 가르친다고 주장하는 사람은, 자신이 무슨 말을 하는지도 모르는 사람이라 해야 할 것이다. 아나키즘이란 현재는 물론이고 이후로도 그야말로 완전히 불가능에 가까운 이상적인 교리이다. 세상에서 가장 출중하고 뛰어난 사람들 중 일부가 이를 믿고 있다. 톨스토이가 아나키스트라는 사실 하나만으로도 아나키즘이 폭력을 가르치는 사상이 아니라는 게 분명하다 할 것이다.
>
> 사람들에게는 아나키라는 꿈을 비웃을 권리가 있다. 또한 엠마 골드

만의 가르침에 동의하거나 동의하지 않을 권리도 있다. 그러나 그녀가 하지도 않은 말을 비난하거나, 반폭력을 설파하는 교리를 두고서 폭력적이고 피비린내 나는 것으로 비난하면서 우리 스스로를 우스꽝스럽게 만들어서는 안 될 것이다.

전국순회 강연을 마치고 6월 말이 되어 뉴욕으로 돌아왔다. 그 사이 『어머니 대지』의 구독자 수는 상당히 늘어 있었고, 잡지가 휴지(休止) 중인 여름 동안에는 출간기금을 마련하기 위한 여타의 출판물 판매로 상당한 자금을 충당할 수 있었다.

올해 초봄, 유럽의 동지들이 8월경 네덜란드 암스테르담에서 아나키즘 대회를 개최할 것을 선언함에 따라 내가 방문한 도시의 일부 그룹에서도 내게 대표로 모임에 참석해 줄 것을 청했다. 동지들의 신임을 얻는 일은 영광스러운 일이었을 뿐 아니라 유럽은 내게 언제나 매혹적인 곳이었다. 하지만 내 옆엔 사샤가 있었다. 출소한 지 이제 겨우 1년이 되었는데 그나마도 투어 일정 때문에 그와 몇 달간 떨어져 있었다. 나는 사샤를 만나 그의 투옥으로 인해 생긴 우리 안의 넓은 틈을 메우고 싶었다.

내가 없는 동안 『어머니 대지』에서 사샤는 엄청난 일을 해내고 있었다. 그의 글에서 나오는 활력과 생각의 명료함은 모든 이를 놀라게 하기 충분했다. 게다가 그가 감옥에 들어갈 때 영어를 하지 못한 채였다는 점과 출판용으로 글을 쓴 적이 없다는 사실을 감안하면 더더욱 놀라운 성취였다. 투어를 하는 넉 달 동안 그가 보내 온 편지에서 그는 우울증을 극복한 듯 보였으며 잡지와 내 작업에 큰 관심을 보였다. 사샤와 그가 하고 있는 노력이 대견했고, 그가 외부 세계로 다시 발걸음을 내디딘 이후로 우리 두 사람의 하늘을 가리고 있던 먹구름을 걷어 낼 수 있을지도 모른다는 희망이 부풀어 올랐다. 이런 것들을 고려했을 때 암스테르담에 가는 게 망설여지는 건 당연했다. 나의 암스테르담행에 대해선 뉴욕에 도착한 후에 결정하겠노라고 동지들에게 일러 두었다.

여행에서 돌아와 만난 사샤는 내가 그를 떠날 때와 똑같은 정신적 혼란을 겪고 있었다. 자신의 행동에 영감을 준 비전과 현재 그가 직면한 현실 사이의 고통스러운 괴리로 인한 갈등이었다. 그는 산송장으로 있던 시절 자신을 위해 만들어 냈던 신기루 속에, 과거에 머물러 있었다. 현재의 모든 것이 그에게 낯설기만 했기에 그는 점점 움츠러들고 현실을 외면했다. 사샤의 친구들 중에서도 그에게 가장 깊은 실망과 고통을 안겨 주는 사람이 바로 나라는 사실은 참으로 씁쓸한 아이러니였다. 그가 모진 시간을 견디는 동안 나는 내 마음에서 그를 지운 적이 한 번도 없었다. 심지어 누구보다도 강도 높게 사랑했던 사람인 에드가 곁에 있을 때조차도 그랬다. 그럼에도 불구하고 사샤의 조바심과 분노를 가장 많이 촉발시키는 사람은 바로 나였다. 개인적 관계 때문이 아니라 삶과 동지, 운동에 대한 나의 태도가 달라졌기 때문이었다. 이제 우리에겐 서로 동의하는 바가 하나도 없음에도 나는 지난 14년 동안 눈물과 피로 영원히 사샤에게 묶여 있다는 느낌을 받았다.

종종 그의 가혹한 비난의 말을 견딜 수 없어질 때 나 역시 심한 말로 그에게 반격을 한 후 내 방으로 달려가서는 우리 두 사람을 갈라놓는 차이에 대해 고통스럽게 울부짖곤 했다. 하지만 나는 언제나 사샤에게로 돌아갔다. 그가 내게 한 말이나 행동은 그가 견뎌 온 일에 비하자면 아무것도 아니라는 생각이 들었기 때문이다. 그와의 관계에서 이 감각이야말로 가장 무거운 것이고, 그가 나를 필요로 할 때마다 늘 나를 그의 곁으로 데려다 놓을 것임을 나는 알았다. 그러나 지금은 나로 인해 도움이 되기는커녕 내가 없을 때 사샤의 마음이 더 편해지는 것 같았다.

그래서 아나키즘 대회에 대표로 참석해 달라는 동지들의 요청에 응하기로 했다. 사샤는 내가 돌아올 때까지 잡지에 계속해 글을 쓰기는 하겠지만 자신이 몰입하고 있는 건 『어머니 대지』가 아니라고 말했다. 그는 노동자들에게 다가갈 수 있는 주간 선전지를 원했고 이미 볼테린 드 클레어와 해리 켈리 및 여타 다른 동료들과 프로젝트에 대해 논의를 하고 있는 중이었다. 다들 이런 선전지가 필요하다는 데에 동의를 했으며 필요한 자금 모금을 위한 청원서에 서명을 하겠다고 약속했다. 그러나 그들은 새 출판물에 대해 내가 오해를 할 수도 있거니와 『어머니 대지』의 경쟁자로 간주할 수도 있을 거라는 우려를 했다. 이런 반응에 나는 놀라 대꾸했다. "정말 말도 안 되는 생각이네요. 내가 운동을 독점하려고 하는 사람처럼 보이던가요? 무슨 수를 써서라도 주간지 발행에 성공하면 좋겠네요. 청원서에는 제 이름도 올리도록 하죠." 감동을 받은 사샤는 나를 다정하게 안아 주고는 자리에 앉아 청원서를 쓰기 시작했다. 참으로 안쓰러운 나의 소년, 사샤! 이 주간지로 인해 다시 그에게 평화가 찾아올 수만 있다면 얼마나 좋을까. 그가 자신의 말과 글로 그만이 할 수 있는 일을 하며 다시 살아날 수 있다면!

설령 그것이 무의식적인 것일지라도, 내가 조직한 활동들에 사샤를 개입시키는 것에 대해 사샤의 내적 분노가 있었다는 사실을 서서히 깨닫게 되었다. 그는 자신이 만들 수 있는 것과 자신을 표현할 수 있는 무언가를 갈망했다. 이 주간지가 그의 진정한 해방을 위한 수단이 되기를 바라며 그 성공을 간절히 바랐다.

그 사이 나는 해외 여행을 준비하고 있었다. 막스도 일부 독일 그룹을 대표하여 암스테르담 회의에 참석할 예정이었다. 우리 둘 다 익숙한 환경을 벗어날 필요가 있었다. 막스에게 농장은 그가 바라던 장밋빛 현실을 보여 주지 못했다. 자연에 대한 낭만적 생각으로 난관을 헤쳐 나갈 능력도 없이 무턱대고 시골로 온 도시 사람들에게 농장은 결코 호락호락하지 않았다. 오시닝에 있는 우리 집은 그의 어린 딸에게 너무 원시적이었고 또 그곳에서의 겨울은 너무 혹독했다. 또 다른 이유는 밀리가 견디기 힘들어한 고립이었다. 내 친구들은 도시로 이주해 생계를 유지하기 위해 아등바등 살았는데 막스는 가끔 독일 신문에 기사를 쓰거나 『어머니 대지』에 기고를 했고, 밀리는 바느질을 했다. 아이가 태어난 후 밀리가 견뎌야 했던 불안과 스트레스는 그녀를 몹시 힘들게 했고, 막스는 아주 조그마한 불화에도 자신의 껍질 속으로 움츠러들곤 했다. 나와 마찬가지로 막스 역시 이 괴로운 상황이 어느 누구의 잘못도 아닌 것을 알았고, 다만 그로부터 벗어날 수 있기를 꿈꿨다.

주간지에 대한 계획 덕분에 사샤는 점점 생기를 되찾아 가고 있었다. 그의 기분을 고양시키는 데 도움이 되는 또 다른 요인도 물론 있었다. 젊은 동지들과 가까워지면서 많은 친구를 얻었는데 그는 특히나 젊은 베키 에델슨에게 매력을 느꼈다. 나는 심히 안도했다. 『어머니 대지』도 걱정할 부분이 없었는데, 내가 돌아올 때까지 잡지의 질을 담보해 줄 편집자 사샤와 존 코엘, 히폴리테 하벨 및 다른 작업자들이 든든히 자리를 지켜 줬기 때문이었다.

히폴리테와 나와의 사이는 더 이상 예전과 같은 관계는 아니었지만 우리의 우정은 견고했고, 사회 투쟁에 대한 우리 공동의 관심 또한 마찬가지였다. 그가 가진 역사에 대한 뛰어난 식견과 사건에 대한 탁월한 감각 덕분에 그는 『어머니 대지』에서 가장 귀중한 존재가 되었다.

1907년 8월 중순, 막스와 나는 네덜란드로 떠나는 부두에서 친구들에게 작별인사를 했다. 대회에서 맡은 바 임무 외에도 이 여행을 통해 우리 두 사람 모두 내면의 공허함을 채울 수 있기를 소망했다. 잔잔한 바다와 더불어 내게 늘 위안이 되어 주는 막스의 따스한 동료애는 나로 하여금 사샤의 출소 전후 몇 개월간의 긴장상태에서 벗어날 수 있도록 해주었다. 암스테르담 도착과 함께 나는 다시 내 자신에 대한 통제권을 회복했음을 느꼈다. 앞으로 만나야 하는 사람들, 대회, 그리고 해야 할 일들에 대한 기대감으로 열정이 차올랐다.

네덜란드 사람들이 지나치게 깔끔하다는 것에 대해서는 익히 들었지만, 아침에 암스테르담에서 산책을 하기 전까지는 네덜란드 사람들이 이토록 길 가는 사람을 불편하게 할 수 있는지에 대해서는 미처 알지 못했었다. 막스와 나는 진기한 구시가지를 구경하기 위해 함께 길을 나선 참이었다. 모든 발코니가 맨 팔과 다리를 드러낸 채 알

록달록한 옷을 입고서는 격렬하게 카펫과 깔개를 두드리는 하인들로 채워져 있는 것이 보였다. 유쾌한 광경이었지만 무방비로 그 아래를 지나가는 우리 머리 위로 먼지와 흙이 후드득 떨어졌고 우리의 목과 옷은 온통 흙먼지로 뒤덮였다. 그렇다 하더라도 화분에 물을 주기 위한 찬물 세례를 받지 않았다면 어느 정도 참을 수 있었을 것이다. 예상치도 않은 목욕에 네덜란드의 청결함은 우리가 기대했던 바를 훨씬 뛰어넘는구나 하고 실감했다.

이번 대회는 내가 세번째 시도만에 참석하게 된 국제 아나키스트 모임이었다. 1893년 시카고 박람회 중에 열릴 예정으로 계획되었던 비밀회의에 나는 여러 뉴욕 그룹들을 대표해 참석할 예정이었으나 재판과 투옥으로 인해 불가능했었다. 막판에 시카고 경찰이 그 대회를 금지했지만, 그럼에도 불구하고 가장 열리지 않을 법한 장소에서 대회가 열렸다. 시청 직원으로 일하는 동지 한 명이 열두 명의 대표자들을 시청의 한 방으로 몰래 데려간 것이었다.

두번째는 1900년 파리에서였는데, 그곳에서 나는 대회 준비 작업에 긴밀히 참여했었다. 역시나, 프랑스 경찰은 공개회의를 불가능하게 만들었다. 이에 비밀리에 진행된 세션들은 물론 충분히 흥미롭긴 했지만 건설적인 작업은 불가능했던 게 사실이다.

민주주의의 미국과 공화주의의 프랑스에서 금지되었던 아나키스트 국제대회가 군주제인 네덜란드에서 이렇게나 공개적으로 열릴 권리를 갖는다는 사실은 분명 그 자체로 미국과 프랑스 양국에 대한 논평이었다. 자국에서 핍박과 박해를 받던 팔십여 명의 남녀가 이곳 대규모 대회에서 연설하고 매일같이 모임에 참석하였으며, 당국의 그 어떤 감시나 간섭도 없이 혁명과 생디칼리즘, 대중 폭동, 개인의 폭력행위 등과 같은 중요한 문제들에 대해 공개적으로 논의할 수 있었다. 우리는 개인으로든 그룹으로든 자유롭게 도시를 돌아다니고 식당이나 카페에서 모임을 가졌다. 우리는 새벽까지 이야기하고 혁명가를 불렀지만 그런 우리를 따라다니는 그 어떤 염탐의 그림자도 발견할 수 없었다.

더더욱 놀라운 것은 암스테르담 언론의 태도였다. 그곳의 가장 보수적인 신문들조차 우리를 범죄자나 미치광이가 아니라 진지한 목적을 위해 모인 진지한 사람들의 집단으로 간주했던 것이다. 그 신문들은 아나키즘에 반대하는 입장이었음에도 우리 입장이나 우리가 세션에서 한 말을 왜곡하는 법이 결코 없었다.

대회에서 가장 오래 논의된 중요한 주제 중 하나는 조직의 문제였다. 일부 대표자들은 입센이 자신의 작품 「민중의 적」에서 스토크만 박사 캐릭터를 통해 "가장 강한 이는 홀로 있는 자"라는 취지의 주장을 제시한 것을 비난했다. 그들은 크로포트킨이 자신의 책에 훌륭히 설명해 둔 바 있는 "최선의 결과는 상호지원과 협력에서 나온다"는 관점을 선호했다. 막스와 나는 이 둘 다가 필요하다는 점을 강조했다. 우리는 아나키즘이 크로포트킨과 입센 사이에서 하나를 선택하는 게 아니라는 입장을 고수했다. 아나키즘은 둘 다를 포용할 수 있었다. 크로포트킨이 혁명으로 이어지는 사회적 조건을 면밀히 분석했다면, 입센은 인간 영혼의 혁명, 즉 개인성의 반란으로서 정점을 이루는 심리적 투쟁을 그렸다. 우리는 내부가 외부에 미치는 영향, 심리적 동기와 필요가 기존 제도에 미치는 영향을 무시하는 것만큼 우리 생각에 더 큰 재앙은 없을 것이라고 주장했다.

조직이 개인의 자유를 장려하지 않는다고 잘못 생각하는 일군의 무리가 있다는 것을 알고 있다고 우리는 말했다. 하지만 그것은 개인성의 쇠퇴를 의미하는 것일 게다. 실제로 조직의 진정한 기능은 개개인의 인격의 발달과 성장을 돕는 데 있다. 동물세포가 상호협력을 통해 온전한 유기체를 형성하고 자신의 잠재된 힘을 표현하듯이, 우리도 마찬가지로 한 개인은 다른 개인과의 상호협력과 노력을 통해 최고 단계의 발전 형태에 도달할 수 있을 것이다. 진정한 의미에서 조직이란 건 비실체의 결합으로 탄생하는 것이 아니다. 그것은 자의식이 있고 지적인 개개인으로 구성된다. 실제로 조직의 모든 가능성과 활동은 개인의 에너지 표현을 통해 나타난다. 아나키즘이 주장하는 것은 규율이나 공포, 처벌이 없고 또 빈곤에의 압박이 없는 조직에의 가능성이다. 즉, 생존수단을 위한 투쟁, 인간성을 훼손하고 사회의 심연을 넓히기만 할 뿐일 야만적 투쟁을 종식시킬 새로운 사회 유기체 말이다. 요컨대, 아나키즘은 모든 이의 행복을 위한 사회조직을 향해 나아가고자 하는 것이다.

대표단에는 흥미롭고 중요한 인물들이 많았는데 그중에는 한때는 사회민주당 의원이자 베를린 시의회 의원이었으며 총파업과 반군사주의의 충실한 옹호자가 된 프리드베르크 박사도 있었다. 반역죄로 기소되었음에도 그는 고국으로 돌아갔을 때 자신을 기다리고 있는 위험 같은 것은 옆으로 치워 둔 채 대회 진행에 누구보다도 적극적으로 임했다. 이탈리아의 교육잡지인 『민중의 대학』의 가장 유능한 기고자 중 한 명인 루이지 파브리도 있었고, 『유대 노동자의 친구』의 강사이자 편집자로, 런던 거주 유대인들 사이에서 대단한 일을 하고 있는 루돌프 로커, 네덜란드 운동 진영에서 가장 예리한 지식인 중 한 명인 크리스티안 코르넬리센, 오스트리아의 아나키즘 신문 발행인 루돌프 그로스만, 영국의 혁명적 노동조합에서 활발히 활동하는 알렉산더 샤피로, 런던 『자유』에서 가장 헌신적으로 활동하는 토마스 H. 킬을 포함해 다른 많은 유능하고 정력적인 동지들이 있었다.

프랑스, 스위스, 벨기에, 오스트리아, 보헤미안, 러시아, 세르비아, 불가리아, 네덜란드의 대표단은 저마다 기백과 능력을 갖춘 사람들이 분명했음에도 그중 가장 빼어난 인품을 가진 이는 에리코 말라테스타였다. 섬세하고 민감도 높은 성격의 말라테스타는 젊은 시절부터 이미 혁명적 이상을 받아들였다. 훗날 그는 바쿠닌을 만나게 되는데 그의 서클에서 그는 '벤자민'이라는 애칭으로 불리는 막내였다. 특히나 그는 이탈리아와 스페인 내에서 널리 배포되는 다수의 인기 선전자료를 썼으며, 여러 아나키즘 출판물의 편집자로 활동했다. 글쓰는 일을 한다고 해서 일상의 투쟁을 소홀히 하지도 않았다. 1877년 이탈리아 베네벤토에서 일어난 봉기에서 그 유명한 카를로 카피에로와 세르게이 스테프냑 크라브친스키와 함께 중요한 역할을 했던 그였다. 대중반란에 대한 그의 관심은 일생토록 붉은 실처럼 이어졌다. 그가 스위스, 프랑스, 영국, 아르헨티나에 있게 되었을 때에도 모국에서 봉기가 일어나면 항상 그는 사람들을 돕기 위해 발 벗고 나섰다. 1897년에 그는 다시 이탈리아 남부 반란에 적극적으로 참여하게 되었다. 평생토록 그의 삶은 폭풍과 스트레스의 연속이었고 그의 온 에너지와 빼어난 능력은 아나키스트 대의를 위해 쓰였다. 그러나 그는 운동에서 어떤 일을 맡든 간에 물질적으로 독립하여 육체노동으로 생계를 이어야 한다는 삶의 원칙이 있었다. 그는 아버지로부터 상당한 유산을 물려받으며 이탈리아에 땅과 집들을 갖게 되었음에도 그곳을 점유한 노동자들에게 아무런 보상도 없이 토지를 증여했으며 자신은 자신이 직접 일해 번 돈으로만 알뜰하게 살아갔다. 그의 이름은 라틴 국가들 중에서 가장 사랑받는 이름 중 하나가 되었다.

나는 1895년 런던에서 이 위대한 아나키스트 전사를 잠시 만난 적이 있었다. 1899년 나는 말라테스타가 이탈리아 아나키스트 신문인 『사회문제』의 강의와 편집을 위해 미국으로 건너갔다는 것을 알게 되었다. 미국을 방문하는 동안 그는 정신 나간 이탈리아 애국자에게 총을 맞았지만 진정한 아나키스트로서 가해자 기소를 거부했다. 암스테르담에서는 그와 매일 만날 수 있는 기회가 처음으로 주어졌다. 막스와 나는 말라테스타의 마법에 순식간에 빠져들었고, 우리는 세상의 무거운 짐을 벗어던지고 여가를 즐길 수 있는 그의 능력을 흠모했다. 바다를 보거나 정원을 가로지르거나 그와 함께 보내는 모든 순간은 기쁨 그 자체였다.

암스테르담 대회의 가장 주요하고 건설적인 결과는 단연 국제사무국의 설립이었고, 사무국은 말라테스타, 로커, 샤피로로 구성될 예정이었다. 런던에 본부를 둔 사무국의 설립 목적은 여러 나라의 아나키스트 단체 및 조직들과 더 긴밀하게 접촉하고, 모든 나라의 노동투쟁을 철저히 연구하고 살펴본 후 이에 대한 자료를 아나키스트 언론에 제공하는 것이었다. 사무국은 또한 가까운 미래에 런던에서 열릴 또 다른 대회를 위한 준비에 바로 돌입할 것이었다.

우리의 세션을 끝마치면서 네덜란드 평화주의 아나키스트들이 주최한 반군사주의 회의에 참석하게 되었는데, 그 중 도멜라 니우벤하위스는 단연 눈에 띄는 인물이었다. 도멜라의 출신을 생각하면 그가 권위의 적이 된 것은 확실히 놀라운 일이었다. 그의 집안 어른들은 대대로 교회 목사였고, 그 자신도 루터파 교회의 설교자였지만 그의 진보적인 정신은 그를 신학이라는 좁은 길에서 끌어올렸다. 도멜라는 사회민주당에 가입해 네덜란드 사회민주당의 최고위원이 되었고, 최초의 사회주의자 국회의원으로 선출되었다. 하지만 그 자리에 오래 머물진 않았다. 요한 모스트나 프랑스의 위대한 아나키스트 피에르 프루동이 그러했던 것처럼 니우벤하위스 역시 의원 활동으로 얻을 수 있는 중요한 것은 아무것도 없다는 것을 깨달았던 것이다. 그는 자신은 아나키스트라고 선언하고 위원직을 사임했다.

그 이후로 그는 우리의 운동, 특히 반군사주의의 선전에 그의 시간과 돈을 바쳤다. 눈에 띄고 승리감이 배어 나는 외모의 도멜라는 키가 컸고, 이목구비에는 표정이 풍부했고, 눈은 크고 파랬으며 넘실거리는 백발과 수염의 소유자였다. 그는 친절과 동정심을 뿜어 냈고, 또한 자신이 싸워 온 이상의 체현과도 같았다. 그의 특징 중 하나는 폭넓은 관용이었다. 수년간 채식을 하고 금주를 해온 사람임에도 그의 식탁에 고기와 포도주가 사라지는 법이 없었다. 그는 저녁 식사 자리에서 우리에게 와인을 따라주며 이렇게 말했다. "내 가족이나 손님이 내가 신경쓰지도 않는 것을 박탈당할 이유가 있나요?"

우리가 프랑스로 떠나기 전, 네덜란드 운수노동자들의 모임에서 연설할 기회가 있었다. 나는 다시 한번 군주제 국가임에도 불구하고 놀라운 수준을 유지하는 네덜란드 노동자들의 독립성과 민주국가임에도 독립성에 대해 개념조차 희박한 미국인들의 차이를 확인할 수 있었다. 우리 모임 자리에 형사 몇몇이 몰래 들어왔는데 그들은 위원회에 의해 발각되어 예외 없이 퇴출되었다. 미국의 노동조합에는 턱없이 결여된 이러한 정신을 목격하고 나는 미국과 네덜란드를 비교하지 않을 수 없었다. 핑커톤 형사의 해충 같은 작자들로 만연한 미국 노조 아니던가.

이윽고 우리는 파리로 돌아왔고, 도시는 다시금 나를 유혹했다. 아직 내 혈관 속에 도시의 무모한 젊음이 살아 숨쉬고 있던 까닭이다. 내가 사랑하는 도시와 센 강 덕분에 나는 더 젊어지고 더 열정적으로 변했다. 이전보다 나는 더 많이 배우고 더 많이 흡수할 것이다.

프랑스에는 몇 달간 보지 못했던 스텔라도 있었다. 스텔라와 빅터 데이브가 역으로 마중나와서 우리를 카페로 데려갔다. 스텔라는 제법 파리 사람처럼 보였고 자신의 능숙한 프랑스어와, 맛도 좋고 가격이 합리적인 식당들을 알고 있다는 사실에 자랑스러움을 내비쳤다. 머리가 더 하얗게 샌 빅터는 여전히 활달한 걸음걸이와 이전의 활기와 유머를 유지하고 있었다. 파리에서 오랜만에 함께한 저녁 식사 자리에서 나는 내가 그간 몇 달 동안 웃었던 것을 합친 것보다 더 많이 웃고 농담을 했다. 우리가 특별히 더 즐거웠던 건 스텔라가 비서로 일하던 미국 영사, 그 순진해 빠진 상사 때문이었다. 엠마 골드만의 헌신적인 조카 스텔라가 영사관에서 일하는데도 그곳이 아직 폭파되지 않았으니!

우리가 아직 네덜란드에 머무르고 있을 때 크로포트킨이 프랑스에 재입국했다는 소식이 들려왔다. 표트르는 프랑스라는 나라와 그 국민을 너무나 사랑했다. 그에게 프랑스는 자유의 요람이요, 프랑스 혁명은 세계가 가진 모든 사회적 이상의 상징이었다. 하지만 지금 프랑스는 나의 위대한 스승이 부여한 영광에 무척 부족해 보이는 게 사실이었다. 크로포트킨이 1년 반 동안 프랑스 감옥에 투옥된 것과 그 이후에 이어진 추방이 이를 입증해 주었음에도 표트르는 어째서인지 알 수 없는 선입견을 유지한 채 프랑스를 자유의 기수이자 세계에서 가장 문화가 풍부한 나라라며 칭찬했다. 그가 겪은 어떤 일도 프랑스에 대한 그의 감정을 바꾸지 못했다는 게 분명했던 만큼 그가 사랑해마지 않는 나라에 다시 돌아올 수 있다는 것만으로도 우리는 기뻤다.

우리가 도착했을 때 크로포트킨은 이미 파리에 있었다. 그는 우리가 머무는 호텔에서 얼마 떨어지지 않은 생미셸에서 살고 있었고, 그를 만났을 때 그는 다른 어느 때보다도 기분이 고조되어 있었다. 활기와 생기로 가득 찬 모습에, 나는 이유를 짐작하면서도 그의 행복한 변화의 이유를 물었다. "파리, 파리, 내 사랑!" 하고 그가 소리높여 외쳤다. "세상에 파리만큼 우리를 흥분시키는 도시가 과연 또 있을까요?" 우리는 프랑스에서의 운동과 지역 단체들의 활동에 대해 논의했다. 그가 가장 좋아하는 '아이'는 그 자신이 설립에 도움을 준 『새 시대』였지만, 정의감이 남다른 그인 만큼 다른 그룹이, 설령 그와 반대되는 의견을 가졌을지라도 마땅히 누려야 할 권리를 지켜 주는 게 중요했다. 그에게는 무언가 거대하고 아름다운 것이 있었다. 그와 함께 있으면서 영감을 받지 않는 사람은 아무도 없었다.

그는 여러 가지 일들로 몹시 바빴다. 특히 『프랑스 대혁명』 원고 수정 작업으로 정신이 없는 와중에도 내가 암스테르담 대회에서 있었던 모든 일을 이야기할 때까지 나를 놓아 주지 않았다. 그는 특히 조직에 있어 개인적 권리는 물론이고 집단적 반란의 권리도 똑같이 중요하다고 주장한 우리의 입장을 기쁘게 받아들였다.

피에르 모나트의 도움으로 나는 프랑스 노동총연맹에서 생디칼리즘을 연구할 기회를 얻었다. 지도자들은 대부분 다 아나키스트들이었고, 파리에서 일반적으로 만나는 사람들보다 훨씬 더 건장하고 흥미로운 유형의 사람들이었다. 에밀 푸제, 에밀 파토, 폴 델라살, 그루에풀히우스, 그리고 모나트는 새로운 노동 이론의 뛰어난 주창자였을 뿐 아니라 또한 노동자들의 일상 투쟁에 대한 실질적 지식과 경험을 가지고 있었다. 동료들과 함께 그들은 노동거래소를 활동의 거점으로 전환했다. 노동조합은 모두 그곳에 사무실을 갖고 있었고 많은 이들이 공동인쇄소를 통해 노동총연맹의 기관지인 『인민의 목소리』에 자신의 논문을 게재했다. 『인민의 목소리』는 아마도 세계에서 가장 유익하고 능숙한 편집인력에 의해 출간되는 노동신문일 것이다. 이곳에는 복잡한 산업구조의 모든 측면을 가르치는 야간 수업이 있었다. 과학 및 경제를 주제로 강의가 진행되었고, 노동자들이 직접 약국과 탁아소를 관리하고 있었다. 이 기관은 대중으로 하여금 다가올 혁명을 수행하는 법과 새로운 사회생활이 탄생하도록 돕는 방법을 가르치는 실천적 노력을 대표한다고 할 수 있었다.

생디칼리즘의 기원에 대한 관찰과 연구를 통해 나는 이것이 자본주의 적들의 조직화된 세력에 맞서 노동자가 힘을 겨룰 수 있는 경제의 한 분야를 대표한다고 확신하게 되었다.

이러한 경험에 더해진 또 다른 경험은 펜과 붓으로 사회적 항의를 표명하는 현대 예술가 그룹과 함께한 계몽적인 경험이었는데 그 중에서도 테오필 슈타인렌과 쥘 그랑주앙의 작업이 가장 강력했다. 슈타인렌을 만나진 못했지만 그랑주앙은 단순하고 친절한 영혼을 타고난 반항아로, 진정한 의미에서의 예술가이자 이상주의자임이 입증되었다. 그는 프롤레타리아 삶의 여러 단계를 묘사하는 연작을 작업중이었다. 그의 그림은 말없이 무력감에 빠져 애처로웠던 노동자들이 서서히 싹트는 힘을 깨닫는 과정을 묘사하고 있었다. 그는 예술의 사명은 새날의 비전을 불러일으키는 것이라는 자신의 믿음을 그림으로 표현했다. "바로 이런 점에서 우리 예술가들은 모두 혁명가라고 할 수 있지요." 그랑주앙이 내게 확신하며 말했다. "슈타인렌과 다른 이들은 졸라, 미르보, 리체핀, 릭터스가 문자와 글을 위해 한 일을 예술을 위해서 하고 있어요. 그들은 삶의 흐름에 있어 특별한 관계 속에 예술을 가져오고 있죠. 알 권리, 삶을 살아갈 권리를 위한 인간의 위대한 투쟁이라고 할까요."

나는 그랑주앙에게 『어머니 대지』가 어떤 잡지인지, 이 잡지를 통해 미국에서 무엇을 하고자 하는지에 대해 이야기했다. 그 말을 들은 그는 즉시 자신이 표지 작업을 해줄 것을 제안했고, 내가 파리를 떠나기 전에 시안을 보내 왔다. 개념과 디자인 표현 모두 놀라운 작품이었다.

반군사주의자들 아홉 명에 대한 재판은 이번 프랑스 방문 동안의 중요한 경험 중 하나였다. 재판을 받은 그룹은 소녀 1명과 소년 8명으로, 가장 나이 많은 사람이 23세가 채 안 되었다. 그들은 군인들에게 선언문을 배포해 그들의 형제인 노동자들에게가 아니라 상부에 무기를 사용하자는 주장을 했다. 이는 확실히 군사적 이익의 관점에서 볼 때 매우 심각한 범죄였다. 미국 법정에서였더라면 그 젊은이들은 구타당하고 공포에 질린 채로 오랜 시간 감옥에 갇혔을 것이다. 파리에서 그들은 국가와 애국심, 군대, 전쟁에 대한 저주를 퍼붓는 고발자가 되었다. 젊은 수감자들의 저항적인 발언은 방해받는 일 없이 관심과 존경 속에서 경청되었다. 대담한 변호인들의 모습과 피고인의 이상주의를 증언하러 온 저명인사들, 법정의 전체적인 분위기가 어우러져 반군사주의자들의 재판은 내가 목격한 가장 극적인 사건 중 하나로 남았다.

수감자들은 유죄 판결을 받았고 최소형을 선고받았는데 가장 긴 형기는 3년형이었다. 프랑스였던지라 한 명 있던 소녀는 완전히 풀려났다. 내 두번째 고국이었다면 그들의 처벌은 비교할 수 없을 정도로 가혹했을 것이며, 그들의 의견과 행동을 솔직하게 고백하고 판사와 검사를 조롱했기 때문에 의심할 바 없이 법정 모독죄로도 기소되었을 것이다.

미국과 프랑스의 법적 절차의 차이 뒤에는 사회 반란에 대한 태도에 있어 근본적인 차이가 있다는 사실은 내게 충격으로 다가왔다. 프랑스인들은 혁명을 통해 제도가 신성하지도 불변하지도 않으며 사회적 조건은 변할 수 있다는 점을 이해하고 있었던 거다. 그런 까닭에 프랑스에서는 반군을 도래할 격변의 전조로 간주했다.

미국에서는 혁명의 이상이 죽었고, 손도 대어서는 안 되는 미라가 되었다. 그러므로 사회적·정치적 반역자들을 향하는 증오와 비난이 있었었다.

프랑스에서 또 한 가지 인상 깊었던 경험은 파리 근교 랑부예에서 벌어지고 있던 세바스티앙 포르의 교육 실험이었다. 파리에 오기 오래 전, 나는 프랑스 언론에서 아나키스트 세바스티앙 포르의 독특한 교육 실험에 대한 기사를 읽은 적이 있었다. 1900년에 그가 연설하는 것을 직접 들은 후 그의 훌륭한 웅변에 매료되었더랬다. 더욱이 포르의 특이한 개인 이력은 그가 조직한 현대적 학교가 보통 이상의 관심에서 비롯된 것임을 추측케 했다.

초반에는 신부의 삶을 살았던 포르는 가톨릭의 족쇄를 깨트리고 그에 대한 강력한 적이 되었다. 1897년 드레퓌스 사건 당시 그는 에밀 졸라, 아나톨 프랑스, 베르나르 라자르, 옥타브 미르보가 이끄는 캠페인에 참여하며 프랑스 반동세력에 맞섰다. 포르는 드레퓌스의 열정적인 대변인이 되어 전국을 돌아다니며 강연을 했고, 자기네의 부패를 덮기 위해 무고한 사람을 악마의 섬으로 끌고 간 군벌에 대한 폭로를 했다. 그후로 포르는 지상에서건 땅위에서건 모든 권위에 대한 믿음으로부터 완전히 해방되었다. 아나키즘이 그의 목표가 되는 건 당연한 수순이었고, 이를 달성하기 위한 열정적인 노력이 계속되었다.

'라뤼슈'[벌집]라 불린 포르의 학교는 오래된 프랑스 마을인 랑부예 외곽에 위치하고 있었다. 그를 도울 수 있는 사람이 아주 적은 가운데에서도 포르는 경작 전의 황량한 땅을 과일과 채소가 풍요롭게 자라는 농장으로 바꾸어 냈다. 그는 스물네 명의 고아와 가난한 집 아이들을 먹이고 입혔고, 이를 다 자신의 비용으로 충당하고 있었다. 그는 '벌집'에서만큼은 모든 종류의 규율과 강압으로부터 아이들의 삶이 해방될 수 있는 분위기를 조성했다. 낡은 교육방식을 버리고 대신 아이들이 필요로 하는 것에 대한 이해, 아이들이 가진 가능성에 대한 믿음과 신뢰, 또한 아이들의 개성에 대한 존중을 확립했다.

1900년에 방문했던 존경받는 자유주의자 폴 로뱅이 셈퓌에 세운 학교에서도 라뤼슈가 가진 만큼의 학생과 교사 간의 완전한 동지애와 협동정신은 없었다. 로뱅 역시 아이들에게 새로운 방식이 필요하다고 느꼈음에도 여전히 교육에 있어서는 오래된 교과서에 일정 정도 묶여 있었으니 말이다. 라뤼슈는 교과서로부터 자유로웠다. 기숙사와 교실에는 아이들이 직접 그린 식물, 꽃, 동물의 삶으로 벽지가 발려 있었고, 이는 그 어떤 정규수업보다도 아이들의 상상력을 깊이 자극했다. 선생님 주변에 모인 아이들은 자유롭게 무리를 지어 이야기를 듣거나 어려운 부분은 질문을 하면서 예전 방식의 교육의 부족한 점을 채워나갔다. 청소년 교육 문제를 논의하면서 포르는 아동심리학에 대한 뛰어난 이해를 보여 주었다. 단 2년 만에 그의 학교가 이룬 결과는 매우 만족스러웠다. 그는 말했다. "아이들이 서로에게 얼마나 솔직하고 친절하며 애정을 가질 수 있는지 보는 일은 정말 놀라운 일이에요. 라뤼슈에서 아이들과 어른들이 만들어 내는 조화는 무척이나 고무적이라 할 수 있죠. 우리 어른들이 단순히 그들보다 나이가 많다는 이유만으로 아이들이 우리를 두려워하거나 존경하는 건 분명 잘못된 거라는 걸 알아야 해요. 아이들의 신뢰와 사랑을 얻기 위해서라면 무엇이든 해야겠죠. 그렇게 된다면 의무 대신 이해를 하게 될 거예요. 두려움 대신 자신감을, 엄격함 대신 애정이 그 자리를 대신하겠죠." 이제까지 아이들의 영혼에 넘쳐나는 연민과 친절, 관대함에 대해 온전히 깨달은 사람은 아무도 없었다. 무릇 참된 교육자라함은 그 보물을 열어 아이들의 충동을 자극하고 가장 고귀한 경향성을 끌어올리는 노력을 하는 사람이어야 한다. 인간이라는 씨앗의 성장을 지켜보는 일이 평생의 과업인 사람에게 그 씨앗이 자라 꽃잎을 펼치고 진정한 하나의 개체로 발전해 나가는 것을 관찰하는 일만큼 더 큰 보상이 있을까?

라뤼슈 방문은 현체제하에서도 자유주의 교육이 얼마나 많은 일을 해낼 수 있는지를 깨닫게 해주는 유의미한 경험이었다. 미래의 인간을 키우는 것, 어린이의 영혼을 해방시키는 것은 세바스티앙 포르와 같은, 대학의 학위가 주는 자격이 아닌 타고나기를 시인이나 예술가처럼 교육자로 태어난 진정한 교육자들에게 얼마나 크나큰 과제일까?

늘 새로운 감동으로 우리를 풍요롭게 해주는 파리를 떠나기란 여간 어려운 일이 아니었다. 많은 친구들에게 애정공세를 받았고 그중에는 1900년에 런던에서 처음 만나 박물관을 비롯해 기타 영국의 보물과도 같은 예술을 소개해 준 막스 네틀라우도 있었다. 파리에서는 네틀라우를 볼 기회가 많았다. 그는 우리 운동에 있어 가장 지적인 인물 중 한 사람이자 과학자, 또한 역사가였다. 그는 당시 바쿠닌에 대한 기념비적 작업을 위한 자료를 수집 중에 있었다.

파리를 떠나기 며칠 전 미국의 젊은 조각가 조 데이비슨이 파리에 도착했다. 나는 뉴욕에 있을 때부터 그에 대해 알고 있었고 그의 작업에 대해서도 관심을 가지고 있던 차였다. 파리에서 작업실을 구했다고는 했지만, 막상 가보니 갖춰진 게 거의 없었다. 반면 내가 머물던 곳에는 접시와 냄비, 주전자, 커피여과기, 알코올램프 등, 열댓 명의 방문자에게 종종 식사를 대접하기 위해 준비해 둔 도구들이 꽤 많았다. 조는 큰 보따리를 들쳐메고 막스는 어깨 한쪽에 프라이팬과 주전자를, 나는 커피포트를 들고서 거리를 당당히 행진하듯 걸었다. 모든 짐이 조의 작업실에 안전히 보관된 후 우리는 카페로 나가 진짜로 보헤미안 생활을 시작한 신진 예술가의 취임을 축하했다.

눈부신 햇살을 받으며 막스와 나는 파리를 떠났다. 우리가 런던에 도착했을 때 날씨는 황량하고 쓸쓸했는데 그곳에 머무는 2주 동안 날씨는 거의 변함이 없었다. 도착과 함께 우리를 가장 먼저 맞이한 것은 연방 당국이 반-아나키즘 법률 조항에 따라 우리의 입국을 막을 계획을 세우고 있다는 미국 언론의 기사였다. 처음에는 신문 내용이 조작되었으려니 하고 큰 관심을 두지 않았었다. 나는 커쉬너와의 결혼으로 인해 이미 미국 시민권자였기 때문이었다. 얼마 지나지 않아 미국에 있는 변호사 친구들의 편지를 통해 소문이 사실임을 확인할 수 있었다. 그들은 워싱턴이 나의 재입국 거부를 결정했음을 알려 왔고, 가능한 빨리 조용히 배를 타고 돌아올 것을 권했다.

이미 스코틀랜드에서는 나를 위한 모임들이 마련되었고, 나는 동지들을 실망시켜선 안 된다고 생각했다. 내 일을 계속해 나가기로 마음먹긴 했지만, 미국 정부 몰래 영국을 떠나는 일은 불가능하다는 것을 깨닫게 되었다.

내가 런던 경찰국의 감시를 받고 있다는 사실을 알게 된 것은 런던 홀본 시청에서 강연을 한 이후였다. 회장을 떠나는 순간부터 수십 명이나 되는 형사들이 나를 따라다녔다. 당시에는 루돌프 로커와 밀리, 막스, 그리고 다른 몇몇 친구들이 나와 함께 있었다. 우리는 몇 시간 동안 식당과 살롱을 여기저기 정신없이 돌아다녔지만 우리의 '그림자'는 계속 우리 가까이에서 먹이를 포기하는 법이 없었다. 마침내 로커가 이스트엔드에 있는 자신의 아파트에 갈 것을 제안했다. 형사들로 하여금 우리가 그곳에서 밤을 보낼 것이라고 믿게 하는 게 우리의 계획이었다. 그래야 이른 새벽에 몰래 집을 빠져나갈 수 있을 테니 말이다. 아파트의 불이 꺼지고 우리는 어둠 속에 앉아 경찰국을 속일 방법을 궁리했다. 새벽녘에 정찰을 다녀온 밀리가 아무도 보이지 않는다고 보고를 했다. 도시의 다른 지역 친구들이 우리를 기다리고 있었다. 우리는 교외로 나가 원예일을 하는 동지 베르나르드 캄프마이어의 집으로 이동했다. 그와 아내는 당시 운동에 적극적으로 참여하는 인물들이 아니었으므로 당국의 감시망하에 있지 않았다. 나는 스코틀랜드 동지들을 실망시키고 싶진 않았지만 미국에 도착하자마자 구류를 당하고 법적 싸움을 할 위험을 감수할 여유가 없었다. 하여, 집으로 돌아가기로 결심한 우리는 3일간의 방문을 마치고 리버풀로 향했다. 그곳에서 몬트리올을 거쳐 뉴욕으로 갈 예정이었다.

캐나다 이민국은 미국인들보다 질문이 적었고, 캐나다에 입국하는 과정에서 아무런 문제도 겪지 않았다. 몬트리올에서 뉴욕으로 가는 길에 우리의 티켓과 더불어 아주 넉넉한 팁을 받은 객차 담당관은 우리가 안전하게 뉴욕에 도착할 때까지 우리 앞에 나타나지 않았다.

내가 미국에 돌아왔다는 것을 언론이 알아챈 것은 그로부터 2주 후, 미국에 돌아와 처음으로 공개석상에 모습을 드러냈을 때였다. 그들은 과연 어떻게 나의 입국이 가능했는지를 알아내기 위해 필사적으로 노력했고 나는 이민국에 물어보라고 답했다.

돌아와 보니 『어머니 대지』는 재정적으로 처참한 지경에 처해 있었다. 내가 자리를 비운 동안 들어오는 수입은 거의 없었고, 다달이 나가는 비용은 잡지 유지를 위해 내가 남겨 둔 돈을 훨씬 웃돌았다. 당장 뭔가를 해야 했다. 자금을 조달할 수 있는 유일한 사람으로서 나는 출판자금 확보를 위해 조금의 시간도 허투루 보내지 않고 여러 가지 일을 한번에 처리했으며 또한 즉시 투어를 계획했다.

나에 대한 사샤의 비판적 입장은 변함이 없었다. 아니 오히려 더 비판적이 되었다. 그와 동시에 베키에 대한 그의 관심도 점점 커졌는데, 나는 그들이 서로 매우 가까운 사이가 되었음을 알 수 있었다. 사샤가 내게 속마음을 털어놓을 필요를 느끼지 않는다는 사실에 나는 마음이 아팠다. 그는 애초에 소통 같은 걸 잘 하는 사람이 아니라는 것을 알고 있었음에도 나에 대한 신뢰가 명백하게 부족하다는 사실은 내게 상처였다. 유럽으로 떠나기 전부터 이미 사샤는 내게서 육체적 끌림을 잃었다는 걸 깨닫고는 있었다. 긴 감옥생활과 함께 그 욕망도 사라진 것이었다. 나는 그가 내 삶을 이해하게 되고 또한 내가 다른 사람들을 사랑했다는 사실이 사샤에 대한 나의 사랑을 변하게 하지 못한다는 것을 알게 된다면 그의 옛 열정이 되살아날 것이라는 희망을 버리지 않고 있었건만, 사샤에게 찾아온 새로운 사랑이 나를 완전히 소외시키는 것을 지켜보는 일은 무척 고통스러웠다. 이 잔인함에 내 가슴은 반항했지만, 내게는 불평할 권리가 없었다. 나는 삶의 깊이와 높이를 경험하며 살았지만 사샤는 그것을 거부당하지 않았던가. 14년 동안 그는 젊음과 사랑이 줄 수 있는 것에 굶주려 있었다. 이제 그에게 열다섯의 열정적인 소녀만이 가질 수 있는 강렬함과 경건함이 다가왔다. 사샤는 나보다 두 살 어린 서른여섯 살이었지만 그 사이 14년 동안의 삶을 살지 못했기에 여자에 관해서는 스물한 살 때처럼 어리고 순진했다. 그가 강렬하고 다양한 삶을 살아온 서른 여덟의 여성보다 그 절반 나이에 불과한 베키에게 끌리는 것은 어쩌면 당연했다. 모든 것이 충분히, 그리고 명확하게 보였다. 동시에, 성숙과 경험이 넘치도록 줄 수 있는 것을, 그는 어린 소녀에게서 찾아야 한다는 사실이 몹시 슬펐다.

유럽에서 돌아온 지 고작 5주 만에 나는 다시 매사추세츠, 코네티컷, 뉴욕 주로 향하게 되었다. 그 다음 일정은 필라델피아, 볼티모어, 워싱턴 D. C., 피츠버그였다. 워싱턴 경찰서장은 내 발언권을 허락지 않겠다고 선언했다. 일부 저명한 자유주의자들이 언론의 자유를 침해할 권리가 그에게 없다고 지적하자 그제야 서장은 위원회에 일러 내 모임을 허가했다. 그러나 그와 동시에 그는 강당 주인의 면허를 돌연 취소시켰다. 소유주가 법적 투쟁을 불사하겠다고 으름장을 놓자 서장은 다시 "지역 당국에 반대하지 않는 한에서" 오락과 모임을 허용하는 임시허가증을 발급했다. 내 모임은 열리지 않았다.

피츠버그는 많은 기억을 되살아나게 하는 곳이었다. 사샤의 고난과 내가 감옥으로 향하던 순례와도 같던 길, 소중했으나 이루어지지는 않았던 희망 등이 가득했다. 하지만 내 영혼에는 여전히 기쁨이 있었다. 사샤가 감옥 무덤에서 빠져나왔고, 그 일에 있어 내가 담당한 몫이 적지 않았으니 말이다. 이 위로만큼은 그 누구도 내게서 빼앗아갈 수 없을 것이다.

32

1907년과 1908년, 겨우내 미국은 공황으로 몸살을 앓았다. 대도시에서는 수천 명의 노동자들이 아무런 일도 하지 못한 채 가난과 비참한 상태 속에서 살았다. 당국은 굶주린 사람들에게 어떻게 하면 음식을 줄 수 있을지 그 방법을 고민하기는커녕 이 위기의 원인을 논의하려는 모든 시도를 방해함으로써 오히려 끔찍한 상황을 더욱 악화시키기만 했다.

필라델피아의 이탈리아인들과 유대계 아나키스트들은 이를 위해 집회를 소집했고, 볼테린 드 클레어와 언변이 유창한 이디시 선동가 해리 와인버거가 모임에서 연설을 했다. 청중 가운데 누군가가 시청 앞에서 일자리를 요구하는 시위를 하자고 선동을 했는데, 연사들의 반대에도 불구하고 군중들은 거리로 뛰쳐나가 버렸다. 시청으로 가는 도중에 노동자들은 경찰에게 공격을 받으며 구타를 당했고, 다음 날 폭동 선동 혐의로 체포된 볼테린과 와인버거의 보석금은 각각 1,500달러였다.

시카고에서도 경찰이 무방비상태의 사람들을 공격해 실업자들의 대규모 시위를 해산시킨 바 있었다. 사람들의 분노가 전국에서 일어났다. 상황이 이러할진대 비용을 충당할 만큼 수익이 나지도 않을 게 분명한 투어를 간다는 것은 아무래도 큰 부담이었다. 게다가 전에 앓았던 감기로 인해 몸이 몹시 안 좋은 상태였고, 후유증으로 기침이 도무지 떨어지지 않고 있었다. 그럼에도 시카고에 닿을 때쯤이면 좀 나아지겠지 하는 희망을 안고서 그곳에 가서 사랑하는 친구 애니와 제이크 리브시스와 함께 머물 생각을 하고 있었다. 나를 위해 예정된 모임 14개는 분명 성공할 것이라는 확신이 있었는데, 내 이름이 시카고에서 잘 알려진 데다가 그곳엔 또한 나를 기꺼이 도우려는 동지들이 많았기 때문이다.

시카고 도착 이틀 전, 실업자들의 시위 도중 경찰에게 구타를 당한 한 러시아 청년이 목숨을 끊을 작정으로 경찰서장의 집을 찾아갔다는 내용의 기사가 신문에 실렸다. 그 젊은이의 이름은 알지 못했지만 내가 참석하려던 집회는 즉각 취소되었고 어째서인지 이 러시아 청년과 내 이름이 같이 오르내리기 시작했다. 시카고에 도착했을 때 나를 마중 나온 것은 나를 초대한 친구들이 아닌 다른 동지 둘이었는데, 심지어 그중 한 명은 처음 보는 얼굴이었다. 그들은 나를 황급히 끌어당기며 현재 리브시스네 집은 형사들에게 둘러싸여 있다고 알리며 자기네 집으로 가자고 했다. 두 사람 모두 내게 즉시 도시를 떠나는 게 낫겠다고 조언했는데 경찰이 어차피 나의 발언을 허가하지 않을 것이기 때문이었다. 나는 이렇게 구석에 몰린 채로 그만두는 일 같은 건 하지 않을 거라 선언했다. “나는 시카고에 머물겠어요. 여기에 남아 지금과 비슷한 상황에서 했던 일을 해야죠. 우리의 발언권을 위해 싸울 겁니다."

내가 묵는 동지의 집에서 나는 그의 아내가 경찰이 내 존재를 알아챌까 봐 겁에 질려 있음을 눈치챘다. 그녀는 혹시나 경찰이 와 있을까 봐 밤새도록 창가를 왔다갔다 하며 밖을 살폈다. 아침이 되자 그녀는 나를 집에 데려온 것을 두고 남편과 다투기 시작했다. 나로 인해 그들이 곤경에 처할 것이 분명하며, 이웃들에게도 배척당할 거라고 그녀가 말했다.

애초에 내가 호텔에 갔으면 좋았을 텐데, 나의 숙박이 받아들여지지 않았을 게 분명했다. 다행히 러시아계 미국인 여성들이 나를 초대하기 위해 동지의 집을 찾아왔다. 그중 한 명인 베키 얌폴스키 박사는 그동안 서신을 통해 알고 지내던 사이였다. 그녀의 아파트는 사무실과 거실뿐이지만 그래도 괜찮다면 자신의 집에서 지내도 좋다고 말해 주었다. 이 제안이 그렇게 반가울 수가 없었다. 얌폴스키의 집에서 나는 이디시 아나키스트 운동에 열성적인 젊은 학생 윌리엄 네이선슨을 만났다. 그는 내가 하고자 하는 일이라면 그 어떤 것이든 돕겠다고 했다. 그의 동지애와 베키의 따뜻한 배려로 나는 곧 내가 빠져나온 집에 대해 잊어버릴 수 있었다.

나의 첫번째 질문은 그 불행한 청년 라자루스 오베르부치에 관한 것이었다. 그는 누구였고 왜 경찰서장에게 갔던 것인지? 그에 대해서는 알려진 바가 거의 없다는 것만을 알게 되었고, 그는 우리에게는 물론이고 그 어떤 아나키스트 그룹에도 속하지 않은 사람이라고 했다. 다만 그가 미국에 온 지는 얼마 되지 않았다는 것을 그의 여동생을 통해 알 수 있었다. 러시아에서 그와 그의 가족은 1903년의 키시네프 유대인 학살의 희생자였다. 시카고에서 실업자들의 시위에 동참하던 중 그는 자신들의 빈곤과 요구사항을 보여 주려는 노동자들에게 자행되는 잔혹행위가 러시아에서 그가 겪었던 것과 유사하다는 것을 목격하게 된 것이다. 자유국가라고 믿었던 미국에서 그가 본 것은 러시아와 다를 것 없는 비인간성과 잔인함이었다. 그가 경찰서장을 찾아간 이유에 대해 정확히 아는 사람은 아무도 없었다. 그 청년은 경찰서장의 집에 들어서자마자 거의 즉각적으로 서장의 아들에 의해 살해당했기 때문이다.

경찰조사에서 서장은 오베르부치가 편지를 전해 준 후 자신의 아들을 쏘려 했다고 진술했다. 하지만 검시 결과 서장의 아들은 다친 곳이 하나도 없는 것으로 판명되었다. 오베르부치는 38구경 총에 의해 사망했으며, 서장은 그 청년에게서 32구경 소총이 발견되었다고 진술했다. 그렇다 한들 경찰이 아나키스트로 알려진 모든 이들을 급습하고 우리 동지들의 본부를 폐쇄할 뿐 아니라 갖고 있는 책자들까지 모두 압수하는 것을 막을 순 없었다.

건물주들을 협박하는 경찰의 오랜 수법으로 말미암아 나는 그 어떤 강당도 빌릴 수가 없었다. 나의 일거수일투족이 감시되었고, 내가 젊은 의사 친구 집에 머물고 있다는 사실을 알게 된 순간부터 형사들은 나를 따라다녔다. 그러는 동안 신문들에서는 아나키즘과 엠마 골드만에 대한 온갖 이야기를 꾸며 내며 우리가 어떻게 경찰을 물리칠 음모를 꾸미고 있는지에 대한 소설을 써댔다. 워싱턴은 바빠졌다. 이민국의 국장은 엠마 골드만이 어떻게 암스테르담에서 미국으로의 입국이 가능했는지 도무지 알지 못하겠다며, 나의 재입국 불허를 무시한 직원이 누구인지를 색출키 위한 지시를 내린 바 있다고 시인했다. 강대국 미국이, 조그마한 여성 한 명에게 재갈을 물리겠다고 이 난리를 치는 모습은 우습기도 하고 비극이기도 했다. 내 허영심이 조금밖에 커져 있지 않아 그나마 다행이었다.

시카고에서 연설할 수 있는 희망을 거의 포기하고 있을 때 베키 얌폴스키가 벤 라이트먼 박사로부터의 소식을 전했다. 그가 실업자와 부랑자들의 모임을 위해 사용하고 있는 빈 가게를 우리에게 제공하겠다는 것이었다. 그 가게에서 집회를 열면 어떨지를 제안하며 논의를 위해 한번 만나자고 했다. 시카고 실업자 행진에 대한 신문 기사에서 라이트먼은 행진을 주도한 사람 중 한 명이자 경찰에게 구타당한 인물 중 하나로 언급되었더랬다. 어떤 사람인지 만나보고 싶었다.

만나기로 한 오후, 커다란 검은색 카우보이 모자에 실크 넥타이, 커다란 지팡이를 짚은 그는 이국적이고 또한 그림과도 같은 모습으로 도착했다. "이 작은 여성분이 엠마 골드만 씨로군요." 그는 반갑게 인사했다. "항상 당신을 알고 싶었더랬죠." 그의 목소리는 중후하고 부드러운 동시에 교태로웠다. 나 또한 엠마 골드만을 돕겠다고 나설 만큼 표현의 자유를 믿는 이가 어떤 사람인지 궁금해 만나고 싶었다고 대답했다.

라이트먼 박사는 키가 큰 사람이었다. 그의 머리를 뒤덮고 있는 구불거리는 검은 머리칼은 한동안 감지 않은 듯 보였고, 그의 커다란 눈동자는 갈색에, 몽환적으로 보였다. 웃을 때 아름다운 이를 드러내는 그의 입술은 도톰하고 열정으로 가득 차 있었다. 그는 아주 잘생긴 야수 같았다. 가늘고 하얀 손은 묘한 매력이 있었고, 그의 손톱 역시 그의 머리칼과 마찬가지로 비누와 브러쉬와는 거리가 먼 것처럼 보였다. 나는 그의 손에서 좀처럼 눈을 떼기 어려웠는데 부드럽게 사람을 감동시키는 이상한 매력이 바로 그 손에서 나오는 것 같았다.

집회에 대한 논의를 하면서 라이트먼 박사는 시카고 당국이 나의 연설에 반대를 하는 게 아님을 분명히 했다는 점을 밝혔다. 경찰은 박사에게 "전적으로 엠마 골드만의 장소 섭외 여부에 달렸다"고 말했다는 것이다. 라이트먼 박사는 경찰을 시험에 들도록 나를 도울 수 있게 되어 기쁘다 했다. 빈 가게는 200여 명이 앉을 수 있는 크기였다. 더럽긴 해도 부랑자들이 청소를 도울 것이었다. 일단 이곳에서 나의 모험을 시작하고 나면 다른 곳으로 뻗어 나가는 것은 훨씬 수월할 터였다. 그는 그곳을 '형제복지본부'라고 불렀는데, 본부에서 열릴 집회에서 경찰을 어떻게 물리칠 수 있을 것인지에 대한 계획을 열정적으로 설명했다. 박사는 몇 시간 동안 머물며 논의를 했고, 그가 떠나고 나서도 나는 여전히 불안하고 어쩔 줄 모르는 상태였는데 아마도 그의 손의 마법에 홀려 있는 게 분명했다.

부랑자들의 도움을 받아 라이트먼 박사는 가게를 청소하고 단상을 짓고 또 약 250여 명이 앉을 수 있는 벤치를 세팅했다. 여성 동지들은 그 장소를 매력적으로 만드는 동시에 사람들의 호기심 넘치는 시선을 차단하기 위한 작은 가림막을 준비했다. 행사를 위한 준비가 끝났을 무렵 언론은 경찰의 명령에 반대하여 음모를 꾸미고 있는 엠마 골드만과 라이트먼에 대한 자극적인 이야기를 전했다. 행사 당일 오후 건물 관계자와 소방서 관계자들이 가게를 찾아와 박사에게 몇 명의 청중을 받을 생각인지를 물었다. 금세 상황을 눈치챈 라이트먼은 50명이라고 대답했다. 이에 건축부서 사람이 딱 잘라 말했다. "9명까지 가능합니다." 이에 소방서 관계자도 "그 이상의 인원이 이곳에 있는 건 안전상의 이유로 불가합니다" 하고 말했다. 이 일격으로 우리의 집회는 불가판정을 받았고, 경찰은 또 한 번의 승리를 거두었다.

이 말도 안 되는 상황은 일부 언론을 자극하는 기제가 되었다. 『인터오션』은 내게 칼럼을 청탁했고, 며칠 동안 내 칼럼이 신문 페이지를 채우며 수천 명의 독자들을 만났다. 그리하여 나는 오베르부치의 비극적인 사건과 거기서 시장과 그 아들이 한 짓, 표현의 자유를 억압하려는 음모를 마침내 검열에 대한 걱정 없이 대중에게 전하며 내 생각을 이야기할 수 있게 되었다. 물론 편집자는 내 기사에 멋스러운 헤드라인을 달고 사설에서는 얼마든지 아나키즘을 비난할 권리가 있었다. 하지만 나는 내 이름을 걸고 글을 썼기에 신문에 실린 다른 그 어떤 것에도 영향받지 않을 수 있었다.

『인터오션』은 경찰을 상대로 쿠데타라도 일으키고 싶은 듯했다. 그들은 내게 차에 올라타 도시의 군중들에게 연설을 하는 게 어떤지를 제안했다. "이 일이 여봐란듯 성공하도록" 차는 물론이고 기자와 사진가, 조명 및 필요한 기타 물품들을 제공하겠다고 했다. 나는 그런 서커스와 같은 공연에 동의할 수 없었다. 그것은 내게 표현의 자유를 보장하기보다는 오히려 싸구려 장사꾼 분위기를 자아낼 테니 말이다.

집회 장소들의 연이은 폐쇄로 나는 동지들에게 노동자 회관에서 사교모임과 음악회를 열 것을 제안했고, 내 이름은 행사 안내문에 포함되어 있지 않았다. 나는 감시견들을 피해 회관에 살짝 들어갈 계획을 세웠다. 우리 그룹에서 이 계획을 아는 이는 아주 소수였고, 다른 사람들은 대체로 이 모임의 목적을 투쟁기금 마련으로 알고 있었다.

우리의 비밀계획에 함께하게 된 외부인이 하나 생겼는데, 바로 벤 라이트먼이었다. 일부는 그가 신입회원이기 때문에 신뢰하기 어렵다는 이유로 반대했다. 나는 그를 대변하며 그는 자신의 가게를 제공하는 데 엄청난 열정을 보이며 우리의 노력이 알려지는 데 큰 역할을 한 사람이라고 주장했다. 그가 이 일에 갖는 관심에는 의심할 여지가 없었다. 확고한 반대파를 설득하는 데에는 성공하지 못했지만 다른 많은 동지들은 라이트먼의 개입에 동의했다.

그날 밤 나는 잠을 이룰 수 없었다. 심란한 마음으로 이리 누웠다 저리 누웠다 하며 스스로에게 질문을 했다. 내가 전혀 알지도 못하는 사람을 위해 그토록 열정적으로 동지들에게 애원했던 이유는 과연 무엇이던가? 나는 줄곧 낯선 사람이 보이는 성급한 신뢰에 반대하는 입장이었다. 나로 하여금 그를 믿게 한 것은 무엇인 걸까? 나는 그것이 그에게 강하게 끌리는 나의 마음이라는 것을 인정해야만 했다. 그가 얍폴스키의 사무실에 처음 들어온 순간부터 나는 그에게 사로잡혔던 게다. 그날 이후 많은 시간을 함께 보내면서 그의 육체적 매력은 점점 강하게 다가왔다. 그 역시 내게 흥분하고 있음을 알 수 있었다. 그는 그것을 숨기지 않았고 어느 날은 갑자기 나를 붙잡고 끌어안으려 시도하기까지 했다. 어찌 그렇게 막무가내일 수 있는지 그가 미웠지만 그러면서도 나를 만지는 그의 손길에 나는 전율했다. 한밤

중 적막 속에서 혼자만의 생각에 잠긴 채로 나는 야수 같으면서도 잘생긴, 그리고 또 너무나 매혹적인 손을 가진 이 남자에 대한 열정이 점점 커지고 있음을 깨달았다.

사교모임이 있던 3월 17일 저녁, 문 앞에서 형사들이 나를 기다리고 있을 때 나는 얌폴스키 집 뒷문으로 조용히 빠져나가는 데 성공했다. 회관 근처 폴리스라인도 무사히 통과했다. 청중은 많았고 경찰들은 회관 안 벽에 기대어 서 있었다. 음악회가 시작되면서 바이올린 독주가 연주되었고 희미한 조명 속에 나는 천천히 단상 쪽으로 걸어갔다. 독주가 끝나자 벤 라이트먼은 단상에 올라 이제 우리 모두가 아는 친구가 연설을 할 것이라고 안내했다. 나는 재빨리 일어나 연설을 시작했다. 내 목소리가 들리자마자 관중의 환호와 박수갈채가 시작되었고 동시에 경찰들이 단상으로 향했다. 형사반장이 나를 하도 거세게 끌어당겨서 하마터면 내 옷이 찢어질 뻔했다. 일순 장내가 혼란으로 마비가 되었다. 혹시라도 젊은이들 중 일부가 경솔한 행동을 할까 봐 두려운 마음에 나는 이렇게 소리쳤다. "경찰이 여기에 와 있는 것은 또 다른 헤이마켓 폭동을 일으키기 위해섭니다. 여러분, 절대 저들에게 기회를 주면 안 됩니다. 조용히 이곳을 빠져나가세요. 그 편이 우리 대의를 위한 행동입니다." 청중은 박수를 보내며 질서정연하게 혁명가를 불렀다. 나에게 재갈을 물리지 못했단 사실에 화가 난 반장은 욕과 저주를 퍼부으며 나를 출구로 밀쳤다. 계단에 이르러 나는 걸음을 멈추고 회관에 있는 내 코트와 모자를 받을 때까지 꿈쩍도 하지 않겠다고 했다. 벽을 등지고 선 채로 내 코트를 기다리면서 라이트먼이 경찰관 두 명에 의해 끌려나와 거리로 내밀쳐지는 것을 보았다. 나를 지나치면서 그는 내쪽을 보지도, 말 한마디를 건네지도 않았다. 순간적으로 기분이 상했지만 아마도 경찰들을 속이기 위해 나를 모르는 척하는 것일 거라고 생각했다. 경찰을 따돌리고 나서 그는 분명 얍폴스키의 집으로 올 거라고 확신했다. 내가 얍폴스키 집에 도착했을 때 경찰과 형사, 신문기자와 많은 군중이 내 뒤를 따르고 있었다.

얍폴스키 사무실에는 이미 동지들이 모여 있었다. 그들은 나의 참석 여부를 당국과 기자들이 어떻게 알게 된 것인지에 대한 논의를 하고 있었는데, 그들이 라이트먼을 의심하고 있다는 것을 느낄 수 있었다. 화가 났지만 나는 아무 말도 하지 않았다. 곧 그가 찾아와 직접 말할 것이라고 기대하며 기다렸다. 그러나 밤은 깊어 가는데 그는 오지 않았다. 동료들의 의심은 더 강해질 수밖에 없었고 그 의심은 내게도 전해졌다. "경찰에 구금된 게 틀림없어요." 나는 설명을 하고 싶었다. 늘 내게 충실한 베키와 네이선슨은 이에 동의했지만 다른 사람들은 여전히 의심했다. 나는 라이트먼에 대한 믿음을 붙잡은 채로 끔찍한 밤을 보내면서도 혹여나 정말로 그가 뭘 잘못한 건 아닐지 두려웠다.

라이트먼은 다음 날 일찍 나를 찾아왔다. 체포된 것은 아니었지만 어제는 중요한 이유가 있어 베키의 집에 올 수 없었다 했다. 그는 누가 언론과 당국에 이 사실을 알렸는지에 대해 아는 바가 전혀 없었다. 나는 그의 영혼을 헤아리기 위해 애쓰면서 그를 자세히 바라보았다. 그러자 전날 밤의 일말의 의심은 태양에 얼음이 녹듯 단번에 녹아 버렸다. 이렇게 솔직한 얼굴을 가진 사람이 배신을 한다거나 고의로 거짓말을 한다는 것은 영 불가능해 보였다.

경찰의 조치로 인해, 이전에는 "아나키스트 근절"을 선동하던 대부분의 신문에서도 내가 받은 잔인한 대우와 가혹행위에 대한 항의의 내용을 담은 사설이 실렸다. 어떤 신문에서는 유혈사태를 막은 것은 경찰이 아니라 엠마 골드만의 냉철함과 용기였다고 하기도 했다. 또 다른 신문에는 이런 글이 실렸다. "마호니 반장은 명령을 위반하면서까지 노동자 회관에서 엠마 골드만을 쫓아냈다. 그녀의 발언을 막음으로써 경찰은 언론의 자유라는 헌법적 권리 같은 것은 없다고 믿는 그녀의 열성적인 추종자들에게 빌미까지 주면서 동시에 그녀의 손에서 놀아난 셈이 되었다."

그후로 며칠 동안 시카고 언론은 유명인사들의 칼럼과 편지를 게재했는데 그중 하나는 윌리엄 더들리 폴크의 글로 엠마 골드만과 언론의 자유를 탄압하는 것에 대한 분노를 표명한 것이었다. 또 다른 하나는 시카고의 저명한 의사인 커 박사의 글이었다. 무엇보다 가장 만족스러운 결과는 경찰의 행동에 대한 랍비 허쉬의 입장을 이끌어낸 것이었다. 그다음 일요일, 랍비는 그의 설교를 아나키즘에 대한 객관적 설명에 할애했다. 무엇보다도 그는 고귀한 정신을 대변하는 이상을 폭력으로 근절시키려는 당국의 어리석음을 지적했다. 이런 분위기에 공헌한 또 한 가지는 커 박사가 언론의 자유를 위한 투쟁에 관심이 있는 그의 형제와 다른 친구들과의 만남을 위해 나를 그의 집으로 초대한 일이었다. 결과적으로 시카고에서 가장 유명한 급진주의자들을 회원으로 한 언론자유연맹이 결성되었다.

연맹에서는 나의 발언권이 확립될 때까지 시카고에 남아 있을 것을 촉구했지만 안타깝게도 밀워키를 비롯한 다른 서부 도시들에서 이미 강연 일정이 정해져 있었기 때문에 이에 응할 수 없었다. 나는 다음을 기약했다.

시카고에서 나의 집회가 금지됨에 따라 나는 전국 방방곡곡에서 유명인사가 되었는데, 이는 버펄로 비극 이후 처음 있는 일이었다. 이전에도 여러 번 밀워키를 방문했었지만 큰 주목을 받지는 못했었다. 하지만 이번 집회에 참석한 청중은 회관의 수용 능력을 훌쩍 넘어섰고, 많은 수의 사람들이 들어오지도 못한 채 발걸음을 돌려야 했다. 심지어 사회주의자들도 대거 참석했고, 그중에는 리더인 빅토르 베르거도 있었다. 이전에 그를 한 번 만난 적이 있었는데 그는 마르크스주의자로서 내가 대표하는 사상을 용납하지 못하는 사람이었다. 그런 그가 이제는 내가 그동안 해온 투쟁을 칭찬하기까지 했다. 아나키즘 책자에 대한 수요는 몹시 만족스러운 수준으로 증가했다.

밀워키에서의 반응도 만족스러웠고 좋은 동료들과 함께하며 행복할 이유가 충분했음에도 나는 불만족스러웠고 불안하고 초조했다. 나는 커다란 그리움에 사로잡힌 것이었다, 시카고에서 나를 그토록 매료시켰던 그 사람의 손길에 대한 참을 수 없는 갈망에. 그에게 전보를 쳐 내게 와달라고 했다. 하지만 그가 오자마자 나는 설명할 수도, 극복할 수도 없는 내면의 장벽에 맞서 힘들게 싸워야 했다. 예정된 일정을 다 마치고 라이트먼과 함께 다시 시카고로 돌아왔다. 경찰은 더 이상 내 뒤를 쫓지 않았고 몇 주 만에 처음으로 사생활이란 걸 즐길 수 있게 되었다. 자유롭게 이곳저곳을 돌아다니며 감시에 대한 걱정 없이 친구들과 편하게 이야기를 나눌 수 있었다.

내가 형사들의 마수에서 벗어난 것을 축하하기 위해 라이트먼은 나를 저녁 식사에 초대해 자신과 자신의 젊은 시절에 대한 이야기를 들려주었다. 자신의 어머니와 이혼한 후 어머니를 빈곤하게 살도록 남겨 둔 채 두 명의 자녀까지 부양하게 만든 돈 많은 아버지에 대해서도 이야기했다. 그의 방랑벽은 다섯 살 때부터 시작되었는데 항상 그를 철도로 이끌었고, 그의 나이 열한 살이 되었을 때 집을 나와 미국과 유럽을 떠돌며 인간 존재의 심연, 악덕과 범죄와 가까운 곳에서 살았다. 그는 시카고 기술전문학교에서 관리인으로 일했는데 그곳의 교수들이 그에게 관심을 갖는 계기가 되었다 했다. 23세에 결혼을 하고 아이가 태어나자 짧은 결혼생활을 마치고 이혼을 하게 되었다. 그는 어머니에 대한 마음과 침례교도로 자란 영향, 화려하기도 하고 암울하기도 한 인생의 모험들에 대해 이야기했는데 그것들이 지금의 그를 만드는 데 다 영향을 끼쳤으리라.

나는 책을 통해서만 알았던 유형의 인간, 즉 도스토옙스키와 고리키가 묘사한 유형의 현현을 보고 깊이 매료되었다. 내 개인적 삶의 비참함과 시카고에서 몇 주 동안 견뎌야 했던 고난이 다 사라지는 것만 같았다. 평안함 속에서 나는 다시 젊음을 되찾았다. 나는 삶과 사랑을 갈구했고, 나와는 전혀 다른 세상에서 온 이 남자의 품에 안길 수 있기를 바랐다.

그날 밤 얌폴스키의 집에서 열정의 급류에 사로잡혔는데, 이는 그 누구도 내 마음속에서 다시 일깨울 수 있을 거라고 감히 상상하지 못하던 종류의 감정이었다. 나는 이 원시적인 부름, 벌거벗은 아름다움, 황홀한 기쁨에 부끄러움 없이 대담하게 응했다.

그날 나는 다시 지상에 발을 내딛는 느낌이었고 내 이상을 위해 다시 일할 수 있게 되었다. 미니애폴리스에서 위니펙으로 떠나기 전날 몇몇 친구들이 나를 저녁 식사에 초대했다. 벤도 나중에 합류할 예정이었다. 유쾌한 사람들과 함께 시카고에서의 마지막 시간을 즐겁게 보낼 수 있었다. 머지않아 벤이 도착했고 그의 등장과 함께 분위기가 한껏 고조되었다.

우리와 그리 멀지 않은 곳에 앉은 한 무리의 사람들이 있었는데 그중 하나는 슈틀러 반장으로 그의 존재만으로도 공기가 탁해지는 기분이 들었다. 갑자기 그가 자리에서 일어나 우리 쪽으로 걸어왔는데 놀랍게도 벤이 일어나 슈틀러 반장에게 다가갔다. 반장은 기분좋은 목소리로 인사를 건넸다. "어이, 벤." 그러고는 친숙하게 그를 자신의 옆으로 끌어당기는 게 아닌가. 무리의 다른 경찰관들도 모두 벤을 알고 있는 듯했고 좋은 관계를 유지하고 있는 듯 보였다. 분노와 혐오, 공포가 뒤섞여 내 관자놀이를 두드렸고 나는 욕지기가 올라왔다. 친구들과 서로 마주보고 있던 상황 속에 내 비참함은 더 커졌다.

나를 미친듯이 매혹시키며 황홀하게 했던 벤 라이트먼이 형사들과 호형호제하는 사이라니? 내 살을 불타오르게 했던 그의 손은 루이스 린그를 거의 목졸라 죽일 뻔했던 짐승 같은 작자와, 1901년에 나를 위협하고 또 괴롭혔던 그 남자와 가까이 있었다. 자유의 옹호자 벤 라이트먼이, 표현의 자유를 억압하고 실업자들을 공경에 빠뜨리고 가난한 오베르부치를 죽인 바로 그 사람들과 어울려 다닌다니? 그가 도대체 어떻게 경찰들과 관련이 있을 수 있는 것일까? 순간, 그가 형사일지도 모른다는 끔찍한 생각에 나는 완전히 멍해졌다. 이 무서운 생각을 몰아내려 아무리 노력해 봐도 오히려 점점 더 집요하게 나를 따라다닐 뿐이었다. 나는 3월 17일을 떠올렸다. 경찰과 기자들이 몰려온 우리의 모임은 정말 그의 배신이었을까? 그게 가능한 일일까? 나는 그런 남자에게 나를 바쳤단 말인가! 19년 동안 자유와 정의의 적들과 싸워 온 내가, 적의 품에 안겨 황홀경에 빠졌다니.

스스로를 다잡으려고 노력하면서 친구들에게 어서 이 자리를 벗어나자고 했다. 나와 전차까지 함께 타준 동지들은 참으로 친절하고 이해심 많은 사람들이었다. 그들은 내가 한 좋은 일들과 이후 나의 방문에 대한 계획을 이야기했다. 그들이 어떤 의도로 하는 말인지를 알았기에 고마운 마음이 들었지만, 나는 그저 빨리 사라지고만 싶었다. 마침내 혼자가 되었을 때 나는 마음속 폭풍우를 홀로 맞았다.

밤은 끝이 없었다. 나는 아직도 벤에게 향하는 마음에, 수치와 의심들로 밤새 뒤척였다. 밀워키에서 왜 그렇게 서둘러 떠났느냐 묻는 그의 전보를 받고 나는 답장하지 않았다. 오후의 또 다른 전보에서는 "당신을 사랑해. 당신을 원해. 제발 당신 곁에 갈 수 있게 해주세요"라고 썼다. 나는 답신으로 "슈틀러의 친구에게 사랑 같은 거 원하지 않습니다"라고 써서 보냈다. 위니펙에 도착하자 편지 한 통이 나를 기다리고 있었다. 미친 듯 쏟아지는 열정과 제발 설명할 기회를 달라고 간청하는 애처로운 내용이었다.

매일같이 회의와 집회 준비로 바빴기 때문에 벤에 대한 나의 욕망에 저항하는 것이 크게 어렵지는 않았다. 하지만 밤은 또 다른 문제였다. 내 이성은 그를 거부했지만 내 마음은 그의 이름을 부르짖고 있었다. 그의 유혹에 필사적으로 맞서며 오로지 강연에 집중하면서 갈망을 억눌러야 했다.

캐나다에서 돌아오는 길에 나는 미국 국경에서 붙잡혔다. 출입국 심사관은 나를 데리고 기차에서 내려 미국에 입국할 수 있는 나의 권리에 대해 질문을 퍼부었다. 워싱턴에서 반-아나키즘 법안을 열심히 연구한 모양이었다. 그는 미국을 위해서라기보다는 자신의 승진을 위하여 가쁜 숨을 내쉬며 땀을 뻘뻘 흘렸다. 나는 미국에서 23년 동안 살았고, 반-아나키즘 법은 미국에 3년 미만 거주한 사람들에게만 적용되는 것임을 알려주었다. 더군다나 나는 결혼을 통해 이미 미국 시민이 되었다고도. 출입국심사관으로서는 기절초풍할 노릇이었다. 눈앞에서 아른거리던 승진이라는 메달이 다시 도망가고 있었으니 말이다.

미니애폴리스로 돌아오니 내 곁에 돌아오고 싶다는 벤의 간청이 적힌 편지가 또다시 나를 기다리고 있었다. 한동안은 맞서 싸울 수 있었지만 이상한 꿈 하나로 결국 모든 게 결정되었다. 내 꿈에서 벤은 내 몸 위로 몸을 굽힌 채 얼굴을 내게 가까이 대고는 그의 두 손을 내 가슴에 얹었다. 그의 손끝에서는 뿜어져 나온 불꽃은 내 몸을 천천히 감쌌다. 나는 벗어나려는 노력을 하기보다 오히려 그 불길에 휩싸이기를 갈망했다. 잠에서 깨어났을 때 내 마음은 내 감정에 반항하는 머리에게 계속해서 속삭이는 듯했다. 가끔은 위대한 열정이 위대한 생각과 행동을 가져오는 법이라고 말이다. 어쩌면 내가 벤에게 영감을 주어 그를 내가 가진 사회적 이상으로 데려올 수도 있는 것 아닐까?

나는 전보를 보내 “와도 좋아요”라고 했다. 나를 괴롭히는 의심과 그를 믿고 싶은 미칠 것 같은 욕망을 오가며 12시간을 보냈다. 내 본능이 그렇게까지 사람을 잘못 볼 수는 없다고 나는 스스로를 설득했다. 만날 가치도 없는 사람에게 내가 저항할 수 없는 매력을 느낄 리 없지 않은가.

슈틀러와의 일에 대한 벤의 설명을 듣고서 내 의심은 완전히 사라졌다. 경찰과 그를 잇는 것은 우정이 아니라 부랑자, 매춘부 들 사이에서 일하며 경찰과 맺게 된 관계였다. 버림받고 갈 곳 없는 사람들은 어려울 때마다 벤을 찾아왔다. 사람들은 벤을 알고 또 믿었으며 널리 존경받는 사람들보다도 그들을 더 잘 이해해 주는 건 다름아닌 벤이었다. 그 자신도 하류인생을 거쳐 온 사람이었고 그의 마음은 누구보다도 사회의 약자들에게 향해 있었다. 이들은 벤을 자신들의 대변인으로 삼고서 종종 경찰에 자신들을 대신해 변호해 줄 것을 요청했다. “이 외에 다른 건 아무것도 없어요. 정말이에요. 믿어 줘요. 증명할 수도 있어요.” 그 무슨 일이 있건, 나는 그를 온 마음으로 믿어야 했다.

33

시카고에서 내 집회가 금지되는 동안 사샤 역시 동부에서 비슷한 박해를 받아야 했다. 매사추세츠 여러 도시들에서 그의 강연이 취소되었고, 그가 주재한 유니언 스퀘어에서의 실업자 시위도 경찰에 의해 강제 해산되었다. 사샤가 걱정되어 내가 뉴욕으로 돌아가길 원하는지를 묻는 전보를 보냈다. 다음 날 아침 신문에서 유니언 스퀘어에서 폭탄이 터졌고 이와 관련해 알렉산더 버크만이 체포되었다는 기사를 읽었다. 우리 두 사람의 의견 차이 같은 건 더 이상 문제되지 않았다. 그가 곤경에 처했는데 그의 옆에서 그를 돕지 못했다니! 즉시 뉴욕으로 떠날 결심을 했지만 준비를 채 마치기도 전에 사샤로부터 전보가 왔다. 당국이 그를 유니언 스퀘어 폭탄 사건에 연루시키려 했으나, 실패하자 대신 그를 폭동선동 죄목으로 기소했다는 것이었다. 하지만 그나마도 증거부족으로 그들은 기소를 취하해야 했다. 사샤는 내가 걱정할 필요가 전혀 없으며, 유니언 스퀘어에서 발생한 비극적 사건의 희생자는 젊은 동지 셀리그 실버스타인으로, 그가 경찰에 의해 심하게 구타당했다는 것을 알렸다. 그는 폭발로 인한 부상이 심각한 지경이었는데도 후에 경찰에게 끌려가 고문까지 당했다. 육체적 고통과 정신적 고통으로 인해 그는 끝내 사망했고, 경찰의 만행과 끝까지 용감하고 침착했던 동지에 대한 사샤의 묘사를 통해 정부기관과 그들의 조직적 폭력에 대한 나의 증오심은 배가되었다. 내가 마지막 숨을 내쉬는 순간까지 내 일을 멈추지 않으리라는 다짐이 확고해지는 순간이었다.

캘리포니아로 향하기 전, 벤은 자신이 투어를 함께 해도 될지를 물었다. 그는 자신의 비용을 충당할 정도의 돈은 충분히 가지고 있다고 나를 안심시켰다. 그는 내 일을 돕고 집회를 조직하고 출판물을 판매하는 등 내 곁에서 할 수 있는 모든 일을 하겠다고 했다. 그의 제안은 나를 기대감에 들뜨게 했다. 길고 힘든 전국투어 여정에 나와 함께할 수 있는 연인, 동반자, 매니저가 있는 것이야말로 더 바랄 게 없는 상황이었음에도 나는 망설였다. 실제 비용을 제하고 나면 내 강의 수입은 『어머니 대지』에 아주 적은 수익만을 남겼다. 추가적인 부담을 감당할 만큼의 강의 수입은 나오지 않았는데, 벤과 이런 상황을 공유하지 않은 채 무작정 그의 제안을 받아들이고 싶지는 않았다. 고려해야 할 또 다른 사항도 있었는데, 바로 동지들이었다. 그들의 도움이 늘 효과적이었던 건 아니었어도 내게 항상 충실했건만 그런 그들에게 벤은 침입자로 여겨질 게 분명했다. 벤은 다른 세계에서 온 사람이었고 무엇보다 그는 충동적이었고 자신의 행동을 계산하며 움직이는 사람이 아니었다. 충돌은 불가피할 터인데, 나는 이미 너무 많은 일들을 짊어지고 있었다. 결정이 쉽지 않았지만 벤의 원시적인 본능이 줄 수 있는 것, 그리고 그런 그를 필요로 하는 나의 마음은 분명 거부할 수 없는 것이었다. 결국 그와 함께하기로 결심했다. 나머지는 되는 대로 흘러가게 두고서.

우리는 빠르게 달리는 기차에 나란히 앉았다. 그의 뜨거운 숨결이 내 뺨에 닿는 가운데 나는 그가 자신이 가장 좋아하는 키플링의 시를 낭송하는 것을 듣고 있었다.

나 여기 앉아 바다 건너를 바라보네.
당신과 나 외에 아무것도 보이지 않을 때까지.

"당신과 나, 나의 푸른 눈의 어머니여" 하고 그가 속삭였다.

이것이 내 인생의 새로운 챕터의 시작인 것일까? 나는 궁금했다. 이 새로운 챕터는 내게 무엇을 가져다줄까? 나의 온 존재가 편안함과 안정감으로 가득찼다. 행복에 겨워 눈을 감은 채 연인에게 더 가까이 다가갔다. 이것은 새롭고 강력한 힘이었고, 나는 이 힘이 계속되리라는 것을 알 수 있었다.

샌프란시스코에서의 집회는 나의 친구 알렉산더 호르가 주재하고 있었다. 이번 방문에서 나는 문제가 생길 거라 생각지도 않고 있었기에 마음을 놓고 있었다. 야심 넘치는 샌프란시스코 경찰 서장을 생각하지 못했던 것이다. 그러나 아마도 동부에 있는 자신의 동료들의 성과가 부러웠던지, 비기 서장도 이와 비슷한 영광을 노리고 있는 듯했다. 서장은 경찰과 형사들을 대대적으로 대동하고 직접 역에 나와 있었다. 그들은 나와 벤, 호르를 태우고 호텔로 향하는 삯마차를 따라왔다. 호텔에는 나를 감시하기 위한 형사 네 명이 배치되었다.

나를 따라붙는 사람들 때문에 호텔 입구에서부터 장관을 연출하자 호텔 관계자와 손님들은 호기심 어린 눈으로 나를 봤다. 이 예상치도 못한 반응에 나는 호르에게 도대체 어찌된 일인지 물었다.

“모르고 있었나요?” 그는 완벽하게 침착한 표정을 하고서 대답했다. “당신이 항구에 정박해 있는 미국 함대를 폭파하기 위해 샌프란시스코로 온다는 소문이 이미 쫙 퍼졌거든요.” 나는 놀라 대답했다. “말도 안 되는 이야기를 잘도 만들어 냈네요. 나보고 그 말을 믿으라는 건가요?” 하지만 호르는 자신은 지금 진지하게 이야기하는 것이며, 비기 서장이 으스대며 “엠마 골드만과 그 패거리”로부터 함대를 지켜 내겠다고 선언했다는 말을 전했다. 나의 친구는 일부러 샌프란시스코의 고급호텔인 세인트 프란시스 호텔을 예약해 주었다. 그런 곳에 머무는 사람이 폭탄과 관련이 있을 거라는 의심을 하지는 않을 테니 말이다. “사람들이 어떻게 생각할지는 신경쓰지 말아요.” 내가 반박했다. “이곳은 화려하고 천박해요. 이곳에 있는 돈 많고 상스러운 사람들의 공격을 피해 다니고 싶지 않아요.” 이 말을 들은 호르는 크게 상심한 듯 보였고 곧 다른 숙소를 찾기 위해 호텔을 나섰다.

그 사이에도 나는 가만히 남겨지는 법이 없었다. 계속해서 기자와 카메라에게 둘러싸였고 그들은 내 의사와 상관없이 사진을 찍어 댔으며 정말로 함대를 폭파시키러 왔느냐는 질문이 끝도 없이 이어졌다.

나는 대답했다. “폭탄을 굳이 낭비할 필요 있나요? 내가 함대를 가지고 하고 싶은 일은 해군 전체, 아 육군까지도 다 만에 내다 버리는 거예요. 하지만 내게는 그럴 힘이 없기 때문에 육지에서든 바다에서든 군사기관이 무익할 뿐 아니라 엄청난 돈 낭비라는 점을 사람들에게 알리기 위해 이곳 샌프란시스코에 온 겁니다."

자정이 되어서야 나의 친구가 돌아왔다. 내가 묵을 만한 곳을 찾긴 했는데, 도심에서 약간 떨어진 곳이라 했다. 그곳은 조 에델슨의 집으로, 벤과 내가 있을 만한 충분한 공간이 있었다. 내게 조는 아주 훌륭한 동지였기도 하고 또 세인트 프란시스 호텔에서 빠져나올 수 있다는 사실에 마냥 기뻤다. 아무리 오래 걸어야 한대도 말이다. 우리 세 사람이 삯마차를 타자 형사 네 사람도 다른 마차를 탔고 그렇게 우리는 다 같이 조의 집에 도착했다. 사복형사들의 감시는 계속되었고 아침에는 기마 경찰로 교체되었다. 이런 감시는 내가 도시에 머무는 동안 내내 유지되었다.

하루는 벤이 나를 샌프란시스코 군대 야영지인 프레시디오로 데려갔다. 그 병원의 주치의를 알고 있었던 거다. 두 사람은 지진이 발생했을 때 함께 일하며 환자를 돌본 사이였다. 형사들은 병원 문앞까지 우리를 쫓아왔지만 우리에게 더 이상 가까이 다가올 수는 없었는데, 군대의 적인 그 엠마 골드만이 담당의의 환대를 받으며 병실을 둘러보는 모습을 그들에게 보이는 것만으로 나는 내심 만족스러웠다.

나의 집회로 말할 것 같으면 진정한 전투 현장이었다. 블록마다 자동차와 말을 타거나 아니면 걸어서 순찰하는 경찰들이 진을 치고 있었고, 회관 안까지 상당수의 경찰이 배치되었으며 강당 주변은 형사들이 둘러싸고 있었다. 당연하게도 이 제복을 입은 남자들이 곧 우리의 광고판이 되어 주었다. 우리가 빌린 회관은 5,000명을 수용할 수 있는 크기였는데 우리 집회를 찾은 청중에 비해 턱없이 작은 곳이었다. 강연 시작 몇 시간 전부터 줄이 길게 늘어섰는데, 1893년에 있었던 유니언 스퀘어 시위를 제외하고 내 강연 투어에서 이토록 열성적인 대중의 모습은 본 적이 없었다. 이 모든 것은 당국이 샌프란시스코 시민들이 낸 세금으로 벌인 거대한 소극 덕분에 가능한 일이었다.

가장 흥미로웠던 모임은 어느 일요일 오후 내가 '애국심'에 관해 연설할 때였다. 어떻게든 회관으로 들어오려는 청중이 너무 많았기에 우리는 혹시라도 있을지 모를 혼란을 미연에 방지하기 위해 회관의 문을 닫아 두었다. 회관 안은 이곳에 모인 사람들 앞에 과시하듯 서 있는 경찰에 대한 분노로 가득찼다. 나 역시 당국의 방해를 참는 것에 있어 임계점에 다다랐고 이번 집회에서만큼은 확실히 항의의 뜻을 표명하리라 마음을 먹고 모임에 참석한 참이었다. 흥분한 청중의 얼굴을 확인하고서 나는 사람들의 폭력행동을 자극하는 데 있어 나의 격려가 필요하지 않다는 것을 곧바로 느낄 수 있었다. 둔하기 이를 데 없는 비기 서장마저 상황이 뭔가 달라졌음을 감지하고 이에 반응했다. 그는 사람들을 진정시켜 달라고 부탁하기 위해 내게 다가왔다. 나는 그가 회관에 배치된 경찰병력을 줄인다는 조건을 받아들일 경우에만 그 부탁을 들어주겠다고 했다. 서장은 이에 동의하고 경찰관들에게 줄지어 나갈 것을 명령했다. 경찰관들은 마치 죄지은 남학생처럼 군중의 야유와 빈정거림 속에서 행진해 밖으로 빠져나갔다.

이번 연설에서 선택한 주제는 지난 며칠간 샌프란시스코 신문들을 가득 채웠던 온갖 애국적인 내용을 감안했을 때 그야말로 시의적절했다. 연설을 듣기 위해 모인 엄청난 인원이 곧 내가 선택한 주제가 적절했다는 것의 방증이었다. 사람들은 다른 버전의 민족주의 신화를 듣고 싶어했다. 나는 강연을 시작했다.

"여러분, 애국심이란 게 무엇입니까? 자신이 태어난 곳, 어린 시절의 추억과 희망이 깃든 곳, 꿈과 동경의 장소에 대한 사랑이 애국심입니까? 어린아이처럼 순진하게 지나가는 구름을 보며 왜 저 구름은 더 빨리 움직이지 못하는지 궁금해하던, 그곳에 대한 사랑인가요? 수백만 개의 반짝이는 별을 세면서 우리 작은 영혼의 깊은 곳을 관통당하던 곳에 대한 사랑? 새들의 노랫소리를 들으며 그들처럼 머나먼 땅으로 날아가고픈 그런 곳에 대한 사랑? 아니면 우리가 어머니의 무릎에 앉아 위대한 위인들의 업적과 승리에 대한 이야기를 들으며 푹 빠져 있던 곳인가요? 다시 말하지만, 행복하고 즐겁고 개구졌던 유년 시절의 소중한 추억을 곳곳에 담고 있는 장소에 대한 사랑인가요?

만약 그것이 애국심이라면 오늘날 미국 남성들 중 애국심이 있다고 할 수 있는 사람은 거의 없을 겁니다. 왜냐? 놀이터는 공장과 광산으로 바뀌었고 귀청이 터질 듯한 기계소리가 새들의 음악을 대체했기 때문이죠. 또, 오늘날 어머니들이 들려주는 이야기는 위대한 업적에 대한 것이 아니라 슬픔과 눈물에 대한 것이기 때문입니다.

자, 그렇다면, 애국심이란 정말 무엇이란 말입니까? '애국심이란 악당들의 최후의 보루'라고 존슨 박사는 말했었죠. 우리 시대의 가장 위대한 반애국주의자 톨스토이는 애국심을 두고 대규모로 살인자를 만들어 내는 훈련을 정당화하는 것이라 정의한 바 있고요. 신발이나 의복, 주택과 같은 필수품을 만드는 것보다 사람을 죽이는 데 더 많은 돈과 장비를 들이고 있는 산업, 정직하게 일하는 노동자가 받는 것보다 더 큰 수익과 더 큰 영광을 보장하는 일이 바로 애국주의입니다."

내 강연을 중단시킬 정도로 요란한 박수소리는 5,000명의 사람들이 나에게 동의한다는 뜻일 것이었다. 나는 애국주의의 기원과 성격, 그리고 그것이 각국에 미치는 막대한 비용에 대한 분석을 이어나갔다. 긴장된 침묵 속에서 한 시간 동안의 연설을 마친 후 폭풍이 나를 휩쓸고 지나가는 듯, 나와 악수를 하고자 아우성치는 남자와 여자들 사이에 둘러싸였다. 흥분감에 머리가 어지럽고 사람들이 내게 무슨 말을 하고 있는지 파악하기도 어려웠다. 그 순간 군인 제복을 입은 키 큰 남자가 다가와 내게 손을 내밀고 있다는 것을 깨달았다. 생각보다 먼저 손이 앞으로 나갔다. 그 모습을 본 관중들은 흥분으로 터져 나갈 듯했다. 사람들은 모자를 공중으로 던지고 발을 구르며 엠마 골드만이 군인과 악수를 하는 모습을 보고선 기쁨을 주체하지 못하고 소리를 질러댔다. 모든 일이 너무 빠르게 진행된 나머지 그의 이름을 미처 묻지도 못했다. 그는 "고맙습니다. 골드만 씨"라는 말을 남기고서는 그가 나타날 때 그러했듯 아무도 눈치채지 못하게 그 자리를 빠져나갔다. 극적인 상황에 걸맞은 극적인 결말이었다.

다음 날 조간 신문에서 엠마 골드만의 집회를 떠나던 군인을 사복형사가 쫓았고, 그를 군 당국에 신고했다는 기사를 읽었다. 후에 언론은 군인의 이름은 윌리엄 부왈다이고, 그가 군에 체포되었으며

"엠마 골드만 집회에 참석하고 그녀와 악수한 혐의로 군법정에 회부될 것"임을 밝혔다. 어처구니가 없었다. 그럼에도 불구하고 우리는 즉시 그의 변호를 위한 위원회를 조직하고 투쟁자금을 모으기 시작했다. 그러고서 벤과 나는 로스앤젤레스로 향했다.

로스앤젤레스에서의 크고 활기찬 모임과 집회 외에 가장 흥미로웠던 일은 사회주의자 클로드 리들과의 토론과 조지 페티본을 방문한 일이었다. 이전에도 사회주의자들과 논쟁을 벌인 적은 있었지만 이번 토론 상대는 그중에서 가장 공정한 정신을 가진 사람이었다. 당의 입장에서 보자면 그것은 명백한 범죄였기에 그는 즉시 회원 자격이 박탈되었다. 미국 군인과 사회주의자가 엠마 골드만과 어떤 식으로든 관계를 맺었다는 이유로 자격정지가 되었다는 사실은 흥미롭기도 하고 몹시 유의미한 우연의 일치였다.

찰스 모이어와 윌리엄 헤이우드와 함께 조지 페티본은 서부 광산노동자 연맹을 분쇄하려는 음모의 희생자였다. 콜로라도의 광산주들은 수년간 노조에 맞서 전쟁을 해왔지만 성공하지 못했는데, 광산노조의 정신은 매수되지도 않고 깨어지지도 않는다는 것을 깨닫고는 노조를 파괴할 다른 수단을 기어이 찾아냈다. 1906년 2월 이 세 사람은 전 주지사 스터넨버그 살해혐의로 덴버에서 체포되었다. 돈과 권력의 힘은 얼마나 막강하던지 이들은 최소한의 적법한 절차도 거치지 않은 채 보이스 시로 긴급 이송되었고 이미 체포되기 전부터 이들을 운송할 기차와 송환서류가 마련되어 있었다. 피고인들에 대한 유일한 증거는 핑커톤의 스파이인 해리 오처드가 제공한 것이었다.

1년여 동안 그들 삶은 몹시 위태로워졌다. 언론에서는 아이다호 당국이 그들은 교수형에 처하도록 여론을 선동하고 있었다. 이 마녀 사냥의 분위기는 루스벨트 대통령이 모이어, 헤이우드, 페티본을 "바람직하지 않은 시민"으로 낙인찍으며 만들어 낸 것이었다.

전국의 노동계와 급진적 단체들의 즉각적이고 단결된 캠페인은 광산주들을 좌절시키는 데 성공했고, 이 선동에서 아나키스트들은 기소된 이들을 구하기 위해 수단과 방법을 가리지 않고 자신들의 온 힘을 바치며 크게 기여했다. 나는 이 사건에 대해 전국을 돌며 강연을 했고 그와 동시에 『어머니 대지』에서는 그들의 결백을 지지하며 노동자들에게 필요할 경우 총파업을 통해 동료들을 올가미에서 구할 것을 촉구했다. 무죄 판결이 내려지던 날 『어머니 대지』 그룹은 루스벨트 대통령에게 다음과 같은 전보를 보냈다. "기뻐하라, 바람직하지 않은 시민이 승리했도다." 그것은 미국의 대통령이면서도 사냥개 무리에 합류한 이에 대한 우리의 경멸의 표현이었다.

재판을 전후로 하여 세 사람 중 한 명도 만날 기회가 주어지지 않았다. 로스앤젤레스에서 나는 페티본이 완전히 은퇴하여 살고 있다는 소식을 듣게 되었는데 그의 건강은 투옥으로 인해 망가질 대로 망가진 상태였다. 내가 도착했다는 소식을 듣고 그는 지인을 보내 오랫동안 나를 만나고 싶었음을 전했다.

그의 얼굴에는 여전히 죽음의 흔적이 남아 있긴 했지만 그의 눈은 여전히 노동 대의에 대한 열정으로 빛나고 있었다. 그는 여러 이야기를 했는데 1887년 시카고에서 일어난 사법살인은, 내게도 그러했듯이, 그에게도 저항의 정신을 일깨우는 계기가 되었다고 했다. 그는 이번 사건들이 제2의 헤이마켓이 되는 것은 아닐까 생각했지만 오히려 노동자 세력에게 기념할 만한 일이 되었다. 그는 핑커톤과의 갈등을 빚은 여러 사건을 이야기하면서 어떻게 그들의 어리석음과 비겁함을 농담거리로 만들었는지를 들려주었다. 그는 당국이 자신으로 하여금 동료들에게 등을 돌리도록 회유한 것에 대해서도 말했다. "생각해 봐요. 그들은 내가 사업가로서의 이익과 앞으로의 거두어들일 수 있는 것들, 그 기회에 호소했죠. 그 영혼과 정신 모두 빈곤해 빠진 인간들이, 내가 다른 사람들 머리털끝 하나라도 다치게 하느니 차라리 죽는 편이 낫다고 생각하는 사람일 거라고 어찌 생각할 수 있었겠습니까."

오리건 주 포틀랜드에서 내 강연을 위해 섭외되었던 강당 두 곳(독일계의 아리온과 YMCA 회관)이 막판에 말을 바꿨다는 소식을 들었다. 하지만 다행스럽게도 그 도시에는 표현의 자유를 단순히 이론으로만 대하지 않는 사람들이 많이 있었다. 그중 단연 뛰어난 사람은 전 상원위원 출신의 찰스 어스킨 스콧 우드로, 저명한 변호사이자 작가, 화가였고 지역에서 상당한 문화적 영향력을 가진 인물이었다. 그는 멋진 외모와 더불어 품위 있는 성격의 사람이었고 진정한 의미에서 자유주의자였다. 그동안 강당 두 곳을 확보하는 데 핵심적인 역할을 한 사람이 바로 우드였는데, 강당 소유주들이 마땅히 물러나야 하는데도 고집을 부리는 상황에 대해 우드는 몹시 괴로워했다. 그는 아리온 소사이어티가 회관 임대계약을 체결해 두었으므로 법적 책임을 지울 수 있다는 말로 나를 안심시켰다. 나는 지금껏 법적으로 많은 어려움을 겪어 왔음에도 내가 다른 이에게 계약서를 들이밀어 법을 사용한 적은 없었노라고 말하자 우드 씨는 이렇게 외쳤다. "아, 역시 위험한 아나키스트라더니 그런 종류셨군요! 이제 당신이 어떤 사람인지 알았으니 다른 사람들도 내 말을 들으라고 해야겠네요. 사람들에게 와서 진짜 엠마 골드만을 만나 보라고 청해야 할 것 같아요.” 며칠 안 되어 그는 내게 다양한 사람들을 소개했을 뿐 아니라 『오레고니언』의 편집자 중 한 명인 채프먼 씨로 하여금 내 강연에 대해 기사를 싣도록 영감을 주었다. 유니테리언 교회의 엘리엇 목사는 내게 그의 교회에서 강연할 것을 청하면서 도시의 많은 저명인사들이 나를 지지한다는 입장을 공개적으로 선언하도록 했다.

그후의 항해는 순탄했다. 강당이 확보되었고 집회에는 대규모 청중이 참석했다. 우드 씨는 내 첫번째 강의를 주재하며 훌륭한 개회연설을 해주었다. 이렇게 든든한 지원을 받은 만큼 청중을 사로잡아야 했다. 나는 조간신문에서 윌리엄 부왈다가 어떤 대우를 받고 있는지 기사를 접하고 감정적으로 몹시 흥분한 상태였다. 그는 군법회의에 회부되었고 군인 자격을 잃었으며 군인의 품위를 해쳤다는 이유로 알카트라즈 섬에 있는 군교도소에서 5년형을 선고받았다. 15년 동안 그는 아주 모범적인 군인이었다는 상관들의 증언에도 불구하고 그런 판결이 나온 것이다. 펀스톤 장군은 양형의 이유로 “엠마 골드만의 집회에 군인제복을 입고 참석해 연설에 박수를 보낸 죄, 그리고 위험한 아나키스트 여성과 악수를 한 죄”를 들며 형을 설명했다.

내 연설 주제는 ‘아나키즘’이었다. 윌리엄 부왈다의 사건으로 인한 국가에 대한 분노, 시정되는 일도 탈출구도 없는 국가와 군사기관에 대해 말하기에 이보다 더 나은 주제는 없었다. 내 연설은 활활 불타올랐고 심지어 단순한 호기심으로 참석한 사람들마저 내 불길에 휩싸이게 만들었다. 강연을 마치면서 나는 부왈다의 선고에 반대하는 여론을 불러일으키기 위한 즉각적인 캠페인을 호소했다. 위원회는 부왈다의 조속한 석방을 위하여 캠페인을 조직하고 청원서를 작성할 것은 물론이고 재정적으로도 지원하겠노라 약속했다. 우드 씨는 재무 담당으로 선출되었는데 그 자리에서 상당한 금액을 선뜻 기부했다.

집회에 참석하는 청중은 계속해서 늘어났고 사회 온갖 계층의 사람들이 자리를 찾았다. 변호사, 판사, 의사, 작가, 여공들까지 그간 자신들이 두려워하고 배척하도록 배워 왔던 사상에 대한 진실을 알기 위해 내 강연에 왔다.

우리는 시애틀과 스포케인에서 성공적으로 집회를 마치고 몬태나 주 뷰트로 향했다. 이번 여행을 통해 서부 농장과 보호구역 내 선주민들을 볼 수 있는 기회가 생겼다. 몬태나에서 만난 농부 한 명은 뉴잉글랜드와 크게 다르지 않았다. 1891년 사샤와 내가 크레용 초상화를 위해 농장지역을 돌 때 만났던 불친절하고 인색한 사람들 말이다. 몬태나는 미국의 주 중에서도 가장 아름다운 곳에 속하며 뉴잉글랜드의 억센 땅에 비하면 비옥하고 풍부했다. 그럼에도 그들은 불친절하고 탐욕스럽고 낯선 이를 무조건 의심부터 하고 봤다. 인디언 보호구역은 백인통치의 실상을 보여 주었다. 한때 대부분의 미국 땅에 거주하며 자신만의 예술과 삶의 개념을 소유했던 건강하고 단순한 부족, 미국의 진정한 선주민들이 이제 단순한 그림자로 줄어들어 있었다. 담배에 잡아먹힌 폐와 잃어버린 활력에 대한 보답으로 그들이 받은 것은 성경이었다. 인디언들의 친절하고 너그러운 정신은 백인들의 금지에도 불구하고 여전히 살아 있었다.

그 어느 때보다 다사다난했던 투어가 끝나고 나는 뉴욕으로 향했다. 벤은 어머니에게 들르기 위해 시카고에 갔다가 가을에 다시 나와 합류할 예정이었다. 4개월 동안 내내 붙어 지내다 떨어지는 일은 고통스러웠다. 이 이상한 존재가 예상치 않은 방식으로 내 삶에 들어온 지 4개월밖에 안 되었음에도 나는 벌써부터 그의 존재를 갈망하며 내 온 신경에서 그를 느꼈다.

몇달 동안 벤의 매력에 대한 마땅한 설명을 찾으려 노력했다. 그에게 완전히 몰입할 수 있었음에도 나는 우리 둘 사이에 놓인 차이를 잊지 않았다. 나는 처음부터 우리가 지적으로 공통점이 없다는 것과 인생관, 습관, 취향도 모두 다 동떨어져 있다는 것을 알고 있었다. 그가 물론 의학박사 학위를 가지고 있고, 소외된 사람들을 위한 일을 해왔음에도 불구하고 나는 벤이 지적으로 다소 투박하며 사회적으로는 순진한 사람이라고 생각했다. 그는 사회의 소외된 사람들에게 마음을 쓰고 그들을 이해해 주는 관대한 친구였지만, 그에게는 인간의 투쟁을 이해할 수 있는 사회적 의식이 결여되어 있었다. 미국의 많은 자유주의자들처럼 그 역시 표면적으로 보이는 악을 개선해야 한다고 생각하면서도 그 악이 어디에서 기원하는지에 대해서는 알지 못했다. 사실 그것만으로 우리를 갈라놓기는 충분했지만, 우리의 차이는 비단 이것만이 아니었다.

벤은 사람들 앞에 나서는 것과 쇼를 좋아하는 전형적인 미국인이었다. 내가 가장 싫어하는 요소들이 내가 미친 듯이 사랑하는 남자 안에 담겨 있었다. 우리 두 사람이 맞이한 가장 극심한 차이 중 하나는 나의 동의나 허락 없이 내 사진을 찍어도 좋다고 신문기자에게 말한 건에서 드러났다. 시카고에서 솔트레이크시티로 향하던 중에, 벤이 기차에 타고 있는 신문기자에게 승객 중에 엠마 골드만이 있다는 말을 한 것이다. 다음 정류장에서 플랫폼을 따라 걷고 있는데 내 앞에 나를 찍을 만반의 준비를 하고 있는 카메라가 있는 게 아닌가? 나는 이러한 미국식 침입을 혐오했고, 항상 이로부터 도망쳐 온 사람이다. 하지만 이날만큼은 내가 도망칠 곳이 없었다. 나는 본능적으로 종이 한 장을 들어 얼굴을 가렸다. 벤에게 이런 일은 단순히 변덕 같은 것이었다. 그는 신문기자들의 습관적인 요청을 내가 왜 그리도 싫어하는지 이해하지 못했다. 아주 오랜 시간 대중 앞에 서온 사람은 대중에게 볼거리를 만드는 이런 저속함 앞에서도 쉽게 움츠러들 수 있다는 사실을 그는 이해할 수 없었던 거다.

지금까지의 투어에서는 도시에서 도시로 이동하는 동안 혼자 있을 수 있었는데 이번 투어에서는 기차에 탄 승객들이며, 승무원들, 역장들까지도 엠마 골드만이 승객 중에 있다는 사실을 알고 있었으며 우리 객차는 구경꾼을 불러모으는 자석이 되었다. 벤에게는 이것이 행복일지 몰라도 내게는 고문이었다.

무엇보다도 벤은 미국 사람들에게 으레 찾아볼 수 있는 뽐내는 구석이 있었는데 이는 특히 우리 모임이나 동지들의 집에서 더 열정적으로 드러났다. 그의 행동을 받아들이기 힘들었던 나는 큰 괴로움을 느꼈고, 저 사람이 다음엔 또 뭘 하려고 하나, 끊임없이 걱정하며 지내야 했다. 실제로 내 연인에게는 내 신경을 긁고 내 취향에 반(反)하며, 심지어 그를 의심하게 만드는 요소까지 많이 있었다. 하지만 그것들을 다 합친다 하더라도 나와 그를 하나로 만들고 내 영혼을 새로운 온기와 색채로 채운 그 마법에 비한다면 그다지 중요한 문제가 아니었다.

나는 이 수수께끼에 대한 두 가지 해답을 찾았다. 첫째, 벤은 아직 어린아이 같은 성정을 가진 까닭에 때 묻지 않았고 사회화되지도 않았으며 기교나 기술이라고는 찾아보려야 찾아볼 수 없었다. 그의 말이나 행동은 그의 극도로 감정적인 성격 때문에 즉흥적으로 나오는 경우가 대부분이었다. 굉장히 드물기도 하고 신선한 성격적 특징이라 할 수 있지만, 사람들이 이를 늘 잘 받아들이기만 하는 건 아니었다. 둘째로는 내 안의 여성을 사랑하면서도 동시에 내가 하는 일을 공유할 수 있는 사람에 대한 나의 큰 갈망이었다. 지금껏 이 두 가지를 다 할 수 있는 사람은 벤 이외는 없었다.

사샤와 실제로 함께한 시간은 짧았고, 함께한 동안도 그는 대의에 집착한 나머지 내 안의 여성을 많이 볼 수 없었다. 또한 나를 깊이 사랑했던 모스트와 에드는 나를 여자로만 바라보았고, 또 다른 사람들은 오로지 공적 영역에서의 나의 역할만을 원했다. 페드야는 이제 과거의 사람이 되었다. 그는 결혼을 하고 아이를 낳은 후에 내 삶에서 사라진 지 오래였다. 언제나 그랬듯 여전히 달콤한 막스와의 우정은 육체적 감각이라기보다는 이해에 기반한 우정이었다. 벤은 내가 그를 가장 필요로 할 때 내 곁에 왔다. 우리가 함께한 네 달이라는 시간은 내가 그토록 갈망했던 감정이 그 안에 모두 내재되어 있다는 것을 증거했다.

그는 이미 내 삶을 풍요롭게 해주었다. 일적인 부분에서도 조력자로서 큰 관심을 나타내며 자신의 능력을 드러냈다. 벤의 몰입과 넘치는 에너지로 우리 집회는 규모가 점점 커졌고, 출판물 판매도 비약적으로 증가했다. 여행 동반자로서도 그는 내 여행을 새롭고 즐거운 경험으로 만들어 주었다. 그는 감동적일 정도로 부드럽고 섬세했으며 투어와 관련된 온갖 사소한 일들과 챙겨야 할 세부적인 일들로부터 해방시켜 나를 편안하게 해주었다. 연인으로서 그는 우리 둘 사이의 모든 차이를 다 사라지게 만드는 폭풍 같은 요소를 내 안에 풀어놓았다. 벤이 이제 내 삶에 필수적인 사람이 되었다는 깨달음 외에는 아무것도 중요하지 않았다. 어떤 대가를 치르더라도 내 삶과 일에서 나는 그와 함께할 것이다.

내가 치러야 할 대가가 적지는 않을 것이라는 사실은 이미 예감하고 있었다. 우리 쪽 운동 진영에서 그에 대한 반대가 커지고 있었기 때문이다. 동지 중 일부는 벤의 잠재성과 운동에 있어서 그의 가치를 알아보기도 했지만 다른 사람들은 여전히 그에게 적대적이었다. 물론 벤이 이 상황에서 마음이 편할 리 없었다. 그는 어째서 자유를 옹호하는 사람들이 누군가의 자연스러운 행동에 반대를 하는 것인지 이해하지 못했다. 특히 그는 내 뉴욕 친구들 때문에 걱정을 했다. 그들은 우리의 사랑을 어떻게 받아들일 것인가? 사샤는 뭐라고 할 것인가? 사샤의 행동과 투옥, 그가 겪은 고통에 대한 이야기는 벤을 깊은 곳까지 뒤흔들어 놨다. "버크만이 당신의 가장 큰 강박이라는 걸 알겠네요." 그는 언젠가 한번 내게 이런 말을 했었다. "그 누구라도 그와 함께할 수는 없을 것 같은데요." 나는 대꾸했다. "강박이 아니라 사실이에요. 사샤는 내 인생에 너무 오래 머물렀기 때문에 나는 우리가 마치 샴 쌍둥이처럼 함께 성장했다는 느낌을 받아요. 하지만 당신이 그와 경쟁할 필요는 없어요. 사샤는 나를 마음이 아닌 머리로 사랑하거든요."

내 말에도 불구하고 그는 확신하지 못했고 여전히 걱정하고 있었다. 나 자신도 두 사람의 성격 차이가 클 거라는 생각에 불안하긴 했다. 하지만 삶의 깊은 곳까지 경험한 사샤인 만큼 누구보다도 벤을 더 잘 이해해 주기를 바랐다. 막스에 대해선 걱정할 게 없었다. 벤에 대한 그의 생각이 어떻든지 간에 막스는 내 사랑에 어떤 그림자를 드리우기에는 지나치게 사려깊은 사람이었던 탓이다.

『어머니 대지』를 유지하는 일이 점점 더 나의 에너지를 고갈시키고 있었다. 우리 동지들과 미국 친구들의 지지는 확고했지만 그것으로는 충분하지 않았다. 잡지의 주요 수입원은 나의 투어에서 나왔고, 출판물 출간과 관련한 기타 비용도 필요했다. 마지막 투어에서 전에 없이 큰 이윤이 났지만, 8월이 되어 자금은 다시 부족해졌다. 나의 새로운 연설은 10월이 되어서야 시작할 수 있을 터였는데, 때마침 예상치 못한 시점에 도움의 손길을 받았다.

『어머니 대지』의 기고자 중 한 명이기도 한 나의 친구 그레이스 포터는 『뉴욕 월드』에서 일하고 있었다. 그녀는 그곳 편집자로 하여금 엠마 골드만에게 '내가 믿는 것'에 대한 글을 청탁할 것을 제안했는데 다행히 위에서 받아들여졌고, 그 원고료로는 250달러가 지급될 것이며 아무런 검열 없이 완전히 자유롭게 써도 좋다고 했다. 많은 청중에게 다가가면서도 동시에 돈까지 벌 수 있는 기회라는 생각에 나는 몹시 기뻤다. 내가 쓴 그대로 기사가 게재된 후 나는 그 원고를 팸플릿 형태로 출판할 수 있었고, 「내가 믿는 것」 책자는 오랫동안 베스트셀러가 되었다. 이제 우리는 이번 호의 인쇄 비용을 지불하고도 벤의 뉴욕행에 필요한 충분한 돈을 남길 수 있었다.

나는 생애 처음으로 사랑에 빠진 여학생처럼 그의 도착을 기다렸다. 그는 예의 그 열정을 가지고 내게 왔고, 자신을 잡지 작업에 던질 준비가 되어 있었다. 우리 둘만 있을 때 그는 자기 본연의 모습으로 돌아왔지만, 내 친구들과 함께할 때면 그는 다른 사람이 되었다. 친구들과 함께 있을 때 그는 긴장한 나머지 말도 더 잘 못하게 되고 둔해지거나 사람들이 이상하게 생각할 만한 질문을 던지기도 했다. 나는 깊이 실망했다. 나는 벤이 그토록 어색하게 되는 것이 당황해서 그런 것임을 알았고, 농장에서라면 그가 더 편안함을 느낄 것이라 믿었다. 그곳에서의 삶은 더 단순한 까닭에 벤은 마침내 자신을 발견할 수 있을 것이었다. 농장에서 베키와 다른 친구들과 함께하고 있던 사샤도 참을성 있게 그를 도와주었다.

나의 희망은 헛된 것으로 판명되었다. 사샤와 다른 친구들이 벤에게 불친절하게 대한 건 아니었지만 긴장된 분위기 속에서 아무도 적절한 할 말을 찾지 못하는 것 같았다. 상황은 마치 아이가 올바른 행동을 하기를 기대하는 것처럼 벤에게 작용했다. 그는 점차 으스대며 과시하기 시작했고, 자신의 공적을 자랑하는가 하면 얼토당토않은 말을 하면서 상황을 악화시켰다. 나는 벤이 부끄러웠고, 친구들에게도 화가 났는데 무엇보다도 화가 나는 건 그를 친구들 가운데 데려온 바로 나 자신이었다.

나를 가장 슬프게 하는 이는 사샤였다. 그가 벤에게 직접 말을 하지는 않았지만 나에게는 상처 주는 말들을 많이 했다. 그는 내가 그런 남자를 어떻게 사랑할 수 있느냐며 나를 비웃었고 이것은 지나가는 열정에 지나지 않는다고 확신했다. 벤은 사회적 문맥을 읽어 내지 못하고 반항정신도 없는 데다 우리 운동에 속하는 사람도 아니지 않느냐고 사샤는 따졌다. 더욱이 그는 대학을 나왔다고 하기에, 더군다나 학위를 취득했다고 하기에 너무나 무지했다. 그는 이를 알아보기 위해 대학에 편지를 보내겠다 했다. 사샤가 이렇게 나오다니, 나는 너무나 불안해져 외쳤다. "당신, 광신도들과 다를 게 없군요. 기독교인들이 교회의 관점으로만 사람을 보듯, 오로지 대의에 있어서의 가치를 통해서만 인간의 자질을 판단하다니. 출소 이후 나에 대한 당신의 태도는 줄곧 이랬어. 성장을 위해 내가 겪은 투쟁과 힘들게 보낸 시간들은 당신에게 아무런 의미가 없죠. 왜? 당신은 당신의 그 잘난 신조에 묶여 있는 사람이니까. 운동에 대해 그렇게 이야기를 하면서도 당신의 이상을 배우러 오는 사람들이 뻗는 손은 밀어내죠. 당신과 다른 지식인들은 인간 본성이 어쩌니 저쩌니 하며 떠드는데 좀 보통에서 벗어났다 하는 사람이 나타나면 정작 그를 이해할 생각조차 하지 않아요. 하지만 당신이 뭐라 하더라도 벤에 대한 내 감정에는 아무런 영향도 미치지 못할 거예요. 나는 그를 사랑하고, 죽을 때까지 그를 위해 싸우겠어."

나는 벤과 함께 농장을 떠났다. 샤사의 면전에 가혹한 말을 던졌던 그 순간을 견딜 수 없었다. 그러면서도 나는 내 자신의 의심으로 괴로워했다. 사샤가 벤에 대해 말한 것들 중 많은 부분이 사실이었다고 스스로도 인정할 수밖에 없었기 때문이었다. 나는 누구보다도 그의 결점을 잘 알고 있었고, 그가 얼마나 부족한 사람인지도 알고 있었다. 하지만 그를 사랑하지 않는 것은 불가능했다.

겨울 동안은 뉴욕에 머무를 계획이었다. 기차여행과 낯선 곳이나 다른 사람들의 집에 있는 것 모두에 좀 지쳤다. 이곳에는 제한적이고 사람이 북적거리더라도 내 집이 있었다. 『어머니 대지』도 나의 존재를 필요로 했다. 겨울 동안 강의를 하면 많은 유대계 청중들과 영어 사용자 청중을 끌어들일 수 있을 거라고 확신했다. 이에 대해 벤과 논의한 후 우리는 뉴욕으로 옮겨가 맡은 바 내 임무에 전념하기로 했다.

하지만 벤은 그 도시도, 이스트13번가 210번지 아파트도 싫어했다. 그는 그곳에서 그 어떤 좋은 일도 할 수 없다고 느꼈다. 나와 함께 투어를 떠난다면 그는 자신의 에너지를 온통 일에 쏟고 그 자신도 성장하여 내게 큰 힘이 될 수 있을 것이다. 나 역시 주변 사람들의 비난과 시선에서 벗어나고 싶었다. 벤에게 더 나은 기회를 주고도 싶었고 그가 스스로를 이해하도록 돕고 싶었다. 그에게서 가장 훌륭한 것을 끌어내기 위해서였다.

그 전해에 나는 호주에서 초대를 받았다. 그곳의 가장 활동적인 동지인 J. W. 플레밍은 내 뱃삯을 충당할 만큼 충분한 돈을 모금하기도 했다. 그때의 나는 지금처럼 멀리 떠나 혼자서 긴 여행을 한다는 걸 생각할 수조차 없었지만 이제 벤과 함께라면 여행은 기쁨이 될 것이고 나에게 꼭 필요한 휴식이 되어 줄 것이었다. 벤은 호주에 대한 생각을 듣고 열광했다. 그는 이제 다른 생각은 할 수도 없었고 즉시 호주 투어를 시작하고 싶어 안달이었다. 하지만 2년간의 투어를 위해 준비할 것이 무척 많았다. 우리는 10월에 캘리포니아로 떠나기로 결정했고, 가는 길에는 강연을 하면 될 것 같다고 생각했다. 2월이면, 우리는 기본적인 준비를 끝내고 뉴욕 상황을 당분간 유지시켜 줄 만큼의 돈을 모을 수 있을 것이었다. 그후에 우리는 새로운 동지를 만나고 새로운 마음과 정신이 깨어날 수 있는 새로운 땅으로 향할 것이다.

내 유일한 걱정은 『어머니 대지』였다. 사샤가 계속 잡지를 맡아 줄 것인가? 지난 투어를 마치고 돌아왔을 때 나는 그가 전보다 삶에 더 잘 적응해 나가고 있으며 자기 자신에 대해 확신을 갖게 되었음을 알 수 있었다. 우리 잡지 일에 있어서도 그는 전보다 헌신적이었다. 게다가 그는 내가 없는 동안 다른 여러 활동들을 조직해 내기도 했다. 그는 전국적으로 아나키스트 연합을 조직했고 많은 친구들과 지지자들을 확보했다. 내가 호주 투어 계획에 대해 이야기하자 사샤는 당혹스러워하긴 했지만 뉴욕 일은 염려하지 말라고 해주었다. 자신이 모든 것을 맡아서 할 것이고 막스와 히폴리테가 있는 한 잡지와 우리 사무실은 안전할 거라면서. 나는 사샤가 나의 오랜 투어에 대해 어떤 아쉬움도 비추지 않는다는 것이 약간 서운했지만 나는 나대로 내 새로운 모험에 푹 빠져 있었던 탓에 그가 내게 관심이 없다 하더라도 크게 영향받지는 않았다.

우리는 호주 빅토리아로 약 700킬로그램에 달하는 출판물을 발송했다. 캘리포니아로 가면서 계속 친구들과 연락을 했고, 몇 주 안에 우리의 투어 일정이 마련되었다. 새로운 분야를 개척하고자 하는 열망이 가득한 벤은 선언하듯 말했다. “당신이 무엇을 할 수 있는지 온 세상이 알게 될 겁니다."

메이데이에는 실업자 집회가 쿠퍼 유니언에서 열릴 예정이었다. 집회 준비를 돕고 있던 벤 또한 연설을 요청받았다. 나는 그가 좋은 인상을 남겼으면 하는 마음에 원고를 준비하라고 권했다. 그는 부단히 노력했지만, 그 노력에서 나오는 결과는 아무것도 없었다. 그가 말하길, 자신이 하는 말은 그게 무엇이든 별로 중요하지 않을 것이고 청중이 들어야 하는 건 엠마 골드만의 이야기라고 했다. 하지만 나는 집회에 초청받지 않았으니 그렇다면 이제 벤을 위해 내가 그러한 자리에서 연설을 한다면 뭐라고 할지를 적어야 했다. 벤도 제안을 했고 그가 하는 다른 제안들만큼이나 훌륭했지만 그에게 장황한 연설을 하게 하기보다 메이데이의 의미에 대한 짧은 연설문을 준비하는 게 나을 것 같았다.

쿠퍼 유니언은 사람으로 붐볐다. '아나키스트 순찰대'도 자리를 지키고 있었고 나와 사샤, 베키, 히폴리테도 참석했다. 모든 게 순조롭게 진행되었으며 벤은 연설문을 읽으면서 내가 기대했던 것보다 훨씬 더 청중을 잘 사로잡았다. 연설을 마치며 그는 마지막에 자신이 방금 읽은 내용은 "심각한 비방을 받고 있는 아나키스트 엠마 골드만"이 작성한 것임을 알렸다. 회장은 우레와 같은 박수로 가득찼지만 집회를 주관한 위원회는 당황할 수밖에 없었다. 의원회 의장은 이 "불행한 사고"에 대해 깊은 사과를 하며 벤을 향해 공격을 퍼부었다. 하지만 벤은 이미 단상에서 내려왔으므로 이에 응답할 수 없었다. 사샤가 이에 항의하기 위해 자리에서 일어났지만 그가 제대로 된 말을 할 기회도 갖기 전에 경찰이 그를 강당 밖으로 끌어내 체포했다. 사샤를 따라오던 베키도 함께 체포되었고 두 사람은 다 경찰서로 연행되었다. 사무실에 있던 난폭한 경사는 그들을 보고 "당신들 들것에 실려왔어야 했는데 말이야" 하는 말로 두 사람을 맞이했다. 히폴리테가 친구들의 상황을 알아보기 위해 경찰서에 갔을 때 그는 그 어떤 정보도 얻을 수 없었다. 그가 들은 말은 "망할 놈의 버크만 자식, 드디어 잡았네. 이번엔 우리가 제대로 한번 고쳐 줘 볼 테니까"였다.

뉴욕 경찰은 계속해서 사샤를 붙잡으려 혈안이 되어 있었다. 작년 유니언 스퀘어 폭발 사건에서 그를 연루시키는 데 거의 성공하기도 했었다. 나는 걱정이 되어 즉시 사회주의자 변호사인 메이어 런던과 다른 친구들에게 연락해 사샤를 구하도록 도와달라고 요청했다.

런던과 히폴리테는 사샤와 베키가 야간법정으로 이송되기 전에 그들을 만나기 위해 경찰서에서 몇 시간이고 기다렸다. 마침내 아침까지 이송은 없다는 통보를 받고 두 사람이 경찰서를 떠나자마자 사샤와 베키는 즉시 법정으로 끌려가 재판을 받고, 자신을 변호할 기회도 갖지 못한 채 유죄 판결을 받았다. 사샤는 난폭행위 혐의로 5일간 노동교화소에 갇혔고 베키는 부랑죄 명목으로 10달러의 벌금을 선고받았다.

사실 그녀는 우리와 함께 2년 넘게 살고 있었는데, 나와의 연관을 피하려고 했던 베키는 자신의 집이 어디인지를 말하기를 끝내 거부했기 때문이다. 예전에 우리 집회 중 한 곳에서 체포되었던 그녀는 그 이후로 고등학교에서 퇴학을 당했다. 그녀의 집안 환경은 극도로 열악하고 비좁았기 때문에 나는 베키에게 우리 집으로 와서 함께 살 것을 권했었다. 그녀의 벌금은 우리의 소중한 친구 볼튼 홀이 대신 내주었다.

다음 날 신문에는 "경찰의 신속한 조치로 폭동 미연에 막아"라는 기사가 실렸고 나는 여느 때처럼 며칠씩이나 기자들에게 괴롭힘을 당해야 했지만 나는 이 성가심을 기꺼이 받아들였다. 사샤의 형이 5일에 그쳤다는 사실에 다만 너무 기뻤기 때문이다. 그가 복역한 14년에 비하면 5일은 아무것도 아니었다. 나는 사샤를 만나기 위해 블랙웰 섬으로 갔다. 이 섬에 머물렀던 기억과 서부 교도소를 두 차례 방문했던 기억이 떠올랐다. 그로부터 상황이 얼마나 많이 달라졌던가. 이제 우리 둘 다 5일형을 두고 농담을 할 수 있었다. "그쯤은 발가락 하나로도 버틸 수 있어요" 하고 사샤가 웃었다. 나는 우리 두 사람 사이의 의견 차이가 얼마나 크든지 간에 우리의 우정은 영원할 것이라는 확신을 가질 수 있었다. 벤에 대한 그의 태도는 여전히 상처였지만 그래도 우리 둘 사이에는 무엇으로도 흔들리지 않는 공고함이 있었다.

투어를 위한 모든 준비가 끝났다. 벤은 사전작업을 위해 나보다 먼저 떠나기로 했다. 출발 며칠 전 그가 내게 30페이지가량의 편지를 보냈는데 그 내용은 우리가 만난 이래로 그가 한 일들에 대해 적은 장황하고 두서없는 설명이었다. 그는 노르웨이 작가 요한 보예르의 책 『거짓말의 힘』을 읽고 있었는데 이에 깊은 인상을 받아 나와 함께 여행하는 동안 내게 했던 거짓말과 비열한 행동들을 고백해야겠다고 생각했다는 거다. 그는 더 이상 침묵한 채 있을 수 없었다.

그는 지난 3월 시카고에서 열린 사교행사에서 내가 연설할 계획이었다는 걸 밝힌 사람이 자신이 아니라고 했지만 이는 거짓말이었다. 경찰에 알린 것은 아니지만 기자에게 이 사실을 말했고, 기자가 절대 비밀을 누설하지 않겠다고 약속했다고 했다. 그 일이 있던 당일 이 사실을 설명하기 위해 나에게 오지 않고 “중요한 일” 때문에 오지 못했다 한 것도 거짓이었다. 그는 곧장 회관에서 맘에 들었던 여성을 보러 간 것이었다. 나와 함께 여행하는 데 필요한 자금이 충분하다고 한 것도 거짓말이었다. 그는 여행에 필요한 돈을 빌려, 우리의 출판물을 팔아 남기는 수익에서 그 돈을 갚았다. 또한 수익에서 일부는 자신의 어머니에게 보냈다. 그는 어머니를 끔찍이 사랑했고 늘 그녀를 열성적으로 보살폈다. 내가 자신을 보내 버릴까 봐 두려운 마음에 어머니를 부양하고 있다는 사실을 밝히지 못한 것이었다. 우리 계좌에서 돈이 좀 비는 것 같다고 말할 때마다 그는 거짓말을 했다. 집회가 끝난 후 자주 사라지던 것, 이따금 낮에 자리를 비운 것에 대한 그의 변명은 모두 거짓이었다. 그는 다른 여자들을 만나러 갔었고 그 여자들은 집회에서 만났거나 혹은 다른 곳에서 만난 사람들이었다. 우리가 가는 거의 모든 도시마다 그는 여자들을 만나고 다녔다. 그들을 사랑한 건 아니었지만 성적인 욕구는 광적일 정도로 심해졌다. 그는 항상 그런 성적 집착이 있어 왔고 이는 없어지지 않을 것이다. 이 여성들은 그러나 그냥 한순간 기분전환 이상의 의미인 적은 없었다. 만남 후 그는 이 여자들을 다 잊어버리곤 했다. 그들의 이름조차 모를 때도 많았다. 그렇다, 우리가 함께했던 4개월 동안 그는 줄곧 다른 여자들을 만나 왔던 거다. 하지만 사랑한 사람은 오로지 나 하나뿐이었다. 처음부터 나를 사랑했고, 그 열정은 점점 커져만 갔다. 나는 그의 인생에서 가장 큰 힘이었고 내 일은 그에게 있어 가장 중요하고 깊은 관심사였다. 내가 그를 버리지 않고 자신의 거짓말과 배신을 용서하고 다시 믿어 준다면 자신이 그것을 증명해 보이겠노라고 했다. 하지만 내가 그의 편지를 다 읽고 나서 그 사람을 떠나보낸다 하더라도 그는 내게 거짓을 고백했다는 이유만으로 여전히 안도감을 느낄 테지. 이제 그는 거짓말의 힘이 얼마나 파괴적인지를 깨달았다.

끝도 없는 늪으로 빠져드는 듯한 느낌이었다. 나는 절망하여 테이블을 붙잡고 소리를 지르려고 했지만 목구멍이 꽉 막혀 아무 소리도 나오지 않았다. 그저 멍하니 앉아 있는데, 그 끔찍한 편지 속 글자 하나하나가 내 몸 위로 기어다니고 나를 그 점액 속으로 끌어들여 익사시키는 기분이 들었다.

사샤가 도착하면서 나는 다시 나 자신을 찾을 수 있었다. 하필 바로 이때 그 많은 사람 중 사샤가 나타나다니! 그가 벤에 대해 말해 온 모든 것이 이 편지로 인해 얼마나 정당화될까! 나는 주체할 수 없는 웃음이 터져나왔다.

"엠마, 당신 웃음소리가 정말 끔찍하오. 마치 칼처럼 날카로워. 도대체 무슨 일이오?"

"아니, 아무것도, 아무것도 아니에요. 밖으로 나가지 않으면 숨이 막혀 죽어 버릴 것만 같아요."

코트와 모자를 챙겨 나는 5층 계단을 달려 내려갔다. 거리를 걷는 몇 시간 동안 편지는 내 머릿속에서 불타고 있었다.

내 마음과 내 삶과 내 일에 받아들인 남자가 이런 작자였다니! 바보다 바보. 사랑에 빠진 바보. 다른 사람들이 보는 것을 외면하고 열정에만 눈이 먼 나는 참말이지 바보였다.

나, 엠마 골드만이, 평범한 여느 마흔 살의 여자처럼 젊은 남자에게, 우연한 만남에서 알게 된 낯선 이, 심지어 내 생각과 감정을 잘 알지도 못하는 사람, 아니 오히려 내가 꿈꾸던 남자와는 정반대인 사람에게 미친 듯이 끌리다니. 아니, 아니야! 있을 수 없는 일이야! 그 편지가 사실이 아닐 수도 있잖아. 모두 지어 낸 것일 수도 있어. 실제로 일어난 일이 아닐지도 몰라. 벤은 쉽게 영향받고 감수성이 풍부하며 자신이 읽는 책에서 스스로의 모습을 보아 내는 사람이었다. 그는 자기 자신과 자신의 삶을 극화하는 것을 좋아했다. 보예르의 소설에는 무심코, 혹은 불필요하게 거짓말을 하고 처음의 거짓을 유지하기 위해 평생 거짓말을 해야 했던 사람의 비극이 생생하게 그려져 있다. 벤은 그 인물에게서 자신의 모습을 보았을 것이다. 그게 전부일 거다. 그럴 것이다. 나는 몇 시간 동안 걸으면서 이런 생각을 했다. 그를 믿고 싶다는 강한 열망과 내가 다시는 믿을 수 없는 존재이자 고결함이라곤 없는 남자에게 나를 바쳤다는 느낌 사이에서 찢겨 나가는 듯한 괴로움을 느꼈다.

벤의 행동을 합리화하고 변명을 찾아보려는 시도, 화나고 헛된 시도로 괴로움의 날들이 계속되었다. 그러는 와중에 속으로 계속 되뇌었다. "벤은 인간관계에 있어 거짓이 만연한 세상에서 온 사람이야. 사랑과 일에 있어 자유로운 정신은 삶이 가져오는 모든 것을 정직하고 솔직하게 공유한다는 것을 알지 못했겠지. 이상이 있다면 속이거나 훔치고 거짓말할 필요가 없다는 것을 알지 못했을 거야. 그는 다른 세계에서 온 사람이니까. 내가 그에게 새로운 삶의 가치를 가르친다고 말할 권리가 있기는 한 걸까?" "하지만 그의 성적 강박은? 모든 여자와 놀아나는 건?" 내 머리는 반항하며 울부짖었다. "그 여자들을 사랑하지도 않고 존중하지도 않는다는데, 그걸 정당화할 수 있는 건가? 아니, 그렇지 않아!" 내 안의 깊은 곳에서 여성으로서의 목소리가 외쳤다. 하지만 나의 머리는 말했다. "할 수 있어. 만약 그것이 그의 본성이고 그것이 그의 지배적인 욕구라면 그것을 내가 어찌 반대할 수 있겠어? 나는 프리섹스를 전파하던 사람 아니던가? 나 역시 많은 남자를 만나 왔기도 하고. 하지만 난 그 사람들을 모두 사랑했는걸. 아무 남자와 함부로 몸을 굴리고 다닌 게 아니라고. 내가 벤의 인생에서 많은 여자들 중 한 명일 뿐이라고 생각하는 것은 몹시 고통스럽고 가슴 아픈 일이지만 내 사랑에 대한 대가로 치르는 막대한 비용일 테지. 하지만 막대한 비용을 치르는 것에서 내가 얻는 가치는 아무것도 없어. 나는 나 자신에 대한 권리, 사회적 이상, 내가 성취한 모든 것에 대해서는 이미 막대한 대가를 치렀잖아. 벤에 대해서는 내 사랑이 너무 작아서 그의 행동의 자유가 요구하는 대가를 지불하고 싶지 않은 걸까?" 나는 대답할 수 없었다. 서로 반대되는 논점들을 조화시켜 합의점을 찾아 보려는 나의 노력은 헛수고였다.

멍한 채로 내가 어디에 있는지조차 제대로 인식하지 못한 채 침대에서 벌떡 일어났다. 아직 날이 어두웠다. 몽유병자처럼 옷을 입고 사샤의 방으로 가서 그를 흔들어 깨웠다.

"벤에게 가야겠어요. 그 사람에게 좀 데려다줄래요?"

사샤는 깜짝 놀라 불을 켜고 나를 탐색하듯 유심히 바라보았다. 그는 아무런 질문도, 아무런 말도 하지 않은 채 서둘러 옷을 입고 나와 동행했다.

우리는 조용히 걷기만 했다. 머리가 어지럽고 내딛는 발걸음마다 불안했다. 사샤는 내 팔을 자신에게로 가져갔다. 내 지갑에는 벤이 묵고 있던 하숙집 열쇠가 들어 있었다. 나는 안으로 들어가면서 사샤를 잠시 바라보았다. 아무말 없이 문을 닫고 2층 계단을 뛰어올라가 벤의 방으로 갔다.

그는 벌떡 일어나 울부짖었다. “엠마, 드디어 왔군요. 날 용서한 거죠, 날 이해한 거죠?” 우리는 서로에게 매달렸고 다른 것은 모두 다 사라져 버렸다.

34

대선 기간 동안의 투어를 계획하는 데 있어서 우리는 정치 쇼에 대한 미국 대중들의 관심을 간과했다. 결과적으로 투어 초반의 강연은 실패였다. 투어 일정에서 처음으로 많은 청중이 참석한 인디애나폴리스에서 내 강연은 언제나처럼 탄압을 받았다. 시장은 경찰의 권력남용에 유감을 표하면서도 경찰에 대항할 수는 없는 노릇이라고 했다. 경찰서장은 집회를 중단시키는 것이 악법일지는 몰라도 양식 있는 일이라는 말을 했다.

다행히 세인트루이스에서는 큰 간섭을 받지 않았다. 그곳에서 『세인트루이스 미러』의 편집장인 윌리엄 매리언 리디를 만났는데 그와 그의 신문은 사막의 미국 지식인들에게 오아시스 같은 존재였다. 능력뿐 아니라 폭넓은 교양과 유머까지 겸비한 리디는 용감한 정신의 소유자이기까지 했다. 그와의 교제 덕분에 우리는 세인트루이스에 머무는 것이 곧 즐거워졌고 또한 다양한 종류의 여러 청중들을 만나 볼 수 있었다. 내가 떠난 후 그는 자신의 주간지에 「꿈의 딸」이라는 제목의 기사를 게재했다. 아나키스트가 아닌 사람이 내 생각을 이보다 더 자세히 평가하고 찬사를 보낸 적은 일찍이 없었다.

시애틀에서 우리는 체포되었다. 벤의 죄목은 잠긴 강당의 문을 세게 민 것이었고, 나의 죄목은 그의 체포에 항의한 죄였다. 경찰서에서는 내 매니저[벤]의 벌금은 1달러 50센트라고 안내했는데, 이는 그가 망가뜨린 자물쇠의 금액에 해당하는 돈이었다. 신성한 사유재산에 대한 피해보상을 한 후 우리는 석방되었다. 물론 시애틀에서 더 이상의 집회는 열리지 않았고 우리가 입은 손실에 대해 보상받을 길도 없었다.

에버렛에서도 빌릴 수 있는 강당은 없었다. 벨링햄에서 우리가 타고 있던 차는 형사들에게 가로막혔는데 그들은 우리를 따라 호텔까지 동행했고 식사할 곳을 찾으러 나선 우리를 체포하려 했다. "우리가 식사를 마칠 때까지 기다려 주시겠습니까?" 벤이 매력적인 미소로 형사들에게 말하자 그들이 대답했다. "그러죠. 기다리겠습니다." 식당 안은 밝고 따뜻했지만 밖은 쌀쌀하고 비까지 부슬부슬 내리고 있었다. 그렇다고 해서 우리의 감시견들에게 동정심이 일지는 않았다. 우리는 따뜻하지도 밝지도 않은 곳이 우리를 기다리고 있다는 것을 알았기에 최대한 식사시간을 오래 끌었다. 경찰서에서는 우리에게 체포영장이 발부되었는데 이는 불멸의 가치가 있는 문서가 아닐 수 없었다. "엠마 골드만과 벤 L. 라이트먼 박사, 불법 집회를 공모한 아나키스트와 무법자"가 어쩌고 저쩌고 등등. 우리는 즉시 벨링햄을 떠나거나 감옥에 갇히거나 둘 중에서 선택할 것을 요구받았다. 워싱턴 주에서 우리에게 보여 준 첫번째 환대였던 만큼 우리는 감옥행을 택했다. 자정이 되어 우리에게 그냥 감옥 대신 이 지역을 떠나라고 재차 요구받았지만 이미 감방이 내 집처럼 편안해졌는데 어쩌랴. 나는 그들의 요구를 거부했고, 벤도 마찬가지였다.

아침에 치안판사 앞으로 끌려간 우리는 5,000달러에 보석을 허가받았다. 경찰의 체포가 과한 행위였다는 것을 판사는 알고 있던 게 분명했다. 단순히 집회를 '시도'했다는 것만으로는 재판의 요건이 성립되지 않기 때문이다. 우리는 우리를 보석으로 빼 내 줄 수 있는 사람이 이 지역에 없었던 데다가 변호사에게 연락할 방법도 전무했다. 그러나 한편으로는 이 합법이라는 이름으로 자행되는 어리석음이 어디까지 갈 수 있는지 지켜보고 싶기도 했다.

오후가 되어 처음 보는 사람 둘이 우리를 찾아왔다. 자신들을 변호사라고 소개한 그들의 이름은 샤멜과 린치였다. 샤멜 씨는 무료로 변호를 해주겠다고 했고, 린치 씨는 우리의 보석 보증인이 되어 주겠다고 했다.

나는 놀라 물었다. "하지만 당신들은 우리를 모르잖아요. 그런데 어떻게 그렇게 큰 돈을 우리에게 쓸 수 있죠?"

"모르긴요." 샤멜 씨가 말했다. "우리는 당신을 잘 압니다. 우리가 비록 아나키스트는 아니지만 당신처럼 이상을 위해 뜻을 굽히지 않는 사람은 누구라도 믿을 만한 사람이라고 생각합니다."

그들이 깜짝 놀랄까 봐 참긴 했지만, 그렇지 않았다면 법정에서 나는 그들을 힘껏 안아주고 싶었다. 아침에 변호사 없이 나타난 우리에게 큰소리로 떠들던 판사석의 오래된 화석은 이제 어찌나 친절하게 굴던지. 보석으로 그곳을 탈출한 우리는 새로운 친구들과 함께 식사를 하며 즐거운 시간을 보낸 후 기차까지 그들과 동행했다.

캐나다 국경지역 블레인에 도착했을 때 한 남자가 우리에게 곧장 다가오더니 심문을 시작했다. “당신이 엠마 골드만인가요?” 내가 물었다. “그러는 당신은 누구죠?” “캐나다 이민조사관입니다. 당신을 기차에서 내리게 하라는 명령을 받았습니다.” 그토록 신사다운 요청에 응하지 않을 순 없었다. 사무실에서 담당 조사관은 내가 꽤 단정한 여사처럼 보이고 또 폭탄을 지니고 있지도 않다는 사실에 놀란 듯했다. 그는 내가 매우 위험한 사람이라는 미국의 언론기사를 접했고, 따라서 오타와의 별도 지시가 있을 때까지 캐나다 입국 보류가 결정되었음을 알렸다. 그러는 동안 자신의 사무실로 나를 초대하며, 편안히 있으면서 음식이나 마실 것도 편하게 요청하라고 했다. 지연이 발생할 경우 현지 호텔에서 가장 좋은 객실이 제공될 것이라 했다. 그는 아주 정중하게 말했고, 내가 지금껏 미국의 공무원들에게서 들어본 것과 비교가 안 될 정도로 상냥하고 친절했다. 덕분에 결과가 달라지지 않더라도 새롭게 나타난 당국의 간섭에 전처럼 크게 화가 나지는 않았다.

다음 날 아침, 이 유쾌한 조사관은 오타와 당국이 엠마 골드만의 입국을 허용했다는 소식을 알렸다. 군주제인 캐나다에는 나의 입국을 금지할 수 있는 법이 없었다. 이에 비하면 반-아나키스트 법을 내세우는 미국의 민주주의는 참으로 우스꽝스러워 보일 뿐이었다.

샌프란시스코에선 특별한 일이 있었다. 전직 군인이었던 윌리엄 부왈다가 우리의 캠페인으로 인해 루스벨트 대통령에게 사면을 받은 것이다. 10개월간의 복역 후 그는 우리가 샌프란시스코에 도착하기 2주 전쯤 석방되었다.

엄청난 폭풍우로 인해 빅토리 극장에서 열린 우리의 첫번째 집회에는 아주 적은 인원만이 참석했다. 그렇지만 여덟 번의 강의와 두 번의 토론으로 구성된 나의 강연 시리즈가 이미 널리 알려져 있었기 때문에 크게 낙담하지는 않았다. 다음 날 오후 윌리엄 부왈다가 나를 방문했다. 우리가 월튼 파빌리온에서 악수를 했던 그날 오후의 군인과 지금 사복을 입은 그는 완전히 다른 사람이었다. 고운 얼굴과 열려 있는 표정, 지적인 눈과 굳게 다문 입은 그의 독립적인 성격을 그대로 보여 주었다. 그런 사람이 어떻게 15년 동안 군복무를 하면서도 변함없이 버틸 수 있었는지 궁금했다. 부왈다는 군에 들어간 것은 집안의 전통이었다고 설명했다. 미국 태생이지만 네덜란드계 혈통인 그는, 집안 거의 모든 남자들이 네덜란드에서 군복무를 한 전통이 있었다. 미국의 자유를 믿었고, 그런 만큼 미국의 군대를 보호해야 한다는 생각에 입대를 하게 된 것이었다. 그는 신문을 통해 내 이름을 여러 차례 접했지만, 그때는 단순히 괴짜라고만 생각하고 큰 관심은 없었다고 했다. 이야기를 듣다 말고 내가 끼어들었다. “그다지 기분 좋은 말은 아니네요. 여성에게 그렇게 무례하다니요?”

그가 웃으며 대답했다. “그래도 사실인걸요.” 군인들은 자신들만의 세계에 살고 있으며 특히나 지난 몇 년간은 더욱더 바빴다고 했다. 말에 푹 빠져 있던 그는 수의학 과정을 수강하는 한편 속기도 공부했다. 막사에서의 임무에 더해 여러 일들로 몹시 바빴던 거다.

그가 내 집회를 찾은 것은 정말 우연으로, 산책을 하던 중에 월튼 파빌리온 앞에 경찰과 대규모 군중이 모여 있는 것을 본 것이었다. 호기심이 일기도 하고, 동시에 그는 강연을 받아적으면서 속기 연습을 하기에 좋은 기회라고 생각했다. "그때 당신이 등장했죠. 검은 옷을 입은 작은 여자가 겸손한 모습으로 나타나 말을 하기 시작했어요. 전 불안을 느꼈죠. 처음엔 강당의 열기와 긴장된 분위기 때문인가 했어요. 그러다 제가 그곳에 간 목적을 떠올리고 속기를 시작했습니다. 한동안은 받아적는 걸 할 수 있었어요. 그러다 당신 목소리를 들으며 속기를 도저히 할 수 없게 되었죠. 당신의 커다란 망치질에 끌려가는 기분을 느꼈달까. 저는 분노했어요. 사람들 앞에서 당신의 발언에 이의를 제기하고 싶었죠. 그런데 제가 당신의 영향력에 저항하면 할수록 더더욱 거기에 빠져드는 거예요. 당신의 연설이 끝날 때까지 저는 숨을 쉴 수가 없었습니다. 혼란스럽고 당장 이곳을 나가야겠다는 생각이 간절했는데, 어째서인지 저는 어느새 당신에게 손을 내밀고 있더군요."

"그러곤 어떻게 됐죠?" 내가 물었다. "형사들이 당신을 따라오는 걸 보았나요? 문제가 될 거란 걸 알았어요?"

"어떻게 강당을 나왔는지는 기억도 안 나고, 또 제가 뭘 잘못한 것도 없다고 생각했어요. 그저 내가 들은 내용과 당신의 연설로 인한 혼란에 사로잡혀 어찌할 바를 몰랐던 것 같아요. 프레시디오의 부대로 복귀하면서 내내 생각했죠. '그 여자가 틀렸어. 완전히 틀렸어! 애국심이 악당들의 최후의 수단이라니, 군대가 살인과 파괴만을 일삼는 건 아니라고!' 사복형사들이 나를 상부에 고발한 후에 저는 체포되었어요. 처음엔 오해나 실수라고 생각했죠. 나를 다른 사람으로 착각한 게 틀림없으니 아침이면 풀려날 거라고. 만약 그게 아니라면 군대에 대한 당신 말이 맞다는 것을 증명하는 셈일 텐데, 저의 온 존재가 그에 저항하고 있었으니까요. 며칠간은 내가 15년간 섬겨 온 정부에 대해 당신이 말한 것이 다 잘못되었다는 믿음을 고수했어요. 나의 조국은 당신들의 불합리한 비난을 받기엔 너무 공정하고 정의롭다고 생각했거든요. 그러다 군사재판에 끌려가고 나서야 당신이 한 말이 진실이었음을 깨닫기 시작했어요. 저에게 이렇게 묻더라고요. 그렇게 위험한 사람이랑 엮이다니, 그 여자가 도대체 무슨 짓을 했느냐고. 저는 대답했습니다. '그녀는 내가 생각을 할 수 있게 해줬습니다.' 맞아요. 당신은 저로 하여금 처음으로 생각이란 걸 하게 해줬어요. 제 사십 평생 처음으로 말이죠."

나는 그에게 손을 내밀며 말했다. "이제 군대의 족쇄에서 벗어났으니 우리 이제는 두려움 없이 악수할 수 있는 거죠? 우리, 친구가 됩시다."

그는 내 손을 열정적으로 붙잡고 답했다. "평생의 친구이자 동지가 되어 주세요. 작지만 커다란 엠마."

부왈다의 이야기에 너무 빠져 버린 나머지 내 강연을 준비할 시간이라는 것도 까맣게 잊고 있었다. 원래 강연 전에는 식사를 할 수 없었기 때문에 나야 빈속으로 가는 것도 괜찮았지만, 나를 찾아온 손님에게 대접이 이게 뭐란 말인가. 나의 새로운 동지는 음식 같은 건 아무래도 상관없다고 나를 안심시켰지만 말이다.

강당을 한 블록 남겨 둔 지점에서 거리에 사람들이 가득 차 있는 것이 보였다. 내 연설을 찾은 사람들인 건가 생각하고 극장으로 걸어갔지만, 빅토리 극장에서 우리를 기다리고 있는 건 우리를 두팔 벌려 환영하며 체포하려는 형사들이었다. 이 체포에 항의했다는 이유로

부왈다 역시 체포되었다. 우리는 경찰차에 실려갔고 벤도 마찬가지였다. 경찰차가 덜컹대며 거리를 지날 때 사람들에게 곤봉을 휘두르며 해산을 명령했는데, 벤이 이에 저항을 한 것이었다. 그가 내게 경고를 하려 사람을 보냈지만, 나는 이미 체포된 후였다.

경찰서 본부에서 부왈다는 '위험한 범죄자'와 어울린 것에 대해 엄중한 질책을 받고 풀려났다. 벤과 나는 '불법적 위협 공모, 무력사용, 공공질서 교란' 혐의로 기소되었다. 아침에 판사 앞에 끌려간 우리의 보석금은 각각 16,000달러였다. 그날 알렉산더 호르는 당국의 조치에 항의하는 선전지를 배포한 혐의로 체포되었다. 우리의 보증금을 모금하고 변호사 선임과 홍보를 하는 일이 카시우스 V. 쿡에게 맡겨졌다. 몇 년 전 우연히 만났을 뿐인 사람이지만 우리에게 강력한 지원군이 되어 주었다.

며칠 지나지 않아 사샤와 다른 뉴욕의 친구들이 우리 보석금과 변호비용으로 5,000달러를 보낼 예정이라고 전보를 보냈다. 전국 각지에서 항의와 기금이 쏟아지고 있었다. 1897년 서부 해안으로 떠난 투어 중 덴버에서 처음 만난 찰스 스프래딩은 로스앤젤레스 출신으로 재치있고 유쾌한 장난을 좋아하는 활기넘치는 사람이었는데 그가 우리의 보석금으로 2,000달러를 송금해 주었다. 포레스터 가족과 다른 친구들도 비슷한 방식으로 도움을 보내 왔다. 우리를 돕는 이토록 멋진 동료들이 있는데 우리가 처한 문제 같은 것이 무슨 대수겠는가.

영리하고 용감한 우리의 변호사 커크와 킹 씨는 우리의 변호를 위해 최선을 다했고 며칠 만에 우리는 보석으로 풀려나게 되었다. 석방 후 킹 씨의 보호관리 아래 있을 예정이었던 우리에게 예기치 않게 또 다른 기소장이 날아들었다. "불법집회, 모든 정부 조직의 필요성을 비난한 죄", 그리고 "아나키스트 교리를 설포한 죄"였다. 보석금은 각각 2,000달러로, 나의 재판이 먼저였다.

우리 모임에 대한 급습과 체포를 다룬 샌프란시스코 언론의 선정적인 보도 중에는 "엠마 골드만에게는 감수성과 감정이 결여되어 있다"는 내용이 확대되어 실린 것도 있었다. 감옥에 있는 동안 아버지의 죽음에 대한 소식을 듣고도 눈 하나 깜짝하지 않았다는 것을 그 증거로 삼으며 말이다. 사실, 아버지의 죽음은 완전히 예상치 못한 것은 아니었다. 그렇다 해도 내게 큰 영향을 미쳤고, 아버지가 헛되게 보낸 삶의 장면들을 떠올리게 해주었다. 30년 동안 사실상 활동이 불가능했고, 최근 들어 평소보다 더 병치레가 많아진 아버지였다. 지난 10월 로체스터를 방문했을 때 아버지의 죽음이 임박했다는 사실에 충격을 받았다. 한때 그렇게도 크던 사람이 이제 삶의 폭풍에 의해 바스라진 것이었다.

세월이 흐르면서 나는 점점 더 아버지를 이해하게 되었다. 서로를 안쓰러워하며 서서히 가까워지기도 했다. 내가 사랑하는 헬레나 언니와의 관계가 아버지에 대한 내 태도의 변화에 큰 영향을 미친 것도 사실이다. 인간의 감정을 지배하는 힘으로서 성적인 것의 복합적 성격을 깨달은 것도 이해에 큰 도움이 되었다. 이를 통해 나는 내 자신의 격동적인 본성을 더 잘 이해하는 법을 배웠고 내 경험을 통해 오랫동안 알 수 없었던 아버지의 성격을 이해할 수 있었다. 그의 폭력성과 완고함은 적절한 출구를 찾지 못한 성적 표현의 한 징후였던 것이다.

나의 부모님은 사랑 없이 전통 유대교 방식으로 맺어진 부부였다. 처음부터 잘못된 만남이었다. 어머니는 스물셋에 두 자녀를 둔 과부가 되었는데 조그마한 가게 하나가 유일한 재산이었다. 그녀의 첫사랑은 열다섯에 결혼했던 젊은 남자와 함께 죽어 버렸다. 아버지는 열정적인 젊음이 있던 사람이었다. 아내는 그보다 한 살 위로 눈이 부시게 아름다웠다. 어머니가 도무지 만족하는 법이 없는 남편의 허기진 욕구에 맞서 싸움에 따라 그의 본능과 충동은 아내를 몰아쳤고, 더욱 집요하게 만들었다. 그렇게 내가 태어났고, 그것은 어머니의 네번째 출산을 의미했다. 이로 인해 어머니는 거의 죽을 뻔하기도 했다. 어머니가 해준 말들은 내가 너무 어렸을 때는 그 의미를 차마 이해할 수 없었지만 훗날 떠올렸을 때 부모님을 이해할 수 있게 도와주었다. 두 사람의 친밀함이 그들에게는 그 자체로 얼마나 빠져나오기 어려운 연옥이었을지를 깨달을 수 있었던 거다. 두 사람의 갈등과 도무지 통제불능이었던 아버지의 성격의 진정한 원인이 무엇이었는지 누군가 말해 주는 이가 있었다면 두 사람은 분명 대단한 충격을 받았을 것이다. 건강이 쇠퇴함에 따라 아버지의 성적 활력이 줄어들었는데, 이는 결과적으로 정신적 변화를 동반했다. 아버지는 부드럽고 상냥하며 참을성도 많아진 것이다. 전에는 자녀들에게 생전 보여 주지 않던 애정을 손주들에게 아낌없이 베풀었다. 한번은 아버지와 이야기를 하며 그가 자식들에게 했던 가혹한 일들을 이야기하자 그는 자신이 그랬을 리 없다며 믿지 않았다. 그에게 스며든 부드러움은 과거 아버지의 엄격함 같은 건 다 지워 버리고도 남았다. 과거에 생존을 위해 투쟁하고 수년간 육체적 고통과 정신적 스트레스로 드러나지 않던 그의 최상의 모습이 마침내 그 모습을 드러낸 것이었다. 이제 아버지는 우리에게 새로운 애정을 아낌없이 주었고, 그로 인해 그에 대한 우리의 사랑도 비로소 깨달을 수 있었다.

우리의 무죄 판결로 끝난 샌프란시스코에서의 법정 코미디는 우리의 선전이 몇 달간 성취한 것보다 아나키즘을 알리는 데 더 많은 공헌을 했다. 그러나 가장 중요한 사건은 윌리엄 부왈다가 군 당국에 편지를 보낸 것과 그가 우리 운동진영으로 합류한 것이었다. 『어머니 대지』 1909년 5월호에는 다음과 같은 글이 실렸다.

미시건 주 허드슨 빌. 1909년 4월 6일

조지프 M. 디킨슨 육군장관 귀하

워싱턴 D. C.

장관님께,

장고 끝에 육군으로 군인 소지품 상자를 돌려보냅니다. 그곳에서라면 저보다 더 이것을 귀히 여길 사람이 있겠지요.

이것은 그 자체로 제게 충실한 봉사와 의무의 수행, 동료들과 한 몸처럼 느껴지는 동지애, 야영지와 현장에서 나누는 위험상황과 역경, 고난을 통해 굳건해지는 우정을 의미합니다. 하지만 장관님, 그것은 또한 사랑하는 이들과 집(집이라고 해봐야 오두막 같은 것에 불과할지라도 그래도 소중하기는 마찬가지죠)을 지키기 위해 흘려야 하는 피를 의미하기도 합니다. 그중엔 무고한 사람들이 흘리는 피도 당연히 있겠지요.

이것은 또한 습격과 방화를 뜻하고, 많은 포로들이 더러운 감옥에 갇혀 짐승처럼 지내고 있다는 것을 뜻합니다. 이게 다 무엇입니까? 우리의 집과 사랑하는 사람을 위해 싸운다는 명목하에 이루어지는 일입니다.

이것은 제게 G. O. 100부대에서 자행된 공포와 잔인함, 고통을 뜻합니다. 불과 칼로 황폐해진 땅에서 동물들도 무차별적 죽임을 당했습니다. 남자, 여자, 어린아이 할 것 없이 모두가 동물처럼 사냥당했고 이 모든 것이 자유와 인간애, 문명이라는 이름으로 자행되었습니다.

간단히 말하자면, 그것은 무방비상태의 약자에 대한 전쟁, 합법화된 살인을 뜻합니다. 우리는 차마 그것이 정당방위였다는 변명조차 할 수 없습니다.

진심을 담아, 윌리엄 부왈다

R. R. No.3. 미시간 주 허드슨빌

호주로의 출발은 애초에 1월로 정해 둔 터였다. 하나, 샌프란시스코에서의 체포와 그에 따른 표현의 자유를 위한 투쟁으로 인해 이를 4월까지 연기할 수밖에 없었다. 마침내 우리는 짐을 쌀 수 있었고 우리를 위한 성대한 송별파티가 준비되던 와중에 로체스터에서 날아온 전보가 우리의 여행길을 막았다. “워싱턴에서 커쉬너 시민권 서류 취소. 지금 출국은 위험”

로체스터에서 언니는 몇 달 전부터 웬 수상해 보이는 남자 둘이 커쉬너에 대해 알아보고 다닌다는 소식을 전해 왔었다. 커쉬너는 몇 년 전 도시를 떠났고, 그후로 아무 소식도 듣지 못했다. 커쉬너의 행방을 찾는 데 실패한 이들은 그의 부모를 괴롭히며 정보를 얻으려 했다. 전에 이 소식을 듣고서는 내 마음 한구석으로 밀어 놓고 있었는데 이제야 나를 크게 한방 먹인 것이다. 나는 이 조치에 이의를 제기할 기회조차 없이 시민권을 박탈당했다. 이제 미국을 떠나게 되면 입국이 허용되지 않을 것임은 분명했다. 호주 투어는 그 준비를 위해 그곳 동지들이 애써 준 노력은 물론이고 우리가 쓴 비용적인 면에서도 엄청난 손실이었음에도 이를 포기할 수밖에 없었다. 참으로 실망스러웠지만 다행히 나의 '부랑자 매니저'의 흔들리지 않는 낙관 덕분에 극복할 수 있었다. 그의 에너지는 장애물이 커짐에 따라 더 커졌다. 참으로 지치지도 않고 역동적인 사람이었다.

호주가 우리 투어 일정에서 제외됨에 따라 우리는 그 대신 텍사스로 이동했다. 엘파소, 산앤토니오, 휴스턴은 완전 새로운 땅이었다. 나는 흑인 문제에 대해서는 언급을 피하라는 주의를 받았지만 남부의 편견에 그 어떤 양보도 하고 싶지 않았다. 그럼에도 남부에서는 물리적 폭행이나 경찰의 간섭이 전혀 없었다. 심지어 미국 이민 조사관이 엠마 골드만의 위협으로부터 미국을 구할 기회를 놓쳤다는 것을 깨닫기도 전에 벤과 함께 엘파소에서 멕시코까지 걸어갔다 다시 돌아오기도 했다.

35

휴식이 절실했지만 이번의 투어는 사실 그 어떤 영광보다는 돈이 간절히 필요해서 하게 된 것이다 보니 쉴 여유 같은 건 없었다. 우리의 자금 사정은 『어머니 대지』의 페이지를 64쪽에서 절반인 32쪽으로 줄여야 할 정도였다. 우리의 재정상태로 인해 휴식 없이 강연을 바로 시작해야 했던 것이다. 벤은 3월 말에 뉴욕에서 나와 합류했고, 4월 15일에는 연극에 대한 강의를 성공적으로 꾸려 주었다. 처음에는 모든 게 순조롭게 진행되는 듯 보였으나, 5월엔 이 흐름을 깨며 한 달간 총 11곳에서 경찰의 제지를 당하면서 여러모로 기록을 갈아 치웠다.

이전에도 비슷한 경험이 있긴 했지만 뉴헤이븐의 경찰서장은 다른 동료들과는 비교할 수도 없이 참신한 방법으로 나를 제지했다. 그는 벤과 내가 빌린 강당에 들어가는 것까지는 허가했으나 다른 사람들이 건물 안으로 못 들어오도록 경찰을 배치한 것이다. 내 연설을 들으러 온 많은 사람들, 그중 상당수가 학생이었는데 모두들 건물 앞에서야 입장이 불가하다는 것을 알게 되었다. 그러나 서장은 점점 이러한 '독창성'이 비용이 꽤 들어가는 일이라는 것을 깨달았고, 지금껏 엠마 골드만의 권리가 침해당하는 것에 대해 한 번도 항의한 적 없던 지역 신문들마저 "평화로운 집회를 방해한다"고 경찰을 비난했다.

뉴욕 당국은 아나키스트 박해에 있어서는 항상 우둔한 편이었는데 그중 제일은 내 강연이 열리던 셋째주 일요일, 렉싱턴 회관에서였다. 그날의 '선동적인' 강연 주제는 '현대 희곡의 선구자 헨리크 입센'이었다. 강연이 시작되기 전 형사가 강당 관리인을 불러 나의 발언을 허용하면 그는 물론이고 가족까지 체포하겠다고 위협했다. 이 불쌍한 관리인은 물론 겁이 났지만 강당 임대료는 이미 지불되었고 벤에게는 영수증이 있었기에 어찌할 도리가 없었다. 건물주로서는 할 수 있는 게 아무것도 없었고 사복경찰이 그를 서로 데려갔다.

내가 말을 시작하자마자 아나키스트 순찰대가 도착해 강당 곳곳에 배치되었다. 내가 "헨리크 입센"이라는 말을 입 밖에 내는 순간 담당 경사가 단상으로 뛰어올라 소리쳤다. "당신은 지금 하려고 했던 주제에 대해 말하는 게 아니잖아, 한 번만 더 그러면 강연을 중단시킬 줄 알아."

"지금 그 주제에 대해 말하고 있잖습니까." 나는 조용히 대답하고 내 강연을 이어갔다.

경찰관은 계속 나를 방해하며 "원래 주제대로 하란 말야!" 하고 반복해 소리를 질렀다. 나는 대답했다. "지금 그러고 있잖아요. 입센이 바로 제 강연 주제입니다."

"무슨 헛소리야! 희곡에 대해 말한다더니 지금 입센에 대해 말하고 있잖아!"

청중의 즐거움이 내 강연 방해자에 대한 분노에 더해졌다. 내가 강연을 이어 가기 전에 그는 부하들에게 강당에 있는 사람들을 해산시키라고 명령했고, 경찰들은 사람들이 앉아 있던 의자를 빼어들고 곤봉을 마구잡이로 휘둘렀다.

이 일요일 아침의 강연에는 대체로 미국인들만이 참석했는데 그들 중에는 필그림 파더스의 후손들까지 포함되어 있었다. 그중에는 저명한 스탠더드 정유회사의 아들인 올던 프리먼도 있었다. 경찰과의 첫 경험에서 그는 경찰의 행동에 분개하지 않을 수 없었고 다른 많은 명문가 집안의 사람들도 마찬가지였다.

수년 동안 박해를 받아 왔던바, 우리에게는 강의가 중단되는 일이 사실 더 이상 놀랄 일도 아니었다. 나의 강연뿐 아니라 노동자들의 집회도 아무런 이유 없이 종종 중단당했으니까. 20년 동안 강단에 서면서 나는 마지막 순간까지도 발언을 해야 할지 말아야 할지, 오늘은 내 침대에서 잘 수 있을지 아니면 또 경찰서 유치장에서 자야 할지 모르는 불확실성과 함께였다.

메이플라워 후손들은 경찰의 전술에 대해 읽으면서 의심할 것도 없이 분명 내가 원인제공을 했을 거라고 생각했었다. 아마도 폭력이나 폭탄을 써야 한다 어쩐다 했을 거라고 말이다. 이 후손들도, 언론들도 한 번도 경찰에 반대한 적은 없었다. 하지만 이번에는 록펠러의 죽마고우 친구이자 백만장자의 아들을 포함한 '진짜' 미국인들이 모욕을 겪었으니, 이는 용납할 수 없는 일이었다. 『뉴욕타임스』가 이에 분노를 표하자 다른 일간지들도 뒤를 따랐고 항의편지들이 신문을 채우기 시작했다. 나의 좋은 친구인 『세인트루이스 미러』의 윌리엄 매리언 리디와 『퍼블릭』의 루이스 포스트 씨는 엠마 골드만에 대한 박해를 미국 헌법을 러시아화하려는 미국 경찰의 고의성 짙은 음모라고 낙인찍었다. 이런 상황들이 이어지면서 '표현의 자유 협회'가 결성되었고 미국 각계각층의 남녀가 서명한 선언문이 발행되었다. 작가, 화가, 조각가, 변호사, 의사 및 다양한 분야의 사람들이 뉴욕 경찰의 방식에 맞서 싸우기 위해 팔을 걷어붙이고 나섰다.

올던 프리먼 씨는 표현의 자유란 건 단순히 말로만 존재하는 게 아니라 실제적인 것이라고 평생을 믿고 살았던 만큼, 현실을 직시하고는 진심으로 충격을 받았고 즉시 표현의 자유를 확립하기 위해 새로 창설된 협회의 캠페인에 몸을 던졌다. 그는 자신의 고향인 이스트 오렌지에서의 나의 연설이 분명 가능할 거라고 확신했고, 그곳에서 나를 위한 모임을 주선하겠다고 관대한 제안을 해왔다. 그는 또한 자신이 회원으로 속해 있는 메이플라워 소사이어티 오찬에 나를 초대하기도 했다. "사람들이 당신이 신문에서 묘사한 것과 다르다는 것을 직접 확인할 수 있다면, 당신의 연설을 듣고 기뻐할 겁니다."

메이플라워 모임은 흥미롭지도 않았고 연설은 지루하기 짝이 없었다. 오찬이 끝날 무렵 내가 소개되었는데, 누군가 폭탄을 던졌더라도 이보다 더 비통한 결과가 나오진 않았을 것이었다. 잠시 동안 좌중이 쥐죽은 듯 조용하더니 곧 몇몇이 일어나 거들먹거리는 폼으로 회장을 나갔다. 참석한 여성들은 너무 놀라 움직이지 못했고, 정신을 차리게 해줄 것을 찾으려 더듬거렸다. 일부 사람들은 프리먼 씨를 매섭게 노려보았는데, 무릇 극소수의 무모한 이들만이 용을 마주보는 법이다. 물론 나에게는 이런 상황이 충분히 재미있었지만 미국의 자유와 전통에 대해 소중히 간직해 온 믿음에 또 한번 큰 타격을 입어

버린 나의 호스트에게는 고통스럽고 실망스러운 경험이었다.

세번째 사건은 오찬이 끝난 직후에 벌어졌다. 메이플라워 협회가 감히 엠마 골드만을 데려왔다는 이유로 올던 프리먼 씨의 강제 제명을 논의한 것이다. 다행스럽게도 프리먼 씨에게 이것은 더 이상 실망스러운 일은 아니었다. 용감하게도 그는 이스트 오렌지에서 나를 위한 강연을 계속해서 주선해 주었다.

강의 당일 저녁, 강당은 경찰에 의해 폐쇄되어 있었고, 경찰은 강연이 불가하다는 통보를 했다. 프리먼 씨는 모인 청중을 자신의 집으로 초대해 강연이 자신의 안마당에서 열릴 것임을 알렸다. 우리는 의기양양하게 행진해 귀족들이 사는 이스트 오렌지 거리를 행진했는데, 마치 궁궐과도 같은 저택을 지나는 수많은 군중 뒤를 경찰과 기자가 뒤따랐다. 이런 조용한 동네에서는 한 번도 없던 종류의 시위였다.

프리먼 씨의 집은 아름다운 정원으로 둘러싸인 멋진 저택이었다. 그곳은 사유지였으므로 경찰은 공권력이 더 이상 침범할 수 없다는 것을 알았다. 그들은 감히 들어올 엄두를 내지 못하고 문밖을 서성거렸다. 우리가 모인 차고는 어지간한 노동자들의 집보다 훨씬 편안했다. 색색의 조명이 밤의 그림자처럼 흔들리며 마법 같은 실루엣을 비추었는데 그것은 다름 아닌 아기예수의 탄생을 암시하는 그림이었다. 할렐루야는 자유와 반란의 노래로 바뀌었다.

이스트 오렌지에서의 일 이후 이전에 들어 본 적도 없는 사람들의 도움이 이어졌다. 『어머니 대지』를 구독하고 우리 출판물을 구매해 주기도 했다. 경찰 곤봉의 은혜로 말미암아 사람들은 엠마 골드만이 암살자도, 괴짜도, 마녀도 아닌 그저 당국에 의해 탄압받는 사회적 이상을 가진 여성이라는 사실을 알게 되었다.

표현의 자유 협회는 쿠퍼 유니언에서 열린 대규모 집회로 캠페인을 시작했다. 6월 말의 찌는 듯한 더위에도 불구하고 오래된 역사적 건물은 다양한 사회·정치적 성향을 가진 사람들로 붐볐다. 연설자들은 거의 모든 문제에 있어서 다른 입장을 가졌지만 모두가 하나의 공통된 의제로 뭉쳤다. 바로, 점점 커지는 경찰의 독재를 막아야 한다는 절박한 요구였다. 올던 프리먼 씨는 스탠더드 정유회사의 아들인 자신이 어떻게 "아나키즘의 품으로 뛰어들었는지"에 대한 유머러스한 이야기로 연설을 시작했다. 그는 이어 진지한 어조로 모임의 목적을 설명했다. "만약 엠마 골드만이 재갈을 물고 경찰을 대동한 채로 이 단상에 앉아 있다면, 그 모습만으로 우리가 오늘 밤 여기 있는 이유를 간단명료하게 설명할 수 있을 겁니다. 또한 어째서 항의와 격려의 편지와 전보가 대서양에서 태평양까지, 걸프만에서 오대호까지 표현의 자유 협회에 쏟아지고 있는지도 설명할 수 있겠지요."

뒤이은 연사들도 이와 비슷한 맥락으로 자신들의 생각을 표현했는데 그중 가장 뛰어난 연설을 한 사람은 볼테린 드 클레어였다. 그녀는 "다른 사람들이 듣고 싶어하지 않는 것에 대해 말할 자유가 없다면, 표현의 자유란 건 아무런 의미가 없는 것"이라는 주장을 했다.

협회의 적극적인 캠페인으로 효과가 거의 즉각적으로 나타났다. 매클렌런 시장이 폭력적 군사진압에 책임을 지워서 경찰청장인 빙엄을 해임한 것이었다.

이런 활동으로 바쁜 와중에 나는 『보스턴글로브』의 편집진으로부터 편지를 받았는데, 현재 신문이 새로운 독립 선언문을 위한 대회를 계획하고 있다는 내용이었다. 몇몇 급진주의자들은 이미 참여를 약속했다며, 나도 여기에 참여를 하지 않겠냐고 물었다. 1위를 한 글은 『보스턴글로브』에 게재됨은 물론이고 소정의 고료도 받게 될 것이라고 했다. 나는 요즘 독립에 대해 생각하는 미국인이 거의 없는 것 같지만 충분히 재미있어 보이니 참여를 해보겠노라고 답했다. 독립선언문의 형태를 유지하되 거기에 새로운 문구와 의미만을 더하여 완성한 나의 글이 『보스턴글로브』에 전달되기는 하였으나 얼마 후 교정쇄와 함께 수표가 담긴 봉투를 받았다. 신문사 친구가 보낸 편지에는 『보스턴글로브』 사장이 편집자 책상에서 우연히 이 교정쇄를 발견했다고 써 있었다. "그 여자한테 수표랑 같이 이 망할 놈의 아나키스트 선언문 돌려보내" 하고 사장은 명령했다. "『보스턴글로브』에 그 여자 글을 실을 순 없어."

『어머니 대지』 최근호가 조만간 발행을 앞두고 있었으나 덜 중요한 글을 좀 빼고 내 글을 넣을 만큼의 시간은 있었다. 7월 4일, 내가 작성한 새로운 독립선언서는 수천 명에게 읽혔다. 이번호는 판매도 많이 되었지만 우리가 무료로 배포한 부수도 상당했다.

9월에 나는 벤과 함께 매사추세츠와 버몬트를 거치는 짧은 투어를 떠났다. 우리의 강연은 경찰의 직접적인 제지에 의해서나 아니면 건물주를 협박하는 간접적인 제지를 통해서 무수히도 중단되었다. 매사추세츠 주 우스터에서는 엘리엇 화이트 목사와 그의 아내 메이블 여사의 도움으로 야외에서 연설을 할 수 있었다. 그들은 우리의 친구 올던 프리먼이 했던 것처럼 넓은 잔디밭에서 환대를 베풀었다.

아나키즘은 성조기 아래가 아닌, 그보다 훨씬 적절한 덮개인 끝도 없는 하늘과 반짝이는 별들 아래에서 경청되었고, 커다란 나무들은 호기심만으로 우리를 구경하러 온 사람들로부터 우리를 가려 주었다.

이번 우스터 방문에서 가장 중요한 행사는 지그문트 프로이트의 클라크 대학교 창립 20주년 기념강의였다. 나는 그의 정신의 명료함과 전달력에 있어서의 단순함에 깊은 감명을 받았다. 격식을 갖춰 모자와 가운을 입은 뻣뻣하고 중요해 보이는 교수들 사이에서 프로이트는 평범한 복장을 하고 겸손해 보이는 태도, 아니 거의 몸을 웅크리듯 하고 있었음에도 마치 거인처럼 눈에 띄었다. 1896년 빈에서 그의 강의를 들었던 이후로 시간이 꽤 흘렀으므로 그도 제법 나이가 들어 보였다. 당시 그는 유대인이고 무책임한 혁신가라며 욕을 먹었지만 이제 그는 세계적인 인물이 되어 있었다. 비방이 되었건 찬사가 되었건 이제는 이 위대한 사람에게 영향을 미칠 수 있는 말은 없었다.

뉴욕으로 돌아오자마자 새로운 어려움이 시작되었다. 15,000명이 참여한 블라우스 직공 파업과 펜실베이니아 주 맥피스포트의 철강노조 파업이었다. 두 싸움 모두를 위해 기금을 모아야 했다. 아나키스트들은 항상 모든 요구에 가장 먼저 반응했으므로 나는 동료 조합원들에게 대의를 호소하기 위해 수많은 집회에 참석하고 다른 노조 단체들을 방문해야 했다.

그후에는 스페인에서 봉기가 일어났다. 모로코에서의 학살에 항의해 스페인 노동자들이 총파업을 선언한 것이다. 여느 때와 다름없이 미국 언론은 상황을 잘못 보도하고 있었다. 사건의 제대로 된 의의를 알리기 위해서는 우리 측의 즉각적인 캠페인이 필요했다. 미국에 있는 스페인 동지들이 내게 도움을 요청했고, 나는 기꺼이 그들을 도왔다.

얼마 지나지 않아 우리는 아나키스트이자 자유주의 교육가인 프란시스코 페레르가 총파업에 대한 책임으로 바르셀로나에서 체포되었다는 소식을 들었다. 우리의 동지가 직면한 위험을 깨닫고, 그를 위해 미국 지식인들 내 여론을 불러일으킬 필요성이 있었다.

유럽에서는 선진적인 사상을 지닌 저명인사들이 페레르를 지지하는 집중 캠페인을 시작했다. 이와 비슷한 캠페인을 벌이기에 미국 쪽 숫자는 너무 적었고, 상황이 그렇다 보니 우리가 할 일이 엄청나게 많았다. 집회와 회의, 『어머니 대지』, 끝도 없이 이어지는 사람들의 행렬로 새벽부터 밤늦게까지 바쁜 나날을 이어 갔다.

나는 필라델피아에 일정이 있었는데 나보다 며칠 앞서 벤이 도착해 있었다. 도착하자마자 그는 '형재애의 도시'에서 모든 종류의 급진적 모임이 금지되었다는 걸 알게 되었다. 아직도 경찰에 대한 미국인다운 신뢰를 가지고 있던 벤은 공공안전국장을 만나러 갔는데 그는 쉽게 말하자면 필라델피아의 차르였다. 그는 무뚝뚝하게 벤의 방문을 받으며 엠마 골드만이 '그의' 도시에서 연설하는 건 결코 용납할 수 없다고 선언했다. 지역의 단일세론자들은 이 독재적인 결정을 비난하는 결의안을 통과시키며 시청에 위원회를 보내 나에게 발언권을 줄 것을 요구했다. 내게 미국인 친구들이 있는 것을 본 이 경찰서의 독재자는 자신의 뿔을 내려놓았다. "간단한 형식이라면 엠마 골드만의 발언을 허가합니다. 다만, 내가 연설문을 먼저 읽는다는 조건입니다."

검열을 믿지 않는 내가 그 조건에 동의를 할 리 없었다. 이에 따라 경찰은 내 연설을 허가할 수 없다는 입장을 표명했다. "집회 자체는 진행 가능합니다. 단 엠마 골드만은 집회 장소인 오드펠로스 템플에 들어올 수 없을 겁니다. 골드만을 막기 위해 경찰 전체가 동원되어야 한대도 우리는 그렇게 할 생각입니다."

그는 자신의 말을 지켰다. 내가 머물고 있던 작은 호텔 입구에 사복 경찰 여섯을 배치했고 저녁이 되어 필라델피아 표현의 자유 협회의 변호사와 함께 회장으로 향할 때에도 형사들이 우리 뒤를 따랐다. 회장으로 가는 길 몇 블록에 걸쳐 경찰들이 깔려 있었다. 나는 건물 안으로 들어갈 수 없었을 뿐 아니라 경찰관이 지시한 경로를 통해 호텔로 강제로 돌아가야 했고 경찰은 내가 호텔방에 들어갈 때까지 한시도 감시를 멈추지 않았다. 집회가 개시되었고 아나키스트, 사회주의자, 단일세론자들이 연설을 한 가운데 엠마 골드만은 참석을 하지 않았으니 바야흐로 필라델피아는 안전했다.

단일세론자들과 표현의 자유 협회 회원들은 이 사건이 법정에서 다뤄져야 하는 사안이라고 주장했다. 사법체계에 대한 믿음이 없는 나였지만, 만일 내가 이를 거부한다면 경찰들은 이 전술을 앞으로도 계속할 것이 틀림없고 그나마 법적 공방이 이루어진다면 경찰이 러시아식 탄압을 한다는 것에 대중의 이목이 집중될 것이라는 친구들의 주장은 일리 있는 것이었다. 볼테린 드 클레어도 이에 찬성했고, 나 역시 동의했다.

한편 신문에서는 상황에 대한 다소 선정적인 기사가 실리고 있었고 형사들은 여전히 호텔을 지키고 있었다. 어느 정도는 자유주의자였던 호텔 주인은 내게 무척 잘 대해 주었지만, 원치 않는 방식으로 홍보가 되는 바람에 그의 사업에 차질이 생겼다. 규모가 더 큰 호텔로 옮기는 편이 낫겠다고 판단하고 새로 구한 곳에서 짐을 막 풀려는데 예약에 혼동이 있었다는 데스크의 전화를 받았다. 현재 만실이어서 빈방이 없다는 통보였다. 다른 호텔을 가도 상황은 마찬가지였다. 벤은 방을 구할 수 있었지만 내게 방을 내어 주진 않았다.

어쩔 수 없이 미국 친구들의 집에서 머물기로 했는데, 3주간 그들 집은 24시간 감시하에 놓였고, 집을 떠나는 순간부터 돌아올 때까지 나는 형사들의 그림자에 갇혔다. 더 기가 막힌 일은 경찰이 집에서 일하는 하인을 매수해 내 방을 감시하고 상황을 보고하게 하려는 시도를 했다는 것이었다. 그러나 친절한 영혼은 이를 거절했고 대신 하루 동안 내가 형사들의 감시망을 온전히 벗어날 수 있도록 도와주었다.

뉴욕에서 나를 긴급히 필요로 하고 있었다. 10월 13일 일요일 아침, 이 친절한 하인은 벤과 나를 데리고 뒷문을 통해 빠져나가서는 몇 미터 건너에 있는 골목으로 갔다. 아무도 눈치채지 못한 가운데 우리는 기차역에 도착했고 곧 동쪽으로 빠르게 이동했다.

뉴욕에서 우리가 해야 할 일은 스페인의 천주교와 군사주의의 희생자인 프란시스코 페레르를 기념하기 위한 대규모 집회였다.

로마 교회는 8년 동안 프란시스코 페레르와 끊임없는 전쟁을 벌였고, 그는 교회의 가장 취약한 부분을 공격했다. 페레르는 1901년에서 1909년 사이에 109개의 '모던스쿨'을 설립했으며 그의 영향력으로 인해 이를 본보기 삼아 자유주의 진영에서도 300여 개의 비종파적 교육 기관을 설립했다. 스페인의 천주교는 일찍이 이렇게 대범한 시도를 본 적이 없었는데, 교회 교부들의 심기를 불편하게 한 주요한 원인은 무엇보다도 페레르의 모던스쿨이었다. 교부들은 미신과 편견, 독단과 권위의 어둠으로부터 아이들을 해방시키려는 시도에 분개했다. 교회와 국가는 자신들이 수세기에 걸쳐 쌓아 올린 지배력이 위태로워지는 것을 보고 페레르를 무너뜨리는 데 혈안이 되었다. 1906년에는 이 시도가 거의 성공하기도 했다. 스페인 국왕 암살시도를 한 마테오 모랄과 연관지어 페레르를 체포한 것이다.

젊은 아나키스트 마테오 모랄은 그의 재산을 모던스쿨의 도서관에 모두 기부했고 사서 자격으로 페레르와 함께 일했다. 그는 국왕 암살이 실패로 돌아간 후 스스로 목숨을 끊었다. 당시 스페인 당국은 모랄과 모던스쿨의 연관성을 발견하고 이에 프란시스코 페레르를 체포했다. 페레르가 정치적 폭력행위에 반대하고, 그런 강제와 폭력에 반대하는 현대 교육을 확실히 믿고 또 그를 전파하려 했다는 것은 스페인에서 모르는 사람이 없을 정도였다. 하지만 그럼에도 불구하고 이 사실이 권력의 손아귀로부터 그를 구해 주지는 못했다. 1906년에 전 세계에서 일어난 시위로 인해 구출되긴 했지만 이제 교회와 국가는 그에게 터무니없는 요구를 하고 있었다.

당국이 프란시스코 페레르를 찾기 위한 수색을 하고 있을 때 그는 바르셀로나에서 1.6킬로미터 정도 떨어진 곳에서 동료와 함께 지내고 있었다. 그곳은 굉장히 안전했고, 그의 목숨을 노리는 교회와 군벌의 분노를 피할 수도 있었다. 그러다 그는 누구든 자신을 숨겨 주는 사람은 총살형을 당할 것이라는 당국의 공포를 읽게 되고 자신을 포기하기로 결정했다. 그가 머물고 있는 아나키스트 친구들은 가난했고 자녀는 다섯씩이나 되었다. 그들은 위험성을 인지하고도 페레르에게 함께 있을 것을 간청했다. 페레르는 그들을 안심시키며 그러겠다고 약속하고는 모두가 잠든 밤, 자신의 방 창문을 빠져나가 바르셀로나로 걸어갔다. 그는 도시 근처에서 체포되었다.

농담 같은 재판이 끝나고 프란시스코 페레르는 사형선고를 받고 몬주익 감옥에서 총살되었다. 그는 마지막 숨을 거두면서 "모던스쿨이여 영원하라!"를 외치며 그가 살아온 모습 그대로 세상을 떠났다.

뉴욕에서 프란시스코 페레르 기념 집회를 마친 후 나는 표현의 자유 투쟁을 계속하기 위해 필라델피아로 돌아왔다. 우리의 소송사건에 대한 법원의 결정을 기다리는 동안 내 방에서는 우리 캠페인을 지원하는 위원회의 사교모임이 열렸다. 우리가 커피를 마시며 조용히 이야기를 나누고 있을 때 쾅쾅 하고 문을 두드리는 소리와 함께 경찰관 여러 명이 방 안으로 들이닥쳤다.

"당신들은 지금 비밀 집회를 열고 있습니다." 경찰 반장은 즉각 해산을 명령했다.

"어떻게 생일 파티까지 검열을 하려는 거죠?" 나는 경찰에게 따졌다. "내 생일을 축하하기 위해 찾아온 손님들이에요. 필라델피아에서는 그게 범죄인가요?"

"생일이라고요? 참내." 경찰이 비웃었다. "아나키스트들도 생일을 축하하는지는 몰랐네요. 거 얼마나 늦게까지 축하들을 할지, 밖에서 기다려 보죠."

그 자리에 있던 단일세론자들 일부는 이 상황에 몹시 분개했다. 이는 경찰이 우리 모임을 방해했기 때문이 아니라, 사유재산의 신성함을 침해했기 때문이었다. 방문객들은 곧 떠났는데, 나는 궁금해졌다. 우리 아나키스트들이 직면한 더 큰 어려움이 사유재산의 신성함인지 아니면 국가에 대한 믿음인지 말이다.

우리 캠페인은 표현의 자유 협회 후원하에 열린 대규모 집회로 마무리되었다. 레너드 애벗이 의장을 맡았고, 연사 중에는 전 하원의원 로버트 베이커, 프랭크 스티븐스, 시어도어 슈뢰더, ('제화공 철학자'로 알려진) 조지 브라운, 볼테린 드 클레어 및 벤 라이트먼이 있었다. 내 발언이 금지된 것에 항의하는 편지는 호레이스 트라우벨, 찰스 에드워드 러셀, 로즈 패스터 스톡스, 올던 프리먼, 윌리엄 매리언 리디 등이 낭송했다.

얼마 후 필라델피아 공공안전국장은 부정행위 및 뇌물수수 혐의로 해임되었다.

36

1909년 하반기, 뉴욕은 또다시 범죄와의 전쟁을 벌이고 있었다. 개혁가라는 사람들은 백인 여성들이 매춘을 강요당하고 있는 현실을 알게 되었지만 자신들이 근절하고자 하는 악의 근원이 어디에 있는지 감조차 잡지 못한 채로 그저 분주하기만 했다.

나는 매매춘과 관계된 사람들과 접할 기회가 적지 않았다. 내가 어쩔 수 없이 살던 집에서, 그리고 스펜서 부인을 간호하던 2년간, 그리고 마지막으로는 블랙웰 섬에서 그들을 만났다. 뿐만 아니라 나는 해당 주제에 관해 자료를 많이 수집하면서 많이 읽기도 했다. 그렇기 때문에 지금 사회적 관심이 쏠린 주제에 대한 논의를 하는 데 있어 참견하기 좋아하는 도덕군자들보다 훨씬 더 준비가 잘 되어 있다고 생각했다. 나는 매매춘에 대한 강연을 준비해 그 원인과 영향, 근절 가능성에 대한 논의를 했다. 이 주제는 내 강연코스에 있어 새로운 인기 주제가 되었고, 가장 뜨거운 비판과 토론을 일으키는 강연이기도 했다. 강연록은 『어머니 대지』 1월호에 수록되었으며, 이후 팸플릿 형태로도 출판되었다.

얼마 지나지 않아 벤과 나는 연례 투어를 떠났는데, 가는 곳마다 우리 잡지 1월호를 받아보지 못했다는 구독자들의 불만을 접해야 했다. 이에, 사샤에게 연락해 우편 당국을 확인했더니, 앤서니 콤스톡의 요청이 접수되어 해당 우편물은 일부 발송이 보류되었다는 통보를 받았다. 마침내 우리도 그 유명한 콤스톡 검열의 희생자가 되었다는 사실이 퍽이나 영광스럽다고 생각하면서도 우리가 이 영예를 누려야 하는 이유에 대한 설명을 당국에 요구했다.

수차례의 시도 후 사샤는 미국의 도덕을 수호하는 근엄한 존재에게 다가가는 데 어렵게 성공했다. 콤스톡은 『어머니 대지』의 발송이 보류된 것은 인정하면서도 자신의 개입 사실은 부인했다. 콤스톡은 사샤에게 다음과 같이 말했다. "이 문제는 내 수중에 들어왔습니다. 바로 골드만 양이 매매춘에 대해 쓴 기사 때문이죠." 콤스톡의 요청으로 사샤는 그와 함께 지방검사 사무실을 방문했으며, 그곳에서 2시간 가량의 비공개 회의가 있었다. 그후에는 우체국 수석 검사관과의 긴 협의가 있었다. 결국 검열관은 나의 기사에서 잘못된 점을 발견하지 못했음을 선언했다.

다음 날 『뉴욕타임스』는 해당 사안을 전면 부인하는 콤스톡의 인터뷰가 실렸다. "이게 다 자신의 출판물을 홍보하기 위한 엠마 골드만의 교묘한 수법"이라면서 말이다. 그는 잡지에 대해 불만 제기를 한 적도 없거니와 우체국에서 우편 발송을 보류한 적도 없다고까지 했다. 1월호가 다시 발송되기까지 사샤는 일주일 동안을 더 발벗고 나서야 했는데, 우편국을 살피고 반복적으로 워싱턴에 연락을 하는 등 모든 일을 다 맡아서 해야 했기 때문이다.

만약 콤스톡이 자신의 계획에 대해 우리에게 미리 고지할 정도의 최소한의 예의를 갖췄다면 우리는 해당 호를 5만부 정도 인쇄했을 텐데. 그의 개입으로 『어머니 대지』 홍보 효과를 톡톡히 보았음에도 아쉽게도 우리는 평소 찍는 부수밖에 발행을 하지 않았다.

1908년에 있었던 표현의 자유 투쟁 이후 처음으로 시카고를 방문했다. 경찰은 자신들이 나를 대한 방식 때문에 오히려 아나키즘이 널리 알려지는 계기가 되었다는 것을 인지하였던바, 벤에게 더 이상의 훼방은 없을 것이라 말하며 그를 안심시켰다. 경찰의 그러한 약속에 나의 매니저는 자신의 출신 도시에서의 활약에 대한 기대감에 부풀어 열광했다. 그는 강연날짜와 주제를 정한 후 연속강의를 준비하는 데 모든 힘을 쏟았다.

내게 시카고는 중요한 의미가 있는 곳이다. 나는 1887년의 순교자들 덕분에 영적으로 다시 태어날 수 있었다. 10년이 지나 그곳에서 막스를 만났고, 그의 이해심과 상냥한 우정은 오랜 세월 나를 지탱하면서 영감을 주었다. 리언 촐고츠에 대한 나의 입장으로 인해 거의 죽을 뻔한 것도 1901년 시카고에서였고, 나에게 벤을 보내 준 것도 시카고가 아니었던가? 그의 모든 결점과 책임감 없는 태도, 그리고 그의 강박으로 말미암아 벤은 이미 내 인생에서 그 누구보다도 더 큰 정신적 고통을 안겨 준 사람이었다. 하지만 동시에 내 일에 있어 그 누구도 줄 수 없는 깊고 완전한 헌신을 보여 준 사람이기도 하다. 우리가 함께한 지는 이제 겨우 2년이 지났을 뿐이지만 그 시간 동안 그는 내 영혼을 수백 번 시험에 들게 했고 내 머리는 그 이상한 남자에게 저항하면서도 그의 친밀함을 간절히 원하고 있었다.

나는 1892년부터 미시간 호수를 끼고 있는 도시들에서 강연을 해왔는데, 이번 방문에서야 그 도시들의 가능성을 깨달았다. 열흘 동안 총 여섯 번의 영어 강연과 세 번의 이디시어 강연을 했는데, 매번 대규모 인원이 참석했다. 입장료를 지불하고 출판물을 다량 구매할 만큼 우리 운동에 관심이 있는 군중들이 상당했다는 말이다. 이 확실히 주목할 만한 성과는 전적으로 벤이 애쓴 덕분이었다. 시카고에서 입지를 굳히게 되었다는 나의 만족감에는 벤에 대한 자부심이 섞여 있었다. 우리 진영에서 그를 무조건적으로 반대하던 동지들마저 벤의 성실함과 조직력을 보고 감탄을 했기 때문이다. 적어도 이 도시에서만큼은 벤이 많은 동지들의 마음을 사로잡을 수 있었고, 덕분에 동지들의 협력과 지지도 얻었다.

미국 투어를 하면서 사회 투쟁에 가장 무관심한 도시들은 대학이 있는 도시들이라는 것을 알게 되었다. 미국 학생들은 자신들의 나라에서 벌어지고 있는 큰 문제들에 무지했고 대중에 대한 연민도 부족했다. 벤이 위스콘신 주의 매디슨에 가자고 제안했을 때 내가 떨떠름했던 것도 그런 이유에서였다.

위스콘신 대학교에서 완전히 다른 분위기가 존재한다는 것을 발견했을 때의 그 놀라움이란! 교수들과 학생들 모두 사회적 사상에 큰 관심을 갖고 있었고, 훌륭한 책과 논문, 잡지를 보유하고 있는 도서관도 있었다. 로스와 커먼스, 재스트로 교수와 다른 몇몇 교수들은 미국의 평균적인 교육자들과는 완전히 달랐다. 그들은 진보적이고, 세상의 문제에 대해 잘 알고 있었고, 자신들의 전공을 풀어 나가는 데 있어서도 현대적이었다.

한 무리의 학생들이 우리에게 캠퍼스 내 위치한 YMCA 강당에서 강연을 해달라고 요청해 왔다. 벤은 교육과 선동의 관계에 대해 이야기했고, 나는 러시아와 미국 대학생의 차이에 대해 이야기했다. 러시아 지식인들은 교육을 단순히 직업의 수단으로 보는 것이 아니라 삶과 사람들을 이해하고 가르치고, 그리하여 도울 수 있는 것으로 본다는 사실은 미국 대학생들에게 완전히 새로운 개념이었다. 러시아에 비하면 미국 학생들이 관심이 있는 것은 대체로 졸업장이었기 때문이다. 사회적 투쟁에 대해서도 미국 대학생들은 아는 바가 거의 없기도 하고 신경도 쓰지 않는 게 대부분이었다. 우리의 강연 이후 열성적인 토론이 이어졌고 대학생 청중들은 자신들이 대중과의 관계를 인식하고 있음을, 그리고 사회의 모든 부를 생산한 노동자들에 대한 빚도 제대로 인식하고 있음을 증명했다.

YMCA 건물의 관리 이사진은 우리가 더 이상의 집회를 가질 수 없도록 강당 사용을 허가하지 않는 것 외에 나은 방법을 떠올리지 못했다. 그러나 강당 폐쇄만큼 우리를 더 홍보해 주는 건 없었다. 우리가 학교 밖에 구한 강당으로 많은 학생들이 모여들었고, 사람들은 그 어느 때보다도 우리의 연설을 듣고 싶어했다. 강연 후에 사서로부터 듣기를, 도서관이 존재한 이래로 아나키즘에 대한 책이 이토록 인기가 많았던 적은 없다고 했다.

매디슨 같이 보수적인 지역사회에서 나의 존재가 만들어 내는 흥분과 내가 강연에 동원하는 대규모의 청중은 도무지 받아들이기 힘든 것이었다. 지역의 대변인 역할을 하는 잡지 『민주당원』은 “대학에 만연한 아나키 상태와 혁명의 정신”에 대해 경고를 보냈는데 편집자는 특히 나의 호스트이자 학생들에게 내 강연 참석을 독려하고 본인도 참석한 로스 교수를 매도의 대상으로 삼았다. 이 신문으로 인해 로스 교수는 거의 해임될 뻔했는데, 다행히 그는 나의 방문 직후 오랫동안 계획했던 중국으로 여행을 떠났다. 『민주당원』의 공격은 이내 사그라들었고, 그가 학교로 다시 돌아왔을 때 더 이상의 괴롭힘 없이 자신의 일을 계속할 수 있었다.

오를레네프 극단 매니저로 일할 때의 나는 종종 사교행사에 참석했지만, 선전가로서의 나는 쓸데없는 오락과 유흥을 멀리하는 편이었다. 보헤미안이 되고 싶어하는 사람들의 저녁 식사와 오찬 행사에 나를 끌고 간 사람은 다름아닌 『세인트루이스 미러』의 뛰어난 편집자 윌리엄 매리언 리디였다. 그의 정중한 매너는 적의 진영으로 가장 위험한 밀수품마저 몰래 들여갈 수 있을 정도였다. '상냥한' 사람들과의 첫 오찬 행사에서 나는 질문 세례를 받았다. 물을 계속 따라 주기는 하는데 도무지 영혼이라고는 없는 이 행사에서 유일하게 활력을 불어넣는 존재는 바로 리디였다. 마치 기도회에서 만나는 스파클링 와인 같았달까.

내가 두번째로 참석한 행사는 예술가 길드로, 존경받는 보헤미안들로 구성된 그룹이었다. 그들의 보헤미안주의는 잭 런던이 『밑바닥 사람들』에서 묘사한 이스트엔드를 떠올리게 했다. 책에는 몇 시간이고 기다려 빵 배급을 받으려 했으나 결국 구빈원에 갇히는데, 그곳에서는 언제든 잠자리로 돌아가 쉴 수 있고, 씻을 수도 있고, 배부르게 밥도 먹을 수 있어서 오히려 안심했다는 이야기가 나온다.

길드에 속한 사람들 대부분에게는 '보헤미안주의'가 삶의 지루함을 견디는 일종의 마약이라는 사실은 인상적이었다. 물론, 예술에서든 삶에서든 이상을 추구하는 자유롭고 진지한 사람들은 모두 투쟁을 겪게 된다는 것을 아는 사람들도 있었지만 말이다. 나는 이들을 대상으로 '삶 속의 예술'에 대한 강연을 하면서 무엇보다 삶의 다양성과 충만함이야말로 최고의 예술이라는 점을 지적했다. 삶의 흐름에 속해 있지 않은 이라면 그 아무리 석양을 잘 그리고 훌륭한 야상곡을 작곡한다 하더라도 예술가라고 할 수 없다. 그렇다고 해서 예술가가 확실한 신념을 가지고 있어야 한다거나 아나키스트 단체 또는 사회주의 그룹에 속해야 한다는 것은 아니다. 다만, 삶에서 기쁨과 아름다움이 결핍된 수백만 명의 비극을 느낄 수 있어야 한다는 말이다. 진정한 예술가의 영감은 작업실에서 나오지 않는다. 위대한 예술은 항상 대중에게서, 그들의 희망과 꿈에서, 영혼에 불을 붙이는 불꽃을 찾는다. 그 외의 것들은 니체가 평범함을 두고 표현한 "많아도 너무 많은" 것들일 뿐이며 또한 그것들은 돈이나 값싼 영광, 사회적 지위 같은 것들로 살 수 있는 단순한 상품에 불과하다.

연극에 대한 내 강연은 특히나 적절했는데 그 이유는 당시 내각과 '고결한' 여성들이 극장무대를 정화하는 데 힘쓰고 있었기 때문이다. 그러나 다른 그 어떤 강연보다 가장 많은 청중을 모집하고 또 사람들의 관심을 불러일으킨 것은 프란시스코 페레르에 대한 강연이었다.

사교무대에 끼어드는 것보다 더 만족스러웠던 것은 파우스트의 집에서 윌리엄 리디와 함께 보낸 시간과, 벤과 이다 케이프스가 만들어 낸 아름다운 우정이었다. 이론적으로 보자면 리디가 "꿈의 딸"이라는 제목하에 펜으로 적어 낸 나의 초상화에서 묘사한 바와 같이, 그와 나는 5,000년 이상 떨어져 있는 사람들이다. 그러나 실제로 『세인트루이스 미러』의 편집자는 꽤나 아나키스트에 가까웠다. 그의 폭넓은 비전과 관용, 그리고 모든 사회적 반항자들에 대한 관대한 지지는 나로 하여금 그를 굉장히 가깝게 느끼게 했다. 우리는 문학 취향에 있어서 통하는 게 많았고, 그의 아일랜드식 유머와 재치 덕분에 그와 함께하는 시간은 항상 즐거웠다.

1901년 경찰 출석을 위해 시카고로 떠나기 전에 파우스트와 칼놀드, 그리고 다른 친구들과 함께 보낸 저녁에 대한 이야기를 듣더니 그가 말했다. "형사 200명이 당신을 찾으려고 전국을 쑤시고 다니는 동안, 이 집에서 술마시면서 즐겁게 식사를 하고 있었다니! 맙소사네요, 정말 맙소사! 정말 멋진 사람이에요." 경이로움에 잔뜩 커진 눈과 후덕한 배가 그의 웃음과 함께 경련하듯 흔들렸다. 몇번씩 물을 들이켜고 내가 등을 두들겨 주고서야 숨을 쉬게 되었지만 저녁 내내 그는 울다 웃다를 반복했다. "맙소사, 정말 대단한 여자야!"

케이프스 부부와의 관계는 리디와의 관계보다 더 가까웠는데, 그 이유는 우리가 공통으로 갖고 있는 이상에 대한 유대와 그 이상을 위해 우리가 해온 투쟁 때문이었다. 그들을 만나기 아주 오래전부터 우리 대의에 대한 그들의 열정적인 반응에 대해서는 익히 들어 왔다. 시간이 훨씬 지나, 벤 케이프스가 어떻게 사회적 의식을 깨치게 되었는지를 들었다. "세인트루이스에서 있었던 당신 강연 하나에 참석했었어요. 사실 한 무리의 애들을 끌고서 썩은 계란을 던지려고 간 거였죠. 왜냐하면 당신은 신과 인간의 적이라고 들었으니까. 그런데 그날 저녁 당신이 한 말을 듣고 나는 깊이 감동했고, 그로 인해 내 인생 전체가 바뀌었어요. 비웃기 위해 참석한 곳에서 당신이 나를 위해 창조한 새로운 비전을 기도하며 그곳에 남았던 거죠." 그 이후로 그는 이 비전에 헌신했고 우리의 우정은 해가 갈수록 더 강해지고 아름다워질 뿐이었다.

미시간 주립대학교는 위스콘신 대학교에서 물리적으로는 10시간 거리를 두고 있지만 정신적으로는 50년 정도 뒤처져 있었다. 마음 넓은 교수와 열광적인 학생들 대신 강당에서 야유를 보내고 울부짖고 미치광이처럼 행동하는 500여 명의 학생들이 우리를 기다리고 있었다. 나는 일전에도 까다로운 군중(항만노동자, 선원, 철강노동자, 광부, 전쟁으로 흥분한 사람들) 앞에서 연설을 하기는 했었다. 그러나 이 제정신 아닌 패거리에 비하자면 그때의 군중들은 차라리 기숙학교의 여학생이라고 해도 될 정도였다. 학생들은 나의 연설을 무산시키려는 게 분명해 보였다. 내가 강당에 도착하기도 전에 사유재산의 신성함을 믿는다는 자들이 우리 출판물을 다 찢어 버렸고, 단상에 있는 유리 꽃병에는 석탄 조각을 던지면서 낄낄거리고 있었다. 강당은 남자들로 가득 차 있었고 나를 제외한 또 다른 여성은 모드 톰슨 박사뿐이었다. 톰슨 박사는 문 근처에서 가로막혀 연단까지 오지 못하고 있었는데, 어떻게 해도 그녀가 단상까지 올 수는 없을 것 같았다. 무엇보다도 내가 이 자리에서 청년들의 기사도에 호소할 생각이 전혀 없었다.

남학생 클럽의 몇몇 학생은 내 안전을 우려하며 경찰에 신고를 하는 게 좋을지 물었다. 나는 아마도 경찰을 부르는 조치가 상황을 악화시킬뿐이고 더 심한 폭력행위로까지 이어질 것이라 생각했기에 내가 청중을 직접 마주하고 결과를 감수하겠다고 말했다.

연단에 내가 올라서자마자 고함소리, 종소리, 발 구르는 소리와 함께 "여기 왔네, 아나키스트 폭탄 투하범! 자유연애주의자! 우리 구역에서 당신은 말할 생각도 하지 마! 엠마 꺼져라! 꺼져!" 하는 소리가 들려 왔다.

이런 상황은 이미 예상했던 바였고, 그들에게 나의 긴장이나 초조함을 드러내어서는 안 된다는 것은 분명했다. 귀청이 터질 듯한 소란이 계속되는 가운데 나는 팔짱을 끼고 가만히 이 야만적인 젊은이들을 바라보고 있었다. 잠시 잠잠해진 틈을 타 나는 말했다. "여러분, 스포츠를 즐길 기분인 거 잘 알겠습니다. 시합을 원하는 거죠? 좋습니다. 해보죠, 까짓것. 소리 지르려면 질러요. 끝날 때까지 기다리죠."

내 발언에 깜짝 놀란 청중은 잠시 조용해지더니 다시 고삐가 풀렸다. 나는 계속 팔짱을 낀 채 서 있었고, 모든 힘을 짜내서 시선을 집중하고 있었다. 점차 고함소리가 가라앉으며 누군가가 소리를 쳤다. "그래 좋아, 엠마. 그래 어디 아나키즘 얘기 해볼 테면 해봐!" 다른 사람들도 이에 덩달아 소리쳤고 얼마 후 비교적 잠잠해진 가운데 나의 강연을 시작했다.

계속되는 방해 속에서 나는 한 시간 정도 이야기를 해나갔고, 강연이 끝나고 좌중은 침묵으로 조용해졌다. 나는 그들의 행동을 두고 권위와 교육 시스템의 효과를 가장 잘 보여 주는 증거라고 말했다. "여러분이 바로 그 결과물입니다. 사상과 표현의 자유의 의미를 어떻게 알 수 있나요? 다른 사람에 대한 존중을 어떻게 느끼며, 낯선 이를 환대하고 친절을 베푸는 걸 어떻게 하나요? 가정과 학교, 정치체의 권위는 그런 자질을 파괴합니다. 그것은 개인을 스스로 생각하지 못하게 하고 사회적으로 잘못된 것들에 대해 무감해질 때까지 낡은 구호를 반복하는 앵무새로 만들죠. 하지만 저는 젊음의 가능성을 믿습니다. 그리고 여러분은 젊죠. 그것도 아주 많이요. 참 다행이에요. 왜냐하면 여러분은 아직 완전히 물들지 않았고 좋은 영향을 받아 바뀔 수 있으니까요. 오늘 오후 여러분이 보여 준 이 대단한 에너지는 다른 좋은 곳에서 나은 용도로 쓰일 수 있습니다. 어쩌면 동료들을 위해 쓰일 수도 있고요. 그러는 대신 여러분은 그 에너지를 아름다운 꽃병을 깨고, 더 나은 미래에 대한 비전으로 살고 일하고 또 목숨을 바치기까지 하는 이들의 문학적 노동을 파괴하는 데 낭비했죠."

내가 강연을 끝마치자 대학생들의 함성이 터져 나왔다. 그것이 내가 받을 수 있는 최고의 찬사였을 거라고 후에 전해 들었다. 저녁 무렵 학생 위원회가 학우들의 행동을 사과하고 출판물과 꽃병에 대한 피해를 보상하겠다고 내 숙소를 찾아왔다. "당신이 이겼네요. 골드만 씨. 우리를 정말 무참히도 부끄럽게 만드셨어요. 다음에 방문하신다면 꼭 다른 모습으로 환영해 드리겠습니다."

앤아버에서 일어난 흥미로운 사건은 이것뿐이 아니었다. 대학에서 강의를 하는 윌리엄 보엄 박사와 몹시도 부드러운 성품을 지닌 모드 톰슨 박사와의 만남도 있었다. 강연 당일 벤과 나는 이들의 오찬 손님으로 참석했다. 우리는 과학적 사회주의를 지지하는 보엄과 열띤 논쟁으로 한 시간을 보냈다. 그후 강연에서 그는 우리의 이론적 차이는 잊어버리고 동지애적 감수성이 냉담한 과학보다 더 울림이 크다며 나를 위해 싸울 준비가 되어 있음을 밝혔다.

버펄로에서 우리는 시장 보좌관의 특이한 점을 발견했다. 그러한 모순은 아마도 미국에서만 가능한 것일 게다. 그는 급진주의자이고 무신론자였지만 동시에 뉴잉글랜드적 양심[청교도주의]에 갇혀 있었다. 그는 큰 꿈을 꾸는 몽상가였는데 작은 일들에 온통 에너지를 낭비했다. 여론을 두려워하면서도 무모하게 무시하는 천상 정치인이면서 기회주의자였다. 그가 시장으로 하여금 내 발언을 허가하도록 촉구함으로써 그에게는 득보다 실이 많았다. 그럼에도 그는 청교도적 끈기로 내 권리를 옹호했다.

경찰서장은 내 집회를 중단시키려 했고, 보좌관의 조언을 들은 시장은 이에 동의하지 않았다. 우월한 지능이 관료적 편협함을 대상으로 한 점 얻어 낸 시합이었다.

신들이 주재하는 방식은 이상도 하지. 어떤 이유에서인지 이번 투어에서는 공권력의 개입이 전혀 없었다. 우리는 우리 길을 조용히 만들어 나가며 오래된 밭을 갈고 새로운 경지를 개척하면서, 우리 작업에 열정과 색을 더해 주는 사람들을 만났다.

아나키스트에 대해 공정한 신문기사를 읽는 일은 매일같이 있는 일은 아니었다. 놀랍게도 덴버에서 내 강연을 왜곡 없이 그대로 설명하는 칼럼이 세 편이나 게재되었다. 지역 신문의 연극 비평가는 심지어 놀라운 발견을 해내기까지 하는데 그는 "엠마 골드만은 입센의 「민중의 적」에 등장하는 스토크만 박사처럼 우리의 병폐와 결점을 지적하고 있기 때문에 사회의 적으로 취급되고 있는 것이다"라고 쓴 것이다.

[이혼을 쉽게 허용하는 주의 법으로 인해] '이혼 공장'이라고도 불렸던 네바다 주의 리노는 특정 계층의 여성들이 많이 찾는 곳이었다. 그들은 한 '소유주'로부터 자유를 획득하기 위해, 그리하여 다른 '소유주'에게 더 높은 금액에 자신을 팔기 위해 이곳으로 모여들었다. 오래된 감정의 경험을 새로운 감정의 경험으로 재조정하는 과정에서 수천의 고통을 겪는 이 자유로운 여성들에게는 마음의 고통이나 영혼의 투쟁이 없다. 여론과 양심을 달랠 수 있는 돈만 있다면 그런 과정은 종이 한 장의 무게보다 가벼웠다. 그럼에도 호텔에 숙박하는 이혼여성들은 우리의 방문에 난리를 쳤다.

그들은 "뭐라고? 엠마 골드만이랑 같은 지붕 아래에 있다고? 그 자유연애주의자? 그런 사람은 참아 주기 어렵지"라고 선언했다. 불쌍한 호텔 주인이 무엇을 할 수 있겠는가? 이혼녀들은 호텔의 유익한 손님이었으니. 나는 호텔을 떠나야 했다. 상황의 코믹함은 나와 같은 장소에 있기 싫다던 바로 그 여성들이 '결혼의 실패'나 '사랑의 의미'와 같은 주제로 진행된 내 강의에는 빼곡히 들어찼을 때 정점을 찍었다.

내가 도박의 기술을 처음 접한 곳은 바로 리노에서였다. 활짝 열린 도박장과 사람들이 룰렛 테이블을 둘러싸고 있는 모습을 나는 일찍이 본 적이 없었다. 열정에 사로잡힌 사람들의 표정과 행동을 지켜보는 것만으로도 흥미로웠다. 나 역시 내 '행운'을 시험해 보고자 했으나 50센트를 잃은 후 바로 포기했다.

샌프란시스코에서 나는 잭 런던이 내가 머물던 동네에 살고 있다는 것을 알게 되었다. 1897년 캘리포니아를 처음 찾았을 때 스트런스키의 집에서 다른 젊은 사회주의자 학생들과 그를 만난 적이 있었다. 그 이후로 나는 그의 작품을 거의 다 읽었는데, 자연스럽게 우리의 친분을 새롭게 하고 싶은 마음이 들었다. 물론 다른 이유도 있었다. 뉴욕에 '모던스쿨 페레르 협회'를 설립할 계획이 있었기 때문이다. 운 좋게 우리는 롤라 리지, 마누엘 콤로프, 로즈와 메리 유스터 등 교육 활동을 해나가는 데 있어 매우 중요한 사람들의 도움을 확보할 수 있었다. 나는 이 프로젝트에 잭 런던의 관심을 끌고 싶었다. 그리하여 그에게 프란시스코 페레르에 대한 강연에 참석해 줄 것을 요청하는 편지를 썼다.

그의 답장은 인상적이었다. "엠마 골드만 씨, 보낸 메모 읽었습니다. 나는 설령 전능하신 하나님이 말씀을 한다 해도 강연장에는 가지 않습니다. 내가 강연에 참석하는 유일한 때는 내가 강연을 할 때죠. 하지만 당신이 여기에 오는 건 좋습니다. 글렌 엘렌으로 오시죠. 원하는 누구라도 함께 와도 좋습니다."

이렇게나 호의적인 초대를 누가 거부할 수 있겠는가? 나와 함께 있는 친구는 벤과 나의 예전 변호사인 커크 둘뿐이었다. 한 가득 친구들을 데리고 왔더라도 물론 잭과 그 아내는 우리를 환영해 주었을 것이다. 그들이 환대는 너무나 따뜻하고 진실했다.

실제로 잭 런던은『켐프턴-웨이스 서간집』의 기계 같은 사회주의자와 얼마나 달랐던가. 여기에는 젊음과 활력, 고동치는 삶이 있었다. 또한 좋은 동지가 있었고, 관심과 애정이 있었다. 그는 우리의 방문을 영광스러운 휴일로 만들기 위해 최선을 다했다. 물론 우리는 정치적 차이로 논쟁을 벌이긴 했지만, 잭 런던에게는 보통 사회주의자들과의 토론에서 쉽게 발견되는 적의가 전혀 없었다. 그는 무엇보다도 먼저 예술가였던 것이다. 자유가 곧 삶의 숨결인 창조적 정신. 예술가로서 그는 사회가 더 높은 아나키즘 단계에 도달하기 전 사회주의를 거쳐야 한다고 주장했지만, 아나키즘의 아름다움을 간과하지는 않았다. 어쨌거나 내게 중요한 건 그의 정치적 입장이 아니라 그의 인간성, 인간의 복잡성에 대한 그의 이해와 감수성이었다. 인물의 영혼의 투쟁과 파멸에 기여한 것들이 런던 자신 안에 없었다면 그가 어떻게 마틴 에덴이라는 대단한 인물을 창조할 수 있었겠는가? 글렌 엘렌의 방문에 의미와 기쁨을 준 사람은 기계론적 신조의 신봉자가 아닌 바로 잭 런던이었다.

잭의 아내인 차미언은 곧 출산을 앞두고 있었는데 몹시 온화하고 사랑이 넘치는 여성이었다. 곧 태어날 아이가 있는 사람이라고는 믿을 수 없을 정도로 활동적이고 활기가 넘치는 모습을 보여 주는 그녀를 보며 너무 힘들지는 않을지 걱정하는 것은 오히려 우리 쪽이었다. 우리가 머무는 3일 동안 차미언이 쉬는 모습은 거의 보지 못했는데, 그녀의 유일한 휴식은 저녁 식사 후 우리가 새벽까지 투닥거리고 농담하고 술을 마시는 동안 아기 옷을 짓는 때뿐이었다.

15년 전부터 지금까지 내 강연이 가능했던 것은 언제나 최선을 다해 나를 돕는 동지들 덕분이었다. 그러나 이것만으로는 결코 대규모 미국 대중에게 다가갈 수가 없었다. 동지 중 일부는 자신의 언어 그룹 활동에만 지나치게 집중해 미국인 그룹에는 좀처럼 관심을 갖지 못했다. 그러는 기간 동안 결과는 늘 부족하고 만족스럽지 못했다. 벤이 내 매니저가 되면서 내 작업은 이전의 좁은 범위에서 벗어나게 되었다. 이번 투어에서 나는 25개 주 37개 도시를 방문했는데 아나키즘이 한 번도 논의된 적이 없는 도시들도 포함되어 있었다. 수많은 청중에게 120회의 강연을 했고, 그중 유료입장 청중은 25,000명이었으며 가난한 학생이나 실업자는 무료입장을 했다. 내 활동범위가 확장되면서 가장 만족스러웠던 부분은 출판물 판매가 1만 권에 달하게 되었다는 것, 무료배포는 5천 권이었다는 점이다. 또한 중요한 표현의 자유 투쟁은, 온전히 우리 모임에서 모금된 금액으로 진행되었다. 물론 다른 활동도 소홀히 여겨지는 법은 없었다. 새로 조직된 프란시스코 페레르 협회와 여러 파업에 대해 사람들에게 열심히 알리고 선전한 결과 적지 않은 물질적 원조를 받을 수 있었다.

그럼에도 불구하고 나는 여전히 일부 동지들에게 심한 비난을 받았다. 아나키스트인 내가 매니저를 대동하고 투어를 다닌다는 것을 반역처럼 여겼고, 게다가 그 매니저란 사람이 우리 운동의 동지가 아닌 웬 부랑자라는 사실에 분개했다. 우리 운동진영에서 그러한 종파주의를 보는 일은 고통스럽긴 했지만 나는 크게 동요하지 않았다. 지난 2년 동안 나는 분명 더 나은 일들을 해냈고 이것이 지난 몇 년간 내가 해온 작업들보다 아나키즘을 알리는 데 더 큰 역할을 했다는 확신이 있었기에 나는 용기를 잃지 않았다. 그리고 이것이 가능했던 것은 모두 벤의 능력과 헌신 덕분이었다.

37

사샤가 부활한 날인 5월 18일은 내 마음속에 깊이 새겨져 있다. 비록 투어로 인해 사샤의 출소기념일에 항상 그와 함께할 수는 없었지만 아무리 우리가 시공간이 떨어진 채로 있더라도 영적인 의미에서 나와 사샤는 결코 떨어져 있지 않았다. 그가 투옥되어 있는 그 긴 시간 동안 내내 바라고 또 노력했던 게 바로 그날을 위해서였는데, 내가 잊을 수 있을 리가. 올해 5월 18일, 로스앤젤레스에 있는 내게 사샤가 전보를 보내 왔다. 그가 감옥에서의 시간에 대한 회고록을 쓰기로 했다는 소식이었다. 얼마나 기쁘던지. 그가 감옥에서의 삶을 종이 위에 재현할 수 있다면, 삶에 대한 적응을 이토록 어렵게 만드는 유령을 없애는 데 분명 도움이 될 거라 믿었기에 그의 결심을 응원했다. 우리 두 사람의 삶에서 가장 중요한 순간을 대표하는 날인 '우리의 날'에 내린 결정이었다. 나는 곧 그를 돕기 위해 『어머니 대지』 사무실로 복귀할 것이며, 남은 여름 동안 그가 필요한 일이면 뭐든지 하겠다고 회신했다.

이와 더불어 나는 출판용으로 내 강의록을 수정하는 작업도 해야 했는데 투어 내내 옆에서 벤이 벌집 쑤시듯 나를 계속 압박하고 있었다. 작업을 위한 시간은 도무지 낼 수 없을 것 같기도 하거니와 무엇보다도 내 책을 내겠다는 출판사를 찾을 수 없을 거라는 생각이 커서 망설이고 있었지만 벤은 내 책이 베스트셀러가 될 거라고 확신했고, 그의 낙관과 끈기는 전염성이 있어서 나도 더 이상 반대할 수 없었다.

전부터 우리의 투어가 끝나면 벤은 사랑하는 어머니와 함께하기 위해 시카고에 머무르곤 했는데 이번에는 그가 뉴욕에 있었으면 했다. 사샤와 함께하는 시간, 그리고 내가 글을 쓸 수 있는 여유가 있으려면 그의 존재가 필요했다. 그러나 역마살이 있는 벤의 방랑벽은 그의 부랑자 시절 때에 못지않게 강했다. 그는 『어머니 대지』에 부담을 주지 않기 위해 유럽으로 가겠다고 했는데, 어차피 여름이면 우리는 항상 떨어져 있었기 때문에 자신이 시카고에 있든 런던에 있든 큰 차이 없을 거라며 나를 설득했다.

벤이 떠나고서 사샤와 나는 작은 농장으로 갔다. 우리는 이곳의 아름다움과 편안함을 좋아했다. 그가 가장 높은 언덕에 텐트를 치자 허드슨 강의 전망이 한눈에 들어왔다. 나는 집안 정리에 몰두했고 그 사이 사샤는 회고록을 시작했다.

1892년 사샤가 피츠버그로 간 후 수차례 경찰의 급습을 당하면서도 나는 그가 교도소에서 비밀리에 출판한 책자 「감옥에서 피는 꽃」 몇 권을 간직하고 있었다. 칼 놀드와 헨리 바우어를 비롯한 다른 몇몇 친구들이 보관하고 있던 책자들도 물론 사샤에게 도움이 되긴 했지만 직접 죽음의 집을 살아 냈던 기억에 비하면 하찮기 그지없었다.

그가 알고 있던 모든 공포, 육체와 영혼의 괴로움, 동료 재소자들의 고통…. 이것들이 이제 존재 깊은 곳에서부터 파헤쳐져야 했고, 그것을 재창조해 내야 했으니 말이다. 14년간 따라다닌 검은 유령이 다시 그를 쫓아다니기 시작했다, 그가 깨어 있건 잠들어 있건 말이다.

몇날 며칠이고 그는 책상에 앉아 허공을 바라보거나 아니면 분노에 휘몰아쳐 글을 쓰곤 했다. 그렇게 쓴 것을 그는 종종 찢어 버리고 싶어했고, 나는 지난 시간 동안 그를 무덤에서 구하기 위해 싸워야 했던 것과 마찬가지로 그 원고들을 구해 내기 위해 그와 씨름해야 했다. 이렇게 글로 쏟아 낸 후에야 비로소 사샤가 그간 사람과의 접촉을 피하고 나로부터 도망쳤던 것에서, 또 그가 글을 쓰기 시작하면서 다시 나타난 유령으로부터 벗어날 수 있을 거라고 생각했기 때문이다. 고통받는 그의 영혼을 달래 줄 제대로 된 방법과 제대로 된 말을 찾기 위해 나는 고뇌했다. 그러나 내가 매일같이 이런 투쟁을 감당한 것은 온전히 사샤에 대한 애정 때문만은 아니었다. 그가 쓴 글의 첫 장을 읽었을 때 위대한 작품이 곧 탄생할 거라고 직감했기 때문이었다. 그런 작품이 세상에 나오도록 하는 데 있어 내가 하지 못할 일은 없었다.

하루는 농장에서 넘어졌는데, 젊은 의사 친구가 방문해 내 부상을 확인하고는 무릎뼈가 부서진 것 같다고 진단을 내렸다. 그렇다고 해서 나는 그날 밤의 글쓰기를 건너뛰지 않았다. 무릎에 냉찜질을 하면서 다리를 올린 채로 아침 6시까지 글쓰기에 매달렸다. 몇 시간 자고 일어나니 통증도 없는 것 같고 그날은 뉴욕에 가야 하는 날이어서 이런저런 준비로 바빴다. 빵을 굽고 보스턴 콩 요리와 절임과일을 만들어 둔 후에 기차역까지 5킬로미터를 걸었다. 기차에 올라타려고 할 때야 나는 무릎이 뭔가 잘못되었다는 것을 느꼈다. 정말 괴롭게 그날 밤을 보내고 아침에는 의사를 불러야 했다. 그 역시 무릎뼈가 부러졌다는 내 친구의 진단을 다시 한번 확인하고는 수술을 권했다. 다른 의료인 친구들은 이에 동의하며 세인트프란시스 병원을 추천했다.

"유명한 외과의 스튜어트 박사가 그 병원에 있어요." 친구 중 하나가 말했다. "그 사람이 수술을 아주 잘 해줄 거예요."

"스튜어트 박사라고요?" 나는 놀라 소리쳤다. "설마 매킨리를 치료했던 그 의사는 아니죠?"

"그 사람 맞아요."

"이게 무슨 우연인지. 그 사람이 내가 누군지 알게 되면 과연 수술을 해준다고 할까요?"

"당연하죠." 친구가 나를 안심시키며 말했다. "그리고 골드만 대신 커쉬너로 접수할 수도 있으니까요."

엑스레이를 찍은 후 스튜어트 박사는 내 무릎뼈 옆쪽이 부러졌다고 설명했다. "그런데 어쩌다 인대가 찢어진 거죠?" 그의 질문에 내가 하루종일 걸어다녔다고 말하자 그는 양손을 들어 올렸다. 그러면서 수술을 하지는 않을 거라고 말했다. "수술한 무릎은 결코 이전으로 돌아갈 수 없어요. 천천히 치료해 나가는 보존적 방법을 안내해 드리죠. 시간과 인내심이 필요한 일이지만, 결과는 더 좋아요." 말을 하는 그의 눈이 반짝였다.

아나키스트로서 받아들이긴 힘들었지만, 여자로서의 허영심에

뻗정다리가 되는 것만은 피하고 싶어 그 보존적 방법에 동의했다. 나는 아파트로 옮겨져 깁스와 부목을 대고 몇 주간 누워 있어야 했다. 그러는 동안 사샤의 집필이 중단되고 내 책 일정 역시 연기되었는데 이는 내 무릎 통증보다 더 견디기 어려운 것이었다. 내 사고에 대해 알게 된 벤은 해외 체류 기간을 단축하고 뉴욕으로 돌아왔다. 그가 곁에 있다는 것이 얼마나 큰 위안이 되던지, 내가 다쳐서 누워 있어서 다행이라는 생각마저 들 정도였다.

다음 주 다시 농장으로 돌아온 나는 목발을 짚은 채 절뚝거리며 다녔다. 다섯 명이 함께 사는 집안 살림을 돌보는 가운데 저녁이면 사샤와 함께 시간을 보내고 밤이면 내 책 작업에 몰두해 나는 두 달 만에 원고를 완성할 수 있었다. 예상했던 대로 그 어떤 출판사도 내 원고를 출판하려 하지 않았는데, 벤은 그럼 우리가 직접 출판하자는 제안을 했다. 우리와 거래하는 인쇄소는 기꺼이 인쇄를 하겠다고 했지만 나머지 출판자금은 어디에서 조달할 것인가? 나의 낙관적인 매니저는 "빌리자"면서, "다음 투어에서 그 비용을 다 갚고도 남을 만큼 판매할 수 있을 것"이라고 했다.

벤은 『어머니 대지』 사무실과 내 책 출간으로 인해 사무실에 매여 일을 하고 있었고 나는 다시 오시닝 농장으로 돌아갔다. 사샤가 여전히 회고록을 집필하고 있었기 때문이다. 날씨가 허락하는 한 계속 농장에 머무는 것이 우리의 계획이었지만 예기치 못한 사건으로 인해 계획에 차질이 생겼다. 로스앤젤레스 타임스 건물 폭파 사건과 일본 아나키스트 그룹이 처한 위험에 대한 소식 때문이었다. 두 가지 문제 모두에서 우리 측의 즉각적이고 집중적인 노력이 필요했고, 우리는

10월 초 서둘러 뉴욕으로 돌아왔다.

로스앤젤레스 타임스의 소유주인 해리슨 그레이 오티스와 로스앤젤레스 상인 및 제조업자 협회는 태평양 연안의 노조에 맞서 수년간 무자비한 전쟁을 벌여 왔다. 노조활동에 대한 그들의 단호한 반대는 로스앤젤레스 노동자들이 어떤 식으로든 자신들의 노동상황을 개선하려는 모든 시도를 무력화했는데 결과적으로 오티스와 그의 신문사는 캘리포니아 노동계로부터 지독한 미움의 대상이었다.

10월 1일 밤 타임스 빌딩에서 발생한 폭발사고로 직원 22명이 목숨을 잃었다. 오티스는 "아나키"에 대한 외침을 더 키웠다. 언론, 국가, 교회가 연합해 노동자들에 동조하는 모든 이들을 공격했으며 설교자들마저 광포한 복수를 이야기했다. 타임스 건물 폭파의 원인이 밝혀지기도 전에 아나키스트가 이 일의 책임자가 되어 있었는데, 우리는 적의 도전을 받아들이며 노동자들에게 지금 위험에 처한 것은 아나키즘뿐 아니라 노조도 마찬가지라는 사실을 경고했다. 우리는 지금이 다른 모든 노력이 집중되어야 하는 중요한 시기라고 느꼈고, 사샤는 회고록 집필을 중단할 수밖에 없었다.

이와 동시에 천황 암살 음모를 공모했다는 죄목으로 수많은 아나키스트들이 체포되었다는 소식이 일본에서 날아들었다. 그룹에서 단연 눈에 띄는 인물은 고토쿠 덴지로[고토쿠 슈스이]였다. 그는 일본을 마냥 장밋빛으로 그린 라프카디오 헌, 피에르 로티, 주디스 고티에 같은 유럽의 작가들보다 자신의 나라를 훨씬 더 잘 알고 있었다. 고토쿠는 노동자들이 노예처럼 일하는 비참한 상황과 정치체제의 야만성을 직접 경험한 사람이었다. 수년 동안 그는 일본의 지식인들과 대중들에게 이 상황을 일깨우기 위해 헌신해 왔다. 그는 뛰어난 정신의 소유자로, 유능한 작가인 동시에 마르크스, 톨스토이, 크로포트킨의 일부 저작을 번역하기도 한 번역가였다. 그의 여러 활동들을 이유로 정부는 계속해서 그를 가뒀지만, 그의 열정은 꺾을 수 없었다. 그래서 결국 당국은 그를 황제 암살 음모에 연루시켜 '제거'해 버리기로 한 것이었다.

11월 10일 AP 통신은 "천황 암살 공모자들 재판을 위한 특별법정은 주모자 고토쿠와 그의 아내 간노 스가코를 포함해 26명에게 유죄를 선고했다"고 발표했다. 법원은 천황에 반하는 범죄자에게 헌법 73조에 따라 가장 중한 형벌을 내렸다.

일본에서의 사형집행을 멈추기 위해 무슨 일이든 해야 했고, 우리에게는 지체할 시간이 한시도 없었다. 표현의 자유 협회의 회장인 우리의 친구 레너드 애벗의 도움으로 우리는 곧 전국 규모의 시위를 시작할 수 있었다. 워싱턴 주재 일본 대사와 뉴욕 주재 총영사, 미국 신문사에 편지와 전보가 전달되었다. 공적 영역의 저명인사들로 구성된 위원회가 미국에 있는 일본의 대표들을 인터뷰했다. 천황이 미국의 대대적인 항의를 마음에 들어할 리 만무했다. 그들은 유죄 판결을 받은 자들의 평판을 떨어뜨리기 위해 온갖 수를 다 썼고 또 우리 협회의 노력을 멈추도록 설득하기 위해서도 최선을 다했다. 이에 대한 대응으로 우리는 사적 회의와 공적 집회를 개최하고 언론을 압박하는 등 일본에서 곧 이루어질 사법 범죄에 대한 여론을 선동하기 위한 활동을 강화했다.

해당 캠페인에 참여한 이들 중에는 시인, 작가, 화가이자 휘트먼과 포의 독자였던 사다키치 하르트만이 있었다. 우리가 처음 만난 1894년 이래로 그는 우리 잡지의 꾸준한 기고자였다. 본인이 일본 혈통인 만큼 사다키치는 일본의 상황과 고토쿠 사건에 대해서도 잘 알고 있었다. 우리의 요청으로 그는 유죄 판결을 받은 동지들을 대신해 강력한 선언문을 작성해 주었고 이는 널리 배포될 예정이었다.

1911년 1월, 벤과 나는 다시 연례 투어를 시작했다. 투어를 떠나기 전, 내 강의록 선집이라 할 수 있는 『아나키즘과 다른 에세이들』이 출판되었다. 책에는 경찰에 의해 반복적으로 탄압을 당한 사건들을 포함하는 전기적 스케치가 수록되었는데, 이는 히폴리테가 작업한 것이었다. 선집에 수록된 일부 강의는 경찰의 탄압을 정말 많이 받은 주제들이었다. 내가 그 강연을 할 수 있을 때조차도 불안과 초조함은 나를 지배했었다. 나의 강연들은 20년 동안 내가 해온 정신적·영적 투쟁을 대표하는 것이자, 많은 반성과 성장 끝에 도달한 나의 결론이었다. 책을 쓰도록 영감을 준 것은 벤이었지만, 퇴고와 수정을 하는 데에는 사샤의 도움이 컸다. 나의 첫번째 문학적 노력이 인쇄되어 나온 것을 보고 우리 모두는 똑같이 기뻐했다.

투어에 앞서 뉴욕 세인트 마크 플레이스에서 열린 페레르 센터 개관식에 참석할 수 있었는데, 이 이벤트를 조직하는 데에는 레너드 애벗, 해리 켈리, 사샤 및 다른 동지들의 도움이 컸다. 그곳에서 페레르 협회는 일요일 수업과 저녁 수업을 시작했는데, 지금은 미약하게 보일지라도 훗날 모던스쿨의 전신이 되기를 바라는 마음이었다. 행사에 대한 나의 만족감은 비단 우리가 모금한 기금의 액수 때문만이 아니라, 이 학교의 강사이자 실무자로 베이어드 보이어슨 씨를 섭외

했다는 사실에서 비롯되었다.

보이어슨 씨로 말하자면 컬럼비아 대학교의 영어 및 비교문학 강사였던 인물로, 프란시스코 페레르의 순교에 깊은 감동을 받아 우리의 두번째 추도식을 주재하기도 했다. 이에 컬럼비아 대학교 학장에게 질책을 받은 그는 대학교에서의 직위를 사임했다. 그는 페레르 협회에 가입하고 모던스쿨을 맡아 줄 것을 권유받았다. 물론 이를 통해 급여나 명예를 얻을 수야 없겠지만, 워낙에 교육 사업에 대한 관심이 컸던 그는 다른 고려사항들을 무시하고 모던스쿨의 일을 맡아 주었다.

오하이오 주 콜럼버스에 도착할 때까지 특별한 일은 없었지만, 그곳에 도착해서부터는 또 탄압이 시작되었고 이에 우리는 표현의 자유를 위한 투쟁을 재개해야 했다. 당시 콜럼버스에서는 광산 노동자 연합이 대회를 열고 있었는데 경찰의 행동은 노조 내부 무장세력의 화를 돋우었다. 경찰의 간섭에 대한 항의로 시위를 벌이면서 그들은 또한 자신들 지도부에 대한 반대도 표명했는데, 지도부에서 내가 대회에서 연설하는 것을 막았기 때문이다. 그 결과 나는 '초대'를 받았고 그 흥미로운 초대장에는 다음과 같이 쓰여 있었다.

존경하는 골드만 씨에게,

우리 대회의 조치에 따라 귀하를 익일 1월 19일 오후 1시에 기념관에서 열리는 미국 광산 노동자 연합 대표자들에게 연설을 하도록 정중히 초대하는 바입니다.

이러한 결정에 따라 대회는 대표단 연설에 앞서 해당 내용을 주 위원회로부터 허가를 받아야 한다는 통지를 받았음을 알려드립니다. 사전 허가 없이 연설은 허용되지 않습니다. 라이트먼 씨로 하여금 이 문제를 주 위원들과 미리 논의하도록 하여 후에 발생할 수 있는 복잡한 문제나 불쾌감을 피할 수 있기를 바랍니다.

대회에 관한 한, 저희는 이의가 없음을 확인시켜 드리는 바입니다.

존경을 담아,

미국광산노동자 협회 재무관리팀

에드윈 페리 드림

추신. 방금 관리인으로부터 주 위원회로부터 내일 아침 귀하의 발언을 무조건적으로 금한다는 통보를 받았음을 알려드립니다.

우리 운동에 속해 있는 광부 친구들은 협회가 내 발언을 막으려 한다는 계략을 알아채고는 우리가 별도로 구한 집회장소로 행진하기로 만장일치로 결정했다. 하지만 그전에 먼저 대회가 열릴 기념관으로 가야 했다. 그런데 그곳에서 예상치도 못한 일이 벌어졌다. 기념관에 들어서기도 전 나뿐만 아니라 노조원과 대표단 모두 건물에 들어갈 수 없게 된 것이다. 나의 연설에 반대했던 사람들조차 이제는 분노를 느꼈고 우리의 시위 행렬에 합류했다.

대표단 중 한 사람인 맥컬러의 유창한 소개를 받고 연단에 섰을 때 관중은 나를 뜨거운 열정으로 맞아 주었다. 이 집회에서 가장 만족스러웠던 점은 노동자들이 가진 가장 효과적인 무기로서의 총파업의 필요성에 대해 대표단으로부터 진정한 반응을 이끌어 냈다는 것이었다.

디트로이트에서 우리는 일본의 동지들이 처형되었다는 소름끼치는 소식을 들었다. 고토쿠 덴지로와 그의 아내 간노 스가코, 미국에서 교육을 받은 의사인 오오이시 세이노스케 박사, 농업기술자인 운페이 모리치키와 그 동료들이 사법적으로 암살을 당하고야 말았다. 그들의 범죄는 시카고 순교자들과 마찬가지로 동료에 대한 사랑과 이상에 대한 헌신이었다.

"아나키즘이여 영원하라!" 고토쿠 덴지로는 마지막 숨을 거두며 이렇게 외쳤다. "만세!" 죽음을 맞이하며 그의 동료들이 답했다. 간노 스가코는 "나는 자유를 위해 살았고 자유를 위해 죽는다. 자유가 곧 내 삶이기 때문이다"라고 외쳤다. 동양과 서양이 모두 같은 피로 하나가 되었다.

올해는 윌리엄 매리언 리디가 나를 위해 애써 준 덕분에 세인트루이트에서의 행사보다 더 큰 결과를 낼 수 있었다. 무용학교 교장이었던 그의 친구 앨리스 마틴과 리디의 노력으로 나는 무려 오데온 리사이틀 홀에서 강연을 하게 된 것이다. 이번 주제는 '고토쿠'와 '도덕의 희생자들'이었는데, 이전에 아나키즘 집회에 참석해 본 적 없는 사람들에게까지도 큰 관심을 이끌어 냈다. 여성수요클럽에서 열린 '톨스토이'와 '존 골즈워디의 연극 「정의」'에 대한 강연은 세인트루이스 사교계 여성들의 섬세한 입맛으로 받아들이기에는 좀 강한 음식이었음이 판명되었다.

이번 방문에서 나는 로저 볼드윈, 로버트 마이너, 그리고 조이 에이킨스를 알게 되었다. 볼드윈은 큰 호텔 중 하나에서 오찬을 주선하는 데 도움을 주었고 그곳에서 나는 사회복지사와 개혁가 그룹을 만날 수 있었다. 그는 또한 두 번의 연극 강의를 위해 여성수요클럽을 확보하는 데 중요한 역할을 해주었다. 활력이 넘쳐나는 사람이 아닐지라도 충분히 유쾌한 사람이었고, 사교계 여성들에게 둘러싸인 사교계의 사자 같은 인물이었다. 물론 여성들은 그가 하는 고상한 일보다 이 젊고 매력적인 청년에 대한 관심이 더 많았지만 말이다.

재능 있는 만화가인 로버트 마이너는 예술가로서나 사회주의자로서나 몹시 흥미로운 인상을 주었다.

이국적이고 발랄한 조이 에이킨스는 참으로 이상한 미국적 산물이었다. 극도로 보수적인 집안에서 나고 자란 까닭에 인생 초기에 받은 영향은 극도로 반동적이었지만 그녀는 가족과의 유대를 끊고 자신의 삶에 대한 자유로운 표현을 찾으려 노력하고 있었다. 나를 자주 찾아오면서 그녀는 자신의 보헤미안 친구들과 놀기 위해 고상한 친척들을 어떻게 피해 다녔는지에 대한 재미난 일화들로 나를 즐겁게 해주었다.

위스콘신 주 매디슨에 돌아와서 나는 이제 로스 교수와 다른 강사들이 전처럼 무모하지 않다는 것을 알아챘다. 그 이유는 말할 것도 없이 국회에서 보류 중인 대학예산법안 때문이었다. 그들이 어떻게 생각할지는 몰라도 교수들도 어쩔 수 없이 프롤레타리아다. 그리고 지적 프롤레타리아는 일반 노동자보다 고용주에 대한 의존도가 훨씬 높은 법이다. 주립대학은 예산 없이는 기능할 수 없으므로 교수진이 극도로 주의를 해야 했던 것이다. 하지만 학생들은 머뭇거리지 않았다. 작년보다 훨씬 더 많은 학생이 내 강연을 찾았다.

매사추세츠와 마찬가지로 캔자스 주 역시 과거의 영광 속에서 살았다. 이곳은 노예제 폐지라는 대의를 위해 싸웠던 존 브라운이 있었던 곳 아니던가? 모시스 하먼의 반역의 목소리가 들리는 곳 아니던가? 이곳은 자유사상의 본거지가 아니었던가? 진보에 대한 역사의 주장이 무엇이든 간에 캔자스에는 더 이상 그 흔적이 보이지 않았다. 교회와 금주법은 자유주의의 종결 후 마지막 의식을 거행한 것이 분명해 보였다. 새로운 사상에 대한 관심은 부족하고 다들 제 잘난 맛에 살며 자기만족하는 사람들이 캔자스 주 도시들의 특징인 것 같았다.

유일한 예외는 캔자스 대학교가 있는 로렌스였다. 여기에는 흐리멍덩한 마을에 활력을 불어넣어 주는 명민한 학생 그룹이 있었다. 그중 가장 활발한 활동가는 해리 켐프로, 법대 학생들의 단체인 '좋은 정부 클럽'을 설득해 위험한 아나키스트를 초청하여 '법은 왜 실패하는가'에 대한 강연을 듣고 싶다고 제안했다. 나의 해석이 그들에게 낯선 경험이라는 것은 자명했는데, 어떤 이는 젊음의 오만함으로 내 관점에 반박하고 논쟁하기를 멈추지 않았다. 다른 이들은 자신들이 지금껏 완벽한 체계라고 생각했던 것의 결함을 볼 수 있게 도와주었음을 인정하기도 했다.

강연에는 교수진과 학생들이 참석했다. '도덕의 희생자들'에 관한 나의 강연은 아주 웃기게 끝이 났다. 강연 중 나는 남자들이 자신이 성적으로 얼마나 방탕할지라도 결혼할 여자만큼은 순수하고 덕이 있어야 한다고 생각하는 게 얼마나 우스꽝스러운지를 지적했는데 토론이 진행되던 중 한 남자가 항의를 위해 일어났다. "제 나이는 마흔이지만 아직 순결을 유지하고 있습니다." 그는 병약해 보였고,

확실히 감정적으로 굶주린 사람 같았다. 나는 즉각 대답했다. "건강 검진을 권유하고 싶네요." 일순간 회장이 뒤집어질 정도로 난리가 났다. 좌중의 환호성의 원인을 알게 된 것은 집회가 끝난 이후였는데 해리 켐프가 설명하기를 그는 식물학 교수라고 했다. 식물의 삶에 대한 강의에서는 매우 솔직한 사람이지만 인간의 성에 대한 주제에선 극도로 완고한 사람이라고 말이다. 미리 알았다면 내 대답이 그리 과격하지는 않았을 텐데. 나는 건방지게 잘난 체하는 것을 싫어하는 사람인 만큼, 청교도주의적 교수를 젊은이들의 농담의 대상이 되게 한 것에 미안한 마음이 들었다.

캘리포니아는 사람들의 불만으로 들끓고 있었다. 멕시코 혁명과 맥나마라 형제의 체포는 태평양 연안 노동자들을 촉발시키는 계기가 되었다. 오로지 자신들의 이익만을 위해 행해진 디아스 전제 정권의 자국민 착취, 그리고 미국의 멕시코 착취는 멕시코 자유당 대표인 리카르도 플로레스 마곤과 그의 형제 엔리케의 폭로로 그 실상이 드러났다. 이들의 주장은 카를로 데 포르나로의 책 『디아스, 멕시코의 차르』에서 전적으로 뒷받침되었는데 이 폭로로 인해 뉴욕의 저명한 예술가인 포르나로는 명예훼손죄로 기소되어 1년형을 선고받았다. 미국 정부는 석유를 둘러싼 이해관계로 인해 멕시코의 하수인 역할을 하고 있었기 때문이다. 존 케네스 터너가 쓴 또 다른 책 『야만적인 멕시코』 역시 무력한 서민들에 대한 합법화된 강도질을 신랄하게 비난하고 미국이 멕시코의 노예화에서 행하고 있는 저열한 역할을 질타했다.

멕시코 혁명은 자신들 나라가 경제적으로나 정치적으로 엄청나게 잘못되어 있다는 것을 깨달은 자국민들의 표현이었다. 이들의 투쟁은 미국의 수많은 전투적 노동자들, 그중에서도 특히 아나키스트들과 IWW(세계산업노동자연맹)에게 큰 영감을 주어 그들로 하여금 국경 너머 멕시코 형제들을 돕게 만들었다. 캘리포니아의 지식인과 프롤레타리아는 모두 멕시코 혁명을 일으킨 그 혁명적 정신에 벅차 올라 있는 상태였다.

분위기를 고조시킨 또 다른 요인은 노동자들의 힘을 분쇄하려는 정부의 새로운 시도에서 비롯되었다. 전년도(1910년 10월) 타임스 빌딩 폭파 사건 이후 캘리포니아 고용주들을 위해 사설탐정인 윌리엄 번스가 책임자 색출 작업을 진행 중이었는데, 이 과정에서 '국제 교량 및 철제 구조물 노동자 협회'의 재무관리 담당자 존 맥나마라가 납치되어 캘리포니아로 이송되었다. 로스앤젤레스 타임스 건물 폭파와 기타 다른 폭발물을 설치한 혐의로 기소된 것이다. 이와 동시에 그의 형제 J. B. 맥나마라와 '오티 맥매니걸'로 알려진 인물 역시 체포되었다.

맥나마라 형제는 언론에서 아나키스트라며 비난받았지만 사실 그들은 훌륭한 로마 가톨릭 신자였으며, 보수적인 미국노동총연맹의 회원이었다. 우리의 사상에 대해서도 아는 바가 없고 더욱이 우리가 노동자 투쟁을 위해 어떤 일을 하고 있는지조차 몰랐으므로 그들은 아마도 자신들이 아나키스트라고 불린 것에 대해 무엇보다도 분개했을 것이다. 일반 노조원이었던 맥나마라 형제는 자본과 노동 간의 갈등이 모든 삶의 문제를 포괄하는 사회적인 문제이며, 그 해결은 단순히 임금인상이나 노동시간 단축에서 오지 않는다는 점을 깨닫지 못하고 있었다. 그들은 문제가 임금체계와 모든 종류의 독점과 특권을 폐지하는 것에 달려 있다는 것을 몰랐다. 맥나마라 형제가 아나키스트가 아님에도 불구하고 그들은 착취받는 계급의 일원이었으므로 우리는 그들의 투쟁에 함께했다. 형제가 박해당하는 와중에도 노동조직을 분쇄하려는 금권정치적 시도가 또 있었고 이는 우리에게 1887년의 시카고와 1906년 아이다호에서 일어난 일의 반복으로 느껴졌다. 스페인, 이탈리아, 러시아, 일본, 미국 등 부와 권력이 있는 곳에서 이루어지는 것과 동일한 방식이었으니 말이다. 맥나마라는 우리의 형제였고, 그들의 대의는 곧 우리의 대의였다. 이러한 관점에서 미국 전역의 아나키스트들은 로스앤젤레스 카운티 교도소에서 최후를 기다리고 있는 이들을 지지하기 위해 집결했다.

이러한 일들로 인해 사람들의 감정은 격해졌고, 이는 부분적으로 해안지역의 집회들에서 분출되었다. 나는 로스앤젤레스에서 열한 번, 샌디에이고에서 두 번, 프레즈노에서 두 번, 샌프란시스코에서 여덟 번의 강연을 했고 더불어 토론에도 참여했다. 퓨젓사운드에서도 반응은 똑같았다. 포틀랜드, 시애틀, 스포케인에서도 많은 청중이 우리를 찾았다.

헤이우드, 모이어, 페티본 재판 이후 아이다호의 보이시 시에 가고 싶었지만 좀처럼 기회가 없었다. 이번 투어 중에 보이시 시와 640킬로미터 정도의 거리를 두고 고민했다. 결코 쉽게 갈 수 있는 거리가 아니긴 했지만 벤과 같은 부랑자나 나 같은 떠돌이 유대인에게 640킬로미터는 대수롭지 않기도 했다. 도시에서 우리의 집회를 도와줄 수 있는 사람이 아무도 없다는 사실도 우리를 막지는 못했다. 나의 능력 있는 매니저는 허허벌판에서도 꽃을 피우는 사람이다. 그가 또 하지 못하리라는 법은 없었다. 벤보다 하루 늦게 보이시에 도착해 보니 두 번의 일요 강연에 대한 모든 준비가 되어 있었다. 안식일에 유료 입장을 금하는 조례가 있었지만 보이시 사람들은 법을 피해 가는 방법을 잘 알고 있었다. "입장료 금액에 해당하는 책자를 사람들에게 나눠 주면 될 거예요." 강당 주인이 벤에게 조언해 준 것이다.

다음 날 우리는 헤이우드, 모이어, 페티본이 수감되어 있는 아이다호 교도소로 차를 몰고 갔다. 이 세 사람 이후에 나타난 또 다른 '스타' 한 명은 스파이인 해리 오처드였는데, 자신의 동료를 함정에 빠뜨리도록 도움을 주면서 경찰의 도구로 쓰이던 그 자신이 바로 그 덫에 걸리다니, 이는 그가 한 일에 대한 응징으로 보였다. 그는 18건의 살인을 저지른 자칭 무법자였다. 국가는 그런 그의 증언을 활용해 노동계 지도자들을 교수형에 처했는데, 그에 대한 보상으로 오처드 자신은 목숨을 부지했다. 자신에 대해 끓어오르는 대중의 분노를 마주할 담력이 있었다면 아마 그는 진즉에 석방되었을 것이다. 나는 캘리포니아 주가 스파이 오티 맥매니걸을 이용해 맥나마라 형제를 무너뜨리려 하는 이 새로운 범죄에서 [해리 오처드 건과의] 상당한 유사성을 보지 않을 수 없었다.

황소 같은 목, 누리끼리한 피부, 이리저리 흔들리는 눈동자를 가진 작달막한 해리 오처드는 '모범수'였고, '종교적이고 헌신적인' 사람이라고 했다. 유다 같은 존재인 그는 자신에게 필요한 게 무엇인지를 정확히 알고 있었다. 혐오스러운 무언가가 내 주변을 기어다니는 느낌이 들어 그와 같은 공기를 마시며 감옥에 남아 있기조차 싫었다.

내게 있어 최악의 인간, 괴물 같은 인간은 언제나 스파이와 경찰정보원이었다.

이번 투어에서 가장 흥미로운 점은 경찰의 간섭이 전혀 없다는 점이었다. 내가 대중 앞에 서온 시간들 중, 내가 하고자 하는 말을 이토록 자유롭게 전할 수 있었던 건 이번이 처음이었다. 나는 이 평화가 오래 가지 않을 것임을 알았기에 다만 이 새로운 경험을 즐기고 활용하고자 했다.

뉴욕에 다시 돌아왔을 때, 나를 공격한 것은 당국이 아닌 사회주의 출판사였다. 내가 러시아 차르에게 고용되었다며 비난하고 나선 것이다. 이 기도 차지 않는 놀라운 기사는 1911년 5월 13일 영국 사회민주당의 공식 기관지인 『런던 저스티스』에 실렸다.

> 악명 높은 엠마 골드만이 최근 밀워키의 사회주자들을 공격 중이다. 우리를 어떠한 혁명적 목적도 없는 싸구려 정치인이라 비난하는 그녀의 말은 '개혁 불가능론자'들이 우리에게 하는 말과 똑같지 않은가? 엠마 골드만은 수년간 미국 내에서 눈에 띄게 활동이 자유로워졌으며, 일부에서는 이 여성 선동가가 어떻게 그 오랜 시간 동안 아무런 처벌 없이 폭력적인 선전선동을 해올 수 있었는가 의문을 표했다. 엠마 골드만이 경찰에게 보수를 받고 있다는 것은 일반적으로 알려진 사실이 아니지만, 최근 유출된 정보에 따르면 한때 그녀는 샌프란시스코의 러시아 비밀경찰 올라로프스키에게 요원이자 스파이로 고용되었다고 한다. 소요가 일어나면 나서는 법이 없고, 사건이 일어날 때 동료들이 체포되는 와중에 자신은 늘 신비롭게 탈출하는 '저명

한' 아나키스트, 입으로만 사람을 죽이는 아나키스트들 중 열에 아홉은 마찬가지로 다 스파이다.

처음에는 이 말도 안 되는 비난에 마음이 아팠지만, 나는 나보다 더 위대한 사람, 아나키즘의 아버지 바쿠닌에게도 이와 같은 악의적인 비난이 쏟아졌던 일을 기억했다. 바쿠닌을 공격한 사람은 프리드리히 엥겔스와 카를 마르크스였다. 사회주의 창시자들이 제1인터내셔널을 자신들의 선동으로 분열시킨 이래로 사회주의자들은 어떤 곳에서든지 비슷한 전술을 사용했다. 나는 나의 훌륭한 동지와 같은 운명을 맞게 되었다는 사실만으로도 뿌듯함을 느꼈고 그런 중상모략에 대응할 가치조차 느끼지 못했다. 그 저주받은 이야기의 기원에 내가 제공한 것들이 적지도 않았을 테고 말이다.

정신이 제대로 박힌 사람이라면 내가 그런 배신을 할 수 있다고 믿을 수는 없는 거였다. 영국과 미국에 있는 나의 친구들은 격렬하게 항의했고 노동단체 회원들은 조합을 통해 결의안 형태로 이를 제출했다. 영국에서는 『런던 저스티스』의 편집자에게 증거를 제시할 것을 요청했지만 아무것도 나오지 않았다. 뉴욕의 프란시스코 페레르 센터 기념 만찬에서 오랜 사회주의자이자 친구인 해리 켈리와 레너드 애벗은 이 이야기를 창작한 사람의 상상력에 경의를 표했다. 이후 노동계, 예술계, 문학계 저명인사들의 서명과 항의가 이어졌다.

『저스티스』 편집장 귀하

우리는 귀사의 5월 13일자 「아나키스트 요원」이라는 기사에서 다음과 같은 진술을 확인했습니다.

"엠마 골드만이 경찰에게 보수를 받고 있다는 것은 일반적으로 알려진 사실이 아니지만, 최근 유출된 정보에 따르면 한때 그녀는 샌프란시스코의 러시아 비밀경찰 올라로프스키에게 요원이자 스파이로 고용되었다고 한다."

우리는 이러한 터무니없는 비방에 대해 단호히 항의하는 바이며, 이에 편지를 씁니다. 미국 급진주의 운동에서 가장 헌신적이고 사랑받는 대표자 중 한 사람에 대해 물증도 없는 비난을 인쇄까지 하여 지면을 더럽혀야 했던 이유에 대해서는 우리가 감히 상상도 할 수 없습니다. 엠마 골드만은 자신의 인생을 아나키즘 운동에 바쳤습니다. 그녀의 진실성은 의심의 여지가 없으며, 해당 혐의에는 한 톨의 진실도 없음을 밝힙니다.

이 항의는 사회주의 및 자유주의 신문에 널리 게재되었지만 『런던 저스티스』는 자신들의 논지를 철회하지 않았다.

당시 영국에 있던 내 친구 로즈 스트런스키가 편집장을 만나러 갔지만 어디에서도 그를 찾을 수 없었고 이에 로즈는 영국 사회민주당 당수인 힌드먼에게까지 이 문제를 제기했다. 편집자 해리 퀠치에게 비방에 대한 증거를 제시할 것을 강력히 요청해 달라는 요구에 힌드먼 씨는 그러겠다고 했지만 자신의 약속을 실행에 옮기지는 않았다.

법을 준수하는 영국인으로서 퀠치는 영국의 명예훼손죄에 대해 잘 알고 있었을 것이다. 그를 명예훼손죄로 고소하는 건 내게 쉬운 일이었고, 그가 증거를 제시하지 못한다면 위자료를 지급하거나 혹은 감옥에 가야 했을 것이다. 그러나 나는 아나키스트로서, 그가 어떤 큰 잘못을 했더라도 그에게 법 적용을 하는 것을 거부했다. 켈치라면 분명 이것을 예상했을 것이다. 나는 그의 철회를 강요할 다른 방법이 없었다. 하지만 나에 대한 항의가 불러온 한 가지 확실한 효과는 있었다. 바로 그의 입을 다물게 한 것이었다. 이후로 신문이나 연단에서 그가 내 이름을 언급하는 일은 없었다.

얼마 지나지 않아 나에 대한 또 다른 고발이 있었는데 바로 사설 탐정 윌리엄 번스에 의한 것이었다. 한 신문과의 인터뷰에서 그는 "엠마 골드만은 노동자들에게 살인자 맥나마라를 변호하는 데 애쓸 것을 촉구했다"는 말을 했다. 이에 나는 신문에 응답을 보냈다. 나는 노동자들을 돕는 것뿐만 아니라, 오로지 스파이들만 믿는 '정의'와 경찰들로 유지되고 운영되는 미국 정부에 치명타를 날릴 것을 촉구했노라고. 적어도 미국 형사들이 런던의 마르크스 추종자들보다는 엠마 골드만에 대해 더 잘 알고 있어야 하지 않냐는 나의 논평이라 해도 좋을 것이다.

여름 동안 사샤와 나는 다시 허드슨 강 근처 휴양지로 떠났고 그는 회고록 작업을 재개했다. 다행히 이번에 나는 작업할 책도, 목발을 짚을 일도 없었다. 내 시간을 온전히 사샤에게 바치고 그가 글쓰기에만 전념할 수 있도록 그를 돌볼 수 있다는 뜻이었다. 그를 격려하고 노력하는 과정에서 나는 그가 지나온 고통스러운 감옥의 시간들을 다시 함께 겪었고 그로써 그의 영혼이 내 마음에 다시 울려 퍼지고 있었다.

여름이 끝날 무렵 그의 회고록이 완성되었다. 심히 감동적인 자료이자 그 자체로 범죄 심리학에 대한 빼어난 연구였다. 나는 그가 엄청난 수난으로부터 자신의 언어로 음악을 만들어 내는 예술가가 되는 모습을 경탄하며 지켜보았다.

"이제 뉴욕과 출판사로 가요!" 나는 흥분하여 소리쳤다. "분명, 당신 작품의 극적인 호소력과 당신이 감옥에 남기고 온 것들에 대한 이해와 연민을 높이 평가할 사람들이 있을 거예요."

우리는 서둘러 도시로 돌아왔고, 출판사 물색을 시작했다. 조금 보수적인 출판사에서는 저자의 이름을 듣는 순간 아예 원고 검토 자체를 거부하기도 했다. "알렉산더 버크만? 프릭을 쏜 사람 아니요?" 출판사 대표 중 한 사람은 확고한 거부 의사를 밝혔다. "아니요. 그자의 책을 우리 출판목록에 올릴 순 없습니다." 이에 나는 강하게 반응했다. "하지만 이건 굉장한 문학적 가치를 지닌 작품이에요. 저자가 보여 주는 감옥과 범죄에 대한 해석에 관심이 없단 말인가요?" 물론 출판사는 그런 책을 찾고 있었지만, 버크만의 책을 내서 출판사를 위험에 빠뜨릴 만한 여유는 없다고 했다.

일부 출판사에서는 본명 알렉산더 버크만 대신 가명을 쓸 의향이 있는지를 물었다. 이런 제안에 나는 분개하며 그의 『교도소 회고록』은 지극히 개인적인 이야기이며 수년간의 고통의 산물임을 지적했다. 자신의 피와 살로 쓴 그 글에서 자신의 신분을 숨기는 게 과연 가능하다는 말인가.

나는 몇몇 '진보적'이라는 출판사를 찾아갔고 그들은 원고를 읽어보겠다고 약속을 했다. 몇 주 동안의 초조한 기다림 끝에 마침내 내게 출판사로 오라는 연락을 받고 그곳을 방문을 했을 때 출판사 사람들은 몹시 흥분상태였다. “이거 참 놀라운 작품이네요.” 그 중 한 명이 말했다. “그런데 말이죠, 혹시 버크만 씨가 아나키스트 부분을 들어내는 데 동의를 할까요?” 또 다른 사람은 감옥 내에서 동성애 관련된 부분을 없애야 한다고 했고, 다른 사람은 또 다른 수정사항을 제안했다. 그렇게 몇 달 동안 출판사를 찾는 일이 계속되는 와중에도 나는 문학적이고 인간적인 판단력이 있는 누군가가 사샤의 원고를 그 자체로 받아들여 줄 것이라는 희망의 끈을 놓지 않고 있었다. 나는 차르 러시아에서 도스토옙스키가 발견한 것을 미국에서도 발견할 수 있음을 믿었다. 미국에서 최초로 연구된 ‘죽은 자들의 집’[교도소]에 대한 책을 출판할 만큼 용기가 있는 출판사가 있을 거라 기대했지만, 공연한 기대였다.

결국 우리는 우리가 직접 이 책을 출판하기로 결정했다. 곤경에 처한 상황에서 나는 친구 길버트 로에게 도움을 청했다. 직업적으로는 변호사이고 감정적으로는 아나키스트인 그는 내가 아는 사람 중 가장 친절한 사람이었고, 그와 친구라는 사실이 그저 행운일 따름이었다.

길버트와 그의 부인 로즈는 우리가 만난 이래로 계속해서 가장 든든한 친구이자 우리 작업의 가장 관대한 기여자였다. 『어머니 대지』의 아주 초창기부터 로즈는 우리가 도움을 요청할 때마다 가장 먼저 응답하는 사람이기도 했다. 길버트에게 사샤의 원고가 수많은 출판사에게 거절을 당했고 『어머니 대지』 출판협회가 미국 대중에게 그의 책을 알리는 영광을 누리길 바란다고 말하자 그는 간단히 대답했다. “좋습니다. 우리 집에 사람들을 초대할 테니, 당신이 그 원고 일부를 들려주면 좋겠네요. 그러면서 사람들에게 구독을 신청하라고 설득하면 어때요?” 나는 놀라 물었다. “사샤의 회고록을 읽으라고요? 아, 난 절대로 할 수 없을 거예요. 제 삶에 너무 중요한 것이어서 읽다가 아마 무너져 내릴 거 같아요.” 길버트는 수천 명을 대하는 연설을 그리 오래 해왔으면서 이렇게 조그마한 규모의 모임에 긴장하는 거냐며 나를 놀렸다.

내가 원고를 들고 로버트의 집에 도착했을 때 다른 손님들은 이미 와 있었다. 나는 정신이 혼미해지고 식은땀이 났다. 그런 나를 보고 길버트는 주방으로 데려가 독한 술 한 잔을 건넸다. “이 술이 약해진 무릎에 힘을 줄 거예요” 하며 장난치듯 말했다. 우리가 함께 돌아온 방은 어둡고 책상에 램프 하나만 켜진 채였다. 나는 책상에 앉아 원고를 읽기 시작했다. 그러자 곧 방에 모인 사람들은 사라지고 사샤가 나타나는 것 같았다. 볼티모어와 오하이오 역에서의 사샤, 감옥에서 죄수복을 입고 있던 사샤, 디트로이트에서 본 사샤가 되살아났다. 그와 나눈 모든 고통과 희망이 책을 읽는 동안 내 목구멍으로 솟아올랐다.

길버트는 말했다. “원고 자체 때문인지, 당신이 잘 읽어서인지 모르겠지만 여하간에 엄청난 작품인 건 틀림없네요.”

그날 저녁 사람들의 후원으로 출판비용 500달러가 모금되었다. 며칠 후 길버트는 나를 링컨 스테펀스에게 데려갔고, 거기서 200달러의 후원을 받았다. 이제 준비는 충분했다. 하지만 이런 작품을 봄에 출간하는 것은 좋은 생각이 아니라는 조언이 있었다. 게다가 사샤는 한 번 더 퇴고를 하고자 했다. 하지만 우리 아파트는 하루 종일 사람들이 오가는 벌집이었고 『어머니 대지』 사무실도 그다지 다르지 않았다. 운동과 관련한 문제가 항상 있었기 때문이었다. 여름이 되기 전 『교도소 회고록』의 최종 수정 작업을 위해 허드슨에 있는 우리의 작은 오두막으로 떠난다는 것은 불가능한 일이었다.

38

로스앤젤레스 법원에서 상연되며 온 나라를 긴장시킨 맥나마라 드라마는 갑작스레 코미디로 끝나 버렸다. 맥나마라 형제가 자백을 한 것이다. 놀랍게도 그들은 자신들의 혐의와 유죄를 인정했다. 반동적인 언론들은 이에 환호했다. 상인 및 제조업자 협회, 해리슨 그레이 오티스, 윌리엄 번스, 그리고 이 형제를 교수형에 처하는 임무를 맡았던 다른 스파이들은 이 상황에 열렬한 감사를 표했다. 그들은 맥나마라 형제를 처음부터 아나키스트이자 폭파범이라고 선언하지 않았던가?

검찰과 제보자들은 맥나마라 형제가 유죄를 인정한 상황에 대해 감사를 해야 할 이유가 있었다. 이는 번스조차 꿈꾸지 못했던 노동자 조직에 대한 심각한 타격이었기 때문이다. 이들 자백에 책임이 있는 이들은 적군이 아닌 우리 진영, '선의를 가진' 동지 집단에서 나왔다.

미국 산업전쟁 역사상 신기원을 이루는 듯 시작해서는 터무니없는 결말로 끝나 버린 사건에 대한 책임을 개인 한 사람에게 전가하는 것은 공평한 처사가 아닐 것이다. 사건이 가진 사회적 중요성에 대한 존과 제임스 맥나마라의 무지 역시 그들이 저지른 돌이킬 수 없는 실수에 대한 책임을 나눠 져야 할 것이다. 맥나마라 형제가 다른 사회 반군들과 같은 혁명 정신과 지적 능력이 있었다면, 자신들이 한 일을 자랑스럽게 인정함은 물론 자신들을 끝내 폭력에 의지하게 만든 원인에 대한 지적인 분석이 가능했을 테다. 만약 그랬다면 그들은 죄책감을 느끼지도 못했을뿐더러 죄를 인정하지도 않았을 것이다. 그러나 맥나마라 형제는 자신의 투쟁을 자신들이 속해 있는 조직과 철강 산업이 이익을 두고 벌이는 불화라고만 바라본 일개 조합원에 불과했다.

이들 희생자들의 한계는 몹시 안타까운 것이었다. 하지만 그럼에도 이들 변호사의 소심한 조언과 개혁가랍시고 적의 꼬임에 쉽게도 넘어가는 그들 동지들이 훨씬 비난받아 마땅했다. 그들은 어째서 경험으로부터 배우지 못하는가? 사자가 어린 양을 집어삼키는 모습을 그리도 자주 보아 왔으면서도 야수의 본성이 변할 수 있다는 희망에 매달리다니. 사자가 양에 대해 더 잘 알게 되기만 한다면 논쟁을 하고 문제에 대해 터놓고 이야기를 나눌 수 있다면 사자가 분명 자신의 온화한 형제에 대해 감사하는 법을 배우고 스스로도 온화해질 것이라 생각하면서. 그러므로 맥나마라의 담당 검사가 다음과 같이 말하는 것은 어려운 일이 아니었다. "자, 여러분. 피고인들이 유죄인정을 하도록 설득하십시오. 그들이 자백만 한다면 목숨을 잃는 일은 없을 겁니다. 또한 여러분 조직을 대상으로 더 이상 수색이나 체포가 없을 것이며 그들 행위와 관련해 노동자 중 누구도 추가로 기소되는 일이 없을 겁니다. 제 이름을 걸고 말씀드리는 겁니다. 믿으셔도 좋습니다. 우리가 비록 사자처럼 포효할지 모르지만 마음은 부드러운 사람들입니다. 로스앤젤레스 카운티 교도소에 있는 불쌍한 양들 때문에 우리도 마음이 아프다 이거예요. 그들이 자백만 하게 하세요. 사형은 없을 테니까. 이건 말입니다, 신사들 간의 합의예요. 자, 이제 악수할까요? 우리 모두 다 같은 양 아닙니까."

이 신생아처럼 순진한 사람들은 검사의 말을 믿었다. 이 교활한 야수의 약속을 철석같이 믿은 것이다. 그들은 사자와 양이 하나되는 위대한 사명에 고무되어서는 앞으로 나아갔다. 그러나 얼마 지나지 않아 부드러운 양고기는 사자의 식욕을 돋우었을 뿐임을 알게 되었다. 이어 새로운 수색이 이어졌고, 체포와 수색이 계속되었다. 수사망에 걸린 피해자들에 대한 잔혹한 사냥이 이어졌다.

사람들이 찬양하던 맥나마라 형제는 이제 먼지 구덩이로 내동댕이쳐졌다. 이들은 자신의 길에 장미꽃을 뿌렸던 바로 그 지지자들의 손에 의해 수렁으로 끌려가고 욕을 먹고 낙인을 찍혔다. 이 변절자들은 가슴을 치며 외쳤다. "우리는 속았어요. 맥나마라 형제가 유죄인지도 몰랐고, 그렇게 폭력 행위를 저질렀다는 것도 몰랐단 말입니다. 그들은 범죄자예요!"

재판의 실패는 노동계급 안팎 급진주의의 처참한 공허함과 그 대의를 주장하는 수많은 사람들의 비겁한 정신을 드러냈다.

물론 맑은 정신과 확고한 영혼을 가진 이들도 드물게 남아 있었지만, 두 희생자들을 저주하는 무리들에 비교하자면 너무나 적은 숫자였다. 이들은 맥나마라의 자백 이후 이어진 소동과 패닉에 흔들리기를 거부했다. 미국의 소수 집단 중 아나키스트 대부분은 버림받은 노동 지도자의 편에 섰다. 왜냐하면 그들은 산업투쟁에서 오로지 폭력으로만 지탱되는, 그리고 어떤 방법에도 굴하는 법이 없는 체제의 희생자였기 때문이다.

『어머니 대지』는 "맥나마라 형제가 결백하다고 생각한 우리는 기만당했다"고 주장하는 사람들의 값싼 사과에 대해 항의하는 입장을 게재했다. 우리는 그들의 변명이 진심이라면, 노동조합원과 개혁가, 정치적 사회주의자들은 바보천치고 대중을 가르칠 자격이 없다고 주장했다. 우리는 계급갈등의 원인에 대해 무지한 사람들이야말로 계급이 존재하게 하는 이유라는 점을 지적했다.

내가 맥나마라 사건에 대해 강연을 할 때마다 경찰이 나를 쫓았지만 나는 개의치 않았다. 사실 체포되는 걸 반겼어야 했다. 비겁하고 무기력한 바깥 세상보다야 감옥이 더 나은 것도 같았다. 그러나 아무런 일도 일어나지 않았고 나는 내 일을 계속 해나갔다. 다음의 할 일이 코앞에서 나를 기다리고 있었다. 로렌스 파업이었다.

남녀, 어린이 할 것 없이 25,000명의 섬유 노동자들이 15%의 임금인상을 위한 투쟁에 나섰다. 수년간 이들은 평균 주급 8달러에 주 56시간을 일했고, 덕분에 공장주들은 엄청난 부자가 되었다. 그러나 노동자들의 가난과 비참함이 마침내 로렌스 섬유 노동자들을 파업으로 이끌었다. 투쟁이 거의 진행도 되지 않았을 때부터 공장주들은 이빨을 드러내기 시작했는데 그들은 심지어 국가와 대학 당국의 지원까지 받을 수 있었다. 그 자신이 공장 소유주였던 매사추세츠 주지사는 자신의 이익은 물론이고 공장주 동료들의 이익을 보호하기 위해 민병대를 파견했다. 하버드 총장도 주주 중 한 사람으로서 로렌스 공장에 똑같이 관심을 가지고 있었다. 국가, 자본주의, 학교가 단결한 결과 수많은 경찰 병력과 형사, 군인들, 그리고 대학생 폭도들이 힘없는 파업 노동자들에게 달려들었다. 이 군사테러의 첫번째 희생자는 안나 라페조와 존 라모로, 소녀는 총에 맞았고 청년은 군인의 총검에 찔려 사망했다. 주정부와 지방 당국은 범죄 가해자를 체포하는 대신 주요 파업지도자인 조지프 에토르와 아르투로 조반니티를 체포했다. 이들은 IWW와 그 나라의 다른 혁명적 세력의 지원을 받고 있는 의식적 저항자들이었다. 동부의 노동계는 로렌스 파업 노동자들을 지지하고 체포된 두 사람을 지원하기 위해 특별히 힘을 모았다. 에토르와 조반니티의 공백은 빌 헤이우드와 엘리자베스 걸리 플린이 곧바로 채웠다. 노동투쟁에 있어서 수년간의 경험, 그의 결단과 재치 덕분에 헤이우드는 곧 로렌스 파업에서 중요한 존재가 되었다. 이와 달리 엘리자베스의 젊음과 매력, 언변은 사람들의 마음을 쉽게 사로잡았다. 이 두 사람의 이름과 명성으로 인해 로렌스 파업은 전국적 지지를 얻게 되었다.

몇 년 전 야외 집회에서 엘리자베스의 연설을 처음 들은 이후로 늘 그녀를 대단하다고 생각했었다. 당시 그녀는 열네 살도 채 안 되었을 텐데 아름다운 용모와 힘 있는 목소리에는 진지함이 있었고, 이에 그녀는 내게 강한 인상으로 남았다. 나중에 내 강연에서 아버지와 함께 참석한 그녀를 이따금 보았다. 검은 머리, 크고 파란 눈, 사랑스러운 피부로 인해 참으로 매혹적인 모습이었다. 그녀가 강연에서 맨 앞줄에 앉아 있을 때면 나는 그녀에게서 눈을 떼기 어려울 때가 많았다.

그녀가 IWW의 다른 회원들과 함께 스포케인에서 벌인 표현의 자유 투쟁과 그로 인해 그녀가 견딘 박해를 지켜보며 나는 그녀와 더 깊은 유대를 느꼈다. 그리고 아이 출산 후 몸이 안 좋다는 말을 들었을 때 미국 최초의 여성 혁명가 중 한 사람이면서 프롤레타리아 출신인 이 젊은 반군에게 나는 큰 연민을 느꼈다. 하여 내가 그녀를 위해 모은 기금은 스포케인에서의 투쟁뿐 아니라 그녀가 젊은 어머니로서 초반 몇 달간 버틸 수 있는 자금을 확보하기 위한 것이었다.

엘리자베스가 뉴욕으로 돌아온 후에도 우리는 종종 함께 모임을 가졌다. 그녀는 비록 아나키스트는 아니었지만 사회주의 노동당 일부 동지들처럼 우리에게 적대적이거나 광신적이지도 않았다. 그녀는 우리 친구들 사이에서 일원으로 받아들여졌고 나 또한 그녀를 내 친구로서 사랑했다.

빌 헤이우드는 최근 뉴욕으로 이사를 왔다. 그의 이사와 함께 거의 동시에 만난 우리는 급격히 가까워졌다. 빌 역시 아나키스트는 아니었지만 엘리자베스와 마찬가지로 협소한 종파주의에서 자유로운 사람이었다. 그는 자신이 속한 그룹의 열성분자들보다 아나키스트들, 특히나 『어머니 대지』 그룹에서 훨씬 더 편안함을 느낀다고 솔직히 인정하기도 했다.

빌의 가장 큰 특징이라고 한다면 그것은 아무래도 그가 가진 특별한 민감성일 것이다. 겉으로는 단단해 보이는 이 거인은 거친 말 한마디에도 움츠러 들었고, 고통스러운 장면에는 몸을 떨었다. 한번은 11월 11일 기념연설에서 그는 1887년의 사건이 그에게 미친 영향에 대해 이야기한 적이 있다. 당시 그는 아직 어렸음에도 이미 광산에서 일을 하고 있었다. "그 이후로 시카고 순교자들은 내게 가장 큰 영감이 되었고, 그들의 용기는 내 길잡이별이 되어 주었습니다." 이스트13번가 210번지에 있는 우리 집은 빌이 이따금 쉬러 오는 곳이 되었다. 약속 없는 저녁 시간이면 우리 집에 와서 시간을 보냈다. 우리 집에서 그는 마음껏 책을 읽고 휴식을 취할 수 있었으며 "밤처럼 검고, 혁명적 이상처럼 강하며, 사랑처럼 달콤한" 커피를 마실 수 있었으니 말이다.

로렌스 파업이 절정에 달했을 때 사회주의와 아나키즘 사이의 이론과 전술에 있어서의 차이를 두고 벌어진 두 가지 논쟁과 관련해 뉴욕의 사회주의자 솔 필드먼이 나를 찾아왔다. 나는 미국 전역에서 사회주의자들과 논쟁을 벌여 왔지만 내가 있는 지역인 뉴욕에서는 단 한 번도 토론을 한 적이 없었다. 이런 기회가 와서 기뻤고 벤 또한 이 제안에 흥분했다. 벤은 카네기 홀 아니면 안 된다고 선언했다. 그는 우리가 홀을 가득 채울 수 있을 거라 확신했고 이에 카네기 홀을 빌리러 나갔다. 슬픈 얼굴로 돌아온 그는 카네기 홀은 하루만 비어 있다고 아쉬워했다. 토론 두번째 날은 리퍼블릭 극장으로 만족해야 했다.

나는 그 토론이 로렌스 파업을 위한 기금 마련에 훌륭한 기회가 될 수 있을 거라 믿었고, 필드먼 씨도 이에 동의했다. 누가 기조 발언을 할지에 대해서는 미리 논의한 바는 없지만 빌이 해주면 좋을 것 같다고 나는 속으로 생각하고 있었다. 전투가 한창일 때 그 목적에 가장 적합한 사람이 바로 빌이었으니 말이다.

필드먼 씨는 사회주의 진영에서 의장을 맡기를 원했고 나는 이에 반대하지 않았다. 누가 주재하느냐는 내게 있어 중요한 사안이 아니었기 때문이다. 토론 당일, 상대 쪽에서는 아직 의장을 정하지 못했고 애초에 내게 토론을 제안한 것으로 사회주의자 동지들로부터 심한 질책을 받았노라고 알려왔다. "좋아요. 그럼 제가 빌 헤이우드에게 연락하겠습니다. 그라면 기꺼이 의장을 맡아 줄 뿐 아니라 모두 연설까지 해줄 테니까요." 하지만 필드먼 씨는 거절했다. 헤이우드가 할 바에야 차라리 아나키스트가 하는 편이 낫다는 거였다. 나는 누가 의장을 하든 상관없지만 기조연설만큼은 반드시 헤이우드가 해야 한다고 주장했다. 저녁에 카네기 홀에 돌아왔을 때 필드먼은 여전히 의장을 구하지 못한 상태였음에도 빌을 부르는 것에는 계속 반대를 하고 있었다. "좋아요, 그럼 토론은 없던 걸로 하죠." 내가 선언했다. "하지만 그 이유에 대해서는 청중 앞에서 제가 직접 말하겠습니다." 내 명령조 말투에 겁에 질렸는지 그는 순순히 내 말에 따랐다.

청중은 빌이 로렌스 파업현장에서 바로 왔다는 것을 알고 있었다. 파업이 불러일으킨 감정은 이제 빌에 대한 박수로 터져 나왔다. 로렌스의 영웅적인 노동자들에 대한 빌의 단순한 호소는 모든 사람들을 감동시켰다. 단 몇 분도 안 되어 사람들은 연단에 돈을 던지기 시작했고, 필드먼 씨는 빌의 기조연설의 결과를 수확하기 위해 네 발로 기어야 했다. 총금액은 542달러로, 이미 입장료를 내고 들어온 노동자들에게서 기부받기에 굉장히 큰 액수였다.

그런 다음 투우 한판이 시작되었다. 하지만 우리의 황소는 매우 길이 잘 든 동물이었다. 필드먼 씨는 자신의 교리문답을 잘도 외운 사람이었다. 그는 수도 없이 연습한 결과 마르크스주의 교리를 유창하고 정확하게 낭송했지만, 그중 독창적이거나 독립적인 부분은 하나도 없었다. 그는 독일 사회민주주의의 대단한 업적을 장밋빛으로 그리며 말했다. 독일 사민당은 400만 표를 가지고 있는 데다가 지지자 수는 그보다 훨씬 더 많은 800만 표였다. "저 1,200만 사회주의자들이 무엇을 할 수 있을지 생각해 보십시오!" 그는 의기양양하게 외쳤다. "전쟁을 멈추고, 생산수단과 유통수단을 장악할 수 있습니다. 폭력이 아니라 정치적 힘으로! 국가에 대해서는 엥겔스도 이미 스스로 없어질 거라고 말하지 않았습니까?" 이것은 웅장한 사회주의 연설이었지 토론이 아니었다.

나는 독일 사회주의의 쇠퇴와 권력을 장악한 사회주의자들의 배신, 어딜 가나 사소한 개혁만 하려 드는 사회주의 진영의 경향성 등을 증거하는 역사적 자료와 현재적 자료들을 제시했지만 당연하게도 필드먼 씨는 편의상 내 말을 다 무시해 버렸다. 그는 내 토론에 반박하기 위해 자리에서 일어날 때마다 자신이 처음에 한 말을 계속해서 반복할 뿐이었다.

두번째 날 리퍼블릭 극장에서 정치적 행동과 직접행동에 대한 우리의 토론은 좀 더 활기를 띠었다. IWW 청년들이 참석해 진행과정에 색채를 부여한 덕분이었다. 로렌스 파업은 내게 직접행동의 빛나는 사례가 되었다. 나의 토론 상대는 사회주의 이론을 단호하게 제시할 때만큼 스스로에 대해 확신을 갖고 있지는 않았다. 특히 그는 IWW의 멤버인 어린 소년이 한 질문에 적이 당황했다. "정치적 행동이 투표자 등록을 할 수 있을 만큼 한 곳에 오래 머물 수 없는 이주노동자들 혹은 투표권이 없는 수백만 명의 미성년자들에게는 어떻게 도움이 될 수 있나요? 직접적 대중행동이야말로 경제적 구제를 얻는 가장 효과적인 수단이자 유일한 방법이 아닌가요? 로렌스의 섬유 노동자들의 경우에도 당신의 말대로라면 매사추세츠 의회에 사회주의자 동지들이 투표로 선출되어 진출할 때까지 기다려야 했다는 말인가요?"

이에 답하기 위해 내 토론 상대는 진땀을 뺐다. 그는 문제에 직면을 하게 된다면 사회주의자들도 물론 파업을 믿지만, 사회당이 여당이 되고 정치권력을 갖게 된다면 그러한 방법은 필요하지 않게 될 거라고 답했다. 이는 전반적으로 청중에게 좀 과한 대답이었다. 사람들을 웃으며 발을 굴렀고 IWW의 노래를 조용히 읊조렸다.

우리 운동에서 사교나 지적 즐거움을 위한 여가시간은 많이 없었다. 그런 우리에게 오를레네프가 새로운 극단과 함께 미국을 찾은 것은 큰 놀라움이자 기쁨이었다. 그는 나이가 더 들어 보였다. 얼굴에는 주름이 늘었고, 눈에서는 염세가 더 많이 보였다. 그러나 여전히 그는 오로지 자신이 만든 예술의 왕국에서만 살아가는 순진하고 천상적인 존재로 남아 있었다.

그의 성공을 도울 수 있는 사람들은 유대 언론들, 특히 에이브 카한과 다른 유대 작가들이었지만 이들을 만나 보라는 내 제안을 오를레네프가 받아들일 리 없었다. 그는 1905년 자신이 받은 푸대접에 대한 원한으로 그러는 게 아니라고 했다. "엠마 양 당신도 알죠. 1년여 동안 나는 입센의 『브랜드』 속에서 살았어요. 그의 모토가 뭔지는 당신도 알 거예요. '타협하지 마라. 전부 아니면 전무.' 브랜드가 신문사 문을 두드리며 다니는 모습을 상상할 수 있나요? 브랜드가 멸시하는 일을 한다면 캐릭터에 대한 내 생각이 망가지고 말 거예요."

오래지 않아 오를레네프는 미국을 떠났다. 그는 이 나라에 적응을 할 수도, 예술에 대한 미국의 태도를 받아들일 수도 없었던 거다. 또한 알라 나지모바와의 끈이 완전히 끊어졌다는 깨달음으로써 더더욱 그의 체류가 불가능해졌다. 진정으로 창의적인 예술가와 물질적 성공에 관심이 있는 예술가 사이에 항상 존재하기 마련인 차이로 인해 그 둘은 각자의 길을 걷게 되었다.

시카고에서 나는 유명한 러시아 혁명가 블라디미르 부르체프를 만날 기회가 있었다. 러시아 경찰 스파이였던 아제프의 정체를 밝히는 것을 임무로 가졌던 그의 이야기를 듣는 것에 큰 관심이 있었다. 아제프는 혁명의 연대기에 있어 두말할 나위 없이 가장 예외적인 현상이었다. 물론 그 전에도, 그 후에도 혁명가 대열에서 반역자가 없었던 것은 아니지만, 아제프라는 인물은 평범한 스파이가 아니었고 오늘날까지도 그에 대한 미스터리는 여전히 수수께끼로 남아 있다. 수년 동안 그는 러시아 사회주의 혁명당 투쟁 조직의 일원이었을 뿐 아니라 테러 조직의 유능한 수장이기도 했다. 그는 차르 정부의 최고 고위 인사들에 대한 수많은 적대행위를 계획하고 성공적으로 실행에 옮기기까지 하면서 동지들의 절대적 신뢰를 얻었다. 부르체프가 아제프를 러시아 비밀기관의 요원이라는 혐의로 고발했을 때 부르체프의 가장 가까운 친구조차 그가 제정신이 아니라고 생각했다. 아제프가 스파이일지도 모른다는 가능성을 제안하는 것만으로도 이미 혁명에 대한 반역으로 간주되었는데, 아제프는 러시아 혁명 운동의 정신을 의인화한 인물이었기 때문이다. 그러나 부르체프는 이러한 사안에 있어 오차 없이 치밀하고 정밀한 직관을 가진 사람으로, 끈질기기까지 했다. 그는 이전에도 여러 명의 스파이를 찾아낸 바 있고 그의 정보는 항상 신뢰할 만한 것으로 입증되었다. 그럼에도 그는 이 전투조직의 신뢰를 한 몸에 받는 수장의 유죄를 믿기까지 긴 내적 투쟁을 치러야 했다. 부르체프가 확보한 자료에는 의심의 여지가 없었고 20년 동안 러시아 비밀기관과 혁명가들을 동시에 속인 아제프는 결국 고발당했다. 부르체프는 아제프가 양측 모두에게 배신자였다는 것을 입증해 냈으며, 그의 기념비적인 기만에 대해 사형이 선고되었다. 그러나 막판에 흔적도 남기지 않고 도망치면서 아제프는 또 한 번 모두를 속이는 데 성공했다.

덴버는 그곳에 있는 동지들과의 좋은 우정을 제외하고는 늘 내게 실망스러운 곳이었다. 벤의 넘치는 에너지로도 그곳 사람들에게 우리 운동에 대한 관심을 불러일으킬 수 없었다. 이번에는 릴리언 올프, 리나 먼로와 프랭크 먼로, 존 스피스, 메이 코트니를 비롯한 미국 아나키스트뿐 아니라 유대계 세력들이 증가했지만 그럼에도 일반 대중의 참석은 여전히 거의 없었다. 그러던 중 『덴버 포스트』에서 내게 점점 커지는 사회의 불안에 대한 칼럼을 요청해 왔다. 이와 동시에 내가 아는 여러 여성 신문기자들이 브라운 팰리스 호텔에서 특강을 주선하겠다고 제안했다. 그들이 고른 주제는 에드몽 로스탕의 「샹테클레르」였다.

나는 현대극이 새로운 사상을 효과적으로 전파하는 도구가 된다고 확신한 지 오래였다. 그 점을 내가 처음으로 깨달은 것은 1897년 광산 노동자들과 조지 버나드 쇼의 희곡에 대한 이야기를 나누면서였다. 점심시간에 우리는 120미터가 넘는 땅굴에 있었고, 내 주위에 모여든 청중은 얼굴엔 검댕이 묻은 채로 눈을 반짝이고 있었다. 깊게 움푹 들어간 그들의 눈은 처음에는 별 감응이 없어 보였으나 내가 이야기를 계속할수록 버나드 쇼 작품의 사회적 의미를 이해할 것 같다는 듯 점점 빛이 나기 시작했다. 브라운 팰리스 호텔의 호화로운 연회장에 모인 잘 차려입은 청중들 역시 광산 노동자들과 마찬가지 반응이었다. 그들 역시 연극이라는 거울에 비친 자신들의 모습을 보았다. 대학과 고등학교의 교사들 몇몇은 내게 연극 강좌를 개설하면 어떨지 권유했다. 교사들 중 특별히 내 관심을 끈 여성은 매우 학구적인 여성 엘런 케넌 씨로, 내가 돌아올 때까지 수업을 유지하겠다고 제안했다. 그리하여 덴버에서의 내 다섯 번의 강의는 열네 번으로 늘어나고, 또 『포스트』의 칼럼도 어느덧 다섯 개가 되었다.

도시에 머무는 동안 있었던 흥미로운 일 중 하나는 모드 애덤스가 주인공을 맡은 「샹테클레르」의 개막공연이었는데, 신문사에서 리뷰를 청탁받아 나 역시 관람하게 되었다. 나는 차분한 역할을 맡은 애덤스의 연기는 좋아했지만, 그녀의 외양으로 보나 목소리로나 보나 「샹테클레르」에서의 역할은 아무래도 미스캐스팅이었다.

캘리포니아 주 샌디에이고는 상당한 언론의 자유를 누리는 편이었다. 아나키스트, 사회주의자, IWW 회원, 종교 분파뿐 아니라 그 누구라도 야외에서 대중강연을 쉽게 할 수 있었다. 그런데 샌디에이고의 교부들이 이 오랜 관습을 폐지하는 조례를 통과시켰다. 아나키스트와 IWW는 표현의 자유를 위한 싸움을 시작했고, 그 결과 84명의 남녀가 투옥되었다. 그중엔 1909년 샌프란시스코에서 나를 변호해 주었던 E. E. 커크, 유명한 여성 운동가 로라 에머슨 부인과 IWW의 어린 멤버 중 가장 똑똑한 축에 속하는 잭 화이트도 포함되어 있었다.

4월에 벤과 함께 로스앤젤레스에 도착했을 때 샌디에이고는 사실상 내전 중이었다. 자경단으로 알려진 애국자들은 도시를 전쟁터로 만들었다. 그들은 여전히 헌법상의 권리를 믿는 사람들을 남자 여자 가릴 것 없이 마구잡이로 폭행하고 곤봉으로 때리고 살해하기까지 했다. 수백 명의 사람들이 시위에 참여하기 위해 미국 전역에서 샌디에이고로 모여들었다. 그들은 유개화차를 타고, 기차 지붕 위에 올라타 매 순간 생명의 위협을 느끼면서도 여행을 멈추지 않았다. 이미 자신들의 동지들을 감옥에 가둔, 표현의 자유에 대한 신성한 임무가 있었기 때문이다.

자경단은 IWW 본부를 쳐들어가 엉망으로 만들면서 그곳에 있던 사람들을 납치했다. 그들은 소렌토까지 끌려갔고 성조기 아래에서 강제로 무릎을 꿇고 국기에 입을 맞추며 국가를 불러야 했다. 사람들이 머뭇거리면 자경단 중 한 명이 끌고 간 사람의 등을 때렸는데, 이는 보통 단체 구타에 대한 신호였다. 이 과정이 끝나면 사람들은 자동차에 실려 카운티 경계에 있는 산 오노프레로 보내졌고 무장경비병이 감시하는 가축우리에 갇혔다. 이곳에 갇힌 이들은 18시간 동안 아무런 먹을 것이나 마실 것 없이 지내야 했다. 다음 날 아침 사람들은 다섯 명씩 무리지어 끌려나왔고, 다른 무리와 강제로 결투를 해야 했다. 그리고 줄지어 서 있는 자경단 그룹을 지날 때마다 곤봉과 철제막대로 두들겨 맞았다. 그러고 나면 또 다시 국기에 키스를 하는 일의 반복이었는데 그러다 산길을 따라 하이킹을 해 올라가고 다시 내려오지 말라는 지시가 떨어졌다. 무일푼에 아프고 배고프고 멍든 몸으로 며칠 동안 걷고 걸어 그들은 로스앤젤레스에 도착할 수 있었다.

지역 경찰이 자경단의 뒤를 봐주고 있던 이 투쟁에서 적지 않은 IWW 회원이 목숨을 잃었다. 가장 잔인한 사건은 5월 7일 발생한 조지프 미콜라세크의 사망이었다. 그는 연사의 체포로 인한 공백을 메우려 시도한 반군 중 한 명으로, 연단에 오르자마자 경찰에게 무자비한 폭행을 당했다. 힘들게 빠져나와 사회주의자 사무실 본부로 갔다가 다시 집으로 향했는데, 그를 미행한 형사들이 그의 집에서 그를 공격해 왔다. 경찰 하나는 그에게 총을 쏘기까지 했다. 정당방위를 위해 미콜라세크는 도끼를 집어들려 했지만 가해자들을 향해 팔을 들기도 전에 그의 몸에는 이미 잔뜩 총알이 박혔다.

서부 해안지역 투어를 돌 때마다 샌디에이고에서 강연을 했던 나는 이번에도 로스앤젤레스의 일이 끝난 후 그곳으로 넘어갈 계획을 세우고 있었다. 하지만 샌디에이고에서 벌어지고 있는 일들과 자경단에 희생당하는 이들의 수가 급격히 늘고 있다는 소식에 즉시 이동하기로 했다. 특히 미콜라세크의 살해 이후 그곳에서 벌어지는 표현의 자유 투쟁에 참여할 필요성을 절감했다. 그러나 무엇보다도 먼저, 끔찍한 자경단들로부터 살아 돌아온 불쌍한 소년들을 위한 구호를 조직하는 일이 우선이라고 생각했다. 여성 동지들의 도움으로 우리는 IWW 본부에 급식소를 조직했다. 집회를 열어 기금을 모금했고, 상점 주인들로부터는 옷과 식료품을 기부받았다.

샌디에이고 당국은 미콜라세크의 죽음으로 만족하지 않고 그를 도시에 매장하는 것조차 허가하지 않았다. 이에 우리는 그의 시신을 로스앤젤레스로 이송하고 그를 기리는 공개 시위를 조직했다. 조지프 미콜라세크는 살아생전 그 이름이 알려지지 않은 이였지만, 죽음을 통해 전국적 위상을 떨치게 되었다. 시 경찰조차 기념시위의 규모와 위엄, 사람들의 애도에 압도되었다.

샌디에이고의 몇몇 동지들이 내 강연을 조직해 주었는데 내가 선택한 주제는 헨리크 입센의 「민중의 적」이었다. 이 작품보다 지금의 상황을 가장 잘 표현해 줄 수 있는 건 없을 거라고 판단했기 때문이다.

도착과 함께 우리는 역에 밀집되어 있는 군중을 발견했다. 이 사람들 무리가 우리를 위한 것이라고는 미처 생각지 못하고 무슨 국가 관리가 오는 모양이라고만 생각하고 넘겼다. 우리를 마중나오기로 한 커크 부부가 보이지 않기에 벤은 그냥 우리끼리 그랜트 호텔로 가자고 제안했다. 사람들 눈을 피해 호텔 버스에 올라탔는데 안이 너무 답답하고 더워서 우리는 2층으로 올라갔다. 2층에 올라가 자리에 앉자마자 누군가 나를 알아보고 소리쳤다. “여기 있어요! 골드만 저 사람이 여기 있어요!” 이 외침을 들은 군중은 즉시 반응했다. 멋지게 차려입은 여성들이 일어나더니 큰소리로 외쳤다. “저 아나키스트 살인자를 끌어내려!” 순간적으로 많은 사람들이 버스로 몰려들었고 나를 끌어내리려는 수많은 손이 나를 향해 뻗어 올라왔다. 운전사는 평소와 달리 차를 전속력으로 출발시켰고 군중은 사방으로 흩어졌다.

호텔에는 무리 없이 체크인을 할 수 있었다. 우리가 묵을 방을 안

내까지 받고 나니 모든 게 정상으로 느껴졌다. 커크 부부가 우리를 찾아와 집회에 대한 최종적인 부분에 대해 논의를 했다. 그날 오후 객실 접대원이 우리를 찾아와서는 자경단이 호텔 장부를 보겠다고 한바탕 난리를 쳤다는 것을 알려 왔다. 그러면서 우리가 건물의 다른 곳으로 이동하는 편이 나을 것 같다고 했다. 우리는 꼭대기 층 스위트룸을 제공받았고 나중에는 호텔 매니저 홈스 씨까지 우리를 찾아와 자신의 호텔 지붕 아래서는 안심해도 좋다고 우리를 안심시켰다. 그러나 그는 우리가 식사하러 아래층으로 내려가거나 방에서 나가는 것은 불가하다고 했다. 우리는 방 안에만 있어야 한다고 말이다. 그랜트 호텔이 감옥이 아니지 않냐면서 나는 항의했다. 그가 대답하기를 우리의 의지에 반해 가두는 것은 할 수 없지만 우리가 자신의 손님으로 있는 한, 우리의 안전을 위해 자신의 지시를 따라야 한다고 했다. "자경단이 지금 몹시 시끌시끌합니다." 그는 우리에게 경고를 했다. "그들은 당신의 발언을 막고 시내에서 쫓아낼 생각이에요." 그는 우리를 위해 떠나는 편이 낫다고 하면서 무사히 빠져나갈 수 있게 돕겠다고 했다. 이 친절한 남자의 제안이 무척 감사했지만 우리는 거절할 수밖에 없었다.

내가 전화를 받았을 때 홈스 씨는 아직 떠나지 않고 있었다. 전화를 건 사람은 자신을 에드워즈라고 소개하면서 지역 음악원의 원장이라고 했다. 우리가 강연을 하기로 한 강당 주인이 건물사용 허가를 철회했다는 소식을 신문에서 보았다며 우리에게 음악원의 연주회장에서 강연을 하면 어떻겠냐고 제안했다. "샌디에이고에 아직 용감한 사람이 남아 있군요." 수화기 너머의 수수께끼 같은 인물에게 나는 우리 계획을 논의하려면 직접 만나는 게 좋겠다며 그를 호텔로 초대했다. 오래지 않아 스물일곱 살 정도 되어 보이는 잘생긴 청년이 나를 찾아왔다. 대화 중에 나의 강연으로 인해 그의 음악원이 위험에 처할 수 있다는 점을 지적하자 그는 개의치 않는다고 대답했다. 그는 예술에 있어서 아나키스트이며 표현의 자유를 믿었다. 내가 기회를 놓치지 않는 사람이라고 한다면 그 역시 그랬다. 우리는 상황이 어떻게 전개될지 지켜보기로 했다.

저녁이 되자 자동차 경적과 휘파람 소리가 거리를 가득 채웠다. "자경단이야!" 벤이 외쳤다. 노크 소리에 문을 열어 보니 홈스 씨가 다른 남자 둘과 함께 서 있었다. 시 당국에서 나를 보기를 원한다며 아래층으로 함께 내려가자고 했다. 벤은 위험을 감지하고는 내가 내려가지 말고 그 사람들 보고 우리 방으로 올라오게 하라며 옆에서 성화였다. 그렇게 소심하게 굴고 싶지는 않았다. 아직 이른 저녁이었고 우리는 도시에서도 큰 호텔에 머물고 있었다. 우리에게 무슨 일이 생길 수 있겠는가? 나는 벤과 함께 아래층으로 내려갔고 우리는 남자 일곱이 반원을 그리며 서 있는 방으로 안내되었다. 앉아서 기다리니 곧 경찰서장이 도착했다. "저와 함께 가시죠. 시장님과 다른 관리들이 옆방에서 기다리고 있습니다." 벤과 내가 일어나자 서장이 벤에게 말했다. "당신이 갈 곳은 아니라서요. 박사님은 여기서 기다리시는 편이 좋겠습니다."

나는 남자들이 가득한 또 다른 방에 들어갔다. 창문은 부분적으로 블라인드가 내려져 있었지만 거리의 가로등 아래 사람들이 모여 있는 게 보였다. 시장이 내게 다가와 말했다. "저기 군중들의 소리가 들리시죠." 거리를 슬쩍 가리키며 그가 말했다. "저 사람들은 당신과 라이트먼을 호텔에서 끌어내고 싶어해요. 필요하면 무력을 사용해서라도 말이죠. 저희로서는 뭐 아무것도 보장해 드릴 수 있는 게 없습니다. 당신이 만약 조용히 떠나겠다고 한다면 이 동네를 안전히 빠져나갈 수 있게끔 보호해 드리겠습니다."

"제게 너무 친절하시네요. 그런데 그보다 군중을 해산시키는 편은 어떤가요? 표현의 자유를 외친 사람들에게 쓴 방법을 왜 저 군중들에게는 쓰지 않으시고요? 당신 도시의 조례는 상업지구에 군집하는 것을 범죄로 규정하지 않던가요? 수백명의 IWW, 아나키스트, 사회주의자 노조원들이 이로 인해 폭행당하고 체포되고 심지어 살해까지 당했잖아요. 그런데도 당신은 가장 사람 많고 붐비는 지역에 자경단이 모여서 교통을 방해하도록 내버려 두네요. 당신이 할 일은 법을 어긴 사람을 해산하는 것뿐이에요."

"그럴 수 없습니다." 그가 급히 대답했다. "저 사람들은 기분이 심히 좋지 않고, 당신의 존재가 상황을 더 악화시키고 있거든요."

이에 내가 제안했다. "좋아요 그럼. 군중들에게 제가 한마디 하죠. 여기 창문을 열면 되니까요. 이전에도 분노한 사람들을 많이 만났고, 저는 매번 그런 사람들을 진정시켰습니다."

시장은 나의 제안을 거절했고 나는 이에 대꾸했다. "나는 경찰의 보호를 받아 본 역사도 없고 앞으로도 그럴 생각이 없습니다. 나는 지금 여기 있는 여러분 모두 자경단과 똑같은 사람들이라고 생각해요."

그러자 관리들은 내가 자신들이 제안하는 방식을 받아들여야만

하며, 혹시라도 무슨 일이 생기면 그 책임은 온전히 내가 져야 한다고 했다.

대담이 끝나고 나는 벤에게 갔다. 그런데 나와 벤이 있던 방의 문이 잠겨 있었다. 놀라 문을 두드렸지만 대답이 없었다. 내가 내는 소란에 호텔 직원이 내려와 그 문을 열어 주었다. 거기엔 아무도 없었다. 옆방으로 가서 문을 막 나서는 서장을 불러세웠다.

"라이트먼은 어딨는 거죠? 그 사람한테 무슨 짓을 한 거야? 그 사람 털끝만큼이라도 다쳐 봐, 당신 가만 안 둘 테니까."

서장은 퉁명스럽게 대답했다. "그 사람이 어딨는지 그걸 내가 어찌 압니까."

홈스 씨는 사무실에 없었고 아무도 벤 라이트먼에 대해 말해 주는 이가 없었다. 나는 질겁해서 방으로 돌아왔지만 벤은 나타나지 않았다. 초조하게 벤을 찾으려면 어떻게 해야 할지, 누구에게 연락을 해야 할지 고민하며 방안을 서성였다. 도시에서 내가 아는 사람을 찾아가는 일은 곧 그 사람의 신변을 위협하는 일이 될 터였다. 특히나 커크 씨라면 더 그랬다. 그는 이미 표현의 자유 투쟁과 관련해 기소되어 있는 상태였기 때문이다. 커크 씨 부부가 낮에 우리를 만나러 온 것만으로 이미 몹시 용감한 행동이었다. 나와의 만남으로 그의 상황은 안 좋아질 게 뻔했기 때문이다. 커크 부부가 약속한 시간에 오지 않는 것은 곧 그들이 어딘가 갇혀 있다는 말일 것이다.

무력감을 느꼈다. 시간이 지나는 가운데 나는 지독한 피로감에 자정쯤 까무룩 잠이 들었다. 나는 결박당한 채 입에 재갈까지 물려 있는 벤의 꿈을 꾸었다. 꿈속에서 그에게 다가가려고 안간힘을 썼고 비명을 지르며 잠에서 깨었을 때 나는 땀에 흠뻑 젖어 있었다. 방문을 두드리는 큰 소리가 들려 문을 열자 형사와 다른 남자 한 명이 안으로 들어왔다. 그러면서 라이트먼은 안전하다고 했다. 무슨 말을 듣고 있는 건지 파악하지 못한 채로 내가 멍하니 서 있자 그들이 설명했다. 벤은 자경단에게 끌려갔지만 크게 다치지는 않았고 그냥 로스앤젤레스행 기차에 태워 보내기만 했다고 말이다. 그 말을 하는 형사를 믿지는 않았지만 그 옆의 남자는 제법 진실되어 보였다. 그 남자는 라이트먼은 확실히 안전할 거라고 반복해 말했다.

홈스 씨도 내 방으로 와서는 그 남자에게 벤의 안전을 여러 번 확인하고는 나에게도 마을을 떠나라고 간청했다. 내가 이제 남아 있을 이유가 없지 않느냐는 거였다. 나는 강연을 할 수 없었고, 여기에 있으면 호텔 매니저 홈스 씨를 위태롭게 할 뿐이었다. 그는 내가 여자이기 때문에 혹시 자경단에게 잡혀 험한 일을 당할까 걱정했다. 내가 남는다면 자경단은 어떻게 해서든 나를 쫓아내려 할 것이기 때문이다.

홈스 씨는 진심으로 걱정이 되는 듯 보였고 나는 더 이상 내가 강연의 기회를 가질 수 없음을 알았다. 이제 벤이 안전하다는 것을 확인한 마당에 홈스 씨를 더 괴롭게 할 필요는 없을 것 같았다. 나는 마침내 떠나는 데 동의하고, 새벽 2시 45분에 로스앤젤레스행 기차를 타기로 했다. 삯마차를 불러 역으로 향하는 길, 마을은 잠들어 있었고 거리는 텅 비어 있었다.

기차표를 사고 플랫폼으로 걸어가고 있을 때 자동차 한 대가 다가오는 소리가 들려왔다. 역에 도착했을 때 듣고 또 호텔에서도 들었던 그 무서운 소리였다. 그 소리의 주인공은 물론, 자경단이었다.

"서둘러! 서둘러!" 누군가 외쳤다. "어서 들어가!"

다음 발걸음을 채 옮기기도 전에 나는 누군가에 의해 들려져 기차로 옮겨졌고 말 그대로 객실로 던져졌다. 가림막이 내려왔고 나는 그 안에 갇혔다. 자경단이 도착해 플랫폼을 오르내리며 소리를 지르면서 기차에 타려고 시도했지만 승무원은 그들이 들어오지 못하게 막았다. 미친 듯 내지르는 소리와 저주의 소리가 들렸다. 마침내 기차가 출발할 때까지 끔찍하고 공포스러운 순간들은 계속되었다.

기차가 정차할 때마다 나는 벤이 나를 기다리고 있을지도 모른다는 희망으로 창밖을 내다 보았다. 그러나 어디에도 그의 흔적은 없었다. 로스앤젤레스 아파트에 도착했을 때에도 그는 없었다. 그랜트 호텔에서 나를 쫓아내려고 거짓말을 한 것이었다.

"그는 죽었어! 죽은 게 분명해!" 나는 괴로움에 울부짖었다. "그들이 벤을 죽였어!"

끔찍한 생각을 몰아내려고 해봤지만 소용없었다. 나는 『로스앤젤레스 헤럴드』와 『샌프란시스코 불레틴』에 전화를 걸어 벤의 실종을 알렸다. 두 신문 모두 자경단의 테러 통치를 비난하는 데 있어 입장을 분명히 했다. 『샌프란시스코 불레틴』을 이끄는 정신은 프리몬트 올더 씨로 자본주의 신문에서도 노동자의 대의를 옹호할 만큼 용감한 사람이었다. 그는 맥나마라 형제를 위해서도 열심히 싸웠는데 그의 계몽된 인류애는 이후 해안지역에서 사회범죄자에 대한 새로운 태도를 만들어 내는 데 일조했다. 샌디에이고 투쟁에서 그는 자경단에 대한 공격을 두려움 없이 계속했다. 올더 씨와 『로스앤젤레스 헤럴드』의 편집자는 벤을 찾기 위해 최선을 다하겠다고 약속했다.

10시쯤 장거리 전화가 걸려왔다. 낯선 목소리가 라이트먼 박사가 로스앤젤레스행 기차에 탑승해 있으며 늦은 오후에 도착할 것임을 알렸다. "친구들이 역으로 들것을 가져와야 할 겁니다." 나는 수화기를 향해 소리쳤다. "그는 살아 있나요? 지금 말하는 건 사실인가요? 그 사람이 살아 있냐고요?" 나는 대답을 기다렸지만 아무런 말이 없었다.

하루가 일 년처럼 느껴질 정도로 시간은 더디게 흘렀다. 역에서의 기다림은 더더욱 괴로웠다. 마침내 기차가 들어왔고 벤은 뒤쪽 차량에 누워 있었다. 그는 파란색 작업복을 입고 있었고 얼굴은 송장처럼 하얬으며 눈은 겁에 질려 있었다. 모자는 사라졌고 머리칼에는 끈적거리는 타르가 묻어 있었다. 나를 보자마자 그는 울부짖었다. "오! 엠마! 드디어 당신과 함께하게 되다니. 빨리 집에 데려가 줘요. 빨리요."

신문기자들은 그에게 질문을 퍼부었지만 그는 너무 지쳐 아무런 말도 할 수 없는 상태였다. 나는 제발 그를 내버려 두라고 간청하고, 다음에 내 아파트로 찾아오라고 말했다.

그가 옷을 벗는 것을 돕는 과정에서 그의 몸이 온통 타르 얼룩과 타박상으로 뒤덮여 있는 것을 보고 큰 충격을 받았다. IWW라는 글자를 인두로 지져 놓기도 했다. 벤은 여전히 아무 말도 하지 못했고, 오로지 그의 눈만이 자신이 겪은 일을 전달하려 애쓰고 있었다. 음식을 조금 먹고 몇 시간 잠을 잔 후에 비로소 그는 약간의 기운을 되찾았다. 그러고서 많은 친구들과 기자들이 참석한 가운데 자신에게 일어났던 일을 들려주었다.

"엠마와 호텔 매니저가 옆방으로 갔을 때 나는 남자 일곱 명과 그 방에 남아 있었는데 그 사람들은 문이 닫히자마자 총을 꺼내들었습니다. '소리를 내거나 허튼 짓 하면 바로 죽여 버릴 거야'라고 협박하더군요. 그러곤 제 주변으로 모여들었죠. 한 남자는 내 오른팔을, 다른 남자는 왼팔, 다른 사람은 코트 위쪽, 또 다른 사람은 코트 뒤쪽을 잡고서 나를 끌고 갔습니다. 우리는 엘리베이터를 타고 호텔 1층으로 갔고, 제복 입은 경찰관을 지나 거리로 나가서는 자동차에 저를 던져 넣더군요. 폭도들은 나를 보고 소리를 질러대고 난리였어요. 차는 중심가를 따라 천천히 내려가더니 사업가처럼 보이는 여러 사람이 타고 있는 다른 자동차가 우리를 따라왔어요. 이때가 밤 10시 반쯤이었을 겁니다. 그렇게 32킬로미터가량 차를 타고 가는데, 얼마나 무섭던지. 마을에서 빠져나오자마자 남자들은 나를 발로 차고 구타하기 시작했습니다. 교대로 내 머리채를 잡고 눈과 콧구멍에 손가락을 집어넣었죠. '우리가 당신 내장을 다 찢어 버릴 수도 있어. 그렇지만 경찰서장한테 죽이지는 않겠다고 약속했으니까. 우리는 책임감 있는 사람이거든. 지켜야 할 재산이 있고. 경찰도 다 우리 편이야.' 주 경계선에 도착하자 차가 한적한 곳에 멈추더니 남자들이 나를 빙둘러 서서는 옷을 벗으라고 하더군요. 내 옷을 다 찢어 버렸어요. 나를 바닥에 쓰러뜨렸고, 내가 벌거벗은 채로 바닥에 누워 있으면 기절할 때까지 발로 차고 때렸습니다. 담뱃불로 내 엉덩이에 IWW라는 글자를 지졌어요. 그런 다음 내 머리에 타르 한 통을 부었는데, 아마 깃털이 있었으면 깃털을 붙였을 텐데 그게 없어서 산쑥 이파리들을 묻혔습니다. 어떤 남자는 내 고환을 비틀기도 했고, 국기에 키스하고 노래를 부르게 강요했습니다. 이런 짓들을 하다 좀 지쳤는지 속옷을 주더군요. 혹시 여자가 지나갈까 걱정되었나 봅니다. 또 돈과 기차표, 시계를 가지고 다닐 수 있게 조끼도 돌려줬어요. 나머지 옷은 그들이 가져갔지만요. 연설을 해보라고 하기도 하고, 다른 사람들이랑 결투를 하라고 명령하기도 했습니다. 자경단원들이 죽 늘어서면 그 앞을 지날 때마다 사람들이 나를 때리고 발길질을 했습니다. 그러고 나서야 나를 풀어 주었죠."

벤의 경우는 샌디에이고 투쟁이 시작된 이후 있었던 많은 사건 중 하나에 불과했지만, 잔혹한 현장에 사람들이 더 많은 관심을 가질 수 있는 계기가 되었다. 수많은 노동계 언론과 급진적 신문기자들이 사건을 직접 취재하기 위해 그 도시로 갔다. 캘리포니아 주지사는 상황을 조사하기 위해 와인스탁 대령을 특별 국장으로 임명했는데, 그의 보고서는 신중하고 조심스럽게 작성되었지만 자경단 피해자들이 제기한 모든 혐의를 입증하는 것이었고 이는 심지어 보수적인 세력마저도 분노하게 만들기 충분했다.

로스앤젤레스에서 동정여론이 매우 높아짐에 따라 우리 집회는 유난히 더 많은 군중을 끌어모을 수 있었다. 항의 집회가 있던 저녁에는 강당 두 곳을 가득 채운 청중에게 연설을 하기도 했다. 우리가 만약 스피커를 가지고 다닐 수 있었다면 강당 두 개가 아니라 더 많은 강당이라도 사람들을 꽉 채울 수 있었을 것이다.

지난 몇 년 동안 많은 성과가 있었던 샌프란시스코에서는 이번에도 역시 엄청난 인파가 모였다. 우리 동지들은 선전 비용과 노동력을 크게 아끼게 되었는데 바로 자경단이 우리 할 일을 대신해 주었기 때문이다. 자경단 때문에 오히려 우리가 시 관리들로부터 큰 환영을 받았다. 시장, 경찰서장, 수많은 형사들이 우리를 만나러 역으로 나왔지만 우리를 방해하기 위해서가 아니었다. 강당은 로스앤젤레스에서보다 더 컸지만 여전히 강연에 참석한 청중을 다 수용할 만큼은 아니었다. 한편, 날개 돋힌 듯 팔리는 출판물 덕분에 좀처럼 만족하는 법이 없는 벤조차 당황할 지경이었다.

우리의 강연은 무역협회 강당에서 절정에 이르렀다. 우리의 친구이자 잘 알려진 노동자 안톤 요한센이 회의를 주재한 가운데 "시민들의 광견병이 치료될 때까지" 샌디에이고 박람회를 보이콧할 것을 촉구했다. 벤은 자경단의 공격에 대한 이야기를 자세하게 나누었고, 나는 내 경험을 간략히 이야기한 후 입센의 「민중의 적」에 대한 강의를 했다.

포틀랜드로 떠나기 전 우리는 샌디에이고 표현의 자유 투쟁을 위해 상당한 기금을 기부하고 에토르와 조반니티의 변호를 위한 돈을 보냈으며 또한 숨막히는 빚으로부터 『어머니 대지』를 잠시 해방시켰다.

샌디에이고를 광기에 사로잡히게 한 주요한 책임은 신문사 두 곳에 있었다. 그들은 "아나키스트와 IWW가 위험하다!"며 울부짖었던 것이다. 주민들은 마을을 폭파시키기 위해 밀반입되었다고 알려진 다이너마이트와 폭탄에 대해 끝도 없는 두려움에 시달렸다. 자경단에서 활동하는 악령은 이 신문 중 한 곳의 기자였다. 이러한 명성과 영광은 또 다른 자본주의자의 영혼에 부러움을 일으키는 법, 시애틀의 한 신문사도 샌디에이고 신문사를 모방하기 시작했다. 우리가 도착하기 오래전, 시애틀에는 이미 국기를 보호하고 도시를 무정부상태로부터 구할 것을 선한 미국의 애국자들에게 촉구하는 캠페인이 시작되었다. 예전에 스페인전쟁에 참전했었던 노망 든 참전군인들까지도 군인으로서 의무를 다하겠다고 나섰다. 신문에서는 "500명의 용감한 군인이 역에 엠마 골드만을 만나러 가 그녀를 돌려보낼 것"이라고 썼다.

사실이든 허구이든 간에 그런 식의 이야기는 사람들을 공포에 빠뜨린다. 포틀랜드에 있는 친구들은 우리의 시애틀행을 말렸다. 우리의 안전을 염려한 시애틀의 동지들은 강연을 취소하겠다고 했지만 나는 계획된 연설을 다 하겠노라고 고집했다.

시애틀에 도착한 우리는 시장 코터릴이 확고한 단일세론자라는 걸 알게 되었다. 그는 표현의 자유를 방해하지 않을 것은 물론 우리의 집회를 보호하기 위해 경찰까지 파견하겠다고 발표했다. 비틀거리는 참전용사들의 용기는 마지막 순간에 무너졌다. 그들이 신문에서 약속한 바와 같은 '환영인사'는 없었고, 대신 경찰이 있었다. 경찰들은 강당을 가득 채우고 지붕 위에까지 올라가 자리를 잡았다. 심지어 내 강연에 참석한 사람들에 대해 무기수색을 하기까지 했다. 『타임스』의 끔찍한 기사가 있었던 데다가 파란색 유니폼을 입은 경찰들이 있는 것은 자연스럽게 많은 이들에게 위협으로 다가왔다. 나는 시장에게 우리의 안전에 대한 염려를 하지 말고 경찰 병력을 철수해 달라고 요청해야 했다. 다행히 시장이 우리의 요구를 들어준 덕에 많은 청중들이 용기를 내어 내 강연에 참석할 수 있었다.

첫 강연이 있던 일요일, 호텔로 봉인된 메모가 도착했다. 이름을 밝히지 않은 한 사람이 내 목숨을 노리는 음모가 있다는 것을 경고했다. 강당에 입장할 때 총에 맞을 거라면서 말이다. 하지만 나는 이 이야기를 믿을 수가 없었고, 또 동료들에게 걱정을 끼치고 싶지 않아 나와 동행하러 온 쿡에게도 이 문제를 언급하지 않았다. 다만 그에게는 강당에는 혼자 가는 편이 좋겠다고 말했다.

호텔에서 강연장까지 걸어가면서 이토록 마음이 평온했던 적은 없다. 강당에 거의 도착했을 때 나는 본능적으로 가방을 얼굴 쪽으로 들어 올렸다. 내가 항상 들고 다니는 큰 가방이었다. 나는 안전하게 강당에 들어서면서도 여전히 가방으로 얼굴을 가리고 단상을 향해 걸어갔다. 강연하는 내내 나는 생각했다. "내 얼굴만 보호할 수 있다면!" 저녁에도 나는 똑같이 가방으로 얼굴을 가리고 강당으로 걸어갔다. 강연은 무사히 끝났고, 그 어떤 음모의 흔적도 발견하지 못했다.

그후 며칠 동안 나는 가방으로 얼굴을 가린 내 어리석은 행동에 대한 설명을 찾으려 노력했다. 어째서 나는 신체의 다른 부분이 아닌 얼굴이 중요하다고 생각했을까? 그런 상황에서 자신의 얼굴을 가리는 게 중요하다고 생각할 남자가 과연 있을까? 그러나 나는 죽음이 임박한 상황에서도 고작 얼굴 훼손을 염려했다. 내 안에서 그런 평범하기 짝이 없는 여성의 허영심을 발견하고 나는 큰 충격에 빠졌다.

[2권에서 계속]

엠마 골드만 연보

1869년	6월 27일	엠마 골드만, 러시아 제국의 코브노(현 리투아니아 카우나스)에서 출생.
1870년	11월 21일	알렉산더 버크만(사샤) 러시아 제국 빌나(현 리투아니아 빌뉴스)에서 출생.
1881년	3월 1일	러시아 차르 알렉산드르 2세가 니힐리스트들에게 암살당함.
1882년		어머니와 남동생들과 함께 쾨니히스베르크에서 아버지가 있던 상트 페테르부르크로 이주.
1885년	12월	언니 헬레나와 미국 뉴욕 주 로체스터로 이주.
1886년	5월 4일	헤이마켓 사건 발생.
	가을	가족 모두가 로체스터로 이주. 의류 공장에서 노동자로 일함.
1887년	2월	제이컵 커쉬너와 결혼.
	11월	헤이마켓 사건의 희생자들에 대한 교수형 집행.
1888년		제이컵 커쉬너와 이혼하고 뉴헤이븐으로 이주하여 코르셋 공장에 취업. 뉴헤이븐에 강연하러 온 솔로타로프 박사를 만남. 로체스터로 돌아와 커쉬너와 재혼 후 다시 이혼을 함.
1889년	8월 15일	뉴욕으로 이주하여, 알렉산더 버크만과 요한 모스트 등 아나키즘 인사들과 만남. 버크만과 연인 관계가 됨.
1890년	1월	첫번째 강연 투어로 로체스트, 버펄로, 클리블랜드에서 8시간 노동운동의 한계에 대해 강연을 함.
1892년	봄	페드야(모데스트 슈타인)와 함께 매사추세츠 스프링필드로 이주. 이후 매사추세츠 우스터에서 버크만, 페드야와 함께 아이스크림 가게를 엶.
	7월	펜실베이니아 홈스테드의 카네기 철강에서 공장관리자인 헨리 클레이 프릭이 고용한 용역들에 의해 노동자 9명 사망.
	7월 23일	알렉산더 버크만의 프릭 암살 시도.
	9월 19일	알렉산더 버크만, 프릭 살인 미수 등의 혐의로 22년 형을 선고받고 피츠버그 웨스턴 주립 교도소에 수감.
	12월	독일 아나키스트 로버트 라이첼을 만남. 에드워드 브래디를 만나 사

		랑에 빠짐.
1893년	6월~7월	폐결핵으로 로체스터에서 휴양.
	6월 26일	알트겔트 주지사가 헤이마켓 사건의 희생자들 중 3명을 사면함.
	8월	막스 바긴스키와 볼테린 드 클레어를 만남.
	8월	폭동 선동 혐의로 필라델피아에서 체포되었으나 보석으로 석방.
	10월	폭동 선동 혐의에 대해 유죄 판결을 받고 1년형을 선고받음. 블랙웰섬 교도소에서 1년 간 수감생활.
1894년	8월	10개월간 복역 후 석방.
1895년	봄	에드워드 브래디, 클라우스 팀메르만과 함께 브루클린 브라운스빌에 아이스크림 가게를 염. 3개월이 지나지 않아 사업에 실패함.
	8월	영국 방문. 영국에서 5주 반을 보내면서 영국의 대중을 상대로 연설 활동을 함. 표도르 클로포트킨, 에리코 말라테스타 등을 만남.
	9월	스코틀랜드를 방문하여 성공적인 강의를 함.
	10월	오스트리아 빈으로 옮겨 가명으로 간호학과 조산사가 되기 위한 교육을 받음. 니체의 작품을 발견하여 탐독하고, 바그너의 오페라, 엘레오노라 두세의 공연을 관람함. 프로이트의 강의에 참석.
1896년	3월~6월	빈에서의 공부를 마치고, 파리에 들렀다가 뉴욕으로 귀환. 조산사와 간호사로 생계를 유지함. 에밀 졸라의 작품 등 현대문학을 읽음. 에드워드 브래디와 함께 라신, 코르네유, 몰리에르 등의 작품을 읽기 시작함.
1897년	8월 8일	아나키스트 미셸 안지오릴로가 스페인 수상 안토니오 카노바스 델 카스티요를 암살.
	9월 7일	프로비던스에서 체포당함. 도시를 떠나는 조건으로 석방됨.
1898년	1월	에드워드 브래디와 막내 동생 예고르와 함께 뉴욕에 있는 아파트로 이사.
		필리핀 반군과 접촉, 스페인으로부터의 독립에 대한 지지 표명.
	2월 15일	쿠바 아바나 항구에서 미국 군함 메인호가 폭발. 장교 2명과 승무원 258명 사망.
	4월 24일	미국-스페인 전쟁 발발.
		잭 런던과 만남.
	9월 10일	아나키스트 루이지 레체니가 오스트리아 엘리자베스 황후를 암살함.
1899년	2월	미국-스페인 파리강화조약 체결.
	9월	에릭 모턴과 함께 알렉산더 버크먼의 탈옥을 위한 계획을 모의. 에드워드 브래디와 결별.
	11월	런던으로 출국. 런던에서 히폴리테 하벨을 만나 사랑에 빠짐.

1900년	3월	히폴리테 하벨과 함께 9월에 있을 국제 반의회 대회 준비를 위해 파리 방문.
	7월 16일	버크만의 탈출을 위해 파고 있던 터널이 발각됨. 터널을 파던 에릭 모턴이 파리로 와서 엠마 골드만과 만남.
	7월 29일	이탈리아의 움베르토 국왕이 이탈리아 아나키스트 가에타노 브레시에 의해 암살.
	9월	신멜서스주의자 회의에 참석. 국제 반의회 대회 후, 히폴리테 하벨과 함께 파리 박람회의 미국인 투어 가이드로 생계를 유지함.
	12월	히폴리테 하벨, 에릭 모턴과 함께 뉴욕으로 돌아옴.
1901년		뉴욕에서 간호사로 일하면서 생계를 유지함.
	3~4월	크로포트킨의 미국 투어에 조력.
	7월	로체스터 방문. 버펄로 범미 박람회 방문.
	9월 6일	버펄로 범미 박람회에서 아나키스트 리언 촐고츠가 윌리엄 매킨리 대통령을 암살. 매킨리 대통령은 9월 14일 사망.
	9월 10일	매킨리 암살에 관여한 혐의로 시카고 경찰에 체포되었으나 증거 부족으로 석방.
	10월 29일	리언 촐고츠 처형.
1903년	3월 3일	반-아나키스트 이민법 의회 통과.
		에드워드 브래디 사망.
	11월	E. G. 스미스라는 가명으로 활동하며 언론자유연맹을 결성함.
1904년	2월	러일전쟁 발발.
	가을	카테리네 브레시콥스키의 미국 방문에 조력.
	12월	간호사 일을 그만두고 마사지 가게를 운영함.
1905년	1월 22일	러시아에서 '피의 일요일 사건'이 벌어짐.
	7월	러시아 배우 파벨 오를레네프와 만나 뉴욕에서의 연극 활동을 지원함.
		시카고에서 IWW 결성.
	9월 5일	러시아와 일본, 포츠머스 조약 체결.
1906년	3월	『어머니 대지』(*Mother Earth*) 창간호 발행.
	3월 17일	요한 모스트 사망.
	5월 18일	알렉산더 버크만 석방.
	10월 27일	폭동을 선동한 혐의로 뉴욕에서 체포.
	10월 31일	보석으로 석방됨
1907년	1월 6일	뉴욕에서 선동 혐의로 체포됨(이후 사건 기각).
	4월	캐나다 위니펙 방문.

	7~8월	골드만의 에세이 「여성 해방의 비극」이 독일어와 일본어로 번역 출간됨.
	8월	네덜란드 암스테르담에 국제 아나키스트 대회 미국 대표로 참석.
	9월	유럽 주요 도시 순방.
	10월	이민 당국을 피해 캐나다 몬트리올을 거쳐 뉴욕으로 귀환.
1908년	3월	시카고에서 벤 라이트먼과 만나 사랑에 빠짐.
	4월	군인인 윌리엄 부왈다가 엠마 골드만의 연설을 듣고 악수를 했다는 이유로 군법재판에 회부됨.
	5월	윌리엄 부왈다의 군법재판 회부와 구속에 반대하는 시위를 조직.
1909년	1월	벤 라이트먼과 함께 반정부 음모 혐의로 체포됨. 1월 28일에 소송이 취하됨.
	1월	아버지 사망.
	4월	전 남편 제이컵 커쉬너의 시민권이 무효화됨.
1910년	3월 26일	아나키스트의 미국 입국을 금지하는 이민법 개정안이 통과됨.
	10월 1일	맥나마라 형제에 의한 로스앤젤레스 타임스 건물 폭파 사건 발생.
	6월	일본에서 대역사건으로 고토쿠 슈스이, 간노 스가코 등이 체포당함.
	11월	고토쿠 슈스이 등의 처형에 반대하는 대중 시위 조직.
	12월	『아나키즘과 다른 에세이들』 출간.
1911년	1월 24일	일본에서 대역사건에 연루된 아나키스트 12명이 사형에 처해짐.
1912년	5월 14일	샌디에이고에서 벤 라이트먼이 자경단에게 납치되어 린치를 당함. 알렉산더 버크만의 『어느 아나키스트의 교도소 회고록』 출간.
1914년	4월	『현대 연극의 사회적 의미』 출간.
1915년	8월	산아제한 서적을 배포한 혐의로 벤라이트먼과 함께 체포됨. 500달러의 보석금을 내고 석방.
1916년	2월 11일	산아제한 강연을 했다는 이유로 뉴욕에서 체포됨. 500달러의 보석금을 내고 석방.
	4월 20일	산아제한 재판에서 유죄 판결을 받고 퀸즈 카운티 교도소에서 15일간 복역.
1917년	2월	아나키스트 등 바람직하지 않은 외국인은 언제든 추방할 수 있다는 내용의 이민법 조항 통과.
	4월	미국 제1차 세계대전 참전.
	5월	21세부터 30세까지의 모든 남성을 병력자원으로 등록하도록 하는 선택적 징병법이 통과됨.
	6월 15일	엠마 골드만과 알렉산더 버크만이 징병법 위반 혐의로 체포됨. 간첩법 통과.

	6월 21	엠마 골드만, 보석으로 석방.
	6월 25일	알렉산더 버크만, 보석으로 석방.
	7월 9일	엠마 골드만과 알렉산더 버크만, 징병법 위반 유죄 판결. 징역 2년과 벌금 1만 달러를 선고받음. 상고함.
	7월 25일	보석으로 석방.
	8월	『어머니 대지』 마지막 호 발행.
	11월	러시아 10월 혁명.
	12월	헬렌 켈러와 만남.
1918년	1월 28일	항소가 기각되고, 형을 최종 선고받음.
	2월 6일	제퍼슨시티 교도소에 수감됨.
	3월 3일	브레스트 리토프스크 조약 체결.
	10월 15일	골드만의 조카 데이비드 호치스타인 전사.
	11월 11일	제1차 세계대전 종전.
1919년	1월 15일	로자 룩셈부르크와 카를 리프크네히트가 베를린에서 살해당함.
	9월 27일	수감기간이 만료되어 석방됨.
	10월 1일	알렉산더 버크만 석방.
	11월 25일	알렉산더 버크만에 대한 추방 명령.
	11월 29일	엠마 골드만에 대한 추방 명령.
	12월 5일	추방을 위해 엘리스 섬에 억류.
	12월 21일	골드만과 버크먼, 247명의 급진적 외국인들과 함께 추방되어 뷰포드호를 타고 러시아로 출항.
1920년	1월 19일	러시아 도착.
	2월 7일	언니 헬레나 사망.
		콜론타이, 루나차르스키, 안젤리카 발라바노프 등 볼셰비키 지도자들과 만남.
	3월 8일	레닌과 만남.
	6월 30일	역사 자료 수집을 위한 여행 허가를 받기 위해 모스크바 방문.
	7월~12월	페테르부르크 박물관을 위한 역사자료 수집 목적으로 러시아의 여러 지역을 방문.
1921년	2월 8일	표트르 크로포트킨 사망.
	3월 1일	페테르부르크 노동자들의 파업을 지지하는 크론슈타트 수병 봉기 발생.
	3월 7일	트로츠키, 크론슈타트에 대한 포격을 명령. 이 사건을 계기로 골드만과 버크만은 러시아를 떠나겠다는 결심을 굳힘.
	3월 15일	레닌의 신경제정책(NEP) 시작.
	9월 29일	파냐 바론, 레프 체르니 등 9명의 아나키스트 수감자들이 체카에 의해 처

		형됨.
	12월	골드만과 버크만, 라트비아 리가로 출국.
1922년	1월	스웨덴 스톡홀름 도착. 스웨덴 아나키스트 아르투르 스벤손과 사랑에 빠짐.
	4월	독일 비자를 받아 베를린에 정착.
	5월	아르투르 스벤손 베를린 도착.
		조카 스텔라가 아들과 함께 베를린에 합류.
	7월	아르투르 스벤손과 결별.
1923년	7월	뉴욕 주 로체스터에서 골드만의 어머니 사망.
	11월	『러시아에서의 나의 환멸』 출간. 제목이 바뀌고 12번째 장이 누락된 것에 대해 출판사에 항의함.
1924년	1월 21일	레닌 사망.
	7월	네덜란드와 프랑스 방문.
	9월	런던으로 이주.
	11월	새로운 서문과 누락되었던 12장이 포함된 『러시아에서의 나의 환멸』 출간.
1925년	6월 27일	영국 시민권을 얻기 위해 아나키스트 제임스 콜턴과 결혼.
1926년	10월	캐나다 방문. 이듬해 1928년 2월 프랑스로 돌아가기까지 다수의 강연을 함.
1928년	2월 20일	프랑스로 귀환.
	6월	자서전을 쓰기 위해 생트로페의 별장에 정착.
1929년	9월 30일	출판사 알프레드 A. 크노프와 자서전 출판 계약.
1930년	7월	자서전 『나의 삶을 살기』(*Living My Life*) 탈고.
1931년	10월	『나의 삶을 살기』 출간.
1932년	2월~5월	독일을 기점으로 덴마크, 스웨덴, 노르웨이 등을 방문하여 강연.
1933년	1월	네덜란드 순회 강연.
	1월 30일	아돌프 히틀러 독일 수상 취임.
	3월 4일	런던에서 열린 국제 반전회의에 참석.
1934년	1월 15일	캐나다 토론토에서 강연.
	2월 1일	3개월 간의 미국 방문 비자가 승인되어, 로체스터와 뉴욕 방문. 4월까지 다수의 강연을 함.
	4월 30일	캐나다로 출국.
	8월 18일	프랭크 하이너와 연인이 됨.
	12월 12일	동생 헤르만 사망.
1935년	5월 15일	캐나다를 떠나 파리에 도착.

1936년	3월 7일	독일 라인란트 재무장화.
	6월 28일	알렉산더 버크만 병으로 인한 고통으로 자살.
	7월 19일	스페인 내전 발발.
1936년	9월 15일	프랑스 생트로페를 떠나 스페인으로 향함.
	9월~12월	발렌시아, 마드리드 등을 여행. 스페인 아나키스트들에 조력.
	12월	카탈로니아 총독부의 런던 공식 대표로 임명. 파리로 출국.
	12월 23일	런던 도착. 스페인 혁명에 대한 후원 및 홍보 활동을 전개함.
1938년	3월 9일	프랑코 군대의 공세 강화.
	3월 12일	독일의 오스트리아 점령.
	9월 14일	스페인 방문.
	9월 30일	뮌헨 협정 체결.
	10월 30일	파리 도착.
	11월 9일	나치 폭도들이 독일과 오스트리아의 유대인들을 공격한 '수정의 밤' 사건 발생.
	12월 22일	네덜란드 암스테르담 방문.
1939년	1월 19일	런던 도착.
	1월 26일	프랑코 군대 바르셀로나 함락.
	2월 27일	영국과 프랑스 정부, 프랑코 정부를 승인.
	3월 15일	나치 독일, 체코슬로바키아 점령.
	4월 8일	런던에서 캐나다로 출국. 토론토에 정착.
	9월 1일	독일의 폴란드 침공. 제2차 세계대전 발발.
1940년	2월 17일	뇌졸중으로 입원.
	5월 14일	70세를 일기로 토론토에서 사망.
	5월 17일	헤이마켓 순교자들이 묻힌 발트하임 묘지에 안장.

찾아보기

【ㄷ】

【ㄹ】

【ㅁ】

【ㅂ】

【ㅅ】

【ㅇ】

【ㅈ·ㅊ】

【ㅋ】

【ㅌ·ㅍ】

【ㅎ】